An Early Attempt.

The chapters which immediately follow constitute a fragment of one of my many attempts (after I was in my forties) to put my life on paper. ~~The first part of it is lost.~~

It starts out with good confidence, but suffers the fate of its brethren — is presently abandoned for some other & newer interest. This is not to be wondered at, for its plan is the old, old, old unflexible & difficult one — the plan that starts you at the cradle & drives you straight for the grave, with no side-excursions permitted on the way. Whereas the side-excursions are the life of our life-voyage, & should be, also, of its history.

MARK TWAIN

MEINE GEHEIME AUTOBIOGRAPHIE

aufbau

»Wir sollten in Zukunft hier draußen diktieren. Das muss ein Ort der Inspiration sein.«

Mark Twain, Upton House, 1906

MARK TWAIN

MEINE GEHEIME AUTOBIOGRAPHIE

Herausgegeben von Harriet Elinor Smith

unter Mitarbeit von
Benjamin Griffin, Victor Fischer, Michael B. Frank,
Sharon K. Goetz und Leslie Diane Myrick

Aus dem amerikanischen Englisch
von Hans-Christian Oeser

Mit einem Vorwort von
Rolf Vollmann

aufbau

Die Originalausgabe unter dem Titel
Autobiography of Mark Twain. The Complete and Authoritative Edition, Volume 1
erschien 2010 bei University of California Press, USA.
Die amerikanische Ausgabe entstand als Veröffentlichung
des Mark Twain Project der Bancroft Library.
Mark Twain Project® ist eine eingetragene Marke.

Mit 46 Abbildungen

Die Arbeit des Übersetzers am vorliegenden Text wurde vom
Deutschen Übersetzerfonds gefördert.

FSC
www.fsc.org
MIX
Papier aus verantwortungsvollen Quellen
FSC® C014496

ISBN 978-3-351-03513-6
2 Bände

Aufbau ist eine Marke der Aufbau Verlag GmbH & Co. KG

1. Auflage 2012

Published by arrangement with University of California Press
Lektorat Nele Holdack
Einband- und Schubergestaltung hißmann, heilmann, Hamburg
unter Verwendung eines Motivs von © William Vander Weyde (Vorderseite)
und © ullstein bild – The Granger Collection (Rückseite)
Satz LVD GmbH, Berlin
Druck und Binden GGP Media GmbH, Pößneck
Printed in Germany

www.aufbau-verlag.de

Inhalt

Vorwort

Von Rolf Vollmann

Wenns nicht gar zu sehr eilt, dann sollten sich auch die Ältesten unter uns noch ein bisschen Zeit lassen mit dem Sterben, dies ist nur der erste Band von Mark Twains bislang geheim gehaltner Autobiographie, zwei kommen noch, und es wäre doch, so herrlich wie das Ganze losgeht, zu schade, wenn wirs nicht weiter-, nicht auslesen könnten im schönsten Fall.

Selber ist er ja mit der Zeit umgegangen, als hätt er davon geerbt wie sonst kein Schreibender, Jahrhunderte, und verfügt testamentarisch, kaum fängt er an mit dem Erzählen seines Lebens, dass erst ein volles Jahrhundert nach dem Ende dieses Erzählens und Lebens wir so viel später noch Lebenden das Vergnügen haben sollen, ihm noch einmal Stunden, Tage, Wochen lang zuzuhören.

Das Vergnügen – davon nämlich, dass es für uns eines sein muss nach hundert Jahren, ist Mark Twain offenbar überzeugt. Wenn sonst einer anfängt, sein Leben zu beschreiben, bringen ihn ja besonders zwei Probleme wirklich in die Klemme, nämlich erstens, dass das Geschriebne nicht zu spät herauskommt, wenn er selber nichts mehr davon hätte und womöglich längst tot und, ach Gott, ja, vergessen wäre und es dann ohnehin kein Verleger mehr drucken würde; aber zweitens darfs auch nicht zu bald sein, wenn etwa welche noch leben von denen, über die er endlich gern mal was Wahres sagen möchte; so dass er nun, will ers doch herausbringen, solang sie noch leben samt Frauen und Kindern und Enkeln und Anwälten, lügen und das Beste verschweigen muss, oder wieder druckt es kein Verleger.

Und da sind nun hundert Jahre ein Maß, als hätte ein Kind alle Zweifel gelöst und gesagt: sag einfach 100 Jahre. Wie ist einer, der darauf hört? Demütig? Selbstbewusst? Größenwahnsinnig? Selber kindisch? Alles wahrscheinlich, also wirklich ein großer Mann, und davon überzeugt, dass er einer ist, und das mit Recht, wie wir jetzt zu unserm Vergnügen und Staunen sehn. Und neben dem Vergnügen dieses Staunen, das ähnelt ein bisschen wirklich dem Gefühl, das wir haben, wenn Homer manchmal von seinen Helden sagt, solche wie sie gäb es heute nicht mehr.

Diese Ferne, die er sich so zu dem genommen hat, was er erzählt, gibt dem Erzähler nun eine geradezu unbedenkliche Freiheit, und seiner Erzählung jenen Schimmer wunderbarer Ungezwungenheit, der uns von Minute zu Minute, von Stunde zu Stunde immer faszinierter zuhören lässt. Zuhören lässt eher als Lesen, und von Minute und Stunde zu Minuten und Stunden eher als von Seite zu Seite – Mark Twain hat diese fast unendliche Geschichte nicht selber aufgeschrieben, sondern diktiert, als wär es die spontane Erzählung, nach der sie klingt. Es kann aber nicht daran liegen, zum Beispiel hat sein berühmter Kollege und Zeitgenosse Henry James seine späteren großen Romane ebenfalls diktiert, ohne dabei doch je den ungeheuer komplexen Stil zu verleugnen, den keine spontane Erzählung haben kann, und niemals haben will. Und man erinnert sich dann, dass diesen besagten Schimmer schöner Ungezwungenheit Mark Twains Romane und Erzählungen immer schon hatten; und es sieht nun fast so aus, als war dies alles, diese Unbedenklichkeit, diese schöne Ungezwungenheit, diese Ferne der hundert Jahre und dies wie hingeredete Erzählen nur ein und dasselbe Wesen einer glücklichen Schriftstellernatur.

Ab und zu, aber ohne den Leser allzu sehr strapazieren zu wollen, schaltet Mark Twain Reflexionen ein über das, was er da treibt. Zu den vorhin genannten Problemen beim Beschreiben des eignen Lebens kommen ja noch andre dazu, eines ist, dass es zu vorzeitiger grausamer Ermüdung führen kann, wenn wir den Selbsterzähler sagen wir mit dem vierten Jahr seines Lebens beginnen sehn und wissen, dass er achtzig geworden ist; Goethe, den Mark Twain gut kannte, er war, Mississippi rauf und Missouri runter, ein außerordentlich belesener Schriftsteller, Goethe gibt dafür ein hübsches ironisches Beispiel, wenn sein Wilhelm Meister der schönen Mariane seine Kindheit erzählt, und diese dabei, und sie liebt ihn wirklich, wunderbar einschläft. Tagebücher wieder, obgleich sie reine Gegenwart zu sein scheinen, machen durch sagen wir sechzig Jahre hindurch mitunter etwas ungeduldig, vielleicht hier noch obendrein durch das Fehlen jeden Lichts von woandersher, von jetzt vielleicht.

Mark Twain nun, dieser höflichste aller Schreiber, der lieber zehnmal nachdenkt, eh er einmal den Leser ermüden könnte, erfindet nun die eigentlich allerselbstverständlichste Methode für sein Vorhaben (bei ihm kommen einem alle Methoden wie die simpelsten Selbstverständlichkeiten vor), er beginnt nämlich, sozusagen ein Tagebucherzähler, jedes Mal mit dem, was der Tag, der nun ist, bringt, er berichtet vom Tage; und während er das tut, schweift er, zufällig, mutwillig, irgendwoher oder irgendwohin angeregt, weit vom Tag ab zu irgendwelchen Geschichten von damals, und was immer dabei an Erzähltem herauskommt, nachher und im Lauf der Zeit, und wenn der Zuhörer den richtigen Spaß dabei gefunden hat, wird das Erzählte immer deutlicher zu jener Lebensgeschichte, um die es geht. Während noch der Tag, an dem erzählt wird, seine eigne Gegenwart gewinnt, füllt er sich schon mehr und mehr und schöner und schöner mit der Gegenwärtigkeit des erzählten Lebens von damals auf.

Es scheint durcheinanderzugehen wie beinahe bei Sterne, dessen Tristram Shandy alle ermüdende Ordnung vernachlässigt, und zwar gleich von Anfang an, nämlich indem er nicht, wie ein ordentlicher Autobiograph, etwa bei seiner Geburt beginnt, sondern neun Monate vorher, bei seiner fast verunglückten Empfängnis, als die Uhr nicht schlägt: da kann dann nichts mehr gehen, wie es bei ordentlichen Leuten geht. Mark Twain liebte Sterne; Tristram Shandy ist aber ja eine fiktive, eine erfundne Person, kaum ein gutes Vorbild also, sollte man denken, für einen, der sein wirkliches Leben erzählen will.

Aber Mark Twain wusste, dass sein gleichsam persönliches Überdauern jener hundert Jahre wesentlich an seinen Romanen hing, am Mississippi und Missouri, an Tom Sawyer, an Huckleberry Finn und all ihren Freunden; und öfter in seiner Lebenserzählung, wenn er an bestimmte Jugendgeschichten gerät, erinnert er den Leser daran, wie der diese Geschichten schon einmal erzählt bekommen habe in jenen Romanen, von denen ja jeder auch schon wusste, dass sie ebenso sehr eigne wie erfundne Geschichten waren, erzählte

Geschichten. Und wenn er nun also sein eignes Leben erzählte, so war dieses Leben auch das einer fiktiven, schon erzählten halb erfundnen Figur; zwar war das kein ganz und gar erfunden erst in die geschriebene, dann in die wirkliche Welt gesetzter Tristram Shandy, aber doch eben immer auch noch etwas andres als bloß der, der da erzählte, immer auch noch ein Tom Sawyer, ein Huckleberry Finn.

Es ist klar, und ist natürlich auch jedem Leser klar, das der Lebenserzähler jetzt, wenn er von Präsidenten, von Geschäftsleuten, von seiner Familie, von Reisen und Reportagen und Vorträgen erzählt, ein andrer ist als bloß ein erwachsen gewordener Held seiner Romane. Aber klar ist eben auch, dass kein Leser diesen Zusammenhang jemals ganz aus dem Kopf verlieren würde, deshalb konnte man ihn ja auch ruhig von Zeit zu Zeit daran erinnern. Und nun war beides zauberhaft: wenn erst derselbe wunderbare Schimmer der unbedenklich leichten Ungezwungenheit auf den alten Büchern und der jetzigen Erzählung lag, und nun obendrein das Licht der jetzt erreichten Zeit des zusammenfassenden Erzählens auch das Damals noch einmal beleuchtete. Und dieser Zauber, daran wird der diktierende Alte mit schöner Gewissheit geglaubt haben, werde auch in hundert Jahren noch wirken.

Als er irgendwann in diesem ersten Band auf seine Familie kommt, erzählt er ausführlich von seiner so sehr geliebten ältesten Tochter Olivia Susan, Susy genannt. Er erzählt, wenn man genauer hinsieht, genauer als er selber, lauter solche Geschichten, wie Eltern sie gern, und mit Recht, es sind wahre schöne Geschichten, von ihren Lieblingskindern erzählen, von klugen frühreifen weisen Sachen, die sie gesagt haben, von schönen Dingen, die sie getan haben, und so weiter. Mark Twain erzählt gerührt, alles was er da erzählt ist so ganz anders als was er je von sich in Büchern hatte erzählen können, und dann kommt hinzu, dass diese so geliebte begabte und fast so gegenbildnerische Tochter, lange schon kränkelnd, starb, mit 24 Jahren, er war grade auf Vortragsreise um die Welt.

Noch als junger Teenager hatte Susy angefangen, so etwas wie eine Biographie ihres berühmten Vaters zu schreiben, im Grunde wohl so etwas wie das wahre Leben und Wesen ihres Vaters, der sich niemals dagegen gesträubt, sondern eher alles dafür getan hatte, die legendäre Verkörperung amerikanischen Humors zu sein (ungeachtet aller profunden Kritik, die er an den Verhältnissen übte, unerschrocken übte, und natürlich nun erst recht und mit allen Namen in dieser Autobiographie: am Rande dies, und Susy wusste davon ja nichts). Die Tochter machte den ewig reisenden und redenden Mann nun aber zu einem wunderbaren Menschen, einem wunderbaren Vater, und vielleicht kann man sagen, zu dem, der er gern gewesen wäre, wäre er nicht mit Leidenschaft der geworden, der er, vielleicht ein bisschen zum Leidwesen seiner Tochter, doch war.

Und nun machte er etwas, das in dieser naiven Skrupellosigkeit wohl nur ein großer Mann wie er machen konnte: immer wieder zitiert er Sätze aus der töchterlichen Biographie, wunderbare Sätze, liebend verehrende Sätze, wie sie kein Beschreiber des eignen Lebens je über sich aufschreiben würde; er schreibt sie ab, und natürlich relativiert er sie, sie gehen ganz aufs Konto der kindlichen Liebe dieser klugen toten Lieblingstochter; aber da stehn sie nun einmal, und eben aus der Feder, aus dem Mund dieses so weisen jungen Mädchens, das ihn schreibend geliebt hatte wie sonst keiner, ihn in seiner Wahrheit.

Das ist ein ungeheuerlicher, ein ganz und gar unheimlicher Griff, den er da tut, und immer weniger wissen wir, wer uns da eigentlich nach hundert Jahren noch so sehr bezaubert, dass wir nicht über den Missouri wollen, und jedem raten, mit uns an diesem Ufer zu bleiben, eh das alles nicht ausgelesen ist.

Mark Twains
Autobiographie

[Meine Autobiographie]

Ein früher Versuch

Die nun folgenden Kapitel sind Bruchstücke eines meiner vielen Versuche (nachdem ich bereits in den Vierzigern war), mein Leben zu Papier zu bringen.

Der Versuch beginnt voller Zuversicht, teilt jedoch das Schicksal seiner Brüder – wird bald aufgegeben zugunsten anderer und neuerer Interessen. Das ist nicht verwunderlich, denn der Plan ist der alte, der uralte, rigide und schwierige – jener Plan, der mit der Wiege beginnt und einen schnurstracks ins Grab treibt, ohne dass einem unterwegs Seitenabstecher erlaubt wären. Wohingegen die Seitenabstecher doch das eigentliche Leben unserer Lebensreise ausmachen und also auch das ihrer Geschichte ausmachen sollten.

Meine Autobiographie [Willkürliche Auszüge daraus]

**** So viel zu den frühen Tagen und zum Neuengland-Zweig der Clemens. Der andere Bruder ließ sich im Süden nieder und ist auf gewisse Weise für mich verantwortlich. Seinen Lohn, worin auch immer der bestand, hat er schon vor Generationen eingestrichen. Nach Süden ging er mit seinem besonderen Freund Fairfax und ließ sich mit diesem in Maryland nieder, danach aber zog er weiter und siedelte sich in Virginia an. Das ist jener Fairfax, dessen Nachkommen eine sonderbare Auszeichnung genießen sollten – nämlich die, in Amerika geborene englische Earls zu sein. Der Begründer der Linie war Lord General Fairfax von der parlamentarischen Armee zu Cromwells Zeiten. Der Grafentitel, der jüngeren Datums ist, fiel den amerikanischen Fairfaxes zu, weil es in England keine männlichen Erben gab. Ältere Einwohner San Franciscos werden sich noch an »Charley« erinnern, den amerikanischen Earl Mitte der sechziger Jahre – laut *Burke's Peerage* der zehnte Lord Fairfax und Inhaber irgendeines bescheidenen öffentlichen Amtes in dem neuen Bergbauort Virginia City, Nevada. Amerika hat er nie verlassen. Ich kannte ihn, aber nur flüchtig. Er hatte einen goldenen Charakter, und der war sein ganzes Vermögen. Er legte seinen Titel ab und schickte ihn in die Ferien, bis seine Umstände sich so weit verbessert hätten, dass sie mit dessen Würde übereinstimmten; aber ich glaube nicht, dass diese Zeit je kam. Er war ein mannhafter Mann und besaß wahre Großmut. Eine berühmte und gefährliche Kreatur namens Ferguson, der immer Zank mit besseren Männern suchte, als er selbst einer war, brach eines Tages einen Streit mit ihm vom Zaun, und Fairfax schlug ihn nieder. Ferguson rappelte sich auf und zog, Drohungen murmelnd, davon. Fairfax trug keine Waffen und weigerte sich auch jetzt, welche zu tragen, obwohl seine Freunde ihn warnten, Ferguson sei ein heimtückischer Typ und werde bestimmt früher oder später auf niederträchtige Art Rache nehmen. Mehrere Tage geschah nichts; dann überrumpelte Ferguson den Earl und setzte ihm einen Revolver auf die Brust. Fairfax entwand ihm die Pistole und wollte ihn erschießen, als der Mann auf die Knie fiel und bettelte und sagte: »Töten Sie mich nicht – ich habe Frau und Kinder.« Fairfax schäumte vor Zorn, doch die flehende Bitte drang in sein Herz, und er sagte: »*Die* haben mir nichts getan«, und ließ den Schurken laufen.

Hinter den Clemens von Virginia erstreckt sich eine dunkle Prozession von Vorfahren, die bis zu Noahs Zeit zurückreicht. Der Überlieferung nach waren einige von ihnen zu Elisabeths Zeiten Seeräuber und Sklavenhalter gewesen. Aber das ist keine Schande, denn Drake, Hawkins und all die anderen waren es ja auch. Damals galt dies als ein achtbares Gewerbe, und die Monarchen gaben die Geschäftspartner ab. Manchmal habe ich selbst das Verlangen verspürt, Seeräuber zu sein. Der Leser, wenn er nur tief genug in sein geheimes Herz schaut, findet dort – aber vergessen wir, was er dort finden wird. Schließlich schreibe ich nicht *seine* Autobiographie, sondern meine. Später, zur Zeit Jakobs I. oder Karls I., war der Überlieferung nach einer der Prozessionsteilnehmer Botschafter in Spanien, heiratete dort und schickte einen Strom spanischen Blutes herüber, um uns zu wärmen. Und der Überlieferung nach war dieser oder ein anderer – Geoffrey Clement mit Namen – daran beteiligt, Karl zum Tode zu verurteilen. Ich habe diese Überlieferungen nicht eigenhändig nachgeprüft, teils weil ich träge bin, teils weil ich so damit beschäftigt war, dieses Ende der Linie zu polieren und dafür zu sorgen, dass es etwas hermacht; die anderen Clemens jedoch behaupten, sie hätten die Prüfung vorgenommen und die Überlieferungen hätten ihr standgehalten. Deshalb habe ich es stets für selbstverständlich gehalten, dass ich es war, der Karl aus seinen Schwierigkeiten half: durch einen Vorfahren. Auch meine Instinkte haben mich davon überzeugt. Wann immer wir einen starken, beharrlichen, unauslöschlichen Instinkt besitzen, können wir sicher sein, dass er nicht originär ist, sondern ererbt – ererbt aus grauer Vorzeit und verfestigt und vervollkommnet durch den versteinernden Einfluss der Zeit. Nun, ich bin schon immer und gleichbleibend bitter gegen Karl gewesen und fest davon überzeugt, dass diese Empfindung durch die Adern meiner Urahnen aus dem Herzen jenes Richters in mich hineingerieselt ist; denn es ist nicht meine Art, aus persönlichen Gründen bitter gegen Menschen zu sein. Ich bin auch gegen Jeffreys nicht bitter. Ich sollte es sein, aber ich bin es nicht. Es zeigt mir, dass meine Vorfahren aus der Zeit Jakobs II. ihm gegenüber gleichgültig waren. Ich weiß nicht, warum. Ich konnte es nie herausfinden. Aber genau das zeigt es. Auch gegen Satan war ich immer freundlich gesinnt. Natürlich ist das ebenfalls ererbt; es muss mir im Blut liegen, denn von mir selbst kann es nicht kommen.

… Und so, bekräftigt vom Instinkt, gestützt auf die Beteuerungen der Clemens, die Akten seien geprüft, habe ich mich stets bemüßigt gefühlt, daran zu glauben, dass jener Geoffrey Clement, der einen Märtyrer schuf, mein Vorfahr war, und mich seiner mit Wohlwollen, ja mit Stolz zu erinnern. Das wirkte sich nicht gut auf mich aus, denn es hat mich eitel gemacht, und das ist ein Charakterfehler. Es hat dazu geführt, dass ich mich über Menschen erhob, die mit ihren Vorfahren weniger Glück hatten als ich, und mich gelegentlich dazu bewogen, sie auf ihren Platz zu verweisen und ihnen in Gesellschaft Kränkendes zu sagen.

Vor mehreren Jahren trug sich in Berlin ein Fall dieser Art zu. William Walter Phelps war unser Gesandter am Hofe des Kaisers, und eines Abends lud er mich zum Dinner ein, um mich Graf S., einem Minister des Kabinetts, vorzustellen. Dieser Adlige hatte einen langen und glanzvollen Stammbaum. Natürlich wollte ich durchblicken lassen, dass auch ich etliche Vorfahren vorweisen konnte; aber ich wollte sie nicht einfach an den Ohren aus ihren Gräbern herbeiziehen, und es schien sich keine rechte Gelegenheit zu ergeben, sie auf eine Weise zu erwähnen, die hinreichend beiläufig gewirkt hätte. Ich vermute, dass Phelps in den gleichen Schwierigkeiten steckte. Tatsächlich sah er hin und wieder beunruhigt aus – so wie jemand aussieht, der rein zufällig einen Vorfahren anbringen will und dem nicht einfällt, wie er den gebührenden Anschein von Zufälligkeit erwecken kann. Endlich aber, nach dem Dinner, unternahm er einen Versuch. Er führte uns in seinem Salon umher, zeigte uns die Gemälde und blieb schließlich vor einem primitiven alten Kupferstich stehen. Es war ein Bild vom Gerichtshof, der über Karl I. verhandelte. Da war eine Pyramide von Richtern mit puritanischen Schlapphüten, darunter drei barhäuptige Sekretäre, die an einem Tisch saßen. Mr. Phelps legte seinen Finger auf einen der drei und sagte mit frohlockender Teilnahmslosigkeit:

»Ein Vorfahr von mir.«

Ich legte meinen Finger auf einen der Richter und erwiderte mit ätzender Gleichgültigkeit:

»Ein Vorfahr von mir. Aber das ist nicht weiter wichtig. Ich habe auch noch andere.«

Das war nicht sehr edel von mir. Ich habe es seitdem immer bereut. Aber ihm haftet es nun an. Ich frage mich, wie ihm wohl zumute war. Unsere Freundschaft allerdings beeinträchtigte es in keiner Weise, was beweist, dass er, ungeachtet seiner bescheidenen Herkunft, großherzig war. Und mir selbst rechnete ich es hoch an, dass ich darüber hinwegsehen konnte. Ich änderte mein Verhalten ihm gegenüber nicht, sondern behandelte ihn stets als ebenbürtig.

In einer Hinsicht jedoch war es ein schwieriger Abend für mich. Wie Graf S. hielt Mr. Phelps mich für den Ehrengast; ich aber hielt mich nicht dafür, denn in meiner Einladung stand nichts, was darauf hindeutete. Es war lediglich eine freundliche ungezwungene Mitteilung auf einer Karte. Als man uns zum Essen rief, wurde auch Phelps von Zweifeln heimgesucht. Etwas musste unternommen werden, doch es war nicht der Moment für Erklärungen. Er versuchte, mich dazu zu bringen, mit ihm den Anfang zu machen, aber ich zögerte; dann versuchte er es mit S., doch auch dieser lehnte ab. Es gab noch einen weiteren Gast, der keine Anstalten machte. Schließlich begaben wir uns alle auf einmal zu Tisch. Jeder stürzte – sehr schicklich – auf einen Sitzplatz zu. Ich ergatterte den links von Mr. Phelps, der Graf eroberte den gegenüber von Phelps, und der andere Gast musste den Ehrenplatz einnehmen, ihm blieb nichts anderes übrig. In der ursprünglichen Unordnung kehrten wir in den Salon zurück. Ich trug neue Schuhe, die mir zu eng waren. Um elf weinte ich innerlich, ich konnte nichts dagegen tun, so entsetzlich waren die Schmerzen. Die Unterhaltung war schon eine Stunde zuvor erlahmt. S. wurde seit halb zehn am Bett eines sterbenden Offiziers erwartet. Schließlich erhoben wir uns aus *einem* unerklärlichen Impuls heraus und gingen ohne Worte hinunter zur Haustür – alle auf einmal, ohne jemandem den Vortritt zu lassen; und so trennten wir uns.

Der Abend hatte seine Mängel, ich aber hatte einen Vorfahren erwähnt und war zufrieden.

Zu den Clemens in Virginia gehörten auch der bereits erwähnte Jere und Sherrard. Jere Clemens genoss weithin den Ruf, ein guter Pistolenschütze zu sein, und einmal versetzte ihn das in die Lage, sich bei einigen Trommlern beliebt zu machen, die beschwichtigenden Worten und Argumenten allein keine Beachtung geschenkt hätten. Zu der Zeit befand er sich auf Wahlkampfreise durch den Staat. Die Trommler hatten sich vor der Tribüne postiert und waren vom Gegner angeheuert worden, um zu trommeln, während er seine Rede hielt. Bevor er begann, zog er seinen Revolver, legte ihn vor sich hin und sagte auf seine sanfte, einschmeichelnde Art:

»Ich möchte niemandem etwas zuleide tun und werde versuchen, es zu vermeiden; aber ich habe genau eine Kugel für jede dieser sechs Trommeln, und falls Sie darauf trommeln wollen, sollten Sie besser nicht dahinter stehen.«

In den Tagen des Bürgerkriegs war Sherrard Clemens republikanischer Kongressabgeordneter von West Virginia, anschließend zog er nach St. Louis, wo der James-Clemens-Zweig der Familie lebte und noch immer lebt, und dort wurde er ein hitziger Rebell. Das war nach dem Bürgerkrieg. Als er Republikaner war, war ich Rebell; doch als er Rebell geworden war, war ich (vorübergehend) Republikaner geworden. Die Clemens haben stets ihr Bestes getan, um die politische Waagschale auszubalancieren, ganz gleich, welche Umstände es ihnen bereiten mochte. Ich wusste nicht, was aus Sherrard Clemens geworden war, doch einmal stellte ich Senator Hawley bei einer republikanischen Großveranstaltung in Neuengland vor, und danach erhielt ich einen verbitterten Brief von Sherrard aus St. Louis. Er schrieb, die Republikaner des Nordens – nein, die »Drecksuhler des Nordens« – hätten die alte Aristokratie des Südens mit Feuer und Schwert weggefegt und es stünde mir, einem Blutaristokraten, schlecht an, mit solchen Schweinen zu verkehren. Ob ich vergessen hätte, dass ich ein Lambton sei?

Dies war ein Verweis auf die Familie meiner Mutter. Wie schon gesagt, sie war eine Lambton – Lambton mit *p*, doch in der Frühzeit konnten einige der amerikanischen Lamptons nicht gut buchstabieren, und ihretwegen litt der Name Schaden. Sie kam aus Kentucky, und 1823, als sie zwanzig Jahre alt war und er vierundzwanzig, heiratete sie meinen Vater in Lexington. Keiner von beiden besaß überschüssiges Eigentum. Sie brachte zwei oder drei Neger mit in die Ehe, sonst nichts, glaube ich. Sie zogen sich in das abgeschiedene Dorf Jamestown in der Einsamkeit der Berge von East Tennessee zurück. Dort kam ihre erste Ausbeute an Kindern zur Welt, da ich aber ein jüngerer Jahrgang bin, kann ich mich daran nicht erinnern. Ich wurde zurückgestellt – zurückgestellt bis Missouri. Missouri war ein unbekannter neuer Staat und benötigte Attraktionen.

Ich glaube, mein ältester Bruder Orion, meine Schwestern Pamela und Margaret und mein Bruder Benjamin kamen in Jamestown zur Welt. Vielleicht noch andere, aber da bin ich mir nicht sicher. Dass meine Eltern dorthin gezogen waren, gab dem kleinen Dorf mächtig Auftrieb. Man hoffte, sie würden bleiben, damit aus dem Dorf eine Stadt würde. Man nahm an, sie würden bleiben. Und so kam es zu einem regelrechten Aufschwung; doch nach einer Weile zogen sie wieder fort, die Preise verfielen, und es dauerte viele Jahre, bis Jamestown ein Neuanfang gelang. Im *Vergoldeten Zeitalter*, einem meiner Bücher, habe ich über Jamestown geschrieben, aber das beruhte auf Hörensagen, nicht auf persönlicher Kenntnis. Mein Vater ließ in der Gegend um Jamestown ansehnliche Ländereien zurück – 75 000 Morgen.* Als er 1847 starb, waren sie seit rund zwanzig Jahren in seinem Besitz. Die Steuern waren sehr gering (fünf Dollar im Jahr für alles), und er hatte sie regelmäßig entrichtet und seinen Besitzanspruch gewahrt. Er hatte immer gesagt, zu seinen Lebzeiten werde das Land bestimmt nicht mehr wertvoll, irgendwann aber werde es eine komfortable Rücklage für seine Kinder darstellen. Es barg Kohle, Kupfer, Eisen und Holz, und er sagte, im Laufe der Zeit werde die Eisenbahn in diese Region vordringen, und dann werde sein Eigentum nicht nur dem Namen nach, sondern auch der Sache nach Eigentum sein. Auch eine vielversprechende wilde Rebe brachte das Land hervor. Einige Proben davon hatte er Nicholas Longworth in Cincinnati zugeschickt, um dessen Urteil einzuholen, und Mr. Longworth hatte geantwortet, es ließe sich daraus genauso guter Wein keltern wie aus seiner Catawba-Rebe. All diese Reichtümer bot das Land, dazu noch Öl, aber das wusste mein Vater nicht, und selbst wenn er es gewusst hätte, hätte er sich natürlich in jenen frühen Jahren nichts daraus gemacht. Das Öl wurde erst um 1895 entdeckt. Ich wünschte, mir gehörten jetzt ein paar Morgen von diesem Land, dann würde ich nicht Autobiographien schreiben, um mir meinen Lebensunterhalt zu verdienen. Der Auftrag meines sterbenden Vaters lautete: »Haltet an dem Land fest und wartet ab; lasst euch durch nichts dazu verlocken, es aufzugeben.« Der Lieblingscousin meiner Mutter, James Lampton, der im *Vergoldeten Zeitalter* als Colonel Sellers auftritt, sagte von diesen Ländereien immer – und sagte es mit flammender Begeisterung: »Die sind Millionen wert – Millionen!« Zwar behauptete er das von allem und jedem – und irrte immer; diesmal jedoch sollte er recht behalten, was beweist, dass ein Mann, der mit einem Prophezeiungsgewehr umherläuft, niemals entmutigt werden sollte: Wenn er seinen Mut behält und auf alles schießt, was sich ihm bietet, wird er mit Sicherheit irgendwann einen Treffer landen.

* Korrektur (1906) – offenbar mehr als 100 000 Morgen.

Viele Menschen hielten Colonel Sellers für eine Fiktion, eine Erfindung, eine extravagante Unmöglichkeit und erwiesen mir die Ehre, ihn eine »Schöpfung« zu nennen, aber sie irrten. Ich habe ihn nur so zu Papier gebracht, wie er war; er war kein Mensch, der übertrieben werden konnte. Die Vorfälle, die am extravagantesten wirkten, im Buch wie auf der Bühne, waren keine Erfindungen von mir, sondern Tatsachen aus seinem Leben, und ich war dabei, als sie sich zutrugen. John T. Raymonds Publikum wäre vor Lachen über die Steckrübenszene fast gestorben; aber so extravagant die Szene auch sein mochte, sie entsprach doch in all ihren absurden Einzelheiten den Tatsachen. Die Sache geschah in Lamptons eigenem Haus, und ich war dabei. Ja, ich selbst war der Gast, der die Steckrüben verzehrte. In den Händen eines großen Schauspielers hätte diese jammervolle Szene die Augen auch noch des männlichsten Zuschauers mit Tränen getrübt, vor Lachen hätten ihm die Rippen weh getan. Aber groß war Raymond nur in humorvollen Darstellungen. Darin war er ausgezeichnet, wunderbar – mit einem Wort: groß; in allen anderen Dingen war er der Zwerg der Zwerge. Der echte Colonel Sellers, wie ich ihn als James Lampton kannte, war ein rührend schöner Geist, ein mannhafter Mann, ein aufrechter und ehrenwerter Mann, ein Mann mit einem großen, törichten, selbstlosen Herzen in der Brust, ein Mann, dazu geboren, geliebt zu werden; und er wurde von allen seinen Freunden geliebt und von seiner Familie angebetet. Das ist das richtige Wort. Für sie war er nur ein bisschen weniger als ein Gott. Der wahre Colonel Sellers stand nie auf der Bühne. Auf der Bühne stand nur die eine Hälfte von ihm. Die andere Hälfte konnte Raymond nicht spielen, sie überstieg seine Möglichkeiten. Diese Hälfte bestand aus Eigenschaften, die Raymond ganz und gar abgingen. Denn Raymond war kein mannhafter Mann, er war kein ehrenwerter Mann und auch kein ehrlicher, er war hohl und selbstsüchtig und gewöhnlich und ungehobelt und dumm, und wo sein Herz hätte sitzen sollen, gähnte Leere. Es gab nur einen einzigen Mann, der den ganzen Colonel Sellers hätte spielen können, und das war Frank Mayo.*

Die Welt steckt voller Überraschungen. Sie geschehen auch dann, wenn

* Raymond spielte Colonel Sellers um 1876. Etwa zwanzig Jahre später dramatisierte Mayo *Querkkopf Wilson* und spielte die Titelrolle äußerst köstlich.

man am wenigsten damit rechnet. Als ich Sellers in das Buch einführte, schlug Charles Dudley Warner, mit dem zusammen ich die Geschichte schrieb, mir vor, Sellers' Vornamen zu ändern. Er war zehn Jahre zuvor in einem entlegenen Winkel des Westens einem Mann namens Eschol Sellers begegnet und fand, dass Eschol genau der richtige und passende Name für unseren Sellers sei, da er sonderbar und wunderlich klang und all das. Der Vorschlag gefiel mir, aber ich gab zu bedenken, der Mann könnte auftauchen und Einspruch erheben. Warner sagte, das könne nicht passieren, er sei zweifellos längst tot, ein Mann mit solch einem Namen könne nicht lange leben, und ob er nun tot sei oder am Leben, wir müssten den Namen einfach nehmen, es sei genau der richtige und wir könnten auf ihn nicht verzichten. So nahmen wir die Änderung vor. Warners Mann war ein gewöhnlicher einfacher Farmer. Das Buch war kaum eine Woche alt, da traf ein studierter, herzoglich ausgepolsterter Gentleman von vornehmen Manieren in Hartford ein, er war in heißblütiger Gemütsverfassung und hatte eine Beleidigungsklage im Blick, und *sein* Name war Eschol Sellers! Von dem anderen hatte er noch nie gehört und sich ihm bis auf tausend Meilen nie genähert. Das Vorhaben des geschädigten Aristokraten war ziemlich konkret und geschäftstüchtig: Die American Publishing Company müsse die gedruckte Auflage einstampfen und in den Druckplatten den Namen ändern oder mit einer Klage in Höhe von $ 10 000 rechnen. Der Mann nahm das Versprechen des Verlags und viele Entschuldigungen mit, und in den Druckplatten änderten wir den Namen wieder zu Colonel Mulberry Sellers. Offenbar gibt es nichts, was es nicht gibt. Selbst die Existenz zweier nicht verwandter Männer, die den unmöglichen Namen Eschol Sellers tragen, ist ein Ding der Möglichkeit.

James Lampton schwebte sein Lebtag in einem farbigen Dunst herrlicher Träume und starb am Ende, ohne auch nur einen davon verwirklicht zu sehen. Ich begegnete ihm zuletzt 1884, sechsundzwanzig Jahre nachdem ich in seinem Haus eine Schüssel roher Steckrüben verzehrt und sie mit einem Eimer Wasser hinuntergespült hatte. Er war alt und weißhaarig geworden, kam aber genauso fröhlich wie eh und je zu mir herein und war noch ganz er selbst. Es fehlte nicht eine Einzelheit: das glückliche Leuchten in seinen

Augen, die überreiche Hoffnung in seinem Herzen, die mitreißende Rede, die wundererzeugende Phantasie – das alles war vorhanden; und ehe ich mich versah, rieb er auch schon seine Wunderlampe und ließ die geheimen Reichtümer der Welt vor mir funkeln. Ich sagte bei mir: »Ich habe ihn in keiner Weise überzeichnet, ich habe ihn festgehalten, wie er war; und er ist noch ganz derselbe. Cable wird ihn wiedererkennen.« Ich bat ihn, mich einen Augenblick zu entschuldigen, und ging in Cables Zimmer nebenan. Cable und ich machten gerade eine Lesereise durch die Staaten der Union. Ich sagte:

»Ich lass deine Tür offen, damit du zuhören kannst. Da drinnen ist ein interessanter Mann.«

Ich ging zurück und fragte Lampton, was er denn jetzt so treibe. Er fing an, mir von einer »kleinen Unternehmung« zu erzählen, die er mit Hilfe seines Sohnes in New Mexico aufgezogen habe: »Nur eine kleine Sache – eine bloße Nebensächlichkeit –, teils um mir die Zeit zu vertreiben, teils um mein Kapital vor Untätigkeit zu bewahren, vor allem aber um den Jungen zu formen – um den Jungen zu formen. Fortunas Rad dreht sich unaufhörlich, vielleicht muss er sich seinen Lebensunterhalt eines Tages selbst verdienen – in der Welt sind schon sonderbarere Dinge geschehen. Aber es ist nur eine kleine Sache – wie gesagt, eine bloße Nebensächlichkeit.«

Und so war es auch – zu Beginn seiner Erzählung. Doch unter seinen geschickten Händen wuchs die Unternehmung und gedieh und dehnte sich aus – jenseits aller Vorstellungskraft. Nach einer halben Stunde endete er, endete mit dieser Bemerkung, die er auf bezaubernd lässige Art fallenließ:

»Ja, unter den heutigen Umständen ist es nur eine Nebensächlichkeit – eine Bagatelle –, aber amüsant. Sie vertreibt mir die Zeit. Der Junge verspricht sich viel davon, aber er ist jung, weißt du, und versponnen; ihm fehlt die Erfahrung, die man mit großen Geschäften macht, die die Einbildungskraft zügelt und die Urteilskraft schärft. Ich schätze, da stecken zwei Millionen drin, vielleicht drei, aber mehr nicht, glaube ich; trotzdem, für einen Jungen, weißt du, der eben ins Leben tritt, ist das nicht schlecht. Ich möchte nicht, dass er ein Vermögen macht – das kann später kommen. In dieser Lebensphase könnte ihm das den Kopf verdrehen und ihm in vielerlei Hinsicht schaden.«

Dann sprach er davon, dass er seine Brieftasche zu Hause auf dem Tisch im großen Salon liegengelassen habe, dass die Banken schon geschlossen hätten und –

An dieser Stelle unterbrach ich ihn und bat ihn, Cable und mir die Ehre zu erweisen, bei der Lesung unser Gast zu sein – zusammen mit all seinen Freunden, die bereit wären, uns die gleiche Ehre zu erweisen. Er nahm an. Und dankte mir wie ein Fürst, der uns eine Gnade gewährt hatte. Seine Rede über die Eintrittskarten hatte ich deshalb unterbrochen, weil ich merkte, dass er mich gebeten hätte, sie ihm auszulegen und ihn die Rechnung tags darauf begleichen zu lassen; und ich wusste, wenn er erst einmal Schulden gemacht hätte, würde er sie begleichen, und wenn er seine Kleider dafür verpfänden müsste. Nach einer weiteren kurzen Plauderei schüttelte er mir herzlich und liebevoll die Hand und empfahl sich. Cable steckte den Kopf zur Tür herein und sagte:

»Das war Colonel Sellers.«

Kapitel

Wie gesagt, das riesige Flurstück in Tennessee* gehörte meinem Vater zwanzig Jahre lang – unangetastet. Als er 1847 starb, begannen wir, es selbst zu *1847*
verwalten. Vierzig Jahre später hatten wir es auf 10 000 Morgen herunterverwaltet und nichts dafür bekommen, was uns an die Verkäufe erinnert hätte. Um 1887 – möglicherweise war es früher – gingen auch die 10 000 Morgen flöten. Mein Bruder fand eine Gelegenheit, sie gegen ein Haus mit Grundstück im Städtchen Corry in den Ölgebieten Pennsylvanias einzutauschen. Um 1894 verkaufte er diese Liegenschaft für $ 250. Das war das Ende unserer Ländereien in Tennessee.

Sollte die kluge Investition meines Vaters darüber hinaus auch nur einen Penny Bargeld abgeworfen haben, so kann ich mich daran nicht erinnern. Nein, ich übersehe ein Detail. Sie lieferte mir eine Spielwiese für Sellers und ein Buch. Aus meiner Hälfte des Buches bezog ich $ 15 000 oder $ 20 000, aus dem Bühnenstück $ 75 000 oder $ 80 000 – etwa einen Dollar pro

* 100 000 Morgen.

Morgen. Schon seltsam: Ich war noch nicht geboren, als mein Vater die Investition tätigte, insofern konnte er nicht beabsichtigt haben, mich zu bevorzugen; und doch war ich das einzige Familienmitglied, das je davon profitierte. Im Fortgang werde ich hin und wieder Gelegenheit haben, das Land zu erwähnen, denn es beeinflusste mehr als eine Generation lang auf die eine oder andere Weise unser Leben. Wann immer es um die Dinge düster stand, erhob es sich, streckte seine hoffnungsvolle Sellers-Hand aus, munterte uns auf und sagte: »Fürchtet euch nicht – vertraut mir – wartet.« So ließ es uns hoffen und hoffen, vierzig Jahre lang, und dann ließ es uns im Stich. Es lähmte unsere Kräfte und machte uns zu trägen Visionären, zu Träumern. Immer würden wir im folgenden Jahr reich werden – wir hatten keine Veranlassung zu arbeiten. Es ist gut, sein Leben arm zu beginnen; es ist gut, sein Leben reich zu beginnen – beides ist gesund. Aber es *voraussichtlich* reich zu beginnen! Wer das nicht erlebt hat, kann sich das Unheil nicht vorstellen.

Anfang der dreißiger Jahre zogen meine Eltern nach Missouri; ich weiß nicht genau, wann, denn damals war ich noch nicht geboren und kümmerte mich um derlei Dinge nicht. Zu jener Zeit war es eine weite Reise und eine holprige und beschwerliche obendrein. Sie siedelten sich in dem winzigen Dorf Florida in Monroe County an, und dort kam ich 1835 zur Welt. Das Dorf bestand aus hundert Einwohnern, und ich vermehrte die Bevölkerung um 1 Prozent. Das ist mehr, als der beste Mann in der Geschichte je für eine Stadt getan hat. Vielleicht ist es nicht gerade bescheiden von mir, aber es ist wahr. Es gibt keinerlei Hinweise darauf, dass ein Mensch je so viel getan hätte – nicht einmal Shakespeare. Aber ich tat es für Florida, und das beweist, dass ich es für jeden anderen Ort hätte tun können – vermutlich sogar für London.

Kürzlich schickte mir jemand aus Missouri ein Foto von dem Haus, in dem ich geboren wurde. Bislang habe ich immer behauptet, es sei ein Palast gewesen, aber jetzt werde ich mich besser vorsehen.

Mir ist nur ein Vorfall in Erinnerung, der mit meinem Leben in diesem Haus zu tun hat. Ich kann mich noch sehr gut daran erinnern, obwohl ich damals erst zweieinhalb Jahre alt war. Die Familie packte alles zusammen und brach in Planwagen in das dreißig Meilen entfernte Hannibal am Mississippi auf. Gegen Abend, als man ein Lager aufschlug und die Kinder zählte, fehlte eines. Das eine war ich. Ich war zurückgelassen worden. Eltern sollten ihre Kinder stets zählen, bevor sie aufbrechen. Mir ging es gut, solange ich allein vor mich hin spielte, bis ich feststellte, dass die Türen verschlossen waren und eine grässlich tiefe Stille im Haus brütete. Da wusste ich, dass die Familie fort war und mich vergessen hatte. Ganz verängstigt machte ich allen Lärm, zu dem ich fähig war, aber niemand war in der Nähe, und es nützte nichts. Ich verbrachte den Nachmittag in Gefangenschaft und wurde erst nach Einbruch der Dämmerung befreit, als das Haus schon von Geistern wimmelte.

Damals war mein Bruder Henry sechs Monate alt. Ich weiß noch, wie er – da war er eine Woche alt – im Freien in ein Feuer lief. Es war bemerkenswert, dass ich mich an ein solches Vorkommnis erinnerte, das sich zutrug, als ich selbst noch so jung war. Und noch bemerkenswerter war es, dass ich dreißig Jahre an der Illusion festhielt, mich *tatsächlich* daran zu erinnern – denn natürlich hat es sich nie zugetragen; in dem Alter hätte er nicht laufen können. Wenn ich innegehalten hätte, um nachzudenken, hätte ich mein Gedächtnis nicht so lange mit unmöglichem Unsinn belastet. Viele Leute sind der Meinung, dass ein Eindruck, der sich dem Gedächtnis eines Kindes in den ersten beiden Lebensjahren einprägt, keine fünf Jahre vorhalten kann, aber das ist ein Irrtum. Der Vorfall mit Benvenuto Cellini und dem Salamander muss als unverfälscht und glaubhaft akzeptiert werden; und auch jener bemerkenswerte und unbestreitbare Vorgang in Helen Kellers Erinnerung – aber davon will ich ein andermal sprechen. Viele Jahre lang glaubte ich mich daran zu erinnern, wie ich, als ich sechs Wochen alt war, meinem Vater half, seinen heißen Whiskey zu trinken, aber davon will ich jetzt nicht weiter erzählen; ich bin alt geworden, und mein Gedächtnis ist nicht mehr so rege wie früher. Als ich jünger war, konnte ich mich an alles erinnern, ob es sich nun zugetragen hatte oder nicht; aber meine Fähigkeiten lassen nach, und bald wird es so sein, dass ich mich nur noch an Letzteres erinnern kann. Es ist traurig, so zu verfallen, aber da müssen wir alle durch.

Mein Onkel John A. Charles war Farmer, und sein Haus lag vier Meilen von Florida entfernt auf dem Land. Er hatte acht Kinder und fünfzehn oder zwanzig Neger und konnte sich auch in anderer Hinsicht glücklich schätzen, besonders in Fragen des Charakters. Einem besseren Mann, als er es war, bin ich nicht begegnet. Jedes Jahr war ich zwei oder drei Monate lang sein Gast, ab dem vierten Jahr, nachdem wir nach Hannibal gezogen waren, bis ich elf oder zwölf war. Ich habe ihn oder seine Frau nie bewusst in einem Buch verwendet, seine Farm jedoch erwies sich in der Literatur ein- oder zweimal als nützlich. Für *Huckleberry Finn* und *Tom Sawyer als Detektiv* verlegte ich sie nach Arkansas. Das waren volle sechshundert Meilen, aber das stellte kein Problem dar, es handelte sich um keine sehr große Farm, vielleicht fünfhundert Morgen, aber ich hätte es auch dann geschafft, wenn sie doppelt so groß gewesen wäre. Und was die Moral angeht, so hatte ich keinerlei Bedenken; wenn die Literatur es erforderlich macht, würde ich einen ganzen Staat verlegen.

Für einen Jungen war sie ein himmlischer Ort, diese Farm meines Onkels John. Das Haus war ein doppeltes Blockhaus mit einem geräumigen (überdachten) Gang, der es mit der Küche verband. Im Sommer wurde der Tisch mitten in diesem schattigen und luftigen Gang gedeckt, und die üppigen Mahlzeiten – ach, ich muss weinen, wenn ich nur daran denke. Gebratenes Hähnchen; Schweinebraten; wilde und zahme Truthähne, Enten und Gänse; frisch erlegtes Wild; Eichhörnchen, Kaninchen, Fasane, Rebhühner, Präriehühner; selbstgeräucherter Speck und Schinken; heiße Kekse, heiße Rührkuchen, heiße Buchweizenkuchen, heißes Weizenbrot, heiße Brötchen, heißes Maisbrot; frisch gekochte Maiskolben, Bohnen-Mais-Eintopf, Limabohnen, Stangenbohnen, Tomaten, Erbsen, irische Kartoffeln, Süßkartoffeln; Buttermilch, frische Milch, Sauermilch; Wassermelonen, Zuckermelonen, Cantaloupe-Melonen – alles frisch aus dem Garten –; Apfelkuchen, Pfirsichkuchen, Kürbiskuchen, Apfelknödel, Pfirsichauflauf – an den Rest kann ich mich nicht mehr erinnern. Wie die Dinge zubereitet wurden, war vielleicht das Herrlichste daran – besonders bei einigen Speisen. Zum Beispiel dem Maisbrot, den heißen Keksen, dem Weizenbrot und dem gebratenen Hähnchen. Im Norden sind diese Dinge nie richtig zubereitet worden – ja, soweit ich das beurteilen kann, ist dort nicht einmal jemand in der Lage, diese Kunst zu erlernen. Im Norden glaubt man zu wissen, wie man Maisbrot backt, aber das ist ein grotesker Aberglaube. Vielleicht ist kein Brot der Welt so gut wie das Maisbrot in den Südstaaten und vielleicht kein Brot der Welt so schlecht wie dessen Imitation in den Nordstaaten. Im Norden versucht man sich nur selten daran, ein Hähnchen zu braten, und das ist auch gut so; nördlich der Mason-Dixon-Linie lässt sich diese Kunst nicht erlernen, und in Europa schon gar nicht. Das weiß ich nicht vom Hörensagen, sondern aus Erfahrung. In Europa bildet man sich ein, die Angewohnheit, einige Brotsorten glühend heiß zu servieren, sei »amerikanisch«, aber das ist zu allgemein gefasst: Es ist eine Angewohnheit im Süden, im Norden alles andere als das. Im Norden wie in Europa gilt warmes Brot als ungesund. Dabei handelt es sich vermutlich um einen genauso ausgeklügelten Aberglauben wie bei dem europäischen Aberglauben, Eiswasser sei ungesund. Europa braucht kein Eiswasser, deswegen trinkt es auch keines; nichtsdestotrotz ist das europäische Wort dafür besser als unseres, denn es trifft die Sache, unseres dagegen nicht. Die meisten europäischen Sprachen nennen es »eisgekühltes« Wasser. Unser Wort umschreibt Wasser aus geschmolzenem Eis – ein Getränk, das einen nichtssagenden Geschmack hat und mit dem wir kaum Bekanntschaft machen.

Ich finde es bedauerlich, dass die Welt so viele gute Dinge ablehnt, nur weil sie ungesund sind. Ich bezweifle, dass Gott uns irgendetwas geschenkt hat, was, in Maßen genossen, ungesund ist, ausgenommen Mikroben. Trotzdem gibt es Menschen, die sich alles und jedes Essbare, Trinkbare und Rauchbare, das sich einen zweifelhaften Ruf erworben hat, strengstens versagen. Diesen Preis zahlen sie für ihre Gesundheit. Und Gesundheit ist alles, was sie dafür bekommen. Wie seltsam das ist. Als verschleudere man sein gesamtes Vermögen für eine Kuh, die keine Milch mehr gibt.

Das Farmhaus stand inmitten eines sehr großen Gartens, und der Garten war auf drei Seiten von einem Lattenzaun und auf der Rückseite von hohen Palisaden umgeben; davor stand das Räucherhaus; hinter den Palisaden war der Obstgarten, und hinter dem Obstgarten lagen die Negerquartiere und die Tabakfelder. In den Vorgarten gelangte man über eine Stiege aus abgesägten Holzklötzen in unterschiedlicher Höhe; an ein Tor kann ich mich nicht erinnern. In einer Ecke des Vorgartens wuchsen ein Dutzend hohe Hickorybäume und ein Dutzend schwarze Walnussbäume, und zur Erntezeit konnte man dort ganze Reichtümer auflesen.

Etwas weiter unten, auf gleicher Höhe mit dem Haus, stand vor dem Lattenzaun eine kleine Blockhütte, und dort fiel der bewaldete Hügel steil ab – an den Scheunen, dem Maisspeicher, den Stallungen und der Tabakdarre vorbei – zu einem klaren Bach, der über sein kiesiges Bett hinwegmurmelte und sich im tiefen Schatten überhängender Zweige und Reben hin und her wand und hierhin und dorthin hüpfte – ein himmlischer Ort zum Waten, wo es auch Badestellen gab, die uns verboten waren und gerade deshalb oft von uns aufgesucht wurden. Denn wir waren kleine Christenkinder, denen schon früh der Wert verbotener Früchte beigebracht worden war.

In der kleinen Blockhütte wohnte eine bettlägerige weißhaarige Sklavin, die wir täglich besuchten und voller Ehrfurcht betrachteten, denn wir glaubten, dass sie mehr als tausend Jahre alt war und noch mit Moses gesprochen hatte. Die jüngeren Neger vertrauten auf diese Zahlen und hatten sie gutgläubig an uns weitergegeben. Wir akzeptierten sämtliche Einzelheiten, die wir über die Alte erfuhren, und so nahmen wir an, dass sie ihre Gesundheit auf der langen Wüstenreise aus Ägypten eingebüßt und nicht wiedererlangt hatte. Auf dem Scheitel hatte sie eine runde kahle Stelle, und wir pflegten uns heranzuschleichen, diese in andächtigem Schweigen zu bestaunen und uns zu fragen, ob sie wohl von dem Schreck herrührte, mit ansehen zu müssen, wie der Pharao ertrank. Nach Südstaatenart nannten wir sie Tante Hannah. Sie war abergläubisch wie die anderen Neger und wie diese tief religiös. Wie die anderen setzte sie großes Vertrauen ins Gebet und bediente sich seiner in allen gewöhnlichen Zwangslagen, nicht jedoch in Fällen, wo absolute Gewissheit über den Ausgang geboten war. Wann immer sich Hexen in der Umgebung aufhielten, wickelte sie die Reste ihrer Wolle mit einem weißen Faden zu kleinen Büscheln zusammen, was den Hexen unverzüglich ihre Macht nahm.

Alle Neger waren unsere Freunde und die in unserem Alter in Wirklichkeit Kameraden. Ich sage »in Wirklichkeit« und verwende den Ausdruck als Einschränkung. Wir waren Kameraden und doch keine Kameraden; Hautfarbe und sozialer Status zogen eine Trennlinie, welcher sich beide Parteien unterschwellig bewusst waren und die eine völlige Verschmelzung unmöglich machte. Wir hatten einen treuen und liebevollen guten Freund, Verbündeten und Ratgeber in »Onkel Dan'l«, einem Sklaven mittleren Alters, dessen Verstand der beste im Negerquartier war, dessen Mitgefühl tief und warm war und dessen Herz keine Arglist kannte. Er hat mir all die vielen, vielen Jahre gut gedient. Ich habe ihn seit mehr als einem halben Jahrhundert nicht mehr gesehen, und doch habe ich geistig einen guten Teil dieser Zeit seine willkommene Gesellschaft genossen, ihn in Büchern unter seinem Namen und als »Jim« verewigt und ihn überall mit hingekarrt – nach Hannibal, auf einem Floß den Mississippi hinab und sogar in einem Heißluftballon quer über die Sahara –, und all das hat er mit jener Geduld und Güte und Treue ertragen, die sein Geburtsrecht war. Auf der Farm wuchs meine tiefe Zuneigung zu seiner Rasse und meine Wertschätzung ihrer besonderen Eigenheiten. Diese Empfindung und diese Wertschätzung haben sechzig Jahre und länger jeder Prüfung standgehalten und keine Einschränkung erfahren. Ein schwarzes Gesicht ist mir heute so willkommen wie damals.

In meiner Schulzeit empfand ich keine Abneigung gegen die Sklaverei. Es war mir nicht bewusst, dass etwas daran verkehrt sein könnte. Mir kam nichts dergleichen zu Ohren; die Lokalzeitungen prangerten sie nicht an; von der Kanzel wurde uns beigebracht, dass Gott sie billige, dass sie eine heilige Sache sei und ein Zweifler nur in die Bibel zu schauen brauche, um sein Gemüt zu beruhigen – und um die Angelegenheit abzuschließen, wurden die Texte laut vorgelesen. Falls die Sklaven selbst Abneigung gegen die Sklaverei empfanden, dann waren sie klug und sagten nichts. In Hannibal sahen wir nur selten, dass ein Sklave schlecht behandelt wurde, auf der Farm nie.

Allerdings gab es in meiner Kindheit einen kleinen Zwischenfall, der mit dem Thema zu tun hatte und der einen nachhaltigen Eindruck bei mir hinterlassen haben muss, sonst wäre er mir nicht all die langsam dahinziehenden Jahre im Gedächtnis geblieben, klar und deutlich, lebhaft und scharf umrissen. Bei uns war ein kleiner Sklavenjunge, den wir von jemandem in Hannibal gemietet hatten. Er stammte von der Ostküste Marylands, war seiner Familie und seinen Freunden weggenommen und quer über den halben amerikanischen Kontinent verkauft worden. Er war ein fröhlicher Geist, gutartig und sanft und vielleicht das lärmendste Geschöpf, das es je gegeben hat. Den lieben langen Tag sang, pfiff, johlte, jauchzte, lachte er – es war nervtötend, zerstörerisch, unerträglich. Eines Tages schließlich verlor ich die Geduld, lief wutentbrannt zu meiner Mutter und sagte, Sandy habe eine geschlagene Stunde ohne Unterbrechung gesungen, ich könne es nicht länger aushalten und sie möge ihn *bitte* zum Schweigen bringen. Da traten ihr Tränen in die Augen, ihre Lippe zitterte, und sie sagte etwa Folgendes:

»Der arme Kerl, wenn er singt, heißt das, dass er sich nicht erinnert, und das tröstet mich; aber wenn er schweigt, fürchte ich, dass er nachdenkt, und das kann ich nicht ertragen. Er wird seine Mutter niemals wiedersehen; wenn er singt, darf ich ihn nicht daran hindern, sondern muss dankbar dafür sein. Wenn du älter wärst, würdest du mich verstehen; dann würde dich der Lärm eines Kindes ohne Freunde froh stimmen.«

Es war eine schlichte Rede, und sie bestand nur aus kleinen Worten, aber sie traf den Kern, und Sandys Lärm beunruhigte mich nicht mehr. Meine Mutter machte nie große Worte, hatte aber eine natürliche Begabung, mit kleinen Worten große Wirkung zu erzielen. Sie ist fast neunzig Jahre alt geworden und besaß bis zuletzt eine schlagfertige Zunge – besonders wenn eine Gemeinheit oder Ungerechtigkeit ihren Zorn erregte. Mehrere Male kam sie mir in meinen Büchern zugute, wo sie als Tom Sawyers »Tante Polly« auftaucht. Ich stattete sie mit einem Dialekt aus und versuchte, mir noch andere Verbesserungen für sie einfallen zu lassen, konnte aber keine finden. Auch Sandy habe ich einmal verwendet, und zwar in *Tom Sawyer*. Ich wollte, dass er darin einen Zaun streicht, aber es gelang mir nicht. Ich kann mich nicht mehr erinnern, wie ich ihn in dem Buch genannt habe.

Ich sehe die Farm noch vollkommen klar vor mir. Alle Habseligkeiten, alle Einzelheiten sehe ich: das Familienzimmer im Haus, mit einem Ausziehbett in der einen Ecke und einem Spinnrad in der anderen – einem Rad, dessen schon von weitem zu hörendes an- und abschwellendes Klagen für mich das schwermütigste aller Geräusche war, mich heimwehkrank und trübsinnig machte und meine Umgebung mit den wandelnden Geistern der Toten erfüllte; den riesigen Kamin, der in Winternächten mit lodernden Hickoryscheiten vollgeschichtet war, aus denen ein zuckriger Saft austrat, der nicht umkam, weil wir ihn abkratzten und vertilgten; die träge Katze, die auf der unebenen Kaminplatte ausgestreckt dalag; die schläfrigen Hunde, die sich blinzelnd an die Türpfosten drückten; meine Tante, strickend in der einen Kaminecke, mein Onkel, seine Maiskolbenpfeife rauchend, in der anderen; den teppichlosen polierten Eichenholzfußboden, der die tanzenden Flammenzungen reflektierte und dort, wo heiße Kohlefunken gelandet und eines gemächlichen Todes gestorben waren, von schwarzen Markierungen getüpfelt war; ein halbes Dutzend Kinder, die weiter hinten im Dämmerlicht umhertobten; hier und da Stühle mit holzgeflochtenem Sitz, einige davon Schaukelstühle; eine Wiege außer Dienst, aber vertrauensvoll wartend; in den kalten frühen Morgenstunden aneinandergeschmiegte Kinder in Hemdchen und Leibchen, die die Kaminplatte belagerten und Zeit schindeten – sie brachten es nicht über sich, ihr gemütliches Plätzchen zu verlassen, auf den windgepeitschten Gang zwischen Haus und Küche hinauszugehen, wo das Zinnwaschbecken für alle bereitstand.

Vor dem vorderen Zaun verlief die Landstraße, im Sommer staubig und ein geeigneter Ort für Schlangen – dort lagen sie gern und sonnten sich. Wenn es Klapperschlangen oder Puffottern waren, töteten wir sie; wenn es Schwarze Ratten- oder Schlanknattern waren oder wenn sie zur legendären Schlammnatternart gehörten, flüchteten wir ohne Scham; wenn es »Hausschlangen« oder »Strumpfbandnattern« waren, trugen wir sie nach Hause und legten sie als Überraschung in Tante Patsys Nähkorb, denn sie war voreingenommen gegenüber Schlangen, und immer wenn sie den Korb auf den Schoß nahm und welche herauszukriechen begannen, verlor sie fast den Verstand. Sie schien sich nie an sie gewöhnen zu können, obwohl sich ihr zahlreiche Gelegenheiten boten. Auch für Fledermäuse war sie nicht zu erwärmen und konnte sie einfach nicht ertragen; dabei halte ich Fledermäuse für durchaus freundliche Vögel. Meine Mutter, Tante Patsys Schwester, war demselben wilden Aberglauben verfallen. Eine Fledermaus ist wunderbar weich und seidig; ich kenne kein Geschöpf, das sich angenehmer anfühlt oder dankbarer wäre für Liebkosungen, wenn man sie nur im richtigen Geist anbietet. Ich weiß alles über diese Coleoptera, weil unsere große Höhle drei Meilen unterhalb von Hannibal von ihnen zahlreich bevölkert war, und oft brachte ich welche mit nach Hause, um meiner Mutter eine Freude zu machen. An Schultagen hatte ich leichtes Spiel, denn dann war ich ja in der Schule gewesen und konnte keine Fledermäuse herbeigeschafft haben. Sie war keine misstrauische Person, sondern voller Vertrauen und Zuversicht; und wenn ich sagte: »In meiner Manteltasche hab ich was für dich«, steckte sie die Hand hinein. Aber sie zog sie immer von selbst wieder heraus; ich brauchte sie nicht erst zu bitten. Es war bemerkenswert, wie hartnäckig sie sich weigerte, unsere Fledermäuse zu mögen. Je mehr Erfahrungen sie mit ihnen machte, desto weniger vermochte sie ihre Einstellung zu ändern.

Ich glaube, sie war kein einziges Mal in ihrem Leben in der Höhle, während alle anderen hingingen. Viele Ausflügler kamen aus beträchtlicher Entfernung stromab- und stromaufwärts, um die Höhle zu besuchen. Sie erstreckte sich über mehrere Meilen und stellte eine verworrene Wildnis aus tiefen Klüften und schmalen Gängen dar. Man konnte sich leicht verirren, jeder – einschließlich der Fledermäuse. Auch ich habe mich darin verirrt zusammen mit einer Dame, und unsere letzte Kerze war schon fast heruntergebrannt, bevor wir in der Ferne die umhertanzenden Lichter der Suchmannschaft erblickten.

Einmal hatte sich der Mischling »Indianer Joe« darin verirrt und wäre verhungert, wenn der Vorrat an Fledermäusen ausgegangen wäre. Aber das war so gut wie unmöglich; es gab eine Unmenge von ihnen. Er hat mir die Geschichte erzählt. In dem Buch *Tom Sawyer* habe ich ihn schließlich verhungern lassen, doch das geschah im Interesse der Kunst; in Wirklichkeit kam es nicht so weit. »General« Gaines, unser erster Stadtsäufer, bevor Jimmy Finn seinen Platz einnahm, war eine Woche lang darin verlorengegangen und steckte am Ende sein Taschentuch durch das Loch einer Hügelspitze bei Saverton, mehrere Meilen stromabwärts vom Eingang der Höhle, und jemand sah es und grub ihn aus. Die Geschichte stimmt bis auf das Detail mit dem Taschentuch. Ich kannte ihn jahrelang, und er besaß gar keins. Aber vielleicht war's ja auch seine Nase. Die hätte Aufmerksamkeit erregt.

Die Höhle war ein gespenstischer Ort, denn sie barg einen Leichnam –

den Leichnam eines jungen Mädchens von vierzehn Jahren. Er befand sich in einem gläsernen Zylinder, umhüllt von einem kupfernen, und hing von einer Halterung herab, die einen schmalen Gang überspannte. Der Körper war in Alkohol eingelegt, und es hieß, dass Nichtsnutze und Raufbolde ihn an den Haaren heraufzogen, um in das tote Gesicht zu blicken. Das Mädchen war die Tochter eines Chirurgen von außerordentlichen Fähigkeiten und hohem Ansehen aus St. Louis, eines Exzentrikers, der viele seltsame Dinge vollführte. Er selbst hatte das arme Mädchen an diesen verlassenen Ort gebracht.

Er war nicht nur Chirurg, sondern auch praktischer Arzt, und in Fällen, wo Arzneien allein nicht halfen, entwickelte er andere Heilmethoden. Einmal entzweite er sich mit einer Familie, deren Hausarzt er war, und danach zog sie ihn nicht mehr zu Rate. Aber es kam eine Zeit, da er noch einmal gerufen wurde. Die Dame des Hauses war schwer krank und von ihren Ärzten bereits aufgegeben worden. Er trat ins Zimmer, blieb reglos stehen und besah sich die Szenerie. Er hatte seinen großen Schlapphut auf und einen Viertelmorgen Ingwerkuchen unter dem Arm, und während er sich gedankenvoll umschaute, brach er große Stücke von seinem Kuchen ab, mampfte vor sich hin und ließ die Krümel auf seine Brust und zu Boden rieseln. Die Frau lag blass und bewegungslos mit geschlossenen Augen da; um das Bett war die Familie gruppiert und schluchzte leise in der feierlichen Stille, einige stehend, andere kniend. Bald nahm der Arzt die Medizinfläschchen zur Hand, beschnüffelte sie verächtlich und schleuderte sie zum offenen Fenster hinaus. Als alle entsorgt waren, trat er ans Bett, legte der sterbenden Frau seinen Ingwerkuchen auf die Brust und sagte barsch:

»Was schluchzt ihr Idioten? Der Schwindlerin fehlt nichts. Strecken Sie die Zunge heraus!«

Das Schluchzen verstummte, die verärgerte Trauerversammlung änderte ihr Verhalten und begann den Arzt für sein grausames Betragen in dieser Kammer des Todes zu rügen, doch mit einer Explosion lästerlicher Beschimpfungen unterbrach er sie und sagte:

»Eine Meute schniefender Hornochsen, glaubt ihr, ihr könnt mich mein Handwerk lehren? Ich sage euch doch, der Frau fehlt nichts – sie ist nur träge. Was sie braucht, ist ein Beefsteak und eine Waschschüssel. Mit ihrer verdammten gesellschaftlichen Dressur –«

Da richtete sich die sterbende Frau im Bett auf, und ihre Augen sprühten vor Kampfeslust. Sie schüttete ihr ganzes gekränktes Wesen über den Arzt aus – ein Vulkanausbruch, begleitet von Blitz und Donner, Wirbelwinden und Erdbeben, Bimsstein und Asche. Es war genau die Reaktion, die er haben wollte, und sie wurde gesund. Das war der verstorbene Dr. McDowell, dessen Name ein Jahrzehnt vor dem Bürgerkrieg im Tal des Mississippi so bekannt war und so hohes Ansehen genoss.

Kapitel

Hinter der Straße, auf der sich die Schlangen sonnten, begann ein dichtes junges Dickicht, durch das eine Viertelmeile weit ein schwach beleuchteter Pfad führte; aus dem Schummerlicht gelangte man unversehens auf eine große, ebene Prärie, die von wilden Erdbeerpflanzen bedeckt, mit Prärienelken übersät und auf allen Seiten von Wäldern umgeben war. Die Erdbeeren dufteten und schmeckten köstlich, und in der Erntezeit kamen wir meist schon in der kühlen Frische des frühen Morgens an diese Stelle, wenn auf dem Gras noch die Tautropfen glitzerten und die Wälder vom Gesang der ersten Vögel widerhallten.

Am Waldhang zur Linken hingen die Schaukelseile. Sie bestanden aus der Rinde junger Hickorystämme. Wenn sie zu trocken wurden, waren sie gefährlich. Gewöhnlich rissen sie genau dann, wenn sich ein Kind zehn, fünfzehn Meter hoch in der Luft befand, und deshalb mussten jedes Jahr so viele Knochen zusammengeflickt werden. Ich selbst hatte nie Pech, aber von meinen Cousins kam keiner ungeschoren davon. Es waren acht, und irgendwann hatten sie sich insgesamt vierzehn Arme gebrochen. Immerhin verursachte es so gut wie keine Kosten, denn der Arzt wurde jahrweise bezahlt – $ 25 für die ganze Familie. Ich erinnere mich an zwei Ärzte in Florida, Chowning und Meredith. Nicht nur behandelten sie eine ganze Familie für $ 25 pro Jahr, sie versorgten sie auch mit Arzneien, und zwar großzügig. Nur die ausgewachsenste Person konnte eine volle Dosis verkraften. Das Hauptgetränk war Rizinusöl. Die Dosis betrug einen halben Schöpflöffel, dem ein halber Schöpflöffel New-Orleans-Zuckerrohrsirup beigegeben wurde, damit man das Öl hinunterspülen konnte und damit es besser schmeckte, was es nicht tat. Das nächste Hausmittel war Kalomel; danach Rhabarber; dann Kermesbeeren. Anschließend schröpfte man den Patienten und legte ihm Senfpflaster auf. Es war ein schreckliches Regime, und doch war die Sterberate niedrig. Das Kalomel regte fast immer den Speichelfluss des Patienten an und kostete ihn einige Zähne. Zahnärzte gab es nicht. Wenn die Zähne von Karies befallen waren oder sonst wie schmerzten, gab es nur eins: Der Arzt holte seine Zange und zog ihn heraus. Blieb der Kiefer unversehrt, war das nicht sein Verdienst.

Bei gewöhnlichen Krankheiten wurde kein Arzt hinzugezogen, die übernahm die Großmutter der Familie. Jede alte Frau war eine Ärztin, sammelte in den Wäldern ihre eigenen Arzneien und konnte Mittelchen mischen, die die lebenswichtigen Organe eines gusseisernen Hundes wach gerüttelt hätten. Und dann war da noch der »indianische Medizinmann«: ein dunkler Wilder, Relikt seines Stammes, bestens bewandert in den Mysterien der Natur und den geheimen Eigenschaften von Kräutern. Die meisten Hinterwäldler hatten großes Vertrauen in seine Heilkräfte und konnten von Wundern berichten, die er vollbracht hatte. Auf Mauritius, in der fernen Einsamkeit des Indischen Ozeans, gibt es jemanden, der unserem indianischen Medizinmann vergangener Zeiten entspricht. Er ist Neger und hat keine ärztliche Ausbildung genossen, und doch gibt es eine Krankheit, deren er Herr geworden ist und die er heilen kann, während die Ärzte es nicht vermögen. Liegt ein Fall vor, schickt man nach ihm. Es handelt sich um eine sonderbare tödliche Kinderkrankheit, und der Neger heilt sie mit einer Kräutermischung, die er selbst herstellt, nach einem Rezept, das von seinem Vater und seinem Großvater auf ihn gekommen ist. Keinen anderen lässt er es sehen. Das Geheimnis der Bestandteile behält er für sich, und man fürchtet, dass er sterben wird, ohne es je preisgegeben zu haben; dann wird Bestürzung herrschen auf Mauritius. 1896 haben mir die Leute dort davon erzählt.

Auch eine »Gesundbeterin« hatten wir in jenen frühen Tagen. Ihr Fachgebiet waren Zahnschmerzen. Sie war eine alte Farmersfrau und wohnte fünf Meilen von Hannibal entfernt. Sie legte dem Patienten die Hand an das Kinn und sprach: »Vertraue!«, und die Heilung erfolgte prompt. Mrs. Utterback. Ich kann mich noch gut an sie erinnern. Zweimal bin ich, hinter meiner Mutter auf dem Pferd sitzend, zu ihr geritten und habe einer erfolgreichen Behandlung beigewohnt. Die Patientin war meine Mutter.

Wenig später zog Dr. Meredith nach Hannibal und wurde unser Hausarzt. Mehrere Male hat er mir das Leben gerettet. Trotzdem war er ein redlicher Mann und meinte es gut. Lassen wir's dabei bewenden.

Man hat mir immer gesagt, ich sei ein kränkliches, auffälliges, anstrengendes und launenhaftes Kind gewesen und hätte während der ersten sieben Jahre meines Lebens hauptsächlich von den Mitteln der Schulmedizin gelebt. Ich fragte meine Mutter danach, als sie schon alt war – im achtundachtzigsten Lebensjahr:

»Ich nehme an, du hast dir all die Zeit Sorgen um mich gemacht?«

»Ja, die ganze Zeit.«

»Aus Angst, ich würde nicht überleben?«

Nach einer nachdenklichen Pause – offenbar um sich die Tatsachen ins Gedächtnis zurückzurufen:

»Nein, aus Angst, du würdest überleben.«

Es klingt wie ein Plagiat, aber vermutlich war es keins.

Das Landschulhaus stand drei Meilen von der Farm meines Onkels entfernt auf einer Waldlichtung und bot Platz für nahezu fünfundzwanzig Jungen und Mädchen. Im Sommer besuchten wir die Schule ziemlich regelmäßig ein- oder zweimal die Woche; in der Kühle des Morgens liefen wir die Waldwege hin und am Ende des Tages in der Dämmerung wieder zurück. Alle Schüler brachten ihr Mittagessen in Körben mit – Maisknödel, Buttermilch und andere Köstlichkeiten –, setzten sich damit in den Schatten der Bäume und verzehrten es. Dies ist der Teil meiner Schulbildung, auf den ich mit größter Zufriedenheit zurückblicke. An meinem ersten Schultag war ich sieben Jahre alt. Eine dralle Fünfzehnjährige, angetan mit herkömmlichem

Sonnenhut und Kattunkleid, fragte mich, ob ich Tabak »benutze« – sie meinte, ob ich Tabak kaue. Ich verneinte. Damit erntete ich ihren Hohn. Sie erstattete der ganzen Gruppe Bericht und sagte:

»Hier ist ein Siebenjähriger, der keinen Tabak kauen kann.«

An den Blicken und den Bemerkungen, die dieser Satz hervorrief, merkte ich, dass ich ein Etwas niederer Art war; es beschämte mich maßlos, und ich beschloss, mich zu bessern. Aber ich erreichte nur, dass mir übel wurde; ich konnte das Tabakkauen einfach nicht erlernen. Tabak rauchen lernte ich recht gut, doch das stimmte niemanden versöhnlich, und ich blieb ein armer Tropf ohne jeden Charakter. Ich sehnte mich danach, respektiert zu werden, vermochte aber nicht aufzusteigen. Kinder haben nur wenig Verständnis für die Schwächen der anderen.

Bis ich zwölf oder dreizehn war, hielt ich mich, wie gesagt, einen Teil des Jahres auf der Farm auf. Die Zeit, die ich mit meinen Cousins dort verbrachte, war voller Zauber, und so sind auch meine Erinnerungen daran. Ich kann mir das feierliche Zwielicht und das Geheimnis der Wälder ins Gedächtnis rufen, den Geruch von Erde, den schwachen Duft der Wildblumen, den Schimmer von regennassem Laub, das Platschen der Tropfen, wenn der Wind die Bäume schüttelte, das ferne Klopfen der Spechte und das gedämpfte Trommeln der Fasane in der Abgeschiedenheit des Waldes, den flüchtigen Anblick aufgescheuchter wilder Geschöpfe, die durchs Gras huschen – all das kann ich mir ins Gedächtnis rufen, bis es mir so wirklich und so gesegnet erscheint wie damals. Ich kann mir die Prärie ins Gedächtnis rufen, ihre Einsamkeit und ihren Frieden, einen riesigen Habicht, der mit ausgebreiteten Schwingen reglos am Himmel hing, und das Blau des Himmelsgewölbes, das sich durch die Fransen der Flügelfedern zeigte. Ich sehe die Wälder in ihrem Herbstkleid, die Eichen rötlich, die Hickorybäume golden überzogen, Ahorne und Sumachs feuerrot leuchtend, und höre das Rascheln der abgefallenen Blätter, wenn wir hindurchstapften. Ich sehe die blauen Trauben der wilden Weinreben, die im Blattwerk der Schösslinge hingen, und erinnere mich an ihren Geschmack und an ihren Geruch. Ich weiß noch, wie die wilden Brombeeren aussahen und schmeckten; das Gleiche gilt für die Pawpaws, die Haselnüsse und die Dattelpflaumen; und ich spüre noch den prasselnden Regen aus Hickory- und Walnüssen auf meinem Kopf, wenn wir im frostigen Morgengrauen unterwegs waren, um uns mit den Schweinen um sie zu balgen, und die Windstöße sie schüttelten und herunterrissen. Ich weiß noch, wie hübsch die Flecken waren, die die Brombeeren hinterließen, wie wenig sich die Flecken, die die Walnussschalen hinterließen, aus Seife und Wasser machten und wie widerstrebend sie beides über sich ergehen ließen. Ich kenne den Geschmack des Ahornsafts, weiß, wann man ihn zapfen muss, wie man die Tröge und Bottiche aufstellt, den Saft einkocht und den gewonnenen Zucker stibitzt; auch um wie viel besser stibitzter Zucker schmeckt als ehrlich ergatterter, was immer die Frömmler dazu meinen. Ich weiß, wie eine vorzügliche Wassermelone aussieht, wenn sie zwischen Kürbisreben und Squashgemüse ihr pralles Rund sonnt; ich weiß, wie man feststellt, ob sie reif ist, ohne sie anzuschneiden; ich weiß, wie einladend sie aussieht, wenn sie sich in einem Kübel Wasser unter dem Bett abkühlt und wartet; ich weiß, wie sie aussieht, wenn sie auf dem großen geschützten Gang zwischen Haus und Küche auf dem Tisch liegt, wenn die Kinder sich um das Schlachtopfer drängen und ihnen das Wasser im Munde zusammenläuft; ich weiß noch das knackende Geräusch, das sie macht, wenn das Vorlegemesser an einem Ende hineinfährt, und sehe noch vor mir, wie der Riss vor der Klinge entlangläuft, wenn das Messer sie bis zum anderen Ende spaltet; ich sehe noch, wie die Hälften auseinanderfallen, das üppige rote Fruchtfleisch und die schwarzen Kerne zutage treten und das Herz sich offenbart, ein Leckerbissen für die Auserwählten; ich weiß, wie ein Junge hinter einem meterlangen Stück dieser Melone aussieht, und weiß, wie er sich fühlt, denn ich bin dabei gewesen. Ich kenne den Geschmack der ehrlich ergatterten Wassermelone und den Geschmack der mit List ergaunerten Wassermelone. Beide schmecken gut, aber die Erfahrenen wissen, welche besser schmeckt. Ich kenne den Anblick der grünen Äpfel, Pfirsiche und Birnen an den Bäumen und wie unterhaltsam sie sind, wenn sie im Bauch eines Menschen rumoren. Ich weiß, wie die reifen aussehen, wenn sie unter den Bäumen zu Pyramiden gestapelt liegen, und wie hübsch sie sind und wie leuchtend ihre Farben. Ich weiß, wie ein gefrorener Winterapfel in einer Kiste im Fasskeller aussieht, wie schwer man hineinbeißen kann, wie einem vor Kälte die Zähne weh tun und wie gut er trotz allem schmeckt. Ich kenne die Neigung älterer Leute, die fleckigen Äpfel den Kindern zu geben, und früher wusste ich, wie man sie mit ihren eigenen Waffen schlägt. Ich kenne den Anblick eines Apfels, der an einem Winterabend zischend auf dem Herd brät, und weiß, wie tröstlich es ist, ihn heiß zu essen mit etwas Zucker und reichlich Sahne. Ich weiß von der heiklen und geheimen Kunst, Hickorynüsse und Walnüsse auf einem Bügeleisen mit dem Hammer so aufzubrechen, dass die Kerne unversehrt bleiben, und weiß, wie die Nüsse in Verbindung mit Winteräpfeln, Cider und Doughnuts die alten Geschichten und die alten Scherze der alten Leute neu und kurzweilig und bezaubernd klingen lassen und den Abend vertreiben, ehe man sich's versieht. Ich erinnere mich an den Anblick von Onkel Dan'ls Küche an ganz besonderen Abenden meiner Kindheit und sehe die um den Herd gescharten weißen und schwarzen Kinder, während der Feuerschein auf ihren Gesichtern spielt und die Schatten an den Wänden in Richtung der höhlenartigen Düsternis des hinteren Teils zucken, und ich höre, wie Onkel Dan'l die unsterblichen Geschichten erzählt, die Onkel Remus Harris bald darauf in seinem Buch versammeln sollte, um die Welt damit zu begeistern; und ich spüre die gruselige Freude, die mich durchfuhr, wenn die Zeit gekommen war, um die Gespenstergeschichte vom »Goldenen Arm« zu hören – und auch das Bedauern, das mich überfiel, denn sie war stets die letzte Geschichte des Abends, und danach kam nichts mehr außer dem unwillkommenen Bett.

Ich erinnere mich an die nackte Holztreppe im Haus meines Onkels, an die Linkskurve am Treppenabsatz und an die Balken und die Dachschräge über meinem Bett, an die Quadrate aus Mondschein auf dem Fußboden und an die weiße kalte Schneewelt, die sich draußen vor dem vorhanglosen Fenster bot. Ich erinnere mich an das Heulen des Windes und an das Beben des Hauses in stürmischen Nächten, wie geborgen und behaglich man sich fühlte, wenn man lauschend unter den Decken lag, und wie der pulvrige Schnee durch die Fensterritzen hereinrieselte und sich in kleinen Häufchen auf dem Fußboden sammelte und das Zimmer am Morgen eisig kalt aussah und das ungestüme Verlangen aufzustehen – falls es überhaupt vorhanden war – zügelte. Ich erinnere mich, wie düster das Zimmer im Dunkel des

Mondes war und wie angefüllt mit gespenstischer Stille, wenn man mitten in der Nacht zufällig erwachte und aus den geheimen Kammern der Erinnerung vergessene Sünden strömten und gehört werden wollten; und wie schlecht gewählt die Stunde für derlei Geschäfte schien; wie trostlos das Rufen der Eule und das Heulen des Wolfes waren, wehklagend vom Nachtwind herübergetragen.

Ich erinnere mich an das Wüten des Regens auf dem Dach in Sommernächten und wie angenehm es war, dazuliegen, zu lauschen und sich über die weiße Pracht der Blitze und das majestätische Dröhnen und Krachen des Donners zu freuen. Es war ein äußerst zufriedenstellendes Zimmer; es gab einen Blitzableiter, den man vom Fenster aus erreichte, ein bezauberndes und flatterhaftes Ding, an dem man in Sommernächten hinab- und heraufklettern konnte, wenn Pflichten anfielen, die Ungestörtheit wünschenswert machten.

Ich erinnere mich an die nächtlichen Waschbären- und Beutelrattenjagden mit den Negern, an die langen Märsche durch die schwarze Finsternis der Wälder und an die Aufregung, die einen jeden befeuerte, wenn das ferne Gebell eines erfahrenen Hundes meldete, dass die Beute auf einen Baum getrieben worden war; dann das wilde Gekraxel und Gestolper durch Gestrüpp und Gebüsch und über Wurzeln, um die Stelle zu erreichen; danach das Anzünden eines Feuers und das Fällen des Baumes, der Freudentaumel der Hunde und der Neger und die seltsame Szenerie, zu der sich das alles im roten Feuerschein fügte – ich erinnere mich gut an all das und an das Vergnügen, dass jeder Einzelne daran fand mit Ausnahme des Waschbären.

Ich erinnere mich an die Taubenzeit, wenn die Vögel zu Millionen herbeigeflogen kamen, die Bäume bedeckten und mit ihrem Gewicht die Zweige brachen. Sie wurden mit Stöcken erschlagen; Feuerwaffen wurden weder benötigt noch benutzt. Ich erinnere mich an die Eichhörnchenjagden und an die Präriehühnerjagden und an die Truthahnjagden und all das; wie wir morgens, wenn es noch dunkel war, aufstanden, um diese Expeditionen zu unternehmen, und wie kalt und trübe es war und wie oft ich bedauerte, dass ich gesund genug war, um mitzumachen. Wenn das Blechhorn ertönte, kamen doppelt so viele Hunde angelaufen wie benötigt wurden, und in ihrer Fröhlichkeit jagten und tollten sie umher, stießen manch einen um und machten unentwegt überflüssigen Lärm. Auf einen Befehl hin verschwanden sie in Richtung der Wälder, und wir stapften durch die schwermütige Düsternis stumm hinter ihnen her. Doch bald darauf stahl sich das Morgengrauen über die Welt, die Vögel meldeten sich zu Wort, dann ging die Sonne auf und übergoss alles mit Licht und Trost, ein jedes Ding war taufrisch und duftig und das Leben wieder eine Wohltat. Nach dreistündigem Umherstreifen kehrten wir angenehm erschöpft zurück, überladen mit Jagdwild, ausgehungert und gerade rechtzeitig zum Frühstück.

Kapitel

Mein Onkel und seine großen Jungen jagten mit dem Gewehr, der Jüngste und ich mit einer Schrotflinte – einer kleinen einläufigen Schrotflinte, die unserer Kraft und Größe angemessen war, nicht viel schwerer als ein Besen. Wir trugen sie abwechselnd jeder immer eine halbe Stunde. Ich war nicht in der Lage, damit etwas zu treffen, probierte es aber gern. Fred und ich jagten kleineres Wildgeflügel, die anderen jagten Rotwild, Eichhörnchen, wilde Truthähne und dergleichen. Jim und sein Vater waren die besten Schützen. Sie erlegten Habichte und Wildgänse und ähnliche Tiere im Flug; Eichhörnchen verwundeten oder töteten sie nicht, sie *betäubten* sie. Wenn die Hunde ein Eichhörnchen auf einen Baum trieben, huschte es hinauf, sprang auf einen Ast und drückte sich flach dagegen in der Hoffnung, sich auf diese Weise unsichtbar zu machen – was ihm aber nicht gelang. Man konnte seine abstehenden kleinen Ohren sehen. Seine Nase konnte man zwar nicht sehen, man wusste aber, wo sie sich befand. Dann erhob sich derjenige Jäger, der seinem Gewehr keine Ruhe gönnen wollte, zielte lässig auf den Ast und versenkte eine Kugel direkt unterhalb der Nase des Eichhörnchens, und schon fiel das Tier herab, unverletzt, aber bewusstlos; die Hunde schüttelten es, es war tot. Manchmal, wenn die Entfernung zu groß und der Wind nicht richtig berechnet war, durchschlug die Kugel den Kopf des Eichhörnchens; dann durften die Hunde nach Belieben mit ihm verfahren – der Jäger sah sich in seinem Stolz verletzt und wollte es nicht in seine Jagdtasche stecken.

Im ersten schwachen Grau des Morgens stolzierten in großen Herden die würdevollen Wildtruthühner umher, dazu aufgelegt, sich gesellig zu zeigen und Einladungen zum Gespräch mit anderen Ausflüglern ihrer Art zu erwidern. Der Jäger verbarg sich und imitierte den Truthahnruf, indem er Luft einsog durch den Beinknochen eines Truthahns, der früher einmal einen derartigen Ruf beantwortet und gerade noch lange genug gelebt hatte, um ihn zu bereuen. Es gibt nichts, was so täuschend echt einen Truthahnruf hervorbringt wie dieser Knochen. Sehen Sie, wieder so eine Niedertracht der Natur; sie ist voll davon; meist weiß sie schlichtweg nicht, was ihr lieber ist – ihr Kind zu verraten oder es zu beschützen. Im Fall des Truthahns ist sie völlig verwirrt: Sie schenkt ihm einen Knochen, der dazu genutzt werden kann, ihn in Schwierigkeiten zu bringen, und sie stattet ihn mit einer List aus, sich aus den Schwierigkeiten wieder zu befreien. Wenn eine Putenmutter auf eine Einladung antwortet und feststellt, dass es ein Fehler war, sie anzunehmen, tut sie dasselbe wie eine Rebhuhnmutter – sie entsinnt sich einer früheren Verabredung, tut so, als lahme sie, und läuft hinkend und humpelnd davon; zugleich sagt sie zu ihren unsichtbaren Kindern: »Haltet euch versteckt, rührt euch nicht, zeigt euch nicht; ich bin zurück, sobald ich diesen schäbigen Schuft aus dem County vertrieben habe.«

Wenn jemand unwissend und vertrauensselig ist, kann diese unmoralische Finte lästige Folgen haben. Eines Morgens folgte ich einer offenbar lahmen Truthenne durch einen beträchtlichen Teil der Vereinigten Staaten, denn ich glaubte ihr und konnte mir nicht vorstellen, dass sie einen kleinen Jungen täuschen würde, noch dazu einen, der ihr vertraute und sie für ehrlich hielt. Ich hatte die einläufige Schrotflinte dabei, wollte die Henne aber lebend fangen. Oft war ich ihr dicht auf den Fersen, und dann stürzte ich mich auf sie, aber immer, wenn ich den entscheidenden Sprung wagte und meine Hand dorthin ausstreckte, wo eben noch ihr Hinterteil gewesen war, war es plötzlich nicht mehr da, sondern fünf oder sechs Zentimeter weiter, und wenn ich auf dem Bauch landete, streifte ich gerade noch die Schwanzfedern – eine knappe Sache, aber doch nicht knapp genug; will sagen nicht knapp genug, um Erfolg zu haben, aber knapp genug, um mir weiszumachen, dass ich es beim nächsten Mal schaffen würde. Sie wartete immer ein Stück weiter vorn auf mich und tat so, als sei sie ganz erschöpft und müsse sich ausruhen, was eine Lüge war, aber ich glaubte ihr, denn ich hielt sie noch immer für ehrlich, lange nachdem ich hätte anfangen sollen, an ihr zu zweifeln, lange nachdem ich hätte argwöhnen sollen, dass sich ein edelmütiger Vogel so nicht aufführt. Ich folgte und folgte und folgte ihr, stürzte mich in regelmäßigen Abständen auf sie, stand auf, klopfte mir den Staub ab und nahm meine Reise mit geduldiger Zuversicht wieder auf, einer Zuversicht, die wuchs, denn an der Veränderung von Klima und Vegetation konnte ich ablesen, dass wir in die Höhenlagen gerieten, und da sie nach jedem Sprung etwas erschöpfter und etwas entmutigter wirkte, nahm ich an, dass ich am Ende als Sieger hervorgehen würde, dass der Wettkampf nur eine Frage des Durchhaltevermögens wäre und ich ohnehin den Vorteil auf meiner Seite hätte, weil sie lahmte.

Im Laufe des Nachmittags begann auch ich zu ermüden. Keiner von uns beiden hatte gerastet, seit wir zu unserem Ausflug aufgebrochen waren, was mehr als zehn Stunden zurücklag, auch wenn wir zuletzt nach jedem Sprung eine Weile pausiert hatten. Ich tat so, als müsste ich über etwas nachdenken, und sie tat so, als müsste sie über etwas anderes nachdenken, aber keiner von uns beiden war aufrichtig, und beide warteten wir darauf, dass der andere das Spiel beendete, hatten es aber nicht wirklich eilig damit, denn diese kurzen, flüchtigen Ruhepausen waren uns beiden sehr willkommen. Es kann gar nicht anders sein, wenn man sich seit Tagesanbruch Scharmützel liefert und in der Zwischenzeit keinen Bissen zu sich nimmt; wenigstens ich nicht, denn manchmal, wenn sie auf der Seite lag, sich mit einem Flügel zufächelte und um die Kraft betete, aus dieser Schwierigkeit herauszufinden, kam zufällig ein Grashüpfer vorbei, dessen Zeit gekommen war, und das war gut für sie und günstig, aber ich hatte nichts – den ganzen Tag lang nichts.

Als ich schon sehr müde war, gab ich mein Vorhaben, sie lebend zu fangen, mehr als einmal auf und wollte sie schießen, doch ich tat es nicht, obwohl es mein Recht war, denn ich glaubte nicht daran, sie zu treffen; außerdem hielt sie jedes Mal, wenn ich die Flinte hob, inne und posierte, und das stimmte mich argwöhnisch. Vielleicht wusste sie Bescheid über mich und meine Treffsicherheit, und mir lag nicht daran, mich irgendwelchen Bemerkungen auszusetzen.

Ich bekam sie nicht zu fassen. Als sie das Spiel schließlich leid war, hob sie fast unter meiner Hand ab, flog schwirrend und sirrend wie eine Granate in die Höhe, landete auf dem höchsten Ast eines großen Baumes, ließ sich dort nieder, schlug die Beine übereinander und blickte lächelnd auf mich herab. Sie schien zufrieden, mich so verblüfft zu sehen.

Ich war beschämt, und ich hatte mich verlaufen; als ich aber suchend durch die Wälder irrte, stieß ich auf eine verlassene Blockhütte und fand dort eine der besten Mahlzeiten vor, die ich mein Lebtag zu mir genommen habe. Der unkrautüberwucherte Garten war voll reifer Tomaten, und diese verschlang ich gierig, obwohl ich bis dahin nicht viel für sie übriggehabt hatte. Seither ist mir nicht öfter als zwei-, dreimal etwas untergekommen, was so köstlich war wie diese Tomaten. Ich aß sie mir über und probierte erst in meinen mittleren Jahren wieder welche. Inzwischen kann ich sie zwar essen, mag aber ihren Anblick nicht. Ich vermute, wir alle haben uns irgendwann schon einmal an etwas übergessen. Ein andermal, unter dem Druck der Umstände, verspeiste ich nahezu ein ganzes Fass Sardinen, da nichts anderes zur Hand war, doch seitdem ist es mir gelungen, ohne Sardinen auszukommen.

Der jüngste Versuch

1904 in Florenz schließlich verfiel ich auf die richtige Art, eine Autobiographie zu schreiben: Beginne an einem beliebigen Zeitpunkt deines Lebens; durchwandre dein Leben, wie du lustig bist; rede nur über das, was dich im Augenblick interessiert, lass das Thema fallen, sobald dein Interesse zu erlahmen droht; und bring das Gespräch auf die neuere und interessantere Sache, die sich dir inzwischen aufgedrängt hat.

Mach außerdem aus der Erzählung eine Kombination von Autobiographie und Tagebuch. Auf diese Weise erreichst du, dass die anschaulichen

Dinge der Gegenwart mit Erinnerungen an ähnliche Dinge aus der Vergangenheit kontrastiert werden, und solche Kontraste besitzen einen ganz eigenen Reiz. Eine Kombination von Tagebuch und Autobiographie interessant zu machen, dazu braucht es kein Talent.

Und so habe ich den richtigen Plan gefunden. Er macht meine Arbeit zu einem Vergnügen – zu einem reinen Vergnügen, einem Spiel, einem Zeitvertreib, und das ganz und gar mühelos. Zum ersten Mal in der Geschichte ist jemand auf den richtigen Plan verfallen.

Der endgültige (und richtige) Plan

Ich werde einen Text verfassen, der der Autobiographie vorausgehen soll; ebenso ein Vorwort, das besagtem Text folgen soll.

Was für einen winzig kleinen Bruchteil des Lebens machen die Taten und Worte eines Menschen aus! Sein wirkliches Leben findet in seinem Kopf statt und ist niemandem bekannt außer ihm. Den ganzen Tag und jeden Tag mahlt die Mühle seines Hirns, und seine *Gedanken* (die nichts anderes als die stumme Artikulierung seiner *Gefühle* sind) sind seine Geschichte, nicht jene anderen Dinge. Seine *Taten* und seine *Worte* sind lediglich die sichtbare dünne Kruste seiner Welt mit ihren vereinzelten Schneegipfeln und ihren leeren Wasserwüsten, und die machen einen so unbedeutenden Teil seiner Masse aus! – eine bloße Haut, die sie umhüllt. Seine Masse ist verborgen – sie und ihre vulkanischen Feuer, die wüten und brodeln und niemals ruhen, nicht bei Tag und nicht bei Nacht. *Diese sind sein Leben,* sie sind nicht aufgezeichnet und können auch nicht aufgezeichnet werden. Jeder Tag würde ein ganzes Buch mit achtzigtausend Wörtern füllen – dreihundertfünfundsechzig Bücher im Jahr. Biographien sind nur die Kleider und Knöpfe des Menschen – die Biographie des Menschen kann nicht geschrieben werden.

Vorwort. Wie aus dem Grab

I

In dieser Autobiographie werde ich stets im Hinterkopf behalten, dass ich aus dem Grab spreche. Ich spreche buchstäblich aus dem Grab, denn wenn das Buch aus der Druckerpresse kommt, werde ich tot sein. Jedenfalls werden – um genau zu sein – neunzehn Zwanzigstel des Buches erst nach meinem Tod in Druck gehen.

Aus gutem Grund spreche ich aus dem Grab statt mit lebendiger Zunge: So kann ich frei reden. Wenn ein Mann ein Buch schreibt, das sich mit seinem Privatleben befasst – ein Buch, das gelesen werden soll, während er noch am Leben ist –, scheut er davor zurück, seine Meinung ganz freimütig zu äußern; alle seine Versuche, dies zu tun, schlagen fehl, und er erkennt, dass er etwas probiert, was einem Menschen ganz und gar unmöglich ist. Das aufrichtigste, offenste und privateste Produkt des menschlichen Verstandes und Herzens ist ein Liebesbrief; der Schreiber bezieht seine grenzenlose Freiheit der Äußerung und des Ausdrucks aus dem Gefühl, dass kein Fremder je sehen wird, was er da schreibt. Manchmal wird dieses Versprechen irgendwann gebrochen; und wenn er seinen Brief gedruckt sieht, ist ihm äußerst unbehaglich zumute, und er erkennt, dass er sich niemals mit demselben Maß an Aufrichtigkeit offenbart hätte, hätte er gewusst, dass er für die Öffentlichkeit schreibt. Er kann in dem Brief nichts finden, was nicht wahr, aufrichtig und ehrenwert wäre, dennoch wäre er weit zurückhaltender gewesen, wenn er gewusst hätte, dass er für den Druck schreibt.

Mir schien, ich könnte so frank und frei und schamlos wie ein Liebesbrief sein, wenn ich wüsste, dass das, was ich schreibe, niemand zu Gesicht bekommt, bis ich tot und nichtsahnend und gleichgültig bin.

II

Meine Herausgeber, Erben und Rechtsnachfolger sind hiermit angewiesen, in der ersten Auflage sämtliche Charakterisierungen von Freunden und Feinden auszulassen, die die Gefühle der charakterisierten Personen oder ihrer Familien und Verwandten kränken könnten. Dieses Buch ist kein Rachefeldzug. Wenn ich unter jemandem ein Feuer anzünde, dann nicht nur wegen des Vergnügens, das es mir bereitet, diesen Menschen braten zu sehen, sondern weil er die Mühe lohnt. Es handelt sich also um ein Kompliment, eine Auszeichnung; möge er es mir danken und den Mund halten. Die Kleinen, die Gemeinen, die Unwürdigen brate ich nicht.

In der ersten, zweiten, dritten und vierten Auflage müssen alle vernünftigen Meinungsäußerungen ausgelassen werden. In einem Jahrhundert mag es einen Markt für derartige Waren geben. Es besteht keine Eile. Warten wir's ab.

III

Die Auflagen sollten im Abstand von fünfundzwanzig Jahren erscheinen. Viele Dinge, die in der ersten ausgelassen werden müssen, werden für die zweite geeignet sein; viele Dinge, die in beiden ausgelassen werden müssen, werden für die dritte geeignet sein; in der vierten – oder zumindest der fünften – kann die ganze Autobiographie ungekürzt erscheinen.

Mark Twain

[Florentiner Diktate]
Hier beginnen die Florentiner Diktate

[John Hay]

Florenz, Italien, 31. Januar 1904

Vor einem Vierteljahrhundert besuchte ich John Hay, den heutigen Außenminister, in New York, und zwar in Whitelaw Reids Haus, das Hay einige Monate lang bewohnte, während Reid in Europa Ferien machte. Hay gab, ebenfalls vorübergehend, Reids Zeitung heraus, die *New York Tribune*. Zwei Vorfälle von jenem Sonntag sind mir besonders gut in Erinnerung geblieben, und ich glaube, ich werde sie hier verwenden, um etwas zu veranschaulichen, was mir am Herzen liegt. Einer der Vorfälle ist nebensächlich, und ich weiß kaum, weshalb er sich so viele Jahre in meinem Kopf festgesetzt hat. Ich muss ihn mit ein, zwei Worten einleiten. Ich kannte John Hay schon viele Jahre. Ich kannte ihn, als er noch ein unbedeutender junger Leitartikler für die *Tribune* zur Zeit Horace Greeleys war und das Drei- oder Vierfache des Gehalts verdient hätte, das er bezog, wenn man die Qualität der Arbeiten bedenkt, die seiner Feder entstammten. In jener Anfangszeit war er ein Bild von einem Mann: schöne Gesichtszüge, vollendete Gestalt, anmutige Körperhaltung und Bewegung. Er verströmte einen Charme, der mir, dem unwissenden und unerfahrenen Weststaatler, ungewöhnlich vorkam – einen Charme des Auftretens, der Satzmelodie, der offenbar natürlichen, nicht angelernten Ausdrucksweise und so fort –, dessen Grundlage angeboren und dessen Ungezwungenheit, Schliff und gewinnende Natürlichkeit in Europa erworben waren, wo er als Chargé d'Affaires am Wiener Hof gearbeitet hatte. Er war fröhlich und herzlich, ein höchst angenehmer Zeitgenosse.

Jetzt komme ich zur Sache. John Hay fürchtete sich nicht vor Horace Greeley.

Ich lasse diese Bemerkung in einem eigenen Absatz stehen; man kann sie nicht deutlich genug hervorheben. John Hay war der einzige Mann, der Horace Greeley bei der *Tribune* diente, von dem sich das behaupten lässt. In den vergangenen paar Jahren, seit Hay den Posten des Außenministers bekleidet und mit einer Reihe außenpolitischer Schwierigkeiten zu kämpfen hat, wie sie vielleicht keinem der früheren Amtsinhaber zugefallen sind, wenn wir das Ausmaß der betreffenden Angelegenheiten bedenken, haben wir gesehen, dass der Mut seiner Jugendjahre noch immer sein wertvollster Besitz ist und er sich von Königen und Kaisern und deren Flotten und Armeen ebenso wenig einschüchtern lässt wie von Horace Greeley.

Jetzt komme ich zur Anwendung. An jenem Sonntag vor fünfundzwanzig Jahren hatten Hay und ich geplaudert und gelacht und herumgealbert, fast wie unsere früheren Ichs von 67, als die Tür aufging und Mrs. Hay im Rahmen stand, feierlich gekleidet, behandschuht und behaubt, zurück vom Kirchgang und nach dem Wohlgeruch presbyterianischer Frömmigkeit duftend. Natürlich erhoben wir uns sofort, erhoben uns in eine rasant sinkende Temperatur – eine Temperatur, die zu Beginn lind und sommerlich gewesen war, die jedoch, bis wir aufrecht standen, unseren Atem und alle anderen feuchten Dinge zu Eiskristallen gefror –, erhielten aber keine Gelegenheit, etwas Hübsches und Höfliches zu sagen und die gebührende Ehrerbietung zu erweisen, denn die wohlgestalte junge Matrone kam uns zuvor. Ohne ein Lächeln, mit dem deutlichen Ausdruck der Missbilligung trat sie auf uns zu, sagte kalt: »Guten Morgen, Mr. Clemens«, schritt an uns vorüber und hinaus.

Es entstand eine verlegene Pause – ich könnte sagen: eine überaus verlegene Pause. Falls Hay darauf wartete, dass ich etwas sagte, so hatte er sich verschätzt; mir fiel nicht ein Wort ein. Bald war mir klar, dass auch aus seinem Vokabular der Boden herausgefallen war. Als ich meine Beine wieder bewegen konnte, strebte ich zur Tür, und Hay, der gewissermaßen über Nacht ergraut war, humpelte schwach an meiner Seite, ohne einen Ton von sich zu geben, ohne ein Wort zu sagen. An der Tür züngelte seine alte Höflichkeit empor und flackerte einen Moment lang tapfer, dann erlosch sie. Will sagen, er versuchte, mich zu einem neuerlichen Besuch aufzufordern, doch an diesem Punkt bäumte sich seine alte Ehrlichkeit gegen die Fiktion auf und zermalmte sie. Dann versuchte er es mit einer weiteren Bemerkung, und diesmal brachte er sie hervor. Kläglich und kleinlaut sagte er:

»Mit den Sonntagen nimmt sie es sehr genau.«

Mehr als einmal habe ich in diesen vergangenen paar Jahren Leute voller Bewunderung und Dankbarkeit sagen hören und habe es auch selbst gesagt:

»Er fürchtet die gesamte Nation von achtzig Millionen nicht, wenn seine Pflicht es erfordert, etwas Unpopuläres zu tun.«

Seitdem sind fünfundzwanzig Jahre vergangen, und mannigfaltige Erfahrung hat mich gelehrt, dass der Mut keines Menschen vollkommen ist, dass es stets jemanden gibt, von dem er sich den Schneid abkaufen lässt.

Der andere Vorfall während meines Besuchs war dieser: Als wir Bemerkungen über unser Alter tauschten, bekannte ich, dass ich zweiundvierzig, und Hay, dass er vierzig sei. Daraufhin fragte er, ob ich angefangen hätte, meine Autobiographie zu schreiben, und ich verneinte. Er meinte, ich solle sofort damit beginnen, zwei Jahre hätte ich bereits verloren. Dann sagte er in etwa Folgendes:

»Mit vierzig erreicht ein Mann den Gipfelpunkt seines Lebens und steuert von dort bergab dem Sonnenuntergang entgegen. In diesem Alter ist der gewöhnliche Mann, der durchschnittliche Mann, um nicht allzu genau zu sein und zu sagen: der gemeine Mann, entweder erfolgreich gewesen oder gescheitert; in beiden Fällen liegt alles in seinem Leben, was aufzeichnenswert sein dürfte, hinter ihm; und in beiden Fällen ist dieses gelebte Leben würdig, niedergeschrieben zu werden, und kann gar nicht anders als interessant sein, sofern er der Wahrheit über sich selbst so nahe kommt, wie er es vermag. Und gegen seinen Willen *wird* er die Wahrheit über sich erzählen, denn zum Schutze des Lesers werden seine Fakten und seine Fiktionen getreulich zusammenarbeiten; jeder Fakt und jede Fiktion wird ein Farbtupfer am rechten Ort sein, und gemeinsam werden sie sein Porträt malen; nicht das Porträt, von dem *er* glaubt, dass sie es malen, sondern sein wahres Porträt, sein Innerstes, seine Seele, seinen Charakter. Ohne lügen zu wollen, wird er die ganze Zeit lügen; nicht unverblümt, nicht bewusst, auch nicht stumpfsinnig unbewusst, sondern halbbewusst – ein Bewusstsein im Zwielicht; in einem weichen, sanften und gnädigen Zwielicht, das seine allgemeine Gestalt anmutig erscheinen lässt, so dass seine tugendhaften Vorsprünge und Ausbuchtungen kenntlich werden und seine schroffen im Schatten liegen. Seine Wahrheiten werden als Wahrheiten erkennbar sein, seine Eingriffe in die Fakten, die eigentlich gegen ihn sprechen würden, nicht zählen, der Leser wird die Fakten durch den Firnis hindurch sehen und den Mann erkennen. Autobiographische Schriften haben etwas subtil Teuflisches, das alle Versuche des Schriftstellers, sein Porträt auf *seine* Weise zu malen, vereitelt.«

Hay war der Meinung, er und ich seien gewöhnliche, durchschnittliche, gemeine Menschen, und ich verübelte ihm sein Urteil mich betreffend nicht, sondern leckte stumm meine Wunden. Seine Vorstellung, dass wir unsere Arbeit im Leben getan und den Gipfelpunkt überschritten hätten und dass es nun bergab ginge, nach Westen zu, dass ich ihm zwei Jahre voraus war und keiner von uns beiden weiterhin als Beglücker der Menschheit tätig sein könnte, war ein großer Irrtum. Damals hatte ich vier Bücher geschrieben, vielleicht fünf. Seitdem habe ich die Welt Band für Band in literarischer Weisheit ertränkt; seit dem Sonnenuntergang jenes Tages hat er's zum Biographen von Mr. Lincoln gebracht, und sein Buch wird niemals untergehen; er ist Botschafter gewesen, ein glänzender Redner, ein fähiger und bewundernswerter Außenminister, und er würde nächstes Jahr Präsident werden, wenn wir eine hinlänglich ehrliche und dankbare Nation wären statt einer undankbaren Nation, die meist nicht gewillt gewesen ist, ein Staatsoberhaupt aus Gold anzustreben, wenn sie eines aus Blech haben kann.

Zwei Jahre hatte ich schon verloren, aber ich beschloss, diesen Verlust wettzumachen. Ich beschloss, unverzüglich mit meiner Autobiographie zu beginnen. Ich begann auch tatsächlich, aber meine Entschlossenheit schmolz dahin und schwand binnen einer Woche, und ich verwarf den Anfang. Seitdem habe ich ungefähr alle drei oder vier Jahre einen Neuanfang gemacht und noch jeden verworfen. Einmal wagte ich das Experiment eines Tagebuchs, um es zu einer Autobiographie aufzublasen, sobald ich genügend Material beisammenhätte, doch das Experiment dauerte nur eine Woche;

ich brauchte immer die halbe Nacht, um die Ereignisse des Tages festzuhalten, und am Ende der Woche sagte mir das Ergebnis nicht zu.

In den letzten acht oder zehn Jahren habe ich mehrere Versuche unternommen, die Autobiographie auf die eine oder andere Weise mit der Feder zu schreiben, doch das Resultat befriedigte mich nicht, es war zu literarisch. Mit der Feder in der Hand ist das Erzählen eine schwierige Kunst; eine Erzählung sollte fließen, so wie ein Bach durch Hügel und Laubwälder fließt; mit jedem Felsen, auf den er trifft, und mit jedem grasbewachsenen, kiesigen Vorsprung, der in seinen Weg ragt, verändert sich sein Lauf; der Wasserspiegel zerbricht, indes halten Felsen und Geröll auf dem Grund der Untiefen seinen Lauf nicht auf; ein Bach, der nicht eine Minute lang gerade verläuft, der aber *läuft,* und zwar schnell läuft, manchmal ungrammatisch, der manchmal eine Dreiviertelmeile ein Hufeisen mit sich führt und am Ende seines Kreislaufs nur einen Meter weit von dem Bett entfernt fließt, das er eine Stunde zuvor durchlaufen hat; immer aber *läuft* er, und immer folgt er wenigstens *einem* Gesetz, bleibt diesem Gesetz treu, dem Gesetz der *Erzählung,* die *kein Gesetz kennt.* Es bleibt nichts anderes zu tun, als die Reise zu unternehmen; nicht das Wie ist wichtig, sondern dass die Reise unternommen wird.

Mit der Feder in der Hand ist der Erzählfluss ein Kanal; er bewegt sich langsam, ruhig, schicklich, schläfrig, hat keinen Makel außer dem, dass er der Makel *ist.* Er ist zu literarisch, zu spröde, zu gewissenhaft; Tempo, Stil und Bewegung eignen sich nicht zum Erzählen. Der Kanal reflektiert immer; das ist seine Natur, er kann nicht anders. Seine glatte, glänzende Oberfläche ist an allem interessiert, was am Ufer vorbeizieht: Kühe, Blätter, Blumen, alles. Und so vergeudet er eine Menge Zeit mit Reflexionen.

Notizen zu *Die Arglosen im Ausland*

Diktiert in Florenz, Italien, April 1904

Ich will mit einer Bemerkung zur Widmung beginnen. Ich schrieb das
1868 Buch in den Monaten März und April 1868 in San Francisco. Es wurde im April 1869 veröffentlicht. Drei Jahre später kam Mr. Goodman aus Virginia

City, Nevada, für dessen Zeitung ich zehn Jahre zuvor gearbeitet hatte, zur Ostküste, und wir spazierten gerade den Broadway entlang, als er sagte:

»Wie kommt es, dass Sie Oliver Wendell Holmes' Widmung gestohlen und in Ihr eigenes Buch gesetzt haben?«

Ich gab eine unbekümmerte und leichtfertige Antwort, denn ich nahm an, dass er scherzte. Aber er versicherte mir, dass er es ernst meinte. Er sagte:

»Ich diskutiere nicht die Frage, *ob* Sie sie gestohlen haben oder nicht – denn das ist eine Frage, die sich in der erstbesten Buchhandlung klären lässt, die wir betreten –, ich frage Sie nur, *wie* Sie dazu gekommen sind, sie zu stehlen, allein darauf richtet sich meine Neugier.«

Mit dieser Information konnte ich ihm nicht dienen, da ich sie nicht vorrätig hatte. Ich hätte einen Eid schwören können, dass ich nichts gestohlen hatte, insofern war meine Eitelkeit nicht gekränkt und mein Geist nicht beunruhigt. Im Grunde genommen vermutete ich, dass er mein Buch mit einem anderen verwechselt hatte, sich in eine ausweglose Lage manövrierte und Kummer für sich und Triumph für mich bringen würde. Wir betraten eine Buchhandlung, und er fragte nach den *Arglosen im Ausland* und nach der hübschen kleinen blau-goldenen Ausgabe der Gedichte von Dr. Oliver Wendell Holmes. Er schlug die Bücher auf, zeigte mir die Widmungen und sagte:

»Lesen Sie. Es ist offensichtlich, dass der Autor des zweiten Buches aus dem ersten gestohlen hat, oder?«

Ich war sehr beschämt und unsagbar erstaunt. Wir setzten unseren Spaziergang fort, aber ich war außerstande, seine ursprüngliche Frage auch nur um einen Schimmer zu erhellen. Ich konnte mich nicht daran erinnern, Dr. Holmes' Widmung jemals gesehen zu haben. Die Gedichte kannte ich, aber die Widmung war mir neu.

Erst Monate später kam ich diesem Geheimnis auf die Spur, und das auf seltsame und doch natürliche Weise; denn die natürliche Weise, welche Charakter und Beschaffenheit des menschlichen Geistes für die Aufdeckung eines vergessenen Ereignisses bereithalten, besteht darin, sich zu seinem Wiederaufleben eines weiteren vergessenen Ereignisses zu bedienen.

Ich erhielt einen Brief von Rev. Dr. Rising, der zu meiner Zeit in Virginia

City Pfarrer der Episkopalkirche gewesen war. In diesem Brief bezog sich Dr.
1866 Rising auf gewisse Dinge, die uns sechs Jahre zuvor auf den Sandwichinseln widerfahren waren; unter anderem erwähnte er beiläufig die Defizite des Honolulu-Hotels in puncto Literatur. Zuerst verstand ich die Tragweite der Bemerkung nicht, sie rief mir nichts ins Gedächtnis zurück. Dann aber – blitzte eine Erinnerung auf! In Mr. Kirchhofs Hotel hatte es nur ein Buch gegeben, und das war der erste Band von Dr. Holmes' blau-goldener Reihe gewesen. Vierzehn Tage lang hatte ich Gelegenheit gehabt, mich mit dessen Inhalt vertraut zu machen, denn ich war auf der großen Insel (Hawaii) umhergeritten und hatte so viele Sattelgeschwüre mitgebracht, dass es mich, wäre eine Zollabgabe darauf erhoben worden, ruiniert hätte, sie zu entrichten. Zwei Wochen hielten sie mich auf meinem Zimmer fest, unbekleidet, unter ständigen Schmerzen und ohne jede Gesellschaft, abgesehen von Zigarren und dem kleinen Band Gedichte. Natürlich las ich sie fast ununterbrochen; ich las sie von Anfang bis Ende, dann las ich sie in umgekehrter Richtung, dann begann ich in der Mitte und las sie vor und zurück, dann las ich sie vom falschen Ende und auf den Kopf gestellt. Mit einem Wort, ich las das Buch, bis es auseinanderfiel, und war der Hand, die es geschrieben hatte, unendlich dankbar.

Hier haben wir einen Beweis dafür, was Wiederholung bewirken kann, wenn sie über eine beträchtliche Zeitspanne hinweg täglich und stündlich aufrechterhalten wird, wenn man lediglich zur Unterhaltung liest, ohne jeden Gedanken oder die Absicht, das, was man liest, im Gedächtnis zu behalten. Es ist ein Prozess, der einem vertrauten Vers der Heiligen Schrift im Laufe der Jahre allen Lebenssaft raubt und nichts als eine trockene Hülse zurücklässt. In diesem Fall kennt man wenigstens den Ursprung der Hülse, doch in dem vorliegenden Fall hatte ich die Hülse offenkundig aufbewahrt, aber sofort vergessen, woher sie stammte. Ein, zwei Jahre lag sie verloren in einem dunklen Winkel meines Gedächtnisses, dann, als ich eine Widmung benötigte, stellte sie sich ein und wurde von mir prompt als Kind meiner eigenen fröhlichen Phantasie aufgefasst.

Ich war neu, ich war unwissend, noch waren die Geheimnisse des menschlichen Geistes ein versiegeltes Buch für mich, und törichterweise hielt ich mich für einen durchtriebenen und unentschuldbaren Verbrecher. Ich schrieb an Dr. Holmes und erzählte ihm die ganze schmachvolle Geschichte, beschwor ihn mit leidenschaftlichen Worten, mir zu glauben, dass ich nie die Absicht gehabt hatte, dieses Verbrechen zu begehen, und mir nicht bewusst gewesen war, es begangen zu haben, bis ich mit der fürchterlichen Beweislast konfrontiert wurde. Seine Antwort habe ich verloren; eher hätte ich es mir leisten können, einen Onkel zu verlieren. An Onkeln habe ich einen Überschuss, viele von ihnen sind ohne jeden Wert für mich, jener Brief aber war unschätzbar, unonkelhaft und unersetzlich. Darin stieß Dr. Holmes das freundlichste und heilsamste Gelächter über die ganze Angelegenheit aus und versicherte mir recht ausführlich und mit hübschen Wendungen, unbewusster Diebstahl geistigen Eigentums sei kein Verbrechen; ich beginge ihn jeden Tag, er begehe ihn jeden Tag, jeder Mensch, der auf dieser Erde lebt und schreibt oder spricht, begehe ihn jeden Tag, und nicht nur ein-, zweimal, sondern jedes Mal, wenn er den Mund aufmache; alle unsere Formulierungen seien vergeistigte Schatten, die unsere Lektüren vielfältig werfen; keine unserer hübschen Wendungen sei vollkommen originell, von uns selbst stecke darin nichts außer einer leichten Abwandlung, die sich unserem Temperament, unserem Charakter, unserer Umgebung, unseren Überzeugungen und Assoziationen verdanke; nur diese leichte Abwandlung unterscheide sie von der Redeweise eines anderen Menschen, präge ihr unseren besonderen Stil auf und mache sie vorübergehend zu der unsrigen; alles Übrige sei alt, verschimmelt, museumsreif und rieche nach dem Atem von tausend Generationen, die sie vorher schon in den Mund genommen hatten!

In den mehr als dreißig Jahren, die seitdem kamen und gingen, habe ich mich davon überzeugt, dass es stimmt, was Dr. Holmes sagte.

Ich möchte eine Bemerkung zum Vorwort der *Arglosen* anbringen. Im letzten Absatz dieses kurzen Vorworts spreche ich davon, dass die Eigentümer der *Daily Alta California* auf ihre »Rechte« an bestimmten Briefen, die ich für diese Zeitung geschrieben hatte, als ich abwesend und mit der *Quaker City* auf Reisen war, verzichtet hätten. Damals war ich noch jung, heute bin ich weißhaarig, doch jetzt, da ich diesen Absatz zum ersten Mal seit vielen Jahren wiederlese, vielleicht zum ersten Mal, seit er geschrieben wurde, wurmt mich dieses kränkende Wort noch immer. Es waren Rechte, das stimmt – Rechte, wie sie sich die Starken auf Kosten der Schwachen und Abwesenden beschaffen. Anfang 66 lud mich George Barnes ein, meine Reporterstelle bei seiner Zeitung, dem *San Francisco Morning Call*, aufzugeben, und anschließend war ich einige Monate lang ohne Geld und Arbeit; dann aber erlebte ich eine angenehme Schicksalswende. Die Eigentümer der *Sacramento Union*, einer großen einflussreichen Tageszeitung, schickten mich zu den Sandwichinseln, wo ich im Monat vier Briefe für zwanzig Dollar das Stück schreiben sollte. Dort hielt ich mich vier oder fünf Monate auf, und als ich zurückkehrte, stellte ich fest, dass ich so ungefähr zum bekanntesten Ehrenmann an der pazifischen Küste geworden war. Thomas Maguire, Besitzer mehrerer Theater, sagte, es sei der richtige Augenblick, dass ich mein Glück machte – Schmieden Sie das Eisen, solange es heiß ist! Verlegen Sie sich aufs Vortragsgeschäft! Das tat ich denn auch. Ich kündigte einen Vortrag über die Sandwichinseln an und schloss die Anzeige mit der Bemerkung: »Eintritt: ein Dollar; Einlass ab 7:30, der Ärger beginnt um 8.« Eine wahre Prophezeiung. Der Ärger begann in der Tat um 8, als ich mich dem ersten Publikum gegenübersah, vor dem ich bisher gestanden hatte, denn die Angst, die mich von Kopf bis Fuß durchdrang, lähmte mich. Sie hielt zwei Minuten an und war bitter wie der Tod, die Erinnerung daran ist unzerstörbar, aber sie hatte auch ihr Gutes, denn sie machte mich für alle Zeit immun gegen Schüchternheit vor Publikum. Ich hielt Vorträge in allen bedeutenden Städten Kaliforniens und in Nevada, dann hielt ich noch einmal zwei, drei Vorträge in San Francisco, dann zog ich mich, reich geworden – für meine Verhältnisse –, aus dem Geschäft zurück und schmiedete einen Plan, von San Francisco aus nach Westen zu segeln und um die Welt zu reisen. Die Eigentümer der *Alta* engagierten mich, für ihre Zeitung über die Reise zu berichten – fünfzig Briefe von anderthalb Spalten, was auf rund zweitausend Wörter pro Brief hinauslief, die Bezahlung sollte zwanzig Dollar pro Brief betragen.

Ich fuhr ostwärts nach St. Louis, um mich von meiner Mutter zu verabschieden, dann aber fiel ich auf Captain Duncans Broschüre über die Expedition der *Quaker City* herein und schloss mich dieser an. Während der Reise schrieb und verschickte ich die fünfzig Briefe; sechs davon kamen nie an, und um meinen Vertrag zu erfüllen, schrieb ich sechs neue. Dann bereitete ich einen Vortrag über die Reise vor, den ich mit großem und zufriedenstellendem Gewinn in San Francisco hielt, dann zog ich durchs Land und war bestürzt über das Ergebnis: Man hatte mich vollkommen vergessen, nie hatte ich genügend Leute im Saal, um als gerichtlicher Untersuchungsausschuss über mein geschmälertes Ansehen zu befinden! Ich stellte Ermittlungen über diesen sonderbaren Sachverhalt an und fand heraus, dass die sparsamen Eigentümer dieser außerordentlich wohlhabenden Zeitung all die armen kleinen Zwanzig-Dollar-Briefe mit einem *Copyright* versehen und jeder Zeitung, die es wagen sollte, auch nur einen Absatz daraus abzudrucken, mit strafrechtlicher Verfolgung gedroht hatten!

Da stand ich nun! Ich hatte mich vertraglich verpflichtet, der American Publishing Company in Hartford ein umfangreiches Buch über die Schiffsreise zu liefern, und ging davon aus, dass ich all diese Briefe benötigen würde, um es zu füllen. Ich war in einer unangenehmen Lage, falls die Eigentümer des heimlich erworbenen Copyrights sich weigerten, mir die Verwendung der Briefe zu gestatten. Aber genau das taten sie; Mr. Mac-Soundso – den Rest seines Namens habe ich vergessen* – teilte mir mit, seine Firma wolle, um die tausend Dollar wieder hereinzuholen, die man für die Briefe bezahlt habe, ein Buch daraus machen. Ich erwiderte, wenn die Firma anständig und ehrenwert gehandelt und der Regionalpresse gestattet hätte, die Briefe oder Ausschnitte daraus zu verwenden, so hätte mir mein Vortragsscharmützel an der Küste zehntausend Dollar eingebracht, wohingegen mich die *Alta* um diesen Betrag geprellt habe. Daraufhin bot er mir einen Vergleich an: Er werde das Buch publizieren und mir 10 Prozent Tantiemen einräumen. Der Vergleich fand bei mir keinen Anklang, und das sagte ich auch. Inzwischen sei ich außerhalb von San Francisco völlig unbekannt, der Verkauf des Buches werde sich auf die Stadt beschränken, und meine Tantiemen würden nicht ausreichen, mir für drei Monate Logis zu verschaffen; wohingegen mein Vertrag im Osten, sofern er zustande käme, lukrativ für mich sei, da ich mir an der Atlantikküste dank der Veröffentlichung von sechs Reisebriefen in der *New York Tribune* und ein, zwei im *Herald* eine gewisse Reputation erworben hätte.

* 20. Mai 1906. Inzwischen ist er mir wieder eingefallen – MacCrellish. M.T.

Schließlich erklärte sich Mr. MacCrellish bereit, von dem Buch unter bestimmten Bedingungen abzulassen: In meinem Vorwort müsse ich der *Alta* dafür danken, dass sie auf ihre »Rechte« verzichtet und mir die Druckgenehmigung erteilt habe. Gegen diese Danksagung erhob ich Einspruch. Wenn ich auch nur einen Funken Aufrichtigkeit besäße, könnte ich der *Alta* nicht dafür danken, dass sie mir meinen Vortragsraubzug ruiniert hatte. Nach beträchtlicher Debatte wurde meinem Einwand stattgegeben, und die Danksagung entfiel.

Herausgeber der *Alta* war damals Noah Brooks, ein Mann von gediegenem Charakter und mit dem Herzen auf dem rechten Fleck, außerdem ein guter Historiker, wenn es auf Tatsachen nicht ankam. In biographischen
1902 Skizzen über mich, die er viele Jahre später (1902) verfasst hatte, pries er beredt die Großzügigkeit der *Alta*-Leute, die mir ohne Entschädigung ein Buch zugestanden hätten, das, wie die Nachgeschichte bewiesen habe, ein Vermögen wert sei. Nach all dem Wirbel stützte ich mich gar nicht übermäßig auf die *Alta*-Briefe. Ich befand, dass sie Zeitungsstoff, nicht Buchstoff seien. Sie waren hier und da und dort entstanden, je nachdem, ob sich während unserer fieberhaften Jagd durch Europa oder in der Gluthitze meiner Kabine an Bord der *Quaker City* zufällig ein oder zwei Gelegenheiten zum Arbeiten ergeben hatten, daher waren sie sehr locker komponiert und machten es notwendig, etwas von dem Wind und Wasser herauszupressen. Ich verwendete einige – zehn oder zwölf vielleicht. Den Rest der *Arglosen im Ausland* schrieb ich in sechzig Tagen, und hätte ich vierzehn Tage Arbeit mit der Feder angehängt, wäre ich ganz ohne die Briefe ausgekommen. Damals war ich noch sehr jung, ausgesprochen jung, wunderbar jung, jünger, als ich jetzt bin, Hunderte von Jahren jünger, als ich je wieder sein werde. Ich arbeitete jede Nacht von elf oder zwölf bis zum hellen Morgen, und da ich in den sechzig Tagen zweihunderttausend Wörter zu Papier brachte, waren es durchschnittlich mehr als dreitausend Wörter pro Tag – nichts im Vergleich zu Sir Walter Scott, nichts im Vergleich zu Louis Stevenson, nichts im Vergleich zu vielen anderen Leuten, für mich aber recht ansehnlich.
1897 1897, als wir in Tedworth Square, London, wohnten und ich das Buch *Reise um die Welt* schrieb, betrug mein Durchschnitt achtzehnhundert

Wörter pro Tag; hier in Florenz (1904) scheint sich mein Durchschnitt auf vierzehnhundert Wörter in einer vier- oder fünfstündigen Sitzung zu belaufen.* *1904*

Aus dem Obenstehenden schließe ich, dass ich mich in diesen sechsunddreißig Jahren stetig verlangsamt habe, merke aber, dass meine Statistik einen Mangel aufweist: Dreitausend Wörter im Frühjahr 1868, als ich sieben, acht oder neun Stunden am Stück arbeitete, haben einer heutigen Sitzung, die nur halb so lang dauert und halb so viel Leistung hervorbringt, wenig oder gar nichts voraus. Zahlen amüsieren mich oft, besonders wenn ich sie selbst zusammenstelle; in diesem Fall träfe die Disraeli zugesprochene Bemerkung voll und ganz zu:

»Es gibt drei Arten von Lügen: Lügen, verdammte Lügen und Statistiken.«

[Robert Louis Stevenson und Thomas Bailey Aldrich]

Aber es war auf einer Parkbank am Washington Square, dass ich Louis Stevenson etwa näher kennenlernte. Ein Ausflug, der eine Stunde oder länger dauerte und sehr angenehm und ungezwungen verlief. Ich war mit ihm von seinem Haus gekommen, wo ich seiner Familie meine Aufwartung gemacht hatte. Sein Geschäft am Square bestand darin, den Sonnenschein zu absorbieren. Er war nur sehr dürftig mit Fleisch ausgestattet, seine Kleider, als stecke darin nur das Gerüst für die Statue eines Bildhauers, schienen in Mulden zu versacken. Sein längliches Gesicht, sein strähniges Haar, sein dunkler Teint und seine grüblerische und schwermütige Miene schienen zu diesen Einzelheiten genau und harmonisch zu passen und dieses Gesamtbild eigens dazu gedacht, die Strahlen unserer Beobachtung zu sammeln und sie auf Stevensons besonderes Charakteristikum und beherrschendes Merkmal zu lenken, seine herrlichen Augen. Sie brannten unter der Dachwohnung seiner Brauen mit glühend hellem Feuer und machten ihn schön.

* * * * * * * * * * * *

* Mit der Feder, meine ich. Diese Autobiographie ist diktiert, nicht geschrieben.

Ich sagte, mit den anderen habe er wohl recht, aber was Bret Harte angehe, so irre er; in etwa sagte ich, bei Harte sei man in guter Gesellschaft, er sei ein karger, aber angenehmer Gesprächspartner; stets intelligent, aber nie brillant; dass er in dieser Hinsicht nicht mit Thomas Bailey Aldrich auf eine Stufe gestellt werden dürfe, übrigens auch kein anderer Mann, ob der Antike oder der Moderne; dass Aldrich stets geistreich, stets brillant sei, wenn jemand zugegen sei, der seinen Feuerstein im richtigen Winkel zu schlagen verstehe; dass er so sicher, schnell und unfehlbar wie das glühend heiße Eisen auf dem Amboss des Schmiedes sei – man brauche es nur geschickt zu bearbeiten, und schon flögen die Funken. Ich fügte hinzu:

»Was schlagfertige, prägnante, geistreiche, humorvolle Aussprüche angeht, hat Aldrich nie seinesgleichen gehabt. An gelungenen Formulierungen, mit denen er diese Kinder seiner Einbildungskraft einkleidete, ist niemand ihm gleichgekommen, gewiss hat niemand ihn übertroffen. Aldrich war immer brillant, er konnte gar nicht anders, er ist ein mit rosa Diamanten besetzter Feueropal; wenn er nicht spricht, weiß man, dass seine anmutigen Phantasien in seinem Innern funkeln und blinken; wenn er spricht, blitzen die Diamanten auf. Ja, er ist immer brillant, er wird immer brillant sein; noch in der Hölle wird er brillant sein – Sie werden schon sehen.«

Stevenson lächelte ein verschmitztes Lächeln: »Ich will's nicht hoffen.«

»Doch, werden Sie, und er wird sogar jene roten Feuer dämpfen und aussehen wie ein verklärter Adonis vor einem rosigen Sonnenuntergang.«

* * * * * * * * * * * *

Dort auf dieser Parkbank prägten wir eine neue Wendung – einer von uns, ich weiß nicht mehr wer –: »Unterwasser-Ruhm«. Varianten wurden erörtert: »Unterwasser-Renommee«, »Unterwasser-Reputation« und so weiter, und eine Wahl getroffen. Ich glaube, gewählt wurde »Unterwasser-Ruhm«. Diese wichtige Angelegenheit verdankte sich einem Vorfall, der Stevenson in Albany zugestoßen war. In einer Buchhandlung oder an einem Bücherstand war ihm eine lange Reihe kleiner billiger, aber hübsch ausgestatteter Bücher mit Titeln wie *Davis' Ausgewählte Reden, Davis' Ausgewählte Gedichte,* Davis' Dies und Davis' Das und Davis' Jenes ins Auge gefallen; jedes eine Kompilation mit einem kurzen, kompakten, intelligenten und nützlichen Einführungskapitel jenes besagten Davis, dessen Vorname mir entfallen ist. Stevenson hatte die Angelegenheit mit dieser Frage eingeleitet:

»Können Sie den amerikanischen Autor nennen, dessen Ansehen und dessen Akzeptanz in den Staaten am weitesten reichen?«

Ich glaubte die Antwort zu kennen, doch unter den gegebenen Umständen schien es mir unbescheiden, meine Meinung freiheraus zu sagen. So hielt ich mich zaghaft zurück. Stevenson bemerkte es und sagte:

»Sparen Sie sich Ihr Feingefühl für ein andermal auf – Sie sind es nicht. Nicht einmal für einen Shilling können Sie den amerikanischen Autor nennen, der sich der größten Beachtung und Beliebtheit erfreut. Ich schon.«

Dann fuhr er fort und erzählte mir von dem Vorfall in Albany. Er hatte den Verkäufer gefragt:

»Wer ist denn dieser Davis?«

Die Antwort lautete:

»Ein Autor, dessen Bücher in Güterzügen transportiert werden müssen, nicht in Körben. Offenbar haben Sie noch nicht von ihm gehört?«

Stevenson verneinte, dies sei das erste Mal. Der Mann sagte:

»Niemand hat je von Davis gehört; Sie können überall herumfragen, Sie werden schon sehen. Seinen Namen sehen Sie nirgendwo gedruckt, nicht einmal in Inseraten; diese Dinge sind ohne Nutzen für Davis, nicht nützlicher, als sie dem Wind und der See sind. Nie sieht man eins von Davis' Büchern in den Vereinigten Staaten obenauf treiben, aber legen Sie Ihre Taucherausrüstung an und lassen Sie sich hinab, hinab in die Tiefe, bis Sie die dichte Region, die sonnenlose Region der ewigen Schinderei und der Hungerlöhne erreichen – dort finden Sie sie zu Millionen. Der Mann, der diesen Markt erobert – sein Glück ist gemacht, sein Lebensunterhalt gesichert, denn diese Menschen werden ihn niemals im Stich lassen. Ein Autor kann hohe Reputation genießen, die sich auf die Oberfläche beschränkt, und sie verlieren und bemitleidet, dann verachtet, dann vergessen, ganz und gar vergessen werden – bei Oberflächen-Reputation ist das häufig die Stufenfolge. Eine Oberflächen-Reputation, so hoch sie sein mag, ist immer sterblich und immer vernichtbar, wenn man es richtig anstellt – mit Steck- und Stricknadeln oder mit leisem, schleichendem Gift, nicht mit der Keule oder dem Tomahawk. Eine andere Sache ist es mit der Unterwasser-Reputation – unten, in den tiefen Gewässern; einmal Favorit, immer Favorit; einmal geliebt, immer geliebt; einmal geachtet, immer geachtet und geehrt und hochgehalten. Denn was der Kritiker sagt, findet niemals seinen Weg in diese ruhigen Tiefen; weder der Hohn der Zeitungen noch ein Hauch der Verleumdungswinde, die oben wehen. Nie erfahren die dort unten von diesen Dingen. Ihr Idol mag aus bemaltem Lehm bestehen, dort oben an der Oberfläche, und verblassen und verkümmern und zerfallen und verwehen bei dem wechselhaften Wetter, das dort herrscht; doch unten ist es aus Gold und unerschütterlich und unzerstörbar.«

[Die Villa di Quarto]

Januar 1904

Die Villa liegt drei oder vier Meilen von Florenz entfernt und hat mehrere Namen. Einige nennen sie Villa Reale di Quarto, andere nennen sie Villa Principessa, wieder andere nennen sie Villa Granduchessa; in den ersten zwei oder drei Wochen war mir die Vielfalt der Namen lästig, da mir nur einer der Namen bekannt war. Wenn Briefe für die Dienstboten eintrafen, die an eine der anderen Adressen gerichtet waren, nahm ich an, dass ein Irrtum vorlag, und schickte sie weiter. Man hatte mir erläutert, dass es eine Erklärung für die verschiedenen Namen gebe. Den Namen Quarto hat die Villa von dem Distrikt, in dem sie liegt, nämlich innerhalb eines Vier-Meilen-Radius um das Zentrum von Florenz. Reale wird sie genannt, weil einst der König von Württemberg, Principessa und Granduchessa, weil ein andermal eine Tochter des russischen Zarenhauses sie bewohnt hatte. Irgendwo gibt es eine Geschichte des Hauses, und irgendwann werde ich sie mir beschaffen und nachschlagen, ob irgendwelche Details darin enthalten sind, die in diesem Kapitel von Nutzen sein könnten. Ich würde dieses Buch gern sehen, denn als Evolutionist möchte ich die Anfänge des Gebäudes und die verschiedenen Phasen seiner Entwicklung kennen. Baedeker schreibt, dass es unter Cosimo I. erbaut wurde, von dem Architekten [ ]. Dies habe ich in den letzten drei Minuten erfahren, und das macht mein ganzes Entwicklungsschema zuschanden. Ich hatte gemutmaßt, dass das Haus klein und bescheiden angefangen hat und das Werk eines armen Bauern war, dessen Vorstellung von heimischer Behaglichkeit es entsprach; dass ein oder zwei Generationen später ein Nachfolger von höherem Stand und umfangreicheren Mitteln kam, der einen Anbau errichtete; dass im Laufe der Zeit Nachfolger um Nachfolger mehr Ziegel und mehr Substanz hinzufügten und jeder ein Detail, eine Farbe oder eine Tapete, hinterließ, um seine Regentschaft von der der anderen zu unterscheiden; dass schließlich, im vorigen Jahrhundert, meine drei unmittelbaren Vorgänger kamen und ihre Besonderheiten dazugaben. Der König von Württemberg schuf in der Mitte des Gebäudes – etwa dreißig Meter von beiden Enden entfernt – genügend Raum, um die große Treppe einzubauen, eine minderwertige und angeberische Angelegenheit, fast der einzige Gegenstand aus Holz in dem ganzen Bauwerk und gerade so komfortabel, vernünftig und befriedigend wie untypisch für den Rest der Unterkunft. Die russische Prinzessin, die ihren heimischen Aberglauben bezüglich kalten Wetters mitbrachte, ließ die Heißluftkessel im Keller und den riesigen grünen Majolika-Ofen in der großen Eingangshalle einbauen, wo sich die Treppe des Königs befindet – einen Ofen, den ich fast für eine Kirche gehalten hätte, für eine Kinderzimmerkirche, so sehr beeindruckt er durch seine Größe, so reich ist er mit ultrafrommen Flachreliefs verziert. Versorgt und befeuert wird er von einer geheimen Stelle hinter der Trennwand, vor der er steht. Als Letzter kam Satan, die Gräfin Massiglia, heutige Besitzerin des Hauses, ein amerikanisches Produkt und in jeder Hinsicht männlich außer dem Geschlecht. Sie fügte ein billiges und knauseriges System elektrischer Klingeln hinzu, eine unzulängliche Azetylengasanlage, veraltete Wasserklosetts, vielleicht ein Dutzend maschinell gefertigter Pensionsmöbel und einige Teppiche aus einem Brandschadenverkauf, die den lieben langen Tag die Maßstäbe von Farbe und Kunst verhöhnen und sich nicht eher beruhigen, bis die Dunkelheit hereinbricht und sie besänftigt.

Falls jedoch das Haus vor vierhundert Jahren für Cosimo erbaut wurde, und zwar mit einem Architekten an Bord, muss ich meine Ansichten über die allmähliche Vergrößerung des Hauses wohl aufgeben. Cosimo hätte ein großes Haus gewollt, er hätte es selbst bauen wollen, damit es genau so würde, wie er es sich wünschte. Ich glaube, er hat seinen Willen durchgesetzt. Was die Architektur dieser Baracke betrifft, hat eine Entwicklung nicht stattgefunden. Schon zu Beginn hatte es keine Architektur gegeben, und es ist auch keine hinzugefügt worden, ausgenommen die protzige Treppe des Königs, der ekklesiastische Ofen der Prinzessin und die veralteten Wasserklosetts der Gräfin. Ich spreche hier von künstlerischer Architektur; es gibt keine.

Es gibt an dieser langgestreckten hässlichen und ornamentlosen dreistöckigen Fassade nicht mehr Architektur dieser Art als bei einer Seiler- oder Kegelbahn. Form und Proportionen des Hauses legen derartige Vergleiche nahe, es misst sechzig Meter in der Länge und zwanzig in der Breite. Es gibt keine künstlerische Architektur im Haus, es gibt keine außen.

Jetzt kommen wir zur praktischen Architektur – zu dem Nützlichen, zu dem Unentbehrlichen, das die Inneneinrichtung eines Hauses bestimmt, das es durch eine kluge oder aber durch eine dumme und untaugliche Anlage und Verteilung der Räume zu einer bequemen, behaglichen und zufriedenstellenden Bleibe oder aber zu deren Gegenteil macht. Das Innere des Hauses beweist, dass Cosimos Architekt nicht bei Sinnen war. Und mir scheint, es ist nicht gerecht und auch nicht freundlich von Baedeker, bis zum heutigen Tag seinen Namen und sein Verbrechen preiszugeben. Ich bin edelmütiger und menschlicher als Baedeker und unterdrücke ihn. Er ist mir ohnedies entfallen.

Ich will auf die Einzelheiten des Hauses eingehen, nicht weil ich mir einbilde, dass es sich von irgendeinem anderen Palast aus alter oder neuer Zeit auf dem europäischen Kontinent wesentlich unterscheidet, sondern weil mich jedes dieser verrückten Details interessiert und man insofern erwarten kann, dass es auch für andere Mitglieder der Menschheit von Interesse ist, besonders für Frauen. Wenn sie Romane lesen, überspringen sie gewöhnlich das Wetter, aber mir ist aufgefallen, dass sie alles, was ein Schriftsteller über Einrichtung, Raumgestaltung, Komfort und den allgemeinen Stil eines Heims schreibt, gierig verschlingen.

Das Innere dieser Baracke ist so zerhackt und ohne jedes System, dass man bei dem Versuch, eine Statistik der Hackschnitzel zu erstellen, keine genauen Zahlen angeben kann.

Im Untergeschoss oder Keller gibt es Folgendes:

Ställe und Boxen für viele Pferde – genau unter dem zentralen Schlafgemach. Die ganze Nacht über tanzen die Pferde geräuschvoll zu dem drängenden Werben der zahllosen Fliegen.

Futterspeicher.

Remise.

Azetylengasanlage.

Eine riesige Küche. Schon seit Jahren nicht mehr in Betrieb.

Eine weitere Küche.

Kohlenräume.

Koksräume.

Torfräume.

Brennholzräume.

Drei Öfen.

Weinkeller.

Verschiedene Lagerräume für alle möglichen Haushaltsvorräte.

Jede Menge leerer und undefinierbarer Räume.

Ein Labyrinth von Korridoren und Gängen, das dem Fremden die absolute Gewissheit bietet, dass er sich verirren wird.

Eine riesige Senkgrube! Sie wird alle dreißig Jahre geleert.

Zwei düstere Treppen, die zum Erdgeschoss führen.

Nach meiner Zählung etwa zwanzig Unterteilungen.

Dieser Keller scheint die vollen Maße der Grundmauern einzunehmen – sagen wir sechzig mal zwanzig Meter.

Das Erdgeschoss, wo ich diktiere, ist in dreiundzwanzig Räume, Säle, Korridore und so weiter zerstückelt. Das Stockwerk darüber enthält achtzehn solcher Unterteilungen. Eine davon ist ein Billardraum, eine andere der große Salon.

Das oberste Stockwerk besteht aus zwanzig Schlafzimmern und einer Heizanlage. Zwangsläufig sind es große Zimmer, denn auf jeder Seite finden sich zehn, und sie beanspruchen die gesamte Länge von sechzig und die gesamte

Breite von zwanzig Metern, den großzügigen Flur oder Gang abgerechnet. Dort oben gibt es schöne Kamine, und die Schlafzimmer könnten reizend sein, wenn sie nur hübsch und komfortabel möbliert und hergerichtet wären. Aber dazu müsste es einen Aufzug geben – keinen europäischen Aufzug mit gerade mal ausreichend Platz zum Stehen und seiner unmerklichen Bewegung, sondern einen geräumigen und schnellen amerikanischer Art.

Zu den Zimmern gelangt man heute auf dieselbe Weise wie zu Cosimos Zeiten – mit Beinkraft. Die Ziegelböden sind nackt und ungestrichen, die Wände nackt und in der beliebtesten aller europäischen Farben gestrichen, was schon immer ein abstoßendes Gelb war, das einem den Magen umdreht. Es heißt, dass diese Zimmer nur für das Gesinde bestimmt waren und jeweils zwei oder drei Bedienstete beherbergen sollten. Es scheint gewiss, dass sie in den letzten fünfzig oder hundert Jahren nur von Bediensteten bewohnt worden sind, andernfalls würden sie wenigstens Überreste von Gestaltung aufweisen.

Falls sie also nur für das Gesinde gedacht waren, wo haben dann Cosimo und seine Familie genächtigt? Wo hat der König von Württemberg seine Lieben untergebracht? Denn unter diesem Stockwerk befinden sich nicht mehr als drei taugliche Schlafzimmer und fünf teuflische. Bei achtzig Unterteilungen im ganzen Haus und nur vier Personen in meiner Familie ist ein wesentlicher Tatbestand unabweisbar: dass wir keinen Freund einladen können, für ein paar Tage bei uns zu übernachten, weil es kein nicht von uns selbst bewohntes Schlafzimmer gibt, das wir ihm ohne wortreiche Entschuldigungen anbieten könnten. Tatsächlich haben wir keinen Freund, den wir so wenig lieben und so geringschätzen, dass wir bereit wären, ihn in eine dieser leeren Zellen zu stecken.

Ja – wo nur hat die untergegangene Aristokratie genächtigt? Ich meine die wahre Aristokratie, nicht die amerikanische Gräfin, denn diese benötigt keine nennenswerten Räumlichkeiten. Als wir ankamen, weilte ihr Gatte im fernen Orient und diente seinem Land in irgendeiner diplomatischen Funktion, die Mutter der Gräfin war nach Amerika heimgereist, und die Gräfin selbst residierte – einsam und unbesucht – in diesem großen Herrenhaus, mit ihrem Leibdiener, dem Gutsverwalter, als Gesellschafter und Beschützer. Um mit meinen Details fortzufahren: Das kleine Zimmer, in dem ich am achten Tag im Januar 1904 diese Informationen diktiere, liegt auf der Ostseite des Hauses. Es ist ebenerdig, und durch die riesige drei Meter hohe Tür kann man auf den Terrassengarten hinaustreten, der aus einer großen quadratischen Fläche besteht, gesäumt von einem schmiedeeisernen Geländer, auf dem hier und da Blumenvasen thronen. Es ist eine hübsche Terrasse mit reichlich grünem Gras, ansehnlichen Bäumen, mit einem großen Springbrunnen in der Mitte und verschiedenfarbigen Rosen, die in der lauen Luft nicken und die Strahlen der Januarsonne zurückwerfen. Hinter dem Geländer, nach Osten hin, erstreckt sich der private Park, und die Auffahrt windet sich zwischen den Bäumen hindurch zu dem fernen Eisentor an der öffentlichen Straße, wo es weder einen Pförtner noch eine Pförtnerloge noch sonst eine Form der Kommunikation mit dem Haupthaus gibt. Dabei ist die italienische Villa seit Urzeiten eine hermetisch abgeriegelte Festung gewesen, bewacht von hohen Gemäuern und einem Eingang mit verschlossenen Eisentoren. Die Tore Italiens sind immer bei Einbruch der Dunkelheit verschlossen worden und für die Nacht verschlossen geblieben. In alten Zeiten traute kein Italiener seinen Contadini (bäuerlichen Nachbarn), und ihre Nachfolger trauen ihnen auch heute nicht. Bei anderen Villen gibt es Glocken und Pförtner, die Außenstehenden zugutekommen, wenn sie Zutritt wünschen; bei dieser aber ist das nicht der Fall und ist es offenbar nie gewesen. Hin und wieder dürfte es vorgekommen sein, dass sich all die Könige und Adligen vor verschlossenen Toren wiederfanden. Wie sind sie dann hineingelangt? Wir werden es nie herausfinden. Die Frage lässt sich nicht beantworten. Sie gehört in eine Reihe mit dem anderen ungelösten Rätsel: wo die Aristokratie in all den Jahrhunderten nächtigte, in denen sie diese Festung bewohnte.

Um auf die Glastür zurückzukommen. Vor ihr sind schwere grobe Lamellenläden angebracht, eine recht gute Schutzvorrichtung gegen Steinschleudern.

Diese Fensterläden öffnen sich wie die Flügel der Glastür auf französische Art nach außen, und ich werde ganz nebenher anmerken, dass das französische Fenster meiner Ansicht nach sinnvoll und praktisch ist, das englischamerikanische sein genaues Gegenteil. Innerhalb der Glastür (ein, zwei Zentimeter innen) befindet sich eine massive Brettertür, gut, robust und hässlich. Die Fensterläden, die Glastür und diese Holztür zum Schutz vor eindringendem Licht und eindringenden Dieben sind allesamt mit starken, schweren Bolzen ausgerüstet, die man beim Drehen des Türgriffs auf und ab bewegt. Da die Mauern sehr dick sind, rücken diese Türen und Läden einander nicht auf die Pelle, es ist viel Platz dazwischen, und es gäbe mehr, sollten wir es doch noch mit der Angst zu tun bekommen. Die mit Fensterläden versehene Glastür, dieser zweckmäßige Zugang zu Terrasse und Garten, ist nicht die einzige auf dieser Seite des Hauses, durch die man bequem auf die Terrasse treten kann. Es gibt eine ganze Prozession davon, die, Tür um Tür, an der östlichen oder Rückfront des Hauses entlangzieht, vom südlichen bis zum nördlichen Ende – insgesamt elf. Beginnend mit dem Südende, ermöglichen sie das Hinaustreten aus einem Salon, aus einem großen Schlafzimmer (meinem), aus diesem kleinen, vier mal sechs Meter messenden Empfangszimmer, in dem ich gerade arbeite, aus einem ebensolchen, drei mal vier, das im Grunde den Anfang eines zwölf Meter langen und vier Meter breiten Korridors mit drei Dreifachglastüren zur Terrasse darstellt. Der Korridor mündet in ein Speisezimmer und das Speisezimmer in zwei große Räume dahinter, alle mit Glastüren zur Terrasse. Wenn die Türen, die diese sieben Räume und den Korridor verbinden, aufgestoßen werden, ergibt die sechzig Meter lange Flucht buntgemischter Teppichböden mit ihrem wettstreitenden und lästerlich grellen Farbtumult eine schöne, nahezu befriedigende fliehende Perspektive, und man erkennt, dass, wenn eine geistig gesunde Person das Privileg und die Gelegenheit gehabt hätte, die vorhandenen Teppichböden zu verbrennen und an ihrer Stelle farbliche Harmonie herzustellen, die dergestalt veränderte Perspektive sehr schön wäre. Über jeder der elf Glastüren befindet sich ein Duplikat im nächsten Stockwerk. Drei mal zwei Meter aus Glas. Und über jeder dieser Türen im obersten Stockwerk ein kleineres Fenster – dreiunddreißig brauchbare Öffnungen für Licht an der Ostfront des Hauses, dieselbe Anzahl an der Westfront und neun größere an jeder Seitenfront des Hauses. Sechsundfünfzig dieser vierundachtzig Fenster enthalten mehr als doppelt so viel Glas wie das Durchschnittsfenster eines amerikanischen Wohnhauses, und doch ist das Haus keinesfalls entsprechend hell. Ich weiß nicht, warum, vielleicht wegen der miserablen Bespannung der Wände.

Die Villa di Quarto ist ein Palast; Cosimo erbaute sie als solchen, seine Architekten planten sie als solchen; sie ist stets als Palast betrachtet worden, und neulich erzählte mir ein alter Bewohner aus Florenz, sie sei ein gutes Beispiel für einen italienischen Durchschnittspalast des Hochadels, und das Groteske wie das Barbarische, die Stilbrüche wie der Mangel an Komfort fänden sich auch bei den übrigen. Das will ich gern glauben, denn einige der anderen habe ich gesehen.

Ich denke, es gibt in diesem ganzen Gewirr von Zimmern und Sälen und Korridoren und Kammern und leeren Räumen nicht *ein* Zimmer, das nicht das eine oder andere Andenken an jeden seiner illustren Bewohner enthielte, zumindest an zwei oder drei.

Wir wollen den Salon am Kopf jener langen Perspektive, die ich beschrieben habe, untersuchen. Die gewölbte Decke ist wunderschön, sowohl der Form wie der Gestaltung nach. Sie ist mit gefälligen und kunstvollen Fresken verziert. Die Decke ist ein Andenken an Cosimo. Die Türen sind mit schwerer blassblauer und schwach gemusterter Seide drapiert, das ist ein Relikt des Königs von Württemberg. Die glänzend weiße, mit Messingbändern geschmückte Porzellanpagode, die einen offenen Holzkamin enthält, ist ein Überbleibsel der russischen Prinzessin und eine Erinnerung an ihre heimischen Erfahrungen mit kaltem Wetter. Die hellgraue, mit goldenen Blumen gemusterte Tapete könnte auf einen jeden zurückgehen – uns liegt nichts daran, ihre Abstammung zu erraten. Der Rest des Zimmers ist offenkundig die Folge seiner Inbesitznahme durch die Gräfin Massiglia. Seine grellen Disharmonien und Unordnungen haben offenkundig in diesem chaotischen Geist ihren Ursprung. Der Fußboden ist mit einem filzähnlichen Belag von so schreiendem Rot überzogen, dass man fast meint, das Heer des Pharaos darin ertrinken zu sehen. Vier Teppiche liegen verstreut wie Inseln, brutale Teppiche, deren Farben einander und das Rote Meer verfluchen. Es gibt ein mit grobem Stoff bezogenes Sofa, ein Rausch aus Grün und Blau und Blut, eine billige untrügliche Imitation florentinischer

Stickerei. Es gibt ein Sofa und zwei mit blassgrüner gemusterter Seide bezogene Stühle, das Holz von drei verschiedenen Arten amerikanischer Walnussbäume, billig, minderwertig, maschinell gefertigt. Es gibt ein Sofa aus französischem Walnussholz, bezogen mit gemusterter Seide von einer teuflischen Farbe wie zerdrückte Erdbeeren, nur reichlich verblichen, und es gibt einen Gefährten, einen Sessel. Es gibt einen schlichten und kahlen schwarzen Walnussholztisch ohne eine Decke, die seine Nacktheit verbirgt; darunter eine große runde Ottomane, die mit blassester blassgrüner Seide bedeckt ist, eine Art besserer Pilz, der mit aller Macht das Rote Meer, die erbosten Teppiche und die Relikte aus zerdrückten Erdbeeren verflucht. Vor der Wand steht ein hoher Bücherschrank mit Glastüren, maschinell gefertigt – das Material amerikanisches Butternussholz. Er steht dicht genug an der schweren seidenen Türdraperie des Königs von Württemberg, um – im Vergleich zu dieser – seine Billigkeit und Hässlichkeit zu unterstreichen. An den Wänden hängen drei artige Aquarelle, sechs oder acht sehr schlechte, ein frommes Porträt der Gräfin mit Brautschleier und tiefem Ausschnitt und eine Reihe Fotos von Mitgliedern ihrer Sippe. Darunter ist eine Aufnahme des Grafen, der ein männliches intelligentes Gesicht hat und wie ein Gentleman aussieht. Welcher Teufel ihn geritten hat, Besitzer der Gräfin zu werden, könnte er zu diesem späten Zeitpunkt vermutlich selbst nicht mehr erklären.

Die gesamte Literatur, die sich in diesem riesigen Haus befindet, ist in dem bei einem Brandschadenverkauf ersteigerten amerikanischen Bücherschrank untergebracht. Es gibt vier Fächer. Das oberste besteht aus wahllos zusammengestellter Literatur guter Qualität; das nächste Fach besteht aus in Stoff gebundenen Büchern über christliche Wissenschaft und Spiritualismus – vierzig schmale Bände; die beiden übrigen Fächer enthalten vierundfünfzig gebundene Bände von *Blackwood's Edinburgh Magazine*, von etwa 1870 an in umgekehrter Reihenfolge nach Jahrgängen geordnet. Der Bücherschrank und sein Inhalt wurden vermutlich aus Amerika von der Mutter der Gräfin importiert, die sich vor einigen Monaten losgeeist hat und nach Philadelphia zurückgekehrt ist. Die Blackwoods lassen sich nicht der Gräfin zuschreiben, da sie nichts enthalten, was für sie interessant wäre.

Unwahrscheinlich ist auch, dass das religiöse Regalfach ihr Mitgefühl hervorrufen könnte, denn ihre moralische Verfassung besteht aus Neid, Hass, Boshaftigkeit und Heimtücke. Sie ist unschwer die diabolischste Person, der ich in irgendeiner Gesellschaftsschicht begegnet bin.

Aufgrund dieses Butternussholzschranks und seines kümmerlichen Inhalts muss das eben beschriebene Zimmer mit dem eindrucksvollen Titel »Bibliothek« beehrt werden. Inzwischen dient es Mrs. Clemens als Damenzimmer bei den kurzen und sich nur in großen Abständen bietenden Gelegenheiten, wenn sie das Bett, an das sie schon so lange gefesselt ist, für eine Stunde verlassen darf. Wir befinden uns am äußersten Südende des Hauses, falls es so etwas wie ein Südende überhaupt gibt bei einem Haus, dessen Ausrichtung ich nicht feststellen kann, da ich in allen Fällen, wo ein Gegenstand nicht unmittelbar nach Norden oder Süden weist, dazu nicht in der Lage bin. Dieses Haus neigt sich irgendwo dazwischen und stiftet deshalb bei mir Verwirrung. Das kleine Damenzimmer liegt in einer der beiden Ecken dessen, was ich das Südende des Hauses nenne. Die Sonne geht in einer Weise auf, dass sich ihr Licht den ganzen Morgen durch die dreiunddreißig Glastüren oder -fenster ergießt, die jene Seite des Hauses durchbrechen, die, wie bereits beschrieben, auf die Terrasse und den Garten blickt; während des restlichen Tages durchflutet ihr Licht das Südende des Hauses, wie ich es nenne; mittags steht die Sonne direkt über Florenz, dort drüben in der fernen Ebene – direkt über den architektonischen Besonderheiten, die der Welt seit etlichen Jahrhunderten von Bildern so vertraut sind: dem Duomo, dem Campanile, dem Familiengrab der Medici und dem schönen Turm des Palazzo Vecchio, über Florenz, aber nicht weit darüber, denn in diesen Wintertagen erklettert sie nicht einmal die Hälfte ihres Zenits; in dieser Position beginnt sie die Geheimnisse der herrlichen blauen Berge zu offenbaren, die sich nach Westen hin erstrecken, denn ihr Licht erspäht, entdeckt und enthüllt einen weißen Schneesturm aus Villen und Städten, in die Vertrauen zu haben man sich einfach nicht gewöhnen kann; sie erscheinen und verschwinden so rätselhaft, als wären sie gar keine heutigen Villen und Städte, sondern nur die Geister der untergegangenen aus entlegener und dunkler etruskischer Zeit; und am späten Nachmittag versinkt die Sonne irgendwo hinter diesen Bergen, soweit ich erkennen kann, zu keiner bestimmten Zeit und an keinem bestimmten Ort.

Diese »Bibliothek«, dieses Boudoir oder dieses Damenzimmer grenzt an Mrs. Clemens' Schlafzimmer, und beide erstrecken sich über das gesamte Südende des Hauses. Das Schlafzimmer bekommt kurz vor Mittag Sonne und wird für den Rest des Tages verschwenderisch durchtränkt und durchflutet. Eines der Fenster ist besonders gut dafür berechnet, einen reichen Vorrat an Sonnenlicht einzulassen, denn es besteht aus zwölf großen Scheiben, wobei jede mehr als einen halben Meter im Quadrat misst. Das Schlafzimmer ist zehn Meter lang und sieben Meter breit, und es hat eine Zeit gegeben, da beide Räume, das Schlafzimmer und die »Bibliothek«, nicht durch eine Wand getrennt waren, sondern hintereinander die ganze Breite des Südendes einnahmen. Damals muss es ein Ball- oder Bankettsaal gewesen sein. Ich behaupte dies nur, weil vielleicht nicht einmal Cosimo ein so großes Schlafzimmer benötigte, wohingegen es sehr wohl als Bankettsaal geeignet wäre – wegen seiner Nähe zu den Küchenräumen, die sich nicht mehr als zwei- oder dreihundert Meter entfernt im Keller befanden, in alten Zeiten fürwahr eine sehr günstige Voraussetzung. Monarchen dürfen den Komfort, in dem zu schwelgen wir Plebejer das Privileg haben, nicht genießen – nicht einmal heutzutage. Wäre ich eingeladen, eine Woche im Windsor Castle zu verbringen, würde mich dies mit Freude und Stolz erfüllen; aber wenn es auch nur einen Hinweis auf permanente Bewohner gäbe, würde ich so tun, als hätte ich die Einladung nicht gehört. Als Palast ist das Windsor Castle großartig; großartig ob der Geräumigkeit und Pracht, des Prunks und Gepränges und so weiter; doch die Schlafzimmer sind klein, wenig verlockend und unbequem und die Vorkehrungen, um Speisen von der Küche zum Tisch zu befördern, so unbeholfen und zeitraubend, dass dort wahrscheinlich jede Mahlzeit aus dem Kühlhaus kommt. Das ist nur eine Mutmaßung; ich habe nie dort gegessen. Im Windsor Castle werden die Gänge über einen Speisenaufzug aus der tiefsten Tiefe heraufgeschafft, wo sich die riesige Küche befindet, dann mittels einer schmalen kleinen Bahn auf Schienen zu dem Territorium befördert, wo das Dinner stattfinden soll. Als ich vor vier Jahren dort war, wurde die Bahn noch von Hand betrieben; doch war es zweifellos ein großer Fortschritt gegenüber den Beförderungsmitteln, die es zu der Zeit vor Queen Victoria im Windsor Castle gegeben hat. Es ist erstaunlich, wenn man bedenkt, dass das, was für uns Annehmlichkeiten in einem Wohnhaus sind und was wir als Notwendigkeit erachten, erst vor so kurzer Zeit entstanden ist und dass in der Welt, in die Queen Victoria hineingeboren wurde, kaum etwas davon existierte. Der wertvolle Teil – der *meiner* Meinung nach wertvolle Teil – der von uns so genannten Zivilisation bestand noch nicht, als sie den Planeten betrat. Sie saß in jener altehrwürdigen Festung auf ihrem Stuhl und sah ihn aus einem Senfkorn zu dem gewaltigen Baum heranwachsen, zu dem er geworden war, bevor sie starb. Sie sah das Ganze der neuen Schöpfung, sie sah alles, was gemacht war, und ohne ihr Zeugnis war nichts gemacht, was gemacht war. In der Tat, alles in allem eine sehr anerkennenswerte Schöpfung, da der Mensch sie, ganz ohne Beistand, aus dem eigenen Verstand heraus geschaffen hat. Ich ziehe diesen voreiligen Schluss, weil ich glaube, dass dies der Vorsehung, wenn sie denn vorgehabt hätte, dem Menschen zu helfen, einige hunderttausend Jahrhunderte früher eingefallen wäre. Wir sind es gewohnt, in allem die Hand der Vorsehung zu erblicken. Sind es gewohnt, weil wir, wenn wir sie übersehen oder glauben sie übersehen zu haben, genügend Diskretion besitzen, es uns nicht anmerken zu lassen. Wir sind ein taktvolles Volk. Bedenkenlos haben wir das Verdienst an dieser schönen und prächtigen neuen Zivilisation der Vorsehung zugeschrieben und sind in unserem Lob für diese große Wohltat ziemlich maßlos gewesen; wir haben über die grandiose Beachtung, die sie uns fünf Minuten lang geschenkt hat, nicht schweigen können, wir können nur über die Jahrhunderte der Vernachlässigung schweigen, die ihr vorausgingen und die sie so bemerkenswert machen. Wenn die Vorsehung einen ihrer Erdenwürmer in einem Sturm ins Meer schwemmt, ihn vierunddreißig Tage auf einer Planke hungern und frieren lässt und ihn am Ende auf einer unbewohnten Insel noch einmal Schiffbruch erleiden lässt, wo er drei Monate von Krabben, Grashüpfern und anderen Schalentieren lebt, um schließlich durch einen alten whiskeygetränkten, gotteslästerlichen und ungläubigen Vagabunden von Kapitän gerettet und ohne Gegenleistung zu seinen Freunden zurückgebracht zu werden, dann vergisst der Erdenwurm, dass es die Vorsehung war, die ihn über Bord gespült hat, und behält nur, dass die Vorsehung ihn gerettet hat. An der plumpen, langsamen und schwerfälligen Erfindungsgabe der Vorsehung in Sachen Lebensrettung hat er nichts auszusetzen, hat keine sarkastischen Worte für sie übrig, erblickt in ihrer Zögerlichkeit, ihrer Ineffektivität nichts als Nahrung für Bewunderung, empfindet sie als Wunder, als Mirakel; und je länger sie braucht, je ineffektiver sie ist, desto größer das Mirakel; unterdessen gestattet er sich niemals, dem zähen alten Kapitän, der ihn wirklich gerettet hat, ein herzliches, inniges, uneingeschränktes Loblied zu singen, sondern tut ihn halbherzig als »Instrument der rettenden Vorsehung« ab.

Um in das Eckzimmer und zu dem mit alten Blackwoods und moderner spiritualistischer Literatur im Wert von zwanzig Dollar beladenen Bücherschrank zu gelangen, musste ich – die Schilderung habe ich mir erspart – durch ein Zimmer gehen, das mein Schlafzimmer ist. Es hat eine gute Größe, es hat eine gute Form – neun mal sieben Meter. Ursprünglich war es fünfzehn Meter lang und erstreckte sich von einer Seite des Hauses bis zur anderen nach bester italienischer Manier, die das Schlafzimmer eines jeden – König, Adliger, Leibeigener – zu einem Durchgang ins nächste Zimmer macht; die derzeitige Eigentümerin hingegen, die amerikanische Gräfin, hat sechs Meter des Zimmers abgetrennt, drei davon dem Raum als Badezimmer angefügt und den Rest einem Flur überlassen. Das Schlafzimmer wird durch eine dieser bereits beschriebenen hohen Glastüren erhellt, die auf die Terrasse gehen. In der Mitte wird es von strahlend weißen Säulen mit dorischen Kapitellen unterteilt, die so groß sind wie ich und die an jedem Ende ein kleiner und in der Mitte ein langer Bogen ziert; das hat in der Tat Grandezza und ist sehr imposant. Der große Kamin ist aus weißem Marmor und die Steinmetzarbeit von jener anmutigen und zierlichen Art, die ihrem Alter, vermutlich vierhundert Jahren, angemessen ist. Der Kamin und die stattlichen Säulen sind Aristokraten, sie erkennen ihre Verwandtschaft und lächeln einander zu. Allerdings nur, wenn sie nicht gerade auf die restlichen Habseligkeiten des Zimmers fluchen. Die vordere Zimmerhälfte leuchtet geradezu – eine Tapete von grässlichem Muster, grellen Farben und so billigem Material, dass es die kühnsten Träume des Geizes übertrifft. Die hintere Hälfte ist vom Boden bis zur Decke in einem abstoßend dumpfen, stumpfen

Gelb gestrichen. Es scheint sonderbar, dass Gelb in Europa die bevorzugte Farbe ist, mit der man eine Wand verunziert; ich habe noch keine gelbe Wand gesehen, die mich nicht deprimiert und unglücklich gemacht hätte. Der Zimmerboden wird durch einen pensionierten Alptraum von einem Teppich bedeckt, dessen Muster ausladend und aufrührerisch ist und dessen empörte Rot-, Schwarz- und Gelbtöne bei Tag und Nacht miteinander streiten und jede Aussöhnung verweigern. Es gibt eine Tür, die ins Badezimmer führt, und an demselben Ende des Zimmers eine Tür, die auf einen schuhkartongroßen Gang hinausgeht, der zu einer weiteren Toilette führt. Diese beiden Türen folgen streng dem Gesetz europäischer Behausungen, ob für Prinzen oder für Bettelknaben gebaut, will sagen, es sind derbe, dünne, schwache, billige Bretter, Türen von der Art, wie sie ein Neger in den Südstaaten an seinem Hühnerstall anbringt. Anstelle eines Knaufs haben sie wie alle solche Türen auf dem Kontinent eine Klinke. Diese hebelt einen Riegel aus dem Schloss, der keine Federn aufweist und daher nur unter Gewaltanwendung wieder ins Schloss zurückspringt. Eine solche Tür kann man nicht zuknallen, sie würde einfach zurückschnellen. In der Klinke verfängt sich jedes Kleidungsstück, das versucht vorbeizukommen; wenn es nicht reißfest ist, zerreißt es; wenn es reißfest ist, stoppt es den Träger mit einer Jähheit, Heftigkeit und Unerwartetheit, die, wer er auch sein mag, all seine religiöse Zurückhaltung zunichtemachen.

Am vorderen Ende des Schlafzimmers gibt es an allen Seiten Türen, so dass jeder, der will, zu jeder Tages- oder Nachtzeit hindurchstapfen kann, da dies der einzige Weg ist, um zu dem dahinterliegenden Zimmer zu gelangen, wo in dem Schrank die kostbare Bibliothek untergebracht ist. Mobiliar: ein lachsfarbenes Seidensofa, ein lachsfarbener Seidenstuhl, zwei gewöhnliche Holzstühle und ein ausgestopfter Sessel, dessen Polsterung von mir unbekannter Art, aber diabolisch ist; in der Ecke ein gewöhnlicher dünnbeiniger Küchentisch; an der einen Wand ein Kleiderschrank und ein Frisiertisch; an der gegenüberliegenden eine wacklige Kommode aus schwarz gestrichenem Strobenholz, verziert mit Griffen aus Messingimitat; ein Doppelbett aus Messing. Man wird mir beipflichten müssen, dass sich dieses Zimmer seiner Möbel nicht eben schämt. Gottlob sind die beiden bereits angesprochenen Brettertüren mit bunten Behängen unbekannter Herkunft verhüllt, die drei anderen bereits erwähnten Türen von langen Vorhängen verdeckt, die bis auf den Fußboden reichen und in der Mitte gerafft sind, um das Hindurchströmen von Menschen und Licht zu ermöglichen. Diese Vorhänge haben ein stolzes und prahlerisches Aussehen, das niemanden täuscht, da es auf einer Seidenmischung beruht, deren Hauptbestandteil Baumwolle ist. Die Farbe ist ein solides Gelb und tiefer als das Gelb der hinteren Wandhälften, und hier geschieht etwas Seltsames: Man kann von einer dieser Farben fünfzigmal zu der anderen blicken, und jedes Mal wird man diejenige für die hässlichste halten, auf die man gerade blickt. Es ist ein höchst kurioser und interessanter Effekt. Ich glaube, wenn man sich so weit beruhigen könnte, dass man diese Vorhänge ohne Leidenschaft betrachtet, würde man dahin kommen, dass es beide braucht, um die hässlichste Farbe in der Welt der Kunst zu ergeben.

Wir haben diese beiden Gelbtöne betrachtet, aber damit ist die Angelegenheit nicht erschöpft, denn es gibt in dem Zimmer noch einen dritten. Das ist ein prächtiger hoher Baldachin über dem Messingbett, gefertigt aus einem glänzenden, glitzernden und gleißenden Satin in Zitronengelb – echtem Satin, dem nahezu einzigen echten Stück im ganzen Raum. Er gehört zum Adel, er gehört zur Aristokratie, er gehört zu den majestätischen weißen Säulen und dem zierlichen alten Marmorkamin; alle übrigen Einrichtungsgegenstände im Zimmer sind zutiefst plebejisch, beklagenswerte Exilanten, die aus ihrem rechtmäßigen Heim verstoßen wurden, dem Armenhaus.

An der Wand am vorderen Ende hängen in großen Rahmen Fotos des Paares, das für die Anwesenheit der Gräfin in dieser Welt verantwortlich ist. Es wäre geschmackvoller, wenn die beiden weniger erfreut darüber wirkten. An der abschließenden Wand in der gelben Zimmerhälfte hängen zwei gerahmte Kupferstiche, weibliche Engel, wie üblich damit beschäftigt, Verstorbene über die ferne Ansicht einer Stadt, einer Ebene und eines Gebirges hinweg in den Himmel zu befördern.

Die Dissonanzen dieses Zimmers, was Farben, demütige Armut und prahlerische wie selbstgefällige Prätention betrifft, wiederholen sich, wo immer man hingeht in diesem riesigen Haus.

Ich bin es leid, weitere Einzelheiten aufzuzählen. Man könnte auf jeder Seite des Hauses sechzig Meter weit laufen, durch ein sinnloses Gewirr unnützer kleiner Empfangszimmer und protziger Korridore, und würde, bis man das Speisezimmer am Ende erreicht, nichts Vernünftiges oder Anheimelndes finden.

Im nächsten Stockwerk, über der Blackwood-Bibliothek, gibt es ein feines, wohleingerichtetes Schlafzimmer mit einem ausgezeichneten Steinbalkon und dem bereits erwähnten großartigen Ausblick, aber vergrößert und verbessert. Von dort sechzig Meter nach Norden, und alles ist genauso unordentlich zerstückelt wie im Erdgeschoss. In der Mitte jedoch befindet sich ein großer Salon von zwölf Metern im Quadrat und vielleicht ebensolcher Höhe, großzügig und geschmackvoll mit Brokatseide ausgekleidet und mit sehr schönen Deckenfresken verziert. Aber das Zimmer macht einen fast wütenden Eindruck, denn wo man hinsieht, sind Diwane und Sofas und Sessel und hohe Fenstervorhänge aus demselben grimmigen zitronengelben Satin, der schon beim Baldachin des Messingbetts im Erdgeschoss erwähnt wurde. Betritt man an einem herrlichen Florentiner Tag unversehens diesen großen Saal, ist es, als betrete man die Hölle an einem Sonntagmorgen, wenn die Schwefelfeuer am grellsten und am gelbsten lodern.

Ich glaube, ich habe schon gesagt, dass das oberste Stockwerk aus zwanzig Zimmern besteht. Sie sind nicht möbliert, sie sind geräumig und gewähren eine weite bezaubernde Aussicht. Richtig möbliert, wären sie angenehm, gemütlich und in jeder Hinsicht zufriedenstellend.

Ende März. Nun, da wir schon viereinhalb Monate hier wohnen, sind meine Vorurteile eins nach dem anderen auf der Strecke geblieben, und das Haus ist sehr heimelig geworden. Unter gewissen Bedingungen könnte ich auf unbestimmte Zeit hier wohnen bleiben. Ja, ich könnte diese Bedingungen auf zwei reduzieren und wäre recht zufrieden. Ich würde den Stall wollen, über dem die Gräfin wohnt, da es nicht angenehm ist, wenn die Pferde unter Mrs. Clemens' Schlafzimmer untergebracht sind. Außerdem würde ich mir wünschen, dass die Gräfin Italien, Europa, den Planeten verlässt. Ich würde mir wünschen, sie müsste sich an ihren Ort im Jenseits zurückziehen und mir mitteilen, welcher von beiden es ist, damit ich alle Vorkehrungen für mein eigenes Leben danach treffen kann.

Die Freunde, die mir zu diesem Haus verhalfen, als ich noch in Amerika weilte, waren mit dem pesterfüllten Charakter der Gräfin ebenso vertraut wie das klatschsüchtige Florenz, ließen sich von ihr aber zu der Überzeugung verleiten, sie werde nach Paris übersiedeln, sobald ihr das kostspielige Haus aus der Hand genommen sei. Das war ein Fehler. Sie hatte nie die Absicht fortzuziehen. Sie konnte das Leben ohne die tägliche und stündliche Gesellschaft ihres attraktiven Leibdieners nicht ertragen, und sie war nicht reich genug, um ihn mitzunehmen.

Da im Mietvertrag nichts stand, was die Gräfin dazu verpflichtete, nach Paris oder in irgendeinen anderen Himmel überzusiedeln, der ihrem Lebensstil gemäß war, merkte ich bald, dass es keine Möglichkeit gab, sie loszuwerden; nach zweieinhalb Monaten ihrer übelriechenden Anwesenheit in nächster Umgebung – ihre Stallwohnung liegt auf dem Gelände des Anwesens – gab ich auf und bin seitdem auf Haussuche. Eine Haussuche ist in jedem Land schwierig und bedrückend; in der Gegend um Florenz führt sie zur Verzweiflung, und wenn man darauf beharrt, endet sie mit Selbstmord. Professor Willard Fiske, der Gelehrte, der vor vierzehn oder fünfzehn Jahren Walter Savage Landors Villa gekauft hat, erzählt mir, er habe dreihundert Villen besichtigt, ehe er eine fand, die ihm zusagte; dabei war er Witwer ohne Kinder oder Angehörige und benötigte die Villa ausschließlich für sein einsames Selbst. Vor zwölf Jahren war ich dort zu Gast, und mir schien, dass er keine Villa erworben hatte, sondern einzig und allein ein Privileg – das Privileg, sie von Grund auf zu erneuern und für menschliches Wohnen geeignet zu machen. Während der ersten drei Februarwochen kletterte ich überall herum und durchstreifte im Durchschnitt sechs große Villen in der Woche, fand jedoch keine, die mir unter den gegebenen Umständen gefiel. Einer dieser Umstände, und zwar der wichtigste, ist der, dass wir uns auf Geheiß der Ärzte in Italien aufhalten, in der Hoffnung, dass Mrs. Clemens in diesem milden Klima ihre Gesundheit wiedererlangt, die sie vor neunzehn Monaten plötzlich eingebüßt hat, als sie, geschwächt durch ein langjähriges Herzleiden, von einer nervösen Erschöpfung heimgesucht wurde, und seit diesem

Zusammenbruch sind die Male, da sie sich auch nur fünf Minuten ohne Pause auf den Beinen halten kann, äußert selten. Auch zwei Villen, die in etwa so groß wie diese sind, habe ich besichtigt, doch ihre Innenarchitektur ist so schlecht entworfen, dass für meine vierköpfige Familie nicht genügend Platz vorhanden wäre. Im Allgemeinen dienten die Schlafzimmer als gemeinschaftliche Flure, so dass Krethi und Plethi beiderlei Geschlechts und aller Altersgruppen jahrhundertelang in einer Prozession durch diese angeblich privaten Gemächer gezogen sind.

Jede von mir besichtigte Villa wies eine Reihe von Vorzügen auf, die zu finden man mir aufgetragen hatte, vier davon fast alle. Im Fall dieser vier stellte die Höhenlage die Ärzte nicht zufrieden; zwei von ihnen waren zu hoch gelegen, die anderen beiden nicht hoch genug. Alle diese fünfzehn oder zwanzig Villen waren möbliert. Der Leser dieser Notizen wird das Wort im Wörterbuch finden, und dort wird es definiert sein; aber diese Definition hat keinen Wert für jemanden, der wissen möchte, was das Wort hier in Italien bedeutet, wenn es in einem Inserat auftaucht, in dem ein Wohnhaus zur Miete angeboten wird. Hier bedeutet es eine klägliche Ansammlung billiger, klappriger Tische, Stühle, Sofas usw., gepolstert mit verschlissenen schadhaften Fetzen in düster-schwermütiger Farbe, die das Grab suggeriert und den Wunsch nahelegt, sich für immer dorthin zurückzuziehen. Eigentlich ist die durchschnittliche Villa ein Krankenhaus für sieche und greise Möbel. Schon in ihren besten Tagen waren diese Möbel weder schön noch anmutig noch attraktiv noch bequem. Wann diese besten Tage waren, ist zu lange her, als dass jemand sie jetzt noch datieren könnte.

Jedes Mal, wenn ich von einer meiner Erkundungen zurückgekehrt bin, musste ich mir eingestehen, dass der Aufstand der Farben in der Villa di Quarto nach allem, worüber ich in den anderen Villen geseufzt und geklagt hatte, eine Erholung fürs Auge ist und dass diese Villa, soweit ich weiß, die einzige auf dem Markt ist, die genügend Möbel für die Bedürfnisse ihrer Bewohner beherbergt.

Ich will auch einräumen, dass ich mich geirrt habe, als ich glaubte, diese Villa sei bettelarm an Annehmlichkeiten, ist sie doch im Vergleich zu den anderen geradezu reich an solchen.

Vor einiger Zeit erzählte mir eine Dame, sie sei soeben von einem Besuch auf dem Landsitz einer Prinzessin zurückgekehrt, einem riesigen Gebäude inmitten eines großen, schönen, gepflegten Blumengartens; der Garten wiederum liege in einem großen, schönen privaten Park. Sie sei von einer herrlichen Erscheinung aus der Gattung der Lakaien begrüßt worden, die sie in eine hohe, weitläufige Eingangshalle geleitet habe, reich verziert mit Statuen, Bildnissen und anderem schönen und kostbaren Schmuck, und von dort durch einen unendlich langen Gang, der von ähnlich prächtigem und prunkvollem Zierrat in höchstem Grade glänzte; und am Ende dieser bezaubernden Reise sei sie im Schlafgemach der Prinzessin abgeliefert und von dieser empfangen worden, die leicht kränkelte und das Bett hütete. Das Zimmer sei sehr klein gewesen, ohne Schnickschnack oder Hübschigkeiten zur Tröstung für Auge und Geist, ein eisernes Bettgestell, zwei Holzstühle, ein kleiner Tisch und in der Ecke ein eiserner Dreifuß, auf dem eine gewöhnliche weiße Waschschüssel stand. Die kostspieligen Herrlichkeiten des Hauses dienten nur dem Protz, während auf den Komfort der Hausherrin kein Geld verschwendet worden sei. Ich hatte meine Zweifel an dieser Geschichte, als ich sie hörte, inzwischen bin ich gutgläubiger.

Noch ein, zwei Worte zur Einrichtung der Villa di Quarto. Im Durchschnitt enthält jedes Zimmer vier Bilder, sagen wir, zwei Fotos oder Kupferstiche und zwei Ölgemälde oder Aquarelle von der üblichen Farbdruckqualität. Eine Reihe dieser Gemälde, von denen etliche von einem bescheidenen Talent zeugen, stammen von der Hand der Gräfin. Eine ihrer Arbeiten ist das offenbar nach einem Foto gefertigte Porträt jenes Mannes aus Philadelphia, dessen vertrauter Umgang mit ihr dem ersten Ehemann ermöglichte, sich ihrer Gesellschaft durch Scheidung zu entledigen. Diese geschiedene Dame firmierte unter ihrem Mädchennamen Paxton, als sie in Philadelphia dem Grafen angetraut wurde. In Amerika ist sie eine verheiratete Frau, in Italien nicht.

Sie hat Kunst studiert. Fünfundzwanzig oder dreißig Zeichnungen polstern die Wände eines Zimmers im Norden des Hauses, das ihr Atelier gewesen sein muss. Diese männlichen und weiblichen Akte sind von jener detaillierten und umstandslosen Nacktheit, die das bevorzugte Produkt des

Zeichenunterrichts an Kunstakademien ist. Wenn ich die Gräfin richtig deute, ist es ihr schwergefallen, sie nicht im Salon aufzuhängen.

Hoch oben an den Wänden der großen Eingangshalle hängen mehrere dieser kleinen, glänzenden weißen Putten, die man mit dem Namen Della Robbia in Verbindung bringt. Ferner sind die Wände dieser Eingangshalle mit den üblichen großen ungerahmten ovalen Ölporträts längst verstorbener Aristokraten, die man gewöhnlich in florentinischen Villen ausgestellt findet, geschmückt oder zumindest kaschiert. Im vorliegenden Fall wurden die Porträts von Künstlern gemalt, die, bis auf eines, das Niveau gewöhnlicher Farbdrucke erreichen. Da ich nie in Kunst unterwiesen worden bin, kann ich nicht entscheiden, was nach den geltenden Maßstäben ein gutes und was ein schlechtes Bild ist; ich muss mich auf meine eigenen naiven Maßstäbe verlassen. Diesen zufolge zeigt das Bild, das ich gerade betrachte, ein äußerst edles, ernstes und schönes Gesicht, makellos in allen Details, und schöne und makellose Hände; wenn das Bild mir gehörte, würde ich nie eine Unterrichtsstunde in Kunst nehmen, damit es für mich seine ganze vollendete und befriedigende Vollkommenheit nicht einbüßt.

Die Gräfin ist zwei, drei Jahre über die vierzig, und aus dem im ganzen Haus verteilten großzügigen Vorrat an Bildern und Fotos kann man ersehen, dass sie früher einmal anmutig und zeitweise durchaus hübsch gewesen sein muss. Inzwischen schminkt sie sich das Gesicht und färbt sich das Haar und versucht auch mit anderen Mitteln, die Tradition dieser vergangenen Tage zu bewahren; allerdings trägt sie etwas in sich, was die größten Anstrengungen der Kunst und alle Versuche, ihre äußere Erscheinung in zufriedenstellendem Zustand zu halten, zunichtemacht. Dieses innere Etwas ist ihre Wesensart, ihre Charakteranlage. Sie ist reizbar, arglistig, heimtückisch, rachsüchtig, nachtragend, eigennützig, geizig, habgierig, ungeschliffen, geschmacklos, ruchlos, unflätig, eine wütende Furie nach außen und im Herzen ein Feigling. Ihre Lippen sind mit Lügen, Täuschungen, Betrügereien und Verrätereien so vertraut wie ihre Nasenlöcher mit Atem. In Florenz hat sie keine einzige Freundin, sie wird in keinem Haus empfangen. Ich glaube, sie ist der meistgehasste Mensch, den ich je gekannt habe, und der am tiefsten verachtete. Von Natur aus ist sie eine Unterdrückerin, eine Ausnutzerin noch des kleinsten Vorteils. Sie wird von jedem Bauern und jedem anderen Menschen auf dem Anwesen und in der Nachbarschaft gehasst, einzige Ausnahme ist ihr Geliebter, der Gutsverwalter. Sie hat mir erzählt, dass sie, als sie das Anwesen erwarb, als Erstes alle Bauernfamilien davongejagt hat bis auf eine. Das war nicht etwa ein Geständnis, sondern dem Tonfall nach eine einzige Prahlerei, und nirgendwo eine Regung von Mitgefühl. Sie wusste, dass diese Leute und ihre Vorväter die kleinen Häuser schon seit Generationen bewohnt hatten und sie kraft der freundlichen Landessitten als die ihren ansahen, solange sie sich gut aufführten. Sie wusste, dass es ein schreckliches Unglück für sie bedeutete, auf die Straße gesetzt zu werden; dass es fast das Gleiche bedeutete, als würden Inselbewohner ins Meer getrieben. Sie wusste, dass diese Leute sich ihrem Heim zuinnerst verbunden fühlten. Einer der Bauern, den sie aus seiner Wohnung geworfen hatte, lebte noch sechs Wochen und starb dann, obwohl ihm nichts fehlte. Jedenfalls nichts, was die Arznei eines Arztes heilen kann, nichts, was in den Büchern des Mediziners steht, nichts, wofür seine Wissenschaft Diagnose oder Abhilfe bietet. Die Freunde des Mannes hatten keine Zweifel an der Natur seiner Krankheit. Sie sagten, sein Herz sei dort gewesen, wo jedermanns Herz ist – in seinem Heim; und als ihm das genommen worden sei, sei ihm auch sein Herz genommen worden, und so sei sein Leben ruiniert und nicht länger lebenswert gewesen. Die Gräfin rühmte sich mir gegenüber, in ihr sei nichts Amerikanisches mehr, inzwischen sei sie ganz Italienerin. Offensichtlich betrachtete sie das als eine Blamage für Amerika, und ebenso offensichtlich glaubte sie, Italien damit ein Kompliment erster Güte zu machen. Amerika steht noch. Vielleicht überlebt Italien die Wohltat der gräflichen Billigung, wir wissen es nicht.

Der gescheiterte Traum dieser einsamen Exilantin hat etwas rührend Komisches. Sie hatte sich eingebildet, es bedürfe nur eines Titels, um Zutritt zum Himmel der privilegierten Stände Europas zu erlangen, wohingegen sie jetzt feststellt, dass sie nicht einmal dessen äußersten Rand durchdrungen hat. Sie hatte ein äußerst wichtiges Detail übersehen – Geld. Hätte sie ausreichend davon gehabt, wäre es auf ihren elenden Charakter nicht angekommen. Da es ihr daran aber fehlt, sprechen ihr besudelter Name, ihre fluchwürdige Natur und ihr Aufenthalt in einem Stall mit ihrem Bediensteten und dem anderen Vieh ganz und gar gegen sie. Sie brachte kein Geld mit und hatte keines, das sie hätte mitbringen können. Hätte sie bei der Bank zehn Millionen auf der Habenseite, wäre ihr kaum eine Tür verschlossen geblieben; da sie aber knapp bei Kasse ist, steht keine ihr offen. Sie hat Damen zur Rede gestellt, hat sie mitten auf der Straße wütend zur Rede gestellt, weil sie ihre Besuche nicht erwiderten und, wenn sie vorsprach, vorgaben, nicht zu Hause zu sein. Das gilt als stillos. Sie befindet sich in einer eigentümlichen Lage. Es ist gut, eine richtige Adlige zu sein, es ist gut, eine richtige Amerikanerin zu sein, es ist ein Unglück, weder das eine noch das andere zu sein, in beiderlei Hinsicht ein politisch-sozialer Bastard.

Welche kleinen Bosheiten sich diese sauertöpfische Verbannte ausdenken kann! Mein Bevollmächtigter hier, ein Anwalt, zahlte zweitausendfünfhundert Francs – die Miete für das erste Vierteljahr –, bevor wir von Amerika aufbrachen, womit unser Einzug am ersten November gesichert war. An diesem Tag versuchte er, unsere Bediensteten im Haus einzuquartieren, aber die Gräfin verjagte ihn wie sie, und er nahm es hin wie ein kleiner Mann! Sie sagte, niemand erhalte Zutritt, bevor nicht das Inventar erstellt und unterschrieben sei. Dieses Detail schob sie eine Woche lang auf, und das gab ihr Gelegenheit, das Haus auszurauben. Sie entfernte alle Möbel, die sie in ihrer Zwölfzimmerwohnung über Pferdestall und Viehställen verstauen und verwenden konnte. Wir trafen am 7. ein, blieben zwei Tage in der Stadt, damit sich meine kranke Frau nach der in Genua begonnenen beschwerlichen Bahnfahrt ausruhen konnte; der Leibdiener der Gräfin und der Anwalt berichteten, das Haus sei in gutem Zustand, und am 9. traten wir die lange Fahrt an und nahmen es in Besitz, mussten aber feststellen, dass weder in den Heizkesseln noch sonst wo Feuer gemacht worden war und das Haus zu nichts anderem taugte als zur Konservierung von Kühlhausprodukten.

Jean und unsere alte Katy waren eine halbe Stunde vorausgefahren, um sicherzustellen, dass alles in Ordnung war. Sie trafen die Gräfin an, die in dem Haus, das bereits bezahlt und übernommen worden war, herumkommandierte; für die Kranke war kein Bett hergerichtet, die Gräfin weigerte sich, die Schlüssel zu den Wäscheschränken herauszurücken, und sagte, sie werde nicht zulassen, dass für irgendjemanden ein Bett hergerichtet werde, ehe nicht das Inventar geprüft und unterschrieben sei. Sie rückte nicht damit heraus, wo in dem riesigen Gebäude unsere Reisekoffer versteckt waren; andernfalls hätte man ihnen die Bettwäsche entnehmen können. Als wir eintrafen, kamen wir bald dahinter, wo unsere Koffer standen, und schickten die Dienstmädchen an die Arbeit, ein Bett zu bereiten. Wir wählten für Mrs. Clemens das heilige Zimmer mit den seidenen Wandbehängen; die Gräfin untersagte die Anwesenheit jedweder kranken Person in diesem Zimmer und berief sich zur Unterstützung dieses Verbots auf den Mietvertrag und auf meinen Anwalt, der zugegen war. Mit ihrer Position hatte sie recht. Der Mietvertrag zeigte, dass dieses Reptil mit der schmutzigen Seele ihr Haus und ihren Körper vor physischer Verseuchung schützte, indem sie eine Klausel eingebaut hatte, die dem Mieter verbot, in diesem besonderen Schlafzimmer irgendeine Person unterzubringen, die an Krankheiten gleich welcher Art litt, ob ansteckend oder nicht, ob »groß oder klein«, um die Worte aus der Übersetzung des Vertrags zu verwenden; und diesen strengen Bedingungen hatte sie die Klausel hinzugefügt, dass der Vertrag für den Fall, dass ich eine ansteckende Krankheit in das Haus einschleppte, ungültig sei. All diesen Albernheiten hatte mein besoldeter Esel stattgegeben.

In den fünfzehn Monaten, seit Mrs. Clemens eine hilflose Invalidin war, hatte sie durchweg die sanften Höflichkeiten und freundlichen Aufmerksamkeiten erfahren, die Menschen jedweder Stellung oder Nationalität immer und überall der Hilflosigkeit zollen. Diese amerikanische Gräfin war die Erste der Spezies Mensch, die derartige Umgangsformen verweigerte und stattdessen körperlichen Schmerz und Schaden zufügte.

Angesichts des bekannten Charakters dieser Frau war der Vertrag kein Kuriosum, denn er ließ ihr zahllose Hintertüren für die Befriedigung ihrer Marotten, Kapricen und Bosheiten offen, keine Schlupflöcher aber für unsere Flucht oder Verteidigung. Ihre Rechte waren darin ausführlich festgehalten, für jeden Fall, während einige unserer wichtigsten keinen anderen Schutz genossen als ihre mündlichen Versprechungen. Diese Versprechungen wurden von Anfang an übergangen und widerrufen, und zwar unumwunden. Ihren mündlichen Versprechungen zufolge konnten wir von den Stallungen in Anspruch nehmen, so viel wir wollten, der schriftliche Mietvertrag jedoch beschränkte uns auf den Stall unter dem Zimmer von Mrs. Clemens. Laut mündlicher Absprache würde sie das Anwesen verlassen, sobald wir eingezogen wären – ein außerordentlich wichtiges Detail, das unbedingt in schriftlicher Form hätte niedergelegt werden müssen, denn niemand, der mit der Gräfin bekannt ist, würde den üblen Geruch ihrer Gegenwart auch nur im Umkreis von einer Meile ertragen, wenn es sich vermeiden ließe. Ihren mündlichen Versprechungen zufolge sollten wir über das Reservoir verfügen, welches das Haus mit Wasser versorgt – noch so ein äußert wichtiges Detail; da es aber nicht in schriftlicher Form vorlag, konnte sie die Verfügungsgewalt selbst behalten und behält sie noch immer, und hin und wieder hat sie sie gegen unseren Komfort und unsere Gesundheit eingesetzt. Der Mietvertrag räumte uns kein einziges Vorrecht außerhalb des Hauses ein, abgesehen vom Zutritt durch die Anlagen; wir wurden nicht befragt, zu welchen Zeiten das große Tor offen stehen sollte; es beliebte ihr, es um sechs Uhr für die Nacht zu schließen, was uns von diesem Zeitpunkt an bis zum nächsten Morgen zu Gefangenen machte, wovon wir katastrophalerweise nicht einmal wussten, da sie uns darüber nicht in Kenntnis setzte. Ich sage katastrophalerweise, denn bei einer Gelegenheit traf unser teurer Florentiner Spezialist Professor Grocco zusammen mit seinem Assistenten um sechs Uhr abends an dem vierhundert Meter von der Villa entfernten Außentor ein und fand es verschlossen. Da es keine Klingel gibt, konnte er uns nicht verständigen. Der Assistent, Dr. Nesti, ging auf Erkundung und stieß auf ein offenes Tor, das ebenfalls auf das Podere führt; durch dieses gelangten sie ungehindert zur Villa. Das große Tor an der Hauptstraße und das neben unserem Haus waren unter dem Vorwand, das Podere vor Dieben zu schützen, verschlossen worden, während das eigentliche Gutstor die ganze Nacht über offen stand.

Die Gräfin erfand auch noch andere Mittel und Wege, um uns Unannehmlichkeiten zu bereiten, und als ihren einzigen Beweggrund vermutete ich Bosheit, doch stellte sich heraus, dass es damit nicht sein Bewenden hatte. Sie versuchte uns dazu zu zwingen, ihrem Interimsehemann, dem Leibdiener, finanzielle Vorteile zu verschaffen. Sie hatte damit gerechnet, dass wir sämtliche Vorräte über ihn beziehen und ihm so die Möglichkeit bieten würden, uns zu berauben, so wie er die Möglichkeit nutzte, sie zu berauben. In dieser Angelegenheit war sie sonderbar gesprächig. Sie sagte mir, ich hätte einen Fehler begangen, weil ich den Brennstoff für den Winter nicht von ihm gekauft hätte; weil ich die Wein- und Ölvorräte für den Winter nicht von ihm gekauft hätte; weil ich unserer Köchin kein Pferdefuhrwerk zur Verfügung gestellt hätte, mit dem sie täglich nach Florenz fahren könnte, um die leicht verderblichen Lebensmittel einzukaufen; und weil ich nicht *ihn* beauftragt hätte, unsere Wäsche besorgen zu lassen; und weil ich es ihm nicht gelohnt hätte, wegen des Wassers freundlich zu uns zu sein; da er es ganz nach Belieben abstellen, es sogar vergeuden könne, so dass wir gezwungen wären, Wasser von außerhalb zu kaufen und es heranschaffen zu lassen – etwas, was er einmal ein, zwei Wochen getan hatte.

Der Vertrag untersagte mir, irgendwo im Haus eine Verbesserung vorzunehmen oder eine bequeme Vorrichtung anzubringen, ohne zuerst ihre schriftliche Einwilligung einzuholen. Unsere Ärzte lebten drei oder vier Meilen entfernt in Florenz; mehrere Male benötigte Mrs. Clemens dringend ihre Hilfe, und jedes Mal nahm es mehr als anderthalb Stunden kostbarer Zeit in Anspruch, nach ihnen zu schicken und sie kommen zu lassen. Ein Telefon war vonnöten, und ich bat die Gräfin um die Genehmigung, eins installieren zu lassen. Sie erklärte sich einverstanden, aber man müsse sie rufen, wenn die Telefonleute kämen, um den Apparat anzuschließen, damit sie selbst entscheiden könne, wo im Haus er aufgestellt werden sollte. Es kam mir nicht in den Sinn, sie um eine schriftliche Genehmigung zu bitten, denn damals war mir noch nicht klargeworden, dass ich es mit keinem menschlichen Wesen zu tun hatte, sondern mit einem Reptil. Mit Hilfe des Bankmanagers Mr. Cecchi wurde umgehend ein Vertrag mit der Telefongesellschaft abgeschlossen; vor mir auf der Warteliste standen siebenundzwanzig Anmeldungen, aber aus Gefälligkeit und in Anbetracht der Tatsache, dass ich auf das Telefon dringend angewiesen war, wurde ich an die erste Stelle gesetzt; mein Gerät wurde unverzüglich angeschlossen, und in den letzten Januartagen begann es einwandfrei zu funktionieren. Diesen einwandfreien Zustand bewahrte es eine Stunde, dann war es tot. Danach tat Mr. Cecchi einen ganzen Monat lang sein Bestes, um die Ursache herauszufinden. Die Gesellschaft brachte alle möglichen Gründe vor außer stichhaltigen; und das Telefon blieb stumm. Ende Januar hörte ich aus zuverlässiger Quelle, dass die Gräfin zu einer Freundin, offenbar der einzigen, die sie in Italien hat, gesagt habe, dass, hätte ich die Angelegenheit in die Hände ihres Geliebten gelegt, es überhaupt keine Probleme mit dem Telefon gäbe. Ich fuhr in die Stadt, und Mr. Cecchi rief bei der Gesellschaft an und forderte sie auf, ein für alle Mal zu erklären, wann sie meinem Telefon wieder Lebensatem einzuhauchen gedenke. Man erwiderte ihm, die Gräfin drohe mit einer Klage über achtzehn Francs für den Schaden, der durch die Errichtung eines Telefonmastes auf ihrem Grundstück entstanden sei, tatsächlich aber belaufe sich der Schaden auf nicht mehr als fünf Francs, wenn überhaupt. Außerdem habe man soeben eine Anweisung der Gräfin erhalten, begleitet von einer Drohung ihres Anwalts, meinen Apparat spätestens bis zum vierten Februar mittags auszubauen. Ich bat Mr. Cecchi, der Gesellschaft mitzuteilen, dass ich, sollte ich nicht vor Sonnenuntergang in der Lage sein, per Telefon mit meinem Haus zu kommunizieren, auf Schadenersatz in Höhe von fünfundzwanzigtausend Francs klagen würde, da sie den Vertrag mit mir nicht erfüllt habe. Die Verbindung zu meinem Haus wurde binnen einer Stunde hergestellt und ist seitdem nie wieder unterbrochen worden. Die Ausrede der Gräfin für das Verbot eines Telefons, dessen besonderer Zweck es war, rasch Ärzte herbeirufen zu können, um das bedrohte Leben einer Nachbarin zu retten, bestand darin, dass ich von ihr keine schriftliche Genehmigung erhalten und sie nicht gebeten hatte, ins Haus zu kommen und zu sagen, wo der Apparat aufgestellt werden solle. Ich hatte fast schon meinen Glauben an die Hölle verloren, bis ich Bekanntschaft mit der Gräfin Massiglia machte.

Wir haben schon einmal in einer florentinischen Villa gewohnt. Das war vor zwölf Jahren in der Villa Viviani, schön und eindrucksvoll auf einem Hügel in der Vorstadt Settignano gelegen, mit Blick auf Florenz und das große Tal. Eine gute Freundin, Mrs. Ross, deren prächtige Burg zwölf Gehminuten entfernt war, hatte sie für uns aufgetan und komfortabel hergerichtet. Sie wohnt noch immer dort und ist uns mehr als einmal eine große Hilfe gewesen, seit wir in die Fänge der blaublütigen Bestie, der die Villa di Quarto gehört, geraten sind. Das Jahr, das wir in der Villa Viviani verleben durften, bildet einen eindrucksvollen Kontrast zu den nunmehr fünf Monaten, die wir in dieser herzoglichen Baracke zugebracht haben. Unter meinen alten Manuskripten und meinen wahllos und unregelmäßig geführten Tagebüchern findet sich eine Schilderung jenes Jahres, das mir noch in angenehmer Erinnerung ist, und ich will einige Auszüge daraus zusammenstellen und sie hier einfügen.

Als wir im Frühjahr 92 auf dem Weg nach Deutschland, der Badeanstalt der Krankenwelt, durch Florenz kamen, führten wir Verhandlungen über eine Villa, die Freunde von uns abschlossen, nachdem wir weitergereist waren. Als wir drei oder vier Monate später zurückkehrten, stand alles bereit einschließlich Dienstboten und Dinner. Es braucht bloß einen Satz, um dies hinzuschreiben, aber ein träger Mensch ist schon erschöpft, wenn er nur an die Planung, Arbeit und Mühe denkt, die sich dahinter verbirgt. Denn es bereitet weniger Mühe und mehr Genugtuung, zwei Familien zu beerdigen, als ein Heim für eine auszuwählen und einzurichten.

Der Standort der Villa war ideal, drei Meilen von Florenz entfernt an einem Hügelhang. Die blumenübersäte Terrasse, auf der sie stand, blickte auf abfallende Olivenhaine und Weinberge; rechter Hand, hinter einigen Hügelvorsprüngen, lag Fiesole, auf seine steilen Terrassen geduckt; unmittelbar im Vordergrund erhob sich die imposante Masse der Ross-Burg, die Gemäuer und Türmchen reich an milden Witterungsflecken vergessener Jahrhunderte; in der fernen Ebene lag Florenz, rosa, grau und braun, mit der mächtigen rostigen Kuppel des Doms, die das Stadtzentrum wie ein gefesselter Ballon beherrschte, zur Rechten von der kleineren Kuppel der Medici-Kapellen flankiert, zur Linken von dem luftigen Turm des Palazzo Vecchio; das Rund des Horizonts war von einem wogenden Rand hoher blauer, von unzähligen Villen weiß beschneiter Hügel gesäumt. Nach neun Monaten der Bekanntschaft mit diesem Panorama bin ich noch immer wie zu Beginn der Meinung, dass es das schönste Bild auf unserem Planeten ist, die bezauberndste, für Auge und Geist befriedigendste Aussicht. Zu sehen, wie die Sonne untergeht, im eigenen Rosa, Violett und Gold ertrinkt und Florenz mit Fluten von Farben überschüttet, die alle scharfen Umrisse abschwächen und verwischen und die feste Stadt in eine Stadt der Träume verwandeln, ist ein Anblick, der selbst die kälteste Natur ergreift und eine teilnahmsvolle vor Wonne trunken macht.

26. Sept. 92. In Florenz angekommen. Habe mir die Haare schneiden lassen. Das war ein Fehler. Am Nachmittag in die Villa eingezogen. Am Abend wurden einige der Reisekoffer vom Contadino heraufgebracht – falls das sein Titel ist. Er ist der Mann, der auf dem Gehöft wohnt und sich für den Eigentümer, den Marquis, um alles kümmert. Der Contadino ist mittleren Alters und wie die übrigen Bauern – will sagen gebräunt, stattlich, gutmütig, höflich und völlig unabhängig, ohne das offensiv zur Schau zu stellen. Mir wurde gesagt, er habe für die Reisekoffer zu viel berechnet. Mein Informant erklärte mir, das sei üblich.

27. Sept. Die restlichen Koffer wurden heute Morgen heraufgebracht. Wieder berechnete er zu viel, aber mir wurde gesagt, auch das sei üblich. Dann ist es also in Ordnung. Ich möchte nicht gegen die Gebräuche verstoßen. Landauer, Pferde und Kutscher gemietet. Konditionen: vierhundertachtzig Francs im Monat und ein Trinkgeld für den Kutscher, für die Unterbringung von Mann und Pferden bin ich verantwortlich, doch für sonst nichts. Der Landauer hat schon bessere Tage gesehen und wiegt dreißig Tonnen. Die Pferde sind schwach und haben Einwände gegen den Landauer; ab und zu bleiben sie stehen, drehen sich um und mustern ihn erstaunt und misstrauisch. Das führt zu Verzögerungen. Die Leute an der Straße aber unterhält es. Sie kamen angelaufen, standen, die Hände in den Hosentaschen, herum und besprachen die Angelegenheit untereinander. Man sagte mir, ein vierzig Tonnen schwerer Landauer sei nichts für Pferde wie diese – die könnten gerade mal eine Schubkarre ziehen.

An dieser Stelle möchte ich ein paar die Villa betreffende Notizen einschieben, die ich im Oktober gemacht habe:

Dies ist ein dreistöckiges Haus. Es ist kein altes Haus – ich meine, vom italienischen Standpunkt aus. Zweifellos hat an dieser günstigen Stelle schon seit tausend Jahren v. Chr. immer ein hübsches Wohnhaus gestanden; das gegenwärtige aber soll nur zweihundert Jahre alt sein. Von außen ist es ein schlichtes Gebäude, quadratisch wie eine Schachtel, hellgelb gestrichen, ausgestattet mit grünen Fensterläden. Es steht in gebieterischer Position auf einer großzügigen künstlichen Terrasse, die von starkem Mauerwerk umgeben ist. Von den Gemäuern neigen sich die Weinberge und Olivenhaine des Landguts dem Tal entgegen; der Garten rings um das Haus ist mit Blumen und einer Ansammlung von Zitronensträuchern in großen Keramikkübeln ausgestattet; es gibt mehrere hohe Bäume – stattliche Steinkiefern –, außerdem Feigenbäume und mir unbekannte Baumarten; Rosen überfluten in rosa und gelben Katarakten die Stützmauern und die verwitterten, bemoosten Steinurnen auf den Torpfeilern, genau wie sie es auf den Zwischenvorhängen von Theatern tun; hohe Lorbeerhecken säumen die Kieswege. Einer der hinteren Teile der Terrasse wird von einem dichten Gehölz alter Ilex eingenommen. Dort steht ein steinerner Tisch mit steinernen Bänken. In dieses Gehölz dringt nie ein Sonnenstrahl. Stets herrscht tiefes Dämmerlicht, selbst wenn alles ringsum von dem gleißenden Sonnenglast überschwemmt ist, der diese Gegend auszeichnet. Der Kutschweg führt vom inneren Tor zweihundertfünfzig Meter weit durch den Weinberg bis zur öffentlichen Straße, von dort kann man die Pferdebahn zur Stadt nehmen und wird feststellen, dass sie ein schnelleres und bequemeres Fortbewegungsmittel ist als ein sechzig Tonnen schwerer Landauer. An der Ostfront des Hauses (vielleicht ist es auch die Südfront) ist in Gips das Wappen der Viviani angebracht, und eine Sonnenuhr in der Nähe misst zuverlässig die Zeit.

Das Haus ist durch seine Robustheit eine regelrechte Festung. Die Hauptmauern – aus verputztem Backstein – sind einen Meter dick, die Zimmerwände, ebenfalls aus Backstein, fast von derselben Dicke. Die Zimmerdecken im Erdgeschoss haben eine Höhe von mehr als sechs Metern, auch die der oberen Stockwerke sind höher als notwendig. Ich habe etliche Male versucht, die Zimmer im Haus zu zählen, doch die Unregelmäßigkeiten verwirren mich. Offenbar sind es achtundzwanzig.

Die Decken sind mit Fresken bemalt, die Wände tapeziert. Die Fußböden sind samt und sonders aus rotem Backstein, überzogen mit einer polierten glänzenden Zementschicht, die steinhart ist und auch so aussieht; denn die Oberfläche wurde gemustert, erst mit festen Farben gestrichen und dann mit bunten Farbsprenkeln übersät, um an Granit und andere Steine zu erinnern. Manchmal ist die Masse des Fußbodens eine Imitation grauen Granits, und in der Mitte befindet sich ein riesiger

Stern oder ein anderes Ziermuster aus modischem künstlichem Marmor; um das ganze Zimmer läuft eine sechzig Zentimeter breite Bordüre aus künstlichem rotem Granit, deren äußerer Rand mit einem zwei Zentimeter breiten Streifen aus künstlichem Lapislazuli gesäumt ist; manchmal besteht die Masse des Fußbodens aus rotem Granit, dann wird Grau als Saum verwendet. Es gibt zahlreiche Fenster und Welten aus Sonne und Licht; die Böden sind glatt, glänzend und voller Widerschein, denn in gewisser Weise dient jeder als ein Spiegel, der sämtliche Gegenstände auf die zurückhaltende Art eines Waldsees weich reflektiert.

Im Erdgeschoss befindet sich eine winzige Familienkapelle mit Sitzbänken für zehn oder zwölf Personen, und über dem kleinen Altar hängt ein altes Ölgemälde, das mir so schön und farbenreich vorkommt wie die Arbeiten der alten Meister unten in den Galerien des Palazzo Pitti und der Uffizien. Zum Beispiel Botticelli; ich wünschte, ich hätte Zeit, ein paar Bemerkungen über Botticelli zu machen – dessen eigentlicher Name vermutlich Smith war.

Die besondere Eigentümlichkeit des Hauses ist der Salon. Er ist eine geräumige, hohe Leere, die die Mitte des Hauses einnimmt; der Rest des Hauses ist um sie herum errichtet; sie erstreckt sich über die beiden Obergeschosse, und ihr Dach ragt um einen Meter über den Rest des Gebäudes hinaus. Diese Leere ist sehr eindrucksvoll. Die ungeheure Dimension überwältigt einen, sobald man eintritt und den Blick im Rund und nach oben schweifen lässt. Ich habe schon viele Namen für sie ausprobiert: Eislaufbahn, Mammuthöhle, Große Sahara und so weiter, doch keiner trifft es genau. An den Wänden verteilt stehen fünf Diwane, die wenig oder gar nichts hermachen, obwohl ihre Gesamtlänge siebzehn Meter beträgt. Ein Flügel wäre verloren in diesem Raum. Wir haben versucht, das Gefühl von Wüstenweite und Wüstenleere mit Tischen und anderen Dingen abzumildern, aber sie müssen ihre Niederlage eingestehen und nützen nichts. Was immer unter diesem himmelhohen bemalten Gewölbe steht oder geht, ist gnomenhaft.

Über den sechs Türen befinden sich riesige, von großen nackten und ansehnlichen Gipsputten gestützte Gipsmedaillons und in diesen Medaillons Gipsporträts in Hochrelief von schönen ernsten Männern in den würdevollen Amtstrachten längst vergangener Tage – Florentiner Senatoren und Richter, frühere Bewohner dieses Hauses und Besitzer des Landguts. Das Datum zu einem dieser Männer ist 1305 – damals war er ein Richter mittleren Alters –, als Jugendlicher könnte er die

Schöpfer italienischer Kunst gekannt haben und mit Dante, in ein Gespräch vertieft, spazieren gegangen sein, wahrscheinlich war es auch so. Das Datum eines anderen ist 1343 – er könnte Boccaccio gekannt, seine Nachmittage drüben in Fiesole verbracht, auf das pestverseuchte Florenz hinabgeblickt und sich die unanständigen Geschichten dieses Mannes angehört haben, wahrscheinlich war es auch so. Das Datum eines dritten ist 1463 – er könnte Kolumbus begegnet sein, und natürlich kannte er Lorenzo den Prächtigen. Sie sind alle Cerretanis – oder Cerretani-Twains, könnte ich sagen, denn ich habe mich wegen ihres stolzen Alters von ihrer Familie adoptieren lassen, meine eigene Herkunft ist bislang allzu neuen Datums gewesen, um mir zu behagen.

Doch ich vergesse darzulegen, was an der Eislaufbahn so eigentümlich ist – nämlich dass sie in Wahrheit gar nicht riesig *ist*, sondern nur so wirkt. Es ist eine alte Täuschung und unerklärlich; doch eine Täuschung ist es allemal. Mit dem Auge gemessen, ist sie achtzehn Meter im Quadrat und achtzehn Meter in der Höhe; aber ich habe das Bandmaß angelegt und festgestellt, dass sie tatsächlich nur zwölf Meter im Quadrat und zwölf Meter in der Höhe misst. Das sind die korrekten Zahlen; sonderbar ist, dass der Salon noch genauso groß aussieht wie vorher, als ich noch nicht nachgemessen hatte.

Es ist ein schönes Haus und kostet doch sehr wenig, es ist ein Sinnbild der Einfachheit und, was die Ausstattung angeht, ziemlich primitiv. Das Wasser wird mit der Hand von einem Brunnen zum Erdgeschoss gepumpt und von Hand die Treppe hinaufgetragen. Abwasserrohre gibt es nicht; die Senkgruben befinden sich genau unter den Fenstern. Das ist bei allen Villen der Fall.

Die Türen in diesem Haus sind, wie die Türen in der Mehrzahl der Häuser und Hotels Italiens, schlichte, dünne, ungetäfelte Bretter mit weißem Anstrich. Das macht sie zu den schwächsten und unansehnlichsten Türen, die die Geschichte kennt. Der Knauf ist kein Knauf, sondern ein Ding wie der Griff eines Handbohrers – halten kann man ihn nur mit Daumen und Zeigefinger. Aber selbst dann noch ist er weniger albern als unser amerikanischer Türknauf, der sich ständig lockert und sich in der Hand nutzlos dreht und dreht, ohne etwas zu bewirken.

Die Fenster sind alle von der vernünftigen kontinentalen Art; sie lassen sich getrennt öffnen wie Türflügel; und wenn sie für die Nacht verriegelt sind, klappern sie nicht, und man kann einschlafen.

In den Schlafzimmern und in den Wohnzimmern gibt es raffinierte kleine Kamine, und an der Südgrenze der Großen Sahara ist unlängst ein großer, aggressiv aussehender deutscher Ofen installiert worden.

Die Treppe besteht aus Granitblöcken, die Flure im ersten Stock sind aus rotem Backstein. Es ist ein sicheres Haus. Erdbeben können es nicht erschüttern, Feuer können es nicht verbrennen. Bis auf die Möbel, die Vorhänge und die Türen gibt es überhaupt nichts Brennbares. Es ist auch gar nicht viel Mobiliar vorhanden, nur Sommermobiliar – oder, wenn Sie so wollen, Sommernacktheit. Als neulich abends eine Kerze die Vorhänge in einem Zimmer über mir in Brand setzte, wo Exemplare der Familie schliefen, wurde ich von Rufen und Schreien aus dem Schlaf gerissen und war zu Tode erschrocken, bis mir jemand durch das Fenster erklärte, was los war: dass die Fensterbehänge und -vorhänge Feuer gefangen hätten. In Amerika wäre ich daraufhin verängstigter denn je gewesen, aber hier war das nicht der Fall. Ich riet den Exemplaren, das Feuer in Ruhe zu lassen und zu Bett zu gehen, was sie auch taten; und als sie einschliefen, war von den angegriffenen Stoffen nichts mehr übrig. In Amerika prahlen wir oft mit unserer Feuerwehr, der tüchtigsten und wunderbarsten der Welt, aber in Europa haben sie etwas Besseres, womit sie prahlen können – eine vernünftige Bauweise, die Menschenleben vor Bränden schützt und Feuerwehren überflüssig macht. Wir prahlen, aber eigentlich sollten wir uns schämen, von so etwas abhängig zu sein.

Die Villa hat ein geräumiges Aussehen, ein weitläufiges Aussehen; und wenn das Sonnenlicht hereinströmt und die heiteren Farben der glänzenden Fußböden, Wände und Decken erhellt, erweckt ihr Anblick den Eindruck eines aufgeschlossenen, freundlichen Willkommens, und doch kann ich mich nicht erinnern, je ein kontinentales Wohnhaus gesehen zu haben, das in jedem Detail den amerikanischen Maßstäben an ein Heim entspricht. Ein amerikanisches Haus schlägt einem ein Schnippchen, so wie die tiefliegenden unübersetzbaren Idiome einer fremden Sprache – ein Schnippchen, das ein Fremder nicht begreifen kann, ein Schnippchen, das nicht vermittelbar und nicht beschreibbar ist; und dieses schwer fassbare Schnippchen, dieses ungreifbare Etwas, worin auch immer es besteht, ist genau das Etwas, das einem amerikanischen Haus ein heimeliges Gesicht und ein heimeliges Gefühl verleiht und es zur befriedigendsten Zuflucht macht, die die Menschheit – Männer und Frauen, hauptsächlich aber Frauen – ersonnen hat. Das amerikanische Haus ist reich an weichen und vielfältigen Farben, die das Auge erfreuen und besänftigen, an glatten Flächen, die sich angenehm anfühlen, an Formen, die wohlgestalt und anmutig sind, an zahllosen Gegenständen, die das Interesse auf sich lenken und Blößen bedecken; und die Nacht übt dort sogar einen noch höheren Reiz aus als der Tag, denn die künstliche Beleuchtung spendet tatsächlich Licht, statt es nur zu versuchen und kläglich zu scheitern; und in ihrem verhüllten und abgetönten Schein wirkt all die behagliche Gemütlichkeit des Hauses, wirkt all sein Charme und Komfort am schönsten und am lieblichsten. Wenn sich hingegen die Nacht über das kontinentale Heim legt, gibt es kein Gas und keinen Strom, um dagegen anzukämpfen, sondern nur trübe Lampen von extremer Hässlichkeit und einer unvergleichlichen Armut, was ihre Leistungsfähigkeit betrifft.

29. Sept. 92. Ich scheine alles vergessen zu können, außer dass ich mir die Haare habe schneiden lassen. Ganz gleich, wie sehr ich mich vor Zugluft schütze, hier oben scheint es immer windig zu sein. Die größten Schwierigkeiten machen jedoch die Fliegen. Hier oben mögen sie es lieber als irgendwo sonst; vermutlich wegen des Ausblicks. Es kommt mir vor, als hätte ich noch nie zuvor Fliegen gesehen, die beschlagene Hufe haben wie diese hier. Sie scheinen Klauen zu besitzen. Wo immer sie den Fuß hinsetzen, krallen sie sich fest. Die ganze Zeit laufen sie über meinen Kopf und verursachen mir unendliche Qual. Er ist ihr Park, ihr Club, ihre Sommerfrische. Dort halten sie Gartenfeste und Zusammenkünfte ab und gehen allem möglichen Zeitvertreib nach. Und sie fürchten sich vor nichts. Alle Fliegen sind frech, aber diese hier sind frecher als die anderer Nationalitäten. Sie lassen sich mit keiner Vorrichtung verscheuchen. Sie sind auch emsiger als andere Arten: Sie kommen vor Tagesanbruch und bleiben bis nach Eintritt der Dunkelheit. Es gibt jedoch eine Entschädigung. Mücken fallen mir nicht zur Last. Es gibt nur sehr wenige, sie machen keinen Lärm und sind an ihrer Berufung nicht sonderlich interessiert. Ein einziges unfreundliches Wort vertreibt sie, wenn man es auf Englisch sagt, was sie beeindruckt, weil sie es nicht verstehen; dann kommen sie in dieser Nacht nicht wieder. Oft sehen wir sie weinen, wenn man zu barsch mit ihnen spricht. Ich habe einige Eier, die ich mit nach Hause nehmen will. Wenn sich diese Gattung in unserem Klima züchten ließe, so wäre das von großem Vorteil. Flöhe scheint es hier nicht zu geben. Zum ersten Mal in fünfzehn Monaten sind wir auf diese Art Interregnum gestoßen. Überall sonst übersteigt das Angebot die Nachfrage.

1. Okt. Als ich herausfand, dass der Kutscher seine Mahlzeiten in der Küche einnimmt, habe ich den Vertrag dahin gehend geändert, dass seine Verpflegung inbegriffen ist, für dreißig Francs im Monat. So viel würde es ihn oben im Dorf kosten, und ich glaube, ich kann ihn für zweihundert verköstigen und dreißig davon einsparen. Dreißig einzusparen ist besser, als nichts einzusparen.

Dieser Auszug aus dem Tagebuch erinnert mich daran, dass ich zu jener Zeit etwas Unüberlegtes tat, was erst später Früchte trug. Da ich Vittorio, dem Kutscher, ein monatliches Trinkgeld zahlen sollte, wollte ich natürlich den Umfang wissen. Also fragte ich den Padrone (Herrn) des Kutschers statt jemanden anders – irgendjemanden anders. Er sagte, dreißig Francs im Monat seien in etwa angemessen. Hinterher erfuhr ich, dass der Betrag überhöht, aber üblich sei – andere als überhöhte Beträge sind nicht üblich. Am Ende des Monats forderte der Kutscher jedoch ein zusätzliches Trinkgeld in Höhe von fünfzehn Francs. Als ich mich nach dem Grund erkundigte, antwortete er, das andere Trinkgeld habe sein Padrone an sich genommen. Der Padrone bestritt dies in Vittorios Gegenwart, und Vittorio schien seine Anschuldigung zurückzunehmen. Zumindest *behauptete* das der Padrone, und gewiss gab Vittorio sich den Anschein, und ich musste dem Padrone glauben, da er das Italienisch des Kutschers dolmetschte. Nachdem der Padrone gegangen war, brachte der Kutscher seine Anschuldigung erneut vor, und da wir ihn mochten – und ihm glaubten –, gaben wir ihm von da an insgesamt fünfundvierzig Francs Trinkgeld und zweifelten nicht daran, dass der Padrone zwei Drittel davon für sich beanspruchte. Die Einwohner erklärten uns, es sei üblich, dass der Padrone einen beträchtlichen Anteil am Trinkgeld seiner Untergebenen einstreiche, und ebenso üblich, dass der Padrone es leugne. Der Padrone ist ein entgegenkommender Mann, ein äußerst begabter und angenehmer Gesprächspartner, der Englisch wie ein Erzengel spricht und es einem fast unmöglich macht, unzufrieden mit ihm zu sein; und doch hat er uns neun Monate lang einen siebzig Tonnen schweren Landauer und lahme Pferde angedreht, wo wir doch Anspruch auf eine leichte, für Hügelfahrten geeignete Kutsche hatten, und pingelige Menschen hätten ihn gezwungen, eine bereitzustellen.

Die Familie Cerretani, in den großen Tagen der Republik von alter und hoher Bedeutung, hat viele Jahrhunderte in diesem Haus gewohnt. Im Oktober stieg uns ein stechender und verdächtiger Geruch in die Nase, der uns unvertraut war und der uns etwas Angst machte, aber ich schob's auf den Hund und erklärte der Familie, Hunde dieser Art röchen immer so, wenn sie auf der Windseite einer Person stünden, doch insgeheim wusste ich, dass es mit dem Hund nichts zu tun hatte. Vielmehr glaubte ich, der Grund seien unsere adoptierten Ahnen, die Cerretanis. Ich glaubte, dass sie irgendwo unter dem Haus konserviert seien und wir gut daran täten, sie herauszuholen und durchzulüften. Aber ich irrte mich. Heimlich machte ich mich auf die Suche und musste die Ahnen freisprechen. Es stellte sich heraus, dass der Geruch harmlos war. Er rührte von der Weinernte, die in einem Teil der Keller lagerte, zu dem wir keinen Zutritt hatten. Diese Entdeckung beruhigte unsere Phantasie und verwandelte einen unangenehmen in einen angenehmen Geruch. Allerdings erst nachdem wir das Haus so lange und so freigebig mit abscheulichen Desinfektionsmitteln überschwemmt hatten, dass der Hund sich trollte und die Familie die meiste Zeit im Hof kampieren musste. Es dauerte zwei Monate, bis die Desinfektionsmittel desinfiziert waren und das Quantum von üblen Gerüchen zur Emigration überredet werden konnte. Als sie endlich alle verschwunden waren und der Weinduft wieder am alten Standort seine Geschäfte aufnahm, begrüßten wir ihn überschwänglich und haben seitdem nichts mehr an ihm auszusetzen gehabt.

6. Okt. Ich befinde mich in einer ungünstigen Lage. Vier Personen im Haus sprechen Italienisch und sonst nichts, eine Person spricht Deutsch und sonst nichts, die übrigen Gespräche finden auf Französisch, Englisch und in gotteslästerlichen Sprachen statt. Ich beherrsche nur ein paar magere Brocken dieser Sprachen, von einer oder zweien mal abgesehen. Angelo spricht Französisch – ein Französisch, auf das er ein Patent anmelden könnte, da er es selbst erfunden hat; ein Französisch, das niemand versteht, ein Französisch, das einer Lautverwirrung ähnelt, wie man sie seit Babel nicht gehört hat, ein Französisch, das die Milch gerinnen lässt. Er zieht es seiner italienischen Muttersprache vor. Er liebt es, französisch zu sprechen; liebt es, sich selbst zuzuhören; für ihn klingt es wie Musik; er will einfach nicht davon lassen. Die Familie würde gerne ihre kleinen italienischen Ersparnisse in Umlauf bringen, doch er rückt keine Münze heraus. Es spielt keine Rolle, in welcher Sprache man ihn anredet, seine Antwort erfolgt auf Französisch – in seinem seltsamen Französisch, seinem knirschenden, unheimlichen Französisch, das so klingt, als würde man Anthrazit eine Kohlenrutsche hinunterschaufeln. Ich kenne ein paar italienische Wörter und einige Wendungen, und zuerst habe ich sie zum Leuchten gebracht und frisch gehalten, indem ich sie an Angelo wetzte; doch teils konnte er sie nicht verstehen, teils wollte er sie nicht verstehen, und so musste ich sie fürs Erste wieder vom Markt nehmen. Aber das ist nur vorübergehend. Ich praktiziere, ich präpariere. Eines Tages werde ich für ihn bereit sein, allerdings nicht mit untauglichem Französisch, sondern in seiner eigenen Muttersprache. Ich werde diesen Burschen mit seiner Muttermilch tränken.

27. Okt. Der erste Monat ist zu Ende. Inzwischen haben wir uns eingewöhnt. Wir sind uns einig, dass das Leben in einer Florentiner Villa die ideale Existenz ist. Das Wetter ist himmlisch, die Umgebung herrlich, die Tage und Nächte ruhig und beschaulich, die Abgeschiedenheit von der Welt und ihren Sorgen so befriedigend wie ein Traum. Wir brauchen keinen Haushalt zu erledigen, keine Pläne zu schmieden, keine Wirtschaft zu beaufsichtigen – das alles geschieht offenbar von selbst. Man ist sich undeutlich bewusst, dass jemand sich darum kümmert, so wie man sich bewusst ist, dass die Erde sich dreht, die Sternbilder an ihrem Platz stehen und die Sonne sich turnusgemäß verschiebt, aber das ist alles; man fühlt sich nicht persönlich betroffen oder auf irgendeine Weise verantwortlich. Und doch gibt es keinen Leiter, keinen Geschäftsführer; alle Bediensteten kümmern sich um ihren eigenen Bereich, bedürfen keiner Beaufsichtigung und erfahren auch keine. Einmal in der Woche reichen sie detailliert aufgeschlüsselte Rechnungen ein, und dann setzt sich die Maschinerie wieder so lautlos in Gang wie zuvor. Es gibt keinen Lärm, kein Aufhebens, keinen Streit und kein Durcheinander – hier oben. Was unten vor sich geht, weiß ich nicht. Am späten Nachmittag kommen Freunde aus der Stadt, trinken im Freien Tee und erzählen uns, was in der Welt passiert; und wenn die große Sonne über Florenz versinkt und das tägliche Wunder beginnt, halten sie den Atem an und schauen. Es ist nicht die Zeit zum Reden.

[New Yorker Diktate]

Zeitsprung von zwei Jahren

Es folgt jetzt das New Yorker Diktat,
beginnend mit dem 9. Januar 1906

Notiz zur Anweisung künftiger Herausgeber und Verleger
dieser Autobiographie

Ich werde in diese Autobiographie Zeitungsausschnitte ohne Ende einstreuen. Wenn ich keine Abschrift in den Text einfüge, bedeutet dies, dass ich sie nicht zu einem Teil der Autobiographie mache – zumindest nicht in den ersten Auflagen. Ich füge sie an, weil ich davon ausgehe, dass, wenn sie nicht schon in den ersten Auflagen interessant sind, eine Zeit kommen wird, da man sie anführen kann, weil höchstwahrscheinlich ihr Alter sie interessant machen wird, auch wenn es ihnen in ihrer Jugend an dieser Eigenschaft fehlt.

9. Januar 1906

Je mehr ich darüber nachdenke, desto unmöglicher erscheint mir das Projekt. Die Schwierigkeiten werden mir immer deutlicher. Zum Beispiel die Vorstellung, eine fortlaufende Reihe von Begebenheiten auszublenden, die mir widerfahren sind oder von denen ich mir einbilde, dass sie mir widerfahren sind – ich sehe, dass das unmöglich ist. Möglich ist allein, über das zu reden, was sich mir im jeweiligen Augenblick aufdrängt – vielleicht etwas aus der Mitte meines Lebens oder etwas, was sich erst vor wenigen Monaten zugetragen hat.

Für mich besteht die einzige Möglichkeit darin, eine Autobiographie zu schreiben – und in Ihrem Falle, falls Sie aus dieser Masse an Vorfällen eine kurze Biographie erstellen wollen, nun, dann müssen Sie das Ding durchlesen und Material auswählen – Ihre Notizen ordnen und eine Biographie schreiben. Diese Biographie würde sich an der Masse der Autobiographie messen lassen müssen. Sie würden sie noch zu meinen Lebzeiten veröffentlichen – entspricht das Ihren Vorstellungen? (Bezieht sich auf Mr. Paines Buch.)

Mr. Paine sagte: Der Zeitpunkt der Veröffentlichung könnte später festgelegt werden.

Mr. Clemens. Ja, so ist es, und haben Sie eine Vorstellung vom Umfang?

Mr. Paine. Die Autobiographie sollte wohl 100 000 Wörter nicht überschreiten? Wenn sie anwächst und sehr interessant ist, könnte sie sich auch auf 120 000 belaufen?

Mr. Clemens. Ganz allgemein würde ich sie auf 80 000 Wörter anlegen, mit 20 000 Spielraum.

Es ist meine Absicht, diese autobiographischen Notizen auf 600 000 Wörter zu erweitern, vielleicht auch auf mehr. Aber das wird lange brauchen – sehr lange.

Mr. Paine. Die Notizen, die wir hier anfertigen, werden Ihnen beim Abfassen der Autobiographie von größtem Nutzen sein.

Mr. Clemens. Ich stelle mir das so vor: dass ich eine Autobiographie schreibe. Wenn diese fertig ist – oder auch bevor sie fertig ist, spätestens aber nachdem sie fertig ist –, nehmen Sie das Manuskript, und wir einigen uns darauf, wie umfangreich die *Biographie* werden soll, 80 000 oder 100 000 Wörter, so können wir's hinkriegen. Doch das ist kein Ferienausflug – es ist eine lange Reise. Also, ich stelle mir vor, dass ich die Autobiographie schreibe, dass das Manuskript mir gehört und ich dafür bezahle und dass schließlich, zum richtigen Zeitpunkt, nun, dann fangen Sie an, mit Hilfe dieses Manuskripts Ihre Biographie zu verfassen.

Mr. Paine. Sie haben einen Gutteil des frühen Materials parat. Angenommen, Sie stellen mir von Zeit zu Zeit Auszüge aus der Autobiographie zur Verfügung, während Sie noch daran schreiben, so dass ich mit meinen Notizen und der Materialsammlung für das andere Buch beginnen kann.

Mr. Clemens. Das lässt sich machen. Angenommen, wir reden hier fünf Tage die Woche – oder mehrere Tage die Woche – ein, zwei Stunden lang, wie viele tausend Jahre wird es dauern, 600 000 Wörter zusammenzubekommen? Lassen Sie uns nach diesem Konzept vorgehen und anfangen und in ein paar Tagen entscheiden, ob es funktioniert.

Lassen Sie uns jetzt zu den Kosten kommen – sagen wir, so und so viele tausend Wörter. Nicht wahr, so berechnen Sie Ihre Arbeit doch? (Ein Dollar die Stunde für das Diktat und fünf Cent pro hundert Wörter für die Anfertigung von Notizen.) So wollen wir's versuchen – sehen, ob's öde oder interessant ist oder ob's uns langweilt und wir Selbstmord begehen wollen. Ich hasse es, der Sache auf den Leib zu rücken. Ich hasse es, anzufangen, aber ich kann mir vorstellen, dass wir, wenn Sie hier sind und von Zeit zu Zeit Vorschläge machen, die Sache in Gang bringen, statt dass sie sich hinzieht.

9. Januar 1906

Lassen Sie mich sehen, da war etwas, worüber ich reden wollte – und wovon ich angenommen hatte, dass ich es im Kopf behalte. Ich weiß, was es ist – die große Bonanza in Nevada. Ich möchte aus dem Wirtschaftsteil der *New York Times* von gestern oder vorgestern über den Beginn der großen Bonanza in Nevada vorlesen, die Details scheinen zu stimmen – dass John Mackay und Fair 1871 für $ 26 000 die »Consolidated Virginia Mine« in Nevada unter ihre Kontrolle brachten; dass die 108 000 Aktien zwei Jahre später, 1873, für $ 45 pro Aktie verkauft wurden; und dass Fair etwa um diese Zeit den berühmten Silbererzfund der großen Bonanza machte. Den Statistiken zufolge stiegen ferner die Aktien im November 74 auf 115, im Monat danach schossen sie plötzlich auf 610 und standen im nächsten Monat – Januar 75 – bei 700. Die Anteilsscheine des dazugehörigen Bergwerks, der »California«, stiegen in vier Monaten von 37 auf 780 – der Gesamtbesitz, der 1869 an der Montanbörse mit $ 40 000 notiert war, wurde sechs Jahre später auf $ 160 000 000 taxiert. Ich glaube, diese Zahlen sind korrekt. Die große Bonanza nimmt in meiner Erinnerung einen ziemlich herausragenden Platz ein, weil ich Personen kannte, die mit ihr zu tun hatten. Zum Beispiel kannte ich John Mackay sehr gut – das war 1862, 63 und 64, würde ich sagen. Ich weiß nicht mehr, was er gerade machte, als ich 1862 nach Virginia kam, nachdem ich in den sogenannten Minen von Esmeralda, die damals aus wenig mehr als silbertragenden Quarzadern bestanden – getragen haben sie tüchtig, nur nicht viel Silber –, beinahe verhungert wäre, und für mich war es ein Glücksfall, als ich nach Virginia City beordert wurde, um drei Monate als Lokalredakteur des *Virginia City Enterprise* zu arbeiten, während Mr. William H. Wright nach Osten fahren würde, nach Iowa, um seine Familie zu besuchen, die er seit einigen Jahren nicht gesehen hatte. Ich nahm die Stelle des Lokalredakteurs voller Freuden an, weil sie mit einem Gehalt von vierzig Dollar die Woche verbunden war, und ich schätzte, dass das volle neununddreißig Dollar mehr waren, als ich wert war, und weil ich mir schon immer eine Anstellung gewünscht hatte, bei der sich die Bezahlung umgekehrt proportional zum Arbeitsaufwand verhält. Ich nahm die Stelle mit Vergnügen, wenn auch nicht voller Zuversicht an – es war eine schwierige Aufgabe. Ich sollte täglich eine Kolumne in winzigem Nonpareille-Bleisatz füllen und darüber hinaus so viel, wie ich noch zu Papier bringen konnte, bevor die Zeitung um zwei Uhr morgens in Druck ging. Bald, im Laufe einiger Monate, begegnete ich John Mackay, mit dem ich schon seit geraumer Zeit gut bekannt war. Er hatte in einem neuen Holzrahmenhaus in der C Street ein Maklerbüro eröffnet, das für die Zeit und den Ort ziemlich prächtig war, denn ein Teil des Fußbodens war mit Teppich bedeckt und statt einer Kiste Kerzen gab es zwei Stühle. Ich war neidisch auf Mackay, dessen Leben vorher nicht so glatt verlaufen war, und bot ihm an, die Plätze zu tauschen – sein Geschäft zu übernehmen und ihm meines zu überlassen –, und er fragte mich, wie viel meines denn wert sei. Ich antwortete, vierzig Dollar die Woche. Er sagte: »Ich habe in meinem Leben noch nie jemanden beschwindelt, und ich will mit Ihnen keinen Anfang machen. Vierzig Dollar die Woche ist mein Geschäft nicht wert. Sie bleiben, wo Sie sind, und ich will versuchen, mein Leben hiermit zu bestreiten.«

1864 verließ ich Nevada, um einen Aufenthalt in der Strafanstalt zu vermeiden (in einem anderen Kapitel werde ich das erklären müssen), so dass offenbar volle zehn Jahre vergingen, bis sich John Mackay plötzlich zum ersten hundertfachen Millionär entwickelte. Anscheinend setzte sein Wohlstand im Jahre 71 ein – die Entdeckung wurde 71 gemacht. Ich weiß noch, wie sie zustande kam. Ich kann mich noch an die Einzelheiten erinnern, denn sie wanderten quer durchs ganze Land bis zu mir nach Hartford. Es gab da einen 500 Meter langen Tunnel, der unten in den Berghang getrieben worden war und in großer Tiefe unter einem Teil von Virginia City verlief. Man hatte ihn wegen eines Erzgangs gegraben, diesen jedoch nicht gefunden, und ich glaube, die Suche war längst aufgegeben worden. Als nun Mr. Fair (der spätere US-Senator und Multimillionär) in dem stillgelegten Tunnel umhertastetete, stieß er – so die Geschichte – auf ein reiches Erzvorkommen und ging zu John Mackay, um ihm von seinem Fund zu berichten. Sie prüften den Schatz und stellten fest, dass es eine große Lagerstätte gab. Sie schürften auf die übliche Art und konnten deren Bedeutung und Reichhaltigkeit nachweisen. Sie glaubten, es handele sich um einen »Kamin« – vermutlich gehöre er zur »California« oben am Berghang, die über einen stillgelegten Schacht verfügte, oder vielleicht zur »Virginia«, die nicht länger betrieben wurde – ein leeres Bergwerk, um das sich niemand kümmerte. Die Männer beschlossen, dass dieses Erzvorkommen genau genommen zur »California« gehöre und durch eine Tücke der Natur den Berghang hinabgerutscht sei. Sie überredeten O'Brien – einen Silberexperten in San Francisco –, sich als Geldgeber zu beteiligen, und erwarben an den aufgegebenen Claims eine Mehrheitsbeteiligung, die sie, da besteht kein Zweifel, für diese Summe – $ 26 000 – erhielten. Sechs Jahre später war sie $ 160 000 000 wert.

Wie gesagt, war ich nicht dabei. Ich war sechs, sieben oder acht Jahre hier an der Ostküste gewesen – aber Freunde von mir bekundeten Interesse. John P. Jones, der kürzlich nach einer ununterbrochenen Amtszeit von vielleicht dreißig Jahren als US-Senator zurückgetreten ist, wohnte in San Francisco. Er empfand große Zuneigung zu zweien meiner alten Freunde – Joseph T. Goodman und Denis McCarthy. Sie waren die Inhaber der Zeitung gewesen, für die ich arbeitete – des *Virginia City Enterprise* –, und hatten es in dieser Position zu großem Wohlstand gebracht. 1858 waren sie in San Francisco junge Druckergesellen gewesen, Schriftsetzer, und als sie hörten, dass in dieser unbekannten Gegend Nevadas Silber entdeckt worden sei, gingen sie in die Sierras, um ihr Glück zu versuchen. Als sie in diesem elenden kleinen Nest, Virginia City, ankamen, hatten sie kein Geld, um damit ihr Glück zu versuchen. Sie hatten lediglich Jugend, Elan und Hoffnung. Dort trafen sie Williams (sein Name in Gesellschaft war »Stud« Williams), der eine Wochenzeitung gegründet hatte. Er hatte einen Gesellen, der die Zeitung mit seiner Hilfe und der eines Chinesen setzte und in einer Handpresse druckte. Sie alle schliefen in einem Raum – kochten und schliefen und arbeiteten und verbreiteten mit ihrer Zeitung Neuigkeiten. Nun denn, Williams hatte vierzehn Dollar Schulden. Er sah keine Möglichkeit, mittels seiner Zeitung aus diesen herauszukommen, und verkaufte sie für zweihundert Dollar an Denis McCarthy und Goodman. Sie sollten die Schulden in Höhe von vierzehn Dollar übernehmen und außerdem die zweihundert Dollar zahlen, in dieser Welt oder in der nächsten – darüber gab es keine endgültige Vereinbarung. Aber Viginia City wuchs, neue Minen wurden entdeckt, neue Leute begannen herbeizuströmen, und es war die Rede von einer Farobank und einer Kirche und von all den Dingen, die eine christliche Grenzstadt ausmachen. Prosperität breitete sich aus, und Goodman und Denis ernteten den Lohn. Ihre eigene Prosperität war so groß, dass sie ein dreistöckiges Backsteingebäude errichteten, für die Stadt eine wunderbare Sache, und ihr Geschäft expandierte derart, dass sie an vielen Tagen elf Kolumnen neuer Anzeigen in einem unveränderten Setzschiff unterbrachten und sie dort schlafen, ruhen und ihr Einkommen vermehren ließen. Wenn jemand protestierte, nachdem er in der Hoffnung, seine Anzeige zu sehen, die Zeitung durchgeblättert hatte, sagten sie: »Wir tun unser Bestes.« Hin und wieder erschienen die Anzeigen sogar, doch die ganze Zeit führte das unveränderte Setzschiff sein Geschäft der Münzprägung fort. Nach einer Weile wurde das Territorium von Nevada zu einem Staat erklärt, um einigen Leuten, die ein Amt benötigten, ein solches zu verschaffen, und irgendwann warf die Zeitung, die jährlich zwanzig- bis vierzigtausend Dollar für die Jungs abgeworfen hatte, gar nichts mehr ab. Vermutlich waren sie froh, die Zeitung loszuwerden – wahrscheinlich zu den alten Bedingungen – an irgendeinen Gesellen, der bereit war, die Schulden in Höhe von vierzehn Dollar zu übernehmen und sie, sobald er konnte, zu begleichen.

Die Jungs gingen wieder als Schriftsetzer nach San Francisco. Es waren reizende Kerle, immer auf Spaß aus, und das bedeutete, dass alle ihr Geld bekamen, nur sie selber nicht. Und kurz bevor die Bonanza entdeckt wurde, traf Joe Goodman von wo auch immer er sich aufgehalten hatte ein – ich nehme an, um Geschäfte zu machen, sich seinen Lebensunterhalt zu verdienen oder dergleichen –, und kam zu mir, um sich dreihundert Dollar zu leihen und damit nach San Francisco zu reisen. Und wenn ich mich recht erinnere, hatte er keinerlei Aussichten, glaubte jedoch, sie eher dort unter den alten Freunden zu finden als anderswo, und so ging er nach San Francisco. Dort kam er eben noch rechtzeitig an, um Jones (dem späteren US-Senator) zu begegnen, der ein reizender Mann war. Jones traf sich mit ihm und beteuerte unter vier Augen: »In Nevada ist eine große Entdeckung gemacht worden, und ich bin Insider.« Denis war Schriftsetzer in einem der Büros dort. Er war verheiratet und baute gerade ein Holzhaus, das $ 1800 kosten sollte, einen Teil hatte er bereits bezahlt, den Rest baute er auf Raten von seinem Lohn. Jones sagte: »Ich werde Sie und Denis auf Vertrauensbasis an der großen Bonanza beteiligen. Ich bin Insider, ich werde die Sache beobachten, und wir werden das Geld mit Gewinnmarge investieren. Wenn ich dann sage, es ist Zeit zu verkaufen, wird es notwendig sein zu verkaufen.« Und so stellte er den beiden Jungs Gewinnmargen von 20 Prozent in Aussicht – und das ist die Zeit, als sich der große Boom ereignet haben muss, der die Aktien mit Schwung bis zu den Sternen sandte –, denn als das geschah, sagte Jones, so wie mir die Geschichte von Joe Goodman erzählt wurde, zu Goodman und Denis: »Jetzt verkaufen Sie. Sie können $ 600 000 herausholen, jeder von Ihnen, und das reicht. Verkaufen Sie.«

»Nein«, wandte Joe ein. »Sie werden steigen.«

Jones erwiderte: »Ich bin Insider, Sie nicht. Verkaufen Sie.«

Joes Frau flehte ihn an zu verkaufen, aber er wollte nicht. Denis' Familie flehte ihn an zu verkaufen. Denis wollte nicht verkaufen. So ging es zwei Wochen. Jedes Mal, wenn die Aktien in die Höhe schossen, versuchte Jones die Jungs zum Verkauf zu bewegen. Sie wollten nicht. Sie sagten: »Sie werden steigen.« Als er sagte: »Verkaufen Sie für $ 900 000«, entgegneten sie: »Nein, sie werden auf eine Million steigen.«

Dann begann der Aktienkurs rapide zu fallen. Nach einer Weile verkaufte Joe und kam mit $ 600 000 in bar davon. Denis wartete auf die Million, bekam jedoch keinen Cent. Sein Anteil wurde für »Schlamm« verkauft – so dass er mit leeren Händen dastand und wieder als Schriftsetzer arbeiten musste.

Das ist die Geschichte, wie sie mir vor vielen Jahren erzählt wurde – ich glaube, von Joe Goodman, ich weiß es nicht mehr. Denis starb bald verarmt – er bekam keinen Boden mehr unter die Füße.

Joe Goodman ging sofort ins Maklergeschäft. $ 600 000 waren zwar ein hübsches Kapital, doch er war noch nicht so weit, sich zur Ruhe setzen zu können. Er schickte mir die dreihundert Dollar und sagte, er habe mit dem Maklergeschäft begonnen und mache Geld wie Heu. Lange Zeit hörte ich nichts mehr von ihm; dann erfuhr ich, dass er mit der bloßen Maklerei nicht zufrieden war, sondern auf eigene Faust spekuliert und alles, was er besaß, verloren hatte. Als das geschah, lieh ihm John Mackay, schon immer ein guter Freund von Unglücksraben, $ 4000, um eine Traubenplantage in Fresno County zu kaufen, und Joe zog dorthin. Er verstand nichts vom Traubenanbau, aber er und seine Frau erlernten ihn in kürzester Zeit. Er erlernte ihn etwas besser als alle anderen und verdiente sich bis 1886 oder 87 ein gutes Auskommen damit; dann verkaufte er die Plantage für ein Mehrfaches des ursprünglichen Preises.

Vor einem Jahr war er hier, und wir trafen uns. Er lebt im Garten Kaliforniens – in Alameda. Vor seinem Besuch an der Ostküste hatte er zwölf Jahre seines Lebens in die aussichtsloseste, schwierigste und eigensinnigste Studie investiert, die seit Champollions Zeiten durchgeführt worden ist; er wollte herausfinden, was jene Skulpturen bedeuten, auf die man unten in den Wäldern Zentralamerikas stößt. Und er fand es heraus und veröffentlichte ein großartiges Buch, das Resultat seiner zwölfjährigen Recherchen. In dieser komplexen Studie entschlüsselt er den Sinn jener Hieroglyphen – und seine Position als erfolgreicher Experte wird von Wissenschaftlern in London und Berlin und anderswo, die auf diesem Gebiet tätig sind, anerkannt. Er selbst jedoch ist nicht bekannter, als er es vorher war – bekannt ist er nur diesen Leuten. Sein Buch erschien um 1901.

Der Bericht in der *New York Times* besagt, dass der Fund der großen Erzader einen Sturm der Spekulation heraufbeschwor und die diversen Minen im Umkreis auf dem Aktienmarkt einen Wert von fast $ 400 000 000 erzielten; sechs Monate danach war der Wert um drei Viertel gesunken; und 1880, fünf Jahre später, waren die Aktien der »Consolidated Virginia« unter $ 2 das Stück gefallen und die Aktien der »California« nur noch $ 1,75 wert – denn inzwischen war die Bonanza zugegebenermaßen erschöpft.

10. Januar 1906

In den nächsten zwei, drei Monaten muss ich einige Reden halten, und auch während der vergangenen zwei Monate hatte ich mich zu ein paar Reden verpflichtet – und plötzlich fällt mir auf, dass Leute, die es auf sich nehmen, bei Versammlungen dieser oder jener Art, besonders bei Gesellschaftsbanketten, Reden zu halten, sich bei der Vorbereitung oft unnötig viel Mühe machen. In der Regel ist Ihre Rede bei einem Gesellschaftsbankett kein besonders wesentlicher Teil Ihrer Ausrüstung für die Veranstaltung, aus dem einfachen Grund, weil Bankette in der Regel deshalb gegeben werden, um ein Ereignis von nur vorübergehendem Interesse zu feiern oder um einen Gast von Rang und Namen zu ehren – also nichts von Bedeutung, nichts, meine ich, worauf man sich konzentrieren müsste, wenn man bei einem solchen Ereignis redet, wohingegen die eigentlich wichtige Sache vielleicht darin besteht, dass sich der Redner, solange er an der Rampe steht, einigermaßen interessant macht und es vermeidet, die Leute zu ermüden und zu verärgern, die nicht das Privileg haben, Reden zu halten, und auch nicht das Privileg haben, sich aus dem Staub zu machen, wenn andere Leute dazu ansetzen. Daher erfordert die gewöhnliche Nächstenliebe zu diesen Leuten, dass der Redner ein paar Vorbereitungen trifft, statt mit völlig leeren Händen hinzugehen.

Jemand, der häufig Reden hält, kann für ihre Vorbereitung nicht viel Zeit erübrigen, und vermutlich geht er mit leeren Händen hin (so wie ich es mir angewöhnt habe), in der Absicht, von anderen unvorbereiteten Rednern, die vor ihm sprechen, Texte einzusammeln. Nun trifft es in jedem Fall zu, dass Sie sich, wenn Sie es auf Platz 3 oder einen der nachfolgenden Plätze der

Rednerliste geschafft haben, mit Sicherheit darauf verlassen können, dass der eine oder andere Vorredner alle Anregungen bereitstellt, die benötigt werden. Ja, wahrscheinlich erhalten Sie mehr Anregungen, als Sie benötigen, und das könnte peinlich werden. Schließlich möchten Sie zu allem Gesagten sprechen, und das ist natürlich eine gefährliche Sache. Sie sollten einen der Texte wählen und dazu sprechen – und dann steht es hundert zu eins, dass Sie sich, kaum dass Sie zwei Minuten an der Rampe stehen, wünschen, Sie hätten einen anderen gewählt. Von dem, den Sie gewählt haben, werden Sie abkommen, denn Sie werden merken, dass es einen anderen gibt, der besser ist.

An diese nach meiner Erfahrung alte, alte Tatsache werde ich durch einen Vorfall erinnert, der sich neulich abends im Players zutrug, wo zweiundzwanzig meiner Freunde aus alten Tagen im Players Club mir zu Ehren ein Dinner gaben, aus Genugtuung, mich nach dreijähriger Abwesenheit, die durch die Dummheit des Clubvorstands veranlasst worden war, wiederzuhaben – eines Vorstands, der seit Gründung des Clubs im Amt gewesen war, oder wenn es nicht derselbe Vorstand war, den man zu Anfang hatte, so lief es doch auf dasselbe hinaus, denn er muss von Zeit zu Zeit aus demselben Irrenhaus gewählt worden sein, aus dem schon der ursprüngliche Vorstand bestückt worden war.

Bei dieser Gelegenheit war Brander Matthews Vorstandsvorsitzender, und er eröffnete das Programm mit einer ungezwungenen, angenehmen und gelungenen Rede. Brander ist stets vorbereitet und kompetent, wenn er eine Rede hält. Dann rief er Gilder auf, der mit leeren Händen gekommen war und wahrscheinlich erwartet hatte, sich aus Branders Reservoir bedienen zu können, doch stattdessen sah er sich enttäuscht. Er mühte sich ab und setzte sich zwar nicht ganz geschlagen, aber doch ziemlich angeschlagen wieder hin. Als Nächster war Frank Millet (Maler) an der Reihe. Er kämpfte sich durch seine Ausführungen und bewies zweierlei – zum einen, dass er sich zwar vorbereitet, die Einzelheiten seiner Vorbereitungen allerdings nicht mehr parat hatte, und zum anderen, dass sein Redetext dürftig war. In seiner Rede war der wichtigste Hinweis auf überhaupt irgendeine Vorbereitung, dass er versuchte, zwei gehörige Portionen Lyrik – gute Lyrik – vorzutragen, jedoch das Selbstvertrauen verlor und durch schlechten Vortrag aus guter Lyrik schlechte machte. Auch die Bildhauerei sollte vertreten sein, und Saint-Gaudens hatte eine Rede zugesagt, war jedoch im letzten Augenblick verhindert, und so musste ein völlig unvorbereiteter Mann aufstehen und an seiner Stelle eine Rede halten. In seinen Ausführungen brachte er nichts Originelles oder Aufwühlendes zustande, ja, sie waren so schwankend und zögerlich und gänzlich abgedroschen, dass er auf etwas richtig Neues und Frisches zu verfallen schien, als er mit der Bemerkung endete, er habe nicht damit gerechnet, zu einer Rede aufgefordert zu werden! Ich hätte seine Rede für ihn beenden können, so oft habe ich das schon gehört.

Diese Leute – das heißt Millet und Gilder – waren übel dran, denn die ganze Zeit, während Matthews sprach, *dachten* sie und versuchten, die paar Vorbereitungen, die sie getroffen hatten, wachzuhalten, und das hinderte sie daran, in dem, was Brander sagte, etwas Neues und Frisches zu entdecken. Auf die gleiche Weise dachte Millet, während Gilder sprach, noch immer über seine Vorbereitung nach, und so übersah er mögliche Anregungen, die Gilder ihm zur Verfügung stellte. Da ich Matthews jedoch gebeten hatte, mich als Letzten auf die Rednerliste zu setzen, kamen mir alle Vorteile zugute, die der Anlass bot. Denn ich war ohne Text gekommen, und die Jungs stellten mir reichlich Text zur Verfügung, da ich innerlich nicht damit beschäftigt war, mich auf meine Vorbereitungen zu besinnen – sie existierten nicht. Bis zu einem gewissen Grade verdarb ich Brander die Rede, denn sie war eigens dazu vorbereitet worden, mich, den Gast des Abends, einzuführen – und er musste eine Kehrtwendung machen und aus der Klemme herausfinden, was er sehr anmutig tat, indem er erklärte, er habe verkehrt herum und am falschen Ende angefangen, da ich darum gebeten hätte, als letzter Redner auf die Liste gesetzt zu werden. Nun hatte ich ausreichend Zeit, denn Gilder hatte mich mit Text versehen; Brander hatte mich mit Text versehen; Millet hatte mich mit Text versehen. Diese Texte waren frisch, heiß aus dem Ofen, und lösten dieselbe eifrige Bereitschaft aus, sie zu ergreifen und draufloszureden, wie sie es bei einer gewöhnlichen Unterhaltung an einem Tisch in einer Bierstube getan hätten.

Nun weiß ich, wie Bankettreden aussehen sollten, denn ich habe über die

Sache nachgedacht. Das ist mein Plan. Wenn es sich lediglich um ein Gesellschaftsbankett zur Unterhaltung handelt – wie das, dem ich am 27. in Washington beiwohnen soll und wo die Gesellschaft aus Mitgliedern des Gridiron Club besteht (ich glaube, ausschließlich Zeitungskorrespondenten), als Gäste der Präsident und der Vizepräsident der Vereinigten Staaten und noch zwei andere –, so ist dies gewiss ein Anlass, bei dem der Redner das Privileg hat, über jedes Thema zu sprechen außer über Politik und Theologie, und selbst wenn er gebeten wird, über einen Stargast zu sprechen, braucht er diesem selbst keine Beachtung zu schenken, sondern kann über alles Mögliche reden. Nun denn, die Idee ist folgende – die Zeitung des betreffenden Tages oder die Zeitung des betreffenden Abends zu nehmen und die Schlagzeilen der Kurzmeldungen zu überfliegen – sehen Sie, eine wahre Fundgrube für Redetexte! Ich glaube, ein Redner könnte die Tageszeitung aus der Tasche ziehen und die Anwesenden in Grund und Boden reden, bevor ihm der Stoff ausginge. Wenn es der heutige Tag wäre, so hätte man den Morris-Zwischenfall. Und das erinnert mich daran, wie wenig aufregend der Morris-Zwischenfall in zwei, drei Jahren – vielleicht schon in sechs Monaten – sein wird und was für eine ärgerliche Sache er heute und in den letzten paar Tagen gewesen ist. Das macht eine wichtige Tatsache deutlich: dass die Ereignisse des Lebens überwiegend kleine Ereignisse sind – nur aus der Nähe betrachtet, erscheinen sie groß. Nach und nach legt sich der Staub, und dann erkennen wir, dass das eine das andere nicht überragt. Sie alle sind von gleich geringer Höhe und gleich belanglos. Wollte man, wie wir es jetzt tun, jeden Tag in Kurzschrift die Geschehnisse des vergangenen Tages festhalten, um aus dem angehäuften Resultat eine Autobiographie zu verfertigen, würde es ein bis zwei Stunden – ja bis zu vier Stunden – dauern, den autobiographischen Stoff dieses einen Tages festzuhalten, und das Ergebnis wäre ein Verbrauch von fünf- bis vierzigtausend Wörtern. Es ergäbe einen dicken Folianten. Man darf nicht meinen, dass es, nur weil man den ganzen Dienstag gebraucht hat, um den autobiographischen Stoff des Montags aufzuschreiben, am Mittwoch nichts mehr aufzuschreiben gäbe. Nein, am Mittwoch gibt es genauso viel aufzuschreiben, wie der Montag für den Dienstag ergeben hat. Und das liegt daran, dass das Leben größtenteils – oder auch nur großenteils – nicht aus Tatsachen und Geschehnissen besteht. Es besteht größtenteils aus dem Ansturm der Gedanken, die einem unablässig durch den Kopf wehen. Könnte man diese stenographisch festhalten? Nein. Könnte man einen beträchtlichen Teil davon stenographisch festhalten? Nein. Fünfzehn bienenfleißige Stenographinnen könnten nicht Schritt halten. Insofern ist noch nie eine vollständige Autobiographie geschrieben worden und wird auch nie eine geschrieben werden. Sie würde aus dreihundertfünfundsechzig großformatigen Bänden pro Jahr bestehen – und folglich könnten, wenn ich meiner autobiographischen Pflicht seit meiner Jugend nachgekommen wäre, sämtliche Bibliotheken der Erde das Ergebnis nicht fassen.

Ich frage mich, wie sich der Morris-Zwischenfall in fünfzig Jahren in der Geschichtsschreibung ausnehmen wird. Bedenken Sie diese Umstände: dass sich hier, vor unseren Haustüren, die großen Versicherungsturbulenzen noch nicht gelegt haben. Selbst gestern und vorgestern waren die diskreditierten millionenschweren Versicherungsmagnaten nicht hinausgeworfen und unter den Verwünschungen der Nation begraben worden, vielmehr verharren einige der McCurdies, McCalls, Depews, Hydes und Alexanders noch immer in ihren Vertrauenspositionen und Bankaufsichtsratsposten. Außerdem konzentriert sich heute die Aufmerksamkeit der gesamten Nation auf die Standard Oil Corporation, die gewaltigste Handelsmacht auf dem Planeten. Ganz Amerika hält den Atem an und fragt sich, ob die Standard Oil angeschlagen aus der Schlacht von Missouri hervorgehen wird und wenn angeschlagen, wie angeschlagen. Darüber hinaus haben wir einen Kongress, der damit droht, die Panamakanal-Kommission zu überprüfen, um zu sehen, was sie mit den neunundfünfzig Millionen getan hat, und um herauszufinden, was sie mit den jüngst nachgeschossenen elf Millionen zu tun gedenkt. Ferner gibt es drei oder vier andere Angelegenheiten von ungeheurem öffentlichem Interesse. Und auf der anderen Seite des Ozeans haben wir die Trennung von Kirche und Staat in Frankreich; wir haben einen drohenden Krieg zwischen Frankreich und Deutschland in der Marokkofrage; wir haben eine niedergeschlagene Revolution in Russland, wo der Zar und seine Familie von Dieben – den Großherzögen – sich von ihrem langen Schreck erholen und die Überreste der Revolutionäre auf die gleiche alte selbstbewusste Art niedermetzeln, wie sie schon seit drei Jahrhunderten russische Art ist; wir haben China, das ein feierliches und entsetzliches Geheimnis darstellt. Niemand weiß, worin es besteht, doch in aller Eile schicken wir drei Regimenter von den Philippinen nach China, unter General Funston, dem Mann, der Aguinaldo mit Methoden gefangen genommen hat, die noch den primitivsten Quatschkopf, der in irgendeiner Strafanstalt sitzt, beschämen würden. Niemand scheint zu wissen, worin das Geheimnis von China besteht, aber jeder scheint zu glauben, dass dort ein riesiger Aufruhr droht.

Das ist die Speisekarte von heute. Das sind die Dinge, die sich der Aufmerksamkeit der Welt heute aufdrängen. Anscheinend sind sie groß genug, um für kleinere Angelegenheiten keinen Platz zu lassen, und doch *kommt der Morris-Zwischenfall zur Sprache und verdrängt alles andere.* Der Morris-Zwischenfall versetzt den Kongress in Aufregung, und seit mehreren Tagen hält er die Phantasie der amerikanischen Nation auf Trab und setzt jede Zunge mit aufgeregtem Gerede in Brand. Diese Autobiographie wird das Licht der Öffentlichkeit erst nach meinem Tod erblicken. Ich weiß nicht, wann das sein wird, und verspüre auch kein sonderliches Interesse daran. Es mag noch einige Jahre hin sein, aber wenn es nicht in den nächsten drei Monaten geschieht, bin ich überzeugt, dass die Nation, wenn sie in meiner Autobiographie auf den Morris-Zwischenfall stößt, versuchen wird, sich zu erinnern, worum es sich dabei handelte, aber ohne Erfolg. Dieser Zwischenfall, der heute so groß ist, wird in drei oder vier Monaten so klein sein, dass er seinen Platz neben der gescheiterten russischen Revolution und den anderen großen Angelegenheiten eingenommen haben wird, und niemand wird die eine von der anderen anhand der Größe unterscheiden können.

Dies ist der Morris-Zwischenfall. Eine gewisse Mrs. Morris, eine Dame von Bildung, Finesse und Rang, schaute im Weißen Haus vorbei und wünschte Präsident Roosevelt auf einen Augenblick zu sprechen. Mr. Barnes, einer seiner Privatsekretäre, weigerte sich, ihre Visitenkarte weiterzureichen, und sagte, sie könne den Präsidenten nicht sprechen, er sei beschäftigt. Sie erwiderte, sie werde warten. Barnes wollte wissen, was ihr Anliegen sei, und sie antwortete, ihr Mann sei vor einiger Zeit aus dem öffentlichen Dienst entlassen worden und sie wolle, dass der Präsident sich seines Falles annehme. Als Barnes herausfand, dass es sich um einen militärischen Fall handelte, schlug er ihr vor, den Kriegsminister aufzusuchen. Sie sagte, im Kriegsministerium sei sie bereits gewesen, habe jedoch keinen Zutritt zum Minister erhalten – obwohl sie kein Mittel unversucht gelassen habe, sei sie gescheitert. Nun sei ihr von der Gattin eines Kabinettsmitglieds geraten worden, eine kurze Unterredung mit dem Präsidenten zu erbitten.

Ohne auf die zahlreichen Details eingehen zu wollen, das Ergebnis war, dass Barnes nach wie vor darauf beharrte, dass sie den Präsidenten nicht sprechen könne und er sie unter den gegebenen Umständen bitten müsse zu gehen. Sie war gefasst, bestand jedoch nach wie vor darauf, zu bleiben, bis sie den Präsidenten sprechen könne. Dann ereignete sich der »Morris-Zwischenfall«. Auf ein Zeichen von Barnes stürzten zwei wachhabende Polizisten herbei, ergriffen die Dame und begannen sie aus dem Zimmer zu schleifen. Sie bekam es mit der Angst zu tun und schrie. Barnes sagt, sie habe wiederholt geschrien, und zwar auf eine Weise, die »das ganze Weiße Haus aufgestört« habe – obgleich niemand herbeikam, um nachzuschauen, was vor sich ging. Dies mag den Eindruck erwecken, als handle es sich um etwas, was am Tag sechs- oder siebenmal vorkommt, da es keine Bestürzung auslöste. Aber dem war nicht so. Barnes ist wahrscheinlich lange genug Privatsekretär gewesen, um seine Phantasie spielen zu lassen, und das erklärt den größten Teil des Geschreis – obwohl die Dame, wie sie einräumt, *etwas* davon selbst besorgte. Die Frau wurde aus dem Weißen Haus geschleift. Sie sagt, dass ihre Kleider, als man sie die Straße entlangschleifte, mit Schlamm beschmutzt und ihr sogar in Fetzen vom Rücken gerissen wurden. Ein Neger packte sie bei den Knöcheln und enthob sie so der Berührung mit dem Erdboden. Er trug sie an den Knöcheln, und die beiden Polizisten trugen sie am anderen Ende, und so schafften sie sie an einen Ort – augenscheinlich eine Art Polizeiwache, zwei Häuserblocks entfernt –, und auf dem Weg verlor sie Portemonnaie und Schlüssel und dies und das, und ehrliche Leute hoben es auf und brachten es ihr. Barnes erstattete gegen sie Anzeige wegen geistiger Unzurechnungsfähigkeit. Anscheinend betrachtete der Polizeikommissar dies als einen schwerwiegenden Vorwurf, und da er es mit einem solchen vermutlich noch nie zu tun gehabt hatte und nicht recht wusste, wie er damit umgehen sollte, ließ er nicht zu, dass sie zu ihren Freunden zurückgebracht wurde, ehe sie nicht fünf Dollar als Sicherheit in seiner Kasse hinterlegt hatte. Zweifellos wollte er sie daran hindern, aus den Vereinigten Staaten zu flüchten – und vielleicht will er diesen schwerwiegenden Vorwurf aufgreifen und ausreizen.

Die Dame liegt noch immer in ihrem Bett im ersten Hotel Washingtons, mitgenommen von dem Schock und verständlicherweise sehr empört über die Behandlung, die ihr zuteilgeworden ist – aber ihr ruhiger, gefasster, unaufgeregter und wohlgesetzter Bericht über ihr Abenteuer ist überzeugender Beweis dafür, dass sie nicht unzurechnungsfähig war, nicht einmal in dem bescheidenen Ausmaß von fünf Dollar.

Jetzt kennen Sie die Fakten. Es ist so, wie ich gesagt habe – mehrere Tage haben sie fast die gesamte Aufmerksamkeit der amerikanischen Nation beansprucht; sie haben die russische Revolution, das Geheimnis Chinas und den ganzen Rest aus dem Blickfeld vertrieben. Genau das ist es, was den angemessenen Stoff einer Autobiographie ausmacht. Sie schreiben den Zwischenfall nieder, der für Sie im Augenblick der interessanteste ist. Wenn Sie ihn drei oder vier Wochen auf sich beruhen lassen, wundern Sie sich, weshalb Sie je daran gedacht haben, so etwas niederzuschreiben – es hat keinen Wert, keine Bedeutung. Der Champagner, der Sie zu dem betreffenden Zeitpunkt trunken gemacht hat, sei es vor Wonne, sei es vor Verzweiflung, hat sich verflüchtigt, ist schal geworden. Doch genau daraus besteht ein Menschenleben – aus kleinen Zwischenfällen und aus großen Zwischenfällen, und wenn wir sie auf sich beruhen lassen, haben sie alle dieselbe Größe. Eine Autobiographie, die die kleinen Dinge auslässt und nur die großen aufzählt, ergibt kein richtiges Bild vom Leben des Betreffenden; sein Leben besteht aus seinen Gefühlen und seinen Interessen, und hier und da gibt es einen scheinbar großen oder kleinen Zwischenfall, an dem man diese Gefühle aufhängen kann.

Der Morris-Zwischenfall wird schon bald keine Bedeutung mehr haben, und doch wird ihn der Biograph Präsident Roosevelts ungeheuer wertvoll finden, falls er ihn prüft – ihn untersucht – und klug genug ist, um zu erkennen, dass er viel Licht auf den Charakter des Präsidenten wirft. Zweifellos besteht das wichtigstes Merkmal einer Biographie darin, den *Charakter* des Mannes offenzulegen, um dessen Biographie es sich handelt. Roosevelts Biograph wird die Lauf- und Lebensbahn des Präsidenten Schritt für Schritt, Meile für Meile mit Hilfe aufschlussreicher Episoden und Vorfälle erhellen. Als eines dieser Schlaglichter sollte er den Morris-Zwischenfall verwenden, denn der ist eine Frage des Charakters. Es ist ein Vorfall, wie er sich vermutlich unter keinem anderen Präsidenten hätte zutragen können, der je im Weißen Haus residiert hat. Washington würde doch nicht die Polizei rufen und eine Dame einfach über den Zaun werfen lassen! Damit meine ich nicht, dass Roosevelt das tun würde. Damit meine ich, dass Washington in seiner Amtsfamilie keine Barnes gehabt hätte. Es sind die Roosevelts, die sich mit den Barnes umgeben. Dieser Privatsekretär hat ganz recht daran getan, den Zutritt zum Präsidenten zu verweigern – schließlich kann der Präsident nicht jeden in Privatangelegenheiten empfangen, folglich ist es durchaus korrekt, dass er sich weigert, auch nur eine Person in einer Privatangelegenheit zu empfangen – dass er die ganze Nation gleich behandelt. Das ist eine Sache, die von Anfang an bis heute so gehandhabt worden ist – in Privatangelegenheiten ist den Leuten schon immer der Zutritt zum Präsidenten verweigert worden, jeden Tag, von Washingtons Zeit bis in unsere. Immer haben die Sekretäre ihre Ansicht durchgesetzt; Mr. Barnes die seine. Aber je nachdem, welcher Präsident im Amt war, haben sich die Methoden unterschieden – der Sekretär des einen Präsidenten hat die Sache auf die eine Weise gehandhabt, der Sekretär des anderen auf eine andere –, doch niemals wäre es einem früheren Sekretär in den Sinn gekommen, die Sache zu regeln, indem er die Dame über den Zaun wirft.

Theodore Roosevelt ist einer der impulsivsten Männer, die es gibt. Das ist der Grund, weshalb er impulsive Sekretäre hat. Wahrscheinlich denkt Präsident Roosevelt über die richtige Art, etwas zu tun, nie nach. Das ist der Grund, weshalb er Sekretäre hat, die nicht fähig sind, über die richtige Art, etwas zu tun, nachzudenken. Naturgemäß umgeben wir uns mit Leuten, deren Gewohnheiten und Einstellungen mit den unsrigen übereinstimmen. Mr. Roosevelt ist einer der liebenswertesten Männer, die ich kenne. Ich kenne ihn seit bestimmt zwanzig Jahren, bin ihm gelegentlich begegnet, habe in seiner Gesellschaft zu Abend und zu Mittag gegessen. Ich habe seine Gesellschaft immer genossen, so herzlich, so geradlinig, so freimütig und vollkommen aufrichtig ist er. Mit diesen Eigenschaften gewinnt er meine Zuneigung, wenn er als Privatbürger agiert – und mit ihnen gewinnt er die Zuneigung aller seiner Freunde. Doch wenn er als Präsident unter ihrem Einfluss agiert, machen sie einen hinlänglich sonderbaren Präsidenten aus ihm. In unglaublicher Eile saust er von einer Sache zur anderen – schlägt einen Purzelbaum und ist gleich darauf wieder dort, wo er in der Vorwoche war. Dann schlägt er noch mehr Purzelbäume, und niemand kann vorhersagen, wo er nach der ganzen Kür schließlich landen wird. Jede seiner Handlungen und jede geäußerte Meinung sind dazu angetan, eine frühere Handlung oder eine früher geäußerte Meinung aufzuheben oder ihr zu widersprechen. Als Präsident passiert ihm das die ganze Zeit. Zweifellos ist jede Meinung, die er äußert, in dem betreffenden Moment seine ehrliche Meinung, und ebenso zweifellos ist sie nicht die Meinung, die er vor drei oder vier Wochen mit sich herumgetragen hat und die genauso ehrlich und aufrichtig war wie die derzeitige. Nein, der Unaufrichtigkeit kann man ihn nicht zeihen – das ist nicht das Problem. Sein Problem besteht darin, dass es immer das neueste Interesse ist, das ihn in Anspruch nimmt; ihn ganz und gar, von Kopf bis Fuß in Anspruch nimmt und alle früheren Meinungen, Empfindungen und Überzeugungen vorübergehend auslöscht. Er ist der populärste Mensch, den es in den Vereinigten Staaten je gegeben hat, und seine Popularität entspringt ebendieser Begeisterungsfähigkeit, die ihm eigen ist – diesem freudigen Überschäumen enthusiastischer Aufrichtigkeit. Darin gleicht er allen anderen Menschen. Sie finden sich in ihm widergespiegelt. Und sie sehen, dass seine Affekte nur selten böse sind. Fast immer sind sie groß, schön und edel. Er kann nicht lange genug an einem dieser Affekte festhalten, um herauszufinden, was für ein Küken schlüpfen würde, wenn es denn eine Chance hätte, doch jeder erkennt seine edle Absicht, bewundert sie und liebt ihn dafür.

11. Januar 1906

Vor einigen Tagen erhielt ich den folgenden Brief von Mrs. Laura K. Hudson:

287 Quincy St.
3. Jan. 06

Mr. Samuel L. Clemens
Mein sehr geehrter Herr,

vor zwanzig Jahren standen wir in den ersten Jahren unseres Ehelebens; die ersten beiden kleinen Raten einer wachsenden Familie fesselten uns weitgehend ans Haus, und mein Mann und ich verbrachten unsere glücklichen Abende immer gemeinsam, indem er aus einer Zeitschrift oder einem Buch vorlas, während ich nähte und zuhörte. Eines Abends las er aus einer der New Yorker Zeitungen den Bericht über einen Empfang – ich habe die undeutliche Erinnerung, dass es ein Dinner des Press Club oder irgendein anderes großes Fest war –, auf dem »Mark Twain« einen Vortrag hielt, der mir das Beste und Komischste schien, was unser großer Favorit je geschrieben hatte. Und nun, da die wachsende Familie sich ausgewachsen und »Mark Twain« sehr liebgewonnen hat, habe ich überall, in jeder Sammlung seiner Werke, nach diesem entzückenden kleinen Spaß gesucht, doch stets vergeblich. Darf ich daher Mr. Clemens um Hilfe ersuchen?

Es ging um einen Grubenarbeiter in seiner Berghütte; zu diesem kommen drei Männer und bitten um Nahrung und Nachtlager. Sie stellen sich als Longfellow, Holmes und Whittier vor, und die Art, wie sie – der Letzterwähnte mit »Doppelkinnen bis hinunter zum Bauch« – von dem Grubenarbeiter, der die Geschichte erzählt, beschrieben werden, und die hochgestochenen Zitate aus ihren eigenen Schriften, mit denen sie auf die unwirschen und punktgenauen Fragen des Grubenarbeiters antworten, sind ein Spaß von der spaßigsten Sorte. Der Grubenarbeiter hält es aus, bis ihm der Pseudo-Holmes auf eine selbstzufriedene Bemerkung über seine gemütliche Hütte entgegnet: »Erbaue dir mehr prächt'ge Villen, o meine Seele!«, und so die ganze Strophe hindurch. Da schwillt er an in seinem Zorn und setzt die drei Dichter vor die Tür.

Wenn Sie auf Namen und möglichen Verbleib dieses entzückenden Kindes Ihrer

Muse etwas Licht werfen könnten, wären Ihnen sehr dankbar mein Mann, meine drei Söhne und deren »Mark Twain«-liebende Mutter, die um Erlaubnis bittet, sich nennen zu dürfen

sehr herzlich die Ihre
Laura K. Hudson

Heute Morgen diktierte ich meiner Sekretärin Miss Lyon die folgende Antwort:

Sehr geehrte Mrs. Hudson,

ich stehe für immer in Ihrer Schuld, weil Sie mir diesen sonderbaren Abschnitt meines Lebens in Erinnerung gerufen haben. In den ersten ein oder zwei Jahren danach konnte ich es nicht ertragen, auch nur daran zu denken. Mein Schmerz und meine Schande waren so groß und mein Gefühl, mich wie ein Schwachsinniger benommen zu haben, so unumstößlich, eingewurzelt und unentrinnbar, dass ich den Vorfall ganz aus meinem Bewusstsein verdrängt habe – und so habe ich all die achtundzwanzig oder neunundzwanzig Jahre hindurch in der Überzeugung gelebt, mein damaliger Auftritt sei ungehobelt, abgeschmackt und humorlos gewesen. Ihr Hinweis allerdings, dass Sie und Ihre Familie vor achtundzwanzig Jahren Humor darin gefunden haben, bewog mich, der Sache nachzugehen. So beauftragte ich eine Schreibkraft in Boston, in den Bostoner Zeitungen jener längst vergangenen Zeit nachzuforschen und mir eine Abschrift zuzuschicken.

Diese traf heute Morgen ein, und falls sie irgendeine Abgeschmacktheit enthält, kann ich sie nicht entdecken. Falls sie nicht auf unschuldige Art wahnsinnig komisch ist, bin ich ein Ahnungsloser. Ich werde dafür sorgen, dass Sie eine Abschrift erhalten.

[New Yorker Diktate]

Vortrag von Samuel L. Clemens (»Mark Twain«)
Aus einem Bericht über das von den Verlegern des *Atlantic Monthly* zu Ehren des siebzigsten Geburtstags von John Greenleaf Whittier gegebene Dinner im Hotel Brunswick, Boston, 17. Dezember 1877, veröffentlicht im
BOSTON EVENING TRANSCRIPT, 18. Dezember 1877

Herr Vorsitzender – dies ist ein Anlass, der besonders dazu angetan ist, angenehme Reminiszenzen an das Völkchen der Literaten auszugraben; darum will ich direkt in die Geschichte hineinspringen. Da ich hier an der Küste des Atlantiks stehe und über gewisse seiner höchsten literarischen Wogen nachsinne, werde ich an etwas erinnert, was mir vor dreizehn Jahren widerfuhr, als es mir eben gelungen war, einen kleinen literarischen Tümpel in Nevada aufzuwühlen, dessen Gischtspritzer nach Kalifornien zu wehen begannen. Ich trat eine Inspektionsreise durch die südlichen Bergwerke Kaliforniens an. Ich war unerfahren und eingebildet und beschloss, mir die Vorzüge meines Pseudonyms zunutze zu machen. Schon bald fand sich eine Gelegenheit dazu. Bei Einbruch der Nacht klopfte ich an der einsamen Blockhütte eines Grubenarbeiters in den Ausläufern der Sierras an. Es schneite gerade. Ein verlebter schwermütiger Mann von fünfzig Jahren, barfuß, öffnete mir. Als er mein Pseudonym hörte, wirkte er noch niedergeschlagener als zuvor. Er ließ mich ein – ziemlich widerstrebend, fand ich –, und nach dem üblichen Teller Bohnen mit Speck, nach schwarzem Kaffee und einem heißen Whiskey rauchte ich eine Pfeife. Bis dahin hatte der bekümmerte Mann keine drei Worte gesprochen. Jetzt machte er den Mund auf und sagte im Tonfall eines Mannes, der heimlich leidet: »Sie sind schon der vierte – ich geh weg von hier.« »Der vierte was?«, fragte ich. »Der vierte Schreiberling, der in vierundzwanzig Stunden hier gewesen ist – ich geh weg von hier.« »Was Sie nicht sagen!«, versetzte ich. »Wer waren denn die anderen?« »Mr. Longfellow, Mr. Emerson und Mr. Oliver Wendell Holmes – zum Henker mit ihnen allen!«

Sie werden mir gern glauben, dass mein Interesse erwacht war. Ich flehte ihn an – drei heiße Whiskey taten das Übrige –, und schließlich begann der schwermütige Grubenarbeiter. Er sagte:

»Die sind gestern Abend bei anbrechender Dunkelheit hier angekommen, und natürlich hab ich sie eingelassen. Sagten, sie wollten nach Yosemite. Es waren abgerissene Kerle, aber das hat nichts zu sagen; jeder, der zu Fuß reist, sieht abgerissen aus. Mr. Emerson war ein schäbiger kleiner Bursche, rothaarig. Mr. Holmes war dick wie ein Ballon, wog bestimmt hundertvierzig Kilo und hatte Doppelkinne bis hinunter zum Bauch. Mr. Longfellow war gebaut wie ein Berufsboxer. Sein Kopf geschoren und borstig, als trage er eine Perücke aus Haarbürsten. Seine Nase saß gerade in seinem Gesicht wie ein Finger, dessen letztes Glied nach oben gerichtet ist. Sie hatten getrunken; das konnte ich sehen. Und was für komisches Zeug sie daherschwatzten! Mr. Holmes besichtigte meine Hütte, fasste mich beim Knopfloch und sagt:

Durch die tiefen Höhlen des Gedankens
  Hör ich eine Stimme, welche singt;
Erbaue dir mehr prächt'ge Villen,
  O meine Seele!

Sag ich: ›Das kann ich mir nicht leisten, Mr. Holmes, und außerdem will ich es nicht.‹ Kein Wunder, dass mir das gar nicht gefiel, noch dazu von einem Fremden. Jedenfalls holte ich gerade meine Bohnen mit Speck, als Mr. Emerson kam und eine Weile zusah, und dann fasst *er* mich beim Knopfloch und sagt:

Gebt mir Achate für mein Mahl,
Gebt Kanthariden sonder Zahl,
Aus Luft und Meer was für den Magen,
Aus allen Zonen und Höhenlagen.

Sag ich: ›Mr. Emerson, wenn Sie entschuldigen, das hier ist kein Hotel.‹ Verstehen Sie, es hat mich doch geärgert – den Umgang mit literarischen Gecken bin ich nicht gewohnt. Aber ich schwitzte weiter über meiner Arbeit, und als Nächster kommt Mr. Longfellow, fasst mich beim Knopfloch und unterbricht mich. Er sagt:

Ehre sei dem Mudjekeewis!
Höret nun, wie Pau-Puk-Keewis –

Aber ich fiel ihm in die Rede und sagte: ›Ich bitte um Vergebung, Mr. Longfellow, aber wenn Sie so freundlich wären, fünf Minuten lang den Mund zu halten, damit ich das Essen zubereiten kann, würden Sie mir eine große Ehre erweisen.‹ Nun, Sir, nachdem sie sich satt gegessen hatten, stellte ich den Krug hin. Mr. Holmes betrachtet ihn, dann lodert er plötzlich auf und brüllt:

> Lasst ihn strömen, den blutroten Wein!
> Denn ich will auf andre Tage trinken.

Bei Gott, allmählich bekam ich's mit der Wut zu tun, ich will's nicht leugnen, allmählich bekam ich's mit der Wut. Ich dreh mich um zu Mr. Holmes und sag: ›Jetzt hören Sie mir mal gut zu, mein dicker Freund. In dieser Bude hab ich das Sagen, und Sie werden Whiskey pur trinken oder so sicher wie das Amen in der Kirche auf dem Trocknen sitzen.‹ Das sind genau die Worte, die ich zu ihm gesagt hab. Ich wollte ja nicht frech sein zu so berühmten Schreiberlingen, aber verstehen Sie, die haben mir keine andere Wahl gelassen. Ich hab nichts Unverschämtes an mir; ich hab auch nichts dagegen, dass mir 'ne Schar Gäste drei-, viermal auf'n Schwanz tritt, aber was andres ist's, wenn sie auf dem Schwanz *stehen bleiben,* ›so sicher wie das Amen in der Kirche‹, sag ich, ›werden Sie Whiskey pur trinken oder auf dem Trocknen sitzen‹. Nun, zwischen einem Glas und dem nächsten stolzieren sie in der Hütte rum, werfen sich in Pose und palavern. Sagt Mr. Longfellow:

> Dies ist der Urwald der Urzeit.

Sagt Mr. Emerson:

> Einst standen die bedrängten Farmer hier
> Und feuerten den Schuss, der um den Erdball ging.

Sag ich: ›Oh, schmähen Sie die Örtlichkeiten, soviel Sie wollen – es kostet keinen Cent.‹ Nun, sie tranken weiter, und ziemlich bald holten sie ein schmieriges altes Kartenspiel hervor und spielten Euchre für zehn Cent pro Runde – auf Treu und Glauben. Mir fielen einige ziemlich verdächtige Vorgänge auf. Mr. Emerson gab, betrachtete sein Blatt, schüttelte den Kopf und sagt:

Ich bin der Zweifler und der Zweifel –

sammelte die Karten ruhig wieder ein und mischte sie von Neuem. Sagt er:

Wer mich auslässt, der verschätzt sich;
Der kennt nicht meine schlaue Art.
Ich passe und geb *noch mal* aus.

Ich will gehängt sein, wenn er nicht genau das tat. Oh, das war vielleicht ein Dreister! Nun, nach etwa 'ner Minute stand die Sache ziemlich knapp, aber plötzlich seh ich in Mr. Emersons Augen, dass er glaubte, sie am Wickel zu haben. Er hatte zwei Stiche gewonnen, und die beiden andern je einen. Da hebt er sich 'n bisschen von seinem Stuhl, sagt:

Ich hab genug von Globen, Assen,
Zu lange wird das Spiel gespielt!

und zieht 'nen rechten Bauern. Mr. Longfellow lächelt honigsüß und sagt:

Danke, dank dir, werter Freund,
Für die Lehre, die du mir erteilt.

Und ich will verdammt sein, wenn er nicht 'nen *andern* rechten Bauern abwarf. Nun, Sir, Holmes springt auf, wie immer mit Kriegsgebrüll, und sagt:

Gott steh ihnen bei, wenn Stürme
Kiefern gegen Palmen peitschen!

und ich will zur Hölle fahren, wenn er nicht 'nen *andern* rechten Bauern in die Mitte warf! Emerson legte die Hand auf sein Jagdmesser, Longfellow die seine auf seinen Revolver, und ich kroch unter eine Schlafkoje. Es würde Zoff geben; aber der grässliche Holmes stand auf, wackelte mit seinen Doppelkinnen und sagte: ›Zur Ordnung, Gentlemen; der Erste, der seine Waffe zieht, den werd ich erdrücken und ersticken.‹ Alles ruhig auf dem Potomac, darauf können Sie wetten!

Inzwischen waren sie ziemlich wie-kommt's-denn-nur und fingen an, sich aufzublasen. Sagt Emerson: ›Das Flotteste, was ich je geschrieben habe, war *Barbara Frietchie.*‹ Sagt Longfellow: ›An meine *Biglow Papers* reicht die nicht heran.‹ Sagt Holmes: ›Mein *Thanatopsis* überbietet alle beide.‹ Um ein Haar wär's zu 'ner Prügelei gekommen. Dann wünschten sie sich mehr Gesellschaft – und Mr. Emerson zeigt auf mich und sagt:

Der ärmliche Bauer dort ist alles,
Was diese stolze Schul' hervorgebracht?

Er wetzte sein Jagdmesser an seinem Stiefel – also ließ ich es durchgehen. Nun, Sir, als Nächstes verfielen sie auf die Idee, Musik hören zu wollen; ich musste mich hinstellen und *When Johnny Comes Marching Home* singen, bis ich umfiel – heute Morgen dreizehn Minuten nach vier. Das alles musste *ich* durchmachen, mein Freund. Als ich um sieben aufwachte, waren sie Gott sei Dank im Aufbruch begriffen, und Mr. Longfellow hatte meine einzigen Stiefel an und seine eignen unterm Arm. Sag ich: ›Warten Sie, Evangeline, was wollen Sie denn mit *denen*?‹ Sagt er: ›Spuren hinterlassen, denn –

Das Leben großer Männer mahnt uns klar,
Uns ist ein Leben voll Erhabenheit
Beschieden; scheidend hinterlassen wir
Die eignen Spuren auf dem Sand der Zeit.‹

Wie gesagt, Mr. Twain, Sie sind der vierte in vierundzwanzig Stunden – und ich geh weg von hier; ich eigne mich nicht für 'ne literarische Atmosphäre.«

Ich sagte zu dem Grubenarbeiter: »Nun, mein lieber Sir, das waren nicht die kultivierten Sänger, denen wir und die Welt liebevolle Achtung und Ehrerbietung erweisen; das waren Hochstapler.«

Der Grubenarbeiter musterte mich eine Weile mit ruhigem Blick; dann sagte er: »Ach, Hochstapler waren das? Und *Sie*?«

Ich verfolgte das Thema nicht weiter; und seitdem bin ich nicht oft genug unter meinem Decknamen gereist, um jemanden zu kränken. Dies war die Reminiszenz, die ich beisteuern wollte, Herr Vorsitzender. In meiner Begeisterung mag ich die

Einzelheiten ein wenig übertrieben haben, aber Sie werden mir diesen Fehler mühelos nachsehen, da es, glaube ich, das erste Mal ist, dass ich bei einem solchen Anlass von den harten Tatsachen abgewichen bin.«

Was ich Mrs. Hudson schrieb, ist wahr. Ein, zwei Jahre lang litt ich unter der großen Blamage jener Episode. Aber schließlich, 1878, begegneten meine Frau und ich in Venedig Mr. und Mrs. A. P. Chamberlaine aus Concord, Massachusetts, und es begann eine Freundschaft von der Art, die nur mit dem Tod endet. Die Chamberlaines waren sehr aufgeweckte Leute und in jeder Hinsicht reizend und gesellig. Gemeinsam verbrachten wir ein oder zwei Monate in Venedig und danach mehrere Monate in Rom, und eines Tages kam mein bedauerlicher Fauxpas zur Sprache. Ich wollte den Leuten schon den Kopf waschen, weil sie mich an den Vorfall erinnert hatten, wo es mir doch beinahe gelungen war, ihn aus meinem Gedächtnis zu löschen, da stellte ich zu meiner Freude fest, dass die Chamberlaines sich über die Art empörten, wie mein Auftritt in Boston aufgenommen worden war. Freien Lauf ließen sie ihrer Meinung über die frostige Haltung der Leute, die bei dem Auftritt zugegen waren, und über die Position der Bostoner Zeitungen in dieser Angelegenheit. Diese Position lautete, ich sei unglaublich, unvorstellbar respektlos gewesen. Nun gut, das hatte ich ein, zwei Jahre lang als Tatsache akzeptiert und mich überaus elend gefühlt, wann immer ich daran dachte – was, wenn ich es verhindern konnte, nicht häufig geschah. Wann immer ich daran dachte, fragte ich mich, wie ich mich hatte dazu hinreißen lassen können, etwas so Ruchloses zu tun. Nun, die Chamberlaines trösteten mich, konnten mich jedoch nicht dazu bringen, weiter über diese unglückliche Episode nachzudenken. Es widerstrebte mir. Ich versuchte, sie zu vergessen, sie zu tilgen, und das gelang mir auch. Bis neulich Mrs. Hudsons Brief eintraf, waren gute fünfundzwanzig Jahre vergangen, seit ich zuletzt an die Angelegenheit gedacht hatte; und als sie sagte, der Vortrag sei komisch gewesen, überlegte ich, ob sie vielleicht recht haben könnte. Jedenfalls war meine Neugier geweckt, und wie oben dargelegt, wandte ich mich nach Boston und ließ den ganzen Artikel abschreiben.

Ich erinnere mich vage an ein paar Einzelheiten jener Zusammenkunft –

undeutlich sehe ich hundert, nein, vielleicht fünfzig Leute vor mir, schemenhafte Gestalten, die an Tischen sitzen und speisen, inzwischen Gespenster für mich und auf immer namenlos. Ich weiß nicht mehr, wer sie waren, doch am Ehrentisch, uns anderen gegenüber, sehe ich noch immer klar umrissen vor mir: Mr. Emerson, übernatürlich ernst und ohne zu lächeln; Mr. Whittier, würdig, liebenswert, mit einem Gesicht, aus dem sein schöner Geist leuchtet – ein Quäker, aber freundlich und angenehm; Mr. Longfellow mit seinem seidigen weißen Haar und seinem gütigen Gesicht; Dr. Oliver Wendell Holmes, der in alle Richtungen Freundlichkeit, Zuneigung und Kameradschaft aufblitzen lässt wie ein rosa Diamant, dessen Facetten erst so, dann so herum gegen das Licht gehalten werden – ein entzückender Mann und stets faszinierend, ob er nun sprach oder still dasaß (was *er* so still sitzen nennt, was für andere Leute jedoch mehr oder weniger Bewegung wäre). Über den Abgrund der Zeit hinweg sehe ich diese Gestalten mit großer Klarheit.

Ein weiteres Faktum ist klar – Willie Winter (seit tausend Jahren Theaterredakteur der *New York Tribune* und im hohen Alter noch immer in dieser Position) war da. Damals war er viel jünger als jetzt, und sein Aussehen entsprach seinem Alter. Es hat mir stets Vergnügen bereitet, Willie Winter bei einem Bankett zu sehen. Im Laufe von zwanzig Jahren habe ich nur selten einem Bankett beigewohnt, bei dem nicht auch Willie Winter anwesend war und ein reizendes, für diesen Anlass geschriebenes Gedicht vortrug. Das tat er auch diesmal, und es wurde den Anforderungen gerecht. Seine Lyrik war nie kraftvoll, sondern geschmeidig, wogend, elegant, unbeschwert und voll ausgesuchter Wendungen, man lauschte ihr ebenso gern wie Musik – und er liebte es, diese Gelegenheitsgedichte zu rezitieren, mit einer Liebe, die unbegreiflich war. Seine Freude am eigenen Vortrag war offensichtlich, das Gefallen, das er daran fand, vollkommen unschuldig. Seine harmlose Bewunderung für die eigenen Gedichte, seine formvollendete Art, sie vorzutragen – all das war schön mit anzusehen. Zuweilen hielt er eine äußerst lange Rede aus dem Gedächtnis, exquisit formuliert, makellos strukturiert, und doch klang sie genau so, als strömte sie unvorbereitet aus Herz und Hirn. Er war ein glänzender Rezitator seiner Poesie wie seiner Prosa, und in beiden Fällen war es Musik. Wenn er auf der Liste der Vortragenden ganz unten stand, war sein Vortrag zwei- oder dreimal so viel wert, wie wenn er dazu auserkoren war, die Arena früher zu betreten, denn wenn er etwas weiter unten auf der Liste stand, bekam er Gelegenheit, einen Fingerhut Champagner zu trinken, und mehr brauchte Willie Winter nicht. Ich sehe ihn so klar vor mir: seine kleine, eindringlich vorgebeugte Gestalt, sein Gesicht, das vor Beseeltheit glühte – teils aufgrund seiner Lyrik, teils aufgrund des Fingerhuts Champagner. Er warf ein, zwei elegante Zeilen in den Raum, dann blickte er hierhin, dorthin und anderswohin, um Beifall einzuheimsen; und in der Zwischenzeit tat er etwas – nicht, dass er spuckte, das wäre unfein –, doch er tat, was jemand tut, der reichlich mit Champagner angefüllt ist, wenn er glaubt, den Mund voll roher Baumwolle zu haben und diese loswerden zu müssen. Das tat er die ganze Zeit hindurch, während er rezitierte, und war der glücklichste Mensch der Welt. Und bei dem besonderen Anlass, von dem ich spreche, war er reizend. Es war schön, ihm zuzusehen, und ich wünschte, er wäre betrunkener gewesen. Er holte aus dem Fingerhut Champagner so viel Wirkung heraus, dass ich mich fragte, was geschehen würde, wenn er einen ganzen Kübel davon getrunken hätte.

An dieser Stelle endet alles, was an jener denkwürdigen Feier zu Mr. Whittiers siebzigstem Geburtstag vergnüglich war – denn an dieser Stelle stand *ich* auf und folgte Winter mit dem Glanzstück des Abends, wie ich wohl vermutet haben muss – der lustigen Rede, die ich weiter oben aus der Bostoner Zeitung zitiert habe. Ich hatte sie am Vortag ausgearbeitet und vollkommen auswendig gelernt, und so erhob ich mich, wie immer leutselig, unbeschwert, selbstzufrieden und ungezwungen, und begann sie vorzutragen. Jene hoheitsvollen Gäste, diese Reihe verehrungswürdiger und noch immer tätiger Vulkane, lauschten wie jeder andere im Saal mit wachem Interesse. Nun, ich entledigte mich der – sagen wir – ersten zweihundert Wörter meiner Ansprache. Von diesem Teil der Rede erhoffte ich mir keinen Ertrag, aber bei dem Rest war der Fall anders gelagert. Jetzt kam ich zu dem Dialog: »Der alte Grubenarbeiter sagte: ›Sie sind schon der vierte – ich geh weg von hier.‹ ›Der vierte was?‹, fragte ich. Er antwortete: ›Der vierte Schreiberling, der in vierundzwanzig Stunden hier gewesen ist. Ich geh weg von hier.‹

›Was Sie nicht sagen!‹, versetzte ich. ›Wer waren denn die anderen?‹ ›Mr. Longfellow, Mr. Emerson, Mr. Oliver Wendell Holmes, zum Henker mit ihnen allen!‹« –

Die *Aufmerksamkeit* des Saals war mir noch immer sicher, doch der Ausdruck von Interesse in den Gesichtern verwandelte sich in eine Art schwarzen Frost. Ich überlegte, was hier gerade schieflief. Ich wusste es nicht. Ich redete weiter, allerdings nur noch mit Mühe – ich schleppte mich fort und gelangte zu der fürchterlichen Beschreibung des falschen Emerson, des falschen Holmes, des falschen Longfellow durch den Grubenarbeiter, immer in der Hoffnung – einer allmählich schwindenden Hoffnung –, jemand würde lachen oder wenigstens lächeln, doch niemand tat es. Ich war zu unerfahren, um aufzugeben und mich hinzusetzen, das Reden in der Öffentlichkeit war noch zu neu für mich, und so fuhr ich mit meinem schrecklichen Vortrag fort und brachte ihn zu Ende, und das vor einer Ansammlung von Menschen, die vor Entsetzen wie versteinert dasaßen. Es war derselbe Gesichtsausdruck, den sie aufgesetzt hätten, wenn ich meine Bemerkungen über Gottvater und den Rest der Dreifaltigkeit gemacht hätte; der gelähmte Zustand und die totenbleichen Mienen dieser Leute lassen sich nicht mit milderen Worten beschreiben.

Als ich mich setzte, hatte mein Herz längst zu schlagen aufgehört. Nie wieder werde ich so tot sein wie damals. Nie wieder werde ich so elend sein wie damals. Im Moment spreche ich als einer, der nicht weiß, wie sich die Dinge in der nächsten Welt gestalten mögen, doch in dieser werde ich nie wieder so unglücklich sein wie damals. Howells, der in meiner Nähe saß, versuchte, ein tröstendes Wort zu finden, bekam jedoch nur ein Röcheln heraus. Es hatte keinen Sinn – er begriff das ganze Ausmaß der Katastrophe. Er hatte gute Absichten, aber seine Worte gefroren, noch bevor sie ihm über die Lippen kamen. Es war eine Atmosphäre, in der alles gefror. Wenn Benvenuto Cellinis Salamander im Saal gewesen wäre, hätte er nicht überlebt und wäre nicht in Cellinis Autobiographie aufgenommen worden. Es trat eine fürchterliche Pause ein. Es herrschte ein grauenvolles Schweigen, ein hoffnungsloses Schweigen. Dann musste sich der Nächste auf der Liste erheben – es ließ sich nicht ändern. Das war Bishop. Bishop, inzwischen vergessen, war wie aus dem Nichts aufgetaucht – mit einem sehr annehmbaren Roman, den das *Atlantic Monthly* veröffentlicht hatte, eine Zeitschrift, die jeden Roman respektabel und jeden Autor bemerkenswert machen würde. In diesem Falle wurde der Roman selbst als respektabel angesehen, auch ohne äußeres Zutun. Bishop stand hoch in der Gunst der Öffentlichkeit und war Gegenstand größten Interesses, infolgedessen lag eine Art nationaler Erwartung in der Luft; man könnte sagen, von Maine bis Texas und von Alaska bis Florida standen unsere amerikanischen Millionen mit angehaltenem Atem und geöffneten Lippen da, die Hände zum Klatschen bereit, sollte sich Bishop bei dieser Gelegenheit erheben und zum ersten Mal in seinem Leben in der Öffentlichkeit sprechen. Unter diesen abträglichen Umständen erhob er sich, um die Sache »wiedergutzumachen«, wie der Pöbel sagt. Ich hatte früher schon mehrere Male gesprochen, deshalb konnte ich meine Bahn fortsetzen, ohne zu sterben, was ich hätte tun sollen – Bishop dagegen hatte keine Erfahrung. Er stand da und sah sich diesen grausigen Gottheiten gegenüber – diesen anderen Leuten, diesen Fremden –, sah sich zum ersten Mal in seinem Leben Menschen aus Fleisch und Blut gegenüber und musste eine Rede halten. Ohne Zweifel war sie gut in seinem Gedächtnis verankert, ohne Zweifel frisch und brauchbar gewesen, bis man mich gehört hatte. Vermutlich verkümmerte sie danach unter dem erstickenden Sargtuch jenes düsteren Schweigens und verschwand aus seinem Kopf wie die letzten Schleier, die sich vom Rand eines Nebelfelds lösen, und gleich darauf gibt es keinen Nebel mehr. Er redete nicht weiter – er hielt sich nicht lange. Es dauerte nur wenige Sätze, bis er zu zögern, zu stocken, den Halt zu verlieren und zu wanken und schwanken begann, und schließlich sackte er zu einem schlaffen, matschigen Häuflein zusammen.

Nun, wahrscheinlich war das Programm für den Abend zu nicht mehr als einem Drittel absolviert, doch an dieser Stelle endete es. Niemand stand auf. Der nächste Redner hatte nicht mehr die Kraft, sich zu erheben, und jeder wirkte so verstört, bestürzt und erstarrt, dass es unmöglich war, irgendetwas zu tun oder es auch nur zu versuchen. In dieser seltsamen Atmosphäre kam alles zum Erliegen. Howells schloss sich traurig und wortlos Bishop und mir an und geleitete uns aus dem Saal. Das war sehr freundlich – er war sehr großmütig. Er schleppte uns torkelnd in einen anderen Raum des Gebäudes, und dort setzten wir uns hin. Ich weiß nicht mehr, was für eine Bemerkung ich machte, aber an ihre Essenz erinnere ich mich noch. Es war eine Bemerkung von der Art, die Sie machen, wenn Sie wissen, dass nichts in der Welt Ihrer Sache helfen kann. Aber Howells war aufrichtig – er *musste* die herzzerreißenden Dinge sagen, die er sagte: dass es für diese Kalamität, diesen Schiffbruch, diese Katastrophe keine Abhilfe gebe; dass es der verhängnisvollste Vorfall sei, der sich je im Leben eines Menschen ereignet habe – und dann fügte er hinzu: »Das heißt verhängnisvoll für *Sie* – bedenken Sie, was Sie bei Bishop angerichtet haben. In Ihrem Fall ist es schlimm genug, Sie verdienen es, zu leiden. Sie haben das Verbrechen begangen und verdienen Ihre gerechte Strafe. Aber hier ist ein unschuldiger Mann. Bishop hat Ihnen nie etwas zuleide getan, und schauen Sie, was Sie ihm angetan haben. Er kann seinen Kopf nie wieder hochhalten. Die Welt kann Bishop nie wieder als lebende Person betrachten. Er ist ein Leichnam.«

Das ist der Verlauf jener Episode von vor achtundzwanzig Jahren, die mich, wann immer sie sich meiner Erinnerung aufdrängte, in den ein, zwei Jahren danach vor lauter Beschämung fast umgebracht hätte.

Nun denn, ich nehme die Rede zur Hand und prüfe sie. Wie gesagt, sie traf heute Morgen aus Boston ein. Ich habe sie zweimal gelesen, und sofern ich kein Idiot bin, weist sie vom ersten bis zum letzten Wort nicht einen einzigen Mangel auf. Sie ist so gut, wie sie nur sein kann. Sie ist elegant; sie ist humorgesättigt. Nirgends findet sich auch nur ein Hauch von Derbheit oder Gemeinheit. Was war nur mit den Zuhörern los gewesen? Es ist erstaunlich, es ist unglaublich, dass sie nicht vor Lachen brüllten und jene Gottheiten am lautesten von allen. Lag der Fehler bei mir? Verlor ich den Mut, als ich die großen Männer vor mir sah, die ich auf so sonderbare Weise charakterisieren würde? Falls dem so war, falls ich Zweifel zeigte, könnte das die Erklärung sein, denn man kann nicht wirkungsvoll komisch sein, wenn man zeigt, dass man Angst davor hat. Nun, ich kann es mir nicht erklären, aber wenn ich jene geliebten und verehrten alten literarischen Unsterblichen jetzt hier auf dem Podium der Carnegie Hall hätte, würde ich dieselbe alte Rede nehmen, sie Wort für Wort noch einmal halten, bis die Zuhörer dahinschmelzen und die Bühne stürmen. Ach, der Fehler muss bei *mir* gelegen haben, in der Rede selbst findet er sich nicht.

Ganz Boston erschauderte mehrere Tage lang. Alle Fröhlichkeit, alle Lustbarkeit versiegte; selbst die Begräbnisse verloren ihre Lebhaftigkeit. Nie hatte es in Boston eine so schreckliche Zeit gegeben. Nicht einmal das Massaker hatte die gleiche Wirkung hervorgebracht, auch nicht die Episode um Anthony Burns oder sonst irgendeine Feierlichkeit in der Geschichte Bostons. Aber ich bin froh, dass jene Dame die Rede, an die ich andernfalls vermutlich nie wieder gedacht hätte, erwähnt hat, denn jetzt werde ich sie einer Prüfung unterziehen und herausfinden, ob es Boston war oder ich selbst, die an Mr. Bishops traurigem Leichenbegängnis Schuld hatten; denn nächsten Sommer werde ich, mit der maschinengeschriebenen alten Rede in der Hand, aus den Bergen von New Hampshire kommen und vor den geballten Intellekt Bostons – den Twentieth Century Club – treten, und ohne zu verraten, worüber ich zu sprechen um Erlaubnis bitte, werde ich dieser unvoreingenommenen Jury die uralten Tatsachen vorlegen, die Rede verlesen und das Ergebnis abwarten. Wenn sie nicht lachen und staunen, werde ich auf der Stelle Selbstmord verüben. Das kann ich ebenso gut an diesem wie an jedem anderen Ort tun; und ein Zeitpunkt ist mir genauso recht wie ein anderer.

12. Januar 1906

Das Gespräch über Mr. Whittiers siebzigsten Geburtstag erinnert mich daran, dass kürzlich mein eigener siebzigster anstand – will sagen, er stand am 30. November an, doch an diesem Tag konnte Colonel Harvey ihn nicht feiern, denn der Präsident war ihm zuvorgekommen und hatte diesen Tag zum Thanksgiving Day erkoren, einem Feiertag, der vor zwei, drei Jahrhunderten von Neuengland ausgegangen war, als die Leute dort erkannten, dass sie – jährlich, nicht öfter – allen Grund hatten, dankbar zu sein, wenn es ihnen gelungen war, in den letzten zwölf Monaten ihre Nachbarn, die Indianer, auszurotten, statt von ihren Nachbarn, den Indianern, ausgerottet zu werden. Thanksgiving Day wurde zur Gewohnheit aus dem einfachen

Grund, weil man im Laufe der Zeit merkte, dass das Ausrotten aufgehört hatte, eine gegenseitige Angelegenheit zu sein, und ausschließlich von Seiten des weißen Mannes erfolgte, folglich von Seiten des Herrn, und folglich war es nur recht und billig, dem Herrn dafür zu danken und ihm die üblichen jährlichen Komplimente darzubringen. Der ursprüngliche Grund für einen Thanksgiving Day besteht längst nicht mehr – die Indianer sind vollständig und zufriedenstellend ausgerottet und die Rechnung im Himmel mit gebührendem Dank beglichen. Doch der Thanksgiving Day ist uns aus alter Gewohnheit erhalten geblieben, und jedes Jahr im November stellen sich der Präsident der Vereinigten Staaten und die Gouverneure sämtlicher Einzelstaaten und Territorien die Aufgabe, etwas anzupreisen, wofür man dankbar sein sollte, und dann hüllen sie diesen Dank in ein paar knappe und pietätvolle Phrasen in Form einer Proklamation, und die wird von allen Kanzeln im Land verlesen, das nationale Gewissen ist mit einem Wisch gereinigt, und die Sünde wird beim alten Stand fortgesetzt.

Der Präsident und die Gouverneure wollten meinen Geburtstag – den 30. November – als Thanksgiving Day haben, und das bedeutete große Unannehmlichkeiten für Colonel Harvey, der aufwendige Vorbereitungen für ein Bankett an diesem Tag getroffen hatte, für ein Bankett zu meinen Ehren und zur Feier der Tatsache, dass ich, *seinem* Urteil nach, zum siebzigsten Mal dem Galgen entronnen war – einer Tatsache, die er mit Wohlwollen bedachte und mit Vergnügen betrachtete, da er mein Verleger ist und kommerzielle Interessen verfolgt. Er reiste nach Washington, um den Präsidenten zu bewegen, einen anderen Tag für die nationale Danksagung auszuwählen, und ich versah ihn mit Argumenten, die ich für schlüssig und schlagkräftig hielt, Argumenten, die den Präsidenten überreden sollten, den Thanksgiving Day um ein ganzes Jahr zu verschieben – mit der Begründung, dass in den letzten zwölf Monaten nichts geschehen sei außer mehreren grausamen und unentschuldbaren Kriegen, dem alljährlichen Gemetzel und Geraube König Leopolds von Belgien im Kongo zusammen mit den Enthüllungen über die Versicherungen in New York, die zu beweisen schienen, dass, wenn es in den Vereinigten Staaten überhaupt noch einen ehrlichen Menschen gab, dann den, dessen siebzigsten Geburtstag wir feiern wollten. Indes kehrte der Colonel erfolglos zurück und verschob meine Geburtstagsfeier auf den 5. Dezember.

An diesem siebzigsten vergnügte ich mich doppelt so gut wie an Mr. Whittiers siebzigstem achtundzwanzig Jahre zuvor. In der Rede, die ich hielt, verheimlichte ich viele Tatsachen. Ich rechnete damit, dass jeder zu 95 Prozent Abstriche an diesen Tatsachen machen würde, und das geschah vermutlich auch. Es beunruhigt mich nicht weiter, ich bin es gewohnt, dass man an meinen Aussagen Abstriche macht. Meine Mutter hatte damit angefangen, noch bevor ich sieben Jahre alt war. Doch mein ganzes Leben hindurch haben meine Tatsachen ein Substrat Wahrheit enthalten, weshalb sie nicht ohne Kostbarkeit waren. Jeder, der mich kennt, weiß, wie er meinen Durchschnittswert herausfindet, und deshalb weiß er auch, wie er an das Juwel irgendeiner meiner Tatsachen gelangen und es aus dem blauen Lehm des Erdreichs herauslösen kann. Meine Mutter beherrschte diese Kunst. Als ich sieben, acht, zehn oder zwölf Jahre alt war – so ungefähr –, sagte eine Nachbarin zu ihr: »Glauben Sie auch nur irgendetwas, was der Bengel sagt?« Meine Mutter antwortete: »Er ist die Quelle der Wahrheit, aber man kann mit *einem* Eimer nicht die ganze Quelle ausschöpfen« – und fügte hinzu: »Ich kenne seinen Durchschnittswert, insofern belügt er mich nie. Ich mache zu dreißig Prozent Abstriche von wegen der Ausschmückungen, aber der Rest ist die vollkommene, unschätzbare, ungetrübte Wahrheit.«

Um jetzt vierzig Jahre zu überspringen, ohne die Verbindung zu zerreißen: Als ich fünfzig Jahre alt war, wurde das Wort »Ausschmückungen«, in meiner Gegenwart und auf mich bezogen, abermals verwendet, und zwar eines Abends im Haus des Reverend Frank Goodwin in Hartford anlässlich einer Zusammenkunft des Monday Evening Club. Den Monday Evening Club gibt es heute noch. Er wurde vor etwa fünfundvierzig Jahren von dem theologischen Giganten Rev. Dr. Bushnell und einigen seiner Kameraden gegründet, Männern von großem intellektuellem Kaliber und mehr oder minder hohem lokalem oder nationalem Rang. Ich wurde im Herbst 1871 aufgenommen und war von da an aktives Mitglied, bis ich Hartford im Sommer 1891 verließ. Damals war die Zahl der Mitglieder auf achtzehn, vielleicht zwanzig begrenzt. Die Zusammenkünfte begannen um den 1. Oktober und wurden durch die kalten Monate bis zum 1. Mai alle vierzehn Tage in den Privathäusern der Mitglieder abgehalten. Gewöhnlich waren ein Dutzend Mitglieder anwesend – manchmal auch fünfzehn. Es gab einen Essay und eine Diskussion. Die Essayisten lösten einander die ganze Saison in alphabetischer Reihenfolge ab. Der Essayist konnte sein Thema frei wählen und zwanzig Minuten darüber sprechen, je nach Vorliebe mit Manuskript oder aus dem Stegreif. Daran schloss sich die Diskussion an, und jedes anwesende Mitglied durfte zehn Minuten seine Ansichten äußern. Die Ehefrauen der Mitglieder waren stets zugegen. Das war ihr Vorrecht. Ein weiteres Vorrecht bestand darin, zu schweigen; es war ihnen nicht erlaubt, irgendein Licht auf die Diskussion zu werfen. Nach der Diskussion gab es ein kleines Abendessen, Gespräche und Zigarren. Das Abendessen begann pünktlich um zehn Uhr, und um Mitternacht brachen die Gäste auf und verschwanden. So der Ablauf, mit einer Ausnahme. In meiner Geburtstagsrede kürzlich bemerkte ich, dass ich mir stets billige Zigarren gekauft habe, und das stimmt auch. Ich habe mir nie teure gekauft, und immer wenn ich zu einem reichen Mann zum Abendessen gehe, habe ich zum Schutz gegen seine teuren Zigarren heimlich billige bei mir. In meinem Haus gibt es genügend teure Havanna-Zigarren, um einen beträchtlichen Zigarrenhandel zu betreiben, doch keine einzige habe ich selbst gekauft – ich bezweifle sogar, dass ich jemals eine davon geraucht habe. Es sind Weihnachtsgeschenke wohlhabender, aber unkundiger Freunde, die lange Jahre zurückreichen. Neulich fand ich zwei Handvoll von J. Pierpont Morgans Zigarren, die mir vor drei Jahren sein spezieller Freund, der inzwischen verstorbene William E. Dodge, geschenkt hatte, als ich eines Abends bei ihm zum Abendessen eingeladen war. Mr. Dodge rauchte nicht, und so nahm er an, es seien vorzügliche Zigarren, da sie eigens für Mr. Morgan in Havanna aus ganz bestimmtem Tabak gefertigt waren und $ 1,66 das Stück kosteten. Wann immer ich eine Zigarre kaufe, die sechs Cent kostet, werde ich argwöhnisch. Wenn sie viereinviertel oder fünf Cent kostet, rauche ich sie mit Zuversicht. Ich nahm diese kostbaren Zigarren mit nach Hause, nachdem ich eine in Mr. Dodges Haus geraucht hatte, um zu demonstrieren, dass ich keine Feindseligkeit gegen sie hegte, und seitdem liegen sie dort. Sie locken mich nicht. Ich warte darauf, dass jemand vorbeischaut, dessen Mangel an Bildung es ihm ermöglicht, sie zu rauchen und zu genießen.

Nun, wie gesagt, an diesem Clubabend kam George, unser farbiger Butler, zu mir, als das Abendessen fast zu Ende war, und ich bemerkte, dass er blass aussah. Normalerweise war seine Gesichtsfarbe ein klares Schwarz und sehr ansehnlich, jetzt aber hatte sie sich zu einem alten Bernsteingelb verändert. Er sagte:

»Mr. Clemens, was sollen wir tun? Bis auf diese alten langen, dünnen Wheelings ist keine Zigarre im Haus. Außer Ihnen raucht die keiner. Die töten ja aus dreißig Meter Entfernung. Um zu telefonieren, ist's zu spät – aus der Stadt kriegen wir keine Zigarren mehr –, was können wir tun? Ist's nicht das Beste, nichts zu sagen und so zu tun, als hätten wir nicht daran gedacht?«

»Nein«, sagte ich, »das wäre nicht ehrlich. Hol die langen, dünnen.« Was er tat.

Den »langen, dünnen« war ich ein paar Tage oder eine Woche zuvor begegnet. Seit Jahren hatte ich keine »langen, dünnen« mehr gesehen. Als ich Ende der Fünfziger ein junger Lotse auf dem Mississippi war, galt ihnen meine große Vorliebe, denn nicht nur waren sie – in meinen Augen – tadellos, sondern man konnte einen ganzen Korb voll für einen Cent bekommen – oder für einen Dime, Cent benutzte man damals noch nicht. Als ich sie in Hartford annonciert sah, bestellte ich sofort tausend Stück. Sie wurden mir in ramponierten und anrüchig aussehenden alten quadratischen Pappkartons zugeschickt, zweihundert pro Karton. George brachte einen Karton, der von allen Seiten eingedrückt war und denkbar schlecht aussah, und begann die Zigarren herumzureichen. Bis zu diesem Augenblick war die Unterhaltung außerordentlich lebhaft gewesen – jetzt aber breitete sich Frost über die Gesellschaft aus. Allerdings nicht mit einem Mal, vielmehr fiel der Frost auf jeden Mann in dem Moment, als er eine Zigarre nahm und sie in die Luft hielt – und da brach sein Satz in der Mitte ab. So ging es einmal um den ganzen Tisch herum, bis George sein Verbrechen durchgeführt hatte und das ganze Zimmer in dichtes feierliches Schweigen gehüllt war.

Jetzt begannen die Männer die Zigarren anzuzünden. Rev. Dr. Parker war der Erste. Er nahm drei, vier heroische Züge – dann gab er auf. Er erhob sich mit der Bemerkung, er müsse ans Krankenbett eines im Sterben liegenden Gemeindemitglieds, was, wie ich wusste, eine Lüge war, denn wenn es der Wahrheit entsprochen hätte, wäre er schon früher aufgebrochen. Er ging hinaus. Als Nächster kam Rev. Dr. Burton an die Reihe. Er nahm nur einen Zug und folgte Parker. Er suchte einen Vorwand, und am Klang seiner Stimme merkte man, dass er von seinem eigenen Vorwand nicht viel hielt und sich über Parker ärgerte, weil dieser ihm mit einem sterbenden Klienten zuvorgekommen war. Es folgte Rev. Mr. Twichell mit einer guten, zünftigen Ausrede – an der war nichts dran, und er erwartete auch gar nicht, dass jemand etwas daran fand, aber bis zum heutigen Tag ist Twichell mehr oder weniger aufrichtig gewesen, und es kostete ihn nichts, zu sagen, er müsse jetzt gehen, wenn er den Mitternachtszug nach Boston noch erreichen wolle. Boston war der erstbeste Ort, der ihm in den Sinn gekommen war – er hätte auch Jerusalem gesagt, wenn es ihm eingefallen wäre.

Als sie damit begannen, Vorwände anzubringen, war es erst Viertel vor elf. Um zehn vor elf hatten alle das Haus verlassen, zweifellos beteten sie darum, dass man ihnen den Vorwand in Anbetracht der Umstände nachsehen möge. Als außer George und mir niemand mehr übrig war, hatte ich gute Laune – ich verspürte keinerlei Gewissensbisse, keinerlei Reue. George dagegen war sprachlos, denn Ehre und Ansehen der Familie stellte er höher als die seiner eigenen Person, und er war beschämt, dass sie jetzt besudelt waren. Ich sagte ihm, er solle zu Bett gehen und versuchen, die Sache auszuschlafen. Dann ging ich selbst zu Bett. Als George morgens beim Frühstück von Mrs. Clemens eine Tasse Kaffee entgegennahm, sah ich, wie sie in seiner Hand zitterte. Dies war mir ein Zeichen, dass er etwas auf dem Herzen hatte. Er brachte mir die Tasse und fragte eindrücklich:

»Mr. Clemens, wie weit ist es von der Haustür zum oberen Tor?«

Ich antwortete: »Hundertfünfundzwanzig Schritte.«

Er sagte: »Mr. Clemens, Sie können an der Haustür beginnen und gerade aufs obere Tor zugehen und bei jedem Schritt auf eine von diesen Zigarren treten.«

Nun, nach diesem umständlichen schrittweisen Ausflug bin ich wieder bei der Zusammenkunft des Clubs im Haus von Reverend Frank Goodwin angelangt, von der ich vorhin gesprochen habe und wo in meiner Gegenwart und auf mich bezogen dasselbe Wort fiel, das, wie erwähnt, meine Mutter fast vierzig Jahre früher verwendet hatte. Das Thema, das zur Diskussion stand, lautete Träume. Das Gespräch ging auf die übliche gelassene Art von Mund zu Mund. Der inzwischen verstorbene Charles Dudley Warner äußerte seine Ansichten auf dieselbe ruhige und angenehm flüssige Weise, die er sich in jungen Mannesjahren zugelegt hatte, als er den Anwaltsberuf erlernte. Er sprach stets angenehm, stets ruhig, stets gewählt, nie erregt, nie aggressiv, stets freundlich, stets sanft und stets mit einem geistreichen, spielerischen, unauffälligen Hauch von Humor, der in seinem Vortrag auftauchte und verschwand wie das Farbenspiel in einem Opal. Meiner Meinung nach hatte das, was er sagte, nie viel Substanz, nie viel Saft; enthielt nie etwas wirklich Wesentliches, was man davontragen und worüber man nachdenken konnte, und doch war es immer ein Vergnügen, ihm zuzuhören. Seine Kunst war immer elegant und charmant. Dann kam der inzwischen verstorbene Colonel Greene, der im Bürgerkrieg ein dekorierter Soldat gewesen war und zu der Zeit, von der ich spreche, eine gehobene Stellung in der Connecticut Mutual innehatte und auf dem Wege war, dort in Kürze Präsident zu werden, rechtzeitig in den Sielen zu sterben und einen untadeligen Ruf zu hinterlassen, während sich die Chefs der New Yorker Versicherungsgesellschaften zur gleichen Zeit der ewigen Verdammung ihres Rufes näherten. Colonel Greene erörterte die Traumfrage auf seine übliche Art – will sagen, er begann einen Satz und führte ihn immer weiter fort, indem er hier und da, im Abstand von einem halben Meter, ein Komma einstreute, nie nach einem Wort suchte und ruhig weiterströmte wie ein Fluss ohne Riffe auf halber Uferhöhe; die Oberfläche des Vortrags war glatt wie ein Spiegel; sein Aufbau vollendet und so, wie er sprach, ohne eine Korrektur druckreif. Und als am Ende seiner zehn Minuten der Hammer fiel, setzte er genau da, wo er gerade war, einen Punkt und verstummte – und dieser Zeitpunkt war ebenso gut, wie es jeder andere in seinem zehnminütigen Satz gewesen wäre. Wenn man die Rede überdachte, stellte man fest, dass sie undeutlich mit den Meilensteinen der vielen Kommata versehen war, die er eingefügt hatte, genauso gut aber hätte weglassen können, weil sie lediglich seine Marschroute absteckten und sonst nichts. Sie lenkten die Aufmerksamkeit nicht auf die Landschaft, denn es gab keine. Seine Reden verliefen immer so – vollkommen glatt, hervorragend konstruiert; und wenn er geendet hatte, konnte keiner der Zuhörer vor Gericht gehen und bezeugen, was er gesagt hatte. Es war ein seltsamer Stil. Es war eindrucksvoll – von einem Komma zum nächsten glaubte man stets, er werde jeden Augenblick auf einen Fund stoßen, aber er tat es nie. An dem Abend jedoch, von dem ich spreche, saß der stattliche und prachtvolle Rev. Dr. Burton da und hielt den Blick von Anfang bis Ende des Satzes auf Greene gerichtet. Er sah aus wie der Ausgucker auf einem Walfänger, der Ausschau hält, wo ein Wal abgetaucht ist, und darauf wartet, dass er wieder auftaucht; und zweifellos war genau das das Bild, das Burton durch den Sinn ging, denn als Greene endlich endete, warf Burton die Hände in die Luft und rief: »Da bläst er!«

Der ältere Hamersley nahm seine zehn Minuten in Anspruch, mühelos, geruhsam, mit hübschen Wendungen und höchst unterhaltsam – und nichts anderes erwartete man von dem älteren Hamersley.

Dann nutzte sein Sohn Will Hamersley, ein junger Anwalt, heute seit vielen Jahren Richter am Obersten Gerichtshof von Connecticut, seine Chance in Sachen Träume. Und ich kann mir nichts Quälenderes vorstellen als einen Vortrag von Will Hamersley – einen Vortrag des *damaligen* Will Hamersley. Man wusste *immer* schon im Voraus, dass er auf jeden Fall etwas sagen würde – etwas, was man davontragen konnte, was man bedenken konnte, was man nicht leicht vergessen konnte. Aber man wusste auch, dass man viele Foltern erleiden musste, bevor er es herausbrachte. Er zögerte und zögerte, kam bis zur Mitte eines Satzes und suchte und suchte und suchte nach einem Wort, fand nicht das richtige, suchte erneut, fand wieder nicht das richtige, suchte weiter und weiter – und auf diese Weise fuhr er fort, bis jeder sich seinetwegen elend fühlte und hoffte, er werde rechtzeitig fündig werden, und in der Überzeugung, diesmal werde er nicht fündig werden, immer tiefer in Verzweiflung versank. Er schien sich von einem möglichen Ziel so weit zu entfernen, dass man überzeugt war, er könne die dazwischenliegende Strecke nicht zurücklegen und zum Abschluss kommen, bis seine zehn Minuten abgelaufen wären und ihn zwischen Himmel und Erde hängen ließen. Doch so sicher wie das Amen in der Kirche kam Will Hamersley vor Ablauf der zehn Minuten zu seiner Pointe, die er mit einem so runden, vollständigen, hübschen, befriedigenden und undemonstrativen Knall hervorholte, dass man sich vor Bewunderung und Dankbarkeit von seinem Sitz erhob.

Gelegentlich ergriff auch Joe Twichell das Wort. Er sprach, wie unschwer zu erkennen war, weil er etwas zu sagen hatte, und er konnte sich gut ausdrücken. Aber in der Regel sagte er nichts und trat seine zehn Minuten dem Nächsten ab – und wann immer er sie Charles E. Perkins abtrat, lief er Gefahr, von den übrigen Mitgliedern auf dem Heimweg gelyncht zu werden. Charles E. Perkins war der langweiligste Weiße in ganz Connecticut – und ist es vermutlich bis zum heutigen Tag geblieben; von einem ernsthaften Konkurrenten habe ich nicht gehört. Perkins schwafelte, schwafelte und schwafelte und verwendete dabei das alltäglichste, abgedroschenste, banalste Englisch, ohne jemals irgendeinen Gedanken mitzuteilen. Aber *er* trat seine zehn Minuten nie jemandem ab. Er nutzte sie bis zur letzten Sekunde. Danach trat immer eine kleine Pause ein – musste es auch, damit die Menge sich erholen konnte, bevor der Nächste begann. Wenn sich Perkins in seinem Vortrag ganz und gar verirrt hatte und nicht mehr wusste, wo er gerade war in seiner dümmlichen Philosophiererei, klammerte er sich an eine Anekdote, so wie sich ein Ertrinkender an einen Strohhalm klammert. Falls ein Ertrinkender das jemals tut – was ich bezweifle. Dann erzählte er von irgendeinem Erlebnis, womöglich in dem Glauben, es habe mit dem anstehenden Thema zu tun. Gemeinhin hatte es das nicht – und diesmal erzählte er von einer langen, beschwerlichen und ermüdenden Jagd an einem heißen Sommertag in den Wäldern von Maine, von einem wilden Tier, das er töten wollte, und wie er diesem Geschöpf schließlich eifrig über einen breiten Bach nachsetzte, auf dem Eis ausglitt, hinschlug und sich am Bein verletzte – woraufhin Schweigen und Verwirrung herrschten. Perkins merkte, dass etwas nicht stimmte, und dann fiel ihm auf, dass es Nonsens war, Tieren im Sommer übers Eis nachzusetzen, also wechselte er zur Theologie über. Das tat er immer. Er war fanatischer Christ und Mitglied der Kirche Joe Twichells. Joe Twichell konnte die unmöglichsten Christen um sich scharen, die sich je in einer Gemeinde versammelt haben; und für gewöhnlich hatte er neuer Diakone wegen, die das Geschäft nicht verstanden, seine Kirche nicht im Griff – die letzten Diakone hatten sich ihren Vorgängern in der Strafanstalt unten in Wethersfield zugesellt. Perkins endete immer mit einigen dezidiert frommen Ausführungen – und das taten sie eigentlich alle. Nehmen Sie den ganzen Haufen – den Haufen, der fast immer anwesend war –, und die Bemerkung trifft auf alle zu. Da war J. Hammond Trumbull, der gelehrteste Mann in den Vereinigten Staaten. Er wusste alles – alles, was je in der Welt passiert war, in allen Einzelheiten, eine Menge darüber, was passieren würde, und eine Menge darüber, was unmöglich je passieren konnte. Er war immer bestens unterrichtet, und doch wüsste man nicht, wenn ein Preis für den Mann, der die uninteressanteste zehnminütige Rede halten konnte, ausgelobt würde, ob man auf ihn oder auf Perkins setzen sollte – *er* endete mit einer Frömmelei. Henry C. Robinson – Gouverneur Henry C. Robinson –, ein brillanter Mann, ein höchst geschliffener, wirkungsvoller und eloquenter Redner, ein lockerer Redner, ein Redner, der beim Sprechen keine Klippen umschiffen musste – er endete stets mit einer Frömmelei. A. C. Dunham, ein Mann, der in seiner Sparte – das heißt in seiner Geschäftssparte – wirklich bedeutend war, ein bedeutender Fabrikant, ein risikofreudiger Mann, ein Kapitalist, ein höchst kompetenter und faszinierender Redner, ein Mann, der den Mund nie aufmachte, ohne dass ein Strom praktischer Perlen herausgequollen wäre – *er* endete stets mit einer Frömmelei –

13. Januar 1906

Der frommen Schlüsse bedienten sich auch Franklin und Johnson und möglicherweise der Rest des Clubs – ja höchstwahrscheinlich der Rest des Clubs. Doch erinnere ich mich, dass bei Franklin und Johnson dieser Schluss Gewohnheit war. Franklin war ein schroffer alter Soldat. Er war Absolvent der Militärakademie West Point und hatte meines Wissens im Mexikanischen Krieg gedient. Im Bürgerkrieg befehligte er eine der Armeen McClellans, als dieser Oberbefehlshaber war. Er war ein idealer Soldat, einfältig, gütig, freundlich, warmherzig; mit festgefügten Meinungen, Vorlieben und Vorurteilen. In politischen, religiösen und militärischen Angelegenheiten glaubte er alles, was man ihn zu glauben gelehrt hatte; er war gründlich unterwiesen in der Kriegswissenschaft – das sagte ich bereits, als ich ihn als Absolventen der Militärakademie West Point vorstellte. Auf diesem Fachgebiet wusste er alles Wissenswerte und war mit Hilfe dieses Wissens in der Lage, vernünftig zu urteilen, doch wenn er andere Themen erörterte, konnte er mit seiner Urteilskraft nicht gerade glänzen. Johnson lehrte am Trinity College und war mühelos das geistreichste Mitglied des Clubs. Doch sein schönes Licht leuchtete nicht etwa in der Öffentlichkeit, sondern in der Abgeschiedenheit des Clubs, und außerhalb von Hartford waren seine Qualitäten unbekannt.

Ich hatte schon lange unter diesen unerträglichen und unentschuldbaren Ausdünstungen unangebrachter Frömmigkeit gelitten und seit Jahren Protest dagegen einlegen wollen, gegen diesen Impuls jedoch angekämpft und ihn bis dahin noch jedes Mal bezwingen können. Diesmal aber war Perkins zu viel für mich. Er war der Tropfen, der das Fass zum Überlaufen brachte. Der Inhalt seines irrlichternden Gefasels – falls es überhaupt einen gab – lief darauf hinaus, dass an Träumen nichts dran sei. Träume resultierten lediglich aus Verdauungsstörungen – sie böten keinerlei Einsichten – seien durch und durch phantastisch, ohne Anfang, ohne logische Folgerichtigkeit und ohne klares Ende. Außer den Dummen oder Unwissenden messe ihnen in unseren Tagen niemand irgendeine Bedeutung bei. Und dann fügte er höflich und liebenswürdig hinzu, *früher* seien Träume von größter Wichtigkeit gewesen, ihnen sei die glorreiche Ehre zugefallen, vom Allmächtigen als ein Mittel eingesetzt zu werden, um denen, die Er liebte oder hasste, Anliegen, Warnungen, Befehle zu überbringen – diese Träume seien in der Heiligen Schrift niedergeschrieben; kein gescheiter Mensch bestreite ihre Glaubwürdigkeit, ihre Aussagekraft, ihre Wahrheit.

Ich folgte auf Perkins, und mit Befriedigung stelle ich fest, dass ich, so gereizt ich auch war, nicht ein harsches Wort wählte, sondern lediglich, wenn auch ohne Wärme, bemerkte, dass man diese verdammt leidigen Gebetsstunden lieber in die Dachkammer einer Kirche verlegen sollte, wo sie hingehörten. Es ist *Jahrhunderte* her, dass ich das sagte. Es liegt weit, weit,

weit zurück, so viele, viele Jahre ist es her – und doch habe ich es seitdem bereut, denn von da an bis zur letzten Zusammenkunft, an der ich teilnahm (das dürfte Anfang Frühjahr 1891 gewesen sein), wurde der fromme Schluss nie wieder eingesetzt. Nein, vielleicht gehe ich zu weit; vielleicht lege ich zu viel Wert auf meine Reue. Wenn ich von Reue gesprochen habe, dann habe ich möglicherweise nur das getan, was Leute so oft unbewusst tun, ich habe versucht, mich in ein günstiges Licht zu rücken, nachdem ich ein Bekenntnis abgelegt hatte, welches genau das mehr oder weniger schwierig macht. Nein, ich halte es für ziemlich wahrscheinlich, dass ich die Sache nie bereut habe.

Jeder konnte sehen, dass dem frommen Schluss keinerlei Bedeutung zukam, weil er ganz offensichtlich eine Routineangelegenheit war. Der Club war von einem bedeutenden Geistlichen *gegründet* worden; es zählten sich stets mehr Geistliche als gute Menschen zu den Mitgliedern. Geistliche können das Fachsimpeln nicht seinlassen, ohne in Verdacht zu geraten. Es war ganz natürlich, dass die ursprünglichen Mitglieder diese Art von Schluss für ihre Reden wählten. Ebenso natürlich war es, dass die übrigen Mitglieder, da Kirchenmitglieder, den Brauch übernahmen, ihn sich zur Gewohnheit machten und fortführten, ohne je zu merken, dass sie mit dem Herzen gar nicht dabei waren und lediglich ein Lippenbekenntnis ablegten, das für sie selbst genauso wertlos war wie für alle anderen.

Ich weiß nicht mehr, welche Ansichten über Träume ich damals vertrat. Ich weiß nicht mehr, was für Auffassungen von Träumen ich damals hatte, kann mich aber noch daran erinnern, dass ich, um einen Teil meiner Rede zu erläutern, einen Traum erzählte, und auch noch daran, dass, als ich geendet hatte, Rev. Dr. Burton jene ungläubige Bemerkung machte, welche das Wort enthielt, von dem ich nun schon sechzehn- oder siebzehnmal gesagt habe, dass meine Mutter es vierzig oder fünfzig Jahre zuvor in einem ähnlichen Zusammenhang verwendet hatte. Vermutlich war ich damit beschäftigt, die Leute glauben zu machen, dass hin und wieder, sei es durch Zufall oder auf sonstige Weise, im Geist des Träumers ein Traum erscheint, der prophetisch ist. Mein unvergesslicher Traum passierte Anfang Mai 1858. Es war ein bemerkenswerter Traum, und ich hatte ihn mehr als fünfzehn Jahre lang jedes

Jahr mehrere Male erzählt – und jetzt, hier im Club, erzählte ich ihn abermals.

1858 war ich Rudergänger an Bord der *Pennsylvania*, des schnellen und beliebten Paketboots zwischen New Orleans und St. Louis unter Kapitän Klinefelter. Von meinem Eigentümer Mr. Horace E. Bixby war ich an Mr. Brown, einen der Lotsen der *Pennsylvania,* ausgeliehen worden und hatte, glaube ich, etwa achtzehn Monate für Brown gesteuert. Dann, Anfang Mai 1858, kam eine tragische Fahrt – die letzte Fahrt dieses berühmten flinken Schaufelraddampfers. In einem meiner Bücher mit dem Titel *Alte Zeiten auf dem Mississippi* habe ich darüber berichtet. Aber es ist unwahrscheinlich, dass ich in diesem Buch von dem Traum erzählt habe. Ich werde Miss Lyon bitten nachzuschauen – aber jetzt will ich weitermachen und den Traum diktieren, und wenn sich herausstellt, dass ich ihn bereits veröffentlicht habe, kann er in den Papierkorb wandern. Ich meine, dass ich ihn unmöglich schon veröffentlicht haben kann, denn ich wollte nie, dass meine Mutter von diesem Traum erfährt, und sie lebte noch mehrere Jahre, nachdem ich den Band veröffentlicht hatte.

Meinem Bruder Henry, der zwei Jahre jünger war als ich, hatte ich eine Stelle auf der *Pennsylvania* verschafft. Es war keine einträgliche Stelle, es war nur eine Stelle mit Aussichten. Er war »Mudd«-Gehilfe. Mudd-Gehilfen bezogen kein Gehalt, standen aber zur Beförderung an. Sie konnten schon bald dritter Gehilfe, zweiter Gehilfe und schließlich Hauptgehilfe werden – das heißt Purser. Der Traum setzte ein, als Henry seit etwa drei Monaten Mudd-Gehilfe war. Wir lagen im Hafen von St. Louis. Lotsen und Steuermänner hatten während der drei Tage, die das Schiff im Hafen von St. Louis oder New Orleans lag, nichts zu tun, der Mudd-Gehilfe dagegen musste seine Arbeit im Morgengrauen antreten und im Schein von Kiefernfackeln bis in die Nacht hinein fortsetzen. Henry und ich, ohne Geld und Gehalt, hatten uns, solange wir im Hafen lagen, als Nachtgäste bei unserem Schwager Mr. Moffett einquartiert. Unsere Mahlzeiten nahmen wir an Bord ein. Nein, ich meine, *ich* wohnte im Haus, nicht Henry. Er verbrachte nur die *Abende* von neun bis elf im Haus, dann ging er zum Schiff, um für seine Frühharbeit bereit zu sein. In der Nacht des Traums brach er um elf auf und verabschiedete sich wie üblich, indem er der Familie die Hände schüttelte. Vielleicht sollte ich erwähnen, dass Händeschütteln zum Abschied nicht nur in dieser Familie, sondern in der ganzen Region Brauch war – ich könnte auch sagen, in Missouri. Bis dahin hatte ich in meinem ganzen Leben nicht gesehen, dass je ein Mitglied der Familie Clemens ein anderes geküsst hätte – mit einer Ausnahme. Als mein Vater in unserem Haus in Hannibal im Sterben lag – am 24. März 1847 –, legte er meiner Schwester den Arm um den Hals, zog sie zu sich herab, küsste sie und sagte: »Lasst mich sterben.« Daran erinnere ich mich, und ich erinnere mich an das Todesröcheln, das unmittelbar auf diese Worte folgte, die seine letzten waren. Henrys Abschiede erfolgten im Wohnzimmer der Familie im ersten Stock, und danach verließ er ohne weiteres Zeremoniell das Zimmer und ging nach unten. Diesmal aber begleitete ihn meine Mutter bis zum oberen Ende der Treppe und verabschiedete sich *erneut*. Meiner Erinnerung nach bewog etwas in Henrys Verhalten sie dazu, und während er die Treppe hinunterging, blieb sie stehen. Als er zur Haustür gelangte, zögerte er, stieg die Treppe wieder hinauf und schüttelte ihr noch einmal die Hand.

Als ich am Morgen erwachte, hatte ich geträumt, und der Traum war so lebhaft, so wirklich, dass ich mich täuschen ließ und ihn für Wirklichkeit hielt. In meinem Traum hatte ich Henry als Leichnam gesehen. Er lag in einem Metallsarg. Er war in einen meiner Anzüge gekleidet, und auf seiner Brust lag ein großer Blumenstrauß, lauter weiße Rosen mit einer roten Rose in der Mitte. Der Sarg stand auf zwei Stühlen. Ich zog mich an und bewegte mich zur Tür, weil ich hineingehen und ihn betrachten wollte, aber dann besann ich mich anders. Ich glaubte, die Begegnung mit meiner Mutter nicht ertragen zu können. Ich wollte eine Weile warten und mich auf diese Prüfung vorbereiten. Das Haus lag in der Locust Street, ein Stück weit oberhalb der 13. Straße, ich lief zur 14. Straße und erreichte die Mitte des dahinterliegenden Häuserblocks, als plötzlich die Erkenntnis aufblitzte, dass nichts davon wirklich war – es war ja nur ein Traum. Das dankbare Aufwallen der Freude in diesem Augenblick verspüre ich heute noch und verspüre heute noch den Rest des Zweifels, des Argwohns, dass es vielleicht *doch* wirklich war. Fast rennend kehrte ich zum Haus zurück, flog, zwei, drei Stufen auf einmal nehmend, die Treppe hinauf, stürzte ins Wohnzimmer – und war erleichtert, denn da stand kein Sarg.

Wir machten die übliche ereignislose Fahrt nach New Orleans – nein, sie war nicht ereignislos, denn während der Fahrt hatte ich den Streit mit Mr. Brown,* der mit seiner Forderung endete, dass ich in New Orleans an Land gehe. In New Orleans hatte ich immer Arbeit. Es war mein Privileg, von sieben Uhr abends bis sieben Uhr morgens die Frachtladungen zu bewachen und drei Dollar dafür zu erhalten. Die Arbeit fiel drei Nächte alle fünfunddreißig Tage an. Gegen neun Uhr abends, wenn seine eigenen Aufgaben erledigt waren, gesellte sich Henry zu mir, und oft machten wir meinen Rundgang gemeinsam und plauderten bis Mitternacht. Diesmal mussten wir uns trennen, und so gab ich Henry in der Nacht vor der Abfahrt des Schiffs einen Rat. Ich sagte: »Falls dem Schiff ein Unglück zustößt, verlier nicht den Kopf – überlass diese Unklugheit den Passagieren – die sind kompetent – die werden sich schon darum kümmern. Du aber läufst aufs Sturmdeck und nach achtern zu einem der Rettungsboote, die am Ruderhaus angebunden sind, und folgst den Befehlen des Maats – so kannst du dich nützlich machen. Wenn das Boot zu Wasser gelassen wird, hilfst du, so gut du kannst, Frauen und Kindern hinein und versuchst auf keinen Fall, selbst einzusteigen. Es ist Sommerwetter, der Fluss in der Regel nur eine Meile breit, und so weit kannst du mühelos schwimmen.« Zwei oder drei Tage später explodierten bei Ship Island unterhalb von Memphis frühmorgens die Schiffskessel – und was danach geschah, habe ich bereits in *Alte Zeiten auf dem Mississippi* erzählt. Wie dort geschrieben steht, folgte ich der *Pennsylvania* einen Tag später auf einem anderen Schiff, und in jedem Hafen, in dem wir anlegten, hörten wir die Nachricht von dem Unglück, und als wir Memphis erreichten, wussten wir alles darüber.

Ich fand Henry zusammen mit dreißig bis vierzig anderen verbrühten oder anderweitig verletzten Menschen auf einer Matratze auf dem Fußboden eines großen Gebäudes und wurde von einer indiskreten Person sogleich informiert, dass er Dampf eingeatmet habe, dass sein Körper schrecklich verbrüht sei und er nur noch kurze Zeit zu leben habe; außerdem sagte

* Vgl. *Alte Zeiten auf dem Mississippi.*

man mir, dass die Ärzte und die Krankenschwestern ihre volle Aufmerksamkeit den Leuten widmeten, die eine Überlebenschance hätten. An Ärzten und Schwestern fehlte es; und Henry und andere, die als tödlich verletzt eingestuft waren, erhielten nur die Pflege, die man hin und wieder bei den dringenderen Fällen erübrigen konnte. Aber Dr. Peyton, ein ausgezeichneter und großherziger alter Arzt, der in der Gemeinde großes Ansehen genoss, sprach mir sein Mitgefühl aus und nahm sich des Falls tatkräftig an, und nach etwa einer Woche hatte er Henry wieder zu Bewusstsein gebracht. Dr. Peyton ließ sich nie auf Voraussagen ein, wenn sie nicht sicher waren, doch eines Nachts um elf Uhr teilte er mir mit, dass Henry außer Gefahr sei und wieder genesen werde. Dann sagte er: »Um Mitternacht werden die armen Kerle, die hier herumliegen, anfangen zu jammern und zu klagen, zu murren und zu schreien, und es wäre für Henry schädlich, wenn der Tumult ihn beunruhigte; dann bitten Sie die diensthabenden Ärzte, ihm acht Milligramm Morphium zu verabreichen, aber nur wenn Henry Anzeichen erkennen lässt, dass er beunruhigt ist.«

Ach, das Übrige ist nicht so wichtig. Die diensthabenden Ärzte waren junge Burschen, die eben erst die medizinische Hochschule verlassen hatten, und sie machten einen Fehler – sie konnten die acht Milligramm Morphium nicht abwiegen, sondern mussten sie schätzen; auf der Spitze einer Messerklinge verabreichten sie ihm ein riesiges Quantum, und die tödlichen Folgen machten sich bald bemerkbar. Ich glaube, er starb gegen Morgengrauen, ich kann mich nicht mehr erinnern. Er wurde in die Totenkammer gebracht, und ich ging für eine Weile zum Haus eines Bürgers, um meine angesammelte Müdigkeit abzuschütteln – unterdessen geschah Folgendes. Die Särge, die für die Toten bereitgestellt wurden, waren aus unbehandelter Weymouthskiefer, doch in diesem Fall hatten die Damen von Memphis sechzig Dollar gespendet und einen Metallsarg gekauft, und als ich zurückkam und die Totenkammer betrat, lag Henry in diesem offenen Sarg und war in einen meiner Anzüge gekleidet. Er hatte ihn ohne mein Wissen während unseres letzten Aufenthalts in St. Louis geborgt; und ich begriff sofort, dass der Traum, den ich mehrere Wochen zuvor gehabt hatte, hier in allen Details genau nachgebildet war – ich glaube, nur ein Detail fehlte mir; aber das wurde augenblicklich nachgeholt, denn gleich darauf trat eine ältere Dame mit einem großen Blumenstrauß ein, der aus lauter weißen Rosen bestand, und in der Mitte war eine rote Rose, und die legte sie ihm auf die Brust.

An jenem Abend im Club erzählte ich den Traum genau so, wie ich ihn hier erzählt habe.

15. Januar 1906

Rev. Dr. Burton drehte sein Löwenhaupt zu mir um, heftete seinen Blick auf mich und fragte:

»Wann ist das passiert?«

»Im Juni 58.«

»Das ist viele Jahre her. Haben Sie die Geschichte seitdem mehrfach erzählt?«

»Ja, ziemlich oft.«

»Wie oft?«

»Ich weiß nicht mehr wie oft.«

»Dann ermitteln Sie einen Durchschnittswert. Wie oft im Jahr, glauben Sie, haben Sie sie erzählt?«

»Nun, ich habe sie bestimmt sechsmal im Jahr erzählt, vielleicht öfter.«

»Gut, dann haben Sie sie seit damals also, sagen wir, siebzig- oder achtzigmal erzählt?«

»Ja«, antwortete ich, »das ist eine vorsichtige Schätzung.«

»Nun denn, Mark, vor vielen, vielen Jahren ist mir etwas sehr Außergewöhnliches passiert, und ich habe es jedes Jahr mehrfach – also ziemlich oft – erzählt, denn es war so wunderbar, dass es die Zuhörer immer erstaunte, und dieses Erstaunen bereitete mir jedes Mal ungetrübte Freude. Ich hätte nie vermutet, dass dieser Geschichte aufgrund der Wiederholung neue Vorzüge zugewachsen waren, bis mir eines Tages, nachdem ich sie schon zehn oder fünfzehn Jahre lang erzählt hatte, in den Sinn kam, dass ich entweder alt wurde und langsamer im Vortrag oder dass die Geschichte länger dauerte als zu der Zeit, da sie entstanden war. Mark, ich prüfte die Geschichte sorgfältig und andächtig und kam zu folgendem Ergebnis: dass ihre Proportionen, soweit ich feststellen konnte, inzwischen zu einem Teil Tatsache waren, einfache Tatsache, reine und ungeschönte Tatsache, goldene Tatsache, und zu vierundzwanzig Teilen Ausschmückung. Danach habe ich die Geschichte nie wieder erzählt – ich konnte sie nie wieder erzählen, denn ich hatte das Vertrauen in sie verloren, und so war die Freude an ihr dahin, für immer dahin. Wie viel an Ihrer Geschichte ist Ausschmückung?«

»Nun«, sagte ich, »ich weiß es nicht. Ich glaube nicht, dass irgendetwas daran Ausschmückung ist. Ich glaube, es verhält sich genau so, wie ich es erzählt habe, Detail für Detail.«

»Na schön«, sagte er, »dann ist es ja gut, aber ich würde sie nicht mehr erzählen; denn wenn Sie damit fortfahren, wird sie bestimmt Ausschmückungen ansetzen. Am sichersten ist es, jetzt damit aufzuhören.«

Das war vor vielen Jahren. Und heute habe ich den Traum zum ersten Mal erzählt, seit Dr. Burton mir so arge Zweifel an ihm eingeflößt hatte. Nein, ich glaube nicht, dass ich das sagen kann. Ich glaube nicht, dass ich an den springenden Punkten des Traums wirklich jemals irgendwelche Zweifel hegte, denn diese Punkte sind so beschaffen, dass sie *Bilder* sind, und an Bilder, wenn sie lebhaft sind, kann man sich viel besser erinnern als an Bemerkungen und unbewiesene Tatsachen. Obwohl es schon so viele Jahre her ist, dass ich den Traum erzählt habe, sind mir diese Bilder noch so deutlich vor Augen, als stünden sie in diesem Zimmer vor mir. Dabei habe ich nicht einmal den ganzen Traum erzählt. Das war noch nicht alles. Ich meine, ich habe nicht alles erzählt, was bei der Erfüllung des Traums geschah. Ich möchte ein Detail nach dem Vorfall in der Totenkammer erwähnen, nämlich dieses. Als ich mit dem Sarg in St. Louis eintraf, war es ungefähr acht Uhr morgens, und ich rannte zu den Geschäftsräumen meines Schwagers in der Hoffnung, ihn dort vorzufinden, verpasste ihn jedoch, denn während ich auf dem Weg zu seinem Büro war, war er auf dem Weg vom Haus zum Schiff. Als ich wieder am Schiff eintraf, war der Sarg verschwunden. Er hatte ihn zu seinem Haus schaffen lassen. Ich eilte dorthin, und als ich ankam, hoben die Männer eben den Sarg vom Fahrzeug, um ihn nach oben zu tragen. Ich unterbrach den Vorgang, denn ich wollte nicht, dass meine Mutter das Gesicht des Toten sähe, weil es von der Wirkung des Opiums auf einer

Seite eingefallen und entstellt war. Als ich hinaufging, standen dort zwei Stühle – die man hingestellt hatte, um den Sarg aufzunehmen –, genau so, wie ich sie in meinem Traum gesehen hatte, und wenn ich zwei oder drei Minuten später eingetroffen wäre, hätte der Sarg auf ihnen geruht, genau wie in meinem Traum einige Wochen zuvor.

Nun denn, Twichell – aber vergessen wir Twichell. Es gibt die telefonische Nachricht von seiner Tochter, Mrs. Wood, er sei in der Stadt und wolle zum Abendessen kommen und über Nacht bleiben.

Ich glaube, bei derselben Traum-Sitzung geschah etwas sehr Merkwürdiges. Es geschah nicht währenddessen – es geschah danach, in der Nacht. Nein, es geschah gar nicht dort. Es geschah im Haus von James Goodwin, Vater von Reverend Francis Goodwin und auch Vater der großen Connecticut Mutual Insurance Company. Zu der Zeit, von der ich spreche, war Mr. James Goodwin ein alter Mann, aber in seinen jungen Tagen, als er noch Postkutscher zwischen Hartford und Springfield gewesen war, hatte er die Idee, eine Mutual Insurance Company, eine Versicherung auf Gegenseitigkeit, zu gründen, sammelte mittels Anlegern ein kleines Kapital an – genug, um das Geschäft bescheiden anzugehen – und gab den Rest der Aktien an (eher spärlich gesäte) Leute aus, die gewillt waren, sie zu akzeptieren – und jetzt erlebte er, dass die Aktien zweihundertfünfzig wert waren und niemand sie zu diesem oder irgendeinem anderen Preis verkaufen wollte. Er hatte längst vergessen, wie man eine Kutsche lenkt – aber darauf kam es nicht an. Er war sieben Millionen wert und brauchte für seinen Lebensunterhalt nicht länger zu arbeiten. Reverend Frank Goodwin, sein Sohn, ein episkopalischer Geistlicher, war ein Mann von vielen Fähigkeiten; unter anderem war er Architekt. Er plante und baute für seinen Vater eine riesige Villa aus Granit, und ich glaube, dass der merkwürdige Vorfall jener Nacht in dieser Villa geschah. Allerdings weiß ich es nicht mehr genau. Nein, dort geschah er auch nicht. Er geschah in Francis Goodwins eigenem Haus in der Nachbarschaft. Ich habe nichts dagegen, in einer Autobiographie Ausflüge zu machen – es gibt viel Platz darin. Ich habe nichts dagegen, solange ich die Dinge, wenn sie wichtig sind, endlich hinbekomme. Es geschah so. Frank Goodwin hatte eine Alarmanlage im Haus. Der Signalgeber befand sich dicht neben seinem Ohr, backbordseitig an seinem Bett. Zur Schlafenszeit schaltete Goodwin das ganze Haus – jedes Fenster und jede Tür – scharf, dann, um fünf Uhr morgens, ging die Köchin aus ihrem Schlafzimmer nach unten und öffnete die Küchentür, und das löste den Alarm an Goodwins Ohr aus. Da dies Woche für Woche jeden Morgen geschah, hatte sich Goodwin bald so daran gewöhnt, dass es ihn nicht beunruhigte. Manchmal riss es ihn aus dem Schlaf – manchmal störte es seinen Schlaf vermutlich überhaupt nicht, aber aus alter Gewohnheit streckte er automatisch die linke Hand aus und stellte den Alarm ab. Damit deaktivierte er den Alarm für das ganze Haus, so dass von fünf Uhr morgens bis zum Einschalten der Alarmanlage zur Schlafenszeit am nächsten Abend nicht ein Fenster und nicht eine Tür gesichert war.

Die Nacht, von der ich spreche, war eine jener trostlosen Novembernächte in Neuengland gegen Ende des Monats, wenn das lästige Klima Neuenglands diese Gegenden gehörig durchschüttelt, nur so als Experiment und um die Hand im Spiel zu haben, wenn die eigentliche Zeit herannaht, der Dezember. Nun, als wir um Mitternacht aus dem Haus gingen, heulte der Wind, und der Schnee trieb in Wolken vorüber. Es war eine wilde Nacht. Es war wie ein Sturm auf See, ein Donnern und Krachen und Brüllen, dazu heftige Schneewehen. Es war keine Nacht, in der Einbrecher hätten unterwegs sein wollen, und doch *waren* sie unterwegs. Um halb eins lag Goodwin im Bett, und sein Haus war gesichert. Nicht lange danach trafen die Einbrecher ein. Anscheinend wussten sie Bescheid über die Alarmanlage, denn statt in die Küche einzubrechen, sägten sie sich ihren Weg ins Innere – will sagen, sie sägten eine große Kassette aus der Küchentür und verschafften sich so Zutritt, ohne den Alarm auszulösen. Sie spazierten nach Belieben im ganzen Haus umher; sammelten allen möglichen Schmuck und Schnickschnack ein sowie das gesamte Tafelsilber. Diese Gegenstände trugen sie in die Küche, stopften sie in Beutel, und dann stellten sie ein üppiges Abendessen mit Champagner und Burgunder und so weiter zusammen und verzehrten es mit Muße. Als sie aufbruchbereit waren – sagen wir, um drei Uhr morgens –, zeigten der Champagner und der Burgunder ihre Wirkung, und für einen Moment wurden sie unachtsam, doch ein Moment war schon genug. In diesem unachtsamen Moment entriegelte einer der Einbrecher die Küchentür und öffnete sie, und natürlich schlug die Alarmanlage an. Rev. Mr. Goodwin streckte die linke Hand aus, schaltete die Anlage ab und schlief friedlich weiter, die Einbrecher hingegen stürzten aus dem Haus und ließen ihre gesamte Beute zurück. Eine Alarmanlage ist eine nützliche Einrichtung, wenn man mit ihr umzugehen weiß.

Als Rev. Mr. Goodwin die Villa seines Vaters zu Ende baute, kam ich eines Tages dort vorbei. Ich wollte hineingehen und nachschauen, welche Fortschritte das Haus machte, und in dem ersten Zimmer, das ich betrat, fand ich Mr. Goodwin und einen Tapezierer. Da erzählte mir Mr. Goodwin die folgende kuriose Geschichte. Er sagte:

»Das Zimmer hier wartet schon eine gute Weile. Das ist eine Morris-Tapete, und sie hat nicht gereicht. Sehen Sie, da ist eine Lücke, von der Decke bis halb zum Boden. Ich habe in New York angefragt und mehr Tapete bestellt – sie konnte nicht geliefert werden. Ich habe mich nach Philadelphia und nach Boston gewandt, mit demselben Ergebnis. Soweit diese Leute wissen, ist in Amerika nicht eine Rolle von der Tapete übrig. Ich habe nach London geschrieben. Von dort kam dieselbe einförmige Antwort – die Tapete sei vergriffen – kein Meter davon aufzutreiben. Da habe ich dem Tapezierer gesagt, er solle die Tapete abreißen, wir würden sie durch ein anderes Muster ersetzen, was mir sehr leidtat, weil ich dieses Muster jedem anderen vorzog. In diesem Moment blieb ein Mann, der wie ein Farmer aussah, vor dem Haus stehen, begann über die Holzbohle zu gehen, über die Sie eben gegangen sind, und kam herein; doch da sah er das Schild dort oben – ›Kein Zutritt‹ –, ein Schild, das Sie von Ihrem Abstecher in dieses Haus nicht abgebracht hat, *ihn* aber hielt es auf. Ich sagte: ›Herein, herein.‹ Er trat ein, und da es das erste Zimmer ist, schaute er natürlich hier herein. Er sah die Tapete an der Wand und bemerkte beiläufig: ›Das Muster kenne ich. Ich habe eine Rolle davon zu Hause auf meiner Farm in Glastonbury.‹ Es dauerte nicht lange, bis wir uns wegen der Rolle, die wer weiß wie lange in seinem Farmhaus herumgelegen hat und für die er keine Verwendung hatte, handelseinig geworden waren – und jetzt schließen wir die Lücke dort.«

Es war nur ein Zufall, aber ich finde, ein merkwürdiger und interessanter.

[New Yorker Diktate]

MRS. MORRIS' ZUSTAND VERSCHLIMMERT SICH

Kabinettsbeamte drängen Präsidenten,
sich von Gewalt gegen Frau zu distanzieren

EINE DEBATTE IM HAUS

Mr. Sheppard kritisiert Präsidenten,
republikanische Parteiführer versuchen es zu unterbinden

Exklusivbericht der New York Times

WASHINGTON, 10. Jan. – Mrs. Minor Morris, die am Donnerstag aus dem Weißen Haus geschleift wurde, befindet sich heute Abend in kritischem Zustand.

Am Samstag schien sie auf dem Weg der Besserung, und die Ärzte machten ihr Hoffnung, dass sie bis Montag entlassen würde. Zu Beginn dieser Woche wendete sich ihr Zustand zum Schlechteren und hat sich seitdem stetig verschlimmert. Heute erlitt sie einen Blutstau, und es geht ihr noch schlechter. Augenscheinlich steht ihr Nervensystem heute Abend kurz vor dem Zusammenbruch.

Die Blutergüsse, die die Polizisten ihr zufügten, sind noch nicht zurückgegangen, ein eindeutiger Beweis dafür, wie schwerwiegend sie waren. Ihre Arme, ihre Schultern und ihr Hals zeugen noch immer davon, wie mit ihr umgesprungen wurde. Geistig und physisch ist sie stark mitgenommen.

Heute war zu erfahren, dass zwei Kabinettsbeamte, einer davon Sekretär Taft, seit zwei Tagen auf den Präsidenten einzuwirken versuchen, er möge eine Erklärung abgeben, in der er sich von dem Vorgehen seines stellvertretenden Sekretärs Barnes, der Mrs. Morris' Hinauswurf angeordnet hatte, distanziert und sein Bedauern über die Art ihrer Behandlung ausdrückt. Außerdem versuchten sie ihm das Versprechen abzuringen, er werde Maßnahmen ergreifen, die sicherstellen, dass sich ein solches Vorkommnis nicht wiederholt.

Der Präsident wies den Rat der beiden Kabinettsbeamten entschieden zurück. Er bevollmächtigte Mr. Barnes, jene Erklärung aufzusetzen, die dieser abgab und in der Mrs. Morris' Behandlung gerechtfertigt wurde, und jetzt wird es nicht mehr so leicht sein, einen anderen Kurs einzuschlagen. Aus glaubwürdiger Quelle ist jedoch zu erfahren, dass die beiden Kabinettsbeamten in ihren Anstrengungen nicht nachgelassen haben. Beide betrachten die Angelegenheit nicht als »bloßen Zwischenfall«, sondern als schwerwiegenden Skandal.

Der Morris-Zwischenfall wurde heute kurz vor der Vertagung des Hauses von Mr. Sheppard aus Texas zur Sprache gebracht. In der anstehenden Debatte über das philippinische Zollgesetz wurde ihm für fünfzehn Minuten das Wort erteilt, und er begann unverzüglich, die Resolution zu erörtern, die er am Montag eingebracht hatte und in der er eine Untersuchung des Hinauswurfs fordert. Er entschuldigte sich dafür, dass er zu diesem Zeitpunkt zu seiner Resolution spreche, und erklärte, da sie nicht auf der Tagesordnung stehe, könne er ihre Erörterung nicht ohne Einwilligung des Geschäftsordnungsausschusses erzwingen.

Dann schilderte er den Zwischenfall im Weißen Haus. Er hatte erst ein oder zwei Minuten gesprochen, als er von Gen. Grosvenor mit einer Anfrage wegen Verstoßes gegen die Geschäftsordnung unterbrochen wurde: Die Ausführungen seien für das philippinische Zollgesetz nicht von Belang.

»Ich werde dem Gentleman beweisen, dass der Zwischenfall von Belang ist«, rief Mr. Sheppard. »Es ist ungefähr so richtig, eine chinesische Mauer um das Weiße Haus zu bauen, wie es richtig ist, eine solche Mauer um die Vereinigten Staaten zu dulden.«

»Nun, wenn er es für richtig hält, den Präsidenten und seinen Haushalt auf diese Weise zu beschuldigen«, sagte Mr. Grosvenor, »soll er fortfahren.«

»Wenn der Präsident das Heulen eines Wolfs oder das Brummen eines Bären aus den angrenzenden Büros gehört hätte«, entgegnete Mr. Sheppard, »hätte er sofort reagiert, aber das Jammern einer Amerikanerin stieß auf taube Ohren.«

Es hatte mehrere Protestrufe gegeben, als Gen. Grosvenor Mr. Sheppard unterbrach; viele seiner demokratischen Freunde scharten sich um ihn und drängten ihn fortzufahren. Sie applaudierten seiner Antwort an Mr. Grosvenor, und der Abgeordnete aus Ohio beharrte nicht weiter auf seiner Meinung.

»Diese unverantwortlichen und unnötigen brutalen Handlungen«, fuhr Mr. Sheppard fort, »erfordern eine Untersuchung. Wenn der Kongress keine Maßnahmen ergreift, werden wir in einer freien Republik bald Zustände erreicht haben, in denen sich die Bürger dem Präsidenten, den sie hervorgebracht haben, nicht ohne

Angst vor körperlichen Verletzungen durch willkürlich vorgehende Untergebene nähern können.«

Mr. Sheppard hatte fast das Ende seiner Ausführungen erreicht, als Mr. Payne, nomineller Fraktionsführer der Republikaner, Grosvenors Geschäftsordnungsantrag erneut einbrachte. Mr. Olmsted aus Pennsylvania, der den Vorsitz führte, entschied jedoch, dass die Ausführungen nicht von Belang sein müssten, da das Haus als »Ausschuss des gesamten Repräsentantenhauses« tage.

Mr. Payne unterbrach abermals, um eine Frage zu stellen. »Wenn ein Gentleman über Tatsachen verfügt, mit denen er seine Attacke begründet«, sagte er, »ist er dann nicht der Meinung, ein Polizeigericht wäre der bessere Ort, sie zu erörtern?«

»Dieser Vorschlag wirft ein Licht auf den Gentleman selbst, auch wenn er ein Freund von mir ist«, erwiderte Sheppard.

Als die Rede beendet war, erhielt Grosvenor das Wort und sagte, als er nicht auf seiner Meinung beharrt habe, sei er sich der Geschäftsordnung bewusst gewesen.

»Aber ich habe das Argument nur deswegen vorgetragen«, fuhr er fort, »um auf sanfte und väterliche Art die Aufmerksamkeit des jungen Gentlemans aus Texas auf meinen Protest gegen seine Ausführungen zu lenken. Ich hatte gehofft, er würde auf eine weitere Verunglimpfung des Präsidenten verzichten. Er hat eine Resolution eingebracht, die jetzt im zuständigen Ausschuss anhängig ist. Diese Resolution verlangt Tatsachen, und ich hatte angenommen, der Gentleman würde die Tatsachen abwarten, bevor er die Resolution dem Haus vorlegt.

Was richtiges Verhalten angeht, so kenne ich keinen Unterschied zwischen Büro und Haushalt des Präsidenten und dem bescheidensten Heim dieser Nation, aber ich glaube nicht, dass sich eine Lage ergeben hat, in der sich nicht der Ehemann dieser Frau der Situation annehmen könnte.«

Heute Abend fügte ein hoher Regierungsbeamter den Berichten über den Hinauswurf ein weiteres Detail hinzu, von dem ihn ein Augenzeuge unterrichtet habe. Als die Polizisten und ihr Gehilfe, der Neger, Mrs. Morris durch die Anlage schleiften, wurde die Szene von den Dienstmädchen beobachtet, und einige riefen: »Schande!« Einer der Polizisten presste die Hand auf Mrs. Morris' Mund, um ihre Hilferufe zu ersticken, und bei diesem Anblick stürzte ein Dienstbote, ein Neger, vor und rief:

»Nehmen Sie Ihre Hand aus dem Gesicht der weißen Frau! So behandelt man eine Weiße nicht!«

Der Polizist schenkte dem Mann keine Beachtung und setzte seine Anstrengungen fort, Mrs. Morris' Rufe zu ersticken.

Der Grund, weshalb ich den Bericht über den Fall Morris, der dieser Tage überall in den Vereinigten Staaten und möglicherweise in der ganzen Welt so viel Aufsehen erregt, hier einfügen möchte, ist folgender. Ohne Zweifel werden diese autobiographischen Notizen eines Tages veröffentlicht werden. Das wird nach meinem Tod geschehen. Vielleicht in fünf Jahren, vielleicht in zehn, vielleicht in fünfzig, doch wann immer die Zeit gekommen ist, selbst wenn es erst in einem Jahrhundert geschieht – ich behaupte, dass der zukünftige Leser das gleiche starke Interesse an dieser Erzählung haben wird, wie es die Welt von heute hat, aus dem einfachen Grund, weil der Bericht über den Vorgang dieselbe Sprache verwendet, die wir natürlicherweise benutzen, wenn wir über etwas reden, das soeben geschehen ist. Diese Form der Erzählung kann das Interesse, das wir heute daran haben, für ewig und drei Tage wachhalten. Wohingegen, wenn sich der Vorfall vor fünfzig oder vor hundert Jahren ereignet und ein Geschichtswissenschaftler ihn ausgegraben, in *seine* Sprache übersetzt und Ihnen eine Fernansicht zur Verfügung gestellt hätte, das Interesse des Lesers erlahmen würde. Sehen Sie, für ihn wäre es keine *Nachricht*, es wäre Geschichte, bloße Geschichte; und mit *Nachrichten* kann die Geschichte, was das starke Interesse anbelangt, keinen Wettstreit für sich entscheiden. Wenn ein Augenzeuge eine außergewöhnliche Begebenheit, die er erlebt hat, in erzählender Form wiedergibt, dann ist das eine *Nachricht* – das ist die Nachrichtenform, und ihre Bedeutung ist absolut unverwüstlich; die Zeit kann auf die betreffende Episode keinen verderblichen Einfluss ausüben. Ich füge diesen Bericht hauptsächlich als ein Experiment ein. Sollte zufällig ein vereinzeltes Exemplar dieses Buches ein Jahrhundert der Papiermühle entgehen und dann wiederentdeckt und gelesen werden, so wette ich, dass jener ferne Leser feststellen wird, dass sie noch immer eine *Nachricht* ist und genauso interessant wie irgendeine der Nachrichten, auf die er in den Zeitungen seiner Zeit am Morgen stößt, falls es Zeitungen dann überhaupt noch gibt – aber wollen wir hoffen, dass es sie nicht mehr gibt.

Diese Ideen kamen mir im Herbst 1867 in Washington. Das heißt vor neununddreißig Jahren. Ich war von der Expedition der *Quaker City* zurückgekehrt. Ich war nach Washington gegangen, um *Die Arglosen im Ausland* zu schreiben, doch bevor ich mit dem Buch begann, musste ich Geld verdienen, von dem ich währenddessen leben konnte, oder mir welches borgen – was schwierig war – oder welches an mich nehmen, wo es unbewacht herumlag – was unwahrscheinlich war. So gründete ich das erste Syndikat von Zeitungskorrespondenten, das eine unglückliche Welt je sah. Ich gründete es zusammen mit William Swinton, einem Bruder des admirablen John Swinton. William Swinton war ein geniales Geschöpf, hochgebildet, versiert. Er stellte einen solchen Gegensatz zu mir dar, dass ich nicht wusste, wen von uns beiden ich mehr bewundern sollte, denn beide Seiten eines Gegensatzes wirken auf mich gleichermaßen reizend. Eine durch und durch schöne Frau und eine durch und durch hässliche Frau sind Geschöpfe, die ich gern anschaue und die anzuschauen ich nicht müde werde, denn jede ist auf ihre Art vollkommen, und ich glaube, in vielen Dingen, vielleicht in den meisten, ist *Vollkommenheit* die Qualität, die uns fasziniert. Glanzvolle Literatur bezaubert uns; *mich* jedoch bezaubert sie nicht mehr als ihr Gegenteil – Schundliteratur. Ein andermal will ich das Wort »Schundliteratur« erläutern und ein Beispiel dafür anführen, das hier auf dem Bett liegt – ein Buch, das mir neulich aus England oder Irland zugeschickt wurde.

Swinton hatte einen Krug. Manchmal war dieser voll, aber selten so voll wie er selbst – und wenn er selbst am vollsten war, war er mit seiner Feder am gewandtesten. Einmal in der Woche schrieb jeder von uns einen Brief, kopierte ihn und schickte ihn an zwölf Zeitungen, wobei wir von jeder Zeitung einen Dollar verlangten. Und obwohl wir nicht reich wurden, füllte er doch den Krug und ernährte uns beide halbwegs. Unseren übrigen Lebensunterhalt verdienten wir uns mit Zeitschriftenartikeln. Mein Geschäft in dieser Branche lief besser als seins, da ich nach meiner Rückkehr von der Expedition der *Quaker City* sechs Briefe für die *New York Tribune* geschrieben hatte und einen ziemlich flotten für den *New York Herald,* und so genoss ich ein recht hohes Ansehen, aus dem ich Profit schlagen konnte. Dann und wann erzielte ich fünfundzwanzig Dollar für einen Artikel. Damals unterstützten Riley und ich die billigen Fremdenpensionen. Es brauchte zwei von uns, und selbst dann noch gingen sie ein. Seitdem glaube ich, dass billige Fremdenpensionen, die ihre Geschäfte auf Kredit tätigen, einen Fehler machen – aber lassen wir Riley für den Augenblick beiseite. Ich werde ein andermal von ihm reden.

Ich hatte Gelegenheit, einen Artikel über eine uralte moosbewachsene Schuldforderung zu verfassen, die den Kongress in jener Sitzungsperiode beunruhigte, eine Schuldforderung, die den Kongress schon seit dem Krieg von 1812 beunruhigt hatte und die zwar angezahlt, aber nie ganz abbezahlt worden war. Die Schuldforderung betraf den Mais und das Futter, die die amerikanischen Truppen im Krieg von 1812 in Maryland oder irgendwo in der Gegend verbraucht hatten. Ich schrieb den Artikel, und er ist in einem meiner Bücher zu finden, wo er »Über den großen Rindfleisch-Kontrakt« heißt. Ich musste den Preis für Mais im Jahre 1812 ermitteln und fand diese Aufgabe recht schwierig. Schließlich ging ich zu A. R. Spofford, der damals Kongressbibliothekar war – Spofford, der Mann mit dem phänomenalen Gedächtnis –, und trug ihm mein Anliegen vor. Er kannte jeden Band in der Bibliothek, dessen Inhalt und Standort. Er sagte gleich: »Ich kenne nur zwei Quellen, die diese Information zu liefern versprechen: *Tooke über Preise*« (er brachte mir das Buch) »und die *New York Evening Post*. Damals veröffentlichten Zeitungen keine Marktberichte, doch um 1809 begann die *New York Evening Post* auf Bögen von Briefpapiergröße Marktberichte zu drucken und diese in die Zeitung einzulegen.« Er brachte mir einen Ordner mit der *Evening Post* von 1812. Ich sichtete *Tooke*, und dann begann ich die *Post* zu sichten – und ich war in großer Eile. Ich hatte weniger als eine Stunde zur Verfügung. Aber in der *Post* fand ich eine persönliche Darstellung, die sogleich meine Aufmerksamkeit fesselte. Es war der Brief eines Gentlemans, der die Ankunft der Briten und den Brand des Kapitols miterlebt hatte. Die Angelegenheit war für ihn von herausragendem Interesse, und er wählte seine Worte aus dem Stegreif. Der Brief muss drei Tage später mit heißem und höchstem Interesse in New York gelesen worden sein, wenn auch nicht mit heißerem Interesse als dem, welches mein Blut neunundfünfzig Jahre später aufwallen ließ. Als ich den Bericht ausgelesen hatte, stellte ich fest, dass ich die gesamte Zeit, die mir zur Verfügung stand, darauf verwendet hatte, und mehr.

16. Januar 1906

15. Januar, Fortsetzung

Jener Zwischenfall machte einen nachhaltigen Eindruck auf mich. Ich glaubte auf eine Entdeckung gestoßen zu sein – die bereits angedeutete, die Entdeckung eines großen Unterschieds zwischen dem Interesse an »Nachrichten« und an »Geschichte«; dass Nachrichten Geschichte in ihrer ersten und besten, ihrer lebhaften und faszinierenden Form sind, während Geschichte ihr blasser und stiller Abglanz ist.

Das erinnert mich daran, dass ich diese beiden Formen bei meinem täglichen Diktat autobiographischer Notizen die ganze Zeit über vermische. Mit dieser Verfahrensweise hoffe ich, mir die Vorzüge beider zu sichern. Nach meinen vielen Experimenten bin ich davon überzeugt, endlich die richtige Art gefunden zu haben, wie man eine Autobiographie spinnt. Vor Jahren fertigte ich provisorische Notizen an, die ich beim Abfassen autobiographischer Kapitel verwenden wollte, doch im Grunde waren diese Notizen so gut wie nichts wert. Wenn ich sie, solange mir ihre Bedeutung noch frisch im Sinn war, umgehend auf der Seite erweiterte, waren sie nützlich; ließ ich sie jedoch mehrere Wochen oder Monate lang ungenutzt, hatten sie ihre Suggestionskraft und ihr Begeisterungspotential für gewöhnlich eingebüßt. Es waren verwelkte Blumen, ihr Duft hatte sich verflüchtigt. Doch an das gegenwärtige Vorhaben glaube ich. Wenn Sie jeden Morgen um elf mit Ihrer stenographischen Pflanze eintreffen, finden Sie mich friedlich und gemütlich rauchend im Bett, unbesorgt darüber, dass ich bald an die Arbeit gehen und anfangen muss, meine Lebensgeschichte zu diktieren. Wenn ich für meine Inspiration auf verblasste Notizen angewiesen wäre, würde ich in Schwierigkeiten geraten und mein Werk schon bald abscheulich werden. Für mein jetziges System dagegen benötige ich keine Notizen. *Was einen innerlich am meisten beschäftigt*, sollte das sein, worüber man redet oder schreibt. Die Dinge von neuem und unmittelbarem Interesse geben den schönsten Text her, den man haben kann – und wenn Sie um elf Uhr oder zu einer beliebigen anderen Stunde hierherkommen, werden Sie mich nicht dabei ertappen, dass ich kein neues Interesse hätte – ein vollkommen frisches Interesse –, denn entweder habe ich die infernalischen Zeitungen gelesen und beziehe es von dort, oder ich habe mich mit jemandem unterhalten; und in beiden Fällen ist ein neues Interesse vorhanden – ein Interesse, über das ich unbedingt etwas diktieren möchte. Sie sehen, infolgedessen wird meine Erzählung jeden Morgen in Tagebuchform beginnen, denn sie wird mit etwas beginnen, was ich gerade gelesen oder wovon ich gerade gesprochen habe. Dieser Text, wenn ich damit fertig werde – wenn ich je damit fertig werde, denn ich scheine mit keinem Text fertig zu werden –, aber das macht nichts, ich bin nicht daran interessiert, mit irgendetwas fertig zu werden. Ich bin nur daran interessiert, draufloszuschwatzen und nach Belieben abzuschweifen, ohne Rücksicht auf das Ergebnis für den künftigen Leser. Folglich haben wir hier eine Kombination aus Tagebuch und Geschichte; denn sobald ich von dem vorliegenden Text – dem heutigen Gedanken – abschweife, führt mich die Abschweifung über ein unerforschtes Meer der Erinnerung, und das Resultat ist *Geschichte.* Insofern ist meine Autobiographie eine Kombination aus Tagebuch und Geschichte. Das Privileg, jeden Tag in Tagebuchform zu beginnen, ist wertvoll. Ich könnte ein noch größeres Wort verwenden und sagen, es sei kostbar, denn es vereint ganz unterschiedliche Dinge, die auf gewisse Art miteinander zusammenhängen, und folglich werden hin und wieder angenehme Überraschungen und Gegensätze daraus resultieren.

Habe ich vor drei oder vier Tagen etwas über John Malone diktiert? Nun denn, wenn nicht, muss ich mich mit jemandem über John Malone unterhalten haben. Jetzt fällt es mir wieder ein, es war mit Mr. Volney Streamer. Er ist Bibliothekar des Players Club. Er sprach vor, um mir ein Buch zu bringen, das er veröffentlicht hat, und um allgemein meine Bekanntschaft zu machen. Ich war Gründungsmitglied des Players Club, hörte vor drei Jahren aber auf, Mitglied zu sein, wegen einer Albernheit, die der Vorstand des Clubs begangen hatte, ein Vorstand, der immer idiotisch gewesen ist; ein Vorstand, der von Anfang an nicht im nächstgelegenen, sondern im fachkundigsten Irrenhaus der Stadt ausgewählt worden ist. (Irgendwann möchte ich darüber reden.) Mehrere Male während dieser drei Jahre haben meine alten Freunde und Clubkameraden – David Munro, der reizende Schotte, Herausgeber der *North American Review*; Robert Reid, der Künstler; Saint-Gaudens, der Bildhauer; John Malone, der ehemalige Schauspieler, und andere – dem Vorstand sein Verhalten verübelt, ich meine jenes Verhalten, das meine Trennung vom Club zur Folge hatte – und sie haben immer wieder versucht, einen Weg zu finden, um mich, ohne meinen Stolz zu verletzen, wieder in den Schoß des Clubs aufzunehmen. Schließlich fanden sie einen Weg. Sie ernannten mich zum Ehrenmitglied. Diese schöne Ehre verschaffte mir grenzenlose Genugtuung, und ich war froh, unter so schmeichelhaften Umständen zurückkehren zu können. (Das Wort »schmeichelhaft« gefällt mir nicht, aber wir wollen es durchgehen lassen, das richtige fällt mir im Moment nicht ein.) Dann setzten David Munro und die anderen dem verlorenen Schaf ein gemästetes Kalb vor, ein Festessen. Im Verlauf des Dinners erspähte ich durch eine halb geöffnete Speisekammertür die jämmerliche Gestalt John Malones. Da war er, natürlich übergangen. Fünfundsechzig Jahre alt; und mit diesem Worte, diesem einen beredten Wort, lässt sich seine ganze Lebensgeschichte – die Geschichte der letzten fünfzig Jahre – zusammenfassen: »übergangen«. Als die Jahre vorüberzogen, ist er übergangen worden, übergangen worden und abermals übergangen worden, fast zwei Generationen lang. Immer hat er erwartet, einbezogen zu werden. Immer hat er jämmerlich darauf gehofft, einbezogen zu werden; in all den Jahren hat ihn diese Hoffnung nie verlassen und sich doch in keinem Fall erfüllt. In all den Jahren, in denen ich im Players vorbeischaute, um Billard zu spielen und mit den Jungs zu plaudern, war John Malone immer bis Mitternacht und länger da. Er hatte eine billige Unterkunft am Square – irgendwo am Gramercy Park, aber sein eigentliches Zuhause war der Club. Einmal hat er mir seine Lebensgeschichte erzählt. Seine Version lautet folgendermaßen:

Er war Lehrling in der Redaktion einer kleinen Wochenzeitung in Willamette, Oregon, und irgendwann kam Edwin Booth mit seiner Truppe zu einem einmaligen Gastspiel in die Stadt, und John packte das Bühnenfieber, er schloss sich der Truppe an und reiste mit ihr die Pazifikküste entlang in verschiedenen nützlichen schauspielerischen Rollen – Rollen, die für einen

Anfänger geeignet waren; manchmal assistierte er, indem er auf der Bühne erschien und »Mylord, die Kutsche wartet« sagte, später trat er, mit glänzendem Blech gepanzert, als römischer Soldat auf und so weiter, allmählich fielen ihm immer höhere Stellungen zu, und irgendwann stand er Schulter an Schulter mit John McCullough, und auf der tragischen Bühne rangierten beide gleich nach Edwin Booth selbst. Die Frage war, wer von beiden Booth nachfolgen würde, wenn dieser ausschied oder starb. Malone zufolge reichte sein damaliger Ruhm an den McCulloughs heran, und die Chancen waren gleich verteilt. Einmal bot sich eine günstige Gelegenheit – eine große Rolle in Philadelphia. Malone erhielt den Part. Er verpasste seinen Zug. John McCullough wurde auf die Bühne gestellt und errang einen solchen Erfolg, dass er zeitlebens ein *gemachter* Mann war. Malone war davon überzeugt, dass er selbst diesen Erfolg hätte erringen können, wenn er nicht seinen Zug verpasst hätte; er hätte sich den anhaltenden Ruhm gesichert, der John McCullough beschieden war; er wäre so heiter, behaglich, glücklich, umworben, bewundert, beklatscht durchs Leben gegangen, wie es von jenem Tag an bis zum Tag seines Todes John McCullough tat. Malone glaubte von ganzem Herzen, damals seien Ruhm und Reichtum in greifbarer Nähe gewesen, entgangen seien sie ihm nur, weil er seinen Zug verpasst hatte. Seinen Verfall datierte er auf jenen Tag. Er verfiel und verfiel und verfiel, nach und nach und nach und nach, Jahr für Jahr, bis eine Zeit kam, da er auf der Bühne nicht mehr erwünscht war; da ihm sogar eine Nebenrolle nach der anderen misslang und seine Engagements schließlich ganz aufhörten – Engagements jeder Art. Und doch glaubte er immer wieder an eine Schicksalswende und erwartete eine solche; rechnete immer wieder mit der Chance, eine große Bühnenrolle zu bekommen; und mehr als diese *eine* Chance, sagte er, wolle er nicht. Er war überzeugt, die Welt würde nicht daran zweifeln, dass er der rechtmäßige Nachfolger Edwin Booths sei, und von da an wäre er ein berühmter, glücklicher und erfolgreicher Mann. Diese Hoffnung gab er nie auf. Ich erinnere mich an seinen Jubel vor drei oder vier Jahren, als er von einer privaten Theatergruppe ausersehen wurde, in einem der großen New Yorker Theater den Othello zu geben. Und ich erinnere mich an seinen Kummer und seine tiefe Niedergeschlagenheit, als die private Theatergruppe das Unternehmen im letzten Moment aufgab, Malones Engagement kündigte und ihn so um den Ruhm brachte, der wieder einmal in greifbarer Nähe gewesen war.

Wie gesagt, an jenem Abend erspähte ich ihn mitten im Dinner durch die halb geöffnete Tür. Dort verharrte er das ganze restliche Dinner, »übergangen«, immer wieder übergangen. Doch als einige von uns nach den Reden in Grüppchen beisammenstanden und plauderten, schlich er sich kleinlaut herein, bahnte sich einen Weg zu dem leeren Stuhl neben mir und setzte sich. Auch ich setzte mich sofort und fing an, mit ihm zu reden. Ich hatte ihn gern – ich glaube, das hatte jeder. Und gleich darauf kam der Präsident des New York City College herein, beugte sich über John und fragte mich nach meinem letzten Sommer und wie es mir in den Bergen von New Hampshire, in Dublin, gefallen habe. Um John ins Gespräch einzubeziehen, fragte er ihn, ob er mit der Gegend vertraut und schon einmal in Dublin gewesen sei. Malone sagte träumerisch und mit der Miene eines Mannes, der versucht, sich auf längst vergangene Dinge zu besinnen: »Wo liegt das im Verhältnis zu Manchester?« Präsident Finley sagte es ihm, und da antwortete John: »Ich bin noch nie in Dublin gewesen, aber an Manchester habe ich eine undeutliche Erinnerung. Ich bin mir ziemlich sicher, dass ich da schon mal gewesen bin – aber es war nur für ein einmaliges Gastspiel, wissen Sie.«

Es füllte meine Seele mit leiser Freude, mit freundlicher Genugtuung, wie er das sagte – »nur für ein einmaliges Gastspiel«. Es schien zu offenbaren, dass er in seinem halben Jahrhundert der Tagträumerei ein Edwin Booth gewesen war und nicht ahnte, dass er nur John Malone war – dass er ein Edwin Booth gewesen war und dass eine lange, bedeutende und erfolgreiche Laufbahn hinter ihm lag, in der »einmalige Gastspiele« in Bedeutungslosigkeit versanken und sein Gedächtnis, nicht gewohnt, derlei Kleinigkeiten zu schätzen, darüber nicht Buch führen konnte. Er sagte es mit der herrlichen Gleichmütigkeit und Abgeklärtheit eines Napoleon, der eine müßige Anstrengung unternimmt, sich eines Scharmützels zu erinnern, bei dem ein paar seiner Soldaten gefallen sind, es eigentlich aber nicht der Mühe wert findet, nach einer solchen Tatsache zu graben.

Gestern unterhielt ich mich mit Volney Streamer über John Malone. Obwohl ich Streamer nichts davon sagte, verfolgte ich damit einen bestimmten Zweck. David Munro konnte dem Dinner nicht beiwohnen, und um sich erkenntlich zu zeigen, richtet er für den 6. Februar ein weiteres aus. David nannte mir die Gäste, die er einladen wollte, und sagte, wenn es jemanden gebe, den ich gern einladen würde, solle ich darüber nachdenken und ihm den Namen übermitteln. Ich habe darüber nachgedacht und hier auf diesem Schreibblock den Namen des Mannes notiert, den ich ausgewählt habe – John Malone –, in der Hoffnung, dass er diesmal nicht übergangen werden muss, und in dem Wissen, dass er nicht übergangen wird, es sei denn, David wünscht es so, und ich glaube nicht, dass David das wünscht. Jedenfalls nutzte ich die Gelegenheit, um im Gespräch mit Volney Streamer die Fühler auszustrecken und ihn einfach zu fragen, welche Haltung die Mitglieder des Players heute John Malone gegenüber einnahmen – und diese Frage wurde rasch und mühelos beantwortet: dass jeder John Malone mochte und jeder ihn bemitleidete.

Dann erzählte er mir John Malones Geschichte. Sie unterschied sich in einigen Punkten von der Geschichte, die Malone mir erzählte hatte, aber nicht in den wesentlichen Zügen, würde ich sagen. Ein Umstand kam zutage, von dem ich nichts gewusst hatte – dass John kein Junggeselle war, sondern eine verheiratete Tochter hatte, die irgendwo hier in New York lebte. Als Streamer fortfuhr, erlebte ich diese Überraschung: dass auch *er* Mitglied von Edwin Booths Truppe gewesen war, als John Malone sich vor tausend Jahren der Gesellschaft anschloss, und die Pazifikküste rauf und runter und im Rest der Vereinigten Staaten jahrelang Johns Kollege. Da haben Sie's: Ein wildfremder Mensch schaut ganz beiläufig vorbei, und als Erstes erfahre ich, dass er ein uralter moosbewachsener und stockfleckiger Kollege des Mannes ist, der mich im Augenblick innerlich am meisten beschäftigt. Diese Dinge passieren, wenn man Tagebuch und Geschichte miteinander kombiniert, und nur auf diese Weise wird man ihrer habhaft. Wenn man versucht, sie nicht zu vergessen, in der Absicht, sie in einem Monat oder in einem Jahr in Form einer Geschichte niederzuschreiben, und endlich dazu kommt, ist der ganze Saft heraus – man kann sich die Einzelheiten nicht ins Gedächtnis rufen. Außerdem haben sie an Überraschung und Freude eingebüßt. Sie sind vertan und dahin.

Nun gut – gestern traf Reverend Joe Twichell aus Hartford ein, um zu Abend zu essen und über Nacht zu bleiben und einige Lügen auszutauschen, und er saß den Rest des Nachmittags hier an meinem Bett, und wir unterhielten uns, und ich erzählte ihm von John Malone. Heute Morgen (am 16.) kam Twichell nach dem Frühstück herein, um noch einmal zu plaudern, und er brachte mir diesen Artikel mit, den er aus der Morgenzeitung ausgeschnitten hatte:

ALTGEDIENTER SCHAUSPIELER TOT

John Malone war Historiker des Players' Club

John Malone, Historiker des Players' Club und einer der ältesten Schauspieler im Lande, erlitt gestern Nachmittag vor Bischof Greers Residenz, 7 Gramercy Park, ein paar Türen vom Club entfernt, einen Schlaganfall. Bischof Greer sah, wie er stürzte, und trug Mr. Malone mit Hilfe seiner Diener ins Haus. Er war ohne Bewusstsein, und der Bischof rief das Polizeihauptquartier an.

Vom Bellevue Hospital wurde ein Rettungswagen geschickt und Mr. Malone von Dr. Hawkes ins Krankenhaus gebracht. Später ließen ihn die Players ins Post-Graduate Hospital überführen, wo er noch in der Nacht starb.

Mr. Malone war 65 Jahre alt und hatte alle namhaften Schauspieler einer vergangenen Generation in Nebenrollen unterstützt. Lange Zeit arbeitete er mit Booth und Barrett zusammen. Er war in verschiedenen Rollen zu sehen, in den letzten Jahren allerdings seltener, wobei er einen Großteil seiner Zeit der Zeitschriftenarbeit widmete. Er lebte bei seiner verheirateten Tochter in der 147. West, suchte aber fast jeden Tag den Players' Club auf. Als er den Anfall erlitt, war er gerade auf dem Weg zum Club.

Sehen Sie, wieder so eine Überraschung. Während Twichell und ich uns über John Malone unterhielten, schied dieser aus dem Leben. Seine Enttäuschungen haben ein Ende. Zuletzt ist er nicht »übergangen« worden. Er musste lange warten, aber das beste aller Schicksale war ihm endlich vergönnt.

Vor einer Weile begann ich zu erzählen, dass ich, als ich vor neununddreißig Jahren anscheinend den Unterschied zwischen »Nachrichten« und »Geschichte« entdeckte, die Idee zu einer Zeitschrift hatte, die *The Back Number* heißen und nichts als alte Nachrichten enthalten sollte; Berichte, die verschimmelten alten Zeitungen und verschimmelten alten Büchern entnommen sind; Berichte von Augenzeugen aus der Zeit, als sich die entsprechenden Episoden ereigneten.

Mittwoch, 17. Januar 1906

16. Januar, Fortsetzung. Über General Sickles

Seither habe ich mit beträchtlicher Regelmäßigkeit versucht, Verleger zu überreden, das Experiment einer solchen Zeitschrift zu wagen, war aber nie erfolgreich damit. Ich konnte einfach keinen Verleger davon überzeugen, dass *The Back Number* die Öffentlichkeit interessieren würde. Nicht einer von ihnen konnte sich vorstellen, dass ein vernünftiger Mensch Interesse an abgestandenen Dingen findet. Meine letzte Anstrengung unternahm ich vor drei Jahren. Wieder vermochte ich niemanden zu überzeugen. Aber ich bin ja selbst nicht ganz überzeugt. Ich bin mir sicher, dass *The Back Number* Erfolg haben und ein Favorit werden würde. Auch einer anderen Sache bin ich mir sicher – dass *The Back Number* einen Vorzug gegenüber jeder anderen Zeitschrift hätte, die je erschienen ist, nämlich den: dass jemand, der den ersten Absatz darin liest, fortfahren und die ganze Zeitschrift durchlesen und nichts überspringen würde – wohingegen es derzeit keine Zeitschrift gibt, die auch nur drei Artikel enthält, bei denen man sich darauf verlassen kann, dass sie den Leser interessieren. Um sechs oder acht Geschmäcker zu treffen, muss man mindestens ein *Dutzend* Artikel in jede Ausgabe aufnehmen. Der eine kauft das Heft wegen eines bestimmten Artikels, ein anderer fühlt sich von einem anderen angezogen, ein weiterer von einem dritten; keiner aber kauft die Zeitschrift dem gesamten Inhalt zuliebe. Ich behaupte, dass *The Back Number* dem gesamten Inhalt zuliebe gekauft und jeder Leser alles lesen würde.

»Mr. Paine, Sie und ich werden diese Zeitschrift gründen und das Experiment machen, falls Sie gewillt sind, aus alten Büchern und Zeitungen veraltete Nachrichten auszuwählen und den Rest der redaktionellen Arbeit zu übernehmen. Sind Sie gewillt?«

Mr. Paine: »Ich bin gern gewillt, wenn wir so weit sind, es durchführen zu können.«

»Nun gut, dann werden wir dieses Experiment in Kürze durchführen.«

Am Abend überquerten Twichell und ich im Regen die Straße und verbrachten eine Stunde bei General Sickles. Sickles ist jetzt einundachtzig Jahre alt. Ich war ihm bis dahin nur ein- oder zweimal begegnet, obwohl ein Jahr lang nichts als die Breite der 9. Straße zwischen uns lag. Er ist zu betagt, um Besuche abzustatten, und ich bin zu träge. Ich erinnere mich noch daran, wie er Philip Barton Key, den Sohn des Verfassers von »The Star-Spangled Banner«, erschoss, und ich erinnere mich noch an die gewaltige Aufregung, die im ganzen Land herrschte. Ich glaube, es geschah vor fast fünfzig Jahren. Meine schwache Erinnerung besagt, dass es in Washington geschah und ich mich zu der Zeit dort aufhielt.

Ich habe das Gefühl, General Sickles seit achtunddreißig oder neununddreißig Jahren gut zu kennen, denn so lange schon bin ich mit Twichell bekannt. Twichell war während des Bürgerkriegs Kaplan in Sickles' Brigade gewesen und sprach immer gern von dem General. Twichell hatte den ganzen Krieg hindurch unter Sickles gedient. Immer, wenn er von Hartford hierherkommt, hält er es für seine Pflicht, dem General seine Aufwartung zu machen. Sickles ist ein leutseliger alter Bursche; eine stattliche und imposante militärische Gestalt; er redet sanft, in wohlgeformtem Englisch – ich könnte auch sagen, in makellos geformtem Englisch. Seine Rede ist hochinteressant und strotzt von Argumenten, da aber nirgendwo Schwerpunkte gesetzt werden und es an Lebendigkeit fehlt, wirkt sie in ihrer Monotonie bald erdrückend und schläfert den Zuhörer ein. Twichell musste mir ein-, zweimal auf den Fuß treten. Der inzwischen verstorbene Bill Nye sagte einmal: »Ich habe sagen hören, Wagners Musik sei besser, als sie klingt.« Diese treffende Beschreibung eines Phänomens, das so viele vergebens zu beschreiben versucht haben, scheint auf die Redeweise des Generals genau zu passen.

Seine Rede ist viel besser, als sie ist. Nein, so lautet der Gedanke ja nicht – irgendwo scheint eine Lücke zu klaffen. Vielleicht ist es noch so ein Fall der eben angeführten Art. Nye würde vielleicht sagen, dass »sie besser ist, als sie klingt«. Ich glaube, das ist es. Seine Rede *klingt* nicht unterhaltsam, aber sie *ist* eindeutig unterhaltsam.

In der Schlacht von Gettysburg verlor Sickles ein Bein, und ich erinnere mich noch an Twichells Schilderung der Umstände. Auf einem unserer ausgedehnten Spaziergänge vor vielen langen Jahren sprach er davon, und obwohl die Einzelheiten mir entfallen sind, trage ich das Bild, das Twichell gemalt hat, im Geiste noch immer bei mir. Das Bein wurde von einer Kanonenkugel zerschmettert. Twichell und andere trugen den General vom Schlachtfeld und legten ihn unter einem Baum auf ein Bett aus Zweigen. Es war kein Feldscher zugegen, und Twichell und Rev. Father O'Hagan, ein katholischer Priester, fertigten ein behelfsmäßiges Tourniquet und stillten den Blutfluss – *hemmten,* ist vielleicht ein angemesseneres Wort. Als Erstes kreuzte ein Zeitungskorrespondent auf. General Sickles hatte mit seinem Leben abgeschlossen und (falls Twichell ein so ehrlicher Mann ist, wie es die Art seiner Amtstracht von ihm verlangt) stellte alles, was mit einer zukünftigen Welt zu tun hat, hintan, um in geziemender Weise aus dieser zu scheiden. Und so diktierte er dem Zeitungskorrespondenten seine »letzten Worte«. Es war Twichells Überzeugung – daran erinnere ich mich gut –, dass der General – zweifellos davon beeinflusst, dass die letzten Worte etlicher Leute, ob durch Zufall oder durch Absicht, so schlecht gewählt waren, dass sie den eigentlichen Ruhm des Betreffenden überdauerten – sich bewogen fühlte, seine letzten Worte in eine Form zu bringen, die darauf abzielte, sie in Stein gemeißelt für künftige Generationen zu bewahren. Twichell zitierte die Rede. Ich habe vergessen, woraus sie bestand, aber für ihre Zwecke war sie gut gewählt.

Als wir jetzt dasaßen und der monotonen Rede des Generals lauschten – sie handelte von ihm und immer nur von ihm und wirkt allenthalben bescheiden, versöhnlich und harmlos –, kam es mir so vor, als sei er genau die Sorte Mann, die ihr Seelenheil aufs Spiel setzt, um auf ansprechende Weise irgendwelche »letzten Worte« zu äußern. Er murmelte und zwitscherte und trällerte, und alles war so einfach und hübsch, wie es nur sein konnte. Und ich möchte noch etwas sagen: Nie hat er über irgendjemanden eine kleinliche Bemerkung gemacht. Er sprach streng von dieser und jener Person – Offizieren im Krieg –, aber er sprach würdevoll und höflich. Dem, was er sagte, haftete nichts Boshaftes an. Er sprach lediglich aus, was er ganz offensichtlich für gerechtfertigte Kritik hielt.

Da fiel mir auf, was mir schon einmal, vor vier oder fünf Monaten, aufgefallen war: dass der General sein verlorenes Bein viel höher schätzt als jenes, das ihm geblieben ist. Ich bin mir vollkommen sicher, dass er, wenn er sich von einem der beiden trennen müsste, sich von dem trennen würde, das ihm geblieben ist. Dasselbe ist mir schon an anderen Generälen aufgefallen, die im Bürgerkrieg einen Teil ihrer selbst verloren haben. Da war General Fairchild aus Wisconsin. In einer der großen Schlachten verlor er einen Arm. Ich weiß noch, wie General Fairchild, als er Generalkonsul in Paris war und wir Clemens uns einmal dort aufhielten und mit ihm und seiner Familie gut bekannt wurden, jede sich bietende Gelegenheit ergriff, den Stumpf seines amputierten Armes zu heben und wirkungsvoll damit herumzuwedeln. Es kostete nichts, ihm zu verzeihen, und ich verzieh ihm.

Damals war General Noyes unser Gesandter in Frankreich. Er hatte im Krieg ein Bein verloren. Er war ein ziemlich eitler Mann, das muss ich sagen, und jeder konnte sehen, was ich sah, dass Noyes immer, wenn sich alles versammelte, augenblicklich zu verschwinden schien. Es blieb von ihm nichts übrig außer dem Bein, das er nicht hatte.

General Sickles saß also auf dem Sofa und redete. Es war ein sonderbares Haus. Zwei Zimmer von beträchtlicher Größe – Salons, die durch eine Falttür miteinander verbunden waren –, und Böden, Wände, Decken waren mit Löwenfellen, Tigerfellen, Leopardenfellen, Elefantenhäuten übersät und verhängt; Fotografien des Generals zu verschiedenen Zeiten seines Lebens – Fotos *en civil;* Fotos in Uniform; gekreuzte Degen, als Trophäen an der Wand befestigt; hier und da aufgesteckte Fahnen verschiedener Art; noch mehr Tiere; noch mehr Felle; hier und dort und allerorten noch mehr Felle; immer die Felle wilder Geschöpfe, glaube ich – wunderschöne Felle. Man konnte nirgendwo über den Fußboden gehen, ohne über die harten Schädel von Löwen und anderem Getier zu stolpern. Man konnte nirgendwo die Hand ausstrecken, ohne sie auf ein exquisites samtenes Tigerfell oder Leopardenfell zu legen, und so weiter – o ja, Felle jeder Art gab es dort; es war, als habe sich eine ganze Menagerie in dem Haus entkleidet. Dann hing da ein markanter, eher unangenehmer Geruch in der Luft, der von den Desinfektions- und Konservierungsmitteln stammte, die man zur Mottenbekämpfung auf die Felle sprühen muss – was es zu keinem sehr angenehmen Aufenthaltsort machte. Es war eine Art Museum; und doch war es nicht die Sorte Museum, die würdig genug schien, das Museum eines bedeutenden Soldaten – und eines so berühmten Soldaten – zu sein. Es war die Sorte Museum, die kleine Jungen und Mädchen entzückt und unterhält. Vermutlich offenbart dieses Museum einen Teil seines Charakters und seiner Machart. Der General ist herzig und einnehmend kindlich.

Einmal in Hartford vor zwanzig oder fünfundzwanzig Jahren, als Twichell an einem Sonntagmorgen eben aus seinem Tor trat, um zur Kirche zu gehen und zu predigen, wurde ihm ein Telegramm in die Hand gedrückt. Er las es auf der Stelle und brach mehr oder weniger zusammen. Darin hieß es: »General Sickles gestern um Mitternacht gestorben.«

Nun, Sie wissen schon, dass dem nicht so war. Gleichviel – für Joe war es damals so. Er ging weiter – ging zur Kirche –, aber in Gedanken war er weit weg. Seine ganze Zuneigung zu seinem General machte sich bemerkbar, *1880*
seine Bewunderung und Wertschätzung. Sein Herz war voll der Empfindungen. Er wusste kaum, wo er sich befand. Er bestieg die Kanzel und begann den Gottesdienst, aber mit einer Stimme, über die er fast keine Gewalt mehr hatte. Die Gemeindemitglieder hatten ihn auf der Kanzel noch nie so gerührt gesehen. Sie saßen da, schauten zu ihm empor und fragten sich, was ihm fehlte; denn jetzt las er mit dieser gebrochenen Stimme und unter Tränen, die ihm hin und wieder übers Gesicht liefen, aus einem Kapitel, das ihnen recht nüchtern vorkam – Moses zeugte Aaron, und Aaron zeugte das Deuteronomium, und das Deuteronomium zeugte St. Petrus, und St. Petrus zeugte Kain, und Kain zeugte Abel –, und halb weinend las er immer weiter, und immer wieder brach seine Stimme. An jenem Morgen verließ die Gemeinde die Kirche, ohne sich den für sie außergewöhnlichen Vorfall erklären zu können. Dass ein Mann, der über vier Jahre lang Soldat gewesen war und

von dieser Kanzel herab so viele, viele Male über wirklich bewegende Themen gepredigt hatte, ohne dass seine Lippen auch nur gezittert hätten, dass ein solcher Mann bei all den Zeugungen zusammenbrach, konnten sie nicht verstehen. Aber da haben wir's – jeder sieht, dass ein solches Rätsel die Neugier der Leute auf den Siedepunkt treiben muss.

Twichell hat viele Abenteuer bestanden. Er hat in einem Jahr mehr Abenteuer bestanden als jeder andere in fünf. Eines Samstagabends bemerkte er auf der Frisierkommode seiner Frau eine Flasche. Er glaubte, dass auf dem Etikett »Haarwuchsmittel« stand, nahm es in sein Zimmer, rieb seinen Kopf gründlich damit ein, brachte es zurück und dachte nicht mehr daran. Als er am nächsten Morgen aufstand, war sein Schopf leuchtend grün! Er ließ nichts unversucht, konnte aber keinen Ersatzprediger auftreiben, so dass er selbst zu seiner Kirche gehen und predigen musste – was er auch tat. Der Zufall wollte es, dass er keine unbeschwerte Predigt in petto hatte, und so musste er eine sehr feierliche – sehr ernste – Predigt halten, und das machte die Sache nur noch schlimmer. Der Ernst der Predigt widersprach der Fröhlichkeit seines Schopfes, und die Leute mussten sich die ganze Predigt über Taschentücher in den Mund stopfen, um ihre Heiterkeit, so gut es ging, zu unterdrücken. Und Twichell erzählte mir, er habe noch nie erlebt, dass seine Gemeinde – die ganze Gemeinde – die *gesamte* Gemeinde – von Anfang bis Ende so in seine Predigt vertieft war. Immer hatte es hier und da Momente von Gleichgültigkeit oder Gedankenverlorenheit gegeben; aber diesmal gab es nichts dergleichen. Die Leute saßen da, als dächten sie: »Man muss die Feste feiern, wie sie fallen; wir müssen diese Vorführung bis zum Letzten auskosten und dürfen nichts davon verpassen.« Er erzählte, als er von der Kanzel gestiegen sei, hätten mehr Leute denn je darauf gewartet, ihm die Hand zu schütteln und ihm zu sagen, was für eine ausgezeichnete Predigt das gewesen sei. Schade nur, dass sie ausgerechnet an einem solchen Ort – mitten in der Kirche – zu diesen Lügen griffen, denn offensichtlich interessierte sie die Predigt herzlich wenig; sie wollten lediglich seinen Schopf aus der Nähe betrachten.

Nun, Twichell sagte – nein, nicht Twichell sagte, *ich* sage, dass, als die Tage verstrichen und Sonntag auf Sonntag folgte, das Interesse an seinem Haar wuchs und wuchs; denn es blieb nicht einfach eintönig grün, es nahm immer tiefere Grünschattierungen an; und dann veränderte es sich und wurde rötlich, und hierauf verwandelte es sich in eine andere Farbe – in Richtung Violett, Gelb, Blau und so weiter –, aber nie war es eine konkrete Farbe. Immer changierte sie. Und jeden Sonntag war es noch ein wenig interessanter als am Sonntag zuvor – und Twichells Schopf wurde berühmt, und die Leute kamen aus New York und Boston, aus South Carolina und Japan und so weiter, um ihn in Augenschein zu nehmen. Es gab nicht genügend Sitzplätze für alle, die herbeiströmten, solange sein Schopf diese faszinierenden Farbveränderungen durchmachte. Und in mancherlei Hinsicht war es eine gute Sache, denn sein Geschäft hatte ein wenig stagniert, und jetzt traten, um der Vorführung beizuwohnen, eine Menge Leute in seine Kirche ein, und es war der Beginn einer Blütezeit für diese Kirche, die in all den Jahren nicht nachgelassen hat. Nie wieder ist Joe ein größeres Glück widerfahren.

Nun, er erzählte mir – ach nein, das war vor Jahren, als er mir von dem Marketender erzählte. In Sickles' Brigade war ein Marketender, ein Yankee; ein wunderbarer Mensch, was seine Findigkeit betrifft. Jedem anderen Marketender ging am Vorabend der Schlacht, während der Schlacht, nach der Schlacht die Ware aus; nicht aber diesem Marketender. Ihm ging die Ware nie aus, und so wurde er hochgeachtet und bewundert.

Es gab Zeiten, da er sich betrank. Ein periodisches Trinken. Man wusste nie, wann er diese Erfahrung wieder durchmachen würde, darum wusste man nicht, wie man sich darauf einstellen sollte. Es war notwendig, sich darauf einzustellen, denn wenn er betrunken war, hatte er keine Achtung vor den Gefühlen oder Wünschen anderer. Wenn er das und das tun wollte, tat er es; nichts konnte ihn dazu bringen, etwas anderes zu tun. Wenn er etwas nicht tun wollte, konnte niemand ihn dazu überreden, es doch zu tun. Bei einer dieser Marketenderfinsternisse hatte General Sickles einige andere Generäle eingeladen, mit ihm in seinem Hauptquartierzelt zu speisen; sein Koch oder seine Ordonnanz oder irgendjemand – die richtige Person jedenfalls – kam fassungslos zu ihm und sagte: »Der Marketender ist betrunken. Wir können nicht zu Abend essen. Es ist nichts zu kochen da, und der Marketender will uns nichts verkaufen.«

»Haben Sie ihm gesagt, dass es *General Sickles* ist, der die Sachen haben will?«

»Jawohl, Sir. Das war dem Marketender herzlich egal.«

»Nun, können Sie ihn nicht bewegen –«

»Nein, Sir, wir können ihn zu gar nichts bewegen. Wir haben ein paar Bohnen, das ist alles. Wir haben versucht, ihn dazu zu bewegen, uns ein Pfund Schweinefleisch für den General zu verkaufen, aber er weigert sich.«

General Sickles sagte: »Lassen Sie den Kaplan kommen. Kaplan Twichell soll zu ihm gehen. Der Marketender mag ihn; der Marketender hat große Achtung und Ehrfurcht vor Kaplan Twichell. Der soll hingehen und zusehen, ob er den Marketender nicht überreden kann, ihm ein Pfund gepökeltes Schweinefleisch für General Sickles zu verkaufen.«

Twichell nahm sich des Auftrags an – trug seinen Auftrag vor.

Der Marketender hielt sich schwankend irgendwo fest, sammelte seine Gedanken und die passenden Worte und sagte:

»Ihnen ein Pfund Schweinefleisch für General Sickles verkaufen? *Nee.* Gehen Sie zurück und richten Sie ihm aus, nicht einmal für Gott würde ich Ihnen ein Pfund Schweinefleisch verkaufen.«

Das war Twichells Schilderung des Vorfalls.

Aber ich bin von dem Baum abgekommen, an dem der blutende General Sickles lehnte und sich seine letzten Worte zurechtlegte. Es dauerte eine Dreiviertelstunde, bis man einen Feldscher fand, denn es war eine gewaltige Schlacht, und überall wurden Feldschere gebraucht. Der Feldscher traf erst nach Einbruch der Dunkelheit ein. Es war eine windstille Julinacht, und eine Kerze brannte – ich glaube, jemand saß neben dem Kopf des Generals und hielt die Kerze in der Hand. Sie spendete eben genug Licht, um das Gesicht des Generals erkennbar zu machen, und um ihn her warteten mehrere verschwommene Gestalten. Aus der Dunkelheit platzt ein Adjutant in diese Gruppe; springt leichtfüßig von seinem Pferd, nähert sich dem kreidebleichen sterbenden General, nimmt soldatische Haltung an, salutiert und rapportiert auf nüchtern-soldatische Art, er habe den Befehl des Generals ausgeführt, die Verlegung der Regimenter zu dem vorgesehenen Stützpunkt sei abgeschlossen.

Der General dankte ihm höflich. Ich bin überzeugt, dass Sickles immer höflich gewesen ist. Um noch im Sterben richtig höflich zu sein, bedarf es der *Schulung*. Viele haben sich daran versucht. Ich nehme an, nur wenigen ist es gelungen.

Donnerstag, 18. Januar 1906

Senator Tillman spricht über den Fall Morris – John Malones Begräbnis im Kontrast zu dem der Kaiserin von Österreich – Kapitel endet mit einem Duell

Vorgestern hat Senator Tillman aus South Carolina eine Rede gehalten – eine freimütige und vertrauliche Kritik am Präsidenten, am Präsidenten der Vereinigten Staaten, wie er ihn nennt; dabei gibt es, soweit ich weiß, seit vielleicht vierzig Jahren keinen solchen Amtsträger wie den Präsidenten der Vereinigten Staaten, wenn wir Cleveland ausnehmen. Ich kann mich an keinen anderen Präsidenten der Vereinigten Staaten erinnern – an ein, zwei vielleicht, *höchstens* an ein, zwei –, der nicht stets und ständig Präsident der Republikanischen Partei gewesen wäre und nur dann und wann und für kurze Zeit tatsächlich Präsident der Vereinigten Staaten. In dieser Rede trug Tillman die Angelegenheit von Mrs. Morris' Hinauswurf aus dem Weißen Haus vor, und ich finde, dass seine Beschwerden gegen den Präsidenten ein gutes und tüchtiges Stück Arbeit waren. Jedenfalls war mir seine Handhabung der Angelegenheit angenehm und schmeckte mir. Ich war froh, dass es jemanden gab, der sich, ob nun aus einem edlen oder einem unedlen Beweggrund, der Sache annahm und sie an die Öffentlichkeit brachte. Das war notwendig. Die ganze Nation und die gesamte Presse hatten in kleinlautem und sklavischem Schweigen dabeigesessen, und jeder hatte sich, genau wie ich, insgeheim gewünscht, dass einer mit Sinn für die Regeln des Anstands aufsteht und diesen Übergriff anprangert, wie er angeprangert werden muss. Tillman brachte ein Argument vor, das mich entzückt. Vor Tagen wollte ich es selbst verwenden, aber da verfolgte ich schon einen Plan in einer anderen öffentlichen Angelegenheit, die mir ein oder zwei Ziegelsteine in meine Richtung eintragen könnte, und *eine* Unterhaltung dieser Art auf einmal ist reichlich für mich. Das Argument lautete folgendermaßen: dass der Präsident stets verschwenderisch ist mit Briefen und Telegrammen an Hinz und Kunz über alles und nichts. Immer scheint er Zeit zu haben, statt seiner *wirklichen* Pflichten solche wahrzunehmen, die es gar nicht gibt. In der Zeit, da er ein oder zwei kurze Zeilen hätte zu Papier bringen können, um Mrs. Morris und ihren Freunden zu zeigen, dass es ihm als Gentleman dringlich sei, ihr mitzuteilen, wie leid es ihm tue, dass sein idiotischer stellvertretender Sekretär den offiziellen Sitz der Nation in ein Seemannsheim verwandelt habe, und dass er Mr. Barnes und den Rest der Empfangszimmergarnison ermahnen werde, mit Sünderinnen in Zukunft behutsamer umzugehen und im Weißen Haus auf Benehmen zu verzichten, das in jeder anderen ehrbaren Wohnstatt im Lande als schändlich gelten würde –

Ich mag Tillman nicht. Vor drei Jahren brachte sein Cousin zweiten Grades einen Herausgeber um, ohne diesem die Chance zu geben, sich zu verteidigen. Ich verstehe ja, dass es fast immer klug und in gewisser Hinsicht oft *notwendig* ist, Herausgeber umzubringen, aber ich finde, wenn ein Mann US-Senator ist, sollte er von seinem Cousin zweiten Grades verlangen, dass er, solange er kann, an sich hält und die Tat dann auf schöne Weise begeht, unter persönlicher Gefahr für sich selbst. Ich wüsste nicht, dass Tillman im Laufe seines politischen Lebens viele Dinge getan hätte, die ihm Ehre machen, aber über die Position, die er diesmal eingenommen hat, freue ich mich. Der Präsident hat sich hartnäckig geweigert, auf diejenigen unter seinen Freunden zu hören, die nicht unzurechnungsfähig sind – Männer, die versucht haben, ihn dazu zu bewegen, sich von Mr. Barnes' Verhalten zu distanzieren und sein Bedauern über den Vorfall auszudrücken. Und jetzt verwendet Mr. Tillman das Argument, von dem ich vor einer Minute sprach, und er verwendet es mit schlagender Wirkung. Er erinnert den Senat, dass der Präsident genau zu dem Zeitpunkt, als seine Würde ihm nicht erlaubte, Mrs. Morris oder ihren Freunden eine gütige Zeile des Bedauerns zukommen zu lassen, genügend Zeit hatte, einem Berufsboxer im fernen Westen ein Billett der Anerkennung und Bewunderung zu schicken. Wäre der Präsident unbeliebt gewesen, hätte man dieses Argument frühzeitig aufgegriffen und weitreichende Notiz davon genommen. Aber wie bereits angedeutet, haben die Nation und die Zeitungen loyales und demütiges Schweigen bewahrt und andächtig und hoffnungsvoll darauf gewartet, dass ein unbesonnener Mensch die Dinge ausspricht, die sie in ihren Herzen verwahren und nicht zu äußern wagen. Mrs. Morris verwirrt die Situation und hält das immer größere Unbehagen von achtzig Millionen Menschen wach, indem sie zwar dem Tod nahe ist, jedoch weder gesundet noch stirbt; beides würde die Spannung mildern. Einstweilen muss das Unbehagen andauern. Betäubt jedenfalls hat es Mr. Tillman nicht.

(Der Text, den ich hier verwenden wollte, war meine Geburtstagsrede. Ich will mich nicht allzu weit von ihm entfernen und sollte wieder auf ihn zurückkommen.)

Heute Morgen haben wir den guten alten John Malone, den Schauspieler, beerdigt. Seine alten Freunde vom Players Club waren geschlossen zugegen. Es war das zweite Mal in meinem Leben, dass ich einem katholischen Begräbnis beiwohnte. Und als ich in der Kirche saß, liefen meine Gedanken in ihrem natürlichen Gang zurück zu jenem anderen, und der Kontrast interessierte mich sehr. Das erste Begräbnis war das der Kaiserin von Österreich, die vor sechs oder acht Jahren ermordet wurde. Es gab eine große Zusammenkunft der alten Aristokratie des kaiserlichen Österreichs; und da dieser Flickenteppich alter Königreiche und Fürstentümer aus neunzehn Staaten und elf Nationalitäten besteht und die Adligen in den Kostümen kamen, die ihre Vorfahren schon vor drei, vier oder fünf Jahrhunderten bei Staatsakten zu tragen pflegten, ergaben Vielfalt und Pracht der Kostüme ein Bild, das allen Glanz und Prunk, denen ich im Laufe meines Lebens in Oper, Theater, Gemäldegalerien und Büchern begegnet war, in den Schatten stellte. Gold, Silber, Juwelen, Seide, Satin, Samt; alles war da in strahlend schönem Durcheinander und in jener Art vollendeter Harmonie, die die Natur selbst anstrebt und beherrscht, wenn sie ihre Blumen und Wälder bemalt, gruppiert und mit Sonnenlicht überflutet. Die militärischen und zivilen Putzmacher des Mittelalters verstanden sich auf ihr Handwerk. So unendlich die Mannigfaltigkeit der zur Schau gestellten Kostüme auch war, es fand sich nicht ein hässliches und keins, das ein Misston in der Harmonie oder ein Ärgernis fürs Auge gewesen wäre. Hielten die dichtgedrängten Kostüme still, waren sie von sanfter, üppiger, sinnlicher Schönheit; wenn sich die Masse regte, setzte die leiseste Bewegung die Juwelen und Orden und leuchtenden Farben in Brand und überrollte sie mit funkelnden Lichtern, die mich in einen Rausch des Entzückens versetzten.

Aber heute Morgen war es anders. Heute Morgen waren die Kleider alle gleich. Sie waren schlicht und bar jeder Farbe. Die Mitglieder des Players Club waren gekleidet, wie sie immer gekleidet sind, außer dass sie die hohen Zylinder des Zeremoniells aufgesetzt hatten. Und doch war John Malones Begräbnis auf seine Art genauso eindrucksvoll, wie es das der Kaiserin gewesen war. Es bestand keine Ungleichheit zwischen John Malone und der Kaiserin, ausgenommen die künstlichen Ungleichheiten, die die kindische Eitelkeit des Menschen ersonnen und errichtet hat. In den wesentlichen Dingen, Herzensgüte und untadelige Lebensführung, waren die Kaiserin und John einander ebenbürtig. Beide fuhren geachtet, geschätzt, geehrt in ihren Särgen an den Zuschauern vorbei; beide legten dieselbe Strecke von der Kirche zurück, waren zu derselben Ruhestätte unterwegs – dem Fegefeuer, entsprechend der katholischen Lehre –, um von dort in ein besseres Land gebracht zu werden oder aber im Fegefeuer zu bleiben, je nachdem, was die Beiträge ihrer Freunde, bares Geld oder Gebet, ergaben. In einer bewunderungswürdig formulierten Grabrede erzählte uns der Priester von Johns Bestimmungsort und von den Bedingungen, unter denen er seine Reise fortsetzen könne oder aber im Fegefeuer bleiben müsse. John war arm; seine Freunde sind arm. Die Kaiserin war reich; ihre Freunde sind reich. John Malones Aussichten stehen nicht gut, und das beklage ich.

Vielleicht irre ich mich, wenn ich sage, ich hätte nur zwei katholischen Begräbnissen beigewohnt. Ich glaube, einmal, vor etwa vierzig Jahren, habe ich einem in Virginia City, Nevada, beigewohnt – vielleicht war es auch in Esmeralda an der kalifornischen Grenze –, doch falls es sich so verhält, ist die Erinnerung daran kaum mehr vorhanden, so undeutlich fällt sie aus. Ein oder zwei Beerdigungen dort draußen – vielleicht einem Dutzend – *habe* ich beigewohnt; Beerdigungen von Desperados, die versucht hatten, die Gesellschaft dadurch zu läutern, dass sie andere Desperados beseitigen – und diese

Läuterung *tatsächlich* bewerkstelligten, wenn auch nicht aufgrund des Programms, das sie zu diesem Zweck ersonnen hatten.

Außerdem bin ich zu einigen Beerdigungen von Leuten gegangen, die in Duellen gefallen waren – und vielleicht war es ein Duellant, den ich tragen half. Aber würde ein Duellant von der Kirche beigesetzt werden? Verübt er nicht dem Wesen nach Selbstmord, indem er den eigenen Tod heraufbeschwört? Würde ihn das nicht ausschließen? Nun, ich weiß nicht mehr genau, wie es sich verhielt, aber ich glaube, es war ein Duellant.

Freitag, 19. Januar 1906

Über das Duellieren

In der Frühzeit des neuen Territoriums Nevada wurde das Duellieren plötzlich Mode, und 1864 war jedermann auf eine Chance in diesem neuen Sport *1864* erpicht, vor allem weil er sich selbst nicht voll und ganz respektieren konnte, solange er nicht jemanden in einem Duell getötet oder zum Krüppel gemacht hatte oder in einem solchen nicht selbst getötet oder zum Krüppel gemacht worden war.

Damals hatte ich seit zwei Jahren als Lokalredakteur bei Mr. Goodmans *Virginia City Enterprise* gedient. Ich war neunundzwanzig Jahre alt. Ich war in mehrfacher Hinsicht ehrgeizig, hatte mich den Versuchungen dieses besonderen Wahns jedoch entziehen können. Ich verspürte nicht den geringsten Drang, mich in einem Duell zu schlagen; ich hatte nicht die Absicht, eins zu provozieren. Zwar fühlte ich mich nicht respektabel, zog aber eine gewisse Genugtuung daraus, dass ich mich sicher fühlte. Ich schämte mich meiner; die übrige Belegschaft schämte sich meiner – aber ich kam einigermaßen klar. Aus dem einen oder anderen Grund war ich es gewohnt, mich meiner zu schämen, insofern war die Situation für mich nichts Neues. Ich ertrug sie sehr gut. Zur Belegschaft gehörte Plunkett; zur Belegschaft gehörte R. M. Daggett. Sie hatten versucht, in ein Duell hineinzugeraten, waren vorerst jedoch gescheitert und mussten warten. Goodman war der Einzige unter uns, der etwas getan hatte, um der Zeitung Ehre zu machen.

Das Konkurrenzblatt war die *Virginia Union*. Eine Zeitlang war ihr Herausgeber Tom Fitch, genannt »der silberzüngige Redner von Wisconsin« – von dort stammte er. Er schlug die Saiten seiner Redekunst in den Leitartikeln der *Union* an, und Mr. Goodman forderte ihn heraus und stimmte ihn mit einer Kugel milde. Ich weiß noch, wie die Redaktion frohlockte, als Fitch Goodmans Forderung annahm. An dem Abend waren wir spät dran und machten viel Wind um Joe Goodman. Er war erst vierundzwanzig Jahre alt; ihm fehlte die Klugheit, die ein Mensch mit neunundzwanzig hat, und er war ebenso froh, *es* zu sein, wie ich froh war, es nicht zu sein. Zu seinem Sekundanten bestimmte er Major Graves (der Name stimmt nicht ganz, ist aber annähernd richtig, ich weiß ihn nicht mehr). Graves kam vorbei, um Joe in der Kunst des Duells zu unterweisen. Er war Major unter Walker, dem »grauäugigen Mann des Schicksals«, gewesen und hatte den ganzen Feldzug in Mittelamerika, den dieser bemerkenswerte Mann auf eigene Faust unternommen hatte, hindurch gekämpft. Anhand dieses Tatbestands lässt sich der Major ermessen. Zu sagen, dass einer Major unter Walker war und durch Walkers Lob geadelt aus jenen Kämpfen hervorging, heißt, dass der Major nicht nur ein tapferer Mann, sondern tapfer bis zur äußersten Grenze dieses Wortes war. Alle Männer Walkers waren so. Ich kannte die Familie Gillis sehr gut. Der Vater hatte zusammen mit einem seiner Söhne den Feldzug unter Walker mitgemacht. Sie nahmen an der denkwürdigen Plaza-Schlacht teil und hielten, wie alle anderen Walkers, allen Widrigkeiten zum Trotz bis zuletzt stand. Der Sohn starb an der Seite des Vaters. Der Vater bekam eine Kugel ins Auge. Der alte Mann – denn damals war er bereits ein alter Mann – trug eine Brille, und die Kugel und eines der Brillengläser bohrten sich in seinen Schädel und blieben dort stecken – doch in den Jahren danach, wenn ich im Haus des alten Mannes in San Francisco übernachtete, sah ich ihn oft auf unendlich rührende Art Tränen und *Glas* vergießen, wann immer ihn die Gefühle übermannten. Es ist wunderbar, dass Glas sich vermehren kann, wenn es eine reelle Chance bekommt. Das Glas war ganz zerbrochen und verdorben, so dass es keinen Marktwert mehr besaß; aber im Laufe der Zeit schied er genug davon aus, um ein ganzes Brillengeschäft aufzumachen. Er hatte noch andere Söhne: Steve, George und Jim, blutjunge Burschen – die reinsten Jüngelchen –, die sich Walkers Expedition anschließen wollten, hatten sie doch den unerschrockenen Mut ihres Vaters. Aber Walker wollte sie nicht haben; er meinte, es sei eine ernsthafte Expedition und kein Ort für Kinder.

Der Major war ein majestätisches Geschöpf von höchst gravitätischer, würdevoller und imposanter militärischer Haltung, von Natur aus und durch Drill höflich, zuvorkommend, anmutig, gewinnend; und er besaß eine Eigenschaft, die mir bisher, so glaube ich, nur bei einem anderen Mann begegnet ist – bei Bob Howland –, eine mysteriöse Eigenschaft, die im Auge residiert; und wenn sich dieses Auge warnend auf ein Individuum oder eine ganze Truppe richtet, genügt das vollkommen. Jemand, der ein solches Auge hat, braucht sich nicht zu bewaffnen; er kann auf einen bewaffneten Desperado zugehen, ihn bezwingen und gefangen nehmen, ohne ein einziges Wort zu sagen. Einmal habe ich Bob Howland dabei zugesehen – ein schlankes, gutmütiges, liebenswertes, sanftes, gütiges kleines Skelett von einem Mann mit einem sanften blauen Auge, das Ihr Herz erobern würde, wenn es Sie anlächelte, oder Ihr Herz erkalten und gefrieren ließe, je nach Anlass.

Der Major ließ Joe Aufstellung nehmen; ließ Steve Gillis fünfzehn Schritte entfernt Aufstellung nehmen; befahl Joe, seine rechte Seite Steve zuzuwenden, seinen sechsschüssigen Marinerevolver – diese erstaunliche Waffe – zu spannen und entlang des Beins nach unten zu halten; sagte ihm, *das* sei die korrekte Position für den Revolver – die Position, die in Virginia City für gewöhnlich zur Anwendung komme (will sagen, dass der Revolver senkrecht in die Luft gehalten und dann langsam auf den Gegner gerichtet wird), sei grundverkehrt. Auf das Wort *»Eins«* müssen Sie den Revolver langsam und stetig auf die Stelle am Körper des anderen richten, die Sie bezwingen wollen. Dann, nach einer Pause, *»zwei, drei – Feuer – halt!«* Beim Wort »halt« dürfen Sie feuern – aber nicht vorher. *Nach* diesem Wort dürfen Sie sich so viel Zeit lassen, wie Sie wollen. Dann, wenn Sie feuern, dürfen Sie vorrücken und ganz nach Belieben und zu Ihrem Vergnügen weiterfeuern, falls Sie Vergnügen daran empfinden. Unterdessen rückt der andere Mann, falls er richtig instruiert wurde und sich seiner Rechte bewusst ist, auf *Sie* zu und feuert los – und wahrscheinlich wird es mehr oder weniger Ärger zur Folge haben.

Als Joe den Revolver gehoben hatte, zielte er natürlich auf Steves Brust, aber der Major sagte: »Nein, das ist nicht klug. Nehmen Sie jedes Risiko auf sich, selbst ermordet zu werden, aber gehen Sie nicht das Risiko ein, den anderen zu ermorden. Wenn Sie ein Duell überleben, müssen Sie es so überleben, dass die Erinnerung daran Sie nicht für den Rest Ihres Lebens begleitet und Ihren Schlaf beeinträchtigt. Zielen Sie auf das Bein des Mannes; nicht auf das Knie, nicht auf das Bein oberhalb des Knies; denn das sind gefährliche Stellen. Zielen Sie auf das Bein unterhalb des Knies; machen Sie ihn zum Krüppel, aber lassen Sie seiner Mutter den Rest.«

Dank dieser wirklich klugen und ausgezeichneten Instruktion streckte Joe seinen Mann mit einer Kugel in den Unterschenkel nieder, von der er ein bleibendes Hinken zurückbehielt. Joe dagegen büßte nichts als eine Haarlocke ein, die er damals eher erübrigen konnte als heute. Denn als ich ihn vor einem Jahr hier in New York sah, waren ihm die Haare ausgefallen; er hatte kaum noch mehr als Stirnfransen, über denen sich eine polierte Kuppel erhob.

Rund ein Jahr später bekam ich *meine* Chance. Aber ich war nicht darauf
1864 erpicht. Goodman fuhr für eine Woche nach San Francisco in Urlaub und setzte mich als Chefredakteur ein. Ich hatte angenommen, das sei keine große Sache, da ich nichts weiter tun müsse, als jeden Tag einen Leitartikel zu schreiben; in diesem Aberglauben aber sah ich mich enttäuscht. Am ersten Tag ließ sich nichts finden, worüber ich einen Artikel schreiben könnte. Dann fiel mir ein, dass ja der 22. April 1864 war und der nächste Tag auf den dreihundertsten Geburtstag Shakespeares fiel – ein besseres Thema hätte ich mir nicht wünschen können. Ich besorgte mir eine Enzyklopädie, studierte sie und fand heraus, wer Shakespeare war und was er getan hatte, borgte mir das alles und breitete es vor einer Gemeinde aus, die auf eine Belehrung über Shakespeare nicht besser hätte vorbereitet sein können, als wenn sie mit aller Kunst vorbereitet gewesen wäre. Shakespeare hatte nicht genug getan, als dass ein Leitartikel von der notwendigen Länge daraus zu machen gewesen wäre, aber ich streckte den Artikel mit dem, was er nicht getan hatte – und was in vielerlei Hinsicht bedeutsamer, beeindruckender und lesenswerter war als die schönsten Dinge, die er tatsächlich vollbracht hatte. Aber am folgenden Tag saß ich schon wieder in der Klemme. Es gab keine Shakespeares

mehr, die ich verarbeiten konnte. Es gab nichts in der Geschichte der Vergangenheit oder in den zukünftigen Möglichkeiten der Welt, worüber man einen Leitartikel hätte schreiben können, der für diese Gemeinde brauchbar gewesen wäre; und so blieb mir nur ein Thema. Dieses Thema war Mr. Laird, Eigentümer der *Virginia Union*. Auch *sein* Herausgeber war nach San Francisco gefahren, und Laird versuchte sich an der Redaktionsarbeit. Ich weckte Mr. Laird mit einigen Höflichkeiten, wie sie unter den Zeitungsredakteuren der Region damals Mode waren, und tags darauf fiel er heftig über mich her. Er fühlte sich gekränkt, weil ich etwas über ihn geschrieben hatte – eine Lappalie, ich weiß nicht einmal mehr, was es war –, wahrscheinlich hatte ich ihn einen Pferdedieb genannt oder eins der gewöhnlichen kleinen Schlagworte gebraucht, die man verwendet, um einen anderen Herausgeber zu charakterisieren. Zweifellos war es gerecht und zutreffend, aber Laird war ein äußerst empfindliches Geschöpf, und es gefiel ihm nicht. Daher rechneten wir seitens Mr. Lairds mit einer Forderung, denn gemäß den Regeln – gemäß der Etikette des Duells, wie sie von den Duellanten der Region rekonstruiert, reorganisiert und reformiert worden ist – gilt Folgendes: Immer dann, wenn man etwas über einen anderen sagt, was diesem nicht gefällt, reicht es nicht, dass er es mit gleicher Münze heimzahlt: die Etikette verlangt, dass er zum Duell herausfordert; und so warteten wir auf die Herausforderung – warteten den ganzen Tag. Sie kam nicht. Und als der Tag verging, Stunde um Stunde, und keine Forderung erging, wurden die Jungs ganz niedergeschlagen. Sie verzagten. Ich aber war heiter; immer besser fühlte ich mich. Sie konnten das nicht verstehen, ich dagegen schon. Es war meine *Machart*, die mich in die Lage versetzte, heiter zu sein, wenn andere Leute den Mut verloren. So wurde es denn notwendig, Etikette Etikette sein zu lassen und Mr. Laird herauszufordern. Als wir zu dieser Entscheidung gelangten, bekamen sie bessere Laune, *mir* dagegen kam meine Lebhaftigkeit so ziemlich abhanden. Bei Unternehmungen solcher Art ist man jedoch in der Hand seiner Freunde; es bleibt einem nichts anderes übrig, als dem Kurs zu folgen, den sie für den besten halten. Daggett setzte eine Forderung für mich auf, denn Daggett verfügte über die Sprache – die richtige Sprache, die überzeugende Sprache –, an der es mir fehlte. Daggett überschüttete Mr.

Laird mit einer Flut unappetitlicher Schimpfnamen, befrachtet mit einer durchschlagskräftigen Gehässigkeit, die darauf abzielte, ihn zu überzeugen; und Steve Gillis, mein Sekundant, überbrachte die Forderung und kehrte zurück, um die Antwort abzuwarten. Sie traf nicht ein. Die Jungs waren verzweifelt, ich dagegen bewahrte die Ruhe. Steve überbrachte eine weitere Forderung, schärfer abgefasst als die erste, und wieder warteten wir. Es kam nichts dabei heraus. Allmählich fühlte ich mich ganz sorglos. Allmählich entwickelte ich selbst ein Interesse an den Forderungen. Ich hatte noch nie zuvor dergleichen verspürt; aber mir schien, dass ich mir großes und wertvolles Ansehen erwarb, ohne dass mir Kosten entstünden, und meine Freude darüber wuchs und wuchs, als eine Forderung nach der anderen unbeantwortet blieb, bis ich mir um Mitternacht vorzustellen begann, dass nichts in der Welt wünschenswerter sei als die Gelegenheit, ein Duell auszutragen. So trieb ich Daggett zur Eile; ließ ihn eine Forderung nach der anderen übermitteln. Nun gut, ich überzog: Laird akzeptierte. Ich hätte wissen sollen, dass das geschehen würde – Laird war kein Mann, auf den man sich verlassen konnte.

Die Jungs jubelten über die Maßen. Sie halfen mir dabei, mein Testament aufzusetzen, was mir weiteres Unbehagen verursachte – dabei war mir ohnehin ausreichend unbehaglich zumute. Dann brachten sie mich nach Hause. Ich konnte nicht schlafen – wollte nicht schlafen. Ich musste über vieles nachdenken und hatte nicht einmal vier Stunden Zeit dafür – denn fünf Uhr war die für die Tragödie festgesetzte Stunde, und ab vier musste ich eine Stunde darauf verwenden, mit dem Revolver zu üben und herauszufinden, mit welchem Ende ich auf meinen Kontrahenten zielen musste. Um vier gingen wir zu einer kleinen Schlucht, etwa eine Meile vor der Stadt, und liehen uns ein Scheunentor als Zielscheibe – liehen es uns von einem Mann, der gerade in Kalifornien einen Besuch abstattete –, und wir richteten das Scheunentor ein und stellten in der Mitte eine Zaunlatte auf, die Mr. Laird repräsentieren sollte. Aber die Latte war kein Repräsentant, denn Mr. Laird war länger als eine Latte und dünner. Nichts würde ihn je erledigen außer einem zielgenauen Schuss, und selbst dann würde er die Kugel bestimmt spalten – das denkbar schlechteste Material für Duellzwecke. Ich begann mit der Latte. Ich konnte die Latte nicht treffen; dann versuchte ich es mit dem Scheunentor; aber auch das Scheunentor konnte ich nicht treffen. Niemand war in Gefahr außer irgendwelchen Versprengten an den Flanken der Zielscheibe. Ich war vollkommen entmutigt, und meine Laune besserte sich nicht, als wir gleich darauf in der nächsten kleinen Schlucht Pistolenschüsse hörten. Ich wusste, was das war – es war Lairds Bande, die mit ihm übte. Sie würden meine Schüsse hören, und natürlich würden sie über den Höhenrücken kommen, um meine Bilanz zu prüfen – um zu prüfen, welche Chancen sie gegen mich hatten. Nun, ich hatte keine Bilanz vorzuweisen, und ich wusste, wenn Laird über den Höhenrücken käme und mein Scheunentor sähe, das nicht einen Kratzer aufwies, wäre er genauso kampfbegierig wie ich – oder wie ich es um Mitternacht gewesen war, bevor die verhängnisvolle Annahme der Forderung eintraf.

In diesem Moment flog ein kleiner Vogel, nicht größer als ein Sperling, vorbei und setzte sich auf einen etwa dreißig Meter entfernten Salbeistrauch. Steve riss seinen Revolver heraus und schoss dem Vogel den Kopf ab. Oh, er war ein Meisterschütze – viel besser als ich. Wir liefen los, um den Vogel einzusammeln, und in diesem Augenblick kamen doch tatsächlich Mr. Laird und seine Leute über den Höhenrücken und traten zu uns. Und als Lairds Sekundant den Vogel mit dem abgeschossenen Kopf sah, wich alle Farbe aus seinem Gesicht, und man konnte sehen, dass er höchlichst interessiert war. Er fragte:

»Wer war das?«

Ehe ich antworten konnte, machte Steve den Mund auf und antwortete ganz ruhig und sachlich:

»Clemens.«

Der Sekundant sagte: »Aber das ist ja ausgezeichnet. Wie weit war der Vogel entfernt?«

Steve sagte: »Ach, nicht weit – ungefähr dreißig Meter.«

Der Sekundant fragte: »Aber das ist ja eine erstaunliche Schießkunst. Wie oft trifft er denn so?«

Steve sagte gelangweilt: »Ach, ungefähr vier- von fünfmal.«

Ich wusste, dass der kleine Schlingel log, sagte aber nichts. Der Sekundant sagte: »Aber das ist ja ganz *verblüffende* Schießkunst; ich dachte, er könnte nicht einmal eine Kirche treffen.«

Das war eine ziemlich scharfsinnige Vermutung, aber ich sagte nichts. Nun, sie verabschiedeten sich. Der Sekundant brachte Mr. Laird, der ein wenig wacklig auf den Beinen war, nach Hause, und Laird schickte mir eine Notiz von eigener Hand, in der er es ablehnte, zu welchen Bedingungen auch immer ein Duell mit mir auszufechten.

Nun, mein Leben war gerettet – gerettet durch diesen Zufall. Ich weiß nicht, was der Vogel von diesem Eingreifen der Vorsehung hielt, ich aber fühlte mich sehr, sehr behaglich – glücklich und zufrieden. Später fanden wir heraus, dass Laird *sein* Ziel vier- von sechsmal getroffen hatte. Wenn das Duell ausgetragen worden wäre, hätte er meine Haut so mit Kugeln durchlöchert, dass sie meine Prinzipien nicht länger hätte halten können.

Zur Frühstückszeit hatte sich in der ganzen Stadt die Neuigkeit verbreitet, dass ich eine Forderung gemacht und Steve Gillis sie überbracht hatte. Das würde uns einem brandneuen Gesetz zufolge pro Person zu zwei Jahren in der Strafanstalt verhelfen. Richter North selbst ließ uns keine Botschaft zukommen, aber es traf eine Botschaft von einem engen Freund von ihm ein. Er hielt es für eine gute Idee, wenn wir das Territorium mit der ersten Postkutsche verließen. Diese gehe am nächsten Morgen um vier Uhr – in der Zwischenzeit werde nach uns gefahndet, aber nicht sehr intensiv; wenn wir jedoch nach Abfahrt der Postkutsche noch immer auf dem Territorium weilten, würden wir die ersten Opfer des neuen Gesetzes sein. Richter North sei darauf bedacht, Anschauungsunterricht zu jenem Gesetz zu erteilen, und werde uns unbedingt volle zwei Jahre im Gefängnis behalten. Er werde uns nicht begnadigen, nur um irgendjemandem gefällig zu sein.

Nun, mir schien, dass unsere Gesellschaft in Nevada nicht länger erwünscht war; also blieben wir in unseren Quartieren und ließen den ganzen Tag über große Vorsicht walten – nur Steve ging einmal zum Hotel, um sich um einen anderen meiner Kunden zu kümmern. Das war ein gewisser Mr. Cutler. Sehen Sie, Laird war nicht der Einzige, den ich von meinem Chefredakteurssessel aus zu läutern versucht hatte. Ich hatte mich umgeschaut, mehrere andere Personen ausgewählt und diesen durch herzliche Kritik und

Missbilligung neue Lebensfreude eingehaucht – so dass mir, als ich meine Chefredakteursfeder sinken ließ, vier Auspeitschungen und zwei Duelle bevorstanden. Von Auspeitschungen hielten wir nicht viel; damit war kein Staat zu machen; sie waren der Mühe nicht wert. Aber dass man das andere Duell zur Kenntnis nahm, erforderte die Ehre. Mr. Cutler war von Carson City gekommen und hatte vom Hotel einen Mann mit einer Forderung herübergeschickt. Steve ging hin, um ihn zu besänftigen. Steve wog nur dreiundvierzig Kilo, doch im gesamten Territorium war er dafür bekannt, dass er jeden, der auf zwei Beinen ging, was immer dessen Gewicht und Geschick sein mochte, mit den Fäusten niederstrecken konnte. Steve war ein Gillis, und wenn ein Gillis einen Mann zur Rede stellte und einen Vorschlag zu machen hatte, ging es immer gleich zur Sache. Als Cutler herausfand, dass Steve mein Sekundant war, beruhigte er sich; er wurde besonnen und vernünftig und war bereit, ihn anzuhören. Steve gab ihm fünfzehn Minuten, das Hotel, und eine halbe Stunde, die Stadt zu verlassen, oder es würde Konsequenzen geben. *Dieses* Duell also verlief erfolgreich, denn Mr. Cutler brach unverzüglich nach Carson City auf, ein überzeugter und geläuterter Mann.

Seitdem habe ich nie wieder mit Duellen zu tun gehabt. Ich missbillige Duelle gründlich. Ich halte sie für unklug, und ich weiß, dass sie gefährlich sind. Außerdem sündhaft. Sollte mich heute ein Mann herausfordern, würde ich zu ihm gehen, ihn freundlich und nachsichtig bei der Hand nehmen, ihn zu einer ruhigen entlegenen Stelle führen und ihn *umbringen*. Dennoch hatte ich immer großes Interesse an den Duellen anderer. An allem Heldenhaften, das in die eigene Erfahrung eingeflossen ist, verspürt man stets ein bleibendes Interesse.

1878, vierzehn Jahre nach meinem nicht zustande gekommenen Duell, *1878* trugen die Messieurs Fourtou und Gambetta ein Duell aus, das sie in Frankreich zu Helden, in der übrigen Welt jedoch eher lächerlich machte. In jenem Herbst und Winter lebte ich in München, und ich war an dieser Tragikomödie so interessiert, dass ich einen umfassenden Bericht darüber schrieb; er findet sich irgendwo in einem meiner Bücher – ein Bericht, der einige Ungenauigkeiten enthält, als Schilderung des *Geistes* jenes Duells aber, wie ich meine, korrekt und zuverlässig war. Als ich vierunddreißig Jahre nach meinem vereitelten Duell in Wien lebte, war mein Interesse an Vorfällen dieser Art noch immer lebendig; unter meinen autobiographischen Manuskripten aus der Zeit finde ich ein Kapitel dazu, das ich begonnen, aber nicht beendet hatte. Ich hatte es beenden wollen, jedoch damit gewartet in der Hoffnung, M. Nigra, der italienische Botschafter, würde die Zeit finden, mir die *ganze* Geschichte der Abenteuer Signor Cavallottis auf diesem Gebiet zur Verfügung zu stellen. Aber er war ein vielbeschäftigter Mann; immer gab es eine Unterbrechung, bevor er loslegen konnte; und so erfüllte sich meine Hoffnung nicht. Das Folgende ist das unvollendete Kapitel.

Über das Duellieren. Dieser Zeitvertreib ist in Österreich heute so alltäglich wie in Frankreich. Allerdings mit dem Unterschied, dass das Duell hier in den österreichi-
1898 schen Staaten gefährlich ist, in Frankreich dagegen nicht. Hier ist es eine Tragödie, in Frankreich eine Komödie; hier ist es eine Feierlichkeit, dort ein Affentheater; hier setzt der Duellant sein Leben aufs Spiel, dort nicht einmal sein Hemd. Hier kämpft er mit Pistole oder Säbel, in Frankreich mit einer Haarnadel – einer stumpfen. Hier versucht der schwerverwundete Mann, zu Fuß zum Krankenhaus zu laufen; dort bemalt man den Kratzer, um ihn wieder aufspüren zu können, legt den Leidenden auf eine Trage und geleitet ihn mit einer Musikkapelle vom Kampfplatz.

Am Ende eines französischen Duells herzt und küsst sich das Paar und weint und lobt den Wagemut des anderen; dann führen die Wundärzte eine Untersuchung durch und identifizieren den Angekratzten, und der andere hilft ihm auf die Trage und zahlt seine Transportkosten; im Gegenzug spendiert der Angekratzte abends Champagner und Austern, und damit ist »der Fall erledigt«, wie die Franzosen sagen. Alles geht artig und liebenswürdig und hübsch und eindrucksvoll vonstatten. Am Ende eines österreichischen Duells reicht der Kontrahent, der überlebt hat, dem anderen Mann gravitätisch die Hand, gibt einige Phrasen höflichen Bedauerns von sich, sagt ihm Lebewohl und geht seiner Wege, und auch dieser Fall ist erledigt. Den französischen Duellanten schützen die Spielregeln sorgfältig vor jeder Gefahr. Die Waffe seines Kontrahenten reicht nicht bis an seinen Körper heran; wenn er überhaupt einen Kratzer abbekommt, dann nicht oberhalb des Ellbogens. In Österreich dagegen treffen die Spielregeln gemeinhin keine Vorsorge gegen Gefahr, vielmehr sorgen sie gewissenhaft *für* Gefahr. Gewöhnlich muss das

Gefecht fortgesetzt werden, bis einer der beiden Männer kampfunfähig ist; eine Schnitt- oder Stichwunde, die ihn nicht kampfunfähig macht, entlässt ihn nicht vom Platz.

Drei Monate lang las ich die Wiener Zeitungen, und immer, wenn in den Kurzmeldungen über ein Duell berichtet wurde, klebte ich den Ausschnitt in mein Notizbuch. Anhand dieses Materials stelle ich fest, dass das Duellieren in Österreich nicht auf Journalisten und alte Jungfern beschränkt ist wie in Frankreich, sondern dass sich Militärs, Zeitungsleute, Studenten, Ärzte, Anwälte, Mitglieder der Legislative und sogar des Kabinetts, der Justiz und der Polizei darin ergehen. Duellieren ist gesetzlich verboten; und so ist es seltsam, Gesetzgeber und Gesetzesvollstrecker in dieser Weise auf ihrem Werk herumtanzen zu sehen. Vor einigen Monaten trug Graf Badeni, damals Regierungschef, hier in der Hauptstadt des Reichs ein Pistolenduell mit dem Abgeordneten Wolf aus, und diese beiden herausragenden Christen wären um ein Haar aus der Kirche ausgeschlossen worden – denn nicht nur der Staat, auch die Kirche verbietet das Duellieren.

Jüngst schritt in einem Fall in Ungarn die Polizei ein und beendete ein Duell nach den ersten Durchgängen. Es handelte sich um ein Säbelduell zwischen dem Polizeichef und dem Oberstaatsanwalt der Stadt. In den Zeitungen waren unfreundliche Dinge darüber zu lesen. Es hieß, die Polizei besinne sich ungewöhnlich gut auf ihre Pflichten, wenn ihre eigenen Beamten zu den Duellparteien gehören. Aber ich glaube, dass die Untergebenen gesunden Menschenverstand bewiesen. Hätten ihre Vorgesetzten einander tüchtig zerfetzt, hätte die Öffentlichkeit gefragt: Wo war die Polizei?, und ihre Posten wären bedroht gewesen; allerdings verlangen die Gepflogenheiten nicht, dass sie auch dann zur Stelle sind, wenn Nichtbeamte, bloße Bürger, eine Angelegenheit mit Säbeln klären.

Damals fand in der unmittelbaren Nachbarschaft ein weiteres Duell – ein Doppelduell – statt, und in diesem Fall hielt sich die Polizei an die Gepflogenheiten und störte nicht. Ihr Lebensunterhalt stand nicht auf dem Spiel. Bei diesem Duell trat ein Arzt gegen zwei Chirurgen an und verwundete beide – einen leicht, den anderen schwer. Ein Bestattungsunternehmer wollte die Leute daran hindern, sich einzumischen, aber auch das war nur natürlich.

Bei einem willkürlichen Griff in meine Materialien stoße ich als Nächstes auf ein Duell zwischen Soldaten in Tarnopol. Ein Offizier des 10. Dragonerregiments hatte einen Offizier des 9. Dragonerregiments beschuldigt, gegen die Gesetze des Spieltischs verstoßen zu haben. Irgendwo in der Angelegenheit lag ein Fehler oder bestand ein Zweifel, und dieser musste von einem Ehrengericht untersucht und entschieden werden. Zu diesem Zweck wurde der Fall nach Lemberg verwiesen. Man hätte gern gewusst, worin der Fehler bestand, aber das verriet die Zeitung nicht. Ein Mann von hier, der in vielen Duellen gekämpft hat und einen Friedhof besitzt, sagt, vermutlich gehe es darum, ob die Beschuldigung zutreffe oder nicht; sei ein sehr ernster Vorwurf erhoben worden – beispielsweise Betrug –, werde der Nachweis seiner Stichhaltigkeit den schuldigen Offizier vom Feld der Ehre ausschließen; das Gericht würde einem Gentleman nicht gestatten, sich mit einer solchen Person zu schlagen. Sie sehen, was für eine feierliche Angelegenheit das ist; Sie sehen, wie anspruchsvoll man hier ist; jede noch so kleine unbedachte Handlung kann Sie das Privileg kosten, sich erschießen zu lassen. Das Gericht scheint sich der Sache eingehend und gewissenhaft angenommen zu haben, denn bis es endlich eine Entscheidung traf, verstrichen mehrere Monate. Dann genehmigte es das Duell, und der Beschuldigte tötete seinen Beschuldiger.

Als Nächstes stoße ich auf ein Duell zwischen einem Fürsten und einem Major; erst mit Pistolen – ohne zufriedenstellendes Resultat für die eine oder die andere Partei; dann mit Säbeln, wobei der Major schwer verletzt wurde.

Danach ein Säbelduell zwischen Journalisten – der eine ein kräftiger Mann, der andere schwach und bei schlechter Gesundheit. Es dauerte nicht lange; der Kräftige bohrte seinen Säbel in den Schwachen, und der Tod trat sofort ein.

Danach ein Duell zwischen einem Leutnant und einem Medizinstudenten. Dem Zeitungsbericht zufolge sind dies die Details: Eines Abends war der Student in einem Restaurant gewesen; als er durch den Speisesaal ging, blieb er an einem Tisch stehen, um mit einigen Freunden zu reden; nahebei saßen ein Dutzend Soldaten; der Student verfiel der Idee, dass einer von ihnen ihn »anstarrte«; er forderte den Offizier auf, nach draußen zu gehen und sich zu erklären. Dieser und ein weiterer Offizier griffen nach ihren Mützen und Säbeln und gingen mit dem Studenten nach draußen. Dort – so die Aussage des Studenten – stellte sich der Student dem Offizier vor, der ihn beleidigt hatte, und sagte: »Ich hatte den Eindruck, dass Sie mich angestarrt haben«; als Antwort schlug der Offizier mit der Faust nach dem Studenten; dieser parierte den Hieb; die beiden Offiziere zogen ihre Säbel und griffen den jungen Burschen an, und einer von ihnen verwundete ihn am linken Arm; dann zogen sie sich zurück. Das war an einem Samstagabend. Das Duell fand am Montag in der Militärreitschule statt – dem offenbar in ganz Österreich üblichen Duellplatz. Die Waffen waren Pistolen. Wenn ich die Darstellung richtig verstehe, der zufolge der Zweikampf »unter sehr schweren Bedingungen«* ausgetragen wurde, nämlich »Entfernung: fünfzehn Schritte – drei Schritte vorrücken«, gingen die Duellbedingungen in ihrer Härte über das Übliche hinaus. Es gab nur einen Schusswechsel. Der Student wurde getroffen. »Er legte die Hand auf die Brust, sein Oberkörper krümmte sich langsam nach vorn, dann brach er tot zusammen und sank zu Boden.«

Es ist jämmerlich. Auf meiner Liste finden sich noch andere Duelle, doch bei jedem einzelnen entdecke ich ein und denselben wiederkehrenden Mangel – anwesend sind nie die *Hauptakteure*, sondern immer nur ihre Scheinvertreter. Die *wirklichen* Hauptakteure bei einem Duell sind nicht die Duellanten, sondern ihre Familien. Diese müssen trauern, diese müssen leiden, ihrer ist der Verlust und ihrer das Elend. Sie setzen all das aufs Spiel, der Duellant nur sein Leben, was eine triviale Sache ist, verglichen mit dem, was sein Tod diejenigen kostet, die er zurücklässt. Duellforderungen sollten nicht den Duellanten erwähnen; der riskiert nicht viel, und ihn trifft die eigentliche Rache nicht. Die Duellforderung sollte die alte grauhaarige Mutter des Beleidigers, seine junge Frau und seine kleinen Kinder herbeordern – sie und alle anderen, deren lieber und angebeteter Besitz er ist – und besagen: »Ihr habt mir zwar kein Leid getan, aber ich bin der Sklave einer Sitte, die von mir verlangt, das Glück aus euren Herzen zu reißen und euch zu Jahren der Pein und der Schmerzen zu verdammen, damit ich mit euren Tränen einen Makel abwaschen kann, den mir ein anderer auferlegt hat.«

Die Logik ist bewundernswert: Jemand hat mir einen Penny gestohlen; ich muss zehn Unschuldige anbetteln, meinen Verlust wettzumachen. Das ist die »Ehre« keiner Person wert.

Da die Familienangehörigen des Duellanten die eigentlichen Hauptakteure bei einem Duell sind, sollte der Staat sie dazu zwingen, diesem beizuwohnen. Auch der Kodex sollte dahin gehend abgewandelt werden; ohne ihre Anwesenheit sollte kein Duell mehr vonstattengehen dürfen. Wäre die Mutter jenes Studenten, die

* [Deutsch im Original; Anm. des Übers.]

niemanden beleidigt hat, dabei gewesen und hätte durch ihre Tränen zugesehen, wie der Offizier seine Pistole hob – nun, er hätte in die Luft gefeuert. Das wissen wir. Denn wir wissen, wie wir beschaffen sind. Gesetze sollten auf den erwiesenen Tatsachen unserer Natur beruhen. Es wäre eine einfache Sache, ein Gesetz zu erlassen, das das Duellieren beendet.

So wie die Dinge liegen, wird die Mutter nie geladen. Dem unterwirft sie sich, und zwar ohne ein Wort der Klage; denn auch sie ist eine Vasallin der Sitte, und die Sitte verlangt von ihr, ihren Schmerz zu verbergen, wenn sie die verheerende Nachricht erhält, dass ihr Sohn auf den Duellplatz gehen muss; die starke Macht, die Sitte und Brauch innewohnt, befähigt die Mutter, das schwierige Gebot zu befolgen – ein Gebot, das ihr ein Wunder abverlangt und es auch bekommt. Letzten Januar wurde eine Nachbarin von uns, die einen jungen Sohn beim Heer hat, eines Morgens um drei Uhr von dem Jungen geweckt, sie setzte sich im Bett auf und hörte sich seine Mitteilung an:

»Ich bin gekommen, um dir etwas zu sagen, Mutter, das dich peinigen wird, aber du musst brav und tapfer sein und es ertragen. Ich bin von einem Mitoffizier beleidigt worden, und heute Nachmittag um drei duellieren wir uns. Jetzt leg dich hin und schlaf und denk nicht mehr daran.«

Sie gab ihm einen Gutenachtkuss und legte sich hin, gelähmt von Kummer und Furcht, sagte aber nichts. Doch schlafen konnte sie nicht; sie betete und wehklagte bis zum ersten Morgengrauen, dann floh sie in die nächste Kirche und flehte die Jungfrau um Beistand an; und von dieser Kirche ging sie zu einer anderen und noch einer und noch einer; Kirche um Kirche und wieder Kirche um Kirche, in Qualen und Tränen verbrachte sie so den ganzen Tag bis drei Uhr auf den Knien; dann schleppte sie sich nach Hause und setzte sich untröstlich und verzweifelt, um die Minuten zu zählen und, äußerlich gefasst, auf das zu warten, was ihr vorherbestimmt war – Glück oder unendliches Elend. Bald darauf hörte sie das Klirren eines Säbels – bis dahin hatte sie gar nicht gewusst, wie viel Musik in diesem Geräusch lag –, und ihr Sohn steckte den Kopf zur Tür herein und sagte:

»X war im Unrecht und hat sich entschuldigt.«

Damit war der Fall erledigt; und zweifellos wird die Mutter für den Rest ihres Lebens am Klirren eines Säbels immer etwas Angenehmes finden.

In einem der aufgelisteten Duelle – aber lassen wir das, es ist nichts besonders

Auffälliges daran, außer dass die Sekundanten einfielen. Und noch dazu verfrüht, denn keiner der beiden Kontrahenten war tot. Das war natürlich ordnungswidrig. Keinem der beiden Kontrahenten gefiel es. Es war ein Duell mit Kavalleriesäbeln zwischen einem Redakteur und einem Leutnant. Der Redakteur ging zu Fuß zum Krankenhaus, der Leutnant wurde hingetragen. Hierzulande ist ein Redakteur, der gut schreiben kann, nützlich, bleibt es aber nicht lange, wenn er nicht anmutig mit einem Säbel umzugehen weiß.

Das folgende Telegramm aus jüngster Zeit beweist, dass auch in Frankreich Duelle menschenwürdig unterbunden werden, sobald sie sich dem (französischen) Gefahrenpunkt nähern:

(REUTERS-TELEGRAMM)

PARIS, 5. März

Das Duell zwischen den Colonels Henry und Picquart fand heute Morgen in der Reitschule der École Militaire statt, deren Türen streng bewacht waren, um Eindringlinge zurückzuhalten. Die Kombattanten, die mit Degen fochten, bezogen ihre Positionen um zehn Uhr.

Bei der ersten Klingenberührung zog sich Lieut.-Colonel Henry einen leichten Kratzer am Unterarm zu, und im selben Moment schien seine eigene Klinge den Hals seines Gegners zu berühren. Senator Ranc, der Colonel Picquarts Sekundant war, unterbrach den Zweikampf; als sich jedoch herausstellte, dass sein Duellant nicht berührt worden war, wurde der Waffengang fortgesetzt. Es folgte ein sehr scharfer Zusammenstoß, bei dem Colonel Henry am Ellbogen verwundet wurde, damit war das Duell beendet.

Danach die Trage und die Kapelle. In grellem Kontrast zu dieser zarten Koketterie erlebten wir vorgestern das tödliche Duell in Italien, wo das ernste österreichische Duell in Mode ist. Ich kannte Cavallotti flüchtig, weswegen ich ein persönliches Interesse an diesem Duell habe. Vor mehreren Jahren hatte ich ihn das erste Mal in Rom gesehen. Er saß auf einem Steinquader im Forum und schrieb etwas in sein Notizbuch – ein Gedicht, eine Forderung oder dergleichen –, und der Freund, der mich auf ihn hingewiesen hatte, sagte: »Das ist Cavallotti – er hat dreißig Duelle bestritten; stören Sie ihn nicht.« Ich störte ihn nicht.

13. Mai 1907. Es ist lange her. Cavallotti – Dichter, Redner, Satiriker, Staatsmann, Patriot – war ein bedeutender Mann, sein Tod wurde von seinen Landsleuten zutiefst beklagt – wovon viele ihm gewidmete Denkmäler Zeugnis ablegen. In seinen Duellen tötete er mehrere seiner Widersacher und machte den Rest kampfunfähig. Von Natur aus war er leicht reizbar. Als die Bibliothek von Bologna seine Bücher hinauswarf, erschien der sanfte Dichter und forderte alle fünfzehn Angestellten heraus! Seine parlamentarischen Pflichten nahmen ihn stark in Anspruch, aber er schlug vor, immer wiederzukommen und zwischen seinen Zugfahrten Duelle auszutragen, bis alle Angestellten aus den Aktivitäten des Lebens verabschiedet wären. Obwohl er als Kampfwaffe stets den Degen wählte, hatte er nie auch nur eine Unterrichtsstunde mit dieser Waffe absolviert. Wenn das Startsignal fiel, wartete er nicht etwa ab, sondern stürzte sich sofort auf seinen Gegner und ließ einen solchen Sturm an wilden und originellen Stößen und Hieben auf diesen niederprasseln, dass der Mann, noch ehe er sein Können unter Beweis stellen konnte, tot oder verkrüppelt war. Sein letzter Widersacher jedoch parierte Cavallottis Draufgängertum und siegte. Als sich Cavallotti auf ihn stürzte, hielt er den Degen gerade wie eine Lanze vor sich – mit dem Ergebnis, dass sich Cavallotti aufspießte. Die Lanze drang in seinen Mund und kam im Nacken wieder heraus. Der Tod trat auf der Stelle ein.

Dienstag, 23. Januar 1906

Über die Versammlung in der Carnegie Hall zugunsten Booker Washingtons Tuskegee Institute – Führt zu einem unangenehmen politischen Zwischenfall, der Mr. Twichell widerfuhr

Gestern Abend fand in der Carnegie Hall eine Großveranstaltung zugunsten Booker Washingtons Tuskegee Educational Institute im Süden statt, und das Interesse, das die New Yorker an diesem Institut haben, war offenkundig, denn obwohl kein angenehmes Wetter herrschte, fanden sich dreitausend Menschen in dem Saal ein und zweitausend davor, die um acht, als die Darbietungen gerade beginnen sollten, noch hineinzugelangen versuchten. Den

Vorsitz führte Mr. Choate, der, als er auf die Bühne marschierte, mit großem Applaus begrüßt wurde. Er war soeben aus England zurückgekehrt, wo er sich lange als unser Botschafter aufgehalten und die Engländer mit den Gaben seines Herzens, die Mitglieder des Königshauses und der Regierung mit seinem diplomatischen Geschick sowie die ganze Nation mit seiner vornehmen und vollendeten Redekunst für sich eingenommen hatte. Fünfunddreißig Jahre lang war Choate der bestaussehende Mann Amerikas. Gestern Abend fand ich ihn noch genauso gutaussehend wie vor fünfunddreißig Jahren, als ich ihm das erste Mal begegnet bin. Und immer wenn ich ihn, vor fünf oder sechs Jahren, in England aufsuchte, hielt ich ihn für den bestaussehenden Mann auch in diesem Land.

Booker Washington traf ich zum ersten Mal auf einem Empfang zum Unabhängigkeitstag in Mr. Choates Londoner Haus. Seither bin ich ihm mehrfach begegnet, und immer macht er einen angenehmen Eindruck auf mich. Gestern Abend war er Mulatte. Das bemerkte ich erst, als er sich beim Reden umdrehte und etwas zu mir sagte. Dass er Mulatte war und blaue Augen hatte, war eine große Überraschung für mich. Wie unaufmerksam ein einfacher Mensch doch sein kann. Bis dahin war er für mich immer ein Schwarzer gewesen, und ich hatte nicht einmal registriert, ob er überhaupt Augen hatte. In diesem Vierteljahrhundert hat er Wunderbares bewirkt. Als er vor fünfundzwanzig Jahren seine Ausbildung an der Hampton Colored School abschloss, war er unbekannt und besaß weder einen Penny noch einen Freund außerhalb seines unmittelbaren Bekanntenkreises. Doch durch die Überzeugungskraft seiner Erscheinung und seines Vortrags, die Ehrlichkeit und Aufrichtigkeit, die aus seinen Augen sprechen, war er imstande, hier im Norden Hüte voll Geld zu sammeln, mit dem er im Süden seine große Schule für Farbige beiderlei Geschlechts aufgebaut und fest etabliert hat. In dieser Schule wird den Zöglingen nicht nur eine Bücherbildung zuteil, vielmehr werden sie in siebenunddreißig nützlichen Handwerken unterwiesen. In diesen fünfundzwanzig Jahren hat Booker Washington viele Hunderttausende Dollar zusammengekratzt und mit dem Geld sechstausend farbige Männer und Frauen unterrichtet und sie hinausgeschickt zu den Farbigen auf den Feldern der Südstaaten; inzwischen umfasst das Schulregister fünfzehnhundert Namen. Die Liegenschaften des Instituts sind anderthalb Millionen wert, und die Anstalt befindet sich in einem blühenden Zustand. Booker Washington ist ein höchst bemerkenswerter Mann. Dazu ein leidenschaftlicher und wirkungsvoller Redner auf der Tribüne.

CHOATE UND TWAIN SETZEN SICH FÜR TUSKEGEE EIN

Begeistertes Publikum bejubelt die beiden und Booker Washington

HUMORIST KRITISIERT STEUERHINTERZIEHER

Sagt, jeder schwört, jeder schwört vor allem ab –
Freunde der Negeranstalt wollen $ 1 800 000 einwerben

Um Booker T. Washington zu einem guten Start für das Einsammeln der $ 1 800 000 zu verhelfen, die er aus dem Norden für das Tuskegee Institute zurückbringen will, sprachen gestern Abend in der Carnegie Hall Mark Twain, Joseph H. Choate, Robert C. Ogden und Dr. Washington selbst. Übrigens war es die Feier eines »silbernen Jubiläums«, da das Tuskegee Institute 1881 gegründet wurde.

Der große Saal war bis auf den letzten Sitz gefüllt, und davor standen noch einmal so viele, die hineingegangen wären, wenn der Platz ausgereicht hätte. Das Spektakel erinnerte an die Wahlkampftage im vergangenen November, als Bezirksstaatsanwalt Jerome und seine faszinierenden Begleiter die Carnegie Hall füllten.

Aber gestern Abend war es keineswegs eine Zusammenkunft nur des »Volkes«. Juwelengeschmückte Frauen in prächtigen Kleidern und Männer in Gesellschaftsanzügen füllten die Logen. Trotz des erklärten Ziels der Versammlung – vom Publikum und von anderen Geld einzutreiben – herrschte eine fröhliche, unbeschwerte Stimmung. Mark Twains »Lehren« wurden mit solchen Lachsalven bedacht, dass der Mann, der nie altert, kaum Lücken finden konnte, um seine Grundsätze darzulegen. Der Teil von Mr. Clemens' Ansprache, in dem er auf wohlhabende Männer Bezug nahm, die ihren Steuerveranlagungen mit Eid widersprechen, wurde mit besonders heftigem Beifall aufgenommen.

Zu den Besuchern der Logen zählten Mrs. John D. Rockefeller, Mrs. Henry H. Rogers, Mrs. Clarence H. Mackay, Mrs. Morris K. Jesup, J. G. Phelps Stokes, Isaac N. Seligman, George Foster Peabody, John Crosby Brown, Carl Schurz, Mrs. W. H. Schieffelin, Mrs. William Jay Schieffelin, Mrs. Joseph H. Choate, Mrs. Henry Villard, Nicholas Murray Butler, Mrs. Robert C. Ogden, Mrs. Cleveland H. Dodge, Mrs. Alfred Shaw, Mrs. Felix M. Warburg, Mrs. R. Fulton Cutting, Mrs. Collis P. Huntington, Mrs. Robert B. Minturn, Mrs. Jacob H. Schiff, Mrs. Paul M. Warburg und Mrs. Arthur Curtis James.

Zwischen den Reden sang ein Negeroktett. Ihre Lieder waren altmodische Weisen und Revival-Songs, und ihre tiefen, vollen Stimmen füllten den ganzen Saal.

William Jay Schieffelin eröffnete die Versammlung, indem er ihren Zweck bekanntgab und darauf drängte, Dr. Washington jede erdenkliche Hilfe angedeihen zu lassen. Er verkündete, dass es im April einen Sonderzug von New York nach Tuskegee geben und Hin- und Rückfahrt einschließlich aller Nebenkosten $ 50 kosten würde. Bei dieser Gelegenheit wird der fünfundzwanzigste Gründungstag von Tuskegee in der Schule selbst mit Reden von Kriegsminister Taft, Präsident Eliot aus Harvard, Bischof Galloway und Andrew Carnegie begangen.

Choate preist Washington

»Wir sind heute Abend zusammengekommen«, sagte Mr. Choate, nachdem Mr. Schieffelin ihn vorgestellt hatte, »um das ›silberne Jubiläum‹ des Tuskegee Institute zu feiern, das heute fünfundzwanzig Jahre alt wird und für dessen Erfolg als Keimzelle und Zentrum der Ausbildung von Negern im Süden Triumph und Ruhm Dr. Booker T. Washington gebührt. Ich glaube nicht, dass er für sich beansprucht, der Initiator zu sein. Seine Anfänge nahm das Institut 1881 in einer Hütte mit dreißig Schülern. Und was sehen wir jetzt vor uns? Eine große Lehranstalt mit einer Fläche von 2300 Morgen und mehr als acht Gebäuden, die speziell auf die Aufgaben zugeschnitten sind, denen sie dienen sollen.

Mehr als 6000 Schüler hat das Institut als Vorbilder und Lehrer der Negerrasse in die Welt hinausgeschickt. Mittlerweile hat es 1500 eingeschriebene Schüler und verfügt über ein Stiftungsvermögen in Höhe von mehr als $ 1 000 000. Wie für alle anderen bedeutenden Lehranstalten von heute gilt, je mehr sie hat und je mehr sie will, desto mehr bekommt sie und desto mehr kann sie verwenden.

Ich habe gelesen, dass Dr. Washington kürzlich in einer Rede erklärt hat, er sei stolz auf seine Rasse. Ich bin sicher, dass seine Rasse stolz auf ihn ist. Und ich kann sagen, dass auch die große Masse des amerikanischen Volkes, im Norden wie im Süden, stolz auf ihn ist. Es gibt nur wenige Amerikaner, auf die die europäischen Nationen mit so viel Interesse und Wohlwollen blicken wie auf Dr. Washington. Es war mir ein Vergnügen, ihn in meinem gemieteten Haus [Gelächter] in London zu sehen, umringt von Engländern und Engländerinnen, die erfreut waren, seine Bekanntschaft zu machen und seine Worte zu hören.«

Die Negerfrage ein umfassendes Problem

»Die gewaltige Negerfrage, die zurückblieb, als die Sklaverei abgeschafft war, und die viel länger Bestand haben wird als die Sklaverei, obliegt den Weißen im Süden nicht mehr als den Negern oder den Weißen im Norden. Sie wurde dem Süden von der unwiderstehlichen Kraft der ganzen Nation aufgezwungen. Im Süden haben sie, Weiße und Schwarze, ihr Teil getan. In einem Buch von Mr. Murphy, Sekretär des Südlichen Bildungsausschusses, das hoffentlich jeder von Ihnen kennt, las ich, dass die Zahl der Analphabeten unter den Negern des Südens seit dem Krieg um mehr als die Hälfte gesunken ist. Wie ist das bewerkstelligt worden? Mit den Geldmitteln der Südstaaten. Sie haben ihre Sache hervorragend gemacht. Durch Besteuerung wurden zwischen 1870 und 1900 rund $ 109 000 000 für die Ausbildung der Neger aufgebracht. Wie viele Leute im Süden – wie einige Leute hier in New York – zwischen den Fördermitteln und den Empfängern standen, weiß ich nicht, aber es war eine großartige Leistung.

Kein Absolvent von Tuskegee sitzt in einer Anstalt ein. Es sind nicht die gebildeten Neger, die sich den Süden zum Feind machen; es sind die ungebildeten. Die Nachfrage nach Absolventen von Tuskegee ist stärker, als Tuskegee sie befriedigen kann.«

Dienstag, 23. Januar 1906

Integrität der Rassen

»Die Erhaltung der Integrität der Rassen, die mit Zustimmung beider Rassen die Grundlage der Südstaatenzivilisation bildet, hat schwarzen Anwälten, schwarzen Ärzten und Vertretern in jedem Berufsstand und Wirtschaftszweig Möglichkeiten eröffnet, und die Neger nutzen sie ausgiebig.« Dann wandte sich Mr. Choate an Mark Twain.

»Wenn ich Ihnen den nächsten Redner als Samuel L. Clemens vorstellen würde«, sagte er, »würden einige fragen: ›Wer ist das?‹, aber wenn ich ihn als Mark Twain vorstelle –«

Weiter kam er nicht. Der Applaus, der losbrach, dauerte volle drei Minuten.

»Ich habe ihn beim Dinner zu seinem siebzigsten Geburtstag reden hören«, fuhr Mr. Choate fort, »und die Kernaussage seiner Rede lautete, er habe noch nie in seinem Leben gearbeitet. Er sagte, er habe noch nie an etwas gearbeitet, das ihm nicht Spaß gemacht habe, also habe es sich nicht um Arbeit gehandelt. Er sagte, wenn ihm eine interessante Aufgabe bevorstand, habe er den ganzen Tag im Bett gelegen. Und heute, höre ich, war er den ganzen Tag im Bett.«

Als Mark Twain sich Gehör verschafft hatte, sagte er:

MARK TWAINS ANSPRACHE

»Die Gewohnheiten, von denen Mr. Choate Ihnen erzählt hat, sind genau die Gewohnheiten, welche mich bis zu meinem siebzigsten Jahr jung gehalten haben. Heute habe ich den ganzen Tag im Bett gelegen, ich rechne damit, auch morgen den ganzen Tag im Bett zu liegen, und werde den Rest des Jahres den ganzen Tag im Bett liegen. Nichts ist so erfrischend, nichts ist so behaglich, und nichts bereitet einen so gut auf die Art von Arbeit vor, die man Vergnügen nennt. Mr. Choate hat darauf geachtet, mir keine Komplimente zu machen. Nicht, weil er nicht wollte – ihm fielen einfach keine ein.

Ich bin in der verantwortungsvollen Rolle eines Polizisten hierhergekommen – um Mr. Choate zu überwachen. Wir haben es mit einem Ereignis von ernster, ja schwerwiegender Bedeutung zu tun, und es schien mir geboten, anwesend zu sein, damit, falls er versuchen sollte, Äußerungen von sich zu geben, die eine Korrektur, Kürzung, Widerlegung oder Bloßstellung erfordern, ein bewährter Freund des Publikums hier sei, um den Saal zu schützen. Aber mit allem Freimut und Dank kann ich sagen, dass nichts dergleichen eingetreten ist. Er hat keine einzige Äußerung von sich gegeben, deren Wahrhaftigkeit nicht meinen eigenen Maßstäben entspräche. Ich habe nie erlebt, dass jemand sich so vervollkommnet hätte.

Das macht mich nicht eifersüchtig. Es macht mich nur dankbar. Dankbar und stolz; stolz auf ein Land, das solche Männer hervorbringt – zwei solche Männer. Und beide in ein und demselben Jahrhundert. Wir können nicht immer mit Ihnen sein; wir scheiden dahin – scheiden dahin; bald werden wir fort sein, und dann – nun, dann wird alles zum Stillstand kommen müssen, schätze ich. Ein trauriger Gedanke. Aber im Geiste werde ich immer mit Ihnen sein. Choate ebenfalls – falls er es vermag.«

Nichts zu widerlegen

»Es gibt nichts zu erklären, nichts zu widerlegen, nichts zu entschuldigen, somit bleibt mir jetzt nichts anderes zu tun, als mein natürliches Gewerbe fortzusetzen – meine Lehrtätigkeit. In Tuskegee unterweist man die Schüler gründlich im christlichen Moralkodex; man bringt ihnen die unbestreitbare Wahrheit bei, dass dieses Moralsystem das höchste und beste von allen ist; dass die Größe der Nation, ihre Stärke und ihr Ansehen unter den anderen Nationen das Resultat dieses Systems sind; dass es das Fundament ist, auf dem der amerikanische Charakter beruht; dass alles Rühmenswerte und Wertvolle im Charakter des einzelnen Amerikaners Blüte und Frucht dieser Saat sind.

Man bringt ihnen bei, dass dies auf jeden Fall zutrifft, ob der Betreffende bekennender Christ oder Ungläubiger ist; denn wir haben keinen anderen Moralkodex als den christlichen, und jedes Individuum steht von der Wiege bis zur Bahre unter dessen charakterbildendem Einfluss und mächtiger Herrschaft; er wird mit jedem Atemzug eingesogen, ist in seinem Blut und in seinen Knochen, ist Netz und Gewebe und Faser seines intellektuellen und spirituellen Erbes und unauslöschlich.

Und so ist jeder unter den achtzig Millionen geborenen Amerikanern, worin sein Glaube oder sein Mangel an Glaube auch bestehen mag, unstrittig Christ – insoweit, als seine moralische Verfasstheit christlich ist.«

Zwei Moralkodexe

»All das ist wahr, und kein Schüler wird Tuskegee in Unkenntnis dessen verlassen. Woran also wird es ihm neben dieser wichtigsten Botschaft mangeln? Was kann ich ihm daneben noch beibringen, was er sich dort nicht aneignen oder sich nicht in hinreichend ausgeprägter Form aneignen könnte? Nun, diese große Tatsache, diese wichtige Tatsache – dass es zwei verschiedene, zwei getrennte Arten christlicher Moral gibt, so verschieden, so getrennt, so unverbunden, dass sie nicht näher miteinander verwandt sind als Erzengel und Politiker. Die eine Art ist die private christliche Moral, die andere die öffentliche christliche Moral.

Die treuliche Befolgung der privaten christlichen Moral hat diese Nation zu dem gemacht, was sie ist – ein reines und rechtschaffenes Volk in seinem privaten häuslichen Leben, ein ehrliches und ehrenhaftes Volk in seinem privaten gewerblichen Leben; in dieser Hinsicht kann keine fremde Nation Vorrang vor ihr beanspruchen, kein Kritiker, ob im Ausland oder im Inland, kann die Gültigkeit dieser Wahrheit in Frage stellen. An 363 Tagen im Jahr bleibt der amerikanische Bürger seiner privaten christlichen Moral treu und hält den Charakter der Nation unbefleckt und in höchsten Ehren; dann, an den beiden anderen Tagen des Jahres, lässt er seine private christliche Moral daheim, trägt seine öffentliche christliche Moral zum Finanzamt und zur Wahlurne und tut sein Bestes, um den Wert seiner Gläubigkeit und Rechtschaffenheit des übrigen Jahres zu beeinträchtigen und zunichtezumachen.«

Politische Moral

»Ohne zu erröten, wird er für einen schmutzigen Boss stimmen, wenn dieser Boss der Moses seiner Partei ist; ohne Gewissensbisse wird er gegen den besten Mann im ganzen Land stimmen, wenn dieser auf der Liste der anderen Partei steht. Jedes Jahr hilft er in einer Reihe von Städten und Staaten dabei, korrupte Männer in Ämter zu hieven, jedes Jahr hilft er, die Korruption immer weiter zu verbreiten; Jahr für Jahr lässt er das politische Leben des Landes allmählich verrotten, während er, wenn er seine öffentliche christliche Moral wegwerfen und seine private christliche Moral zur Wahlurne tragen würde, den Staatsdienst unverzüglich säubern und die Bekleidung eines Amtes zu einer hohen und ehrenvollen Auszeichnung machen könnte, begehrt von den besten Männern, die das Land zu bieten hat. Jetzt aber – nun, jetzt betrachtet er sein unpatriotisches Wirken und seufzt und trauert und beschuldigt jeden außer dem Richtigen – sich selbst.«

Was Steuerhinterzieher anbelangt

»Einmal im Jahr gibt er seine private christliche Moral auf, mietet sich eine Fähre und hinterlegt seine Wertpapiere für drei Tage in einem Depot in New Jersey, holt seine öffentliche christliche Moral hervor, geht zum Finanzamt, hebt die Hand und schwört, er wünsche, er möge niemals – niemals, wenn er auch nur einen Cent in der Welt besitze, bewahre! Tags darauf erscheint die Liste in den Zeitungen – ein und eine viertel Kolumne mit kleingedruckten Namen, und jeder der Männer auf der Liste ist Milliardär und Mitglied mehrere Kirchen.

Ich kenne diese Leute. Ich pflege freundschaftlichen, gesellschaftlichen und kriminellen Umgang mit ihnen. Wenn sie zufällig in der Gegend sind, lassen sie keine Predigt aus, und sie lassen auch keinen Tag der Abschwörung aus, ob sie nun zufällig in der Gegend sind oder nicht. Der Unschuldige kann in dieser zerfallenden Atmosphäre nicht unschuldig bleiben. Früher war ich ein ehrlicher Mann. Ich zerbrösle. Nein – ich bin schon zerbröselt. Als ich vor vierzehn Tagen einen Steuerbescheid über $ 75 000 erhielt, ging ich aus dem Haus und versuchte, mir das Geld zu leihen, es gelang mir nicht; als ich herausfand, dass man einen ganzen Haufen Millionäre für ein Drittel der Summe, mit der man mich belastet, in New York leben lässt, war ich gekränkt. Ich war empört und sagte: ›Das ist der letzte Tropfen! Ich werde diese Stadt nicht allein aus eigener Kraft finanzieren.‹ In diesem Augenblick – in diesem denkwürdigen Augenblick – begann ich zu zerbröseln.«

Dienstag, 23. Januar 1906

Mark Twain zerfällt

»Nach fünfzehn Minuten war der Zerfall vollständig. Nach fünfzehn Minuten war ich zu einem moralischen Sandhaufen geworden, und gemeinsam mit diesen routinierten und erfahrenen Diakonen hob ich die Hand und schwor jedem Fetzen persönlichen Eigentums ab, den ich in der Welt besaß, bis hin zu Holzbein, Glasauge und was von meiner Perücke übrig ist.

Die Finanzbeamten waren gerührt, sie waren zutiefst gerührt; dass abgebrühte alte Arbeitstiere sich so aufführten, waren sie längst gewohnt und konnten den Anblick ertragen; aber von mir, einem beeidigten professionellen Moralisten, erwarteten sie Besseres und waren betrübt. Ich sank sichtlich in ihrer Achtung und Wertschätzung und hätte auch in meiner eigenen sinken sollen, nur hatte ich den Tiefpunkt schon erreicht, und tiefer konnte ich nicht fallen.«

Schwört ein Gentleman ab?

»In Tuskegee wird man, zusammen mit Dr. Parkhurst, aus mangelnden Beweisen voreilige und irrige Schlüsse ziehen und die Schüler zu dem Aberglauben verleiten, dass ein Gentleman niemals flucht und schwört. Schauen Sie sich diese guten Millionäre an; sind sie nicht Gentlemen? Nun, sie fluchen und schwören. Vielleicht nur einmal im Jahr, aber das Ausmaß ist groß genug, um die verlorene Zeit aufzuholen. Und verlieren sie dadurch irgendetwas? Nein, das tun sie nicht; in drei Minuten sparen sie genug, um ihre Familie sieben Jahre lang zu ernähren. Wenn sie schwören, erschauern wir dann? Nein – es sei denn, sie fluchen und sagen ›Verdammt!‹. Dann erschauern wir. Dann würden wir am liebsten im Erdboden versinken.

Aber so sollten wir nicht empfinden, denn wir alle fluchen – jeder. Einschließlich der Damen. Einschließlich Dr. Parkhurst, dieser starke, mutige und vortreffliche, wenn auch nur oberflächlich gebildete Bürger. Denn nicht das Wort selbst ist Sünde, es ist der Geist hinter dem Wort. Wenn eine verärgerte Dame ›Oh!‹ sagt, sagt der Geist dahinter ›Verdammt!‹, und so wird es beanstandet werden. Es betrübt mich immer sehr, wenn ich eine Dame so fluchen höre. Aber wenn sie ›Verdammt!‹ sagt, und das auf liebenswürdige, hübsche Art, wird es überhaupt nicht beanstandet werden.

Die Vorstellung, dass ein Gentleman niemals flucht und schwört, ist völlig verkehrt; er kann fluchen und schwören und immer noch Gentleman sein, wenn er es auf charmante, wohlwollende und warmherzige Art tut. Der Historiker John Fiske, denn ich gut kannte und sehr gernhatte, war ein unbescholtener, höchst vornehmer und ehrenwerter christlicher Gentleman, und doch hat er einmal geflucht. Vielleicht nicht richtig geflucht, aber doch – aber ich will Ihnen davon erzählen.

Eines Tages, als er tief in seine Arbeit versunken war, kam seine Frau zu ihm herein und sagte zutiefst erschüttert und verzweifelt: ›Es tut mir leid, dass ich dich störe, John, aber ich muss, denn es handelt sich um eine ernste Angelegenheit, um die wir uns sofort kümmern müssen.‹ Dann brachte sie jammernd eine schwere Anschuldigung gegen ihren kleinen Sohn vor. Sie berichtete: ›Er hat gesagt, seine Tante Mary sei eine blöde Kuh und seine Tante Martha eine verdammt blöde Kuh.‹ Mr. Fiske dachte einen Augenblick über die Angelegenheit nach, dann erwiderte er: ›Nun ja, das entspricht in etwa dem Unterschied, den ich selbst zwischen den beiden machen würde.‹

Mr. Washington, ich bitte Sie, diese Lehren Ihrer großen, erfolgreichen und höchst segensreichen Lehranstalt zu übermitteln und sie den verschwenderischen geistigen und moralischen Reichtümern hinzuzufügen, mit denen Sie Ihre glücklichen Schützlinge für den Lebenskampf ausstatten.«

Robert C. Ogden sagte, nachdem er durch Mr. Choate vorgestellt worden war und bevor er mit seiner formellen Rede begann, die aus gegebenem Anlass der »Beschaffung von Geldmitteln« galt, er wolle auf Mark Twains Bemerkungen zu Kraftausdrücken eingehen.

»Ich möchte sagen«, begann Mr. Ogden, »dass die Anspielungen meines Freundes auf die Ethik der Kraftausdrücke alles andere als originell sind. Schon vor Jahren wusste ich alles darüber, und er würde nicht so viel wissen, wie er weiß, hätte er nie in Hartford gelebt. Ich erinnere mich, wie ein dortiger angesehener Puritaner einmal sagte, als er während einer Debatte mit der Faust auf den Schreibtisch schlug, er wolle verdammt sein, wenn er einen solchen Antrag durchgehen lasse. Daraufhin sagte Henry Clay Trumbull, es sei schön, einen Mann vor sich zu sehen, der mit so tiefer Ehrerbietung ›verdammt‹ sagen könne.«

Dann fuhr Mr. Ogden fort, über den Finanzbedarf von Tuskegee zu sprechen. Er sagte, die klügsten Köpfe des Landes, Nord und Süd, räumten ein, dass man den Negern, die Teil der Bevölkerung der Nation geworden seien, besondere erzieherische Pflichten schulde.

Applaus für Washington

Mr. Ogden sagte, es gebe drei verschiedene Spendenaufrufe. Eine zusätzliche Einnahme in Höhe von $ 90 000 pro Jahr sei erforderlich, ein zusätzliches Stiftungsvermögen in Höhe von $ 1 800 000 sei unerlässlich, und eine Heizungsanlage, die $ 34 000 koste, sei notwendig.

Kurz bevor Booker T. Washington den Saal betrat, reichte ihm ein Botenjunge einen Zettel von Thomas Dixon jr., auf dem der Schriftsteller zusagte, Tuskegee $ 10 000 zu spenden, sofern Mr. Washington auf der Versammlung erkläre, nicht die soziale Gleichstellung der Neger zu verlangen, und Tuskegee die Verschmelzung der Rassen ablehne. Als Mr. Washington gefragt wurde, was er zu dem Thema zu sagen habe, antwortete er:

»Ich werde darauf nicht eingehen. Ich habe dazu nichts zu sagen.«

Als Mr. Washington vortrat, um zu sprechen, wurde ihm ein warmer Empfang zuteil, und es gab starken Applaus, als er im Laufe seiner Rede sagte:

»Eine Sache können wir als erledigt betrachten. Wir brauchen nicht länger zu experimentieren und zu spekulieren, wo die zehn Millionen Schwarzen leben sollen. Wir haben den unumstößlichen Entschluss gefasst, hier in Amerika zu bleiben, und der Großteil von uns wird für alle Zeiten in den Südstaaten bleiben. In diesem Zusammenhang zögere ich nicht zu sagen, dass aus meiner Sicht der Großteil unseres Volkes im Süden günstigere Möglichkeiten findet als anderswo.

Da wir für immer ein Teil der Bürgerschaft dieses Landes sein werden, ist nur eine Frage zu beantworten: Werden wir zu den besten Bürgern gehören oder zu den schlechtesten?

Jede Menschenrasse sollte nach ihren besten Vertretern beurteilt werden, nicht nach ihren schlechtesten«, sagte Mr. Washington. »Man hat kein Recht, über ein Volk zu urteilen, solange man sich nicht der Mühe unterzogen hat, seine Fortschritte zu beobachten, nachdem es angemessene Chancen erhalten hat.

Wann immer wir durch Bildung zu den Menschen vordringen konnten, haben sie sich moralisch rasch entwickelt, und die Kriminalität ist gesunken. Nach eingehenden Untersuchungen haben wir keinen einzigen Mann und keine einzige Frau mit einem Abschlusszeugnis vom Hampton Institute in Virginia oder vom Tuskegee Institute in Alabama gefunden, die in einer Strafanstalt einsäßen.

Keine zwei Gruppen von Menschen, von denen die eine in Unwissenheit und Armut lebt, können Seite an Seite existieren, ohne dass die Lage der einen die andere in Mitleidenschaft zieht. Der schwarze Mann muss gefördert werden, oder der weiße Mann wird in seinem sittlichen und geistigen Leben Schaden nehmen. Die Erniedrigung des einen bedeutet die Erniedrigung des anderen.

Ich übersehe nicht das Ausmaß des Problems, mit dem wir es zu tun haben, und setze auch dem Wachstum meiner Rasse keine Grenzen. Meiner Ansicht nach ist es das wichtigste und weitreichendste Problem, mit dem es die Nation zu tun hat; aber man kann nicht gleich gute Bürger heranbilden, wenn für die Ausbildung eines Kindes in einem Teil des Landes $ 1,50 und für die Erziehung eines anderen in einem anderen Teil des Landes $ 20 ausgegeben werden.

Der Neger hat seinen Wert für dieses Land und seine Loyalität zu diesem Land auf vielfältige Weise unter Beweis gestellt. Jetzt bittet er darum, dass er durch Anstalten wie Hampton, Fisk und Tuskegee die Chance erhält, unserem Land in Zukunft hohe und intelligente Dienste zu leisten. Ich glaube fest daran, dass man ihm eine solche Gelegenheit geben wird.«

Als die Veranstaltung zu Ende war und die Leute auf die Bühne kletterten, umhergingen und Hände schüttelten, geschah das Übliche. Es geschieht immer. Ich schüttele Leuten die Hand, die meine Mutter gut kannten, aus Arkansas, aus New Jersey, aus Kalifornien, aus Jericho – und ich muss so tun, als sei ich froh und glücklich, Menschen zu begegnen, die jemanden, der mir so lieb und teuer war, so gut gekannt haben. Das gehört zu den Dingen, die einen langsam zu einem höflichen Lügner und Betrüger machen, denn an keinem dieser Orte ist meine Mutter je gewesen.

Ein hübsches Geschöpf freute sich, mich wiederzusehen, und erinnerte sich an einen Besuch bei mir zu Hause in Hartford – ich weiß nicht, wann, es ist viele Jahre her. Doch verwechselte sie mich mit jemandem anders. Sie *konnte* es gar nicht gewesen sein. Aber ich war sehr herzlich, denn sie *war* ausnehmend hübsch. Und ich sagte: »Ich habe mich all die Jahre danach gesehnt, Ihnen zu begegnen, denn Sie sind durch alle Zeitalter gerühmt worden. Sie sind das ›ungeborene Kind‹. Seit Anbeginn der Zeit sind Sie als Symbol benutzt worden. Wenn Leute emphatisch sein wollen – wenn sie die äußerste Grenze der Unwissenheit meinen –, sagen sie: ›Er ist unschuldig wie ein ungeborenes Kind; er ist unwissend wie ein ungeborenes Kind.‹ Sie waren damals nicht dabei, wie Sie denken, außer im Geiste. Leibhaftig sind Sie nicht erschienen.« Sie war sehr nett. Wir hätten noch lange so weiterplaudern können, aber ich musste auch mit den anderen reden und Erinnerungen hervorkramen, die zum Erfahrungsschatz eines anderen gehören, nicht zu dem meinen.

Da war ein junger Bursche, forsch, aber nicht sehr helle, überwältigend freundlich und auf seine Weise herzlich. Er sagte, seine Mutter habe in Elmira, New York, unterrichtet, wo er zur Welt gekommen und aufgewachsen sei und wo die Familie jetzt noch wohne, und dass sie sich sehr freuen würde, wenn sie wüsste, dass er mich getroffen und mir die Hand geschüttelt habe, denn er sagte: »Sie spricht oft von Ihnen. Sie schätzt Sie sehr, obwohl sie, wie sie sagt, gestehen muss, dass von allen Jungen, die sie je an ihrer Schule hatte, Sie am meisten gestört haben.«

»Nun«, erwiderte ich, »das waren meine letzten Schultage, und durch lange Übung im Stören hatte ich damals den Gipfel erreicht, denn ich war über dreiunddreißig Jahre alt.«

Das berührte ihn überhaupt nicht. Ich glaube, er hatte gar nicht gehört, was ich sagte, so begierig war er, mir alles darüber zu erzählen, und um ihn und mich zu verschonen, sagte ich ihm noch einmal, in dem Schulhaus von Elmira, New York, sei ich nie gewesen, nicht einmal zu Besuch, seine Mutter müsse mich mit einem der Langdons verwechseln, der Familie, in die ich eingeheiratet habe. Gleichwie, er wollte nichts davon wissen – setzte mit lebhaftem Vergnügen seine Rede fort und hat seiner Mutter ich weiß nicht was erzählt. Von mir erfuhr er nichts, was er ihr hätte erzählen können, denn er hörte gar nichts von dem, was ich sagte.

Vor Jahren pflegten mich derlei Vorfälle zu irritieren. Aber inzwischen irritieren sie mich nicht mehr. Ich bin älter geworden. Wenn jemand glaubt, mich früher einmal gekannt zu haben, verlange ich von ihm lediglich, dass er es als Auszeichnung auffasst, mich gekannt zu haben; und dann bin ich in der Regel durchaus gewillt, mich an alles zu erinnern und einige Dinge nachzutragen, die er vergessen hat.

Twichell kam aus Hartford, um der Versammlung beizuwohnen, und als wir nach Hause zurückgekehrt waren, plauderten und rauchten wir. Und kamen wieder auf jene verhängnisvolle Rede in Boston zu sprechen, die ich bei dem Dinner zu Whittiers siebzigstem Geburtstag gehalten hatte; Joe fragte mich, ob mir noch immer der Sinn danach stand, diese Rede übermorgen vor dem Club in Washington zu halten, wo Colonel Harvey und ich zwei der vier Gäste sein würden. Ich antwortete: »Nein.« Ich hätte die Sache aufgegeben – was zutraf. Denn seitdem habe ich die Rede mehrmals geprüft und meine Meinung dazu geändert – grundlegend geändert. Ich finde sie ordinär, grob – nun, ich brauche nicht näher darauf einzugehen. Von Anfang bis Ende gefiel mir keine einzige Passage. Ich fand sie anstößig und abscheulich. Wie erkläre ich mir diese Sinnesänderung? Ich weiß es nicht. Ich kann sie mir nicht erklären. Ich bin der Betroffene. Wenn ich mich außerhalb meiner selbst begeben und die Rede vom Standpunkt eines Menschen begutachten könnte, der nicht persönlich betroffen ist, wäre ich zweifellos in der Lage, sie zu analysieren und mir den Sinneswandel, der stattgefunden hat, befriedigend zu erklären. So wie die Dinge liegen, lasse ich mich lediglich vom Instinkt leiten. Zunächst sagte mir mein Instinkt, es sei eine unschuldige Rede und eine komische dazu. Derselbe Instinkt hat kalt und kritisch als Revisionsgericht getagt und das Urteil kassiert. Ich rechne damit, dass dieses letzte Urteil Bestand haben wird.* Ich werde die Rede nicht aus der Autobiographie entfernen, denn ich glaube, dieser Sinneswandel ist interessant, ob nun die Rede selbst interessant ist oder nicht, also soll sie stehenbleiben.

Twichell hatte einen Brief bei sich, der mich interessierte, und auf meinen

* *25. Mai.* Es hatte Bestand – bis vorgestern; da las ich sie ein letztes Mal gründlich durch – *laut* – und fand sofort zu meiner früheren Bewunderung zurück. M.T.

Wunsch ließ er ihn mir da; zurückgeben sollte ich ihn, wenn ich ihn gelesen hätte. Der Brief ist von Reverend Charles Stowe, einem Sohn Harriet Beecher Stowes. Inzwischen ist der Brief rund zwei Monate alt – aber in dieser Zeit hat Joe ihn ziemlich zerfleddert, indem er ihn überall den Leuten vorliest. Das heißt, er liest den Leuten eine bestimmte Passage vor. Auch mir las er die Passage vor, und zwar diese:

In Rev. Dr. Burtons Band *Remains,* den »Überbleibseln«, wie die alten Leute zu sagen pflegten, las ich Ihre Grabrede. Ich finde, was Schönheit der Diktion, Reichtum der Gedanken, Behutsamkeit und Kraft der psychologischen Analyse angeht, ist sie den Meistern unserer Sprache gewachsen. Die Passage, die ich am meisten bewundere, beginnt mit »Die Menschen sahen das Sonnenlicht in ihm« etc. Ich glaube, das Ganze ist ein Juwel, aber diese Passage ist ein Meisterwerk an schönem und würdigem Englisch. Es ist eine Schande, dass Männer wie Dr. Parker und Dr. Burton in der Schlacht des Lebens in gewisser Weise – nein, dass Männer wie *Sie* und Dr. Burton in gewisser Weise den 130 Schiffen der spanischen Armada bei Trafalgar gleichen, besiegt von Pygmäen.

Und Joe fragte: »Mark, wie denken Sie darüber?«

Ich antwortete: »Nun, Joe, ich will mich nicht festlegen. Schicken Sie mir die Passage, dann will ich meine Meinung dazu abgeben.«

Joe sagte: »Wissen Sie, der Reiz der ganzen Sache liegt darin, dass nicht *ich* dieses wunderbare Juwel hervorgebracht habe – es war Parker.«

Twichell zieht große Befriedigung daraus. Vor einiger Zeit luden seine Töchter eine große Gesellschaft ihrer jungen Freunde beiderlei Geschlechts zu sich ein, und als sie mitten beim Festessen saßen, kam Joe herein, begrüßte sie und wurde willkommen geheißen. Doch mit seinem Grauschädel brachte er sie notwendigerweise in beträchtliche Verlegenheit, und die Ausgelassenheit, auch wenn sie vielleicht nicht ganz erstarb, sank auf den angemessenen Grad der Ehrerbietung vor Joes Amtstracht und seinem Alter. Das war genau die richtige Atmosphäre – waren genau die richtigen Voraussetzungen für eine eindrucksvolle Präsentation jener Briefpassage, und Joe las sie mit sichtlichem Stolz und nahezu jugendlicher Eitelkeit – während die jungen Leute aus Mitleid mit einem alten Mann, der seine Eitelkeit so zur Schau stellte und solch kindisches Vergnügen daran fand, die Augen niederschlugen. Joes Töchter erröteten; blickten einander an und waren kurz davor, zu weinen über diese demütigende Vorführung. Dann beendete Twichell natürlich seine Darbietung, indem er ihnen mitteilte, dieses Lob sei zwar verdient, aber es gelte nicht ihm – Mr. Stowe habe einen Fehler begangen. Wenn er die Passage, die er so sehr lobte, genauer angesehen hätte, wäre ihm nicht entgangen, dass sie das Werk von Rev. Dr. Parker sei und nicht seins.

Auf einer der montagvormittäglichen Zusammenkünfte der Geistlichkeit verfuhr Twichell genauso. Und zwar mit einem ganz ausgezeichneten Effekt, da Parker mitten in der Lesung das Wort ergriff und sagte: »Nun, Joe, das ist zu viel. Wir wissen, dass Sie schöne Dinge zuwege bringen; wir wissen, dass Sie wunderbare Dinge zuwege bringen; aber etwas so Wunderbares wie das, wovon Charley Stowe spricht, haben Sie noch nie zuwege gebracht. Er ist kein kompetenter Kritiker, das liegt auf der Hand. In der ganzen englischen Literatur gibt es nichts, was einer so übertriebenen Lobhudelei würdig wäre wie der, mit der Charley Stowe Ihre Burton-Rede bedenkt.«

Daraufhin erklärte Joe, Parker schade nur sich selbst, denn es sei Parkers Rede, von der die Passage handele.

Parker übt noch immer seine gewohnte Arbeit aus. Seit sechsundvierzig Jahren ist er Hirte ein und derselben Gemeinde – ihrer Kinder, Enkel und Urenkel. Joe meint, er sei nach wie vor ein großartiger Künstler im englischen Ausdruck und ein ausgezeichneter und tiefer Denker. Meines Wissens besagt das eine Menge. In den alten Tagen in Hartford, seitdem ich ihn kannte, war er einer unserer bemerkenswertesten Männer gewesen, und in dieser Stadt gab es acht oder zehn Männer, die den Durchschnitt überragten.

Twichells Gemeinde – die einzige Gemeinde, der er seit seinem Eintritt in das geistliche Amt vorgestanden hat – feierte vor ein paar Wochen den vierzigsten Jahrestag seiner Besteigung der Kanzel. Gleich zu Beginn des Bürgerkrieges war Joe als Kaplan in die Armee eingetreten. Er war noch ein junger Bursche und hatte eben Yale und das dortige Theologische Seminar abgeschlossen. Er nahm an sämtlichen Feldzügen der Potomac-Armee teil. Als er ausgemustert wurde, berief ihn die Gemeinde, von der ich spreche; ihr dient er seither und immer zu ihrer vollen Befriedigung – mit einer Ausnahme.

Unter meinen alten Manuskripten habe ich eins gefunden, das etwa zweiundzwanzig Jahre alt sein dürfte. Es trägt eine Überschrift und sieht ganz danach aus, als hätte ich es als Zeitschriftenartikel verwenden wollen. Heute sehe ich deutlich, warum ich es nicht habe drucken lassen. Es steckt voller Hinweise darauf, dass ich mich von etwas hatte anregen lassen, was Twichell damals widerfahren war und ihn in eine Lage gebracht hatte, die er bis zu seinem Tod nicht vergessen wird, falls er sie danach vergessen kann. Ich glaube zu erkennen, dass ich den ganzen hinterlistigen Artikel hindurch auf Twichell anzuspielen versuchte, auf die Episode mit jenem Prediger, dem ich auf der Straße begegnet war, und auf verschiedene Dinge, die mich auf die Palme brachten. Und jetzt, als ich diesen alten Artikel wiederlese, sehe ich, dass ich vermutlich gemerkt hatte, dass meine List nicht raffiniert genug war – dass ich Twichell und die Episode, auf die ich anspielte, nicht hinreichend verschleiert hatte, so dass jeder in Hartford alles, was ich zu verbergen suchte, zwischen den Zeilen lesen konnte.

Ich will den altehrwürdigen Artikel an dieser Stelle einrücken und danach ebenjene Episode in Joes Lebensgeschichte aufgreifen und davon erzählen.

Der Charakter des Menschen

Den Menschen betreffend – er ist ein zu großes Thema, um als Ganzes abgehandelt zu werden; folglich will ich diesmal nur ein oder zwei Einzelheiten erörtern. Ich möchte ihn von diesem Standpunkt – von dieser Prämisse aus betrachten: dass er zu keinem nützlichen Zweck erschaffen wurde, aus dem einfachen Grund, dass er keinem gedient hat; dass er höchstwahrscheinlich nicht einmal *vorsätzlich* erschaffen wurde; und dass der Umstand, dass er sich von der Austernbank zu seiner gegenwärtigen Position hochgearbeitet hat, für seinen Schöpfer vermutlich eine Sache des Erstaunens und Bedauerns war. * * * * Denn seine Geschichte, in allen Breiten, allen Zeiten und unter allen Umständen, erbringt Ozeane und Kontinente von Beweisen dafür, dass er von allen Geschöpfen, die erschaffen wurden, das verabscheuungswürdigste ist. Von der ganzen Brut ist er der Einzige – der Alleinige –, der Bosheit besitzt. Diese ist das niederträchtigste aller Gefühle, Temperamente und Laster – das hassenswerteste. Das, was ihn unter Ratten, Maden, Trichinen stellt. Er ist das einzige Geschöpf, das Schmerz zum Zeitvertreib zufügt in dem vollen Bewusstsein, dass es Schmerz *ist*. Aber falls die Katze weiß, dass sie Schmerz zufügt, wenn sie mit der ängstlichen Maus spielt, müssen wir hier eine Ausnahme machen; wir müssen zugeben, dass der Mensch der Katze in einer Hinsicht moralisch ebenbürtig ist. *Alle* Geschöpfe töten – Ausnahmen scheint es nicht zu geben; aber auf der Liste ist der Mensch der Einzige, der zum Vergnügen tötet; er ist der Einzige, der aus Bosheit tötet, der Einzige, der aus Rache tötet. Also – auf der ganzen Liste ist er das einzige Geschöpf, das eine niedrige Gesinnung hat.

Soll man ihn für seine edlen Eigenschaften rühmen, für seine Sanftheit, seine Freundlichkeit, seine Liebenswürdigkeit, seine Barmherzigkeit, seinen Mut, seine Hingabe, seine Geduld, seine Seelenstärke, seine Umsicht, die verschiedenen Vorzüge und Reize seines Geistes? *All* das teilen die anderen Tiere mit ihm, und doch sind sie frei von der Schwärze und Verderbtheit seines Charakters.

* * * * In der Welt sind gewisse süß duftende, mit Zucker überzogene Lügen gebräuchlich, die zu unterstützen und zu verewigen sich offenbar alle klugen Menschen stillschweigend verschworen haben. Eine davon lautet, es gebe in der Welt so etwas wie Unabhängigkeit: Unabhängigkeit des Denkens, Unabhängigkeit der Meinung, Unabhängigkeit des Handelns. Eine andere lautet, die Welt liebe es, Unabhängigkeit zu *erleben* – bewundere sie, beklatsche sie. Eine dritte, es gebe in der Welt so etwas wie Toleranz – in der Religion, in der Politik und dergleichen; und mit ihr geht die bereits erwähnte Behelfslüge einher, Toleranz werde bewundert und beklatscht. Jede dieser Stammlügen bringt viele Astlügen hervor: nämlich die Lüge, nicht alle Menschen seien Sklaven; die Lüge, Menschen seien froh, wenn andere Menschen Erfolg haben; froh, wenn sie gedeihen; froh, sie in große Höhen aufsteigen zu sehen; traurig, sie wieder fallen zu sehen. Und noch andere Astlü-

gen: nämlich, der Mensch verfüge über Heldenmut; er bestehe nicht nur aus Bosheit und Verrat; bisweilen sei er kein Feigling; es sei etwas an ihm, das fortbestehen müsse – im Himmel, in der Hölle oder sonst wo. Und die anderen Astlügen, nämlich: dass das Gewissen, die moralische Hausapotheke des Menschen, nicht nur vom Schöpfer geschaffen, sondern dem Menschen eingepflanzt sei, bestückt mit den richtigen, einzig wahren und echten Verhaltenskorrektiven – und eine ebensolche Hausapotheke mit denselben gleichbleibenden und unveränderten Korrektiven sei unter allen Nationen und allen Epochen verteilt. Und noch eine Astlüge, nämlich dass ich ich sei und du du; dass wir Einheiten seien, Individuen mit einer eigenen Natur, statt das Ende einer bandwurmlangen Ewigkeit von Vorfahren, die Glied für Glied in einer Prozession zurückreichen – und weiter zurück – und noch weiter zurück – bis zu unserem Ursprung bei den Affen, und unsere sogenannte Individualität ist nur ein verfaulter ranziger Brei aus ererbten Instinkten und aus Lehren, die sich Atom für Atom, Gestank für Gestank aus der ganzen Linie dieser jämmerlichen Reihe herleiten, und es gibt darin nicht einmal so viel neue und originale Materie, dass man sie auf einer Nadelspitze balancieren und unter einem Mikroskop untersuchen könnte. Nahezu abstrus macht das die Annahme, es gebe in einem Menschen so etwas wie eine persönliche, originale und verantwortliche Natur, die von dem, was an ihm nicht original ist, unterschieden und in solcher Quantität aufgefunden werden könne, dass ein Beobachter sagen dürfe: Dies ist ein Mensch, keine Prozession.

* * * * Man betrachte die erste der aufgeführten Lügen: dass es in der Welt so etwas wie Unabhängigkeit gebe; dass diese in Individuen existiere, in Körperschaften von Menschen existiere. Wenn unter ganzen Ozeanen und Kontinenten an Beweisen überhaupt etwas bewiesen ist, dann doch dies, dass beim Menschengeschlecht die Eigenschaft der Unabhängigkeit fast völlig ausgelassen wurde. Die verstreuten Ausnahmen von der Regel unterstreichen das nur, erhellen es, heben es grell hervor. Die gesamte Bevölkerung Neuenglands wechselte sich jahrelang widerspruchslos darin ab, in Eisenbahnzügen zu stehen, ohne dass eine Beschwerde über ihre Lippen gekommen wäre, bis diese ungezählten Millionen endlich einen einzigen unabhängigen Mann

hervorbrachten, der auf seine Rechte pochte und darauf bestand, dass die Bahngesellschaft ihm einen Sitzplatz zuwies. Statistiken und das Wahrscheinlichkeitsgesetz rechtfertigen die Annahme, dass Neuengland vierzig Jahre brauchen wird, um einen nächsten solchen Mann heranzuzüchten. Es gibt ein Gesetz mit dazugehöriger Strafandrohung, das Zügen verbietet, den Bahnübergang bei der Anstalt für mehr als fünf Minuten zu blockieren. Jahrelang mussten Leute und Kutschen jede Nacht fast zwanzig Minuten warten, während Neuengland-Züge diesen Bahnübergang mit Beschlag belegten. Ich habe Männer heftig über dieses unverschämte Unrecht schimpfen hören – gewartet haben sie trotzdem.

Wir sind verständige Schafe; wir warten ab, um zu sehen, wohin die Herde läuft, und dann laufen wir mit. Wir haben zwei Meinungen: eine private, die wir nicht zu äußern wagen, und eine andere – die wir aussprechen –, zu der wir uns zwingen, um Mrs. Grundy zufriedenzustellen, bis die Gewohnheit bewirkt, dass wir uns dabei wohl fühlen, und der Reflex, sie zu verteidigen, uns schon bald dazu bringt, sie zu lieben, in sie vernarrt zu sein und zu vergessen, wie jämmerlich wir zu ihr gekommen sind. Schauen Sie sich die Politik an. Schauen Sie sich die Kandidaten an, die wir in einem Jahr hassen und gegen die zu stimmen wir im nächsten nicht wagen; die wir in einem Jahr mit unvorstellbarem Dreck bewerfen und im nächsten, vor der Tribüne kniend, anbeten – und so treiben wir's, bis uns das gewohnheitsmäßige Augenverschließen vor der Beweislast des vergangenen Jahres in Kürze zu dem ehrlichen und törichten Glauben an die Beweislast dieses Jahres verleitet.* Schauen Sie sich die Tyrannei der Partei an – die sich Parteibindung, Parteiloyalität nennt –, eine von hinterhältigen Männern zu selbstsüchtigen Zwecken erfundene Schlinge, die Wähler zu Sachen, Sklaven, Kaninchen macht; und währenddessen brüllen ihre Herren und sie selbst Unsinn über Freiheit, Unabhängigkeit, Meinungsfreiheit, Redefreiheit, sind sich des grandiosen Widerspruchs nicht im Geringsten bewusst; vergessen oder übersehen, dass eine Generation früher ihre Väter und die Kirchen dieselben Blasphemien brüllten, als sie ihre Türen vor dem gejagten Sklaven verschlossen, die Handvoll seiner menschenfreundlichen Beschützer mit Bi-

* *11. Jan. 06.* Es ist lange her, aber das bezieht sich eindeutig auf Blaine. M.T.

beltexten und Stöcken schlugen, die Beleidigungen hinunterschluckten und seinem Südstaatenherrn die Stiefel leckten.

Wenn wir lernen wollen, was das menschliche Geschlecht, bei Licht betrachtet, wirklich *ist*, brauchen wir es nur in der Wahlzeit zu beobachten. Ein Geistlicher aus Hartford begegnete mir auf der Straße, er sprach von einem neuen Kandidaten – prangerte mit scharfen, ernsten Worten dessen Nominierung an, mit Worten, die wegen ihrer Unabhängigkeit, ihrer Mannhaftigkeit erfrischend waren.* Er sagte: »Vielleicht sollte ich stolz sein, denn dieser Kandidat ist ein Verwandter von mir; aber im Gegenteil, ich fühle mich beschämt und angewidert; denn ich kenne ihn sehr gut – sehr intim –, und ich weiß, dass er ein skrupelloser Schurke ist und schon immer war.« Sie hätten diesen Geistlichen vierzig Tage später sehen sollen, wie er den Vorsitz bei einer politischen Veranstaltung führte; wie er drängte und flehte und schwärmte – und Sie hätten ihn hören sollen, wie er den Charakter des nämlichen Kandidaten beschrieb. Sie hätten vermutet, er beschreibt El Cid und Mutherz und Sir Galahad und den »Ritter ohne Furcht und Tadel«, alle in einer Person. War er aufrichtig? Ja – in dem Moment schon; und darin liegt das Pathos all dessen, seine Hoffnungslosigkeit. Zeigt es doch, wie wenig Mühe es kostet, sich eine Lüge anzuerziehen und an sie zu glauben, wenn man nur die allgemeine Tendenz erkennt, dass sie volkstümlich ist. Glaubt er seiner Lüge *noch immer*? Ach, wahrscheinlich nicht; er hat keine weitere Verwendung für sie. Sie war nur eine kurze Episode; er räumte ihr den Augenblick ein, der ihr zukam, dann eilte er zum ernsten Geschäft seines Lebens zurück.

Und was für eine armselige, kümmerliche Lüge ist es, die lehrt, dass Unabhängigkeit des Handelns und Meinens an einem Menschen gewürdigt, bewundert, geehrt, belohnt wird. Wenn ein Mann aus einer politischen Partei austritt, wird er behandelt, als sei er Eigentum der Partei – als sei er ihr Leibeigener, was die meisten Parteimänner ja tatsächlich auch sind – und habe sich selbst gestohlen, sich davongemacht mit etwas, was ihm nicht gehört.

* *11. Jan. 06.* Ich kann mich auf seinen Namen nicht besinnen. Ich glaube, er begann mit K. Er war einer der amerikanischen Bearbeiter des Neuen Testaments und ein fast ebenso bedeutender Gelehrter wie Hammond Trumbull.

Und er wird verleumdet, verspottet, verachtet, wird der Nachrede und dem Abscheu der Öffentlichkeit preisgegeben. Sein Ruf wird erbarmungslos gemordet; kein noch so gemeines Mittel gescheut, um sein Eigentum und sein Geschäft zu schädigen.

Der Prediger, der seine Stimme um des Gewissens willen abgibt, läuft Gefahr zu verhungern. Und es geschieht ihm recht; hat er doch eine Unwahrheit gelehrt – dass die Menschen Unabhängigkeit des Denkens und Handelns achten und ehren.

Mr. Beecher könnte ein *Verbrechen* zur Last gelegt werden, und seine ganze Gefolgschaft würde sich wie ein Mann erheben und ihm bis zum bitteren Ende beistehen; aber wer ist so armselig, sein Freund zu sein, wenn er beschuldigt wird, bei der Stimmabgabe seinem Gewissen gefolgt zu sein? Nehmen Sie den Herausgeber, der dessen beschuldigt wird – nehmen Sie – nehmen Sie, wen Sie wollen.

All das Gerede über Toleranz, wo und wann auch immer, ist schlichtweg eine sanfte Lüge. Es gibt sie nicht. Sie wohnt im Herzen keines Menschen; doch unbewusst und durch moosbewachsene ererbte Gewohnheit sabbert und schlabbert sie von jedermanns Lippen. Intoleranz heißt: alles für das eigene Selbst und nichts für den anderen. Haupttriebfeder der Menschennatur ist genau dies – Selbstsucht.

Um mich kurzzufassen, will ich die anderen Lügen überspringen. Sie zu untersuchen würde nichts beweisen, außer dass der Mensch ist, was er ist – liebevoll zu den Seinen, geliebt von den Seinen – seiner Familie, seinen Freunden –, ansonsten aber der betriebsame, geschäftige, triviale Feind seiner Rasse – der sein bisschen Tag versäumt, sein bisschen Schmutz absondert, sich Gott befiehlt und dann hinausgeht in die Finsternis, um nie wieder zurückzukehren und keine Botschaften mehr zu senden –, selbstsüchtig noch im Tod.

Mittwoch, 24. Januar 1906

Erzählt von der Niederlage Mr. Blaines bei den Präsidentschaftswahlen und wie Mr. Clemens', Mr. Twichells und Mr. Goodwins Stimmen für Cleveland abgegeben wurden

Ich glaube, es ist deutlich, dass dieser alte Artikel vor ungefähr zweiundzwanzig Jahren geschrieben wurde und dass er etwa drei oder vier Monate auf James G. Blaines Niederlage bei den Präsidentschaftswahlen und auf den Sieg Grover Clevelands, des demokratischen Kandidaten, folgte – eine zeitweilige Befreiung von der Herrschaft der Republikanischen Partei, die eine Generation angedauert hatte. Ich hatte mich daran gewöhnt, häufiger Republikaner als Demokraten zu wählen, war aber nie Republikaner und nie Demokrat. In der Gemeinde wurde ich als Republikaner angesehen, doch selbst hatte ich mich nie dafür gehalten. Schon 1865 oder 66 machte ich diese *1865 oder 66* merkwürdige Erfahrung: Während ich mich bis dahin als Republikaner betrachtet hatte, wurde ich durch die Weisheit eines fanatischen Republikaners zur Nichtparteizugehörigkeit bekehrt. Es war ein Mann, der später US-Senator wurde und auf dessen Charakter kein Makel lastet, von dem *ich* wüsste, außer dass er der Vater des heutigen William R. Hearst war und somit Großvater der Revolverblätter – der Katastrophe aller Katastrophen.

Hearst kam aus Missouri; ich kam aus Missouri. Er war ein großer, hagerer, praktischer, vernünftiger, ungebildeter Mann von etwa fünfzig Jahren. Ich war kleiner und besser informiert – jedenfalls bildete ich mir das ein. Eines Tages im Lick House in San Francisco sagte er:

»Ich bin Republikaner; ich denke, ich werde immer Republikaner bleiben. Das ist meine Absicht, und ich bin kein wetterwendischer Mensch. Aber schauen Sie sich die Zustände an. Die Republikanische Partei erzielt Jahr für Jahr größere Erfolge, erringt Sieg um Sieg, bis sie glaubt, die politische Macht der Vereinigten Staaten sei ihr Eigentum und es sei eine Art Anmaßung, wenn eine andere Partei auch nur einen Teil dieser Macht anstrebe. Nichts kann für ein Land schlimmer sein. Alle Macht in die Hände einer Partei zu legen und dort zu belassen heißt, eine schlechte Regierung und *den sicheren und allmählichen Verfall der öffentlichen Moral* zu zementieren. Die

Parteien sollten fast gleich stark sein, damit die Führer auf beiden Seiten die allerbesten Männer auswählen müssen, die sie finden können. Wenn sie können, sollten demokratische Väter ihre Söhne zwischen den beiden Parteien aufteilen und auf diese Weise ihr Bestes tun, um das Kräfteverhältnis auszugleichen. Ich habe nur einen Sohn. Er ist noch klein, aber ich weise ihn jetzt schon an, überrede ihn, bereite ihn vor, wenn er mündig wird, gegen mich zu stimmen, auf welcher Seite ich auch stehen mag. Er ist bereits ein guter Demokrat, und ich will, dass er ein guter Demokrat bleibt – bis ich selbst Demokrat bin. Dann werde ich ihn, wenn ich kann, von der anderen Partei überzeugen.«

Es kam mir vor, als sei dieser ungebildete Mann zumindest ein weiser Mann. Und von diesem Tag bis heute habe ich nie eine Parteiliste für alle Ämter gewählt. Von diesem Tag bis heute habe ich nie irgendeiner Partei angehört. Von diesem Tag bis heute habe ich nie irgendeiner Kirche angehört. Ich bin in diesen Angelegenheiten absolut frei geblieben. Und in dieser Unabhängigkeit habe ich einen geistlichen Trost und einen inneren Frieden von unschätzbarem Wert gefunden.

Als die republikanische Führung von Blaine als ihrem wahrscheinlichen Präsidentschaftskandidaten zu sprechen begann, waren die Republikaner von Hartford sehr betrübt und glaubten seine Niederlage vorauszusehen, falls er nominiert würde. Aber sie hatten keine große Sorge, dass er nominiert würde. Der Parteitag trat in Chicago zusammen, und die Abstimmung begann. Bei mir zu Hause spielten wir Billard. Sam Dunham war da, außerdem F. G. Whitmore, Henry C. Robinson, Charles E. Perkins und Edward M. Bunce. Wir wechselten uns beim Spielen ab und erörterten zwischendurch die politische Situation. George, der farbige Butler, war unten in der Küche und hielt am Telefon Wache. Sobald im politischen Hauptquartier der Stadt ein Auszählungsergebnis einging, wurde es telefonisch nach Hause durchgegeben, und George meldete es uns durch die Sprechrohranlage. Keiner der Anwesenden rechnete ernsthaft mit Mr. Blaines Nominierung. Alle diese Männer waren Republikaner, hegten aber keine Sympathie für Blaine. Zwei Jahre lang hatte der *Hartford Courant* Blaine der Lächerlichkeit und der Schande preisgegeben. Täglich hatte die Zeitung ihn bloßgestellt, sein politisches Verhalten gnadenlos kritisiert und die Kritik mit tödlichen Fakten belegt. Bis dahin war der *Courant* eine Zeitung gewesen, bei der man darauf bauen konnte, dass sie ihre Meinung zu den prominenten Männern beider Parteien freimütig äußerte und ihr Urteil wohlerwogen und vernünftig war. Ich hatte es mir zur Gewohnheit gemacht, mein Vertrauen in den *Courant* zu setzen und sein Verdikt zum Nennwert zu nehmen.

Das Billardspiel und die Diskussion gingen immer weiter, und irgendwann am Nachmittag teilte uns George durch die Sprechrohranlage eine lähmende Überraschung mit. Mr. Blaine war Kandidat geworden! Die Billardqueues fielen krachend zu Boden, und eine Zeitlang blieben die Spieler stumm. Niemand wusste, was er da noch sagen sollte. Dann brach Henry Robinson das Schweigen. Bekümmert sagte er, was für ein Unglück es sei, diesen Mann wählen zu müssen. Ich entgegnete:

»Aber wir *müssen* ihn doch gar nicht wählen.«

Robinson fragte: »Wollen Sie damit sagen, dass Sie ihn nicht wählen werden?«

»Ja«, antwortete ich, »genau das will ich damit sagen. Ich werde ihn nicht wählen.«

Die anderen fanden allmählich ihre Stimme wieder. Sie sangen dieselbe Melodie. Sie sagten, wenn die Delegierten einer Partei einen Mann wählten, sei die Sache besiegelt. Wenn sie eine unkluge Wahl träfen, sei das eben Pech, aber kein loyales Parteimitglied habe das Recht, seine Stimme zu verweigern. Es gebe eine klare Verpflichtung, der man sich nicht entziehen dürfe. Man müsse den betreffenden Kandidaten wählen.

Ich erwiderte, keine Partei habe das Recht, mir vorzuschreiben, wie ich wählen soll. Wenn Parteiloyalität eine Form des Patriotismus sei, dann sei ich kein Patriot, und für einen solchen hielte ich mich ohnehin nicht unbedingt, denn was die große Masse der Amerikaner als patriotischen Kurs betrachte, stimme in der Mehrzahl der Fälle mit meinen Ansichten nicht überein; wenn es irgendeinen nützlichen Unterschied zwischen einem Amerikaner und einem Monarchisten gebe, so liege er in der Theorie, dass der Amerikaner selbst entscheiden könne, was patriotisch ist und was nicht; wohingegen ein König dem Monarchisten seinen Patriotismus vorschreiben könne – eine Entscheidung, die endgültig sei und vom Opfer akzeptiert werden müsse; meiner Überzeugung nach sei ich unter sechzig Millionen – den sechzig Millionen mit dem Kongress und der Regierung im Rücken – der einzige Mensch, der dazu privilegiert sei, mir meinen eigenen Patriotismus zu konstruieren.

Sie fragten: »Angenommen, das Land tritt in einen Krieg ein – wo stehen Sie dann? Maßen Sie sich etwa das Recht an, auch in dieser Angelegenheit Ihren eigenen Weg zu gehen, gegen die ganze Nation?«

»Ja«, antwortete ich, »genau das ist meine Position. Wenn ich der Auffassung wäre, dass es sich um einen ungerechten Krieg handelt, würde ich das sagen. Wenn ich aufgefordert würde, für diese Sache das Gewehr zu schultern und unter dieser Flagge zu marschieren, würde ich mich weigern. Ich würde nicht freiwillig unter der Flagge dieses oder irgendeines anderen Landes marschieren, wenn das Land meinem persönlichen Urteil nach im Unrecht ist. Wenn das Land mich *zwingen* würde, das Gewehr zu schultern, könnte ich nichts daran ändern, aber ich würde mich niemals freiwillig melden. Mich freiwillig zu melden wäre Verrat an mir selbst und folglich Verrat an meinem Land. Sollte ich mich nicht freiwillig melden, würde man mich einen Verräter *nennen*, dessen bin ich mir wohl bewusst – aber deswegen wäre ich noch lange kein Verräter. Der einstimmige Beschluss von sechzig Millionen könnte mich nicht zum Verräter stempeln. Ich wäre noch immer Patriot, meiner Meinung nach der einzige im ganzen Land.«

Es wurde eine Menge geredet, aber ich konnte niemanden bekehren. Sie alle waren aufrichtig genug, um zu sagen, dass sie Mr. Blaine nicht wählen wollten, aber sie alle sagten, dass sie es dennoch *tun* würden. Dann meinte Henry Robinson:

»Bis zur Wahl ist es noch eine gute Weile hin. Sie haben genügend Zeit, es sich anders zu überlegen; und Sie werden es sich anders überlegen. Die Einflüsse, die auf Sie einwirken, werden zu stark sein. Am Wahltag werden Sie Blaine wählen.«

Ich entgegnete, ich wolle überhaupt nicht zur Wahl gehen.

Von da an bis Mitternacht wurde es sehr ungemütlich für den *Courant*. General Hawley, Chefredakteur (und Oberbefehlshaber) der Zeitung, war auf seinem Posten im Kongress, und bis Mitternacht gingen zwischen dem

Courant und ihm eifrig Telegramme hin und her. Zwei Jahre lang hatte der *Courant* Mr. Blaine zum »Teerbaby« gemacht und ihn jeden Tag mit mehr Teer beschmiert – und jetzt war die Zeitung aufgerufen, ihn zu loben, ihm zuzujubeln und ihre gutunterrichtete Leserschaft aufzufordern, das »Teerbaby« ins höchste Amt der Nation zu hieven. Es war eine schwierige Lage, und die Redakteure des *Courant* und General Hawley brauchten neun Stunden, um die bittere Pille zu schlucken. Schließlich aber kam General Hawley zu einer Entscheidung, und um Mitternacht war die Pille geschluckt. Binnen vierzehn Tagen hatte der *Courant* die Fertigkeit erworben, zu loben, was er so lange kritisiert hatte; nach einem weiteren Monat war selbiger Charakterwandel abgeschlossen – und er hat seine Tugend bis heute noch nicht ganz zurückgewonnen, auch wenn er unter Charles Hopkins Clarks Herausgeberschaft meiner Schätzung nach 90 Prozent zurückerlangt hat.

Herausgeber damals war Charles Dudley Warner. Er konnte die neuen Bedingungen nicht ertragen. Er sah sich außerstande, seine Feder in die andere Richtung zu drehen und sie rückwärtslaufen zu lassen, deshalb entschloss er sich, ihr ganz den Laufpass zu geben. Er trat von seinem Posten zurück, verzichtete auf sein Gehalt, lebte von da an von seinem Einkommen als Miteigentümer der Zeitung, von seinen Einkünften aus Zeitschriftenartikeln und Vorträgen und behielt seine Stimme am Wahltag in der Hosentasche.

Das Gespräch mit dem gelehrten amerikanischen Mitglied der Kommission, die das Neue Testament revidierte, trug sich so zu, wie ich es in dem alten Artikel skizziert habe. Er war sehr heftig in seinen Angriffen auf Blaine, seinen Verwandten, und sagte, er werde ihn niemals wählen. Aber er hatte sich so daran gewöhnt, Neue Testamente zu revidieren, dass er nur ein paar Tage brauchte, um auch dieses zu revidieren. Ich war kaum mit *ihm* fertig, als ich James G. Batterson begegnete. Batterson war Präsident der großen Travelers Insurance Company. Er war ein feiner Mann; ein starker Mann; ein wertvoller Staatsbürger. In seinen Angriffen auf Blaine war er genauso heftig, wie der Geistliche es gewesen war – doch noch vor Ablauf von zwei Wochen führte er bei einer republikanischen Parteiversammlung den Vorsitz, bei der die Kandidaten bestätigt werden sollten; und hätte ihn ein Fremder über Blaine und seine Vollkommenheiten reden hören, so hätte er vermutet, dass die Republikanische Partei das Glück gehabt hatte, sich einen Erzengel als Kandidaten zu sichern.

Die Zeit verging. Der Wahltag stand kurz bevor. In einer eisigen Nacht stapften Twichell, Reverend Francis Goodwin und ich, einem Wintersturm trotzend, durch die menschenleeren Straßen, nach einer Séance unseres Monday Evening Club und nach einer Debatte beim Abendessen über die politische Situation, in deren Verlauf sich – zur Verwunderung und Empörung aller einschließlich der Damen – herausgestellt hatte, dass drei Verräter anwesend waren. Dass Goodwin, Twichell und ich unsere Stimmen in der Tasche lassen wollten, statt sie für den Erzengel abzugeben. Irgendwann auf unserem Heimweg hatte Goodwin einen glücklichen Einfall und trug ihn vor. Er sagte:

»Warum enthalten wir Blaine diese drei Stimmen vor? Geradeheraus gesagt, weil wir alles in unserer Macht Stehende tun wollen, um Blaine eine Niederlage beizubringen. Nun denn, wir haben drei Stimmen gegen Blaine. Das Vernünftigste wäre, wir würden sechs Stimmen gegen ihn abgeben, indem wir unsere drei Stimmen Cleveland geben.«

Selbst Twichell und ich konnten sehen, dass seine Argumentation Hand und Fuß hatte, und wir sagten:

»So sollte man verfahren, und das werden wir auch.«

Am Wahltag gingen wir wählen und führten unseren teuflischen Plan aus. Zu jener Zeit war die Stimmabgabe öffentlich. Jeder Zuschauer konnte sehen, wie jemand wählte – und sofort wurde unser Verbrechen in der gesamten Gemeinschaft bekannt. Unser doppeltes Verbrechen – in den Augen der Gemeinschaft. Blaine eine Stimme vorzuenthalten war schlimm genug, aber den Frevel dadurch noch zu vermehren, dass man tatsächlich den demokratischen Kandidaten wählte, war verbrecherisch in einem Maße, für das sich im Wörterbuch kein angemessener Ausdruck fand.

Von diesem Tag an, und so sollte es eine gute Weile bleiben, war Twichell das Leben eine erhebliche Last. Seine Gemeinde war, um einen gebräuchlichen Ausdruck zu verwenden, »sauer« auf ihn, und er fand wenig Vergnügen an der Ausübung seines geistlichen Amtes – außer wenn er hin und wieder Linderung für die Kränkungen erfuhr, weil er das Privileg hatte, einige seiner Schäfchen begraben zu dürfen. Ich glaube, es wäre eine Wohltat und ein Gewinn für die Gemeinschaft gewesen, alle miteinander zu begraben. Falls jedoch Twichell derartige Gefühle hegte, war er von Natur aus zu nachsichtig und zu gütig, um sie zu offenbaren. Mir gegenüber erwähnte er dergleichen nie, und ich glaube, wenn er es irgendwem gezeigt hätte, hätte ich derjenige sein müssen.

Twichell hatte seinem Ansehen in seiner Gemeinde großen Schaden zugefügt. Er musste eine junge Familie ernähren. Die Familie war schon groß, und sie wuchs. Jedes Jahr wurde sie eine immer schwerere Bürde – sein Gehalt hingegen blieb das gleiche. Es war kaum mehr in der Lage, mit der Belastung durch den Haushalt Schritt zu halten, und falls jemals Aussicht auf eine Gehaltserhöhung bestanden hatte, so war sie jetzt dahin. Es war kein nennenswertes Gehalt. Viertausend Dollar. Er hatte nicht mehr verlangt, und der Gemeinde war es nicht in den Sinn gekommen, ihm mehr zu bieten. Insofern war sein Votum für Cleveland eindeutig eine Katastrophe für ihn. Die Ausübung des angeblichen großen amerikanischen Privilegs, in seinen politischen Anschauungen und Handlungen frei und unabhängig zu sein, erwies sich als schweres Verhängnis. Reverend Francis Goodwin hingegen wurde nach wie vor geachtet – das heißt öffentlich; insgeheim wurde er verurteilt. Aber öffentlich war ihm kein Nachteil erwachsen. Vielleicht lag das daran, dass er nicht auf öffentliche Billigung angewiesen war. Sein Vater war sieben Millionen wert und schon alt. Reverend Francis hatte gute Aussichten auf eine Beförderung und würde bald erben.

Was mich betraf, so brauchte ich mir keine Sorgen zu machen. Ich bezog meinen Lebensunterhalt nicht in Hartford. Für meine Bedürfnisse war er ausreichend. Hartfords Meinung von mir konnte ihm nichts anhaben; außerdem war unter meinen Freunden längst bekannt, dass ich noch nie eine Parteiliste für alle Ämter gewählt und mir deshalb das Verbrechen so zur Gewohnheit gemacht hatte, dass mich die Missbilligung meines Verhaltens kaum läutern konnte – und vielleicht war ich ja ohnehin nicht der Mühe wert.

Bald, etwa zwei Monate später, kam Silvester und damit die Jahresversammlung von Joes Gemeinde und der jährliche Verkauf der Kirchenbänke.

Donnerstag, 1. Februar 1906

Das Thema vom 24. Januar wird fortgesetzt –
Mr. Twichells missliebige Stimmabgabe

Joe war nicht richtig anwesend. Es gehörte sich für ihn nicht, bei Geschäftsgesprächen über Angelegenheiten der Kirche in Hörweite zu sein. Er blieb in der Abgeschiedenheit des Kirchenzimmers und hielt sich bereit, hinzugezogen zu werden, falls man ihn benötigte. Die Gemeinde war vollzählig versammelt; jeder Platz war besetzt. Kaum war zur Ordnung gerufen worden, sprang ein Mitglied auf und beantragte, die Verbindung zwischen Twichell und der Kirche zu lösen. Der Antrag wurde sogleich unterstützt. Hier und da und überall im Saal wurden Rufe nach »Abstimmung! Abstimmung!« laut. Doch Mr. Hubbard, ein Mann mittleren Alters, ein kluger, ruhiger und gelassener Mann, Geschäftsführer und Miteigentümer des *Courant,* erhob sich und schlug vor, den Antrag erst zu debattieren, bevor man ihn voreilig zur Abstimmung stelle. Der Gehalt seiner Bemerkungen war dieser (da ich nicht dabei war, muss ich sie natürlich mit meinen eigenen Worten wiedergeben):

»Mr. Twichell war der erste Pastor, den Sie je gehabt haben. Bis vor zwei Monaten wollten Sie keinen anderen. An seiner Amtsführung hatten Sie nichts zu beanstanden, aber plötzlich ist er nicht länger geeignet, sie fortzusetzen, da er Ihrer Ansicht nach in seiner Politik unorthodox ist. Also, er *war* geeignet; er ist nicht länger geeignet. Er *war* wertvoll; scheinbar hat sein Wert sich verflüchtigt – aber nur scheinbar. Sein höchster Wert bleibt erhalten – falls ich diese Gemeinde kenne. Als er das Pfarramt übernahm, war diese Gegend ein entlegener, dünnbesiedelter Bezirk und ihr Grundbesitz so gut wie nichts wert. Mr. Twichells Persönlichkeit war ein Magnet, der sofort Neusiedler anzuziehen begann. Er zieht sie bis heute an. Folglich erfährt Ihr Grundstücks, der zu Beginn fast wertlos war, eine Wertsteigerung. Denken Sie darüber nach, bevor Sie über die Resolution abstimmen. Die Kirche in West Hartford erwartet diese Abstimmung mit großer Anteilnahme. Die Grundstückspreise der Gemeinde befinden sich auf niedrigem Niveau. Wonach sie sich jetzt – außer nach Gott – am meisten sehnt, ist jemand, der die

Preise steigen lässt. Wenn Sie Mr. Twichell heute Abend entlassen, wird man ihn morgen dort anstellen. Dort werden die Preise steigen; hier werden die Preise sinken. Das ist alles. Ich beantrage die Abstimmung.«

Twichell wurde nicht entlassen. Das ist jetzt zweiundzwanzig Jahre her. Es war Twichells erste Kanzel nach seiner Ordination zum Pastor. Er hat sie noch immer inne und hatte nie eine andere inne. Vor ein paar Wochen feierte die Gemeinde mitsamt ihren Nachkommen den vierzigsten Jahrestag seiner Kanzelbesteigung, und es herrschte große Begeisterung. Twichell hat seitdem nie wieder einen politischen Fehler begangen. Die Hartnäckigkeit, mit der er rechts wählt, war mir all die vielen Jahre über ein Ärgernis, war Anlass und Anregung für mehr als einen bösen Brief von mir an ihn. Aber die Bösartigkeit war nur vorgetäuscht. So richtig habe ich nie monieren können, dass er die teuflische Liste der Republikanischen Partei gewählt hat, aus dem einfachen Grund, weil so, wie es um ihn bestellt war, mit einer großen Familie, die er ernähren musste, seine erste Pflicht nicht seinem politischen, sondern seinem familiären Gewissen galt. Ein Opfer musste erbracht, eine Pflicht erfüllt werden. Seine allererste Pflicht galt seiner Familie, nicht seinem politischen Gewissen. Er opferte seine politische Unabhängigkeit und rettete damit seine Familie. Unter den Umständen war das die höchste Loyalität und die beste. Wäre er ein Henry Ward Beecher gewesen, hätte er nicht das Privileg gehabt, sein politisches Gewissen opfern zu können, da ihm im Falle einer Entlassung tausend Kanzeln offengestanden hätten und das Brot seiner Familie gesichert gewesen wäre. In Twichells Fall aber hätte ein Risiko – ja, ein großes Risiko – bestanden. Dass er oder irgendein anderer Experte die Grundstückspreise in West Hartford in die Höhe getrieben hätte, ist meiner Meinung nach ganz und gar zweifelhaft. Ich denke, als Mr. Hubbard an jenem Abend Angst und Schrecken verbreitete, strapazierte er seine Phantasie bis zur Höchstbelastung. Ich glaube, für Twichell war es das Sicherste, zu bleiben, wo er war, falls man ihn ließ. Er rettete seine Familie, und das war meiner Meinung nach seine erste Pflicht.

In diesem Land gibt es vielleicht achtzigtausend Prediger. Nicht mehr als zwanzig darunter sind politisch unabhängig – die anderen können gar nicht politisch unabhängig sein. Sie müssen die ganze Parteiliste ihrer Gemeinde wählen. Das tun sie und tun recht daran. Sie selbst sind der Hauptgrund, warum sie keine politische Unabhängigkeit genießen, denn von der Kanzel predigen sie keine politische Unabhängigkeit. Sie haben großen Anteil daran, dass die Menschen dieser Nation keine politische Unabhängigkeit genießen.

1. Februar 1906

Morgen ist unser sechsunddreißigster Hochzeitstag. Vor einem Jahr und acht Monaten ist meine Frau in Florenz, Italien, nach zweiundzwanzigmonatiger Krankheit aus dem Leben geschieden.

1867 Zum ersten Mal hatte ich sie im Sommer 1867 in der Bucht von Smyrna gesehen, in Form einer Elfenbeinminiatur in der Kabine ihres Bruders Charley auf dem Dampfschiff *Quaker City;* da stand sie in ihrem zweiundzwanzigsten Lebensjahr. In natura sah ich sie zum ersten Mal im darauffolgenden Dezember in New York. Sie war schlank und schön und mädchenhaft – und sie war beides, Mädchen und Frau. Sie blieb beides, Mädchen und Frau, bis zum letzten Tag ihres Lebens. Unter einem ernsten, sanften Äußeren loderten unauslöschliche Feuer der Anteilnahme, Tatkraft, Hingabe, Begeisterung und einer absolut grenzenlosen Zärtlichkeit. Körperlich war sie *immer* zerbrechlich, und sie zehrte von ihrem Geist, dessen Zuversicht und Mut unverwüstlich waren. Vollkommene Wahrhaftigkeit, vollkommene Aufrichtigkeit, vollkommene Freimütigkeit waren ihre angeborenen Charaktereigenschaften. Ihr Urteil über Menschen und Dinge war sicher und genau. Ihre Intuition täuschte sie fast nie. In ihrem Urteil über Charakter und Taten von Freunden wie Fremden fand sich immer Platz für Nächstenliebe, und diese Nächstenliebe versagte nie. Ich habe sie mit Hunderten von Menschen verglichen, und es bleibt meine Überzeugung, dass sie den vollkommensten Charakter besaß, dem ich je begegnet bin. Und ich möchte hinzufügen, dass sie der gewinnendste und würdevollste Mensch war, den ich je gekannt habe. Ihr Charakter und ihr Wesen waren von der Art, dass sie zur Verehrung nicht nur einluden, sondern sie geradezu erzwangen. Kein Diener, der zu bleiben verdient hätte, schied je aus ihren Diensten. Und da sie sie mit einem Blick einzuschätzen wusste, verdienten die Diener, die sie auswählte, in fast allen Fällen zu bleiben und *blieben* auch. Sie war immer heiter; und immer vermochte sie ihre Heiterkeit anderen mitzuteilen. In den neun Jahren, in denen wir in Armut und mit Schulden lebten, holte sie mich immer wieder aus meiner Verzweiflung heraus, sah stets den Silberstreif am Horizont und machte, dass auch ich ihn sah. In all der Zeit habe ich von ihr nie ein Wort des Bedauerns über unsere veränderten Lebensumstände gehört und auch von ihren Kindern nicht. Denn sie hatte sie unterrichtet, und von ihr bezogen sie ihre innere Kraft. Die Liebe, mit der sie diejenigen beschenkte, die sie liebte, nahm die Form der Verehrung an, und in dieser Form wurde sie erwidert – erwidert von Verwandten, Freunden und den Dienern ihres Haushalts. Es war eine seltsame Kombination, die durch Heirat in *einem* Individuum gewissermaßen verschmolz – ihr Wesen und meins, ihr Charakter und meiner. *Sie verströmte ihre verschwenderische Zuneigung in Küssen, Zärtlichkeiten und mit einem Vokabular von Koseworten, dessen Reichtum mich immer wieder in Erstaunen versetzte.* Was Koseworte und Zärtlichkeiten anbelangt, war ich *zurückhaltend* zur Welt gekommen, und die ihren *brachen über mich herein wie die Sommerwogen über die Felsen von Gibraltar.* Ich war in einer Atmosphäre der Zurückhaltung aufgewachsen. Wie ich bereits in einem früheren Kapitel gesagt habe, kannte ich kein Mitglied der Familie meines Vaters, das je ein anderes geküsst hätte – mit einer Ausnahme, und das war an einem Sterbebett. Auch unser Dorf war keine kussfreudige Gemeinschaft. Alles Herzen und Küssen endete mit der Brautwerbung – zusammen mit dem sterbenslangweiligen Klavierspiel jener Tage.

Sie hatte das freiherzige Lachen eines Mädchens. Es erklang nur selten, aber wenn es einem zu Ohren kam, war es anregend wie Musik. Zum letzten Mal hörte ich es, als sie schon über ein Jahr in ihrem Krankenbett lag, und damals machte ich mir eine Notiz darüber – eine Notiz, die nicht wiederholt werden soll.

Morgen ist unser sechsunddreißigster Hochzeitstag. Wir wurden im Hause ihres Vaters in Elmira, New York, getraut, und tags darauf fuhren wir mit der ganzen Familie Langdon und den Beechers und den Twichells, die die Trauung feierlich vollzogen hatten, in einem Sonderzug nach Buffalo. In Buffalo, wo ich als Mitherausgeber und Miteigentümer des *Buffalo Express* arbeiten sollte, wollten wir uns niederlassen. Ich wusste nichts von Buffalo, hatte aber meine dortigen Haushaltsvorkehrungen durch einen Freund treffen lassen. Ich hatte ihn brieflich angewiesen, eine Pension von so ehrbarem Charakter zu suchen, wie mein geringes Gehalt es erlaubte. Gegen neun Uhr wurden wir am Bahnhof von Buffalo abgeholt, auf mehrere Pferdeschlitten gesetzt und, wie mir schien, durch ganz Amerika gezogen – denn wir bogen anscheinend um sämtliche Ecken der Stadt und folgten sämtlichen Straßen, die es gab –, und ich schalt meinen Freund unverhohlen und bedachte ihn mit sehr unschmeichelhaften Worten, weil er offensichtlich eine Pension ohne festen Standort ausgesucht hatte. Aber es gab eine Verschwörung – und meine Braut wusste Bescheid, mich dagegen hatte man in Unkenntnis gelassen. Ihr Vater Jervis Langdon hatte uns in der eleganten Straße Delaware Avenue ein neues Haus gekauft und eingerichtet und mit Köchin, Hausmädchen und einem lebhaften und mitreißenden jungen Kutscher, einem Iren namens Patrick McAleer, ausgestattet – und wir wurden durch die ganze Stadt gezogen, damit eine Schlittenladung Menschen Zeit hatte, zum Haus zu fahren und sicherzustellen, dass auch überall das Gas brannte und ein warmes Abendessen für die Menge bereitet war. Schließlich kamen wir an, und als ich das Märchenschloss betrat, erreichte meine Empörung die Hochwassermarke, und ohne an mich zu halten, sagte ich meinem Freund die Meinung, der so dumm gewesen sei, uns in einer Pension unterzubringen, die für mich völlig unerschwinglich wäre. Dann holte Mr. Langdon ein hübsches Kästchen herbei, öffnete es und entnahm ihm die Urkunde für das Haus. So endete die Komödie äußerst angenehm, und wir setzten uns zu Tisch.

Die Gesellschaft brach gegen Mitternacht auf und ließ uns allein in unserer neuen Unterkunft zurück. Dann kam Ellen, die Köchin, herein, um die Bestellungen für die Markteinkäufe am folgenden Morgen entgegenzunehmen – und beide wussten wir nicht, ob Beefsteak fass- oder meterweise verkauft wurde. Wir gestanden unsere Unwissenheit, an der Ellen ihre helle irische Freude hatte. Patrick McAleer, der lebhafte junge Ire, kam herein, um Instruktionen für den nächsten Tag zu erhalten – und das war das erste Mal, dass wir ihn zu Gesicht bekamen.

Sechsunddreißig Jahre sind vergangen. Und heute Morgen kam dieser Brief von Twichell aus Hartford:

Donnerstag, 1. Februar 1906

Hartford
31. Jan.

Lieber Mark,

es tut mir leid, dass ich sehr schlechte Nachrichten über Patrick habe. Ich sah ihn am Montag. Er sah ziemlich gut aus und war fröhlicher Stimmung. Er erzählte mir, er erhole sich rasch von einer Operation, der er sich am vergangenen Mittwoch unterzogen habe, und werde bald entlassen. Doch eine Krankenschwester, die mir folgte, als ich das Zimmer verließ, sagte mir, der arme Kerl täusche sich. Die Operation habe lediglich offenbart, dass man nichts mehr für ihn tun könne.

Gestern fragte ich den Chirurgen (Johnson, der uns gegenüber wohnt), ob dem so sei. Er bejahte; es handele sich um Leberkrebs und die Chirurgie könne nichts dagegen ausrichten; der Fall sei ganz und gar hoffnungslos; das Ende nicht mehr viele Wochen hin. Ein bedauernswerter Fall, wirklich! Der arme Patrick! Sein Gesicht hellte sich auf, als er mich sah. Als Erstes erzählte er mir, er habe gerade von Jean gehört. Seine Frau und sein Sohn waren bei ihm. Ob sie die Wahrheit ahnen, weiß ich nicht. Ich bezweifle, dass seine Frau es ahnt; aber sein Sohn wirkte sehr gefasst. Vielleicht hat man es nur ihm gesagt.

Herzlich
Joe

Jean hatte Patricks Fall per Briefverkehr mit Patricks Tochter Nancy verfolgt, und so wussten wir bereits, dass die Sache aussichtslos war. Das Ende scheint sogar noch näher zu sein, als Twichell vermutet. Gestern Abend ließ ich Twichell ausrichten, ich *wisse,* dass Patrick nur noch ein, zwei Tage zu leben habe, und er dürfe nicht vergessen, einen Kranz niederzulegen und eine Karte mit meinem, Claras und Jeans Namen anzuheften und den Worten: »In liebevollem Gedenken an Patrick McAleer, sechsunddreißig Jahre hindurch ein treuer und geschätzter Freund unserer Familie.«

Ich wollte sagen, dass er uns sechsunddreißig Jahre lang *gedient* hatte, aber einige Leute hätten das nicht verstanden. Sechsundzwanzig Jahre lang hatte er uns ohne Unterbrechung gedient. Dann kam die Pause, als wir neun oder zehn Jahre in Europa verbrachten. Aber wenn Patrick seinen Grabkranz sehen könnte – würde ich rundheraus schreiben, dass er uns sechsunddreißig

Jahre lang gedient hatte. Denn letzten Sommer, als wir uns in Dublin, in den Bergen von New Hampshire, aufhielten, hatten wir Patrick bei uns. Am 1. Mai war Jean nach Hartford gefahren und hatte seine Dienste für den Sommer sichergestellt. Zwangsläufig war Katy Leary, die seit sechsundzwanzig Jahren auf unserer Liste steht, ein Mitglied unseres Haushalts; und eines Tages hörte Jean, wie Katy und Patrick sich über die Dauer ihres Beschäftigungsverhältnisses stritten. Katy behauptete, sie habe der Familie länger gedient als Patrick. Patrick behauptete, davon könne keine Rede sein; als Katy gekommen sei, habe er bereits zehn Jahre in den Diensten der Familie gestanden, und inzwischen diene er ihr seit sechsunddreißig Jahren.

Dort in den Bergen von New Hampshire war er noch genauso lebhaft wie sechsunddreißig Jahre zuvor. Er war vierundsechzig Jahre alt, aber immer noch so schlank und schmuck und stattlich, so flink und leichtfüßig wie in den längst entschwundenen Tagen seiner Jugend. Für seine Aufgabe war er der perfekteste Mann, den ich je gekannt habe, und zwar aus folgendem Grund: Nie vernachlässigte er ein noch so geringes Detail seiner Pflichten, und nie bestand Anlass, ihm irgendwelche Anweisungen zu erteilen. Er führte seine Aufgaben ohne jede fremde Hilfe aus. Die Pferde hatten immer ausreichend Futter; die Pferde waren immer frisch beschlagen, wenn sie beschlagen werden mussten; Kutschen und Schlitten wurden immer gewartet; alles hielt er in perfekter Ordnung. Es war ein großes Glück, einen solchen Mann um sich zu haben. Ich wäre gar nicht imstande, irgendjemandem zu sagen, was er zu tun habe. Er war mein ganz besonderer Diener, und ich brauchte ihm überhaupt nichts zu sagen. In den Bergen von New Hampshire war er genauso. Solange er da war, fünf volle Monate, brauchte ich ihm nie eine Anweisung zu erteilen, und in seinem Zuständigkeitsbereich fehlte es an nichts.

Als wir ein oder zwei Jahre verheiratet waren, nahm sich Patrick eine Frau, und sie wohnten in dem Haus, das wir an die Stallung anbauten. Sie zogen acht Kinder groß. Vor zwei oder drei Jahren verloren sie eins – einen blühenden jungen Mann, Redaktionsassistent einer Hartforder Tageszeitung, glaube ich. Die Kinder besuchten alle die öffentliche Grundschule und die Highschool. Inzwischen sind sie natürlich erwachsen.

Unser erstes Kind, Langdon Clemens, wurde am 7. November 1870 gebo- *1870*
ren und lebte zweiundzwanzig Monate. Susy wurde am 19. März 1872 gebo- *1872*
ren und starb am 18. August 1896 in unserem Haus in Hartford. Als das *1896*
Ende kam, waren Jean, Katy Leary, John und Ellen (der Gärtner und seine Frau) bei ihr. Am 31. Juli trafen Clara, ihre Mutter und ich von unserer Weltreise in England ein und nahmen uns ein Haus in Guildford. Eine Woche später, als Susy, Katy und Jean aus Amerika hätten eintreffen sollen, traf statt ihrer ein Brief ein.

Freitag, 2. Februar 1906

Das Thema vom 1. Februar wird fortgesetzt – Der Tod von Susy Clemens – Endet mit einer Erwähnung Dr. John Browns

Darin stand, dass Susy leicht erkrankt sei – nichts Ernstes. Aber wir waren beunruhigt und baten telegraphisch um weitere Nachrichten. Das war an einem Freitag. Den ganzen Tag keine Antwort – und das Schiff sollte mittags am nächsten Tag von Southampton auslaufen. Clara und ihre Mutter begannen zu packen, um reisefertig zu sein, falls es schlechte Nachrichten gäbe. Schließlich kam ein Überseetelegramm: »Wartet auf Telegramm am Morgen.« Das war nicht zufriedenstellend – nicht beruhigend. Ich kabelte erneut und bat darum, die Antwort nach Southampton zu schicken, denn der Tag neigte sich schon dem Ende zu. In der Hoffnung, es könnte doch noch eine gute Nachricht eintreffen, wartete ich am Abend auf dem Postamt, bis es gegen Mitternacht die Türen schloss, aber es kam keine Mitteilung. Stumm saßen wir bis ein Uhr morgens zu Hause und warteten – worauf, wussten wir nicht. Dann nahmen wir den ersten Morgenzug, und als wir Southampton erreichten, war die Mitteilung eingetroffen. Sie lautete, dass die Genesung dauern werde, aber gewiss sei. Für mich war das eine große Erleichterung, aber nicht für meine Frau. Sie hatte Angst. Sie und Clara gingen sofort an Bord des Dampfers und fuhren nach Amerika, um Susy zu pflegen. Ich blieb zurück, um in Guildford ein größeres Haus zu suchen.

Das war am 15. August 1896. Drei Tage später, meine Frau und Clara *1896* waren etwa auf halbem Wege über den Ozean, stand ich in unserem Esszimmer und dachte an nichts Besonderes, als mir ein Überseetelegramm in die Hand gedrückt wurde. Es lautete: »Susy ist heute friedlich eingeschlafen.«

Es ist eins der Geheimnisse unserer Natur, dass ein Mensch völlig unvorbereitet von einem solchen Blitzschlag getroffen werden kann und überlebt. Dafür gibt es nur eine vernünftige Erklärung. Der Intellekt ist von dem Schock wie betäubt und begreift den Sinn der Worte nur tastend. Zum Glück fehlt ihm die Kraft, ihre volle Bedeutung zu erfassen. Der Verstand hat das dumpfe Gefühl eines gewaltigen Verlustes – das ist alles. Verstand und Gedächtnis werden Monate, möglicherweise Jahre brauchen, um die Einzelheiten zusammenzufügen und so das ganze Ausmaß des Verlustes zu erfahren. Das Haus eines Menschen brennt ab. Die rauchende Ruine repräsentiert nur ein zerstörtes Heim, das einem nach Jahren der Nutzung und angenehmer Assoziationen teuer war. Da die Tage und Wochen verstreichen, vermisst man irgendwann erst dieses, dann jenes, dann ein Drittes. Und wenn man danach sucht, stellt man fest, dass es sich in dem Haus befunden hatte. Immer ist es etwas *Unverzichtbares* – es gab nur eins seiner Art. Es kann nicht ersetzt werden. Es befand sich in jenem Haus. Es ist unwiederbringlich verloren. Als man es noch hatte, wusste man nicht, dass es unverzichtbar war; das entdeckt man erst jetzt, wenn man sich von seiner Abwesenheit behindert und beeinträchtigt fühlt. Es dauert Jahre, bis die Geschichte verlorener, unverzichtbarer Dinge abgeschlossen ist, und erst dann erkennt man das ganze Ausmaß der Katastrophe.

Der 18. August brachte mir die schreckliche Nachricht. Mutter und Schwester waren dort draußen, mitten auf dem Atlantik; in Unkenntnis des Geschehens; eilten auf dieses unglaubliche Unglück zu. Verwandte und gute Freunde taten alles, was getan werden konnte, um sie vor der vollen Gewalt des Schocks zu schützen. Sie gingen nachts zur Bucht, zum Schiff, zeigten sich aber erst am Morgen und dann nur Clara. Als diese in die Kabine zurückkehrte, konnte sie nicht sprechen und brauchte auch nicht zu sprechen. Ihre Mutter warf einen Blick auf sie und sagte:

»Susy ist tot.«

Abends um halb elf beendeten Clara und ihre Mutter ihre Weltumseglung und kamen mit demselben Zug und in demselben Waggon in Elmira an, der sie und mich ein Jahr, einen Monat und eine Woche zuvor nach Westen gebracht hatte. Und wieder war Susy da – winkte aber nicht zur Begrüßung, wie sie uns dreizehn Monate vorher im gleißenden Licht zum Abschied gewinkt hatte, sondern lag bleich und schön in ihrem Sarg in dem Haus, in dem sie zur Welt gekommen war.

Die letzten dreizehn Tage ihres Lebens hatte Susy in unserem Haus in Hartford verbracht, dem Haus ihrer Kindheit und ihrem liebsten Ort auf Erden. Um sie hatten sich treue alte Freunde geschart – ihr Pastor Mr. Twichell, der sie von der Wiege an gekannt und eine lange Reise auf sich genommen hatte, um bei ihr zu sein; ihr Onkel und ihre Tante Mr. und Mrs. Theodore Crane; Patrick, der Kutscher; Katy, die in unsere Dienste getreten war, als Susy acht Jahre alt war; John und Ellen, die viele Jahre bei uns gewesen sind. Auch Jean war da.

Um die Stunde, als meine Frau und Clara in See gestochen waren, befand sich Susy noch nicht in Gefahr. Drei Stunden später verschlimmerte sich ihr Zustand plötzlich. Eine Hirnhautentzündung stellte sich ein, und es war sofort offenkundig, dass Susy dem Tod geweiht war. Das war Samstag, der 15. August.

»An diesem Abend nahm sie zum letzten Mal Nahrung zu sich.« (Jeans Brief an mich.) Am nächsten Morgen wütete das Gehirnfieber. Unter Schmerzen und im Fieberwahn lief sie ein wenig auf und ab, dann ergab sie sich ihrer Schwäche und kehrte in ihr Bett zurück. Vorher hatte sie in einem Wandschrank ein Kleid gefunden, das sie früher einmal an ihrer Mutter gesehen hatte. Sie hielt es für ihre tote Mutter und küsste es weinend. Gegen Mittag erblindete sie (eine Auswirkung der Krankheit) und beklagte sich bei ihrem Onkel darüber.

Jeans Brief entnehme ich einen Satz, der keines Kommentars bedarf:

»Gegen ein Uhr nachmittags sprach Susy zum letzten Mal.«

Als sie dieses eine letzte Mal sprach, sagte sie nur ein Wort, und das verriet ihre ganze Sehnsucht. Sie tastete mit den Händen umher und fand Katy, und sie streichelte ihr Gesicht und sagte: »Mama.«

Wie gnadenreich, dass ihr in der einsamen Stunde des Untergangs und des

Verderbens, als sich die Nacht des Todes um sie schloss, diese schöne Illusion gewährt wurde – dass die letzte Vision, die auf dem beschlagenen Spiegel ihres Geistes ruhte, die Vision ihrer lieben Mutter war und die letzte Gefühlsregung ihres Lebens die Freude und der Friede jener imaginierten Gegenwart.

Gegen zwei Uhr beruhigte sie sich, als würde sie nun schlafen, und rührte sich nicht mehr. Sie verlor das Bewusstsein, und so blieb es zwei Tage und fünf Stunden, bis sie Dienstagabend sieben Minuten nach sieben erlöst wurde. Sie war vierundzwanzig Jahre und fünf Monate alt.

Am 23. haben ihre Mutter und ihre Schwestern sie zur letzten Ruhe geleitet – sie, die unser Wunder und unsere Wonne war.

In einem ihrer Bücher habe ich einige Verse gefunden, die ich hier einfügen möchte. Zitate hat sie offenbar immer in Anführungszeichen gesetzt. Hier fehlen die Anführungszeichen, daher nehme ich an, dass die Verse von ihr selbst stammen.

Die Liebe kam am Morgen, da war die Welt sehr schön,
Mit roter Blütenpracht und Liederweben;
Die Liebe kam am Morgen, mit leisem Hoffnungswehn,
Und murmelte: »Ich bin das Leben.«

Die Liebe kam am Abend, da war der Tag vorbei,
Dein Herz, dein Hirn sind müde, schon schlummerst du;
Die Liebe kam am Abend, die Sonne war schon scheu,
Und flüsterte: »Ich bin die Ruh.«

Die Sommer ihrer Kindheit verbrachte Susy auf der Quarry Farm in den Hügeln östlich von Elmira, New York, die übrigen Jahreszeiten zu Hause in Hartford. Wie andere Kinder war sie munter und vergnügt und spielte gern; *anders* als die meisten Kinder neigte sie mitunter dazu, sich in sich zu kehren und zu versuchen, dem verborgenen tieferen Sinn der Dinge nachzuspüren, der Rätsel und Pathos der menschlichen Existenz ausmacht und den Fragesteller zu allen Zeiten verstört und verhöhnt hat. Als kleines siebenjähriges Kind bedrückte und verwirrte sie die unerträgliche Wiederholung alltäglicher Verrichtungen während des Menschen flüchtigen Aufenthalts auf Erden, so wie die gleiche Frage von Anbeginn der Zeit reifere Geister bedrückt und verwirrt hat. Eine Myriade Menschen werden geboren; sie ackern und rackern und ringen um ihr Brot; sie zanken und zetern und streiten; sie rangeln sich um kleine schäbige Vorteile; das Alter beschleicht sie; Gebrechen folgen; Schändlichkeiten und Demütigungen brechen ihren Stolz und ihre Eitelkeit; die sie lieben, werden ihnen genommen, und Lebensfreude verwandelt sich in kummervolles Leid. Die Last der Schmerzen, Sorgen, Qualen wird Jahr für Jahr schwerer; schließlich ist aller Ehrgeiz erloschen, aller Stolz erloschen, alle Eitelkeit erloschen; an ihre Stelle tritt das Verlangen nach Erlösung. Diese vollzieht sich schließlich – das einzige unvergiftete Geschenk, das die Erde je für sie bereitgehalten hat –, und sie verschwinden aus einer Welt, in der sie ohne jede Bedeutung gewesen sind; in der sie nichts erreicht haben; in der sie ein Irrtum, ein Misserfolg, eine Torheit gewesen sind; in der sie kein Zeichen hinterlassen, dass sie je gelebt haben – eine Welt, die sie einen Tag lang betrauert und dann für immer vergisst. Dann nimmt eine andere Myriade ihren Platz ein und ahmt nach, was sie vorgemacht haben, wandelt auf derselben nutzlosen Straße und verschwindet, wie sie verschwunden sind – um einer anderen zu weichen und noch einer und einer Million anderer Myriaden, die demselben staubigen Pfad durch dieselbe Wüste folgen und vollbringen, was die erste Myriade und all die Myriaden, die nach ihr kamen, vollbracht haben – nichts!

»Mama, wozu ist das alles gut?«, fragte Susy und brachte einleitend die eben angeführten Einzelheiten in ihrer eigenen holprigen Sprache vor, nachdem sie in der Verschwiegenheit des Kinderzimmers lange darüber gegrübelt hatte.

Ein Jahr später tastete sie sich allein durch einen weiteren dunklen Morast, diesmal aber erreichte sie einen Rastplatz für ihre Füße. Eine Woche lang hatte es ihre Mutter nicht zum Abendgebet des Kindes in dessen Zimmer geschafft. Sie sprach davon – bedauerte es und sagte, an diesem Abend werde sie kommen und hoffe, jeden Abend kommen zu können und Susy wie früher beten zu hören. Als sie merkte, dass das Kind ihr antworten wollte, aber offensichtlich Mühe hatte, seine Antwort zu formulieren, fragte sie, ob es ein

Problem gebe. Susy erklärte, Miss Foote (die Gouvernante) habe sie über die Indianer und ihren religiösen Glauben unterrichtet; augenscheinlich hätten diese nicht nur einen Gott, sondern mehrere. Das hatte Susy nachdenklich gemacht. Daraufhin hatte sie aufgehört zu beten. Sie änderte diese Aussage – das heißt, sie schränkte sie ein –, indem sie sagte, sie bete nicht mehr »auf dieselbe Art« wie früher. Ihre Mutter sagte:

»Erzähl mir davon, Liebling.«

»Na ja, Mama, die Indianer glaubten es zu wissen, aber jetzt wissen wir, dass sie sich geirrt haben. Irgendwann könnte sich herausstellen, dass auch wir uns irren. Also kann ich nur beten, dass es einen Gott und einen Himmel gibt – oder etwas Besseres.«

Damals notierte ich den genauen Wortlaut dieses anrührenden Gebets in einem Heft, in dem wir die Aussprüche der Kinder festhielten, und im Laufe der Jahre, die seitdem über mich hinweggegangen sind, ist meine Ehrfurcht vor dem Gebet gewachsen. Seine ungelehrte Anmut und Schlichtheit sind die eines Kindes, doch seine Weisheit und seine Inbrunst gehören allen Epochen an, die gekommen und vergangen sind, seit das Geschlecht der Menschen gelebt, gelechzt, gehofft, gefürchtet und gezweifelt hat.

Um ein Jahr zurückzugehen – Susy im Alter von sieben Jahren. Mehrere Male sagte die Mutter zu ihr:

»Na, na, Susy, wegen so kleiner Dinge darfst du nicht weinen.«

Das gab Susy Stoff zum Nachdenken. Scheinbar ungeheure Katastrophen hatten ihr schon oft das Herz gebrochen – ein kaputtes Spielzeug; ein Picknick, das einem Gewitterregen zum Opfer fiel; eine im Kinderzimmer zahm und zutraulich gewordene Maus, die von der Katze gefangen und getötet wurde – und jetzt diese sonderbare Enthüllung. Aus irgendeinem unerklärlichen Grund waren es gar keine ungeheuren Katastrophen. Warum? Wie misst man die Größe einer Katastrophe? Welchen Maßstab legt man an? Es muss doch eine Möglichkeit geben, große von kleinen zu unterscheiden; wie lautet das Gesetz dieses Größenverhältnisses? Sie untersuchte das Problem ernsthaft und eingehend. Sie machte sich immer wieder ausführliche Gedanken darüber, zwei oder drei Tage lang – aber es machte sie ratlos – und sie scheiterte. Schließlich gab sie auf und wandte sich hilfesuchend an die Mutter.

»Mama, was sind ›*kleine* Dinge‹?«

Das schien eine einfache Frage zu sein – zu Beginn. Noch bevor aber die Antwort in Worte gefasst werden konnte, tauchten unvermutete und unvorhergesehene Schwierigkeiten auf. Sie waren fruchtbar und mehrten sich; sie trugen eine weitere Niederlage ein. Die Erklärungsversuche führten zu nichts. Da versuchte Susy, ihrer Mutter aus der Klemme zu helfen – mit einem Exempel, einem Beispiel, einer Illustration. Die Mutter schickte sich an, in die Stadt zu gehen, und eine ihrer Besorgungen war der Kauf einer lange versprochenen Spielzeuguhr für Susy.

»Wenn du die Uhr vergisst, Mama, wäre das ein kleines Ding?«

Sie sorgte sich nicht um die Uhr, denn sie wusste, sie würde nicht vergessen. Vielmehr erhoffte sie sich, dass die Antwort das Rätsel enträtseln und ihrem verwirrten kleinen Verstand Ruhe und Frieden bringen würde.

Natürlich wurde die Hoffnung enttäuscht – aus dem einfachen Grund, weil die Größe eines Unglücks nicht mit dem Maßstab eines Außenstehenden zu messen ist, sondern nur mit dem Maßstab dessen, der unmittelbar davon berührt ist. Die verlorene Krone des Königs ist eine ungeheure Sache für den König, für das Kind dagegen ohne Bedeutung. Das verlorene Spielzeug ist eine große Sache für das Kind, in den Augen des Königs dagegen nichts, was ihm das Herz brechen würde. Ein Urteil wurde gefällt, aber es beruhte auf dem obigen Modell, und von da an durfte Susy ihre Katastrophen mit ihrem eigenen Bandmaß messen.

An dieser Stelle möchte ich ein, zwei Notizen einfügen, die die Zeit betreffen, als Susy siebzehn war. Sie hatte ein Theaterstück nach griechischem Vorbild verfasst, und sie, Clara und Margaret Warner sowie andere junge Gefährten hatten es in unserem Haus in Hartford dem verzauberten Publikum der Freunde vorgespielt. Charles Dudley Warner und sein Bruder George waren anwesend. Es waren nahe Nachbarn und enge Freunde von uns. Sie waren voll des Lobes über die handwerkliche Ausführung des Stücks, und am nächsten Morgen kam George Warner vorbei und unterhielt sich lange mit Susy. Ergebnis war dieses Urteil:

»Sie ist der interessanteste Mensch, den ich kenne, ob männlich oder weiblich.«

Die Bemerkung einer Dame – ich glaube, Mrs. Cheney, Verfasserin der Biographie ihres Vaters Rev. Dr. Bushnell:

»Nach einem meiner Gespräche mit Susy habe ich diese Notiz gemacht: ›Sie weiß alles über das Leben und seinen Sinn. Wenn sie das Leben bis zum Äußersten ausgeschöpft hätte, wüsste sie auch nicht mehr. Ihre Intuitionen, Reflexionen und Analysen scheinen sie alles gelehrt zu haben, was mich meine sechzig Jahre gelehrt haben.‹«

Die Bemerkung einer anderen Dame; sie spricht von Susys letzten Tagen:

»In diesen letzten Tagen schwebte sie auf Wolken, und dieses Schweben entsprach ihrem geistigen Elan und der Leidenschaft der intellektuellen Kraft und Tätigkeit, die sie beherrschten.«

Ich kehre jetzt zu dem Punkt zurück, von dem aus ich diesen Abstecher gemacht habe. Wie bereits angedeutet, neigte Susy von frühester Kindheit dazu, Dinge selbständig zu untersuchen und zu bedenken. Dazu war sie nicht angehalten worden; es entsprach ihrer inneren Veranlagung. In Fragen, die mit gerechter oder ungerechter Behandlung zu tun hatten, prüfte sie geduldig die Details und gelangte jedes Mal zu einer logisch richtigen Schlussfolgerung. In München, als sie sechs Jahre alt war, wurde sie von einem wiederkehrenden Traum gequält, in dem ein wilder Bär vorkam. Aus diesem Traum erwachte sie jedes Mal voller Angst und weinte. Sie stellte sich die Aufgabe, diesen Traum zu analysieren. Seine Veranlassung? Seinen Sinn? Seinen Ursprung? Nein – seinen moralischen Aspekt. Das Urteil, zu dem sie nach unvoreingenommener und eindringlicher Erkundung gelangte, setzte ihn dem Vorwurf aus, einseitig und ungerecht konstruiert zu sein: denn (wie sie es ausdrückte), war *sie* »nie diejenige, die fraß, sondern immer die, die gefressen wurde«.

Susy stützte ihr gesundes Urteil in Fragen der Moral mit entsprechendem Verhalten – sogar dann, wenn sie Opfer bringen musste. Als sie sechs war und ihre Schwester Clara vier, waren beide unerfreulich streitsüchtig. Um diese Gewohnheit zu brechen, versuchte man es mit Strafen – sie schlugen fehl. Hierauf versuchte man es mit Belohnungen. Ein Tag ohne Streit bescherte ihnen Süßigkeiten. Die Kinder waren ihre eigenen Zeugen – jedes sagte für oder gegen sich aus. Einmal nahm Susy die Süßigkeit an, zögerte und gab sie dann mit dem Hinweis zurück, sie habe keinen Anspruch darauf. Clara hingegen behielt ihre Süßigkeit – eine widersprüchliche Beweislage; die eine Zeugin *für* einen Streit, die andere dagegen. Aber die bessere Zeugin der beiden hatte eine bejahende Antwort gegeben, somit war der Streit bewiesen, und keiner der beiden Parteien standen Süßigkeiten zu. Clara schien nichts zu ihrer Verteidigung vorbringen zu können – und doch wurde Clara verteidigt, und zwar von Susy; und so ging sie straffrei aus. Susy sagte: »Ich weiß nicht, ob sie sich im Unrecht gefühlt hat, aber ich habe mich nicht im Recht gefühlt.«

Es war ein redlicher und ehrenvoller Blick auf den Fall und für ein Kind von sechs Jahren eine besonders scharfsinnige Analyse. Jetzt gab es keine Möglichkeit mehr, Clara zu überführen, außer sie abermals in den Zeugenstand zu rufen und ihre Aussage zu überprüfen. Es bestanden Zweifel an der Gerechtigkeit dieses Verfahrens, da ihre frühere Aussage bereits akzeptiert und zu dem Zeitpunkt nicht in Frage gestellt worden war. Die Zweifel wurden geprüft und erwogen – dann wurden sie ihr zugutegehalten, und sie wurde freigesprochen; was auch gut war, denn inzwischen hatte sie die Süßigkeit längst aufgegessen.

Immer wenn ich an Susy denke, denke ich an Marjorie Fleming. Es gab nur eine Marjorie Fleming. Eine andere kann es nie geben. Zweifellos denke ich vor allem deshalb an Marjorie, wenn ich an Susy denke, weil Dr. John Brown, diese edle und schöne Seele – der die wunderbare Marjorie vor dem Vergessen bewahrt hat –, in Susys Babyjahren ihr großer Freund war – ihr *1873*
Verehrer und williger Sklave.

1873, als Susy vierzehn Monate alt war, trafen wir, aus London kommend, in Edinburgh ein. Dorthin waren wir geflohen, um Erholung und Zuflucht zu suchen, nachdem wir ein für uns vollkommen neues Leben kennengelernt hatten – sechs Wochen lang jeden Tag Mittagessen, Teestunden und Abendessen außer Haus. Wir führten keine Empfehlungsschreiben bei uns; wir versteckten uns in Veitchs Familienhotel in der George Street und richteten uns darauf ein, eine behagliche Saison ganz für uns zu haben. Aber zum Glück kam es nicht so. Mrs. Clemens brauchte sofort einen Arzt, und ich ging um die Ecke zur Rutland Street Nummer 23, um zu erkunden, ob der Verfasser von »Rab und seine Freunde« noch praktizierte. So war es. Er kam, und danach waren wir sechs Wochen lang jeden Tag zusammen, entweder bei ihm zu Hause oder in unserem Hotel.

Montag, 5. Februar 1906

Dr. John Brown wird fortgesetzt – Vorfälle in Susy Clemens' Kindheit – Schwach in Rechtschreibung etc.

Sein Gesicht war reizend und einnehmend – ein so schönes Gesicht, wie ich kaum je eins gesehen habe. Ruhig, sanft, gütig – das Gesicht eines Heiligen, der mit sich und der Welt im Reinen war und bedächtig den Sonnenschein der Liebe ausstrahlte, der sein Herz erfüllte. Doktor John wurde von jedermann in Schottland geliebt; und ich glaube, dass der Sonnenschein auf seinem unaufhaltsamen Weg nach Süden keine Grenze fand. Das glaube ich, denn als Gebrechlichkeiten Doktor John ein paar Jahre später nötigten, seine Praxis aufzulösen, und sein Verleger Mr. Douglas und andere Freunde es sich zur Aufgabe machten, einen Fonds in Höhe von ein paar tausend Dollar zu schaffen, dessen Erträge dazu dienen sollten, ihn und seine unverheiratete Schwester (die betagt war) zu unterstützen, kam der Fonds nicht nur rasch zustande, sondern *so* rasch, dass die Bücher geschlossen wurden, noch ehe Freunde hundert Meilen südlich der Grenze die Gelegenheit bekommen hatten, etwas beizusteuern. Es erging kein öffentlicher Aufruf. Die Angelegenheit wurde nie in den Zeitungen abgedruckt. Mr. Douglas und die anderen Freunde warben ausschließlich in privaten Briefen um Spenden. Es gingen viele Beschwerden von Leuten zwischen London und Edinburgh ein, denen keine Gelegenheit gegeben worden war, etwas beizusteuern. Diese Art Beschwerde ist etwas so Neues in der Welt – etwas so auffallend Ungewöhnliches, dass ich sie erwähnenswert finde.

Tiere hatte Doktor John sehr gern, besonders Hunde. Niemandem, der das ergreifende, schöne Meisterwerk »Rab und seine Freunde« gelesen hat, braucht man das eigens zu sagen. Nach seinem Tod veröffentlichte sein Sohn Jock ein Büchlein mit Erinnerungen an ihn, das er privat unter den Freunden verteilte; es enthält eine kleine Episode, die die Beziehung zwischen Doktor John und anderen Tieren illustriert. Beigesteuert hatte sie eine Dame aus Edinburgh, die, als sie zwölf Jahre alt war, häufig von Doktor John in seiner Kutsche zur Schule gebracht oder von dort wieder abgeholt worden war. Sie erzählte, wie sie eines Tages ruhig miteinander geplaudert hatten, als er plötzlich mitten im Satz innehielt, neugierig den Kopf aus dem Kutschenfenster steckte – und sich dann mit enttäuschtem Gesichtsausdruck wieder zurücklehnte. Das Mädchen fragte: »Wer ist da? Jemand, den Sie kennen?« Er antwortete: »Nein, ein Hund, den ich *nicht* kenne.«

Er hatte zwei Namen für Susy – »Wee wifie« (kleines Weiblein) und »Megalopis«. Dieser respekteinflößende griechische Titel wurde ihr wegen ihrer großen, großen braunen Augen verliehen. Susy und der Doktor tobten oft miteinander herum. Täglich vergaß er seine Würde und spielte mit dem Kind »Bär«. Ich weiß nicht mehr genau, wer von beiden der Bär war, aber ich glaube, es war das Kind. In einer Ecke des Wohnzimmers, vor der Tür zu Susys Reich, stand ein Sofa, hinter dem sie immer auf der Lauer lag – nein, sie lag nicht, sie stand auf der Lauer; den Scheitel ihres blonden Schopfes konnte man gerade noch erkennen, wenn sie aufrecht stand. Nach den Spielregeln war sie unsichtbar, und dieser halbe Scheitel zählte nicht. Ich glaube, sie muss wohl der Bär gewesen sein, denn ich kann mich an zwei, drei Gelegenheiten erinnern, als sie hinter dem Sofa hervorsprang und den Doktor in Angst und Schrecken versetzte, die sich auch durch sein Wissen, dass der »Bär« da war und sich gleich auf ihn stürzen würde, nicht verringerten.

Es ist kaum zu glauben, dass Doktor John jemals eine groteske oder übermütige Anekdote hätte erzählen wollen. Dergleichen scheint überhaupt nicht zu seinem sanften, ruhigen Gemüt zu passen, das – aber lassen wir das. Ich versuchte, ihm das Anekdotenerzählen beizubringen, und zwei, drei Tage lang tat er sein Bestes, sich darin zu vervollkommnen – doch gelang es ihm nicht. Es war das eindrucksvollste Schauspiel aller Zeiten. In ganz Edinburgh gab es in seinem Bekanntenkreis keinen Menschen, keinen Hund, der vor Staunen nicht erstarrt wäre, wenn er das Zimmer betreten und gesehen hätte, wie sich Doktor John an der Anekdote versuchte. Es war jene Anekdote, die ich Hunderte Male auf der Bühne erzählt habe und die es mir angetan hatte, weil sie das Publikum unweigerlich zum Lachen brachte. Es war der Bericht eines Stotterers über die Heilung von seinem Gebrechen – die dadurch bewerkstelligt wird, dass er in die Mitte jedes Worts, das er aufgrund seiner Sprechhemmung nicht zu Ende bringen kann, ein Pfeifen einführt. Und so ist sein ganzer Bericht ein absurdes Gemisch aus Stottern und Pfeifen – unwiderstehlich für ein so richtig zum Lachen aufgelegtes Publikum. Doktor John hatte sich zwar die mechanischen Details der Anekdote angeeignet, war aber nicht imstande, diese Details mit Ausdruck zu beseelen. Die ganze Zeit über gab er sich außergewöhnlich ernst und feierlich, und als er endlich zu dem triumphierenden Schlusssatz gelangte – aber ich muss diesen Satz zitieren, oder der Leser wird mich nicht verstehen. Er ging so:

»Der Arzt hat mir gesagt, immer wenn ich sto- (Pfeifen) sto- (Pfeifen) sto- (Pfeifen) *-ottern* will, muss ich pfeifen; und das hab ich auch getan, und das hat mich g- (Pfeifen) g- (Pfeifen) g- (Pfeifen) *-anz* geheilt!«

Der Doktor konnte diese triumphierende Pointe einfach nicht meistern. Er stotterte und pfiff und pfiff und stotterte sich ernst durch seinen Text, und am Ende kam die Pointe mit der weihevollen Würde des Richters heraus, der über den Mann mit der schwarzen Kapuze vor dem Gesicht das Urteil verhängt.

Er war das liebenswerteste Geschöpf der Welt – mit Ausnahme seiner betagten Schwester, die genauso war wie er. Sechs Wochen begleiteten wir ihn jeden Tag bei seinen Hausvisiten mit der Kutsche. Er hatte stets einen Korb Weintrauben bei sich, und wir brachten Bücher mit. Diesen Brauch pflegten wir seit der ersten Besuchsrunde und behielten ihn bis zum Ende bei – was auf eine Bemerkung von ihm zurückging, die er machte, als er am ersten Halteplatz aus der Kutsche stieg, um einen Patienten aufzusuchen: »Amüsieren Sie sich, während ich hineingehe und die Bevölkerung reduziere.«

Als Kind hatte Susy ein feuriges Temperament; und es kostete sie viel Zerknirschung und viele Tränen, bevor sie lernte, es zu zügeln; danach aber war es ein heilsames Salz und ihr Charakter seinethalben umso stärker und gesünder. Es versetzte sie in die Lage, mit Würde gut zu sein; es bewahrte sie nicht nur davor, aus Eitelkeit gut zu sein, sondern sogar vor dem bloßen Anschein. Wenn ich auf die längst entschwundenen Jahre zurückblicke, erscheint es mir ganz natürlich und verzeihlich, dass ich mit Vorliebe und sehnsüchtiger Rührung bei solchen Begebenheiten verweile, die uns ihr junges Leben schön erscheinen ließen, und dass ich die wenigen und belanglosen Fehltritte unerwähnt und ungetadelt lasse.

Im Sommer 1880, als Susy gerade acht Jahre alt war, weilte die Familie auf der Quarry Farm, wo wir damals unsere Sommer verbrachten, auf einem hohen Hügel drei Meilen von Elmira, New York, entfernt. Die Heuernte stand bevor, und Susy und Clara zählten die Stunden, die ihnen ein großes Ereignis bringen sollten; man hatte ihnen versprochen, sie dürften auf den Wagen klettern und von den Wiesen hoch oben auf dem Heuberg nach Hause fahren. Dieses gefährliche Privileg, das ihrem Alter und ihrer Spezies so teuer war, hatte man ihnen noch nie zuvor zugestanden. Ihre Aufregung kannte keine Grenzen. Sie konnten über nichts anderes als dieses epochemachende Abenteuer reden. Doch am Morgen des bedeutsamen Tages ereilte Susy ein Missgeschick. In einem jähen Ausbruch von Leidenschaft wies sie Clara zurecht – mit einer Schaufel, einem Stock oder etwas Ähnlichem. Jedenfalls wog das begangene Delikt so schwer, dass es die im Kinderzimmer erlaubten Grenzen eindeutig überschritt. Entsprechend den Regeln und Gebräuchen des Hauses ging Susy zu ihrer Mutter, um ein Bekenntnis abzulegen und über Umfang und Art der fälligen Bestrafung mitzuentscheiden. Da eine Strafe nur einen rationalen Zweck und eine rationale Funktion haben konnte – als Mahnung und um die Missetäterin vor einer ähnlichen Missetat zu bewahren –, galt es als ausgemacht, dass die Kinder so gut wie jeder andere in der Lage waren, eine Strafe zu wählen, die erinnernswert und wirkungsvoll wäre. Susy und ihre Mutter erörterten verschiedene Bestrafungen, doch keine davon schien angemessen. Das Vergehen war ungewöhnlich ernst gewesen und erforderte, dass im Gedächtnis ein Gefahrensignal aufgestellt wurde, das nicht niederbrennen und erlöschen, sondern eine feste Einrichtung bleiben und seine rettende Warnung auf unbestimmte Zeit aussenden würde. Unter den erwogenen Strafen war auch der Entzug der

Heuwagenfahrt. Es war spürbar, dass diese Strafe Susy hart treffen würde. Schließlich las die Mutter die gesammelte Liste vor und fragte:

»Welche glaubst du sollte es sein, Susy?«

Susy überlegte, schrak vor ihrer Pflicht zurück und fragte:

»Was meinst du denn, Mama?«

»Nun, Susy, ich würde es lieber dir überlassen. *Du* triffst die Wahl.«

Es kostete Susy Anstrengung und langes tiefes Nachdenken und Abwägen – aber schließlich kam heraus, was jeder, der sie kannte, hätte vorhersagen können –

»Nun, Mama, ich nehme den Heuwagen, denn, weißt du, bei den anderen Sachen werde ich mich vielleicht nicht daran erinnern, es nicht wieder zu tun, aber wenn ich nicht auf dem Heuwagen fahren darf, werde ich mich mühelos daran erinnern.«

In dieser Welt fällt die eigentliche, die schwere, die nachhaltige Strafe nie auf eine andere als die falsche Person. Nicht *ich* hatte Clara attackiert, aber die Erinnerung an die Heuwagenfahrt, die der armen Susy entging, versetzt noch heute – sechsundzwanzig Jahre später – *mir* einen Stich.

Anscheinend war Susy mit einem Mitgefühl für Tiere und mit Einfühlungsvermögen für deren Nöte geboren worden. Daher konnte sie, als sie erst sechs Jahre alt war, einer alten Geschichte eine neue Pointe abgewinnen – eine Pointe, die ältere und vielleicht geistlosere Leute viele Zeitalter hindurch übersehen hatten. Ihre Mutter erzählte ihr die ergreifende Geschichte vom Verkauf Josephs durch seine Brüder, wie diese Josephs Rock mit dem Blut eines geschlachteten Ziegenbocks besudelten und den ganzen Rest. Die Mutter widmete sich der Unmenschlichkeit der Brüder; ihrer Grausamkeit gegen den hilflosen jungen Bruder; der unbrüderlichen Heimtücke, die sie an ihm übten; denn auf diese Weise hoffte sie, dem Kind eine Lehre in Barmherzigkeit und sanftem Mitleid zu erteilen, die ihm im Gedächtnis haftenbleiben würde. Offenbar wurde ihr Wunsch erfüllt, denn Susy traten Tränen in die Augen, und sie war tief bewegt. Dann sagte sie:

»Der arme kleine Ziegenbock.«

Der offene Neid eines Kindes auf die Privilegien und Vorrechte der Großen drückt sich oft in einer leicht schmeichelhaften Aufmerksamkeit aus und ist alles andere als unwillkommen, mitunter aber richtet sich der Neid auf etwas anderes, als es der so Begünstigte erwartet. Als Susy sieben war, saß sie einmal mit großen Augen da, tief versunken in den Anblick einer Besucherin, die sich für einen Ball schön machte. Die Dame war entzückt über diese Huldigung, diese stumme und sachte Bewunderung, und freute sich darüber. Und als ihre Aufhübschungsbemühungen abgeschlossen waren und sie endlich vollkommen und unübertrefflich dastand, gewandet wie Salomo in all seiner Herrlichkeit, hielt sie selbstsicher und erwartungsvoll inne, um aus Susys Mund jenen Tribut zu empfangen, der schon in ihren Augen brannte. Susy stieß einen leisen neidischen Seufzer aus und sagte:

»Ich wünschte, *ich* hätte schiefe Zähne und eine Brille!«

Als Susy siebeneinhalb war, tat sie eines Tages in Gesellschaft etwas, was ihr Kritik und eine Rüge eintrug. Hinterher, als sie mit ihrer Mutter allein war, dachte sie wie gewohnt eine kleine Weile über die Angelegenheit nach. Dann brachte sie eine, wie ich finde – und wie der Geist von Burns finden würde –, recht gute philosophische Verteidigung vor:

»Nun, Mama, weiß du, ich habe mich ja nicht selbst gesehen, also konnte ich auch nicht wissen, wie es gewirkt hat.«

In Familien, wo nahe Freunde und Besucher vor allem literarisch interessierte Menschen sind – Anwälte, Richter, Schriftsteller, Professoren und Geistliche –, werden Kinderohren schon früh mit einem breiten Wortschatz vertraut. Es ist nur natürlich, dass sie Wörter aufschnappen, die in ihrer Gegenwart fallen; es ist nur natürlich, dass sie große und kleine Wörter unbedacht aufschnappen; es ist nur natürlich, dass sie furchtlos jedes Wort verwenden, das ihnen ins Netz geht, so schwierig es sein mag, was seine Größe betrifft. Folglich ist ihre Redeweise ein wunderliches, lustiges Gewehrgeknatter kleiner Wörter, das in Abständen von dem Artilleriegedröhn eines Wortes von so imposantem Klang und Umfang unterbrochen wird, dass es den Boden zu erschüttern und an den Fenstern zu rütteln scheint. Manchmal missversteht das Kind ein Wort, das es zufällig aufgelesen hat, und misst ihm eine Bedeutung bei, die seine Nützlichkeit beeinträchtigt – doch geschieht das nicht so häufig, wie man erwarten würde. Im Gegenteil, es geschieht sogar ziemlich selten. Als Kind hatte Susy Glück mit ihren großen Wörtern und benutzte viele davon. Sie machte nicht mehr Fehler, als es ihrem Alter entsprach. Einmal, als sie glaubte, etwas sehr Lustiges würde sich ereignen (was aber nicht geschah), konnte sie vor erwartungsvollem Lachen nicht mehr an sich halten. Offenbar war sie sich ihrer Meinung völlig sicher, denn sie sagte:

»Wenn es passiert wäre, wäre ich vor Freude verzogen (verzückt) gewesen.«

Und noch früher, als sie ein kleines Fräulein von fünf Jahren war, informierte sie einen Besucher, dass sie bisher nur einmal in einer Kirche gewesen sei, und zwar zu Claras »Traufe«.

In Heidelberg, als sie sechs war, fiel ihr auf, dass es im Schlosspark –

Du lieber Himmel, wie sich doch die entlegensten Dinge zusammenfügen! Ich breche den Satz ab, um anzumerken, dass ich gestern, bei einem Mittagessen in der Stadt, der Gastgeberin zu bedenken gab, dass sie mich nicht allen Gästen vorgestellt hatte. Sie sagte, ja, sie sei sich dessen bewusst – auf die Bitte einer der Damen habe sie es mir überlassen, die betreffende Dame von allein wiederzuerkennen; vor mehr als einem Vierteljahrhundert hätte ich sie einen Tag lang gekannt, und nun sei sie begierig herauszufinden, wie lange ich brauchen würde, um sie aus meinem Gedächtnis hervorzukramen. Die übrige Gesellschaft sei eingeweiht, man sei gespannt, ob es mir gelingen werde oder nicht. Die ganze Zeit über hatte ich das Gefühl, dieser Frau niemals auf die Schliche zu kommen; endlich aber, als das Mittagessen fast vorbei war, setzte eine Diskussion darüber ein, wo das komfortabelste Hotel der Welt zu finden sei. Verschiedene Hotels auf verschiedenen Seiten des Ozeans wurden erwähnt, und schließlich erinnerte jemand sie daran, dass sie noch gar keine Vorlieben geäußert habe, man bat sie, das ihrer Ansicht nach zufriedenstellendste und komfortabelste Hotel auf dem Planeten zu benennen, und prompt antwortete sie: »Das ›Slosh‹ in Heidelberg.«

Ich sagte wie aus der Pistole geschossen: »Ich freue mich aufrichtig, Sie nach all den Jahren wiederzusehen, Mrs. Jones – aber damals hießen Sie noch Miss Smith. Habe ich Sie?«

»Ja«, sagte sie, »Sie haben mich.«

Ich *wusste*, es war mir gelungen. An jenem Tag in Heidelberg, vor undenklichen Zeiten, versuchten viele wohlmeinende Leute versteckt, die junge Miss Smith zur richtigen Aussprache von »Schloss« zu bewegen, indem sie jedes Mal leise und beiläufig »Schloss« sagten, wenn sie »Slosh« sagte, aber niemand vermochte sie zu bekehren. Und ich wusste sehr wohl, dass diese Frau jenes Fräulein Smith von damals war, denn es konnte auf diesem Planeten nicht zwei Menschen gleichzeitig geben, die fast eine Generation lang dieselbe fehlerhafte Aussprache beibehalten hätten.

Was ich sagen wollte, bevor ich mich selbst unterbrach – in Heidelberg, als Susy sechs war, fiel ihr auf, dass es im Schlosspark von Schnecken nur so wimmelte, überall krochen sie herum. Eines Tages fand sie ein neues Gericht auf ihrem Teller vor, erkundigte sich, was es sei, und erfuhr, dass es sich um Schnecken handelte. Sie war erstaunt und beeindruckt und sagte:

»Wilde, Mama?«

Sie war fürsorglich und rücksichtsvoll – zweifellos erworbene Eigenschaften. Niemand scheint damit geboren zu sein. Eines heißen Tages zu Hause in Hartford, als sie noch ein kleines Kind war, borgte sich ihre Mutter mehrere Male ihren Fächer (einen japanischen Fächer, Wert fünf Cent), erfrischte sich ein, zwei Augenblicke lang und gab ihn ihr mit einem Wort des Dankes zurück. Susy wusste, dass ihre Mutter den Fächer die ganze Zeit benutzen würde, wenn dies möglich wäre, ohne dass seine Besitzerin ihn entbehren müsste. Sie wusste auch, dass ihre Mutter dazu nicht überredet werden konnte. Irgendwie musste Abhilfe geschaffen werden; Susy schuf Abhilfe. Sie holte fünf Cent aus ihrer Sparbüchse, brachte sie Patrick und bat ihn, in die (anderthalb Meilen entfernte) Stadt zu gehen, einen japanischen Fächer zu kaufen und ihn nach Hause zu bringen. Das tat er auch – so rücksichtsvoll und zartfühlend wurde der Notfall behoben und der Komfort der Mutter gewährleistet. Es ehrt die Tochter, dass sie sich die Ausgabe nicht ersparte, indem sie von oben einen anderen, kostspieligeren Fächer herunterbrachte, sondern zufrieden war, dem Eindruck entsprechend zu handeln, dass ihre Mutter den japanischen wünschte – zufrieden war, ihr diesen Wunsch zu erfüllen und es dabei zu belassen, ohne sich darum zu sorgen, ob es klug war oder nicht.

Als sie noch ein Kind war, nahm ihre Redeweise manchmal drollige und auffallend ausdrucksvolle Formen an. Einmal – sie war neun oder zehn, ihre Schwester Jean noch ein Baby – kam sie ins Zimmer ihrer Mutter, sagte, Jean sei im Kinderzimmer am Weinen, und fragte, ob sie nach dem Kindermädchen klingeln solle. Ihre Mutter fragte:

»Weint sie denn heftig?« – womit sie ärgerlich, wütend meinte.

»Nein, Mama. Es ist ein sehr erschöpftes, einsames Weinen.«

Es ist eine Freude, mir verschiedene Vorfälle in Erinnerung zu rufen, die Zeugnis von genau dem Zartgefühl ablegen, das einen so beträchtlichen Teil ihres im Werden begriffenen Charakters ausmachte. Einmal kam ein solches Zeugnis auf eine Weise zustande, die zwar ihrem Herzen Ehre machte, in anderer Hinsicht aber fehlerhaft war. Damals stand sie in ihrem elften Lebensjahr. Ihre Mutter hatte die Weihnachtseinkäufe erledigt und erlaubte Susy, sich die Geschenke anzusehen, die für Patricks Kinder bestimmt waren. Darunter befand sich ein hübscher Schlitten für Jimmy, auf den ein Hirsch gemalt war und in goldenen Buchstaben das Wort »DEER«. Susy war ganz aufgeregt und freute sich über alles, bis sie den Schlitten sah. Da wurde sie ernst und verstummte – dabei war der Schlitten das kostbarste Geschenk von allen. Ihre Mutter war überrascht und auch enttäuscht, und sie fragte:

»Aber Susy, gefällt er dir denn nicht? Ist er nicht schön?«

Susy zögerte, offensichtlich wollte sie nicht sagen, was sie bedrückte. Doch als man sie drängte, brachte sie es stockend hervor:

»Mama, natürlich *ist* er schön, und natürlich *hat* er viel gekostet – aber – aber – warum muss man das erwähnen?«

Als sie merkte, dass man sie nicht verstand, zeigte sie widerstrebend auf das Wort »DEER«.* Schuld war nicht ihr Herz, sondern ihre Rechtschreibung. Beides hatte sie von ihrer Mutter geerbt.

Die orthographische Fähigkeit ist eine natürliche Begabung. Jemand, dem sie nicht angeboren ist, wird sie niemals vollkommen beherrschen. Ich habe immer korrekt schreiben können, während meine Frau und ihre Schwester, Mrs. Crane, in Rechtschreibung immer schwach waren. Einmal, als Clara noch ein kleines Ding war, war ihre Mutter für einige Tage von zu Hause weg, und Clara schrieb ihr jeden Tag ein paar Zeilen. Als ihre Mutter zu-

* [Sie hatte »DEER« – Hirsch – mit »DEAR« – teuer – verwechselt; Anm. des Übers.]

rückkehrte, lobte sie Claras Briefe. Dann sagte sie: »Aber in einem, Clara, hast du ein Wort falsch buchstabiert.«

Clara erwiderte mit unbewusster Grausamkeit: »Aber Mama, woher weißt *du* das denn?«

Mehr als ein Vierteljahrhundert ist seitdem vergangen, und Mrs. Crane wohnt hier in New York für ein paar Tage unter unserem Dach. Ihr Haar ist grau geworden, aber sie ist noch genauso hübsch und einnehmend und liebenswert wie in jenen alten Zeiten auf ihrer Quarry Farm, wo sie ein Abgott war und wir anderen die Anbeter. Ihre Gabe mangelhafter Rechtschreibung ist unversehrt geblieben. Sie schreibt viele Briefe. Das war schon immer eine Leidenschaft von ihr. Wenn sie nicht jene unvergleichliche Orthographie aus ihrer Feder fließen sah, war sie nicht glücklich. Gestern fragte sie mich, wie man New Jersey buchstabiert, und als sie die Auskunft erhalten hatte, merkte ich an ihrem Blick, wie sehr sie bedauerte, nicht schon vor Jahren jemanden gefragt zu haben. Die Wunder, die sie und ihre Schwester, *1869*
Mrs. Clemens, ohne Hilfe eines Wörter- oder Rechtschreibbuchs vollbringen konnten, sind unglaublich. Als ich im Jahr meiner Verlobung – 1869 – auf einer Vortragsreise unterwegs war, überbrachten mir die Briefe, die ich täglich erhielt, meist Nachrichten von der Front – womit ich den mörderischen Krieg über die richtige Schreibung von Wörtern meine, den diese beiden Rechtschreibkünstlerinnen auf freundschaftliche Art führten. Eines dieser Wörter war *scissors* (Schere). Nie schienen sie ein Wörterbuch zu Rate zu ziehen; immer wollten sie etwas oder jemand Zuverlässigeres. Gemeinsam hatten sie *scissors* auf siebenerlei Weise buchstabiert, eine Meisterleistung, mit der sich, wie ich überzeugt bin, kein heute lebender Mensch, ob gebildet oder ungebildet, messen kann. Ich habe vergessen, wie sie mich dazu aufforderten, ihnen zu verraten, welche der sieben Schreibweisen die richtige sei. Ich vermochte es nicht. Denn selbst wenn sie vierzehn Schreibweisen gefunden hätten, wäre doch keine die richtige gewesen. Ich kann mich nur noch an eine der angebotenen Varianten erinnern – die anderen sechs sind mir entfallen. Es war *sicisiors*. Die Schreibweise nahm sich in den Augen ihrer Erfinderin so vernünftig – so plausibel aus, dass sie mir kaum glauben wollte, als ich mich dagegen entschied. Mrs. Crane hat bis zum heutigen

Tag ein kleines dreißigseitiges Notizbüchlein bei sich, in das sie mit großer Handschrift Wörter eingetragen hat, die sie täglich in ihren Briefen verwenden muss – Wörter, die eine Katze ohne Vorsagen oder Unterweisung buchstabieren könnte, und doch Wörter, die Mrs. Crane nie zu Papier zu bringen wagt, ohne jedes Mal sicherheitshalber in ihrer Vokabelliste nachzusehen.

Im Jahr meiner Verlobung, vor siebenunddreißig Jahren, vergnügte sich eines Abends eine Gesellschaft junger Leute im Haus der Langdons mit dem Spiel »Verbarium«, das damals brandneu und sehr beliebt war. Es wurde ein Ausgangswort bestimmt, und jeder schrieb es in großen Buchstaben oben auf ein Blatt Papier und wartete dann mit dem Stift in der Hand darauf, dass es losging. Die Spieler sollten mit dem ersten Buchstaben des Wortes beginnen und innerhalb von zwei Minuten so viele Wörter wie möglich damit bilden. Dabei durften sie keinen Buchstaben verwenden, der nicht im Ausgangswort enthalten war, und keinen zweimal, es sei denn, auch im Ausgangswort kam der Buchstabe zweimal vor. Ich erinnere mich noch an die erste Runde des Spiels. Das Ausgangswort war *California.* Auf das Startsignal hin begann jeder, so schnell er seinen Bleistift bewegen konnte, Wörter aufzuschreiben – *corn, car, cone* und so weiter, wobei er die kürzesten Wörter zuerst hervorkramte, weil sie sich schneller schreiben ließen als die längeren. Nach Ablauf der zwei Minuten wurden die Treffer gezählt, und der Punkt ging an denjenigen, der die meisten Wörter gebildet hatte. Die guten Ergebnisse reichten von dreißig bis zu fünfzig oder sechzig Wörtern. Allein Mrs. Crane wollte ihre Wörter nicht herzeigen. Offenkundig zweifelte sie daran, dass sie den Punkt erhalten würde. Alle Überredungsversuche schlugen fehl, und so jagten wir sie, fingen sie und nahmen ihr den Zettel gewaltsam ab. Sie hatte nur ein Wort niedergeschrieben, und das war *calf* – das sie *caff* buchstabiert hatte. Nicht einmal dieses eine Wort hätte sie auf ehrliche Weise zustande bringen können – um es zu bilden, musste sie einen Buchstaben einführen, der im Ausgangswort gar nicht enthalten war.

Dienstag, 6. Februar 1906

Der Prinz und der Bettelknabe *wird aufgeführt – Scharade usw. gespielt*

Als Susy zwölfeinhalb Jahre alt war, bestieg ich nach langer Abwesenheit wieder die Rednertribüne und reiste zusammen mit George W. Cable vier Monate im Land umher. Eines Abends Anfang November gaben wir eine Lesung in der Chickering Hall in New York, und als ich in einer trüben Finsternis aus Nebel und Regen nach Hause ging, hörte ich einen unsichtbaren Mann zu einem anderen unsichtbaren Mann sinngemäß sagen: »General Grant hat tatsächlich beschlossen, seine Autobiographie zu schreiben.« Damals freute mich diese Bemerkung, doch wäre es für mich und die Meinen besser gewesen, wenn ich stattdessen vom Blitz getroffen worden wäre. Aber das ist eine lange Geschichte und dies nicht der richtige Ort dafür.

Wie für alle Amerikaner war General Grant für Susy der größte Held, und sie sehnte sich danach, ihn aus nächster Nähe zu sehen. Eines Tages nahm ich sie zu ihm mit – aber lassen wir das. Das gehört woandershin. Irgendwann werde ich darauf zurückkommen.

Mitten in unserer Lesereise kehrte ich aus dem fernen Westen nach Hartford zurück und traf eines Abends rechtzeitig zum Abendessen zu Hause ein. Ich hoffte, am Hickoryfeuer in der Bibliothek einen unbeschwerten und erholsamen Abend mit der Familie zu verbringen, wurde jedoch aufgefordert, mich unverzüglich zu George Warners Haus zu begeben, das in hundertfünfzig Metern Entfernung unserem Grundstück gegenüber lag. Das war eine herbe Enttäuschung, und ich versuchte abzusagen, aber ohne Erfolg. Ich konnte nicht einmal herausfinden, weshalb ich diesen kostbaren Abend für einen Besuch im Hause eines Freundes vergeuden musste, wo doch unser eigenes Haus so viele und größere Vorzüge bot. Ich stand vor einem Rätsel, konnte der Sache aber nicht auf den Grund kommen. So stapften wir durch den Schnee hinüber, und ich stellte fest, dass der Salon der Warners übervoll von Gästen war, die alle schon Platz genommen hatten. In der vordersten Reihe war ein Sitz für mich reserviert – vor einem Vorhang. Gleich darauf öffnete sich dieser, und zünftig kostümiert stand Warners Töchterchen Margaret, in Tom Cantys Lumpen gehüllt, vor mir und hinter einem Zwischengeländer Susy Clemens, in die Seide und das Satin des Prinzen gekleidet. Es folgte, gut und temperamentvoll dargeboten, der Rest der ersten Begegnung zwischen Prinz und Bettelknabe. Es war eine reizende und für mich bewegende Überraschung. Andere Episoden aus dem Roman folgten, und selten in meinem Leben habe ich einen Abend so genossen wie diesen. Die hübsche Überraschung war das Werk meiner Frau. Sie hatte die Szenen aus dem Buch zusammengestellt, die sechs oder acht jungen Schauspieler in ihre Rollen eingewiesen und auch die Kostüme entworfen und genäht.

Danach fügte ich eine Rolle für mich selbst (Miles Hendon), eine für Katy und eine für George hinzu. Ich glaube, George habe ich bislang noch nicht erwähnt. Er war Farbiger – Liebling der Kinder und eine bemerkenswerte Persönlichkeit. Damals war er schon seit mehreren Jahren Mitglied der Familie. Er war in Maryland als Sklave zur Welt gekommen und wurde als junger Mann durch die Emanzipations-Proklamation befreit. Im Krieg war er Leibdiener von General Devens gewesen und danach in den Norden gegangen, wo er sich seinen Lebensunterhalt acht oder zehn Jahre mit Gelegenheitsarbeiten verdient hatte. Einmal kam er, ein Wildfremder, in unser Haus, um die Fenster zu putzen – und blieb achtzehn Jahre lang. Mrs. Clemens konnte einen Diener immer aufgrund seines Aussehens einschätzen – und zwar besser, als sie oder sonst jemand ihn aufgrund seiner Empfehlungsschreiben einschätzen könnte.

Wir führten *Der Prinz und der Bettelknabe* etliche Male in unserem Haus auf, vor einem Publikum von vierundachtzig Personen, mehr passten nicht hinein, und unterhielten uns dabei großartig. So wie *wir* das Stück spielten, hatte es gegenüber der Fassung, wie sie auf öffentlichen Bühnen in England und Amerika präsentiert wurde, mehrere Vorzüge, da wir den Prinzen und den Bettelknaben immer gleichzeitig an Deck hatten, während sie auf öffentlichen Bühnen immer als Doppelrolle besetzt wurden – eine kostensparende, aber unkluge Abweichung vom Buch, wurde doch die Eliminierung der wirkungsvollsten und aufschlussreichsten Episoden notwendig. Aus der Krönungsszene machten wir etwas ergreifend Schönes, indem der Prinz und der Bettelknabe gleichzeitig auf der Bühne standen. Clara spielte die Rolle der kleinen Lady Jane Grey mit elektrisierender Energie. Twichells Kleinster, inzwischen ein ernster und ehrwürdiger Geistlicher, war ein Page. Obwohl er so winzig war, dass ihn die Leute auf den hinteren Sitzen nicht ohne Opernglas sehen konnten, hielt er Lady Janes Schleppe sehr gut hoch. Jean war erst etwas über drei und deshalb noch zu jung, um einen Part zu übernehmen, inszenierte jedoch das ganze Stück jeden Tag eigenständig und spielte sämtliche Rollen selbst. Für ein Einpersonenstück war es gar nicht schlecht. Es war sogar sehr gut – sehr unterhaltsam. Denn sie war von äußerstem Ernst, außerdem benutzte sie ein Englisch, das außer ihr niemand so wirkungsvoll handhaben konnte.

Unsere Kinder und die Nachbarskinder spielten gut; mühelos, sicher, natürlich und beschwingt. Wie kam es nur, dass sie das konnten? Es lag daran, dass sie von frühester Kindheit an geübt hatten. In unserem Haus wuchsen sie gewissermaßen scharadenspielend auf. Wir trafen nie irgendwelche Vorbereitungen. Wir wählten ein Wort, flüsterten den kleinen Schauspielern die Wortteile zu; dann zogen wir uns in die Diele zurück, wo für den Abend alle möglichen Kostüme bereitgelegt waren. Binnen drei Minuten kleideten wir die Spieler ein, und jede Abteilung marschierte in die Bibliothek, führte ihre Silbe vor und zog sich dann wieder zurück, die Väter und Mütter mussten die betreffende Silbe erraten, falls sie es konnten. Manchmal konnten sie es.

Will Gillette, heute weltberühmter Schauspieler und Bühnendichter, lernte einen Teil seines Handwerks, indem er bei unseren Scharaden mitwirkte. Die Kleinen, Susy und Clara, dachten sich in ihren frühesten Jahren selbst Scharaden aus und stellten sie zu meiner und ihrer Mutter Unterhaltung pantomimisch dar. Sie hatten einen Vorzug – nur ein hoher Intellekt konnte sie erraten. Bei einer Scharade ist Undeutlichkeit eine großartige Sache. Einmal dachten sich die Winzlinge eine Scharade aus, die in dieser Hinsicht ein Meisterstück war. Sie kamen herein und spielten die erste Silbe, eine Konversation, bei der mit suggestiver Häufigkeit das Wort *red* vorkam. Dann zogen sie sich zurück – und als sie zurückkehrten, führten sie einen zornigen Streit fort, den sie draußen begonnen hatten und in dem immer wieder Wörter wie *just, fair, unfair, unjust* und so weiter vorkamen; aber uns fiel auf, dass das Wort *just* am häufigsten fiel – und so schrieben wir es zusammen mit dem Wort *red* auf und diskutierten die Kombinationsmöglichkeiten, während die Kinder hinausgingen, um sich neu zu kostümieren. Auf diese Weise hatten wir *red* und *just*. Bald tauchten sie wieder auf und begannen einen sehr modischen Morgenbesuch, bei dem sich die eine bei der anderen nach einer Dame erkundigte, deren Name hartnäckig unterdrückt wurde und von der stets als *her* gesprochen wurde, selbst wenn die Grammatik diese Form des Pronomens nicht erlaubte. Die Kinder zogen sich zurück. Wir machten eine Bestandsaufnahme, und soweit wir sehen konnten, hatten wir jetzt drei Silben, *red, just* und *her*. Aber das war auch schon alles. Die Kombination schien das künftige vollständige Wort nicht zu erhellen. Die Kinder kamen wieder, bückten sich und begannen zu plaudern und zu streiten und zu zanken und an einer Registrierkasse herumzufriemeln und zu -tasten! *Register* (*red-just-her*)! Mit Ausnahme von mir war die Familie noch nie gut im Buchstabieren.

In den Tagen vor und nach *Der Prinz und der Bettelknabe* – besonders danach – dachten sich Susy und ihre unmittelbare Nachbarin Margaret Warner oft Tragödien aus, die sie mit Hilfe der kleinen Jean im Schulzimmer aufführten – hinter geschlossen Türen – Eintritt verboten. Die Hauptfiguren waren stets zwei Königinnen, die in permanentem Streit lagen – möglichst in einem Streit historischer Natur, auf jeden Fall aber in einem Streit, selbst wenn er der Einbildungskraft entsprang. Jean hatte immer eine Aufgabe – eine einzige. Sie saß an einem kleinen, etwa dreißig Zentimeter hohen Tisch und stellte Todesurteile aus, die die Königinnen unterzeichnen mussten. Im Laufe der Zeit nutzten sie Elisabeth und Maria Stuart vollständig ab – ebenso alle Kleider von Mrs. Clemens, die sie ergattern konnten –, denn nichts entzückte diese Monarchinnen so sehr wie ein bis zwei Meter lange Kleider, die sie auf dem Boden hinter sich herziehen konnten. Mehr als einmal spionierten Mrs. Clemens und ich ihnen nach, was heimtückisch war – aber ich glaube nicht, dass wir uns ernstlich daran stießen. Es war großartig, die Königinnen auf und ab schreiten zu sehen und zu hören, wie sie einander mit bluttriefenden Wörtern von drei oder vier Silben Länge Vorwürfe machten; und es war hübsch, mit anzusehen, wie gelassen Jean bei alldem war. Vertrautheit mit täglichem Tod und Gemetzel hatte sie gegen Verbrechen und

Leiden aller Schattierungen abgehärtet, und es gelang den beiden nicht mehr, ihren Puls auch nur einen Takt schneller schlagen zu lassen. Manchmal, wenn es zwischen einem Todesurteil und dem nächsten eine lange Pause gab, legte sie sogar den Kopf auf den Tisch und schlummerte ein. Dann war es ein kurioses Schauspiel zwischen unschuldigem Ruhen und blutroter aufbrausender Tragödie.

Vor zwei oder drei Wochen, als ich dasaß und mich mit der göttlichen Sarah – Sarah der Hochberühmten, der Unnahbaren – unterhielt, mein Englisch gegen ihr Französisch eintauschte und keiner von uns beiden einen Lohn daraus bezog, hätte sie, wenn sie genau hingesehen hätte, in meinen Augen ein starkes, aber versonnenes Interesse entdecken können, denn während ich sie sah, sah ich zugleich eine andere Sarah Bernhardt von vor vielen Jahren – Susy Clemens. Einmal hatte Susy die Bernhardt spielen sehen. Und danach erging sie sich gern in leidenschaftlichen Imitationen der tragischen Rollen ihrer großen Heldin. Und zwar auffallend gut.

Mittwoch, 7. Februar 1906

Susy Clemens' Biographie ihres Vaters – Mr. Clemens' Meinung über Kritiker usw.

Als Susy dreizehn war, ein schlankes kleines Fräulein mit geflochtenen Zöpfen von kupferbraunem Haar, die ihr über den Rücken fielen, und aufgrund der vielen Studien, Gesundheitsübungen und Freizeitbeschäftigungen, denen sie sich widmen musste, womöglich die emsigste Biene im Bienenstaat des Haushalts, fügte sie ihren Mühen aus eigenem Antrieb und aus Liebe heimlich eine weitere Aufgabe hinzu – die Abfassung meiner Biographie. Sie verrichtete diese Arbeit nachts in ihrem Schlafzimmer und versteckte ihre Aufzeichnungen. Nach einer Weile entdeckte die Mutter sie, nahm sie an sich und zeigte sie mir; danach sagte sie Susy, was sie getan hatte und wie erfreut ich war und wie stolz. Ich erinnere mich an diese Zeit mit tiefer Freude. Ich hatte auch früher schon Komplimente erhalten, aber keins hatte mich so berührt; in meinen Augen kam ihm keins an Wert gleich. Diesen Platz hat es seitdem immer eingenommen. Von keiner Quelle habe ich Komplimente,

Lob oder Anerkennung erfahren, die mir so wertvoll waren oder sind wie diese Biographie. Wenn ich sie *heute*, nach all den vielen Jahren, wiederlese, enthält sie noch immer eine königliche Botschaft für mich und beschert mir dieselbe liebe Überraschung wie damals – mit dem zusätzlichen Pathos des Gedankens, dass die fleißige und hastige Hand, die sie entworfen und hingekritzelt hat, die meine nicht mehr berühren wird – und ich fühle mich, wie sich Niedriggeborene fühlen müssen, wenn ihr Blick auf das unverhoffte Edikt fällt, das sie in den Adelsstand erhebt.

Als ich gestern in einem Stapel alter Notizbücher stöberte, die ich seit Jahren nicht mehr angesehen hatte, stieß ich auf einen Hinweis bezüglich dieser Biographie. Offenbar hatte ich in jenen längst vergangenen Tagen beim Frühstück und beim Abendessen mehrere Male für sie posiert. Ich kann mich noch deutlich daran erinnern, dass ich es *tat* – und auch daran, dass Susy es bemerkte. Ich kann mich daran erinnern, dass ich mich eines Morgens am Frühstückstisch ziemlich aufspielte, um irgendeine Schlauheit von mir zu geben, und Susy kurz danach ihrer Mutter gegenüber die vertrauliche Bemerkung machte, Papa habe es für die Biographie getan.

Ich kann mich nicht überwinden, eine Zeile oder auch nur ein Wort in Susys Skizze über mich zu ändern, sondern werde hin und wieder Auszüge daraus einfügen, genau so, wie sie in reizender Naivität ihrem ehrlichen Herzen, dem wunderbaren Herzen eines Kindes, entsprungen sind. Was aus dieser Quelle zutage tritt, hat einen ganz eigenen Zauber und Liebreiz, der mühelos alle anerkannten Gesetze der Literatur sprengen könnte und doch Literatur wäre und freundlich aufgenommen werden sollte. Bevor ich fertig bin, werde ich die ganze kleine Biographie abgedruckt haben – jedes Wort, jeden Satz.

Die Rechtschreibung ist häufig hoffnungslos daneben, aber es war Susys Rechtschreibung, also soll es dabei bleiben. Ich liebe sie und kann sie nicht entweihen. Für mich ist sie Gold. Sie zu korrigieren hieße, sie zu verschlechtern, nicht sie zu verfeinern. Es würde sie verderben. Es würde ihr alle Freiheit und Biegsamkeit nehmen und sie steif und förmlich machen. Selbst wenn sie ganz extravagant ist, bin ich nicht schockiert. Es ist Susys Rechtschreibung, sie hat ihr Bestes gegeben – und in meinen Augen könnte nichts es besser machen.

Sprachen lernte sie mühelos; Geschichte lernte sie mühelos; Musik lernte sie mühelos; alles lernte sie mühelos, schnell und gründlich – bis auf Rechtschreibung. Und selbst die lernte sie nach einer Weile. Aber es hätte mich nicht sehr betrübt, wenn sie damit keinen Erfolg gehabt hätte – denn obwohl gute Rechtschreibung meine einzige Fertigkeit war, hatte ich nie große Achtung davor. Als ich vor sechzig Jahren ein Schuljunge war, gab es in unserer Schule zwei Preise. Der eine war für gute Rechtschreibung, der andere für Liebenswürdigkeit. Die Preise waren dünne, glatte Silbermedaillen etwa von der Größe eines Dollars. Auf der einen waren in Kursivschrift die Wörter »Gute Rechtschreibung« eingraviert, auf der anderen das Wort »Liebenswürdig«. Die beiden Preisträger hängten sie sich an einer Kette um den Hals – und wurden von der ganzen Schule beneidet. Es gab keinen einzigen Schüler, der nicht ein Bein dafür gegeben hätte, eine Woche lang eine der beiden Medaillen zu tragen, doch außer John Robards und mir kam kein Schüler je zum Zuge. John Robards war ewig und unverwüstlich liebenswürdig. Ich könnte sogar sagen: teuflisch liebenswürdig; höllisch liebenswürdig; aufreizend liebenswürdig. Das war der Eindruck, den wir von dieser seiner Eigenschaft hatten. Er also trug stets die Liebenswürdigkeitsmedaille. Ich trug stets die andere Medaille. Das Wort »stets« ist ein klein wenig übertrieben. Mehrere Male haben wir die Medaillen verloren. Das lag daran, dass es so monoton wurde. Wir brauchten eine Abwechslung – deshalb tauschten wir mehrere Male. Für John Robards war es eine Genugtuung, ein guter Rechtschreiber zu *scheinen* – was er nicht war. Und für mich war es eine Genugtuung, ausnahmsweise einmal liebenswürdig zu wirken. Aber natürlich waren diese Veränderungen nicht von Dauer – denn der eine oder andere Schulkamerad merkte sogleich, was vor sich ging, und der Betreffende wäre kein Mensch gewesen, wenn er Zeit vergeudet hätte, um den Verrat zu melden. Natürlich nahm uns der Lehrer die Medaillen augenblicklich ab – und vor Freitagabend hatten wir sie jedes Mal wieder. Hatten wir die Medaillen an einem Montagmorgen verloren, stand Johns Liebenswürdigkeit, wenn am Freitagnachmittag der Lehrer kam, um die Wochenrechnung zu begleichen, wieder ganz oben auf der Liste. Am Freitagnachmittag endete der Unterricht stets mit einem Buchstabiertest. Da ich in Ungnade gefallen war, musste ich notgedrungen am unteren Ende meiner Division von Buchstabierern beginnen, aber jedes Mal metzelte ich gleich beide Divisionen nieder, und wenn der Feldzug beendet war, stand ich allein da, die Medaille um den Hals. Ein einziges Mal, ganz am Ende eines dieser Scharmützel, hatte ich mich bei einem Wort vertan und büßte die Medaille ein. Ich hatte das erste *r* in »Februar« ausgelassen – was geschehen war, um einem Liebchen einen Gefallen zu tun. Meine Leidenschaft damals war so groß, dass ich das ganze Alphabet ausgelassen hätte, wenn es in dem Wort enthalten gewesen wäre.

Wie gesagt, vor guter Rechtschreibung hatte ich noch nie sonderlich Respekt. So empfinde ich auch heute noch. Bevor das Rechtschreibbuch mit seinen willkürlichen Schreibweisen herauskam, offenbarten die Menschen durch ihre Rechtschreibung unbewusst Nuancen ihres Charakters und fügten dem Geschriebenen auch erhellende Nuancen des Ausdrucks hinzu, und so ist das Rechtschreibbuch möglicherweise von zweifelhaftem Wert für uns gewesen.

1885 Susy begann die Biographie 1885, als ich im fünfzigsten Lebensjahr stand. Sie fängt so an:

> Wir sind eine sehr glückliche Familie. Wir bestehen aus Papa, Mama, Jean, Clara und mir. Ich schreibe über Papa, und ich werde keine Schwierigkeiten haben, zu wissen, was ich über ihn sagen soll, weil er eine *sehr* bemerkenswerte Persönlichkeit ist.

Aber warten wir einen Moment – ich werde gleich auf Susy zurückkommen.

Was sklavische Nachahmung anbelangt, ist der Mensch dem Affen immer überlegen. Dem Durchschnittsmenschen mangelt es an einer eigenständigen Meinung. Er ist nicht daran interessiert, sich durch Studium und Reflexion eine eigene Meinung zu bilden, sondern allein darauf bedacht, die Meinung seines Nachbarn herauszufinden und diese sklavisch zu übernehmen. Schon vor einer Generation stellte ich fest, dass die jüngste Besprechung eines Buchs mit ziemlicher Sicherheit nur eine Widerspiegelung der *frühesten* Besprechung ist; was immer der erste Rezensent an dem Buch zu loben oder zu kritisieren findet, wird im Bericht des letzten Rezensenten wiederholt, ohne dass etwas Neues hinzugefügt würde. Daher traf ich mehr als einmal die Vorsichtsmaßnahme, ein Buch von mir in Manuskriptform an Mr. Howells zu schicken, der damals Herausgeber des *Atlantic Monthly* war, damit er in Muße eine Besprechung schreiben könnte. Ich wusste, dass er die Wahrheit über das Buch sagen würde – ich wusste auch, dass er mehr Stärken als Schwächen darin entdecken würde, denn ich war mir sicher, dass dies die Beschaffenheit des Buches war. Erst wenn Mr. Howells' Rezension erschienen war, ließ ich zu, dass Rezensionsexemplare an die Presse verschickt wurden. So war das Buch immer außer Gefahr. In ganz Amerika gab es nicht einen Mann der Feder, der die Courage besaß, in dem Buch etwas zu finden, das nicht schon Mr. Howells gefunden hatte – in Amerika gab es nicht einen Mann der Feder, der den Mut aufbrachte, auf eigene Verantwortung etwas Kühnes und Originelles über das Buch zu sagen.

Ich glaube, dass das Handwerk des Literatur-, Musik- und Theaterkritikers das nichtswürdigste aller Handwerke ist und keinen wirklichen Wert besitzt – jedenfalls keinen großen. Als Charles Dudley Warner und ich im Begriff waren, *Das vergoldete Zeitalter* herauszubringen, überredete mich der Herausgeber des *Daily Graphic*, ihm ein Vorausexemplar zu überlassen, und gab mir sein Ehrenwort, dass in seiner Zeitung keine Besprechung erscheinen würde, bevor nicht das *Atlantic Monthly* es rezensiert hätte. Binnen drei Tagen veröffentlichte dieses Reptil eine Besprechung. Ich konnte mich nicht wirklich beschweren, weil er mir als Sicherheit nur sein Ehrenwort gegeben hatte; ich hätte ihm etwas Gewichtiges abverlangen sollen. Ich glaube, in der Hauptsache befasste sich seine Besprechung nicht mit den Stärken oder den Schwächen des Buchs, sondern mit meiner moralischen Haltung der Öffentlichkeit gegenüber. Ich wurde bezichtigt, mein Ansehen benutzt zu haben, um die Öffentlichkeit zu beschwindeln; das Buch sei mindestens zur Hälfte von Mr. Warner verfasst worden und ich hätte meinen Namen dazu verwendet, um den Markt damit zu überschwemmen und ihm Verbreitung zu sichern; eine Verbreitung – so beteuerte der Kritiker –, die es ohne meinen Namen nicht hätte erreichen können, daher sei mein Verhalten ein schwerer Betrug am Volk. Der *Daily Graphic* war auf keinem Gebiet eine Autorität. Er zeichnete sich nur dadurch aus, dass er die erste und einzige illustrierte Tageszeitung war, die die Welt gesehen hatte; aber er hatte keinen Charakter; wurde schlecht und schlampig redigiert; seine Meinung zu einem Buch oder irgendeinem anderen Kunstwerk war unerheblich. Das wusste jeder, und doch schrieben alle Kritiker Amerikas, einer nach dem anderen, von der Kritik des *Daily Graphic* ab und erhoben gegen mich den Vorwurf unredlichen Verhaltens; lediglich die Ausdrucksweise variierte. Selbst die große *Chicago Tribune*, die wichtigste Zeitung im Mittleren Westen, konnte sich nichts Neues ausdenken, sondern machte sich die Ansicht des bescheidenen *Daily Graphic* zu eigen einschließlich des Vorwurfs der Unredlichkeit.

Aber lassen wir das. Es ist der Wille Gottes, dass wir Kritiker, Missionare, Kongressabgeordnete und Humoristen haben, und so müssen wir diese Last tragen. Unterdessen scheine ich selbst in die Kritik abgerutscht zu sein. Aber das macht nichts. Schlimmstenfalls ist Kritik nichts weiter als ein Verbrechen, und damit kenne ich mich aus.

Worauf ich die ganze Zeit hinauswill, ist dies: Der erste Kritiker, der je Gelegenheit hatte, meine persönliche Erscheinung zu beschreiben, spickte seine Darstellung mit törichten und unentschuldbaren Irrtümern, die alle in dem Ergebnis mündeten, ich sei ausgesprochen und besorgniserregend unschön. Diese Darstellung spukte in den Zeitungen des ganzen Landes herum und wurde ein Vierteljahrhundert lang ständig gebraucht und verschlissen. Es will mir seltsam erscheinen, dass sich offenbar im ganzen Land kein einziger Kritiker fand, der mich genauer betrachtet und den Mut gehabt hätte, zur Feder zu greifen und dieser Lüge den Garaus zu machen. Diese Lüge begann ihren
1864 Lauf 1864 an der Pazifikküste; man verglich meine individuelle Erscheinung mit der von Petroleum V. Nasby, der dort Vorträge gehalten hatte. Danach konnte fünfundzwanzig Jahre lang kein Kritiker eine Beschreibung von mir liefern, ohne zur Abrundung meines Porträts Nasby zu bemühen. Ich kannte Nasby gut, und er war ein feiner Kerl, aber in meinem ganzen Leben bin ich nicht gegen mehr als drei Menschen so bösartig gewesen, ihnen Ähnlichkeit mit Nasby vorzuwerfen. So etwas kränkt mich zutiefst. Es kränkt mich noch heute. Ich war immer gutaussehend. Außer einem Kritiker hätte das jeder sehen können. Und für meine Familie – Susy eingeschlossen – war es lange eine

Qual, dass die Kritiker Jahr für Jahr diesen ermüdenden Fauxpas begingen, wo es doch dafür überhaupt keine Grundlage gab. Selbst wenn ein Kritiker besonders freundlich und höflich zu mir sein wollte, traute er sich nicht, über meine Kleidung hinauszugehen. Nie wagte er sich über diese alte sichere Grenze hinaus. Wenn er mit meiner Garderobe fertig war, hatte er alle Freundlichkeiten, alle Artigkeiten und alle Höflichkeiten geäußert, die er riskieren konnte. Dann kam er wieder auf Nasby zurück.

Gestern fand ich in der Einstecktasche eines meiner alten Notizbücher diesen Zeitungsausschnitt. Er ist neununddreißig Jahre alt, und Papier wie Druckerschwärze sind gelb von der Bitterkeit, die ich damals empfand, als ich ihn ausschnitt, um ihn aufzubewahren und darüber zu brüten und zu trauern. Ich will ihn hier abschreiben:

Eine Korrespondentin der *Philadelphia Press,* die über einen von Schuyler Colfax' Empfängen schreibt, sagt von unserem Washingtoner Korrespondenten: »Mark Twain, der feine Humorist, war zugegen; ein rechter Löwe, wie er es zu sein verdient. Mark ist Junggeselle und hat tadellosen Geschmack, seine schneeweiße Weste deutet auf endlosen Streit mit Washingtoner Waschfrauen hin; aber Marks Heldentum steht ein für alle Mal fest, denn solche Reinheit und Glätte wurden nie zuvor gesehen. Seine lavendelfarbenen Handschuhe könnten aus einem türkischen Harem entwendet sein, so zierlich waren sie; aber wahrscheinlicher – alles andere war wahrscheinlicher als das. In Gestalt und Gesichtszügen weist er einige Ähnlichkeit mit dem unsterblichen Nasby auf; während Petroleum jedoch durch und durch brünett ist, ist Twains Haar golden, bernsteinfarben, von schmelzendem Blond.

Lassen Sie uns jetzt zu Susys Biographie zurückkehren und die Meinung eines unvoreingenommenen Menschen einholen.

Aus Susys Biographie

Papas Erscheinung ist oft beschrieben worden, aber sehr unzutreffend. Er hat schönes graues Haar, kein bisschen zu dick und kein bisschen zu dünn, sondern genau richtig; eine römische Nase, die die Schönheit seiner Gesichtszüge noch unterstreicht; freundliche blaue Augen und einen kleinen Schnurbart. Er hat einen wunderschön geformten Kopf und ein schönes Profil. Er hat eine sehr gute Figur – kurzum, er ist ein auserordentlich gutaussehender Mann. Alle seine Gesichtszüge sind vollkommen, auser dass er keine auserordentlichen Zähne hat. Sein Teint ist sehr hell, und er trägt keinen Vollbart. Er ist ein sehr guter Mensch und ein sehr komischer. Er ist *sehr* aufbrausend, aber in dieser Familie sind wir das alle. Er ist der liebenswürdigste Mann, den ich je gesehen habe oder zu sehen hoffe – und oh, so zerstreut. Er erzählt ganz entzückende Geschichten. Clara und ich haben immer jede auf einer Armlehne seines Sessels gesessen und ihm zugehört, wenn er uns Geschichten über die Bilder an den Wänden erzählte.

An die Tage des Geschichtenerzählens kann ich mich lebhaft erinnern. Sie waren ein schwieriges und anspruchsvolles Publikum – die kleinen Geschöpfe.

Donnerstag, 8. Februar 1906

Susy Clemens' Biographie wird fortgesetzt – Phantast für die Kinder – Der Vorfall mit der löffelförmigen Auffahrt – Die Alarmanlage tut voll ihre Pflicht

In unserem Haus in Hartford stießen auf einer Seite der Bibliothek die Bücherregale an den Kaminsims – nein, zu beiden Seiten des Kaminsimses gab es Regale. Auf diesen Regalen und auf dem Kaminsims standen verschiedene Schmuckstücke. An einem Ende der Prozession befand sich das gerahmte Ölgemälde eines Katzenkopfes, am anderen der lebensgroße Kopf eines schönen jungen Mädchens – genannt Emmeline, weil sie in etwa so aussah, wie der Name klingt –, ein impressionistisches Aquarell. Zwischen dem einen Bild und dem anderen gab es zwölf oder fünfzehn der bereits erwähnten Nippfiguren, außerdem ein Ölgemälde von Elihu Vedder, *Die junge Medusa*. Dann und wann baten mich die Kinder, eine Phantasieerzählung zu erfinden – immer aus dem Stegreif, nicht eine Sekunde Vorbereitungszeit war gestattet –, und in diese Phantasieerzählung musste ich sämtliche Nippfiguren und die drei Bilder einbeziehen. Mit der Katze musste ich beginnen und mit Emmeline aufhören. Von einem Ende bis zum anderen war mir nie eine erfrischende Abwechslung vergönnt. Es war nicht zulässig, eine Figur außerhalb der Reihe in die Geschichte einzuführen.

Nie war den Nippfiguren ein friedlicher Tag, ein Ruhetag, ein geruhsamer Sabbat beschieden. In ihrem Leben gab es keinen Sabbat, in ihrem Leben gab es keinen Frieden; sie kannten kein anderes Dasein als eine einförmige Karriere der Gewalt und des Blutvergießens. Im Laufe der Zeit zeigten die Figuren und die Bilder Abnutzungserscheinungen. Das kam daher, dass sie in ihrer phantastischen Karriere so viele und so turbulente Abenteuer zu bestehen hatten.

Als Phantast für die Kinder hatte ich es von Anfang an schwer. Wenn sie mir ein Bild aus einer Illustrierten brachten und mich baten, dazu eine Geschichte zu erzählen, deckten sie den Rest der Seite mit ihren Patschhänden ab, um mich daran zu hindern, eine Idee daraus zu stehlen. Die Geschichten mussten immer heiß aus dem Ofen kommen. Sie mussten vollkommen originell und neu sein. Manchmal stellten sie mir einfach ein oder zwei oder ein Dutzend Figuren zur Verfügung und verlangten von mir, auf dieser schmalen Basis unverzüglich zu beginnen und die Figuren einem flotten und unterhaltsamen verbrecherischen Leben auszuliefern. Wenn sie von einem neuen Gewerbe, einer unbekannten Tierart oder dergleichen hörten, konnte ich ziemlich sicher sein, dass ich mich in der nächsten Phantasieerzählung mit diesen Dingen befassen musste. Einmal forderte Clara mich auf, eine Geschichte über einen Klempner und eine *Bawgunstrictor* zu improvisieren, und ich musste Folge leisten. Sie wusste nicht, was eine Boa constrictor war, bis diese sich in der Geschichte enthäutete – da war sie zufriedener denn je.

Aus Susys Biographie

Papas Lieblingsspiel ist Billard, und wenn er müde ist und sich ausruhen will, bleibt er die ganze Nacht auf und spielt Billard, es scheint seinem Kopf gutzutun. Er raucht fast unentwegt zimlich viel. Er hat den Verstand eines Autors und versteht oft die einfachsten Dinge nicht. Unsere Alarmanlage ist häufig nicht in Ordnung, und einmal musste Papa vorübergehend den Alarm im Mahoganie-Zimmer abstellen, weil die Alarmanlage die Gewohnheit hatte, sogar dann anzugehen, wenn das Fenster im

Mahoganie-Zimmer geschlossen war. Nach einiger Zeit glaubte er, dass die Alarmanlage ja vielleicht doch in Ordnung war, und beschloss, sie zu überprüfen; also schaltete er sie ein, ging nach unten und öffnete das Fenster; woraufhin die Alarmglocke schrillte, was sie auch dann getan hätte, wenn die Anlage in Ordnung gewesen wäre. Verzweifelt ging Papa wieder nach oben und sagte zu Mama: »Livy, der Alarm im Mahoganie-Zimmer geht nicht. Eben habe ich das Fenster geöffnet, um es zu prüfen.«

»Aber, aber, junger Mann«, erwiderte Mama, »natürlich schrillt die Alarmanlage, wenn du das Fenster öffnest!«

»Deswegen habe ich es doch geöffnet, ich wollte hinuntergehen, um zu prüfen, ob sie schrillt!«

Mama versuchte Papa auseinanderzusetzen, dass, wenn er sehen will, ob der Alarm schrillt, solange das Fenster geschlossen ist, er nicht hinuntergehen und das Fenster öffnen darf – aber umsonst, Papa begriff es nicht und wurde sehr ungeduldig, weil Mama versuchte, ihn dazu zu bringen, an ein Ding der Unmöglichkeit zu glauben.

Sie ist eine freimütige Biographin und eine aufrichtige dazu; an mir benutzt sie kein Schmirgelpapier. Bis zum heutigen Tag habe ich bei schwierigen Fragen und Verwicklungen denselben dumpfen Schädel, den Susy in jenen längst vergangenen Tagen entdeckt hatte. Kompliziertheiten ärgern mich; sie irritieren mich; und dann schlägt der zunehmende Ärger sofort in Wut um. Schon bei der Lektüre des gewöhnlichsten und einfachsten Vertrages – mit seiner »erstgenannten Vertragspartei«, seiner »zweitgenannten Vertragspartei« und seiner »drittgenannten Vertragspartei« – komme ich nicht weit, und schon reißt mir der Geduldsfaden. Ashcroft schaut jeden Tag vorbei und versucht auf die rührendste Weise, mir die Punkte der Klage zu erklären, die wir gegen Henry Butters, Harold Wheeler und die übrigen Plasmon-Diebe angestrengt haben, muss aber jeden Tag aufgeben. Es ist ein bedauernswerter Anblick, wenn er seinen ernsten, flehentlichen Blick auf mich richtet und nach einem neuerlichen Anlauf sagt: »Aber *das* verstehen Sie doch jetzt, nicht wahr?«

Und immer muss ich sagen: »*Nein,* Ashcroft. Ich wünschte, ich könnte es verstehen, aber ich kann es nicht. Lassen Sie die Katze kommen.«

In der Zeit, von der Susy spricht, wurde ich eines Tages in eine verwirrende Angelegenheit verwickelt. F. G. Whitmore war mein Berater, und er nahm mich in seinem Pferdewagen aus der Stadt mit. Wir fuhren die Wagenauffahrt hinauf zum Stall. Die enge *ein*spurige Straße glich einem Löffel, dessen Stiel sich vom Tor bis zu einem großen runden Blumenbeet in der Nähe des Stalles erstreckte.* Kurz vor dem Blumenbeet gabelte sich die Straße und umrundete es in einer Schleife, die ich mit der Schale des Löffels verglichen habe. Als wir uns der Schleife näherten, sah ich, dass Whitmore Backbordkurs nahm (ich saß steuerbord – auf der Seite, auf der sich das Haus befand) und die Löffelschale links umrunden wollte. Ich sagte:

»Tun Sie das nicht, Whitmore; nehmen Sie die rechte Seite. Dann bin ich, wenn wir zur Tür kommen, direkt vor dem Haus.«

Er sagte: »*Das* wird sowieso *nicht* passieren, es macht keinen Unterschied, wie ich das Blumenbeet umrunde.«

Ich erklärte ihm, dass er ein Esel sei, aber er blieb bei seiner These, und ich sagte:

»Versuchen Sie's nur, Sie werden schon sehen.«

Er fuhr weiter und versuchte es, und tatsächlich endete ich genau vor der Haustür auf der Seite, die er mir vorausgesagt hatte. Ich konnte es damals nicht glauben, und ich kann es heute noch nicht glauben.

Ich sagte: »Whitmore, das ist reiner Zufall. Noch einmal kriegen Sie das nicht hin.«

Er widersprach – fuhr die Straße hinunter, drehte um, kam zurück und kriegte es tatsächlich wieder hin. Ich war wie betäubt, wie gelähmt, wie versteinert angesichts dieses eigenartigen Ausgangs der Sache, doch überzeugt war ich nicht. Ich glaubte nicht, dass er es noch einmal hinkriegen würde, und doch gelang es ihm wieder. Er sagte, er könnte es den ganzen Tag tun und würde jedes Mal so vor der Haustür zum Stehen kommen. Inzwischen hatte ich die Geduld verloren und bat ihn, nach Hause zu fahren und sich in die Anstalt einweisen zu lassen, ich würde die Kosten übernehmen; er sollte mir eine Woche nicht mehr unter die Augen kommen.

Voller Wut ging ich nach oben und begann Livy davon zu erzählen. Ich

* [Vgl. Twains Skizze auf S. 164 in »Hintergründe und Zusätze«; Anm. des Verlags.]

rechnete mit ihrem Mitgefühl und wollte sie gegen Whitmore einnehmen; doch als die Geschichte von meinem Abenteuer ihren Fortgang nahm, brach sie bloß in schallendes Gelächter aus, denn ihr Kopf glich dem Susys: Rätsel und Kompliziertheiten bargen keinen Schrecken für sie. Sie und Susy hatten einen analytischen Verstand; ich habe versucht, es so hinzustellen, dass meiner anders beschaffen sei. Viele, viele Male habe ich von dem Pferdewagenexperiment erzählt und gegen alle Hoffnung gehofft, dass ich irgendwann einmal jemanden finden würde, der auf meiner Seite steht, aber das ist nie eingetreten. Und nie kann ich flinkzüngig weiterzählen und die Umstände der Pferdewagenfahrt schildern, ohne innezuhalten, zu überlegen und mir den Löffelstiel, die Löffelschale, den Wagen und das Pferd, meinen Sitzplatz auf dem Pferdewagen in Erinnerung zu rufen: und wenn ich endlich so weit bin und versuche, den Wagen nach links zu lenken, ist alles für die Katz; ich verstehe einfach nicht, warum ich mich, wenn wir zur Haustür kommen, auf der rechten Seite wiederfinde. Susy hat ganz recht mit ihrer Einschätzung. Bestimmte Dinge begreife ich einfach nicht.

Die Alarmanlage, die Susy erwähnt, führte ein fröhliches und sorgloses Leben und hatte keine Prinzipien. Immer wieder funktionierte sie gerade nicht; und dazu gab es reichlich Gelegenheit, weil alle Fenster und Türen vom Keller bis zum Obergeschoss an sie angeschlossen waren. In den Zeiten, da sie nicht funktionierte, beunruhigte sie uns allerdings nicht lange: Wir fanden rasch heraus, dass sie uns zum Narren hielt und ihr markerschütterndes Schrillen lediglich zu ihrer eigenen Belustigung ertönen ließ. Dann schalteten wir sie ab und ließen einen Elektriker aus New York kommen – denn damals gab es in ganz Hartford keinen. Wenn sie repariert war, schalteten wir sie wieder ein und erneuerten unser Vertrauen in sie. Eigentlich erfüllte sie ihre Aufgabe nie außer bei einer einzigen Gelegenheit. Den Rest ihrer kostspieligen Karriere verbrachte sie leichtfertig und zweckfrei. Nur dieses eine Mal kam sie ihrer Pflicht zur Gänze nach – feierlich, ernst, bewundernswert. Eines düsteren, trüben Märzmorgens um zwei Uhr schrillte sie los, und ich sprang sofort aus den Federn, weil ich wusste, dass sie uns diesmal nicht zum Narren hielt. Die Tür zum Badezimmer befand sich auf meiner Seite des Bettes. Ich ging hinein, drehte das Gas an, sah auf den Signalgeber und schaltete, um den Lärm abzustellen, den Alarm – für die betreffende Tür – aus. Dann ging ich wieder zu Bett. Mrs. Clemens eröffnete die Debatte:

»Was war's denn?«

»Die Kellertür.«

»Glaubst du, es war ein Einbrecher?«

»Ja«, antwortete ich, »natürlich. Glaubst du etwa, es war der Sonntagsschulhausmeister?«

»Nein. Worauf, glaubst du, hat er's abgesehen?«

»Ich nehme an, er hat's auf den Schmuck abgesehen, aber er kennt sich im Haus nicht aus und glaubt, dass der Schmuck im Keller versteckt ist. Ich möchte einen Einbrecher, mit dem ich nicht bekannt bin und der mir nichts getan hat, nicht enttäuschen, aber wenn er genug gesunden Menschenverstand gehabt hätte, sich zu erkundigen, hätte ich ihm gesagt, dass wir dort unten nichts als Kohlen und Gemüse aufbewahren. Aber vielleicht kennt er sich ja doch aus und hat's in Wahrheit auf die Kohlen und das Gemüse abgesehen. Alles in allem glaube ich, dass er hinter dem Gemüse her ist.«

»Wirst du hinuntergehen, um nachzusehen?«

»Nein, ich könnte ihm nicht behilflich sein. Soll er's sich doch selbst aussuchen; ich weiß nicht, wo was liegt.«

Dann sagte sie: »Aber angenommen, er kommt ins Erdgeschoss!«

»Keine Bange. Wir werden es erfahren, sobald er die Tür zum Erdgeschoss öffnet. Das wird den Alarm auslösen.«

In diesem Augenblick ging das schreckliche Getöse von neuem los. Ich sagte: »Er ist unten angekommen. Wie ich dir gesagt habe. Ich weiß über Einbrecher und ihre Gepflogenheiten Bescheid. Das sind systematische Menschen.«

Ich ging wieder ins Badezimmer, um nachzusehen, ob ich recht hatte. Ich hatte recht. Ich stellte den Alarm im Speisezimmer ab und unterband den Lärm. Dann ging ich wieder zu Bett. Meine Frau sagte:

»Worauf, glaubst du, hat er's jetzt abgesehen?«

Ich sagte: »Ich glaube, er hat alles Gemüse, das er wollte, und jetzt kommt er wegen der Serviettenringe und wegen Krimskrams für Frau und Kinder. Die haben doch alle Familie – die Einbrecher – und sind immer fürsorglich, nehmen nur das Nötigste für sich selbst, die übrigen Sachen sind Andenken für die Familie. Indem sie sie mitnehmen, vergessen sie auch uns nicht: Die Gegenstände dienen als Andenken an uns und zugleich als Andenken an sie. Wir werden sie nie zurückbekommen; die Erinnerung an die Aufmerksamkeit, die uns zuteilwurde, wird in unseren Herzen einbalsamiert bleiben.«

»Wirst du hinuntergehen, um nachzuschauen, worauf er's jetzt abgesehen hat?«

»Nein«, antwortete ich, »ich bin nicht mehr daran interessiert als vorher. Das sind erfahrene Leute – die Einbrecher; *die* wissen, worauf sie's abgesehen haben; ich wäre ihm keine Hilfe. Ich *glaube,* er ist hinter Keramik, Nippfiguren und dergleichen her. Wenn er das Haus kennt, weiß er, dass das alles ist, was er im Erdgeschoss findet.«

Sie sagte, und aus ihrem Tonfall war starkes Interesse herauszuhören: »Angenommen, er kommt hierherauf?«

Ich antwortete: »Keine Bange. Er wird sich ankündigen.«

»Was sollen wir dann tun?«

»Aus dem Fenster klettern.«

Leicht beunruhigt fragte sie: »Aber was nützt uns dann eine Einbrecheralarmanlage?«

»Liebe, du hast doch gesehen, dass sie uns bis eben genützt hat, und ich habe dir erklärt, wie sie uns auch weiterhin nützen wird, wenn er hierherauf kommt.«

Und damit hatte es sein Bewenden. Er löste keinen Alarm mehr aus. Gleich darauf sagte ich:

»Ich glaube, er ist enttäuscht. Er hat sich mit dem Gemüse und den Nippfiguren davongemacht, und ich glaube, er ist unzufrieden.«

Wir schliefen ein, und am nächsten Morgen um Viertel vor acht stand ich auf. Ich musste mich sputen, weil ich den 8-Uhr-29-Zug nach New York nehmen wollte. Im ersten Geschoss brannte überall hell das Licht – auf voller Gasflamme. Mein neuer Mantel war verschwunden; mein alter Schirm war verschwunden; meine neuen Lacklederschuhe, die ich noch nie getragen hatte, waren verschwunden. Das große Fenster, das auf die Ombra hinter dem Haus ging, stand sperrangelweit offen. Ich stieg hinaus und verfolgte die Spur des Einbrechers zwischen den Bäumen hindurch den Hügel hinab;

verfolgte sie ohne Schwierigkeiten, denn er hatte seinen Weg mit Serviettenringen aus Silberimitat, mit meinem Schirm und mit verschiedenen anderen Gegenständen garniert, die er missbilligt hatte; triumphierend kehrte ich zurück, da ich meiner Frau beweisen konnte, dass es ein enttäuschter Einbrecher *war*. Das hatte ich von Anfang an vermutet, auch weil er nicht in unser Geschoss heraufgekommen war, um Menschen zu stehlen.

An jenem Tag in New York passierte mir etwas. Ich werde ein andermal davon sprechen.

Aus Susys Biographie

Papa hat einen eigentümlichen Gang, den wir mögen; ihm scheint er zu gefallen, den meisten Menschen aber nicht; wenn er denkt und zwischen jedem Gericht bei den Malzeiten läuft er immer im Zimmer auf und ab.

Zu jener Zeit kam einmal eine entfernte Verwandte zu Besuch. Sie wollte eine Woche bleiben, aber alle unsere Anstrengungen, sie glücklich zu machen, schlugen fehl, wir konnten uns nicht denken, weshalb, und anderntags lichtete sie ihren Anker und segelte davon. Wir überlegten hin und her, konnten das Rätsel aber nicht lösen. Später fanden wir heraus, worin das Problem bestanden hatte. Es war mein Auf-und-ab-Laufen zwischen den Gängen der Mahlzeit gewesen. Sie hatte den Eindruck, ich könne ihre Gesellschaft nicht ertragen.

Wie der Leser schon erraten haben dürfte, war der Ausdruck »junger Mann« der Kosename, den meine Frau mir gab. Er war leicht spöttisch, aber liebevoll. Ich besaß gewisse geistige und körperliche Eigenheiten und Gewohnheiten, die einem jüngeren Menschen anstanden, als ich einer war.

Aus Susys Biographie

Papa mag Tiere, besonders Katzen, einmal hatten wir ein süßes kleines graues Kätzchen, das er »Lazy« nannte und ständig auf seiner Schulter sitzen ließ (passend zu seinem Haar und seinen Augen trägt Papa immer Grau), ein wunderhübscher Anblick! die graue Katze, die an Papas grauem Mantel und Haar eingeschlafen ist. Die Namen, die er unseren verschiedenen Katzen gegeben hat, sind wirklich bemerkenswert komisch, nämlich Stray Kit, Abner, Motley, Fraeulein*, Lazy, Bufalo Bill, Soapy Sall, Cleveland, Sour Mash, Pestilenz und Hungersnot.

Einmal, als die Kinder noch klein waren, hatten wir eine pechschwarze Katzenmutter namens Satan, und Satan hatte ein kleines schwarzes Junges namens Sünde. Pronomen bereiteten den Kindern Schwierigkeiten. Eines Tages kam die kleine Clara herein, ihre dunklen Augen funkelten vor Empörung, und sie sagte:

»Papa, Satan gehört bestraft. Sie sitzt draußen im Gewächshaus und bleibt einfach da, und sein Kätzchen ist unten und weint.«

Aus Susys Biographie

Papa drückt sich drastisch aus, aber ich denke, nicht ganz so drastisch wie zu der Zeit, als er Mama geheiratet hat. Eine Bekante von ihm neigt dazu, die Leute zu unterbrechen, und Papa sagte zu Mama, er würde dem Ehemann der Dame gerne sagen: »Ich bin froh, dass Susy Warner nicht dabei war, als Gott sprach: ›Es werde Licht.‹«

Es verhält sich so, wie ich gesagt habe, sie ist eine freimütige Biographin. Sie verschleiert meine Unzulänglichkeiten nicht, sondern räumt ihnen ebenso viel Platz ein wie meinen attraktiveren Eigenschaften. Natürlich habe ich die zitierte Bemerkung gemacht – und noch an diesem heutigen Tag bin ich halbwegs überzeugt, dass Susy Warner, wenn sie dabei gewesen wäre, als der Schöpfer sprach: »Es werde Licht«, Ihn unterbrochen hätte und wir es niemals bekommen hätten.

Aus Susys Biographie

Neulich sagte Papa: »Ich bin parteilos, und ein Parteiloser ist aufrichtig bis ins Mark.« (Papa weiß, dass ich eine Biographie über ihn schreibe, und hat es deswegen gesagt.) Er geht überhaupt nicht gern zur Kirche, warum, habe ich bis vor kur-

* [Deutsch im Original; Anm. des Übers.]

zem nie verstanden, aber neulich erzählte er uns, er kann es nicht ertragen, jemanden anders als sich selbst reden zu hören, sich selbst aber kann er stundenlang reden hören, ohne zu ermüden, natürlich sagte er das im Schertz, aber ich habe keinen Zweifel, dass es wahr ist.

Freitag, 9. Februar 1906

Der »Drastische Ausdrucksweise«-Vorfall im Badezimmer – Susys Verweis auf Der Prinz und der Bettelknabe *– Mutter und Kinder helfen beim Lektorat der Manuskripte – Ein Hinweis auf Vorfahren*

Susys Bemerkung über meine drastische Ausdrucksweise beunruhigt mich, und ich muss darauf zurückkommen. In den ersten zehn Jahren meiner Ehe hütete ich meine Zunge, solange ich im Haus war, und wenn die Umstände es verlangten und ich mir Erleichterung verschaffen musste, ging ich hinaus und entfernte mich weit genug. Die Achtung und den Zuspruch meiner Frau schätzte ich weit höher als die Achtung und den Zuspruch der übrigen Menschheit. Ich fürchtete mich vor dem Tag, an dem sie entdecken würde, dass ich nichts weiter als ein übertünchtes Grab war, inwendig voller unterdrückter Sprache. In diesen zehn Jahren war ich so achtsam, dass ich am Erfolg meiner Unterdrückungsbemühungen nicht zweifelte. Deshalb war ich in all meiner Schuld ebenso glücklich, wie wenn ich unschuldig gewesen wäre.

Allein ein Zufall stellte mich schließlich bloß. Eines Morgens ging ich ins Badezimmer, um Toilette zu machen, und ließ die Tür unvorsichtigerweise einen Spalt offen. Es war das erste Mal, dass ich vergessen hatte, sie ganz zu schließen. Ich wusste, wie notwendig es war, auf diese Vorkehrung zu achten, denn Rasieren bedeutete für mich eine unendliche Qual, und nur selten konnte ich die Rasur ohne verbale Hilfe zu Ende bringen. Diesmal war ich ungeschützt und ahnte es nicht. Zwar hatte ich bei dieser Gelegenheit keine außergewöhnliche Mühe mit dem Rasiermesser und konnte mir mit bloßem Gemurre und Geknurre der ungebührlichen Art behelfen, ohne jeden Lärm oder Nachdruck – kein Blaffen und kein Wettern. Dann aber zog ich ein Hemd an. Meine Hemden sind meine eigene Erfindung. Sie sind hinten offen und werden im Rücken geknöpft – wenn es denn Knöpfe gibt. Diesmal fehlte der Knopf. Im Nu nahm meine Gereiztheit um mehrere Grade zu, und meine Äußerungen nahmen ebenfalls zu, an Lautstärke wie an Ausdruckskraft. Aber ich machte mir keine Sorgen, denn die Badezimmertür war massiv, und ich nahm an, dass sie fest geschlossen war. Ich stieß das Fenster auf und warf das Hemd hinaus. Es landete im Gebüsch, wo die Leute es auf dem Weg zur Kirche bewundern konnten, wenn ihnen danach war; Hemd und Passanten trennte nur ein fünfzehn Meter breiter Rasenstreifen. Noch immer von ferne grollend und donnernd, zog ich ein anderes Hemd an. Wieder fehlte der Knopf. Entsprechend meiner Notlage verstärkte ich meine Sprache und warf auch dieses Hemd aus dem Fenster. Ich war zu wütend – zu unzurechnungsfähig –, um das dritte Hemd vorab in Augenschein zu nehmen, sondern zog es wild geworden an. Wieder fehlte der Knopf, und das dritte Hemd folgte seinen Kameraden durchs Fenster. Dann richtete ich mich auf, sammelte meine Reserven und lancierte einen Kavallerieangriff. Mitten in diesem großen Sturm fiel mein Blick auf die offen stehende Tür, und ich erstarrte.

Ich brauchte eine gute Weile, um meine Toilette zu beenden. Ich dehnte die Zeit unnötig aus, um zu entscheiden, was unter den gegebenen Umständen zu tun sei. Ich versuchte zu hoffen, dass Mrs. Clemens noch schlief, wusste es aber besser. Durchs Fenster konnte ich nicht entkommen. Es war schmal und eignete sich nur für Hemden. Schließlich entschloss ich mich, mit der Miene eines Menschen, der nichts verbrochen hat, mutig durchs Schlafzimmer zu schlendern. Die Hälfte der Strecke legte ich erfolgreich zurück. Ich wandte meinen Blick nicht in ihre Richtung, das wäre zu riskant gewesen. Es ist sehr schwierig, so auszusehen, als habe man nichts verbrochen, wenn die Fakten dagegensprechen, und mein Vertrauen in meine Darbietung sickerte, je weiter ich kam, umso mehr aus mir heraus. Ich hielt auf die linke Tür zu, die von meiner Frau am weitesten entfernt war. Seit dem Tag, als das Haus erbaut worden war, war sie nie geöffnet worden, doch jetzt schien sie mir den erhofften Ausweg zu bieten. Das Bett war dasselbe, in dem ich jetzt liege und Vormittag um Vormittag mit gleichbleibender Gelassenheit diese Geschichten diktiere. Es war dasselbe alte, kunstvoll geschnitzte schwarze venezianische Bett – das bequemste Bett, das es je gegeben hat, mit genügend Platz für eine ganze Familie und genügend geschnitzten Engeln, die seine gewundenen Säulen, sein Kopf- und sein Fußende krönen, um den Schläfern Frieden und angenehme Träume zu schenken. Mitten im Zimmer blieb ich stehen. Ich hatte nicht die Kraft weiterzugehen. Ich fühlte mich anklagenden Augen ausgesetzt – glaubte, dass selbst die geschnitzten Engel mich mit unfreundlichen Blicken prüften. Sie wissen, wie es ist, wenn Sie überzeugt sind, dass hinter Ihnen jemand Sie mit Blicken verfolgt. Sie *müssen* sich einfach umdrehen – es geht nicht anders. Ich drehte mich also um. Das Bett stand, wo es jetzt steht, aber das Fußende war da, wo das Kopfende hätte sein sollen. Hätte das Bett richtig herum gestanden, das hohe Kopfbrett hätte mich geschützt. Aber das Fußbrett bot keine hinreichende Deckung, so dass ich zu sehen war – exponiert, ohne jeden Schutz. Ich drehte mich um, weil ich nicht anders konnte – und nach all den Jahren erinnere ich mich noch lebhaft daran, was ich sah.

Vor den weißen Kissen sah ich den schwarzen Schopf – sah ich das junge, schöne Gesicht; und ich sah die freundlichen Augen, aber in diesen Augen war etwas, was ich noch nie gesehen hatte. Sie funkelten und blitzten vor Empörung. Ich merkte, wie ich zerbröckelte, wie ich zu einem Nichts zusammenschrumpfte unter diesem anklagenden Blick. Unter seinem vernichtenden Feuer stand ich mindestens eine volle Minute lang stumm da – mir kam es wie eine Ewigkeit vor. Dann öffnete meine Frau die Lippen, und von ihnen strömte – *meine letzte Badezimmeräußerung*. Die Sprache war genau getroffen, aber der Ausdruck samten, unpraktisch, lehrlingshaft, unwissend, unerfahren, komisch unangemessen, unsinnig schwach und ungeeignet für die derbe Sprache. In meinem ganzen Leben hatte noch nie etwas so falsch in meinen Ohren geklungen, so unharmonisch, so unvereinbar, so unpassend wie diese kraftvollen Worte, die so schwach vertont worden waren. Ich versuchte, ein Lachen zu unterdrücken, denn der Schuldige, der auf Milde und Gnade angewiesen war, war ja ich. Ich suchte zu verhindern, dass ich vor Lachen platzte, und es gelang mir auch – bis sie feierlich sagte: »So, jetzt weißt du, wie sich das anhört.«

Da explodierte ich; die Luft war voll von meinen Splittern, man konnte sie umherschwirren hören. Ich sagte: »Oh, Livy, wenn sich das *so* anhört, Gott vergib mir, werde ich es nie wieder tun!«

Da musste auch sie lachen. Beide brachen wir in Zuckungen aus und lachten so lange, bis wir körperlich erschöpft und geistig versöhnt waren.

Beim Frühstück waren die Kinder anwesend – Clara sechs und Susy acht –, und die Mutter machte eine vorsichtige Bemerkung über drastische Ausdrucksweise; vorsichtig, weil sie nicht wollte, dass die Kinder irgendetwas argwöhnten – eine vorsichtige Kritik an Kraftausdrücken. Beide Kinder gaben wie aus einem Munde den Kommentar ab: »Aber Mama, Papa benutzt sie doch auch.«

Ich war erstaunt. Ich hatte geglaubt, das Geheimnis sei sicher in meiner Brust verschlossen gewesen und sein Vorhandensein nie vermutet worden. Ich fragte:

»Woher wisst ihr das, ihr kleinen Schlingel?«

»Ach«, sagten sie, »wir lauschen oft am Treppengeländer, wenn du in der Diele bist und George etwas erklärst.«

Aus Susys Biographie

Eines von Papas letzten Büchern ist *Der Prinz und der Bettelknabe,* es ist zweifellos das beste Buch, das er je geschrieben hat, einige Leute wollen, dass er seinen alten Stiel beibehält, ein Gentleman schrieb ihm: »*Huckleberry Finn* hat mir ungeheuer gut gefallen, und ich bin froh, dass Sie zu Ihrem alten Stiel zurückgefunden haben.« Das hat mich geergert, das hat mich sehr geergert, weil es mich stöhrt (das Wort störte Susy, und sie war unsicher; sie strich das *h* durch, besann sich aber eines anderen und schrieb es wieder darüber), dass so wenige Leute Papa kennen, ich meine, richtig kennen, sie halten Mark Twain für einen Humoristen, der über alles Schertze macht; »Und mit einem Wuschel rötlich braunen Haars, dem die Barbierbürste nicht schaden würde einer römischen Nase, einem kurzen, dichten Schnurbart, einem traurigen verhärmten Gesicht mit vielen Krähenfüsen« usw. So stellen sich die Leute Papa vor, ich wollte, dass Papa ein Buch schreibt, das etwas von seiner gütigen, mitfühlenden Natur preisgibt, und das tut in Teilen *Der Prinz und der Bettelknabe*. Das Buch ist reich an schönen, reizenden Ideen, und oh, die Sprache! Sie ist *vollendet.* Ich glaube, eine der anrührendsten Szenen ist die, in der der Bettelknabe mit seinen Edlen im »Festzug auf dem Fluss« einherreitet, und er sieht seine Mutter oh und was dann folgt! Wie sie an seine Seite eilt, als sie sieht, dass er die Hand mit der Handfläche nach ausen in die Höhe hält, und wie sie von einem der Beamten des Königs grob zurückgestoßen wird und wie den kleinen Bettelknaben sein Gewissen plagt, als er sich an die beschehmenden Worte erinnert, die von seinen Lippen fielen, als sie weggedrängt wurde: »Ich habe dein Gesicht noch niemals erblickt«, und wie seine Würde wertlos wurde und sein Stolz zu Asche zerfiel. Es ist eine wunderschöne und anrührende kleine Szene, und Papa hat sie so wundervoll geschildert. Ich habe noch nie einen Menschen gesehen, der eine solche Vielfalt von Gefühlen hat wie Papa; *Der Prinz und der Bettelknabe* ist zwar voll anrührender Stellen, aber fast immer gibt es darin auch einen Anflug von Humor. Etwa bei der Krönung – bei der ergreifenden Krönung, kurz nachdem der kleine König seine Krone zurückbekommen hat, bringt Papa die Sache mit dem Siegel, wo der Bettelknabe sagt, er hat das Siegel »zum Nüsseknacken« benutzt. Ach, das ist so lustig und hübsch! Papa schreibt kaum eine Passage ganz ohne Humor, und ich glaube nicht, dass er es jemals tun wird.

Die Kinder pflegten ihrer Mutter beim Lektorieren meiner Manuskripte zu helfen. Auf der Farm setzte sie sich, den Bleistift in der Hand, auf die Veranda und las ihnen laut vor, und wachsam und argwöhnisch, wie sie waren, behielten die Kinder sie die ganze Zeit über im Auge, denn sie glaubten, dass sie die besonders befriedigenden Passagen streichen würde. Ihr Verdacht war wohlbegründet. Die Passagen, die die Kinder besonders befriedigend fanden, enthielten stets ein Moment der Intensität, das unbedingt abgeändert oder zensiert werden musste – was die Hand ihrer Mutter unfehlbar besorgte. Zu meiner eigenen Unterhaltung und um den Protest der Kinder auszukosten, missbrauchte ich oft das unschuldige Vertrauen meiner Lektorin. Mit Absicht fügte ich häufig wohlüberlegte Bemerkungen trefflich grausamer Art ein, um bei den Kindern kurzes Entzücken hervorzurufen und dann mitzuerleben, wie der hartherzige Stift sein tödliches Urteil fällte. Oft schloss ich mich den flehentlichen Bitten der Kinder um Gnade an, zog den Streit in die Länge und tat so, als meinte ich es ernst. Sie fielen darauf herein und ihre Mutter ebenso. Es war sehr unfair, drei gegen einen. Aber es war auch sehr ergötzlich, und ich konnte der Versuchung nicht widerstehen. Hin und wieder errangen wir einen Sieg, und es herrschte großer Jubel. Später dann strich ich die Passage insgeheim. Sie hatte ihren Zweck erfüllt. Sie hatte drei von uns mit guter Unterhaltung versorgt, und wenn ich sie aus dem Buch entfernte, erlitt sie nur mehr das Schicksal, das ihr ursprünglich zugedacht war.

Aus Susys Biographie

Papa ist in Missouri geboren. Seine Mutter ist Grandma Clemens (Jane Lampton Clemens) aus Kentucky. Grandpa Clemens kam aus einer der Ersten Familien Virginias.

Zweifellos war ich es, der Susy diesen Eindruck vermittelt hatte. Wie ich das tat, kann ich mir nicht vorstellen, denn mein Leben lang habe ich mich von Größe, die sich aus dem Zufall der Geburt ergibt, nie sonderlich beeindrucken lassen. Von meiner Mutter hatte ich diese Gleichgültigkeit nicht geerbt. Sie hatte immer großes Interesse an unserem Familienstammbaum. Ihre eigene Linie verfolgte sie zurück bis zu den Lambtons in Durham, England – einer Familie, die dort seit der Zeit der Angelsachsen große Ländereien besessen hatte. Ich bin mir nicht sicher, aber ich glaube, die Lambtons waren acht- oder neunhundert Jahre lang ohne Adelstitel ausgekommen, dann brachten sie vor einem Dreivierteljahrhundert einen bedeutenden Mann hervor und wurden in den Adelsstand erhoben. Meine Mutter wusste alles über die Clemens von Virginia und liebte es, sie vor mir zu verherrlichen, aber jetzt ist sie schon lange tot. Es gibt niemanden mehr, der die Details in meinem Gedächtnis frisch halten würde, und so sind sie undeutlich geworden.

Es gab einen Jere Clemens, der US-Senator war und seinerzeit den üblichen Ruhm eines Senators genoss – einen Ruhm, der vergänglich ist, ob er nun vier oder vierzig Dienstjahren entspringt. Als Jere Clemens' Ruhm als Senator längst verblasst war, erinnerte man sich seiner noch viele Jahre lang einer anderen Leistung wegen, die er erbracht hatte. Bei einem Duell erwischte er Wise, den Gouverneur des alten John Brown, hinten am Bein. Allerdings weiß ich das nicht mehr so ganz genau. Kann sein, dass Gouverneur Wise *ihn* hinten am Bein erwischte. Wie auch immer, ich halte es nicht für wichtig. Ich glaube, wichtig ist einzig und allein, dass einer der beiden hinten am Bein erwischt wurde. Es wäre besser und vornehmer, geschichtsträchtiger und befriedigender gewesen, wenn beide hinten am Bein erwischt worden wären – aber es hat keinen Zweck, mir den Ablauf der Geschichte in Erinnerung rufen zu wollen, Geschichtssinn hatte ich noch nie. Lassen wir das. Was immer geschah, ich freue mich darüber, und das ist so viel an Begeisterung, wie ich überhaupt für einen Menschen, der meinen Namen trägt, aufbringen kann. Aber ich vergesse den *ersten* Clemens – denjenigen, der dem wirklich ursprünglichen *ersten* Clemens zeitlich am nächsten stand, nämlich Adam.

Montag, 12. Februar 1906

Susys Biographie wird fortgesetzt – Einige der Streiche, die in Tom Sawyer *gespielt werden – Die zerbrochene Zuckerdose – Schlittschuhlaufen auf dem Mississippi mit Tom Nash usw.*

Aus Susys Biographie

Clara und ich sind uns sicher, dass Papa bei einer Tracht Prügel Grandma den Streich gespielt hat, der in *Tom Sawyers Abenteuer* erzählt wird: »Reich mir mal die Rute her!« – Die Rute schwebte in der Luft. Es bestand höchste Gefahr. – »O herrje! Guck dich um, Tante.« – Die alte Dame fuhr herum und raffte mit einem Griff ihre Röcke hoch, um sie aus der Gefahrenzone zu bringen; im gleichen Augenblick entfloh der Junge, erkletterte den hohen Bretterzaun und verschwand darüber.

Susy und Clara hatten ganz recht.

Dann schreibt Susy:

Und wir wussten, dass Papa dauernd die Schule schwenzte. Und wie bereitwillig Papa vortäuschte, im Sterben zu liegen, um nicht zur Schule gehen zu müssen!

Diese Enthüllungen und Entlarvungen sind Spekulation, aber zutreffend. Wenn ich für andere Leute so durchsichtig bin, wie ich es für Susy war, habe ich in diesem Leben viel Mühe vergeudet.

Grandma konnte Papa nicht dazu bewegen, zur Schule zu gehen, und so schickte sie ihn in eine Druckerei, damit er das Handwerk erlernte. Das tat er auch und schnappte nach und nach genügend Bildung auf, um etwa genauso gut voranzukommen wie diejenigen, die in ihrem frühen Leben fleißiger waren.

Es ist auffallend, dass Susy, wenn sie mir Komplimente macht, nicht übertreibt, sondern richterliche und biographische Ruhe bewahrt. Und es ist auffallend und muss ihr als Biographin hoch angerechnet werden, dass sie Komplimente und Kritik gerecht und ausgewogen austeilt.

Meine Mutter hatte eine Menge Kummer mit mir, aber ich vermute, dass sie Vergnügen daran fand. Mit meinem Bruder Henry, der zwei Jahre jünger war als ich, hatte sie überhaupt keinen Kummer, und ich vermute, die ungebrochene Monotonie seiner Tugendhaftigkeit, Ehrlichkeit und Gehorsamkeit wäre eine Bürde für sie gewesen, wenn ich ihr nicht etwas Erleichterung und Abwechslung in der entgegengesetzten Richtung verschafft hätte. Ich war ein Tonikum. Ich war wertvoll für sie. Früher ist mir das nicht in den Sinn gekommen, aber inzwischen sehe ich es so. Ich habe nie erlebt, dass Henry mir oder sonst wem etwas Böses getan hätte – häufig aber tat er etwas Gutes, das mich genauso teuer zu stehen kam. Es war seine Pflicht, mich zu melden, wenn ich gemeldet werden musste und es versäumte, selbst Meldung zu erstatten, und diese Pflicht erfüllte er gewissenhaft. Er ist »Sid« in *Tom Sawyer*. Aber Sid war nicht Henry. Henry war ein sehr viel feinerer und besserer Junge als Sid.

Es war Henry, der meine Mutter darauf aufmerksam machte, dass der Zwirn, mit dem sie meinen Hemdkragen angenäht hatte, um mich daran zu hindern, schwimmen zu gehen, die Farbe gewechselt hatte. Meine Mutter hätte es sonst nicht entdeckt, und als sie merkte, dass dieses auffällige Beweisstück ihrem scharfen Auge entgangen war, war sie sichtlich verärgert. Vermutlich fügte dieses Detail auch meiner Strafe ein Detail hinzu. Das ist menschlich. Gewöhnlich lassen wir, wenn sich ein geeigneter Vorwand findet, unsere Schwächen an einem anderen aus – aber wie dem auch sei, ich ließ meinen Unmut an Henry aus. Für den, dem unrecht getan wird, gibt es immer eine Entschädigung. Ich ließ oft meinen Unmut an ihm aus – manchmal als Abschlagszahlung für etwas, was ich noch nicht getan hatte. Das passierte, wenn die Gelegenheit eine zu starke Versuchung darstellte und ich einen Wechsel auf die Zukunft ausstellen musste. Diese Idee brauchte ich nicht bei meiner Mutter abzugucken, wahrscheinlich hatte ich sie mir selbst ausgedacht. Trotzdem ging auch sie gelegentlich nach diesem Prinzip vor.

Sollte der Vorfall mit der zerbrochenen Zuckerdose in *Tom Sawyer* vorkommen – ich kann mich nicht mehr erinnern, ob es so ist oder nicht –, so ist er dafür ein Beispiel. Henry stibitzte nie Zucker. Er nahm ihn vor aller Augen aus der Dose. Seine Mutter wusste, dass er keinen Zucker naschte, wenn sie nicht hinsah, aber bei mir hatte sie ihre Zweifel. Im Grunde genommen nicht einmal Zweifel. Sie *wusste* sehr wohl, dass ich naschen würde. Eines Tages, als sie nicht da war, naschte Henry aus ihrer hochgeschätzten und kostbaren altenglischen Zuckerdose, einem Familienerbstück – und brachte es fertig, die Dose zu zerbrechen. Es war das erste Mal, dass ich die Chance hatte, ihn zu verpetzen, und ich freute mich unbeschreiblich. Ich sagte ihm, dass ich ihn verpetzen würde, aber er war nicht beunruhigt. Als meine Mutter hereinkam und die Dose in Scherben auf dem Fußboden liegen sah, war sie einen Moment sprachlos. Ich ließ ihr Schweigen walten, dachte ich doch, es würde die Wirkung verstärken. Ich wartete darauf, dass sie fragte: »Wer war das?« – damit ich meine Neuigkeit loswerden konnte. Aber das war eine Fehlkalkulation. Als sie ihr Schweigen endlich brach, fragte sie gar nichts mehr, sondern verpasste mir mit ihrem Fingerhut eine solche Kopfnuss, dass ich sie bis in die Hacken spürte. Da platzte ich mit meiner gekränkten Unschuld heraus in der Erwartung, sie zu beschämen, weil sie den Falschen bestraft hatte. Ich erwartete, dass sie etwas Reumütiges und Mitleidvolles tat. Ich sagte, ich sei's nicht, Henry sei es gewesen. Aber es gab keinen Aufruhr, emotionslos sagte sie: »Schon gut. Macht nichts. Du verdienst es für etwas, was du getan hast, wovon ich nichts weiß; und wenn du nichts getan hast, dann verdienst du es für etwas, was du tun wirst, wovon ich nichts hören werde.«

Außen am Haus war eine Treppe, die zum hinteren Teil des Obergeschosses führte. Eines Tages wurde Henry auf eine Besorgung geschickt und nahm einen Blecheimer mit. Ich wusste, dass er die Treppe hinaufsteigen würde, und so ging ich nach oben, verriegelte von innen die Tür, ging wieder hinunter in den Garten, der frisch umgegraben und reich an erstklassigen festen schwarzen Erdklumpen war. Ich sammelte einen großzügigen Vorrat an und lauerte ihm auf. Ich wartete, bis er die Treppe hinaufgeklettert und fast oben angekommen war und nicht mehr entfliehen konnte. Dann bombardierte ich ihn mit Erdklumpen, die er, so gut er konnte, mit seinem Blecheimer abzuwehren versuchte, doch ohne großen Erfolg, denn ich war ein guter Schütze. Die gegen die Verkleidung prasselnden Erdklumpen riefen meine Mutter auf den Plan, die sehen wollte, was vor sich ging, und ich versuchte ihr zu erklären, ich wolle Henry nur ein wenig amüsieren. Beide waren augenblicklich hinter mir her, aber ich kannte den Weg über den hohen Bretterzaun und konnte fürs Erste entkommen. Als ich mich nach ein, zwei Stunden zurückwagte, war niemand da, und ich glaubte schon, der Vorfall sei beigelegt. Aber das war er nicht. Jetzt lauerte Henry *mir* auf. Ungewöhnlich zielsicher warf er mir einen Stein an die Schläfe, auf der eine Beule, groß wie das Matterhorn, anschwoll. Mitleidsuchend trug ich diese schnurstracks zu meiner Mutter, aber die war nicht sehr gerührt. Offenbar war sie der Ansicht, dass Vorfälle dieser Art, wenn ich nur genügend davon abbekäme, mich irgendwann läutern würden. Somit war die ganze Angelegenheit nur eine Erziehungsmaßnahme. Ich hatte eine eher strengere Auffassung davon gehabt.

Es war nicht recht, der Katze den Schmerztöter zu verabreichen; inzwischen leuchtet es mir ein. Heute würde ich es nicht noch einmal tun. Aber zu der Zeit von *Tom Sawyer* war es mir eine große und aufrichtige Genugtuung, zuzusehen, wie sich Peter unter ihrer Wirkung aufführte – und wenn Taten wirklich lauter *sprechen* als Worte, hatte er genauso viel Interesse daran wie ich. Es war eine höchst abscheuliche Medizin, Perry Davis' Schmerztöter. Mr. Paveys Neger, ein Mensch von gesunder Urteilskraft und beträchtlicher Neugier, wollte unbedingt davon probieren, und ich ließ ihn. Er war der Meinung, dass sie aus Höllenfeuer gemacht sei.

Es war die Zeit der Cholera im Jahre 49. Die Menschen am Mississippi waren vor Angst wie gelähmt. Wer konnte, nahm die Beine in die Hand. Und auf der Flucht starben viele vor Schreck. Auf einen, der an der Cholera starb, kamen drei, die vor Schreck starben. Wer nicht fliehen konnte, schluckte vorbeugende Mittel, und für mich wählte meine Mutter Perry Davis' Schmerztöter. Um sich selbst machte sie sich keine Sorgen. Sie mied diese Art Präventivmittel. Ich aber musste ihr versprechen, täglich einen Teelöffel Schmerztöter einzunehmen. Anfangs hatte ich die Absicht, mein Versprechen zu halten, zu der Zeit wusste ich ja noch nicht so viel über Perry Davis' Schmerztöter wie nach meinem ersten Experiment. Henrys Flasche brauchte sie nicht im Auge zu behalten – Henry konnte sie vertrauen. Das Etikett meiner Flasche dagegen markierte sie jeden Tag mit dem Bleistift und prüfte nach, ob der Teelöffel entnommen worden war. Der Fußboden war nicht mit Teppich ausgelegt. Er hatte Ritzen, und diesen Ritzen flößte ich den Schmerztöter ein und erzielte ausgezeichnete Ergebnisse – dort unten trat keine Cholera auf.

Bei einer dieser Gelegenheiten kam schwanzwedelnd der freundliche Kater herein und bettelte um etwas Schmerztöter – den er auch bekam –, woraufhin er einen hysterischen Anfall erlitt, der damit endete, dass er mit sämtlichen Möbeln im Zimmer kollidierte und schließlich aus dem offenen Fenster sprang und die Blumentöpfe mit hinunterriss, als meine Mutter gerade noch rechtzeitig kam, um in starrem Staunen über ihre Brille hinwegzublicken und zu fragen: »Was in aller Welt ist mit Peter los?«

Ich weiß nicht mehr, welche Erklärung ich vorbrachte; sollte sie aber in jenem Buch verzeichnet sein, ist es womöglich nicht die richtige.

Wenn mein Verhalten von so extremer Ungebührlichkeit war, dass die improvisierten Strafen meiner Mutter nicht ausreichten, sparte sie die Angelegenheit für sonntags auf und hieß mich am Sonntagabend zur Kirche gehen – eine Strafe, die manchmal erträglich sein mochte, meistens aber nicht, und die ich meiner Konstitution zuliebe mied. Sie glaubte mir erst, dass ich zur Kirche gegangen war, wenn sie ihren Test durchgeführt hatte: Sie ließ mich die Predigt nacherzählen. Das war einfach und verursachte mir kein Kopfzerbrechen. Ich brauchte nicht zur Kirche zu gehen, um einen Predigttext zu finden. Ich suchte mir selbst einen aus. Das lief ausgezeichnet, bis einmal mein Text und der, von dem eine Kirchgängerin aus der Nachbarschaft berichtete, nicht übereinstimmten. Danach ging meine Mutter zu anderen Methoden über. Zu welchen, weiß ich nicht mehr.

Im Winter trugen Männer und Knaben damals ziemlich lange Mäntel. Sie waren schwarz und mit grellbuntem auffälligem Schottenstoff gefüttert. Eines Winterabends, als ich wieder einmal zur Kirche gehen sollte, um für ein Verbrechen zu büßen, das ich während der Woche begangen hatte, versteckte ich meinen Mantel am Tor, lief davon und spielte mit den anderen Jungen, bis die Kirche zu Ende war. Dann ging ich wieder nach Hause. Dabei zog ich den Mantel im Dunkeln verkehrt herum an, trat ins Zimmer, warf den Mantel ab und wurde der üblichen Prüfung unterzogen. Ich schlug mich recht wacker, bis die Temperatur in der Kirche zur Sprache kam. Meine Mutter sagte:

»Es muss unmöglich gewesen sein, sich an einem solchen Abend in der Kirche warm zu halten.«

Ich erkannte die List dieser Bemerkung nicht und war töricht genug, zu erklären, ich hätte meinen Mantel die ganze Zeit über anbehalten. Sie fragte, ob ich ihn auch auf dem Heimweg anbehalten hätte. Ich merkte immer noch nicht, worauf sie hinauswollte. Ich bejahte, so sei es gewesen. Sie sagte:

»Du hast ihn in der Kirche mit dem leuchtend roten Schottenmuster nach außen getragen? Hat das nicht Aufmerksamkeit erregt?«

Natürlich wäre es mühsam und zwecklos gewesen, einen solchen Dialog fortzusetzen, und so ließ ich es sein und nahm die Folgen auf mich.

1849 Das war um 1849. Tom Nash war ein Junge in meinem Alter – Sohn des Postamtsvorstehers. Der Mississippi war zugefroren, und eines Nachts gingen wir zusammen Schlittschuh laufen, vermutlich ohne Erlaubnis. Ich kann mir nicht vorstellen, weshalb wir nachts Schlittschuh gelaufen wären, es sei denn ohne Erlaubnis, denn nächtliches Schlittschuhlaufen hätte keinen besonderen Spaß gemacht, wenn nicht jemand etwas dagegen einzuwenden hatte. Gegen Mitternacht, als wir mehr als eine halbe Meile Richtung Illinois-Ufer draußen waren, hörten wir zwischen uns und dem heimatlichen Flussufer ein verdächtiges Knacken, Knirschen und Krachen und wussten, was das zu bedeuten hatte – das Eis brach. Ziemlich verängstigt traten wir den Rückweg an. Wann immer das zwischen den Wolken hindurchsickernde Mondlicht uns zeigte, wo Eis war und wo Wasser, huschten wir in voller Fahrt dahin. In den Pausen warteten wir; glitten weiter, wenn es eine gute Eisfläche gab; pausierten wieder, wenn wir an offenes Wasser kamen, und warteten verzweifelt, bis eine riesige Eisscholle die Stelle überbrücken half. Eine Stunde brauchten wir für den Rückweg – einen Weg, den wir in elender Angst zurücklegten. Endlich war das Ufer in greifbarer Nähe. Wieder warteten wir; es gab nur noch eine Stelle, die überbrückt werden musste. Um uns herum barst das Eis, schob sich knirschend übereinander und türmte sich am Ufer zu Bergen, und die Gefahr nahm zu statt ab. Wir wurden immer ungeduldiger, festen Grund zu erreichen, und so brachen wir zu früh auf und sprangen von Scholle zu Scholle. Tom verschätzte sich und fiel ins Wasser. Er nahm ein bitterkaltes Bad, war aber schon so dicht am Ufer, dass er nur ein oder zwei Züge zu schwimmen brauchte – dann hatte er festen Boden unter den Füßen und kroch heraus. Ich traf etwas später ein, ohne Missgeschick. Wir waren schweißüberströmt, und Toms Bad wurde ihm zum Verhängnis. Er landete im Bett und hatte eine ganze Prozession von Krankheiten. Die letzte davon war Scharlach, und er wurde stocktaub. Nach ein oder zwei Jahren verlor er natürlich auch die Sprache. Nun, einige Jahre später lernte er wieder sprechen, wenn auch mehr schlecht als recht – man konnte nicht immer verstehen, was er zu sagen versuchte. Er konnte seine Stimme natürlich nicht modulieren, da er sich selbst nicht reden hörte. Glaubte er, leise und vertraulich zu sprechen, konnte man ihn drüben in Illinois hören.

Vor vier Jahren (1902) wurde ich von der University of Missouri eingeladen, um dort die Ehrendoktorwürde zu empfangen. Ich nahm die Gelegenheit wahr, eine Woche in Hannibal zu verbringen – heute eine Stadt, zu meiner Zeit ein Dorf. Es war dreiundfünfzig Jahre her, dass Tom Nash und *1902* ich das Abenteuer bestanden hatten. Als ich am Bahnhof angelangt war, bereit, abzureisen, hatte sich dort eine Gruppe Bürger versammelt. Durch eine Lücke in der Menschenmenge sah ich Tom Nash auf mich zukommen und ging ihm entgegen, denn ich erkannte ihn sofort. Er war alt und grauhaarig geworden, doch der fünfzehnjährige Junge war noch deutlich zu erkennen. Er trat an mich heran, formte seine Hände an meinem Ohr zu einer Trompete, nickte zu den Bürgern hinüber und sagte vertraulich – dumpf tutend wie ein Nebelhorn:

»Dieselben verdammten Narren, Sam!«

Aus Susys Biographie

Papa war ungefähr zwanzig Jahre alt, als er Lotse auf dem Mississippi wurde. Kurz bevor er seine Raise antrat, bat ihn Grandma Clemens, ihr hoch und heilig zu versprechen, keinen Alkohol anzurühren und nicht zu fluchen, und er sagte: »Ja, Mutter, ich verspreche es«, und hielt sein Versprechen sieben Jahre lang, bis ihn Grandma davon entbant.

Unter dem inspirierenden Einfluss dieser Bemerkung, was für ein Garten vergessener Besserungsgelübde tut sich da vor meinen Augen auf!

Dienstag, 13. Februar 1906

Susys Biographie wird fortgesetzt – Kadetten der Enthaltsamkeit – Erste Begegnung von Mr. Clemens und Miss Langdon – Miss Langdon als Invalidin – Dr. Newton

An mehrere dieser Gelübde kann ich mich mühelos erinnern. Als ich etwa fünfzehn war, gehörte ich in Hannibal kurze Zeit den Kadetten der Enthalt-
1850 samkeit an, einer Organisation, die wohl fast ein Jahr lang in den gesamten Vereinigten Staaten wirkte – vielleicht noch länger. Die Mitgliedschaft bestand in dem Gelübde, dem Tabakgenuss zu entsagen; ich meine, zu einem Teil bestand sie in diesem Gelübde und zum anderen in einer Schärpe aus

roter Merinowolle, die Schärpe aus roter Merinowolle aber war die Hauptsache. Die Jungen traten ein, um sie tragen zu dürfen – das Gelübde selbst war ohne Bedeutung. Ihm kam solch geringe Bedeutung zu, dass es im Vergleich zur Schärpe im Grunde gar nicht existierte. Die Organisation war schwach und nicht von Dauer, da es nicht genügend Feiertage gab, um sie zu unterstützen. Antreten, marschieren und die roten Schärpen zeigen konnten wir am Maifeiertag zusammen mit den Sonntagsschulen und am Unabhängigkeitstag zusammen mit den Sonntagsschulen, der freiwilligen Feuerwehr und der Bürgerwehr. Doch kann man eine moralische Anstalt für Jugendliche nicht mit zwei Zurschaustellungen der Schärpe pro Jahr am Leben erhalten. Als Geselle hätte ich über eine Prozession hinaus nicht durchgehalten, ich aber war Erhabener Großwürdiger Sekretär und Fürstlicher Innenwächter und genoss das Vorrecht, mir Losungen auszudenken und eine Rosette auf meiner Schärpe zu tragen. Unter diesen Umständen gelang es mir, standhaft zu bleiben, bis ich den Ruhm zweier Zurschaustellungen eingeheimst hatte – Maifeiertag *und* Unabhängigkeitstag. Danach trat ich unverzüglich aus und verließ schnurstracks die Loge.

Ich hatte volle drei Monate nicht geraucht, und keine Worte können auch nur annähernd den Appetit aufs Rauchen beschreiben, der mich verzehrte. Seit meinem neunten Lebensjahr war ich Raucher – ein heimlicher während der ersten beiden Jahre, aber danach – das heißt nach dem Tod meines Vaters –, ein öffentlicher. Noch bevor ich mich dreißig Schritte von der Loge entfernt hatte, rauchte ich und war restlos glücklich. Ich weiß nicht mehr, was für eine Zigarrensorte es war. Vermutlich keine erlesene, sonst hätte der vorherige Raucher sie nicht so bald weggeworfen. Jedenfalls fand ich, es war die beste Zigarre, die je gedreht wurde. Der vorherige Raucher hätte ebenso gedacht, wenn er drei Monate lange ohne Zigarren hätte auskommen müssen. Ich rauchte den Stummel ohne Scham. Heute könnte ich das nicht mehr, heute bin ich kultivierter als damals. Aber rauchen würde ich ihn trotzdem. Ich kenne mich und die Menschheit gut genug, um das zu wissen.

Damals waren einheimische Zigarren so preiswert, dass jemand, der nur etwas Geld hatte, sich auch Zigarren leisten konnte. Mr. Garth besaß eine große Tabakfabrik, und im Dorf gab es einen kleinen Laden für den Einzelverkauf seiner Produkte. Er bot eine Sorte an, die die Armut selbst hätte kaufen können. Schon viele Jahre vorrätig, sahen diese Zigarren äußerlich recht gut aus, doch ihr Inneres war zu Staub zerfallen und wäre, wenn man sie entzweigebrochen hätte, wie ein Dunsthauch aufgestoben. Weil sie so günstig war, erfreute sich diese Sorte großer Beliebtheit. Mr. Garth hatte andere Sorten im Angebot, die billig, und einige, die schlecht waren, doch die Vormachtstellung, die dieser Sorte zukam, zeigte sich schon in ihrem Namen. Sie hieß »Garths letzte Zuflucht«. Wir zahlten immer mit alten Zeitungen (Tauschausgaben) für diese Sorte.

Im Dorf gab es noch einen Laden, dessen Umstände für mittellose Jungen günstig waren. Er wurde von einem einsamen und schwermütigen kleinen Buckligen geführt, und wir konnten einen Vorrat an Zigarren ergattern, indem wir ihm von der Dorfpumpe einen Eimer Wasser holten, ob er Wasser brauchte oder nicht. Eines Tages trafen wir ihn schlafend in seinem Sessel vor – eine Gewohnheit von ihm – und warteten geduldig darauf, dass er aufwachte, was eine Gewohnheit von uns war. Diesmal jedoch schlief er so lange, dass sich unsere Geduld erschöpfte und wir ihn zu wecken versuchten – aber er war tot. Der Schreck sitzt mir noch heute in den Gliedern.

In meinen frühen Mannesjahren und im mittleren Alter versuchte ich hin und wieder, mich mit moralischen Besserungsvorhaben zu quälen. Und ich hatte nie Anlass, diese Abzweigungen zu bedauern, denn ob die daraus resultierenden Entbehrungen lange anhielten oder nicht, das dankbare Vergnügen, das mir das Laster bereitete, wenn ich wieder zu ihm zurückkehrte, entschädigte mich stets für die Kosten. Ich bin sicher, dass ich in meinem Buch *Reise um die Welt* über diese Experimente geschrieben habe. Irgendwann werde ich nachschauen. Vorerst will ich das Thema fallenlassen und mich wieder Susys Skizze über mich zuwenden:

Aus Susys Biographie

Nachdem Papa eine Zeitlang Lotse auf dem Mississippi gewesen war, wurde sein Bruder, Onkel Orion Clemens, zum Sekretär von Nevada ernannt, und Papa ging mit ihm nach Nevada, um sein Privatsekretär zu werden. Später interessierte er sich für den Bergbau in Kalifornien; danach wurde er Zeitungsreporter und berichtete für mehrere Zeitungen. Anschließend wurde er auf die Sandwichinseln geschickt. Als er nach Amerika zurückgekehrt war, wollten seine Freunde, dass er Vorträge hielt, also hielt er Vorträge. Dann fuhr er auf der *Quaker City* nach Übersee, und an Bord dieses Schiffes wurde er mit Onkel Charlie bekannt (Mr. C. J. Langdon aus Elmira, New York). Papa und Onkel Charlie freundeten sich bald an, und als sie von ihrer Reise zurückkehrten, bat Grandpa Langdon – Onkel Charlies Vater – Onkel Charlie darum, Mr. Clemens zu einem gemeinsamen Dinner im St. Nicholas Hotel in New York einzuladen. Papa nahm die Einladung an und ging ins St. Nicholas, um mit Grandpa zu essen, und dort begegnete er Mama (Olivia Louise Langdon) zum ersten Mal. Aber erst im darauffolgenden August begegneten sie sich wieder, weil Papa nach Kalifornien ging, und dort schrieb er *Die Arklosen im Ausland*.

Was die nächste Begegnung betrifft, so will ich hier anmerken, dass Susy irrt. Die erste Begegnung fand am 27. Dezember 1867 statt und die nächste fünf *1867* Tage später im Haus von Mrs. Berry. Miss Langdon war dort, um Mrs. Berry beim Empfang der Neujahrsgäste zu helfen. Um zehn Uhr morgens traf ich ein, um meinen eigenen Neujahrsbesuch abzustatten. Ich hatte vierunddreißig Besuche auf meiner Liste, und dieser war der erste. Ich dehnte ihn auf dreizehn Stunden aus und verschob die dreiunddreißig anderen auf das nächste Jahr.

Aus Susys Biographie

Mama war die Tochter von Mr. Jervis Langdon (ich weiß nicht, ob Grandpa einen Mittelnamen hatte oder nicht) und Mrs. Olivia Lewis Langdon aus Elmira, New York. Sie hatte einen Bruder und eine Schwester, Onkel Charlie (Charles J. Langdon) und Tante Susie (Susan Langdon Crane). Mama liebte Grandpa mehr als jeden anderen auf der Welt. Er war ihr Idol und sie seins, ich glaube, Mamas Liebe zu Grandpa muss meiner Liebe zu Mama sehr geähnelt haben. Grandpa war ein großartiger und guter Mann, und wir alle denken mit Liebe und Achtung an ihn. Als junges Mädchen war Mama Invalidin und musste das Studium lange Zeit aufgeben.

Invalidin wurde sie mit sechzehn durch eine teilweise Lähmung infolge eines Sturzes auf dem Eis, und ihre vollen Kräfte sollte sie zeitlebens nicht wiedererlangen. Nach dem Sturz konnte sie zwei Jahre lang das Bett nicht verlassen und in keiner anderen Position als auf dem Rücken liegen. In dieser Zeit wurden alle namhaften Ärzte nach Elmira geholt, einer nach dem anderen, doch ohne hilfreiches Resultat. Damals waren beide Welten mit dem Namen Dr. Newton vertraut, einem Mann, der in beiden Welten als Quacksalber verschrien war. Er bewegte sich feierlich durchs Land; prächtig wie ein Omen; wie ein Zirkus. An verlassenen Mauern wurde die Nachricht seines Kommens mehrere Wochen vorher auf farbigen Riesenplakaten mit seinem imposanten Porträt verbreitet.

Eines Tages kam Andrew Langdon, ein Verwandter der Familie Langdon, ins Haus und sagte: »Ihr habt es mit jedem anderen versucht, versucht es doch mal mit Dr. Newton, dem Quacksalber. Er ist unten im Rathbun House und behandelt die Wohlhabenden zu Kriegspreisen und die Armen umsonst. *Ich habe gesehen*, wie er über Jake Browns Kopf kreisförmige Handbewegungen machte, ihm die Krücken abnahm und ihn so gut wie neu wegschickte. *Ich habe gesehen,* wie er das Gleiche bei einigen anderen Krüppeln tat. *Die* mögen ja zu Werbezwecken eingeschleust worden und nicht echt sein. Aber Jake ist echt. Lasst Newton kommen.«

Newton kam. Er fand das junge Mädchen auf dem Rücken liegend vor. Über ihr hing von der Decke ein Flaschenzug. Dieser hatte schon geraume Zeit dort gehangen, war aber nie benutzt worden. Man hatte ihn in der Hoffnung angebracht, dass sie sich ab und zu mit Hilfe seiner gleichmäßigen Bewegung in eine Sitzposition aufrichten könnte, um eine Weile auszuruhen. Aber das Gerät war ein Misserfolg. Jeder Versuch, sie aufzurichten, verursachte ihr Übelkeit und Schwäche und musste aufgegeben werden. Newton machte mit den Händen einige Luftstriche über ihrem Kopf; dann legte er einen Arm hinter ihre Schultern und sagte: »Jetzt setzen wir uns auf, mein Kind.«

Die Familie erschrak und versuchte, ihn daran zu hindern, aber er ließ sich nicht beirren und richtete sie auf. Mehrere Minuten saß sie ohne Übelkeit oder andere Beschwerden da. Dann sagte Newton, das reiche für den Augenblick, er werde am nächsten Morgen wiederkommen; was er auch tat. Wieder machte er einige Luftstriche und sagte: »Jetzt werden wir ein paar Schritte tun, mein Kind.« Er half ihr aus dem Bett und stützte sie, während sie einige Schritte tat; dann sagte er: »Ich habe die Grenzen meiner Kunst erreicht. Sie ist nicht geheilt. Wahrscheinlich wird sie *nie* geheilt werden. Weit wird sie nicht gehen können, aber mittels täglicher Übung wird sie ein- oder zweihundert Meter schaffen, und sie kann sicher sein, dass sie *das* für den Rest ihres Lebens wird tun können.«

Er berechnete fünfzehnhundert Dollar für seine Arbeit, doch wäre sie mühelos hunderttausend wert gewesen. Von ihrem achtzehnten Geburtstag an bis in ihr sechsundfünfzigstes Lebensjahr konnte sie stets ein paar hundert Meter gehen, ohne sich ausruhen zu müssen; und mehr als einmal sah ich sie vierhundert Meter zurücklegen, ohne ernstlich erschöpft zu sein.

In Dublin, in London und andernorts wurde Newton beschimpft. In Europa und in Amerika wurde er häufig beschimpft, nie aber von den dankbaren Langdons und Clemens. Nach Jahren, als ich Newton einmal begegnete, fragte ich ihn, was sein Geheimnis sei. Er antwortete, er wisse es selbst nicht, aber er glaube, dass von seinem Körper möglicherweise eine subtile Form von Elektrizität ausgehe und Heilung bewirke.

Mittwoch, 14. Februar 1906

Über den Unfall, der Mr. Clemens' Besuch bei den Langdons verlängerte

Aus Susys Biographie

Bald kehrte Papa nach Osten zurück, und Papa und Mama wurden getraut.

Das klingt leicht und zügig und frei von Hindernissen, aber so war es nicht. So glatt und bequem trug es sich nicht zu. Es gab ein langes Liebeswerben. Es gab drei oder vier Heiratsanträge und ebenso viele Ablehnungen. Landauf, landab war ich auf Vortragsreisen, aber hin und wieder gelang es mir, nach Elmira zu fahren und die Belagerung wiederaufzunehmen. Einmal entlockte ich Charley Langdon die Einladung, für eine Woche zu kommen. Es war eine angenehme Woche, aber auch dieser Besuch musste einmal zu Ende gehen. Ich konnte mir nichts aus den Fingern saugen, was die Einladung verlängert hätte. Die Pläne, die ich ausklügelte, schienen nicht geeignet, sie zu täuschen. *Mich* jedenfalls täuschten sie nicht, und wenn sich jemand nicht selbst täuschen kann, hat er kaum eine Chance, andere zu täuschen. Aber schließlich kam mir das Glück zu Hilfe, und zwar von höchst unerwarteter Seite. Es war einer dieser Fälle, die in den vergangenen Jahrhunderten so häufig vorkamen, in unseren Tagen aber selten sind – ein Fall, bei dem die Hand der Vorsehung eingreift.

Ich war bereit zur Abreise nach New York. Vor dem Tor stand ein leichter Pferdewagen mit meinem Koffer, und auf dem Vordersitz saß Barney, der Kutscher, die Zügel in der Hand. Es war acht oder neun Uhr abends und bereits dunkel. Ich verabschiedete mich von der Familie, die sich auf der vorderen Veranda versammelt hatte, und Charley und ich gingen zum Tor und kletterten auf den Wagen. Wir nahmen unsere Plätze hinter dem Kutscher auf der verbleibenden Sitzgelegenheit ein, die sich am Ende des Wagens befand und in Bezug auf unsere Annehmlichkeit ein Provisorium war und als solches nicht befestigt; eine Tatsache, deren wir uns – zu meinem Glück und dem des ungeborenen Stammes der Clemens – nicht bewusst waren. Charley rauchte. Barney berührte das Pferd mit der Peitsche. Das Pferd machte einen jähen Satz nach vorn. Charley und ich fielen rücklings über das Heck des Wagens. Im Dunkel beschrieb die rote Feuerknospe am Ende seiner Zigarre einen Bogen durch die Luft, den ich jetzt noch vor mir sehe. Das war der einzige sichtbare Punkt in der ganzen düsteren Szenerie. Ich schlug genau mit dem Scheitel auf und blieb einen Moment kopfüber stehen, dann sank ich ohnmächtig zu Boden. Für jemanden, der die Rolle nicht geübt hatte, war es eine sehr gute Ohnmacht. Die Gosse war aus Kopfstein und gerade ausgebessert worden. Mein Kopf blieb in einer Kuhle stecken, die von vier solchen Kopfsteinen gebildet wurde. Die Mulde war zur Hälfte mit frischem Sand gefüllt und bot mir ein sanftes Ruhekissen. Mein Kopf berührte keinen dieser Kopfsteine. Ich zog mir keine Prellung zu. Ich war nicht einmal durchgerüttelt. Mir fehlte nichts. Charley war ziemlich zugerichtet, aber in seiner Fürsorglichkeit für mich bekam er kaum etwas davon mit. Die ganze Familie schwärmte aus, allen voran Theodore Crane mit einem Fläschchen Brandy. Er goss mir genug davon zwischen die Lippen, dass ich würgen und prusten musste, aber meiner Ohnmacht kam er damit nicht bei. Um die kümmerte ich mich schon selbst. Es war sehr angenehm, die mitleidigen Ausrufe zu hören, die auf mich herabregneten. Es war einer der fünf, sechs glücklichsten Momente meines Lebens. Es gab nichts, was ihn getrübt hätte – außer dass ich keinen Schaden davongetragen hatte. Ich hatte Angst, dass es früher oder später auffliegen und meinen Besuch verkürzen würde. Ich war so schwer, dass es der vereinten Kräfte von Barney und Mr. Langdon, Theodore und Charley bedurfte, mich ins Haus zu schleppen, aber es wurde vollbracht. Ich war da. Ich wusste, dass ich gesiegt hatte. Ich war da. Auf unbestimmte Zeit – zumindest auf längere Zeit – wäre ich ein ungebetener Gast, und die Vorsehung hatte daran mitgewirkt. Man setzte mich in einen Sessel im Salon und ließ den Hausarzt kommen. Der arme alte Teufel, es war nicht recht, ihn nach draußen zu jagen, aber das war sein Geschäft, und ich war zu bewusstlos, um zu protestieren. Mrs. Crane – die liebe Seele, vor drei Tagen war sie hier im Haus, ergraut und schön und so mitfühlend wie eh und je –, Mrs. Crane brachte eine Flasche mit einer Art flüssigem Feuer, dessen Aufgabe es war, Prellungen zu lindern. Aber ich wusste, dass meine Prellungen es verspotten und verhöhnen würden. Sie goss es mir über den Kopf und verrieb es sanft massierend mit der Hand, und das glühende Zeug tropfte mein Rückgrat hinunter und markierte seinen Weg Zentimeter für Zentimeter mit dem ätzenden Gefühl eines Waldbrandes. Aber *ich* war zufrieden. Als sie ermüdete, schlug ihr Mann Theodore ihr vor, eine Pause einzulegen und eine Weile Livy mit der Schmerzlinderung weitermachen zu lassen. Das war äußerst angenehm. Ohne diese Wendung hätte ich augenblicklich zu mir kommen müssen. Unter Livys Handgriffen jedoch – wenn sie fortgedauert hätten – wäre ich vermutlich bis zum heutigen Tage bewusstlos geblieben. Sie waren ganz entzückend, diese Handgriffe. So entzückend, so tröstlich, so bezaubernd, dass sie sogar das Feuer dieses teuflischen Nachfolgers von Perry Davis' Schmerztöter milderten.

Dann traf der alte Hausarzt ein und ging der Sache auf geschulte und praktische Art nach – will sagen, er begann eine Suchexpedition nach Prellungen, Höckern und Beulen und verkündete schließlich, es gebe keine. Er sagte, dass ich, wenn ich zu Bett gehen und mein Abenteuer vergessen würde, am Morgen wiederhergestellt wäre – aber dem war nicht so. Am Morgen war ich *nicht* wiederhergestellt. Ich hatte gar nicht die Absicht, wiederhergestellt zu werden, und war alles andere als wiederhergestellt. Aber ich sagte, ich sei nur ruhebedürftig und benötige den Doktor nicht mehr.

Meinem Abenteuer verdankte ich eine Verlängerung meines Aufenthalts um volle drei Tage, und es half mir sehr. Es brachte mein Anliegen mehrere Schritte nach vorn. Ein weiterer Besuch rundete die Sache ab, und wir verlobten uns – unter einem Vorbehalt, der da lautete, dass die Eltern ihre Zustimmung erteilten.

In einem Gespräch unter vier Augen lenkte Mr. Langdon meine Aufmerksamkeit auf etwas, was mir bereits aufgefallen war – dass ich ein nahezu völlig unbekannter Mensch war; dass außer Charley mich niemand hier kannte und er zu jung war, um Menschen zuverlässig beurteilen zu können; dass ich von der anderen Seite des Kontinents stammte; und dass nur die Menschen dort in der Lage waren, mir einen guten Leumund zu bescheinigen, falls ich denn einen hatte – und so bat er mich um die Namen von Gewährsleuten. Ich nannte sie ihm, und er sagte, wir würden unsere Bemühungen jetzt beenden, ich könne abreisen und warten, bis er den Leuten geschrieben und Antwort bekommen habe.

Zu gegebener Zeit trafen die Antworten ein. Man ließ mich kommen, und wir hatten eine weitere Unterredung unter vier Augen. Ich hatte ihn an sechs prominente Männer verwiesen, darunter zwei Geistliche (sie alle kamen aus San Francisco), und er selbst hatte an einen Bankkassierer geschrieben, der in früheren Jahren Hausmeister einer Sonntagsschule in Elmira gewesen und mit Mr. Langdon gut bekannt war. Die Ergebnisse waren wenig erfolgversprechend. Alle diese Männer waren übertrieben freimütig. Nicht nur bekundeten sie ihr Missfallen an meiner Person, vielmehr taten sie es mit unnötigem und übermäßigem Enthusiasmus. Ein Geistlicher (Stebbins) und jener Ex-Sonntagsschulhausmeister (ich wünschte, ich könnte mich an seinen Namen erinnern) fügten ihrem düsteren Zeugnis die Überzeugung hinzu, dass ich einmal das Grab eines Trunkenboldes ausfüllen würde. Es war nur eine dieser üblichen Zukunftsprophezeiungen. Da diese zeitlich nicht befristet sind, lässt sich auch nicht bestimmen, wie lange man auf ihre Erfüllung warten muss. Ich habe bis jetzt gewartet, und ihre Erfüllung scheint nach wie vor in weiter Ferne zu liegen.

Als die Briefe durchgelesen waren, trat eine lange Pause ein, und die bestand größtenteils aus feierlicher Traurigkeit. Mir fiel nichts ein, was ich hätte sagen können. Mr. Langdon war anscheinend in derselben Verfassung. Schließlich hob er seinen schönen Kopf, heftete seinen klaren, offenen Blick auf mich und sagte: »Was für Leute sind das? Haben Sie denn nicht einen Freund auf der Welt?«

Ich antwortete: »Offenbar nicht.«

Daraufhin sagte er: »Dann werde ich selbst Ihr Freund sein. Nehmen Sie das Mädchen. Ich kenne Sie besser als die.«

So dramatisch und glücklich wurde mein Schicksal entschieden. Hinterher, als er mich liebevoll, bewundernd und leidenschaftlich von Joe Goodman reden hörte, fragte er mich, wo Goodman wohne.

Ich antwortete ihm, an der Pazifikküste.

Er fragte: »Der scheint ja nun ein Freund von Ihnen zu sein. Ist er das?«

Ich antwortete: »In der Tat, das ist er; der beste, den ich je hatte.«

»Was haben Sie sich nur dabei gedacht?«, fragte er. »Warum haben Sie mich dann nicht an ihn verwiesen?«

Ich antwortete: »Weil er genauso unverfroren gelogen hätte, nur andersherum. Die anderen haben Ihnen alle meine Laster, Goodman hätte Ihnen alle meine Tugenden genannt. Sie wollten natürlich ein unvoreingenommenes Zeugnis. Ich wusste, dass Sie von Goodman keins bekommen würden. Ich glaubte, dass Sie es von den anderen bekommen würden, vielleicht haben Sie das ja auch. Allerdings war es gewiss weniger schmeichelhaft, als ich erwartet hatte.«

Der Tag unserer Verlobung war der 4. Februar 1869. Der Verlobungsring *1869*
war schlicht, aus schwerem Gold. Das Datum war innen eingraviert. Ein *1870*
Jahr später nahm ich ihn von ihrem Finger und ließ, damit er auch als Ehe-

ring seinen Dienst tat, zusätzlich das Hochzeitsdatum eingravieren – den 2. Februar 1870. Seitdem wurde er nie wieder von ihrem Finger abgestreift, nicht einmal für einen Augenblick.

1904 In Italien, vor einem Jahr und acht Monaten, als der Tod ihrem lieblichen Gesicht die entschwundene Jugend wiedergab und sie so wunderschön aussah, wie sie als Mädchen und als Braut ausgesehen hatte, wollte man ihr den Ring vom Finger nehmen als Andenken für die Kinder. Aber ich verhinderte dieses Sakrileg. Der Ring ist mit ihr begraben.

Zu Beginn unserer Verlobung begannen die Druckfahnen meines ersten Buches *Die Arglosen im Ausland* einzutreffen, und sie las sie mit mir zusammen. Sie lektorierte sie auch. Von dem Tag an ist sie bis drei oder vier Monate vor ihrem Tod meine treue, besonnene und akribische Lektorin gewesen – eine Zeitspanne von mehr als einem Dritteljahrhundert.

Donnerstag, 15. Februar 1906

Susys Biographie wird fortgesetzt – Mr. Langdons Tod – Langdon Clemens' Geburt – Ein burlesker Stadtplan von Paris

Aus Susys Biographie

Als Papa mit Mama verlobt war, schrieb er ihr viele schöne Liebesbriefe, aber Mama sagt, ich bin noch zu jung, um sie zu lesen; ich habe Papa gefragt, was ich tun soll, denn ich (wusste) nicht, wie ich ohne seine Liebesbriefe eine Biographie über ihn schreiben soll, Papa sagte, ich kann aufschreiben, was Mama von ihnen hält, das ist genauso gut. Also mache ich es so, wie Papa sagt, und Mama sagt, es sind die schönsten Liebesbriefe, die je geschrieben worden sind, sie sagt, Hawthornes Liebesbriefe an Mrs. Hawthorne sind ihnen weit unterlegen. Mama (und Papa) wollten zuerst in Bufalo wohnen, und Grandpa sagte, er würde eine gute Pension für sie finden. Aber hinterher sagte er zu Mama, er hat ein hübsches Haus für sie gekauft und es schön einrichten lassen, er hat auch einen jungen Kutscher eingestellt, Patrick McAleer, und ein Pferd für sie gekauft, und das alles wartet auf sie, wenn sie in Bufalo eintreffen; doch wollte er es vor dem »jungen Mann«, wie

Grandpa Papa nannte, geheim halten. Was für eine köstliche Überraschung das war! Grandpa fuhr mit Mama und Papa nach Bufalo. Und als sie vor dem Haus vorfuhren, sagte Papa, er glaubt, dass der Inhaber einer solchen Pension denen, die dort wohnen wollten, einen hohen Zimmerpreis abverlangen würde. Und als das Geheimnis gelüftet wurde, war Papa überglücklich. Mama hat mir die Geschichte viele Male erzählt, und ich fragte sie, was Papa sagte, als Grandpa ihm mitteilte, dass die reizende Pension sein Zuhause ist, und Mama sagte, er ist zimlich verlegen gewesen und so glücklich, dass er nicht wusste, was er sagen sollte. Ungefähr sechs Monate nach Papas und Mamas Hochzeit starb Grandpa; es war ein schrecklicher Schlag für Mama, und Papa sagte zu Tante Sue, er glaubt, dass Livy nie wieder lächeln wird, so untröstlich war sie. Mama hätte keinen größeren Schmerz erleiden können als den Tod unseres lieben Grandpas und keinen, der ihm gleichgekommen wäre, auser Papas Tod. Während Grandpas Krankheit half Mama ihn pflegen *1870*
und wollte die Hoffnung nicht aufgeben, bis das Ende gekommen war.*

Sicher ist nichts so erstaunlich, so unerklärlich wie die Belastbarkeit einer Frau. Um den 1. Juni herum fuhren Mrs. Clemens und ich nach Elmira, um bei Mr. Langdons Pflege zu helfen. Während dieser Monate übernahmen Mrs. Clemens, ihre Schwester (Susy Crane) und ich die Pflege, Tag und Nacht, bis zum Ende. Zwei Monate sengender, erdrückender Hitze. Wie viel von der Pflege übernahm ich? Meine Hauptwache war von Mitternacht bis vier Uhr morgens – fast vier Stunden. Meine andere Wache fand mittags statt und dauerte, glaube ich, nur drei Stunden. Die beiden Schwestern teilten die verbleibenden siebzehn Stunden des Tages unter sich auf, und jede versuchte großherzig und hartnäckig, die andere um ihren Anteil an der Wache zu prellen. Man konnte sich nicht darauf verlassen, dass die jeweils Wachehaltende die andere herbeirief – außer wenn ich Wache hatte.

Jeden Abend ging ich früh zu Bett und versuchte, vor Mitternacht genügend Schlaf zu finden, um für meine Arbeit gerüstet zu sein, scheiterte aber jedes Mal. Schläfrig trat ich meinen Dienst an und blieb die ganzen vier Stunden hindurch jämmerlich schläfrig und elend. Ich sehe noch vor mir, wie ich in der schwermütigen Stille der glühend heißen Nacht am Kranken-

* 6. August 1870 – S. L. C.

bett saß und dem eingefallenen bleichen Gesicht des Patienten mit einem Palmwedel mechanisch Luft zufächelte; ich kann mich noch daran erinnern, wie meine Hand mit dem Fächer erlahmte, wie ich einnickte, vorübergehend das Bewusstsein verlor und mit einem Ruck hochschreckte. Ich kann mich noch an die quälenden Bemühungen erinnern, mich wach zu halten; kann mich an das träge Verrinnen der Zeit erinnern und daran, wie die Zeiger der Standuhr sich nicht zu bewegen, sondern stillzustehen schienen. Während der langen Nachtwache gab es nichts anderes zu tun, als sachte mit dem Fächer zu wedeln – und es war ebendiese sanfte, monotone Bewegung, die mich einschläferte. Mr. Langdon hatte Magenkrebs, eine unheilbare Krankheit. Es gab keine Medikamente. Es war ein Fall langsamen und stetigen Zugrundegehens. In großen Abständen wurde dem Patienten Champagnerschaum verabreicht, aber soweit ich mich erinnern kann, keine andere Nahrung.

Jeden Morgen eine volle Stunde vor Tagesanbruch stimmte ein Vogel einer mir unbekannten Gattung im Gebüsch unter dem Fenster ein trauriges, ermüdendes und eintöniges Piepsen an. Er hatte keine Begleiter; er führte diese Folter ganz allein durch und fügte sie meinen Lasten hinzu. Nie hielt er auch nur einen Augenblick inne. Ich habe nur weniges durchgemacht, was unerträglicher war als die Klagelaute dieses Vogels. Während der ganzen einförmigen Belagerung begann ich schon lange vor dem ersten Morgengrauen, es sehnsüchtig zu erwarten; und ich glaube, ich hielt Ausschau wie ein Doppelgänger des einsamen Schiffbrüchigen auf seiner Meeresinsel, der den Horizont nach Schiffen und Rettung absucht. Wenn das erste schwache Grau durch die Jalousien fiel, fühlte ich mich zweifellos so wie der Schiffbrüchige, wenn sich am Himmel die schwachen Umrisse des erhofften Schiffes abzeichnen.

Ich war gesund und kräftig, aber ich war ein Mann und mit dem Gebrechen eines Mannes geschlagen – mangelnder Belastbarkeit. Die Frauen waren weder gesund noch kräftig, aber keine der beiden traf ich, wenn ich auf Wache ging, jemals schläfrig oder unaufmerksam an; dabei teilten sie sich, wie gesagt, siebzehn von vierundzwanzig Stunden der Krankenwache. Es war etwas Wunderbares. Es erfüllte mich mit Staunen und Bewunderung; wegen meiner stumpfen Untauglichkeit aber auch mit Scham. Natürlich flehten die Ärzte die Töchter an, die Einstellung professioneller Pflegerinnen zu gestatten, aber sie willigten nicht ein. Der bloße Vorschlag kränkte sie, so dass das Thema bald fallengelassen und nie wieder erwähnt wurde.

Ihr Leben lang war Mrs. Clemens physisch schwach, ihr Geist dagegen nie. Aus ihm bezog sie ihre ganze Kraft, und er war genauso wirkungsvoll, wie körperliche Stärke es gewesen wäre. Als unsere Kinder klein waren, pflegte sie sie in den langen Nächten der Krankheit, so wie sie ihren Vater gepflegt hatte. Ich habe sie gesehen, wie sie eine ganze Nacht lang klaglos und ohne Unterbrechung aufblieb, ein krankes Kind auf dem Schoß hielt, ihm etwas vorsummte und es gleichförmig hin und her wiegte, um es zu trösten. Ich aber konnte nicht einmal zehn Minuten wach bleiben. Meine einzige Aufgabe bestand darin, im Kamin Holz nachzulegen. Im Laufe der Nacht tat ich das zehn- bis zwölfmal, doch immer musste ich eigens herbeigerufen werden und immer war ich wieder eingeschlafen, noch bevor ich meiner Aufgabe nachgekommen war oder gleich danach.

Nein, nichts ist der Belastbarkeit einer Frau vergleichbar. Im militärischen Leben würde sie eine ganze Armee von Männern ermüden, ob im Lager oder auf dem Marsch. Ich erinnere mich noch voller Bewunderung an jene Frau, die, als mein Bruder und ich im Sommer 1861 den Kontinent durchquerten, *1861* irgendwo in der Prärie in die Überlandpostkutsche zustieg, Station für Station kerzengerade und gutgelaunt dasaß und keinerlei Ermüdungserscheinungen zeigte. Zu jener Zeit war das einzige Vorkommnis des Tages in Carson City die Ankunft der Überlandpostkutsche. Gewöhnlich war die ganze Stadt zur Stelle, um dem Ereignis beizuwohnen. Die Männer kletterten, vor Krämpfen zusammengekrümmt, aus der Kutsche und konnten sich kaum auf den Beinen halten; körperlich und geistig erschöpft, die Nerven blank, die Stimmung am Siedepunkt; die Frauen dagegen stiegen lächelnd aus, von Müdigkeit keine Spur.

Aus Susys Biographie

Nach Großpapas Tod kehrten Mama und Papa nach Bufalo zurück; und drei Monate später kam der liebe kleine Langdon zur Welt. Mama nannte ihn Langdon nach Großpapa, er war ein wunderschöner kleiner Junge, aber sehr, sehr zart. Er hatte wunderbare blaue Augen, aber von einem solchen Blau, dass Mama sie mir nie beschreiben konnte, damit ich sie deutlich vor meinem inneren Auge sehe. Seine schwache Gesundheit machte Mama ständig Sorge, und er war so brav und lieb, dass auch das sie beunruhigt haben muss, ich weiß, dass es so war.

Er war eine Frühgeburt. Wir hatten Besuch, und als unsere Besucherin sich verabschiedete, wollte sie, dass Mrs. Clemens sie zum Bahnhof begleitete. Ich erhob Einwände. Doch die Wünsche dieses Gastes betrachtete Mrs. Clemens als Gesetz. Beim Abschied vertrödelte die Besucherin so viel kostbare Zeit, dass Patrick die Pferde zum Galopp antreiben musste, um rechtzeitig zum Bahnhof zu gelangen. Damals waren die Straßen von Buffalo noch nicht so vorbildlich wie später. Sie waren mit großen Kopfsteinen gepflastert und seit den Tagen des Kolumbus nicht mehr instand gesetzt worden. Aus diesem Grunde war die Fahrt zum Bahnhof wie eine Kanalüberquerung bei Sturm. Das Resultat für Mrs. Clemens war ein verfrühtes Wochenbett, gefolgt von einer gefährlichen Erkrankung. Meiner Ansicht nach konnte nur eine Ärztin sie retten. Das war die nahezu göttliche Mrs. Gleason aus Elmira, die vor zwei Jahren in hohem Alter starb, nachdem sie mehr als ein halbes Jahrhundert das Idol der Stadt gewesen war. Ich schickte nach ihr, und sie kam. Ihre liebevolle Fürsorge war erfolgreich, am Ende der Woche aber erklärte sie, wegen zwingender Verpflichtungen nach Elmira zurückkehren zu müssen. Ich war mir *sicher*, dass Livy außer Gefahr wäre, wenn Mrs. Gleason noch drei Tage blieb. Mrs. Gleasons Verpflichtungen waren jedoch von der Art, dass sie einem längeren Aufenthalt nicht zustimmen konnte. Deshalb postierte ich einen Privatpolizisten an der Haustür mit der Anweisung, ohne mein Wissen und meine Zustimmung niemanden hinauszulassen. Unter diesen Umständen hatte die arme Mrs. Gleason keine andere Wahl – also blieb sie. Sie war mir deshalb nicht böse, und das sagte sie mir auch auf sehr liebenswürdige Weise, als ich ihr seidiges weißes Haar und ihr gütiges schönes Gesicht vor drei Jahren zum letzten Mal sah.

Noch bevor Mrs. Clemens ihre schwere Krankheit überwunden hatte, traf Miss Emma Nye, eine frühere Schulkameradin, aus South Carolina ein, um uns einen Besuch abzustatten, und erkrankte sogleich an Typhus. Wir ließen

Pflegerinnen kommen – professionelle Pflegerinnen, wie sie damals und für frühere Jahrhunderte typisch waren –, mussten indes ein Auge auf diese Pflegerinnen haben, während sie ein Auge auf die Patientin hatten, eine Aufgabe, die sie in der Regel schlafend verrichteten. Ich überwachte sie tagsüber, Mrs. Clemens nachts. Zwischen den Medikamenteneinnahmen schlief sie, doch zu den Einnahmezeiten stand sie immer auf, ging hinüber, weckte die diensthabende Pflegerin und sorgte dafür, dass die Medikamente verabreicht wurden. Diese ständige Unterbrechung ihres Schlafes zögerte Mrs. Clemens' Genesung ernstlich hinaus. Miss Nyes Krankheit erwies sich als tödlich. In den letzten zwei, drei Tagen legte Mrs. Clemens nur selten ihre Kleider ab und hielt ununterbrochen Wache. Diese zwei, drei Tage zählen zu den düstersten, bedrückendsten, elendsten meines langen Lebens.

Meine hieraus resultierenden periodischen plötzlichen Stimmungsschwankungen, von tiefer Schwermut bis zu halbverrückten Stürmen und Orkanen des Humors, gehören zu den Kuriositäten meines Lebens. Während eines dieser Anfälle humorvoller Besessenheit ließ ich mir aus meiner Zeitungsredaktion ein riesiges hölzernes *M* kommen, stellte es auf den Kopf, schnitzte einen groben und absurden Pariser Stadtplan hinein und veröffentlichte ihn zusammen mit einer hinreichend absurden Legende und vorsichtigen, aber erfundenen Komplimenten, die die Unterschriften General Grants und anderer Experten trugen.* Damals war der Deutsch-Französische Krieg in aller Munde, so dass der Stadtplan wertvoll gewesen wäre – wenn er wertvoll gewesen wäre. Er fand seinen Weg nach Berlin und bereitete den dortigen amerikanischen Studenten große Genugtuung. Sie nahmen ihn mit in die Bierhallen, setzten sich an einen Tisch und diskutierten ihn mit so ungestümer Begeisterung und offenkundiger Bewunderung auf Englisch, bis sie ihr Ziel erreicht hatten, nämlich die Aufmerksamkeit der anwesenden deutschen Soldaten auf sich zu lenken. War ihnen das gelungen, ließen sie den Stadtplan liegen, entfernten sich plaudernd ein Stück weit und warteten auf das Resultat. Das Resultat ließ nie lange auf sich warten. Die Soldaten stürzten sich auf den Stadtplan, erörterten ihn auf Deutsch, ereiferten sich, schmähten und beschimpften ihn und verunglimpften seinen Verfasser, zur

* [Vgl. die Abb. auf S. 171 in »Hintergründe und Zusätze«; Anm. des Verlags.]

größten Zufriedenheit der Studenten. Was den Verfasser betraf, waren die Soldaten stets geteilter Meinung; einige glaubten, er sei ahnungslos, aber wohlmeinend; die anderen glaubten, er sei ein ausgemachter Depp.

Freitag, 16. Februar 1906

Susys Biographie erwähnt den kleinen Langdon – Ortswechsel von Buffalo nach Hartford – Mr. Clemens berichtet vom Verkauf seiner Buffaloer Zeitung an Mr. Kinney – Spricht über Jay Gould, McCall und Rockefeller

Aus Susys Biographie

Als Langdon ein kleines Baby war, hielt er in seinem Händchen immer einen Bleistift, das war sein großes Spielzeug; ich glaube, man sah ihn nur höchst selten ohne einen solchen in der Hand. Wenn Tante Susy ihn auf dem Arm hielt und er zu Mama wollte, streckte er die Hände nach ihr aus, und zwar mit dem Handrücken nach oben statt mit der Handfläche. (Etwa ein Jahr und fünf Monate) nach Langdons Geburt kam ich zur Welt, und damals war es meine Hauptbeschäftigung, zu weinen, und so dürfte ich Mamas Sorgen stark vermehrt haben. Kurz nach der Geburt des kleinen Langdon (ein Jahr) zogen Papa und Mama nach Hartford. Ihr Haus in Bufalo erinnerte sie zu sehr an den lieben Großpapa, und so ließen sie sich kurz nach seinem Tod in Hartford nieder.

Kurz nachdem der kleine Langdon geboren wurde, kam eine Freundin von Mama zu Besuch (Emma Nigh) und erkrankte an Typhus. Schließlich war sie so im Fieberwahn und so schwer zu pflegen, dass Mama einige ihrer Freundinnen aus Elmira herbitten musste, damit sie ihr bei der Pflege halfen. Auch Tante Clara kam (Miss Clara L. Spaulding). Sie ist keine Verwandte von uns, aber wir nennen sie Tante Clara, weil sie eine enge Freundin von Mama ist. Sie kam und half Mama, Emma Nigh zu pflegen, doch trotz all der guten Pflege, die sie erfuhr, verschlechterte sich ihr Zustand, und sie starb.

Susy hat recht. Die anderthalb Jahre in Buffalo hatten uns so mit Schmerz und Schrecken erfüllt, dass wir nicht länger bleiben, sondern umziehen wollten, entweder an einen Ort mit angenehmeren Assoziationen oder an einen mit gar keinen. Infolge der strengen Bedingungen jenes furchtbaren Gesetzes – des Trauerjahrs –, das den Trauernden der Gesellschaft und Kameradschaft seiner Mitmenschen beraubt, gerade wenn er am meisten auf sie angewiesen ist, schlossen wir uns im Haus ein und wurden Einsiedler, besuchten niemanden und empfingen von niemandem Besuch. Es gab eine Ausnahme – eine einzige. David Gray – Dichter und Herausgeber der wichtigsten Zeitung – war durch seine und meine Vertrautheit mit John Hay unser vertrauter Freund. David hatte eine junge Frau und ein kleines Kind. Die Grays und die Clemens besuchten einander häufig, und das war der einzige Trost, den die Clemens in ihrer Gefangenschaft erfuhren.

Als wir unsere Geiselhaft nicht länger ertragen konnten, verkaufte Mrs. Clemens das Haus, ich verkaufte meinen Drittelanteil an der Zeitung, und wir zogen nach Hartford. Heute verfüge ich über einen gewissen Geschäftssinn, den ich mir durch harte Erfahrung und unter hohen Kosten erworben habe; aber damals nicht. Ich hatte Mr. Kinney (ich glaube, er hieß Kinney) seinen Anteil an der Zeitung zum ursprünglichen Preis abgekauft – für fünfundzwanzigtausend Dollar. Später fand ich heraus, dass das einzig wirklich Wertvolle, das ich erstanden hatte, das Privileg war, Meldungen der Associated Press zu erhalten. Ich glaube nicht, dass wir dieses Privileg sehr oft in Anspruch nahmen. Ich erinnere mich dunkel, dass die Associated Press uns jeden Abend etwa fünftausend Wörter zum üblichen Preis anbot und wir uns auf fünfhundert einigten. Trotzdem war dieses Privileg fünfzehntausend Dollar wert und hätte mühelos zu diesem Preis veräußert werden können. Ich verkaufte meinen gesamten Anteil an der Zeitung – einschließlich dieses einen Aktivpostens – für fünfzehntausend Dollar. Kinney (falls er so hieß) war über seine Geschäftstüchtigkeit, mir seinen Anteil für fünfundzwanzigtausend verkauft zu haben, der keine drei Viertel der Summe wert war, so vergnügt, dass er seine Freude nicht für sich behalten konnte, sondern sie ziemlich frei herumerzählte und sich selbst damit sehr glücklich machte. Ich hätte ihm erklären können, dass das, was er fälschlicherweise für seine Geschäftstüchtigkeit hielt, eine armselige und triviale Sache war. Wenn es einen Triumph, eine geistige

Selbstentblößung majestätischer Art gegeben hatte, dann nicht seine Geschäftstüchtigkeit, sondern meine Geschäftsuntüchtigkeit; die Ehre gebührte mir allein. Er war ein flotter, ehrgeiziger und selbstzufriedener junger Bursche, und er ging unverzüglich nach New York und an die Wall Street, den Kopf voll schäbiger und schillernder Träume – Träume der »Werde schnell reich«-Art; Träume, die sich kraft der Geschäftstüchtigkeit des Träumenden und der Geschäftsuntüchtigkeit seines Gegenübers verwirklichen lassen.

Damals hatte Jay Gould gerade die kommerzielle Moral der Vereinigten Staaten umgestülpt. Er hatte einen Pesthauch über sie gelegt, von dem sie sich nie erholt hat und von dem sie sich mindestens ein Jahrhundert lang nicht erholen wird. Jay Gould war die größte Katastrophe, die je über dieses Land hereingebrochen ist. Schon vor seiner Zeit hatte das Volk Geld *begehrt*, *er* aber lehrte es, davor niederzuknien und es anzubeten. Das Volk hatte schon vor Jay Gould Menschen mit Vermögen respektiert, mit diesem Respekt ging jedoch jener Respekt einher, der dem Charakter und dem Fleiß gebührt, die das Vermögen angehäuft haben. Nun lehrte Jay Gould die gesamte Nation, Geld und Menschen zu Götzen zu machen, wie auch immer das Geld erworben worden sein mochte. In meiner Jugend gab es in unserer Gegend nichts, was dieser Anbetung des Geldes oder seines Besitzers geglichen hätte. Und in unserer Gegend war kein wohlhabender Mann jemals auch nur verdächtigt worden, sein Geld mit anrüchigen Methoden erworben zu haben.

In unseren Tagen leistet das Evangelium, das Jay Gould hinterlassen hat, gewaltige Arbeit. Seine Botschaft lautet: »Beschaff dir Geld. Beschaff's dir schnell. Beschaff's dir im Überfluss. Beschaff's dir in riesigem Überfluss. Beschaff's dir auf unehrliche Weise, wenn du kannst; auf ehrliche, wenn du musst.«

Dieses Evangelium hat, wie es scheint, nahezu universelle Gültigkeit. Seine großen Apostel heute sind die McCurdys, McCalls, Hydes, Alexanders und der Rest der Räuberbande, die kürzlich von ihren längst beschädigten Vertrauensposten in den kolossalen Versicherungsgesellschaften New Yorks verjagt worden sind. Vorgestern wurde berichtet, Präsident McCall liege im

Sterben. In den vergangenen zwei, drei Monaten war mehrere Male berichtet worden, die anderen seien im Sterben begriffen. Man hat sich eingebildet, die Ursache dieser Schlaganfälle seien Reue und Scham wegen der an zwei oder drei Millionen Versicherungsnehmern und ihren Familien, an Witwen und Waisen begangenen Räubereien – aber hin und wieder staunt man doch, wenn sich herausstellt, dass nicht etwa das empörte Gewissen dieser Männer am Werk ist; sie sind lediglich deshalb krank und wund, weil sie entlarvt worden sind.

Gestern – wie ich dem Morgenblatt entnehme – blies John A. McCall seine Trauerfeier ab, setzte sich auf, warf sich in Pose und propagierte seine Moral zum Nutzen der Nation. Er wusste sehr wohl, dass alles, was ein schwerreicher Mann – ob bei Gesundheit oder todgeweiht – sagt, durch die Zeitungen von einem Ende des Kontinents zum anderen verbreitet und von jeder Kreatur, die lesen kann, begierig aufgenommen wird. McCall setzt sich auf und predigt seinem Sohn – vorgeblich seinem Sohn –, in Wahrheit aber der Nation. Der Mann scheint aufrichtig zu sein, und ich glaube, er *ist* aufrichtig. Ich glaube, dass sein moralisches Bewusstsein im Schwinden begriffen ist. Ich glaube, er hält sich wirklich für einen hohen und heiligen Mann. Und ich glaube, er bildet sich ein, vom Volk der Vereinigten Staaten für einen solchen gehalten zu werden. Seit zwanzig Jahren wird er angebetet, wegen seines Reichtums und besonders wegen der anrüchigen Methoden, mit denen er ihn erworben hat. Und ich glaube, er hat sich an diese Vergötterung so gewöhnt und sich von ihr so täuschen und betören lassen, dass er sich tatsächlich für ein schönes, bedeutsames und edles Wesen hält und für ein geeignetes Modell, dem die aufstrebende Generation junger Männer nacheifern soll.

John D. Rockefeller ist ganz offensichtlich ein aufrichtiger Mann. Satan, der vor einer Sonntagsschule sentimentale Albernheiten ausplappert, könnte John D. Rockefeller und dessen Darbietungen in seiner Sonntagsschule in Cleveland nicht parodieren. Wenn John D. mit dergleichen beschäftigt ist, gelangt er an die äußerste Grenze der Groteske. Er kann gar nicht parodiert werden – er selbst ist die Parodie. Ich kenne Mr. Rockefeller recht gut, und ich bin überzeugt, dass er ein aufrechter Mann ist.

Ich glaube auch an die Aufrichtigkeit des *jungen* John D. Wenn er allsonntäglich vor seiner Bibelklasse plappert, entlarvt er sich ganz nach Art seines Vaters. Er steht auf und diskutiert die Bibel mit bewundernswertem Ernst und der Inspiration und Zuversicht eines Idioten – und tut es in aller Ehrlichkeit und in gutem Glauben. Ich kenne ihn, und ich bin ziemlich sicher, dass er aufrichtig ist.

McCall hat den richtigen, den wahren Rockefeller-Riecher. Er schluchzt wie eine Eule und ist allem Anschein nach so glücklich und selbstzufrieden, als hafte seinem Namen kein Makel an, als sei in seinem Register kein Verbrechen verzeichnet. Hören Sie zu – hier ist seine kleine Predigt:

16. FEBRUAR 1906

ARBEITEN, ARBEITEN, SAGT McCALL

Redet im Gespräch mit Sohn von seiner letzten Zigarre

Sonderbericht der New York Times

LAKEWOOD, 15. Febr. – John A. McCall fühlte sich heute so viel besser, dass er ein langes Gespräch mit seinem Sohn John C. McCall führte und ihm viele Begebenheiten aus seiner Laufbahn erzählte.

»John«, sagte er zu seinem Sohn, »ich habe in meinem Leben viele Dinge getan, die mir leidtun, aber nichts, dessen ich mich schämen müsste.

Mein Rat an junge Männer, die Erfolg haben möchten, lautet, dass sie die Welt so nehmen sollen, wie sie sie vorfinden, und dann arbeiten – arbeiten!«

Mr. McCall glaubte, die lenkende Kraft der Menschheit sei die Willenskraft, und zur Illustration sagte er:

»Vor einiger Zeit, John, saßen deine Mutter und ich beisammen und unterhielten uns. Ich rauchte eine Zigarre. Ich rauchte gern ab und zu und genoss eine gute, ruhige Zigarre. Sie nahm daran Anstoß.

›John‹, sagte sie, ›warum wirfst du die Zigarre nicht weg?‹

Ich tat es.

›John‹, fügte sie hinzu, ›ich hoffe, du wirst nie wieder rauchen.‹

Die Zigarre, die ich wegwarf, war meine letzte. Ich beschloss, das Rauchen auf der Stelle aufzugeben, und blieb auch dabei. Das war vor genau fünfunddreißig Jahren.«

Mr. McCall erzählte seinem Sohn viele Geschichten aus seinem Geschäftsleben und schien in einer glücklicheren Gemütsverfassung als sonst. Diese Verfassung war teilweise der Tatsache geschuldet, dass er heute Hunderte von Telegrammen erhielt, die ihn zu der Stellungnahme beglückwünschten, in der er gestern seine Freundschaft mit Andrew Hamilton bekräftigt hatte.

»Vater hat einen ganzen Korb Depeschen von Freunden in Nord, Süd, Ost und West bekommen, die seine Stellungnahme zu seinem Freund, Richter Hamilton, lobten«, sagte der junge Mr. McCall heute Abend. »Die Telegramme kamen von Menschen, die ihm Gesundheit und gute Besserung wünschten. Das hat ihn sehr glücklich gemacht.«

Heute Morgen um drei Uhr hatte Mr. McCall einen Schwindelanfall erlitten, der aber nur leicht war, und er kam wieder zu Kräften, bevor man es für geraten hielt, einen Arzt zu rufen.

Inzwischen sind Milch und Bouillon seine einzige Form der Ernährung. Er nimmt keine feste Nahrung zu sich und verliert rapide an Gewicht.

Um fünf Uhr nachmittags hatten Dr. Vanderpoel und Dr. Charles L. Lindley eine Unterredung im Hause der McCalls und teilten Mrs. McCall und ihrer Tochter Mrs. Darwin P. Kingsley anschließend mit, Mr. McCalls Zustand sei gut und es bestehe keine unmittelbare Gefahr.

Heute Abend gab John C. McCall diese Erklärung ab: »Mr. McCall hat einen sehr positiven Tag gehabt und fühlt sich etwas besser.«

Darauf folgt ein Bulletin von der Art, wie sie Tag für Tag herausgegeben werden, wenn ein König oder eine andere namhafte Persönlichkeit einen positiven Tag gehabt hat und sich etwas besser fühlt – ein Umstand, der den Rest der Menschheit interessieren, aufmuntern und trösten wird, und niemand kann sich erklären, warum.

Jay Goulds Söhne und Töchter bewegen sich heute in den Kreisen, die in New York als beste Gesellschaft gelten – in aristokratischen Kreisen. Vor zehn oder zwölf Jahren heiratete eine seiner Töchter einen adligen Franzosen, einen lauten und albernen Grobian, Spieler und Gentleman, und erklärte sich bereit, seine Schulden zu begleichen, die sich auf etwa eine Million beliefen. Allerdings erklärte sie sich nur bereit, die bestehenden Schulden zu begleichen, nicht die künftigen. Mittlerweile sind die künftigen die gegenwärtigen geworden und kolossal. Heute klagt sie auf Trennung von ihrem armseligen Erwerb, und die Anteilnahme und das Mitgefühl der Welt gelten, wie es sich gehört, ihr.

Kinney ging an die Wall Street, um ein Jay Gould zu werden und die Unschuldigen zu metzeln. Dann verschwand er von der Bildfläche. Fünfunddreißig Jahre lang habe ich ihn nicht gesehen und nichts von ihm gehört. Dann – das war vor einigen Monaten – begegnete ich auf dem Broadway einem abgerissenen und zerlumpten Stadtstreicher, der sich fünfundzwanzig Cent von mir lieh. Vermutlich um sich ein paar Schnäpse zu kaufen. Er wirkte ziemlich müde und schien sie gebrauchen zu können. Es war Kinney. Seine Eleganz war dahin; man sah ihm sein Alter, seine Vernachlässigung, seine Sorgen an und jenes Etwas, das erkennen lässt, dass ein langer Kampf zu Ende und die Niederlage akzeptiert worden ist.

Mr. Langdon war ein Mann, dessen Charakter und Veranlagung sich fast ausschließlich aus Vorzügen zusammensetzten. Ich glaube, dass ihm auch Größe innewohnte – tatkräftige Größe – und dass diese sich gezeigt hätte, wenn er in einem großen Teich gefischt hätte statt in einem kleinen unbekannten. Einmal wäre er um ein Haar einer der großen Eisenbahnmagnaten Amerikas geworden.

Dienstag, 20. Februar 1906

Über Konteradmiral Wilkes – Und eine Begegnung mit Mr. Anson Burlingame in Honolulu

MRS. MARY WILKES TOT

Florenz, Italien, 19. Febr. – Mrs. Mary Wilkes, Witwe des Konteradmirals Wilkes, U. S. Navy, im Alter von fünfundachtzig Jahren gestorben.

Es sind Todesanzeigen wie diese, die mir gewissermaßen begreiflich machen, wie lange ich schon lebe. Sie vertreiben den Nebel von der Straße meines Lebens und erlauben mir flüchtige Blicke auf die Anfänge – auf Dinge, die unglaublich weit entrückt scheinen.

Als ich ein Junge von zehn Jahren war, in dem Dorf am Mississippi, das damals so unermesslich weit von jedem Ort entfernt war und heute allen Orten so nahe ist, war der Name des Forschers Wilkes in aller Munde, so wie heute der Roosevelts. Was für einen Lärm er machte; wie wundervoll sein Ruhm! Wie fern und leise er heute ist. Und sein Ruhm ist zu bloßer Überlieferung verblichen. Wilkes hatte eine neue Welt entdeckt und war ein neuer Kolumbus. Jene Welt verwandelte sich danach vor allem in Eis und Schnee. Aber es war nicht *alles* Eis und Schnee – und in unseren späten Tagen entdecken wir sie wieder, und das Interesse der Welt an ihr ist neu erwacht. Wilkes war auch in anderer Hinsicht ein Wunder, denn er hatte mit seinen Schiffen den Erdball umrundet und dessen entfernteste Winkel, dessen Traumländer mit eigenen Augen gesehen – Namen und Orte, die eher als Schatten und Gerüchte existierten denn als Realitäten. Heute dagegen besucht jeder diese Orte, auf Ausflügen und Sommerexkursionen, und Ruhm lässt sich damit nicht erwerben.

Einer der letzten Besuche, die ich in Florenz machte – es war vor zwei Jahren –, galt Mrs. Wilkes. Sie hatte nach mir geschickt und mich eingeladen, und es kam mir wie ein Kapitel aus dem Bereich des Romantischen und Unmöglichen vor, als ich in das sanfte Gesicht der Frau blickte, die an jenem längst vergessenen Ruhm teilhatte. Wir unterhielten uns über die gewöhnlichen Dinge des Tages, aber mein Geist war woanders. Er wanderte mit dem jungen Ehemann dieser patriarchalischen Dame durch Schneestürme und über Eisschollen, durch die Nebel und Geheimnisse der Antarktis. Nichts Denkwürdiges wurde gesagt; nichts Denkwürdiges ereignete sich. Und doch hat mich selten ein Besuch so beeindruckt wie dieser.

Es folgt ein angenehmer und willkommener Brief, der mich abermals in die Vergangenheit stürzt.

Knollwood
Westfield, New Jersey
17. Februar 1906

Mein lieber Mr. Clemens,

ich möchte Ihnen sagen, wie sehr ich Ihnen für einen Artikel danke, den Sie vor langer Zeit (1870 oder 71) über meinen Großvater Anson Burlingame geschrieben haben.

Als ich die interessanten Familienpapiere und -briefe durchsah, die diesen Winter in meinen Besitz gelangt sind, hat mich nichts tiefer beeindruckt als Ihre Hommage. Ich habe sie wieder und wieder gelesen. Sie war in ein Sammelalbum eingeklebt und offenbar aus einer Zeitung ausgeschnitten worden. Darunter stand Ihr Name.

Sie scheint mir deutlicher als alles, was ich gehört oder gelesen habe, Persönlichkeit und Leistungen meines Großvaters vor Augen zu führen. …

In der Überlieferung gehen Familientraditionen nach und nach verloren. Kleine Kinder haben nicht die Geduld, sich Anekdoten anzuhören, und wenn sie alt genug sind, um deren Wert zu begreifen, scheinen die häufigen Wiederholungen wie die neueren Interessen und Assoziationen vielleicht nicht die Erinnerung selbst, so doch zumindest die spontane Freude an Geschichten über die alten Tage getrübt zu haben – wenn etwas nicht niedergeschrieben und aufbewahrt wird, wie viele der guten Taten ihrer Väter gehen den Kindern dann verloren.

Vielleicht ist es Ihnen eine kleine Freude, zu erfahren, dass die Worte, die Sie über »einen guten Mann und sehr, sehr großen Mann« geschrieben haben, nach all den Jahren ins Herz eines Menschen gedrungen sind, für den sein Ruhm ganz nah und kostbar ist.

Sie schreiben: »Mr. Burlingames kurzes Leben – denn er wurde nur siebenundvierzig – liest sich wie ein Märchen. Es ist eine Reihe von Erfolgen, Überraschungen, Glücksmomenten, und jede neue Episode übertrifft die vorhergegangenen.« Das scheint zuzutreffen und hört sich interessant an, obwohl es den traurigen Klang von Schicksal hat. Aber wie soll ich Ihnen jemals für Worte wie diese danken? »Er war ein redlicher Mensch, ein gerechter Mensch, ein großzügiger Mensch, in all seinen Gewohnheiten und nach all seinen Instinkten ein edler Mensch – ein Mensch von großem Intellekt, ein umfassender, tiefer und gewaltiger Denker. Er war ein großer Mann, ein sehr, sehr großer Mann. Die Natur hatte ihn kaiserlich ausgestattet, die Umstände halfen ihm getreulich, und in welcher Position er sich auch befand, stets kämpfte er ritterlich.« Wie soll ich Ihnen für diese Worte danken oder Ihnen sagen, wie tief sie mich berührt haben und wie aufrichtig ich mich bemühen werde, sie an meine Kinder weiterzugeben?

Dass Ihr Ruhm so heilig sein möge wie dieser, ist in Dankbarkeit mein aufrichtiger Wunsch, nicht so sehr der unvermeidliche, unvergängliche Ruhm, der Ihnen ohnehin sicher ist, als vielmehr der für Ihre Familie und Ihre Freunde immerwährende süße und kostbare Ruhm der schönen Attribute, die Sie meinem Großvater beilegen, die niemals von einem Menschen hätten erkannt werden können, der ihm nicht im Geiste ähnlich ist.

In der Hoffnung, Sie eines Tages kennenzulernen,

Ihre sehr ergebene
Jean Burlingame Beatty
(Mrs. Robert Chetwood Beatty)

Das versetzt mich Jahre zurück, zu meiner ersten Begegnung mit jenem weisen, gerechten, humanen und reizenden Mann, dem großen Bürger und Diplomaten Anson Burlingame. Es war in Honolulu. Er war mit seinem Schiff eingetroffen, auf dem Weg zu seiner großen Mission in China, und während vieler Tage hatte ich täglich und über lange Stunden die Ehre und den Gewinn seiner Gesellschaft. Er war ein ansehnliches, würdevolles, höfliches und elegantes Geschöpf, in der Blüte seiner besten Mannesjahre, und es war ein zufriedenstellendes Vergnügen, ihn zu betrachten. Seine Perspektive auf die Welt und ihre Angelegenheiten war so weit wie der Horizont und seine Redeweise von einer ihr angemessenen Würde und Eloquenz. Er bediente sich keiner Gemeinplätze, denn er dachte nicht in Binsenweisheiten. Er war ein gütiger Mann und äußerst liebenswert. Er war kein kleinlicher Politiker, sondern ein großer und edelmütiger Staatsmann. Er diente nicht nur seinem Land, sondern gleichermaßen China. Beides hielt sich die Waage. Er kämpfte für Gerechtigkeit und Menschlichkeit. Alle seine Methoden waren rein, alle seine Beweggründe hochherzig und vornehm.

Er hatte schöne Augen; tiefe Augen; sprechende Augen; verträumte Augen, wenn er ruhig war; Augen, die strahlen und überreden konnten wie die eines Liebhabers; nach meinem Urteil Augen, die, wenn sein Zorn erregt war, vernichten konnten. Zweifellos hatte Potter (ich glaube, das ist der Name), der Tyrann des Kongresses, das seinerzeit herausgefunden. Potter hatte jeden tyrannisiert, jeden beleidigt, jeden provoziert, jeden eingeschüchtert und war in Washington der Hahn im Korb. Doch als er den neuen jungen Kongressabgeordneten aus dem Westen provozierte, geriet er endlich an einen schlagfertigen, feurigen Mann. Burlingame wählte Jagdmesser auf kurze Entfernung, und Potter entschuldigte sich und gab seine Tyrannei auf, und das Gelächter der Nation klang ihm in den Ohren.

Als Mr. Burlingame in Honolulu eintraf, war ich zwei Wochen lang an mein Zimmer gefesselt – nachts an mein Bett, bei Tag an einen Stuhl mit eingesunkenem, korbähnlichem holzgeflochtenem Sitz. Es gab noch einen weiteren Stuhl, aber ich zog diesen vor, weil ich an Sattelgeschwüren litt.

Als die Bootsladung Gerippe nach dreiundvierzig Tagen in einem offenen Boot mit Vorräten für nur zehn ankam – Überlebende des Klippers *Hornet*, der mehrere tausend Meilen entfernt nach einem Brand gesunken war –, musste ich sie für die *Sacramento Union* interviewen, eine Zeitung, die mich beauftragt hatte, sie fünf oder sechs Monate lang auf den Sandwichinseln zu vertreten. Mr. Burlingame legte mich auf eine Pritsche und ließ mich ins Krankenhaus tragen, und mehrere Stunden lang befragte er die Gerippe, und ich schrieb die Antworten in meinem Notizbuch nieder. Ich brauchte die ganze Nacht, um meinen Bericht über den Untergang der *Hornet* abzufassen, und – aber ich will mich mit diesem Thema jetzt nicht näher befassen. Den Rest der Geschichte habe ich bereits in einem meiner Bücher erzählt.

Eines Tages gab mir Mr. Burlingame einen Ratschlag, den ich nie vergessen habe und nach welchem ich vierzig Jahre lang gelebt habe. Er sagte in etwa:

»Meiden Sie Menschen, die Ihnen unterlegen sind. Suchen Sie Ihre Freunde unter Menschen, die Ihnen an Intellekt und Charakter überlegen sind; *klettern* Sie immer.«

Mr. Burlingames Sohn – seit vielen Jahren Herausgeber von *Scribner's Monthly*; bald wird er die Ausläufer erreichen, die an der Grenze zum Alter liegen – war mit ihm dort in Honolulu; ein gutaussehender junger Mann von neunzehn Jahren, der vor Lebhaftigkeit, Regsamkeit, Tatkraft und schierer Lebensfreude überschäumte. Jeden Abend besuchte er Bälle, Fandangos und *hula hulas* – bei allen, bei Braunen, Halbweißen, Weißen –, und er konnte die Nacht durchtanzen und am nächsten Nachmittag so frisch sein wie zuvor. Eines Tages entzückte er mich mit einem Scherz, den ich später für einen Vortrag in San Francisco verwendet habe, und von dort ging er durch alle Zeitungen. Er sagte: »Wenn jemand dich nötigt, eine Meile mit ihm zu laufen, so lauf *mit* ihm Twain*.«

Als der Scherz noch neu war, wirkte er überaus lustig und witzig, aber seither ist er mehrere Millionen Mal über mir ausgeschüttet worden – und nie von einem geistvollen und einnehmenden Burschen wie Burlingame, sondern immer von Dummköpfen der niedrigsten Sorte, die es mit kränkendem Eifer taten in der Überzeugung, sie seien die Besten auf ihrem Gebiet. Und so hat er seinen Glanz und seine Keckheit schließlich eingebüßt und ist in meinen Augen zu einem abgerissenen und abstoßenden Stadtstreicher verkommen, der in ein Krankenhaus für Verkommene, Verzweifelte und Menschen ohne Freunde gehört.

* [zwei = twain; Anm. des Übers.]

Mittwoch, 21. Februar 1906

Mr. Langdon entgeht dem Schicksal, Eisenbahnmagnat zu werden – Mr. Clemens' Beziehungen zu Bliss, dem Verleger

Aber ich schweife zu sehr von Susys Biographie ab. Ich erinnere mich, dass ich eine Bemerkung erklären wollte, die ich über Susys Großvater Langdon gemacht habe, der einmal um Haaresbreite dem Glück – oder dem Pech – entging, ein großer Eisenbahnmagnat zu werden. Der Vorfall ist für mich aus mehr als einem Grund von Interesse. Die Einzelheiten erfuhr ich zufällig in einem Gespräch, das mein Schwiegervater und ich führten, als ich mit meinem Verleger einen Vertrag für mein zweites Buch *Durch dick und dünn* vorbereitete. Ich erzählte ihm, der Verleger sei aus Hartford eingetroffen und werde am Nachmittag zu mir kommen, um den Vertrag durchzusprechen und mit unseren Unterschriften zu besiegeln. Ich sagte, ich würde die Hälfte des Verlagserlöses nach Abzug der Herstellkosten fordern. Er fragte, ob eine solche Regelung fair für beide Seiten sei, und meinte, es sei weder ein gutes Geschäft noch gute Moral, Verträge abzuschließen, bei der eine Seite im Vorteil sei. Ich sagte, die von mir vorgeschlagenen Bedingungen seien fair für beide Seiten. Daraufhin meinte Mr. Langdon nach nachdenklichem Schweigen, und in seinem Ton schwang eine schmerzliche Erinnerung mit:

»Wenn ihr, du und der Verleger, den Vertrag so weit formuliert habt, dass er euch beiden behagt und keine Zweifel zurückbleiben, *unterschreib* ihn – unterschreib ihn noch heute, warte nicht bis morgen.«

Es stellte sich heraus, dass er selbst diese Weisheit, die er gratis an mich weitergab, unter beträchtlichen Kosten erworben hatte. Vor etwa zwanzig Jahren hatte er sie im Astor House in New York erworben, wo er und ein Dutzend aufstrebender fähiger Geschäftsmänner sich versammelt hatten, um sich eine bestimmte Eisenbahngesellschaft zu sichern, die irgendwann eine gute Anlage zu werden versprach, wenn sie denn angemessen entwickelt und umsichtig geleitet würde. Das war die Lehigh-Valley-Eisenbahngesellschaft. Eine Reihe widerstreitender Interessen mussten in Einklang gebracht werden, bevor das Geschäft getätigt werden konnte. Damit mühten sich die Männer in einem Sitzungssaal des Hotels den ganzen Nachmittag ab. Sie aßen zu Abend, dann versammelten sie sich wieder und setzten ihre Bemühungen bis nach zwei Uhr morgens fort. Hierauf schüttelten sie sich mit großer Freude und Begeisterung die Hände, denn sie hatten einen Erfolg errungen und einen Vertragsentwurf aufgesetzt, der unterschriftsreif war. Die Unterzeichnung sollte eben beginnen; einer der Männer saß am Tisch und hielt schon seinen Federhalter über dem schicksalhaften Dokument, als jemand sagte: »Ach, wir sind todmüde. Es hat keinen Sinn, diese Marter länger auszudehnen. Alles ist zufriedenstellend verlaufen; lasst uns am Vormittag unterschreiben.« Alle stimmten zu, und der Federhalter wurde beiseitegelegt.

Mr. Langdon sagte: »Dank der Verschiebung hatten wir in dieser Nacht fünf oder zehn Minuten mehr Schlaf, aber sie kostete uns mehrere Millionen pro Person, und das war ein gepfefferter Preis. Hätten wir aus unseren vorhandenen Geldmitteln für diesen Preis aufkommen müssen, selbst wenn er nur eine einzige Million pro Person betragen hätte, so hätten wir aufbleiben müssen, denn es gab keinen unter uns, der solch eine Verbindlichkeit vollständig hätte begleichen können. Der Vertrag wurde letztlich nie unterzeichnet. Wir hatten somit eine Bank von England gegen zehn Minuten Extraschlaf eingetauscht – einen sehr kurzen Schlaf, einen offensichtlich unerheblichen Schlaf, aber seither sind wir immer müde. Wenn dein Vertrag heute Nachmittag abschließend verhandelt ist, unterschreib ihn.«

Ich folgte dem Ratschlag. Das war vor fünfunddreißig Jahren, aber seither bin ich immer müde. Ich hatte es mit dem Leiter der American Publishing Company von Hartford zu tun, E. Bliss jr., einem Yankee unter den Yankees. In einem späteren Kapitel werde ich von dieser Episode erzählen. Er war ein hochgewachsener, hagerer, magerer, gelbhäutiger, zahnloser, kahlköpfiger, rattenäugiger professioneller Lügner und Halunke. Ich nannte ihm meine Bedingungen. Er fand sie leicht überzogen. Ich zeigte ihm Briefe verschiedener seriöser Firmen, die mir diese Rate boten. Ich zeigte ihm auch einen Brief der vielleicht besten Firma in Amerika, die mir drei Viertel des Verlagserlöses nach Abzug der Herstellkosten bot. Ich zeigte ihm einen weiteren Brief von einer sehr viel besseren Firma als der seinen, die mir den gesamten Verlagserlös bot und versicherte, sie sei mit dem zufrieden, was sie aus dem Buch als Werbung herausholen könne. Ich sagte, ich würde auf diese Angebote nicht eingehen wollen und es vorziehen, dort zu bleiben, wo mein Erfolg begründet worden sei, müsse aber auf der Hälfte des Erlöses bestehen.

Da sagte Bliss, meine Forderung sei zwar im Großen und Ganzen fair – zumindest hinreichend fair –, aber es gebe da das Argument, dass ich mittellos und unbekannt zu ihm gekommen sei und sein Haus mich gewissermaßen überhaupt erst erschaffen habe, und diese Leistung sollte im Vertrag berücksichtigt und gewürdigt werden. Es kam mir nicht in den Sinn, ihn an eine Unterredung zu erinnern, die wir neun Monate nach Veröffentlichung der *Arglosen im Ausland* geführt hatten, bei der er mir überschwänglich dafür gedankt hatte, dass ich seinem Verlag das Leben gerettet hatte – ein Gespräch, in dem er gesagt hatte, dass die Aktien der Firma, die bei Erscheinen meines Buches unverkäuflich gewesen seien, nach Ablauf der neun Monate jedoch drei Dividenden zu 20 Prozent abgeworfen und die Firma von Schulden befreit hätten, inzwischen mit zweihundert notiert und nicht einmal zu diesem Spitzenkurs zu haben seien.

Bliss sagte, er werde ins Hotel gehen und den Vertrag gemäß den vereinbarten Bedingungen aufsetzen. Als er den Vertrag brachte, stand darin nichts von der Hälfte des Verlagserlöses. Wieder ging es um Tantiemen – diesmal von 7½ Prozent. Ich sagte, das sei nicht das, was wir vereinbart hätten. Er sagte, vielleicht nicht direkt, aber *tatsächlich* seien die Bedingungen für *mich* besser als die Hälfte des Verlagserlöses, denn bei einem Verkauf bis zu hunderttausend Exemplaren betrage mein Gewinn an dem Buch etwas mehr als die Hälfte und erst ab einem Verkauf von zweihunderttausend Exemplaren hole sich der Verlag diesen Vorteil zurück.

Ich fragte ihn, ob er mir auch wirklich die reine Wahrheit sage. Er bejahte. Ich fragte ihn, ob er die Hand heben und einen Eid ablegen wolle, dass das, was er da sage, vollkommen wahr sei. Er bejahte. Ich bat ihn, die Hand zu heben, was er tat, und ließ ihn schwören.

Er verlegte dieses wie das nächste Buch für 7½ Prozent Tantiemen und
1879 verlegte die nächsten beiden zu 10 Prozent. Doch als ich Ende 1879 aus Europa zurückkehrte und das Manuskript eines weiteren Buchs – *Bummel durch Europa* – mitbrachte, nahmen die Zweifel, die all die Jahre nicht ver-

stummt waren, fast die Form einer Überzeugung an, der Überzeugung, dass diese Bestie mich die ganze Zeit betrogen hatte, und ich sagte, diesmal müsse die Klausel »die Hälfte des Verlagserlöses nach Abzug der Herstellkosten« in den Vertrag aufgenommen werden, oder ich würde das Buch anderweitig unterbringen – ich sei die niedrigen Tantiemen leid und hielte sie für einen Betrug an mir.

Überschwänglich akzeptierte er den Vorschlag und kam am nächsten Tag mit dem entsprechenden Vertrag wieder zu mir nach Hause. Ich sah, dass im Vertrag nicht etwa von der American Publishing Company die Rede war, sondern von E. Bliss jr. Offenbar hatte ich es nur mit ihm zu tun. Ich erkundigte mich. Er sagte, ja, es sei eine niederträchtige, eine undankbare Bande; ohne ihn hätte man mich als Autor längst verloren; und doch sei man ihm nicht in ausreichendem Maße dankbar für seine Dienste, obgleich man sehr wohl wisse, dass ich die einzige Quelle ihres Wohlstands, ja ihres Broterwerbs sei. Er sagte, der Verlag habe damit gedroht, ihm das Gehalt zu kürzen; er wolle kündigen und eine eigene Firma gründen; mit diesen Geizhälsen wolle er nichts mehr zu schaffen haben.

Die Vorstellung gefiel mir, denn auch ich verabscheute diese Leute und war durchaus bereit, ihnen den Rücken zu kehren. So unterzeichneten wir den Vertrag.

Später erzählte mir der Schurke, er habe den Vertrag genommen, ihn der Verlagsleitung unter die Nase gerieben und gesagt:

»Den verkaufe ich Ihnen für drei Viertel des Verlagserlöses nach Abzug der Herstellkosten. Mein Gehalt muss auf dem derzeitigen Niveau weitergezahlt werden; auch das Gehalt meines Sohnes muss auf dem derzeitigen Niveau weitergezahlt werden. Das sind meine Bedingungen. Sie sind nicht verhandelbar.«

Vielleicht entsprach es der Wahrheit. Falls es der Wahrheit entsprach, war es zweifellos das einzige Mal in Bliss' sechzig Jahren, dass er den Mund aufmachte, ohne dass ihm durch seine Zahnlücken eine Lüge entwischt wäre. Soweit ich mich erinnern kann, habe ich ihn nie die Wahrheit sagen hören. Er war eine widerwärtige Kreatur. Wenn er auf Geld aus war, zeigte er den schrillen Ernst und die Ungeduld einer Kreissäge. Nach Art eines kleinen, gemeinen Erdnussverkäufers war er schlau und gerissen, abgesehen davon aber bar jeder Intelligenz; sein Hirn war die reinste Öllache, und er hatte das zittrige Lachen eines Idioten. Es ist meine Überzeugung, dass Bliss in seinem Leben nie etwas Ehrliches getan hat, wenn sich stattdessen die Gelegenheit bot, etwas Unehrliches zu tun. Ich habe Kontakt mit etlichen auffallend gemeinen Männern gehabt, aber im Vergleich zu diesem fiesen Affen waren sie edelmütig.

Bliss kam ungeschoren davon, ein oder zwei Monate bevor die erste Honorarabrechnung von *Bummel durch Europa* fällig wurde, biss er ins Gras. Als man mir die Abrechnung vorlegte, war sie natürlich eine Offenbarung. Ich sah, dass mich Bliss schon seit dem Tag, als ich den 7½-Prozent-Vertrag für *Durch dick und dünn* unterschrieben hatte, über betrügerische Tantiemen bestohlen hatte. Als Vertragspartner war ich zugegen, als die Abrechnung im Haus von Mr. Newton Case in Hartford der Verlagsleitung vorgelegt wurde.

Ich beschuldigte Bliss und sagte, die Verlagsleitung müsse in diese Betrügereien eingeweiht gewesen sein und sich der Beihilfe schuldig gemacht haben. Aber man stritt alles ab.

Da war die Zeit gekommen, wenigstens einmal in meinem Leben etwas Kluges zu tun. Doch alte Gewohnheiten lassen sich nur schwer ablegen, und so tat ich stattdessen natürlich etwas Törichtes. Ich hätte dem Verlag treu bleiben und ihn ausnehmen sollen. Ich hätte auf fünf Sechsteln des Erlöses bestehen und den Verlag bis zum heutigen Tag ausnehmen sollen. Der Verlag hätte es dulden müssen, und ich hätte bekommen, was mir zusteht. Doch in einem ordentlichen Anfall von größter Halsstarrigkeit löste ich unsere Beziehungen und trug *Der Prinz und der Bettelknabe* zu J. R. Osgood, dem nettesten Menschen und unfähigsten Verleger der Welt. Das Buch brachte mir nicht mehr als siebzehntausend Dollar ein. Allerdings glaubte er, beim nächsten Mal mehr zustande zu bringen. Also gab ich ihm *Alte Zeiten auf dem Mississippi*, schlug ihm allerdings vor, dass er das Buch auf meine Kosten herstellen und gegen eine von mir zu zahlende Provision verkaufen sollte. Als er die Druckplatten hergestellt hatte und die erste Auflage gedruckt und gebunden war, hatte mich seine Emsigkeit sechsundfünfzigtausend Dollar gekostet, und die Monotonie des Scheckschreibens wurde mir lästig. Osgood vermasselte es erneut, die liebe gute Seele. Ich glaube, mein Gewinn an diesem Buch betrug nur dreißigtausend Dollar. Vielleicht waren es mehr, aber es ist lange her, und ich kann nur meinen Eindruck wiedergeben.

Trotzdem führte ich ein weiteres Experiment außerhalb meines eigentlichen Geschäftsbereichs durch. Ich holte Charles L. Webster, einen angeheirateten jungen Verwandten, nach New York, um mit ihm als Sekretär und Manager *Huckleberry Finn* selbst zu publizieren. Ein kleines Buch, von dem in finanzieller Hinsicht nicht viel zu erwarten war – doch schon drei Monate nach seiner Veröffentlichung überreichte mir Webster eine Abrechnung und einen Scheck über vierundfünfzigtausendfünfhundert Dollar. Das überzeugte mich, dass ich als Verleger kein völliger Versager war.

Donnerstag, 22. Februar 1906

Susys Bemerkungen über ihren Großvater Langdon – Mr. Clemens erzählt von Mr. Atwater, Mr. David Gray und von einer kürzlichen Begegnung mit David Gray jr. bei einem Dinner

Von Susys Plauderei über ihren Großvater bin ich weit abgeschweift, aber das macht nichts. In dieser Autobiographie ist es meine Absicht, abzuschweifen, wann immer mir danach zumute ist, und wieder zurückzukehren, wenn ich so weit bin. Jetzt bin ich zurückgekehrt, und wir werden aufschreiben, was Susy über ihren Großvater zu sagen hat.

Aus Susys Biographie

Ich habe erwähnt, dass Mama und Papa in ihrem Haus in Bufalo nicht wohnen bleiben konnten, weil es sie so sehr an Großpapa erinnerte. Mama erhielt einen Brief von Tante Susy, in dem diese viel von Großpapa erzählt, und der Brief zeigte ganz deutlich, wie jeder, der Großpapa kannte, ihn liebte und achtete, so dass Mama mir erlaubte abzuschreiben, was über Großpapa darin steht, fand sie doch, dass es gut hierherpassen würde.

Quarry Farm
16. April 85

Livy, Liebe, erinnert dich die heutige Meldung über General Grant auch an Vater? Du weißt sicher noch, wie Vater, als Richter Smith und die anderen, die er als Testamentsvollstrecker bestimmt hatte, aus dem Zimmer gingen, sagte: »Gentlemen, ich werde Sie alle überleben«, wie er lächelte und fröhlich war. Zu der Zeit hatte er viel weniger Kraft, als General Grant sie zu haben scheint, aber denselben wunderbaren Mut, mit dem Feind zu kämpfen. Schon die ganze Zeit erinnert mich General Grant in vielem an Vater – an seine ruhige Geduld. Gewiss besteht zwischen beiden Männern eine ausgeprägte Seelenverwandtschaft. Tag für Tag die Berichte aus dem Krankenzimmer der Nation zu hören bringt mir die Tage jenes Sommers 1870 lebhaft in Erinnerung. Und doch scheinen sie so weit entrückt. Verglichen mit heute scheine ich ein Kind gewesen zu sein, sowohl an Jahren wie an Erfahrung. Seitdem habe ich das beste und das schwerste Leben gehabt, und ich weiß, dass es bei dir auch so ist. Alles davor kommt mir vor wie ein Traum. Ich nehme an, das lag daran, dass wir uns umgewöhnen mussten, damit unser Leben ohne jene treibende Kraft weitergehen konnte. Auf seine ruhige Weise war Vater im Leben so vieler Menschen, nicht nur für uns, eine solche Kraft, Livy, Liebe – nicht von derselben Art oder demselben Maße, aber was für eine Kraft!

Während der letzten Abendgesellschaft war ich reichlich beeindruckt, als Mr. Atwater lange Zeit ruhig vor Vaters Bildnis stand, sich dann zu mir wandte und mit zitternder und gebrochener Stimme sagte: »Wir werden seinesgleichen nicht mehr erleben« – und das nach fünfzehn Jahren von einem Geschäftsfreund! Vor einer Woche sprach ein Fremder von Vaters bemerkenswerter Gewohnheit zu geben, er hatte von seiner Großzügigkeit gehört. …

Ich erinnere mich noch sehr gut an Mr. Atwater. Es war nichts Städtisches an ihm oder seinen Gewohnheiten. Er war mittleren Alters und hatte sein ganzes Leben auf dem Land gewohnt. Er hatte das Aussehen eines Farmers und den Gang eines Farmers; er trug die Kleidung eines Farmers und auch den Ziegenbart eines Farmers, einen Schmuck, der in meiner Kindheit zwar allgegenwärtig gewesen, inzwischen aber in vielen westlichen und in allen östlichen Städten ausgestorben war. Er war offensichtlich ein guter, ehrlicher und aufrichtiger Mann. Er war Mr. Langdons bescheidener Helfer und viele Jahre bei ihm beschäftigt gewesen. Seine Rolle war die des Faktotums. Mussten Mr. Langdons Sägemühlen keiner wissenschaftlichen, sondern lediglich einer Inspektion durch den gesunden Menschenverstand unterzogen werden, wurde Atwater damit betraut. Waren wegen eines austrocknenden oder anschwellenden Flusses Mr. Langdons Holzflöße in Gefahr, wurde Atwater losgeschickt, um nach dem Rechten zu sehen. Atwater erledigte bescheidene Botengänge zu Mr. Langdons Kohlegruben; überprüfte ebenso Mr. Langdons Interessen auf den entstehenden Petroleumfeldern Pennsylvanias und erstattete Bericht. Mr. Atwater war *immer* geschäftig, immer in Bewegung, auf bescheidene Weise immer nützlich, immer religiös und nie grammatisch korrekt, außer wenn er gerade mal nicht redete und die Vorräte an seiner Art Grammatik aufgebraucht hatte. Er war tüchtig – will sagen, er war tüchtig, wenn er viel Zeit hatte. Von seiner Konstitution her war er langsam, und da er alle seine Angelegenheiten mit jedem erörtern musste, der des Weges kam, geschah es zuweilen, dass sich der Anlass für seine Dienste erledigt hatte, noch bevor er sie versehen konnte. Mr. Langdon hätte Atwater niemals entlassen, obwohl der junge Charley Langdon dies hin und wieder vorschlug. Der junge Charley konnte Atwater wegen dessen provozierender Saumseligkeit und behaglicher Zufriedenheit nicht *ausstehen*. Ich dagegen liebte Atwater. Atwater war in meinen Augen ein Prachtexemplar. Wenn er mittags von einer seiner Inspektionsfahrten zurückkam, sich an den Tisch setzte und der Familie in allen Einzelheiten von seinem Feldzug erzählte, ohne einen einzigen belanglosen, unbedeutenden und farblosen Zwischenfall auszulassen, hörte ich ihm dankbar zu; ich genoss Mr. Langdons gelassene Geduld, genoss die Mutlosigkeit und Verzweiflung der Familie; und mehr noch als alle diese Freuden zusammen genoss ich die aufflammende Rachlust in den Augen des jungen Charley, die vulkanischen Erschütterungen, die in ihm vorgingen und die ich zwar nicht sehen konnte, von denen ich aber wusste, dass sie sich vollzogen.

Nur aus Liebe verweile ich bei Atwater. Ich habe über Atwater nichts Wichtiges zu sagen – eigentlich nur eins. Und selbst diese eine Sache könnte ich unerwähnt lassen, wenn ich wollte – aber ich will nicht. Eine ganze Generation lang war es mir in angenehmer Erinnerung. Es wirft einen flüchtigen Lichtstrahl auf Livys sanftes, ruhiges und gelassenes Gemüt. Obwohl sie kraftvolle Empfindungen hatte und diese kraftvoll ausdrücken konnte, waren ausschließlich Menschen, die mit ihr und all ihren Stimmungen vertraut waren, in der Lage, an ihrer Sprache abzulesen, dass eine Äußerung harsch war. Der junge Charley hatte viele, viele Male versucht, den Samen der Lieblosigkeit gegen Atwater in Livys Herzen zu pflanzen, doch in ihrer Treue war sie unerschütterlich wie ihr Vater, und Charleys Bemühungen scheiterten jedes Mal. Viele, viele Male brachte er bei ihr Anklagen gegen Atwater vor, von denen er glaubte, sie würden das ersehnte bittere Wort aus ihr herauskitzeln, und endlich erzielte er einen Erfolg – denn »mit Geduld und Zeit kommt man weit«.

Ich war damals abwesend, und Charley konnte nicht etwa warten, bis ich zurück war. Dafür war er zu froh, zu begierig. Er setzte sich unverzüglich hin und schrieb mir, solange sein Triumph noch frisch war und sein Glück glühend und befriedigend. Er erzählte mir, wie er die ganze ärgerliche Angelegenheit vor Livy ausgebreitet und sie anschließend gefragt habe: »Was sagst du *dazu*?« Und sie sagte: »*Verdammter* Atwater.«

Charley wusste, dass er mir nichts zu erklären brauchte. Er wusste genau, dass ich es begriff. Er wusste, dass ich wusste, dass er nicht etwa zitierte, sondern *übersetzte.* Er wusste, dass ich wusste, dass seine Übersetzung akkurat war, dass sie einwandfrei war, dass sie Länge, Breite, Gewicht, Bedeutung und Wucht der Worte, die Livy tatsächlich benutzt hatte, präzise anzeigte. Er wusste, dass ich wusste, dass der Satz, den sie tatsächlich von sich gegeben hatte, folgender war: »Ich missbillige Atwater.«

Er hatte ganz recht. Aus ihrem Mund nahm sich das Wort »missbilligen« so verheerend, vernichtend und abscheulich aus wie ein »verdammt« aus dem Munde eines anderen.

Vor ein, zwei Tagen sprach ich über unseren betrüblichen und beklagenswerten Kurzaufenthalt in Buffalo, wo wir Einsiedler wurden und bis auf den jungen David Gray, seine junge Frau und ihren kleinen Sohn keinerlei menschliche Gesellschaft hatten. Es scheint schon *Ewigkeiten* her zu sein.

Gestern Abend war ich in Uptown bei einer Soiree in Norman Hapgoods Palast, und man stellte mir einen hoch aufgeschossenen, schlanken Gentleman vor – einen Gentleman mit einem schönen, wachen und klugen Gesicht und einem kleidsamen Goldkneifer auf der Nase. Er steckte in einer Abendgarderobe, die ihm von der breiten Spanne der tadellosen Brust bis zu den mit Rosetten verzierten Slippern an den Füßen wie angegossen passte. Sein Gang, seine Verbeugung und seine Intonation waren die eines englischen Gentlemans, und ich hielt ihn für einen Earl. Ich sagte, ich hätte seinen Namen nicht recht verstanden, und fragte danach. Er sagte: »David Gray.« Die Wirkung seiner Worte war erstaunlich. Vor mir stand sein Vater, so wie ich ihn vor sechsunddreißig Jahren in Buffalo gekannt hatte. Diese Erscheinung rief mir angenehme Stunden mit David Gray und John Hay in den Bierstuben von Buffalo ins Gedächtnis, als der David Gray, der jetzt vor mir stand, noch in der Wiege lag, ein geliebter und strapazierender Besitz. Und während der nächsten Stunde hielt mich diese Verbindung in Buffalo fest und machte es mir schwer, mich in das Gespräch an meinem Ende der Tafel einzubringen. Der Text meiner Träumereien lautete: »Wozu ist er geboren? Wozu war sein Vater geboren? Wozu bin ich geboren? Wozu ist überhaupt jemand geboren?«

Sein Vater war Dichter, jedoch dazu verdammt, seinen Lebensunterhalt mit einer höchst unangenehmen Tätigkeit zu erkämpfen – der Herausgabe einer politischen Tageszeitung. Er war ein Singvogel in einer Menagerie von Affen, Aras und Hyänen. Sein Leben war vergeudet. Im Alter von fünf Jahren war er aus Schottland gekommen, bis auf die Knochen von einem Presbyterianismus der trübsinnigsten, unnachgiebigsten und reizlosesten Art durchtränkt. Mit dreiunddreißig, als ich Umgang mit ihm pflegte, war sein Presbyterianismus völlig verschwunden, und er war ein freimütiger Rationalist und entschiedener Ungläubiger geworden. Nach ein paar Jahren erreichte mich in Hartford die Nachricht, er habe einen Sonnenstich erlitten. Irgendwann traf die Meldung ein, sein Gehirn sei davon in Mitleidenschaft gezogen. Nach einer weiteren beträchtlichen Pause hörte ich von Ned House, der ihn besucht hatte, dass er keine Politik und keine Poesie mehr schreiben konnte, sehr zurückgezogen lebte, täglich jungen Leuten

Bibelunterricht erteilte und an nichts anderem mehr interessiert war. Sein Unglaube war von ihm gefallen; sein früher Presbyterianismus hatte seinen angestammten Platz wieder eingenommen.

Es stimmte. Einige Zeit später telegraphierte ich ihm und bat ihn, mich am Bahnhof zu treffen. Er kam, und ich unterhielt mich ein paar Minuten mit ihm – zum letzten Mal. Aus seinen tiefen Augen leuchtete derselbe liebliche Geist wie einst. Es war derselbe David, den ich früher gekannt hatte – bedeutend, schön und von untadeligem Charakter, ein anbetungswürdiges Geschöpf.

Nicht lange danach wurde er bei einem nächtlichen Eisenbahnunglück zerquetscht und verbrannt – und vermutlich dachte ich damals so wie jetzt an dieser Tafel, inmitten der Schwaden von fröhlichem Gelächter und Geplauder: »Wozu ist er geboren? Wozu war es gut?« Diese ermüdend gleichförmigen Wiederholungen des menschlichen Lebens – worin liegt ihr Wert? Susy stellte diese Frage, als sie ein kleines Kind war. Damals gab es niemanden, der sie beantworten konnte; heute gibt es niemanden.

1870 Als Mr. Langdon am 6. August 1870 starb, fand ich mich plötzlich in einer ganz neuen Rolle wieder – der eines Geschäftsmannes, zumindest vorübergehend.

Freitag, 23. Februar 1906

Mr. Clemens erzählt, wie er Geschäftsmann wurde – Erwähnt die Autobiographie seines Bruders Orion

Ein beziehungsweise anderthalb Jahre vor seinem Tod hatte Mr. Langdon wegen eines gewissen Mr. Talmage Brown, der in die Familie eingeheiratet hatte, schwere Verluste erlitten. Brown hatte Memphis, Tennessee, mit der damals so beliebten hölzernen Straßenverkleidung ausgestattet, und zwar als Mr. Langdons Vertreter. Wäre der Auftrag gut ausgeführt worden, hätte er einen ordentlichen Gewinn abwerfen können; dank Browns Misswirtschaft warf er nur einen hohen Verlust ab. Solange Mr. Langdon am Leben war, war dieser Verlust ohne Bedeutung und konnte das Geschäft nicht schädigen. Etwas anderes war es, als Mr. Langdons Hirn und Hand, sein Ansehen und seine Persönlichkeit entfielen. Er handelte mit Anthrazitkohle. Diese Kohle verkaufte er in einem Landstrich, der sich bis Chicago erstreckte, und in einer Reihe von Städten hatte er bedeutende Filialen seines Unternehmens. Seine Agenten waren für gewöhnlich bei ihm hoch verschuldet und er entsprechend hoch bei den Eigentümern der Bergwerke. Sein Tod überließ die Leitung der Geschäfte drei jungen Männern – dem jungen Charley Langdon, Theodore Crane und Mr. Slee. Er hatte sie kurz zuvor mittels Schenkung als Geschäftspartner eingesetzt. Aber sie waren unbekannt. Die Geschäftswelt kannte J. Langdon, einen Namen, der für etwas stand, doch diese drei jungen Männer waren Zahlen ohne Wert. Später erwies sich Slee als ein fähiger Mann und überaus tüchtiger und überzeugungskräftiger Verhandlungsführer, doch zu der Zeit, von der ich spreche, waren seine Qualitäten noch unerkannt. Mr. Langdon hatte ihn eingearbeitet, so dass er für die Leitung der kleinen Firma gerüstet war. Theodore Crane war fachkundig auf seinem Gebiet – dem des Bürovorstehers und Aufsehers der nachgeordneten Kontoristen. Für diese Stellung hätte man keinen besseren Mann finden können; seine Fähigkeiten aber waren auf diese Position begrenzt. Er war redlich und rechtschaffen, unerschütterlich ehrlich und ehrenwert, besaß jedoch weder das Verlangen noch den Ehrgeiz, irgendetwas Höheres als Bürovorsteher zu werden. Für größere Arbeiten oder Verantwortlichkeiten war er viel zu schüchtern. Der junge Charley war einundzwanzig und nicht älter als sein Alter – will sagen, er war ein Junge. Seine Mutter hatte ihn von der Wiege an verwöhnt und sich zwischen ihn und solche Unannehmlichkeiten wie Pflichten, Studien, Arbeit, Verantwortung und so weiter gestellt. In der Regel war er nur dann zur Schule gegangen, wenn er Lust hatte, und er hatte nicht oft genug Lust dazu, als dass man es als Leidenschaft hätte missverstehen können. Wenn er Kopfweh hatte, brauchte er nicht einmal zu Hause zu lernen, und gewöhnlich hatte er Kopfweh – was nicht überrascht. Wenn seine Gesundheit und Vorlieben es erforderten, durfte er spielen, und sie erforderten es ziemlich häufig, denn in dieser Angelegenheit war *er* der Richter. Man erwartete von ihm nicht, dass er Bücher las, und er las nie welche. Das Resultat dieser Art Erziehung kann man sich denken. Doch ihn traf keine Schuld. Seine Mutter war sein ärgster Feind und wurde es nur aus Liebe zu ihm, einer heftigen und stetig brennenden Leidenschaft. Es war der reinste Jammer. Er hatte einen ungewöhnlich aufgeweckten Geist; einen fruchtbaren Geist; einen Geist, der fruchtbar hätte sein können. Dank der katastrophalen Nachgiebigkeit seiner Mutter jedoch wurde sein Geist nicht kultiviert und verkam zur Wüste. Außerhalb des Geschäftlichen ist er noch immer eine Wüste.

Charleys verhängnisvolle Ausbildung hatte ihn selbstgefällig, hochmütig und anmaßend gemacht. Slee und Theodore hatten schwerer an dieser Last zu tragen als Mr. Langdon. Mr. Langdon brauchte nichts anderes zu tun, als die Geschäfte zu leiten, wohingegen Slee und Crane die Geschäfte leiten mussten und Charley obendrein. Charley war der schwierigste Teil der Unternehmung. Er neigte dazu, Mr. Slees aussichtsreichste Vereinbarungen und Verhandlungen abzuändern und umzustoßen. Dann begann die Arbeit wieder von vorn.

Aber ich wollte ja davon erzählen, wie ich unversehens zum Geschäftsmann wurde – eine Sache ganz außerhalb meines Fachgebiets. Eine sorgfältige Überprüfung von Mr. Langdons Angelegenheiten zeigte, dass die Aktiva achthunderttausend Dollar wert waren und diesen nur die üblichen Geschäftsverbindlichkeiten gegenüberstanden. Rechnungen, die sich auf ungefähr dreihunderttausend – möglicherweise vierhunderttausend – Dollar beliefen, mussten beglichen werden; eine Hälfte etwa in einem Monat, die andere etwa in zwei Monaten. Und die Einnahmen, aus denen diese Verpflichtungen bedient werden sollten, würden erst danach erfolgen. Als Mr. Langdon noch am Leben war, hätten ihn derlei Verbindlichkeiten nicht in Verlegenheit gebracht. Er hätte in der Stadt oder in New York zur Bank gehen und sich das Geld ohne weiteres leihen können, aber für die Jungs bestand diese Möglichkeit nicht. Hundertfünfzigtausend Dollar konnten sie sich sofort in bar auszahlen lassen, das war alles. Das war Mr. Langdons Lebensversicherung. Sie wurde unverzüglich ausgezahlt – damit kamen sie allerdings nicht weit – das heißt nicht weit genug. Es fehlte nicht viel – eigentlich nur fünfzigtausend Dollar, aber woher nehmen? Das war die Frage. Sie schrieben an Mr. Henry W. Sage in Ithaca, einen alten, warmherzigen Freund

und früheren Geschäftspartner Mr. Langdons, und baten ihn, nach Elmira zu kommen, um sie zu beraten. Er bestätigte seinen Besuch. Dann, zu meiner Bestürzung, bestimmte die junge Firma *mich* dazu, die Gespräche mit ihm zu führen. Es war, als hätte man mich aufgefordert, eine Finsternis zu berechnen. Ich hatte keine Ahnung, wo ich ansetzen oder was ich sagen sollte. Sie aber brachten mir die große Bilanzaufstellung ins Haus, setzten sich mit mir in die Bibliothek und erklärten und erklärten und erklärten, bis ich endlich eine recht klare Vorstellung davon hatte, was Mr. Sage zu sagen war.

Als Mr. Sage eintraf, gingen er und ich in die Bibliothek, um die Bilanz zu prüfen, währenddessen die Firma in einem anderen Teil des Hauses wartete und zitterte. Als ich Mr. Sage die Lage erläutert hatte, wurde ich wieder vom Blitz getroffen – will sagen, er versetzte mich neuerlich in Erstaunen. Er war ein Mann mit einem geraden Mund und einem wunderbar markanten Kinn. Er war die Sorte Mann, die sich ganz auf eine Sache konzentriert und, solange der andere seinen Fall vorträgt, diesen Mund fest geschlossen hält. Während meiner langen Ausführungen wäre ich schon für den kleinsten Wink von ihm dankbar gewesen, der mir verraten hätte, dass ich wenigstens irgendeinen Eindruck bei ihm hinterließ, ob einen günstigen oder nicht. Er aber ließ mich die ganze Zeit zappeln, und ich bekam keinerlei Hinweise, was ihm durch den Kopf ging. Endlich ergriff er das Wort mit jener robusten Entschlossenheit, die Teil seines Charakters war, und sagte:

»Mr. Clemens, Sie verfügen über eine so gute Nase für Geschäfte, wie sie mir seit Jahren nicht untergekommen ist. Warum sind Sie Autor? Sie sollten Geschäftsmann sein!«

Ich wusste es besser, doch das zu sagen wäre undiplomatisch gewesen, und so unterließ ich es. Dann sagte er:

»Alles was ihr Jungs braucht, ist ein Schuldschein von mir über fünfzigtausend Dollar mit einer Laufzeit von drei Monaten. Den reicht ihr bei der Bank ein, und mit dieser Sicherheit braucht ihr das Geld gar nicht. Sollte es nötig werden, die Laufzeit zu verlängern, sagt ihr Mr. Arnot, dass sie verlängert wird. Das Geschäft ist gesund. Macht weiter so und habt keine Angst. Ich bin überzeugt, dass ihr mir den Schuldschein nach Ablauf der drei Monate zurückgeben werdet, ohne auch nur einen Dollar in Anspruch genommen zu haben.«

Es kam genau so, wie er es gesagt hatte. Der alte Mr. Arnot, der schottische Bankier, ein sehr reicher und sehr vorsichtiger Mann und lebenslanger Freund von Mr. Langdon, wachte über die junge Firma und gab ihr aus seinem reichen Vorrat an kommerzieller Klugheit Empfehlungen, und nach Ablauf der drei Monate war die Firma ein etabliertes und expandierendes Unternehmen, der Schuldschein wurde Mr. Sage zurückgeschickt, ohne dass wir ihn hatten in Anspruch nehmen müssen. Es war ein kleines Stück Papier, unbedeutend in seinen Ausmaßen, unbedeutend die Summe, die es repräsentierte, doch kolossal seine Wirkung und kolossal seine Macht durch den Mann, der dahinterstand.

Die Sages und die Twichells waren eng miteinander befreundet. Ein oder zwei Jahre später kam Mr. Sage nach Hartford, um Joe zu besuchen, und kaum war er wieder abgereist, kam Twichell zu uns herüber, begierig, mir etwas zu erzählen; etwas, was ihn erstaunt hatte und von dem er glaubte, dass es auch mich erstaunen würde. Er sagte:

»Mark, weißt du was? Mr. Sage, einer der besten Geschäftsmänner Amerikas, sagt, dass du eine ganz außergewöhnliche Geschäftsbegabung hast.«

Wieder stritt ich es nicht ab. Um nichts in der Welt hätte ich diesen Aberglauben zerstreuen wollen. Er besänftigte eine lange empfundene Unsicherheit. Stets sind wir darauf bedacht, eher wegen eines Talents gerühmt zu werden, das wir *nicht* besitzen, als für die fünfzehn gelobt zu werden, die uns tatsächlich zu eigen sind.

1870 All das geschah 1870. Fünfunddreißig Jahre sind seitdem vergangen, und vor einem Jahr saß Charley in diesem Haus, an diesem Bett und bemerkte beiläufig, wenn er einen Moment auswählen müsste, den er für den stolzesten seines Lebens halte, so würde er sagen, es sei der Moment gewesen, als er Mr. Sage die Bilanz gezeigt und dieser gesagt habe: »Junge, so wie du aussiehst, hast du eine der besten Nasen für Geschäfte, die mir je untergekommen sind.«

Wieder sagte ich nichts. Wozu auch? Ohne Zweifel hatte sich diese Aneignung meines großen Erfolgs schon vor vielen Jahren in Charleys Kopf festgesetzt, und mit Argumenten und Überredungskünsten hätte ich ihr nicht beikommen können. Das vermag nur Dynamit.

Ich frage mich, ob wir nicht alle so gemacht sind. Ich halte es für wahrscheinlich, dass wir alle die Leistungen anderer Menschen bewundern lernen und dann wieder und wieder davon erzählen, bis wir, unmerklich und ohne es zu ahnen, den Leistungsträger beiseiteschieben und selbst seinen Platz einnehmen. Ich kenne einen solchen Fall. Im Zimmer nebenan finden Sie ein umfangreiches Manuskript, die Autobiographie meines Bruders Orion, der zehn Jahre älter war als ich. Er schrieb sie vor zwanzig Jahren auf meinen Vorschlag hin und brachte sie mir von Keokuk, Iowa, mit nach Hartford. Ich hatte ihn gedrängt, alle Ereignisse seines Lebens, an die er sich erinnern konnte, zu Papier zu bringen und sich nicht auf jene zu beschränken, auf die er stolz ist, sondern auch die zu erwähnen, deren er sich schämt. Ich sagte, meiner Meinung nach werde ihm dies nicht gelingen, denn wenn überhaupt irgendjemand es bewerkstelligen könnte, hätte man es längst getan. Die Tatsache, dass es noch nie getan wurde, beweist nur, dass es nicht getan werden kann. Benvenuto erzählt eine Reihe von Begebenheiten, für die jeder *andere* Mensch sich schämen würde, doch die Tatsache, dass er sie erzählt, scheint ein stichhaltiges Indiz zu sein, dass er selbst sich ihrer nicht schämte; und dasselbe gilt, glaube ich, auch für Rousseau und seine *Bekenntnisse*.

Ich drängte Orion zu versuchen, die Wahrheit zu sagen, und zwar die ganze Wahrheit. Ich sagte, natürlich werde er die Wahrheit *nicht* sagen können – er werde über ein beschämendes Erlebnis nämlich nicht erfolgreich lügen können, die Wahrheit werde sich durch die Lügen einfach hindurchschmuggeln, dagegen sei er machtlos – eine Autobiographie sei immer zweierlei: eine absolute Lüge und eine absolute Wahrheit. Der Verfasser liefert die Lüge, der Leser liefert die Wahrheit – das heißt, er findet zu dieser Wahrheit durch Einsicht. In seiner Autobiographie übernimmt mein Bruder einen Vorfall, der sich in *meinem* Leben zutrug, als ich zweieinhalb Jahre alt war, und macht ihn sich zu eigen. Ich vermute, dass er mich oft davon hatte erzählen hören. Ich vermute, dass er irgendwann dazu übergegangen war, den Vorfall selbst zu erzählen, und ihn etliche Male zu oft erzählte – so oft, dass es am

Ende *sein* Abenteuer war und nicht länger das meine. Ich glaube, ich habe den Vorfall schon erwähnt, will ihn aber noch einmal kurz schildern.

Als unsere Familie aus dem Weiler Florida, Missouri, mit Planwagen in das dreißig Meilen entfernte Hannibal am Mississippi fuhr, vergaß man die Kinder zu zählen, und ich blieb zurück. Ich war zweieinhalb Jahre alt. Ich spielte in der Küche. Ich war mutterseelenallein. Ich spielte mit einer kleinen Pyramide aus Schrotmehl, das durch ein Loch, das eine Ratte ins Mehlfass genagt hatte, auf den Fußboden gerieselt war. Bald merkte ich, wie still, wie bedrohlich es war; und meine Seele füllte sich mit namenlosen Schrecken. Ich rannte durch das Haus; fand es leer, still, stumm – schrecklich stumm, entsetzlich still und verlassen. Alle Lebewesen fort; ich der einzige Bewohner des Erdballs, und die Sonne ging unter. Dann traf zu Pferd ein Onkel von mir ein, um mich zu holen. Die Familie war, ich weiß nicht wie viele Stunden, friedlich ihres Weges gezogen, bevor endlich jemand das Unglück entdeckte, das geschehen war.

In seiner Autobiographie erzählt mein Bruder völlig ernst von diesem Vorfall, gibt ihn als eigenes Erleben aus, dabei hätte er nur einen Moment innehalten und nachdenken müssen, denn im Leben eines Knirpses von zweieinhalb Jahren mag es vielleicht ein beeindruckendes und bleibendes Abenteuer sein, gibt er es jedoch als sein eigenes Erlebnis aus, macht es die Person, der es widerfuhr, nicht gerade zum Helden, denn dass ein junger Mann von zwölfeinhalb Jahren zurückgelassen wird, hat nichts Heldenhaftes oder Grauenerregendes an sich. Meinem Bruder fiel die Diskrepanz nicht auf. Es ist kaum zu glauben, dass er das Ganze als sein eigenes Abenteuer aufschreiben konnte und nicht weiter über die Umstände nachdachte – doch offenkundig hat er's getan, und so steht es denn in seiner Autobiographie als das eindrucksvolle Abenteuer eines zwölfeinhalbjährigen Kindes.

Montag, 26. Februar 1906

Susy kommt mit ihrer Mutter und ihrem Vater nach New York – Tante Clara besucht sie im Everett House – Tante Claras Pech mit Pferden – Der Bus-Vorfall in Deutschland – Tante Clara wegen eines Reitunfalls vor dreißig Jahren jetzt krank im Hoffman House – Mr. Clemens nimmt Susy mit zu General Grant – Mr. Clemens' Bericht über seine Unterredung mit General Grant – Mr. Clemens gibt seine erste Lesung in New York – Erzählt auch von einer in Boston – Ein Denkmal für Mr. Longfellow – Und einer Lesung in Washington

Aus Susys Biographie

Papa traf Vorbereitungen, um am 1. Mai am Vassar College zu lesen, und ich begleitete ihn. Wir fuhren über New York City. Mama begleitete uns nach New York *1885* und blieb zwei Tage dort, um Einkäufe zu machen. Am Dienstag brachen wir um ½ drei nachmittags auf und kamen gegen ¼ nach sechs in New York an. Papa fuhr vom Bahnhof direkt zu General Grant, und Mama und ich fuhren zum Everett House. Zum Abendessen kam Tante Clara zu uns aufs Zimmer.

Es ist dieselbe Tante Clara, die bereits mehrere Male erwähnt wurde. Sie war seit frühester Kindheit Spielgefährtin und Schulkameradin meiner Frau gewesen und etwa in demselben Alter wie sie oder zwei, drei Jahre jünger – geistig, sittlich, seelisch und in jeder anderen Hinsicht eine überragende und liebenswerte Persönlichkeit.

Menschen, die glauben, dass es so etwas wie Glück und Pech nicht gibt, haben ein Recht auf ihre Meinung, obwohl ich finde, dass sie dafür erschossen gehören. Aber das ist selbst wieder nur eine Meinung; sie hat nichts Bindendes. Clara Spaulding hatte in allem so viel Glück wie der Durchschnittsmensch, ausgenommen eins; mit Pferden hatte sie nur Pech. Es verfolgte sie wie eine Krankheit. Von Zeit zu Zeit warf ein Pferd sie ab. Von Zeit zu Zeit gingen Kutschpferde mit ihr durch. Wiederholt gingen Omnibuspferde mit ihr durch. Meistens kam dabei genau eine Person zu Schaden, und dieser Part fiel immer ihr zu. Einmal in Deutschland (ich glaube, es war in Worms) brach unsere kleine Familie vom Gasthaus zum Bahnhof auf. Unser Fortbewegungsmittel war ein großer langer Omnibus, der von einem Gespann mit vier kräftigen Pferden gezogen wurde. Alle Plätze waren besetzt, insgesamt gut zwei Dutzend, möglicherweise ein oder zwei Personen mehr. Scherzhaft sagte ich zu Clara Spaulding: »Ich glaube, du solltest zu Fuß zum Bahnhof gehen. Es ist nicht recht, dass du eine so friedfertige Gruppe wie diese in Lebensgefahr bringst.« Als wir eine viertel Meile gefahren waren und uns rasant einer Steinbrücke ohne Brüstung näherten, ging das Gespann durch und verfiel in Galopp. Wir sahen die langen Zügel am Boden schleifen und einen Bauernjungen, der hinterherrannte und sie zu packen versuchte. Endlich war er erfolgreich, und zwar keinen Augenblick zu früh, denn der Bus hatte bereits die Brücke erreicht, als der Junge die Ausreißer zum Stehen brachte. Zwei Dutzend Menschenleben waren gerettet. Niemand machte Anstalten, eine Sammlung durchzuführen, doch schlug ich unserem Freund und Ausflugsgefährten – einem amerikanischen Konsul in einer deutschen Stadt – vor, dass wir aussteigen und dem Bauernjungen ein Trinkgeld geben. Der Konsul sagte mit dem für ihn charakteristischen Enthusiasmus:

»Bleiben Sie, wo Sie sind. Ich kümmere mich darum. Seine gute Tat soll nicht unbelohnt bleiben.«

Er sprang hinaus, erledigte die Sache, und wir setzten unsere Fahrt fort. Hinterher fragte ich ihn, was er dem Bauern gegeben hatte, damit ich ihm meinen Anteil zahlen konnte. Er sagte es mir, und ich bezahlte. Das war vor achtundzwanzig Jahren, und weder damals noch heute habe ich diese Ausgabe jemals gespürt oder bedauert, obwohl ich einige harte Zeiten durchgemacht habe. Sie betrug dreiundzwanzig Cent.

Clara Spaulding, inzwischen Mrs. John B. Stanchfield, hat einen Sohn, der im letzten Jahr studiert, und eine Tochter, die in Deutschland zur Universität geht. Derzeit ist sie in New York, und gestern bin ich zum Hoffman House gegangen, um sie zu besuchen, aber es war, wie ich vermutet hatte: Sie ist zu krank, um außer Ärzten und Krankenschwestern irgendjemanden zu empfangen. Diese Krankheit geht auf einen Reitunfall zurück, der ihr vor dreißig Jahren zustieß und Knochenbrüche am Fuß und Sprunggelenk zur

Folge hatte. Die gebrochenen Knochen wurden schlecht gerichtet, und danach konnte sie nur noch hinken. Vor einigen Monaten begannen Fuß und Sprunggelenk unerträglich zu schmerzen, und es wurde entschieden, sie müsse nach New York fahren und die Knochen erneut brechen und richten lassen. Als ich sie ungefähr drei Wochen nach der Operation in dem privaten Krankenhaus aufsuchte, befand man, die Operation sei erfolgreich verlaufen. Das stellte sich als Irrtum heraus. Vor einem Monat oder sechs Wochen kam sie abermals nach New York, und die Knochen wurden erneut gebrochen und gerichtet. Als ich vor einer Woche vorbeischaute, konnte sie an Krücken durch das Zimmer humpeln und war der frohen Überzeugung, nun keine Probleme mehr zu haben. Doch hat es mittlerweile den Anschein, als müssten die Chirurgen ihre schreckliche Arbeit ein weiteres Mal verrichten. Dafür ist sie nicht geschaffen. Der Schmerz zehrt an ihren Kräften, und man sagte mir, in den vergangenen drei Tagen sei es notwendig gewesen, ihr jeden Kontakt außer mit Ärzten und Krankenschwestern zu verbieten.

Aus Susys Biographie

Gleich nach dem Abendessen wollten wir mit Tante Clara ins Theater gehen und hofften, dass Papa so früh wie möglich nach Hause kommen und uns bringen würde. Inzwischen beendeten wir unsere Malzeit, und er kam und kam nicht, und Mama wurde immer ratloser und besorgter, und schließlich glaubten wir ohne ihn fahren zu müssen. Also zogen wir uns an und gingen nach unten, doch auf halber Treppe begegneten wir Papa, der einen großen Strauß Rosen in der Hand hielt. Er erklärte den Grund für seine Verspätung, seine Uhr war stehengeblieben und er hatte es nicht bemerkt, sondern geglaubt, es wäre eine Stunde früher, als es tatsächlich war. Die Rosen waren von Col. Fred Grant für Mama. Wir gingen ins Theater und hatten großes Vergnügen an einem (Wort unleserlich) gespielten *Adonis*. Gegen ½ zwölf kamen wir nach Hause und gingen sofort ins Bett. Am Mittwochmorgen standen wir zimlich spät auf und frühstückten gegen ½ zehn. Nach dem Frühstück ging Mama einkaufen, und Papa und ich suchten geschäftehalber Papas Agenten auf. Als Papa das Gespräch mit Cousin Charlie (Webster), seinem Agenten, hinter sich gebracht hatte, holten wir Major Pond ab, einen

Freund von Papa, mit dem wir eine Hundeschau besuchen wollten. Dann gingen wir mit Major Pond die Hunde bestaunen, und es war herrlich, so viele Hunde auf einmal zu sehen; als wir die Hunde alle gesehen hatten, wollte Papa General Grant besuchen, und ich begleitete ihn – das war am 29. April 1885. Papa ging hinauf in General Grants Zimmer und nahm mich mit, ich war sehr geehrt und glücklich, als Papa mich in General Grants Zimmer mitnahm, damit ich den General und Col. Grant sah, denn General Grant ist ein Mann, den gesehen zu haben mich mein ganzes Leben lang freuen wird. Papa und General Grant führten ein langes Gespräch miteinander, und Papa hat einen Bericht über seinen Besuch bei General Grant und sein Gespräch mit ihm geschrieben, den ich in diese Biographie einfügen darf.

An dieser Stelle hat Susy meinen Bericht wie folgt eingeschoben:

29. April 1885

Ich besuchte General Grant und nahm Susy mit. Zum ersten Mal seit Monaten sah der General viel besser aus und fühlte sich auch viel besser. Am Vormittag hatte er sich wieder an sein Buch gewagt – das erste Mal seit etwa einem Monat, dass er daran gearbeitet hat. Die Arbeit an diesem Vormittag war sein erster Versuch mit einem Diktat, und zu seiner großen Freude war es ein voller Erfolg. Er hatte immer behauptet, es sei ihm unmöglich, irgendetwas zu diktieren, ich aber hatte entgegnet, er sei für die Klarheit seiner Darstellungen bekannt und eine Erzählung sei nichts weiter als eine Darstellung aufeinanderfolgender Tatsachen, folglich sei er für Diktate besonders gut geeignet und ausgerüstet. Es stellte sich als wahr heraus. Denn an dem Vormittag hatte er zwei Stunden lang einem Stenographen diktiert, nie nach Worten gesucht und sich nicht wiederholt, und als das Manuskript fertig war, bedurfte es keiner Überarbeitung. Die zweistündige Arbeit war eine Schilderung des Gefechts von Appomattox – ein so außerordentlich wichtiger Bestandteil seines Buches, dass es ohne ihn überaus dürftig ausgefallen wäre. Schon früher hatte ich deshalb einmal einen Stenographen mitgebracht, um zu sehen, ob ich ihn nicht dazu bewegen könnte, wenigstens ein paar Zeilen über Appomattox zu schreiben.* Aber damals war er nicht gesund genug, um sich dieser Aufgabe zu

* Ich war sein Verleger. Damals gab ich gerade seine *Persönlichen Erinnerungen* in Druck. S. L. C.

unterziehen. Mir war bekannt, dass von den hundert verschiedenen Schilderungen von Appomattox nicht eine wirklich zutraf. Deshalb war ich darauf aus, dass er die Wahrheit hinterließ. Seine Kehle schmerzte ihn nicht, und seine Stimme klang viel besser und kräftiger als sonst. Er war so glücklich, das Gefecht von Appomattox ein zweites Mal in seinem Leben hinter sich gebracht zu haben – sich die Sache von der Seele geredet zu haben –, dass er gesprächig war wie sein altes Ich. Susy nahm er sehr freundlich auf, und dann fing er an, über gewisse Angelegenheiten zu reden, die er hoffte am nächsten Tag diktieren zu können; unter anderem sagte er, er wolle eine Frage, die von Mund zu Mund und von Zeitung zu Zeitung gegangen war, ein für alle Mal beantworten. Die Frage: »Wessen Idee war es, ans Meer zu marschieren? War es Grants Idee, oder war es Shermans Idee?« Ich kann mich nicht mehr daran erinnern, ob ich oder jemand anders (darauf bedacht, diese wichtige Frage entschieden zu wissen) ihn danach gefragt hatte. Aber an seine Antwort erinnere ich mich. An sie werde ich mich immer erinnern. General Grant sagte:

»Keiner von uns beiden kam auf die Idee zu Shermans Marsch ans Meer. Es war der Feind.«

Er führte weiter aus, dass ein Feind viele der Pläne entwickelt, für die der General der Gegenseite die Lorbeeren einheimst; gleichzeitig bietet er Angriffsflächen, die der gegnerische General erkennt und sich zunutze macht. In diesem Fall hatte Sherman natürlich einen Plan entworfen. Er wollte die beiden verbleibenden Eisenbahnlinien in jenem Teil des Landes zerstören, damit wäre die Region erledigt. General Hood spielte jedoch nicht die ihm zugedachte militärische Rolle. Im Gegenteil, er griff Chattanooga an. Das eröffnete Sherman die Möglichkeit, ans Meer zu marschieren, und nachdem er einen Teil seiner Armee abkommandiert hatte, den Raum, den er in der Region von Chattanooga gewonnen hatte, zu verteidigen und zu halten, war er vollkommen frei, mit dem Rest der Armee durch Georgia vorzurücken. Er sah die Gelegenheit und wäre für seinen Posten nicht geeignet gewesen, hätte er sie nicht zu ergreifen gewusst.

»Er (es spricht der General) schrieb mir, wie sein Plan aussah, und ich ließ ihm melden, er solle losmarschieren. Mein Stab lehnte den Aufbruch ab.« (Ich glaube, der General sagte, man habe versucht, ihn zu überreden, Sherman aufzuhalten. Der Stabschef, sagte der General, sei sogar so weit gegangen, ohne sein Wissen nach Washington zu reisen, um sich Gehör bei der Obrigkeit zu verschaffen, und es sei ihm gelungen, so viel Furcht hervorzurufen, dass man General Grant telegraphierte, er möge Sherman aufhalten.)

Dann sagte General Grant: »Aus Rücksicht auf die Regierung telegraphierte ich Sherman und ließ ihn vierundzwanzig Stunden haltmachen; und dann, als auf die Regierung genug der Rücksicht genommen war, telegraphierte ich ihm, er solle weitermarschieren.«

Ich habe nicht versucht, die Ausdrucksweise des Generals wiederzugeben, sondern nur den wesentlichen Inhalt. Was mich am meisten beeindruckte, war seine knappe Bemerkung, der Feind habe die Idee zum Marsch ans Meer gehabt. Sie beeindruckte mich, weil sie die Neigung des Generals zu knappen Pointen verdeutlicht – mit einem einzigen präzisen Satz eine Menge auszusagen. (Dies ist mein mit »Mark Twain« gezeichneter Bericht.)

Susy fährt fort

Als Papa und General Grant ihr Gespräch beendet hatten, fuhren wir wieder ins Hotel, wo sich Mama aufhielt, und Papa erzählte ihr von seinem Gespräch mit General Grant. Mama und ich verbrachten einen schönen ruhigen Nachmittag zusammen.

Dieses Paar treuer Gefährtinnen tat sich immer zusammen, wenn sich die Gelegenheit zu dem bot, was Susy »eine gemütliche Zeit« nannte. Von Susys Kindertagen an bis zum Ende ihres Lebens waren sie und ihre Mutter enge, intime Freundinnen; leidenschaftliche wechselseitige Verehrerinnen. Susy hatte einen klaren Verstand, der sie zu einer interessanten Gefährtin machte. Und neben dem klaren Verstand hatte sie ein Herz wie das ihrer Mutter. Nie ging Susy einem Interesse oder einer Beschäftigung nach, die sie nicht freudig beiseiteschob für das, was ihr auf alle Fälle kostbarer war – mit ihrer Mutter zusammen zu sein. Susy starb zur richtigen Zeit, einer begünstigten Zeit ihres Lebens; in einem glücklichen Alter – vierundzwanzig. Mit vierundzwanzig hat ein Mädchen das Leben von seiner besten Seite gesehen – das Leben als glücklichen Traum. Nach diesem Alter beginnen die Risiken;

kommt die Verantwortung und mit ihr die Sorgen, die Schmerzen, die unvermeidliche Tragödie. Ihrer Mutter zuliebe hätte ich sie aus dem Grab zurückgeholt, wenn ich es denn vermocht hätte, nicht mir zuliebe.

Aus Susys Biographie

Dann hatte Papa seine öffentliche Lesung; an jenem Donnerstagnachmittag lasen auser Papa noch viele andere Autoren; ich wäre gerne hingegangen, um Papa lesen zu hören, aber Papa sagte, in Vassar wird er genau das Gleiche lesen wie in New York, und so blieb ich mit Mama zu Hause.

Ich glaube, es war die erste Anwendung einer neuen und teuflischen Erfindung – einer Sache namens Autorenlesung. Dieser Hexensabbat fand in einem Theater statt und begann um zwei Uhr nachmittags. Auf der Liste standen neun Autoren, und ich meine, ich war der Einzige, der durch Erfahrung qualifiziert war, die Sache vernünftig anzugehen. Dank meiner alten Bekanntschaft mit der Multiplikationstabelle wusste ich, dass neun mal zehn neunzig macht und mithin die durchschnittliche Zeitspanne, die jedem Autor zustand, auf zehn Minuten beschränkt werden sollte. Es würde einen Moderator geben, der von seinem Handwerk nichts verstand – auf diesen fatalen Umstand konnte man sich mit Sicherheit verlassen. Der Moderator würde ignorant, geschwätzig und wortgewandt sein und dazu neigen, am liebsten sich selbst reden zu hören. Neben seinen Vorbemerkungen würde er neun Autoren vorstellen müssen – nun, ich konnte diese grauenvollen Berechnungen nicht fortsetzen; ich ging davon aus, dass uns Probleme ins Haus standen. Ich hatte darum gebeten, als sechster an die Reihe zu kommen. Als sich der Vorhang hob und ich sah, dass der Halbkreis von Barden vollzählig versammelt war, änderte ich meinen Plan. Ich befand, dass ich mit meiner Bitte um den sechsten Platz alles Nötige unternommen hatte, um in den falschen Ruf der Bescheidenheit zu gelangen, und dass nichts gewonnen wäre, wenn ich ihn bis zum Äußersten triebe; der Ruf hatte seinen Zweck erfüllt, und jetzt war es an der Zeit, ihn hinter sich zu lassen und sich wacker zu schlagen. So bat ich darum, an die dritte Stelle vorrücken zu dürfen, und mein Gebet wurde erhört.

Die Vorstellung begann um Viertel nach zwei, und ich, die Nummer drei auf einer Liste von zehn (wenn wir den Moderator mitzählen), wurde erst um Viertel nach drei aufgerufen. Meine Lesepassage dauerte zehn Minuten. Die ursprünglich ausgewählte war zwölf Minuten lang gewesen, und ich hatte eine gute Stunde gebraucht, um Möglichkeiten zu finden, sie um zwei Minuten zu kürzen, ohne ihre Wirkung zu beeinträchtigen. Nach zehn Minuten war ich durch. Dann zog ich mich auf meinen Sitzplatz zurück, um die Qualen des Publikums auszukosten. Das tat ich auch ein, zwei Stunden lang; dann war alle Grausamkeit in meiner Natur erschöpft, und meine angeborene Menschlichkeit trat wieder hervor. Um halb sechs war ein Drittel der Leute eingeschlafen; ein zweites Drittel lag im Sterben; der Rest war tot. Ich nahm den Hinterausgang und ging nach Hause.

Autorenlesungen wurden auch nach diesem Ereignis mehrere Jahre lang fortgeführt. Hin und wieder versammelten wir uns in Boston, New York, Philadelphia, Baltimore und Washington und geißelten das Volk. Es erwies sich als unmöglich, denjenigen, die diese Orgien veranstalteten, Vernunft einzutrichtern. Als ebenso unmöglich erwies es sich, den Autoren Vernunft einzutrichtern. Einmal fuhr ich nach Boston, um bei einer jener Feiern auszuhelfen, die Mr. Longfellow zum Gedenken in die Wege geleitet worden waren. Ständiges Mitglied dieser traurigen Veranstaltungen war Howells, dem ich nicht beibringen konnte, seine vorgeschlagene Textpassage mit Hilfe einer Uhr einzuüben und auf eine angemessene Länge zu kürzen. Er schien es einfach nicht begreifen zu können. In jeder anderen Hinsicht war er ein kluger Mann, aber wann immer er eine Passage für eines dieser Lesegelage auswählen sollte, verfaulte und versackte sein Intellekt. Am Vorabend der Lesung, die zugunsten eines Denkmals für Mr. Longfellow stattfand, traf ich in seinem Haus in Cambridge ein und bat ihn wahrscheinlich, mir die ausgewählte Passage zu zeigen. Jedenfalls zeigte er sie mir – und ich werde mich nie wieder an der Wahrheit versuchen, wenn seine Passage nicht siebentausend Wörter umfasste. Ich ließ ihn den Blick auf seine Uhr richten und die Zeit stoppen, während ich einen Absatz vorlas. Das Experiment bewies, dass es eine Stunde und zehn Minuten dauern würde, bis ich den gesamten Text gelesen hätte, und ich sagte: »Wohlgemerkt sind darin noch keine Unterbrechungen wie Applaus berücksichtigt – aus dem einfachen Grund, weil es nach über zwölf Minuten keinen mehr geben würde.«

Er verzweifelte über dem Versuch, etwas zu finden, was kurz genug war, und behauptete immer wieder, es gebe keine Passage, die kurz genug und gut genug sei – das heißt, er werde nie eine finden, die einem Publikum präsentiert werden könne.

Ich sagte: »Macht nichts. Besser als eine zu lange Passage – denn eine schlechte kurze könnte das Publikum ertragen, nicht aber eine gute lange.«

Schließlich einigten wir uns. Wir kürzten den Text auf etwa fünfzehn Minuten. An jenem Tag aber lasen er, Dr. Holmes, Aldrich und ich in dieser eindrucksvollsten Ansammlung von Autoren, die jemals vor dem Feind aufgestellt worden war – eine Batterie von sechzehn –, die einzigen kurzen Passagen. Ich glaube, es war diese Veranstaltung, wo wir zu sechzehn waren. Falls nicht, dann war es 1888 in Washington. Aber ich glaube, dass wir bei dieser Gelegenheit über jene unwiderstehliche, unbezwingliche Stärke verfügten. Es war an einem Nachmittag im Globe Theatre, der Saal brechend voll, und die Luft wäre zum Schneiden gewesen, wenn es denn welche gegeben hätte. Ich sehe noch die Masse der Menschen vor mir, die ihre Münder auf- und zumachten wie nach Luft schnappende Fische. Es war unerträglich.

Der anmutige und kompetente Redner Professor Norton eröffnete das Spiel mit einer hübschen Ansprache, die aber gute zwanzig Minuten dauerte. Und gute zehn Minuten davon, glaube ich, waren der Einführung von Dr. Oliver Wendell Holmes gewidmet, der so wenig eingeführt zu werden brauchte wie die Milchstraße. Dann rezitierte Dr. Holmes – wie nur Dr. Holmes es rezitieren konnte – »Das letzte Blatt«, und das Publikum erhob sich geschlossen wie ein Mann und geriet in einen Taumel verehrungsvollen Entzückens. Und das Publikum tobte und tobte und entlockte dem Doktor als Zugabe ein weiteres Gedicht; es tobte abermals und erhielt ein drittes – obwohl der Beifallssturm diesmal nicht ganz so heftig ausfiel wie bei den vorhergehenden Ausbrüchen. Inzwischen hatte Dr. Holmes selbst einen Teil seines Verstandes verloren und fuhr tatsächlich fort, ein Gedicht nach dem anderen zu rezitieren, bis die Rufe nach Zugabe von Schweigen abgelöst wurden und er die letzte Zugabe von sich aus geben musste. Er war der liebenswürdigste Mensch in Boston, und es war jammervoll, was er sich da antat.

Ich hatte schon früh gelernt, mir den dritten Platz im Programm auszubedingen. Die Vorstellung begann um zwei Uhr. Mein Zug nach Hartford ging um vier. Für die Fahrt zum Bahnhof würde ich fünfzehn Minuten benötigen. Für meinen Text brauchte ich zehn. Ich las also die vorgesehenen zehn Minuten; unmittelbar darauf stürzte ich aus dem Theater und hätte meinen Zug um ein Haar verpasst. Später erfuhr ich, dass das Publikum, als Autor Nummer acht vortrat, um seine Messer am Publikum zu wetzen, in Gruppen, Scharen, Pulks und Lawinen aus dem Saal strömte, und ungefähr in diesem Moment wurde die Belagerung aufgegeben und der Konflikt beigelegt, obwohl sechs oder sieben Autoren noch gar nicht zu Wort gekommen waren.

Bei der Lesung in Washington im Frühjahr 88 gab es eine ganze Armee
1888 von Autoren. Sie alle trafen wie gewöhnlich überfrachtet ein. Nach meiner Messung las Thomas Nelson Page vierzig Minuten lang, und er stand auf der Liste gerade mal in der Mitte. Wir alle sollten um halb zehn im Weißen Haus eintreffen. Der Präsident und Mrs. Cleveland würden zugegen sein, und um halb elf mussten sie gehen – der Präsident hatte sich nach unserem Empfang im Weißen Haus um irgendwelche Amtsgeschäfte zu kümmern, da Mr. Cleveland, der in Autorenlesungen unerfahren war, annahm, dass unser Empfang im Weißen Haus um halb zwölf vorüber wäre; hätte er sich allerdings mit Autorenlesungen so gut ausgekannt wie mit anderen Arten der Staatskunst, wäre ihm klar gewesen, dass wir bestimmt nicht vor dem ersten Frühstück fertig sein würden.

Ich glaube, es war anlässlich dieses Besuches in Washington, dass mich Livy in ihrer steten Fürsorge auf meinen Auftritt im Weißen Haus vorbereitete. Nein, das stimmt nicht – das war früher. Dieses Mal war sie bei mir und konnte sich selbst um mich kümmern.

Montag, 5. März 1906

Mrs. Clemens warnt Mr. Clemens, als er am Cleveland-Empfang im Weißen Haus teilnimmt – Beschreibt das Pariser Haus, in dem sie 1893 wohnten – Auch das Zimmer in der Villa Viviani – Auch das Esszimmer im Haus in Riverdale – Erzählt, wie Mr. Clemens nach verschiedenen Dinners »heruntergeputzt« wurde – Und vom Kartensystem der Signale – Brief von Mr. Gilder anlässlich Mr. Clevelands neunundsechzigstem Geburtstag – Mason

Ich war schon immer kopflos. Ich bin kopflos zur Welt gekommen; und so beging ich unentwegt und ganz unbewusst Verstöße gegen kleine Anstandsregeln, mit denen ich mir Demütigungen einhandelte, die mich auch hätten demütigen müssen, es aber nicht taten, weil ich gar nicht wusste, dass überhaupt etwas vorgefallen war. Aber Livy wusste es; und so fielen die Demütigungen ihr zu, dem armen Ding, das sie gar nicht verdiente. Sie sagte immer, ich sei ihr schwierigstes Kind. Sie war sehr empfindlich, was mich betraf. Es peinigte sie, mit ansehen zu müssen, wie ich Kopflosigkeiten beging, die mir Kritik eintragen könnten, und so war sie stets wachsam und auf der Hut, um mich vor Verfehlungen der beschriebenen Art zu schützen.

Als ich jenes Mal von Hartford nach Washington reiste, sagte sie: »Ich habe eine kleine Warnung abgefasst und sie dir in die Westentasche gesteckt. Wenn du dich ankleidest, um zum Schriftstellerempfang ins Weiße Haus zu gehen, wirst du instinktiv, wie es deine Gewohnheit ist, die Finger in die Westentaschen stecken und die kleine Notiz dort finden. Lies sie sorgfältig durch und halte dich an das, was da steht. Ich kann dich nicht begleiten, daher delegiere ich meine Aufsichtspflicht an diese kleine Notiz. Wenn ich die Warnung jetzt ausspräche, würde sie dir doch nur entfallen und wäre in wenigen Minuten vergessen.«

Es war Präsident Clevelands erste Amtszeit. Ich hatte seine Frau noch nie getroffen – so jung, schön, gutherzig, sympathisch, faszinierend. Als ich mich zurechtgemacht hatte, um ins Weiße Haus zu fahren, fand ich tatsächlich jene kleine Notiz, die ich längst vergessen hatte. Es war eine gewichtige kleine Notiz, eine ernste kleine Notiz, genau wie ihre Verfasserin, aber sie brachte mich zum Lachen. Livys behutsame Ernsthaftigkeiten übten oft diese Wirkung auf mich aus, wo der schönste Scherz des gewieftesten Humoristen nichts ausgerichtet hätte, denn so leicht lache ich nicht.

Als wir im Weißen Haus angelangt waren und ich dem Präsidenten die Hand schüttelte, wollte er etwas sagen, doch ich unterbrach ihn und sagte:

»Wenn Eure Exzellenz mich entschuldigen wollen, ich werde gleich zurückkommen; aber zunächst muss ich mich um eine sehr wichtige Angelegenheit kümmern, und zwar umgehend.«

Ich wandte mich an Mrs. Cleveland, die junge, schöne, faszinierende, überreichte ihr meine Visitenkarte, auf deren Rückseite ich geschrieben hatte: *»Er hat's nicht getan«*, und bat sie, ihren Namen unter diese Worte zu setzen.*

Sie fragte: »Er hat's nicht getan? Er hat was nicht getan?«

»Ach«, antwortete ich, »nicht so wichtig. Wir können das jetzt nicht besprechen. Es ist dringend. Wollen Sie bitte unterschreiben?« (Ich reichte ihr einen Füllfederhalter.)

»Nein«, sagte sie, »ich kann mich nicht einfach so festlegen. Wer hat etwas nicht getan – und was nicht getan?«

»Ach«, sagte ich, »die Zeit verfliegt, verfliegt, verfliegt. Wollen Sie mich nicht aus meiner Not befreien und Ihren Namen daruntersetzen? Es ist alles in Ordnung. Ich gebe Ihnen mein Wort, dass alles in Ordnung ist.«

Sie blickte verblüfft drein; doch zögernd und mechanisch nahm sie den Füllfederhalter zur Hand und sagte:

»Ich werde unterschreiben. Ich werde das Risiko eingehen. Aber gleich danach müssen Sie mich aufklären, damit Sie festgenommen werden können, bevor Sie das Haus verlassen, falls es um etwas Kriminelles geht.«

Dann unterschrieb sie; und ich reichte ihr Mrs. Clemens' Notiz, die sehr kurz, sehr knapp und sehr direkt war. Sie lautete: *»Im Weißen Haus nicht deine Galoschen tragen.«* Sie stieß einen Schrei aus; auf meine Bitte ließ sie einen Boten kommen, und wir schickten die Visitenkarte sofort mit der Post auf den Weg zu Mrs. Clemens in Hartford.

1893/94 1893 und 94 lebten wir in Paris, die erste Hälfte der Zeit im Hotel Brighton in der Rue de Rivoli, die andere Hälfte in einer reizenden Villa in der

* [Vgl. die Abb. auf S. 181 in »Hintergründe und Zusätze«; Anm. des Verlags.]

Rue de l'Université am anderen Ufer der Seine, die uns mit etwas Glück durch das Pech eines anderen Mannes zugefallen war. Dieser andere war Pomeroy, der Künstler. Ein Krankheitsfall in seiner Familie hatte ihn genötigt, an die Riviera zu fahren. Er zahlte für das Haus dreitausendsechshundert Dollar im Jahr, überließ es uns jedoch für zweitausendsechshundert. Es war einfach herrlich; unendlich groß, idyllisch, reizend möbliert und hergerichtet; nach keinem besonderen Plan erbaut; entzückend weitläufig, labyrinthisch und voller Überraschungen. Dauernd verlief man sich und fand Nischen und Ecken und Zimmer, von denen man nichts wusste und deren Vorhandensein man nicht einmal geahnt hatte. Es war von einem reichen französischen Künstler erbaut worden, der es selbst möbliert und hergerichtet hatte. Das Atelier war die Gemütlichkeit selbst. Uns diente es als Gesellschaftszimmer, Empfangszimmer, Wohnzimmer, Tanzsaal – es diente uns für alles. Wir konnten nicht genug davon bekommen. Seltsam, dass es sich so gemütlich ausnahm, denn es war zwölf Meter lang, zwölf Meter hoch und neun Meter breit, auf beiden Seiten je ein riesiger Kamin in der Mitte und eine Musiker-Gemäldegalerie an einem Ende. Allerdings hatten wir schon früher herausgefunden, dass Geräumigkeit und Gemütlichkeit unter den richtigen Bedingungen äußerst harmonisch zusammengehen. Wir hatten das vor ein oder zwei Jahren herausgefunden, als wir in der Villa Viviani drei Meilen vor den Mauern von Florenz lebten. Jenes Haus hatte ein Zimmer, das zwölf Meter im Quadrat maß und zwölf Meter hoch war, und zuerst konnten wir es darin gar nicht aushalten. Wir nannten es Mammuthöhle; wir nannten es Eislaufbahn; wir nannten es Große Sahara; wir bedachten es mit allen möglichen Namen, um unser Missfallen zu bekunden. Wir mussten es durchwandern, um von einem Ende des Hauses zum anderen zu gelangen, aber wir durchwanderten es, ohne zu verweilen – doch schon bald und ohne zu wissen, wie es dazu kam, fielen wir Tag und Nacht in das riesige Zimmer ein und zogen es jedem anderen Teil des Hauses vor.

Vor vier oder fünf Jahren, als wir ein Haus am Ufer des Hudson in Riverdale bezogen, schlenderten wir auf unserem Besichtigungsrundgang von Zimmer zu Zimmer, von wachsendem Zweifel heimgesucht, ob wir das Haus wollten oder nicht. Schließlich aber gelangten wir zu einem Esszimmer, das achtzehn Meter lang und neun Meter breit war und zwei große Kamine hatte, das entschied die Sache.

Aber ich bin abgeschweift. Worüber ich eigentlich zu sprechen beabsichtigte, war etwas ganz anderes, nämlich dies: In jenem angenehmen Pariser Haus hielt Mrs. Clemens ein- oder zweimal in der Woche kleine Abendgesellschaften ab, und es versteht sich von selbst, dass unter diesen Umständen meine Charakterfehler reichlich Gelegenheit hatten, sich bemerkbar zu machen. Sobald die Gäste das Haus verlassen hatten, wusste ich *unweigerlich*, dass ich mich wieder einmal danebenbenommen hatten. Mrs. Clemens zählte verschiedene Dinge auf, die ich getan hatte und nicht hätte tun dürfen, und stets konnte sie sagen:

»Ich hab's dir wieder und wieder gesagt, aber du tust es jedes Mal, als hätte ich dich nie gewarnt.«

Die Kinder blieben immer auf, um in den Genuss zu kommen, dieses Gespräch mit anzuhören. Nichts ergötzte sie mehr, nichts entzückte sie mehr, nichts befriedigte ihre Seelen mehr, als mich so in die Mangel genommen zu sehen. Sobald wir die Treppe hinaufstiegen, hörten wir hastiges Getrappel und wussten, dass die Kinder uns wieder einmal belauscht hatten. Sie hatten einen Namen für diese Vorstellung. Sie nannten sie »Papa herunterputzen«. Normalerweise waren sie folgsame junge Rabauken, durch Gewohnheit, durch Erziehung, durch lange Erfahrung; doch hier überschritten sie die Grenze. Sie konnten nicht davon abgehalten werden, in Hörweite zu bleiben, wenn ich heruntergeputzt wurde.

Schließlich hatte ich eine Eingebung. Es ist erstaunlich, dass ich nicht schon früher darauf gekommen war. Ich sagte:

»Livy, weißt du, mich *nach* all diesen Abenden herunterzuputzen ist keine kluge Vorgehensweise. Du könntest mich ein ganzes Jahr lang nach jedem Dinner herunterputzen, und doch werde ich bei jedem darauffolgenden Dinner die gleichen verbotenen Dinge tun, als hättest du kein Wort gesagt, denn in der Zwischenzeit wären mir alle deine Anweisungen längst entfallen. Ich glaube, du solltest mich lieber unmittelbar vor dem Eintreffen der Gäste herunterputzen, dann kann ich einiges davon im Kopf behalten und es auch berücksichtigen.«

Sie gab zu, dass das vernünftig war und eine sehr gute Idee. Dann gingen wir daran, ein System von Signalen auszuarbeiten, die sie mir während des Dinners geben könnte; Signalen, die mir deutlich anzeigten, welches besondere Verbrechen ich gerade verübte, damit ich zu einem anderen übergehen konnte. Allem Anschein nach hatte eine der diebischsten Freuden der Kinder ein Ende gefunden und war aus ihrem Leben verschwunden. Jedenfalls nahm ich das an, aber dem war nicht so. Die jungen unbelehrbaren Dinger stellten einen Wandschirm auf, hinter dem sie sich während des Dinners versteckten, um nach Signalen zu horchen und sich darüber zu amüsieren. Das Signalsystem war einfach, aber wirkungsvoll. War Mrs. Clemens einmal zu sehr damit beschäftigt, sich mit ihrem Sitznachbarn zu unterhalten, und übersah, was ich gerade tat, konnte sie sicher sein, von den Kindern hinter dem Wandschirm einen leisen Wink zu erhalten:

»Blaue Karte, Mama«; oder »rote Karte, Mama« – »grüne Karte, Mama«, so dass ich unter doppelter und dreifacher Bewachung stand. Was den Augen der Mutter entging, entdeckten die Kinder.

Wie gesagt, die Signale waren recht einfach, aber äußerst wirkungsvoll. Auf einen Hinweis der Kinder hinter dem Wandschirm blickte Livy über den Tisch und sagte mit interessierter Stimme, wenn nicht gar mit geheuchelter Sorge: »Was hast du mit der blauen Karte gemacht, die auf der Frisierkommode lag –«

Das genügte. Ich wusste, was vor sich ging – dass ich die Dame zu meiner Rechten totquatschte und der Dame zu meiner Linken nicht genügend Aufmerksamkeit schenkte. Die blaue Karte besagte: »Gönne der Dame zu deiner Rechten eine Feuerpause; attackiere die Dame zu deiner Linken«, so dass ich unverzüglich dazu überging, mich energisch mit der Dame zu meiner Linken zu unterhalten. Es dauerte nicht lange, bis ein anderer Wink erging, gefolgt von einer Bemerkung von Mrs. Clemens, die sich scheinbar beiläufig auf eine rote Karte bezog, was bedeutete: »Oh, willst du etwa den ganzen Abend dasitzen und kein Wort von dir geben? Wach auf und unterhalte dich endlich.« Also erwachte ich und flutete den Tisch mit meinem Redeschwall. Wir verwendeten eine Reihe verschiedenfarbiger Karten, deren jede eine bestimmte Bedeutung hatte und meine Aufmerksamkeit auf das eine oder andere Verbrechen in meinem Sündenregister lenkte; ein überaus nützliches System. Es war ganz und gar erfolgreich. Es war wie Buck Fanshaws Unruhen – es unterdrückte die Unruhen, bevor sie richtig losgehen konnten. Während des Dinners verhinderte es ein Verbrechen ums andere, und am Ende ging ich immer als strahlender Sieger hervor und wurde mit wohlverdientem Lob bedacht, das ich jedes Mal auf der Stelle erhielt.

Jener Abend im Weißen Haus, als Mrs. Cleveland die Visitenkarte unterschrieb, liegt lange Jahre zurück. Vieles ist seither geschehen. Die Kinder der Clevelands sind zur Welt gekommen. Ruth, die Erstgeborene, die ich nie kennengelernt habe, mit der ich jedoch, als sie sehr klein war, korrespondierte, erblühte noch zu einem lieblichen jungen Mädchen, dann starb sie.

Heute kam dieser Brief, und er ruft mir die Clevelands, die Vergangenheit und meine verlorene kleine Briefeschreiberin ins Gedächtnis.

Editorial Department
The Century Magazine
Union Square, New York

3. März 1906

Mein lieber Mr. Clemens,

Präsident Finley und ich sammeln Briefe an Ex-Präsident Cleveland, die seine Freunde ihm anlässlich seines 69. Geburtstags schreiben.

Sollte Ihnen der Plan zusagen, schicken Sie freundlicherweise mir den Gruß, versiegelt in einem gesonderten Umschlag, an die obige Anschrift, und ich werde diesen mit den anderen Briefen nach Süden schicken, damit er sie alle zusammen rechtzeitig am 18. dieses Monats erhält.

Ihr sehr ergebener
R. W. Gilder
G.

Mr. Samuel L. Clemens

Als die kleine Ruth etwa ein oder anderthalb Jahre alt war, diente Mason, ein alter und geschätzter Freund von mir, als unser Generalkonsul in Frankfurt
1867–1869 am Main. Ich hatte ihn 1867, 68 und 69 in Amerika gut gekannt, und mit

der Familie hatte ich 78 viel Zeit mit ihm und den Seinen in Frankfurt verbracht. Er war ein durch und durch befähigter, fleißiger und gewissenhafter Beamter. Ja, er besaß diese Eigenschaften in einem solchen Maße, dass er unter amerikanischen Konsuln zu Recht als Instanz gelten konnte, denn damals lag unser Konsulardienst zu einem großen – ich glaube sagen zu können – zum größten Teil in den Händen ignoranter, vulgärer und inkompetenter Männer, die in Amerika politische Befehlsempfänger gewesen waren und jetzt ausgesorgt hatten dank der Versetzung in ein Konsulat, wo sie auf Regierungskosten unterstützt wurden, statt ins Armenhaus verlegt zu werden, was billiger und patriotischer gewesen wäre. 78 war Mason schon mehrere Jahre – schätzungsweise vier – Generalkonsul in Frankfurt. Er war mit einer langen Liste vorzeigbarer Erfolge aus Marseille gekommen. Dort hatte er dreizehn Jahre lang als Konsul gedient, und ein Teil seiner Erfolge war heroisch. In Marseille hatte eine verheerende Choleraepidemie geherrscht, und Mason war der einzige ausländische Vertreter gewesen, der bis zum Ende auf seinem Posten ausharrte. Und während dieser Zeit repräsentierte er nicht nur sein eigenes Land, sondern alle anderen Länder der Christenheit und verrichtete deren Arbeit und verrichtete sie gut und wurde dafür mit klaren und deutlichen Worten gelobt. Masons Erfolgsbilanz hatte ihn vor der amtlichen Enthauptung gerettet, solange republikanische Präsidenten am Stuhl klebten, jetzt aber gehörte der Stuhl einem Demokraten. Mr. Cleveland saß noch gar nicht richtig auf diesem – er war noch nicht in sein Amt eingeführt –, als er auch schon von Gesuchen demokratischer Politiker überschwemmt wurde, die die Ernennung von tausend und einem Demokraten vorschlugen, die auf Masons Stelle politisch nützlicher wären. Mason schrieb mir und fragte mich, ob ich nicht etwas unternehmen könne, um ihn vor dem Sturz zu bewahren.

1878

1878

Dienstag, 6. März 1906

Mr. Clemens bittet die kleine Ruth, sich für Mr. Mason zu verwenden, und dieser bleibt auf seinem Posten – Mr. Clemens' Brief an Ex-Präsident Cleveland – Mr. Cleveland als Sheriff in Buffalo – Als Bürgermeister legt er sein Veto gegen eine Verordnung der Eisenbahngesellschaft ein – Mr. Clemens und Mr. Cable besuchen Gouverneur Cleveland im Staatskapitol, Albany – Mr. Clemens sitzt auf Klingelknöpfen und beordert sechzehn Sekretäre herbei – Die Löwin des heiligen Mark

Ich war sehr daran interessiert, ihn auf seinem Posten zu halten, aber zunächst fiel mir nicht ein, wie ich ihm hätte helfen können, denn ich war parteilich ungebunden. Wir, die Parteilosen, ein kleiner Trupp, bestehend aus den Nichtversklavten beider Parteien, den besten Männern, die sich in beiden großen Parteien fanden – so unsere Vorstellung –, stimmten zu sechzigtausend für Mr. Cleveland in New York und verhalfen ihm zur Wahl. Unsere Prinzipien waren hehr und eindeutig. Wir waren keine Partei; wir hatten keine Kandidaten; wir hatten keine Schlacht zu gewinnen. Unsere Stimme für den Mann, dem wir sie gaben, ging mit keinerlei Verpflichtungen einher. Wir sahen es als geboten an, um kein Amt zu bitten; kein Amt anzunehmen. Wenn wir wählten, war es unsere Pflicht, den besten Mann zu wählen, ohne Rücksicht auf den Namen seiner Partei. Wir hatten kein anderes Credo. Den Besten zu wählen – das war Credo genug.

Angesichts dieser Situation war ich ratlos, wie ich Mason helfen und mir zugleich meine Reinheit als Parteiloser bewahren konnte. Es war eine heikle Position. Doch schon bald schälte sich aus dem Knäuel verworrener Überlegungen hell und klar ein vernünftiger Gedanke heraus – und zwar der: Da es die Pflicht eines Parteilosen war, sein Bestes zu tun, um den Besten ins Amt zu bringen, musste es notwendigerweise auch die Pflicht eines Parteilosen sein, zu versuchen, den Besten im Amt *zu halten*, wenn er sich schon dort befand. Jetzt stand mein Vorgehen fest. Es mochte nicht sehr taktvoll sein, sich als Parteiloser direkt an den Präsidenten zu wenden, doch konnte ich mich indirekt und voller Taktgefühl an ihn wenden, denn dann würde nicht einmal die Höflichkeit von ihm verlangen, dem Gesuch, von dem niemand beweisen konnte, dass es ihm je angetragen worden war, Beachtung zu schenken.

Ja, von nun an wäre es ein Durchmarsch. Ich konnte die Sache Ruth in ihrer Wiege vortragen und den Ausgang abwarten. Ich schrieb dem kleinen Kind und sagte ihm alles, was ich eben über die Prinzipien der Parteilosen gesagt habe und über die Beschränkungen, die sie mir auferlegten. Ich erklärte Ruth, dass es nicht schicklich wäre, mich in Mr. Masons Namen an ihren Vater zu wenden, aber ich beschrieb ihr ausführlich Mr. Masons lange Liste ehrenwerter Verdienste und schlug ihr vor, die Sache selbst in die Hand zu nehmen und eine patriotische Pflicht zu erfüllen, die zu riskieren ich zu viel Taktgefühl besäße. Ich bat sie zu vergessen, dass ihr Vater, ihr Untertan und Diener, nur Präsident der Vereinigten Staaten sei; ich bat sie, ihr Gesuch nicht in Form eines Befehls vorzutragen, sondern es abzuwandeln und in die fingierte und angenehmere Form einer bloßen Bitte zu überführen – es würde nichts schaden, wenn er sich in dem Aberglauben wiege, unabhängig zu sein und in der Angelegenheit nach Belieben verfahren zu können. Ich flehte sie an, ihr besonderes Augenmerk auf die Aussage zu richten, dass es eine Wohltat für die Nation wäre, Mason auf seinem Posten zu belassen; darauf den Schwerpunkt zu legen und alle anderen Überlegungen außer Acht zu lassen.

Nach einiger Zeit erhielt ich einen eigenhändig geschriebenen und eigenhändig unterzeichneten Brief des Präsidenten, in dem er Ruths Vermittlung würdigte und mir dafür dankte, dass ich ihn in die Lage versetzt hatte, dem Land die Dienste eines so begabten und bewährten Dieners wie Mason zu erhalten, und mir auch für die Fülle von Details über dessen Verdienste dankte, die keinen Zweifel daran ließen, dass dieser am rechten Platz war und dort bleiben musste.

Zu Beginn von Mr. Clevelands zweiter Amtszeit wurde ein ernster Versuch unternommen, Mason abzulösen, und Mason schrieb mir abermals. Zwar glaubte er nicht, dass wir auch diesmal Erfolg haben würden, da der Angriff auf seinen Posten von einflussreicher Stelle gut organisiert und entschlossen verübt wurde, hoffte aber doch, dass ich es noch einmal versuchen würde, um zu sehen, was ich ausrichten könnte. Ich war nicht beunruhigt.

Mir schien, dass er Mr. Cleveland nicht kannte, sonst wäre auch er nicht beunruhigt gewesen. Ich glaubte Mr. Cleveland zu kennen und dass er ein Mann war, der unter keinen Umständen auch nur einen Fußbreit von seiner Pflicht abrücken würde, dass er der Fels von Gibraltar war, gegen dessen solide Masse ein ganzer Atlantik anstürmender Politiker vergebens anrennen würde.

Ich schrieb erneut an Ruth Cleveland. Mason blieb auf seinem Posten; und ich glaube, dass er auch ohne Ruths Fürsprache geblieben wäre. Seitdem hat es andere Präsidenten gegeben, doch Masons Verdienste haben ihn geschützt, und die zahlreichen gewaltigen Anstrengungen, ihn zu verdrängen, sind allesamt gescheitert. Außerdem hat man ihn mit Beförderungen geehrt. Er wurde vom Generalkonsul in Frankfurt zum Generalkonsul in Berlin befördert, unserer wichtigsten konsularischen Vertretung in Deutschland. Vor einem Jahr ging es für ihn auf der Karriereleiter noch eine Stufe höher – er wurde Generalkonsul in Paris, ein Posten, den er noch immer bekleidet.

Ruth, das Kind, weilte nicht lange auf dieser Erde, um sie schöner zu machen und das Heim ihrer Eltern zu segnen. Aber schon das kleine Geschöpf hat ihrem Land einen großen Dienst erwiesen, wie ich gezeigt habe, und es ist nur recht, dass dieser aufgezeichnet und im Gedächtnis bewahrt wird.

In Übereinstimmung mit dem Vorschlag in Gilders Brief (wie er gestern zur Sprache kam) habe ich an Ex-Präsident Cleveland folgenden Brief geschrieben:

Geehrter Herr, Ihre patriotischen Tugenden haben Ihnen die Verehrung der halben Nation und die Feindschaft der anderen halben Nation eingetragen. Damit erreicht Ihr Charakter als Bürger die gleiche Gipfelhöhe wie Washingtons. Das Urteil ist einhellig und unanfechtbar. In Fällen wie diesen sind die Stimmen beider Seiten notwendig und die Stimmen der einen Seite genauso wertvoll wie die der anderen. Wenn eine öffentliche Person alle Stimmen auf ihrer Seite hat, wird sich das Urteil gegen sie wenden. Es ist Sand, und die Geschichte wird es fortspülen. Das Urteil über Sie aber ist ein Fels und wird Bestand haben.

S. L. Clemens

Datiert 18. März 06

Als Mr. Cleveland kurz vor den siebziger Jahren Mitglied einer grundsoliden und erfolgreichen Anwaltskanzlei in Buffalo war, wurde er zum Bürgermeister gewählt. Bald darauf erwirkte eine schwerreiche mächtige Eisenbahngesellschaft eine Verordnung der Stadtverwaltung, deren Zweck es war, einen bestimmten Bezirk der Stadt in Besitz zu nehmen, der von den Armen, Hilflosen und Namenlosen bewohnt wurde, und diese Menschen daraus zu vertreiben. Mr. Cleveland legte sein Veto gegen die Verordnung ein. Die anderen Mitglieder seiner Kanzlei waren empört und auch erschrocken. In ihren Augen würde sich sein Veto verheerend auf ihre Geschäfte auswirken. Sie machten ihm ihre Aufwartung und baten ihn, seine Entscheidung zu überdenken. Er weigerte sich. Sie ließen sich nicht davon abbringen. Er weigerte sich noch immer. Er sagte, seine offizielle Stellung erlege ihm eine Pflicht auf, der er sich nicht ohne Ehrverlust entziehen könne; daher werde er sie wahrnehmen; dass die hilflose Lage dieser namenlosen Bürger es ihm zur Pflicht mache, ihnen Beistand und Freund zu sein, da sie keinen anderen hätten; dass es ihm leidtue, falls sein Verhalten Unheil über die Kanzlei bringe, ihm bleibe aber keine andere Wahl; seine Pflicht sei eindeutig und er werde an der Position, die er bezogen habe, festhalten. Sie ließen durchblicken, dass es ihn seinen Platz in der Kanzlei kosten werde. Er entgegnete, er wolle der Sozietät nicht schaden, daher möge man seinen Namen entfernen, was er keinem verübeln werde.

Als wir 70 und 71 in Buffalo wohnten, war Mr. Cleveland Sheriff, aber ich *1870/71* machte nie seine Bekanntschaft und bekam ihn nicht einmal zu Gesicht. Eigentlich nehme ich sogar an, dass ich mir nicht einmal seiner Existenz bewusst war. Vierzehn Jahre später wurde er der wichtigste Mann im Bundesstaat. Damals lebte ich nicht dort. Er war Gouverneur und stand kurz davor, Präsident der Vereinigten Staaten zu werden. Zu der Zeit beging ich Wegelagerei in Begleitung eines anderen Banditen, George W. Cable. Wir raubten vier Monate lang die Öffentlichkeit mittels Lesungen aus unseren Werken aus – und im Laufe der Reise kamen wir nach Albany, um auch dort Tribut zu fordern, und ich sagte: »Wir sollten dem Gouverneur unsere Aufwartung machen.«

So gingen Cable und ich zum majestätischen Staatskapitol und nannten unser Begehr. Wir wurden in das Privatbüro des Gouverneurs geleitet, wo ich Mr. Cleveland zum ersten Mal sah. Plaudernd standen wir drei beisammen. Ich bin faul geboren und behalf mir damit, eine Tischecke in eine Art Sitz umzuwandeln. Gleich darauf sagte der Gouverneur:

»Mr. Clemens, vor vielen Monaten, es ist eine gute Weile her, war ich Ihr Mitbürger in Buffalo, und während dieser Monate brachten Sie es nach lang anhaltender und zweifellos verdienter Unbekanntheit plötzlich zu gewaltigem Ruhm – ich dagegen war ein Niemand, und Sie würdigten mich keines Blickes und wollten mit mir nichts zu tun haben. Aber jetzt, da ich ein Jemand geworden bin, haben Sie Ihre Einstellung geändert und kommen hierher, um mir die Hand zu schütteln und sich gesellig zu zeigen. Wie erklären Sie sich ein solches Verhalten?«

»Oh«, sagte ich, »das ist sehr einfach, Eure Exzellenz. In Buffalo waren Sie nichts weiter als der Sheriff. Ich gehörte zur besseren Gesellschaft. Ich konnte es mir nicht leisten, Umgang mit Sheriffs zu pflegen. Aber jetzt sind Sie Gouverneur und auf dem besten Weg, Präsident zu werden. Das ist ein großer Unterschied, und jetzt sind Sie der Mühe wert.«

In dem geräumigen Zimmer schien es an die sechzehn Türen zu geben. Plötzlich trat aus jeder Tür ein junger Mann, und die sechzehn reihten sich auf, rückten vor und blieben mit einer Miene achtungsvoller Erwartung vor dem Gouverneur stehen. Einen Augenblick lang schwiegen alle. Dann sagte der Gouverneur:

»Sie sind entlassen, Gentlemen. Ihre Dienste werden nicht benötigt. Mr. Clemens sitzt auf den Klingeln.«

Auf einer Ecke des Tisches befand sich ein Nest von Klingelknöpfen; die Proportionen meines Hinterns reichten eben aus, das ganze Nest auf einmal zu bedecken, und so war es mir gelungen, die sechzehn Sekretäre aus den Türen schlüpfen zu lassen.

Apropos, als wir den letzten Sommer im Landesinneren verbrachten, in jener unvergleichlichen Gegend, die einen so vollendeten Zauber, Charme und Liebreiz aufweist, wie er sich nirgendwo sonst auf dem Planeten findet – in den Bergen von New Hampshire –, waren unsere unmittelbaren Nachbarn die Abbott Thayers, eine Familie talentierter Künstler, alte Freunde von mir. Sie wohnten eine viertel oder halbe Meile entfernt hügelabwärts auf einer Waldlichtung; ein paar Tage lang hatten sie zwei aufgeweckte und angenehme junge Burschen zu Gast, und zwar: Bynner, den jungen Dichter, ein Redaktionsmitglied der Zeitschrift von McClure, und Guy Faulkner, der für eine andere Zeitschrift arbeitete. Ich hatte sie noch nie gesehen; da wir aber dem gleichen Gewerbe nachgingen, wollten sie bei mir vorbeischauen. Ein, zwei Tage lang diskutierten sie die Schicklichkeit dieser Invasion und versuchten, sich über ihr Vorhaben schlüssig zu werden. Miss Lyon, meine Sekretärin, kannten sie sehr gut. Schließlich sagte einer von ihnen: »Ach, komm, es wird schon gutgehen. Wagen wir uns in die Höhle des Löwen.« Der andere erwiderte: »Aber woher wissen wir, dass der alte Löwe im Moment überhaupt da ist?« Auf diese Bemerkung kam die Antwort: »Na, die Löwin des heiligen Mark werden wir bestimmt antreffen.«*

Mittwoch, 7. März 1906

Susys Biographie – Der Vorfall mit John Hay – Der einem jungen Mädchen einen französischen Roman gibt – Susy und ihr Vater begleiten Mrs. Clemens zum Zug, fahren anschließend über die Brooklyn Bridge – Auf dem Weg nach Vassar diskutieren sie deutsche Flüche – Mr. Clemens erzählt von dem süßen fluchenden deutschen Kindermädchen – Die Ankunft in Vassar und der trostlose Empfang – Von Susy erzählt – Die Lesung usw. – Mr. Clemens' Meinung über Mädchen – Heute Nachmittag wird er vor den Mädchen von Barnard lesen

Aus Susys Biographie

Am nächsten Tag wollte Mama den Vier-Uhr-Zug nach Hartford nehmen. Wir standen zimlich früh auf, gingen zur Wiener Bäckerei und frühstückten dort. Von da gingen wir zu einer deutschen Buchhandlung und kauften einige deutsche Bücher für Claras Geburtstag.

* [Wortspiel mit dem Familiennamen Lyon – engl. *lion* = Löwe – und dem Tiersymbol des Evangelisten Markus, dem Markuslöwen; Anm. d. Übers.]

Du liebe Zeit, diese Macht der Assoziation, schimmelige tote Erinnerungen aus ihren Gräbern zu reißen und wiederauferstehen zu lassen! Diese Bemerkung über den Kauf ausländischer Bücher wirft jäh ein grelles Licht auf die ferne Vergangenheit; und mit gespenstischer Lebhaftigkeit sehe ich eine lange New Yorker Straße vor mir, auf der John Hay entlanggeht, ernst und reuevoll. Auch ich ging an jenem Morgen diese Straße entlang, ich überholte Hay und fragte ihn, was denn los sei. Er richtete seinen stumpfen Blick auf mich und sagte:

»Mein Fall ist aussichtslos. Auf die unschuldigste Weise der Welt habe ich ein Verbrechen begangen, das mir die Opfer niemals verzeihen werden, denn sie werden niemals glauben – ach was, ich wollte sagen, sie werden niemals glauben, dass mir die Sache ohne böse Absicht unterlaufen ist. Dabei werden sie wissen, dass ich arglos gehandelt habe, es sind ja vernünftige Leute; ach, was soll's? Ich werde ihnen nie wieder ins Gesicht sehen können – und sie mir vielleicht auch nicht.«

1869 Hay war Junggeselle und arbeitete damals bei der *Tribune.* Er schilderte sein Unglück etwa mit diesen Worten:

»Als ich gestern Morgen auf dem Weg ins Büro hier entlangkam, betrat ich einen Buchladen, wo man mich kennt, und fragte, ob es etwas Neues von der anderen Seite des Atlantiks gebe. Man reichte mir einen französischen Roman in dem gewöhnlichen gelben Papierumschlag, und ich nahm ihn mit. Ich warf nicht einmal einen Blick auf den Titel. Der Roman war als Freizeitlektüre gedacht, und ich war auf dem Weg zur Arbeit. Verträumt ging ich weiter und dürfte noch keine fünfzig Meter gegangen sein, als ich jemanden meinen Namen rufen hörte. Ich blieb stehen, eine private Kutsche hielt am Gehsteig, und ich schüttelte den Insassen die Hände – Mutter und junger Tochter, ausgezeichneten Leuten. Sie waren auf dem Weg zu ihrem Dampfschiff nach Paris. Die Mutter sagte:

›Ich habe das Buch in Ihrer Hand gesehen und nach dem Aussehen geurteilt, dass es ein französischer Roman ist. Habe ich recht?‹

Ich bejahte.

Sie sagte: ›Könnten Sie ihn mir wohl überlassen, damit meine Tochter während der Überfahrt ihr Französisch praktizieren kann?‹

Natürlich gab ich ihr das Buch, und wir trennten uns. Vor zehn Minuten kam ich abermals an dem Buchladen vorbei, eine teuflische Eingebung erinnerte mich an den gestrigen Tag, ich trat ein und besorgte mir ein weiteres Exemplar des Buches. Hier ist es. Lesen Sie die erste Seite. Das reicht schon. Sie werden wissen, wie der Rest ist. Ich glaube, es ist das unflätigste Buch, das es in französischer Sprache gibt – zumindest eines der unflätigsten. Ich würde mich schämen, es einem leichten Mädchen anzubieten – aber oje, ohne mich zu schämen, hab ich's der süßen jungen Dame überreicht. Befolgen Sie meinen Rat; geben Sie kein Buch aus der Hand, solange Sie es nicht geprüft haben.«

Aus Susys Biographie

Dann gingen Mama und ich einkaufen, und Papa ging General Grant besuchen. Als wir unsere Einkäufe beendet hatten, gingen wir beide zusammen ins Hotel zurück. Als wir unser Hotelzimmer betraten, fanden wir auf dem Tisch eine Vase mit exquisiten roten Rosen vor. Mama, die Blumen über alles liebt, rief aus: »Oh, wer die wohl geschickt hat?« Wir betrachteten die Karte, die inmitten der Rosen steckte, und sahen, dass sie in Papas Handschrift auf Deutsch beschrieben war. »Liebes Geshchenk on die Mama.« (Ich bin mir sicher, dass ich nicht »on« geschrieben hatte – das ist Susys Rechtschreibung, nicht meine; auch bin ich mir sicher, dass ich »Geschenk« nicht ganz so freizügig buchstabiert hatte. S. L. C.) Mama freute sich sehr. Papa kam nach Hause und gab Mama ihr Billett; und nachdem er eine Weile mit ihr verbracht hatte, ging er Major Pond besuchen, und Mama und ich setzten uns zum Mittagessen. Danach waren wir lange mit Packen beschäftigt, und gegen drei Uhr begleiteten wir Mama zum Zug. Wir stiegen mit ihr ein und blieben etwa fünf Minuten bei ihr, dann verapschiedeten wir uns, und der Zug nach Hartford setzte sich in Bewegung. Es war das erste Mal in meinem Leben, dass ich ohne Mama von zu Hause weg war, obwohl ich schon 13 J. war. Papa und ich fuhren zurück zum Hotel, holten Major Pond ab und gingen die Brooklyn Bridge besichtigen wir fuhren mit der Straßenbahn nach Brooklyn und liefen zu Fuß von Brooklyn nach New York zurück. Wir erfreuten uns an dem schönen Anblick und sahen, wie die Brücke in der flirrenden Hitze der Sonne ziterte. Es war herrlich, doch wir waren zimlich müde, als wir ins Hotel zurückkehrten.

Am nächsten Morgen standen wir zeitig auf, frühstückten und nahmen einen der ersten Züge nach Poughkeepsie. Wir hatten eine sehr angenehme Fahrt nach Poughkeepsie. Der Hudson war überwältigend – ganz in wunderbaren Nebel gehüllt. Als wir in Poughkeepsie eintraffen, regnete es zimlich heftig; ich war sehr enttäuscht, denn ich hätte mir so gern die Gebäude des Vasser College von außen angesehen, was aber, wenn es regnete, unmöglich war. Die Fahrt vom Bahnhof zum Vasser College war zimlich lang, und Papa und ich hatten viel Zeit, über deutsche Flüche zu sprechen und zu lachen. Eine der deutschen Wendungen, die Papa besonders gern mag, ist »O heilige maria Mutter Jesus!«. Jean hat ein deutsches Kindermädchen, und das war eine ihrer Wendungen, es gab eine Zeit, als Jean bei jeder Kleinigkeit »Ach Gott!« rief, aber als Mama dahinterkam, war sie entsetzt und bereitete der Sache sofort ein Ende.

Das ruft mir jenes hübsche kleine deutsche Mädchen lebhaft in Erinnerung – ein süßes, unschuldiges, dralles kleines Geschöpf mit pfirsichfarbenen Wangen; ein kleines Fräulein mit reiner Seele und ohne Arg, ungeachtet der derben Ausdrücke, mit denen sie bis zu den Augenbrauen voll war. Sie war noch ein Kind. Keine fünfzehn: Sie war eben erst aus Deutschland eingetroffen und konnte kein Englisch. Ständig warf sie mit ihren Flüchen um sich, die mir solch eine Genugtuung bereiteten, dass ich nicht im Traum daran dachte, sie zurechtzuweisen. Um meiner selbst willen verspürte ich nicht die geringste Neigung, sie zu verraten. Ich gab mir sogar Mühe, dass ihr niemand auf die Schliche kam. Ich riet ihr, ihre religiösen Übungen aufs Kinderzimmer zu beschränken, und ermahnte sie, daran zu denken, dass Mrs. Clemens gegen Frömmigkeiten an Wochentagen sehr voreingenommen war. In den Ohren der Kinder klangen die Gotteslästerungen des kleinen Fräuleins normal und anständig und richtig, denn von unseren Deutschlandbesuchen her waren sie derlei Gerede gewohnt und legten ihm keine böse Bedeutung bei. Es betrübt mich, dass ich diese derben Ausdrücke vergessen habe. Lange Zeit hütete ich sie in meinem Gedächtnis wie einen Schatz. An einen immerhin kann ich mich noch erinnern, weil ich ihn so oft gehört habe. Die Haare der Kinder waren eine große Plage im Leben des kleinen Geschöpfs. Sie zog und zerrte mit ihrem Kamm darin herum und begleitete ihre Arbeit mit unangebrachten Frömmigkeiten. Und wenn sie endlich mit allen dreien fertig war, feuerte sie ihren Dank auf diese Weise explosionsartig gen Himmel, wo er hingehörte: »Gott sei Dank ich bin schon fertig mit'm Gott verdammtes Haar!«*

Aus Susys Biographie

Schließlich erreichten wir Vassar College, es sah sehr vornehm aus, Gebäude und Anlage waren wunderschön. Wir gingen zur Eingangstür und läuteten. Das junge Mädchen, das zur Tür kam, fragte uns, wen wir sprechen wollten. Offenbar erwartete mann uns nicht. Papa sagte ihr, wen wir zu sprechen wünschten, und sie führte uns ins Empfangszimmer. Wir warteten, niemand kam; und warteten, niemand kam, es kam noch immer niemand. Allmählich wurde es zimlich unangenehm. »Das ist wirklich ein hartes Stück Arbeit«, rief Papa aus. Endlich hörten wir Schritte auf dem langen Gang, und Miss C. (die Dame, die Papa eingeladen hatte) trat ins Zimmer. Sie begrüßte Papa sehr freundlich, und sie plauderten miteinander. Bald trat auch die Rektorin ein und war sehr höflich und liebenswürdig. Sie zeigte uns unsere Zimmer und sagte, sie würde nach uns schicken, wenn das Mittagessen angerichtet wäre. Wir blieben auf unseren Zimmern, hatten aber eine halbe Stunde lang nichts anderes zu tun, als den Regentropfen zuzusehen, die gegen die Fensterscheiben praselten. Schließlich wurden wir zum Essen gerufen, und ich ging ohne Papa nach unten, weil er mitten am Tag nie etwas isst. Ich setzte mich mit der Rektorin zu Tisch und es gefiel mir, all die jungen Mädchen in den Speisesaal marschiren zu sehen. Nach dem Essen ging ich mit den jungen Damen im College umher, während Papa auf seinem Zimmer blieb und rauchte. Als es Zeit fürs Abendessen war, kam Papa nach unten und aß mit uns, und wir hatten ein ganz reizendes Abendessen. Danach gingen die jungen Damen auf ihre Zimmer, um sich für den Abend zurechtzumachen. Papa ging auf sein Zimmer, und ich ging mit der Rektorin. Schließlich traffen die Gäste ein, aber Papa blieb auf seinem Zimmer, bis er gerufen wurde. Papa las in der Kapelle. Es war das erste Mal in meinem Leben, dass ich ihn lesen hörte – zumindest in der Öffentlichkeit. Ich weiß noch, wie die Leute, als er das Podium betrat, ausriefen: »Was für ein seltsamer Vogel!

* [Deutsch im Original; Anm. d. Übers.]

Ist er nicht komisch?« Ich fand Papa sehr komisch, aber seltsam fand ich ihn nicht. Er las »Schwierige Lage« und »Der goldene Arm«, eine Gespenstergeschichte, die er als kleiner Junge unten in den Südstaaten gehört hatte. Papa hatte mir den »Goldenen Arm« schon einmal erzählt, mich aber so damit erschreckt, dass ich es nicht noch einmal hören wollte. Diesmal war ich entschlossen, aufs Ärgste gefasst zu sein und mich nicht erschrecken zu lassen, trotzdem erschreckte mich Papa ganz, ganz doll; er erschreckte den ganzen Saal, und die Menschen sprangen auf wie ein Mann. Die andere Geschichte war auch sehr komisch und interessant und der Abend für mich ein unbeschreiblicher Genuss. Als Papa zu Ende gelesen hatte, gingen wir für einen Imbiss alle nach unten in den Speisesaal; und danach wurde getanzt und gesungen. Dann verabschiedeten sich die Gäste, und Papa und ich gingen zu Bett. Am nächsten Morgen standen wir zeitig auf, nahmen einen frühen Zug nach Hartford und kamen um ½ drei in Hartford an. Wir waren sehr froh, wieder zu Hause zu sein.

Wie großzügig sie dieses grauenhafte Erlebnis abhandelt! Es ist eine reizende und liebenswürdige und auch eine überaus wertvolle Veranlagung, die Demütigungen und Unverschämtheiten wegzuwischen und sich auf die angenehmeren Aspekte eines Erlebnisses zu besinnen. Susy hatte diese Veranlagung, und sie war eins der Juwele, die ihren Charakter ausmachten und die sie eindeutig von ihrer Mutter geerbt hatte. Es ist eine Eigenschaft, die bei meiner Geburt ausgelassen wurde. Und mit siebzig habe ich sie mir noch immer nicht angeeignet. Ich war nicht aus beruflichem Interesse zum Vassar College gekommen, sondern als Gast – als Gast und gratis. Tante Clara (inzwischen Mrs. John B. Stanchfield) war Absolventin des Vassar College, und ihr zu Gefallen hatten Susy und ich die Reise auf uns genommen. Die Einladung hatten sowohl die von Susy erwähnte Dame ausgesprochen als auch der Präsident des College – ein sauertöpfischer alter Heiliger, der wahrscheinlich längst zu seinen Vätern gerufen wurde; hoffentlich haben sie ihre Freude an ihm; hoffentlich wissen sie seine Gesellschaft zu schätzen. Ich glaube, ich kann ohne sie auskommen, an welchem Ende der nächsten Welt auch immer.

Wir trafen bei diesem strömenden Regen im College ein, und Susy hat nur mit einem Hauch von Unzufriedenheit den Empfang geschildert, der uns bereitet wurde. Eine halbe Stunde, die man uns im Empfangszimmer warten ließ, musste Susy in ihren feuchten Kleidern dasitzen; dann wurde sie zu einem Zimmer ohne Kamin geführt, wo sie, wie sie berichtet hat, abermals warten musste. Der Name des Präsidenten ist mir entfallen, und das tut mir leid. Er ließ sich erst blicken, als es für mich an der Zeit war, vor diesem großen Garten lieblicher junger Blüten das Podium zu betreten. Da stieß er zu mir, stieg mit mir aufs Podium und wollte mich vorstellen. Ich sagte in etwa:

»Sie haben mir bis jetzt erlaubt, ohne Ihre Hilfe zurechtzukommen, und wenn Sie sich vom Podium zurückziehen wollen, werde ich versuchen, auch das Übrige auf die gleiche Weise zu erledigen.«

Ich habe ihn nie wieder gesehen, aber die Erinnerung an ihn ist mir verhasst. Natürlich übertrug sich mein Groll nicht auf die Studentinnen, und so verbrachte ich eine unvergessliche Zeit damit, für sie zu lesen. Und ich glaube, sie unterhielten sich ebenso gut, denn sie reagierten »wie ein Mann«, um Susys unübertreffliche Wendung zu benutzen.

Mädchen sind reizende Geschöpfe. Ich werde zweimal siebzig Jahre werden müssen, bevor ich meine Meinung dazu ändere. Heute Nachmittag soll ich vor einigen von ihnen einen Vortrag halten, einer Gruppe Studentinnen am Barnard College (dem Annex der Columbia University für das weibliche Geschlecht), und ich denke, mit diesen Schätzchen werde ich eine ebenso angenehme Zeit verbringen wie mit den Mädchen von Vassar vor einundzwanzig Jahren.

Donnerstag, 8. März 1906

Vortrag am Barnard College – Thema Moralgesetze – Brief von Captain Toncrays Bruder – Mr. Clemens' Antwort, Vorbild für Huckleberry Finn sei Tom Blankenship gewesen – Toms Vater, der Stadtsäufer – Schildert Toms Charakter – Indianer Joes Tod – Der Sturm, der in jener Nacht hereinbrach – Der Vorfall mit den episkopalischen Kirchendienern und ihren Besserungsvorhaben – Mr. Dawsons Schule in Hannibal – Arch Fuquas große Begabung

Genau so war es auch. Es ging sehr herzlich und ausgelassen zu. Miss Taylor und zwei andere reizende Mädchen begleiteten mich von diesem Haus – 9. Straße, Ecke Fifth Avenue – über den Central Park und den Riverside Drive zum College und hätschelten und tätschelten mich die ganze Strecke gemäß den Bedingungen, die ich Miss Taylor und Mrs. (Professorin) Lord abverlangt hatte – nämlich dass man mich gut hegen und pflegen möge. Miss Russell, Präsidentin von Barnard, ist jung und schön. Ich fand heraus, dass die Dekanin, Miss Hill, vor vielen Jahren, als sie im dritten Jahr am Smith College war, zu meinem Bekanntenkreis gehört hatte. Wir betraten zu dritt die Bühne. Im Parkett und auf der Empore drängte sich dicht an dicht die Jugend, Schönheit und Gelehrsamkeit von Barnard – ein hübscher Anblick.

Ich legte meine Uhr vor mich hin, hatte selbst die Zeit im Blick und gestattete mir eine Stunde. Ich hielt einen Vortrag über Moralgesetze, und so schärfte ich sie diesen Mädchen ein, legte sie ihnen feierlich, eindringlich, ja flehentlich ans Herz – mit Beispielen versehen – mehr Beispiele als Moralgesetze –, und noch nie zuvor war es mir untergekommen, dass ein derart ernstes Thema so viel Lärm hervorgerufen hätte.

Es folgte ein Empfang. Ich hatte das Privileg, jeder Einzelnen die Hand zu schütteln, fühlte mich ganz zu meiner Zufriedenheit geschmeichelt, und das sagte ich ihnen auch. Alle beteuerten, meine Lektionen seien ihnen nahegegangen und fortan würden sie ein besseres Leben führen.

Seit dreißig Jahren erhalte ich im Jahr durchschnittlich ein Dutzend Briefe von Fremden, die sich an mich erinnern oder deren Väter sich an mich als Knaben oder jungen Mann erinnern. Aber diese Briefe sind fast immer eine Enttäuschung. Ich kenne weder diese Fremden noch ihre Väter. Die Namen, die sie nennen, habe ich noch nie gehört; die Erinnerungen, auf die sie mich aufmerksam machen, sind nicht Teil meiner Erfahrung; all das bedeutet, dass diese Fremden mich mit jemandem verwechseln. Heute Morgen jedoch habe ich endlich einmal einen herzerquickenden Brief von einem Mann erhalten, der mit Namen hantiert, die mir in meiner Kindheit vertraut waren. Der Briefschreiber hat eine Meldung beigefügt, die seit vier, fünf Wochen durch die Presse geht, und möchte wissen, ob sein Bruder Captain Toncray wirklich das Vorbild für Huckleberry Finn war.

»HUCKLEBERRY FINN« TOT

Vorbild für Mark Twains berühmte Romanfigur führte ruhiges Leben in Idaho

[EXKLUSIVBERICHT FÜR DIE *TIMES*]

WALLACE (Idaho) 2. Febr. – [Exklusivbericht.] Capt. A. O. Toncray, gemeinhin als »Huckleberry Finn« bekannt, da er das Vorbild für Mark Twains berühmte Romanfigur abgegeben haben soll, wurde heute Morgen in seinem Zimmer in Murray tot infolge Herzversagens aufgefunden.

Capt. Toncray, gebürtig aus Hannibal, Mo., war 65 Jahre alt. In früheren Jahren trieb er sich viel auf den Schaufelraddampfern auf dem Mississippi und dem Missouri herum, regelmäßig in Kontakt mit Samuel L. Clemens, und es heißt, dass »Mark Twain« Toncray später als Vorbild für »Huckleberry Finn« verwendete. 1884 *1884*
kam er nach Murray und führte seither ein ruhiges Leben.

Ich habe ihm geantwortet, Huckleberry Finn sei Tom Blankenship. Da der Fragesteller das Hannibal der Vierziger offenbar kannte, wird er sich mühelos an Tom Blankenship erinnern. Toms Vater war damals der Stadtsäufer, einst ein inoffizielles, aber äußerst klar definiertes Amt. Er war der Nachfolger von »General« Gaines und eine Zeitlang alleiniger Amtsinhaber; danach allerdings stellte Jimmy Finn seine Fähigkeiten unter Beweis und stritt sich mit ihm um die Position, so dass wir zwei Stadtsäufer zugleich hatten – und das sorgte im Dorf für so viel Unruhe, wie es im vierzehnten Jahrhundert die Christenheit erlebte, als es zu ein und derselben Zeit zwei Päpste gab.

In *Huckleberry Finn* habe ich Tom Blankenship genau so gezeichnet, wie er war. Er war unwissend, ungewaschen und unzureichend ernährt; er hatte aber ein so gutes Herz wie nur irgendjemand. Seine Freiheit war schrankenlos. Er war der einzige wirklich unabhängige Mensch in der ganzen Gemeinde – ob Knabe oder Mann; folglich war er gelassen und glücklich ohne Unterlass und wurden von uns anderen beneidet. Wir mochten ihn; wir genossen seine Gesellschaft. Und da uns der Umgang mit ihm von unseren Eltern verboten war, verdrei- und vervierfachte das den Wert, und so suchten wir seine Gesellschaft häufiger als die jedes anderen Jungen. Vor vier Jahren hörte ich, er sei Friedensrichter in einem entlegenen Dorf in Montana, ein braver Bürger und hoch angesehen.

Während Jimmy Finns Amtszeit war er (Jimmy) nicht anspruchsvoll; nicht wählerisch; nicht allzu genau; er war im Großen und Ganzen demokratisch – und schlief auf dem verlassenen Gerberhof bei den Schweinen. Mein Vater versuchte einmal, ihn zu belehren, aber ohne Erfolg. Mein Vater war kein professioneller Weltverbesserer. Der Geist der Reform regte sich in ihm nur sporadisch. Nur gelegentlich brach er hervor, dazwischen lagen längere Pausen. Einmal versuchte er, Indianer Joe zu bekehren. Auch das war ein Misserfolg. Es war ein Misserfolg, und wir Jungs waren froh darüber. Denn ein betrunkener Indianer Joe war interessant für uns und eine Wohltat, ein nüchterner Indianer Joe hingegen ein trostloser Anblick. Wir verfolgten die Experimente, die mein Vater ihm angedeihen ließ, mit großer Sorge, aber sie gingen gut aus, und wir waren zufrieden. Indianer Joe betrank sich noch öfter als zuvor und wurde unausstehlich interessant.

Ich glaube, in *Tom Sawyer* habe ich Indianer Joe in der Höhle verhungern lassen. Aber das diente wohl nur dazu, die Erfordernisse der romantischen Literatur zu erfüllen. Ich weiß nicht mehr, ob er in der Höhle starb oder davor, weiß aber noch, dass mich die Nachricht von seinem Tod zu einem höchst unglücklichen Zeitpunkt erreichte – das heißt zur Schlafenszeit in einer Sommernacht, als mich ein gewaltiger Gewittersturm und ein begleitender sintflutartiger Regenguss, der Straßen und Gassen in Flüsse verwandelte, Reue empfinden ließ und zu dem Entschluss bewog, ein besseres Leben zu führen. Ich erinnere mich noch an die schrecklichen Donnerschläge, die grellweißen Blitze und den Regen, der wild gegen die Fensterscheiben peitschte. Aus meiner eigenen Weisheit wusste ich sehr wohl, wem der ganze wilde Tumult galt – Satan war gekommen, um Indianer Joe zu holen. Ich hatte nicht den leisesten Zweifel. Es war genau das Richtige, wenn jemand wie Indianer Joe in der Unterwelt benötigt wurde, und ich hätte es sonderbar und unerklärlich gefunden, wenn Satan ihn auf weniger eindrucksvolle Weise holen gekommen wäre. Bei jedem Blitzschlag zuckte und schrumpfte ich voller Todesangst zusammen, und in der kurzen Finsternis, die darauf folgte, stieß ich mit einer mir eigentlich wesensfremden Kraft, Gefühligkeit und Aufrichtigkeit ein Klagelied über meine aussichtslose Lage und ein flehentliches Bitten um eine weitere Chance hervor.

Am Morgen sah ich, dass es ein Fehlalarm gewesen war, und beschloss, die Geschäfte wie gewohnt aufzunehmen und eine weitere Mahnung abzuwarten.

Ein Grundsatz lautet: »Die Geschichte wiederholt sich.« Vor ein, zwei Wochen aß mein angeheirateter Neffe Edward Loomis zusammen mit seiner Frau, meiner Nichte (geborene Julie Langdon), bei uns zu Abend. Er ist Vizepräsident der Delaware-und-Lackawanna-Eisenbahngesellschaft. Seine Amtspflichten führten ihn häufig nach Elmira, New York, die Gebote seiner Brautwerbung noch häufiger, und so lernte er im Laufe der Zeit viele Bürger des Ortes kennen. Beim Abendessen erwähnte er einen Umstand, der mich ungefähr sechzig Jahre zurückversetzte, bis ich mich in dem kleinen Schlafzimmer während jener stürmischen Nacht wiederfand, und der mir in Erinnerung rief, wie ehrenwert mein Verhalten in jener langen Nacht gewesen war und dass es von Schandflecken stets frei geblieben ist. Er sagte, Mr. Buckly, Kirchendiener oder dergleichen der Episkopalkirche von Elmira, sei viele Jahre ein tüchtiger Aufseher über sämtliche weltlichen Angelegenheiten der Kirche gewesen und von der gesamten Gemeinde als Stütze, Segen und unbezahlbarer Schatz angesehen worden. Allerdings hatte er zwei Charakterfehler – keine großen, aber sie waren doch groß genug, betrachtete man sie vor dem Hintergrund seines zutiefst religiösen Charakters: Er trank sehr viel, und beim Fluchen konnte er einen Bremser übertrumpfen. Es entstand eine Bewegung mit dem Ziel, ihn zu überreden, diese Laster abzulegen, und nachdem er sich mit seinem Kumpel beratschlagt hatte, der in einer anderen

Episkopalkirche dieselbe Position bekleidete wie er und dessen Charakterfehler Duplikate seiner eigenen waren und auch in jener Gemeinde Bedauern hervorgerufen hatten, beschlossen die beiden, sich zu bessern – nicht ganz und gar, aber wenigstens zur Hälfte. Sie schworen dem Alkohol ab und warteten auf Ergebnisse. Neun Tage lang waren die Ergebnisse vollkommen zufriedenstellend, und sie konnten zahlreiche Komplimente und Glückwünsche entgegennehmen. Dann aber, am Silvesterabend, hatten sie anderthalb Meilen außerhalb der Stadt zu tun, gleich hinter der Grenze des Staates New York. Alles ging gut an jenem Abend im Schankraum des Gasthauses – zuletzt jedoch erwies sich die Silvesterfeier dieser Dorfbewohner als zu viel für sie. Es war eine bitterkalte Nacht, und bald schon übten die zahlreichen süßen Grogs, die herumgereicht wurden, einen mächtigen Einfluss auf die neuen Prohibitionisten aus. Schließlich bemerkte Buckly's Freund:

»Buckly, ist dir schon aufgefallen, dass wir uns *außerhalb der Diözese* befinden?«

Damit endete Besserungsvorhaben Nr. 1. Daraufhin versuchten sie es mit Besserungsvorhaben Nr. 2. Eine Weile waren sie erfolgreich und erhielten viel Beifall. Jetzt komme ich auf den Vorfall zu sprechen, der mich, wie vorhin angemerkt, sechzig Jahre zurückversetzte.

Eines Morgens begegnete ebenjener Stiefneffe von mir, Loomis, Buckly auf der Straße und sagte:

»Sie haben tapfer gegen Ihre Charakterfehler angekämpft. Mir ist bekannt, dass Sie mit Nr. 1 gescheitert sind, aber mir ist ebenso bekannt, dass Sie mit Nr. 2 mehr Glück haben.«

»Ja«, antwortete Buckly, »Nr. 2 läuft bislang ganz gut, und wir sind voller Hoffnung.«

Loomis sagte: »Buckly, natürlich haben Sie Kümmernisse wie andere auch, aber Sie lassen sich nie etwas anmerken. Ich habe Sie noch nie anders als fröhlich erlebt. Sind Sie immer fröhlich? Einfach immer fröhlich?«

»Nein, wirklich«, antwortete Buckly, »ich kann nicht behaupten, dass ich immer fröhlich wäre, aber – nun, Sie kennen diese Nächte: Sagen wir mal, Sie wachen mitten in der Nacht auf, und die ganze Welt ist in Dunkelheit versunken, und es liegen drohend Stürme und Erdbeben und Katastrophen jeder Art in der Luft, und Ihnen ist kalt und klamm; und wenn mir das widerfährt, merke ich, wie voll der Sünden ich bin, und mir wird das Herz schwer, und es dreht sich mir im Leibe um, und ich stehe solche Ängste aus, Ängste! – ach, sie sind unbeschreiblich, diese Ängste, die mich überfallen und peinigen, und ich schlüpfe aus dem Bett, falle auf die Knie und bete und bete und bete und verspreche, dass ich gut sein *werde*, wenn man mir nur eine weitere Chance gibt. Und wissen Sie, am Morgen scheint die Sonne *so* schön, und die Vögel singen, und die ganze Welt ist herrlich und – *gottverdammmich, ich bess're mich!*«

Jetzt möchte ich einen kurzen Absatz aus diesem Brief zitieren, den ich von Mr. Toncray erhalten habe. Er schreibt:

Zweifellos wissen Sie nicht, wer ich bin. Ich will es Ihnen sagen. In meiner Jugend lebte ich in Hannibal, Mo., und Sie und ich waren Schulkameraden auf Mr. Dawsons Schule zusammen mit Sam und Will Bowen, Andy Fuqua und anderen, deren Namen ich vergessen habe. Damals war ich in der Schule so ungefähr der kleinste Junge in meinem Alter, und man nannte mich nur den kleinen Aleck Toncray.

An Aleck Toncray erinnere ich mich nicht, aber die anderen kannte ich ebenso gut wie die Stadtsäufer. Auch an Dawsons Schulhaus kann ich mich noch genau erinnern. Wollte ich es beschreiben, könnte ich mir die Mühe sparen, indem ich auf diesen Seiten die Beschreibung aus *Tom Sawyer* einfügte. Ich kann mich noch an die verschlafenen und einladenden Sommergeräusche erinnern, die von jenem fernen Paradies für Jungen, Cardiff Hill (Holliday's Hill), durch die geöffneten Fenster hereinwehten, sich mit dem Gemurmel der lernenden Schüler vermischten und es durch den Kontrast noch eintöniger machten. Ich erinnere mich an Andy Fuqua, den ältesten Schüler – einen Mann von fünfundzwanzig Jahren. Ich erinnere mich an die jüngste Schülerin, Nannie Owsley, ein Kind von sieben Jahren. Ich erinnere mich an George Robards, achtzehn oder zwanzig Jahre alt, den einzigen Schüler, der Latein lernte. Ich erinnere mich – in einigen Fällen lebhaft, in anderen undeutlich – an den Rest der fünfundzwanzig Jungen und Mädchen. Ich erinnere mich sehr gut an Mr. Dawson. Ich erinnere mich an seinen Jungen, Theodore, der so brav war wie nur irgendwer. Tatsächlich war er unmäßig brav, übertrieben brav, beleidigend brav, abscheulich brav – und hatte Glupschaugen –, und ich hätte ihn ertränkt, wenn sich die Gelegenheit geboten hätte. In der Schule waren wir alle gleichgestellt, und soweit ich mich erinnere, hatte die Leidenschaft des Neids keinen Platz in unseren Herzen außer in Bezug auf Arch Fuqua – den Bruder des anderen. Im Sommer liefen wir natürlich alle barfuß. Arch Fuqua war etwa in meinem Alter – zehn oder elf. Im Winter konnten wir ihn ertragen, weil er dann Schuhe trug und seine große Begabung unseren Blicken verborgen blieb und wir sie vergessen konnten. Im Sommer hingegen war er uns ein Dorn im Auge. Wir beneideten ihn, denn er konnte seinen großen Zeh zurückbiegen und wieder loslassen, so dass man ihn in dreißig Meter Entfernung schnappen hörte. Es gab keinen anderen Jungen in der Schule, der diesem Kunststück etwas entgegenzusetzen hatte. Was körperliche Unterscheidungsmerkmale angeht, gab es keinen Rivalen – außer Theodore Eddy, der die Ohren bewegen konnte wie ein Pferd. Aber der war kein echter Rivale, weil man es nicht hören konnte, wenn er die Ohren bewegte; daher lag der Vorteil ganz bei Arch Fuqua.

Ich bin mit Dawsons Schule noch nicht fertig; in einem späteren Kapitel werde ich auf sie zurückkommen.

Freitag, 9. März 1906

Mr. Clemens erzählt von einigen Schulkameraden aus Mr. Dawsons Schule in Hannibal – George Robards und Mary Moss – John Robards, der Weitgereiste – John Garth und Helen Kercheval – Mr. Kerchevals Sklavin und sein Lehrling retten Mr. Clemens vor dem Ertrinken im Bear Creek – Meredith, der im Bürgerkrieg Guerillaanführer wurde – Will und Sam Bowen, Mississippi-Lotsen – Starben am Gelbfieber

1845 Ich spreche von einer Zeit vor über sechzig Jahren. Ich erinnere mich an die Namen einiger dieser Schulkameraden, und für einen Moment tauchen sogar vereinzelt und flüchtig ihre Gesichter vor mir auf – gerade lang genug, um sie zu erkennen; dann verschwinden sie wieder. Ich erhasche einen Blick auf

George Robards, den Lateinschüler – wie er sich schlank, blass und eifrig über sein Buch beugt und sich darin vertieft, seine langen glatten schwarzen Haare hängen zu beiden Seiten des Gesichts wie Vorhänge an seinem Kiefer herab. Ich sehe noch, wie er den Kopf zurückwirft und einen der Vorhänge aus dem Gesicht schleudert – scheinbar um ihn aus dem Weg zu schaffen; in Wahrheit aber, um anzugeben. Damals war es Mode unter den Jungen, so lange Haare zu tragen, dass sie auf diese Weise zurückgeschleudert werden konnten, mit einem Rucken des Kopfes. George Robards beneideten wir alle. Denn keiner von uns hatte Haare, die sich für diese Vorführung eigneten wie seine – außer vielleicht die blonden Locken von Will Bowen und John Robards. Mein Haar war ein dichtes Gewirr kurzer Kringel, ebenso das meines Bruders Henry. Wir probierten alle möglichen Kunstgriffe, um das Gekräusel zu bändigen, damit es sich zurückschleudern ließ, hatten aber keinen Erfolg. Manchmal, wenn wir unseren Schopf ganz nass machten und uns dann die Haare kämmten und bürsteten, bis sie straff und flach am Kopf anlagen, konnten wir sie vorübergehend glätten, und das bescherte uns einen wohligen Augenblick der Freude; doch sobald wir sie zurückschleuderten, zogen sie sich wieder zu Kringeln zusammen, und unser Glücksgefühl war dahin.

George war in jeder Hinsicht ein feiner junger Kerl. Er und Mary Moss waren ein Pärchen und hatten sich bereits in Kindertagen ewige Treue geschworen. Doch jetzt kam Mr. Lakenan nach Hannibal und siedelte sich dort an. Er nahm sofort eine wichtige Stellung in der kleinen Stadt ein, die er auch beibehielt. Ihm eilte ein ausgezeichneter Ruf als Anwalt voraus. Er war gebildet, kultiviert; ernster als ernst, würdevoll in Umgang und Benehmen. Er war ein eher älterer Junggeselle – was damals so als älterer Junggeselle galt. Er war ein aufstrebender Mann. Von der Gemeinde wurde er mit beträchtlicher Ehrfurcht bedacht, und als gute Partie führte er den Heiratsmarkt an. Jenes blühende und hübsche Ding, Mary Moss, gewann seine Gunst. Er belagerte sie und obsiegte. Jedermann sagte, sie habe ihn ihren Eltern, nicht sich selbst zuliebe akzeptiert. Sie wurden getraut. Und wieder sagte jedermann, der dabei gewesen war, Mr. Lakenan übernehme jetzt ihren Unterricht ganz allein und habe vor, sie den Anforderungen entsprechend zu erziehen und eine passende Gefährtin aus ihr zu machen. Das mag zutreffen.

Oder auch nicht. Aber interessant war es allemal. Das ist in einem Dorf wie diesem das dringlichste Erfordernis. Bald darauf zog George in eine abgelegene Gegend, wo er starb – an gebrochenem Herzen, wie jedermann sagte. Das mochte zutreffen, denn er hätte allen Grund dazu gehabt. Er hätte lange suchen müssen, um eine andere Mary Moss zu finden.

Wie viel Zeit seit dieser kleinen Tragödie vergangen ist! Außer den Weißhaarigen weiß heute niemand mehr davon. Lakenan ist schon viele Jahre tot, aber Mary lebt immer noch und ist immer noch schön, obwohl sie Enkel hat. Ich sah sie und eine ihrer verheirateten Töchter, als ich vor vier Jahren nach Missouri reiste, um die Ehrendoktorwürde der Missouri University entgegenzunehmen.

John Robards war Georges kleiner Bruder, ein winziger Bursche mit goldenen Seidenvorhängen vor dem Gesicht, die ihm bis auf die Schultern und noch weiter hinabreichten und die er hinreißend zurückschleudern konnte.
1849 Als er zwölf Jahre alt war, durchquerte er mitten im Goldrausch von 49 mit seinem Vater die Prärie; und ich erinnere mich noch an den Aufbruch des Reiterzugs, der westwärts sprengte. Wir alle waren da, ihnen nachzuschauen und sie zu beneiden. Und ich sehe noch den stolzen kleinen Burschen vor mir, wie er auf einem großen Pferd an mir vorüberpreschte und seine langen Locken hinter ihm herwehten. Wir waren alle da, um neidvoll zuzugucken, als er zwei Jahre später mit Glanz und Gloria zurückkehrte – *denn er war gereist!* Keiner von uns hatte sich auch nur vierzig Meilen von zu Hause entfernt. Er dagegen hatte den Kontinent durchquert. Er war in den Goldminen gewesen, jenem Märchenland unserer Einbildungskraft. Und er hatte etwas noch Wunderbareres zuwege gebracht. Er war zu Schiff gereist – zu Schiff auf einem richtigen Ozean; zu Schiff auf drei richtigen Ozeanen. Denn er war den Pazifik hinab und ums Hoorn gesegelt inmitten von Eisbergen, durch Schneestürme und wilde Winterwinde und war weitergesegelt und um die Ecke und mit den Passatwinden nach Norden und durch die warmen Äquatorialgewässer gesaust – und sein gebräuntes Gesicht war der Beweis für alles, was er durchgemacht hatte. Wir hätten Satan unsere Seelen verkauft, um mit ihm den Platz tauschen zu dürfen.

Als ich vor vier Jahren nach Missouri reiste, sah ich ihn wieder. Da war er alt – wenn auch nicht ganz so alt wie ich –, und die Bürde des Lebens lastete auf ihm. Er erzählte, seine Enkelin, zwölf Jahre alt, habe meine Bücher gelesen und würde mich gern treffen. Es war schrecklich, denn sie war an ihr Zimmer gefesselt und vom Tod gezeichnet. Und John wusste, dass sie im Sterben lag. Zwölf Jahre alt – das Alter ihres Großvaters, als er davongeritten war auf seiner großen Reise und sein blondes Haar hinter ihm herflatterte. In ihr schien ich den Jungen von damals wiederzuerkennen. Es war, als wäre er aus fernster Vergangenheit zurückgekehrt und stünde in seiner goldenen Jugend vor mir. Sie litt an einer Herzkrankheit, und wenige Tage später fand ihr kurzes Leben ein Ende.

Ein weiterer dieser Schuljungen war John Garth. Und eines der hübschesten Schulmädchen war Helen Kercheval. Sie wuchsen heran und heirateten. Er wurde ein wohlhabender Bankier und ein prominenter und geschätzter Mitbürger; vor ein paar Jahren starb er, reich und verehrt. *Er starb.* Das ist es, was ich über so viele dieser Jungen und Mädchen zu sagen habe. Seine Witwe lebt noch, und es gibt Enkelkinder. In ihren Pantolettentagen und in meinen Barfußtagen waren wir Schulkameraden. Auf meiner Reise nach Missouri sah ich auch Johns Grab.

Als ich neun Jahre alt war, hatte ihr Vater, Mr. Kercheval, einen Lehrling und eine Sklavin, die viele Vorzüge besaß. Jedoch hege ich weder für den braven Lehrling noch für die brave Sklavin freundliche oder nachsichtige Gefühle, denn sie retteten mir das Leben. Eines Tages, als ich auf einem losen Baumstamm spielte, von dem ich glaubte, er sei an ein Floß angebunden – was er aber nicht war –, kippte dieser um, und ich landete im Bear Creek. Und als ich zum zweiten Mal unter Wasser getaucht war und wieder an die Oberfläche kam, nur um ein drittes und letztes Mal zu versinken, ragten meine Finger aus dem Wasser, und die Sklavin ergriff sie und zog mich heraus. Binnen einer Woche war ich wieder im Wasser, und jener Lehrling kam genau zum falschen Zeitpunkt vorbei, hechtete hinein und tauchte, tastete auf dem Grund herum, fand mich, zog mich heraus und schüttelte das Wasser aus mir, und wieder war ich gerettet. Danach ertrank ich noch siebenmal, bevor ich schwimmen lernte – einmal im Bear Creek und sechsmal im Mississippi. Ich weiß nicht, wer die Leute waren, die die Absichten einer Vorsehung vereitelten, die weiser war als sie, aber ich hege noch immer einen Groll gegen sie. Als ich die Geschichte dieser bemerkenswerten Vorfälle Rev. Dr. Burton in Hartford erzählte, sagte er, er glaube mir nicht. *Im Jahr darauf rutschte er auf dem Eis aus und verstauchte sich das Fußgelenk.*

Ein weiterer Schulkamerad war John Meredith, der ein ungewöhnlich liebes und sanftes Gemüt hatte. Auch er wuchs heran, und als der Bürgerkrieg ausbrach, wurde er eine Art Guerillaanführer auf Seiten der Konföderierten, und man erzählte mir, er sei bei Überfällen auf unionistische Familien in den ländlichen Gegenden von Monroe County – in früheren Zeiten Freunde und Bekannte seines Vater –, was Verwüstungen und Blutvergießen angeht, erbarmungslos gewesen. Es scheint nahezu unglaublich, dass dies der gleiche sanfte Kamerad aus meinen Schultagen gewesen sein soll; und doch kann es so sein, denn Robespierre war genauso, als er jung war. John liegt seit vielen, vielen Jahren unter der Erde.

Will Bowen war ein weiterer Schulkamerad, ebenso sein Bruder Sam, zwei Jahre jünger als er. Bevor der Bürgerkrieg losbrach, arbeiteten beide als Lotsen zwischen St. Louis und New Orleans. Als Sam noch sehr jung war, stürzte er sich in ein seltsames Abenteuer. Er verliebte sich in ein sechzehnjähriges Mädchen, das einzige Kind eines sehr wohlhabenden deutschen Bierbrauers. Er wollte sie heiraten, aber beide glaubten, dass ihr Papa nicht nur nicht einwilligen, sondern Sam die Tür vor der Nase zuschlagen würde. Doch daran war dem Alten gar nicht gelegen, was sie nicht wussten. Er hatte ein Auge auf die beiden, und es war kein feindseliges. Das indiskrete junge Paar begann heimlich zusammenzuleben. Bald darauf starb der Alte. Als das Testament eröffnet wurde, stellte sich heraus, dass er seinen gesamten Reichtum Mrs. Samuel A. Bowen vermacht hatte. Da begingen die armen Dinger einen weiteren Fehler. Sie eilten in den deutschen Vorort Carondelet und überredeten einen deutschen Friedensrichter, sie zu trauen und die Trauung einige Monate vorzudatieren. Der alte Bierbrauer hatte etliche Nichten, Neffen und Cousins und andere Aktiva dieser Art, die den Betrug herausfanden, ihn nachwiesen und den gesamten Besitz erhielten. Sam blieb mit nichts als einer jungen Frau zurück und musste ihren Lebensunterhalt am Lotsenruder verdienen. Nach ein paar Jahren brachten Sam und ein anderer Lotse ein

Schiff aus New Orleans herauf, als unter den wenigen Fahrgästen und der Mannschaft Gelbfieber ausbrach. Beide Lotsen wurden von der Krankheit befallen, und es war niemand da, der ihren Platz am Ruder hätte einnehmen können. Das Schiff landete 82 an einer Spitze der Insel, um Hilfe abzuwarten. Der Tod der beiden Lotsen trat rasch ein – und da liegen sie nun begraben, wenn nicht der Fluss die Gräber ausgehöhlt und die Knochen in die Strömung gespült hat, was vermutlich schon vor langer Zeit geschah.

Montag, 12. März 1906

Mr. Clemens kommentiert den Mord an sechshundert Moros – Männer, Frauen und Kinder – In einer Kraterpfanne bei Jolo in den Philippinen – Unsere Truppen, von General Wood befehligt – Vergleicht diese »Schlacht« mit verschiedenen anderen Einzelheiten aus unserer Militärgeschichte – Die Haltung der Zeitungen zu den Mitteilungen – Der Präsident schickt Glückwünsche

Wir wollen jetzt nicht weiter über meine Schulkameraden von vor sechzig Jahren sprechen, sondern später auf sie zurückkommen. Sie interessieren mich sehr, und ich werde sie nicht für immer in Ruhe lassen. So stark mein Interesse auch sein mag, für den Augenblick wird es von einem aktuellen Vorfall verdrängt, der noch interessanter ist. Dieser Vorfall brach am vergangenen Freitag über die Welt herein, in einem offiziellen Telegramm, das der Befehlshaber unserer Truppen in den Philippinen an unsere Regierung in Washington schickte. Im Kern geht es um Folgendes:

Ein Stamm von Moros, dunkelhäutigen Wilden, hatte sich in der Pfanne eines erloschenen Kraters verschanzt, nicht viele Meilen von Jolo entfernt; da sie Feinde waren und bitter gegen uns, weil wir seit acht Jahren versuchen, sie ihrer Freiheit zu berauben, war ihre dortige Anwesenheit eine Bedrohung für uns. Unser Befehlshaber, General Leonard Wood, schickte Späher aus. Es stellte sich heraus, dass sich die Zahl der Moros auf sechshundert belief, Frauen und Kinder eingeschlossen; dass sich ihre Kraterpfanne in einem Berggipfel sechshundertsiebzig Meter über der Meeresoberfläche befand und für christliche Truppen und christliche Artillerie nur schwer zugänglich war. Da befahl General Wood einen Überraschungsangriff, an dem er sich selbst beteiligte, um die Ausführung seines Befehls persönlich zu überwachen. Auf gewundenen und beschwerlichen Pfaden erklommen unsere Truppen die Anhöhe und nahmen sogar einiges an Artillerie mit. Was für Artillerie, wird nicht angegeben, an einer Stelle aber wurde etwas mittels eines Flaschenzuges über eine Entfernung von rund hundert Metern auf einen steilen Hang gehievt. Als man am Rande des Kraters angelangt war, begann die Schlacht. Unsere Soldaten, fünfhundertvierzig an der Zahl, wurden von einer Hilfstruppe unterstützt, die zum einen aus besoldeter eingeborener Gendarmerie bestand – wie viel genau, wird nicht gesagt – und zum anderen aus einer Marineeinheit, deren Zahl ebenfalls ungenannt bleibt. Aber allem Anschein nach waren die kämpfenden Parteien zahlenmäßig gleich stark – sechshundert Mann auf unserer Seite, am Rande der Pfanne; sechshundert Männer, Frauen und Kinder im Innern der Pfanne. Tiefe der Pfanne fünfzehn Meter.

General Woods Befehl lautete: »Die sechshundert töten oder fangen.«

Die Schlacht – das ist die offizielle Bezeichnung – begann, und unsere Streitkräfte feuerten mit ihren Geschützen und tödlichen kleinen Präzisionswaffen in den Krater; die Wilden erwiderten das Feuer heftig, wahrscheinlich mit Ziegelbrocken – obwohl das lediglich eine Vermutung von mir ist, da die von den Wilden benutzten Waffen in dem Telegramm nicht benannt werden. Bislang haben die Moros vor allem Messer und Keulen verwendet; außerdem untaugliche Flinten, wenn sie denn welche eingetauscht hatten.

Der amtliche Bericht hält fest, dass die Schlacht anderthalb Tage lang von beiden Seiten mit ungeheurer Heftigkeit ausgetragen wurde und mit dem vollständigen Sieg der amerikanischen Waffen endete. Die Vollständigkeit des Sieges wird an dem folgenden Umstand festgemacht: dass von den sechshundert Moros nicht einer am Leben blieb. Die Genialität des Sieges wird von diesem anderen Umstand bezeugt: dass von unseren sechshundert Helden nur fünfzehn das Leben verloren.

General Wood war dabei und schaute zu. Sein Befehl hatte gelautet: »Die Wilden töten *oder* gefangen nehmen.«

Offenbar war unsere kleine Armee der Auffassung, dass das »oder« es ihnen anheimstellte, ganz nach ihrem Geschmack zu töten *oder* gefangen zu nehmen, und der Geschmack unserer Armee dort draußen war der gleiche wie schon seit acht Jahren – der Geschmack christlicher Schlächter.

Der amtliche Bericht rühmte und pries recht anständig den »Heldenmut« und die »Tapferkeit« unserer Truppen; beklagte den Verlust der fünfzehn, die ihr Leben gelassen hatten, ging auf die Verletzungen von zweiunddreißig unserer Männer ein, die verwundet worden waren, und beschrieb sogar minutiös und gewissenhaft die Natur dieser Verletzungen im Interesse künftiger Historiker der Vereinigten Staaten. Es hieß, ein Gefreiter sei von einem Geschoss am Ellbogen gestreift worden, und der Gefreite wurde namentlich erwähnt. Ein anderer Gefreiter war von einem Geschoss an der Nasenspitze gestreift worden. Auch sein Name wurde erwähnt – telegraphisch, für einen Dollar fünfzig das Wort.

Die Nachrichten am nächsten Morgen bestätigten den Bericht vom Vortag, führten *erneut* unsere fünfzehn Gefallenen und zweiunddreißig Verwundeten auf, beschrieben ein weiteres Mal die Verletzungen und vergoldeten sie mit den passenden Adjektiven.

Lassen Sie uns jetzt zwei oder drei Einzelheiten aus unserer Militärgeschichte betrachten. In einer der großen Schlachten des Bürgerkrieges wurden 10 Prozent der auf beiden Seiten eingesetzten Streitkräfte getötet oder verwundet. In Waterloo, wo auf beiden Seiten vierhunderttausend Mann kämpften, wurden in fünf Stunden fünfzigtausend Soldaten außer Gefecht gesetzt, getötet oder verwundet und dreihundertfünfzigtausend gesund und zu weiteren Abenteuern bereit zurückgelassen. Vor acht Jahren, als die Schmierenkomödie namens Kubanischer Krieg gespielt wurde, stellten wir zweihundertfünfzigtausend Mann auf. Wir trugen eine Reihe prahlerischer Schlachten aus, und als der Krieg zu Ende war, hatten wir zweihundertachtundsechzig von unseren zweihundertfünfzigtausend Mann verloren, im Felde gefallen oder verschollen, und dank der Tapferkeit unserer Armeeärzte nur *vierzehnmal so viele* in den Lazaretten und Lagern. Wir löschten die Spanier nicht aus – weit gefehlt. Bei jedem Gefecht ließen wir im Durchschnitt nur *2 Prozent* des Gegners getötet oder verkrüppelt auf dem Schlachtfeld zurück.

Vergleichen Sie das mit den großartigen Zahlen, die vom Krater der Moros eingetroffen sind! Dort, wo auf jeder Seite sechshundert eingesetzt wurden, verloren wir fünfzehn Mann und hatten zweiunddreißig Verwundete zu beklagen – wenn Nase und Ellbogen einbezogen werden. Der Feind zählte sechshundert Personen – einschließlich Frauen und Kindern –, und wir vernichteten ihn vollständig und ließen nicht einmal ein Baby am Leben, das nach seiner toten Mutter hätte schreien können. *Das ist der weitaus größte Sieg, den die christlichen Soldaten der Vereinigten Staaten je errungen haben.*

Nun denn, wie ist er aufgenommen worden? Am Freitagmorgen wurde die glänzende Nachricht mit glänzenden Schlagzeilen aufgemacht, in jeder Zeitung dieser Stadt von vier Millionen und dreizehntausend Einwohnern. Doch einen entsprechenden Hinweis in den Leitartikeln dieser Zeitungen suchte man vergebens. Am Freitagabend tauchte die Nachricht auch in allen Abendzeitungen auf, und wieder schwiegen sich die Leitartikler dieser Zeitungen über unsere ungeheure Leistung aus. Am nächsten Tag brachten sämtliche Morgenblätter weitere Zahlen und Details, und noch immer keine einordnenden Zeilen des Jubels oder sonst eine Einschätzung der Angelegenheit. Die neuen Mitteilungen erschienen in den Abendzeitungen desselben Tages (Samstag), und wieder kein Wort des Kommentars. In den Leserbriefspalten der Morgen- und Abendzeitungen von Freitag und Samstag verlor niemand auch nur ein Wort über die »Schlacht«. Normalerweise strotzen diese Spalten nur so von den Leidenschaften der Bürger; sie lassen keinen Vorfall, groß oder klein, vorübergehen, ohne dort ein Lob oder einen Tadel, ihre Freude oder ihre Entrüstung über die betreffende Angelegenheit kundzutun. Doch wie gesagt, während dieser beiden Tage blieben die Bürger ebenso stumm wie die Herausgeber selbst. Soweit ich herausfinden konnte, gab es unter unseren achtzig Millionen nur einen, der sich das Recht einer öffentlichen Verlautbarung über diesen prächtigen Anlass herausnahm – und das war der Präsident der Vereinigten Staaten. Den ganzen Freitag schwieg er beflissen wie der Rest. Am Samstag aber merkte er, dass seine Pflicht es erforderte, sich zu äußern, und so griff er zur Feder und kam dieser Pflicht nach. Sollte ich Präsident Roosevelt kennen – und ich bin mir sicher, dass ich ihn kenne –, kostete ihn diese Verlautbarung mehr Schmerz und Scham als irgendeine andere, die je aus seiner Feder oder aus seinem Mund geflossen ist. Ich bin weit davon entfernt, ihn tadeln zu wollen. Wäre ich an seiner Stelle gewesen, hätte meine Amtspflicht mich genötigt, genau das Gleiche zu äußern. Es war eine Konvention, eine alte Tradition, und er musste ihr treu bleiben. Er konnte nichts dafür. Folgendes sagte er:

Washington, 10. März

Wood, Manila –

Ich beglückwünsche Sie und die Offiziere und Männer unter Ihrem Kommando zu der großartigen Heldentat, mit der Sie gemeinsam die Ehre der amerikanischen Flagge hochgehalten haben.

(Gezeichnet) Theodore Roosevelt

Die ganze Verlautbarung ist nichts als Konvention. Keins seiner Worte kam von Herzen. Er wusste genau, dass es keine großartige Heldentat war, sechshundert hilflose und unbewaffnete Wilde in einem Loch einzukesseln wie Ratten in einer Falle und sie binnen anderthalb Tagen einen nach dem anderen aus einer sicheren Stellung oben auf der Anhöhe zu massakrieren – dass es nicht einmal dann eine großartige Heldentat gewesen wäre, wenn das christliche Amerika, vertreten durch seine besoldeten Soldaten, sie mit Bibeln und der Goldenen Regel statt mit Kugeln niedergeschossen hätte. Er wusste genau, dass unsere uniformierten Meuchelmörder die Ehre der amerikanischen Flagge *nicht* hochgehalten hatten, sondern vorgegangen waren, wie sie in den Philippinen seit acht Jahren ununterbrochen vorgehen – das heißt, dass sie sie entehrt hatten.

Am nächsten Tag, Sonntag – also gestern –, brachte ein Überseetelegramm weitere Neuigkeiten – noch glänzendere Neuigkeiten – noch mehr Ehre für die Flagge. Die erste Schlagzeile brüllt uns diese Information in schreienden Großbuchstaben zu: »BEI GEMETZEL AN MOROS FRAUEN GETÖTET.«

»Gemetzel« ist das passende Wort. Zweifellos gibt es in *Webster's Ungekürztem Wörterbuch* kein besseres für diesen Anlass.

Die nächste Schlagzeile lautet:

»Frauen und Kinder unter dem Mob im Krater, alle starben zusammen.«

Es waren ja nur nackte Wilde, und doch haftet der Schlagzeile, wenn das Wort »Kinder« darin vorkommt, ein gewisses Pathos an, denn es führt uns unvermeidlich unser vollkommenstes Symbol der Unschuld wie der Hilflosigkeit vor Augen; und kraft seiner unsterblichen Beredsamkeit lösen sich Hautfarbe, Glaubensbekenntnis und Nationalität in Luft auf, und wir sehen nur, dass es Kinder sind – bloß Kinder. Und wenn sie sich ängstigen und weinen und in Not sind, schlägt ihnen, einer natürlichen Regung folgend, unser Mitgefühl entgegen. Wir sehen ein Bild. Wir sehen die kleinen Körper. Wir sehen die entsetzten Gesichter. Wir sehen die Tränen. Wir sehen die Händchen, die sich flehentlich an die Mutter klammern; aber die Kinder, von denen wir sprechen, sehen wir nicht. An ihrer Stelle sehen wir die kleinen Geschöpfe, die wir kennen und lieben.

Die nächste Überschrift glüht vor amerikanischem und christlichem Ruhm wie die Sonne im Zenit:

»Zahl der Toten steigt auf 900.«

Noch nie war ich so schwärmerisch stolz auf die Flagge wie jetzt!

Die nächste Überschrift erklärt, wie sicher unsere wagemutigen Soldaten postiert waren. Sie lautet:

»Unmöglich, im erbitterten Kampf auf Mount Dajo die Geschlechter auseinanderzuhalten.«

Die nackten Wilden befanden sich so weit unten auf dem Grund des Kraters, in ihrer Falle, dass unsere Soldaten die Brüste einer Frau nicht von den rudimentären Organen eines Mannes unterscheiden konnten – sie waren so weit entfernt, dass unsere Soldaten ein Kleinkind nicht von einem 1 Meter 80 großen Schwarzen unterscheiden konnten. *Es war die bei weitem ungefährlichste Schlacht, in der christliche Soldaten irgendeiner Nationalität je zum Einsatz gekommen waren.*

Die nächste Überschrift lautet:

»Kämpfe dauerten vier Tage.«

Dann haben unsere Männer also vier Tage lang gewütet statt nur anderthalb. Es war ein langes und fröhliches Picknick, bei dem es nichts weiter zu tun gab, als gemütlich herumzusitzen, die Leute dort unten mit unserer höchst moralischen Goldenen Regel zu beschießen, sich Briefe auszudenken, die man an die bewundernden Familien daheim schreiben würde, und Ruhm auf Ruhm zu häufen. Die Wilden, die für ihre Freiheit kämpften, hatten dieselben vier Tage zur Verfügung, doch für sie muss es eine schlimme Zeit gewesen sein. Jeden Tag mussten sie mit ansehen, wie zweihundertfünfundzwanzig von ihnen abgeschlachtet wurden, und das versah sie mit Schmerz und Trauer für die Nacht – zweifellos fanden sie nicht einmal Trost und Erleichterung in dem Wissen, dass sie unterdessen vier ihrer Feinde getötet und einige mehr an Ellbogen und Nase verwundet hatten.

Die letzte Überschrift lautet:

»Leutnant Johnson durch explodierende Granate vom Kraterrand geschleudert. Leitet beherzt den Angriff.«

Leutnant Johnson beherrschte die Überseetelegramme von Anfang an. Er und seine Verwundung haben Funken darin gesprüht wie der schlangenförmige Feuerfaden, der sich durch das steife schwarze Fasergewebe eines verkohlten Papierfetzens brennt. Man fühlt sich an Gillettes Farce von vor einigen Jahren erinnert, *Zu viel Johnson.* Offenkundig war Johnson der einzige Verwundete auf unserer Seite, dessen Verletzung als Werbung dienen konnte. Sie hat in der Welt für mehr Aufsehen gesorgt als irgendein ähnlich gewaltiges Vorkommnis, seit Humpty Dumpty von der Mauer fiel und sich weh tat. Die offiziellen Kriegsberichte wissen nicht, was sie mehr bewundern sollen, Johnsons anbetungswürdige Wunde oder die neunhundert Morde. Die Verzückungen, die für anderthalb Dollar das Wort vom Hauptquartier der Armee auf der anderen Seite des Erdballs zum Weißen Haus herüberdringen, haben eine ähnliche Verzückung in der Brust des Präsidenten entfacht. Anscheinend war der untödlich Verletzte ein Rough Rider unter Oberstleutnant Roosevelt bei San Juan Hill – jener Vergeltung für Waterloo –, als der Colonel des Regiments, der jetzige Generalmajor Dr. Leonard Wood, zur Nachhut ritt, um blaue Bohnen heranzuschaffen, und den Kampf verpasste. Für jeden, der bei jenem blutigen Zusammenstoß militärischer Sonnensysteme dabei war, hat der Präsident ein warmes Plätzchen in seinem Herzen, und so verlor er keine Zeit, dem verwundeten Helden zu kabeln: »Wie geht es Ihnen?«, und erhielt die gekabelte Antwort: »Danke, gut.« Das ist historisch. Das wird der Nachwelt überliefert werden.

Johnson wurde von einer Kugel in die Schulter getroffen. Die Kugel befand sich in einer Granate – denn der Bericht besagt, dass der Schaden von einer explodierenden Granate, die Johnson vom Kraterrand schleuderte, verursacht wurde. Die Menschen im Loch hatten keine Artillerie; folglich war es unsere eigene Artillerie, durch die Johnson vom Kraterrand geschleudert wurde. Und somit ist historisch verbürgt, dass der einzige unserer Offiziere, der eine für Werbezwecke taugliche Wunde davontrug, sie von unserer Hand, nicht von der des Feindes empfing. Es ist mehr als wahrscheinlich, dass wir, hätten wir unsere Soldaten nicht in die Schussbahn der eigenen Waffen gestellt, aus der außergewöhnlichsten Schlacht der Geschichte ohne auch nur einen Kratzer hervorgegangen wären.

Mittwoch, 14. März 1906

Das Gemetzel an den Moros wird fortgesetzt – Mittagessen für George Harvey – Meinungen der Gäste zum Kampf mit den Moros – Telegramm von General Wood, der erklärt und entschuldigt – Was geschah mit den Verwundeten? – Präsident Roosevelts Freude über die hervorragende Leistung – Die Art, wie er Wood zum Generalmajor ernannte – McKinleys Freude über die Gefangennahme Aguinaldos

Die unheilvolle Lähmung geht weiter. In den Leserbriefspalten hat es einen leichten Sprühregen – einen extrem leichten Sprühregen – erboster Rüffel für den Präsidenten gegeben, weil er das feige Massaker eine »großartige Heldentat« nannte und unsere Schlächter dafür rühmte, auf einzigartige Weise »die Ehre der Flagge hochgehalten zu haben«; doch in den Leitartikeln der Zeitungen ist nicht einmal ein Anflug von Geraune über die Heldentat zu finden.

Ich hoffe, dieses Schweigen wird anhalten. Es ist nicht weniger beredt, beschädigend und wirksam als die empörteste Stellungnahme, glaube ich. Wenn man bei Lärm einschläft, schlummert man friedlich weiter; sobald der Lärm jedoch aussetzt, wird man von der Stille geweckt. Dieses Schweigen hält nun schon seit fünf Tagen an. Gewiss wird es die schläfrige Nation bald wecken. Gewiss wird die Nation sich fragen, was es zu bedeuten hat. Ein fünftägiges Schweigen, das auf ein weltbewegendes Ereignis folgt, hat es auf diesem Planeten seit Erfindung der Tageszeitung noch nicht gegeben.

In einer Herrenrunde, die gestern Mittag zur Verabschiedung von George Harvey einberufen wurde, der heute eine Urlaubsreise nach Europa antritt, drehte sich das Gespräch einzig und allein um diese großartige Heldentat; und keiner wusste irgendetwas dazu zu sagen, was der Präsident, Generalmajor Dr. Wood oder der verwundete Johnson als schmeichelhaft empfinden würden oder als angemessenen Kommentar für unsere Geschichtsbücher. Harvey sagte, er glaube, dass sich Schock und Schande dieser Episode tiefer und tiefer in die Herzen der Nation fressen, an ihnen nagen und Resultate hervorbringen werden. Er glaube, dass sie die Republikanische Partei und Präsident Roosevelt zerstören werden. Ich glaube nicht, dass seine Vorhersage in Erfüllung gehen wird, aus dem einfachen Grund, weil Prophezeiungen, die wertvolle Dinge, wünschenswerte Dinge, gute Dinge, ehrenvolle Dinge verheißen, nie in Erfüllung gehen. Sich erfüllende Prophezeiungen dieser Art sind wie Kriege, die für eine gute Sache ausgefochten werden – sie sind so selten, dass sie nicht zählen.

Das Überseetelegramm des glücklichen Generals Dr. Wood von vorgestern klang noch immer glorreich. Darin war nach wie vor stolz und ausführlich von einem »verzweifelten Kampf Mann gegen Mann« die Rede, Dr. Wood schien nicht zu ahnen, dass er sich mit diesen Worten selbst verriet – denn wenn es einen verzweifelten Kampf Mann gegen Mann gegeben hätte, wäre es neunhundert Nahkämpfern in ihrer Verzweiflung mit Sicherheit gelungen, mehr als fünfzehn unserer Soldaten zu töten, bevor die letzten ihrer Männer, Frauen und Kinder ermordet worden wären.

Nun gut, in den Kriegsberichten von gestern Nachmittag wurde eine neue Richtung eingeschlagen – lediglich eine schwache Andeutung, dass Dr. Wood bereit ist, den Ton etwas zu dämpfen, sich zu entschuldigen und den Vorfall zu erklären. Er gibt bekannt, dass er die volle Verantwortung für den Kampf übernimmt. Das deutet darauf hin, dass er sich bewusst ist, dass trotz des Schweigens im Walde das Bedürfnis schwelt, jemandem die Schuld zu geben. Er sagt, während des Kampfes sei es »zu keiner mutwilligen Tötung von Frauen und Kindern gekommen, obwohl viele von ihnen zwangsläufig getötet wurden, da die Moros sie beim Kampf Mann gegen Mann als Schutzschilde benutzten«.

Diese Erklärung ist besser als keine; ja, sie ist erheblich besser als keine. Aber wenn so viele Kämpfe Mann gegen Mann ausgetragen wurden, muss gegen Ende des viertägigen Gemetzels ein Zeitpunkt gekommen sein, da nur noch ein Eingeborener am Leben war. Wir hatten sechshundert Mann vor Ort; wir hatten nur fünfzehn verloren; warum töteten die sechshundert den letzten Überlebenden – Mann, Frau oder Kind?

Dr. Wood wird feststellen, dass es ihm nicht liegt, die Dinge zu erklären. Er wird feststellen, dass es, wenn ein Mann vom richtigen Geist beseelt ist und wenn ihm die richtige Streitmacht zur Verfügung steht, leichter ist, neunhundert unbewaffnete Tiere zu massakrieren, als zu erklären, weshalb er die Sache so unbarmherzig zu Ende führen musste. Als Nächstes kommt er uns mit diesem jähen Ausbruch unfreiwilligen Humors, der beweist, dass er seine Berichte redigieren sollte, bevor er sie telegraphiert:

»Viele Moros stellten sich nur tot und metzelten die amerikanischen Lazarettarbeiter nieder, die den Verwundeten Erleichterung verschaffen wollten.«

Man stelle sich das merkwürdige Schauspiel von Lazarettarbeitern vor, die umhergehen und versuchen, den verwundeten Wilden Erleichterung zu verschaffen – aus welchem Grund? Die Wilden waren samt und sonders massakriert worden. Die klare Absicht war, sie alle zu massakrieren und keinen am Leben zu lassen. Wozu jemandem, der gleich vernichtet werden soll, vorübergehende Erleichterung verschaffen? Die Kriegsberichte nennen die Schlächterei eine »Schlacht«. Inwiefern war es eine Schlacht? Es weist keinerlei Ähnlichkeit mit einer Schlacht auf. In einer Schlacht kommen auf einen Gefallenen immer mindestens fünf Verwundete. Als die sogenannte Schlacht zu Ende war, lagen mit Sicherheit nicht weniger als zweihundert verwundete Wilde auf dem Feld. Was ist aus ihnen geworden? Da nicht ein Wilder am Leben gelassen wurde!

Die Schlussfolgerung liegt auf der Hand. Nach unserer viertägigen Arbeit schufen wir Ordnung und führten sie zu Ende, indem wir diese hilflosen Menschen abschlachteten.

Die Freude des Präsidenten über die Glanzleistung seines wohlriechenden

Lieblings General Wood ruft eine frühere Verzückung eines Präsidenten ins Gedächtnis. Als 1901 die Nachricht eintraf, dass Colonel Funston zur Zufluchtsstätte des Patrioten Aguinaldo in den Bergen vorgedrungen war und ihn mit der Kunst von List und Tücke gefangen gesetzt hatte, indem er fälschte, log und seine militärischen Marodeure mit der Uniform des Feindes ausstattete, indem er vortäuschte, ein Freund Aguinaldos zu sein, und jeden Argwohn zerstreute, indem er Aguinaldos Offizieren herzlich die Hand schüttelte und sie im selben Moment niederschoss – als das Überseetelegramm, das diese »großartige Heldentat« verkündete, das Weiße Haus erreichte, schrieben die Zeitungen, der bescheidenste, mildeste, sanfteste und am wenigsten männliche aller Männer, Präsident McKinley, habe seine Freude und Dankbarkeit darüber nicht bezähmen können, sondern sie in Bewegungen, die einem Tanz gleichkamen, ausdrücken müssen. Präsident McKinley drückte seine Bewunderung noch auf andere Weise aus. Er preschte vor, beförderte jenen Milizen-Colonel über die Köpfe hundert anständiger und ehrenwerter altgedienter Offiziere der Armee hinweg, ernannte ihn zum Brigadegeneral der regulären Truppe und kleidete ihn in die ehrenvolle Uniform dieses Dienstgrads, womit er Schande über die Uniform, die Flagge, die Nation und sich selbst brachte. *1901*

Wood war unter den feindlichen Indianern im Westen mehrere Jahre lang Feldscher gewesen. Roosevelt wurde mit ihm bekannt und fraß einen Narren an ihm. Als man Roosevelt in dem niederträchtigen Kubanisch-Spanischen Krieg den Rang eines Regimentschefs anbot, nahm er nur die Position eines Oberstleutnants an und nutzte seinen Einfluss, um Wood den höheren Dienstgrad zu verschaffen. Nach dem Krieg wurde Wood unser Generalgouverneur in Kuba und erwarb sich bald einen mephitischen Ruf. Unter Präsident Roosevelt ist dieser Arzt im Militärdienst immer höher hinaufgeschoben und -geschubst worden – und stets über die Köpfe einer Reihe besserer Männer hinweg –, und als ihn Roosevelt schließlich zum Generalmajor der regulären Armee befördern wollte (so dass nur noch fünf andere Generalmajore zwischen ihm und dem Oberkommando gestanden hätten) und wusste oder glaubte, dass der Senat Woods Nominierung für diesen hohen Posten nicht bestätigen würde, bewerkstelligte er dessen Ernennung mit einem höchst unwürdigen Trick. Er selbst konnte Wood zwischen Sitzungen des Kongresses ernennen und ihn selbst bestätigen. Da sich eine solche Gelegenheit nicht ergab, erfand er eben eine. Am Mittag ging eine Sondersitzung zu Ende. Als der Hammer fiel, schloss sich sofort eine reguläre Sitzung an. Roosevelt behauptete, es sei eine Pause eingetreten, die mit Hilfe einer Stoppuhr als eine Zwanzigstelsekunde gemessen werden könne, und während dieser habe der Kongress keine Sitzung abgehalten. Durch diese List zwang er der Armee und der Nation den diskreditierten Arzt auf, und der Senat hatte nicht das Rückgrat, ihn zurückzuweisen.

15. März 1906

Montag, 5. März 1906. Mr. Clemens spricht im Majestic Theatre zur Christlichen Vereinigung Junger Männer von der West Side – Miss Lyon begegnet einem der christlichen jungen Männer an der Tür – Patricks Begräbnis – Am nächsten Tag Mittagessen im Hartford Club – Mr. Clemens trifft elf alte Freunde – Sie erzählen viele Geschichten: Rev. Dr. McKnight und das Begräbnis in Jersey – Mr. Twichells Geschichte über Richard Crokers Vater an Bord der Kanawha *– Die Geschichte von Mary Ann – Heldengedenktag, der feurige Major und Mr. Twichells unterbrochenes Gebet*

POLIZEI DRÄNGT MENSCHENMENGE AB, DIE AUF MARK TWAIN WARTET

Stümperei am Majestic Theatre verärgert Mitglieder des CVJM

ÖFFNEN NICHT DIE TÜREN

Mr. Clemens gibt Ratschläge zur Behandlung von Unternehmen und spricht über Gentlemen

Gestern Nachmittag mussten Mitglieder der Christlichen Vereinigung Junger Männer der West Side feststellen, dass das Betreten des Majestic Theatre, wo sie eine Ansprache von Mark Twain hören wollten, große Ähnlichkeit mit einem Footballspiel hatte. Niemand wurde verletzt, doch einige Minuten lang trieb die Polizei die Menge mit nackter Gewalt auseinander, ein berittener Polizist wurde losgeschickt, um sich einen Weg durch das dichteste Gewühl zu bahnen, und die Drängelei wurde gefährlich.

Die Türen des Theaters hätten sich um drei Uhr öffnen sollen, um diese Zeit befanden sich an die dreihundert Personen dort. Es war eine friedliche Ansammlung von jungen Männern, daneben ein paar ältere, doch Capt. Daly von der Polizeiwache in der 47. West wollte sie nicht einlassen, solange er nicht die Reserven herbeigerufen hätte. Es dauerte zwanzig Minuten, bevor diese eintrafen, und mit jeder Minute wurde der Andrang stärker. Doch da waren keine Unruhen, und als die Polizei in Reih und Glied antrat, hatte sie nichts Gefährlicheres zu erdulden als ein paar gutmütige Spöttereien.

Die Menge stand in einer Schlange vor dem Haupteingang zum Vestibül. Mehrere Male kamen die Leiter der Christlichen Vereinigung Junger Männer heraus und baten den Captain um Erlaubnis, die Türen zu öffnen.

»Wenn Sie das tun, werde ich meine Männer abziehen, und viele Leute werden verletzt oder getötet werden«, erwiderte dieser. »Ich weiß, wie man eine Menschenansammlung in den Griff bekommt.«

Dann schickte er sich an, die Menschenansammlung in den Griff zu bekommen. Er versuchte, die lange dichte Menschenschlange zur südwestlichen Seite des Columbus Circle abzudrängen und sie durch den Seiteneingang ins Vestibül zu schleusen statt durch den, vor dem sie sich gebildet hatte. Zuerst schickte er einen berittenen Polizisten mitten in die Menge. Darauf folgten Streifenpolizisten, und schon wurde die friedliche Versammlung in alle Richtungen geschubst und gestoßen.

Capt. Dalys nächstes Manöver bestand darin, den Seiteneingang zu öffnen. Die Menge schwappte dorthin, er aber ließ sie zurückdrängen und schloss die Türen wieder. Die Menge war völlig verwirrt. Da öffneten die Leiter der Christlichen Vereinigung Junger Männer eine der Türen auf eigene Verantwortung. Durch diese schmale Öffnung zwängte sich die Menge. Die Glasscheibe der geschlossenen Türhälfte zersprang in tausend Stücke, und die Männer drängten vorwärts. Ein paar Mäntel wurden zerrissen, aber obwohl man so mit ihnen umgesprungen war, blieben alle ruhig. Wären Ruhestörer darunter gewesen, hätten sich ernste Zwischenfälle nicht vermeiden lassen. Am Ende erlangten alle fünfhundert Zutritt.

Macht die Polizei verantwortlich

Zur Eröffnung der Veranstaltung sagte Rev. Dr. Charles P. Fagnani, der Vorsitzende: »Die Leitung weist jede Verantwortung für die Vorfälle von sich. [Beifall.] Die Sache ist uns von der Polizei aus der Hand genommen worden. [Zischen.] Wir wollten die Türen früher öffnen, doch die Polizei, unser Freund und Helfer, hat die Sache selbst in die Hand genommen und sie auf ihre Weise geregelt. [Zischen.] Sie sind es längst gewohnt, von der Polizei brutal behandelt zu werden, und ich sehe nicht, warum Sie sich diesmal daran stoßen sollten. [Eine Stimme: »Recht haben Sie.«] Eines Tages werden Sie die Sache selbst in die Hand nehmen und dafür sorgen, dass es die Polizei ist, die den Bürgern dient.«

Am Ende der Veranstaltung teilte Charles F. Powlison, Sekretär der Gruppe der West Side, mit, er sei gebeten worden, eine Resolution einzubringen, in der das Vorgehen der Polizei verurteilt werde, aber man habe beschlossen, es lieber sein zu lassen.

Mark Twain wurde als ein Mann vorgestellt, »den zu hören es sich lohnt, niedergeknüppelt zu werden«. Er wurde von einem Beifallssturm begrüßt, der länger als eine Minute anhielt.

»Ich danke Ihnen für diese ungewöhnliche Anerkennung meiner Verdienste«, sagte er. »Ich habe gehört, was über Bürgerrechte gesagt wurde. Sie beschweren sich über die Polizei. Die Polizei haben Sie erschaffen. Für die Polizei sind Sie verantwortlich. Die Polizei spiegelt Sie, ihre Herren und Gebieter, wider. Denken Sie daran, bevor Sie ihr die Schuld geben.

In einem Land, in dem eine Gruppe von Bürgern die Atmosphäre der Politik von Grund auf verändern kann, wie es in Philadelphia passiert ist, sind Bürgerrechte von höchster Priorität. Dort gibt es inzwischen weniger Amtsmissbrauch als früher. Ich wollte nach Philadelphia ziehen, aber es ist kein Ort mehr für Geschäfte.

Dr. Russell sprach von Organisation. Ich war selbst einmal eine Organisation, zwölf Stunden lang, und brachte Dinge zuwege, die ich sonst nicht hätte zuwege bringen können. Wenn gerufen wird: ›Machen Sie schneller‹, denken Sie daran, dass es sich nicht um eine Ihnen persönlich zugedachte Beleidigung des Schaffners handelt, sondern um eine Beleidigung des Präsidenten der Eisenbahngesellschaft, die Ihnen als Verkörperung der amerikanischen Bürgerschaft zugedacht ist. Wenn die Beleidigung Ihren betagten Eltern zugeschleudert wird, erweist sich die Niederträchtigkeit des allmächtigen Präsidenten, der sie, wenn er wollte, unterbinden könnte.

Mark Twain erhält sein Privatabteil

Ich war selbst einmal eine Organisation. Ich reiste von Chicago aus mit meinem Verleger und Stenographen – ich reise immer mit einem Leibwächter – und hatte in einem bestimmten Zug ein Privatabteil reserviert. Denn abgesehen von allen anderen Annehmlichkeiten gibt einem ein Privatabteil das Recht zu rauchen. Als wir am Bahnhof ankamen, sagte uns der Schaffner, bedauerlicherweise sei der Waggon mit unserem Privatabteil abgehängt worden. Ich sagte: ›Sie sind vertraglich gebunden, mir in diesem Zug ein Privatabteil zur Verfügung zu stellen. Ich bin nicht in Eile. Ich kann eine Woche lang auf Kosten der Eisenbahn warten. Sie wird mir meine Spesen zahlen müssen und noch etwas obendrauf.‹

Da rief der Schaffner einen Granden herbei, und nach einigem Hin und Her ging dieser los, warf ein paar unterwürfige Leutchen aus ihrem Privatabteil, tischte ihnen etwas nicht ganz Wahrheitsgemäßes auf und stellte das Abteil mir zur Verfügung. Gegen elf Uhr schaute der Schaffner herein und war sehr freundlich und gewinnend. Er erzählte mir, er habe meinen Schwiegervater gekannt – damals war es respektabler, meinen Schwiegervater zu kennen als mich. Dann rückte er heraus mit seinem Anliegen. Bedauerlicherweise gehe dieser Waggon nur bis Harrisburg. Man habe nach Harrisburg, Pittsburg und San Francisco telegraphiert und könne keinen anderen Waggon auftreiben. Er sei nun ganz auf meine Gnade angewiesen. Ich aber antwortete ihm nur:

›Dann sollten Sie den Waggon besser gleich kaufen.‹

Das alles hatte ich längst vergessen, als einige Zeit danach Mr. Thomson von der Pennsylvania-Eisenbahngesellschaft hörte, dass ich wieder nach Chicago fuhr, und drahtete:

›Ich sende meinen privaten Waggon. Clemens kann nicht in einem gewöhnlichen Waggon reisen. Der Herr kostet uns zu viel.‹«

Gestern Nachmittag sprach ich im Majestic Theatre vor der Christlichen Vereinigung Junger Männer der West Side. Das Publikum sollte auf Mitglieder der Vereinigung oder zumindest auf das Geschlecht der Mitglieder begrenzt sein, ich hatte mir jedoch zwei Logen ausbedungen und Freunde beiderlei Geschlechts eingeladen, um sie zu füllen. An den Eingangstüren gab es Ärger, und ich befürchtete schon, dass man meine Freunde nicht einlassen würde. Miss Lyon erklärte sich bereit, hinauszugehen und zu versuchen, sie zu finden und aus der Menge zu befreien. Sie war für solch eine Gefälligkeit eine ziemlich kleine Person, aber vielleicht wirkten sich ihre geringen Körpermaße zu ihren Gunsten statt zu ihren Ungunsten aus. Sie bahnte sich einen Weg durch die hereinbrechende männliche Woge und gelangte nach draußen, wo sie die Freunde abfing und ein weiteres Abenteuer zu bestehen hatte. Gerade als die Polizei begann, die Türen des Theaters zu schließen, und der Menge verkündete, der Saal sei überfüllt und es werde niemand mehr eingelassen, drängte sich ein erregter und erhitzter Mann zum Eingang und konnte eben noch die Nase hindurchstecken, doch da schlug der Beamte dem Mann die Tür vor der Nase zu. Er und Miss Lyon standen einen Moment lang im Mittelpunkt der Aufmerksamkeit – sie als einzige Frau in diesem Meer von Männlichkeit und er, weil er vor den Leuten gedemütigt worden war, etwas, was uns allen Vergnügen bereitet, selbst wenn wir christliche junge Männer von der West Side sind und so tun sollten, als wäre es anders. Der Mann blickte auf Miss Lyon hinab – das kann jeder, auch ohne sich auf einen Stuhl zu stellen – und begann voller Pathos – ich sage, er *begann* voller Pathos; das Pathos seines Auftretens und seiner Worte beschränkte sich auf den Beginn. Er begann mit Miss Lyon, dann wandte er sich mit seinem Schlusswort an die Menge. Er sagte: »Seit sieben Jahren bin ich ein hochangesehenes Mitglied der Christlichen Vereinigung Junger Männer der West Side. Ich habe immer mein Bestes gegeben und nie einen Lohn dafür bekommen.« Er hielt kurz inne, warf einen bitterbösen Blick auf die geschlossene Tür und fügte mit reichlich Sentiment hinzu: »Es ist halt mein gottverdammtes Pech.«

Ich glaube, das verdarb Miss Lyon meine Rede. Die Rede war in Ordnung – jedenfalls besser als die Zeitungsberichte darüber –, doch ungeachtet ihrer Komplimente wusste ich, dass sie nicht an das heranreichte, was sie draußen gehört hatte; und an der Freude, die sie über die Beredsamkeit des Mannes draußen vor der Tür zum Ausdruck brachte, wusste ich, dass sie es wusste.

Ich will an dieser Stelle einen Ausschnitt aus dem Zeitungsbericht einfügen, weil Patrick darin vorkommt.

Definition eines Gentlemans

Danach sprach Mark Twain über den Mann, der $ 10 000 hinterlassen hat, um seine Definition eines Gentlemans zu verbreiten. Er bestritt, den Begriff jemals selbst definiert zu haben, setzte jedoch hinzu, dass er, wenn er es täte, jene Barmherzigkeit, Treue und Gerechtigkeit einschließen würde, von denen die auf der Veranstaltung verlesene Bibelstelle gehandelt habe. Er holte einen Brief von William Dean Howells hervor und sagte:

»Er schreibt, er ist erst neunundsechzig, aber ich kenne ihn schon weit länger. ›Ich wurde geboren, um Angst vor dem Sterben zu haben, nicht vor dem Altwerden‹, sagt er. Nun, bei mir ist es genau umgekehrt. Es ist schrecklich, alt zu werden. Nach und nach büßt man seine Fähigkeiten und seine Anziehungskraft ein und wird lästig. Die Leute versuchen einem vorzumachen, man sei nicht lästig. Aber ich weiß, dass ich lästig bin.

Dann schreibt er, kein Lebensabschnitt sei so angenehm wie das achte Jahrzehnt. Das stimmt. Ich bin gerade siebzig geworden und genieße es sehr. ›Wenn alte Männer nur nicht so lächerlich wären‹ – das meint aber auch nur er! ›Aber‹, fährt er fort, ›sie sind lächerlich, und hässlich sind sie auch.‹ Ich habe noch nie einen Brief so voller Irrtümer gesehen. Hässlich! Ich war in meinem ganzen Leben nicht hässlich! Vor vierzig Jahren sah ich noch nicht so gut aus. Damals hielt ein Spiegel drei Monate. Heute kann ich ihn in zwei Tagen verschleißen.

›Sie sind in Hartford gewesen, um den armen alten Patrick zu begraben. Ich nehme an, auch er war alt‹, schreibt Mr. Howells. Nein, er war nicht alt. Patrick kam vor sechsunddreißig Jahren zu uns – ein lebhafter, wendiger junger Ire. Er war in seinem Tun und Denken bemerkenswert und so ehrlich, wie ein Mann nur sein kann. Fünfundzwanzig Jahre lang war er unser Kutscher, und wenn ich einen Gentleman in allen Einzelheiten beschreiben müsste, würde ich ihn beschreiben.

Auf meinen Wunsch hin war ich zusammen mit unserem alten Gärtner sein Sargträger. Vor langer Zeit hatte er mich und meine Braut gefahren. Als dann die Kinder dazukamen, fuhr er auch sie. Er bedeutete ihnen alles, und allen in meinem Haushalt bezeigte er dieselben Gefühle der Ehre, Ehrlichkeit und Zuneigung.

Er wurde sechzig Jahre alt, zehn Jahre jünger, als ich bin. Howells vermutet, dass er alt war. So alt war er nicht. Bis zum Ende behielt er dieselben angenehmen und gewinnenden Umgangsformen bei. Patrick war ein Gentleman, und auf ihn würde ich die folgenden Verse anwenden:

> So möge ich zu allen höflich sein, den Freunden treu ergeben,
> Treu meinem Gott, ein Duft auf meinen Wegen schweben.«

Nach der Beerdigung begegnete ich Patricks Familie. Seit vielen Jahren hatte ich keinen seiner Angehörigen mehr gesehen. Die Kinder waren längst Männer und Frauen. Als ich sie das letzte Mal gesehen hatte, waren sie kleine Geschöpfe gewesen. Soweit ich mich erinnern konnte, hatte ich sie nicht mehr gesehen, seit sie als kleine Lümmel zusammen mit unseren und den Nachbarskindern unter dem Weihnachtsbaum bei uns zu Hause Heiligabend gefeiert hatten, eine Gelegenheit, zu der Patrick als heiliger Nikolaus verkleidet (scheinbar) den Kamin herabgeklettert kam und zur Bewunderung von Groß und Klein seine Rolle spielte.

John, unser alter Gärtner, war auch einer der Sargträger. Die anderen waren irische Kutscher und Tagelöhner – alte Freunde von Patrick. Die Kathedrale war zur Hälfte voll.

Ich verbrachte den Abend in Twichells Haus, und am nächsten Tag traf ich bei einem Mittagessen im Hartford Club elf meiner ältesten Freunde – Charley Clark, Herausgeber des *Courant;* Richter Hamersley vom Obersten Gerichtshof; Colonel Cheney, Sam Dunham, Twichell, Rev. Dr. Parker, Charles E. Perkins und Archie Welch. Wir ergingen uns in fröhlichen Erinnerungen und hin und wieder in Trauer über geliebte Mitglieder der alten Kameradschaft, deren Namen längst auf ihre Grabsteine gemeißelt worden sind.

1 Twains Mutter Jane Lampton Clemens, Keokuk, Iowa, 1888

2 Pamela Clemens Moffett, seine acht Jahre ältere Schwester, Anfang der 1860er Jahre

3 Orion Clemens, der zehn Jahre ältere Bruder, Anfang der 1860er Jahre

4 Henry Clemens, sein zwei Jahre jüngerer Bruder, ca. 1858

5/6 Samuel L. Clemens und Olivia L. Langdon. Die Porzellanbilder (in lila Samtetuis), die sie während ihrer Verlobung 1869 ausgetauscht hatten

7 »Tante« Clara Spaulding mit Susy Clemens auf dem Schoß, Olivia und Samuel Clemens, und John Brown, Edinburgh, August 1873

8 Karl Gerhardts Grant-Büste, 1885

9 Karl Gerhardt, in den 1880er Jahren

10 Die Paige-Setzmaschine

11 Clara, Jean und Susy Clemens mit ihrem Hund Hash, Hartford, 1884

12 Margaret (Daisy) Warner als der Bettelknabe und Susy Clemens als der Prinz in ihren Kostümen für das Stück *Der Prinz und der Bettelknabe*, Hartford, März 1886

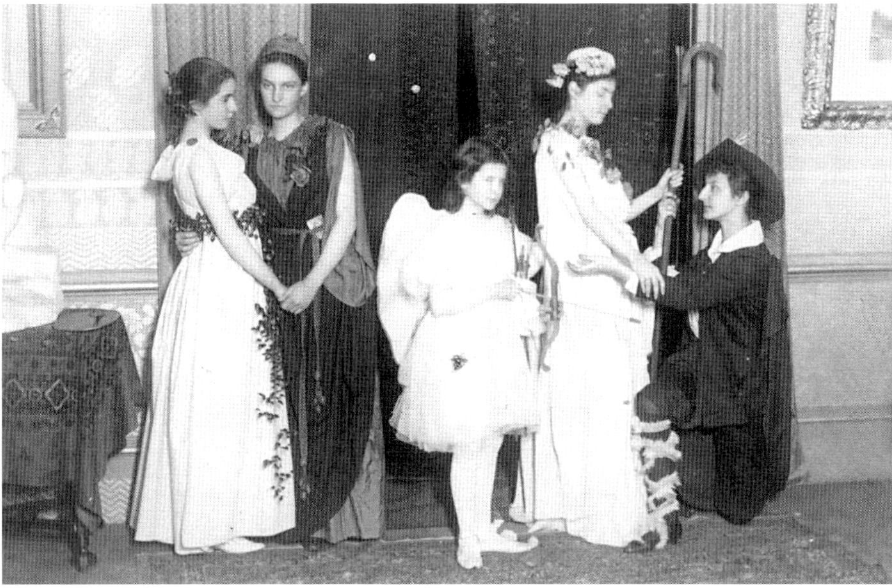

13 Die Besetzung von *Eine Liebes-Jagd*: Clara Clemens als Die Kunst, Daisy Warner als Die Literatur, Jean Clemens als Amor, Susy Clemens als Die Musik und Fanny Freese als Schäferjunge, Hartford, 1889

14 Olivia, Samuel und Clara Clemens mit James B. Pond (Clemens' Agent für die Vortragsreisen) und dessen Frau Martha, an Bord der *SS Warrimoo*, 23. August 1895, vor der Abreise der Familie Clemens aus Victoria, B.C., während der Welttournee 1895/96

15 Clemens vor dem Haus seiner Kindheit in Hannibal, Missouri, während der Vorbereitungen für das offizielle Foto, 31. Mai 1902

16 Das offizielle Foto, Hannibal, 31. Mai 1902

17 Empfänger der Ehrendoktorwürde der University of Missouri, 4. Juni 1902: Clemens mit Ethan Allen Hitchcock, zu der Zeit Innenminister; Robert S. Brookings, Millionär und Stifter des Brookings Institute; James Wilson, Landwirtschaftsminister; und der Botaniker Beverly T. Galloway

18/19 Zwei Ansichten (oben rechts und unten) von Clemens in seinem Arbeitszimmer auf der Quarry Farm, Elmira, New York, 1903

20 Villa di Quarto, Florenz, 1903/04

21 Clemens im Garten der Villa di Quarto, 1904

22 Das Personal der Villa di Quarto, 1904: Carlo Cosi, der Koch; Adelasia Curradi, das Zimmermädchen; Gigia Brunori, die Küchenhilfe; Katy Leary; Celestino Bruschi, der Diener; Theresa Bini; Ugo Piemontini, der Butler (vermutlich der »schmucke Leibdiener« der Gräfin Massiglia); und Emilio Talorici (?), der Kutscher; Foto von Jean Clemens

23 Clara Clemens im Garten der Villa di Quarto, 1904, Foto von Jean Clemens

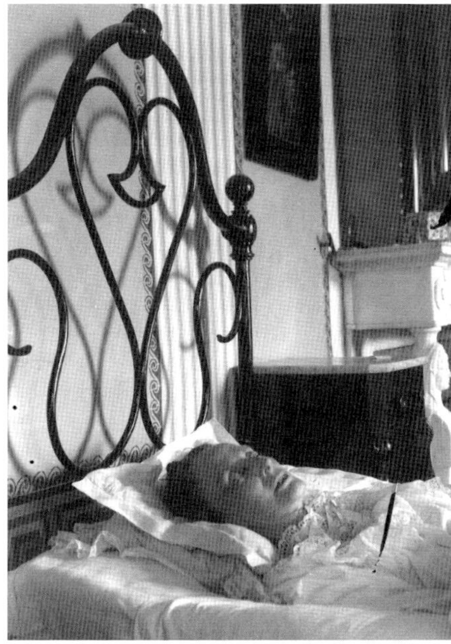

24 Olivia Clemens auf dem Totenbett, Villa di Quarto, Juni 1904, Foto von Jean Clemens

25 Jean Clemens auf ihrem Pferd vor der Villa di Quarto, 1904

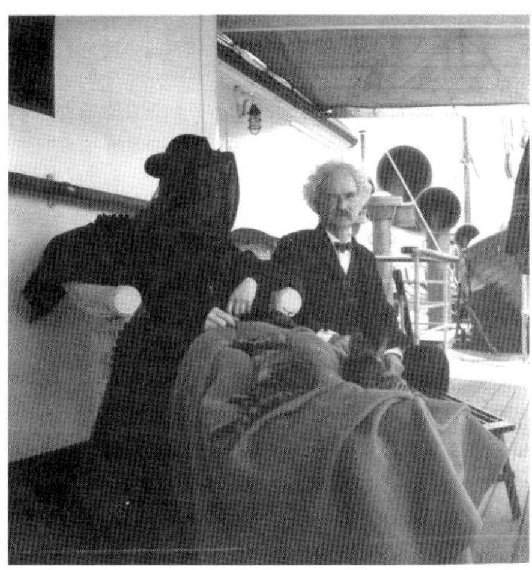

26 Clara und Samuel Clemens auf dem Schiff nach Olivias Tod, »Juli 1904, auf der Rückreise von Neapel, um Frau Clemens heimzubringen«, Foto und Bildunterschrift von Isabel Lyon

27 Samuel und Jean Clemens im Copley Greene House (»Lone Tree Hill«), Dublin, New Hampshire, 1905

28 Patrick McAleer mit Kaninchen, Dublin, New Hampshire, 1905

29 Isabel Lyon auf dem Mount Monadnock, Dublin, New Hampshire, 1906

30 Upton House, Dublin, New Hampshire, 1906

31 Albert Bigelow Paine, Dublin, New Hampshire, Sommer 1906

32 Albert Bigelow Paine mit seiner Frau Dora und ihrer jüngsten Tochter Joy, Dublin, New Hampshire, Sommer 1906

33 Clemens in Henry H. Rogers' Wagen mit Ernest Keeler, dem Kutscher von Rogers, 1906

34 Clemens während des Essens zu seinem 70. Geburtstag im Delmonico's, 5. Dezember 1905, mit Kate Douglas Riggs, Joseph H. Twichell, Bliss Carman, Ruth McEnery Stuart, Mary E. Wilkins Freeman, Henry Mills Alden und Henry H. Rogers

35 Booker T. Washington spricht für das Tuskegee Institute anlässlich der Feier zu dessen »Silberjubiläum«, hinter ihm (sitzend) Clemens, auf der Bühne der Carnegie Hall, 22. Januar 1906

36 Helen Keller und Clemens, 1895. Die Beschriftung stammt von Clemens.

37 Clemens und Henry H. Rogers vor dem Princess Hotel, Bermuda, 1908

38 Joseph H. Twichell und Clemens, Februar 1905, Foto von Jean Clemens

39 William Dean Howells und Clemens, Lakewood, New Jersey, 28. Dezember 1907

40 Dorothy und George Harvey mit Clemens, ca. 1903. Die Zuschreibungen stammen von Clemens.

41 Richard Watson Gilder, Oktober 1904, Foto von Jean Clemens

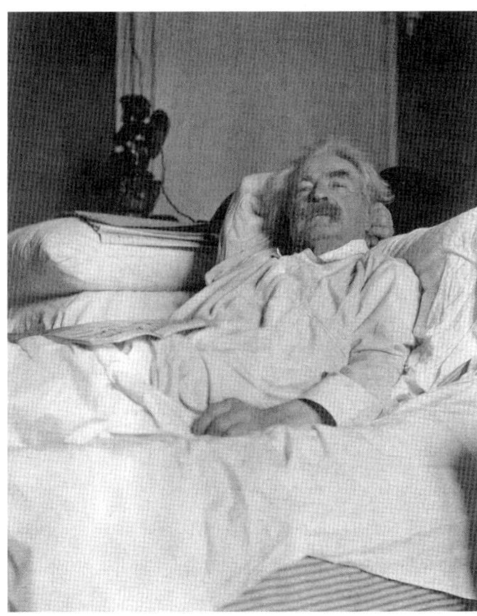

42–44 Drei Ansichten von Clemens in seinem Bett im Haus 21 Fifth Avenue, New York, aus einer Fotoserie, die Albert Bigelow Paine Ende Februar oder Anfang März 1906 aufgenommen hatte. Auf dem oberen Bild liest Clemens die Ausgabe des *Collier's Weekly* vom 24. Februar 1906; auf dem Kissen neben ihm der Stapel mit den Morgenzeitungen.

45 Samuel Clemens, Boston, Massachusetts, 1869

Einer von diesen war Rev. Dr. McKnight, ein ganz reizender Mann. Und seinerzeit, was Abenteuer anging, fast ein Rivale Twichells. Einmal, als er beruflich in New York zu tun hatte, kam ein frisch verwitweter Mann zu ihm und bat ihn, in eine Stadt in Jersey zu fahren und das Begräbnis seiner Frau abzuhalten. McKnight willigte ein, sagte jedoch, er käme in Bedrängnis, sollte sich die Sache verzögern, da er zu einer bestimmten Stunde wieder in New York sein müsse, um bei einer Bestattung in seiner eigenen Kirche seines Amtes zu walten. Er fuhr also in die Stadt in Jersey, und als Angehörige und Freunde alle im Wohnzimmer versammelt waren, erhob er sich hinter dem Sarg, streckte in der feierlichen Stille die Hände in die Höhe und sagte:

»Lasset uns beten.«

Da zupfte es an seinem Rockzipfel, und er beugte sich hinab, um die Botschaft entgegenzunehmen. Der Witwer flüsterte ihm zu: »Noch nicht, noch nicht – warten Sie ein wenig.«

McKnight wartete eine Weile. Dann wurde ihm bewusst, dass die Zeit verstrich und er unter keinen Umständen seinen Zug und die andere Beerdigung verpassen durfte, und so stand er abermals auf, hob die Hände in die Höhe und sagte:

»Lasset uns beten.«

Wieder zupfte es an seinem Rockzipfel. Er bückte sich und erhielt dieselbe Botschaft: »Noch nicht, noch nicht – warten Sie ein wenig.«

Er wartete; fühlte sich unbehaglicher denn je; stand ein drittes Mal auf, hob die Hände in die Höhe, und wieder zupfte es. Als er sich diesmal bückte, erklärte der Mann flüsternd:

»Warten Sie ein wenig. Sie ist noch nicht vollständig. Der Magen ist beim Apotheker.«

Über Twichell wurden mehrere Dinge erzählt, die seine tolerante Haltung und seine Großzügigkeit veranschaulichen, und in dieser Hinsicht hatte ich selbst etwas beizusteuern. Vor drei oder vier Jahren, als Sir Thomas Lipton herüberkam, um an der Regatta um den America's Cup teilzunehmen, wurde ich eingeladen, zusammen mit einem halben Dutzend anderer Weltkinder auf Mr. Rogers' Yacht, der *Kanawha,* die Regatta zu verfolgen. Mr. Rogers mag Twichell sehr und wollte auch ihn einladen, traute sich jedoch nicht recht, weil er glaubte, dass sich Twichell unter diesen Weltkindern nicht wohl fühlen würde. Ich sagte, dass ich mir da keine Sorgen mache. Ich sagte, Twichell sei während des Bürgerkriegs Kaplan in einer Kampfbrigade gewesen und notwendigerweise mit so etwa allen Arten von Weltkindern vertraut, die es geben mochte; und so bat mich Mr. Rogers – wenn auch von starken Zweifeln geplagt –, ihn einzuladen, er werde sein Bestes tun und dafür sorgen, dass die Weltkinder ihre Weltlichkeit im Zaume hielten und Twichells Amtstracht die gebührende Achtung und Ehrerbietung erwiesen.

Als Twichell und ich um acht Uhr morgens am Pier ankamen, wartete die Barkasse auf uns. Alle anderen waren bereits an Bord. Die Yacht ankerte segelfertig weiter draußen. Twichell und ich gelangten an Bord und stiegen hinauf zu dem kleinen Salon auf dem Oberdeck. Die Tür stand offen, und als wir näher traten, hörten wir ausgelassenes Gelächter und Geplauder, und ich erkannte, dass die Weltkinder sich äußerst weltlich vergnügten. Als Twichell allerdings in der Tür erschien, kam all die Ausgelassenheit so unvermittelt zum Erliegen, als sei sie per elektrischem Knopf ausgeschaltet worden, und die fröhlichen Gesichter der Weltkinder trugen sofort einen angemessenen und eindrucksvollen Ernst zur Schau. Das letzte Wort, das wir von ihnen gehört hatten, war der Name Richard Crokers, des gefeierten Tammany-Führers, allseitigen Dummschwätzers und größten Plünderers des Stadtsäckels. Twichell schüttelte allen die Hand und platzte los:

»Sie haben Richard Croker erwähnt. Ich kannte seinen Vater sehr gut. Im Bürgerkrieg war er erster Fuhrmann unserer Brigade – der Brigade von Sickles –, ein ausgezeichneter Mann, so ausgezeichnet, wie man es sich nur wünschen kann. Natürlich war er immer schlammbespritzt, aber das machte nichts. Der Mann in den verschmutzten Kleidern war ein ganzer Mann; er war gebildet, ja sogar sehr gebildet. Er war belesen. Und er war Gräzist; kein oberflächlicher, sondern ein echter Gräzist; er las immer aus seinem griechischen Testament vor, und wenn er es nicht zur Hand hatte, konnte er es aus dem Gedächtnis rezitieren, und das tat er gut und mit Elan. Bald darauf sah ich zu meiner Freude, dass er hin und wieder an einem Sonntagmorgen herüberkam, sich mit den Jungs unter die Bäume in unserem Lager setzte und sich meinen Gottesdienst anhörte. Ich konnte es nicht unterlassen, mich ihm vorzustellen – das heißt, ich konnte es nicht unterlassen, ihn darauf anzusprechen, und ich sagte:

›Mr. Croker, ich möchte Ihnen sagen, was für eine Freude es ist, dass Sie herüberkommen, sich zu meinen Jungs setzen und mir zuhören. Ich weiß, wie schwer es Ihnen fallen muss, und ich möchte meine Bewunderung für einen Mann ausdrücken, der seine religiösen Vorurteile beiseitelässt und die Freimütigkeit und Toleranz beweist, die Sie bewiesen haben.‹ Croker errötete und sagte mit beredtem Nachdruck:

›Mr. Twichell, halten Sie mich etwa für einen gottverdammten Papisten?‹«

Mr. Rogers flüsterte mir zu: »Das nimmt mir das Gefühl des Unbehagens.«

Twichell, mit seinem großen Herzen, seiner tiefen Anteilnahme, seinem grenzenlosen Wohlwollen, seiner Nächstenliebe und seinem Edelmut, ist die Sorte Mann, die Menschen aller Altersgruppen und beiderlei Geschlechts in Zeiten der Not aufsuchen, um Trost und Beistand zu finden. Von solchen ist er ständig umlagert. Vor Jahren – vor vielen Jahren – suchte ein schwachköpfiger junger Esel, der mit Mr. Twichells Pfarrtätigkeit aufgewachsen war, eine private Unterredung – eine sehr persönliche Unterredung – mit ihm und sagte:

»Mr. Twichell, darf ich Sie um einen Rat bitten? Es geht um eine sehr wichtige Angelegenheit. Sie liegt mir am Herzen, und ich möchte klug vorgehen. Es handelt sich um Folgendes: Den ersten Urlaub meines Lebens verbrachte ich auf den Bermudas, wo ich einer ganz reizenden jungen einheimischen Dame begegnet bin, und ich habe mich in sie verliebt, Mr. Twichell. Ich habe mich, ach!, unsterblich in sie verliebt. Ich kann es nicht beschreiben, Mr. Twichell. Ich kann es einfach nicht beschreiben. Solche Gefühle habe ich noch nie gehabt. Sie verzehren mich; sie versengen mich. Als ich hierher zurückkam, konnte ich an niemanden denken als an dieses Mädchen. Ich wollte ihr schreiben, hatte aber Angst. Ich hatte Angst. Es schien mir zu verwegen. Vielleicht hätte ich Rat einholen sollen – aber ich war nicht mehr Herr meiner selbst. Ich *musste* ihr einfach schreiben – ich konnte nicht anders. So schrieb ich ihr. Ich schrieb ihr so zurückhaltend, wie meine Gefühle es mir erlaubten – aber die ganze Zeit ahnte ich, dass ich zu verwegen war – ich war zu verwegen – es würde ihr nicht gefallen. Ich – nun, manchmal verstieg ich mich zu dem Gedanken, dass sie vielleicht antworten würde; aber dann kam eine kältere Welle, und ich sagte mir: ›Nein, ich werde nie von ihr hören – sie wird gekränkt sein.‹ Letztlich aber, Mr. Twichell, *kam* tatsächlich ein Brief. Ich weiß mich kaum zu beherrschen. Ich möchte noch einmal schreiben, aber vielleicht verderbe ich alles – vielleicht verderbe ich alles –, und ich brauche Ihren Rat. Sagen Sie mir, ob ich es wagen soll. Sie hat geschrieben – hier ist ihr Brief, Mr. Twichell. Sie schreibt dies – sie schreibt – sie schreibt: ›In Ihrem Brief sagen Sie, Sie wünschten, Sie hätten die Ehre, mich die Hälfte der Zeit zu sehen. Wie würde es Ihnen gefallen, mich die *ganze* Zeit zu sehen?‹ Wie finden Sie das, Mr. Twichell? Was halten Sie davon? Glauben Sie, dass sie vielleicht gar nicht gekränkt ist? Meinen Sie, das lässt auch nur auf den Schatten einer Neigung zu mir schließen? Glauben Sie das, Mr. Twichell? Könnten Sie mir einen Rat geben?«

»Nun«, sagte Twichell, »ich möchte nicht zu zuversichtlich klingen. Ich möchte mich nicht zu sehr festlegen. Ich möchte Ihnen keine falschen Hoffnungen machen, aber im Ganzen besehen – im Ganzen besehen –, ist Wagemut in diesen Fällen eine gute Sache. Manchmal bringt Wagemut – kühnes Auftreten – Dinge zustande, die Zaghaftigkeit nicht zustande bringen würde. Ich glaube, ich würde ihr schreiben – zurückhaltend natürlich –, aber doch schreiben.«

»Oh, Mr. Twichell, oh, Sie wissen gar nicht, wie glücklich Sie mich machen. Ich werde ihr umgehend wieder schreiben. Aber ich werde zurückhaltend sein. Ich werde vorsichtig sein – sehr vorsichtig.«

Twichell las den Rest des Briefes – und sah, dass das Mädchen bereit war, dem jungen Burschen den Kopf zu verdrehen, und ihn erobern würde, ob mit redlichen oder unredlichen Mitteln, ihn jedenfalls erobern würde. Aber er schickte den jungen Burschen fort, damit er seinen zurückhaltenden Brief schrieb.

Der kehrte bald darauf mit dem zweiten Brief des Mädchens zurück und sagte:

»Mr. Twichell, würden Sie ihn lesen? Lesen Sie ihn. Was halten Sie davon?

Hat sie eine Neigung zu mir gefasst? Ich wünschte, Sie sähen es so, Mr. Twichell. Sie lesen ja, was sie schreibt. Sie schreibt: ›Sie bieten an, mir als Geschenk einen Ring zu schicken –‹ Das habe ich tatsächlich getan, Mr. Twichell! Ich weiß, es war eine Kühnheit – aber – aber – ich konnte nicht anders – ich habe etwas Unerschrockenes getan – und sie schreibt dies hier: ›Sie bieten an, mir einen Ring zu schicken. Aber mein Vater möchte eine kleine Ferienreise in die Staaten Neuenglands machen, und ich soll mitfahren. Wenn Sie mir den Ring hierherschicken, könnte er verlorengehen. Wir werden ein, zwei Tage in Hartford sein; wäre es nicht sicherer, bis dahin zu warten, dann könnten Sie mir den Ring selbst anstecken?‹

Was meinen Sie dazu, Mr. Twichell? Was halten Sie davon? Hat sie eine Neigung zu mir gefasst? Hat sie eine Neigung zu mir gefasst?«

»Nun«, sagte Twichell, »das kann ich nicht sagen. Ich darf mich nicht zu weit aus dem Fenster lehnen. Ich darf die Dinge nicht mit zu viel Nachdruck aussprechen, denn ich könnte mich irren. Aber ich glaube – ich glaube – im Ganzen besehen, glaube ich, dass sie eine Neigung zu Ihnen gefasst hat – ja, doch – ich glaube, sie hat eine Neigung zu Ihnen gefasst –«

»Ach, Mr. Twichell, es tut meinem Herzen so gut, dass Sie das sagen! Mr. Twichell, falls es irgendetwas gibt, was ich tun kann, um Ihnen meine Dankbarkeit für diese Worte zum Ausdruck zu bringen – Sie sehen, in was für einem Zustand ich mich befinde – und dass Sie das sagen –«

Twichell erwiderte: »Nicht so voreilig – damit uns hier kein Fehler unterläuft. Wissen Sie denn, dass diese Situation eine sehr ernste ist? Sie kann sehr ernste Folgen für gleich zwei Leben haben. Sie wissen, dass es so etwas wie vorübergehende Launen gibt, die für einen Augenblick die Seele eines Menschen in Brand setzen. Dieser Mensch glaubt dann, es handle sich um Liebe, um dauerhafte Liebe – um wahre Liebe. Irgendwann findet er heraus, dass es nur eine flüchtige, verrückte Leidenschaft war – aber dann hat er sich vielleicht schon lebenslang gebunden, und nun wünscht er sich, er wäre nicht in dieser misslichen Lage. Nun, lassen Sie uns noch mal überlegen. Ich glaube, dass Sie, wenn Sie sich klug und besonnen verhalten – ich bin überzeugt, dass Sie, wenn Sie sich klug und besonnen verhalten, dieses Mädchen dazu verlocken können, Sie zu heiraten.«

»Ach, Mr. Twichell, ich weiß nicht, wie ich es ausdrücken –«

»Machen Sie sich nicht die Mühe, etwas auszudrücken. Worauf ich hinauswill, ist dies: Wir müssen uns unsere Position klarmachen. Wenn es *wahre* Liebe ist, dann nur zu! Wenn es aber nur eine vorübergehende Laune ist, lassen Sie sofort die Finger davon, Ihnen beiden zuliebe. Also verraten Sie mir, ist es wahre Liebe? Wenn es wahre Liebe ist, wie kommen Sie zu diesem Schluss? Können Sie zu Ihrer eigenen Zufriedenheit beweisen, dass es sich auch *wirklich* um wahre, aufrichtige, dauerhafte, beständige Liebe handelt?«

»Mr. Twichell, ich kann Ihnen eins sagen. Sie können es selbst beurteilen. Seit ich ein Säugling in der Wiege war, Mr. Twichell, musste ich in unmittelbarer Nähe meiner Mutter schlafen, bei offener Tür, denn ich litt immer unter den schrecklichsten Alpträumen, und wenn sie sich einstellten, musste meine Mutter von ihrem Bett herbeieilen und mich trösten, besänftigen und beschwichtigen. Nun denn, Mr. Twichell, von klein auf habe ich immer, wenn mich diese erschütternden Alpträume plagten, Mama, Mama, Mama gerufen. Jetzt rufe ich Mary Ann, Mary Ann, Mary Ann.«

So heirateten sie also. Sie zogen in den Westen, und wir wissen nichts weiter über diese Liebe.

Vor fünfzehn oder zwanzig Jahren glich der Heldengedenktag der Temperatur nach eher dem Unabhängigkeitstag als dem 30. Mai. Redner des Tages war Twichell. Auf seine Zuhörer, alte Bürgerkriegsveteranen, redete er in der größten Kirche von Hartford eine Stunde lang ein, während sie trauerten und vor Hitze umkamen. Dann marschierten sie los, schlossen sich dem Umzug anderer abgeschlaffter alter Veteranen an, die aus anderen Kirchen herausquollen, trotteten durch Staubwolken zum Friedhof und begannen Fahnen und Blumen zu verteilen – ein winziges Fähnchen und ein kleines Blumenkörbchen für jedes Soldatengrab. Dieser Zeitvertreib dauerte und dauerte, alle atmeten Staub ein – denn etwas anderes gab es gar nicht einzuatmen; allen strömte der Schweiß von der Stirn; alle waren erschöpft und wünschten, es wäre vorüber. Schließlich war nur noch ein Blumenkörbchen übrig, nur noch ein Grab ungeschmückt. Ein hitziger kleiner Major, dem der Geduldsfaden riss, brüllte:

»Corporal Henry *Jones*, Kompanie C, vierzehnte Connecticut-Infanterie –«

Keine Antwort. Niemand schien zu wissen, wo der Corporal begraben war.

Der Major hob die Stimme um ein, zwei Töne.

»Corporal Henry *Jones*, Kompanie C, vierzehnte Connecticut-Infanterie! Weiß jemand, wo der Mann begraben ist?«

Keine Antwort. Er kreischte noch ein-, zwei-, dreimal, und seine Gereiztheit nahm immer mehr zu:

»Corporal Henry JONES! Kompanie C!, vierzehnte Connecticut-Infanterie! – Weiß NIEMAND, wo der Mann begraben ist?«

Keine Antwort. Da schleuderte er das Blumenkörbchen zu Boden und sagte zu Twichell:

»Bringen Sie die Sache zu Ende.«

Die barhäuptige Menge drängte sich um Twichell, und ihr feierliches Schweigen wurde nur von unterdrücktem Niesen unterbrochen, hervorgerufen durch eine trübe Staubwolke, die sie einhüllte. Nach einer Pause setzte Twichell zu einem eindrucksvollen Gebet an, bei dem er sich kurzfasste, um den Erfordernissen des Anlasses gerecht zu werden. Mittendrin verstummte er. Der Trommler glaubte, er sei fertig, und ließ ein Rum-ba-dum-dum ertönen – und der kleine Major donnerte: »Hören Sie mit dem Getrommel auf!« Twichell setzte erneut an. Fast hatte er das letzte Wort herausgebracht, als jemand einen Hund trat und der Hund ein Schmerzgeheul ausstieß, das bis hinter die Grenze zu hören war. Der Major sagte:

»Zum Teufel mit diesem Hund!« – und Twichell sagte:

»Amen.«

Eigentlich wollte er damit seine innigen Worte beenden, doch das Amen fiel genau im richtigen Moment, so dass es auch die des Majors abzuschließen schien, der sich sehr geehrt fühlte und dankte.

Freitag, 16. März 1906

Schulkameraden von vor sechzig Jahren – Mary Miller, ein erster Schwarm von Mr. Clemens – Artimisia Briggs, ein weiterer – Mary Lacy, ein weiterer – Jimmy McDaniel, dem Mr. Clemens seine erste lustige Geschichte erzählte – Mr. Richmond, Sonntagsschullehrer, später Besitzer von Tom Sawyers Höhle, die inzwischen zu Zement verarbeitet wird – Hickman, der prächtige junge Captain – Reuel Gridley und der Vorfall mit dem Sack Mehl – Die Judenjungen Levin, genannt Zweiundzwanzig – George Butler, Neffe von Ben Butler – Der Vorfall, als ich mich zu Will Bowen ins Bett legte, um mich mit Masern anzustecken, und die gelungene und fast tödliche Masernerkrankung, die folgte

Wir wollen zu den Schulkindern von vor sechzig Jahren zurückkehren. Ich erinnere mich an Mary Miller. Sie war zwar nicht mein erster Schwarm, aber
1845 ich glaube, die Erste, die mir ein gebrochenes Herz bescherte. Als ich mich in sie verliebte, war sie achtzehn und ich neun, aber sie verschmähte mich, und ich begriff, dass dies eine kalte Welt ist. Diese Temperatur war mir zuvor nicht aufgefallen. Elender hätte sich auch ein erwachsener Mann nicht fühlen können. Doch der Schmerz hielt, glaube ich, nicht lange an. Soweit ich mich entsinne, übertrug ich meine Verehrung schon recht bald auf Artimisia Briggs, die ein Jahr älter war als Mary Miller. Als ich ihr meine Leidenschaft gestand, spottete sie nicht darüber. Sie machte sich nicht lustig. Sie war sehr freundlich und liebevoll. Bestimmt war sie allerdings auch, und sie sagte, sie wolle nicht von Kindern belästigt werden.

Und dann war da Mary Lacy, eine Schulkameradin. Auch sie war wegen ihres fortgeschrittenen Alters eine Klasse zu hoch für mich. Sie war ziemlich stürmisch, entschlossen und unabhängig und galt als unbändig und unverbesserlich. Aber das war ein Irrtum. Sie heiratete, wurde umgehend sesshaft und gab in jeder Hinsicht ein vorbildliches Hausmütterchen ab, das ebenso geachtet war wie jedes andere Hausmütterchen in der Stadt. Vor vier Jahren lebte sie noch und war seit fünfzig Jahren verheiratet.

Ein anderer Schulkamerad war Jimmy McDaniel. Wir hatten ungefähr das gleiche Alter. Sein Vater führte den Süßwarenladen, und so war er – nach

Tom Blankenship (»Huck Finn«) – das meistbeneidete Bürschchen der Stadt, denn obwohl wir ihn nie Süßigkeiten essen sahen, nahmen wir an, sie seien sein Grundnahrungsmittel. Er tat so, als ob er nie etwas Süßes essen und sich, da es ihm nicht verboten war, auch nichts daraus machen würde – es wäre genug da und er könnte so viel haben, wie er wollte. Doch deuteten einige Indizien darauf hin, dass er nach außen hin Süßigkeiten nur deswegen verachtete, um zu prahlen, denn er hatte die schlechtesten Zähne der Stadt. Soweit ich mich erinnere, war er der erste Mensch, dem ich jemals eine lustige Geschichte erzählte. Sie handelte von Jim Wolf und seinen Katzen; und ich erzählte ihm die Geschichte am Morgen nach dem denkwürdigen Vorfall. Ich dachte, er werde sich noch die letzten Zähne aus dem Mund lachen. Nie zuvor war ich so stolz und glücklich gewesen und war es auch seitdem nur selten. Als ich vor vier Jahren dort war, sah ich ihn wieder. Er arbeitete in einem Zigarrengeschäft. Er trug eine Schürze, die ihm bis zu den Knien reichte, und einen fast halb so langen Bart, und doch war er unschwer wiederzuerkennen. Er war seit vierundfünfzig Jahren verheiratet. Er hatte zahlreiche Kinder, Enkel und Urenkel – sogar Tausende Nachkommen, wie es allgemein hieß –, und doch steckte in diesem vergnügten kleinen alten Mann noch immer der Junge, dem ich, als wir unreife Bürschchen waren, die Katzengeschichte erzählt hatte.

Nicht lange nachdem sie mich abgewiesen hatte, heiratete Artimisia Briggs. Sie heiratete Richmond, den Steinmetzen, der in frühesten Kindertagen mein methodistischer Sonntagsschullehrer gewesen war und der ein Merkmal hatte, um das ich ihn beneidete: Irgendwann hatte er sich mit dem Hammer auf den Daumen geschlagen, und das Ergebnis war ein Daumennagel, der für immer verkrümmt, verformt und verbogen war, spitz wie ein Papageienschnabel. Heute würde ich ihn wohl nicht mehr für eine Zierde halten, aber damals faszinierte er mich und erschien mir unendlich wertvoll, war er doch der einzige in der Stadt. Mr. Richmond war ein sehr freundlicher und fürsorglicher Sonntagsschullehrer, geduldig und teilnahmsvoll, weshalb er der Lieblingslehrer von uns kleinen Bürschchen war. In der Schule gab es schmale, rechteckige blaue Pappkärtchen, bedruckt mit einem Vers aus dem Testament, und wenn man zwei Verse aufsagen konnte, erhielt man eines dieser blauen Kärtchen. Sagte man fünf Verse auf, bekam man drei blaue Kärtchen, und für die konnte man sich aus dem Bücherschrank ein Buch ausleihen, das man eine Woche lang behalten durfte. Zwei, drei Jahre hindurch geriet ich immer wieder unter Mr. Richmonds spirituelle Obhut, und er war nie streng mit mir. Jeden Sonntag sagte ich dieselben fünf Verse auf. Jedes Mal war er mit meiner Leistung zufrieden. Es schien ihm gar nicht aufzufallen, dass es stets dieselben fünf törichten Jungfrauen waren, von denen er jeden Sonntag hörte, und das nun schon seit Monaten. Stets erhielt ich meine Kärtchen und tauschte sie gegen ein Buch ein. Die Bücher waren ziemlich langweilig, denn im ganzen Bücherschrank gab es nicht einen Lausbuben. Allesamt waren es brave Jungen und brave Mädchen und alle schrecklich uninteressant, aber immer noch besser als nichts, und ich war froh, in ihrer Gesellschaft sein und sie missbilligen zu können.

1849 Vor zwanzig Jahren war Mr. Richmond plötzlich wie besessen von Tom Sawyers Höhle in den Bergen drei Meilen vor der Stadt und machte einen Touristenort daraus. Aber jetzt gehört die Höhle der Vergangenheit an. Als 1849 die Goldsucher durch unsere kleine Stadt Hannibal zogen, wurden auch viele unserer erwachsenen Männer und ich glaube alle Jungen vom Goldfieber gepackt. Im Sommer borgten wir uns an freien Samstagen die kleinen Boote, deren Besitzer abwesend waren, und fuhren die drei Meilen flussabwärts bis zur »Höhlensenke« (missourisch für »Tal«), wo wir Claims absteckten und vorgaben, nach Gold zu graben, und anfangs einen halben Dollar pro Tag verdienten; später zwei- bis dreimal so viel und, je mehr sich unsere Vorstellungskraft an die Arbeit gewöhnte, nach und nach ganze Vermögen. Dumme, unprophetische Jungs! Wir spielten nur und ahnten nichts. Die Höhlensenke und all die benachbarten Hügel waren aus Gold! Aber das wussten wir nicht. Wir hielten es für Erde. Wir überließen sie mitsamt ihrem reichen Geheimnis sich selbst, wuchsen in Armut auf, durchwanderten die Welt und mühten uns um Brot – und all das nur, weil uns die Gabe der Weissagung fehlte. Für uns bestand die ganze Gegend aus Erde und Gestein, dabei brauchte man sie nur aufzugraben und fachgerecht zu behandeln, und schon war es Gold. Will sagen, die ganze Gegend war eine einzige Zementmine – und jetzt wird dort feinster Portlandzement hergestellt, fünftausend Fässer am Tag in einer Anlage, die zwei Millionen Dollar gekostet hat.

Vor einigen Monaten erhielt ich von dort ein Telegramm, in dem es hieß, Tom Sawyers Höhle werde mittlerweile zu Zement verarbeitet, ob ich mich nicht öffentlich dazu äußern wolle. Aber ich hatte nichts dazu zu sagen. Der Verlust unserer Zementmine tat mir leid, aber es lohnte sich nicht, zu einem so späten Zeitpunkt noch darüber zu sprechen, und alles in allem war es ohnehin ein schmerzliches Thema. Tom Sawyers Höhle misst sieben Meilen – das heißt, der aufragende Bergrücken, der die Höhle verbirgt, erstreckt sich sieben Meilen am Ufer des Mississippi entlang bis zur Stadt Saverton.

Für eine Weile ging auch Reuel Gridley auf unsere Schule. Er war schon älter, vielleicht zweiundzwanzig oder dreiundzwanzig. Dann kam der Mexikanische Krieg, und er meldete sich freiwillig. In unserer Stadt wurde eine Infanteriekompanie aufgestellt, und man ernannte Mr. Hickman, einen hochgewachsenen, aufrechten, gutaussehenden Athleten von fünfundzwanzig Jahren, zum Captain, der fortan ein Schwert an seiner Seite und einen breiten gelben Streifen an den grauen Hosenbeinen trug. Und wenn die Kompanie in ihren eleganten Uniformen die Straßen auf und ab marschierte – was sie mehrmals täglich tat –, wohnten, wann immer der Stundenplan es zuließ, sämtliche Jungen dem Drill bei. Ich habe die marschierende Kompanie noch deutlich vor Augen und kann fast noch das verzehrende Verlangen spüren, mich ihr anzuschließen. Aber es gab keine Verwendung für Zwölf- und Dreizehnjährige, und bevor mir ein anderer Krieg die Chance gab, Menschen zu töten, die man mir nicht vorgestellt hatte, war mein Verlangen längst erloschen.

Den prächtigen Hickman sah ich noch einmal, hochbetagt. Er schien der älteste Mann zu sein, den ich je gesehen hatte – ein erstaunlicher, melancholischer Kontrast zu dem glanzvollen jungen Captain, dem ich viele, viele Jahre vorher dabei zugesehen hatte, wie er seine Krieger auf das Gemetzel vorbereitete. Hickman ist tot – es ist die alte Geschichte. Genau wie Susy gefragt hatte: »Wozu ist das alles gut?«

Reuel Gridley zog in den Krieg, und fünfzehn oder sechzehn Jahre lang hörten wir nichts von ihm. Dann, eines Tages in Carson City, wo ich auf einem Bürgersteig gerade eine Meinungsverschiedenheit mit einem Redakteur austrug – einem Redakteur, der für Krieg besser gemacht war als ich –, hörte ich eine Stimme: »Gib's ihm, so gut du kannst, Sam, ich stehe hinter dir.« Es war Reuel Gridley. Er sagte, er habe mich nicht an meinem Gesicht, sondern an meiner gedehnten Sprechweise erkannt.

Etwa zu jener Zeit machte er sich auf zu den Minen am Reese River, verlor bald darauf in seinem Bergarbeiterlager eine Wahlwette und musste einen fünfzig Pfund schweren Sack Mehl, dem Backpulver zugesetzt war, kaufen, zu musikalischer Begleitung durch die Stadt tragen und beim Gewinner der Wette abliefern. Natürlich war ein jeder anwesend, betrunken und begeistert. Der Gewinner der Wette versteigerte den Sack zugunsten des United States Sanitary Fund, der Hilfsorganisation für Freiwillige während des Bürgerkriegs. Der Käufer versteigerte ihn erneut zugunsten des Fonds. Die Spannung wuchs immer weiter. Wieder und wieder wurde der Sack zugunsten des Fonds versteigert. Per Telegraph erreichte die Nachricht Virginia City. Sie rief große Begeisterung hervor, und per Telegraph wurde Reuel Gridley inständig gebeten, den Sack nach Virginia City zu bringen und ihn dort zu versteigern. Er brachte ihn. Ein offener Landauer wurde bereitgestellt, desgleichen eine Blaskapelle. Mehrmals wurde der Sack in Gold Hill verkauft, dann gegen Abend nach Virginia City gebracht und abermals verkauft – und wieder verkauft und wieder und wieder, so dass er dem Hilfsfonds insgesamt zwanzig- oder dreißigtausend Dollar eintrug. Gridley schleppte ihn quer durch Kalifornien und versteigerte ihn in verschiedenen Städten. In Sacramento und in San Francisco erzielte er hohe Summen. Er brachte ihn an die Ostküste, verkaufte ihn in New York und in verschiedenen anderen Städten, brachte ihn dann zu einem großen Jahrmarkt nach St. Louis und verkaufte ihn erneut, bis er schließlich kleine Kuchen aus dem Mehl machte und für einen Dollar das Stück verkaufte. Am Ende trug der Sack, der ursprünglich vielleicht zehn Dollar gekostet hatte, dem Hilfsfonds mehr als zweihunderttausend Dollar ein. Reuel Gridley ist schon seit vielen, vielen Jahren tot – es ist die alte Geschichte.

In der Schule begegnete ich zum ersten Mal Juden. Ich brauchte eine ganze Weile, um die Ehrfurcht vor ihnen zu überwinden. In meiner Einbildung waren sie unsichtbar in den klammen spinnwebenverhangenen Moder der Antike gekleidet. Sie versetzten mich nach Ägypten, und in meiner Vorstellung bewegte ich mich unter Pharaonen und all den geheimnisvollen Berühmtheiten einer fernen Epoche. Die Jungen hießen Levin. Wir hatten einen gemeinsamen Kosenamen für die beiden – die einzige wirklich große und hübsche Witzelei, die je aus diesem Kongresswahlbezirk hervorging. Wir nannten sie »Zweiundzwanzig« – und selbst als der Scherz schon alt und abgedroschen war, ließen wir, um sicherzugehen, dass ihn auch jeder verstand, stets die Erklärung folgen: »Zwei mal Levin – zweiundzwanzig.«*

Es gab andere Jungen, deren Namen mir heute noch gegenwärtig sind. Irving Ayres – aber was soll's, er ist tot. Dann war da noch George Butler, ich erinnere mich an ihn als siebenjähriges Kind, das einen blauen Ledergürtel mit einer Messingschnalle trug und deswegen von allen Jungen gehasst und beneidet wurde. Er war ein Neffe von General Ben Butler und kämpfte ehrenvoll in dem Gefecht bei Balls Bluff und in mehreren anderen Schlachten des Bürgerkriegs. Auch er ist lange, lange tot.

Will Bowen (lange tot), Ed Stevens (lange tot) und John Briggs waren enge Freunde von mir. John lebt noch.

1845, ich war zehn Jahre alt, brach in der Stadt eine Masernepidemie aus, *1845*
die ein beängstigendes Gemetzel unter den Kleinen anrichtete. Fast täglich gab es ein Begräbnis, und die Mütter der Stadt waren fast wahnsinnig vor Angst. Meine Mutter war höchst beunruhigt. Sie machte sich Sorgen um Pamela, Henry und mich und verwendete die größte Mühe darauf, uns vor einer Ansteckung zu schützen. Doch genaues Nachdenken brachte mich zu der Vermutung, dass sie nicht die Richtige dafür wäre. Mir schien, dass ich meine Lage verbessern könnte, wenn ich mir selbst überlassen bliebe. Ob ich mich vor den Masern fürchtete, weiß ich nicht mehr, kann mich aber noch deutlich daran erinnern, dass ich die Anspannung, unter der ich der ständigen Lebensgefahr wegen litt, bald leid war. Ich weiß noch, dass ich ihrer überdrüssig wurde und es nicht erwarten konnte, bis die Sache so oder so entschieden war, und zwar rasch, und dass mir meine Ungeduld die Tage

* [Wortspiel mit dem Familiennamen Levin und der Zahl *eleven,* engl. für elf: zwei mal elf – zweiundzwanzig; Anm. des Übers.]

und die Nächte verdarb. Ich konnte sie nicht mehr genießen. Und so beschloss ich, der Anspannung ein für alle Mal ein Ende zu machen. Will Bowen war schwer an Masern erkrankt, und ich wollte zu ihm gehen und mir welche einfangen. Ich betrat das Haus durch den Vordereingang, schlich mich durch Zimmer und Gänge, stets auf der Hut, um nicht entdeckt zu werden, erreichte schließlich Wills Schlafzimmer im ersten Stock im hinteren Teil des Hauses und betrat es unentdeckt. Hier allerdings endete mein Sieg. Einen Augenblick später erwischte mich seine Mutter, zerrte mich aus dem Haus, hielt mir eine tüchtige Gardinenpredigt und jagte mich fort. Sie war so erschrocken, dass sie die Worte kaum herausbrachte, und ihr Gesicht war kreideweiß. Ich sah ein, dass ich es das nächste Mal besser anstellen musste, und das tat ich auch. Ich lungerte auf dem Weg hinter dem Haus herum und spähte durch die Ritzen im Zaun, bis ich mich davon überzeugt hatte, dass die Umstände günstig waren; daraufhin stahl ich mich durch den hinteren Garten ins Haus und über die Hintertreppe in den ersten Stock, gelangte, ohne ertappt zu werden, in Will Bowens Zimmer und legte mich zu ihm ins Bett. Ich weiß nicht mehr, wie lange ich in dem Bett lag. Ich weiß nur noch, dass Will Bowens Gesellschaft keinen Wert für mich hatte, denn er war zu krank, um meine Anwesenheit zu bemerken. Als ich seine Mutter kommen hörte, zog ich mir die Decke über den Kopf, aber diese List war ein Misserfolg. Es war Hochsommer – die Decke nicht mehr als ein schlaffes Laken oder Tuch, und jeder sah gleich, dass zwei Knaben darunterlagen. Es blieben nicht lange zwei. Mrs. Bowen zerrte mich aus dem Bett und brachte mich eigenhändig nach Hause, mit einem Griff an meinem Kragen, den sie nicht ein einziges Mal lockerte, bis sie mich den Händen meiner Mutter übergeben hatte, zusammen mit ihrer Meinung über solch einen Jungen.

Es endete mit einer ordentlichen Masernerkrankung. Sie führte mich bis an die Schwelle des Todes. Sie führte mich an einen Ort, wo ich mich für nichts mehr interessierte, vielmehr die völlige Abwesenheit von Interesse verspürte – ein ausgesprochen ruhiger, friedlicher, wunderbarer und betörender Zustand. In meinem ganzen Leben habe ich nie wieder etwas so genossen wie damals das Sterben. Und ich lag *tatsächlich* im Sterben. Die Nachricht hatte sich herumgesprochen, und die Familie war gebeten worden, sich an meinem Bett zu versammeln, um sich zu verabschieden. Ich erkannte sie alle. Mein Sehvermögen funktionierte einwandfrei. Alle weinten, aber das beeindruckte mich nicht. Ich nahm höchstens schwach Anteil, und auch das nur, weil ich im Mittelpunkt all der emotionalen Aufmerksamkeit stand und mich zufrieden und geschmeichelt fühlte.

Als Dr. Cunningham entschieden hatte, dass er nichts mehr für mich tun konnte, verteilte er auf meinem ganzen Körper Beutel mit heißer Asche. Er legte sie auf meine Brust, meine Handgelenke, meine Knöchel; und so holte er mich zu seiner großen Überraschung – und zweifellos zu meinem Bedauern – in die Welt zurück und brachte mich wieder auf die Beine.

Dienstag, 20. März 1906

Über die Sonntagsschulreden des jungen John D. Rockefeller – Mr. Clemens als Ehrenmitglied wird gebeten, vor der Bibelklasse zu reden – Seine Absage – Er nimmt eine Einladung von General Fred Grant an, am 10. April zugunsten der Robert Fulton Memorial Association in der Carnegie Hall zu reden – Seine Zusage

Eine der ständigen Freuden der amerikanischen Nation dieser Tage sind die theologischen Bibelklassen-Abenteuer von John D. Rockefeller jr. Jeden Sonntag erläutert der junge Rockefeller seiner Gruppe die Bibel. Anderntags verbreiten die Zeitungen und Associated Press seine Erläuterungen über den gesamten Kontinent, und alles lacht. Die ganze Nation lacht, doch in ihrem unschuldigen Stumpfsinn ahnt sie nicht, dass sie über sich selbst lacht. Aber genau das tut sie.

Der junge Rockefeller, vielleicht fünfunddreißig Jahre alt, ist eine schlichte, einfältige, ernsthafte, aufrichtige, ehrliche, wohlmeinende, gewöhnliche Person, ohne auch nur einen Hauch von Originalität. Und wenn er sich statt auf das Geld seines Vaters auf seine geistigen Fähigkeiten verlassen müsste, würden seine Bibelerklärungen augenblicklich verstummen und von der Öffentlichkeit nicht länger beachtet werden. Indes gilt sein Vater als der reichste Mann der Welt, und das macht die theologischen Verrenkungen seines Sohnes interessant und bedeutend. Die Welt hält den alten Rockefeller für milliardenschwer. Steuern zahlt er nur für zweieinhalb Millionen. Er ist ein ernsthafter ungebildeter Christ und seit vielen, vielen Jahren Admiral einer Sonntagsschule in Cleveland, Ohio. Seit vielen, vielen Jahren hält er in dieser Sonntagsschule Vorträge über sich selbst und erklärt, wie er zu Geld gekommen ist; und in all den Jahren hat seine Sonntagsschule verzückt gelauscht und ihre Anbetung zwischen ihm und seinem Schöpfer aufgeteilt – zu ungleichen Teilen. Seine Sonntagsschulreden werden durchs ganze Land gedrahtet und von der Nation mit ebenso viel Begeisterung gelesen wie die seines Sohnes.

Wie bereits gesagt, die Nation lacht über die Schriftauslegungen des jungen Rockefeller. Doch die Nation muss wissen, dass diese Auslegungen genau dem entsprechen, was sie allsonntäglich von den Kanzeln hört und was ihre Vorfahren sich jahrhundertelang ohne die geringste Erneuerung einer Idee angehört haben – falls in diesen Vorträgen überhaupt jemals eine Idee enthalten war. Die Methoden des jungen John sind die gewöhnlichen Kanzelmethoden. Seine Herleitung goldener Phantasien aus schmutzigen Fakten entspricht genau dem, womit die Kanzel seit Jahrhunderten hausieren geht. Jedes seiner Argumente ist von den Theologen aller Zeitalter bereits derart abgenutzt worden, dass es nur mehr in fadenscheinigen Lumpen auf ihn kommt. Alle seine Beweisführungen sind wie alle Beweisführungen aller Kanzeln schale Anleihen bei den geistlosen Kanzeln früherer Jahrhunderte. Nie hat sich der junge John selbst mit einer Doktrin auseinandergesetzt; nie hat er eine Doktrin auf ihre tatsächlichen Vorzüge hin geprüft; nie eine Doktrin zu einem anderen Zweck untersucht, als um darin die Auffassungen zu finden, die er von seinen Lehrern aus zweiter Hand empfangen hat. Seine Reden sind nicht mehr und nicht weniger originell und wertvoll als die aus dem Munde jedes beliebigen Theologen, vom Papst in Rom bis zu ihm selbst. Die Nation lacht über die gründlichen und unbeholfenen Untersuchungen, die der junge John zu Josephs Charakter und Verhalten anstellt, dabei hört sich die Nation seit Menschengedenken an, wie Josephs Charakter und sein Verhalten auf dieselbe unbeholfene und törichte Weise auf den Kanzeln untersucht werden, und die Nation sollte bedenken, dass sie, wenn sie über den jungen John lacht, über sich selbst lacht. Sie sollte bedenken, dass der junge John bei Joseph nicht etwa neue Tünche verwendet. Er verwendet denselben alten Pinsel und dieselbe alte Tünche, die Joseph seit Jahrhunderten grotesk entstellen.

Ich kenne und schätze den jungen John seit vielen Jahren und habe schon lange das Gefühl, dass die Kanzel der richtige Platz für ihn ist. Ich bin sicher, dort würde das leuchtende Holz seiner Gedanken so richtig glühen – vermutlich wird er sich jedoch dem Schicksal beugen müssen und seinen Vater als Kopf der riesigen Standard Oil Corporation ablösen. Eine seiner vergnüglichsten theologischen Anleitungen war vor drei Jahren die Enthüllung der Bedeutung – der wahren Bedeutung, der tieferen Bedeutung – von Christi Mahnung an den Jüngling, der, von Reichtum erdrückt, gleichwohl das ewige Leben wollte, falls sich ein günstiger Weg finden ließe: »Verkaufe alles, was du hast, und gib's den Armen.« Der junge John erklärte die Sache wie folgt:

»Was immer zwischen dir und der Erlösung steht, räume dieses Hindernis um jeden Preis aus dem Weg. Ist es Geld, so gib es den Armen; ist es Grundbesitz, so verkaufe alles und gib den Erlös den Armen; ist es soldatischer Ehrgeiz, so scheide aus dem Militärdienst; ist es eine verzehrende Schwärmerei für eine Person, Sache oder Beschäftigung, so wirf die Fesseln ab und widme dich zielstrebig deiner Erlösung.«

Die Schlussfolgerung liegt auf der Hand. Die Millionen des jungen John und die seines Vaters waren ein bloßer Zufall in ihrem Leben und für ihr Streben nach Erlösung keineswegs ein Hindernis. Darum betraf Christi Mahnung nicht sie. Eine der Zeitungen schickte Reporter zu sechs oder sieben New Yorker Geistlichen, um sie nach ihrer Meinung in der Angelegenheit zu befragen. Das Ergebnis? Alle bis auf einen pflichteten dem jungen Rockefeller bei. Ich weiß nicht, was wir ohne die Kanzel anfangen würden. Auf die Sonne könnten wir leichter verzichten – zumindest auf den Mond.

Vor drei Jahren ging ich mit dem jungen John zu seiner Bibelklasse und hielt dort eine Rede – keine theologische, das wäre geschmacklos gewesen, und guter Geschmack ist mir wichtiger als Rechtschaffenheit. Ein Außenstehender, der in diese Bibelklasse kommt, um eine Rede zu halten, hat

Anspruch auf die Ehrenmitgliedschaft. Also bin ich Ehrenmitglied. Vor einigen Tagen benachrichtigte mich ein Vorsitzender der Bibelklasse, am übernächsten Abend werde in seiner Kirche eins der alle fünf Jahre stattfindenden Treffen der Ehrenmitglieder abgehalten und man sähe es gern, wenn ich kommen und eine Rede beitragen wollte. Und falls ich verhindert sei, ob ich einen Brief schicken würde, der vor den Leuten verlesen werden könne?

Da ich bereits von Terminen erdrückt wurde, schickte ich die folgende Absage:

14. März 1906

Mr. Edward M. Foote, Vorsitzender

Lieber Freund und Kollege,

gern würde ich an dem Treffen der Ehrenmitglieder von Mr. Rockefellers Bibelklasse teilnehmen (denen ich dank geleisteter Dienste angehöre), muss aber besonnen sein und darf nicht in ein Wespennest stechen. Dabei geht es um Joseph. Er könnte zur Sprache kommen, und schon wäre ich womöglich in Schwierigkeiten, da ich, was Joseph betrifft, mit Mr. Rockefeller uneins bin. Vor acht Jahren habe ich in einem Artikel in der *North American Review*, der inzwischen in Band XXII meiner *Gesammelten Werke* aufgenommen wurde, Joseph im Lichte von Kapitel 47 des 1. Buch Mose gewissenhaft und erschöpfend erläutert; danach habe ich meine Aufmerksamkeit anderen Themen gewidmet in der Annahme, Joseph ein für alle Mal abgehandelt zu haben, so dass zu diesem Thema niemand mehr etwas zu sagen brauchte. Stellen Sie sich also meine Überraschung und Trauer vor, als ich kürzlich in der Zeitung las, Mr. Rockefeller habe sich Joseph gegriffen – offenkundig in völliger Unkenntnis der Tatsache, dass ich ihn bereits abgehandelt hatte – und versucht, ihn abermals abzuhandeln.

Jeder Satz, den Mr. Rockefeller von sich gab, bewies, dass er nicht mit Joseph vertraut ist. Insofern war mir klar, dass er meinen Artikel nie gelesen hat. Er hat ihn ganz sicher nicht gelesen, denn die von ihm veröffentlichte Einschätzung Josephs unterscheidet sich von meiner. Hätte er meinen Artikel gelesen, wäre das ein Ding der Unmöglichkeit. Er hält Joseph für Marias Lämmchen; das ist ein Fehler. Er war – er – aber sehen Sie sich meinen Artikel an, dann werden Sie verstehen, was er war.

Joseph ist seit Jahrhunderten ein äußerst heikles, schwieriges Problem. Das heißt, für jeden außer mir. Das liegt daran, dass ich ihn auf Grundlage der überlieferten Fakten untersuche, die anderen Theologen nicht. Von Pflichtgefühl überwältigt, malen sie die Fakten aus. Einige übermalen sie ganz. Übermalen sie und malen stattdessen bessere hinein, die sie ihrer eigenen Einbildungskraft entnehmen. Sie schminken sich eine Joseph-Darstellung zurecht, so wie sich wacklige Banken zur Täuschung der Bankinspektoren ihre Bilanzen zurechtschminken. Verbindlichkeiten, die ein Licht auf die wahren Verhältnisse werfen würden, unterschlagen sie und fügen an deren Stelle phantasievolle Vermögenswerte ein. Sage ich etwa nicht die Wahrheit? Vorletzten Sonntag wurde der überaus fachkundige und fähige Dr. Silverman in der *Times* folgendermaßen zitiert:

> Doch die Farmer, die Landwirte und Hirten, die für ihren Lebensunterhalt auf die Erträge des Bodens angewiesen waren, litten während der Hungersnot am schwersten. Um das Volk vor dem sicheren Hungertod zu bewahren, teilte Joseph das Volk aus in die Städte, von einem Ende Ägyptens bis ans andere (1. Buche Mose, 47,21), wo er sie unterstützte. Solange sie Geld hatten, gab er ihnen Lebensmittel um Geld, als das Geld erschöpft war, nahm er ihre Rinder, ihre Pferde, ihre Schafe und Esel und notfalls sogar ihr Land als Pfand für Nahrung. So fütterte die Regierung die Rinder, Pferde &c., die andernfalls verendet wären.
>
> Später wurde das Land [das Eigentumsrecht?] den früheren Eigentümern zurückgegeben; sie bekamen Samen, um das Feld zu bestellen, und so viele von ihren Rindern, Pferden, Schafen &c., wie sie benötigten, und der Regierung brauchten sie nur den Fünften des Zuwachses an Tieren und Erzeugnissen zu geben.
>
> Josephs Plan war staatsmännisch und humanitär zugleich. Dem Pharao und seinen Ratgebern leuchtete er sofort ein, und es wundert einen nicht, dass Joseph zum Vizekönig von ganz Ägypten ernannt wurde. Joseph bekämpfte erfolgreich all die menschlichen Haie und Spekulanten, die die Armen in den Jahren der Hungersnot ausgeplündert und sie dem Hungertod und der Bettelei überlassen hatten. Er nahm Land und Tiere der Bedürftigen als Pfand und gab ihnen dann ihr Erbe [das Eigentumsrecht?] zurück. Für die Lebensmittel, die er unter ihnen verteilte, berechnete er nur den gerechten Marktpreis. Ohne die weise Einrich-

tung öffentlicher Lagerhäuser, die Joseph hatte bauen lassen, hätte das Volk all seine Besitztümer verloren, wäre das ganze Land im Elend versunken, und wie in vorangegangenen Hungersnöten wären Tausende und Abertausende gestorben.

Das ist die Bilanz Dr. Silvermans – ausgemalt und vergoldet und bereit für den Inspektor. Dies aber ist die Darstellung der Bibel. Die Hervorhebungen stammen von mir:

Es war aber kein Brot in allen Landen; denn die Teuerung war sehr schwer, dass das Land Ägypten und Kanaan verschmachteten vor der Teuerung.

Und Joseph brachte *alles* Geld zusammen, das in Ägypten und Kanaan gefunden ward, um das Getreide, das sie kauften; und Joseph tat alles Geld in das Haus Pharaos.

Da nun Geld gebrach im Lande Ägypten und Kanaan, kamen *alle* Ägypter zu Joseph und sprachen: Schaffe uns Brot! Warum lässt du uns vor dir sterben, darum dass wir ohne Geld sind?

Joseph sprach: Schafft euer Vieh her, so will ich euch um das Vieh geben, weil ihr ohne Geld seid.

Da brachten sie Joseph ihr Vieh; und er gab ihnen Brot um ihre Pferde, Schafe, Rinder und Esel. Also ernährte er sie mit Brot das Jahr um *all ihr Vieh.*

Da das Jahr um war, kamen sie zu ihm im zweiten Jahr und sprachen zu ihm: Wir wollen unserm Herrn nicht verbergen, dass nicht allein das Geld, sondern auch alles Vieh dahin ist zu unserm Herrn; und ist *nichts mehr übrig* vor unserm Herrn denn *unsre Leiber und unser Feld.*

Warum lässt du uns vor dir sterben und unser Feld? Kaufe *uns* und *unser Land* ums Brot, dass wir und unser Land leibeigen seien dem Pharao; gib uns Samen, dass wir leben und nicht sterben und das Feld nicht wüst werde.

Also *kaufte* Joseph dem Pharao das ganze Ägypten. Denn die Ägypter *verkauften* ein jeglicher seinen Acker, denn die Teuerung war zu stark über sie. Und ward also *das Land Pharao eigen.*

Und er teilte das Volk aus in die Städte, von einem Ende Ägyptens bis ans andere.

Ausgenommen der Priester Feld. Das kaufte er nicht; denn es war von Pharao für die Priester verordnet, dass sie sich nähren sollten von dem Verordneten, das er ihnen gegeben hatte; darum brauchten sie ihr Feld nicht zu verkaufen.

Da sprach Joseph zu dem Volk: Siehe, ich habe heute *gekauft euch* und *euer Feld* dem Pharao; siehe, da habt ihr Samen und besäet das Feld.

Und von dem Getreide sollt ihr den Fünften geben; vier Teile sollen euer sein, zu besäen das Feld und zu eurer Speise und für euer Haus und eure Kinder.

Sie sprachen: Du hast uns am Leben erhalten; lass uns nur Gnade finden vor dir, unserm Herrn, so wollen wir gerne Pharao leibeigen sein.

Also machte Joseph ihnen ein Gesetz bis auf diesen Tag über der Ägypter Feld, den Fünften Pharao zu geben; ausgenommen der Priester Feld, das ward dem Pharao nicht eigen.

Von einem »Pfand« ist hier, soweit ich sehe, nicht die Rede. Für mich sieht das Ganze nach einem brandneuen Vermögenswert aus – für Joseph. Und einem stattlichen und anwachsenden noch dazu – falls jemand eine Quelle dafür finden kann. Aber ich kann keine finden; ich finde nicht, dass Joseph verzweifelten Bauern Darlehen gewährte und diese Darlehen durch Hypotheken auf ihre Ländereien und Tiere sicherte, ich meine zu finden, dass er sich das Land selbst aneignete – bis hin zum letzten Acker und die Tiere bis hin zum letzten Huf. Und ich habe nicht den Eindruck, dass Joseph den hungernden Unglücklichen »für die Lebensmittel, die er unter ihnen verteilte, nur den gerechten Marktpreis« berechnete. Nein, ich habe den Eindruck, dass er ihnen den letzten Penny nahm, den sie besaßen; den letzten Acker, den sie besaßen; das letzte Tier, das sie besaßen; dann kaufte er die *Leiber* und die *Freiheiten* der gesamten Nation nach »gerechter Marktbewertung« gegen Brot und die Ketten der Sklaverei. Ist es vorstellbar, dass es einen »gerechten Marktpreis« oder irgendeinen Preis – zu beziffern in Gold, Diamanten, Banknoten oder Regierungsanleihen – für das höchste Gut des Menschen geben kann – das eine Gut, ohne das sein Leben vollkommen wertlos ist – seine Freiheit?

Joseph handelte im Sinne der Geistlichkeit; das ist das Einzige, was ich zu seiner Verteidigung anführen kann. Und klug. Das hat man bis heute nicht vergessen.

Nein, ich danke Ihnen herzlich und in aller Aufrichtigkeit, aber ich habe Angst zu kommen, ich wage es nicht zu kommen, denn ich bin empfindlich, ich bin menschlich, ich bin verletzlich, und ich könnte es nicht ertragen, wenn der junge Mr. Rockefeller, von dem ich sehr viel halte, aufstünde und Joseph aufs Neue übertünchte. Aber ich sende Ihnen meine besten Wünsche.

Mark Twain

Ehrenmitglied der Bibelklasse

Ich schickte diesen Brief an den jungen John persönlich und bat ihn, ganz nach Belieben damit zu verfahren, und sollte ihm eine Verlesung in der Kirche unpassend erscheinen, ihn zu unterschlagen. Er unterschlug ihn – was beweist, dass er trotz seiner Theologie einen nüchternen Standard-Oil-Kopf hat. Dann bat er mich, doch zu dem Treffen der Ehrenmitglieder zu kommen und eine Rede zu halten, mein Thema könne ich frei wählen, und ich könne offen sprechen. Er schlug eins vor, mit dem er sich vor ein paar Monaten im Bibelunterricht selbst auseinandergesetzt habe – das Lügen. Das Thema behagte mir sehr. Ich hatte die Zeitungsberichte über seinen Vortrag gelesen und festgestellt, dass dieser allen anderen Kanzelreden glich. Er wusste nichts Bemerkenswertes über das Lügen zu sagen; wie alle anderen Kanzelredner glaubt er, dass es auf diesem Planeten irgendwann einmal jemanden gegeben hat, der kein Lügner war; wie alle anderen Kanzelredner glaubt er, dass – aber diesen Gegenstand habe ich bereits in einem meiner Bücher abgehandelt, und es ist nicht nötig, ihn an dieser Stelle erneut abzuhandeln.

Wir einigten uns, dass der junge John mich übermorgen Abend abholen und zu seiner Kirche fahren wird, wobei es mir freisteht, ganz nach Belieben über das Lügen oder stattdessen über jedes andere Thema von aktuellem Interesse zu reden, falls es jemanden gibt, der sich in der Lage sieht, in einer solchen Atmosphäre ein frisches Thema anzuschneiden.

Aber nun kann ich doch nicht hingehen. Ich habe mit meiner alljährlichen Bronchitis zu kämpfen, und der Arzt hat es mir verboten. Das ist schade, denn ich bin überzeugt, dass ich über das Lügen mehr weiß als jeder, der vor mir auf diesem Planeten gelebt hat. Ich glaube, dass ich der einzige lebende Mensch bin, der vernünftig über dieses Thema reden kann. Seit siebzig Jahren bin ich damit vertraut. Die erste Äußerung, die ich je von mir gegeben habe, war eine Lüge, denn ich tat so, als ob mich eine Nadel gestochen hätte, was gar nicht stimmte. Seither interessiere ich mich für diese große Kunst. Seither übe ich mich in ihr, manchmal zum Vergnügen, meistens um einen Gewinn herauszuschlagen. Und bis zum heutigen Tag bin ich mir nicht immer sicher, wann ich mir selbst Glauben schenken darf und wann die Angelegenheit überprüft werden sollte.

Wenn mich die Bronchitis erwischt, wäre ich untröstlich, denn das würde sechs Wochen Bettruhe bedeuten – mein alljährlicher Tribut, den ich ihr seit sechzehn Jahren zolle. Ich wäre untröstlich, weil ich in der richtigen Verfassung sein möchte, um am Abend des 10. April in der Carnegie Hall aufzutreten und mich ein für alle Mal vom Podium zu verabschieden. Ich habe nicht vor, jemals wieder Vorträge gegen Honorar zu halten, und ich glaube, ich werde auch keine mehr halten, für die das Publikum Eintrittsgeld entrichten muss. Ich werde weiter Reden halten, aber nur zum Spaß, nicht für Geld. Von denen kann ich jede Menge halten.

Mein erster Auftritt vor Publikum fand vor vierzig Jahren in San Francisco statt. Falls ich den Abschied in der Carnegie Hall am 10. April noch erlebe, werde ich sehen, und zwar ununterbrochen sehen, was kein anderer im Saal sehen kann. Ich werde zwei riesige Zuhörerschaften vor mir sehen – die Zuhörer aus San Francisco vor vierzig Jahren und die, die diesmal vor mir sitzen. Jenes frühere Publikum werde ich gestochen scharf und bis ins kleinste Detail vor mir sehen, so wie ich es in diesem Moment vor mir sehe, und ich werde es sehen, während ich in das Publikum der Carnegie Hall blicke. Ich verspreche mir von diesem Abend in der Carnegie Hall ein großes erfüllendes Vergnügen, und ich hoffe, die Bronchitis verschont mich, damit ich ihn genießen kann.

Vor einer Woche grübelte ich ein wenig darüber nach, was ich zum Abschied Verrücktes tun könnte, als mir General Fred Grant einen Gentleman vorbeischickte, um mir tausend Dollar für eine Rede zugunsten der Robert Fulton Memorial Association anzubieten, dessen Präsident er ist und dessen Vizepräsident ich bin. Das war genau das Richtige, und ich sagte augenblicklich zu und versprach, unverzüglich einige Telegramme und Briefe von Fred Grant an mich selbst zu schreiben und mit seinem Namen zu unterzeichnen und diese Telegramme und Briefe zu beantworten und mit meinem Namen zu unterzeichnen, denn auf diese Weise würden wir gute Werbung machen, und ich könnte der Öffentlichkeit bekanntgeben, dass ich meine endgültig letzte Rede gegen Honorar hielt. Ich schrieb die Korrespondenz sofort nieder. General Grant hieß sie gut, und ich füge sie hier ein.

PRIVAT UND VERTRAULICH

[Korrespondenz]

Telegramm

Hauptquartier, Department Ost
Governors Island, New York

Mark Twain, New York
Würden Sie den Vorschlag erwägen, zugunsten der Robert Fulton Memorial Association, deren Vizepräsident Sie sind, für ein Honorar von tausend Dollar eine Rede in der Carnegie Hall zu halten?

F. D. Grant
Präsident
Fulton Memorial Association

Telegraphische Antwort

Generalmajor F. D. Grant
Hauptquartier, Department Ost
Governors Island, New York
Ich nehme Ihr Angebot mit Freuden an, allerdings muss ich zur Auflage machen, dass Sie die tausend Dollar als Spende für den Memorial Fund behalten.

Clemens

Briefe

Sehr geehrter Mr. Clemens,

die Association ist Ihnen zu Dank verpflichtet und wird sich ganz nach Ihren Wünschen richten. Aber warum gleich alles spenden? Warum nicht wenigstens einen Teil behalten – warum sollte Ihre Arbeit ganz ohne Vergütung bleiben?

Hochachtungsvoll
Fred D. Grant

Dienstag, 20. März 1906

Generalmajor Grant
Hauptquartier, Department Ost

Verehrter General,

weil ich seit vielen Jahren keine Reden mehr gegen Bezahlung halte und diese Gewohnheit nur mit größtem persönlichem Unbehagen wiederaufnehmen könnte. Ich höre mich gerne reden, weil ich so viel Belehrung und moralische Erbauung daraus ziehe, aber wenn ich Geld dafür verlange, geht mir ein Großteil dieser Freude verloren. Also belassen wir es dabei.

General, mit Ihrem Einverständnis möchte ich diese gute Gelegenheit dazu nutzen, mich ein für alle Mal vom Podium zurückzuziehen.

Hochachtungsvoll
S. L. Clemens

Sehr geehrter Mr. Clemens,

selbstverständlich. Aber erlauben Sie mir als altem Freund einen Einwand: Tun Sie das nicht! Weshalb sollten Sie? Sie sind doch noch gar nicht so alt.

Hochachtungsvoll
Fred D. Grant

Verehrter General,

ich meine das *bezahlte* Podium; vom *unbezahlten* Podium werde ich mich erst dann zurückziehen, wenn ich tot bin und die Höflichkeit mir gebietet, zu schweigen und andere nicht zu stören.

Worüber soll ich reden? Meine Vorstellung wäre: das Publikum über Robert Fulton zu unterrichten und ... Sagen Sie – war das sein richtiger Name oder ein Pseudonym? Wie dem auch sei, es ist nicht wichtig – ich kann's überspringen, und alle werden denken, ich wüsste bestens Bescheid und hätte es nur vergessen. Könnten Sie für mich herausfinden, ob er zu den Unterzeichnern der Deklaration gehörte, und zwar welcher? Sollte es Ihnen jedoch Schwierigkeiten bereiten, lassen Sie's bleiben, ich kann es überspringen. War er mit Paul Jones auf See? Würden Sie Horace Porter dazu befragen? Und fragen Sie ihn, ob er beide nach Hause brachte. Das wären äußerst interessante Fakten, falls sie sich abklären ließen. Aber vergessen Sie's, bemühen Sie Porter nicht, ich kann es auch so herausfinden. Für mich sind das historische Juwelen – Juwelen erster Güte.

Also, das wäre wie gesagt meine Vorstellung: das Publikum zuerst mit einem

Löffel voll Informationen über Fulton zu begeistern und es dann mit einem Fass voller Veranschaulichungen, die ich auswendig aus meinen Büchern zitiere, wieder zu beruhigen – und wenn Sie nichts verraten, wird das Publikum glauben, alles zum ersten Mal zu hören, denn die Leute lesen unsere Bücher nicht wirklich, sie behaupten es nur, damit unsereins sich nicht schlecht fühlt. Als Nächstes die Zuhörer mit einem weiteren Löffel voll Fakten über Fulton zu begeistern, nur um sie mit einem weiteren Fass voller Veranschaulichungen wieder ruhigzustellen. Und so weiter und so fort, den ganzen Abend lang; solange Sie diskret sind und niemandem verraten, dass die Veranschaulichungen gar nichts veranschaulichen, wird es auch niemand merken, und wenn ich sie nach Hause schicke, werden sie über Robert Fulton genauso gut informiert sein wie ich selbst. Haben Sie keine Angst; mit Zuhörern kenne ich mich bestens aus, sie glauben alles, was man sagt, nur nicht, wenn man die Wahrheit sagt.

Hochachtungsvoll
S. L. Clemens

PS Kennzeichnen Sie alle Anzeigen als *»Privat und vertraulich«,* sonst lesen die Leute sie nicht. M. T.

Sehr geehrter Mr. Clemens,

wie lange gedenken Sie zu reden? Ich frage nur, damit wir abschätzen können, wann die Kutschen gerufen werden sollen.

Mit vorzüglicher Hochachtung
Hugh Gordon Miller
Sekretär

Sehr geehrter Mr. Miller,

das kann ich nicht mit Sicherheit sagen. Gewöhnlich rede ich so lange, bis ich das Publikum eingeschüchtert habe. Manchmal braucht es dazu eine Stunde und fünfzehn Minuten, manchmal schaffe ich es auch in einer Stunde.

Hochachtungsvoll
S. L. Clemens

Nicht vergessen. Als Vergütung *zwei kostenlose Logen.* Nicht die besten – *verkaufen* Sie die Karten für die besten und geben Sie mir zwei beliebige Logen mit sechs Plätzen.

SLC

Ich möchte Fred Grant (in Uniform) auf der Bühne haben; außerdem die restlichen Vertreter der Association sowie andere bedeutende Persönlichkeiten – alle Attraktionen, deren wir habhaft werden. Außerdem einen Sitzplatz für Mr. Albert Bigelow Paine, der mir nützlich sein könnte, wenn er vorn in meiner Nähe sitzt.

SLC

Privat und vertraulich

Carnegie Hall
(Datum einfügen)
MR. MARK TWAIN
wird seinen
ENDGÜLTIGEN ABSCHIED (sehr groß)
vom Podium nehmen (sehr klein gedruckt)

Der Erlös kommt dem Robert Fulton Memorial
Fund zugute

Eintritt $ ...
erhältlich bei ... und ...

LOGEN WERDEN VERSTEIGERT
am (Datum) bei ...

Vor der Rede
INSTRUMENTALMUSIK

Um 20.40 Uhr
zehnminütige
PAUSE

Mittwoch, 21. März 1906

Mentale Telegraphie – Brief von Mr. Jock Brown – Vergebliche Suche nach Dr. John Browns Briefen – Mr. Twichell und seine Frau Harmony erleben ein Abenteuer in Schottland – Mr. Twichells Bild von einer militärischen Exekution – Brief bezüglich der Gründung des Players Club – Die Misswirtschaft, die zu Mr. Clemens' Ausschluss aus dem Club führte – Er ist inzwischen Ehrenmitglied

Zweifellos ist die mentale Telegraphie ein Treiben, das stets im Stillen wirkt – in der Mehrzahl der Fälle ahnen wir vielleicht nicht einmal, dass sie unsere Gedanken beeinflusst. Vor einigen Wochen, als ich etwas über Dr. John Brown aus Edinburgh diktierte, über den angenehmen Umgang, den wir mit ihm während unseres sechswöchigen Aufenthalts dort pflegten, und über seinen angenehmen Umgang mit unserer kleinen Tochter Susy, hatte ich längere Zeit – vielleicht ein Jahr – nicht an ihn gedacht, aber seither denke ich oft an ihn, und sein Name kam häufig über meine Lippen und floss ebenso häufig aus der Feder meines Füllhalters. Vor etwa vierzehn Tagen nahm ich mir vor, einen Artikel über ihn und Marjorie Fleming, deren erster Biograph er war, zu schreiben, und gestern machte ich mich an die Arbeit. Heute traf ein Brief seines Sohnes Jock ein, von dem ich seit vielen Jahren nichts gehört hatte. Er ist seit längerem damit beschäftigt, die Briefe seines Vaters für eine Publikation zu sammeln. Natürlich ließ diese Arbeit ihn mit einiger Regelmäßigkeit an mich denken, und ich schätze, sein Geist telegraphierte mir seine Gedanken über den Atlantik hinweg. Ich stelle mir vor, dass uns die meisten Gedanken mittels mentaler Telegraphie aus den Köpfen anderer zufliegen – nicht immer aus den Köpfen von Bekannten, sondern zumeist aus denen von Fremden; weit entfernten Fremden – Chinesen, Hindus und allen möglichen Fremdlingen vom Ende der Welt, deren Sprache wir nicht verstehen würden, deren Gedanken wir jedoch mühelos lesen können.

Mittwoch, 21. März 1906

7 GREENHILL PLACE

EDINBURGH

8. März 1906

Sehr geehrter Mr. Clemens,

ich hoffe, Sie erinnern sich noch an mich, Jock, Sohn von Dr. John Brown. Nach dem Tod meines Vaters übergab ich Dr. J. T. Brown sämtliche an meinen Vater adressierten Briefe, die in meinem Besitz waren, da er, sein Cousin und lebenslanger Freund, dessen Biographie zu schreiben gedachte. Er schrieb diese Erinnerungen auch wirklich, veröffentlicht wurden sie nach seinem Tod 1901, doch die Briefe selbst verwendete er nicht, und das Ganze war wenig mehr als eine kritische Abhandlung über die Schriften meines Vaters. Falls es Sie interessiert, schicke ich sie Ihnen gerne zu. Unter den Briefen, die ich 1902 zurückerhielt, befanden sich auch einige von Ihnen und Mrs. Clemens. Inzwischen besitze ich eine große Anzahl Briefe, die mein Vater zwischen 1830 und 1882 schrieb, und beabsichtige, eine Auswahl zu publizieren, um der Öffentlichkeit eine Vorstellung von dem Mann zu vermitteln, der er war. Ich denke, das werden sie bewirken. Miss E. T. MacLaren soll die notwendigen Anmerkungen hinzufügen. Ich schreibe Ihnen, um anzufragen, ob Sie noch Briefe von ihm besitzen und ob Sie mir gestatten, sie einzusehen und zu verwenden. Ich lege Ihnen Briefe von Ihnen selbst und Mrs. Clemens bei, die ich gerne verwenden würde, fünfzehn Schreibmaschinenseiten. Obwohl ich Ihnen anlässlich des Todes von Mrs. Clemens nicht geschrieben habe, wie ich es hätte tun sollen, tat es mir doch sehr leid, als ich durch die Zeitungen davon erfuhr, und nun, da ich diese Briefe lese, erscheint sie wieder vor mir, sanftmütig und liebenswert, wie ich sie kannte. Ich hoffe, Sie erlauben mir, ihren Brief zu verwenden, er ist wunderschön. Ebenso hoffe ich, dass ich die Ihren verwenden darf …

Ihr sehr ergebener

John Brown

Wir haben nach den Briefen von Doktor John gesucht, allerdings ohne Erfolg. Ich verstehe es nicht. Eigentlich müssten es ziemlich viele sein, und keiner dürfte fehlen, denn Mrs. Clemens hegte solche Liebe und Verehrung für Doktor John, dass seine Briefe in ihren Augen Heiligtümer waren, die sie gut verwahrte und auf die sie achtgab. In der Zeit unserer zehnjährigen Abwesenheit, als wir in Europa waren, sind viele Briefe und ähnliche Erinnerungsstücke in alle Winde zerstreut worden und verlorengegangen, aber ich halte es für unwahrscheinlich, dass dieses Schicksal Doktor Johns Briefe ereilt hat. Ich denke, wir werden sie noch finden.

Die Gedanken an Jock versetzten mich in das Edinburgh vor dreiunddreißig Jahren, und der Gedanke an Edinburgh ruft mir eines der Abenteuer von Reverend Joe Twichell in Erinnerung. Vor einem Vierteljahrhundert besuchten Twichell und seine Frau Harmony zum ersten Mal Europa und verbrachten ein, zwei Tage in Edinburgh. Sie waren Anhänger von Scott und nutzten diese ein, zwei Tage, um in Edinburgh nach Dingen und Orten zu fahnden, die durch den Kontakt mit dem Magier des Nordens geheiligt worden waren. In der zweiten Nacht waren sie gegen Mitternacht zu Fuß auf dem Weg zurück in ihre Unterkunft; es fiel ein trostloser, steter Regen, so dass sie die George Street ganz für sich hatten. Als der Regen heftiger wurde, suchten sie Schutz in einem tiefen Hauseingang, und in dessen schwarzer Dunkelheit erörterten sie voller Genugtuung die Erfolge des Tages. Dann sagte Joe:

»Es war harte Arbeit und eine erhebliche Kraftanstrengung, aber wir haben unsere Belohnung. In ganz Edinburgh gibt es nichts, was mit Scott in Verbindung steht, das wir nicht gesehen oder berührt hätten – nichts. Ich meine Dinge, zu denen ein Fremder Zugang haben *kann*. Es gibt nur *eine* Sache, die wir nicht gesehen haben, aber die ist nun einmal nicht zugänglich – eine hochinteressante Privatsammlung von Erinnerungsstücken und Andenken an Scott, aber ich weiß nicht, wo sie aufbewahrt wird. Ich kann sie einfach nicht aufspüren. Ich wünschte, es würde uns gelingen, aber das wird es nicht. Wir müssen die Idee aufgeben. Es wäre so wunderbar, auch auf diese Kollektion einen Blick zu werfen, Harmony.«

Eine Stimme aus der Dunkelheit sagte: »Kommen Sie herauf, ich zeige sie Ihnen!«

Und die Stimme hielt Wort. Die Stimme gehörte dem Gentleman, dessen Eigentum die Kollektion war. Er führte Joe und Harmony nach oben, reichte ihnen eine Erfrischung, und während sie die Kollektion besichtigten, erklärte er ihnen plaudernd alles. Als sie um zwei Uhr morgens aufbrachen, wussten sie, das war die Sternstunde ihrer Reise.

Joe war immer da, wenn etwas passierte – außer einmal. Auf unerklärliche Weise hatte er sich verspätet, andernfalls wäre er in Petersburg, als im Bürgerkrieg die verminten Verteidigungsanlagen der Stadt in die Luft flogen, in Stücke zerrissen worden.

Als ich neulich in Hartford war, berichtete er mir von einem weiteren Abenteuer in der langen Kette besonderer Begebenheiten. Ich glaube, er glaubte, dass die Vorsehung immer, wenn etwas Interessantes bevorsteht, nach ihm Ausschau hält. Diesmal war es die Exekution einiger Deserteure während des Bürgerkrieges. Wenn wir in den Geschichtsbüchern von derartigen Ereignissen lesen, haben wir immer ein und dasselbe Bild vor Augen – kniende Männer mit verbundenen Augen und gesenkten Köpfen; vor ihnen ein Kommando ernster aufmerksamer Soldaten, die Gewehre im Anschlag; etwas abseits ein gestrenger Offizier in Uniform, der scharfe knappe Befehle erteilt: »Anlegen. Zielen. Feuern!« Eine Wolke aus Flammen und Rauch, die Opfer fallen vornüber und hauchen ihr Leben aus, das Kommando schultert die Waffen, macht auf dem Absatz kehrt und marschiert aufrecht und steifbeinig vom Feld, und der Vorfall ist abgeschlossen.

Joe zeichnet ein anderes Bild. Und ich vermute, es ist das wahre Bild – das normale Bild. Auf ihm baten die Deserteure darum, stehen zu dürfen, statt zu knien; keine Augenbinden tragen zu müssen, sondern dem Erschießungskommando in die Augen sehen zu dürfen. Die Bitte wurde ihnen gewährt. Sie gaben sich soldatisch aufrecht; sie bewahrten ihre Gesichtsfarbe und erbleichten nicht; ihr Blick hielt stand. *Von den übrigen Anwesenden allerdings ließ sich das nicht behaupten.* Ein Brigadegeneral saß kreidebleich auf seinem Pferd – leichenblass. Der befehlshabende Offizier war kreidebleich – leichenblass. Das Erschießungskommando war kreidebleich, und die Körper der Soldaten zitterten, so dass sich das Zittern auf ihre Gewehre übertrug, als sie diese auf das Ziel richteten. Der Offizier der Einheit verlor die Herrschaft über seine Stimme, sie klang schwach und dürftig, nicht forsch und streng. Als das Kommando seine tödliche Arbeit verrichtet hatte, marschierte es nicht etwa kriegerisch aufrecht und steifbeinig los. Es taumelte davon.

Dieses Bild empfiehlt sich mir als das wahrste, das jemals von einer militärischen Exekution gezeichnet wurde.

Auf der Suche nach Dr. Browns Briefen – ein Misserfolg – machten wir einen unerwarteten Fund. Offensichtlich markiert er die Gründung des Players Club und ist somit von Wert für mich.

Daly's Theatre

UNTER DER DIREKTION VON AUGUSTIN DALY

BÜRO DES DIREKTORS

New York, 2. Jan. 1888

Mr. Augustin Daly würde sich sehr freuen, Mr. S. L. Clemens am kommenden Freitag, dem 6. Januar, zu einem Mittagessen (um eins bei Delmonico's) begrüßen zu dürfen, um zusammen mit Mr. Booth, Mr. Barrett, Mr. Palmer und ein paar Freunden die Gründung eines neuen Clubs zu besprechen, der, wie wir glauben, Ihr Interesse wecken wird.

U. A. w. g.

Bei diesem Mittagessen waren meines Wissens alle Gründungsmitglieder zugegen – unter ihnen Booth, Barrett, Palmer, General Sherman, Bispham, Aldrich und der Rest. An die anderen Namen kann ich mich nicht mehr erinnern. Ich glaube, Laurence Hutton äußert in einem seiner Bücher, der Name des Clubs – The Players – sei bereits vor diesem Mittagessen erwogen und angenommen worden, aber das halte ich für einen Irrtum. Ich weiß noch, wie während des Essens mehrere Namen vorgeschlagen, erörtert und verworfen wurden; wie Thomas Bailey Aldrich schließlich diesen kompakten und schlichten Namen vorschlug, The Players; und wie selbst dieser treffend gewählte nicht sofort angenommen wurde. Die Diskussion war allerdings sehr kurz. Einwände wurden rasch aus dem Weg geräumt, und die Abstimmung zu seinen Gunsten fiel einmütig aus.

Vor drei Jahren verlor ich – aus guten Gründen – das Interesse an dem Club, doch zu meiner großen Befriedigung ist es kürzlich wiedererwacht. Mr. Booths Hinterlassenschaft war bedeutend und großzügig – doch hinterließ er deren zwei. Die andere war keine große Wohltat. Es ging um

Magonigle, einen närrischen alten Verwandten, der ein Auskommen brauchte. Als Sekretär regierte er vom ersten Tag an wie ein Autokrat über den Club und dessen Vorstand, bis er vor drei, vier Monaten von seinem Posten zurücktrat und in Pension ging. Schon immer hatte ich es meinem Berater in Hartford, Mr. Whitmore, überlassen, meine Beiträge und Ausgaben zu begleichen. Er kümmerte sich um alle meine Geschäfte. Ich interessierte mich für keins davon. Als wir 91 nach Europa gingen, ließ ich im Sekretariat eine schriftliche Anordnung zurück, die Whitmore in seiner Funktion als Zahlmeister meiner Mitgliedsbeiträge bestätigte. Ein Jahr lang geschah nichts. Dann erreichte mich in Europa eine Beitragsrechnung. Ich schickte sie an Magonigle zurück und erinnerte ihn an meine Weisungen, die sich nicht geändert hätten. Danach ging die Rechnung ein paar Jahre lang an Whitmore, bis ich in Europa erneut eine erhielt. Auch diese schickte ich zurück und wiederholte meine früheren Bemerkungen. Etwa alle zwei Jahre schickte man wieder die Rechnungen an mich. Ich schickte sie mit den üblichen Bemerkungen zurück. Zweimal lagen beleidigende Briefe des Sekretärs dabei. Diese beantwortete ich auf profanste Weise. 1901 schließ- *1901*
lich kehrten wir nach Hause zurück. Ein Jahr lang erhielt ich keine Rechnungen. Dann zogen wir nach Riverdale-on-the-Hudson, und umgehend traf eine Beitragsrechnung des Players Club ein. Ich war die Sache leid, ausgesprochen leid, und warf sie in den Papierkorb. Zehn Tage später kam die Rechnung erneut, von einer finsteren Drohung begleitet. Sie wanderte in den Papierkorb. Nach zehn Tagen kam die Rechnung abermals, und diesmal nahm die Drohung konkretere Gestalt an. Sie lautete unmissverständlich, dass ich, sollte ich die Rechnung nicht binnen einer Woche begleichen, aus dem Club ausgeschlossen und als Delinquent geführt würde. Sie wanderte wie ihre Vorgänger in den Papierkorb. An dem genannten Tag wurde ich ausgeschlossen und seither als Delinquent geführt – und war sehr befriedigt, denn ich hatte es satt, dauernd gemagoniglet zu werden.

Robert Reid, David Munro und andere enge Freunde im Club waren erstaunt und setzten sich mit mir in Verbindung, um herauszufinden, was es mit dieser seltsamen Angelegenheit auf sich hatte. Ich erklärte es ihnen. Sie wollten, dass ich den Fall der Clubleitung vortrüge und eine Überprüfung des Ausschlussbescheids verlangte, aber ich musste den Vorschlag ablehnen. So blieben die Dinge unverändert, bis sich Magonigle vor ein paar Monaten von seiner Autokratie zurückzog. Die Jungs hielten meine Rückkehr in den Club für eine ausgemachte Sache, doch ich sah das anders. Ich war kein Mitglied mehr. Und Mitglied konnte ich nicht werden, ohne mich wie jeder andere Kandidat zur Abstimmung zu stellen, und das hatte ich nicht vor. Die Clubleitung hatte mich ausgeschlossen, nur weil ein einfacher Handlanger mir unterstellte, ein Delinquent zu sein. Weder sie noch der Handlanger konnten sicher sein, ob ich die Rechnungen und Drohbriefe je erhalten hatte, da sie mit der Post versandt worden waren. Sie forderten mich nicht auf, mich zu meiner Verteidigung zu äußern. Ihre Unterlagen würden zeigen, dass ich jede Rechnung beglichen hatte, und zwar pünktlich. Daraus hätten sie schließen können, dass ich mich nicht plötzlich in einen Gauner verwandelt hatte und die Situation auf Anfrage hätte erklären können. Das Vorgehen des Vorstands war genau wie sein Vorgehen von *jeher* – willkürlich, anmaßend, dumm. Der richtige Ort für diesen Vorstand war von Anfang an das Irrenhaus. Ich konnte mich nicht noch einmal wählen lassen, da ich meiner Ansicht nach nie aufgehört hatte, ein legitimes und satzungsgemäßes Mitglied zu sein. Als die Vorsehung Magonigle beiseitegeschafft hatte, fand sich allerdings mühelos ein für alle Beteiligten gerechter und ehrenhafter Weg, die trennende Kluft zu überbrücken. Ich wurde zum Ehrenmitglied ernannt und freute mich, meine Geschäfte beim alten Stand wiederaufnehmen zu können.

Donnerstag, 22. März 1906

Susys Biographie – Langdons Krankheit und Tod – Susy erzählt von interessanten Männern, denen ihr Vater in England und Schottland begegnete – Dr. John Brown, Mr. Charles Kingsley, Mr. Henry M. Stanley, Sir Thomas Hardy, Mr. Henry Irving, Robert Browning, Sir Charles Dilke, Charles Reade, William Black, Lord Houghton, Frank Buckland, Tom Hughes, Anthony Trollope, Tom Hood, Dr. MacDonald und Harrison Ainsworth – Mr. Clemens erzählt von seiner Begegnung mit Lewis Carroll – Vom Mittagessen bei Lord Houghton – Briefe von Mr. und Mrs. Clemens an Dr. Brown – Mr. Clemens' Bedauern, Mrs. Clemens nicht einen letzten Besuch bei Dr. Brown vergönnt zu haben

Aus Susys Biographie

Ich habe Mamas frühe Lebensgeschichte mittendrin unterbrochen, um über unsere Fart nach Vassar zu berichten, denn ich hatte Angst, sonst etwas zu vergessen, jetzt schreibe ich an der Stelle weiter, wo ich aufgehört hatte. Einige Zeit nachdem Miss Emma Nigh gestorben war, fuhr Papa mit Mama und dem kleinen Langdon den Sommer über nach Elmira. In Elmira begann Langdon schwächer zu werden, aber ich glaube, Mama wusste einfach nicht, was ihm fehlte.

Der Grund für die Krankheit des Kindes war ich. Seine Mutter vertraute ihn meiner Obhut an, und um frische Luft zu schnappen, unternahm ich mit ihm eine lange Fahrt in einem offenen Landauer. Es war ein rauer, kalter Morgen, darum war Langdon in Pelze gehüllt, und in den Händen einer fürsorglichen Person wäre ihm nichts geschehen. Ich jedoch versank schon bald in Tagträume und vergaß meinen Schützling. Die Pelze verrutschten und entblößten seine nackten Beine. Irgendwann bemerkte es der Kutscher, und ich wickelte ihn wieder ein, aber da war es schon zu spät. Das Kind war fast erfroren. Eilig kehrte ich mit ihm nach Hause zurück. Ich war entsetzt über mein Tun und fürchtete die Folgen. Für mein Wirken an jenem heimtückischen Morgen habe ich mich immer geschämt und mir, so gut es mir gelingen mochte, jeden Gedanken daran untersagt. Ich bezweifle, dass ich damals den Mut aufbrachte, ein Geständnis abzulegen. Ich halte es für wahrscheinlich, dass ich es bis jetzt nicht gestanden habe.

Aus Susys Biographie

Schließlich wurde es für Papa Zeit, nach Hartford zurückzukehren, zu diesem Zeitpunkt war Langdon schon richtig krank, aber Mama beschloss, Papa zu begleiten, und hoffte, die Reise würde ihm guttun. Doch als sie in Hartford ankamen, wurde Langdon sehr krank, und es stelte sich heraus, dass er Diptheerie hatte. Er starb etwa eine Woche, nachdem Mama und Papa Hartford erreicht hatten. Er wurde neben Großvater in Elmira, New York, beerdicht. (Susy ruht dort neben ihnen. S. L. C.) Danach wurde Mama sehr, sehr krank, so krank, dass sie in Lebensgefahr schwebte, aber dank all der liebevollen Fürsorge erholte sie sich wieder. Einige Monate später fuhren Mama und Papa (und Susy, die zu dieser Zeit vielleicht vierzehn oder fünfzehn Monate alt war – S. L. C.) nach Europa und verbrachten einige Zeit in Schottland und England. In Schottland schlossen Mama und Papa enge Bekantschaft mit Dr. John Brown, dem Autor von »Rab und seine Freunde«, und Pap schloss Bekantschaft, aber nicht ganz so enge, mit Mr. Charles Kingsley, Mr. Henry M. Stanley, Sir Thomas Hardy, dem Enkel von Captain Hardy, zu dem Nellson an Bord auf seinem Sterbebett sagte: »Küssen Sie mich, Hardy«, mit Mr. Henry Irving, Robert Browning, Sir Charles Dilke, Mr. Charles Reade, Mr. William Black, Lord Houghton, Frank Buckland, Mr. Tom Hughes, Anthony Trollope und Tom Hood, dem Sohn des Dichters – und Mama und Papa waren zimlich gut mit Dr. Macdonald und seiner Familie bekant, und Papa lernte Harison Ainsworth kennen.

In der Tat kann ich mich sehr gut an alle diese Männer erinnern mit Ausnahme des letzten, Ainsworth. Meiner Zählung nach erwähnt Susy vierzehn Männer. Bis auf Sir Charles Dilke und Mr. Tom Hughes sind sie alle tot.

Wir trafen noch viele andere interessante Leute, unter ihnen Lewis Carroll, den Autor der unsterblichen »Alice« – allerdings war er nur interessant anzusehen, war er doch der stillste und schüchternste erwachsene Mann, den ich je kennengelernt habe, ausgenommen »Onkel Remus«. Dr. MacDonald und mehrere andere lebhafte Redner waren anwesend, und die Unterhaltung verlief ein paar Stunden lang sehr angeregt, Carroll aber saß die ganze Zeit stumm dabei, außer dass er dann und wann eine Frage beantwortete. Seine Antworten waren knapp. Ich erinnere mich nicht, dass er sich in irgendwelchen Einzelheiten erging.

Bei einem Abendessen im Smalley's lernten wir Herbert Spencer kennen. Während eines großen Mittagsempfangs bei Lord Houghton begegneten wir Sir Arthur Helps, der zu der Zeit eine weltberühmte Persönlichkeit war, seither aber in Vergessenheit geriet. Lord Elcho, ein großer energischer Mann, saß weiter hinten am Tisch. Er sprach in ernstem Ton über Godalming. Es war ein tiefes dahinfließendes, undeutliches Gemurmel, aber »Godalming« hörte ich jedes Mal heraus, wenn es aus diesem Gemurmel hervorbrach, und da die Betonung auf der ersten Silbe lag, schrak ich auch jedes Mal zusammen, weil es wie ein Fluch klang. Mitten während der Mahlzeit erhob sich Lady Houghton, teilte den Gästen zu ihrer Rechten und zu ihrer Linken sachlich mit: »Entschuldigen Sie mich, ich habe eine Verabredung«, und entschwand ohne weitere Umschweife, um diese wahrzunehmen. In Amerika hätte das als fragwürdige Etikette gegolten. Lord Houghton erzählte eine Reihe entzückender Geschichten. Er erzählte sie auf Französisch, und mir entging nichts bis auf die Pointen.

An dieser Stelle will ich ein oder zwei der Briefe einfügen, auf die sich Jock Brown in seinem Brief von gestern oder vorgestern bezieht, den wir in den gestrigen Bericht aufgenommen haben.

22. Juni 1876

Lieber Doktor Brown,

der Anblick der vertrauten Handschrift hat mich zu einer glücklichen Frau gemacht. Ich hoffe, wir werden nicht noch einmal so lange ohne Wort von Ihnen auskommen müssen. Ich wünschte, Sie könnten uns für eine Saison besuchen; es würde Ihnen bestimmt guttun, Sie und die Ihren wären uns herzlich willkommen.

Wir halten uns derzeit da auf, wo wir auch vor zwei Jahren waren, als Clara (unser Baby) geboren wurde, auf der Farm auf einer hohen Bergkuppe, wo meine Schwester ihre Sommer verbringt. Die Kinder sind groß und stark geworden, sie füttern zweimal am Tag die Hühner und Enten und interessieren sich lebhaft für alle

Belange der Farm. Mr. J. T. Fields leistete uns kürzlich mit seiner Frau Gesellschaft, und seien Sie versichert, dass wir voller Anteilnahme von Ihnen sprachen. Wir wünschen uns aufrichtig, dass Ihre Gesundheit sich weiter verbessert; lassen Sie uns so oft wie möglich wissen, wie es Ihnen geht. Die herzlichsten Grüße an Ihre Schwester. Schöne Grüße auch an Ihren Sohn.

Stets Ihre getreue Freundin

Livy L. Clemens

(1875)

Lieber Doktor Brown,

wir waren so besorgt um Sie, dass es eine große Freude war, die teure vertraute Handschrift wiederzusehen, doch der Inhalt des Briefes hat uns *unsagbar traurig* gemacht. Seitdem haben wir oft darüber gesprochen, dass Sie uns unbedingt besuchen müssen. Würde Ihnen die Ortsveränderung nicht guttun? Könnten Sie sich nicht uns anvertrauen? Wir würden alles in unserer Macht Stehende tun, damit Sie sich behaglich und wohl fühlen, und Sie haben so viele Bewunderer in Amerika, die sich glücklich schätzen würden, Sie willkommen zu heißen. Ist es Ihnen wirklich nicht möglich, zu kommen? Könnte nicht Ihr Sohn Sie begleiten? Vielleicht würde Ihnen diese grundlegende Veränderung zu neuem Auftrieb verhelfen.

Unsere Kinder sind beide gesund und munter; ich wünschte, Sie könnten sie sehen. Susy bemuttert die Kleine sehr. Mr. Clemens arbeitet gerade hart an einem neuen Buch. Vor kurzem hat er ein Buch mit Skizzen herausgebracht, das er Ihnen in ein paar Tagen schicken wird; die meisten sind alt, aber ein paar neue sind auch darunter.

Ach, Doktor Brown, wie können Sie Ihr Leben nur als vergeudet bezeichnen? Allein Ihre Schriften haben *unglaublich* viel Gutes bewirkt, und ich weiß, dass man sich nach jeder Begegnung und jeder Unterhaltung mit Ihnen besser fühlt, ich spreche da aus Erfahrung. Ich fühle mich sogar jedes Mal besser, wenn ich nur an Sie *denke*. Kann ein Leben, das auf andere einen solchen Einfluss ausübt, vergeudet sein? Solange Sie am Leben sind, ist die Welt für mich ein lieblicherer und besserer Ort. Sie fragen, ob Clara »wunderlich, wehmütig und herrisch« sei, so wie Ihre Susy. Wir glauben, dass sie wunderlicher (drolliger), vielleicht auch herrischer ist, aber nicht annähernd so wehmütig wie »Ihre Susy«. Das Kindermädchen, das wir in Edinburgh dabeihatten, musste uns verlassen, um ihre an Schwindsucht erkrankte Schwester zu pflegen. Seitdem haben wir ein ruhiges damenhaftes deutsches Mädchen. Ich muss etwas Platz für Mr. C. lassen. Denken Sie noch einmal über einen Besuch bei uns nach. Grüßen Sie mir Ihre Schwester und Ihren Sohn.

Herzlichst
Livy L. Clemens

Lieber Doktor, wenn Sie und Ihr Sohn Jock nur *geschwind* kämen! Was für ein Willkommen würden wir Ihnen bereiten! Im Übrigen würden Sie Ihre Sorgen und die Unruhe, die sie mit sich bringen, vergessen. Vergisst man den Schmerz, ist man schmerzfrei; vergisst man die Sorgen, ist man sie los; fährt man nach Übersee, schlägt man beide Fliegen mit einer Klappe. Versuchen Sie's mal mit meiner Verschreibung!

In aufrichtiger Zuneigung
Saml. L. Clemens

PS Livy, du hast deinen Brief nicht *unterschrieben*. Vergiss *das* nicht. S. L. C.
PPS Ich hoffe, Sie verzeihen das PS, das Mr. Clemens an mich gerichtet hat; es direkt auf den Brief zu schreiben ist typisch für ihn. *Livy* L. C.

Hartford, 1. Juni 1882

Mein lieber Mr. Brown,

ich war dreitausend Meilen von zu Hause entfernt beim Frühstück in New Orleans, als ich zwischen all den Exklusivberichten in der feuchten Morgenzeitung auf die traurige Botschaft stieß. In Amerika gab es keinen Ort, ganz gleich, wie abgeschieden, wie reich oder arm, wie vornehm oder bescheiden, wo an jenem Morgen nicht Worte der Trauer um Ihren ehrenwerten Vater geäußert wurden, denn seine Werke haben ihn im ganzen Land bekannt und beliebt gemacht. Für Mrs. Clemens und mich ist der Verlust ein persönlicher und unsere Trauer von der Art, wie man sie für einen besonders nahestehenden und geliebten Menschen empfindet. Mrs. Clemens drückt unaufhörlich ihr Bedauern darüber aus, dass wir das letztes Mal aus England zurückgekehrt sind, ohne zu ihm gefahren zu sein, und seitdem haben wir oft eine Reise über den Atlantik ins Auge gefasst, zu dem einzigen Zweck, seine Hand zu ergreifen und noch einmal in seine gütigen Augen zu blicken, bevor er zur letzten Ruhe gerufen würde.

Wir beide möchten Ihnen herzlich für die Edinburgher Zeitungen danken, die Sie uns zugeschickt haben. Meine Frau und ich grüßen Sie und Ihre Tante voll zärtlicher Erinnerungen und mit unserem aufrichtigen Beileid.

Ihr sehr ergebener
S. L. Clemens

PS Unsere Susy ist noch immer »Megalopis«. Diesen Namen gab er ihr.

Könnten Sie wohl ein Foto Ihres Vaters für uns entbehren? Wir haben keins außer einem Gruppenbild mit uns allen.

Dass sie Doktor John nicht mehr lebend sah, war meine Schuld. Wie viele Verbrechen habe ich gegen diesen sanften, geduldigen und nachsichtigen Geist begangen! Immer habe ich ihr gesagt, dass ich, sollte sie vor mir sterben, den Rest meines Lebens damit zubringen würde, mir Vorwürfe zu machen wegen jeder Träne, die sie meinetwegen vergossen hat. Und immer hat sie geantwortet, dass sie, sollte ich vor ihr aus dem Leben scheiden, sich keine Vorwürfe machen müsste, denn sie habe mich dieser Tränen wegen nicht weniger hingebungsvoll oder weniger beständig geliebt. Wohl zum tausendsten Mal führten wir dieses Gespräch auch, als sich die Nacht des Todes auf sie herabsenkte – obgleich wir es nicht ahnten.

In dem letzten der oben eingefügten Briefe schreibe ich: »Mrs. Clemens drückt unaufhörlich ihr Bedauern darüber aus, dass wir das letztes Mal aus England zurückgekehrt sind, ohne zu ihm gefahren zu sein.« Ich glaube, ich wollte den Eindruck vermitteln, *sie* sei daran schuld, dass wir aus England abgereist waren, ohne ihn zu besuchen. Dem ist nicht so. Sie drängte mich, sie bettelte, sie flehte mich an, mit ihr nach Edinburgh zu fahren, um Doktor John zu besuchen – ich aber war in einer meiner teuflischen Stimmungen und weigerte mich. Ich weigerte mich, weil ich unseren Reisebegleiter bis zu unserer Rückkehr nach Liverpool hätte weiterbeschäftigen müssen. Mir schien, ich hatte ihn so lange wie nur irgend möglich ertragen. Ich wollte an Bord gehen und ihn los sein. Wie kindisch mir das heute alles vorkommt! Und wie grausam – dass ich nicht zu bewegen war, meiner Frau eine wahre, bleibende Freude zu bereiten, nur weil sie für mich eine kleine Unannehmlichkeit bedeutet hätte. Ich habe nur wenige Männer gekannt, die kleinlicher sind als ich. Glücklicherweise tritt diese Charaktereigenschaft nicht allzu häufig an die Oberfläche, und so bezweifle ich, dass außer meiner Frau irgendein anderes Familienmitglied je geahnt hat, wie viel von dieser Eigenschaft ich in mir trage. Vermutlich versäumte sie es nie, an die Oberfläche zu treten, sobald sich eine Gelegenheit bot, aber wie gesagt – die Gelegenheiten waren so spärlich gesät, dass dieses schändlichste Detail meines Charakters nur zwei Menschen bekannt war – Mrs. Clemens, die darunter litt, und mir, der ich unter der Erinnerung an die Tränen leide, die sie meinetwegen vergoss.

Freitag, 23. März 1906

Einige sonderbare Briefanschriften, die Mr. Clemens erreichten –
Unser ineffizientes Postwesen unter Postminister Key –
Erinnerungen an Mrs. Harriet Beecher Stowe –
Die Geschichte von Reverend Charley Stowes kleinem Jungen

Vor vielen Jahren pflegte Mrs. Clemens die mit sonderbaren und ungewöhnlichen Anschriften dekorierten Briefe, die von Unbekannten aus den entlegensten Winkeln dieser Erde an mich gerichtet wurden, als Kuriositäten aufzubewahren. Eine dieser Anschriften war das Werk von Dr. John Brown, und der Brief muss der erste gewesen sein, den er mir nach unserer Rückkehr aus Europa schrieb, im August oder September 74. Offensichtlich rekons- *1874*
truierte der Doktor unsere Adresse aus dem Gedächtnis, denn er brachte ein amüsantes Durcheinander zustande. Die Anschrift sah so aus:

Mr. S. L. Clemens
(Mark Twain)
Hartford, N. Y.
Nahe Boston, USA

Jetzt aber kommt eine Tatsache, die man fast nicht glauben möchte: Das New Yorker Postamt, in dem es keinen einzigen besoldeten Idioten gab, der nicht unverzüglich hätte sagen können, für wen der Brief bestimmt war und in welche Stadt er gehen sollte, schickte ihn doch tatsächlich in einen winzigen Weiler, der in den ungeheuren Weiten des Staates New York versteckt lag – und warum? Weil dieser verlorene Weiler, von dem niemand je zuvor gehört hatte, Hartford hieß. Von dort wurde der Brief an das New Yorker Postamt zurückgeschickt, nicht etwa mit der Bemerkung »Versuchen Sie es mal mit Hartford, Connecticut«, obwohl der Postamtsvorsteher des Weilers sehr wohl wusste, dass der Schreiber des Briefes ebendieses Hartford im Sinn hatte. Daraufhin öffnete das New Yorker Postamt den Umschlag, entnahm ihm Doktor Johns Adresse, steckte den Brief in ein frisches Kuvert und schickte ihn zurück nach Edinburgh. Hierauf besorgte sich Doktor John meine Adresse von Menzies, dem Verleger, und schickte mir den Brief erneut. Er legte auch den alten Umschlag bei – den, der die Abenteuer durchlebt hatte –, und seine Verärgerung über unser Postwesen glich dem Zorn eines Engels. Vermutlich war er noch nie in seinem Leben so nahe daran gewesen, beleidigend und ausfallend zu werden. Er sagte, in Großbritannien brüste sich das Postministerium damit, dass selbst ein Mann von größtem Erfindungsreichtum keinen Smith, Jones oder Robinson in einer Anschrift so gut verschleiern und verballhornen könne, dass das Amt ihn nicht ausfindig machen würde, wohingegen – und nun fiel er über unser Postwesen her, das offenbar dazu gedacht sei, alles Menschenmögliche zu tun, um die Ankunft eines Briefes an seinem Bestimmungsort zu vereiteln.

Doktor John hatte recht, was unsere Post betraf – zumindest zu jener Zeit. Jene Zeit aber dauerte nicht lange. Ich glaube, damals war Postminister Key im Amt. Er war ein neuer Besen, und eine Weile kehrte er überraschend eifrig. Er erließ einige eiserne Regeln, die in der Korrespondenz der Nation verheerenden Schaden anrichteten. Es kam ihm nicht in den Sinn – vernünftige Dinge kamen ihm nur selten in den Sinn –, dass es mehrere Millionen Menschen unter uns gibt, die nur selten Briefe schreiben, die der postalischen Regeln ganz und gar unkundig sind und sich beim Abfassen der Briefanschrift mit ziemlicher Sicherheit jeden nur denkbaren Fehler erlauben, und dass es Aufgabe der Regierung sei, ihr Bestes für die Briefe dieser Arglosen zu tun und ihnen dabei zu helfen, an ihr Ziel zu gelangen, anstatt einfallsreich ihren Weg zu blockieren. Key stellte unvermittelt einige eherne Regeln auf – eine davon lautete, ein Brief müsse an den auf dem Umschlag angegebenen Ort gehen und das sei alles, was getan werden könne, um den Adressaten ausfindig zu machen. Man dürfe nach diesem nicht weiter fahnden. Wenn er nicht an dem angegebenen Ort wohne, müsse der Brief an den Absender zurückgeschickt werden. Im Fall von Doktor Johns Brief hatte das Postamt einen weiten Ermessensspielraum – allerdings keinen übermäßigen. Der Brief sollte nach Hartford. Dieses Hartford sollte in der Nähe von Boston liegen; es sollte sich außerdem im Staat New York befinden. Der Brief ging in das Hartford, das am weitesten von Boston entfernt war, jedoch die Vorgabe erfüllte, im Staat New York zu liegen – und wurde nie zugestellt.

Eine andere von Keys Regeln besagte, dass Briefanschriften nicht mit »Philadelphia« – ja nicht einmal mit »Chicago«, »San Francisco«, »Boston« oder »New York« enden dürften, sondern immer der *Staat* hinzugefügt werden müsse, andernfalls weg damit in die Abteilung für unzustellbare Briefe. Außerdem dürfe man nicht »New York, N. Y.« schreiben, sondern müsse dem ersten »New York« das Wort »City« beifügen, andernfalls weg damit in die Abteilung für unzustellbare Briefe.

Innerhalb der ersten dreißig Tage unter der Herrschaft dieser einzigartigen Regel landeten allein vom New Yorker Postamt eine Million und sechshunderttausend Tonnen Post in der Abteilung für unzustellbare Briefe. Die Abteilung konnte sie nicht alle aufnehmen, und die Briefe stapelten sich vor dem Gebäude in der Hauptstadt. Vor dem Gebäude war nicht genügend Platz, und so errichtete man um die Stadt einen Schutzwall aus Briefen; hätte man diesen schon zu Zeiten des Bürgerkriegs gehabt, wäre uns einiges an Sorgen und Unbehagen über eine Invasion Washingtons durch die konföderierten Truppen erspart geblieben. Sie hätten weder über noch unter der Brustwehr hindurchklettern, sie weder durchbohren noch in die Luft sprengen können. Mr. Key wurde schnell zur Vernunft gebracht.

Ein andermal erreichte mich ein Brief in einem frischen Umschlag. Er stammte von einem Dorfpriester in Böhmen oder Galizien und war kühn adressiert an:

Mark Twain
Irgendwo

Er hatte mehrere europäische Länder durchreist; er war auf seiner weiten Reise gastfreundlich aufgenommen worden und hatte allen möglichen Beistand erfahren; er war beidseitig mit einer Bordüre aus Poststempeln – insgesamt neunzehn Stück – versehen worden. Und einer davon war ein New Yorker Poststempel. Die amtliche Gastfreundschaft hatte in New York geendet – dreieinhalb Stunden von meinem Haus entfernt. Dort war der Brief geöffnet, die Adresse des Priesters festgestellt und der Brief wie im Fall von Dr. John Brown zurückgeschickt worden.

In Mrs. Clemens' Sammlung befand sich auch eine seltsame Anschrift auf einem Brief aus Australien mit folgendem Wortlaut:

Mark Twain
Gott weiß wo

Diese Anschrift wurde während der Reise des Briefes hier und da in den Zeitungen erwähnt und regte zweifellos eine weitere kuriose Anschrift an, die sich ein Fremder in einem entlegenen Land ausgedacht hatte – hier der Wortlaut:

Mark Twain
Irgendwo
(Versuchen Sie's bei Satan)

Das Vertrauen des Fremden wurde nicht enttäuscht. Höflicherweise stellte Satan den Brief zu.

Die heutige Morgenpost bringt eine weitere Neuheit. Der Brief kommt aus Frankreich – von einer jungen Engländerin – und ist adressiert an*:

* [Vgl. die Abb. auf S. 221 in »Hintergründe und Zusätze«; Anm. des Verlags.]

Freitag, 23. März 1906

Mark Twain

———

c/o Präsident Roosevelt

Das Weiße Haus

Washington

Amerika

———

USA

Er kam nicht etwa verzögert an, sondern geradewegs hierher, versehen mit dem Washingtoner Poststempel von gestern.

In einem Tagebuch, das Mrs. Clemens vor vielen langen Jahren eine kleine Weile geführt hat, finde ich verschiedene Hinweise auf Mrs. Harriet Beecher Stowe, die damals in Hartford unsere unmittelbare Nachbarin war, ohne auch nur einen trennenden Zaun. Und in jenen Tagen nutzte sie bei schönem Wetter unser Grundstück ebenso oft wie ihr eigenes. Ihr Verstand war marode, und sie war eine mitleiderregende Gestalt. Den ganzen Tag wanderte sie in der Obhut einer muskulösen Irin umher. In unserer Nachbarschaft ließen die Anwohner bei schönem Wetter stets die Türen offen. Mrs. Stowe trat nach Belieben ein, und da sie immer samtene Pantoffeln trug und meist voll animalischer Instinkte war, überraschte sie einen schon mal, was sie gerne tat. Dann schlich sie sich von hinten an eine in Träumereien und Grübeleien versunkene Person heran und ließ ein solches Kriegsgeschrei ertönen, dass der Betreffende aus den Kleidern fuhr. Doch kannte sie auch andere Stimmungen. Manchmal hörten wir aus dem Salon zarte Musik und fanden sie am Klavier vor, wie sie unglaublich rührend schwermütige alte Weisen sang.

Ihr Mann, der alte Professor Stowe, gab eine malerische Figur ab. Er trug einen breiten Schlapphut. Er war ein großer Mann und ausgesprochen ernst. Sein Bart war weiß und dicht und reichte ihm bis zur Brust. Seine Nase, von einer Krankheit vergrößert und entstellt, sah aus wie ein Blumenkohl. Als unsere kleine Susy ihm auf der Straße in der Nähe unseres Hauses zum ersten Mal begegnete, kam sie mit weit aufgerissenen Augen zu ihrer Mutter gestürzt und rief: »Santa Claus ist ausgebüxt.«

Das erinnert mich an Reverend Charley Stowes kleinen Jungen – einen kleinen Jungen von sieben Jahren. Ich traf Reverend Charley eines Morgens, als er das Grundstück seiner Mutter durchquerte, und er erzählte mir folgende kleine Geschichte. Er war nach Chicago gefahren, um an einem Kongress kongregationalistischer Geistlicher teilzunehmen, und hatte seinen kleinen Jungen dabei. Unterwegs ermahnte er ihn immer wieder, sich in Chicago möglichst gut zu benehmen. »Wir sind bei einem Geistlichen zu Gast«, sagte er, »es werden auch andere Gäste da sein – Geistliche und deren Ehefrauen –, und du musst dich bemühen, diesen Leuten mit deinem Gang und deinen Worten zu zeigen, dass du aus einem frommen Haushalt stammst. Denk immer daran.« Die Ermahnung trug Früchte. Beim ersten Frühstück, das sie im Haus des Chicagoer Geistlichen einnahmen, hörte er seinen kleinen Sohn in äußerst bescheidenem und höchst ehrfürchtigem Ton zu der ihm gegenübersitzenden Dame sagen: »Herrgott noch mal, würden Sie mir bitte die Butter reichen?«

Montag, 26. März 1906

Noch einmal John D.'s Bibelklasse – Mr. Clemens kommentiert etliche Zeitungsausschnitte – Erzählt Mr. Howells von der Gliederung dieser Autobiographie – Erzählt von dem Zeitungsbericht über ein Mädchen, das einen Selbstmordversuch unternahm – Zeitungen in abgelegenen Dörfern und in großen Städten im Vergleich – Bemerkungen über Captain E. L. Marsh und Dick Higham – Higbies Brief und ein Brief des Herald *an Higbie*

ROCKEFELLER JR. ÜBER REICHTUM

Reichtum darf nicht über Gott stehen, ist aber ein gutes Ziel für die Ehrgeizigen

John D. Rockefeller jr. entschuldigte sich gestern bei den Mitgliedern seiner Sonntagsschule, dass er bislang den gesamten Bibelunterricht für sich in Beschlag genommen habe, und versprach, es nie wieder zu tun, es sei denn, sein Thema sei von der Art, dass eine Diskussion nicht zweckmäßig wäre.

»Es ist besser«, sagte er, »eine allgemeine Diskussion zu führen und so viele wie möglich zu Wort kommen zu lassen.«

Dann warf Mr. Rockefeller eine Frage auf, die darauf abzielte, den Mitgliedern Gelegenheit zur Diskussion zu geben. Er sprach über die Zehn Gebote, und nachdem er diese unterschieden hatte in die ersten fünf, die sich auf die Verpflichtungen des Menschen gegenüber Gott beziehen, und die zweiten fünf, die sich auf die Verpflichtungen des Menschen gegenüber seinem Nächsten beziehen, sagte er:

»Wir sind so daran gewöhnt, die meisten dieser Gebote zu beachten und zu befolgen, dass es überflüssig ist, näher auf sie einzugehen. Nehmen wir aber das Erste und das Vierte Gebot. Lassen Sie uns das Erste Gebot betrachten und überprüfen, ob wir tatsächlich nur einen Gott verehren. Viele unter uns denken zuerst an ihr Vergnügen; und sehr häufig gilt heutzutage unser erster Gedanke dem weltlichen Besitz. Ein Fremder, der zu uns kommt, würde sagen, der Gott New Yorks ist der Gott des Reichtums. Wenn wir also zunächst an Vergnügen oder Reichtum denken und erst danach an Gott, verstoßen wir gegen das Erste Gebot.

Damit will ich nicht sagen, dass wir keinen Ehrgeiz haben oder uns keinem unschuldigen Vergnügen hingeben dürfen, sondern nur, dass wir Gott, wenn wir Ihn diesen Zielen unterordnen, nicht so verehren, wie wir es sollten.

Der reiche Jüngling wurde ermahnt, all seine Besitztümer den Armen zu geben, denn Christus hatte erkannt, dass der reiche Jüngling zuerst an seinen Reichtum und erst dann an Gott dachte und somit gegen das Erste Gebot verstieß.

Bei der Betrachtung des Vierten Gebots wollen wir versuchen herauszufinden, wie wir den Sabbat angemessen heiligen. Inwiefern sind wir berechtigt, die Beschränkungen, die dieses Gebot uns auferlegt, zu missachten?«

Etliche erörterten die Heiligung des Sabbats. Dann sagte Mr. Rockefeller:

»Dieses Thema sollte eine allgemeine und hilfreiche Diskussion entfachen. Darf ich am Sonntag Golf spielen, Fahrrad fahren oder eine Landpartie machen? Das möchten wir wissen. Wir sind hier, um die Wahrheit zu suchen. Lassen Sie uns diese Woche darüber nachdenken und nächsten Sonntag gut vorbereitet mit unseren Ansichten zusammentreffen. Vielleicht kommen wir dann zu einem angemessenen Ergebnis.«

Sie sehen, gestern troff der junge John D. wieder einmal vor Theologie. Wegen einer Erkrankung verpasste ich letzten Donnerstagabend das Treffen der Ehrenmitglieder der Bibelklasse, was mir aufrichtig leidtat. Ich musste ihn anrufen, damit er mich nicht abholen käme. Aber vielleicht war es ja von Vorteil für mich, dem Treffen fernbleiben zu müssen, denn ich wollte ein paar Dinge über das Lügen sagen – Wahrheiten, die zu nackt sind für die Ohren einer Bibelklasse. Alles, was annähernd der Wahrheit oder der Vernunft entspricht, ist hier so ungeläufig, dass die reine, ungeschminkte Wahrheit, die in ihrer Mitte fallengelassen wird, meiner Meinung nach ebenso viel Chaos anrichten würde wie eine Bombe.

BABY-RATSCHLAG IN DER STRASSENBAHN

Alter Mann bekam ihn, Fünfjährige gab ihn,
Mutter sagte: »Halt den Mund«

Am Samstagnachmittag klammerte sich ein gütig aussehender alter Mann in einer überfüllten Broadway-Straßenbahn Richtung Uptown an eine Halteschlaufe. Auf einem Ecksitz vor ihm kauerte eine schwächlich aussehende kleine Frau, die ein Baby an die Brust drückte. Neben ihr saß ein weiteres Kind, ein vielleicht fünfjähriges Mädchen, das sich von dem freundlichen Gesicht des alten Mannes offenbar angezogen fühlte, denn mit ihren weit aufgerissenen, strahlenden intelligenten Augen starrte sie ihn und das Baby an. Er lächelte über ihr Interesse und sagte zu ihr:

»Meine Güte! Was für ein niedliches Baby! Genau so eins suche ich. Ich nehme es mit.«

»Das geht nicht«, erklärte das kleine Mädchen schnell. »Es ist meine Schwester.«

»Was? Du willst es mir nicht geben?«

»Nein, will ich nicht.«

»Aber«, beharrte er, und seine Stimme klang richtig wehmütig, »bei mir zu Hause gibt es kein Baby.«

»Dann schreiben Sie an Gott. Er schickt Ihnen eins«, sagte das Mädchen zuversichtlich.

Der alte Mann lachte. Die anderen Passagiere stimmten ein. Die Mutter dagegen schien Blasphemie zu wittern.

»Tillie«, sagte sie, »halt den Mund und benimm dich!«

Diesen Schnipsel habe ich aus der *Times* von heute Morgen ausgeschnitten. Eine ausgesprochen hübsche Arbeit, wirklich allerliebst; von jener bewundernswerten Leichtigkeit und Anmut, die echtem Gefühl und wahrer Anteilnahme sowie einer geübten Feder entspringen. Ab und zu verblüfft mich ein Zeitungsreporter mit solchen Glücksgriffen. Vor vierundvierzig Jahren war ich selbst drei Jahre lang Zeitungsreporter – doch soweit ich mich erinnere, fehlte mir und meinen Kollegen die Zeit, unsere Sachen in eine feine literarische Form zu gießen. Dieser Schnipsel wird in dreihundert Jahren noch ebenso schön und anrührend sein wie heute.

Ich beabsichtige, dass diese Autobiographie, wenn sie nach meinem Tod veröffentlicht wird, als Vorbild für alle zukünftigen Autobiographien dient, und ich beabsichtige, dass sie viele Jahrhunderte lang gelesen und bewundert wird dank ihrer Form und ihrer Methode – einer Form und einer Methode, bei der Vergangenheit und Gegenwart ständig miteinander konfrontiert werden und Kontraste erzeugen, die, wie die Berührung von Flintstein und Stahl, immer wieder das Interesse befeuern. Außerdem wirft meine Autobiographie nicht etwa Schlaglichter auf die prunkvollen Episoden meines Lebens, sondern behandelt nur die alltäglichen Ereignisse, aus denen das Leben des Durchschnittsmenschen besteht, und so muss eine solche Erzählung den Durchschnittsmenschen interessieren, weil es sich um Ereignisse handelt, die ihm aus seinem eigenen Leben vertraut sind, in denen er sein eigenes Leben gespiegelt und durch die er es niedergeschrieben sieht. Der gewöhnliche, der konventionelle Autobiograph scheint vor allem jenen Vorkommnissen in seiner Laufbahn nachzujagen, da er mit gefeierten Persönlichkeiten zu tun hatte, dabei waren seine Begegnungen mit den Nichtgefeierten für ihn und auch für seine Leser genauso interessant und zudem weit häufiger als seine Zusammenstöße mit den Berühmtheiten.

Gestern Nachmittag war Howells hier, und ich setzte ihm den Plan zu dieser Autobiographie und ihr scheinbar systemloses System auseinander – es ist nur scheinbar, mitnichten wirklich systemlos. Das System ist durchdacht, und das Gesetz dieses Systems verlangt, dass ich von dem spreche, was mich augenblicklich interessiert, und es in dem Augenblick, wenn mein Interesse erschöpft ist, beiseiteschiebe und von etwas anderem spreche. Es ist ein System, das keiner festgelegten Route folgt und auch nicht folgen wird. Das System ist ein vollkommener und beabsichtigter Wirrwarr – eine Route, die nirgendwo beginnt, die keinem spezifischen Lauf folgt und zu meinen Lebzeiten zu keinem Ende kommen kann, denn selbst wenn ich mit einem Stenographen hundert Jahre lang jeden Tag zwei Stunden sprechen würde, wäre nicht ein Zehntel der Dinge niedergeschrieben, die mich in meinem Leben interessiert haben. Ich sagte Howells, meine Autobiographie werde mühelos ein paar tausend Jahre überdauern, dann einen neuen Anlauf nehmen und den Rest der Zeit überdauern.

Er sagte, das glaube er sofort, und fragte mich, ob ich sie in mehreren Bänden herausgeben wolle.

Ich sagte, genau das sei mein Plan, sollte ich allerdings lange genug leben, könnte keine Stadt die vielen Bände fassen, dazu bedürfte es schon eines ganzen Staates, und es gäbe wohl keinen Rockefeller, der sich die komplette Sammlung zu irgendeinem Zeitpunkt ihrer Existenz leisten könnte, es sei denn auf Raten.

Howells applaudierte und sprach mir Lob und Anerkennung aus, was weise und umsichtig von ihm war. Hätte er eine andere Ansicht bekundet, hätte ich ihn aus dem Fenster geworfen. Ich mag Kritik, aber sie muss zu meinen Gunsten ausfallen.

Vorgestern stand wieder so ein erfreulicher literarischer Versuch eines Reporters in der Zeitung, und ich wollte ihn ausschneiden und hier einfügen, damit künftige Jahrhunderte ihn mit traurigem Genuss lesen, aber dann vergaß ich es und warf die Zeitung weg. Es war eine kurze Erzählung, aber gut formuliert. Ein armes halbverhungertes Mädchen von sechzehn Jahren, mitten im Winter (auch wenn eigentlich Frühling ist), in nicht mehr als ein Kleidungsstück gehüllt, wurde in ihren herabhängenden Lumpen von einem Polizisten dem Friedensrichter vorgeführt, denn man hatte sie aufgegriffen, als sie im Begriff war, einen Selbstmordversuch zu unternehmen – so die Anklage. Der Richter fragte sie, was sie zu diesem Verbrechen bewogen habe, und mit leiser Stimme, von Schluchzern geschüttelt, brachte sie hervor, dass das Leben zu einer Last geworden sei, die sie nicht länger ertragen könne; sie arbeite sechzehn Stunden am Tag in einem Ausbeuterbetrieb; mit dem kargen Lohn, den sie erhalte, müsse sie die Familie unterstützen; ihre Eltern könnten sie weder mit Kleidung noch mit genügend zu essen versorgen; dieses zerfetzte Kleidungsstück trage sie so lange, wie sie zurückdenken könne; sie beneide ihre armen Kolleginnen, die oft einen Penny für die eine oder andere hübsche Kleinigkeit erübrigen könnten; sie selbst könne sich nicht daran erinnern, jemals einen Penny für dergleichen gehabt zu haben. Das Gericht, die Polizisten und die anderen Zuschauer weinten mit ihr – hinreichender Beweis dafür, dass sie ihre mitleiderregende Geschichte gut und überzeugend erzählte. Und die Tatsache, dass auch ich, gewissermaßen aus zweiter Hand, gerührt war, beweist, dass der Reporter sein Herzblut als Tinte verwendet und gute Arbeit geleistet hatte.

In den entlegenen Teilen des Landes ist die wöchentliche Dorfzeitung noch dasselbe sonderbare Erzeugnis wie vor sechzig Jahren, als ich ein Junge an den Ufern des Mississippi war. Die weltstädtische Tageszeitung einer großen Metropole berichtet jeden Tag über das Tun und Treiben des Generalleutnants Soundso und des Konteradmirals Soundso, darüber, was die Vanderbilts tun und hinter welcher Hecke jenseits der Grenzen New Yorks sich John D. Rockefeller versteckt, um nicht vor Gericht gezerrt zu werden und zu mutmaßlichen Standard-Oil-Unregelmäßigkeiten aussagen zu müssen. Diese großen Tageszeitungen halten uns über Mr. Carnegies Taten und Worte auf dem Laufenden; sie berichten, was Präsident Roosevelt gestern gesagt hat und was er heute tun wird. Sie berichten, was die Kinder dieser Familie gesagt haben, so wie auch Europas Prinzchen täglich zitiert werden – und wir stellen fest, dass die Bemerkungen der Kinder Roosevelts unverkennbar prinzlich sind, denn was sie von sich geben, ist bemerkenswert gehaltlos und banal. Zwei Monate lang überfluteten uns die großen Tageszeitungen täglich, ja stündlich mit minutiösen und akribischen Berichten, was Miss Alice und ihr Verlobter nicht alles gesagt und getan hatten und was sie nicht alles sagen und tun würden, bis sie endlich durch Gottes Gnade heirateten und untertauchten und es still um sie wurde.

In diesen sechzig Jahren hat sich die Hofberichterstattung der Dorfzeitungen mit dem Kommen und Gehen und den Äußerungen *ihrer* lokalen Prinzchen befasst. In all diesen Jahren hat man uns berichtet und berichtet man uns noch immer, was der erste Lebensmittelhändler des Ortes treibt und dass er neue Vorräte eingekauft hat; man berichtet uns, dass der Eisverkäufer Besuch von Verwandten bekommt, dass Miss Smith eingetroffen ist, um eine Woche bei den Jones zu verbringen, und so weiter und so fort. Und all diese Berichte interessieren die Dörfler ebenso brennend wie die Berichte, von denen ich eben sprach, nämlich die über Taten und Worte der augenfälligsten Persönlichkeiten der Vereinigten Staaten. Das zeigt, dass die Natur des Menschen sich treu bleibt; es zeigt, dass wir gern darüber Bescheid wissen, was die großen Leute treiben, damit wir sie beneiden können. Es zeigt, dass die Dorfberühmtheiten zu den kleinen Leuten des Dorfes in dem gleichen Verhältnis stehen wie der Präsident der Vereinigten Staaten zu der Nation. Es zeigt, dass *Auffälligkeit* das Einzige ist, was jemand besitzen muss, um unser Interesse und mehr oder weniger unsere Verehrung zu wecken. Wir erkennen, dass es im Leben *keine* trivialen Vorkommnisse gibt, wenn wir sie nur aus der richtigen Perspektive betrachten. Die in einem Dorf sind ebenso außerordentlich, als ginge es bei ihnen um eine Persönlichkeit von nationalem Rang.

Die Swangos

Aus dem *Hazel Green (Ky.) Herald*

Dr. Bill Swango kann wieder im Sattel sitzen.

Tante Rhod Swango besuchte Sonntag Joseph Catron und Frau.

Mrs. Shiloh Swango nahm Samstag an einer Auktion in Maytown teil.

W. W. Swango hält eine ansehnliche Rinderherde für den Mount-Sterling-Markt bereit.

James Murphy kaufte letzte Woche zehn Stück Vieh von W. W. Swango.

Mrs. John Swango aus Montgomery County besuchte letzte Woche Shiloh Swango und Familie.

Mrs. Sarah Ellen Swango, Ehefrau von Wash, dem bekannten Truthahnhändler aus Valeria, war Samstag und Sonntag zu Gast bei Mrs. Ben Murphy.

Das ist mal ein authentischer, aufrichtiger und ehrlicher Bericht über die jüngsten Aktivitäten der Swangos im tiefsten Kentucky. Wir sehen auf den ersten Blick, welchen Platz die verehrte Sippe der Swangos im Herzen der Bewohner von Hazel Green, Kentucky, einnimmt. Man ersetze in diesem Bericht Swango durch *Vanderbilt*; dann durch *Carnegie*; das nächste Mal durch *Rockefeller*; dann durch den *Präsidenten*; sodann durch den *Bürgermeister von New York*; danach durch Alices neuen Ehemann. Schließlich ersetze man *Mrs. Shiloh Swango* durch *Mrs. Alice Roosevelt Longworth*. Und schon handelt es sich um Hofberichterstattung höchster Güte.

CAPT. E. L. MARSH

Ehemaliger Bewohner Elmiras unlängst in Des Moines, Iowa, gestorben

Vor einer Woche, am Freitag, dem 23. Februar, verstarb Captain E. L. Marsh nach langer Krankheit im Alter von vierundsechzig Jahren in Des Moines, Iowa. Der Verstorbene wurde 1842 in Enfield, Tompkins County, N. Y., geboren, kam später nach Elmira, um mit seinen Eltern dort zu leben, und verließ Elmira 1857, um sich in Iowa niederzulassen, wo er, mit Ausnahme kürzerer Aufenthalte im Süden und Osten, den größten Teil seines Lebens verbrachte. Er verpflichtete sich bei der Kompanie D der 2. Iowa-Infanterie in Des Moines und wurde zum Captain des Regiments ernannt. Im Krieg zeichnete er sich durch herausragende Tapferkeit und Tüchtigkeit aus. Nach dem Krieg ging Captain Marsh nach New Orleans, wo er den Großteil der Wiederaufbauperiode verbrachte, anschließend nach New York, wo er mehrere Jahre in der Straßenpflasterung tätig war. 1877 ging er zurück nach Des Moines und blieb dort fast die nächsten dreißig Jahre wohnen. Er stieg mit großem Erfolg ins Immobiliengeschäft ein. 1873 heiratete er; er hinterlässt Frau und zwei Kinder. Captain Marsh war Mitglied der Loyal Legion, Kommando Iowa, und stellvertretender Kommandeur der Loge von Iowa. Ebenso war er Mitglied der Grand Army of the Republic (G.A.R.) und der kongregationalistischen Kirche. Captain Marsh war der Sohn von Mr. und Mrs. Sheppard Marsh, und Mrs. Marsh war die Zwillingsschwester der verstorbenen Mrs. Jervis Langdon aus dieser Stadt. Captain Marsh war ein sehr enger und vertrauter Freund seines Cousins, General Charles J. Langdon aus Elmira.

Dieser Zeitungsausschnitt aus Des Moines, Iowa, erreichte mich heute Morgen. Ed Marsh war ein Cousin meiner Frau, und ich kann mich gut an ihn erinnern. Vor sechsunddreißig Jahren war er bei unserer Hochzeit zugegen, ein gutaussehender, jugendlich wirkender Junggeselle. Er interessierte mich nicht nur als Cousin meiner jungen Braut, sondern noch aus einem anderen Grund, denn in seiner Kompanie der 2. Iowa-Infanterie hatte auch Dick Higham gedient. Fünf Jahre vor dem Krieg war Dick, ein gutmütiger, einfältiger gewinnender Bursche von siebzehn Jahren, Lehrling in der kleinen Druckerei meines Bruders in Keokuk, Iowa, gewesen. Er besaß eine alte Flinte und liebte es, mit dieser in der Druckerei auf und ab zu marschieren, während er behauptete, nichts anderes werden zu wollen als Soldat. Wir übrigen lachten ihn aus und sagten, er sei nichts als ein verkleidetes Mädchen und sobald er sich dem Feind gegenübersähe, würde er sein Gewehr fallen lassen und davonlaufen.

Aber wir waren keine guten Propheten. Als Präsident Lincoln schon bald darauf nach Freiwilligen verlangte, schloss sich Dick der 2. Iowa-Infanterie an, was ungefähr zur selben Zeit war, als ich meine Beschäftigung als Lotse auf dem Mississippi verlor und mich darauf einstellte, in Ralls County, Missouri, das Imitat eines Soldaten auf Seiten der Konföderierten zu werden. Die Zweite Iowa wurde in die Gegend von St. Louis verlegt und schlug dort ihr Lager auf. Sie brachte auf die eine oder andere Weise Schande über sich – und wenn ich mich recht erinnere, war ihre Strafe, dass sie erst dann wieder ihre Flagge entrollen dürfe, wenn dieses Privileg durch Tapferkeit auf dem Schlachtfeld zurückgewonnen sei. Als General Grant – im Februar 62 – den Angriff auf Fort Donelson befahl, bat die Zweite Iowa um Erlaubnis, den Überfall zu leiten, und der Bitte wurde stattgegeben. Ed Marshs Kompanie, in der Dick als Gefreiter diente, marschierte an vorderster Front den Hügel hinauf und weiter und über die gefällten Bäume und anderen Hindernisse, und Dick wurde von einer Kugel mitten durch die Stirn getroffen – und räumte mannhaft mit der hänselnden Prophezeiung auf, die fünf, sechs Jahre zuvor gemacht worden war. Was von der Zweiten Iowa noch übrigblieb, führte den Angriff siegreich zu Ende, mit fliegenden Fahnen, die nie wieder schmachvoll eingerollt werden mussten.

Zu unserer Hochzeit war auch Ed Marshs Schwester gekommen. Sie und ihr Bruder liebten sich abgöttisch bis vor etwa einem Jahr. Ungefähr zu der Zeit unserer Hochzeit hatte diese Schwester ein Großmaul namens Talmage Brown geheiratet, einen gescheiten, aber skrupellosen und zügellos religiösen Mann. Dank seiner Gerissenheit gelangte er zu großem Reichtum, und in seinem kurz vor seinem Tod verfassten Letzten Willen bestellte er Ed Marsh zu einem seiner Testamentsvollstrecker. Seine Hinterlassenschaft war eine Million Dollar wert oder mehr, seine geschäftlichen Angelegenheiten jedoch sehr verworren. Ed Marsh und die anderen Testamentsvollstrecker erfüllten ihre Pflicht getreu und ohne Entlohnung. Sie brauchten Jahre, um die geschäftlichen Angelegenheiten in Ordnung zu bringen, aber schließlich war es vollbracht. In den folgenden Jahren lief alles friedlich. Am Ende aber, vor etwa einem Jahr, überredeten einige Verwandte des verstorbenen Talmage Brown die Witwe, Ed Marsh und die anderen Testamentsvollstrecker auf eine hohe Geldsumme zu verklagen, von der sie behaupteten, die Vollstrecker hätten sie entweder gestohlen oder durch Misswirtschaft vergeudet. Das beendete die hingebungsvolle Beziehung, die Bruder und Schwester ihr Leben lang verbunden hatte. Die Klage allein brach Ed Marsh das Herz, denn er war ein durch und durch ehrenwerter Mann, der nicht einmal den Hauch eines Verdachts ertragen konnte. Er wurde bettlägerig, und der Fall kam zur Verhandlung. Seiner Schwester gab Ed keine Schuld; schuld seien allein die Browns. Diese hätten seiner Schwester den Verstand vergiftet. Das Gericht hörte die Parteien an. Danach wies der Richter die Klage mit vielen abschätzigen Bemerkungen ab. Die Browns erhoben sich, um den Gerichtssaal zu verlassen, er aber befahl ihnen, zu warten und sich anzuhören, was er sonst noch zu sagen hatte. Hierauf häutete er sie mit würdigen Worten bei lebendigem Leibe, nannte sie Schwindler und Betrüger und ließ sie gehen. Doch die Nachricht von seiner Ehrenrettung erreichte Marsh zu spät. Er erholte sich nie wieder. In den letzten beiden Monaten hatte sich sein Zustand unaufhörlich verschlechtert, und nun ist das Ende eingetreten.

Heute Morgen traf ein Brief von einem alten Kameraden aus dem Silberbergbau ein, Calvin H. Higbie, einem Mann, den ich seit vierundvierzig Jahren nicht mehr gesehen und auch nicht mehr gesprochen habe. In *Durch dick und dünn* kommt Higbie in einem Kapitel vor, das davon handelt, wie wir in Aurora – beziehungsweise in Esmeralda, wie wir die Gegend damals nannten – in der »Wide West Mine« eine reiche Ader aufspürten – anstatt aber, wie damals durch die Bergbaugesetze festgelegt war, unseren Claim auf diesen unglaublich wertvollen Besitz durch zehntägige Arbeit dauerhaft zu machen, begab er sich auf die fruchtlose Jagd nach der mysteriösen Zementmine; und ich begab mich neun Meilen weiter zum Walker River, um Captain John Nye zu pflegen, der an heftigem krampfartigem Rheuma, Dummkoller oder einer ähnlichen Erkrankung litt; und als Cal und ich eines Abends nach Esmeralda zurückkehrten, kamen wir gerade noch rechtzeitig, um unser Vermögen nicht mehr vor den Minenbesetzern in Sicherheit bringen zu können.

Ich schiebe den Brief hier ein, und da er das Licht der Welt erst erblicken wird, wenn Higbie und ich im Grab liegen, erlaube ich mir, auch seine Zeichensetzung und Rechtschreibung zu übernehmen, denn für mich sind sie Teil des Mannes. Er ist so ehrlich, wie der Tag lang ist. Er ist völlig naiv und direkt, und seine Rechtschreibung und Zeichensetzung sind so einfach und ehrlich wie er selbst. Er entschuldigt sich nicht für sie, und es bedarf auch keiner Entschuldigung. Sie zeigen deutlich, dass er nicht gebildet ist, und ebenso deutlich, dass er nicht vorgibt, es zu sein.

Montag, 26. März 1906

Greenville, Plumas co. Kalifornien
15. März 1906

Saml. L. Clemens
New York city, N.Y.
Verehrter Herr,

zwei, drei Leute sint schon seit längerem hinter mir her, damit ich für sie meine Erinerungen an Unsere Verbindung in Nevada, in den frühen 60ern, aufschreibe, und ich bin nun zu dem Schluss gelangt, dies zu tun, und habe seit mehreren Jahren Ereignisse notirt, die mir durch den Kopf gehen. Wo ich mir nicht siecher bin, ist wann Sie nach Aurora, Nevada, gekommen sint – und dan der erste Ausflug, den Sie über diee Sieras nach Kalifornien gemacht haben, nachdem Sie nach Nev. kamen, und dan ein möglichst genaues Datum, wann Sie den kranken Mann gepflegt haben, am, oder in der Nähe, vom Walker River, als unsere Mine besetzt wurde, und denken Sie nicht für einen Moment, ich will Ihnen die Schau stehlen, sondern will nuhr ein paar Ereirgnise erwähnen, die Sie in Ihren Artikeln, Büchern &c., die ich gesehen habe, nicht erwähnen. Ich habe vor, Ihnen die Artikel vorzulegen, so dass Sie sehen können, ob was zu beanstanden ist, und, das, dann ausstreichen und nach eigenem Ermesen was andres einfügen –

Bei mir hats vor ein paar Jahren gebrannt, und alle alten Papiere sind in Rauch aufgegangen, ist der Grund, warum ich Sie um diese Daten bitte. binn seit mehr oder weniger 2, 3 Jahren krank, kann nichts verdienen, was der Rede wert wär, und es steht nicht gut um die Finanzen, und ich gebe zu, dass ich meine ersten Schreibversuche hauptsächlich unternehme, um ein bisschen Geld zu Verdienen – und ich würde mich so über Ihre aufrichtige Meinung, in der Sache, freuen, und welchen weisen Rat Sie mir geben können, was die Veröffentlichung wert wär. Ich lege eine Koppie des *Herald* bei, eine Antwort auf meine Anfrage, ob so ein Artikel gewünscht wird.

Ich hoffe, von Ihnen zu hören, sobald es Ihnen passt, und verbleibe mit ergebenen Grüßen

Ihr &c.
C.H. Higbie

[Kopie]

New York, 6. März 06

C. H. Higbie
Greenville – Cal.

Sehr geehrter Herr,

in der Tat würde ich mich über einen Bericht über Ihre Erlebnisse mit Mark Twain freuen. Wenn sie so interressant sind, wie ich sie mir vorstelle, wäre der *Herald* bereit Sie sehrr gut dafür zu bezahlen, aber natürlich ist es unmoglich, einen Preis in der Sache festzulegen, bis ich nicht die Mögligkeit hatte, ihn zu lesen. wenn Sie so freundlich wären, ihn mir zuzusenden, mit der Erlaubnis, ihn durch Mr. Clemens bestätigen zu lassen, würde ich Ihnen gerne eine Schnelle rückmeldung geben und Ihnen ein aus unserer Sicht angemessenes Angebot machen. sollten Sie bereits eine bestimmte Summe im Kopf haben, würde ich Ihnen vorschlagen, mir diese mitzuteilen.

Hochachtungsvoll
New York Herald
Geo. R. Miner
Redakteur der Sonntagsausgabe

Ich habe Higbie geschrieben und ihn gebeten, dieses literarische Geschäft für ihn übernehmen zu dürfen. Sand schaufeln kann er besser als ich – worauf ich im nächsten Kapitel näher eingehen werde –, aber wenn es darum geht, einen Verleger zu schröpfen, schlage ich ihn um Längen.

Dienstag, 27. März 1906

Higbies Rechtschreibung – Mr. Clemens' Maßnahme, um Higbie eine Stelle bei Pioneer zu verschaffen – 1863 geht Mr. Clemens nach Virginia City, um alleiniger Reporter des Territorial Enterprise *zu werden – Mr. Clemens erprobt seine Arbeitsbeschaffungsmaßnahme für Erwerbslose mit großem Erfolg an einem jungen Reporter in St. Louis – Wendet das Schema auch bei seinem Neffen Mr. Samuel E. Moffett an*

Ich habe Higbie gestattet, der Rechtschreibung des Mannes vom *Herald* nachzuhelfen und sie auf seine eigene abzustimmen. Er hat seine Sache gut, großzügig und vorurteilsfrei erledigt. Meiner Ansicht nach hat es ihr wohlgetan, denn seit mindestens sechzig Jahren hege ich eine Aversion gegen gute Rechtschreibung, aus dem einfachen Grund, weil ich als Junge nichts so gut beherrschte wie die Rechtschreibung nach Schema F. Es war ein armseliges kleinliches Unterscheidungsmerkmal, und ich lernte früh, kein Vergnügen daran zu finden. Vermutlich hat es damit zu tun, dass die Rechtschreibfertigkeit eine angeborene Gabe ist und keine erworbene Fähigkeit. In einer erworbenen Fähigkeit liegt so etwas wie Ehre, da sie das Ergebnis eigener Arbeit ist. Dieser Lohn ist verdient, während eine nur durch die Gnade Gottes verliehene und nicht durch eigene Anstrengung erworbene Fähigkeit die Auszeichnung ins Himmelreich verweist – wo sie möglicherweise eine Sache des Stolzes und der Genugtuung ist, einen selbst jedoch nackt und mit leeren Händen zurücklässt.

Higbie war der Erste, der von meiner großartigen und unfehlbaren Arbeitsbeschaffungsmaßnahme für Erwerbslose profitierte. Während der letzten vierundvierzig Jahre habe ich diese Maßnahme immer wieder erprobt. Soweit ich weiß, war sie stets erfolgreich, und es ist mein ganzer Stolz, sie erfunden zu haben und dass sich die von mir angenommene Tatsache der menschlichen Natur, die ich ihr zugrunde gelegt hatte, als richtig erwies.

Higbie und ich lebten in einem Baumwollschuppen am Fuße eines Berges. Es war eine sehr beengte Behausung, die kaum Platz für uns und den Herd bot – eine wirklich erbärmliche Behausung, denn zwischen acht Uhr morgens und acht Uhr abends machte das Thermometer gelegentlich einen

Sprung um über fünfzehn Grad. Zusammen mit Bob Howland und Horatio Phillips hatten wir unter einem eine halbe Meile entfernten Hügelvorsprung einen Silberclaim, und jeden Morgen gingen wir mit unserem Mittagessen dorthin und verbrachten den ganzen Tag damit, in unserem Schacht zu hacken und zu sprengen – voller Hoffnung, dann voller Verzweiflung, dann wieder voller Hoffnung, und langsam, aber sicher gingen uns die Geldmittel aus. Als wir schließlich vollkommen abgebrannt und noch immer auf nichts gestoßen waren, sahen wir ein, dass wir uns unseren Lebensunterhalt auf andere Weise verdienen mussten. Ich sicherte mir eine Stelle in einer nahe gelegenen Quarzmühle, wo ich mit Hilfe einer langstieligen Schaufel Sand siebte. Ich hasse langstielige Schaufeln. Ich habe nie gelernt, sie richtig zu handhaben. Meist erreichte der Sand das Sieb gar nicht erst, sondern rieselte auf meinen Kopf und über meinen Rücken oder in meine Kleider. Es war die abscheulichste Arbeit, die ich je verrichtet habe, aber man bekam zehn Dollar die Woche und Verpflegung – und die Verpflegung war der Mühe wert, denn sie bestand nicht nur aus Speck, Bohnen, Kaffee, Brot und Zuckersirup, sondern wir bekamen jeden Wochentag auch noch Kompott aus gedörrten Äpfeln, als wäre es ein Sonntag. Doch dieses königliche Leben, dieses abstoßend luxuriöse Leben musste ein Ende nehmen, und dafür gab es zwei gute Gründe. Ich für mein Teil konnte die schwere Arbeit nicht ertragen; das Unternehmen wiederum sah nicht ein, weshalb es mich dafür bezahlen sollte, dass ich mir Sand über den Rücken schaufelte; also wurde ich in dem Augenblick entlassen, als ich gerade kündigen wollte.

Hätte Higbie die Arbeit übernommen, wäre alles gut ausgegangen, und alle wären zufrieden gewesen, denn mit seiner breiten Statur war er der Sache gewachsen. Er hatte Muskeln wie ein Hüne. Die langstielige Schaufel in der Hand wie ein Imperator, hätte er zwölf Stunden hintereinander geduldig und zufrieden gearbeitet, ohne dass sein Puls oder sein Atem sich beschleunigt hätten. Indessen hatte er nichts zu tun und war ein wenig entmutigt. In einem Ausbruch sehnsüchtigen Verlangens sagte er: »Wenn ich doch nur eine Stelle bei Pioneer bekommen könnte!«

»Was für eine Stelle bei Pioneer willst du denn?«, fragte ich.

»Na, als Hilfsarbeiter. Die kriegen fünf Dollar am Tag«, antwortete er.

Ich sagte: »Wenn das alles ist, was du willst – das kann ich einfädeln.«

Higbie staunte. Er sagte: »Willst du damit etwa sagen, du kennst den Vorarbeiter und könntest mir eine Stelle verschaffen, hast nur die ganze Zeit über keinen Ton gesagt?«

»Nein«, erwiderte ich, »ich kenne den Vorarbeiter nicht.«

»Aha«, sagte er, »und wen kennst du dann? Wie willst du mir die Stelle verschaffen?«

»Wieso«, sagte ich, »ist doch ganz einfach. Wenn du genau tust, was ich dir sage, und nicht versuchst, meine Anweisungen zu verbessern, hast du die Stelle schon heute Abend.«

Er sagte eifrig: »Ich werde mich an deine Anweisungen halten, egal welche.«

»Gut«, sagte ich, »geh hin und sag, dass du als Hilfsarbeiter anfangen möchtest; dass du das Nichtstun satt hast; dass du das Nichtstun nicht gewohnt bist und es nicht ertragen kannst; dass du die Arbeit nur zu deiner Erquickung brauchst und nichts dafür haben willst.«

»Nichts?«, fragte er.

»Genau«, sagte ich, »nichts.«

»Gar keinen Lohn?«

»Gar keinen Lohn.«

»Nicht einmal Verpflegung?«

»Nein, nicht einmal Verpflegung. Du willst umsonst arbeiten. Mach es ihnen klar – dass du absolut zufrieden damit bist, umsonst zu arbeiten. Und wenn sie sich deinen Körperbau ansehen, wird der Vorarbeiter denken, dass er das große Los gezogen hat, und du bekommst die Stelle.«

»Ja, aber was für eine!«, rief Higbie empört.

Ich entgegnete: »Erst sagst du, du wirst es tun, und jetzt mäkelst du schon herum. Du hast gesagt, du würdest meinen Anweisungen folgen. Ein Mann hält, was er verspricht. Jetzt zieh Leine und besorg dir die Stelle.«

Er versprach es mir.

Ich war ziemlich gespannt, was passieren würde – gespannter, als er wissen durfte. Ich zog es vor, hinsichtlich der Durchschlagskraft meiner Maßnahme vollkommen zuversichtlich zu wirken, und trug diese Zuversicht auch zur

Schau. Aber in Wahrheit war ich sehr nervös. Dennoch glaubte ich, die menschliche Natur so gut zu kennen, dass ich wusste, einem Mann wie Higbie, wenn er seine Muskeln kostenlos anbot, würde man nicht die Tür vor der Nase zuschlagen, ohne es sich vorher gut überlegt zu haben. Die Stunden schlichen nur so dahin, und er kehrte nicht zurück. Allmählich fühlte ich mich immer besser. Meine Zuversicht wuchs. Bei Sonnenuntergang tauchte er endlich auf, und zu meiner Freude erfuhr ich, dass meine Erfindung eine gute Eingebung gewesen war und Erfolg hatte.

Er sagte, zuerst sei der Vorarbeiter bass erstaunt gewesen und habe gar nicht gewusst, wie er mit diesem Vorschlag umgehen solle, dann aber habe er sich besonnen und sei offensichtlich froh gewesen, Higbie einstellen und ihm jene Erquickung verschaffen zu können, nach der es ihn so sehr verlangte.

»Wie lange soll das so gehen?«, fragte Higbie.

Ich antwortete: »Bedingung ist, dass du dabeibleibst; verrichte deine Arbeit, als bezögest du den gängigen Lohn. Du darfst dich nie beschweren; du darfst dir nie anmerken lassen, dass du gerne Lohn oder Verpflegung hättest. So geht das zwei, drei, vier, fünf, sechs Tage, je nach Machart des Vorarbeiters. Einige Vorarbeiter würden unter dieser Anspannung schon nach ein, zwei Tagen zusammenbrechen. Andere halten eine Woche durch. Es sollte schwer sein, einen zu finden, der das zwei Wochen aushält, ohne sich seiner selbst zu schämen und dir Lohn anzubieten. Nehmen wir mal an, unser Vorarbeiter ist ein Zwei-Wochen-Mann. In diesem Falle wirst du nicht zwei Wochen bleiben. Denn unter den Männern wird sich herumsprechen, dass der fähigste Hilfsarbeiter im Lager seine Arbeit so liebt, dass er gern bereit ist, sie auch ohne Bezahlung zu verrichten. Man wird dich für das neueste Kuriosum halten. Männer von den anderen Mühlen werden herbeiströmen, um dich in Augenschein zu nehmen. Du könntest Eintrittsgeld verlangen und würdest es auch bekommen, aber das darfst du nicht. Bleib deinem Vorsatz treu. Wenn die Vorarbeiter der anderen Mühlen einen Blick auf deine Körpermasse werfen und feststellen, dass du zwei gewöhnliche Männer wert bist, werden sie dir den halben Lohn anbieten. Den darfst du aber nicht annehmen, ohne es deinem Vorarbeiter zu melden. Gib ihm die

Gelegenheit, dir dasselbe zu bieten. Sollte er das nicht tun, steht es dir frei, das Angebot des anderen Mannes anzunehmen. Higbie, binnen drei Wochen wirst du Vorarbeiter einer Mine oder eine Mühle sein, und zwar für einen mehr als anständigen Lohn.«

Genauso kam es – und danach führte ich ein behagliches Leben, ohne etwas zu tun zu haben, denn auf die Idee, mir das Gleiche zu verordnen, kam ich nicht. Solange Higbie eine Stelle hatte, wollte ich keine. Eine Stelle reichte völlig für eine so kleine Familie – und so war ich in den folgenden Wochen ein Mann der Muße, konnte Bücher und Zeitungen lesen und jeden Abend Kompott aus gedörrten Äpfeln essen, als wäre Sonntag, und ich wollte im Leben keine steilere Karriere als diese. Higbie unterstützte mich großzügig, beschwerte sich kein einziges Mal und schlug mir kein einziges Mal vor loszuziehen, um mir eine unbezahlte Stelle zu suchen und mich selbst zu versorgen.

Das war 1862. Ende 62 – vielleicht war es auch Anfang 63 – trennten sich *1862* unsere Wege, und ich ging nach Virginia City, denn man hatte mir angeboten, William H. Wrights Stelle als alleiniger Reporter des *Territorial Enterprise* anzutreten und drei Monate lang seine Arbeit zu übernehmen, während er die Prärie nach Iowa durchquerte, um seine Familie zu besuchen. Aber darüber habe ich bereits in *Durch dick und dünn* berichtet.

Higbie habe ich in all den vierundvierzig Jahren nicht wiedergesehen.

Kurz nach meiner Hochzeit im Jahre 1870 bekam ich einen Brief von *1870* einem jungen Mann aus St. Louis, möglicherweise ein entfernter Verwandter von mir – das weiß ich jetzt nicht mehr –, aber in seinem Brief schrieb er, er habe das Bestreben und den Ehrgeiz, Journalist zu werden – ob ich ihm wohl für eine der Zeitungen in St. Louis ein Empfehlungsschreiben ausstellen und mich dafür verwenden könnte, ihm eine Stelle als Reporter zu verschaffen. Es war das erste Mal, dass ich neuerlich die Gelegenheit erhielt, meine großartige Arbeitsbeschaffungsmaßnahme auszuprobieren. Ich schrieb ihm und versprach, ihm bei jeder beliebigen Zeitung in St. Louis eine Stelle zu besorgen; er könne sich eine aussuchen, aber er müsse mir versprechen, alle meine Anweisungen getreulich zu befolgen. Er antwortete, er werde meinen Anweisungen buchstäblich und mit Begeisterung Folge leisten. Sein

Brief floss über vor Dankbarkeit – verfrühter Dankbarkeit. Er erkundigte sich nach meinen Anweisungen. Ich schickte sie ihm. Ich sagte, er dürfe kein Empfehlungsschreiben von mir oder sonst jemandem verwenden. Er müsse zur Zeitung seiner Wahl gehen und sagen, er habe nichts zu tun, sei das Nichtstun leid und wolle Arbeit – er sehne sich nach Arbeit, ja verzehre sich nach ihr – ein Gehalt sei ihm nicht wichtig, er wolle kein Gehalt, sondern werde seinen Lebensunterhalt anders bestreiten – er wolle Arbeit, nichts als Arbeit, keine bestimmte Arbeit, sondern jede beliebige, die sie für ihn hätten. Er könne die Redaktionsbüros ausfegen, die Tintenfässer und die Leimflaschen nachfüllen, Botengänge erledigen und sich auf jede erdenkliche Weise nützlich machen.

Ich ahnte, dass meine Maßnahme nicht bei jedem greifen würde – einige würden unbezahlte Arbeit verschmähen und einen Grund zur Selbstverachtung darin erblicken; viele würden mich für einen Narren halten, weil ich ein derartiges Projekt vorschlug; wieder andere hätten einfach nicht genug Charakter, um sich der Maßnahme entschlossen anzuvertrauen und sie zu erproben. Ich war gespannt, um was für eine Art von Kandidaten es sich hier handelte, aber um das herauszufinden, musste ich mich natürlich eine Weile gedulden. Ich hatte ihm gesagt, er dürfe nie nach einem Gehalt verlangen, dürfe sich nie verlocken lassen, diesen Fehler zu begehen; früher oder später werde von irgendwo ein Gehaltsangebot kommen, und in diesem Fall müsse er schnurstracks zu seinem Arbeitgeber gehen und ihm die Gelegenheit geben, ihm das gleiche Gehalt anzubieten, und danach müsse er bleiben, wo er sei – solange er bei jemandem angestellt sei, dürfe er nie um einen Gehaltsvorschuss bitten; das werde sich von selbst ergeben, solange er nur seinen Wert unter Beweis stelle.

Meine Maßnahme funktionierte auch diesmal. Der junge Bursche wählte seine Zeitung aus, und in den ersten Tagen fegte er, verrichtete andere bescheidene Arbeiten; und er hielt den Mund. Dann begann die Redaktion, ihn wahrzunehmen. Man sah, dass man ihn, um sich Zeit und Mühe zu ersparen, auf vielerlei Weise einsetzen konnte, ohne dass Kosten anfielen. Man bemerkte, dass er aufmerksam und willig war. Bald erweiterte man seinen Einsatzbereich. Dann wagte er es, sich auf eine andere meiner Anweisungen einzulassen; hatte ich ihm doch geraten, nichts zu überstürzen, sondern sich zuerst seine Popularität zu sichern. Nun setzte er diese Anweisung in die Tat um. Auf seinem Weg zwischen Büro und Wohnung oder wenn er Botengänge erledigte, hielt er die Augen offen, und immer wenn er etwas sah, was sich als Lokalnachricht verwenden ließ, notierte er es, ging es anschließend noch einmal durch und strich etliche Adjektive heraus, ging es erneut durch und tilgte alles Beiwerk, und wenn er es auf die schlichten Fakten heruntergekocht und von sämtlichen Rüschen und Stickereien befreit hatte, legte er es dem Lokalredakteur auf den Schreibtisch. Mehrmals hatte er Erfolg, und seine Sachen wurden ungekürzt in die Zeitung übernommen. Schon bald schickte ihn der Lokalredakteur, wenn ihm die Arbeitskräfte ausgingen, mit Aufträgen los. Er erfüllte sie gewissenhaft und mit gutem Erfolg. Dies geschah immer häufiger. Er kam mit den Reportern der anderen Zeitungen in Kontakt. Er freundete sich mit ihnen an, und nach kurzer Zeit berichtete ihm einer von einer freien Stelle, die er haben könne, Gehalt inklusive. Er sagte, vorher müsse er mit seinem Arbeitgeber sprechen. In exakter Übereinstimmung mit meinen Anweisungen trug er die Sache seinem Arbeitgeber vor, und es geschah wie erwartet. Man sagte ihm, dieses Gehalt könne man ihm so gut wie jede andere Zeitung zahlen – er solle bleiben, wo er sei.

Der junge Mann schrieb mir zwei-, dreimal im Jahr und hatte jedes Mal etwas Neues und Ermutigendes über meine Arbeitsbeschaffungsmaßnahme zu berichten. Hin und wieder bot eine andere Zeitung ihm ein höheres Gehalt. Dann trug er die Neuigkeit seiner eigenen Zeitung vor; diese zog jedes Mal nach, und er blieb. Schließlich bekam er ein Angebot, dem sein Arbeitgeber nicht mehr entsprechen konnte, und sie trennten sich. Es ging um ein Jahresgehalt von dreitausend, und zwar als Redaktionsleiter einer namhaften Tageszeitung in einer Stadt in den Südstaaten, eine zu jener Zeit und in jener Region ordentliche Summe. Er hatte den Posten drei Jahre lang inne. Danach habe ich nie wieder von ihm gehört.

Um 1886 verlor mein Neffe Samuel E. Moffett, ein junger Mann in den Zwanzigern, seinen ererbten Besitz und musste nach einer Möglichkeit suchen, seinen Lebensunterhalt zu verdienen. Er war in mehrerlei Hinsicht ein außergewöhnlicher junger Bursche. Eine Nervenkrankheit hatte ihn schon früh am regelmäßigen Schulbesuch gehindert, und so war er ohne Schulbildung aufgewachsen – was ihm nicht zum Nachteil gereichte, denn er verfügte über ein außergewöhnlich gutes Gedächtnis und einen ungeheuren Wissensdurst. Mit zwölf Jahren hatte er sich durch Lesen und Zuhören einen großen und weitgefächerten Wissensschatz angeeignet, und ich erinnere mich an eine Zurschaustellung desselben, die für mich höchst beschämend ausfiel. Er war bei uns zu Besuch gewesen, und ich hatte versucht, mir ein Spiel auszudenken, das mit historischen Fakten aller Zeitalter zu tun hatte. Ich hatte viel Arbeit in dieses Spiel investiert, harte Arbeit, denn ich hatte die Fakten nicht im Kopf, sondern musste sie mir mühsam aus Büchern zusammenklauben. Der Junge sah sich meine Arbeit an, stellte fest, dass die Fakten unzutreffend waren und das Spiel, so wie es war, unbrauchbar. Dann setzte er sich hin und rekonstruierte das gesamte Spiel aus dem Gedächtnis. In meinen Augen war es eine wunderbare Leistung, und ich war zutiefst gekränkt.

Wie bereits gesagt, als er Anfang zwanzig war, schrieb er mir aus San Francisco und sagte, er wolle Journalist werden, und fragte, ob ich ihm ein paar Empfehlungsschreiben für die Herausgeber der dortigen Zeitungen schicken könnte. Ich schrieb zurück und erlegte ihm dieselben alten Anweisungen auf. Ein Empfehlungsschreiben schickte ich ihm nicht, und ich verbot ihm auch, von anderer Seite ausgestellte zu verwenden. Er hielt sich streng an diese Anweisungen. Er begann beim *Examiner*, der William R. Hearst gehörte. Er reinigte die Redaktionsräume und erledigte die üblichen Schindereien, die meine Maßnahme vorsah. Nach kurzer Zeit war er Mitarbeiter der Redaktion mit einem anständigen Gehalt. Nach zwei, drei Jahren wurde sein Gehalt beträchtlich erhöht. Nach weiteren ein, zwei Jahren reichte er seine Kündigung ein – denn unterdessen hatte er geheiratet und lebte in Oakland oder einem anderen Vorort, und es behagte ihm nicht, spätabends und frühmorgens zwischen der Zeitung und seinem Wohnhaus hin- und herzupendeln. Man erlaubte ihm, in Oakland zu bleiben, dort seine Leitartikel abzufassen und herüberzuschicken, bei Weiterzahlung seines großzügigen Gehalts. Irgendwann wurde er nach New York geholt, wo er für Mr. Hearsts New

Yorker Zeitung arbeiten sollte, und als er schließlich diese Stellung kündigte, war er sechzehn Jahre ohne Unterbrechung bei Mr. Hearst angestellt gewesen. Hierauf wurde er Leitartikler der *New York World* und genoss das Vorrecht, außerhalb der Stadt leben und seine Sachen einschicken zu können. Sein Gehalt betrug achttausend Dollar jährlich. Vor ein paar Jahren bot ihm *Collier's Weekly* eine komfortable Stelle an, die sich besonders gut für ihn eignete, da er sich hauptsächlich mit historischen und zeitgeschichtlichen Themen befassen sollte – und die interessierten ihn. Das Gehalt sollte zehntausend Dollar betragen. Er holte meine Meinung ein, und ich riet ihm, das Angebot anzunehmen, was er auch tat. Als Mr. Pulitzer herausfand, dass er die *World* verlassen hatte, war er gar nicht erfreut, dass der Redaktionsleiter ihn hatte ziehen lassen, doch den traf keine Schuld. Er hatte von Moffetts Vorhaben erst erfahren, als er dessen Kündigung in den Händen hielt. Pulitzer bot Moffett eine Anstellung für zwanzig Jahre; die Laufzeit des Vertrages war auch über den Tod Pulitzers hinaus garantiert, und damit noch nicht genug, wurde das Angebot von dem außergewöhnlichen Vorschlag begleitet, Moffett dürfe sein Gehalt selbst bestimmen. Moffett aber blieb selbstverständlich bei *Collier's,* denn sie waren bereits zu einer für beide Seiten zufriedenstellenden Vereinbarung gekommen.

Mittwoch, 28. März 1906

Orion Clemens' Persönlichkeit – Sein Abenteuer im Haus von Dr. Meredith – Sein Besuch um drei Uhr morgens bei einer jungen Dame – Der Tod von Mr. Clemens' Vater gleich nach seiner Ernennung zum Amtsrichter – Mr. Clemens' geringes Einkommen nach seinem Bankrott durch Charles L. Websters Misswirtschaft

Die Erfahrungen meines Bruders boten ein weiteres eindrucksvolles Beispiel für die Wirksamkeit meiner Arbeitsbeschaffungsmaßnahme. Irgendwann werde ich darauf eingehen. Aber erst einmal richtet sich mein Interesse auf seine Persönlichkeit, hervorgerufen durch die beiläufige Erwähnung seines Namens – und so will ich die anderen Dinge beiseiteschieben und diese umreißen. Es handelt sich um eine äußerst seltsame Persönlichkeit. In meinen ganzen siebzig Jahren bin ich keiner begegnet, die ihr gleichkam.

1825 Orion Clemens wurde 1825 in Jamestown, Fentress County, Tennessee,
geboren. Als Erstgeborener der Familie war er mir zehn Jahre voraus. Zwi-
1837 schen uns beiden wurde meine Schwester Margaret geboren, die 1837
im Alter von zehn Jahren in dem Dorf starb, in dem ich das Licht der Welt erblickte, in Florida, Missouri; außerdem Pamela, die Mutter Samuel E. Moffetts, die ihr ganzes Leben stark gebeutelt war und vor einem Jahr etwa fünfundsiebzigjährig in der Nähe von New York starb, nachdem sie mit jeder der Menschheit bekannten Krankheit, Arznei und Heilmethode herumexperimentiert und alle diese Krankheiten, Arzneien und Heilmethoden mit einem Enthusiasmus ausgekostet hatte, der nur Menschen mit einer Leidenschaft für Neuheiten eigen ist. Ihr Charakter war ohne Makel, und sie hatte eine ausgesprochen liebenswerte und sanfte Natur. Dann hatten wir
1843 noch einen Bruder, Benjamin, der 1843 im Alter von zehn oder zwölf Jahren
starb.

Orion verbrachte seine Kindheit in der winzigen Holzfällersiedlung Jamestown in den sogenannten »Buckeln« von East Tennessee, inmitten einer äußerst spärlichen Bevölkerung von Hinterwäldlern, die von der Außenwelt ebenso wenig Kenntnis nahmen und sich deren Existenz ebenso wenig bewusst waren wie all die anderen wilden Tiere, die die umliegenden Wälder bewohnten. Die Familie zog nach Florida, Missouri, dann, als Orion zwölfeinhalb Jahre alt war, nach Hannibal, Missouri. Mit fünfzehn oder sechzehn wurde er nach St. Louis geschickt, und dort erlernte er das Druckerhandwerk. Eine seiner Charaktereigenschaften war die Leidenschaft. Jeden Morgen erwachte er voller Ehrgeiz für die eine oder andere Sache, der den ganzen Tag an ihm zehrte und über Nacht erlosch, um am nächsten Morgen, noch ehe er sich angekleidet hatte, in Form eines frischeren Interesses erneut aufzuflammen. Auf diese Weise verschliss er in jedem Lebensjahr dreihundertfünfundsechzig glühend heiße neue Leidenschaften – bis er eines frühen Morgens, den Federhalter in der Hand, an seinem Tisch starb, als er gerade dabei war, die Feuersbrunst des betreffenden Tages zu notieren und ihre Flammen und ihren Rauch zu genießen, bis die Nacht sie wieder löschen würde. Da war er zweiundsiebzig Jahre alt. Aber ich vergesse eine andere, sehr ausgeprägte Charaktereigenschaft. Das war seine Schwermut, seine Niedergeschlagenheit, seine Verzweiflung; tagtäglich verschafften sie sich ihren Platz neben seinen Leidenschaften. So war sein Tag von Sonnenaufgang bis Mitternacht aufgeteilt zwischen hellem Sonnenschein und schwarzen Wolken – nein, nicht aufgeteilt, von beidem durchzogen. Jeden Tag war er der fröhlichste und hoffnungsvollste Mensch, der je gelebt hat, denke ich; und zugleich war er jeden Tag der unglücklichste Mensch, der je gelebt hat.

Während seiner Lehrzeit in St. Louis schloss er Bekanntschaft mit Edward Bates, der später in Mr. Lincolns erstem Kabinett saß. Bates war ein feiner Mann, ehrenwert und rechtschaffen, und dazu ein ausgezeichneter Anwalt. Er ließ sich von Orion geduldig jedes neue Projekt vorstellen, besprach es mit ihm und löschte es mit guten Argumenten und unwiderstehlicher Logik aus – zu Beginn. Nach ein paar Wochen begriff er jedoch, dass diese Mühe überflüssig war; dass er auf das neue Projekt gar nicht einzugehen brauchte und es sich noch in derselben Nacht ganz von allein auslöschen würde. Orion meinte, Anwalt werden zu wollen. Mr. Bates ermutigte ihn, und so studierte Orion fast eine Woche lang Jurisprudenz, aber natürlich ließ er es bald zugunsten neuerer Ideen fallen. Er wollte Redner werden. Mr. Bates erteilte ihm Unterricht. Mr. Bates ging den Korridor auf und ab, las aus einem englischen Buch vor und übersetzte das Englische fließend ins Französische, und diese Übung empfahl er auch Orion. Da Orion kein Französisch sprach, begann er ein Französischstudium, loderte zwei oder drei Tage dafür wie ein Vulkan; und gab es auf. Während seiner Lehrzeit in St. Louis trat er mehreren Kirchen bei, einer nach der anderen, und unterrichtete in deren Sonntagsschulen – mit jedem seiner Religionswechsel ging ein Sonntagsschulwechsel einher. Entsprechend sprunghaft war er in Sachen Politik – heute Whig, nächste Woche Demokrat und in der Woche darauf wieder etwas Neues, was er auf dem politischen Marktplatz aufgetrieben hatte. An dieser Stelle darf ich anmerken, dass er während seines ganzen langen Lebens eine Religion gegen die nächste eintauschte und den Kulissenwechsel jedes Mal genoss. Ich will auch anmerken, dass seine Aufrichtigkeit niemals angezweifelt wurde; ebenso wenig wie seine Wahrhaftigkeit; und dass seine Redlichkeit in Geschäfts- und Geldangelegenheiten niemals in Frage gestellt wurde. Trotz seiner immer wiederkehrenden Launenhaftigkeit und seines Wankelmutes hatte er hehre, stets hehre und absolut unerschütterliche Prinzipien. Er war das seltsamste Gemisch, das je in menschliche Form gegossen wurde. Eine solche Person neigt dazu, impulsiv und gedankenlos zu handeln; das war Orions Art. Alles, was er tat, tat er voller Überzeugung und Begeisterung und mit einem prahlerischen Stolz auf das, was er tat – und was es auch immer sein mochte, ob gut, ob schlecht oder irgendwo dazwischen, bevor vierundzwanzig Stunden um waren, ging er reuevoll in Sack und Asche. Pessimisten werden als solche geboren, nicht dazu gemacht. Optimisten werden als solche geboren, nicht dazu gemacht. Er aber war, glaube ich, der einzige Mensch, den ich kannte, dem Pessimismus und Optimismus zu gleichen Teilen innewohnten. Abgesehen von seinen festen Prinzipien war er so unstet wie Wasser. Mit einem einzigen Wort konnte man ihm die Stimmung verderben; mit einem anderen sie wieder in den Himmel heben. Mit einem Wort der Missbilligung konnte man ihm das Herz brechen; mit einem Wort der Billigung ihn glücklich machen wie einen Engel. Und es gab keinen Grund, diesen Mirakeln irgendeinen Sinn oder eine Spur von Geisteshaltung zu unterlegen; alles und nichts mochte als Erklärung dienen.

Er hatte eine weitere ausgeprägte Eigenschaft, und diese war die Mutter aller Eigenschaften, von denen ich eben sprach, und zwar ein starkes Verlangen nach Anerkennung. Er war so erpicht auf Anerkennung, so mädchenhaft bemüht, ohne Unterschied die Anerkennung wirklich aller zu gewinnen, dass er jederzeit bereit war, seine eigenen Ansichten, Einstellungen und Überzeugungen zu opfern, um die Anerkennung eines beliebigen Menschen zu erlangen, der mit ihm nicht eins war. Es möge klar sein, dass ich seine grundlegenden Prinzipien hiervon ausnehme. Diese opferte er nie, um jemandem zu gefallen. Obgleich unter Sklaven und Sklavenhaltern geboren und aufgewachsen, war er seit seiner Kindheit bis zu seinem Tod ein Gegner der Sklaverei. Er war immer wahrhaftig; immer aufrichtig; immer ehrlich und ehrenhaft. Doch bei kleinen Angelegenheiten – so belanglosen wie Religion, Politik und dergleichen – entwickelte er nicht eine einzige Überzeugung, die der missbilligenden Bemerkung einer Katze standgehalten hätte.

Er träumte ununterbrochen, war ein Träumer von Geburt an, und diese Eigenart brachte ihn hin und wieder in Schwierigkeiten. Einmal, er war dreiundzwanzig oder vierundzwanzig Jahre alt und als Geselle auf der Walz, hatte er den reizenden Einfall, nach Hannibal zu kommen, ohne uns vorher zu benachrichtigen, um der Familie eine freudige Überraschung zu bereiten. Hätte er uns benachrichtigt, wäre ihm mitgeteilt worden, dass wir umgezogen waren, dass jetzt dieser ruppige Seebär mit der Bassstimme, unser Hausarzt Dr. Meredith, in unserem früheren Haus wohnte und Orions ehemaliges Zimmer von Dr. Merediths Schwestern, zwei reifen alten Jungfern, in Beschlag genommen worden war. Orion traf mitten in der Nacht mit dem Schaufelraddampfer in Hannibal ein und begab sich mit gewohnter Leidenschaft auf seinen Ausflug; ganz entflammt von seinem grandiosen Vorhaben, malte er sich die Überraschung genüsslich im Vorhinein aus. Immer genoss er die Dinge im Vorhinein; das war seine Art. Nie konnte er ein Ereignis abwarten, sondern musste es sich zurechtfabulieren und im Voraus genießen – wenn das Ereignis dann eintrat, stellte er mitunter fest, dass es gar nicht so schön war, wie er es sich in seiner Vorstellung zurechtgedacht hatte, und dann litt er unter dem Verlust, weil er sich das imaginäre Ereignis nicht bewahrt und die Realität hatte Realität sein lassen.

Als er am Haus ankam, ging er zur Hintertür, zog sich die Stiefel aus, schlich die Treppe hinauf und gelangte, ohne irgendeinen Schläfer geweckt zu haben, ins Zimmer der beiden alten Jungfern. Im Dunkeln entkleidete er sich, schlüpfte ins Bett und kuschelte sich an jemanden an. Er war ein bisschen überrascht, aber nicht sehr – dachte er doch, es sei unser Bruder Ben. Es war Winter, das Bett gemütlich, und der vermeintliche Ben machte es nur umso gemütlicher – und so schlief er ein, äußerst zufrieden mit dem bisherigen Verlauf der Dinge und voll glücklicher Träume über die Geschehnisse des kommenden Morgens. Aber zunächst einmal sollte etwas ganz anderes geschehen, und das sogleich. Die alte Jungfer, der er auf die Pelle gerückt war, wand sich und zappelte, erwachte halb und verbat sich die ungebührliche Nähe. Die Stimme lähmte Orion. Er konnte seine Gliedmaßen nicht bewegen; ihm stockte der Atem; und die Bedrängte tastete umher, fand Orions neuen Backenbart und kreischte: »Das ist ja ein Mann!« Damit war die Lähmung beseitigt, und im Bruchteil einer Sekunde sprang Orion aus dem Bett und tappte in der Dunkelheit nach seinen Kleidern. Jetzt begannen beide Jungfern zu kreischen, so dass Orion nicht blieb, bis er seine gesamte Garderobe beisammenhatte. Mit den Teilen, die er zu fassen bekam, stürzte er davon. Er floh zum oberen Treppenabsatz und wollte eben hinunterlaufen, da war er abermals wie gelähmt, kam doch die schwache gelbe Flamme einer Kerze die Treppe emporgeflogen, und er meinte, dahinter Dr. Meredith zu erkennen, und so war es auch. Dieser trug keine nennenswerte Kleidung am Leib, aber das machte nichts, für den Anlass war er hinreichend gerüstet, denn in der Hand hielt er ein Fleischermesser. Orion rief ihm etwas zu, und das rettete ihm das Leben, denn der Doktor erkannte die Stimme. Dann erläuterte er Orion in seinen hochseetüchtigen Basstönen, die ich als kleiner Junge so bewundert hatte, die Veränderungen, die stattgefunden hatten, erklärte ihm, wo er die Familie Clemens finde, und schloss mit dem recht überflüssigen Rat, sich lieber anzukündigen, bevor er sich auf ein zweites derartiges Abenteuer einlasse – ein Rat, den Orion vermutlich nicht mehr benötigte, solange er lebte.

In einer bitterkalten Dezembernacht saß Orion bis morgens um drei mit einem Buch da, dann, ohne auf die Uhr zu gucken, brach er auf, um eine junge Dame zu besuchen. Er hämmerte und hämmerte an ihre Tür; bekam keine Antwort; verstand die Welt nicht mehr. Jeder andere hätte es als ein Zeichen gedeutet, so oder so, hätte seine Schlüsse gezogen und wäre nach Hause gegangen. Doch Orion zog keine Schlüsse, sondern hämmerte und hämmerte, bis der Vater des Mädchens im Schlafrock an der Tür erschien. Er hielt eine Kerze in der Hand, und der Schlafrock war das einzige Kleidungsstück, das er trug – ausgenommen einen Ausdruck des Nichtwillkommens, der so stark und überdeutlich war, dass er von der Stirn bis zum Spann reichte und den Schlafrock fast verdeckte. Doch Orion bemerkte nicht, dass es ein unwirscher Ausdruck war. Er trat einfach ein. Der alte Gentleman brachte ihn ins Wohnzimmer, stellte die Kerze auf einen Tisch und verharrte. Orion machte die üblichen Bemerkungen über das Wetter und setzte sich –

setzte sich und redete und redete in einem fort – und der alte Mann sah ihn gehässig an und wartete auf seine Chance – wartete heimtückisch und boshaft auf seine Chance. Orion hatte sich nicht nach der jungen Dame erkundigt. Das war nicht üblich. Es verstand sich von selbst, dass ein junger Bursche kam, um das Mädchen des Hauses zu besuchen, nicht dessen Besitzer. Schließlich stand Orion auf, machte eine Bemerkung der Art, dass die junge Dame wohl beschäftigt sei und er jetzt gehen und ein andermal wiederkommen werde. Das war die Chance des alten Mannes, und voller Inbrunst sagte er: »Barmherziger Gott, wollen Sie nicht gleich bis zum Frühstück bleiben?«

Mein Vater starb 1847, und diese Katastrophe trat – wie immer bei sol- *1847*
chen Dingen – gerade in dem Moment ein, als unser Glück sich gewendet hatte und wir wieder recht behaglich hätten leben können; nach mehreren Jahren zermürbender Armut und Entbehrung, die wir dem betrügerischen Verhalten eines gewissen Ira Stout verdankten, dem mein Vater mehrere tausend Dollar geliehen hatte – zu jener Zeit und in jener Gegend ein Vermögen. Mein Vater war gerade zum Amtsrichter ernannt worden. Nicht nur genügte der bescheidene Wohlstand vollkommen für uns und unsere Ambitionen, mein Vater war außerdem so geachtet – im ganzen County wurden ihm Respekt und Ehre gezollt –, dass jedermann der Ansicht war, er werde dieses ehrwürdige Amt ausfüllen, solange er lebe. Gegen Ende Februar ritt er nach Palmyra, dem Verwaltungssitz, um seinen Amtseid abzulegen. Auf dem Heimweg, zwölf Meilen zu Pferd, überraschte ihn ein Eisregensturm, und er erreichte unser Haus in halberfrorenem Zustand. Die Folge war eine Rippenfellentzündung, und er starb am 24. März.

Auf diese Weise wurde uns unser neues, herrliches Glück entrissen, und wir versanken wieder in den Tiefen der Armut. So verlaufen die Dinge nun einmal.

Als ich durch Charles L. Websters Ignorantentum und seine Misswirtschaft bankrottging, nachdem James W. Paige* mir in den sieben Jahren davor hundertsiebzigtausend Dollar gestohlen hatte, gingen wir nach Europa, um von dem leben zu können, was uns an dürftigem Einkommen noch

* Erfinder einer überaus genialen und fabelhaften Setzmaschine, von der es nur ein Exemplar gibt; es befindet sich in der Cornell University: als Kuriosität aufbewahrt. Genau das ist es.

geblieben war. In den darauffolgenden zehn oder zwölf Jahren betrug es häufig nur zwölftausend jährlich und zu keiner Zeit mehr als zwanzigtausend, glaube ich. Ich bin mir sicher, die zwölftausend überstieg es erst zwei
1900 Jahre, bevor wir im Oktober 1900 aus Europa zurückkehrten. Daraufhin verbesserte sich die Lage beträchtlich, aber zu spät, als dass es Mrs. Clemens noch von Nutzen hätte sein können. Ohne zu murren, hatte sie die Einschränkungen all die Jahre ertragen, und nun, da sich das Schicksal zu unseren Gunsten wendete, war es zu spät. Sie erkrankte, und nach zweiundzwanzig qualvollen Monaten starb sie. In Florenz, Italien, am 5. Juni 1904.

Wie gesagt, die Familie Clemens war mittellos. Orion kam ihr zu Hilfe.

Donnerstag, 29. März 1906

Mr. Clemens als Lehrling bei Mr. Ament – Dinner bei Wilhelm II. und der Kartoffelvorfall – Reverend Alexander Campbells Predigt wird gedruckt – Als Henry eine Wassermelone auf den Kopf bekam – Orion kauft das Hannibal Journal, *was sich als Misserfolg herausstellt – Dann geht er nach Muscatine, Iowa, und heiratet – Mr. Clemens zieht auf eigene Faust los, um die Welt zu sehen – Besucht St. Louis, New York, Philadelphia, Washington – Geht dann nach Muscatine und arbeitet in Orions Büro – Findet einen Fünfzig-Dollar-Schein – Trägt sich mit dem Gedanken, den Amazonas zu erforschen und Koka zu ernten – Überredet Horace Bixby, ihn zum Lotsen auszubilden – Bricht mit Orion nach Nevada auf, als dieser zum Sekretär des Territoriums ernannt wird*

Ich habe mich geirrt. Orion kam erst zwei oder drei Jahre nach dem Tod meines Vaters nach Hannibal. Zunächst blieb er in St. Louis. Dazwischen zog er als Druckergeselle durchs Land und verdiente sich so seinen Lohn. Von diesem unterstützte er meine Mutter und meinen Bruder Henry, der zwei Jahre jünger war als ich. Meine Schwester Pamela half aus, indem sie Klavierunterricht gab. So kamen wir zwar über die Runden, aber es war doch ein mühsames Dahinschlittern. Ich gehörte nicht zu den Belastungen, denn gleich nach dem Tod meines Vater wurde ich von der Schule genommen und als Druckerlehrling im Büro des *Hannibal Courier* untergebracht, wo Mr. Ament, Herausgeber und Eigentümer des Blattes, mir die übliche Lehrlingsvergütung bewilligte – das heißt Verpflegung und Bekleidung, aber kein Geld. Die Bekleidung umfasste zwei Anzüge pro Jahr, aber einer der Anzüge blieb immer aus, und solange Mr. Aments alte Kleidungsstücke zusammenhielten, wurde der andere auch nicht angeschafft. Ich war nur etwa halb so groß wie Ament, folglich bescherten mir seine Hemden das unbehagliche Gefühl, in einem Zirkuszelt zu leben, und seine Hosen musste ich mir bis zu den Ohren hochziehen, damit sie kurz genug waren.

Es gab noch zwei andere Lehrlinge. Einer war Wales McCormick, siebzehn oder achtzehn Jahre alt und ein Hüne. Wenn er in Mr. Aments Kleidern steckte, passten sie ihm, wie die Kerze in ihre Gießform passt – also stand er die ganze Zeit kurz vor dem Ersticken, besonders im Sommer. Er war ein unbekümmertes, lustiges, bewundernswertes Geschöpf; er hatte keine Prinzipien, und man war bei ihm in wunderbarer Gesellschaft. Anfangs mussten wir drei Lehrlinge mit der alten Sklavenköchin und ihrer sehr hübschen, aufgeweckten und wohlerzogenen jungen Tochter, einer Mulattin, in der Küche essen. Zu seinem eigenen Vergnügen – denn um das Vergnügen anderer Leute kümmerte er sich meist nicht – hofierte Wales dieses Mulattenmädchen fortwährend und beharrlich, lärmend und nach allen Regeln der Kunst, womit er sie in helle Aufregung versetzte und die alte Mutter zu Tode ängstigte. Dann sagte sie immer: »Aber, aber, Master Wales, Master Wales, können Sie sich nicht benehmen?« Derart ermutigt, setzte Wales seine Aufmerksamkeiten natürlich fort, ja, er steigerte sie noch. Ralph und ich, wir starben fast vor Lachen. Denn um bei der Wahrheit zu bleiben, war der Kummer der alten Mutter nur gespielt. Sie wusste sehr wohl, dass es nach dem Brauch der sklavenhaltenden Gemeinden Wales' gutes Recht war, das Mädchen zu hofieren, solange er wollte. Die Aufregung des Mädchens hingegen war vollkommen echt. Sie hatte einen feinsinnigen Charakter, nahm Wales' übertriebenes Liebeswerben ernst und trug es ihm nach.

Was das Essen betraf, bot der Küchentisch wenig Abwechslung, und genug gab es ohnehin nicht. Also hielten wir Lehrlinge uns mit Hilfe unserer eigenen Talente am Leben – will sagen, fast jede Nacht schlichen wir uns in den

Keller durch einen Privateingang, den wir entdeckt hatten, stahlen Kartoffeln, Zwiebeln und derlei Dinge, trugen sie in die Innenstadt zur Druckerei, wo wir auf Pritschen auf dem Fußboden schliefen, setzten sie auf den Herd und hatten es herrlich und gut. Wales bereitete die Kartoffeln auf eine ganz wunderbar erlesene Art zu, die nur er beherrschte. Seither habe ich nur einmal erlebt, dass Kartoffeln auf dieselbe Weise zubereitet wurden. Das war
1901 Ende 1901, als Wilhelm II., deutscher Kaiser, bei einer privaten Verköstigung meine Anwesenheit wünschte. Und als die Kartoffeln aufgetragen wurden, war ich derart überrascht, dass mir mein Taktgefühl abhandenkam und ich, noch ehe ich es wiedererlangen konnte, eine unverzeihliche Sünde beging – ich stieß einen freudigen Willkommensruf für die Kartoffel aus und wandte mich damit an den Kaiser neben mir, statt abzuwarten, dass er das Gespräch eröffnete. Ich glaube, er bemühte sich aufrichtig, so zu tun, als sei er weder erschüttert noch empört, offenkundig aber war er genau das; und dem halben Dutzend Granden, die zugegen waren, erging es nicht anders. Alle waren wie versteinert, und keiner hätte ein Wort hervorgebracht, selbst wenn er es versucht hätte. Das grauenhafte Schweigen zog sich eine halbe Minute hin und hätte selbstverständlich bis heute fortgedauert, wenn nicht der Kaiser selbst es gebrochen hätte, denn ein anderer wäre nicht so wagemutig gewesen. Das war abends um halb sieben, und die frostige Atmosphäre hielt bis kurz vor Mitternacht an, als sie endlich verflog – oder vielmehr weggeschwemmt wurde von einem großzügigen Schwall Bier.

Wie bereits angedeutet, wirtschaftete Mr. Ament sparsam und streng. Auch später, als wir Lehrlinge zusammen mit einem Wandergesellen namens Pet McMurry vom Keller ins Erdgeschoss befördert wurden und mit am Familientisch sitzen durften, nahm die Sparsamkeit ihren Fortgang. Mrs. Ament war seine Braut. Sie hatte diese Auszeichnung erst kürzlich erlangt, nachdem sie den Großteil ihres Lebens darauf gewartet hatte, und gemäß den Ament'schen Vorstellungen war sie die rechte Frau am rechten Platz, denn nicht einmal die Zuckerdose vertraute sie uns an, sondern süßte eigenhändig unseren Kaffee. Das heißt, sie führte die Bewegungen aus. Sie süßte ihn nicht wirklich. Es sah nur so aus, als gäbe sie einen gehäuften Teelöffel braunen Zucker in jede Tasse, aber Wales zufolge war das eine List. Er sagte, sie tauche den Löffel zuerst in den Kaffee, damit der Zucker daran klebenbleibe, löffle dann den Zucker mit dem umgedrehten Löffel aus der Dose, so dass das Auge einen gehäuften Löffel zu sehen meinte, während der Zucker in Wahrheit nur eine dünne Schicht bildete. Das leuchtete mir vollkommen ein, aber ich vermute, da ein derartiges Kunststück schwer zu bewerkstelligen gewesen wäre, dass es sich nicht wirklich so zutrug, sondern eine von Wales' Lügen war.

Ich sagte, Wales war unbekümmert, was stimmte. Es war die Unbekümmertheit einer beständig übersprudelnden und unzerstörbaren, aus der Freude der Jugend geborenen guten Laune. Ich glaube, es gab nichts, was dieser riesige Bursche nicht getan hätte, um sich eine fünfminütige Abwechslung zu verschaffen. Man wusste nie, wann es das nächste Mal über ihn kommen würde. Zu seinen glänzenden Charaktereigenschaften gehörte auch eine grenzenlose hinreißende Respektlosigkeit. In seinem Leben schien es nichts Ernstes zu geben; nichts, wovor er Achtung hatte.

Einmal kam der gefeierte Gründer einer damals weitverbreiteten neuen Sekte, der Campbellites, aus Kentucky in unser Dorf, und es entstand eine ungeheure Aufregung. Die Farmer und ihre Familien kamen auf Fuhrwerken oder zu Fuß meilenweit herbei, um einen Blick auf den berühmten Alexander Campbell zu werfen und die Gelegenheit wahrzunehmen, ihn predigen zu hören. Hätte er in einer Kirche gepredigt, wären viele abgewiesen worden, denn es gab keine Kirche, die auch nur einen Bruchteil der Zuhörer hätte aufnehmen können; also predigte er, um allen entgegenzukommen, unter freiem Himmel auf dem großen Dorfplatz, und zum ersten Mal wurde mir bewusst, was für eine gewaltige Bevölkerung dieser Planet beherbergt, wenn man alle an einem Ort versammelt.

Bei einer dieser Gelegenheiten hielt er eine Predigt, die er eigens für diesen Anlass geschrieben hatte. Alle Campbellites wollten einen Nachdruck davon haben, um sie aufzubewahren und wieder und wieder durchzulesen und auswendig zu lernen. Also sammelten sie sechzehn Dollar, damals eine stattliche Summe, und für diese stattliche Summe erhielt Mr. Ament den Auftrag, fünfhundert Exemplare der Predigt zu drucken und in gelbe Papierumschläge zu binden. Es war eine sechzehnseitige Broschüre im Duodezformat und sogar für unsere Druckerei ein großes Ereignis. In unseren Augen war es ein Buch, das uns die Würde von Buchdruckern verlieh. Außerdem war auf unsere Druckerei noch nie zuvor ein solcher Geldsegen niedergegangen: sechzehn Dollar auf einen Schlag. Die Leute bezahlten ihre Zeitung und ihre Anzeigen nicht etwa mit barer Münze, sondern mit Waren wie Zucker, Kaffee, Hickoryholz, Eichenholz, Rüben, Kürbissen, Zwiebeln, Wassermelonen – wohingegen es in der Tat nur sehr selten vorkam, dass jemand mit Bargeld bezahlte, und wenn es doch geschah, glaubten wir, dass mit ihm etwas nicht stimmte.

Wir setzten die Seiten des großen Buches – acht Seiten auf einer Druckplatte –, und mit Hilfe eines Druckerhandbuchs gelang es uns, die Seiten auf die scheinbar verrückte, in Wahrheit aber von der Vernunft gebotene Stelle des Metteurtischs zu platzieren. Diese Seiten druckten wir an einem Donnerstag. Dann setzten wir die übrigen acht Seiten, brachten sie in Position und machten einen Probeabzug. Wales las ihn und war bestürzt, denn er war auf ein unerwartetes Problem gestoßen. Es war nicht die Zeit, um auf ein unerwartetes Problem zu stoßen, denn es war Samstag; es war fast Mittag; Samstagnachmittag hatten wir frei; und wir wollten angeln gehen. Ausgerechnet in einem solchen Moment musste Wales auf ein Problem stoßen und uns zeigen, was geschehen war. Auf einer engbedruckten Seite mit knappstem Durchschuss hatte er zwei Wörter ausgelassen, und auf den nächsten zwei, drei Seiten folgte kein Absatz. Was in aller Welt sollten wir tun? All die Seiten neu setzen, um die beiden fehlenden Wörter einzufügen? Anscheinend gab es keinen anderen Ausweg. Das Ganze würde eine Stunde in Anspruch nehmen. Dann müsste dem großen Prediger ein Fahnenabzug zugeschickt werden; wir müssten warten, bis er ihn gelesen hätte; wenn er Fehler finden würde, müssten wir sie korrigieren. Es sah ganz so aus, als würden wir den halben Nachmittag verlieren, bis wir endlich loskämen. Da hatte Wales eine seiner brillanten Ideen. In der Zeile, in der die beiden Wörter fehlten, stand der Name Jesus Christus. Wales machte daraus kurz J. C. Das schaffte Platz für die fehlenden Wörter, nahm jedoch einem besonders würdevollen Satz 99 Prozent seiner Würde. Wir schickten den Korrekturabzug los und warteten. Wir hatten nicht vor, lange zu warten. Unter den

Umständen planten wir, uns zu verdrücken und angeln zu gehen, bevor der Abzug zurückkäme, aber wir waren nicht flink genug. Schon bald erschien der große Alexander Campbell am anderen Ende des zwanzig Meter langen Raumes, und seine Miene tauchte das Zimmer in Düsternis. Er kam auf uns zugeschritten, und was er sagte, war knapp, aber streng und treffend. Er erteilte Wales eine Lektion. Er sagte: »Setze nie wieder in deinem Leben den Namen des Heilands herab. Nimm ihn *ganz* hinein.« Diese Ermahnung wiederholte er mehrere Male, um ihr Nachdruck zu verleihen, dann ging er.

Damals hatten die gewöhnlichen Flucher der Umgegend ihre eigene Art, dem Namen des Heilands *Nachdruck* zu verleihen, wenn sie ihn auf profane Weise gebrauchten, und dieser Fakt hatte sich in Wales' unverbesserlichem Hirn festgesetzt. Er bot ihm Gelegenheit, sich vorübergehend zu amüsieren, was ihm kostbarer und wertvoller erschien als alles Angeln und Schwimmen zusammen. Also nahm er die lange, ermüdende und langweilige Aufgabe auf sich, alle drei Seiten neu zu setzen, um sein vorheriges Werk zu verbessern und nebenbei auch die Ermahnung des großen Predigers sorgfältig zu verbessern. Er erweiterte das anstößige J. C. zu Jesus H. Christus. Wales wusste, es würde ihn in ungeheure Schwierigkeiten bringen, und so kam es auch. Aber er konnte einfach nicht widerstehen. Er musste sich dem Gesetz seiner Veranlagung beugen. Ich weiß nicht mehr, worin seine Strafe bestand, aber er machte sich nichts daraus. Er hatte seine Dividende ja bereits eingestrichen.

In meinem ersten Lehrjahr beim *Courier* tat ich etwas, was ich seit fünfundfünfzig Jahren zu bereuen versuche. Es war ein Sommernachmittag und genau das richtige Wetter für kostbare Ausflüge an den Fluss und andere Vergnügungen, aber ich war ein Gefangener. Alle anderen hatten frei. Ich war allein und traurig. Ich hatte irgendein Verbrechen begangen, und das war meine Strafe. Ich sollte meinen freien Tag verlieren und noch dazu den Nachmittag in Einsamkeit verbringen. Die Druckerei oben im zweiten Stock hatte ich ganz für mich allein. Ein einziger Trost war mir beschieden, und der war freundlich, solange er vorhielt. Es bestand in der Hälfte einer länglichen dicken Wassermelone, frisch und rot und reif. Ich höhlte sie mit einem Messer aus und konnte sie restlos in mir unterbringen – bis ich so voll war, dass mir der Saft aus den Ohren lief. Es blieb nur noch die leere Schale übrig. Sie war groß genug, dass sie als Kinderwiege hätte dienen können. Ich wollte sie nicht verschwenden, aber mir fiel auch nichts ein, was ich mit ihr anstellen könnte, um mir ein wenig Amüsement zu verschaffen. Ich saß am offenen Fenster, das auf den Gehsteig der Hauptstraße zwei Stockwerke unter mir hinausging, als mir in den Sinn kam, sie jemandem auf den Kopf fallen zu lassen. Ich war unschlüssig wegen der Tollkühnheit dieser Idee und hatte auch einige Bedenken, weil das Amüsement größtenteils zu meinen Gunsten und kaum zugunsten der anderen Person ausfallen würde. Aber ich entschloss mich, es zu wagen. Ich sah aus dem Fenster und wartete, dass der Richtige vorbeikäme – ein sicherer Kandidat –, aber er zeigte sich nicht. Jeder Kandidat oder jede Kandidatin stellte sich als unsicher heraus, und ich musste mich zurückhalten. Endlich aber sah ich den Richtigen nahen. Es war mein Bruder Henry. Er war der bravste Junge der ganzen Gegend. Er tat niemandem etwas zuleide, er kränkte niemanden. Er war zum Verzweifeln brav. Er war von überbordender Güte – aber sie reichte nicht, um ihn auch diesmal zu retten. Ich beobachtete sein Herannahen mit gespanntem Interesse. Er kam angeschlendert, träumte seinen angenehmen Sommertraum und zweifelte nicht daran, dass er sich in der Obhut der Vorsehung befand. Hätte er gewusst, wo ich saß, wäre sein Vertrauen in diesen Aberglauben weniger stark gewesen. Als er sich näherte, verkürzte sich seine Gestalt. Als er sich fast unter mir befand, war er so verkürzt, dass von meinem erhöhten Standort aus nichts als seine Nasenspitze und seine abwechselnd voranschreitenden Füße zu sehen waren. Da hielt ich die Wassermelone hinaus, berechnete die Entfernung und ließ sie mit der ausgehöhlten Seite nach unten fallen. Die Präzision des Geschosses konnte man gar nicht genug bewundern. Mein Bruder musste noch genau sechs Schritte gehen, als ich das Kanu losließ, und es war entzückend, zu beobachten, wie die beiden Körper einander langsam näher kamen. Hätte er noch sieben oder fünf Schritte vor sich gehabt, wäre mein Geschoss danebengegangen. Aber es war genau die richtige Anzahl Schritte, und die Schale fiel ihm mitten auf den Kopf und trieb ihn bis zum Kinn in den Erdboden. Die Stücke der zerschmetterten Wassermelone spritzten wie Gischt in alle Richtungen und zerbrachen die Fenster im zweiten Stock. Man musste eine Hebevorrichtung herbeischaffen, wie man sie zum Hieven von Gebäuden benutzt, um Henry hochzuwuchten. Ich wollte hinuntergehen und ihm mein Mitgefühl aussprechen, aber es wäre zu riskant gewesen. Er hätte mich sofort verdächtigt. Ich rechnete so oder so damit, dass er mich verdächtigen würde, doch als er sein Abenteuer zwei, drei Tage überhaupt nicht erwähnte – ich behielt ihn die ganze Zeit im Auge, um mich vor Gefahr zu schützen –, glaubte ich schon, dass er mich dieses eine Mal nicht im Verdacht hatte. Das war ein Fehler. Er wartete nur auf eine günstige Gelegenheit. Schließlich warf er mir einen Pflasterstein an die Schläfe, der eine so große Beule hervorrief, dass ich eine Zeitlang zwei Hüte tragen musste. Ich brachte dieses Verbrechen meiner Mutter zur Anzeige, denn ich wollte immer, dass Henry Ärger mit ihr bekäme, hatte jedoch nie Erfolg. Diesmal glaubte ich, leichtes Spiel zu haben, wenn sie nur erst einmal diese mörderische Beule sähe. Ich zeigte sie ihr, aber sie meinte, das sei nichts. Sie brauchte auch gar nicht erst nach den Umständen zu fragen. Sie wusste, dass ich die Beule verdient hatte und dass es das Beste für mich sein würde, sie als wertvolle Lektion zu akzeptieren und auf diese Weise Nutzen daraus zu ziehen.

1849 oder 1850 trennte sich Orion von der Druckerei in St. Louis, kam *1850* nach Hannibal und kaufte für fünfhundert Dollar Bares eine Wochenzeitung namens *Hannibal Journal* samt Betriebsstätte und allen ideellen Werten. Das Geld lieh er sich zu 10 Prozent Zinsen von einem alten Farmer mit Namen Johnson, der fünf Meilen vor der Stadt lebte. Anschließend reduzierte er den Abonnementspreis des Blattes von zwei auf einen Dollar. Die Anzeigenpreise reduzierte er um einen ähnlichen Anteil und schuf so die absolut unanfechtbare Gewissheit – dass dieses Geschäft niemals auch nur einen einzigen Cent Gewinn abwerfen würde. Er holte mich aus der Redaktion des *Courier* und stellte mich für dreieinhalb Dollar die Woche in seiner eigenen an, was ein extravagantes Gehalt war, aber Orion war schon immer gutherzig, schon immer großzügig gewesen – zu allen außer zu sich selbst. In meinem Fall kostete es ihn nichts, denn solange ich bei ihm war, konnte er mir nie auch nur einen Penny auszahlen. Am Ende des ersten Jahres erkannte er, dass er Einsparungen vornehmen musste. Die Büromiete war billig, aber nicht billig genug. Er konnte sich überhaupt keine Miete leisten, also verlegte er die ganze Firma in unser Haus, so dass es mit dem Wohnraum fürchterlich eng wurde. Er hielt das Blatt vier Jahre am Laufen, aber bis heute habe ich keine Ahnung, wie er das fertigbrachte. Gegen Ende eines jeden Jahres musste er seine Taschen nach außen kehren und die fünfzig Dollar Zinsen zusammenkratzen, die er Mr. Johnson schuldete, und diese fünfzig Dollar waren vermutlich in etwa das einzige Bargeld, das er in seiner Zeit als Eigentümer dieser Zeitung je einnahm oder auszahlte, außer für Tinte und Druckpapier. Das Blatt war ein schrecklicher Misserfolg. Es war von Anfang an dazu verurteilt. Schließlich übergab er es Mr. Johnson, ging nach Muscatine, Iowa, und erwarb dort einen kleinen Anteil an einer Wochenzeitung. Es war nicht die Art Besitz, auf dessen Grundlage man heiraten konnte – aber was soll's. Er begegnete einem anziehenden hübschen Mädchen, das in Quincy, Illinois, wohnte, ein paar Meilen unterhalb von Keokuk, und sie verlobten sich. Er war ständig in irgendwelche Mädchen verliebt, bisher aber aufgrund des einen oder anderen Zufalls noch nie so weit gegangen, sich zu verloben. Und nun brachte es ihm nichts als Unglück, denn schnurstracks verliebte er sich in ein Mädchen aus Keokuk – zumindest bildete er sich das ein, auch wenn ich glaube, dass diese Einbildung ihr Tun war. Bevor er wusste, wie ihm geschah, war er mit ihr verlobt und steckte in einer furchtbaren Zwickmühle. Er wusste nicht, ob er die aus Keokuk oder die aus Quincy heiraten oder ob er versuchen sollte, gleich beide zu heiraten und es allen Beteiligten recht zu machen. Aber das Mädchen aus Keokuk entschied für ihn. Sie besaß Durchsetzungsvermögen und befahl ihm, dem Mädchen aus Quincy zu schreiben und die Verbindung zu beenden, und das tat er auch. Dann heiratete er das Mädchen aus Keokuk, und sie begannen einen Existenzkampf, der sich als schwieriges und aussichtsloses Unterfangen erwies.

Sich in Muscatine seinen Lebensunterhalt zu verdienen war schlichtweg unmöglich, und so zogen Orion und seine neue Frau nach Keokuk, denn sie wollte in der Nähe ihrer Verwandten sein. Er kaufte eine kleine Akzidenzdruckerei – natürlich auf Kredit – und senkte die Preise unverzüglich so drastisch, dass nicht einmal mehr der Lebensunterhalt der Lehrlinge gesichert war, und so ging es weiter.

Ich hatte mich der Migration nach Muscatine nicht angeschlossen. Kurz bevor sie stattfand (ich glaube, es war 1853), verschwand ich eines Nachts 1853
und flüchtete nach St. Louis. Dort arbeitete ich einige Zeit in der Setzerei der *Evening News* und begab mich dann auf Reisen, um die Welt zu sehen. Die Welt war New York City, und dort gab es eine kleine Weltausstellung. Sie war gerade an der Stelle eröffnet worden, wo sich später das große *Reservoir* befand und wo jetzt die kostspielige öffentliche Bücherei gebaut wird – Fifth Avenue, Ecke 42. Straße. Ich kam in New York mit zwei oder drei Dollar Kleingeld und einem Zehn-Dollar-Schein an, den ich in meinem Mantelfutter versteckt hatte. Gegen miserable Bezahlung fand ich Arbeit im Betrieb von John A. Gray & Green in der Cliff Street und Unterkunft in der angemessen miserablen Pension eines Handwerkers in der Duane Street. Mein wöchentliches Gehalt zahlte mir die Firma in Papiergeld dubioser Privatbanken, und es reichte eben hin, um für Kost und Logis aufzukommen. Nach einer Weile ging ich nach Philadelphia und arbeitete dort einige Monate als Vertretung beim *Inquirer* und beim *Public Ledger*. Schließlich machte ich eine Stippvisite in Washington, um mir die dortigen Sehenswürdigkeiten anzuschauen, und 1854 reiste ich, zwei oder drei Tage und Nächte 1854
im Raucherwaggon aufrecht sitzend, zurück ins Tal des Mississippi. Als ich St. Louis erreichte, war ich erschöpft. An Bord eines Schaufelraddampfers, der in Richtung Muscatine fuhr, ging ich zu Bett. Zur Gänze bekleidet schlief ich sofort ein und wachte erst sechsunddreißig Stunden später auf.

In der kleinen Druckerei in Keokuk hatte ich zwei volle Jahre gearbeitet, und zwar, das sollte ich hinzufügen, ohne je einen Cent Gehalt zu beziehen, denn Orion war nicht in der Lage, auch nur irgendetwas zu zahlen – aber Dick Higham und ich hatten unseren Spaß. Was Dick bekam, weiß ich nicht, wahrscheinlich nichts als uneinlösbare Versprechen.

Eines Tages mitten im Winter 1856 oder 1857 – ich glaube, es war 1856 – *1856 oder 1857*
ging ich vormittags die Hauptstraße von Keokuk entlang. Es war bitterkalt – so kalt, dass die Straße fast menschenleer war. Ein leichter trockener Schnee wehte hier und da über Fahrbahn und Gehweg, wirbelte in diese Richtung und in jene und vollführte allerlei hübsche Pirouetten, war aber sehr frostig anzusehen. Der Wind blies ein Stück Papier an mir vorüber, das an einer

Hauswand klebenblieb. Etwas daran erregte meine Aufmerksamkeit, und ich klaubte es auf. Es war ein Fünfzig-Dollar-Schein, der erste, den ich bis dato zu Gesicht bekommen hatte, und der größte Batzen Geld, auf den ich bis dato gestoßen war. Ich setzte eine Annonce in die Zeitung, und in den nächsten Tagen stand ich Sorge, Angst und Kummer im Wert von mehr als tausend Dollar aus, der Besitzer könnte die Anzeige sehen, sich bei mir melden und mir mein Vermögen entreißen. Volle vier Tage verstrichen, ohne dass sich jemand rührte; dann konnte ich das Elend nicht länger ertragen. Weitere vier würden nicht so gefahrlos und glimpflich ablaufen, dessen war ich gewiss. Ich glaubte das Geld in Sicherheit bringen zu müssen. Also löste ich eine Fahrkarte nach Cincinnati und fuhr in diese Stadt. Dort arbeitete ich mehrere Monate lang in der Druckerei von Wrightson & Company. Ich hatte den Bericht von Leutnant Herndon über seine Entdeckungsreisen auf dem Amazonas gelesen und fühlte mich von dem, was er über Koka zu sagen hatte, mächtig angezogen. Ich entschloss mich, in die Quellgebiete des Amazonas zu reisen, Koka zu ernten, damit zu handeln und ein Vermögen zu machen. Mit dieser prächtigen Idee im Kopf fuhr ich an Bord des Schaufelraddampfers *Paul Jones* nach New Orleans. Einer der Lotsen war Horace Bixby. Nach und nach freundeten wir uns an, und schon bald übernahm ich während seiner Tageswachen häufig das Ruder. In New Orleans angekommen, erkundigte ich mich nach Schiffen, die nach Pará in See stachen, und erfuhr, dass es keine gab und in diesem Jahrhundert wahrscheinlich auch keine mehr geben werde. Es war mir nicht in den Sinn gekommen, mich vor meinem Aufbruch von Cincinnati nach derlei Details zu erkundigen, und jetzt saß ich hier fest. Ich konnte nicht an den Amazonas reisen. Ich hatte keine Freunde in New Orleans und keine nennenswerten Geldreserven. Ich ging zu Horace Bixby und bat ihn, einen Lotsen aus mir zu machen. Er sagte, gegen hundert Dollar Vorauskasse würde er es tun. So stellte ich mich bis nach St. Louis für ihn ans Ruder, lieh mir das Geld von meinem Schwager und schloss den Handel ab. Der Schwager war mehrere Jahre zuvor in meinen Besitz gelangt. Es handelte sich um Mr. William A. Moffett, einen Kaufmann aus Virginia – einen in jeder Hinsicht anständigen Mann. Er heiratete meine Schwester Pamela, und jener Samuel E. Moffett, von dem ich bereits gesprochen habe, war ihr Sohn. Binnen achtzehn Monaten wurde ich ein kompetenter Lotse und versah meinen Dienst, bis der Verkehr auf dem Mississippi aufgrund des ausgebrochenen Bürgerkrieges zum Erliegen kam.

In der Zwischenzeit plagte sich Orion in seiner kleinen Akzidenzdruckerei in Keokuk, und er und seine Frau wohnten bei deren Familie – angeblich als Kostgänger, aber dass Orion jemals in der Lage gewesen wäre, für seine Kost aufzukommen, ist eher unwahrscheinlich. Da er für die Arbeit, die in seiner Druckerei verrichtet wurde, nahezu nichts berechnete, gab es für ihn dort fast nichts zu tun. Es ging einfach nicht in seinen Kopf, dass unrentabel verrichtete Arbeit immer schlechter wird und alsbald nichts mehr wert ist und die Kunden folglich gezwungen sind, sich nach Anbietern umzutun, die die Arbeit besser erledigen, auch wenn sie höhere Preise dafür verlangen. Er hatte mehr als genug Zeit und nahm wieder seinen Blackstone, die Jura-Fibel, zur Hand. Er stellte auch ein Schild auf, das der Öffentlichkeit seine Dienste als Anwalt kundtat. Damals erhielt er nicht einen einzigen Fall, nicht einmal eine Anfrage, dabei war er gewillt, die Rechtsgeschäfte gebührenfrei abzuwickeln und das Briefpapier selbst bereitzustellen. In dieser Hinsicht zeigte er sich immer großzügig.

Schon bald zog er zwei, drei Meilen den Fluss hinunter in eine winzige Siedlung namens Alexandria und stellte das Schild dort auf. Niemand biss an. Inzwischen war er ziemlich auf Grund gelaufen. Indes verdiente ich als Lotse ein Gehalt von zweihundertfünfzig Dollar im Monat, und so unterstützte ich ihn von da an bis 1861, als sein alter Freund Edward Bates, da- *1861*
mals Mitglied in Mr. Lincolns erstem Kabinett, ihm einen Posten als Sekretär des neuen Territoriums Nevada verschaffte. Orion und ich brachen in einer Überlandpostkutsche dorthin auf, ich war zuständig für die ziemlich hohen Fahrtkosten und brachte auch das Geld mit, das ich hatte sparen können – schätzungsweise achthundert Dollar in Silbermünzen –, wegen des Gewichts eine ziemliche Plackerei. Wir hatten noch mit einer anderen Plackerei zu kämpfen, mit *Webster's Ungekürztem Wörterbuch*. Es wog etwa tausend Pfund und bedeutete eine ruinöse Geldausgabe, da das Postkutschenunternehmen zusätzliches Gepäck per Unze berechnete. Für das, was uns das

Wörterbuch an zusätzlichen Frachtkosten aufhalste, hätten wir vorübergehend eine ganze Familie ernähren können – dabei war es nicht einmal ein gutes Wörterbuch – verzeichnete keine modernen Wörter – nur veraltete, die man zu gebrauchen pflegte, als Noah Webster noch ein Kind war.

Freitag, 30. März 1906

Mr. Clemens' Gespräch mit Tschaikowski und Mr. Clemens' Ansichten zur russischen Revolution – Mr. Clemens leitet die Tagung eines Interessenverbands blinder Erwachsener – Seine erste Begegnung mit Helen Keller – Helen Kellers Brief, den Mr. Clemens auf der Tagung verlas

Ich lasse Orion für einen Moment beiseite, um später zu ihm zurückzukehren. Im Augenblick interessiere ich mich mehr für aktuelle Angelegenheiten als für meine und Orions Abenteuer vor fünfundvierzig Jahren.

Vor drei Tagen besuchte mich eine Nachbarin zusammen mit dem gefeierten russischen Revolutionär Tschaikowski. Dieser ist grauhaarig, und man sieht sein Alter, doch in seinem Innern hat er einen Vesuv, einen noch immer mächtigen und aktiven Vulkan. Er glaubt so fest an den endgültigen und kurz bevorstehenden Triumph der Revolution und an die Vernichtung der teuflischen Autokratie, dass er mich fast dazu brachte, mit ihm zu glauben und zu hoffen. Er ist in der Erwartung herübergekommen, in unserer riesigen, achtzig Millionen glückliche und begeisterungsfähige freie Menschen zählenden Nation einen Flächenbrand edlen Mitgefühls zu entfachen. Die Ehrlichkeit gebot mir, ein wenig kaltes Wasser in seinen Krater zu gießen. Ich sagte ihm, was ich für die Wahrheit halte – nämlich dass die McKinleys, die Roosevelts und die millionenschweren Jünger Jay Goulds, jenes Mannes, der in seinem kurzen Leben die Handelsmoral dieser Nation zerrüttet und bei seinem Tod stinkend zurückgelassen hat, unser Volk aus einer Nation mit ziemlich hohen, ehrbaren Idealen in das genaue Gegenteil verwandelt haben; dass unser Volk keine beachtenswerten Ideale mehr besitzt; dass von unserem Christentum, das uns stets mit Stolz – um nicht zu sagen: mit Eitelkeit – erfüllte, nichts als eine leere Hülle geblieben ist, ein Schwindel, eine

Heuchelei; dass wir unsere herkömmliche Anteilnahme für unterdrückte Völker, die um ihr Leben und ihre Freiheit kämpfen, eingebüßt haben; dass wir derlei Dinge, wenn wir ihnen nicht einfach kalt und gleichgültig gegenüberstehen, regelrecht verhöhnen und dass dieser Hohn so ziemlich die einzige Äußerungsform ist, deren sich Presse und Nation bedienen, wenn sie sich überhaupt mit derlei Dingen befassen; dass seine Massenversammlungen von Menschen besucht werden, die sich nicht als repräsentative Amerikaner, falls überhaupt als Amerikaner bezeichnen dürften; dass sich sein Publikum aus Ausländern zusammensetzen wird, deren Leiden zu kurz zurückliegen, als dass sie Zeit gehabt hätten, um sich amerikanisieren und die Herzen in ihrer Brust zu Stein werden zu lassen; dass seine Zuhörer aus den Reihen der Armen rekrutiert werden, nicht der Reichen; dass sie spenden werden, freigebig spenden werden, aber aus ihrer Armut heraus, und dass nicht viel Geld zusammenkommen wird. Ich sagte, dass unser geschwätziger prächtiger Präsident vor einem Jahr auf die Idee gekommen sei, sich der Welt als neuer Friedensengel anzupreisen, und sich die Aufgabe gestellt habe, zwischen Russland und Japan Frieden zu stiften, dass er das Unglück gehabt hätte, sein scheußliches Ziel zu erreichen, und dass in der ganzen Nation bis auf Dr. Seaman und mich niemand öffentlichen Protest gegen diese größte aller Torheiten einlegte. Dass ich damals glaubte, dieser verheerende Friede werde die bevorstehende Befreiung der russischen Nation von ihren jahrhundertealten Ketten auf unbestimmte Zeit hinauszögern – wahrscheinlich um Jahrhunderte; dass ich damals glaubte, Roosevelt habe der russischen Revolution den Todesstoß versetzt, und heute noch dieser Meinung bin.

An dieser Stelle möchte ich einschieben, dass ich Dr. Seaman gestern Abend zum ersten Mal in meinem Leben begegnete und sich herausstellte, dass auch seine Meinung noch immer dieselbe ist wie damals, als jener schändliche Friede geschlossen wurde.

Tschaikowski sagte, meine Worte bedrückten ihn zutiefst, und er hoffe, ich hätte unrecht.

Ich erwiderte, ich hoffte es auch.

Dann sagte er: »Vor nur zwei, drei Monaten erreichte uns aus ebendieser Ihrer Nation eine gewaltige Spende, die uns alle in Russland freute. Im

Handumdrehen – sozusagen von einer Sekunde auf die andere – haben Sie zwei Millionen Dollar gesammelt und diese Spende, diese edle und großzügige Spende, an das leidende Russland geschickt. Ändert das nichts an Ihrer Meinung?«

»Nein«, sagte ich, »es ändert nichts. Dieses Geld kam nicht von den Amerikanern, es kam von den Juden; ein großer Teil von den reichen Juden, aber der größte Teil von den russischen und polnischen Juden der East Side – das heißt von den Ärmsten der Armen. Die Juden waren schon immer wohltätig. Leid kann das Herz eines Juden stets erweichen und ihm das Letzte aus seinen Taschen ziehen. Das ist der Mann, der zu Ihren Massenversammlungen kommen wird. Aber sollten Sie dort irgendwelche Amerikaner entdecken, stecken Sie sie in eine Vitrine und stellen Sie sie aus. Fünfzig Cent pro Kopf sollte es einem wert sein, hinzugehen, die Schau anzusehen und zu versuchen, es zu glauben.«

Er bat mich, zu der für gestern angesetzten Versammlung zu kommen und eine Rede zu halten, aber ich hatte schon einen anderen Termin und konnte nicht. Dann bat er mich, ein, zwei Zeilen zu schreiben, die auf der Versammlung verlesen werden könnten, und das tat ich mit Freuden.

New York Times

WAFFEN ZUR BEFREIUNG RUSSLANDS, TSCHAIKOWSKIS APPELL

Revolutionär spricht vor dreitausendköpfigem jubelndem Publikum

---

SAGT, KAMPF RÜCKT NÄHER

Mark Twain schreibt, er hoffe, Zaren und
Großherzöge werden bald dünn gesät sein

»Towarischtschi!«

Als Nicholas Tschaikowski, von seinen hiesigen Landsleuten als Vater der revolutionären Bewegung Russlands gefeiert, gestern Abend seine Rede im Grand Central Palace beendete, sprangen 3000 Männer und Frauen auf, schwenkten ihre

Hüte und jubelten drei Minuten lang wie besessen. Das Wort bedeutet »Genossen«. Es ist die Parole der Revolutionäre. Der Geist der Revolution ergriff die Massenversammlung, die man zur Begrüßung des russischen Patrioten, der momentan New York besucht, einberufen hatte.

Kämpfen will er und Waffen für diesen Kampf. Das sagte er gestern Abend seinen Zuhörern, die mit ihren Jubelrufen versprachen, ihr Teil zur Lieferung von Kriegsmaterial beizutragen.

Mark Twain war verhindert, da er bereits eine Einladung zu einer anderen Veranstaltung angenommen hatte, aber er sandte folgenden Brief:

Sehr geehrter Mr. Tschaikowski, ich danke Ihnen für die Ehre der Einladung, kann diese indes nicht annehmen, da ich am Donnerstagabend bereits einer anderen Veranstaltung vorsitze, deren Ziel es ist, einträgliche Arbeit für bestimmte Gruppen unserer Blinden zu finden, die ihren Lebensunterhalt gern selbst bestreiten würden, wenn sie nur die Gelegenheit dazu bekämen.

Natürlich gilt meine Sympathie der russischen Revolution. Das versteht sich von selbst. Ich hoffe, sie wird erfolgreich sein, und nun, da ich mit Ihnen gesprochen habe, schöpfe ich neuen Mut, dass sie es sein wird. Eine Regierung der falschen Versprechungen, der Lügen, des Verrats und des Schlachtmessers, zur Bereicherung einer einzigen Familie von Schmarotzern und deren fauler und grausamer Sippschaft, ist, wie ich meine, in Russland lange genug ertragen worden. Und es bleibt zu hoffen, dass die wachgerüttelte Nation, die sich jetzt mit aller Kraft erhebt, ihr bald ein Ende setzen und an ihrer Stelle die Republik ausrufen wird. Manche von uns, selbst die Weißhaarigen, werden vielleicht noch den gesegneten Tag erleben, da Zaren und Großherzöge dort genauso dünn gesät sein werden, wie sie es meiner Überzeugung nach im Himmel sind. Hochachtungsvoll der Ihre

MARK TWAIN

Mr. Tschaikowski ließ einen leidenschaftlichen Appell ergehen, man möge helfen, eine richtige Revolution einzuleiten und den Zaren und alle seine Verbündeten zu stürzen.

Der bereits zugesagte Termin, den ich Tschaikowski gegenüber erwähnte, war das Versprechen, als Vorsitzender bei der ersten Tagung eines Verbandes aufzutreten, der vor fünf Monaten gegründet wurde, um die Interessen erwachsener Blinder zu vertreten. Joseph H. Choate und ich unterhielten uns dort prächtig, und ich verließ die Versammlung in der Überzeugung, dass dieses ausgezeichnete Vorhaben gedeihen und reichlich Früchte tragen werde. Der Verband wird für erwachsene Blinde leisten, was der Kongress und andere Gesetzgeber mit so viel Hingabe und Begeisterung für unsere gesetzlosen Eisenbahngesellschaften, unsere verrotteten Rindfleischkonzerne und die riesigen Räuberhöhlen unserer Versicherungsmagnaten, mit einem Wort, für jeden einzelnen unserer Multimillionäre und deren Gewerbe leisten – sie schützen, sie wachsam behüten, sie wie die Vorsehung vor Schaden bewahren, ihren Wohlstand sichern und vermehren. Im Staat New York leben sechstausend registrierte Blinde, dazu kommen etwa tausend, die nicht ausfindig gemacht und registriert wurden. Es gibt zwischen drei- und vierhundert blinde Kinder. Auf diese beschränkt der Staat seine Wohltätigkeit. Ihnen erteilt er Schulunterricht. Er lehrt sie lesen und schreiben. Er bietet ihnen Nahrung und Obdach. Und natürlich lässt er sie verarmen, denn er gibt ihnen keine Möglichkeit, ihren Lebensunterhalt selbst zu verdienen. Das Verhalten des Staates gegenüber den erwachsenen Blinden – und dieses Verhalten wird von den Gesetzgebern der meisten anderen Staaten imitiert – ist eine wahre Schande. Außerhalb der Blindenheime hat ein erwachsener Blinder es schwer. Ist er ohne Verwandte, die ihn unterstützen können, lebt er nur von den Almosen Barmherziger – und hin und wieder streckt der Staat als Zeichen seiner Wohltätigkeit seine gemeinnützige Hand aus, trägt ihn hinüber in die große Anstalt Blackwell's Island und setzt ihn dort einer vielköpfigen Bevölkerung von Dieben und Prostituierten aus.

In Massachusetts dagegen, in Pennsylvania und zwei, drei anderen Staaten sind Verbände wie der soeben neugegründete schon seit Jahren tätig, sie finanzieren sich ausschließlich durch private Mitgliedsbeiträge, und die dort durchgesetzten Verbesserungen und die geleistete Arbeit sind so bemerkenswert und großartig, dass sich ihre offiziellen Berichte wie ein Märchen lesen. Es scheint so gut wie bewiesen, dass ein mit Sehkraft gesegneter Mensch nicht viele Dinge zu erreichen in der Lage ist, die nicht auch ein Blinder erlernen und ebenso gut bewerkstelligen kann.

Helen Keller sollte gestern Abend auftreten, doch liegt sie schon seit mehreren Wochen krank im Bett, weil sie sich im Interesse der Blinden, Tauben und Stummen überanstrengt hat. Ich brauche auf Helen Keller nicht näher einzugehen. Sie gehört in eine Reihe mit Cäsar, Alexander, Napoleon, Homer, Shakespeare und den anderen Unsterblichen. In tausend Jahren wird sie noch genauso berühmt sein wie heute.

Ich erinnere mich an das erste Mal, als ich die Ehre hatte, ihr zu begegnen. Damals war sie vierzehn Jahre alt. An einem Sonntagnachmittag wurde sie im Haus von Laurence Hutton erwartet, und zwölf oder fünfzehn Männer und Frauen waren geladen worden, um sie kennenzulernen. Henry Rogers und ich gingen gemeinsam hin. Die Gesellschaft war vollzählig und wartete schon eine Weile. Dann kam das hinreißende Kind zusammen mit seiner ebenso hinreißenden Lehrerin Miss Sullivan herein. Das Mädchen stieß in seiner gebrochenen Sprache freudige Rufe aus. Ohne etwas zu berühren und selbstverständlich ohne etwas zu sehen oder zu hören, schien sie die Beschaffenheit ihrer Umgebung doch recht gut zu erfassen. »Oh, die Bücher, die Bücher, so viele, viele Bücher«, sagte sie. »Wie hübsch!«

Die Gäste wurden nacheinander zu ihr geführt und ihr vorgestellt. Jedes Mal, wenn sie jemandem die Hand geschüttelt hatte, zog sie ihre Hand weg, hielt die Finger leicht an Miss Sullivans Lippen, und diese sprach den Namen der Person. War ein Name schwierig, sprach ihn Miss Sullivan nicht nur gegen Helens Finger, sondern buchstabierte ihn mit ihren eigenen Fingern auf Helens Handfläche – offenbar in einer Art Kurzschrift, wie die Schnelligkeit des Vorgangs vermuten ließ.

Mr. Howells setzte sich neben Helen aufs Sofa, sie legte die Finger an seine Lippen, und er erzählte ihr eine Geschichte von beträchtlicher Länge, und man konnte sehen, wie jedes Detail in ihr Gemüt drang, wo es ein Feuer entfachte, dessen Widerschein sich auf ihrem Gesicht zeigte. Daraufhin erzählte ich ihr eine lange Geschichte, die sie immerzu und an den richtigen Stellen durch Gegacker, Gekicher und unbekümmertes Gelächter unterbrach. Dann legte Miss Sullivan eine von Helens Händen an ihre Lippen und formulierte die Frage: »Wofür ist Mr. Clemens bekannt?« Helen antwortete in ihrer gebrochenen Sprache: »Für seinen Humor.« Ich fügte bescheiden hinzu: »Und für seine Weisheit.« Im gleichen Augenblick sprach Helen dieselben Worte – »Und für seine Weisheit.« Es muss ein Fall mentaler Telegraphie gewesen sein, da sie unmöglich wissen konnte, was ich gesagt hatte.

Nachdem wir einige sehr angenehme Stunden verbracht hatten, fragte jemand, ob sich Helen nach dieser ganzen Zeit noch erinnern könne, wie sich die Hände der versammelten Gesellschaft anfühlten, und ob sie sie auseinanderhalten und die Namen ihrer Besitzer nennen könne. »Ach, das wird ihr keine Schwierigkeiten bereiten«, sagte Miss Sullivan. Und so marschierten die Versammelten auf, gaben ihr einer nach dem anderen die Hand, und bei jedem Handschlag grüßte Helen den Besitzer der Hand freundlich und sagte, ohne zu zögern, den dazugehörigen Namen, bis sie gegen Ende der Prozession auf Mr. Rogers traf. Sie reichte ihm die Hand, hielt inne, und ein nachdenklicher Ausdruck trat auf ihr Gesicht. Dann sagte sie: »Freut mich, Sie kennenzulernen, wir sind uns noch nicht begegnet.« Miss Sullivan sagte ihr, sie täusche sich, der Gentleman sei ihr bereits beim Betreten des Zimmers vorgestellt worden. Aber Helen ließ sich nicht beirren. Nein, sagte sie, sie sei dem Gentleman noch nie zuvor begegnet. Da meinte Mr. Rogers, vielleicht rühre die Verwirrung daher, dass er, als er Helen vorgestellt worden sei, Handschuhe getragen habe. Das erklärte die Sache natürlich.

Aber es war gar nicht am Nachmittag, wie ich fälschlicherweise angegeben habe. Es war am Vormittag, und nach und nach begab sich die Versammlung ins Speisezimmer und setzte sich zum Mittagessen. Ich musste vorzeitig aufbrechen, und als ich an Helen vorbeiging, strich ich ihr leicht über den Kopf und ging weiter. Miss Sullivan rief mir nach: »Warten Sie, Mr. Clemens, Helen ist bekümmert, weil sie Ihre Hand nicht erkannt hat. Wollen Sie nicht zurückkommen und die Geste wiederholen?« Ich machte kehrt und strich ihr leicht über den Kopf, und sofort sagte sie: »Ah, es ist Mr. Clemens.«

Vielleicht kann jemand dieses Wunder erklären, ich habe es nie vermocht. Konnte sie etwa durch ihr Haar hindurch die Falten meiner Hand fühlen? Diese Frage muss ein anderer beantworten. Ich bin dazu nicht imstande.

Wie bereits gesagt, Helen konnte ihr Krankenlager nicht verlassen, schrieb aber vor zwei, drei Tagen einen Brief, der auf der Tagung verlesen werden sollte, und den ließ mir Miss Holt, die Sekretärin, gestern Nachmittag durch einen Boten zukommen. Zum Glück hatte sie ihn nicht zurückbehalten und mir etwa erst gestern Abend auf dem Podium gereicht, denn in diesem Falle hätte ich meine Aufgabe nicht vollständig ausführen können. Ich glaube, ich verlas den Brief, ohne dass meine Stimme brach oder auch nur merklich zitterte. Aber das lag daran, dass ich ihn am Nachmittag Miss Lyon vorgelesen hatte, insofern kannte ich die gefährlichen Klippen und konnte mich entsprechend vorbereiten. Gleich zu Beginn erzählte ich dem Publikum von dem Brief und sagte, ich würde ihn zum Abschluss des Abends vorlesen. Als der Abend zu Ende ging und Mr. Choate gesprochen hatte, führte ich den Brief mit einigen wenigen Worten ein. Ich sagte, sofern ich überhaupt etwas von Literatur verstünde, so hätten wir es hier mit einem ausgezeichneten und großartigen und edlen Musterexemplar zu tun; der Brief sei schlicht, direkt, ungeschönt, ungekünstelt, unprätentiös, sei ergreifend, schön und wortgewandt; nichts Vergleichbares sei über die Lippen eines Mädchens gekommen, seit Jeanne d'Arc, dieses unsterbliche Kind von siebzehn Jahren, ihren Richtern – der geballten Gelehrsamkeit und Intelligenz Frankreichs – vor fünf Jahrhunderten allein und ohne Freunde in Ketten gegenüberstand und Woche für Woche, Tag für Tag mit ihnen stritt, ihnen mit ihrem großen Herzen und ihrem ungebildeten, aber herrlichen Verstand widersprach und sie jedes Mal besiegte, nie das Schlachtfeld räumte und bei Sonnenuntergang immer dessen Herrin war. Ich sagte, dieser Brief einer jungen Frau, die seit dem achtzehnten Lebensmonat taub, stumm und blind und dabei eine der am umfassendsten und gründlichsten gebildeten Frauen der Welt sei, werde als Klassiker in unsere Literatur eingehen und nicht vergessen werden. Ich füge den Brief hier ein.

Wrentham, Mass., 27. März 1906

Mein lieber Mr. Clemens,

es ist eine große Enttäuschung für mich, dass ich nicht bei Ihnen und den anderen Freunden weilen kann, die ihre Kräfte zusammengetan haben, um die Lage der Blinden zu verbessern. Die Tagung in New York wird das größte Ereignis einer

Bewegung sein, die seit langem mein Herz berührt, und ich bedaure zutiefst, nicht daran teilnehmen und die Inspiration des direkten Kontaktes mit einer solchen Ansammlung von Scharfsinn, Weisheit und Philanthropie miterleben zu können. Ich hätte mich so gefreut, mir Ihre Worte, noch während sie Ihnen über die Lippen kommen, auf die Handfläche buchstabieren zu lassen und so die Beredsamkeit unseres neuesten Botschafters für die Blinden unmittelbar in mir aufzunehmen. Nie zuvor hatten wir solche Fürsprecher. Meine Enttäuschung wird durch den Gedanken gemildert, dass man bei dieser Tagung wie bei keiner zuvor davon ausgehen darf, dass die richtigen Worte gesprochen werden. So überflüssig jeder weitere Appell erscheinen muss, nachdem Sie und Mr. Choate gesprochen haben, kann ich als Frau doch nicht schweigen, und ich bitte Sie, diesen Brief zu verlesen, in der Gewissheit, dass Ihre gütige Stimme ihm Beredsamkeit verleihen wird.

Um die Bedürfnisse eines Blinden zu verstehen, müssen Sie, die Sie sehen können, sich vorstellen, wie es wäre, nicht zu sehen, und diese Vorstellung wird lebhafter, wenn Sie bedenken, dass vielleicht auch Sie den dunklen Weg vor dem Ende Ihrer Lebensreise allein beschreiten müssen. Versuchen Sie sich vorzustellen, was Blindheit für diejenigen bedeutet, deren freudiger Tatendrang zu Untätigkeit verdammt ist.

Es bedeutet, lange, lange Tage zu leben, und das Leben besteht aus Tagen. Es bedeutet, eingemauert, ratlos und ohnmächtig zu leben, und Gottes ganze Welt ist ausgesperrt. Es bedeutet, hilflos und betrogen dazusitzen, während der Geist an seinen Fesseln zieht und zerrt und die Schultern sich nach der Last sehnen, die ihnen verwehrt wird, nach der rechtmäßigen Last der Arbeit.

Der Sehende erledigt seine Geschäfte zuversichtlich und selbständig. Er verrichtet seinen Anteil an der Arbeit der Welt im Bergwerk, im Steinbruch, in der Fabrik, im Kontor und bittet andere nicht um milde Gaben, sondern lediglich um die Möglichkeit, diesen Anteil übernehmen zu dürfen und seinen Lohn dafür zu erhalten. Durch einen Unfall verliert er von einem Moment zum anderen sein Augenlicht. Der Tag verdüstert sich. Nacht umhüllt die sichtbare Welt. Die Füße, die ihn früher einmal festen, sicheren Schrittes zu seiner Aufgabe trugen, sie stolpern, halten inne, fürchten jeden Schritt. Eine neue Gewohnheit wird ihm aufgezwungen, die des Müßiggangs, der wie ein Krebsgeschwür den Verstand frisst und dessen großartige Fähigkeiten zerstört. Die Erinnerung konfrontiert ihn mit seiner hell erleuchteten

Vergangenheit. Zwischen den greifbaren Ruinen des Lebens, wie es zu sein versprach, ertastet er sich seinen erbärmlichen Weg. Auf Ihren verkehrsreichen Durchgangsstraßen sind Sie ihm schon begegnet, mit seinen zögerlichen Schritten und ausgestreckten Händen »gräbt« er sich geduldig durch das allumfassende Dunkel, bietet Ihnen Kurzwaren feil oder hält Ihnen seine Mütze für Pennys entgegen; und dies war einmal ein Mann mit Träumen und mit Fähigkeiten.

Und weil wir wissen, dass sich diese Träume und Fähigkeiten erfüllen können, arbeiten wir daran, die Lebensbedingungen erwachsener Blinder zu verbessern. Man kann leeren Augen das Licht nicht wiedergeben; aber man kann Menschen ohne Sehkraft auf ihrer dunklen Pilgerreise eine helfende Hand reichen. Man kann sie neue Fähigkeiten lehren. Arbeit, die sie einst mit Hilfe ihrer Augen verrichteten, kann man durch Arbeit ersetzen, die sie mit den Händen verrichten können. Sie möchten nur eine Chance, denn eine Chance ist eine Fackel in der Finsternis. Sie bitten nicht um Almosen, nicht um Behindertenrente, sondern um die Genugtuung einträglicher Arbeit, und diese Genugtuung ist das Recht eines jeden Menschen.

Auf Ihrer Tagung wird New York für die Blinden sprechen, und wenn New York spricht, hört die Welt zu. Die wahre Botschaft New Yorks ist nicht das profitorientierte Tickern der Telegraphen, sondern die machtvolleren Äußerungen auf Versammlungen wie der Ihren. Seit einiger Zeit sind unsere Zeitschriften angefüllt mit bedrückenden Enthüllungen großer sozialer Missstände. Unzufriedene Kritiker haben auf jede Schwachstelle unserer bürgerlichen Ordnung hingewiesen. Wir haben den Pessimisten lange genug gelauscht. Einmal haben Sie mir gesagt, Sie seien ein Pessimist, Mr. Clemens, aber große Männer schätzen sich meist falsch ein. Sie sind ein Optimist. Wenn Sie das nicht wären, würden Sie unserer Tagung nicht vorsitzen. Denn das ist eine Antwort auf den Pessimismus. Sie verkündet, dass Mut und Weisheit einer großen Stadt dem Wohl der Menschheit gewidmet sind, dass in dieser geschäftigsten Stadt der Welt kein Verzweiflungsschrei aufsteigt, der nicht eine mitfühlende, wohlwollende Antwort erhielte. Freuen Sie sich, dass das Anliegen der Blinden heute in New York gehört wurde, denn von morgen an wird es in der ganzen Welt gehört werden.

Mit freundlichen Grüßen

Helen Keller

[Vorläufige Manuskripte und Diktate]*

[1870 – 1905]

* [Twain prüfte diese Texte im Juni 1906 und verwarf sie für sein Projekt, vernichtete sie jedoch nicht. Sie sind hier nach dem Zeitpunkt ihrer Entstehung angeordnet, weil Twain selbst keine Reihenfolge festgelegt hat. Erläuterungen hierzu s. Anmerkungen.]

[Erste Versuche]

[Das Land in Tennessee]

Das riesige Stück Land, das unsere Familie in Tennessee besaß, war von meinem Vater vor gut vierzig Jahren gekauft worden. Er erwarb das ungeheure Areal von 75 000 Morgen in einer einzigen Transaktion. Das gesamte Grundstück dürfte ihn etwa 400 Dollar gekostet haben, was in jenen Tagen eine erhebliche Summe war, die da mit einer einzigen Zahlung von einer Hand zur anderen wechselte – zumindest dachte man so in den Kiefernwäldern und den »Buckeln« der Cumberland Mountains von Fentress County, East Tennessee. Nachdem mein Vater diese große Summe gezahlt hatte, drehte er sich um, blieb im Eingang des Gerichtsgebäudes von Jamestown stehen und sagte, als er auf seinen ausgedehnten Grundbesitz blickte: »Was immer mir zustößt, meine Erben sind abgesichert; ich selbst werde es nicht mehr erleben, dass sich dieses Land in Silber und Gold verwandelt, meine Kinder aber schon.« Und so legte er mit den besten Absichten der Welt den schweren Fluch voraussichtlichen Reichtums auf unsere Schultern. Er ging in sein Grab in dem vollen Glauben, uns einen guten Dienst erwiesen zu haben. Das war ein bedauerlicher Irrtum, aber glücklicherweise erfuhr er das nie.

Weiter sagte er: »In dieser Gegend ist reichlich Eisenerz vorhanden, und es gibt auch noch andere Bodenschätze; in Amerika gibt es Tausende von Morgen mit den besten Goldkiefernhölzern, die kann man den Obed hinab zum Cumberland, den Cumberland hinab zum Ohio, den Ohio hinab zum Mississippi und den Mississippi hinab zu jeder Siedlung flößen, die danach verlangt. Aus diesen ausgedehnten Kiefernwäldern lässt sich Teer, Pech und Terpentin im Überfluss gewinnen. Außerdem ist es ein natürliches Weinanbaugebiet; nirgendwo sonst in Amerika gibt es Reben, ob kultiviert oder nicht, die solche Trauben liefern, wie sie hier wild wachsen. Es gibt Weideland, Land für Mais, Land für Weizen, Land für Kartoffeln, es gibt alle möglichen Holzarten – in und auf diesem großen Stück Land gibt es alles, was Land wertvoll macht. In den Vereinigten Staaten leben vierzehn Millionen Einwohner; in vierzig Jahren ist die Bevölkerung um elf Millionen angestiegen und wird fortan schneller denn je ansteigen; meine Kinder werden den Tag erleben, da die Einwanderungswelle Fentress County, Tennessee, erreicht, und dann werden sie mit ihrem Besitz von 75 000 Morgen erstklassigem Land unvorstellbar reich sein.«

Alles, was mein Vater über die Möglichkeiten des Landes sagte, war vollkommen richtig – ebenso gut hätte er hinzufügen können, dass in dem Boden unerschöpfliche Kohlevorkommen lagerten, vermutlich verstand er jedoch kaum etwas von diesem Gestein, denn die unschuldigen Leute von Tennessee waren es nicht gewohnt, in der Erde nach ihrem Brennstoff zu graben. Mein Vater hätte der Liste der Vorzüge noch hinzufügen können, dass das Land nur hundert Meilen von Knoxville entfernt lag, also genau dort, wo die zukünftige Eisenbahnverbindung von Cincinnati nach Süden unweigerlich würde hindurchführen müssen. Aber er hatte noch nie eine Eisenbahn gesehen, und es ist sogar möglich, dass er von dieser Erfindung nicht einmal gehört hatte. So merkwürdig es scheinen mag, noch vor acht Jahren lebten in der Nähe von Jamestown Leute, die nie etwas von einer Eisenbahn gehört hatten und die man nicht dazu bringen konnte, an die Existenz von Dampfschiffen zu glauben. In Fentress County stimmen die Leute nicht für Jackson, sie stimmen für Washington. Eine ehrwürdige Dame des Ortes sagte von ihrem Sohn: »Jim is aus Kaintuck z'rück und hat von da oben 'n hochnäsiges Mädel mitjebracht; Gott segne uns, die ham noch mehr neumodischen Schnickschnack, der Herr erbarme sich unser! 'n normales Blockhaus is für *die* nich gut genuch – nie und nimmer! –, sondern die ham ihr Haus von innen mit irgend so 'm fiesen, ekligen Zeuch verschmiert und behaupten, bei den bessern Leuten in Kaintuck is das die neuste Mode, und sie nennen's *Wandputz*!«

Mein ältester Bruder war vier oder fünf Jahre alt, als der große Landkauf getätigt wurde, und meine älteste Schwester musste noch auf dem Arm getragen werden. Wir anderen – und das war der größte Teil der Familie – kamen erst später, wurden erst im Laufe der nächsten zehn Jahre geboren. Vier Jahre nach dem Kauf brach die große Finanzkrise von 34 aus, und in diesem Sturm erlitt das Vermögen meines Vaters Schiffbruch. Er war als reichster Bürger von Fentress County geehrt und beneidet worden – denn abgesehen von seinem Landbesitz wurde er auf nicht weniger als dreitausendfünfhundert Dollar geschätzt –, doch plötzlich wachte er auf und stellte fest, dass sein Vermögen auf weniger als ein Viertel dieser Summe geschrumpft war. Er war ein stolzer Mann, schweigsam und gestreng, der nicht dazu neigte, auf dem Schauplatz seiner entschwundenen Größe zu verweilen und sich zur Zielscheibe öffentlichen Mitleids zu machen. Er packte seinen Haushalt zusammen, reiste viele anstrengende Tage durch einsamste Wildnis in den damaligen »Äußersten Westen« und schlug seine Zelte schließlich in dem kaum sichtbaren Städtchen Florida, Monroe County, Missouri, auf. Dort ging er mehrere Jahre lang seinen Geschäften nach, hatte aber kein Glück, außer dass ich geboren wurde. Daraufhin zog er nach Hannibal, brachte es zu einigem Wohlstand und zur Würde eines Friedensrichters und wurde Kandidat für den Posten des Amtsrichters, mit der sicheren Aussicht, gewählt zu werden, als jene Vorladung erging, der sich keiner entziehen kann. In den ersten Jahren seines Aufenthalts in Hannibal ging es ihm für damalige Verhältnisse leidlich gut, dann aber stellte ihm das Schicksal abermals ein Bein. Er erwies Ira —— den Freundschaftsdienst einer Bürgschaft, und Ira —— machte sich auf und davon und nutzte wohlüberlegt die Vorteile des neuen Bankrottgesetzes aus – eine Tat, die es ihm ermöglichte, sorglos und bequem zu leben, bis ihn der Tod abrief, meinen Vater hingegen ruinierte, ihn als verarmten Mann ins Grab beförderte und seine Erben dazu verdammte, mit der Welt einen langwierigen und entmutigenden Kampf um ihr Auskommen zu führen. Doch selbst auf dem Sterbebett hellte sich das Gesicht meines Vaters noch einmal auf, und er schöpfte neuen Mut, wenn er an das Land in Tennessee dachte. Er sagte, schon bald werde es uns alle reich und glücklich machen. Und in diesem Glauben starb er.

Sogleich richteten sich unser aller Augen erwartungsvoll auf Tennessee. Dreißig Jahre lang haben wir dorthin geblickt, auf all unseren Irrfahrten durch Höhen und Tiefen, über die dazwischenliegenden Kontinente und Ozeane hinweg, und selbst heute noch blicken wir auf denselben Fixpunkt mit einer Hoffnung, die alter Gewohnheit entspringt, und einem Glauben, der wächst und schwindet, doch niemals stirbt.

Nach dem Tod meines Vaters ordneten wir unsere häuslichen Angelegenheiten neu, aber nur provisorisch, denn wir beabsichtigten, sie dauerhaft zu ordnen, wenn das Land verkauft wäre. Mein Bruder lieh sich fünfhundert Dollar und erwarb eine wertlose Wochenzeitung, da er wie wir alle glaubte, es lohne nicht, irgendetwas Ernsthaftes in Angriff zu nehmen, bevor das Land nicht veräußert wäre und wir uns auf etwas Vernünftiges einlassen könnten. Zunächst mieteten wir ein großes Haus, in dem wir leben wollten; der Verkauf aber, mit dem wir fest gerechnet hatten, kam nicht zustande (der Mann wollte nur einen Teil des Landes, und wir besprachen die Sache und beschlossen, entweder alles oder nichts zu veräußern), und so mussten wir in ein billigeres umziehen.

[Frühe Jahre in Florida, Missouri]

Erstes Kapitel

Ich wurde am 30. November 1835 in dem fast unsichtbaren Flecken Florida, Monroe County, Missouri, geboren. Ich vermute, dass Florida weniger als dreihundert Einwohner hatte. Es gab zwei Hauptstraßen, jede ein paar hundert Meter lang; die übrigen Straßen waren nichts als schmale Wege mit Bretterzäunen und Maisfeldern zu beiden Seiten. Beide Hauptstraßen sowie die Wege waren mit demselben Material befestigt – zähem schwarzem Schlamm in der nassen Jahreszeit, dichtem Staub in der trockenen.

Die meisten Häuser waren aus Holz – eigentlich alle bis auf drei oder vier, die Rahmenhäuser waren. Häuser aus Ziegel oder aus Stein gab es nicht. Es gab eine Holzkirche mit einem besonderen Bretterboden und mit Schwartenbänken. Ein solcher Bretterboden besteht aus Holzklötzen, deren nach oben liegende Seite mit der Zimmermannsaxt geglättet wurde. Die Ritzen zwischen den Holzklötzen waren nicht ausgefüllt; es gab keinen Teppich; wenn man also einen Gegenstand, kleiner als ein Pfirsich, fallen ließ, rutschte er mit ziemlicher Sicherheit durch die Ritzen. Die Kirche stand auf niedrigen Holzklötzen, die sie knapp einen Meter über den Erdboden hoben. Darunter schliefen die Schweine, und wenn die Hunde während des Gottesdienstes auf sie losgingen, musste der Pastor warten, bis die Störung vorbei war. Im Winter wehte durch den Bretterboden stets ein erfrischendes Lüftchen; im Sommer gab es genügend Flöhe für jedermann.

Eine Schwartenbank besteht aus den äußeren Abschnitten eines zersägten Baumstammes, die Rinde zeigt nach unten; sie ruhen auf vier Knüppeln, die an den Enden durch Bohrlöcher getrieben werden; die Bank hat keine Lehne und keine Kissen. Von gelben Talglichtern, die an den Wänden in blechernen Haltern steckten, wurde die Kirche schwach beleuchtet. An Wochentagen diente sie als Schule.

Im Dorf gab es zwei Geschäfte. Mein Onkel John A. Quarles war der Besitzer des einen. Es war ein sehr kleiner Laden mit ein paar Ballen Baumwollstoff auf einem halben Dutzend Regalbrettern, ein paar Fässern mit gepökelten Makrelen, Kaffee und Zucker aus New Orleans hinter dem Ladentisch, hier und da verstreuten Stapeln von Besen, Schaufeln, Äxten, Hacken, Rechen und derlei mehr, einer Unmenge billiger Hüte, Hauben und Blechgeschirr, die an Schnüren von den Wänden hingen; am anderen Ende des Raumes befand sich ein weiterer Ladentisch mit Säcken voll Schrotkugeln, ein, zwei Laiben Käse und einem Fass Schießpulver; davor eine Reihe von Fässern, gefüllt mit Nägeln, und ein paar Blöcke Blei; dahinter ein, zwei Fässer New-Orleans-Sirup und einheimischer Maiswhiskey vom Fass. Wenn ein Junge etwas für fünf oder zehn Cent kaufte, hatte er Anspruch auf eine halbe Handvoll Zucker aus dem Fass; wenn eine Frau ein paar Meter Baumwollstoff kaufte, hatte sie zusätzlich zu den üblichen Gratis-»Verschnitten« Anspruch auf eine Rolle Zwirn; wenn ein Mann eine Kleinigkeit kaufte, durfte er einen so großen Schluck Whiskey nehmen, wie er wollte.

Alles war billig: Äpfel, Pfirsiche, Süßkartoffeln, irische Kartoffeln und Mais für zehn Cent der Bushel; Hühnchen zehn Cent das Stück, Butter sechs Cent das Pfund, Eier drei Cent das Dutzend, Kaffee und Zucker fünf

Cent das Pfund, Whiskey zehn Cent die Gallone. Ich weiß nicht, wie es im tiefsten Missouri heute (1877) um die Preise bestellt ist, aber ich weiß, was wir hier in Hartford, Connecticut, zahlen. Das da wäre: Äpfel drei Dollar der Bushel; Pfirsiche fünf Dollar; irische Kartoffeln (erstklassige Bermudas) fünf Dollar; Hühnchen je nach Gewicht ein bis anderthalb Dollar das Stück; Butter fünfundvierzig bis sechzig Cent das Pfund, Eier fünfzig bis sechzig Cent das Dutzend; Kaffee fünfundvierzig Cent das Pfund; Zucker etwa ebenso viel; einheimischer Whiskey vier bis fünf Dollar die Gallone, glaube ich, aber ich bin mir da nur sicher bei der Sorte, die ich selbst trinke, nämlich Scotch, und der kostet zehn Dollar die Gallone, wenn man zwei davon kauft – mehr, wenn man weniger abnimmt.

Vor dreißig, vierzig Jahren kosteten gewöhnliche Zigarren dort unten in Missouri dreißig Cent das Hundert, aber die meisten Leute versuchten gar nicht erst, sich welche zu leisten, da das Pfeiferauchen in diesem Tabakanbaugebiet gar nichts kostete. Heute wird auch in Connecticut Tabak angebaut, und doch zahlen wir zehn Dollar das Hundert für Connecticut-Zigarren und fünfzehn bis fünfundzwanzig Dollar das Hundert für importierte Ware.

Anfangs besaß auch mein Vater Sklaven, doch nach und nach verkaufte er sie und mietete sich jahresweise welche von den Farmern. Für ein Mädchen von fünfzehn Jahren zahlte er zwölf Dollar pro Jahr und gab ihr zwei halb leinene, halb wollene Kittel und ein Paar robuste Schuhe – hatte also so gut wie keine Kosten; für eine Negerfrau von fünfundzwanzig Jahren, die als Hausdienerin arbeitete, zahlte er fünfundzwanzig Dollar pro Jahr und gab ihr Schuhe und die bereits genannten halb leinenen, halb wollenen Kittel; für eine kräftige Negerin von vierzig Jahren, als Köchin, als Wäscherin und so weiter, zahlte er vierzig Dollar pro Jahr und die übliche Kittelgarnitur; und für einen gesunden Mann zahlte er zwischen fünfundsiebzig und hundert Dollar pro Jahr und gab ihm zwei Arbeitsanzüge aus Jeansstoff und zwei Paar robuste Schuhe – eine Ausstattung, die ihn etwa drei Dollar kostete. Aber die Zeiten haben sich geändert. Unserem deutschen Kindermädchen zahlen wir $ 155 pro Jahr; dem irischen Hausmädchen $ 150; der irischen Wäscherin $ 150; der schwarzen Köchin $ 240; dem jungen Neger, der die

Tür öffnet und bei Tisch bedient, $ 360; dem irischen Kutscher $ 600 pro Jahr, dazu kostenlos Gas, heißes und kaltes Wasser und eine Unterkunft, die aus Wohnzimmer, Küche und zwei Schlafzimmern besteht und an den Stall angeschlossen ist.

[Die Grant-Diktate]

Das Chicagoer G. A. R. Festival

1866

Zum ersten Mal sah ich General Grant im Herbst oder Winter des Jahres 1866, als er noch *General of the Army* war, bei einem der Empfänge in Washington. Ich sah ihn nur und schüttelte ihm wie alle anderen in der Menschenmenge die Hand, unterhielt mich aber nicht mit ihm. Auch General Sheridan sah ich dort zum ersten Mal.

Danach begegnete ich General Grant während seiner ersten Amtsperiode als Präsident.

Senator Bill Stewart aus Nevada schlug mir vor, mich mitzunehmen und dem Präsidenten vorzustellen. Wir trafen ihn in seiner Arbeitskleidung an, einem alten kurzen Kittel aus Leinen, der über und über mit Tinte bekleckst war. Dank der Briefe, die ich auf meiner Weltreise, der Expedition mit der *Quaker City*, für die *New York Tribune* geschrieben hatte, war ich zu einiger Berühmtheit gelangt. Ich schüttelte ihm die Hand, dann entstand eine Pause. Mir fiel nichts ein, was ich hätte sagen können. So blickte ich einen Augenblick lang schweigend in die grimmige, unbewegliche Miene des Generals und sagte dann: »Herr Präsident, ich bin verlegen – sind Sie es auch?« Er lächelte ein Lächeln, das einer gusseisernen Büste angestanden hätte, und im Pulverrauch meiner Salve trat ich den Rückzug an.

Zehn Jahre lang sah ich ihn nicht wieder. In der Zwischenzeit war ich durch und durch berüchtigt geworden.

Dann, im Jahre 1879, war der General gerade von seiner Reise durch die Welt von Europa und von Asien zurückgekehrt, seine Tour von San Francisco nach Osten war eine einzige Ovation gewesen, und nun sollte er in Chicago von den Veteranen der Armee des Tennessee festlich empfangen werden – der ersten Armee, die er befehligt hatte. Die Vorbereitungen für dieses Ereignis waren seiner Bedeutung angemessen. Das Empfangskomitee telegraphierte mir und fragte an, ob ich anwesend sein würde und beim Festbankett den Toast auf die Damen übernehmen wolle. Ich telegraphierte zurück, dieser Toast sei abgenutzt. Alles, was bei einem Festbankett über Damen gesagt werden könne, sei bereits gesagt worden, aber es gebe eine Gruppe der Gesellschaft, die bei solchen Gelegenheiten stets übersehen worden sei, und wenn man es mir gestatte, würde ich meinen Toast auf diese Gruppe ausbringen: »die Babys«. Man war einverstanden – und so arbeitete ich meinen Toast aus und fuhr nach Chicago.

Es sollte eine gewaltige Parade stattfinden. General Grant sollte sie von einer Tribüne aus abnehmen, die eigens zu diesem Zweck vor einem Fenster im ersten Stock des Palmer House errichtet worden war. Sie war mit Teppich ausgelegt und mit Flaggen und dergleichen aufgeputzt.

Der beste Standort, um die Parade zu besichtigen, war natürlich diese Tribüne. Also schlenderte ich, solange sie noch leer war, hinaus in der Hoffnung, man werde mir erlauben, dort Platz zu nehmen. Es war ein ziemlich auffälliger Aufenthaltsort, denn auf ihn richteten sich die Augen des versammelten Publikums, und die Menschenmenge war schier unüberschaubar. Gleich darauf kamen vom Fenster des Hotels zwei Gentlemen auf die Aussichtsterrasse und traten nach vorn. Aus der riesigen Menschenmenge stiegen laute Jubelrufe auf, und in einem der beiden Gentlemen erkannte ich General Grant. Der andere war Carter Harrison, der Bürgermeister von Chicago, mit dem ich bekannt war. Er erblickte mich, kam auf mich zu und fragte, ob ich dem General vorgestellt werden wolle. Ich bejahte. So ging er mit mir zu ihm hinüber und sagte: »Herr General, erlauben Sie mir, Ihnen Mr. Clemens vorzustellen«, und wir schüttelten einander die Hand. Es folgte die gewohnte kurze Pause, dann sagte der General: »Ich bin nicht verlegen – sind Sie es?«

Was beweist, dass er für Belanglosigkeiten ein ebenso gutes Gedächtnis hatte wie für ernsthafte Dinge.

Das Bankett war das bei weitem bemerkenswerteste, an dem ich je teilgenommen habe. Es waren sechshundert Gäste anwesend, hauptsächlich

Veteranen der Armee des Tennessee, und allein das hätte es in meiner Erfahrung zu einem höchst bemerkenswerten Ereignis dieser Art gemacht, aber es gab noch andere Aspekte, die dazu beitrugen. General Sherman und nahezu alle überlebenden großen Generäle des Bürgerkriegs hatten sich um General Grant auf einem Podest gruppiert.

Die Redner waren von seltener Berühmtheit und Gewandtheit.

An jenem Abend hörte ich zum ersten Mal einen Slangausdruck, der bereits stark in Mode gekommen war, den ich selbst jedoch noch nie vernommen hatte.

Als gegen zehn Uhr die Reden begannen, verließ ich meinen Platz an der Tafel und ging zur Vorderseite des großen Speisesaals, von wo aus ich das ganze Spektakel mit einem Blick überschauen konnte. Unter anderem sollte auch Colonel Vilas einen Toast ausbringen, ebenso Colonel Ingersoll, der eloquente Ungläubige, der sein Leben in Illinois begonnen hatte und dort außerordentlich beliebt war. Vilas stammte aus Wisconsin und war ein gefeierter Redner. Er hatte sich glänzend auf den Anlass vorbereitet.

Er war unter den ersten Rednern auf der Liste von fünfzehn Trinksprüchen, Bob Ingersoll der neunte.

Ich hatte auf den Stufen vor der Blaskapelle Position bezogen, so dass ich etwas erhöht stand und einen guten Rundumblick hatte. Während ich an der Wand lehnte, bemerkte ich auf einmal einen einfach aussehenden jungen Mann, der die Uniform eines Gefreiten und das Abzeichen der Armee des Tennessee trug. Er schien unruhig und aus irgendeinem Grund nervös zu sein. Als der zweite Redner sprach, sagte der junge Mann plötzlich: »Kennen Sie Colonel Vilas?« Ich sagte, ich sei ihm vorgestellt worden. Er schwieg eine Weile, dann sagte er: »Es heißt, er ist die Hölle, wenn er erst mal anfängt!«

Ich fragte: »In welcher Hinsicht? Wie meinen Sie das?«

»Mit Reden! Mit Reden! Es heißt, er ist wie Donner und Blitz!«

»Ja«, sagte ich, »ich habe gehört, dass er ein großartiger Redner ist.«

Eine Zeitlang trat der junge Mann unbehaglich von einem Bein aufs andere, dann sagte er: »Glauben Sie, er kann's mit Bob Ingersoll aufnehmen?«

Ich antwortete: »Ich weiß nicht.«

Eine weitere Pause. Gelegentlich, wenn ein Redner sich erhob, stimmten wir in den Beifall ein, doch der junge Mann schien ganz abwesend zu applaudieren.

Dann sagte er: »Hier in Illinois glauben wir, mit Bob Ingersoll kann's keiner aufnehmen.«

Ich sagte: »Ach ja?«

Er antwortete: »Ja, wir glauben, über Bob Ingersoll geht nichts.«

Dann fügte er trübsinnig hinzu: »Aber es heißt auch, dass Vilas so ziemlich die Hölle ist.«

Schließlich erhob sich Vilas, um zu reden, und der junge Mann riss sich zusammen und setzte eine überaus besorgte Miene auf. Vilas redete sich warm, und die Leute begannen zu klatschen. Er gab eine besonders schöne Passage zum Besten, und es wurde der Ruf laut: »Steigen Sie auf den Tisch! Steigen Sie auf den Tisch! Stellen Sie sich auf den Tisch! Wir können Sie nicht sehen!« Also hob eine Gruppe von Männern, die dort standen, Vilas auf den Tisch, wo die große Gesellschaft ihn gut sehen konnte, und er fuhr mit seiner Rede fort. Der junge Mann applaudierte mit allen anderen, und ich hörte, dass er etwas vor sich hin murmelte, ohne jedoch verstehen zu können, was er sagte. Als nun aber Vilas etwas ganz besonders Gelungenes hinausdonnerte, erhob sich im ganzen Saal ein ungeheurer Begeisterungssturm, und da sagte der junge Mann, der Verzweiflung nahe:

»Es hilft alles nichts. Bob kommt da nicht ran!«

Die nächste Stunde verharrte er in einer Art verstörter Geistesabwesenheit an seinem Platz vor der Wand, offensichtlich ohne den Saal oder sonst etwas wahrzunehmen, und als schließlich Ingersoll auf den Tisch stieg, richtete sich sein glühender Verehrer lediglich zu einer Habachtstellung auf, ohne auch nur einen Funken Hoffnung zu zeigen.

Ingersoll mit seinem hellen, frischen Teint, seiner stattlichen Gestalt und seiner anmutigen Haltung war herrlich anzusehen.

Er sollte den Toast auf »die Freiwilligen« ausbringen, und schon seine ersten beiden Sätze verrieten sein Geschick. Als er den dritten Satz über die Lippen brachte, erntete er tosenden Applaus, und zum ersten Mal sah mein Gefreiter zufrieden und hoffnungsvoll aus, aber er war zu verängstigt gewesen, als dass er in den Beifall hätte einstimmen können. Als Ingersoll zu der Passage kam, in der er sagte, die Freiwilligen hätten ihr Blut vergossen und ihr Leben aufs Spiel gesetzt, damit eine Mutter ihr Kind behalten könne, war seine Ausdrucksweise – was immer er sagte, ich habe es vergessen – so fein und sein Vortrag so glanzvoll, dass sich die riesige Menge wie ein Mann erhob und dazwischenrief und mit den Füßen stampfte und den Saal so mit Serviettenschwenken füllte, dass es aussah wie ein Schneesturm. Dieser gewaltige Gefühlsausbruch hielt ein, zwei Minuten an, und Ingersoll stand da und wartete. Nun nahm ich auch meinen Gefreiten wieder wahr. Er stampfte, klatschte, brüllte und gestikulierte wie ein Mann, der völlig verrückt geworden ist. Als endlich wieder Ruhe einkehrte, blickte er mit Tränen in den Augen zu mir auf und sagte:

»Bei Gott! Er hat sicht *nicht* abhängen lassen!«

Meiner eigenen Rede war die riskante Auszeichnung des Ehrenplatzes zuteil geworden. Sie war die letzte auf der Liste, eine Ehre, die vermutlich noch nie jemand angestrebt hat. Ich kam erst um zwei Uhr morgens an die Reihe. Doch als ich mich erhob, wusste ich, dass zumindest ein Punkt für mich sprach: Meine Rede würde auf jeden Fall die Zustimmung von neun Zehnteln der anwesenden Männer finden und die Zustimmung aller Frauen, ob verheiratet oder ledig, die sich in Grüppchen in den verschiedenen Türöffnungen zusammendrängten.

Ich erwartete, dass die Rede gut ankommen würde – und das tat sie auch.

Ich spielte auf General Sheridans vergleichsweise junge Zwillinge und auf verschiedenes andere an, was darauf abzielte, Schwung in meine Rede zu bringen. Die Rede enthielt nur eine Äußerung, die mir Sorgen machte, und zwar genau an der Stelle, wo sie im Fall einer Katastrophe nicht mehr entfernt werden konnte.

Es war der letzte Satz meiner Rede.

Ich hatte das Amerika fünfzig Jahre später heraufbeschworen, mit einer Bevölkerung von zweihundert Millionen Seelen, und mir gerade vorgestellt, dass der Präsident, die Admiräle und so weiter der kommenden großen Zeiten jetzt noch irgendwo in ihren über die ungeheure Weite dieses Landes verstreuten Wiegen lägen, und dann sagte ich: »Und in diesem Moment ist der illustre künftige Oberbefehlshaber der amerikanischen Streitmacht in seiner Wiege unter der Flagge so unbeschwert von kommender Größe und Verantwortung, dass er die ganze Kraft seines strategischen Genius dazu benutzt, eine Möglichkeit zu finden, wie er seinen großen Zeh in den Mund stecken kann – etwas, worauf, ohne ihm zu nahe treten zu wollen, vor sechsundfünfzig Jahren auch der illustre Gast dieses Abends seine ganze Aufmerksamkeit verwandt hat –«

Und hier verstummte, wie ich es erwartet hatte, das Gelächter, und an seine Stelle trat ein schauderndes Schweigen – offensichtlich war ich einen Schritt zu weit gegangen.

Ich wartete ein, zwei Augenblicke, bis sich das Schweigen gesetzt hatte.

Dann wandte ich mich an den General und fügte hinzu:

»Und wenn das Kind nichts weiter ist als der Vater des Mannes, dann gibt es nur sehr, sehr wenige, die bezweifeln, dass es Erfolg hatte.«

Die Zuhörer waren wie erlöst: Denn als sie sahen, dass der General vor Lachen platzte, taten sie es ihm voller Begeisterung nach.

[Ein Besuch mit W. D. Howells bei General Grant]

Howells

1881

Howells schrieb mir, sein alter Vater, der weit in den Siebzigern ist, sei sehr besorgt wegen seines armen kleinen Konsulats oben in Quebec. Jemand, der mit dem Grad an Armut, den eine rücksichtsvolle und wohltätige Vorsehung ihm bereits hatte angedeihen lassen, nicht zufrieden war, strebte danach, sie noch zu vergrößern, indem er das Konsulat in Quebec erwarb. Howells dachte, wenn wir General Grant dazu bewegen könnten, bei Präsident Arthur ein Wort für den alten Mr. Howells einzulegen, ließe sich das Vorhaben, ihn aus seiner Position zu verdrängen, womöglich vereiteln. Aus diesem Grund kam Howells auf meinen Vorschlag hin zu mir, und wir fuhren nach

New York, um dem General die Angelegenheit vorzutragen. Wir suchten ihn in der Wall Street Nummer 2 auf, dem Hauptsitz von Grant & Ward, Börsenmakler.

Ich erläuterte ihm den Fall und fragte, ob er nicht ein paar Worte auf eine Karte schreiben würde, die Howells nach Washington mitnehmen und dem Präsidenten überreichen könnte.

Wie gewöhnlich aber war General Grant ganz er selbst – will sagen bereit, ja entschlossen, sehr viel mehr zu tun, als worum man ihn zu bitten die Stirn hatte. Augenscheinlich kommt er niemandem auf halbem Wege entgegen: Neun Zehntel des Weges legt er freiwillig selbst zurück. »Nein«, sagte er, er werde mehr zustande bringen, und zwar mit Freuden: In wenigen Tagen fahre er nach Washington, um mit dem Präsidenten zu dinieren, er werde mit ihm reden und die Sache zu seiner persönlichen Angelegenheit machen. Da General Grant niemals ein Versprechen vergisst, ja nicht mal den Schatten eines solchen, tat er wie versprochen, und binnen einer Woche traf ein Schreiben von Außenminister Mr. Frelinghuysen ein, in dem es hieß, der alte Mr. Howells werde unter keinen Umständen weiter behelligt werden. [Und das wurde er auch nicht. Ein paar Jahre später legte er sein Amt von sich aus nieder.]

Grant und Derby

1881

Um auf die Unterredung mit General Grant zurückzukommen, er war in Gesprächslaune – wie eigentlich immer, solange keine Fremden anwesend waren – und widersetzte sich all unseren Bemühungen, uns zu verabschieden.

Er zwang uns, zu bleiben und in einem Privatzimmer mit ihm zu Mittag zu essen, dabei redete er in einem fort. [Es gab Bohnen mit Speck. Dennoch: »Wie er sitzt und aufragt« – so Howells, indem er Dante zitierte.]

Er konnte sich noch bestens an »Squibob« Derby in West Point erinnern. Er sagte, Derby habe die ganze Zeit Karikaturen der Professoren gezeichnet und einem jeden alle möglichen Streiche gespielt. Er gab auch einen Vorfall wieder, von dem ich zwar schon gehört, den ich jedoch nie niedergeschrieben gefunden hatte. Der Professor in West Point unterrichtete eine Klasse über gewisse Aspekte einer möglichen Belagerung und fragte Folgendes, soweit ich mich erinnere, die genauen Worte des Generals vermag ich nicht zu zitieren:

Angenommen: Tausend Mann belagern eine Festung, in der es um die Ausrüstung an Männern, Proviant und so weiter so und so bestellt ist – ein militärisches Axiom besagt, dass sich das Fort nach fünfundvierzig Tagen ergeben wird. Nun, meine Herren, wenn einer unter Ihnen das Kommando über eine solche Festung führte, wie würden Sie vorgehen?

Derby meldete sich, um anzuzeigen, dass er die Antwort auf die Frage hatte. Er sagte: »Ich würde ausrücken, den Feind einlassen und nach fünfundvierzig Tagen den Platz mit ihm tauschen.«

Grants Memoiren

1881

Ich versuchte mit Nachdruck, General Grant zu bewegen, seine Memoiren zu schreiben und zu veröffentlichen, aber er wollte von dem Vorschlag nichts wissen. Seine angeborene Schüchternheit ließ ihn davor zurückschrecken, freiwillig vor die Öffentlichkeit zu treten und sich als Autor der Kritik zu stellen. Er hatte kein Vertrauen in seine Fähigkeit, gut zu schreiben, während ich mir wie jeder andere in der Welt, mit ihm als einziger Ausnahme, darüber im Klaren bin, dass er bewundernswürdiges literarisches Talent und Stilgefühl besitzt. Er war auch überzeugt, dass sich das Buch nicht verkaufen würde, und natürlich wäre auch das eine Demütigung. Er führte die Tatsache an, dass sich General Badeaus Militärgeschichte General Grants nur schlecht und John Russell Youngs Bericht über die Weltreise General Grants so gut wie gar nicht verkauft hatten. Ich hielt dagegen, dies seien keine überzeugenden Argumente; was ein anderer Mann über General Grant erzähle, gelte nichts, während das, was General Grant mit eigener Feder über sich zu sagen habe, eine ganz andere Sache sei. Ich sagte, das Buch würde reißenden Absatz finden: Es müsse in zwei Bänden erscheinen und zum Preis von $ 3,50 pro Band verkauft werden, und wenn man es als Doppelband anbieten würde, könnten mit Sicherheit eine halbe Million Exemplare verkauft werden. Ich sagte ihm, dank meiner Erfahrung könnte ich ihn vor unklugen Verträgen mit Verlegern schützen, ihm darüber hinaus den besten Publikationsplan – die Subskription – vorschlagen und die besten Vertreter der Branche für ihn gewinnen.

Damals hatte ich die American Publishing Company in Hartford im Sinn, und obwohl ich den Verdacht hegte, dass man mich dort zehn Jahre lang beschwindelt hatte, ging ich davon aus, den Vertrag so verhandeln zu können, dass es nicht gelingen würde, auch noch General Grant zu beschwindeln. Doch der General sagte, er sehe keine Notwendigkeit, sein Einkommen aufzustocken. Ich wusste, was er damit meinte, nämlich dass seine Beteiligung an der Firma, in der seine Söhne Partner waren, ihm alles Geld einbrachte, das er benötigte. So konnte ich ihn nicht überreden, ein Buch zu schreiben. Er sagte, eines Tages wolle er ausführliche Notizen anfertigen und sie hinterlassen, und wenn seine Kinder beschlössen, ein Buch daraus zu machen, wäre der Sache Genüge getan.

Grant und die Chinesen

1884

Wenn mich mein Gedächtnis nicht trügt, besuchte ich Anfang dieses Jahres oder Ende 1883 gemeinsam mit Yung Wing, dem inzwischen verstorbenen chinesischen Gesandten in Washington, General Grant, um ihm Wing vorzustellen und diesem die Gelegenheit zu geben, dem General einen Vorschlag zu unterbreiten. Li Hongzhang, seit dem Tod von Prinz Kung einer der bedeutendsten und fortschrittlichsten Männer Chinas, hatte versucht, die kaiserliche Regierung davon zu überzeugen, in China ein militärisches Eisenbahnnetz zu bauen, und seine Bemühungen so weit vorantreiben können, dass die Mehrheit der Regierung gewillt war, die Angelegenheit in Erwägung zu ziehen – vorausgesetzt, die Gelder für diesen Zweck könnten außerhalb Chinas beschafft und nach den Gepflogenheiten des Landes aufgebracht werden, indem man die Eisenbahn verpfändete oder etwas in der Art. Yung Wing glaubte, die Gelder würden mühelos aufzutreiben sein, wenn General Grant die Sache hier in die Hand nähme und ein Konsortium gründete. Außerdem wusste er, dass General Grant in China bekannter und beliebter war als jeder andere Ausländer der Welt und dass, wäre sein Name mit dem Unternehmen – dem Konsortium – assoziiert, dies der chinesischen Regierung und dem chinesischen Volk Auftrieb sowie das größtmögliche Gefühl von Sicherheit geben würde. Wir trafen den General an, durch schweres Rheuma an sein Zimmer gefesselt, die Folge eines Sturzes auf Eis einige Monate zuvor. Er wolle kein Konsortium gründen, die Zeiten seien hart, und die Leute würden ihr Geld nur ungern in einem so weit entfernten Land investieren. Natürlich beinhaltete Yung Wings Vorschlag auch eine großzügige Vergütung für General Grants Mühe, aber davon wollte der General nichts wissen. Er sagte, irgendwann würden wieder bessere Zeiten anbrechen, dann könnten die Gelder zweifellos beschafft werden, und er werde sich der Sache freudig und mit Eifer annehmen und sie nach bestem Wissen und Gewissen vorantreiben, allerdings ohne jede Vergütung. Auf keinen Fall könne er Geld dafür annehmen. Hier machte sich wieder sein ausgeprägtes Interesse an China bemerkbar, das er schon bei früheren Gelegenheiten bekundet hatte. Er sagte, als er in China gewesen sei, habe er Li Hongzhang ein solches Eisenbahnnetz dringend nahegelegt; inzwischen sei er überzeugt, dass es ein großes Heil für das Land bedeutete und ebenso den Anfang seiner Befreiung von der Herrschaft und dem Joch der Tataren, und zu einem günstigen Zeitpunkt sei er bereit, alles in seiner Macht Stehende zu tun, um das Projekt zu ermöglichen, und zwar ohne jede andere Vergütung als das Vergnügen, das es ihm machte, China nützlich zu sein.

Das erinnert mich an einen anderen Vorfall.

Etwa 1879 oder 1880 waren die chinesischen Schüler und Studenten aus Hartford und anderen Städten Neuenglands von der chinesischen Regierung nach Hause beordert worden. In der chinesischen Regierung gab es zwei Parteien: Die Fortschrittspartei, angeführt von Li Hongzhang, war bestrebt, China für westliche Wissenschaft und Bildung zu öffnen, die andere lehnte alle progressiven Maßnahmen entschieden ab. Li Hongzhang und die Fortschrittspartei behielten eine Zeitlang die Oberhand, und in dieser Periode hatte die Regierung mehr als hundert ausgewählte junge Leute zur Ausbildung in die USA geschickt. Inzwischen aber hatte die andere Partei die Oberhand gewonnen und die jungen Leute zurückbeordert. Zu der Zeit war ein alter Chinese namens Wong, ein Nichtfortschrittlicher, Oberster Gesandter in Washington und Yung Wing sein Assistent. Der Befehl, die Schulen aufzulösen, war ein schwerer Schlag für Yung Wing, der viele Jahre für ihre Gründung geopfert hatte. Der Befehl ereilte ihn wie ein jäher Donnerschlag. Er wusste nicht, wohin er sich wenden sollte.

Zunächst reichte er eine von den Präsidenten verschiedener amerikanischer Colleges unterschriebene Petition ein, die auf die großen Fortschritte hinwies, die die chinesischen Schüler und Studenten gemacht hatten, und Argumente anführte, weshalb ihnen erlaubt werden sollte, in den USA zu bleiben und ihre Ausbildung abzuschließen. Dieses Dokument sollte der chinesischen Regierung durch den amerikanischen Gesandten in Peking überbracht werden. Doch Yung Wing spürte, dass in dieser Angelegenheit eine einflussreichere Stimme vonnöten wäre, und so verfiel er auf General Grant. Wenn es ihm gelänge, der Petition General Grants bedeutsamen Namen hinzuzufügen, würde das, wie er meinte, größeres Gewicht haben als die Unterschriften von tausend College-Professoren. So fuhren Rev. Mr. Twichell und ich nach New York, um den General zu sprechen. Ich stellte ihm Mr. Twichell vor, der mit einer sorgfältig vorbereiteten Rede gekommen war und den General mit Informationen über die chinesischen Schüler und Studenten und über die chinesische Frage im Allgemeinen ausgiebig informieren wollte. Allerdings hatte er keine Chance, sie zu halten. Der General nahm ihm das Wort aus dem Mund, sprach frei von der Leber weg und machte Twichell deutlich, dass er Herr der Lage, auf Informationen von anderen nicht angewiesen und an der Angelegenheit leidenschaftlich interessiert war. Wie immer war der General nicht nur bereit, alles zu tun, worum wir ihn baten, sondern hundertmal mehr. Er sagte, er werde, sofern wir es wünschten, das Dokument unterschreiben, aber er werde noch mehr tun: Er werde Li Hongzhang einen persönlichen Brief schreiben, und zwar auf der Stelle. Da im Vorzimmer eine Menge besorgter Besucher warteten, gingen Twichell und ich hinunter in die Lobby des Fifth Avenue Hotel, und binnen einer halben Stunde ließ er uns rufen und übergab uns seinen Brief an Li Hongzhang, der direkt und ohne Vermittlung des amerikanischen Gesandten oder sonst einer Person überreicht werden sollte. Es war eine klare, knappe und bewundernswert geschriebene Darlegung des Falls der chinesischen Schüler und Studenten mit einigen ebenso klar formulierten Argumenten, die zeigten, dass die Schließung der Schulen ein Fehler wäre. Wir schickten den Brief ab und waren darauf gefasst, zwei Monate auf Antwort warten zu müssen.

Aber so lange brauchten wir nicht zu warten. Kaum war der Brief des Generals in China eingetroffen, kam ein Überseetelegramm der chinesischen Regierung, das General Grants Brief nahezu wörtlich wiedergab und mit dem zwingenden Befehl an den alten Gesandten Wong endete, die chinesischen Schulen weiterzuführen.

Es war ein wunderbares Beispiel für den Einfluss einer ausländischen Persönlichkeit auf die Berater eines Reichs auf der anderen Seite des Erdballs. Einen solchen Einfluss hätte kein anderer Bürger der Welt außerhalb jenes Reichs ausüben können – die Politik der kaiserlichen Regierung war von Zimmer 45, Fifth Avenue Hotel, New York, aus revidiert worden, von einem privaten Bürger der Vereinigten Staaten.

Gerhardt

1884 (September: auf der Farm in Elmira)
Gerhardt ist aus Paris zurückgekehrt – seine Frau und seinen kleinen Jungen hat er dort gelassen. Er musste feststellen, dass das Leben in Paris sehr viel teurer ist als zu Zeiten J. Q. A. Wards. Insofern war Wards Schätzung von $3000 für fünf Jahre bedauerlicherweise zu niedrig ausgefallen. Gerhardts Ausgaben für dreieinhalb Jahre beliefen sich bereits auf $6000. Es gab für ihn nichts zu tun – und so fertigte er eine Büste von mir an in der Hoffnung, dadurch mehr Arbeit zu erhalten. Die Zeiten waren hart, und er bekam einfach keine Aufträge.

(Oktober)
Ungefähr um diese Zeit hörte Gerhardt, dass ein Wettbewerb ausgeschrieben werden sollte für ein Standbild Nathan Hales, des von den Briten gefassten und gehenkten revolutionären Spions und Patrioten. Die Errichtung des Standbilds war vom Parlament von Connecticut beschlossen worden, und die generöse Summe von $ 5000 sollte dafür bezahlt werden. Die Rede, die Ex-Gouverneur Hubbard zugunsten des Vorschlags gehalten hatte, war das Vierfache dieser Summe wert.

Das Komitee, das der Gesetzgeber mit der Auslobung betraut hatte, bestand aus Mr. Coit, einem Eisenbahner aus New London, einem bescheidenen, vernünftigen, ehrenhaften und achtbaren Gentleman, der zwar eingestandenermaßen in Kunst nicht bewandert, aber immerhin gewillt und bestrebt war, in dieser Angelegenheit seine Pflicht zu tun. Ein weiteres Komiteemitglied war ein unschuldiger Esel namens Barnard, der sich in Kunst nicht auskannte und in allem anderen übrigens auch nicht und der, falls er überhaupt Verstand besaß, ihn jedenfalls in keiner Frage zu gebrauchen wusste. Was Pflichtbewusstsein betraf, so fehlte ihm dieser Charakterzug ganz und gar – er hatte nicht die geringste Ahnung, was es damit auf sich hatte. Drittes und letztes Mitglied des Komitees war der amtierende Gouverneur des Staates, Waller, eine glattzüngiger Lügner und moralischer Feigling.

Gerhardt entwarf und modellierte einen Nathan Hale aus Ton und reichte ihn bei dem Wettbewerb ein.

Auch ein Künstler, der bei dem Steinmetzen Mr. Batterson angestellt war, entwarf eine Figur, mit der er sich bewarb, ebenso Mr. Woods, ein älterer Mann, der Küster in Mrs. Colts Privatkapelle war.

Woods besaß einiges Talent, aber kein Genie und auch keine künstlerische Ausbildung. Der Angestellte des Steinmetzen wiederum hatte die Erfahrung und die Routine, die sich einstellen, wenn man auf hässlichen Grabsteinen die immer gleichen Formen wiederholt – im Wesentlichen Engel mit der robusten Physiognomie von Preisboxern.

Die Figur und der Sockel, die Gerhardt anfertigte, waren eine weniger knauserige Summe, als das Parlament ausgelobt hatte, anständigere Mitbewerber und ein saubereres und intelligenteres Komitee wert.

Nach Ansicht von William C. Prime und Charles D. Warner stellte Gerhardts Standbild ein herausragendes Kunstwerk dar, und beide hätten nicht gezögert, den Auftrag an Gerhardt zu vergeben. Der Gouverneur besah sich die drei Modelle und sagte, soweit er es beurteilen könne, sei Gerhardts Entwurf den anderen vorzuziehen. Mr. Coit war derselben Auffassung. Doch erwies es sich als unmöglich, den betagten Barnard zu bewegen, sich Gerhardts Modell auch nur anzusehen. Er brachte mehrere Ausreden vor, unter anderem dass er das Standbild nicht bei jemandem in Auftrag geben wolle, der sich erst noch einen Namen machen müsse – das Standbild solle von einem anerkannten Künstler angefertigt werden. Auf die Frage, welcher Künstler von anerkanntem Ruf ein Standbild für $ 5000 anfertigen würde, wusste er keine Antwort. Es war nicht ganz leicht, den wahren Grund für die Hinhaltetaktik des alten Mannes herauszufinden, schließlich aber zeigte sich, dass Mrs. Colts Geld und Einfluss dahintersteckten. Ihr war sehr daran gelegen, dass der Auftrag ihrem Küster zugeschanzt wurde. Sie schrieb dem Gouverneur einen Brief, in dem sie für den Küster plädierte, und es wurde offenkundig, dass sich der Gouverneur in einer unbequemen Lage befand, hatte er doch den Versuch des Küsters als überaus armselig und geschmacklos charakterisiert und unmissverständlich zum Ausdruck gebracht, dass er von den drei Modellen Gerhardts bevorzuge und bereit sei, dementsprechend zu votieren.

Dieser unglaubliche Waschlappen beschrieb dem Küster doch tatsächlich Gerhardts Entwurf und riet ihm, einen neuen Entwurf einzureichen – was er auch tat, unter Verwendung von Gerhardts Entwurf! Und dann besaß der Gouverneur auch noch die Unverfrorenheit, Gerhardt davon zu erzählen. Betrachtet man die Angelegenheit von allen Seiten, war es der komischste Wettbewerb um ein Standbild, den dieses Land je gesehen hat. Es war so lachhaft und erbärmlich – in jeder Hinsicht verachtenswert –, dass ich Gerhardt zu überreden versuchte, von dem Wettbewerb zurückzutreten und für mich eine Gruppe mit dem Titel »Standbildkomitee« anzufertigen, Porträts dieser Rindviecher und Mäusefänger über einem Tonbildnis. Ich sagte, ich würde dazu eine Geschichte über das Nathan-Hale-Komitee beisteuern und sei der Meinung, er solle sofort mit der Arbeit beginnen und könne einiges Geld damit machen. Er aber wollte seine Kunst nicht dafür verwenden, seinen Groll zu befriedigen, und lehnte ab.

Meines Wissens ist es üblich, dass ein solches Komitee eine Einsendefrist festlegt und ein Datum nennt, wann die Entscheidung über die Entwürfe fällt, dieses Komitee aber setzte keine Frist – zumindest nicht schriftlich. Seine Politik bestand offenkundig darin, Mrs. Colts Küster genügend Zeit zu geben, damit er mit einem befriedigenden Vorschlag aufwarten konnte – gleichgültig, wie lange es dauern mochte –, und dann den Auftrag an ihn zu vergeben.

Waller wurde als Gouverneur nicht wiedergewählt, stattdessen zum Generalkonsul in London ernannt, und am 10. Mai segelte er ab, ohne dass über Nathan Hales Standbild entschieden worden wäre; da er indes einen Freund von Gerhardt um einen persönlichen Gefallen bitten musste, versprach er kurz vor seiner Abreise: »Tun Sie mir diesen Gefallen, und ich gebe Ihnen mein Wort, dass die Nathan-Hale-Angelegenheit geregelt ist, bevor ich abreise.«

Gerhardt hielt derweil sein Tonbildnis feucht, wartete drei, vier Monate und ließ es dann zerbröseln, schienen doch die Aussichten für seinen Entwurf wie eh und je in weiter Ferne.

Über General Grants Memoiren

1885 (Frühling)
Ich möchte so etwas wie die Geschichte der Memoiren General Grants niederschreiben.

Zur Einleitung werde ich ein, zwei Bemerkungen machen, die indirekt damit zu tun haben.

Während Garfields Wahlkampf setzte General Grant das ganze Gewicht seines Einflusses und seiner Tatkraft für den Triumph der Republikanischen Partei ein. Er unternahm eine Tour durch zahlreiche Bundesstaaten, vorzugsweise die unentschiedenen, und von Anfang bis Ende war diese Tour Tag und Nacht eine einzige Ovation. Überall wurde er von einer riesigen

Menschenmenge begeistert empfangen, und es ist kaum übertrieben, wenn ich sage, dass man den Landesteil, in dem der General sich gerade aufhielt, an dem roten Widerschein hätte erkennen können, den Fackelumzüge und Feuerwerke am Himmel verursachten.

Von Boston aus sollte er Hartford besuchen, und ich war Mitglied des Komitees, das nach Boston entsandt wurde, um ihn hierherzubegleiten. Außerdem war ich beauftragt, ihn den Einwohnern von Hartford vorzustellen, wenn die Bevölkerung und die Soldaten vor ihm defilierten. Auf unserer Fahrt von Boston begann ich in der Staatskarosse eine Unterhaltung mit Grants ältestem Sohn Colonel Fred Grant, den ich sehr gut kannte, und im Verlauf des Gesprächs stellte sich heraus, dass der General weit davon entfernt war, ein reicher Mann zu sein, wie gewöhnlich angenommen wurde, und nicht einmal über genügend Einkünfte verfügte, um auch nur so zu leben wie ein drittklassiger Arzt.

Colonel Grant erzählte mir, der General habe das Weiße Haus am Ende seiner zweiten Amtszeit als armer Mann verlassen, und ich glaube, er sagte auch, dass er verschuldet sei, aber da bin ich mir nicht ganz sicher. (Er sagte, am Ende *einer* seiner Amtsperioden habe er Schulden von $ 45 000 gehabt.) Freunde des Generals hätten ihm zwei Wohnhäuser geschenkt, aber er sei nicht in der Lage, sie zu unterhalten oder in einem davon zu wohnen. Das alles war so beschämend und eine solche Schande für den Kongress, dass ich vorschlug, die beengten Lebensumstände des Generals, wenn ich ihn den Einwohnern von Hartford vorstellte, zum Thema meiner Rede zu machen.

Wenn diese Nation, die sich täglich erhob, um den ersten Bürger im Staat beispiellos zu ehren, die Angelegenheit mit ihrer Wahlstimme entscheiden könnte, würde sie seine Armut im Nu in unvorstellbaren Reichtum verwandeln, das wusste ich. Daher lag die Schande nicht beim Volk, sondern bei seinen politischen Vertretern im Kongress, und das Volk würde ich mit meiner Rede nicht beleidigen.

Ich hielt an meinem Plan fest, und als ich den General vorstellte, kam ich auf die Würden und Vergütungen zu sprechen, mit denen England den Duke of Wellington überhäufte, und verglich dieses Verhalten mit unserer feineren und erhabeneren Art, den Retter unseres Landes zu behandeln –

nämlich ihn einfach nur in unseren Herzen zu tragen, ohne ihm etwas aufzubürden, wovon er leben könnte.

In seiner Erwiderung sagte der General natürlich, sein Land habe ihn mehr als reichlich belohnt und er sei vollauf zufrieden.

Was sollte er auch anderes sagen.

Wenige Monate später hätte ich eine solche Rede nicht mehr halten können, denn zu diesem Zeitpunkt hatten gewisse wohlhabende Bürger eine Viertelmillion Dollar für den General gesammelt und das Geld so investiert, dass er weder durch eigenen Mangel an Klugheit noch durch die Schurkerei anderer darum gebracht werden konnte.

Noch etwas später wurde in der Wall Street Nummer 2, New York City, die Firma Grant & Ward, Börsenmakler und Effektenhändler, gegründet.

Diese Firma bestand aus General Grants Söhnen und einem lebhaften jungen Mann namens Ferdinand Ward. Auf gewisse Weise war auch der General Teilhaber, allerdings war er in die Geschäfte des Hauses nicht aktiv involviert.

In kurzer Zeit war die Firma zu einer solchen Größe angewachsen, dass sie anscheinend nicht nur Gewinn, sondern außerordentlichen Gewinn abwarf.

In Wahrheit aber verübte Ward Betrug an den Grants und allen anderen, die er in die Finger bekam, und die Firma erwirtschaftete keinen Penny.

Der General war arglos und glaubte, eine Unmenge Geld zu verdienen, während er das wenige, das er besaß, in Wirklichkeit verlor, denn das riss Ward an sich.

Um den 5. Mai herum, ich glaube, es war 1884, kam der Zusammenbruch, und die verschiedenen Familien Grant waren mittellos.

Sogar die Zinsen aus der Viertelmillion Dollar der Grant-Stiftung, die ein, zwei Tage vor dem Konkurs fällig waren, hatte Ward in seinen Besitz gebracht.

General Grant erzählte mir, in jenem Monat habe er seine Haushaltsrechnungen *zum ersten Mal in seinem Leben mit Schecks* bezahlt. Sie erwiesen sich als ungedeckt und kamen zurück. Er erzählte mir, Ward habe niemanden verschont, der auch nur entfernt mit dem Namen Grant in Verbindung stand – er habe alles genommen, was der General hätte zusammenkratzen können, dazu \$ 45 000, die Grant auf das Haus seiner Frau in New York aufgenommen hatte; er habe \$ 65 000 genommen – die Summe, für die Mrs. Grant erst kurz zuvor eines der Häuser verkauft hatte, die man dem General geschenkt hatte; er habe \$ 7000 genommen, die einige bettelarme Nichten Grants im Westen kurz zuvor geerbt hatten und die alles waren, was sie in der Welt besaßen – mit einem Wort, Ward habe jeden, der mit der Familie Grant in Verbindung stand, um den letzten Penny gebracht.

Es musste unverzüglich etwas unternommen werden, damit Brot auf den Tisch kam.

Ein Gesetzentwurf, mit dem General Grant auf der Pensionsliste Titel und Sold eines Armeegenerals zuerkannt wurde, hatte lange Zeit unbearbeitet im Kongress gelegen – dank jenem verächtlichen Geiz, der für den Kongress so charakteristisch ist. Von dieser Seite war keine Erleichterung zu erwarten, vor allem deshalb nicht, weil der Kongress es vorzog, sich an General Grant dafür zu rächen, dass Präsident Arthur sein Veto gegen die Lex Fitz-John Porter eingelegt hatte.

Einige Monate zuvor hatten die Herausgeber des *Century Magazine* die ausgezeichnete Idee gehabt, die überlebenden Helden auf beiden Seiten des Bürgerkriegs dazu zu bewegen, ihre persönlichen Erinnerungen an den Krieg niederzuschreiben und in der Zeitschrift zu veröffentlichen. Das glücklich erdachte Projekt war jedoch gescheitert, weil einige der Helden zwar durchaus gewillt waren, diese Dinge aufzuschreiben, allerdings nur unter einer für sie unverzichtbaren Bedingung. Sie weigerten sich, auch nur eine Zeile zu schreiben, solange nicht auch der Hauptakteur des Kriegs beteiligt sei.* Bei General Grant stießen alle Überredungsversuche und Argumente auf taube Ohren. Er werde *nicht* schreiben; damit war das Unternehmen fehlgeschlagen.

Inzwischen aber hatten die Verhältnisse sich geändert, und General Grant war ohne Brot. (Nicht im übertragenen Sinne, sondern buchstäblich.)

Die Leute vom *Century* suchten ihn abermals auf, und diesmal gab er bereitwillig seine Zustimmung. Die Verleger kündigten umgehend eine umfangreiche Serie von Artikeln über den Krieg an.

* Aug. 85. Sie bestreiten es inzwischen, aber ich verbürge mich dafür, dass ich die Erklärung von Gilder selbst habe. SLC

Ich wusste von alldem nichts, obwohl ich mehrere Male im Haus des Generals gewesen war, um ein halbes Stündchen mit Gesprächen und Zigarrenrauchen zu verbringen.

An einem Abend Anfang November 1884, als ich nach einer Lesung in der Chickering Hall zusammen mit meiner Frau das Gebäude verließ, lief uns Mr. Gilder, der Herausgeber des *Century*, über den Weg, und wir begaben uns zu einem späten Abendessen zu ihm nach Hause. Wir hielten uns dort ein, zwei Stunden auf, und im Laufe des Gesprächs sagte Gilder, General Grant habe für *Century* drei Artikel über den Krieg geschrieben und werde noch einen vierten schreiben. Ich spitzte die Ohren. Gilder schilderte, wie eifrig General Grant den Vorschlag aufgegriffen hätte, etwas zu schreiben, als er ihm das letzte Mal unterbreitet worden war, wie mittellos er offensichtlich sei und wie begierig, sich ein paar Cent für das Nötigste zu verdienen, die Übergabe eines Schecks über $ 500 für den ersten der Artikel habe ihn von Herzen gefreut und eine ungeheure Last von ihm genommen.

Was mich erstaunte, war, dass es Gilder, gewiss ein ehrenwerter Mann mit dem Herzen auf dem rechten Fleck, offenbar nicht in den Sinn gekommen war, dass es nicht nur die ungeheuerlichste Kränkung des neunzehnten Jahrhunderts, sondern aller Jahrhunderte war, General Grant für einen Zeitschriftenartikel $ 500 anzubieten. Er hätte wissen müssen, dass, hätte er dem General einen Scheck über $ 10 000 gegeben, dies immer noch eine lächerlich kleine Summe gewesen wäre; hätte er ihm $ 20 000 für einen einzigen Artikel gezahlt, die Summe immer noch unangemessen gewesen wäre; hätte er ihm $ 30 000 für einen einzigen Zeitschriftenartikel über den Krieg gezahlt, wäre er immer noch unterbezahlt gewesen; hätte er ihm $ 40 000 für einen einzigen Zeitschriftenartikel gezahlt, er immer noch in General Grants Schuld gestanden hätte. Weiter sagte Gilder, noch vor wenigen Monaten sei es unmöglich gewesen, General Grant dazu zu bewegen, auch nur eine Zeile zu schreiben, inzwischen aber sei es unmöglich, ihn zu bremsen, da er nun einmal damit angefangen habe; tatsächlich habe General Grant sich vorgenommen, seine vollständigen Memoiren zu schreiben und sie in Buchform zu veröffentlichen.

Am nächsten Morgen ging ich geradewegs zum Haus des Generals und erzählte ihm, was ich gehört hatte. Er sagte, es sei wahr.

Ich sagte, als ich 1881 versucht hätte, ihn für ein solches Buch zu gewinnen, hätte ich ein Vermögen vorausgeahnt; dieses Vermögen werde ihm bestimmt auch jetzt zufallen. Ich fragte ihn, wer das Buch veröffentlichen werde, und er antwortete, zweifellos die Century Company.

Ich fragte ihn, ob der Vertrag aufgesetzt und unterschrieben sei.

Er antwortete, eine Rohfassung sei aufgesetzt worden, aber noch nicht unterschrieben.

Ich sagte, ich hätte große, schmerzliche Erfahrungen mit dem Schreiben und Publizieren von Büchern gesammelt und glaubte, falls er es nicht für unschicklich hielte, mir den Vertragsentwurf zu zeigen, ihm von Nutzen sein zu können.

Er erwiderte, er habe nichts dagegen, mir den Vertrag zu zeigen, da dieser nicht weiter als bis zu einer Erörterung der Klauseln gediehen sei, ohne dass eine der Parteien Versprechen gemacht oder erhalten habe. Er fügte hinzu, er vermute, dass das Angebot von Century recht und billig sei, und man gehe davon aus, dass er es annehmen, das Geschäft abschließen und den Vertrag unterzeichnen werde.

Er las mir den Vertragsentwurf vor, und ich wusste nicht, ob ich weinen oder lachen sollte.

Wenn ein Verleger die Chancen eines Buches von einem unbekannten Autor hoch genug einschätzt, um es zu drucken und auf den Markt zu bringen, ist er gewillt, ein Risiko einzugehen und dem Mann 10 Prozent Tantiemen zu zahlen, und genau die zahlt er ihm auch. 10 Prozent Tantiemen kann er schon noch riskieren, mehr aber nicht. Wenn von dem Buch 3000 oder 4000 Exemplare verkauft werden, entsteht bei einem gewöhnlichen Buch kein Verlust, und beide Parteien haben einen Gewinn gemacht; wenn die Verkaufszahlen jedoch 10 000 Exemplare erreichen, erhält der Verleger den Löwenanteil des Profits und wird ihn erhalten, solange sich das Buch weiter verkauft.

Wenn sich von einem solchen Buch mit Sicherheit 35 000 Exemplare verkaufen lassen, sollte der Autor 15 Prozent Tantiemen erhalten, will sagen die Hälfte des Nettoerlöses. Wenn sich von einem Buch mit Sicherheit 80 000 Exemplare oder mehr verkaufen lassen, sollte er 20 Prozent Tantiemen erhalten, das heißt zwei Drittel des Nettoerlöses.

Hier nun war ein Buch, das geradezu prädestiniert dafür war, sich im ersten Jahr seiner Veröffentlichung zu mehreren hunderttausend Exemplaren zu verkaufen, und doch hatten die Leute von Century die Dreistigkeit besessen, General Grant die gleichen 10 Prozent Tantiemen anzubieten, die sie jedem unbekannten Komantschen angeboten hätten, von dessen Buch sie mit gutem Grund glauben mochten, dass sich nur 3000, 4000 oder 5000 Exemplare verkaufen ließen.

Wäre ich mit den Century-Leuten nicht persönlich bekannt gewesen, hätte ich gesagt, es handele sich um den vorsätzlichen Versuch, die Unwissenheit und die vertrauensselige Natur eines Mannes auszunutzen und ihn zu bestehlen; aber ich kenne die Century-Leute und weiß daher, dass sie keine derart niedrigen Absichten verfolgten, sondern ihr Angebot nur einem unerschöpflichen Vorrat an Ignoranz und Dummheit entstammte. Sie waren daran interessiert, nicht nur Zeitschriften, sondern auch Bücher zu veröffentlichen, und hatten sich auch schon an einem Buch versucht, waren jedoch aufgrund ihrer Unerfahrenheit gescheitert. So vermute ich, dass sie ängstlich waren und im Fall des Generals ein Angebot unterbreitet hatten, das sich ihnen als vernünftig und risikofrei empfahl, womit sie nur bewiesen, wie beklagenswert unwissend sie waren und wie wenig der Situation gewachsen. Das zeigte sich hinreichend an einer Bemerkung, die der Geschäftsführer dieser Firma einige Monate später mir gegenüber machte: eine Bemerkung, die ich an geeigneter Stelle zitieren und behandeln werde.

Ich sagte General Grant, das Angebot von Century sei lächerlich und dürfe nicht einmal für einen Augenblick in Erwägung gezogen werden.

Ich vergaß zu erwähnen, dass der Vertragsentwurf gleich zwei Vorschläge enthielt – entweder 10 Prozent Tantiemen oder die *Hälfte des Erlöses* aus den Buchverkäufen nach Abzug *aller damit verbundenen Ausgaben* einschließlich BÜROMIETE, BEZAHLUNG EINER BÜROKRAFT, WERBUNG und ALLEM ANDEREN, ein höchst kompliziertes Arrangement, das kein geschäftstüchtiger Autor den 10 Prozent Tantiemen vorziehen würde. Offensichtlich hielt man

10 Prozent und die Hälfte des Erlöses für ein und dasselbe – diese unwissende Bagage erwartete also, dass sich von dem Buch nur 12 000 oder 15 000 Exemplare verkaufen ließen.

Ich sagte dem General, ich könne ihm genau erklären, was er erhalten sollte: Wenn er die Tantiemen akzeptiere, müssten es 20 Prozent vom Verkaufspreis sein; wenn er die Partnerschaftsvereinbarung vorziehe, müsste er 70 Prozent vom Erlös eines jeden Exemplars nach Abzug der *Herstellkosten* erhalten. Ich sagte, wenn er den Leuten von Century diese Bedingungen vorlege, würden sie sie akzeptieren; sollten sie unerwartet Angst haben, sie zu akzeptieren, brauchte er sie nur einem der anderen großen Verlagshäuser im Land anzubieten, und nicht eines würde sie ablehnen. Sollten sie doch ablehnen, dürfe er das Buch *mir* anvertrauen. Mein eigenes Buch würde ich unter dem Geschäftsnamen Charles L. Webster & Co. veröffentlichen, wobei ich die Company sei (und Webster mein Geschäftsführer mit einem festen Gehalt und einem Firmenanteil von 10 Prozent), und ich verfügte über das wohl am besten eingeführte Subskriptionsverfahren im ganzen Land.

Ich wollte das Buch des Generals haben, ja, ich wollte es unbedingt, hatte aber nur sehr geringe Erwartungen, es zu bekommen. Vermutlich würde er den Century-Leuten die neuen Vorschläge unterbreiten, sie würden sie sofort akzeptieren, und damit hätte es sein Bewenden, denn offenbar fühlte sich der General den Century-Leuten sehr verpflichtet, da sie ihn aus den Klauen der Armut gerettet hatten, indem sie ihm für drei Zeitschriftenartikel, die mindestens $ 100 000 wert waren, $ 1500 gezahlt hatten; anscheinend war er völlig unfähig, sich von diesem Gefühl der Verpflichtung frei zu machen, während er es meiner Meinung hätte so betrachten müssen, dass die Leute von Century ihm gegenüber verpflichtet waren, nicht nur weil er ihnen ein Geschenk von $ 100 000 gemacht, sondern weil er ihnen auch zu einer großen und gefragten Serie von Artikeln aus der Feder der anderen Kriegshelden verholfen hatte, die sie niemals in die Hände bekommen hätten, wenn er es abgelehnt hätte, selbst welche zu schreiben. (So Gilder.)

Unterdessen unternahm ich eine ausgedehnte Vortragsreise in den Westen, Webster aber sprach immer wieder im Haus des Generals vor und verfolgte den Fortgang der Ereignisse.

Colonel Fred Grant war entschieden dagegen, das Buch den Leuten von Century zu überlassen, zugleich plädierte er heftig dafür, mir den Zuschlag zu geben.

Der erste Artikel des Generals hatte der Abonnentenliste sogleich 50 000 Namen hinzugefügt, womit bewiesen war, dass die Leute von Century auch dann noch die Gewinner gewesen wären, wenn sie General Grant für die Artikel $ 50 000 gezahlt hätten – konnten sie doch damit rechnen, die meisten der Abonnenten über mehrere Jahre an sich zu binden und folglich einen Gewinn von mindestens $ 100 000 zu erzielen.

Abgesehen von der Auflagensteigerung verdoppelte sich augenblicklich die Zahl der Anzeigenseiten des *Century* – was allein schon einen riesigen Gewinn für die Zeitschrift bedeutete. (Einen Gewinn von $ 25 000 pro *Monat*, wie ich aus dem schließe, was ich über sechs Monate für eine Fünftelseite zahlen musste [$ 1800].)

Zuletzt hatten die Century-Leute dem ursprünglichen Scheck über $ 1500 einen weiteren über $ 1000 nachgereicht, nachdem ihnen klargeworden war, dass sie schon mit dem ersten der drei Artikel ein Vermögen machen würden.

Das fasste der General, der der gutherzigste aller Menschen ist, als einen schönen Akt der Großzügigkeit auf; mir hingegen kam es wie eine weitere Demonstration beispiellosen Unsinns vor, da der zusätzliche Scheck über $ 30 000 statt über $ 1000 hätte ausgestellt sein müssen. Colonel Fred Grant dachte über die Angelegenheit genauso wie ich und war entschlossen, das Buch möglichst nicht in die Hände der Century-Leute geraten zu lassen. Ihr Verhalten bestärkte und bestätigte ihn in seiner Absicht.

Während ich im Westen war, erreichten General Grant täglich neue Vorschläge von Verlagen, die alle einen gemeinsam Tenor hatten: »Nennen Sie uns das bisher beste Angebot, und wir sind bereit, Ihnen ein besseres zu unterbreiten.«

Die Century-Leute waren gewillt, die Bedingungen zu akzeptieren, die ich dem General vorgeschlagen hatte, boten aber auch nicht mehr. Die American Publishing Company in Hartford bot dem General 70 Prozent des Erlöses und wollte, falls nötig, noch erhöhen.

Die Dinge begannen Wirkung zu zeigen. Der General begriff durch die verschiedenen Angebote, dass er nur knapp einem äußerst schlechten Geschäft entkommen war, und wandte sich mir zu, zweifellos weil ich zufällig der Grund dafür war, dass jenes schlechte Geschäft nicht zustande gekommen war.

Er bestellte George W. Childs aus Philadelphia zu sich, legte ihm die ganze Angelegenheit dar und bat ihn um Rat. Hinterher sagte mir Mr. Childs, es sei deutlich gewesen, dass der General aus Gründen der Freundschaft dazu neigte, das Buch mir anzuvertrauen, und dieser Rat ihm am ehesten zusagen würde.

Er riet dem General, kompetente Leute mit der Prüfung zu beauftragen, wie es sowohl um meine Fähigkeit als auch die der Konkurrenz stand, das Buch angemessen zu veröffentlichen. (Dies geschah auf meinen eigenen Vorschlag hin – Fred Grant war anwesend.) Und falls sich herausstellte, dass mein Verlag in jeder Hinsicht genauso gut ausgestattet sei wie die anderen, sollte er das Buch mir anvertrauen.

Der General beauftragte Leute, die von zwei angesehenen Anwaltskanzleien ausgesucht worden waren (Clarence Seward's war eine der beiden), Nachforschungen anzustellen, und Colonel Fred Grant persönlich stellte ähnliche Nachforschungen an.

Das einhellige Urteil lautete, dass mein Verlag ebenso kompetent war, das Buch zu einem Erfolg zu machen, wie die konkurrierenden Firmen.

Folglich wurde ein Vertrag aufgesetzt und das Buch meinen Händen anvertraut.

Im Verlauf einer meiner Geschäftsbesprechungen mit General Grant fragte er mich, ob ich sicher sei, 25 000 Exemplare seines Buches verkaufen zu können, und stellte die Frage auf eine Weise, dass mir der Verdacht kam, die Century-Leute hätten ihm zu verstehen gegeben, das sei in etwa die Zahl der Exemplare, die sie meinten absetzen zu können. [Siehe dazu Roswell Smiths Bemerkung weiter unten.]

Ich erwiderte, in einem solchen Fall könne man seine Meinung am besten in Geld ausdrücken – weshalb ich ihm folgendes Angebot machen würde: Wenn er mir das Buch anvertraute, würde ich ihm, sobald ich das Manuskript in Händen hielte, für jeden Band einen Vorschuss in Höhe von $ 25 000 zahlen, und selbst wenn sich diese $ 50 000 aus künftigen Verkäufen nicht wieder hereinholen ließen, würde ich ihn niemals bitten, mir auch nur einen Teil der Summe zu erstatten.

Dieser Vorschlag schien ihn zu *beunruhigen*. Er sagte, er denke nicht daran, irgendeine noch so große oder kleine Geldsumme im Voraus anzunehmen, von der der Verleger nicht absolut *sicher* sei, sie wieder hereinholen zu können. Einige Zeit später, als der Vertrag aufgesetzt wurde und sich die Frage stellte, ob er sich für 20 Prozent Tantiemen oder 70 Prozent des Erlöses entscheiden sollte, erkundigte er sich, welcher der beiden Vorschläge *für alle Beteiligten* der beste sei. Ich schickte Webster zu ihm, um ihm ausrichten zu lassen, für ihn seien 20 Prozent Tantiemen die beste Lösung, weil die sicherste, einfachste und am leichtesten zu überprüfende, die ihm zweifellos etwas mehr einbringen würde als der andere Vorschlag.

Er überlegte sich die Angelegenheit, dann sagte er sinngemäß, bei dem 20-Prozent-Plan werde *er* mit Sicherheit gewinnen, der Verleger dagegen möglicherweise verlieren: insofern entscheide er sich nicht für die Tantiemen, sondern für 70 Prozent des Erlöses; denn wenn es einen Gewinn gebe, dann werde er ihn nicht allein einstreichen, vielmehr könne der Verleger sicher sein, 30 Prozent davon zu erhalten.

Das sah General Grant ähnlich. Es war ihm schier unmöglich, auch nur einen Augenblick lang mit einem Vorschlag zu liebäugeln, der ihm auf Kosten eines anderen Gewinn einbringen könnte.

Nachdem der Vertrag aufgesetzt und unterschrieben war, fiel mir ein, dass ich angeboten hatte, dem General Geld vorzustrecken, und er gemeint hatte, dass er möglicherweise vor Erscheinen des Buches $ 10 000 benötige. Dieser Umstand war vergessen worden und stand nicht im Vertrag; es fiel mir glücklicherweise ein, bevor ich die Stadt verließ, und so ging ich zurück und bat Colonel Fred Grant, einen Wechsel auf Webster zu ziehen, wann immer er benötigt werde.

Das war das Einzige, was im Vertrag vergessen worden war, und das war jetzt nachgeholt und jede Schwierigkeit aus dem Weg geräumt.

Jetzt komme ich auf einen Umstand zu sprechen, über den ich mich noch nie geäußert habe und der auf Jahre hinaus nicht bekannt werden darf, weshalb dieser Abschnitt erst zu veröffentlichen ist, wenn die Erwähnung einer so privaten Angelegenheit keine lebende Person mehr kränkt.

Der Vertrag war für mich von der großen Anwaltskanzlei Alexander & Green und für General Grant von Clarence Seward, dem Sohn von Mr. Lincolns Außenminister, aufgesetzt worden.

Dem Vertrag war eine Übertragung der Rechte an dem Buch auf General Grants Ehefrau und die Übertragung ihrer Rechte auf meine Firma für eine Gegenleistung von $ 1000 in bar beigefügt.

Er sollte die Gläubiger des Generals daran hindern, Einnahmen aus dem Buch pfänden zu lassen.

Webster hatte zugestimmt, als die Summe auf $ 1000 festgesetzt worden war, und als er den Vertrag unterschrieben hatte und die Anwaltskanzlei verlassen wollte, erwähnte er beiläufig, dass die $ 1000 in einem solchen Vertrag natürlich reine Formsache seien und keinerlei Bedeutung hätten. Da nahm ihn Mr. Seward vertraulich zur Seite und sagte: »Nein, es bedeutet genau das, was es besagt – *denn die Familie des Generals hat nicht einen Penny im Haus und wartet schon in größter Sorge auf diese kleine Geldsumme.*«

Webster war erstaunt. Er stellte den Scheck sofort aus, und Mr. Seward beauftragte einen Botenjungen, ihn möglichst rasch – auf schnellstem Wege – zu Familie Grant zu bringen und zuzusehen, dass ihm kein Gras unter den Füßen wuchs.

Es war beschämend, dass ein Mann, der sein Land und dessen Regierung vor dem Niedergang bewahrt hatte, sich noch immer in einer Lage befand, in der eine so kleine Summe – ein so geringfügiger Betrag – wie diese $ 1000 als ein Geschenk des Himmels angesehen wurde. Jedermann wusste, dass der General in ärmlichen Verhältnissen lebte, aber welch ein Sturm hätte sich im ganzen Land erhoben, wenn die Menschen gewusst hätten, dass seine Armut einen derartigen Tiefpunkt erreicht hatte.

Die Zeitungen im ganzen Land hatten die Century-Leute für die fürstliche Großzügigkeit gelobt, mit der sie dem General für drei Zeitschriftenartikel die stattliche Summe von $ 1500 gezahlt hatten, dabei hätte er, wenn sie ihm den Betrag gezahlt hätten, der ihm von Rechts wegen zustand, seine

Kutsche behalten können und sich um $ 1000 nicht zu sorgen brauchen. Vermutlich war weder den Zeitungen noch der Öffentlichkeit bekannt, dass der Verleger einer Jahresschrift in London fünfundfünfzig Jahre zuvor dem kleinen Tom Moore für *zwei* Artikel zweimal $ 1500 geboten und ihm freigestellt hatte, wie lang oder kurz er sie halten und worüber er schreiben wolle. Das Verhältnis zwischen dem finanziellen Wert eines Artikel von Tom Moore in seinen besten Tagen und eines Artikels von General Grant über den *Krieg* heutigentags war etwa eins zu fünfzig.

Um noch einmal einen Schritt zurück zu machen. Nachdem ich mich im Winter 1884/85 ein, zwei Monate im Westen aufgehalten hatte, fuhr ich zurück zur Ostküste und erreichte um den 20. Februar New York.

Zu diesem Zeitpunkt war hinsichtlich des Vertrags noch keine Einigung erzielt worden, dennoch suchte ich den General in seinem Haus auf, einfach um mich nach seinem Gesundheitszustand zu erkundigen, denn in den Zeitungen hatte ich Berichte gelesen, wonach er krank und für einige Zeit ans Haus gefesselt gewesen sei.

Als ich das letzte Mal bei ihm gewesen war, hatte er mir erzählt, er habe das Rauchen aufgegeben, da seine Kehle angegriffen sei und die Ärzte der Meinung seien, dass sie auf diese Weise am schnellsten ausheilen werde. Doch als ich im Westen war, hatten die Zeitungen berichtet, man vermute, dass es sich bei seiner Kehlkopferkrankung um Krebs handele. Am Morgen meiner Ankunft in New York hatten die Zeitungen allerdings berichtet, die Ärzte hätten gesagt, es gehe dem General um einiges besser und er sei auf dem Wege der Genesung. Als ich im Haus vorsprach, ging ich hinauf in sein Zimmer, schüttelte ihm die Hand und sagte, wie froh ich sei, dass es ihm bessergehe und er bald wieder bei völliger Gesundheit sei.

Er lächelte und sagte: »Wenn's denn wahr wäre.«

Natürlich war ich ebenso überrascht wie verwirrt und fragte seinen Arzt, Dr. Douglas, ob der General doch nicht so gute Fortschritte mache, wie ich angenommen hatte. Er ließ durchblicken, dass die Berichte schöngefärbt seien und es sich in der Tat um ein Krebsleiden handele.

Ich bin selbst ein starker Raucher und sagte dem General, sein Fall dürfte einigen von uns als Warnung dienen, aber da ergriff Dr. Douglas das Wort und meinte, die Krankheit könne nicht dem Rauchen allein zugeschrieben werden. Vermutlich habe sie zwar ihren *Ursprung* in starkem Rauchen, aber es sei unsicher, warum sie gerade zu diesem Zeitpunkt zutage getreten sei: Höchstwahrscheinlich liege der wahre Grund in dem geistigen Kummer und der jahrelangen seelischen Betrübnis des Generals, hervorgerufen durch den Konkurs der Firma Grant & Ward.

Diese Bemerkung brachte den General sogleich zum Reden, und mir fiel damals wie später auf, dass er, selbst wenn er keine Lust hatte zu reden, über dieses eine Thema stets bereitwillig sprach.

Er erzählte mir von den bereits erwähnten Räubereien, die von jenem Ward, dem er so ganz und gar vertraut hatte, an allen Mitgliedern der Familie Grant verübt worden waren, *äußerte aber nicht einen Satz über Ward, den nicht auch ein entrüsteter Erwachsener über ein unartiges Kind hätte äußern können*. Er sprach so, wie ein Mann spricht, den man höchst ungerecht behandelt, gedemütigt und verraten hat; doch nicht ein einziges Mal gebrauchte er einen gehässigen oder rachsüchtigen Ausdruck.

Was mich betrifft, so kochte ich innerlich die ganze Zeit: Ich skalpierte Ward, zog ihm die Haut bei lebendigem Leibe ab, räderte ihn, schlug ihn zu Brei und verwünschte ihn mit allen Flüchen, die mir in der einen Sprache zu Gebote stehen, deren ich mächtig bin, und wenn ich in Not und Bedrängnis geriet, nahm ich das bisschen an Flüchen der beiden anderen Sprachen hinzu, in denen ich begrenzte Kenntnisse habe.

Er erzählte seine Geschichte mit einem tiefen Gefühl in der Stimme, ohne dass seine Miene verriet, was in seinem Herzen vorging. Auf seine Miene konnte er sich in allen Notlagen verlassen. Sie stand ihm immer treu zu Diensten. Sie verriet ihn nie.

Am 1. oder 2. Juli 1885 (bei Mt. McGregor), etwa drei Wochen vor dem Tod des Generals, saßen Buck Grant und ich beisammen und unterhielten uns eine Stunde lang in Gegenwart des Generals – nur um ihm Gesellschaft zu leisten – er selbst brauchte nur zuzuhören. Soeben war die Nachricht eingetroffen, dass der Mann von der Marine Bank (Wards Kumpan – wie *hieß* dieser Schuft doch gleich?) zu zehn Jahren verurteilt worden war. Buck Grant sagte über ihn die verbittertsten Dinge, die seine Zunge formen konnte; ich selbst war ebenso verbittert. Der General hörte eine Zeitlang zu, griff dann zu Block und Bleistift und schrieb: *»Der war nicht so schlecht wie der andere«* – womit er Ward meinte. Das war sein einziger Kommentar. Selbst seine *Schrift* wirkte milde.

Während er schrieb, sagte Colonel Grant:

»Vater will Ihnen zeigen, dass die Familie Grant ein Haufen Narren ist, Mr. Clemens!«

Der General bestritt diese Aussage. Sinngemäß sagte er, man könne Tatsachen anführen, die zeigten, dass, wenn Ward es auf einen Mann abgesehen habe, sich dieser auch als Narr erweisen würde – als ein ebensolcher Narr wie die Grants; alle Männer seien Narren, wenn von Ward erfolgreich hintergangen zu werden als Beweis dafür diene. Er begann Beispiele aufzuzählen. Er sagte (dem Sinne nach), niemand würde den Präsidenten der Erie Railroad als Narren bezeichnen, und doch habe Ward ihn um $ 800 000 gebracht: um jeden Cent dieser Summe geprellt. Er erwähnte einen anderen Mann, den man nicht als Narren bezeichnen könne, und doch habe Ward ihn um mehr als eine halbe Million Dollar gebracht und ihm nichts dafür gegeben. Er führte einen Mann mit einem Namen an, der so ähnlich klang wie Fisher, obwohl das nicht sein Name war, einen Mann, den niemand als Narren bezeichnen könne: im Gegenteil, er habe es zu großem Reichtum gebracht, weil er scharfsinniger und klüger als andere Leute sei und sich auf seine Klugheit und darauf, dass man ihn nicht zum Narren halten könne, immer viel eingebildet habe, *er* lasse sich von niemandem täuschen; aber was habe Ward in diesem Fall getan? Er habe ihn dazu verleitet, Anteile an einem Bergwerk zu erwerben, das Ex-Senator Chaffee gehörte – ein Objekt, das gar nicht zum Verkauf stand und für das Ward keine Verkaufsermächtigung vorweisen konnte –, und doch habe er diesem Mann $ 300 000 in bar abgeluchst, ohne dass ein einziges Schriftstück oder auch nur eine geschriebene Zeile getauscht worden wäre zum Beweis dafür, dass der Verkauf getätigt worden war. Dieser Mann sei eine Zeitlang jeden Tag in das Büro von Grant & Ward gekommen und habe mit Ward über die Aussichten jenes *tatsächlich* sehr reichen Bergwerks gesprochen, und die beiden seien vor Mr. Chaffees Nase in den Nebenraum gegangen und hätten sich unterhalten.

Man hätte annehmen sollen, dass ein Mann, der für seine Gerissenheit bekannt sei, sich irgendwann einmal dazu entschlossen hätte, Mr. Chaffee die eine oder andere Frage zu stellen; aber nein: Ward habe ihm vorgeschwindelt, Chaffee wolle nicht, dass sein Name bei dieser Transaktion bekannt würde, er müsse sich den Anschein geben, als sei er in einer anderen Angelegenheit im Büro von Grant & Ward, und dürfe nicht riskieren, mit Chaffee zu sprechen, oder das Geschäft werde nicht zustande kommen.

Hier also sei ein Mann, der sich etwas darauf zugutehalte, ein kluger Geschäftsmann zu sein, und doch habe Ward ihm $ 300 000 gestohlen, ohne ihm zum Beweis, dass die Transaktion tatsächlich stattgefunden hatte, auch nur einen Fetzen Papier zu übergeben. Heute tauche dieser Mann nicht unter den Klägern gegen Ward auf, vielleicht weil er lieber all das Geld verlieren wollte, als ruchbar werden zu lassen, dass er sich auf so kindische Weise hatte betrügen lassen.

General Grant erwähnte einen anderen Mann, der sehr wohlhabend war und den niemand, sei es in geschäftlichen oder in anderen Dingen, als Narren zu bezeichnen gewagt hätte, und doch kam dieser Mann eines Tages ins Büro und sagte: »Ward, hier ist ein Scheck über $ 50 000. Im Moment habe ich keine Verwendung dafür. Ich trete eine kurze Reise nach Europa an; verfahren Sie damit nach Belieben, und sehen Sie zu, was Sie ausrichten können.« Ich war dabei, als der Gentleman einige Zeit später, von seiner Reise zurückgekehrt, im Büro vorstellig wurde. Er fragte Ward, ob er mit dem Geld etwas ausgerichtet habe. Ward sagte: »Warten Sie einen Augenblick«, ging zu seinen Büchern, blätterte darin, murmelte einige Augenblicke lang etwas vor sich hin, stellte einen Scheck über $ 250 000 aus und überreichte ihn mit der Miene eines Menschen, der nichts ausgerichtet hatte, was der Rede wert sei! Der Mann starrte einen Augenblick lang auf den Scheck, dann gab er ihn Ward zurück und sagte: »Das ist sehr anständig, lassen Sie die Henne noch mal brüten«, und mit diesen Worten ging er weg. Das war das letzte Mal, dass er auch nur irgendetwas von seinem Geld sah.

Während der General sprach, hatte ich einen Narren nach dem anderen entdeckt, aber diese Geschichte brachte mich zur Besinnung. Ich versetzte mich in die Lage dieses Burschen und gestand mir ein, dass ich, hätte ich in seinen Kleidern gesteckt, mit einer Wahrscheinlichkeit von hundert zu eins genauso gehandelt hätte wie er, und jedenfalls war ich mir völlig darüber im Klaren, dass es in der ganzen Christenheit keinen Prediger und keine Witwe gab, die nicht das Gleiche getan hätten, insofern solche Leute immer Geldanlagen suchen, die unrechtmäßig hohe Summen abwerfen; und nie oder nur selten halten sie inne, um die Natur des jeweiligen Geschäfts zu hinterfragen.

Als ich mich zum Gehen anschickte, begleitete mich Colonel Fred Grant nach unten, und zu meinem Erstaunen vertraute er mir an, dass die Ärzte versuchten, seinem Vater den Ernst der Lage zu verheimlichen, in Wahrheit aber glaubten, der Tod sei nahe und er habe nicht mehr länger als zwei oder drei Wochen zu leben.

Das war um den 21. Februar 1885.

Nach dem 21. Februar war der General, soweit seine Kräfte es zuließen, täglich mit der Überarbeitung seines Buchmanuskripts befasst. Colonel Grant las ihm gewissenhaft daraus vor, währenddessen der General seine Korrekturen anbrachte. Damit verlor er zwar kostbare Zeit, denn bislang waren erst die Hälfte oder zwei Drittel des zweiten und letzten Bandes niedergeschrieben, doch war ihm mehr daran gelegen, dass das, was er geschrieben hatte, *vollkommen korrekt* sei, als dass das Buch fehlerhaft zu Ende gebracht würde und er nicht mehr in der Lage wäre, es zu korrigieren. Er hatte ein vorzügliches Gedächtnis, und jeder andere mit einem solchen Gedächtnis hätte sich ohne Bedenken darauf verlassen. Nicht so der General. Ganz gleich, wie sicher er sich eines Fakts oder eines Datums war, gab er sich nicht damit zufrieden, bis er es anhand der amtlichen Dokumente überprüft hatte. Diese ständige sorgfältige Einsicht der Akten kostete eine Menge Zeit, die aber nicht verschwendet war. Sämtliche Tatsachenbehauptungen in General Grants Buch können voller Vertrauen als durch und durch zuverlässig angesehen werden.

Da wir schon einmal von seinem Gedächtnis sprechen, was war das für eine wunderbare Maschine! Eines Tages erzählte er mir, er habe nicht einen Bericht über die »Schlacht in der Wildnis« verfasst, bevor sie nicht vorbei war und er sich wieder in Washington aufhielt. Erst danach setzte er sich hin und verfasste aus dem Gedächtnis einen vollständigen Bericht, und als er damit fertig war, las er die Berichte seiner Untergebenen und fand heraus, dass er kaum einen Fehler gemacht hatte. Um genau zu sein, sagte er, habe er zwei Fehler gemacht.

Das ist seine Stellungnahme, wie ich mich an sie erinnere, denn mein Gedächtnis ist nicht vollkommen zuverlässig, und vielleicht übertreibe ich auch. *(Diese und andere Stellungnahmen von mir müssen Colonel Fred Grant zur Überprüfung vorgelegt werden.)*

Der General verlor auch auf andere Weise Zeit. Drei Artikel für *Century* waren geschrieben und vergütet worden, doch im Sommer zuvor hatte er versprochen, noch einen vierten zu verfassen. Er hatte einen Rohentwurf angefertigt, ihn jedoch nicht vollendet.

Die Century-Leute hatten die Artikel bereits angekündigt und befürchteten jetzt, der General würde sie nicht mehr vollenden können. Zu dieser Zeit war der Gesundheitszustand des Generals publik geworden, und die Zeitungen waren voll von Berichten über seine lebensgefährliche Erkrankung. Mehrmals suchten ihn die Century-Leute auf, um den vierten Artikel zu bekommen, und das kränkte und verletzte Colonel Fred Grant, denn er wusste, dass ihnen wie aller Welt bekannt war, wie sterbenskrank sein Vater war. Colonel Grant fand, sie sollten mehr Rücksicht an den Tag legen – mehr Menschlichkeit. Wann immer seine schwindenden Kräfte es erlaubten, arbeitete der General sporadisch an dem Artikel, entschlossen, ihn möglichst zu vollenden, *weil er sein Versprechen gegeben habe und unter keinen Umständen davon abrücken werde, solange ihm noch die leiseste Möglichkeit bleibe, es zu erfüllen.* Ich fragte, ob es nicht einen Vertrag oder eine Abmachung gebe, was die Century-Leute für den Artikel zahlen sollten. Er verneinte. Da sagte ich: »Verlangen Sie $ 20 000 dafür. Das ist er wert – er ist das Doppelte wert. Diese Summe verlangen Sie für den unvollendeten Artikel; den geben Sie ihnen mit der Bemerkung, er werde noch mehr wert sein, sollte der General sich in der Lage sehen, ihn zu vollenden. Das dürfte ihren Überschwang abkühlen und Ihnen ein wenig Ruhe verschaffen.« Einen so hohen Preis wollte er nicht fordern, glaubte jedoch, sie zu einer Zahlung von $ 5000 veranlassen zu können, wenn er ihnen den Artikel überließe. Es lag auf der Hand, dass die Bescheidenheit der Familie in Geldangelegenheiten unzerstörbar war.

Um diese Zeit unterhielt ich mich eines Tages mit General Badeau, als ich auf seinem Tisch einen Stapel maschinengeschriebener Manuskriptseiten sah, nach der ersten Seite griff und zu lesen begann. Ich sah, dass es sich um eine Schilderung der Belagerung von Vicksburg handelte. Ich zählte eine Seite durch und kam auf etwa 300 Wörter, alles in allem auf 18 000 bis 20 000 Wörter.

General Badeau sagte, dies sei einer der drei Artikel, die der General für den *Century* geschrieben hatte.

Ich erwiderte: »Dann haben sie nicht das geringste Recht, auf dem vierten Artikel zu bestehen, denn in diesem einen steckt mehr als genug, um zwei, drei gewöhnliche Zeitschriftenartikel daraus zu machen.« Eine Abschrift dieses und der beiden anderen Artikel befand sich damals im Safe von Century; daher war der Verpflichtung zu einem vierten Artikel auch ohne einen solchen zusätzlichen Artikel Genüge getan; und doch meinten die Leute von Century, ohne den vierten Artikel sei der Vertrag nicht erfüllt, und bestanden darauf. Zu dem üblichen Preis, den mir der *Century* für meine Artikel zahlte, wäre dieser Artikel über Vicksburg, hätte ich ihn verfasst, rund $ 700 wert gewesen. Mithin hatten die Century-Leute dem General nicht mehr gezahlt, als sie mir gezahlt hätten, und dies *einschließlich* der Sonderzuwendung von $ 1000, die sie ihm hatten zukommen lassen.

Man kann die Dimensionen dieses Schwindels gar nicht überbewerten. Wenn die Leute von Century überhaupt etwas wussten; wenn sie nicht bis ins Mark von Ignoranz und Dummheit durchdrungen waren, dann wussten sie, dass eine einzige Manuskriptseite von General Grant mehr wert war als hundert Seiten von mir. Aber *tatsächlich* waren sie in einem solchen Ausmaß von Ignoranz und Dummheit durchdrungen. In ihrem eigenen Verständnis waren sie aufrecht, ehrenwert und gutherzig, und wenn ihnen jemand hätte klarmachen können, dass es beschämend war, einen sterbenden Soldaten so zu übervorteilen, hätten sie das Unrecht wiedergutgemacht. Doch alle Beredsamkeit, mit der ich sie überschüttete, bewirkte nichts, rein gar nichts. Sie glaubten noch immer, dem General gegenüber sehr großzügig gewesen zu sein, und konnten die Angelegenheit in keinem anderen Licht sehen.

Später, bei Mount McGregor, willigten sie ein, auf die Hälfte des Artikels über Vicksburg zu verzichten, was sie auch taten; sie verzichteten auf *mehr* als die Hälfte – kürzten ihn von zweiundzwanzig Korrekturseiten auf neun, und nur diese neun werden in der Zeitschrift erscheinen. Und sie fügten den bereits gezahlten $ 2500 weitere $ 2500 hinzu. Diese Leute könnten lernen, so gerecht und großzügig wie andere zu sein, wenn sie nur die rechte Ausbildung erhielten.

An dieser Stelle will ich abschweifen und den Faden später wiederaufnehmen.

Als ich mit G. W. Cable unterwegs war, um in den Theatern, Hörsälen, Eislaufbahnen, Gefängnissen und Kirchen des Landes öffentliche Lesungen abzuhalten, war ich von den Strapazen der Reise zwangsläufig ermüdet und hörte auf, Briefe zu schreiben, außer an meine Frau und meine Kinder. Dieser Vorgeschmack des Himmels, diese Erlösung von dem Ärgernis, Briefe beantworten zu müssen, war herrlich, ließ mich zuletzt jedoch im Dunkeln über Angelegenheiten, von denen ich damals Kenntnis hätte haben sollen.

Unter anderem sollten die Angelegenheiten Karl Gerhardts, des jungen Künstlers, Erwähnung finden.

Zu der Lesepilgerreise war ich am 5. November, dem Tag nach den Präsidentschaftswahlen, aufgebrochen und hatte von da an bis zum 2. März des folgenden Jahres meine Familie nur einmal besucht.

In diesen vier Monaten hatte Gerhardt auf die Entscheidung jenes saumseligen Komitees gewartet, hatte die ganze Zeit mit Warten verbracht, will sagen herumgesessen und nichts getan, um sich sein Brot zu verdienen. Unbeirrbar hatte er sich um Arbeit in seinem Metier bemüht und in dieser Richtung alle möglichen Schritte unternommen: Er hatte an jeden geschrieben, der dem Vernehmen nach für sich, seine Freunde oder Bekannten einen Grabstein benötigen könnte, und sich auch darum gekümmert, an der Ausschreibung für ein Soldatendenkmal teilzunehmen – für alle möglichen

Dinge dieser Art –, aber natürlich immer ohne Erfolg; denn sein Name war nicht bekannt. Er hatte keine Reputation.

Als ich am letzten Tag im Februar in Washington meinen Lesefeldzug beendet hatte, kam ich nach Hause und fand die Dinge so vor, wie ich sie oben beschrieben habe. Gerhardt hatte vier Monate lange auf die Entscheidung des Komitees gewartet, das vier Jahrhunderte gebraucht hätte, um zu einem Entschluss zu gelangen, und ich war überaus gereizt. Ich sagte ihm, er sollte mehr Stolz besitzen, als zuzulassen, dass ich ihn und seine Familie die ganze Zeit über unterstützte, ohne dass er seine müßigen Hände rührte. Er erwiderte, er habe arbeiten wollen und die Demütigung deutlicher als irgendwer sonst empfunden, sich jedoch vor den möglichen Folgen gefürchtet, wenn sich herumgesprochen hätte, dass ein Künstler, der sich um Aufträge für Standbilder und Denkmäler bewarb, nicht etwa in einem Atelier, sondern in der Werkstatt eines anderen zu finden sei. Ich entgegnete, das Argument habe weder Hand noch Fuß, er hätte es sich zur Aufgabe machen müssen, eine Arbeit zu finden: in diesen vier Monaten hätte er Schnee schaufeln oder Holz sägen sollen, und wenn bekannt geworden wäre, dass er auf diese Weise beschäftigt sei, hätte ihm das in den Augen aller, deren Achtung etwas wert war, zur Ehre gereicht. Es war schwer, so deutlich werden zu müssen, doch lag es auf der Hand, dass es zwecklos war, ihm mit bloßen Andeutungen zu kommen: Das hatte ich bereits versucht. Er sagte, er werde sich sofort um Arbeit bemühen.

Am nächsten Tag kam er an und sagte, er habe eine Arbeit im Geschäft von Pratt & Whitney gefunden und könne auch weiterhin mit Leuten wegen Standbildern korrespondieren, ohne dass diese Arbeit davon beeinträchtigt werde.

Mir schien, als treffe James Redpaths Definition des Künstlers voll und ganz auf Gerhardt zu: »Ein Mann, der einen Sinn für Schönheit hat, aber keinen Sinn für Verantwortung.«

J. Q. A. Ward hatte mir einmal erzählt, als er von seinen frühen Bemühungen sprach, sich einen Namen als Bildhauer zu machen, er habe sich zu Beginn in den Ateliers angesehener Bildhauer herumgetrieben und dort jede Art von Gelegenheitsarbeiten verrichtet, nur um sich sein Brot zu verdienen.

Diese Idee hatte ich an Gerhardt weitergegeben, doch in seiner Antwort aus Paris hatte er sie geradezu entrüstet von sich gewiesen, da kein wahrer Künstler sich zu so etwas durchringen könne; daran erkannte ich, dass Gerhardt ein wahrer Künstler war, denn er war fest entschlossen, nichts dergleichen zu tun.

Ich kann es schon an dieser Stelle aussprechen, dann ist es heraus. In meiner Verbindung zu Gerhardt gab es von meiner Seite nur wenig Gefühl und keine wirkliche Zuneigung. Eigentlich nahm ich mich seiner nur an, weil ich überzeugt war, dass er das Zeug zu einem fähigen Bildhauer hatte. Ich adoptierte kein Kind, ich fügte meiner Familie kein weiteres Mitglied hinzu, ich nahm lediglich eine ganz normale Verpflichtung auf mich – die Verpflichtung, einem Mann zu helfen, der sich nicht selbst zu helfen wusste. Ich erwartete von ihm nicht, dass er dankbar sein und sich erkenntlich zeigen würde – meine Erfahrung mit den Menschen hatte mich seit langem gelehrt, dass es keinen sichereren Weg gibt, sich einen Feind zu machen, als einem Fremden eine Freundlichkeit zu erweisen, die ihm das lästige Gefühl einer Dankesschuld aufbürdet. Daher gab es in meiner Verbindung zu Gerhardt keine Gefühle oder wirkliche Zuneigung. Ich hatte ihm von vornherein gesagt, dass ich, sollte jemals der Zeitpunkt kommen, da er mir das Geld, das ich auf ihn verwandt hatte, zurückzahlen könne, und zwar ohne Schwierigkeiten für sich selbst, erwarten würde, es von seiner Hand zu empfangen, und dass wir, *wenn* es dann bezahlt wäre, quitt seien – einschließlich der Gefühle: Mit diesem Akt wäre er von jeder Dankesschuld mir gegenüber befreit. Es war gut, dass die Dinge gleich zu Beginn diese Form angenommen und sie auch beibehalten hatten, denn wenn unsere Verbindung auf Gefühle gegründet gewesen wäre, wären diese sofort umgeschlagen, sobald ich bemerkt hätte, dass er sich seinen Lebensunterhalt nicht in anderen Bereichen verdienen wollte, falls die Kunst ihm keinen Lebensunterhalt bot. Das hatte mich davor bewahrt, eine meiner Maximen auf seinen Fall anzuwenden, dass ein Mann, der es vorzieht, sich von einem anderen Mann ernähren zu lassen, statt in Unabhängigkeit zu verhungern, erschossen gehört.

Eines Abend tauchte Gerhardt in der Bibliothek auf, und ich hoffte, er wäre gekommen, um mir zu sagen, dass er in der Maschinenwerkstatt gut zurechtkomme und zufrieden sei; insofern war ich enttäuscht, als er sagte, er sei gekommen, um mir eine kleine Tonbüste von General Grant zu zeigen, die er nach einer Fotografie angefertigt habe. Ich war umso verärgerter, als ich noch nie ein Porträt des Generals gesehen hatte – ob Öl, Aquarell, Kreide, Stahl, Holz, Foto, Gips, Marmor oder sonst ein Material –, das mich zufriedengestellt hätte, und so rechnete ich nicht damit, dass jemand, der den General noch nie gesehen hatte, ein Bildnis zustande bringen könnte, das betrachtenswert wäre.

Doch als er die Büste enthüllte, verflüchtigten sich meine Vorurteile auf der Stelle. Das Ding war nicht in allen Details korrekt, und doch schien es den General besser zu treffen als jedes andere, das ich bis dahin gesehen hatte. Bevor Gerhardt die Büste enthüllte, hatte er gesagt, er habe sie in der Hoffnung hergebracht, ich könnte sie jemandem aus der Familie des Generals zeigen, damit dieser auf die größten zu korrigierenden Mängel hinweisen könnte; ich aber hatte ihm geantwortet, das könne ich nicht tun, gebe es doch bereits genug Leute, die seine Familie behelligten, und deren Zahl müsse ich nicht auch noch vermehren. Aber ein Blick auf die Büste hatte mich im Nu umgestimmt. Ich sagte, ich würde am nächsten Morgen nach New York fahren und die Familie bitten, sich die Büste anzusehen, und er müsse mitkommen und auf Abruf bereitstehen, falls sie Interesse daran zeige, auf Mängel hinzuweisen.

Am nächsten Tag um ein Uhr mittags erreichten wir das Haus des Generals, ich ließ Gerhardt und die Büste unten warten und stieg die Treppe hinauf, um die Familie aufzusuchen.

Und zum ersten Mal kam mir der Gedanke, ich könnte eine Dummheit begehen, die Familie sei ganz bestimmt schon so oft mit Angelegenheiten wie dieser behelligt worden, dass deren bloße Erwähnung ihr Übelkeit verursachen müsste. Aber was man angefangen hat, soll man auch zu Ende bringen. So erzählte ich ihnen, unten stünde ein junger Künstler, der nach einer Fotografie des Generals eine kleine Büste angefertigt habe, und ich wünschte, sie würden mir die Freundlichkeit erweisen, sie sich einmal anzusehen.

Jesse Grants Frau fragte voller Eifer: »Ist das der Künstler, der die in *Huckleberry Finn* abgebildete Büste von Ihnen gemacht hat?« Ich bejahte. Mit großer Munterkeit fuhr sie fort: »Was für einen guten Einfall Sie da hatten, Mr. Clemens!« Sie brachte ihre lebhafte Dankbarkeit auf verschiedene Weise zum Ausdruck, bis ich mich des Gefühls nicht erwehren konnte, ich hätte mir ein großes Verdienst erworben, da mir die großartige Idee gekommen war, von einem so hervorragenden Künstler eine Büste des Generals anfertigen zu lassen. Meine Klugheit werde ich nicht in Misskredit bringen, indem ich behaupte, irgendetwas unternommen zu haben, um den Eindruck zu entkräften oder zu dämpfen, ich selbst hätte die Idee gehabt und sie durch Fleiß und Einfallsreichtum bis zum gegenwärtigen Stadium entwickelt.

Und Mrs. Jesse Grant fügte hinzu: »Wie sonderbar, erst vor zwei Nächten träumte ich, ich hätte die Büste von Ihnen in *Huckleberry Finn* betrachtet und gedacht, wie nahezu vollkommen sie sei, und dann hatte ich den Einfall, zu Ihnen zu kommen und Sie zu fragen, ob Sie den Künstler nicht ausfindig machen und dazu bewegen könnten, eine Büste von Vater anzufertigen!«

Die Sache machte ausgezeichnete Fortschritte!

Anwesend waren Colonel Fred Grant, Mrs. Jesse Grant und Dr. Douglas.

Ich ging hinunter, um Gerhardt zu holen, und er brachte die Büste nach oben und enthüllte sie. Die anwesenden Familienmitglieder riefen aus, wie gelungen das Bildnis sei, und Mrs. Jesse Grant erging sich mir gegenüber in weiteren unverdienten Danksagungen.

Die Familie begann Einzelheiten zu erörtern, dann nahmen sie sich zusammen und baten Gerhardt um Verzeihung, weil sie die Büste kritisiert hätten, worauf er erwiderte, ihre Kritik sei genau das, was er wünsche, und bat sie fortzufahren. Die Frau des Generals sagte, unter diesen Voraussetzungen wären sie gern bereit, auf gewisse Ungenauigkeiten hinzuweisen, allerdings dürfe er ihre Bemerkungen nicht als Kritik an seiner Kunst auffassen. Es handelte sich um zwei Ungenauigkeiten: die Form der Nase und die Form der Stirn. Alle waren sich einig, dass die Stirn nicht geraten sei, doch um die Nase gab es einen lebhaften Streit. Einige behaupteten, die Nase sei beinahe richtig getroffen – die anderen behaupteten, sie sei völlig verfehlt. Die Frau des Generals kniete sich auf die Ottomane, um einen besseren Blick auf die Büste werfen zu können, die anderen standen um sie herum – alle redeten durcheinander. Schließlich sagte die Frau des Generals zögernd und mit der

Miene eines Menschen, der Angst hat, sich zu große Freiheiten herauszunehmen und zu viel zu verlangen: »Wenn sich Mr. Gerhardt Nase und Stirn des Generals selbst ansehen könnte, wäre der Streit sofort beendet«; und gleich darauf: »Der General ist nebenan – ob Mr. Gerhardt wohl hinübergehen und die Korrekturen selbst vornehmen würde?«

Die Sache machte tatsächlich ausgezeichnete Fortschritte!

Natürlich verlor Mr. Gerhardt keine Zeit, seine Bereitschaft auszudrücken.

Während die Kontroverse um Nase und Stirn des Generals fortdauerte, gesellte sich Mrs. Fred Grant der Gruppe zu, und bald darauf verschwand eine Dame nach der anderen, und alle drei kamen nach ein paar Minuten mit einer Handvoll Fotos und handgemalten Miniaturen des Generals zurück.

Diese Bilder waren in allen Teilen der Welt angefertigt worden, eins davon in Japan. Aber so gut viele dieser Bilder auch sein mochten, ihre Aussagekraft war gleich null, da sie einander in jedem Detail widersprachen.

Der fotografische Apparat hatte ebenso eindeutig und hartnäckig gelogen wie die Hand des Miniaturmalers. Keine zwei Nasen, keine zwei Stirnen ähnelten einander.

Wir traten in das Zimmer des Generals – ausgenommen General Badeau und Dr. Douglas.

Der General lag ausgestreckt auf einem Lehnstuhl, seine Füße ruhten auf einem gewöhnlichen Stuhl. Er war in Schlafröcke und Wolldecken eingemummelt und trug sein schwarzes wollenes Käppchen auf dem Kopf.

Die Damen nahmen ihm das Käppchen ab und fingen an, seine Nase und seine Stirn zu erörtern, sie brachten ihn dazu, sich hierhin und dorthin zu drehen, damit sie verschiedene Ansichten und Profile seiner Gesichtszüge erhielten. Dies alles ließ er geduldig über sich ergehen, ohne sich zu beklagen. Ohne Murren gestattete er ihnen auf ihre fürsorgliche Art, an ihm herumzuzupfen und -zuzerren. Mrs. Fred Grant, die sehr schön ist und von besonders sanftem, liebevollem Charakter, war ganz rührig, und mit ihren graziösen Händen bewegte sie den Kopf des Generals zur Inspektion geschickt hin und her und lenkte unsere Aufmerksamkeit wiederholt auf seine schmucke Schädelform – dabei fällt mir ein, dass Gerhardt unten einen alten

Bowler des Generals in die Hand genommen und eine Bemerkung über die perfekte ovale Rundung der Innenseite gemacht hatte, das Oval sei so ebenmäßig, dass der Träger des Hutes nie wissen könne, ob er nun das richtige oder das verkehrte Ende vorn habe, während doch ein durchschnittlicher Männerkopf an einem Ende breit und am anderen schmal sei.

Die Frau des Generals rückte den Kopf in verschiedene Positionen, von denen sie keine zufriedenstellte, und schließlich sagte sie zu ihm: »Ulyss! Ulyss! Kannst du die Füße nicht auf den Boden stellen?« Das tat er sogleich und richtete sich auf.

Die ganze Zeit über trug das Gesicht des Generals einen freundlichen, zufriedenen, fast möchte ich sagen, wohlwollenden Ausdruck, aber nicht ein Mal öffnete er die Lippen. Wie so oft bot sein Schweigen reichlich Gelegenheit, darüber zu mutmaßen, was ihm wohl durch den Sinn ging – um es schließlich bei diesen Mutmaßungen bewenden zu lassen. Ich will beiläufig anmerken, dass die Hände des Generals äußerst schmal waren und viel deutlicher als sein Gesicht zeigten, wie sehr die Belagerung durch Bettlägerigkeit, Krankheit und unzureichende Nahrung ihn ausgezehrt hatte. Zu diesem Zeitpunkt litt er zunehmend starke Schmerzen, die der Krebs an seiner Zungenwurzel verursachte, doch solange er wach war, ließ er sich nichts davon an seinem Gesichtsausdruck ablesen. Hingegen nutzte sein Gesicht es aus, wenn er schlief, und gab die Tatsachen preis.

Nach fünfzehn Minuten sagte Gerhardt, er glaube, die Mängel nunmehr beheben zu können. Daraufhin gingen wir wieder in das andere Zimmer.

Gerhardt nahm die Arbeit an dem Tonbildnis auf, und alle standen um ihn herum, sahen ihm zu und diskutierten sein Werk mit größtem Interesse.

In diesem Moment erstaunte uns der General damit, dass er, in seine Hüllen gekleidet, auftauchte, wobei er sich unsicher auf einen Stock stützte. Er setzte sich aufs Sofa und sagte, falls dies dem Künstler von Nutzen sei, könne er auch hier sitzen.

Doch das wollte seine Frau nicht zulassen. Sie sagte, er könnte sich erkälten. Sie war dafür, ihn unverzüglich wieder zu seinem Krankenstuhl zu bringen. Er gab nach und schickte sich an zurückzugehen, doch an der Tür wandte er sich um und sagte:

»Kann Mr. Gerhardt den Ton nicht hereinbringen und hier arbeiten?«

Das war ein hundertfach größeres Glück, als es sich Gerhardt hätte erträumen können. Auf der Stelle trug er seine Arbeit ins Zimmer des Generals. Dieser streckte sich auf seinem Lehnstuhl aus, sagte jedoch, wenn diese Position nicht genehm sei, werde er sich gern aufsetzen. Gerhardt erwiderte, sie sei sehr genehm; besonders wenn sie für das Modell bequemer sei als andere.

Mit einem Ausdruck offenkundigen Interesses verfolgte der General eine Zeitlang Gerhardts flinke und geräuschlose Finger; für jemanden, der so viele Wochen in öder Gleichförmigkeit und ohne nennenswerte Veränderung oder Ablenkung verbracht hatte, war diese neue Erfahrung zweifellos wertvoll. Bald aber fielen ihm von Zeit zu Zeit die Augen zu, woraufhin alle bis auf Gerhardt und mich das Zimmer verließen, und ich zog mich in den hinteren Teil des Zimmers zurück, wo ich außer Sichtweite war und nicht störte.

Wenig später kam Harrison, der alte farbige Leibdiener des Generals, herein und sah Gerhardt eine Weile zu, dann rief er entschlossen und mit großem Eifer:

»Das ist der General! Jawohl, Sir! Das ist der General! Sehen Sie nur! Ich sag's Ihnen! Das ist der General!«

Dann ging er wieder hinaus, und im Zimmer wurde es vollkommen still.

Wenige Minuten später war der General eingeschlafen, zwei Stunden schlief er ganz friedlich, und nur gelegentlich wurde die Gelassenheit seines Gesichts von einer vorübergehenden Welle des Schmerzes gestört. Seit mehreren Wochen war es der erste Schlaf, den er ohne die Hilfe von Narkotika gefunden hatte.

Meiner Meinung nach weist die Büste, die in dieser Sitzung vollendet wurde, mehr von General Grant auf als jedes andere Bildnis, das von ihm angefertigt worden ist, seit er Berühmtheit erlangt hatte. Ich glaube, man kann sie mit Fug und Recht das beste Porträt des Generals nennen, das es gibt. Sie zeigt auch, was der General in den langen Wochen jenes Frühlings durchlitt, und ist insofern eine stetige Mahnung an die Nation. Denn in das Tonbildnis sind die Schmerzen eingegangen, die er erduldete und die, wenn er wach war, nicht in seinem Gesicht geschrieben standen. So enthält die

Büste die Andeutung eines tapfer und mannhaft erduldeten Leidens, die unendlich rührend ist.

Nach zwei Stunden trat plötzlich General Badeau ein und sprach den General an, der daraufhin erwachte. Ohne die Unterbrechung durch dieses Rindvieh hätte er womöglich viel länger geschlafen.

Gerhardt arbeitete weiter, solange es genug Licht zum Arbeiten gab, dann ging er fort. Er sollte abermals kommen und tat dies auch am nächsten Tag; doch im letzten Moment wollte Colonel Fred Grant keine weitere Sitzung gestatten. Er sagte, das Gesicht sei so vollkommen, dass er Angst habe, es noch einmal antasten zu lassen, denn eine Nachbesserung könne seine Vortrefflichkeit verstärken, aber eben auch schwächen. Er lenkte unsere Aufmerksamkeit auf ein Ölgemälde an der Wand unten im Haus und fragte uns, ob wir den Mann kannten. Wir konnten seinen Namen nicht nennen – hatten sein Gesicht noch nie gesehen. »Nun«, sagte Colonel Grant, »das war einmal ein vollkommenes Porträt meines Vaters: nach einhelliger Meinung der Familie das beste, das es von ihm gab. Wir waren vollauf zufrieden damit, nur der Künstler war es leider nicht: Er wollte noch ein, zwei Pinselstriche machen, um es zu vervollkommnen, und bestand darauf, es nochmals mitzunehmen. Nachdem er letzte Hand angelegt hatte, ähnelte es weder meinem Vater noch sonst wem. Wir haben es an uns genommen und als eine Art Kuriosum aufbewahrt. Unsere Lektion haben wir jedoch gelernt und werden die Büste vor einem ähnlichen Schicksal bewahren.«

Allerdings erlaubte er Gerhardt, am Haar des Generals zu arbeiten: Auf dieses möge er so viel Talent verwenden, wie er wolle, aber danach sei Schluss.

Gerhardt vollendete das Haar zu seiner Zufriedenheit, das Gesicht indessen rührte er nicht mehr an. Colonel Grant nahm Gerhardt das Versprechen ab, mit der Tonbüste so achtsam wie möglich umzugehen und sie ihm zu überlassen, sobald er einen Abguss gemacht habe. So geschah es auch.

Gerhardt präparierte den Ton, so gut er konnte, um ihn dauerhaft zu konservieren, und schenkte die Büste Colonel Grant.

Bis zum heutigen Tage, dem 22. Mai 1885, ist von General Grant kein weiteres Bildnis nach Modell geschaffen worden, und sollte dies vielleicht sogar das letzte von ihm bleiben, das nach Modell geschaffen wurde, können künftige Generationen dankbar sein, dass, nachdem sein Name durch die Welt ging, ein nahezu vollkommenes Bildnis von ihm geschaffen wurde.

Grants Memoiren

1885 (Frühjahr)

Einige Zeit nachdem der Vertrag für General Grants Buch abgeschlossen worden war, fand ich heraus, dass es zwischen dem General und der Century Company lediglich eine mündliche Absprache gab, die es ihm erlaubte, seine *Century*-Artikel für das Buch zu verwenden. Nach dem Gewohnheitsrecht kann ein Autor einen Zeitschriftenartikel, wenn er erschienen ist, nach Belieben weiterverwenden, und dieses Gewohnheitsrecht ist so fest verankert, dass ein Autor nicht damit rechnet, Schwierigkeiten zu bekommen, wenn er darum bittet, man möge ihm das Urheberrecht an einem Artikel übertragen, um diesen in ein Buch aufzunehmen. Im vorliegenden Fall befürchtete ich allerdings, dass die Century Company auf ihren gesetzlichen Rechten bestehen und das Gewohnheitsrecht ignorieren könnte, was uns daran gehindert hätte, General Grants *Century*-Artikel in seinem Buch zu verwenden – eine unangenehme Sache, denn mittlerweile war er zu krank, um sie neu zu schreiben. Wir mussten etwas unternehmen, und zwar sofort.

Mr. Seward, General Grants Anwalt, war sehr beunruhigt, als er erfuhr, dass nichts Schriftliches vorlag. Ich war es nicht. Ich glaubte, mich darauf verlassen zu können, dass die Century-Leute eine mündliche Absprache, die sie eingegangen waren, auch einhalten würden. Mir machte lediglich Sorge, dass ihre Auffassung von der mündlichen Absprache und die des Generals voneinander abweichen könnten. So begab ich mich erneut zum Haus des Generals und veranlasste Colonel Fred Grant, die mündliche Absprache, so wie er sie verstand, aufzuschreiben, und dieses Schriftstück wurde dem General vorgelesen, der sagte, so sei es korrekt, und eigenhändig unterschrieb: eine schwache, zittrige Unterschrift, aber doch als die seine erkennbar.

Dann ließ ich Webster und unseren Anwalt kommen, und zu dritt gingen wir zum Büro von Century, wo wir Roswell Smith (den Geschäftsführer des

Unternehmens) und mehrere Redakteure antrafen. Ich trug meinen Fall mit schlichten, einfachen Worten vor und stellte fest, dass ihre und General Grants Auffassung übereinstimmten; damit war die Schwierigkeit sofort ausgeräumt, und wir machten uns daran, ein Schriftstück abzufassen, das die Sache regelte.

Als wir fertig waren, vielleicht auch schon vorher, machte ich eine weitere interessante Entdeckung.

Mir war bereits bekannt, dass die Century-Leute alle Artikel über den Krieg früher oder später in Buchform herausbringen würden, darunter auch die von General Grant; da ich jedoch wusste, was für eine geringe Summe dem General für die Artikel gezahlt worden war, hatte ich die vage Vorstellung, dass er für ihre Verwendung in dem Buch eine weitere Zahlung erhalten würde, eine Vergütung, die ein Autor heute normalerweise aufgrund eines anderen Gewohnheitsrechts erhält. Doch als ich davon sprach, sagte man mir zu meiner Überraschung, man habe jeden dieser Kriegsartikel unter der klaren Voraussetzung gekauft und bezahlt, dass die erste Zahlung auch die letzte sein würde. Zur Bestätigung dieses erstaunlichen Umstands holte man eine Quittung hervor, die General Grant unterschrieben hatte und aus der eindeutig hervorging, dass mit der jeweiligen Zahlung von $ 500 nicht nur der Abdruck des betreffenden Artikels in der Zeitschrift abgegolten war, *sondern auch seine Verwendung in dem anschließenden Buch!*

Eins war mir völlig klar: Wenn wir den Wert der Artikel für das Buch betrachten, müssen wir einräumen, dass man dem General für ihr Erscheinen in der Zeitschrift weniger als nichts gezahlt hatte.

Es war das gerissenste Geschäft, von dem ich je gehört habe – in welchem Gewerbe auch immer, Pferdehandel eingeschlossen.

Die Century-Leute erröteten nicht etwa, woraus zu schließen ist, dass sie die Transaktion als gerecht und legitim betrachteten; ich glaube, sie hatten nicht den blassesten Schimmer, dass sie sich unfair verhielten. Es ließe sich mühelos nachweisen, dass sie General Grant Zehn-Dollar-Goldstücke für fünfundzwanzig Cent das Stück abgekauft hatten, und ich glaube, ebenso mühelos ließe sich nachweisen, dass sie keine Vorstellung davon hatten, dass es nicht mit rechten Dingen zugegangen war.

Während unserer Unterhaltung sagte mir Roswell Smith mit der erfreuten Miene eines Mannes, dem ein Nagel im Fuß steckt: »Ich freue mich, dass Sie das Buch des Generals bekommen haben, Mr. Clemens, und ich freue mich, dass jemand genügend Mut aufbringt, es unter diesen Umständen anzunehmen. Denn wissen Sie, was der General von mir hören wollte?« »Was denn?« *»Er hat verlangt, dass ich pro Band einen Verkauf von 25 000 Exemplaren garantiere. Eine solche Garantie würde ich für kein Buch übernehmen, das je veröffentlicht worden ist.«* Genau *das* ist die Bemerkung, auf die ich bereits mehrfach hingewiesen habe. Ich zitiere Smith nach dem genauen Wortlaut (aus meinem Notizbuch); sie waren also nachweislich der Meinung, 10 Prozent Tantiemen seien tatsächlich gleichbedeutend mit der Hälfte des Erlöses aus General Grants Buch! Man stelle sich das vor.

Ich sagte nichts, dachte mir aber mein Teil. Es war ein weiterer Beleg dafür, dass die Leute von Century genauso wenig Ahnung vom Wert des Buches hatten, wie man es bei Kindern erwarten würde. Während ich das schreibe (25. Mai 1885), haben wir noch keinerlei Werbung für General Grants Buch betrieben: haben keinen einzigen Dollar in die Werbung gesteckt; haben nicht einmal mit Prospekten oder sonst wie angekündigt, dass wir Bestellungen von Seiten der Buchhändler entgegennehmen; und doch sind bis heute bereits verlässliche Bestellungen für 100 000 Doppelbände, das heißt für 200 000 Einzelbände, eingegangen, und zwar von Männern, die sich verpflichtet haben, die Bücher abzunehmen und zu bezahlen, und die uns höchst vertrauenswürdige Beweise vorgelegt haben, dass sie finanziell in der Lage sind, ihre Verträge einzuhalten. Das Gebiet, das diese Männer bearbeitet haben, entspricht etwa einem Viertel des Territoriums der Nordstaaten. Darüber hinaus überprüfen wir die Bestellungen weiterer 50 000 Doppelbände, und obwohl wir Vertrauen in die Energie und die Fähigkeit der Männer haben, von denen diese Bestellungen abgegeben wurden, haben wir bislang keinen Abschluss mit ihnen getätigt, da wir noch nicht ganz von ihrer Bonität überzeugt sind. [10. Sept.: bis heute 250 000 Doppelbände (500 000 Einzelbände) verkauft, aber erst in der Hälfte des Landes Bestellungen aufgenommen.]

Als bekannt wurde, dass General Grants Buch in meine Hände gefallen war, verbreiteten die *New York World* und eine Bostoner Zeitung (ich glaube, der *Herald*) sofort die Neuigkeit; in beiden Fällen stellte man sich auf den Standpunkt, dass ich dank überlegener hinterhältiger Geschäftstüchtigkeit aus der vertrauensseligen Arglosigkeit der Century-Leute einen unfairen Vorteil gezogen und ihnen das Buch entrissen hätte – ein Buch, das sie insofern als *ihr* Eigentum betrachten durften, als man sich über die Bedingungen seiner Veröffentlichung geeinigt hatte und ein entsprechender Vertrag dem General unterschriftsreich vorlag, bevor ich aufkreuzte und mich einmischte.

Keine der Behauptungen dieser beiden Zeitungen war korrekt, auch wenn der Bericht der Bostoner Zeitung zwangsläufig für korrekt gehalten wurde, da ihn die Schwester von Mr. Gilder, dem Herausgeber des *Century*, verfasst hatte. So gab es also in der Presse eine breite Diskussion über meine unzulässigen Methoden, und niemand schien genug Verstand zu besitzen, um zu entdecken, dass, sollte *tatsächlich* ein Betrüger das Buch des Generals an sich gerissen haben, Beweise dafür vorlagen, dass er lediglich eine ganze Gruppe von Betrügern daran gehindert hatte, das Buch zu bekommen, waren doch die Bedingungen für die Veröffentlichung bei Century im Artikel der Bostoner Zeitung unmissverständlich mit *10 Prozent Tantiemen* angegeben. Das bemerkte keiner, und niemand gab einen Kommentar dazu ab. Es wurde als selbstverständlich hingenommen, dass General Grant den Vertrag über 10 Prozent hätte unterschreiben können, ohne eklatant betrogen zu werden.

Meine bewährte Politik ist es, Zeitungen so viele Fehlinformationen über mich oder meine Angelegenheiten verbreiten zu lassen, wie es ihnen beliebt, weshalb ich nicht die Absicht hatte, einer der beiden Zeitungen zu widersprechen oder meine Sicht des Falls darzulegen. Es kam jedoch ein Reporter zu uns nach Hartford, entsandt von einem der Herausgeber des *Courant,* um mich für die Depeschen der Associated Press nach meiner Sicht der Dinge zu befragen. Ich diktierte einen kurzen Absatz, in dem ich klarstellte, dass die Behauptung der *World* unzutreffend sei, dass das Verhältnis zwischen der Century Company und General Grant abgekühlt sei und *Century* deshalb keine Artikel des Generals mehr veröffentlichen werde, auch wenn man die weithin angekündigt habe. Ich sagte, es gebe keine Abkühlung und auch keinen Grund dazu; der Vertrag für das Buch habe allen Konkurrenten offengestanden; ich hätte mein Angebot eingereicht und den General gebeten, den anderen Bewerbern meine Bedingungen mitzuteilen, damit er die bestmöglichen Bedingungen für sich herausholen könne; schließlich hätte ich den Zuschlag erhalten, jedoch nicht durch hinterhältige oder unfaire Methoden. Die Erklärung, die ich abgab, war kurz und bündig und enthielt nichts Ungebührliches. Sie wurde telegraphisch an die Hauptgeschäftsstelle der Associated Press in New York durchgegeben, von diesem Konzern jedoch *nicht verbreitet.* Nirgendwo wurde sie abgedruckt. Ich stellte Nachforschungen an, und man sagte mir, zwar handele es sich um eine Nachricht von allgemeinem Interesse, mehr oder weniger aber auch um Werbung für das Buch – ein Umstand, den ich nicht bedacht hatte. Desgleichen bedeutete man mir, dass, hätte ich einen Freund im Büro der Associated Press gehabt, meine Erklärung für ein angemessenes Bestechungsgeld landauf, landab verbreitet worden wäre. Ich fragte mich, ob es sich wirklich so verhielt, ob sich ein so großer und bedeutender Konzern mit dergleichen abgab.

Kurz darauf traf aus New York eine Art Bestätigung ein. Ein paar Tage später erfuhr ich nämlich, dass die Darstellung in der *World* unsere Anwälte, Alexander & Green, und auch Mr. Webster so beunruhigt hatte, dass sie eine Richtigstellung in der Presse des Landes für nötig hielten. Sie hatten sich vorgestellt, dass die Associated Press, deren einzige Aufgabe darin besteht, verwertbare Nachrichten für Zeitungen zusammenzutragen, sehr froh über eine Richtigstellung wäre. Sie nahmen Kontakt mit einem Angestellten des Konzerns auf und übergaben ihm eine kurze Erklärung in dieser Angelegenheit. Er las sie, zögerte und sagte, gewiss handele es sich um eine Angelegenheit von großem öffentlichem Interesse, aber er sehe keine Möglichkeit, sie zu verbreiten, ohne zugleich ordentlich Werbung für General Grants Buch und für meinen Verlag zu machen; wenn er allerdings $ 500 erhielte, würde er sie an jede Zeitung im Land telegraphieren, die mit der Agentur in Verbindung stehe.

Dieses freundliche Angebot wurde abgelehnt. Doch der Vorschlag schien mir eine Sache zu erklären, die mich schon oft verblüfft hatte. In den Depeschen der Associated Press wird erstaunlich häufig für spekulative Geschäfte getrommelt. In einem Fall ging es um ein neues Elektrizitätswerk in Boston. Einige Wochen wurde in den Associated-Press-Depeschen der Hartforder Zeitungen der finanzielle Erfolg dieses Unternehmens in den Himmel gelobt. Für die Mehrheit der Zeitungsleser war der finanzielle Erfolg oder Misserfolg des Unternehmens nicht im Entferntesten von Interesse, und schon immer hatte ich mich gefragt, weshalb sich die Associated Press so brennend für diese Angelegenheit interessierte. Das schien jetzt zufriedenstellend erklärt. Die Associated Press hatte die falsche Darstellung der *World* zweifellos deswegen gebührenfrei in alle Teile des Landes telegraphiert, weil sie General Grant verleumdete, Lügen über seinen Sohn verbreitete, der Century Company einen verhängnisvollen Schlag versetzte und darauf abzielte, sowohl meinen Ruf als auch meine Geldbörse zu ruinieren. Es lag also auf der Hand, dass die Associated Press gewillt war, einen Mann kostenlos zu vernichten, für seine Rehabilitierung jedoch Bargeld verlangte. Und das war die Moral der Associated Press. Das war auch die Moral der Zeitungen. Allgemein gesprochen, war es immer ein Leichtes, eine Zeitung dazu zu bewegen, den Ruf eines Bürger zu schädigen, aber nahezu unmöglich, diese oder eine andere Zeitung dazu zu bringen, dem Geschädigten zu seinem Recht zu verhelfen. Wir haben ein Verleumdungsgesetz, aber es ist unnütz und nimmt nur unnötig viel Platz in den Gesetzbüchern ein. Aus verschiedenen Gründen: *Erstens* – Für einen solchen Fall muss der richtige Platz im Terminkalender des Gerichts frei werden, was sicherstellt, dass einige Monate verstreichen, bis sich das Gericht damit befasst, so dass der Schaden, den eine Verleumdung anrichten kann, bereits angerichtet ist. *Zweitens* – Eine Jury fürchtet die Zeitungen und lässt eine Zeitung immer auf die billigste und einfachste Weise davonkommen. Folglich sind Verleumdungsklagen etwas sehr Seltenes, und wenn doch einmal eine zur Verhandlung steht, dient sie späteren Betroffenen nur als Warnung, selbige Klagen besser zu unterlassen und stattdessen die Beleidigungen, die eine Zeitung zu verbreiten gewillt ist, hinzunehmen.

GENERAL GRANT, MARK TWAIN UND CENTURY. – Dem New Yorker Korrespondenten des *Boston Herald* zufolge birgt die Geschichte der letzten Tage General Grants eine weitere unangenehme Episode. Wie allgemein bekannt, war Grants Schrift über den Krieg im *Century* als Kapitel einer Autobiographie gedacht, die er zurzeit vorbereitet, und weitere Kapitel sollten folgen. Offenbar war so gut wie beschlossen, dass die Century Company das Buch herausbringen würde. Dem Korrespondenten zufolge waren die Vorbereitungen für den Druck der Bände und die Herstellung der Illustrationen bereits getroffen und die Vertragsbedingungen auf der Grundlage von Tantiemen ausgehandelt, als Mark Twain auf den Plan trat und alles zunichtemachte. Der Verfasser des Artikels erklärt, Mr. Clemens sei der Haupteigentümer des Subskriptionsverlags Charles L. Webster & Co., der seine eigenen Bücher veröffentlicht und der General Grant den Vorschlag unterbreitet habe, dessen Sohn Jesse für die Publikation und den Vertrieb der Autobiographie einzustellen, außerdem habe man ihm vorgerechnet, dass er einen Reingewinn in dreifacher Höhe der Tantiemen machen könne, gemessen an dem Angebot der Century Company. Die Folge davon sei angeblich, dass keine Arbeiten mehr von General Grant in der Zeitschrift erscheinen würden, auch gibt es Andeutungen, dass Mark Twain seine »Huckleberry Finn«-Geschichten zukünftig nicht mehr auf den Seiten der gekränkten Zeitschrift veröffentlichen darf. Es ist gut möglich, dass die Leser hoffen, dass dieser letzte Teil der Nachricht der Wahrheit entspricht. »Brunswick«, Korrespondentin der *Boston Saturday Gazette* in New York, das ist Miss Jeanette L. Gilder, Schwester des Herausgebers von *Century*, also jemand, der es wissen muss – liefert eine etwas abweichende Darstellung und schreibt:

> Die Bedingungen, die General Grant von Webster angeboten wurden, sind, wie ich glaube, dieselben wie die der Century Company – 10 Prozent vom Verkaufspreis. Mr. Websters Vertrag bezieht allerdings einen der jungen Grants mit ein, was ihn in den Augen des Generals attraktiver macht. Vermutlich hätte die Century Company Grants Autobiographie veröffentlicht, hätte es nicht die »Sohnes«-Klausel gegeben; damit erhielt die Sache eine neue Wendung, und auch wenn es vollkommen normal ist, dass General Grant seinem Sohn gern zu einer Anstellung verhelfen möchte, so wäre es doch nicht ganz so normal gewe-

sen, wenn sich die Century Company einen derartigen Handel hätte aufzwingen lassen. Die Beziehungen zwischen General Grant und Century sind nach wie vor freundschaftlicher Natur, und es kann durchaus sein, dass Century das Buch am Ende doch noch herausbringt.

Springfield Republican
9. März 1885

GRANT UND SEINE MEMOIREN

WARUM DER IM *CENTURY* ANGEKÜNDIGTE ARTIKEL DORT NICHT ERSCHIENEN IST

Ein brillanter Geschäftsplan, bei dem Mark Twain Jesse Grant als Partner aufnimmt und Herausgeber des in Kürze erscheinenden Werkes wird

Die Märzausgabe des *Century* erschien ohne den versprochenen und allseits angekündigten Artikel aus der Feder General Grants über eine der großen Schlachten des Bürgerkrieges. Diese Tatsache sorgte für zahlreiche Kommentare in den literarischen Zirkeln, und mancherorts wurde angenommen, das Ausbleiben des Artikels sei auf das schwere Leiden des Generals zurückzuführen. Besser unterrichtete Kreise wussten jedoch, dass fast alle Artikel der Serie, wenn nicht alle, bereits geschrieben waren, bevor der erste erschien.

Es ist durchgesickert, dass General Grant und die Century Company »sich entzweit« haben und vermutlich keine weiteren Artikel des Generals im *Century* erscheinen werden. General Grant bereitet derzeit eine Autobiographie vor, und es galt als abgemacht, dass die Century Company das Buch herausbringen würde. Für den Artikel über »Shiloh«, der in der Februar-Ausgabe erschien, waren ihm $ 1000 gezahlt worden. Das Management sah vor, dass die Kapitel der Autobiographie zunächst in der Zeitschrift erscheinen und auch die Buchausgabe den Verlagsnamen tragen würde. Verhandlungen über die Illustrationen und den Druck der Bände waren bereits im Gange, und ein Vertrag zwischen General Grant und der Company auf der Basis von Tantiemen stand kurz vor dem Abschluss. Doch kurz vor der Unterzeichnung erschien Mark Twain mit vorteilhafteren Bedingungen auf der Bildfläche, als sie die Century Company bot. Mark Twain ist nicht nur ein übermütiger Humorist, sondern auch ein gerissener Geschäftsmann, und es heißt, in den letzten Jahren habe er die Gewinne, die er aus seinem Humor geschlagen hat, mit niemandem geteilt. Er beherrscht die Kunst, Bücher auf Subskription zu verkaufen, und ist darüber hinaus Haupteigentümer der Firma Charles L. Webster & Co. Webster ist ein Verwandter, und seine Aufgabe besteht vor allem darin, sich um die Regimenter von Vertretern zu kümmern, die das ganze Land bereisen, um Kunden für alle literarischen Neuigkeiten zu gewinnen, die die Firma anbietet.

Man erzählt sich, Mr. Webster habe General Grant im Auftrag von Mark Twain angeboten, seinen Sohn Jesse, der ihn auf einem Teil seiner berühmten Reise um die Welt begleitet hatte, als Partner in die Firma zu nehmen. Als der General den Vorschlag positiv aufnahm, wurde ihm nahegelegt, seine Autobiographie durch die Firma veröffentlichen und verbreiten zu lassen. Mr. Webster sagte dem General, dass die reinen Herstellkosten für jeden der beiden 2-Dollar-Bände 30 Cent nicht überschreiten würden und dass, sollten hohe Stückzahlen verkauft werden, was mit Sicherheit der Fall wäre, der Gewinn dreimal so hoch ausfallen würde wie die Tantiemen, die die Century Company geboten hatte. General Grant nahm das Angebot nicht nur der größeren Gewinnchancen wegen an, sondern auch weil seinem Sohn, der durch den Zusammenbruch der Firma Grant & Ward »bis aufs letzte Hemd ausgeplündert« worden war, eine Anstellung zugesichert wurde.

Ein Vertreter der Century Company, der zu dieser Angelegenheit befragt wurde, gab zur Antwort, zwar sei über die Veröffentlichung der Erinnerungen General Grants kein Vertrag unterzeichnet worden, es habe jedoch als ausgemacht gegolten, dass das Buch von seiner Firma herausgebracht würde. Wenn der General sich in der Lage fühlte, habe er fast täglich den Verlag aufgesucht, um sich über Inhalt und Gestaltung des Buches auszutauschen, und die Ratschläge, die er erteilt habe, seien allgemein befolgt worden.

»Wir hegen keinen Groll«, fuhr der Vertreter von Century fort. »General Grant hatte das Recht, sich woandershin zu wenden, zumal es sein Hauptanliegen war, seinem Sohn eine Stelle zu verschaffen. Dazu waren wir nicht bereit.«

Allerdings heißt es, die Century-Leute fühlten sich aufgrund dieser Vorgänge außerordentlich »gekränkt«, und es ist zweifelhaft, ob in der Zeitschrift noch weitere Schriften von General Grant erscheinen werden. Vermutlich werden auch keine Auszüge aus dem in Kürze erscheinenden Buch vorabgedruckt.

N. Y. World

DIE LITERARISCHEN ARBEITEN DES GENERALS

VIER ARTIKEL FÜR *CENTURY* – SEINE MEMOIREN WERDEN ZWEI SUBSKRIPTIONSBÄNDE FÜLLEN

Viele neugierige und besorgte Augen suchten die Spalten der Märzausgabe des *Century* in der Erwartung ab, dort eine weitere Schrift aus der Feder General Grants zu finden. Es war der Eindruck erweckt worden, als wäre der Artikel über Shiloh in der Februarausgabe der erste in einer Serie, die regelmäßig jeden Monat erscheinen würde, und als dann die Märzausgabe ohne den erwarteten Beitrag herauskam, grassierten Spekulationen über die Gründe. Einige schrieben das Nichterscheinen dem schlechten Gesundheitszustand des Generals zu; andere seinem Bestreben, zunächst seine bedeutenderen Memoiren zu vollenden; doch blieb es der *World* vorbehalten, die Tatsache aufzudecken, dass die Verleger des *Century* und General Grant »sich entzweit« hätten und in der Zeitschrift vermutlich keine weiteren Schriften von ihm veröffentlicht würden. Ursache dieses Zerwürfnisses ist angeblich, dass der General der Century Company das Recht zur Veröffentlichung seiner Memoiren entzogen und stattdessen einen Vertrag mit Charles L. Webster & Co. geschlossen hat, da die Century in keiner ihrer Abteilungen einen Arbeitsplatz für Jesse Grant hatte finden können.

Fakt ist, dass General Grant vor einiger Zeit eingewilligt hatte, vier Schriften über den Krieg zu verfassen, und zwar zu folgenden Themen: Shiloh, Vicksburg, Chattanooga und »Die Schlacht in der Wildnis«. Sobald man sich über die Bedingungen einig war, machte sich der General mit der für ihn charakteristischen Energie an seine literarische Arbeit, wobei er häufig acht bis zehn Stunden am Tag schrieb: Obwohl beeinträchtigt durch die heimtückische Krankheit, die an seiner Lebenskraft zehrt, verstrich zwischen dem Beginn der Arbeit und der Fertigstellung seiner Beiträge über Shiloh, Vicksburg und Chattanooga und deren Übergabe an den *Century* nur eine vergleichsweise kurze Zeit. Sie wurden vereinbarungsgemäß vergütet und befinden sich jetzt im Besitz des *Century*. Das Manuskript über »Die Schlacht in der Wildnis« ist abgeschlossen und wird derzeit vom General so schnell überarbeitet, wie seine Gesundheit und andere Verpflichtungen es ihm gestatten.

Es hat zwischen General Grant und dem *Century* kein Zerwürfnis gegeben, die Beziehung ist in jeder Hinsicht herzlich und freundlich. Die Century Publishing Company hatte sich um die Veröffentlichungsrechte für General Grants Bücher bemüht, dass sie den Zuschlag nicht erhielt, war einer der üblichen Geschäftsvorgänge; der General war nun mal mit den bei Webster & Co. getroffenen Vereinbarungen zufriedener. Bei den Verhandlungen über die Veröffentlichung des Buchs spielte die Frage einer Anstellung seines Sohns keine Rolle.

Der Vertrag zwischen Webster & Co. und General Grant wurde am 28. Februar unterzeichnet, und im Büro des Verlegers bestritt man, dass die Hereinnahme Jesse Grants als Partner irgendetwas mit der Auftragsvergabe zu tun gehabt hätte, denn eine derartige Vereinbarung sei nicht getroffen worden. Samuel L. Clemens (Mark Twain) ist stiller Teilhaber der Firma Webster & Co., überlässt jedoch alle geschäftlichen Belange seinem Neffen Charles L. Webster, der auch die Verhandlungen mit General Grant führte. Das Buch soll in zwei Bänden erscheinen. Das Manuskript des ersten Bandes ist abgeschlossen und wird Mr. Webster Ende dieser Woche zugestellt. Der General arbeitet so oft wie möglich am zweiten Band, der auch schon nahezu abgeschlossen ist, im Wesentlichen geht es jetzt noch um die Überarbeitung. Das Buch wird auf Subskriptionsbasis verkauft, und der Preis liegt voraussichtlich bei $ 3,50 pro Band. Die Auslieferung beider Bände ist für Oktober beziehungsweise November vorgesehen.

N. Y. Tribune

GENERAL GRANT UND SEIN BUCH

Mehr als 100 000 Bestellungen für beide Bände im Verlag eingegangen

General Grant hat viel dafür getan, um sein Buch noch während seiner Rekonvaleszenz zu vollenden, und rechnet damit, es in den nächsten Tagen abschließen zu können. Der erste Band ist bereits geschrieben und überarbeitet. Es fehlen nur noch etwa hundert Seiten, um auch den zweiten Band zu vollenden, von dem allerdings erst ein Teil überarbeitet ist. Die Geschichte von Lees Kapitulation wurde am Montag abgeschlossen und gestern überarbeitet. Auch die Rolle des Generals bei dem Attentat auf Lincoln wird behandelt. Heute beabsichtigt er, mit der großen Abschlussparade des Unionsheers in Washington nach Beendigung des Bürgerkriegs zu beginnen. Er schreibt kaum selbst, sondern diktiert alles einem Stenographen. Er ist nicht nur bei scharfem Verstand, auch die Geschichte, wie er sie diktiert, ist übersichtlich und erfordert nur wenig Überarbeitung. Sein durchschnittliches Tagespensum beträgt etwa dreißig Seiten, offenbar ermüdet ihn die Arbeit kaum, wenn überhaupt.

Titel des Buches ist *Die persönlichen Erinnerungen U. S. Grants.* Es erzählt die Geschichte seines Lebens von der Kindheit bis zur großen Abschlussparade. Es ist großzügig gespickt mit interessanten Skizzen und Anekdoten über Lincoln und andere große Männer, mit denen General Grant in seinem Zivil- und seinem Soldatenleben in Berührung kam. Jeder Band wird etwa 500 Seiten umfassen, dazu zahlreiche Illustrationen und Karten. Verlag ist die hiesige Charles L. Webster & Co. Das Werk wird gleichzeitig in den Vereinigten Staaten, England, Frankreich, Deutschland und Kanada erscheinen. Mr. Webster wird im Juli ins Ausland reisen, um die Übersetzungen und die Veröffentlichung in den anderen Ländern zu arrangieren. Der erste Band erscheint am 1. Dezember, der zweite um den 1. März 1886. Ohne Annotation oder Werbung sind bereits über 100 000 Bestellungen für beide Bände der *Erinnerungen* eingegangen. Mindestens 50 000 weitere Bestellungen sind eingegangen, aber noch nicht angenommen worden. Es wird damit gerechnet, dass höhere Verkaufszahlen erzielt werden als je zuvor. Wenn nichts Unvorhergesehenes geschieht, hofft der Verlag, dass ihm das vollständige Manuskript binnen eines Monats vorliegt. Es bedarf nur noch einiger weniger Tage, um den zweiten Band abzuschließen, der dann in aller Ruhe überarbeitet werden kann. Fast den gesamten zweiten Band konnte der General niederschreiben, seit er durch seine gegenwärtige Erkrankung ans Haus gefesselt ist.

Gestern hat General Grant an seinen Verlag den folgenden Brief geschickt:

An Charles L. Webster & Co. NEW YORK, 2. Mai 1885

SEHR GEEHRTE HERREN, ich bin in der Zeitung auf einen Absatz in einem Leserbrief gestoßen, der am Mittwoch, dem 29. April, in der hiesigen *The World* veröffentlicht wurde und in dem Folgendes zu lesen war:

»Die Arbeit an seinem neuen Buch, von dem bereits so viel die Rede ist, ist das Werk von General Adam Badeau. Ich bezweifle nicht, dass General Grant alles Material und alle Ideen zu den Memoiren, soweit sie gediehen sind, beigesteuert hat, doch die eigentliche Arbeit der Abfassung hat Badeau übernommen. Was General Grant zu diesem Buch vielleicht noch beigetragen hat, ist die Bereitstellung stichwortartiger Notizen zu den verschiedenen Kapiteln.«

Ich werde auf diese Behauptungen in vier Punkten einzeln eingehen.

Erstens – »Die Arbeit an seinem neuen Buch, von dem bereits so viel die Rede ist, ist das Werk von General Adam Badeau.« Diese Behauptung ist falsch. Die Abfassung stammt zur Gänze von mir.

Zweitens – »Ich bezweifle nicht, dass General Grant alles Material und alle Ideen zu den Memoiren, soweit sie gediehen sind, beigesteuert hat.« Diese Behauptung ist zutreffend.

Drittens – »Doch die eigentliche Arbeit der Abfassung hat Badeau übernommen.« Die Abfassung stammt zur Gänze von mir.

Viertens – »Was General Grant zu diesem Buch vielleicht noch beigetragen hat, ist die Bereitstellung stichwortartiger Notizen zu den verschiedenen Kapiteln.« Diese Behauptung ist falsch. Ich habe nicht nur Stichworte bereitgestellt, sondern, wie oben erklärt, die gesamte Arbeit der Abfassung wie der Aufbereitung der Notizen selbst unternommen, und niemand außer mir hat jemals auch nur eine dieser Notizen für die Abfassung irgendeines Werkes verwendet.

Bitte ergreifen Sie die geeigneten Maßnahmen, um diesen Bericht zu korrigieren, der mich als einen Mann hinstellt, der sich die Autorschaft eines Buches anmaßt, das er nicht selbst verfasst hat, und der auch Ihnen Schaden zufügt, da Sie das Buch veröffentlichen und als meine Arbeit anzeigen.

Hochachtungsvoll
U. S. GRANT

N. Y. World

[Rev. Dr. Newman]

1885

Auszug aus meinem Notizbuch:

4. April 1885. Heute Morgen lebt General Grant noch. Gestern Nacht lag manch einer zwischen den beiden Ozeanen stundenlang wach und horchte auf das Dröhnen der Feuerglocken, die einstimmig zur Nation sprechen sollen, um sie über ihr Unglück zu unterrichten. Die Glockenschläge werden im Abstand von dreißig Sekunden ertönen, und es werden dreiundsechzig an der Zahl sein – das Alter des Generals. Sie werden in jeder Stadt der Vereinigten Staaten zugleich ertönen – das erste Mal in der Weltgeschichte, dass die Glocken einer Nation im Gleichklang läuten, indem sie im selben Moment beginnen und im selben Moment enden.

Zwei Wochen lang hat die Nation mit angehaltenem Atem die Nachricht von General Grants Tod erwartet.

In ihrem Kummer suchte die Familie geistlichen Beistand und ließ einen gewissen Rev. Dr. Newman kommen. Newman war vor kurzem nach Kalifornien gegangen, wo er den mit $ 10 000 dotierten Auftrag bekommen hatte, die Leichenpredigt für den Sohn von Ex-Gouverneur Stanford, dem Millionär, zu halten, eine höchst bemerkenswerte Predigt – und ihr Geld wert. Wenn Newman nicht irrt, so wurde weder er noch sonst jemand – jedenfalls kein normaler Sterblicher – für würdig befunden, die Leichenpredigt für den jungen Mann zu halten, und es war offensichtlich, dass zu diesem Anlass einer der Jünger Jesu nach Kalifornien hätte gebracht werden müssen. Newman kehrte auf der Stelle aus Kalifornien zurück und waltete am Bett des Generals seines geistlichen Amtes; und wenn man seinen täglichen Berichten trauen darf, gewann der General ein neues und geradezu mustergültiges Interesse an geistlichen Belangen. Man kann annehmen, dass die meisten von Newmans täglichen Berichten ihren Ursprung in seiner eigenen Einbildungskraft haben.

Colonel Fred Grant erzählte mir, sein Vater habe sich in dieser Angelegenheit so verhalten wie in allen Angelegenheiten und zu allen Zeiten – das heißt, er habe geduldet, dass Familiengebete oder was auch immer abgehalten wurden, um andere zufriedenzustellen oder zu ihrem Wohlbefinden beizutragen; doch sagte er auch, sein Vater sei zwar ein guter, ja ein so guter Mensch wie nur einer, ob Christ oder nicht, aber er sei *kein* Mensch, der bete.

Einige der Worte, die dem General in den Mund gelegt wurden, waren für alle, die ihn kannten, zutiefst unglaubwürdig, handelte es sich doch um kitschig-blumige Entstellungen von Äußerungen eines sehr direkten Mannes.

Um den 14. oder 15. April herum berichtete Rev. Newman, der General habe ihm bei seinem Besuch im Krankenzimmer die Hand gedrückt und folgende erstaunliche Bemerkung von sich gegeben:

»Dreimal stand ich im Schatten des Tals des Todes, und dreimal bin ich aus ihm wieder herausgetreten.«

General Grant bediente sich nie einer blumigen Ausdrucksweise und hätte, ob tot oder lebendig, dergleichen niemals geäußert, weder als Zitat noch anderweitig.

Um diese Zeit etwa begegnete ich in der Eisenbahn einem Gentleman, der in den vergangenen sechzehn Jahren mit unserer Botschaft in China in Verbindung gestanden hatte und gerade auf Heimaturlaub war, und der erzählte mir etwas über Newman. Einmal, zur Zeit, als General Grant Präsident war, habe Newman ein wenig in der Welt herumkommen wollen und den Posten eines Konsulatsinspektors erhalten. Es war ein bezahlter Posten, und das Gehalt wurde aus eigens dafür bewilligten Mitteln bestritten. War die Amtszeit eines Inspektors ausgelaufen, mussten alle nicht verausgabten Mittel an die Staatskasse zurückerstattet werden.

Der Gesandtschaftssekretär wollte mir zu verstehen geben, dass es bei Newmans Ausgaben zu Unregelmäßigkeiten gekommen sei, aber ich kann mich nicht mehr erinnern, worin diese Unregelmäßigkeiten bestanden, und so will ich mich erst gar nicht damit befassen. Dem Sekretär war nicht so sehr daran gelegen, mir zu zeigen, dass Newman ein Schurke, sondern vielmehr, dass er schlechterdings ein Esel war. Er sagte, Newman sei nach China gekommen, habe sich darangemacht, die Gesandtschaft zu überprüfen, sie sich gehörig vorgeknöpft und sei mit seiner Arbeit auch höchst zufriedenstellend vorangekommen, bis der amerikanische Gesandte ihm alles verdarb, indem er ihn darauf aufmerksam machte, dass die Gesandtschaft kein Konsulat sei und folglich nicht in seinen Zuständigkeitsbereich falle.

Es gab dort einen aus amerikanischen Damen und Herren bestehenden Geselligkeitsverein, der gelegentlich zu Debatten zusammenkam, und Newman wollte sich unbedingt eine Einladung verschaffen, um in dem Club auftreten zu können und einen Beitrag zu einer der Debatten zu liefern. Seine Winke in dieser Richtung wurden nicht eben wohlwollend aufgenommen. Daraufhin schuf er klare Tatsachen – und lud sich einfach selbst ein. Als der Vorsitzende ihn der anwesenden Gesellschaft vorstellte, entschuldigte er sich geradezu und sagte sinngemäß, Rev. Mr. Newman habe ihn um die Erlaubnis gebeten, das Wort an den Verein zu richten.

Diese frostige Einführung bekümmerte den Redner offenbar nicht im Geringsten. Er eröffnete seinen Vortrag mit einem eleganten Hinweis auf die Dringlichkeit, mit der man ihn gebeten habe, das Wort an den Verein zu richten, eine Bitte, die er, ohne unhöflich zu sein, nicht habe abschlagen können.

Der Gesandtschaftssekretär mag den Fall übertrieben haben, doch wie ich es sehe, ist Dr. Newman tatsächlich ein Mann von dieser Sorte.

[1890 – 1897]

Die Maschinenepisode

[Geschrieben in den letzten Tagen des Jahres 1890]

Inzwischen erstreckt sich diese Episode über mehr als ein Fünftel meines Lebens – eine beträchtliche Zeitspanne, da ich inzwischen fünfundfünfzig Jahre alt bin.

Vor zehn oder elf Jahren kam Dwight Buell, ein Juwelier, bei uns vorbei und wurde ins Billardzimmer geführt, das zugleich mein Arbeitszimmer war; das Billardspiel wurde dort allerdings emsiger bearbeitet als die anderen Wissenschaften. Er wollte mir Aktien an einer Setzmaschine verkaufen und sagte, die Maschine stehe in der Waffenfabrik Colt und sei so gut wie fertig. Ich kaufte Aktien für $ 2000. Kleine Risiken dieser Art war ich schon immer eingegangen und hatte dabei fast immer ein Verlustgeschäft getätigt – was mich nicht weiter kümmerte, da ich stets darauf bedacht war, nur solche Beträge zu riskieren, die zu verlieren ich mir mühelos leisten konnte. Einige Zeit später wurde ich gebeten, die Fabrik aufzusuchen und die Maschine zu besichtigen. Ich fuhr hin, ohne mir allzu viel davon zu versprechen, wusste ich doch aus praktischer Erfahrung einiges über Schriftsetzerei und war der felsenfesten Überzeugung, dass eine erfolgreiche Setzmaschine ein Ding der Unmöglichkeit sei, weil man eine Maschine nicht zum *Denken* bringen kann, und etwas, was bewegliche Lettern setzt, muss entweder *denken* oder sich geschlagen geben. Die Vorführung, der ich beiwohnte, verblüffte mich daher sehr. Hier war eine Maschine, die tatsächlich Lettern setzte, und zwar mit größter Schnelligkeit und Genauigkeit. Obendrein legte sie die benutzten Typen *sofort* wieder im Setzkasten ab. Die Ablage erfolgte automatisch: Die Maschine nährte sich aus einem Setzschiff voll totem Material, und dies ohne jeden menschlichen Beistand oder Eingriff; sobald die Typenkanäle gefüllt werden mussten, begann sie aus eigenem Antrieb ihre Arbeit, und sobald sie gefüllt waren, hielt sie aus eigenem Antrieb wieder an. Die Maschine war ein regelrechter Metteur; ihr fehlte nur eine Fähigkeit – sie konnte die Zeile nicht zum Blocksatz »ausrichten«; das besorgte der Gehilfe des Maschinisten.

Ich sah den Maschinisten 3000 Gevierte in der Stunde setzen, was, rechnete man die Ablage der Typen mit ein, der Arbeit von nahezu vier Setzern entsprach.

William Hamersley war anwesend. Ich kannte ihn seit langer Zeit und glaubte, ihn gut zu kennen. Ich hatte großen Respekt vor und volles Vertrauen zu ihm. Er sagte, er besitze bereits eine beträchtliche Anzahl Aktien und werde so viele dazukaufen, wie er es sich leisten könne. Woraufhin ich Aktien für zusätzliche $ 3000 zeichnete. Und hier beginnt die Musik.

Fußnote. Inzwischen behauptet Hamersley, nichts Derartiges geäußert zu haben. Er wird diese Bemerkung bald revidieren.

Kurz danach suchte mich Hamersley auf und fragte mich, was ich dafür verlangen würde, $ 500 000 Kapital für die Fertigung der Maschinen zu beschaffen. Ich antwortete, für $ 100 000 wäre ich dabei. Er sagte: Beschaffen Sie $ 600 000 und behalten Sie die $ 100 000. Ich war einverstanden. Ich schickte nach meinem Partner Webster, der kam von New York und fuhr mit dem Projekt in der Tasche wieder zurück. Im Folgenden wurde korrespondiert. Hamersley schrieb Webster einen Brief, den ich später einfügen werde.

An dieser Stelle sei angemerkt, dass James W. Paige, der kleine helläugige, aufgeweckte, elegant gekleidete Erfinder der Maschine, eine höchst außergewöhnliche Verbindung darstellt aus Geschäftstüchtigkeit und kaufmännischer Unvernunft; aus kaltem Kalkül und kindlicher Sentimentalität; aus Aufrichtigkeit und Verlogenheit; aus Treue und Verrat; aus Edelmut und Niedertracht; aus Beherztheit und Feigheit; aus verschwenderischer Großzügigkeit und erbärmlichem Geiz; aus klarem Verstand und unglaublichem Schwachsinn; aus überragendem Genie und ganz gewöhnlichen Ambitionen; aus barmherzigen Eingeweiden und einem versteinerten Herzen; aus kolossaler Eitelkeit und – Hier jedoch hören die Gegensätze auf. Seine Eitelkeit steht einzig da, ragt himmelhoch auf, hat scharfe Konturen wie ein ägyptischer Obelisk. Das ist die einzige seiner unangenehmen Eigenschaften, die nicht durch ein gegenteiliges Charaktermerkmal abgeschwächt, gemildert oder aufgewogen wird. Es gibt noch ein, zwei weitere erwähnenswerte Züge: Er kann jeden überreden; überzeugen kann er keinen. Er besitzt einen kristallklaren Verstand, was das Erfassen und Konkretisieren einer Idee betrifft, die unter dem Chaos eines verwirrenden juristischen Jargons verschüttet ist; und doch kann man sich stets darauf verlassen, dass er ein halbes Dutzend schlichtester Tatsachen hernimmt und daraus Schlüsse zieht, die noch die geistesgestörten Anstaltsinsassen in Erstaunen versetzen würden. Das liegt daran, dass er ein Träumer ist, ein Visionär. Seine Vorstellungskraft geht völlig mit ihm durch. Er ist ein Dichter; ein großer, ein wahrer Dichter, dessen erhabene Schöpfungen in Stahl geschrieben sind. Er ist der Shakespeare der mechanischen Erfindung. In allen Zeitaltern gibt es keinen, der ihm ebenbürtig wäre, ja nicht einmal einen, der ihm auch nur nahekäme. Wer qualifiziert ist, seine wunderbare Maschine zu durchschauen, wird zugeben müssen, dass ihr ein Platz auf dem höchsten Gipfel menschlicher Erfindungsgabe gebührt, ohne dass man zwischen diesem und den fernen Ausläufern etwas fände, was ihr ähnlich wäre.

Aber ich muss die sonderbaren Gegensätze, die ich oben angeführt habe, erläutern, oder man wird den Mann missverstehen und ihm unrecht tun. Sein Geschäftssinn ist bemerkenswert und von besonderer Art. Mehr als zwanzig Jahre hat er an seiner kostspieligen Maschine getüftelt, immer auf Kosten anderer. Er hat Hunderte und Tausende Dollar anderer Leute ausgegeben, dabei aber seine Maschine und mögliche Patente immer in seinem Besitz gehalten, ohne sich von irgendeinem peinlichen Pfandrecht stören zu lassen – mit einer Ausnahme, auf die ich noch zu sprechen komme. Nie ließ er sich dazu bewegen, aus eigener Tasche auch nur einen Penny in seine Arbeit zu stecken. Einmal hatte er die glänzende Idee einer höchst nützlichen Anwendung von Strom. Sie zu erproben koste nur $ 25, beteuerte er. Ich zahlte ihm ein Gehalt von fast $ 600 monatlich und verwandte darüber hinaus $ 1200 auf die Maschine selbst; und doch bat er mich, ich möge die $ 25 riskieren und dafür die Hälfte des Gewinns einstreichen. Ich lehnte ab, und er erwähnte die Angelegenheit nicht mehr. Ein andermal war er überzeugt, einer weiteren wunderbaren Erfindung im Bereich der Elektrizität auf der Spur zu sein. Die Durchführung einiger Experimente werde nur eine Kleinigkeit kosten – allenfalls $ 200; und so bat er mich, ihm diese Summe zur Verfügung zu stellen und die Hälfte des Gewinns einzustreichen. Ich stattete ihn mit Geld aus, bis die Summe auf rund $ 1000 angewachsen war und er verkündete, alles sei bereit für die große Vorführung. Der Strom wurde eingeschaltet – das Ding weigerte sich anzuspringen. Zwei Jahre später wurde von einem Mann im Staat New York das gleiche Ding erfolgreich entwickelt, zum Patent angemeldet und für eine ungeheure Summe nebst Lizenzbeteiligung vom Fleck weg verkauft. Die Zeichnungen in der Fachzeitschrift, die die einzelnen Entwicklungsphasen verdeutlichten, in denen sich der Erfinder Schritt für Schritt der Verwirklichung seiner Idee genähert hatte, waren nahezu Zwillinge der Zeichnungen, die Paige zwei Jahre zuvor angefertigt hatte. Fast hatte es den Anschein, als stammten beide Zeichnungsserien von ein und derselben Hand. Paige sagte, wir *seien* am Ziel gewesen und hätten es *wissen* können, wenn wir nur, nachdem wir mit Gleichstrom keinen Erfolg gehabt hatten, es mit Wechselstrom probiert hätten; er sei damals überzeugt gewesen, den Test mit Wechselstrom für $ 100 durchführen und triumphieren zu können. Dann fügte er in einem Ton hinzu, der von Selbstaufopferung nur so triefte und nicht viel mehr als einen leisen Hauch von Vorwurf enthielt:

»Aber Sie hatten bereits so viel Geld für das Ding ausgegeben, dass ich nicht das Herz hatte, Sie um mehr zu bitten.«

Die Frage, warum er nicht in die eigene Tasche gegriffen habe, hätte er nicht verstanden. Eine so ausgefallene Idee wäre für ihn unbegreiflich gewesen. Er hätte geglaubt, ich sei nicht recht bei Troste. Das sage ich ganz aufrichtig; er hätte es einfach nicht verstanden. Ebenso wenig wie ein langwieriges und hartnäckiges Krebsgeschwür den Vorschlag hätte verstehen können, sich doch vorübergehend zur Ruhe zu setzen.

Bei Vertragsentwürfen ist er immer in der Lage, für sich selbst zu sorgen; und in jedem konkreten Fall fügt er in die Verträge Klauseln zum Schaden der anderen Partei und zu seinem eigenen Vorteil ein, die bei den vorangegangenen mündlichen Absprachen nie erwähnt und nie erwogen worden waren. In einem Vertrag brachte er mich dazu, ihm für eine bestimmte Gegenleistung Liegenschaften im Wert von mehreren hunderttausend Dollar zu überschreiben – die erwähnte Gegenleistung war die *Rückerstattung einer anderen Liegenschaft, die mir abzutreten ihm nicht zustand, weil sie mir bereits gehörte!* Siehe Abtretung, 12. Aug. 1890. Ich begreife ja, dass ich ein Dummkopf bin und bekenne mich dazu; doch darauf kommt es nicht an, der Leser würde es im weiteren Fortgang ohnehin herausfinden. Hamersley war unser gemeinsamer Anwalt, und ich hatte volles Vertrauen in seine Klugheit und Redlichkeit.

Einmal, als ich Paige für ein paar Monate Geld geliehen hatte, stellte ich fest, dass er meinem Bevollmächtigten *Quittungen* statt Schuldscheine dafür gab! Aber den Mann hat es noch nicht gegeben, den Paige so verschlafen angetroffen hätte, dass er *ihn* mit einem Stück Papier hätte abspeisen können, das ganz offensichtlich eine Schuld abträgt, wenn es ein Darlehen zu quittieren gibt.

Hier muss ich eine Zwischenbemerkung machen, oder ich werde Hamersley unrecht tun. Hier und da, so scheint es, habe ich einige Betrachtungen über ihn angestellt. Beachten Sie sie nicht weiter. Ich habe keine Gefühle über seine Person, keine strengen Worte über ihn zu äußern. Er ist ein großer, dicker, gutmütiger, gutherziger, kleingläubiger Sklave mit nicht mehr Stolz als ein Landstreicher, nicht mehr Entschlusskraft als ein Kaninchen, nicht mehr moralischem Bewusstsein als eine Wachsfigur und nicht mehr Geschlechtlichkeit als ein Bandwurm. Er hält sich in aller Aufrichtigkeit für ehrlich, hält sich in aller Aufrichtigkeit für ehrenwert. Täglich schicke ich Gebet zu Gott, ihn in diesem Aberglauben leben und sterben zu lassen. Auf Paiges Aufforderung hin überließ ich ihm ein Zwanzigstel meiner amerikanischen Anteile; auf seine eigene Bitte hin überließ ich ihm ein Zwanzigstel meiner ausländischen Anteile; in fünf Jahren schoss ich ihm beinahe $ 40 000 vor, um diese Anteile für ihn zu halten. Im Gegenzug setzte er alle Verträge auf, die ich in dieser Zeit – bis September 1890 – mit Paige schloss, und erklärte sie für fair; woraufhin ich unterschrieb. Diese einzigartigen Verträge finden sich im Anhang. Mögen sie Studenten, die sich mit Jura abmühen, zur Lehre gereichen.

Ja, es ist so, wie ich gesagt habe: Paige ist eine außergewöhnliche Verbindung aus Geschäftstüchtigkeit und kaufmännischer Unvernunft. Beispiele für seine kaufmännische Unvernunft gibt es unzählige. Hier sind einige. Als ich die Maschine am 6. Febr. 1886 in Besitz nahm, waren ihre Mängel behoben worden, und ein Setzer und ein Gehilfe für das Ausrichten der Zeilen konnten etwa 3500 Gevierte pro Stunde setzen; vielleicht sogar 4000. Es gab keine Maschine, die mit ihr in Konkurrenz hätte treten können. Kaufmännische Vernunft hätte dazu geführt, sie so, wie sie war, auf den Markt zu bringen, sich den Vorsprung zu sichern und etwaige Verbesserungen später vorzunehmen. Paiges kaufmännische Unvernunft führte dazu, zuerst die Verbesserungen vorzunehmen und damit zu riskieren, den Vorsprung zu verlieren. Und genau so verfuhr er. Es werde nur einige Monate dauern und seiner Schätzung nach $ 9000 oder Pratt & Whitney zufolge $ 12 000 kosten, der Maschine einen Ausrichtungsmechanismus hinzuzufügen. Ich willigte ein, besagte Vorrichtung *dieser* Maschine hinzuzufügen. Es konnte nicht Ziel sein, eine neue Maschine zu konstruieren. Doch unter völliger Missachtung unserer Übereinkunft machte sich Paige unverzüglich daran, eine neue Maschine zu konstruieren, obwohl er aus jüngster Erfahrung wusste, dass die Kosten sich auf mindestens $ 150 000 belaufen würden und er nicht Monate, sondern Jahre dafür brauchte. Nun, als vier Jahre vergangen waren und die wunderbaren Fähigkeiten der neuen Maschine endlich vorgeführt werden konnten, vereinbarten wir, dass Senator Jones am 12. Januar aus Nevada kommen und sie inspizieren solle. Man hatte ihm keine perfekte Maschine versprochen, aber doch eine, die perfektioniert werden konnte. Er hatte sich bereit erklärt, ein- oder zweihunderttausend Dollar in ihr Schicksal zu investieren; außerdem hatte er zugesagt, womöglich die ganze Verantwortung für das teure Ding zu übernehmen, falls die Vorführung besonders zufriedenstellend ausfalle. Im letzten Moment beschloss Paige, eine Lüftung einzubauen (was sich später als überflüssig erwies), so dass Jones nach Hause zurückgeschickt werden musste, wo er ein paar Monate wartete und das Interesse an der Sache verlor. Vor einem Jahr machte Paige eine, wie er meinte, ungeheuer großzügige Konzession: Hamersley und ich könnten das englische Patent für $ 10 000 000 verkaufen! Wenig später tauchte ein Mann auf, der glaubte, einige Engländer ködern zu können, die das Patent kaufen würden, und man schickte ihn los, sie zu holen. Er blieb so lange fort, dass sich Paiges Selbstvertrauen verflüchtigte und mit ihm sein Preis. Schließlich unterbreitete er seinen angeblich allerletzten und allerniedrigsten Preis für das Patent – $ 50 000! Das war das einzige Mal in fünf Jahren, dass ich ihn bei Verstand erlebte. Ich könnte noch andere Beispiele für Paiges kaufmännische Unvernunft anführen – genug, um damit sechs oder acht Bände zu füllen, aber ich schreibe ja nicht seine Lebensgeschichte auf, sondern skizziere nur ein Porträt.

Der größte Fehler bestand darin, dass wir versäumt hatten, die Dreieinigkeit aus vier Personen bestehen zu lassen. Aber selbst dann hätte Paige keinen Finger gerührt, es sei denn, er hätte den Boss spielen können.

Ende 1885

Paige kommt unangemeldet zu mir nach Hause. [Ich war Kleinaktionär der Farnham Co. und hatte Paige seit ein, zwei Jahren selten oder gar nicht gesehen.] Er sagte: »Wie viel würden Sie für die Fertigstellung der Maschine geben?«

»Was soll es denn kosten?«

»$ 20 000 – bestimmt aber nicht mehr als $ 30 000.«

»Was bieten Sie mir?«

»Ich biete Ihnen die Hälfte.«

»Ich mache mit – aber $ 30 000 ist die *Obergrenze*.«

»Hamersley ist ein guter Kerl und von unschätzbarem Wert für uns – ohne ihn als Anwalt kommen wir nicht voran. Sollten wir ihm nicht einen Anteil abgeben?«

»Ja. Wie viel?«

»Sagen wir ein Zehntel?«

»In Ordnung – ja.«

Der Vertrag (unterzeichnet am 6. Febr. 1886) war von Hamersley aufgesetzt worden. Es war ein extrem absurdes Schriftstück. Es verpflichtete mich zur

Erfüllung von Forderungen, über die niemals gesprochen worden war, da sie mir aber einleuchteten, akzeptierte ich sie. Erst Monate später, als ich versuchte, einen Teil meiner Anteile zu verkaufen, um Geld für die Maschine aufzutreiben, fand ich heraus, dass ich keinerlei Eigentumsrechte besaß. Meine Anteile von 9/20 waren zu Anteilen *unter bestimmten Bedingungen* geworden. Sollten sich diese Bedingungen nicht erfüllen, würde ich außer meinen $ 30 000 und 6 Prozent Zinsen nichts bekommen.

Hamersley war mein alter Freund, dem ich vertraute, und, wie *ich* glaubte, auch mein Anwalt. Für sein Zehntel der Maschine gab ich $ 30 000 aus. Und doch setzte er diesen Vertrag auf, war bei der Unterzeichnung dabei und fand nichts Unrechtmäßiges daran.

II

Die $ 30 000 reichten etwa ein Jahr, würde ich annehmen. Mein Vertrag war erfüllt, Paige jedoch weit davon entfernt, die Maschine fertigzustellen – obwohl *er* behauptete, sie für $ 4000 fertigstellen beziehungsweise für $ 10 000 fertigstellen und auf einer großen Ausstellung in New York vorführen zu können. Nach einer Weile, in der ich ihn nicht sah, bat er um ein Darlehen über diese Summe und erbot sich, irgendwann die doppelte Summe zurückzuzahlen.

Ich ließ ihm die Nachricht zukommen, dass ich ihm die $ 4000 zur Verfügung stellen, aber nichts weiter als 6 Prozent Zinsen dafür nehmen würde (Zeuge: F. G. Whitmore).

Als die $ 4000 aufgebraucht waren, sagte er, etwas mehr würde reichen. Ich stellte ihm etwas mehr zur Verfügung und noch etwas mehr, nahm Schuldscheine zu 6 Prozent entgegen, bis die Maschine zuletzt *tatsächlich* fertiggestellt, wenn auch noch nicht ganz perfektioniert war. Einen längeren Probelauf auf der Ausstellung hätte sie nicht überstanden. Die angesammelten Schuldscheine (mit Zinsen) beliefen sich auf etwa $ 53 000 oder $ 55 000. Ich hatte mehr als $ 80 000 hingelegt und stand bis auf den ursprünglichen idiotischen Vertrag mit leeren Händen da.

Da kam mir die Idee, eine Beteiligung zu verlangen, die ich zu Geld machen könnte. Ich verlangte fünfhundert Dollar pro verkaufter Maschinen. Paige sagte:

»Sie können so viel haben, wie Sie wollen. Ich gebe Ihnen tausend.«

Ich sagte, nein, ich würde nur fünfhundert nehmen.

Die Beteiligungsurkunde wurde aufgesetzt und unterschrieben. Wir alle waren zufrieden. Paige bat mich, ihm seine Schuldscheine zurückzugeben. Ich veranlasste Whitmore dazu, obwohl er heftig protestierte.

Ich fuhr fort, die Fertigstellung der Maschine mit einer monatlichen Summe von $ 4000 und mehr zu finanzieren. Ich hatte weder Ängste noch Zweifel. [Allerdings fand ich heraus, dass meine Beteiligung nicht gut verkäuflich war, und gab meine diesbezüglichen Versuche auf.]

Hamersley schwitzte Blut und Wasser, um Paige zu einem neuen Vertrag zu bewegen, der es einer Firma erlauben würde, den Bau der Maschine auf normale Art zu organisieren. Schließlich war Paige einverstanden – und das Ergebnis war Vertrag Nummer 2. Darin wurde mein Anteil anerkannt. Der Vertrag war zwar unvorteilhaft für mich, aber alles erschien mir besser als der alte Vertrag – was ein Irrtum war.

Ein paar Monate später wurde Vertrag Nummer 3 (der Mai-Vertrag?) geschlossen. Auch darin wurde mein Anteil anerkannt.

Für eine Firma waren diese Verträge nicht sehr vielversprechend.

Dann kam der »Juni«-Vertrag – ein guter und vernünftiger. In den verschiedenen Verträgen wurden nur meine amerikanischen Rechte anerkannt. Meine ausländischen 9/20 waren daran gebunden, dass ich die Patentgebühren, sobald sie anfielen, bezahlte (was ich tat) sowie sämtliche Kosten, die beim Beginn der Arbeit im Ausland entstanden – eine Bedingung, die noch nicht eingetreten ist. Keiner der vorherigen Verträge verlieh mir Eigentumsrechte, der vom Juni dagegen gab mir die Maschine mit Sack und Pack.

John P. Jones befand jedoch, dass die ausländischen Rechte in diesen Vertrag aufgenommen werden müssten, und ich schrieb an Paige, er möge diesen Zusatz *zwischen die Zeilen* schreiben. Er wollte meine Abschrift des Juni-

Vertrags haben, und Whitmore brachte sie ihm und ließ sie da – was ein Fehler war.

Wir konnten ihm den Vertrag nicht mehr entwinden. Er behauptete, da er eine Lücke aufweise (sein Gehalt), sei es kein gültiger Vertrag.

Ich kam von Onteora, um zu sehen, was los war, und Whitmore drängte mich, auf der Rückgabe des gestohlenen Vertrages zu beharren; Paige wiederum bestand darauf, dass ein von ihm aufgesetzter neuer Vertrag viel besser sei. Ich unterzeichnete ihn und trat meine ausländischen Rechte an Paige ab, dem jetzt, falls dieser Vertrag nicht zu Erfolg führte, die ganze Sache gehörte (auch Hamersleys Anteile). Er war nur für sechs Monate gültig.

Nachdem ich ihn unterzeichnet hatte, äußerte ich mich zweifelnd über meine Chancen, und Paige vergoss wie üblich ein paar Tränen und war zutiefst gekränkt, weil ich an ihm zweifelte; er fragte mich, ob er nicht immer für mich gesorgt habe. Habe er mir gegenüber nicht immer Wort gehalten? Habe er nicht immer gesagt, dass ich, ganz gleich, was geschehe (womit er das Zerwürfnis meinte, auf das ich angespielt hatte), immer 9/20 von jedem Dollar erhalten würde, den er mit der Maschine mache, im Inland – und im Ausland? Und sollte er sterben (worauf ich angespielt hatte), würde seine Familie dafür sorgen, dass ich meine 9/20 bekäme. Dann:

»Charley Davis, nehmen Sie einen Füllhalter und schreiben Sie auf, was ich sage.«

Er diktierte, und Davis schrieb.

»Bitte sehr«, sagte Paige, »sind Sie *jetzt* zufrieden?«

Ich zahlte weiterhin die Rechnung, bis die Maschine endlich perfektioniert war, und zwar zum Preis von $ 150 000 statt der ursprünglichen $ 30 000.

Ward erzählt mir, als Paige einen Vertrag mit der Connecticut Co. schloss, habe er sein Bestes versucht, mich um meine Beteiligung zu prellen.

Auch Mr. North (den Erfinder des Ausrichtungsmechanismus) habe er um alle seine Anteile betrügen wollen, aber North habe ihn mit einer Klagedrohung eingeschüchtert und werde so lange seine Beteiligung erhalten, bis eine Gesamtsumme von $ 2 000 000 erreicht sei.

Paige und ich begegnen einander immer mit überschwänglicher Freude;

dabei weiß er genau, dass ich, wenn ich seine Eier in eine Stahlklappe bekäme, ihm allen menschlichen Beistand versagen und zusehen würde, wie er zugrunde ginge.

Reisefragmente I

London, Sommer 1896

Weltweit scheint es Vorurteile gegen Droschkenkutscher zu geben. Aber das ist zu pauschal geurteilt; man muss differenzieren. Ich glaube sagen zu dürfen, dass es Vorurteile gegen Droschkenkutscher in vielen amerikanischen Städten gibt, nicht aber in Washington, Baltimore, Philadelphia und Boston; dass es in der Regel Vorurteile gegen sie in Europa gibt, nicht aber in München und Berlin; dass es Vorurteile gegen sie in Kalkutta gibt, nicht aber in Bombay. Ich glaube sagen zu dürfen, dass es starke Vorurteile gegen sie in London gibt, stärkere in Paris und die stärksten in New York. In Paris gibt es höfliche und vernünftige Droschkenkutscher, aber sie scheinen selten zu sein. Ich glaube, in London sind vier von sechs Droschkenkutschern angenehme und vernunftbegabte Wesen, die sich mit 25 Prozent über dem gesetzlichen Fahrpreis begnügen; die anderen beiden sind immer auf Streit bedacht und brennen darauf, ihn in lauten, schrillen Tönen auszutragen.* Der Bürger muss das Doppelte bis Dreifache zahlen, wenn er den Handel vor Fahrtantritt abschließt, und mehr, wenn er es nicht tut. Schließt er den Handel vor Fahrtantritt ab, rechnet er damit, dass ihm zu viel abverlangt wird, und ist nicht missgestimmt, es sei denn, die Mehrberechnung ist unverschämt, denn er weiß, dass der gesetzliche Fahrpreis zu niedrig ist und das

* Wenn Sie einen Polizisten herbeirufen, damit er den Streit schlichtet, können Sie sich auf eins verlassen – er wird jedes Mal gegen Sie entscheiden. So auch der New Yorker Polizist. Wenn Sie Ihren Fall in London vor Gericht bringen, wird ihn derjenige gewinnen, der Anspruch darauf hat. In New York dagegen – aber dort bringt niemand einen Droschkenstreit vor Gericht. Nach meinem Eindruck ist es mehr als dreißig Jahre her, dass dort jemand einen Droschkenstreit vor Gericht gebracht hat. Ein Ausländer muss die verwegensten Preise zahlen, doch der Hotelbesitzer rät ihm, den Mund zu halten und zu zahlen, und er machte ihm klar, dass sich das Gericht mit Sicherheit auf die Seite des Droschkenkutschers schlagen wird.

Droschkengewerbe davon nicht fortbestehen kann. Die hohen Aufpreise haben das Verkehrsaufkommen niedrig gehalten. Der gesetzlich festgelegte Beförderungspreis wäre vielleicht gar nicht zu niedrig, wenn der Verkehr so dicht wäre, wie er es in einer Stadt wie New York sein sollte, er wird jedoch kaum zunehmen, solange die Kutscher beliebige Preise fordern. Und nun, da die Kutscher das Geschäft ganz den Dampf- und Elektrizitätsgesellschaften überlassen haben, werden wohl bald wieder periodische Versuche einsetzen, in New York ein preiswertes Droschkensystem einzuführen. In amerikanischen Städten werden Droschken eigentlich nur für Fremde benötigt, die ihren Weg nicht mit der Straßenbahn finden. Der Bürger sollte also dankbar sein für die hohen Droschkenpreise, die ihm die Straßenbahn beschert haben, das preiswerteste und schnellste städtische Beförderungsmittel der Welt. London fährt mit dem Pferdeomnibus – angenehm, aber ebenso langsam wie ein europäischer »Aufzug« – und mit der Untergrundbahn, die eine von Satans Erfindungen ist. Sie fährt keine gerade Strecke, sondern immerzu im Kreis. Wenn ein Zug kommt, muss man springen, hasten, fliegen und sich, um nicht zurückzubleiben, mit der Menge in die erstbeste Zigarrenkiste drängeln. Man hat kaum Zeit, sich auf die Kante eines Sitzplatzes zu quetschen, da fährt der Zug schon an. Er rumpelt und rattert, speit Rauch und Asche durchs Fenster, das jemand in Ausübung seines Rechts geöffnet hat, die ganze Zigarrenkiste unkomfortabel zu machen, wenn sein eigener Komfort es erfordert; ein Schleier schwarzen Rauchs umhüllt die Lampe und trübt ihr Licht, und die Leute sitzen da, eingeklemmt in Doppelreihen, und fauchen einander an, und Gerechte wie Ungerechte beten ein jeder nach seiner Façon. Der Zug hält alle paar Minuten, und jedes Mal gibt es neuen Andrang und neues Gedrängel. Und alle Viertelstunde muss man umsteigen und dreißig Meter zu einer Treppe hetzen und die Treppe hinauf und fünfzig Meter durch einen Gang und eine andere Treppe hinunter und kopfüber in einen Zug hechten, der gerade abfährt; und natürlich ist es der verkehrte, und an der nächsten Station muss man aussteigen und zurückfahren. Aber das macht nichts. Wäre man stehen geblieben, um einen diensthabenden Beamten zu fragen, wäre es zwar der richtige Zug gewesen, doch man hätte ihn verpasst, weil man stehen geblieben ist, um zu fragen; und so bleibt außer Trotteln niemand stehen, um zu fragen. Wenn man das nächste Mal umsteigen muss, weiß man davon nichts und fährt weiter. Man fährt weiter und immer, immer weiter und fragt sich, wo eigentlich St. John's Wood bleibt und ob man jemals in diesen Wald aus Ziegeln und Mörtel gelangen wird; und irgendwann nimmt man all seinen Mut zusammen und fragt einen Fahrgast, wo in etwa man sich befindet, und er antwortet: »Wir fahren gerade in Sloane Square Station ein.« Man dankt ihm und schaut befriedigt drein, so befriedigt, wie man es spontan und ohne ausreichende Vorbereitung zuwege bringt, steigt aus und sagt: »Das ist meine Station.« Und genau so ist es. Von hier ist man abgefahren. Das war vor einer oder anderthalb Stunden, und inzwischen ist schon fast Schlafenszeit. Die ganze Zeit ist man durch Tunnel geirrt, hat sich unter London in seinen Eingeweiden aufgehalten und mit einer Fahrkarte dritter Klasse in Wagen erster, zweiter und dritter Klasse gesessen und Kontakt mit allen möglichen Gesellschaftsschichten gehabt, von Herzögen und Bischöfen bis hinunter zu übelriechenden, räudigen Stadtstreichern und Großmäulern, die mit ihren betrunkenen Flittchen auf dem Schoß dasaßen und sie schamlos kosten und küssten. Man hat das Abendessen verpasst, zu dem man wollte, aber man ist noch am Leben, und das ist immerhin etwas; und man hat gelernt, lieber keine Tunnel mehr zu durchfahren, und auch das ist ein Gewinn. Man kann den Freund nicht anrufen, um ihm zu sagen, er möge zu Bett gehen und mit dem Abendessen nicht länger warten. Im Umkreis von einer Meile gibt es kein Telefon, weder bei mir noch bei ihm. Vor Jahren existierte in England ein Fernsprechnetz, aber auf dem Land ist es so gut wie tot, und was in London davon übriggeblieben ist, hat keinen Wert. Also schickt man seinem Freund ein Telegramm, um ihm mitzuteilen, man habe einen Unfall gehabt, und ihn zu bitten, mit dem Abendessen nicht länger zu warten. Man weiß, dass sämtliche Telegraphenämter in seiner Nachbarschaft um acht Uhr abends schließen und es schon zehn ist; und es ist Samstagnacht, und England heiligt den Sonntag; das Telegramm wird ihm also am Montagmorgen zugestellt werden, und wenn er abends um fünf von der Arbeit nach Hause kommt, wird er wissen, dass man am Samstagabend nicht gekommen ist und warum.

Ein winziges Grüppchen von Häusern in London, ein winziger Fleck, das ist der Mittelpunkt des Erdballs, sein Herz, und dort befindet sich die Maschinerie, die die Welt in Gang hält. Es heißt die City, und mit ihren Flicken von angrenzenden Bezirken *ist* es tatsächlich eine City. Aber das übrige London ist keine Stadt. London, das sind fünfzig Dörfer, die sich auf einem riesigen Territorium fest zusammenballen. Jedes Dorf hat einen eigenen Namen und eine eigene Regierung. Seine Bräuche sind Dorfbräuche, und die große Masse seiner Einwohner sind schlichtweg Dörfler und haben das einfache, ehrliche, weltfremde Aussehen nicht weit gereister Dörfler. Die Geschäfte sind Dorfgeschäfte; kleine beengte Krämerläden, wo Sie einen Amboss oder ein Briefchen Nadeln oder irgendetwas dazwischen kaufen können; doch nirgendwo können Sie zwei Ambosse oder fünf Briefchen Nadeln oder sieben weiße Krawatten oder zwei Hüte derselben Machart erstehen, weil man solche großen Mengen nicht vorrätig hat. Der Krämer wird sich auch nicht anerbieten, die Artikel zu bestellen und Ihnen schicken zu lassen, sondern Ihnen sagen, wo Sie sie seiner Meinung nach finden können. Und er ist nicht etwa schroff und kleinlich und unfreundlich wie ein Städter, sondern nimmt sich der Sache arglos und liebenswürdig wie ein Dörfler an und wird sie mit Ihnen erörtern, solange Sie wollen. Die Leute dort haben keine abscheulichen städtischen Gewohnheiten, ja überhaupt keine Gewohnheiten, die darauf schließen lassen, dass sie jemals in einer Stadt gelebt haben.

In meinem Dorf gibt es eine Menge kleiner Postämter und ein großes – am Sloane Square. Eines Samstags gegen Abend suchte ich drei der kleineren auf und erkundigte mich, ob es sonntags einen Postdienst nach Paris gebe und falls ja, bis wann ich meinen Brief spätestens aufgeben müsse, damit er noch weggeht. Niemand wusste, ob es solch einen Postdienst nach Paris gab oder nicht, aber man glaubte schon. Auf eine Posttabelle konnte man nicht verweisen, denn es gab keine. Ob man beim Hauptpostamt anrufen und die Sache für mich klären könne? Nein, es gebe kein Telefon. Vielleicht wisse ja das große Postamt am Sloane Square Bescheid. Ich ging hin. Dienst taten zwei oder drei Mädchen und ein, zwei Frauen. Ja, es gebe Post nach Paris, sagten sie; sie glaubten schon, allerdings wüssten sie nicht wann. Ob meine Fragen ihrer Erfahrung nach ungewöhnlich seien? Sie konnten sich nicht daran erinnern, dass jemand schon einmal danach gefragt hätte. Und diese Leute wirkten *so* freundlich und unschuldig und kindlich und unwissend und glücklich und zufrieden.

Neun Monate lebte ich in diesem Dorf. Jeden Tag erhielt ich zusammen mit meiner eigenen Post die meines Vormieters. Er hatte beim Postamt seine neue Anschrift hinterlegt, aber das nützte wenig oder nichts. Die Briefe gingen an mich. Hin und wieder instruierte ich den Briefträger; dann erhielt ich eine ganze Woche lang nur meine eigene Post; danach bekam ich wieder doppelt Post, genau wie vorher.

Aber zum Leben war das Dorf angenehm. Überall waltete der Geist des Entgegenkommens, so wie er es in Deutschland, aber nur in wenigen anderen Teilen der Erde tut. Einmal ging ich aufs nächstgelegene Postamt, um ein Telegramm aufzugeben. Das Postamt war Teil eines kleinen Lädchens, das diverse Handelsartikel im Wert von dreißig Dollar feilbot, und den Dienst versah eine junge Frau. Ich hatte es eilig. Ich setzte das Telegramm auf, die junge Frau prüfte den Text und sagte, sie fürchte, es werde seinen Bestimmungsort wohl nicht erreichen. Vielleicht lag es an der Anschrift – ich weiß nicht mehr, was das Problem war. Sie wollte ihren Mann holen und ihn um Rat fragen. Ich erklärte, dass ich lediglich bestimmten Anweisungen folgte und der Mann am anderen Ende selbst schuld daran sei, wenn er das Telegramm nicht bekäme. Aber damit gab sie sich nicht zufrieden. Sie warnte mich, es sei die reinste Geldverschwendung und ich der Verlierer. Sie wolle lieber ihren Mann holen, damit er sich der Sache annehme. Sie wollte es so und nicht anders; ich konnte mich nicht wehren; ihr freundliches Interesse entwaffnete mich, und ich konnte nicht losplatzen und sagen: »Ach, schicken Sie's einfach ab, wie's ist, und lassen Sie mich gehen.« Sie brachte ihren Mann herbei, und die beiden beratschlagten ausgiebig und lösten schließlich das Problem zu ihrer Zufriedenheit. Aber ich durfte immer noch nicht gehen. Eine neue Schwierigkeit ergab sich. Offenbar enthielt das Telegramm mehr Wörter als erforderlich, und wenn ich ein, zwei Wörter streichen würde, kostete mich das Telegramm nur sechs Pence. Ich wollte schon sagen, ich würde lieber vier Pence mehr zahlen, als für drei Shilling Zeit zu verlieren, aber es wäre schade gewesen, sich so zu benehmen, da sie doch nur ihr Bestes taten, mir eine Gefälligkeit zu erweisen, also sagte ich nichts, sondern beherrschte mich und ließ die ruinöse Zeitvergeudung ihren Fortgang nehmen. Nach einiger Zeit gelang es uns gemeinsam, das Telegramm um einige seiner notwendigsten Wörter zu entschlacken, danach war ich frei, zahlte meine sechs Pence und konnte mich wieder meiner Arbeit widmen; ich wäre froh, die angenehme Erfahrung zu wiederholen, selbst wenn es mich halb so viel Zeit und doppelt so viel Geld kosten würde. Dies war eine Londoner Episode. Ich versuche mir dergleichen auf einem New York Telegraphenamt vorzustellen, aber an Vorstellungskraft scheint es mir heute zu mangeln.

Diagram of London.

				North St. Pancras.	North Islington.	East Islington.	North Hackney.			
			Hampstead	West St. Pancras.	East St. Pancras.	West Islington.	Central Hackney.	South Hackney.		
	North Kensington.	North Paddington	East Marylebone	South St. Pancras.	Central Finsbury.	South Islington.	Haggerston	North-East Bethnal-Green		
Hamm'r-smith	South Kensington.	South Paddington	West Marylebone	Holborn.	East Finsbury.	Hoxton.	South-West Bethnal-gn.	Stepney.	Mile-end.	Bromley.
Fulham.	Chelsea.	Bow	Westminstr	Strand.	City.		Whitechpl.	St. George-in-the-East.	Limehouse.	Poplar.
		Wandsw'th.	Battersea.	North Lambeth.	West Southwark.	Bermondsey	Rotherhithe.	Greenwich.		
			Clapham.	Kennington	West Newington.	Walworth.	Deptford.			
				Brixton.	North Camb'rwell	Peckham.	Woolwich.			
				Norwood.	Dulwich.	Lewisham.				

Der Londoner Omnibuskutscher wirkt nicht wie ein Städter, sondern wie ein seliger Engel vom Land. Oft ist er flott gekleidet und ordentlich rasiert, und ebenso oft ist das Gegenteil der Fall; beide Male aber ist er ein hochfeiner Mann und zufriedenstellend. Er hat kein hartes Stadtgesicht und auch keine mürrischen und abweisenden Stadtgewohnheiten, ja überhaupt nichts, was man – mit jenem Beiwort, das die Abwesenheit aller Spiritualität und die Anwesenheit eines armseligen Materialismus, eines albernen Zynismus, kleinlicher Ideale und kleinlicher Eitelkeiten suggeriert – »verstädtert« nennen könnte. Er ist ein angenehmer, höflicher und geselliger Zeitgenosse, freundlich und gesprächig, hat eine gelassene und würdevolle Art, die ihm gut zu Gesicht steht, und lenkt seinen Omnibus hoch über dem Gewühl und Getümmel von London so ungestört und unbesorgt, als nehme er gar nicht wahr, was um ihn vorgeht. Der kostbarste Teil des Busses ist das Dach; und die kostbarsten Plätze auf dem Dach sind die beiden Sitze hinter den Ellbogen des Kutschers. Die Fahrgäste auf diesen Sitzen unterhalten sich ohne Unterlass mit ihm. Das zeigt, dass er ein höflicher Mensch ist und interessant. Und es zeigt, dass er in seinem Herzen ein Dorfbewohner ist und die Schlichtheit, Aufrichtigkeit und Kameradschaftlichkeit eines Menschen besitzt, dessen Kontakte mit der Stadt von unbedenklicher Seltenheit gewesen sind. Der Omnibuskutscher unterhält sich nicht einfach gern mit seinen Fahrgästen, vielmehr bevorzugt er für diese Unterhaltung auserlesene Fahrgäste. Diese Meinung gründet auf einigen Bemerkungen, die ein Kutscher Ende Februar gegenüber einem meiner Freunde machte. Irgendwo auf der King's Road eröffnete mein Freund das Gespräch:

»Sie sind bestimmt froh, dass der Winter so gut wie vorüber ist?«

»Nein, das kalte Wetter stört mich nicht, aber mir gefällt die Strecke nicht.«

»Was ist mit der Strecke?«

»Nun, mir gefällt die Gesellschaft nicht. Immer nur Dorfbewohner, wissen Sie, das sind sie alle. Gutmütig und so, aber kein Stil. Keine Gesprächskultur. Chelsea – Walham Green – Battersea – dieser Menschenschlag halt, wissen Sie. Kein geistiger Horizont. Zuverlässig, ehrlich, unverstellt fromm und all das, aber nur an den abgedroschensten Gemeinplätzen interessiert. Ich verkomme, ich weiß es. Ein Mensch, der einen Bus lenkt, kann von dieser Art geistiger Diät nicht leben.«

»Wo waren Sie denn vorher? Waren Sie da besser dran?«

»Das will ich meinen! Hammersmith – Earl's Court – Knightsbridge. *Da* gibt's Gesellschaft! Und Köpfchen. Jawohl, Sir, und Mode. Das Oberdeck sieht aus wie ein Salon der Queen. Und die Konversation – ja, die Konversation bewegt sich auf höchstem Niveau – bis hin zur Schneegrenze. Hoch oben, wo, so könnte man sagen, das intellektuelle Wasser schon bei sechzig Grad kocht. Genau das Richtige. Ich bin's leid, meins bei hundert Grad kochen zu müssen.«

Der Gleichmut des Kutschers inmitten des Londoner Getümmels verdankt sich zum einen zweifellos seiner Überzeugung, dass er und sein Bus bei Kollisionen nichts zu befürchten haben, zum anderen seinem Vertrauen in die Zuverlässigkeit und Fügsamkeit seiner Pferde, und schließlich seiner Fähigkeit zu lenken. Droschken- und Wagenkutscher wissen, dass eine Kollision mit einem Bus nichts Erstrebenswertes ist, und sind bemüht, sie zu vermeiden. Der Bus ist eine englische Einrichtung. Damit ist alles gesagt. In der Regel ist jede englische Erfindung neunzehnmal so stark und dreiundzwanzigmal so schwer wie nötig. Der Bus erfüllt diese Anforderungen. Er ist eine schwerfällige große Arche, wiegt Gott weiß wie viel und schert sich um eine Kollision mit einem gewöhnlichen Fahrzeug nicht mehr als irgendein Planet. Schade, dass man das erste englische Fahrrad nicht aufbewahrt hat; es muss mehr als drei Tonnen gewogen haben. Und sollte es je mit einem Eilzug zusammengestoßen sein, dürften die Überreste des Zuges einen spektakulären Anblick geboten haben.

Es ist anregend, den Omnibuskutscher seine Arche lenken zu sehen. Er schlängelt sich durch ein reges Gewimmel von Fahrzeugen und vermeidet eben noch einen Zusammenstoß – manchmal um Ziegelbreite, manchmal nur um Haaresbreite –, und während Sie nach Luft ringen und sich wegducken, plaudert er mit Ihnen über die Schulter hinweg, und seine Hände scheinen meist untätig und er selbst an nichts anderem interessiert als an seinem eigenen Gerede. Er lenkt wunderbar, und doch scheint es ganz von selbst zu gehen, so mühelos wirkt es.

Die Arche wird von nur zwei Pferden gezogen, zwei tüchtigen. Sie sind kräftig und geschmeidig und stattlich, gestriegelt und gepflegt, und auf langen Strecken machen sie nur eine Fahrt am Tag. Sie stammen aus Amerika und kosten rund zweihundertfünfzig Dollar das Stück; nach drei Jahren werden sie verkauft – oft für mehr, als sie ursprünglich gekostet haben – und durch frische Importe ersetzt.

Hier in Wien gilt der Droschkenkutscher – wie in allen anderen Städten Europas – als der geistreichste Mensch und geschickteste Feilscher der Stadt, als geistesgegenwärtig, blitzgescheit und schlagfertig. Das glauben wir immer, wohin wir auch reisen; aber wir müssen es einfach für bare Münze nehmen, weil die Belege dafür nie in unseren persönlichen Erfahrungsbereich fallen. In London ist der Droschkenkutscher für seine klugen Äußerungen bekannt, aber ich selbst habe noch nicht das Glück gehabt, welche zu hören. Vor vielen Jahren in Liverpool – aber das war nichts Geistreiches, das war Humor. Ich war mit dem inzwischen verstorbenen James R. Osgood dort, und wir hatten mehrere Stunden zur Verfügung und viel zu bereden. Es schien eine gute Idee zu sein, uns in einer Droschke zu unterhalten und dabei frische Luft zu schnappen. Der Droschkenkutscher fragte, wo wir hinwollten. Mr. Osgood sagte:

»Ach, fahren Sie einfach eine Stunde oder so umher – irgendwohin – wir sind nicht wählerisch.«

Der Mann blieb reglos sitzen und wartete. Da fragte Osgood, worauf er denn warte, und er antwortete:

»Ich möchte wissen, wo ich hinfahren soll.«

»Ich habe Ihnen doch gesagt, Sie sollen fahren, wohin Sie wollen.«

Der Mann sah besorgt, verwirrt, beunruhigt aus. Er blieb reglos sitzen. Da sagte Osgood:

»Warum fahren Sie denn nicht los?«

»Meine Güte, ich will ja losfahren; ich will so gern losfahren wie jeder andere auch, aber wie kann ich losfahren, wenn Sie mir nicht sagen, wohin Sie wollen? Ich bin seit vierzehn Jahren Kutscher, aber so etwas ist mir noch nie passiert.«

»Ach, nun machen Sie schon. Es ist mir gleich, wohin. Fahren Sie nach Balmoral.«

Trotz all dieser Unterbrechungen waren wir bereits ins Gespräch vertieft. Vermutlich fuhren wir jetzt los. Nach langer Zeit erwachten wir aus unserem Gespräch, und Osgood sah auf seine Armbanduhr und sagte, in Kürze gehe unser Zug. Liverpool Station war nirgends in Sicht. Wir waren beunruhigt, und Osgood sagte:

»Kutscher, was tun Sie da? Wohin fahren Sie?«

»Nach Balmoral, Sir.«

»Nach Balmoral? Wozu fahren Sie nach Balmoral?«

»Weil Sie's mir gesagt haben, Sir.«

»Weil ich's Ihnen gesagt habe? Glauben Sie etwa, das habe ich ernst gemeint? Wie weit ist das?«

»Vierhundert Meilen, Sir.«

»Da sieh mal einer an. Das ist ja wohl ein Scherz – soweit man es einen Scherz nennen kann. Fahren Sie sofort zurück, so schnell Sie können.«

»Wie Sie wünschen, Sir.«

Der Mann hatte eine angenehme Stimme, angenehme Manieren und ein gütiges, ja sogar ein sehr gütiges Gesicht, aber ein außergewöhnlich ernstes; nicht schwermütig, einfach nur ernst; ernst und geduldig. Vermutlich hatte er noch nie in seinem Leben gelächelt. Er war nicht schwerfällig; er war bloß nicht lebhaft, nicht erregbar; er hatte das Aussehen eines Menschen, der viel denkt und wenig spricht. Seinem Akzent nach war er Schotte.

Auf dem Rückweg zeigte sich Osgood sehr amüsiert über den Vorfall. Dass wir unseren Zug verpasst hatten, störte ihn nicht; nichts störte diese gemütliche Seele, diesen selten schönen Geist. Während der ganzen Rückfahrt nach Liverpool gluckste er auf seine glückliche, zufriedene und fast jugendliche Art und sagte, wir sollten die Geschichte ausweiten, ausmalen und ausschmücken, den kleinen Kinsmen Club in London zu einem Abendessen zusammentrommeln, die Geschichte erzählen und uns gut amüsieren. Und während ich den verpassten Zug beklagte, ersann er einen Zusatz nach dem anderen, schmückte die Geschichte immer reicher aus und gewann seiner Arbeit so viel gesundes Vergnügen ab, dass sein Anblick mich tröstete. Vor dem Hotel stiegen wir aus der Droschke und streckten unsere verkrampften Beine, und Osgood langte in seine Tasche und fragte den Kutscher:

»Was macht das?«

»Zwölf Pfund, Sir.«

»Zwölf *Pfund?*«

»Jawohl, Sir.«

»Mann, Sie meinen nicht Pfund, Sie meinen Shilling.«

»Nein, Sir, Pfund.«

»Ihrem Gesicht nach zu schließen, meinen Sie es ernst; aber wie berechnen Sie denn das?«

»Sehen Sie, Sir, schließlich habe nicht ich die Fahrt unterbrochen, sondern

Sie. Ich habe die Fuhre übernommen und keine Einwände erhoben, das werden Sie mir zugestehen, Sir. Ich hätte es in acht Tagen geschafft; sagen wir, in achtzig Stunden. Außerhalb der Stadt darf ich drei Shilling die Stunde verlangen. Achtzig mal drei Shilling ist –«

»Ah – Sie wollen uns also die Fahrt von hier bis Balmoral berechnen, stimmt's?«

»Vergessen Sie nicht, so lauteten Ihre Anweisungen, Sir; und das Gesetz –«

»Halt, reden Sie nicht weiter. Ich wusste doch, dass Sie sich da einen guten Scherz erlaubt haben; ich hab's gleich gewusst; aber weil ich nicht warten wollte, bis alle Einzelheiten beisammen waren, habe ich ihn nicht durchschaut. Wir können es uns nicht leisten, hierzubleiben und den Fall gerichtlich prüfen zu lassen – also kommen Sie, wir haben Sie fünf Stunden in Anspruch genommen; sehen wir zu, dass wir einen Kompromiss aushandeln können.«

Der Mann stimmte zu und schlug fünf Pfund vor. Osgood gab ihm sechs. Jeder war zufrieden, und beim Abschied gab es kein böses Blut. In London trommelten wir die Kinsmen nicht zusammen. Osgood sagte, eine Geschichte, die man nicht mit Hilfe von Phantasie und Erfindungsreichtum ausschmücken könne, lohne die Mühe nicht, und es scheine ganz und gar unmöglich, dieser Geschichte irgendetwas hinzuzufügen, offenbar sei sie ausgewachsen zur Welt gekommen.

Wäre der Droschkenkutscher Deutscher gewesen, hätte man meinen können, er habe nicht gewusst, dass die Situation humorvoll war. Aber er war Schotte. Es hat schon Schotten gegeben, die so taten, als hätten sie keinen Sinn für Humor, aber es gereichte ihnen nicht zur Ehre, dass sie Erfolg damit hatten. Bei intelligenten Menschen hätten sie den nicht gehabt.

Ich glaube, London ist das angenehmste und befriedigendste Dorf der Welt. Ein Fremder schließt es bald ins Herz, und der Einheimische lebt und stirbt voller Verehrung. London ist ein ganz einzigartiger interessanter Ort, und für den umherirrenden Fremden ist die gewinnende Schlichtheit seiner fünfzig Dorfbevölkerungen ein unaufhörliches Wunder und eine Wonne. Beispielsweise sieht er drei oder vier forsche junge Männer nahen – augenscheinlich Idioten –, die ihre Gesichter mit großen grellbunten Farbklecksen bemalt haben und phantastische farbige Zirkuskostüme tragen, und er fragt sich, wie sie sich so zur Schau stellen können, ohne vor Scham zu vergehen; und warum sie nicht verhöhnt, verspottet und in Verstecke oder in den Selbstmord getrieben werden. Aber sie denken gar nicht daran, sich zu schämen; sie sind fröhlich und stolz und feixen, grimassieren und tollen erhobenen Hauptes umher, vollkommen selbstgefällig und glücklich; und sie werden nicht etwa verhöhnt, sondern bewundert. Mitten auf der Dorfstraße bleiben sie stehen und beginnen mit ihrer Darbietung – denn diese traurigen Tiere sind Komödianten. Die Dorfbewohner kommen an die Fenster, um zuzuschauen und sich zu vergnügen; die Hausmädchen strömen auf die Vortreppen, und ihre adretten weißen Häubchen mit den flatternden weißen Bändern zeigen sich oberhalb des Gehsteigs; alles mögliche niedere Volk versammelt sich, sitzt auf den Bordsteinen zu beiden Seiten der Straße und blickt froh und erwartungsvoll drein. Während ein Komödiant ein lustiges Lied hinausbrüllt, stolpert ein anderer zum Rasseln und Pauken eines Tamburins durch einen jämmerlich simplen Tanz, ein Dritter steht auf dem Kopf, geht auf den Händen, schlägt Saltos und Flickflacks und vollführt andere unschuldige kleine kindische Turnübungen, und der Hauptesel der Gesellschaft – der grotesk kostümierte Clown – ahmt seine Wundertaten unbeholfen nach, gibt vor, hinzufallen und sich zu verletzen, und humpelt dann umher, wobei er sich den Bauch reibt und kläglich den Kopf schüttelt, und ist so unsäglich und gewollt und vorsätzlich und demonstrativ komisch, dass die Dorfbewohner fast sterben vor Lachen, statt den Mann mit einem Lasso einzufangen und zu lynchen.

Anschließend führen die Komödianten ein Spiel von unvorstellbarer Einfalt und Verworrenheit und Belanglosigkeit und Infantilität auf – ein Spiel, das mitunter fast zehn Minuten dauert –, und dann ist die Vorstellung aus. Die Zuschauer wirken alle zufrieden und glücklich, ja geradezu erfrischt. Die ganze Vorführung hat vielleicht zwanzig oder dreißig Minuten gedauert, und unterdessen ist der eine oder andere der Komödianten mehrere Male mit dem Hut herumgegangen. Nicht im Parterre – am Bordstein –, denn dort ist man gewöhnlich zu arm, um einen Obolus zu entrichten, sondern vor den Fenstern und der Vortreppe. Der Bittsteller hält also, die flehenden

Augen auf die Fenster gerichtet, den Hut hin und tänzelt umher, und wenn ein Penny fällt, springt er hinzu und fängt ihn auf und macht eine Verbeugung, die zweitausend Dollar wert ist. Wenn es nicht weniger als vier Komödianten sind und wenn ihre Kostüme neu und fesch sind, fallen die Spenden großzügig aus; zuweilen belaufen sie sich auf fünfundzwanzig oder dreißig Cent für eine einzige Vorstellung; aber ich habe auch schon einmal eine Truppe, die aus zwei schäbig gekleideten Komödianten bestand, siebzehn Minuten spielen und nur vier Cent einsammeln sehen.

Dennoch, es war genug. Es war einträglich. Es war mehr als zwanzig Cent pro Stunde; sagen wir, zwei Dollar für die Arbeit eines Tages. Vermutlich wäre es den jungen Burschen schwergefallen, so viel mit gewöhnlicher Arbeit zu verdienen.

Im weiteren sieht der Fremde, wie sich drei oder vier schwarze »Nigger-Minstrels« mit Banjo, Knochen und Tamburin nahen. Diese sind ein noch traurigerer Haufen als die Komödianten. »Nigger« ist an ihnen gar nichts – nicht einmal die schwarze Schminke, denn die ist zu schwarz oder nicht die richtige Art; jedenfalls ahmt sie keine der in unseren Südstaaten bekannten Hautfarben nach, und es ist der amerikanische Neger, der hier vorgeblich dargestellt werden soll. Die Kostüme sind unglaublich. Sie ähneln keiner Kleidung, die je auf diesem Planeten oder sonst wo im Sonnensystem getragen worden ist. Diese armen Kerle geben eine »komische« Vorstellung, die so bescheiden und armselig und erbärmlich und kindisch und dämlich und unzulänglich ist, dass man sich der Menschheit schämt. Ach, ihre ängstlichen Tänze – und ihre ängstlichen Possen – und ihre verlegenen Versuche, lustige Grimassen zu schneiden – und ihre Cockney-Nigger-Songs und -Scherze – sie rühren einen, tun einem weh, erfüllen einen mit Mitleid, bringen einen zum Weinen. Ich vermute, in jedem anderen Dorf hätte man diese armen Minstrels ebenso wie die Komödianten barmherzigerweise aus dem Verkehr gezogen und ertränkt, nicht aber in London; London liebt sie; London hat ein großes warmes Herz, in dem Platz und Willkomm ist für den gesamten verdrießlichen Kehricht der Schöpfung.

Die Einwohner aller Dörfer des gewaltigen London lieben Musik. Sie lieben sie mit einem Geschmack, der weit und offen ist, wie man es außer im

Himmel nirgends kennt. Säßen sie dort oben, würden sie vor dem Gemeindegesang, der sonntags von unten herauftönt, nicht die Ohren verschließen. Jedes Geräusch ist für sie Musik. Und die genießen sie nicht etwa stumpfsinnig, sondern mit andächtiger und rückhaltloser Freude. Besonders wenn es traurige Musik ist. Und nirgendwo gibt es Menschen, die so freigebig mit ihrem Geld sind, wenn die Musik nur hinreichend traurig ist. In London ziehen an Sonntagnachmittagen arme, alte, zerlumpte Männer und Frauen durch die menschenleeren Straßen und singen mit schwacher, kratziger und keuchender Stimme – einer Stimme, die kaum kräftig genug ist, um auf die andere Straßenseite zu dringen – die herzzerreißendsten trostlosen Hymnen und schmerzlichen Liedchen, und die Dorfbewohner lauschen und sind dankbar und werfen Pennys aus den Fenstern, und in der tiefen Nachmittagsstille des Sabbats hört man die Münzen noch einen Häuserblock weiter aufs Pflaster fallen. Das Lied leiert so monoton und unmelodiös dahin wie das Schnarchen eines Kirchgängers bei einem sommerlichen Morgengottesdienst in der tiefsten Provinz, und ich finde, dass nichts trostloser und betrüblicher klingt. Aber es bringt Pennys – Pennys statt Ziegelsteinen; und man registriert diesen Umstand voller Überraschung und Enttäuschung; vielleicht ist es nicht eigentlich Enttäuschung, aber doch ein Mittelding zwischen Enttäuschung und Bedauern.

Dennoch wird einem Achtung abgenötigt: teils vor dem vielseitigen Geschmack, der für solche Musik Platz hat, und teils vor dem Geist der Mildtätigkeit, der in der Brust desjenigen wohnt, der den Penny hinabwirft. Der Geist der Mildtätigkeit ist vorhanden, daran kann gar kein Zweifel bestehen. Nichts kommt dem Fremden so wunderbar vor wie die Großzügigkeit, mit der England Geld für wohltätige Zwecke ausschüttet. Offenbar sind etwa die Hälfte oder zwei Drittel dieser Zwecke wertlos, aber das macht nichts, das gehört nicht zur Sache. In vielen Fällen ist es der hinter den Gaben stehende Geist, der den Akt großherzig macht. Nicht in allen Fällen, möglicherweise nicht einmal in der Mehrheit der Fälle; doch lässt man einmal die zögerlichen und unfreiwilligen Spenden beiseite, gibt es noch genügend von der anderen Sorte, bei denen man staunt und bewundert und den Hut zieht.

Der erste Überschwang wegen des nahenden Thronjubiläums der Queen ließ jeden Engländer tief in die Tasche greifen, um für den Jahrestag Geld beizusteuern, und er hielt sich nicht zurück und leistete fröhlich seinen Beitrag. Die Menge dieser freiwilligen Spenden war ungeheuer, ja von monumentalem Ausmaß. Aber vielleicht können wir zu Recht annehmen, dass sie keineswegs so imposant war wie die Menge der unfreiwilligen Spenden, die ihr folgte. In jenen interessanten Monaten lebte ich in London. Die Zeitschriften boten dem unbeteiligten Fremden appetitliche Lektüre. Jeden Tag und am Tag danach, am übernächsten Tag und immer so weiter füllten Woche für Woche in stetiger und dichter Prozession Spendenaufrufe die Kolumnen und gaben einem das Gefühl, dass ganz England vorübermarschierte und seinen Hut hinhielt – einen Hut und ein Hühnchen; den Hut in der einen Hand und das Hühnchen, das man zu rupfen hatte, in der anderen; auf einer Seite der gewaltigen Marschkolonne Hüte, die sich von Horizont zu Horizont erstreckten, auf der anderen Seite Hühnchen. Jeder schien ein Hühnchen zu rupfen zu haben und zu erkennen, dass seine Chance endlich gekommen war; dass ihm seine Beute nicht mehr entwischen konnte; dass Vorwände, die seine Beute für gewöhnlich schützen, ihn diesmal schädigen, ihn unpatriotisch erscheinen lassen und ihn vor seinen Nachbarn beschämen würden. Die Gelegenheit war die beste, die sich in der Geschichte je geboten hatte; und allem Anschein nach wurde sie mit erbarmungslosem und verheerendem Fleiß genutzt. Dubiose Leute, die sich hervortun wollten, dachten sich Gedenkprojekte aus, legten sie in den Zeitungen dar und reichten den Hut herum. Von diesen Projekten gab es unzählige, und sie waren von unbeschreiblicher Mannigfaltigkeit. Sie schienen jeden nur denkbaren Plan, ob weise oder nicht, einzuschließen, der unter irgendeinem Vorwand oder mit irgendeiner Ausrede als Gedenkveranstaltung für die Rekordherrschaft der Queen ausgegeben werden konnte – und für den Veranstalter warb. Auch prominente kluge Leute taten sich mit Projekten hervor; mit guten und würdigen Projekten, die nicht mit Schändlichkeit und Eigennutz behaftet waren. Dazu gehörten Statuen, Trinkbrunnen, öffentliche Parkanlagen, Kunstgalerien, Bibliotheken, Anstalten für die Irren, die Trinker, die Blinden, die Tauben, die Verkrüppelten, die Armen, die Alten, die Waisen, die Ausgestoßenen; kostenlose Einrichtungen für die Verbreitung aller Arten erbaulicher Kultur; Einrichtungen zur Ausbildung von Berufskrankenschwestern; Krankenhäuser jeder nur erdenklichen Art und sonder Zahl. Am Jubiläumstag hatten sich die gezeichneten Krankenhäuser und Krankenhausanbauten in einem Maße vervielfacht, dass die bloße Aufzählung ihrer Namen mehrere Oktavseiten mit Kleingedrucktem füllte! Die anhängigen Summen erreichten schwindelerregende Höhen. Obendrein und unabhängig davon brachte der einflussreiche Name des beliebten Prinzen von Wales einen Krankenhausfonds riesigen Ausmaßes zustande, der dazu diente, die Ausstattung der bereits bestehenden Londoner Krankenhäuser zu verbessern.

Man glaubt gern, dass England das Geld für diese großartigen Initiativen ohne oder zumindest ohne großes Widerstreben aufbrachte; vielleicht sogar mit derselben Spontaneität, mit der das Land den Hungeraufruf Indiens beantwortete, als es umgehend zweieinhalb Million Dollar hergab, obwohl der Aufruf in eine Zeit fiel, da die gesamte mit bloßem Auge oder mit dem Teleskop erkennbare Landschaft aus einer eintönigen Ebene von Hüten bestand, im Wetteifern um die Förderung von Gedenkprojekten hingehalten.

Nach den Aufrufen von Geistlichen in den Zeitungen zu urteilen, gab es in England damals nicht mehr als hundert Kirchen, die nicht schon seit einer ganzen Generation beschädigt waren und eine Gedenkreparatur benötigten; und überhaupt keine Kirche, die nicht irgendetwas benötigte, was sich zur Gedenkpflicht erheben ließ. Der Eifer der Kirche schien jeden anderen Eifer im Wettlauf um Gedenkgelder weit hinter sich zu lassen. Die Kirche plünderte England, wie sie es noch nie zuvor getan hatte und es bis zur nächsten Rekordherrschaft nicht wieder tun wird. Sie veranschlagte die Öffentlichkeit für alle ernsten und vermeintlich ernsten Projekte, die ihr in den Sinn kamen, und als diese Quelle versiegt war, behalf sie sich mit Humor. Ein zweiundneunzigjähriger und entsprechend unbekannter Landgeistlicher fiel tot um, woraufhin sogleich der Vorschlag erfolgte, einen Fonds für die Errichtung eines Denkmals zu schaffen – um seiner zu gedenken? Nein, um der Rekordherrschaft der Queen zu gedenken!

Es lässt sich nicht bestreiten, dass die Engländer in Belangen der Wohltätigkeit mit Abstand die freigebigste Nation der Welt sind. Da wir gerade davon reden – ab und zu, in großen Zeitabständen, hören wir von George

Müller und seinen Waisenhäusern; dann verlieren wir sie aus dem Sinn und aus dem Gedächtnis und glauben schon, sie wären von der Erde verschwunden. Aber dem ist nicht so. Es gibt sie noch. Es gibt sie schon seit sechzig Jahren, und heute sind sie genauso lebendig wie eh und je. George Müller ist über neunzig Jahre alt, aber immer noch bei der Arbeit. Er war arm, als er sein erstes Waisenhaus zur Versorgung eines halben Dutzends verwahrloster Kinder plante; seitdem hat er sechs oder sieben Millionen Dollar für seine mildtätige Arbeit gesammelt und ausgegeben und ist heute ebenso arm, wie er es zu Beginn war. Er hat fünf große Waisenhäuser gebaut; in diesen kleidet, speist und lehrt er zweitausend Kinder zum Preis von hunderttausend Dollar im Jahr, und das Geld dafür stellt England bereit – nicht auf Spendenaufrufe, Werbung oder irgendeinen äußeren Anstoß hin, sondern eindeutig mit Hilfe *freiwilliger* Spenden. Wenn das Geld zur Neige geht, betet Müller – nicht etwa öffentlich, sondern privat –, und seine Schatzkammer wird wieder gefüllt. In sechzig Jahren sind seine Waisenkinder an keinem einzigen Tag hungrig zu Bett gegangen; und doch wäre es viele Male um ein Haar so weit gekommen. Die Namen der Spender werden nicht publik gemacht; Listen werden nicht veröffentlicht; Ruhm lässt sich mit diesen Spenden nicht erwerben; und doch klingelt an jedem Tag des Jahres der täglich notwendige Bedarf von drei- oder vierhundert Dollar in der Kasse. Diese wunderbaren Tatsachen sind kaum zu glauben, aber wahr.

Mark Twain

Vier Skizzen über Wien

[Die Schönheiten der deutschen Sprache]

3. Februar, Wien. Gestern Abend Lesung zugunsten einer Wohltätigkeitsorganisation im Bösendorfersaal. Als ich gerade das Podium besteigen wollte, überreichte mir ein Bote ein Kuvert mit meinem Namen darauf, und darunter stand: »Bitte lesen Sie heute Abend eine davon.« Beigefügt waren zwei Zeitungsausschnitte – zwei Fassungen einer Anekdote, die eine auf Deutsch, die andere auf Englisch. Ich hatte nicht übel Lust, an meinen Zuhörern die deutsche Fassung auszuprobieren, nur um zu sehen, was passieren würde, aber mein Mut ließ nach, als ich die respekteinflößende Länge des letzten Wortes sah, und ich gab auf. Ein Jammer, denn auf dem Podium hätte sie sich gut zur Wirkung bringen lassen und mir Rufe nach Zugabe eingebracht. Entweder das oder einen Ziegelstein, es lässt sich nie voraussagen, wie ein neues Publikum reagiert; sein Geschmack ist launisch. Die Pointe dieser Anekdote ist eine berechtigte Spöttelei über die langen Wörter im Deutschen und gar nicht so übertrieben, wie man annehmen möchte. Die langen Wörter im Deutschen sind keine legitime Konstruktion, sondern eine schändliche Künstelei, ja eine regelrechte Mogelei. Das Wörterbuch erkennt sie nicht an und verzeichnet sie nicht. Sie entstehen, indem man ganz überflüssigerweise viele Einzelwörter zusammenwürfelt, sie sind ein bequemer Kunstgriff der Unbildung und ein Verbrechen gegen die Sprache. Nichts wäre gewonnen, kein wertvoller Platz gespart, wenn man auf einer englischen Visitenkarte die Wörter *»Mrs. Smith, widow of the late Commander-in-Chief of the Police Department«* einfach so zusammenwürfelte, wie eine deutsche Witwe es ohne große Anstrengung fertigbringt: *»Mrslatecommanderinchiefofthepolicedepartment'swidow Smith.«*

Hier ist die deutsche Fassung der Anekdote:

Eine Dresdener Zeitung, *Der Waidmann,* die der Auffassung ist, dass es in Südafrika Beutelratten gibt, teilt mit, dass die Hottentotten sie in Kotter sperren, welche mit Lattengittern versehen sind, um sie vor dem Wetter zu schützen. Daher heißen die Kotter Lattengitterwetterkotter und die gefangenen Beutelratten Lattengitterwetterkotterbeutelratten. Eines Tages wurde ein Attentäter verhaftet, der eine Hottentottenmutter ermordet hatte, die Mutter zweier stotternder trotteliger Kinder in Strättertrotel. Auf Deutsch heißt diese Mutter Hottentottenstottertrottelmutter und der Attentäter Hottentottenstottertrottelmutterattentäter. Der Mörder wurde in einen Beutelrattenlattengitterwetterkotter gesperrt, aus dem er wenige Tage später entkam, doch glücklicherweise wurde er von einem Hottentotten wieder eingefangen, der mit strahlendem Gesicht beim Bürgermeister vorsprach. »Ich habe die Beutelratte gefangen«, sagte er. »Welche?«, fragte der Bürgermeister. »Wir haben mehrere.« »Die Attentäterlattengitterwetterkotterbeutelratte.« »Von welchem Attentäter sprechen Sie?« »Von dem Hottentottenstottertrottelmutterattentäter.« »Warum sagen Sie's nicht gleich? Sie meinen die Hottentottenstottertrottelmutterattentäterlattengitterwetterkotterbeutelratte?«

[Eine Bemerkung zu Tautologien und Grammatik]

6. Mai. * * * Ich finde nicht, dass die mehrfache Wiederholung eines wichtigen Wortes in einem Absatz – sagen wir drei- oder viermal – mein Ohr stört, wenn sich dadurch größere Klarheit erreichen lässt. Die tautologische Wiederholung dagegen, die kein erkennbares Ziel verfolgt, sondern lediglich bloßlegt, dass das Guthaben des Schriftstellers bei seiner Wortschatzbank knapp geworden und er zu träge ist, es mit Wörtern aus dem Synonymwörterbuch aufzustocken, ist eine andere Sache. Dann habe ich Lust, den Schriftsteller zur Rechenschaft zu ziehen. Dann verspüre ich den Wunsch, ihn daran zu erinnern, dass er sich und seinen Beruf nicht mit dem nötigen Respekt behandelt und – nebenbei bemerkt – auch mich nicht mit der angemessenen Ehrerbietung. Heute Morgen beim Frühstück las uns ein Mitglied der Familie die interessante Besprechung eines neuen Buches über Mr. Gladstone vor, in der der Rezensent dreizehnmal das starke Adjektiv »entzückend« verwendete. Dreizehnmal in einer kurzen, nicht etwa einer ausführlichen Besprechung. In fünf Fällen war das Wort eindeutig das treffendste, genaueste, beste, das unsere Sprache bereithält, insofern erzeugte es keinen Misston; in den übrigen Fällen jedoch klang es schrill. Jene Male erhöhte oder erniedrigte es die Tonart und stach genauso unangenehm hervor wie eine falsche Note in der Musik. Ich schlug im Synonymwörterbuch nach, und unter einem einzigen Stichwort stieß ich auf vier Wörter, die die falschen Noten, die vier der missbrauchten »entzückend« zum Erklingen gebracht hatten, durch richtige ersetzen würden; hätte ich eine Stunde lang nachgeforscht und unter verwandten Stichwörtern eine erschöpfende Suche durchgeführt, wäre ich natürlich auf passende Wörter, die Zwischentöne, gestoßen, mit denen die verbleibenden Delinquenten hätten ersetzt werden können.

Vermutlich haben wir alle unsere Marotten. Ich bevorzuge die richtige Wortwahl, Klarheit des Ausdrucks und für die Schönheit hier und da einen Hauch guter Grammatik; der Rezensent dagegen kümmert sich nur um Letzteren. Seine Grammatik ist närrisch korrekt, beleidigend präzise. Sie paradiert vor den Augen des Lesers, feixt, protzt und prahlt und ist auf dutzenderlei Weise ärgerlich und lästig. Aber mal im Ernst, gute Grammatik verwende ich selbst, dankenswerterweise allerdings nicht in diesem Geist. Will sagen, meine Grammatik ist von hoher Qualität, wenngleich nicht von höchster. Das ist sie bei keinem. Perfekte Grammatik – durchgängig, fortlaufend, anhaltend – ist gewissermaßen die vierte Dimension: viele haben nach ihr gesucht, aber keiner hat sie gefunden. Selbst dieser Rezensent, dieser Purist mit all seinen gottlosen Allüren, hat sich zwei, drei Entgleisungen geleistet. Zumindest bilde ich mir das ein. Nach dem Gehör bin ich mir fast sicher, kann's aber nicht beschwören, denn ich beherrsche die Grammatik nur nach Gehör, nicht nach Noten, nicht nach Regeln. Noch vor einer Generation kannte ich die Regeln – kannte sie in- und auswendig, Wort für Wort, wenn auch nicht ihre Bedeutung – und eine weiß ich immer noch: die Regel, die besagt – die besagt – halb so wild, gleich fällt sie mir wieder ein. Der Rezensent scheint sogar zu wissen, an welcher Stelle des englischen Satzes er das Wort für »sogar« einfügen muss und auch das Wort für »nur«. Solche Leute mag ich nicht. Ich habe noch nie welche gekannt, die ein gutes Ende genommen hätten. Jemand, der so selbstgerecht ist, ist zu allem fähig. Das weiß ich, denn es ist mir schon häufiger aufgefallen. Ich würde nicht zögern, einem derartigen Menschen etwas anzutun, wenn ich könnte. Es ist ein schlechtes Zeichen, wenn ein Mensch seine Grammatik in solche Höhen führt. Es zeigt, wozu er fähig ist, wenn er nur die Gelegenheit erhält; es zeigt, was für eine Gesinnung er hat; das habe ich schon oft bemerkt. Einmal kannte ich einen, der zu fast allem fähig war. Sie schrecken vor nichts zurück.

Gleichviel, die Rezension dieses grammatischen Lackaffen ist, wie bereits bemerkt, durchaus interessant. Und es gibt darin einen Satz, der einem im Munde zergeht, so vollkommen fangen die letzten fünf Wörter eine Empfindung ein, die wir alle schon einmal gehabt haben, wenn wir lange über einem fesselnden Buch saßen. Es geht um Mr. Gladstones Gespräche im Stil von Boswell und um seine glückliche Hand bei der Erörterung seiner Themen.

Eine Facette nach der anderen im Geist dieses glänzenden Redners funkelt uns an, bis wir vor Interesse ermatten.

Das ist doch mal klar gesagt. Wir erkennen dieses Gefühl. In der Morgenzeitung stieß ich auf einen Satz von anderer Art:

Vor dem Fall Cornelius Lean hatte es keinen Todesfall gegeben, der eingetreten wäre und mit dem Tod geendet hätte, seit die Sonderregelungen aufgestellt worden waren.

Aus dem Kontext kann ich erschließen, was das bedeuten soll; Sie hingegen müssen ohne das erhellende Licht dieses Kontexts auskommen und werden sich mit Sicherheit eine Bedeutung zusammenreimen, die der Autor gar nicht vermitteln wollte.

[Eine Gruppe von Bediensteten]

* * * *4. Juni, Kaltenleutgeben.* In dieser Familie sind wir zu viert. Wenn sich eine Familie an eine Gruppe von Bediensteten gewöhnt hat, deren jeweiliges Arbeitsverhältnis die folgenden Zeiträume umfasst: 10 Jahre, 12 Jahre, 13 Jahre, 17 Jahre, 19 Jahre und 22 Jahre, so ist sie nicht auf Anhieb in der Lage, die Gepflogenheiten einer neuen Gruppe zu verstehen. So wäre es jedenfalls daheim; außer Landes steht es noch ärger. Unseren Haushalt führen wir jetzt seit vierzehn Tagen – lange genug, um gelernt zu haben, wie man die Namen der Bediensteten ausspricht, nicht aber, um sie auch buchstabieren zu können. Wir werden nie lernen, sie zu buchstabieren; ersonnen worden sind sie in Ungarn und Polen, und auf dem Papier wirken sie auf uns wie das Alphabet auf einen Betrunkenen. Es sind ihrer vier: zwei Zimmermädchen, eine Köchin und eine Frau mittleren Alters, die ein-, zweimal am Tag kommt, um auszuhelfen. Sie sind gutmütig und freundlich, tüchtig und anstellig. Ihre Gepflogenheiten entsprechen nicht den Gepflogenheiten, die wir von unserem heimatlichen Volksstamm in Amerika gewöhnt sind, aber sie sind umgänglich, und bis auf ein, zwei Kleinigkeiten gibt es nichts an ihnen zu beanstanden. Die Köchin ist ein Herzchen, aber sie redet mit einer Geschwindigkeit, einer freudigen Anteilnahme und Energie, dass allen der Kopf schwirrt. Sie ist immer aufgeregt; lässt sich von großen wie von kleinen Dingen aufregen, denn sie besitzt kein Augenmaß. Ob es sich um einen Stier am Spieß oder um ein portioniertes Schnitzel handelt, tut nichts zur Sache, sie verliert darüber den Verstand; sie lässt ihrer Zunge freien Lauf, und solange ihr nicht der Atem ausgeht, kann man ihr Geschwätz von einer großen Debatte im österreichischen Parlament nicht unterscheiden. Aber was macht es schon, solange sie kochen kann? Und das kann sie. Sie beherrscht jene geheimnisvolle Kunst, die in der Welt so selten ist – die Kunst, alles, was der Zauberkraft ihrer Hände verfällt, schmackhaft zu machen. Sie ist die Sorte Köchin, die schon mit der ersten Mahlzeit Vertrauen einflößt; so tiefes Vertrauen, dass man von da an die Zutaten der Speisen oder deren Namen gar nicht mehr wissen will; es reicht, dass sie ihnen ihren Stempel aufgedrückt hat.

Das jüngere der beiden Zimmermädchen, Charlotte, ist um die zwanzig; kräftig, hübsch, tüchtig, klug, selbstgenügsam, ruhig – im Grunde eher zurückhaltend. Sie besitzt Charakter und Würde.

Das andere Zimmermädchen, Wuthering Heights (Sturmhöhe, so heißt sie natürlich nicht), ist etwa vierzig, sieht aber erheblich jünger aus. Sie ist schlagfertig, gescheit, rührig, energiegeladen, lebhaft, gutmütig, hat eine schrille, laute Stimme, redet wie ein Wasserfall, redet unablässig, redet im Schlaf, wird noch reden, wenn sie tot ist; ist hier und dort und überall gleichzeitig und hat ein verzehrendes Interesse an allem Teuflischen, das vor sich geht, besonders wenn es nicht sie betrifft. Und keineswegs nur ein passives Interesse, vielmehr spielt sie selbst eine Rolle, und nicht irgendeine Rolle, sondern die Hauptrolle; ja, sie bestreitet das ganze Spiel, schlägt die Schlacht allein, wenn man keinen Weg findet, sie von der Flanke her zu erwischen. Da sie das alles jedoch im Interesse der Familie betreibt, nicht in ihrem eigenen, fällt es mir schwer, ihr Vorwürfe zu machen. Anders die Familie. Die Familie ärgert sich. Das gefällt mir. Nicht aus Boshaftigkeit, sondern weil der Anblick einer sich ärgernden Familie der Eintönigkeit Würze gibt. Manchmal werden sie bis zu einem Punkt getrieben, an dem sie überzeugt sind, sie nicht länger ertragen zu können, dann revoltieren sie; ich aber achte darauf, dass ihr nichts geschieht, denn ich vergöttere Wuthering Heights. Sie stört mich nicht, sie erfrischt mein Leben, sie hält mein Interesse wach. Sie ist nicht monoton, wird nicht schal, steckt voller Überraschungen, immer wieder bricht es andernorts aus ihr heraus. Die Familie versucht sie abzurichten, versucht sie abzudichten, aber das bereitet mir längst kein Unbehagen mehr, denn ich weiß, dass sie, sobald man ein Leck gestopft hat, an anderer Stelle undicht wird. Ihr Gerede ist mein Zirkus, meine Menagerie, mein Feuerwerk, mein geistiges Labsal. Wenn sie loslegt, wäre ich lieber bei ihr als vor dem Kamin. Mit mir redet sie nur wenig, denn ich verstehe nur etwa die Hälfte von dem, was sie sagt, und bin klug genug, mir nicht anmerken zu lassen, dass ich diese Hälfte verstehe. Aber wenn sie mit der Hausherrin am anderen Ende des Hauses redet, öffne ich meine Tür, dann bekomme ich alles mit, und mein Genuss ist ungetrübt, als hätte ich zu einer Show eine Freikarte. Der Hausherrin bereitet sie Kopfschmerzen. Das bedauere ich natürlich, aber es lässt sich nun einmal nicht ändern. In dieser Welt müssen wir die Dinge nehmen, wie wir sie vorfinden.

Die Bemühungen der Hausherrin, Wuthering Heights umzumodeln, sind von Klugheit, Geduld und sanfter Überredungskunst gekennzeichnet. Irgendwann wird sie Erfolg haben, und das ist schade. Heute Morgen um halb neun lag ich in meinem Bett und täuschte Schlaf vor; die Hausherrin lag in ihrem und versuchte Wuthering Heights gut zuzureden, die gerade heißes Wasser gebracht hatte und hierhin, dahin und dorthin flitzte, ein Bad bereitete, in Blitzesschnelle tausenderlei Dinge richtete und sich dabei mit einem Wortschwall umgab, den sie zu leisem Gemurmel dämpfte, um mich nicht aufzuwecken.

»Du redest zu viel, Wuthering Heights, wie oft habe ich dir das schon gesagt. Es ist dein zweitschlimmster Fehler, und du solltest dein Bestes versuchen, ihn dir abzugewöhnen. Ich –«

»Ach ja, das stimmt, gnädige Frau, Sie sprechen die reine Wahrheit, niemand weiß das besser als ich, und niemand bedauert es mehr. Jesses! Aber wie Sie in Ihrer Güte schon fünfzigmal gesagt haben, es ist eben ein verdammter Charakterfehler, und –«

»*Nicht!* Solche Wörter benutze ich nie – und möchte sie auch nicht hören. Sie sind entsetzlich. Ich weiß, dir bedeuten sie nichts, sie sind dir zur Gewohnheit geworden, du hast sie mit der Muttermilch eingesogen; aber es peinigt mich, sie zu hören, außerdem legst du sie immer *mir* in den Mund, was –«

»Ach, Gott segne Ihr gütiges Herz, gnädige Frau, nach einer Weile werden Sie sich nicht mehr daran stören; unangenehm ist's Ihnen doch nur, weil es befremdlich und neu für Sie ist; aber das wird sich bald geben, und dann – ach, es ist doch nur eine von diesen kleinen Nichtigkeiten, die nichts zu bedeuten haben, wissen Sie – wir fluchen doch alle, der Priester flucht, alle Welt flucht, und es ist nichts, wirklich gar nichts; aber ich werd's mir abgewöhnen, das werd ich und werd gleich damit anfangen, denn zu meiner Zeit habe ich hier und dort gelebt und Dinge gesehen und Klugheit gelernt und weiß besser als so manch einer, dass es nur einen rechten Zeitpunkt gibt, mit etwas ernst zu machen, und das ist vom Fleck weg. Ach ja, bei Gott, wie Euer Gnaden erst gestern sagte –«

»Da, schon wieder – sei still! Man kann seinen Kopf darauf verwetten, wenn man dir gegenüber auch nur die geringste Bemerkung macht, löst sie jedes Mal eine Sturzflut aus. Und dein Geplapper wird noch meinen Mann aufwecken, und der« – nach einer kleinen Pause, um Mut für eine vorsätzliche Falschaussage zu sammeln – »der erträgt es einfach nicht.«

»Ich werde schweigen wie ein Grab! Das werde ich, denn Schlaf ist für die Müden, Schlaf ist die Arznei, die den matten Geist erquickt. Heilige Mutter Gottes! Bevor ich –«

»Sei *still!*«

»Zu Befehl. Wenn –«

»Still!«

Nach einer kurzen Pause setzte die Hausherrin zu einer taktvollen und niedrig temperierten Belehrung an, die mit jedem Wort verriet, dass sie sie sich vorher zurechtgelegt hatte. Ich kenne solche mühelosen Stegreifreden und wie sie verfertigt werden, bin ich doch selbst in diesem Gewerbe tätig gewesen. Ich habe vergessen zu erwähnen, dass Wuthering Heights nicht immer als Untergebene gedient hat; in den vergangenen zehn Jahren war sie Haushälterin bei einer reichen Wiener Familie gewesen; insofern hat sie natürlich die starke Gewohnheit, andere herumzukommandieren.

»Die Köchin und Charlotte beschweren sich, dass du dich in ihre Angelegenheiten einmischst. Das ist nicht recht. Es steht dir nicht zu.«

»O Joseph und Maria, Moses und alle Heiligen! Nun hör dir das an! Wenn die Herrin nicht im Hause ist, muss doch jemand –«

»Nein, es muss überhaupt niemand. Die Köchin sagt, dass der Kaffee gestern Morgen kalt war, weil du ihn vom Herd genommen hast, und als sie ihn wieder draufgestellt hat, hast du ihn wieder vom Herd genommen.«

»Ach, aber was *soll* man da tun, gnädige Frau? Der Kaffee war doch schon ganz verkocht.«

»Ganz gleich, es ging dich nichts an. Und gestern Morgen wolltest du Madame Blank nicht einlassen und hast ihr gesagt, es sei niemand zu Hause. Mein Mann war aber zu Hause. Zu schade – dabei war sie die ganze weite Strecke aus Wien gekommen. Warum hast du das getan?«

»Sie einlassen? Ich bitte Sie, sollte ich sie einlassen? Er war doch bei der

Arbeit und wollte nicht gestört werden, bis zur Halskrause hat er in Arbeit gesteckt und sich Gott weiß wie abgequält, es geht ja über meinen Horizont, aber er hat mein Mitgefühl, keiner fühlt mehr mit ihm als ich, wenn er so in seinem Wochenbett liegt – *sollte* ich sie da etwa einlassen, damit sie ihn unnütz bei der Arbeit unterbricht, wo sie doch keinen vernünftigen Grund in der Welt hatte, ihn zu behelligen. Wie *könnte* ich?«

»Woher weißt du denn, was sie wollte?«

Dieser Schuss traf W. H. an einer ungeschützten Stelle und brachte sie mehrere Sekunden zum Schweigen, denn auf diese Frage war sie nicht vorbereitet und konnte nicht gleich auf die richtige Antwort verfallen. Dann aber fasste sie sich wieder und sagte:

»Na ja – na ja, es war so. Na ja, sie – natürlich hätte sie Richtiges und Vernünftiges auf dem Herzen haben können, aber ich wusste, wenn das der Fall gewesen wäre, hätte sie geschrieben und wäre nicht die ganze weite Strecke aus Wien gekommen, um –«

»Wusstest du, dass sie aus Wien kam?«

Dem Schweigen entnahm ich, dass eine weitere unbefestigte Stelle getroffen worden war. Dann:

»Na ja, ich – das heißt – na ja, sie hatte das Aussehen von jemandem, der – der –«

»Der was?«

»Sie – na ja, jedenfalls hatte sie dieses Gesicht aufgesetzt; denn –«

»Woher wusstest du, dass mein Mann nicht gestört werden wollte?«

»Woher ich das wusste? Oh, das wusste ich nur zu genau; er hatte so viel zu tun, dass der Schweiß durch die Dielenritzen sickerte, und ich hab zur Köchin gesagt, hab zu ihr gesagt –«

»Er hat den ganzen Tag keinen Handschlag getan, sondern auf dem Balkon gesessen, geraucht und gelesen. [In vertraulichem Ton, mit einem Anflug von Scham: »In seinen eigenen Büchern gelesen – das tut er immer.«] Du hättest es ihm sagen müssen; er hätte sich sehr gefreut, Madame Blank zu sehen, und als er herausfand, was geschehen war, war er sehr enttäuscht. Das hat er selbst gesagt.«

»Aber ja, liebe gnädige Frau, *sagen* tut er das, das schon, aber gönnen Sie

Ihrem Herzen Ruhe, ständig sagt er Dinge, die – erst vorgestern hab ich zur Frau des Fleischhauers gesagt –«

»*Ruhig!* Und lass mich ausreden. Du redest zweimal so viel, wie du mir zugestehst, und das kann ich nicht zulassen. Wenn –«

»Das ist wienerisch, gnädige Frau.* Gewohnheit, verstehen Sie, nichts weiter. Wir sind alle so; das ist wienerisch.«

»Aber ich bin keine Wienerin. Und ich kann mich nicht damit abfinden. Und dass du mich ständig unterbrichst – es ist immer dasselbe: ob ich mit der Köchin etwas plane, einen Dienstmann beauftrage oder mich beim Postboten nach Zugverbindungen erkundige, immer redest du unaufgefordert dazwischen, übernimmst die Regie und –«

»Ah, Jesses! Es ist genau so, wie ich es mit diesem einen wahren Wort sage! Es ist wienerisch – einfach wienerisch. Gewohnheit, verstehen Sie – alles nur Gewohnheit. Sorel Blgwrxczlzbzockowicz – so heißt Prinzessin Tzwzfzhopowics Zofe –, die sagt, dass sie das auch immer tut, und der Prinzessin gefällt's, und –«

»Aber ich bin keine Prinzessin, und ich will die Dinge so, wie *ich* sie will; begreifst du etwas so Einfaches nicht? Und noch etwas. Zwischen gestern Morgen, als wir drei nach Wien gefahren sind, und zehn Uhr abends, als wir zurückkamen, scheinst du alle Hände voll zu tun gehabt zu haben. Als der alte Großvater der Köchin zu Besuch kam, wieso musstest du dich da einmischen?«

[Ein Wiener Festzug]

26. Juni, Sonntag; Kaltenleutgeben. Mit dem Acht-Uhr-Zug fuhr ich nach Wien, um mir den Festzug anzusehen. Es war ein Glücksfall, denn im letzten Moment hatte ich mich träge gefühlt und eigentlich nicht fahren wollen. Aber als ich, fünf Minuten zu spät, zum Bahnhof kam, stand der Zug noch da, auch einige Freunde hatten sich eingefunden, und so fuhr ich doch. In Liesing, nach einer halben Stunde Fahrt, stiegen wir in einen sehr langen

* [Deutsch im Original in diesem Kapitel: gnädige Frau – verdammter – Gott – Heilige Mutter Gottes! – Zu Befehl – *Still!* – *Ruhig!*; Anm. des Übers.]

Zug um und reisten vollbesetzt nach Wien. Es gab keinerlei Anzeichen, dass es ein großer Tag würde, denn die Leute hier sind nicht wählerisch, was Darbietungen betrifft, sie gehen zu allem, was des Weges kommt. Eine halbe Stunde später fuhren wir in die Stadt ein; nirgendwo sonderliche Betriebsamkeit – sogar weniger als an einem gewöhnlichen österreichischen Sonntag; Wimpelgeflatter und hier und da Dekorationen – ein recht häufiger Anblick in diesem Jubiläumsjahr; doch als wir an der amerikanischen Botschaft vorbeikamen, sah ich einige unserer Flaggen hängen, und der Gesandte und seine Diener waren eben dabei, eine weitere hinzuzufügen. Das rüttelte mich wach – schien es doch anzuzeigen, dass tatsächlich etwas Außergewöhnliches bevorstand.

Als wir uns der Brücke näherten, die den 1. mit dem 3. Bezirk verbindet, machte sich zunehmend buntes Leben und Treiben bemerkbar; und als wir den großen Platz betraten, auf dem das Palais Schwarzenberg steht, herrschte bereits ein dichtes Gedränge. So weit das Auge reichte, war die breite Avenue des Parkrings auf beiden Seiten von Schaulustigen in ihrem Sonntagsstaat gesäumt. Unser Fiaker bahnte sich einen Weg über den Platz und sauste dann durch menschenleere Straßen bis zur Liebenberggasse 7 – dem Wohnhaus, zu dem wir wollten. Es steht Liebenberggasse, Ecke Parkring, und von seinen Balkonen aus hat man einen meilenweiten Blick die Prachtstraße hinunter. Kurz nach neun saßen wir mit einem Dutzend anderer Gäste im Schatten einer Markise auf dem Balkon im ersten Geschoss und warteten auf den Festzug. Dabei sollte er erst in einer Stunde beginnen und würde dann eine halbe Stunde später bei uns vorbeikommen. Zahlenmäßig würde es eine große Sache werden; den Berichten zufolge sollten an die 25 000 marschieren. Aber nicht die Zahlen machen die Faszination eines Festzuges aus; habe ich doch eine Unmenge ausgedehnter Umzüge gesehen, die sich nicht lohnten. Die Kostüme sind es, die einen Festzug ausmachen; sieht man einen mit dem richtigen Muster, kommt man auch ohne große Länge aus. Vor zwei, drei Monaten sah ich einen mit dem Kaiser und einem Erzbischof; der Erzbischof wurde auf einer Sänfte unter einem Baldachin getragen und hatte sein Scheitelkäppchen auf, der ehrwürdige Kaiser folgte ihm zu Fuß und war barhäuptig. Selbst wenn dies der ganze Festzug gewesen wäre, hätte er sich gelohnt. Inzwischen bin ich alt und werde vielleicht nie Kaiser werden – zumindest nicht in dieser Welt. Ich bin so viele Male enttäuscht worden, dass ich jedes Jahr skeptischer und resignierter werde; sollte es aber doch noch dazu kommen, wird mein Umzug dem Erzbischof etwas Neues bieten, denn er wird zu Fuß gehen.

Die Warterei auf dem Balkon wurde uns nicht langweilig. Links und rechts sah man die großzügige Avenue, die sich bis in die Ferne erstreckte, mit ihrem Doppelwall dicht gedrängter Menschen, einer erwartungsvollen erregten Volksmenge, die da in der Sonne briet und ein Schauspiel bot, das man behaglich aus dem Schatten heraus verfolgen konnte. Das heißt, auf unserer Straßenseite standen sie in der Sonne, nicht jedoch auf der anderen Seite, wo sich der Park befindet – dort gab es dichten Schatten. Die Leute waren gutmütig, machten den Polizisten aber viel Mühe, da sie ständig auf den Fahrdamm hinausbrandeten und wieder zurückgedrängt werden mussten. Sie waren bester Stimmung, dabei hatten die meisten schon drei, vier Stunden lang in dem Getümmel ausgeharrt – und zwei Drittel von ihnen waren Frauen und Mädchen.

Endlich kam ein einsamer berittener Polizist die Straße entlanggaloppiert – das erste Anzeichen, dass das Spektakel bald beginnen würde. Nach fünf Minuten folgte ihm ein Mann auf einem geschmückten Fahrrad. Als Nächster sprengte ein Adjutant des Zeremonienmeisters auf einem glänzend gestriegelten Rappen an uns vorbei. Fünf Minuten später ferne Musikklänge. Fünf weitere, und am unteren Ende der Straße blitzt die Spitze des Umzugs auf.

Was für ein Umzug! Um nichts in der Welt hätte ich ihn verpassen mögen. Nach allem, was ich gehört hatte, setzte er sich aus Schützenvereinen aus dem gesamten Kaiserreich zusammen, mit ein, zwei Gastvereinen aus Frankreich und Deutschland. In meiner Vorstellung handelte es sich um 25 000 Männer in unauffälliger Kleidung, die, die Gewehre geschultert, gleichförmig vorüberzogen – ein Ausflug New Yorker Scheibenschützen auf der großen Bühne. In meiner Phantasie sah ich schon farbige Vereinsbrüder vor mir, die Eiskübel und Zielscheiben schleppten und sich den Schweiß von der Stirn wischten.

Aber das hier war etwas ganz anderes. Eines der fesselndsten Spektakel der

Welt ist eine Wagner'sche Operntruppe, die mit schmetternder Musik und fliegenden Fahnen auf die Bühne marschiert. Und genauso ein Spektakel war dies, nur unendlich vergrößert und bei herrlichem Sonnenschein und vor einer zahllosen Menschenmenge begeisterter Zuschauer, die mit Taschentüchern winkten und Hurrarufe ausstießen. Es war großartig, schön und prächtig; kein Flittergold, kein Schwindel; keine Blechrüstungen, kein Baumwollsamt, keine unechte Seide, keine Orientteppiche aus Birmingham; alles war, was es zu sein behauptete. Die Kostüme sind es, die einen Festzug ausmachen; und für diese Kostüme wurden sämtliche Jahrhunderte herangezogen, selbst Zeitalter, die schon uralt waren, als Kaiser Rudolf noch lebte.

Es gab Truppenkörper von Lanzenträgern mit schlichten Eisenhelmen von vor tausend Jahren; andere Trupps mit dekorativeren Helmen aus späteren Jahrhunderten und mit Brustharnischen versehen; wieder andere Trupps in kunstvollen Kettenhemden – einige mit Armbrüsten, andere mit den frühesten Luntenschlössern bewaffnet; weitere Trupps mit phantastisch pittoresken Rüstungspanzern und großen Federhelmen aus der Mitte des sechzehnten Jahrhunderts. Dann gab es Trupps von Rittern im reizenden Sammet des Mittelalters, gleich gewandete Edelleute zu Pferde – Wamse mit riesigen Puffärmeln, breitrandige Brigantenhüte mit großen Federbüschen; und prächtige wirkungsvolle Farben – Altgold, Schwarz und Scharlachrot; tiefes Gelb, Schwarz und Scharlachrot; Braun, Schwarz und Scharlachrot. Eine stattliche Gestalt, die so gekleidet ist, mit einem Bidenhänder, lang wie ein Billardstock, rittlings auf einem großen dekorierten Zugpferd, die prunkvollen Farben von Sonne überflutet – eine Gestalt wie diese, mit fünfzig in seinem Gefolge marschierenden Dubletten, ist allein schon Festzug genug.

Dabei war dies nur ein Detail. Sämtliche Jahrhunderte zogen vorüber; zogen vorüber in Farbenpracht und einer Vielzahl seltsamer, malerischer, kurioser und herrlicher Kostüme, die man außer in der Oper und in Bilderbüchern in dieser Welt heute nicht mehr zu Gesicht bekommt. Und dann und wann tauchte mitten in dieser strömenden Flut von Gepränge eine ausgesprochen gegensätzliche Note auf – ein berittenes Komitee in Gesellschaftskleidung – Fracks, weißen Handschuhen und glänzenden neuen Zylindern; gleich hinterdrein an die hundert umhertollende Clowns in grellbunten

Kostümen oder eine Gruppe samtgekleideter Pagen mit Dolchen und gefiederten Kappen aus alten Zeiten, die, zart wie Regenbogen, in fleischfarbenen Strumpfhosen entlangtänzelten, und zwar so geschickt, als wären sie dafür geboren und eigens dazu herangebildet.

In Abständen große Festwagen mit Thron und hohem Baldachin, gepolstert in Seide, ausgelegt mit Orientteppichen und beladen mit Mädchen in Galakostümen. Es gab mehrere Militärkompanien in Uniformen verflossener Epochen – darunter eine, die anderthalb Jahrhunderte zurückliegt, und eine andere aus der Zeit und der Gegend von Andreas Hofer; darauf folgte eine große Kompanie Männer, Frauen und Mädchen in den Gesellschaftsmoden einer Periode, die sich vom Direktorium bis etwa 1840 erstreckte – sehr sehenswert. Unter den hübschesten, flottesten und malerischsten Trachten des Festzugs waren jene, in die Regimenter um Regimenter von Bauern aus Tirol, Böhmen und allen Teilen des Kaiserreichs gekleidet waren. Sie sind älteren Datums, werden aber auch heute noch getragen.

Ich habe noch keinen Festzug gesehen, der mehr Begeisterung geweckt hätte als dieser. Jedes Land hätte seine Gefühle offenbart, bot er doch einen hinreißenden Anblick. Ende dieses Jahres werde ich dreiundsechzig, wenn ich noch lebe – und etwa genauso alt, wenn ich sterbe. Seit sechzig Jahren sehe ich mir Festumzüge an; und seltsamerweise fanden die schönsten in den vergangenen drei Jahren statt: einer 96 in Indien, dann der Festzug zum Rekordjubiläum der Queen letztes Jahr in London und nun dieser. Als ein Appell an die Einbildungskraft – als Anschauungsunterricht, der die Macht, Majestät und Ausdehnung des größten Imperiums zusammenfasste, das die Welt je gesehen hat – steht der Umzug der Queen an erster Stelle; als Bild fürs Auge aber übertrifft ihn dieser hier; und darin reicht er fast an den Festzug von Jaipur heran – und der war ein Traum der Verzauberung.

[1898–1905]

Mein Debüt als Literat*

Von Mark Twain (vormals »Mike Swain«)

1. Oktober 1898. In jenen frühen Tagen hatte ich in einer Zeitung an der Ostküste bereits eine kleinere Sache (»Der berühmte Springfrosch von Calaveras«) veröffentlicht, doch war ich nicht der Ansicht, dass sie zählte. Meiner Auffassung nach konnte jemand, der nur kleine Sachen in Zeitungen veröffentlichte, nicht den Anspruch erheben, Literat zu sein; er musste darüber hinauswachsen; er musste in einer Zeitschrift erscheinen. Dann erst wäre er Literat und dazu noch berühmt – und zwar auf der Stelle. Bei mir waren diese beiden Ambitionen stark ausgeprägt. Es war 1866. Ich bereitete meinen Beitrag vor und schaute mich dann nach der besten Zeitschrift um, in der ich mir erste Lorbeeren verdienen könnte. Ich wählte *Harper's Monthly*. Der Beitrag wurde angenommen. Ich unterzeichnete ihn mit »Mark Twain«, denn an der Pazifikküste war dieser Name bereits im Umlauf, und ich hatte die Absicht, ihn mit diesem einen Wurf auf der ganzen Welt bekannt zu machen. Der Artikel erschien in der Dezemberausgabe, und einen Monat lang saß ich da und wartete auf die Januarausgabe – denn diese würde das Jahresverzeichnis mit den Namen der Beiträger enthalten, mein Name stünde darin, und ich würde berühmt werden und das Bankett geben, das mir vorschwebte. *1866*

Ich gab das Bankett nicht. Den Namen »Mark Twain« hatte ich nicht deutlich genug geschrieben; für die Drucker von *Harper's* war er neu, und sie gaben entweder *Mike Swain* oder *MacSwain* in den Satz, ich kann mich nicht mehr genau erinnern. Jedenfalls wurde ich nicht gefeiert und gab das Bankett nicht. Ich war Literat, aber das war auch schon alles – ein begrabener Literat; lebendig begraben.

* Dies ist Kapitel XIV meiner unveröffentlichten Autobiographie.

Mein Artikel handelte vom Brand des Klippers *Hornet* am 3. Mai 1866 auf See. Einunddreißig Mann waren an Bord gewesen, und ich hielt mich gerade in Honolulu auf, als die fünfzehn abgemagerten und gespenstischen Überlebenden dort eintrafen, nach dreiundvierzigtägiger Fahrt in einem offenen Boot durch die heißen Tropen und mit Lebensmittelrationen *für zehn Tage*. Eine bemerkenswerte Reise, durchgeführt von einem Kapitän, der selbst bemerkenswert war, denn sonst hätte es keine Überlebenden gegeben. Er war Neuengländer von bester seemännischer Herkunft aus alten tüchtigen Zeiten – Kapitän Josiah Mitchell.

Ich hielt mich auf den Inseln auf, um Briefe für die Wochenausgabe der *Sacramento Union* zu verfassen, einer wohlhabenden einflussreichen Tageszeitung, die überhaupt keine Verwendung dafür hatte, es sich aber leisten konnte, zwanzig Dollar die Woche für nichts auszugeben. Die Eigentümer waren liebenswerte und wohlgelittene Männer; zweifellos längst tot, aber in meiner Person gibt es wenigstens einen, der sich voller Dankbarkeit an sie erinnert; denn ich wollte die Inseln unbedingt sehen, und sie hörten mich an und gaben mir die Gelegenheit dazu, obwohl es so gut wie unwahrscheinlich war, dass sie auf irgendeine Weise davon profitieren könnten.

Ich hatte mich bereits etliche Monate auf den Inseln aufgehalten, als die Überlebenden eintrafen. Damals war ich an mein Zimmer gefesselt und konnte nicht gehen. Hier nun bot sich die großartige Gelegenheit, meiner Zeitung einen Dienst zu erweisen, und ich war nicht in der Lage, sie zu nutzen. Zwangsläufig steckte ich in großen Schwierigkeiten. Aber durch einen glücklichen Zufall weilte zur selben Zeit auch Seine Exzellenz Anson Burlingame hier, auf dem Weg, seinen Posten in China anzutreten, wo er vorzügliche Arbeit für die Vereinigten Staaten leisten sollte. Er kam, ließ mich auf eine Trage legen und in das Krankenhaus schaffen, in dem die Schiffbrüchigen versorgt wurden, und ich musste nicht einmal Fragen stellen. Um all das kümmerte er sich selbst, und ich brauchte nichts weiter zu tun, als Notizen anzufertigen. Es sah ihm ähnlich, sich so viel Mühe zu machen. Er war ein großer Mann und ein großer Amerikaner; und es lag in seiner edlen Natur, von seinem hohen Amt herunterzukommen und, wann immer es ihm möglich war, Freundschaftsdienste zu leisten.

Um sechs Uhr abends waren wir mit der Arbeit fertig. Ich aß nicht zu Abend, denn wenn ich die anderen Korrespondenten schlagen wollte, durfte ich keine Zeit verlieren. Vier Stunden verbrachte ich damit, die Notizen in die richtige Reihenfolge zu bringen, dann schrieb ich die ganze Nacht hindurch bis in die Morgenstunden; mit dem Ergebnis, dass um neun Uhr morgens ein langer detaillierter Bericht über den Zwischenfall auf der *Hornet* vorlag, während die Korrespondenten der San Franciscoer Zeitungen nur über einen kurzen Abriss verfügten – da sie nicht aufgeblieben waren. Der Kurierschoner sollte gegen neun Uhr nach San Francisco segeln; als ich am Kai ankam, war er vorn schon frei, gerade wurde die Achterleine gelöst. Eine kräftige Hand schleuderte meinen dicken Umschlag an Bord, wo er sicher auf den Planken landete, und der Sieg war mir gewiss. Pünktlich erreichte das Schiff San Francisco, und mein vollständiger Bericht sorgte für Aufsehen und wurde an die Zeitungen in New York telegraphiert. Und zwar von Mr. Cash, der damals für das Pazifikbüro des *New York Herald* zuständig war.

Als ich bald darauf nach Kalifornien zurückkehrte, fuhr ich nach Sacramento und präsentierte eine Rechnung über zwanzig Dollar die Woche für allgemeine Korrespondenz. Sie wurde anstandslos bezahlt. Dann präsentierte ich eine Rechnung für »besondere« Dienste in puncto *Hornet*, drei solide Spalten Nonpareille zu *hundert Dollar die Spalte*. Der Kassierer fiel zwar nicht in Ohnmacht, war aber nahe daran. Er schickte nach den Eigentümern, und diese kamen und erhoben keine Einwände. Auf ihre fröhliche Art lachten sie nur und sagten, das sei zwar Beutelschneiderei, aber sei's drum, es sei ein großer »Scoop« (ob die Rechnung oder mein Bericht über die *Hornet*, wusste ich nicht). »Zahlen Sie nur, es geht in Ordnung.« Die besten Männer, die je eine Zeitung besessen haben.

Die Überlebenden der *Hornet* erreichten die Sandwichinseln am 15. Juni. Sie waren nur noch Haut und Knochen; ihre Kleidung hing schlaff an ihnen herab wie bei Windstille eine Flagge von ihrem Mast. Aber im Krankenhaus wurden sie gut betreut; die Einwohner von Honolulu versorgten sie mit allen Leckerbissen, deren sie bedurften; schnell kamen sie zu Kräften und waren bald wieder ganz hergestellt. Binnen vierzehn Tagen nahmen die meisten von ihnen das Schiff nach San Francisco, das heißt, wenn die Daten in meiner Erinnerung nicht durcheinandergeraten sind. Ich fuhr mit demselben Schiff, einem Segler. Kapitän Mitchell von der *Hornet* war auch dabei, ebenso die einzigen Passagiere, die die *Hornet* befördert hatte, zwei junge Gentlemen, Brüder aus Stanford, Connecticut: Samuel Ferguson, achtundzwanzig Jahre alt, Absolvent des Trinity College Hartford, und Henry Ferguson, achtzehn Jahre alt, Student an demselben College und jetzt, da ich dies schreibe, Professor ebenda, was er nun schon seit vielen Jahren ist. In diesem Jahr – 1898 – wird er fünfzig. Samuel hatte einige Jahre an Schwindsucht gelitten, und die lange Reise um das Kap Hoorn, so war ihm angeraten worden, sei seine letzte Chance. Die *Hornet* war ein Klipper erster Klasse und ein schneller Segler, das Quartier der jungen Männer geräumig und komfortabel, zudem gut bestückt mit Büchern und Fleisch- und Obstkonserven zur Ergänzung der Schiffsverpflegung; und als das Schiff in der ersten Januarwoche vom New Yorker Hafen in See stach, sah es ganz so aus, als würde es die vierzehn- oder fünfzehntausend Meilen, die vor ihm lagen, schnell und gut hinter sich bringen. Sobald das Schiff die kalten Breiten hinter sich gelassen hatte und in sommerlichem Wetter dahinfuhr, wurde die Reise zu einem Ferienpicknick. Unter einer Wolke von Segeln, die tagelang keiner Aufmerksamkeit und keiner Veränderungen bedurften, flog das Schiff gen Süden; die jungen Männer lasen, schlenderten auf dem geräumigen Deck auf und ab, ruhten sich aus, dösten im Schatten der Leinwände und nahmen ihre Mahlzeiten mit dem Kapitän ein; und wenn der Tag sich seinem Ende neigte, spielten sie mit ihm bis zum Schlafengehen Dummy Whist. Nach dem Schnee, dem Eis und den Sturmwinden am Kap Hoorn gelangte das Schiff auf nördlichem Kurs wieder in sommerliches Wetter, und die Reise wurde abermals zu einem Picknick.

Bis zum frühen Morgen des 3. Mai. Errechnete Schiffsposition: 112° 10' westlicher Länge, Breite zwei Grad über dem Äquator; kein Wind, kein Seegang – absolute Windstille; Lufttemperatur tropisch, glühend heiß, unvorstellbar für jeden, der noch nie darin geschmort hat. Dann der Ruf »Feuer!«. Ein treuloser Seemann hatte die Regeln missachtet und war mit offener Flamme unter Deck gegangen, um aus einem Fass etwas Firnis zu zapfen.

Das zu erwartende Resultat stellte sich ein, und die Stunden des Schiffes waren gezählt.

Es war keine Zeit zu verlieren, aber der Kapitän machte das Beste daraus. Die drei Boote wurden zu Wasser gelassen – ein Beiboot und zwei Rettungsboote. Dass kaum noch Zeit war und erhebliche Eile und Aufregung herrschten, wird daraus ersichtlich, dass aufgrund eines Zusammenstoßes beim Aussetzen der Boote ein Loch in die Seitenwand des einen geschlagen und ein Ruder durch die Seitenwand eines anderen gerammt wurde. Die erste Sorge des Kapitäns galt vier kranken Seeleuten, die an Deck in Sicherheit gebracht wurden – unter ihnen ein Portugiese. Während der gesamten Reise hatte der Mann keine Arbeit verrichtet, sondern vier Monate lang in seiner Hängematte gelegen und einen Abszess auskuriert. Als wir im Krankenhaus von Honolulu Notizen machten und ein Matrose Mr. Burlingame davon erzählte, hob der Dritte Maat, der in der Nähe lag, unter Mühen den Kopf und brachte – feierlich und mit Gefühl – die folgende Berichtigung an:

»Hat Abszesse *großgezogen*; hatte 'ne ganze Familie davon. Hat er gemacht, um sich vor dem Wacheschieben zu drücken.«

Aller Proviant, der zur Hand war, wurde von den Matrosen und den beiden Passagieren eingesammelt und aufs Deck geworfen, wo schon der Portugiese lag, dann eilten sie fort, um noch mehr zu holen. Der Matrose, der Mr. Burlingame davon erzählte, fügte hinzu:

»Auf diese Art stellten wir für einunddreißig Männer Rationen für zweiunddreißig Tage zusammen.«

Der Dritte Maat hob erneut den Kopf und nahm voller Erbitterung eine weitere Korrektur vor:

»Zweiundzwanzig davon hat der Portugiese gegessen, wie er so dalag, und keiner hat's gemerkt. Der vermaledeite Hund.«

Das Feuer breitete sich mit großer Geschwindigkeit aus. Der Rauch und die Flammen trieben die Männer zurück, sie mussten die Proviantbeschaffung abbrechen und hatten, als sie die Boote bestiegen, nur Rationen für zehn Tage sichern können.

Alle Boote verfügten über einen Kompass, einen Quadranten, ein Exemplar von Bowditchs *Navigator* und einen nautischen Almanach, die Boote des

Kapitäns und des Ersten Maats außerdem über Chronometer. Alles in allem waren es einunddreißig Männer. Der Kapitän erstellte ein Inventar der Vorräte, mit folgendem Ergebnis: vier Schinken, fast dreißig Pfund gepökeltes Schweinefleisch, eine halbe Kiste Rosinen, hundert Pfund Brot, zwölf Zwei-Pfund-Dosen Austern, Muscheln und verschiedene Sorten Fleisch, ein Fass mit vier Pfund Butter, zwölf Gallonen Wasser in einem Vierzig-Gallonen-Fass, vier Ein-Gallonen-Korbflaschen Wasser, drei Flaschen Brandy (Eigentum der Passagiere), einige Pfeifen, Streichhölzer und hundert Pfund Tabak. Keine Medikamente. Natürlich musste die ganze Gesellschaft sofort auf kleine Rationen gesetzt werden.

Der Kapitän und die beiden Passagiere führten Tagebuch; auf unserer Reise nach San Francisco gerieten wir mitten auf dem Pazifik in eine Flaute und kamen vierzehn Tage lang nicht einmal fünf Meter voran; das gab mir die Gelegenheit, die Tagebücher abzuschreiben. Das von Samuel Ferguson ist am vollständigsten; aus ihm möchte ich jetzt zitieren. Als die folgenden Absätze geschrieben wurden, befand sich das Schiff schon seit etwa hundertzwanzig Tagen auf See, wie üblich lagen alle Mann auf der faulen Haut, und keiner sah die Katastrophe kommen:

2. Mai. Breite 1° 28' N; Länge 111° 38' W. Wieder ein heißer und lustloser Tag; doch einmal verhießen die Wolken Wind, und es kam eine leichte Brise auf – gerade ausreichend, um uns voranzubringen. Das Einzige, was sich heute aufzuzeichnen lohnt, sind die Unmengen Fisch um uns herum: Heute Morgen wurden neun Bonitos gefangen und einige große Weiße Thunfische gesichtet. Nach dem Mittagessen angelte der Erste Maat einen Burschen, den er nicht einholen konnte, da ließ er die Leine zum Kapitän treiben, der am Bug stand. Der griff zu, holte den Fisch mit einem Ruck herauf, die Leine riss, und Fisch und Haken waren verschwunden. Achtern sahen wir auch einen riesigen Hai, der träge hinter uns her schwamm und an die drei Meter lang gewesen sein muss. Wir versuchten, ihn mit allen möglichen Angelleinen und einem Stück Schweinefleisch zu fangen, aber er wollte nicht anbeißen. Ich vermute, er hatte seinen Appetit bereits an den Köpfen und den sonstigen Resten der Bonitos gestillt, die wir über Bord geworfen hatten.

Der Eintrag des nächsten Tages verzeichnet die Katastrophe. Die drei Boote legten ab, zogen sich eine kurze Strecke weit zurück und hielten an. Die beiden beschädigten Boote leckten stark; einige der Männer waren damit beschäftigt, Wasser auszuschöpfen, andere verstopften die Löcher, so gut es ging. Der Kapitän, die beiden Passagiere und elf Mann saßen mit ihrem Anteil an Proviant und Wasser im Beiboot, mehr Platz gab es nicht, denn das Boot war nur sechseinhalb Meter lang, knapp zwei Meter breit und einen Meter tief. Der Erste Maat und acht Mann saßen in einem der beiden kleineren Boote, der Zweite Maat und sieben Mann in dem anderen. Bis auf ihre Mäntel und das, was sie am Leibe trugen, hatten die Passagiere keine Kleidungsstücke retten können. In der Einsamkeit des Meeres gab das in Flammen gehüllte Schiff, das eine große schwarze Rauchsäule zum Himmel schickte, ein großartiges Bild ab, und Stunde um Stunde saßen die Ausgestoßenen da und sahen zu. Unterdessen berechnete der Kapitän die ungeheure Entfernung, die sich zwischen ihm und dem nächsten erreichbaren Land auftat, dann reduzierte er die Rationen, um für die Notlage gerüstet zu sein: ein halber Zwieback zum Frühstück; ein Zwieback und etwas Dosenfleisch zum Mittagessen; ein halber Zwieback zum Abendbrot; zu jeder Mahlzeit ein paar Schluck Wasser. Und so begann, noch während das Schiff brannte, der Hunger an ihnen zu nagen.

4. Mai. Das Schiff brannte die ganze Nacht lichterloh; wir hoffen, dass irgendein Schiff den Widerschein gesehen hat und auf uns zuhält. Heute Vormittag aber keins gesichtet; darum haben wir beschlossen, gemeinsam nach Norden und leicht westlich zu einigen Inseln zu fahren, die zwischen 18° und 19° nördlicher Breite und 114° und 115° westlicher Länge liegen, in der Hoffnung, in der Zwischenzeit von einem Schiff aufgegriffen zu werden. Gegen 5 Uhr morgens sank das Schiff plötzlich. Wir finden die Sonne sehr heiß und stechend; alle versuchen, sich zu schützen, so gut sie können.

Nun taten sie etwas ganz Natürliches: Mehrere Stunden lang warteten sie auf jenes Schiff, das den Widerschein gesehen haben mochte und sich durch die fast absolute Windstille langsam einen Weg zu ihnen bahnte. Dann gaben sie auf und nahmen ihren Plan in Angriff. Betrachtet man die Karte, wird man sagen, dass ihr Kurs mühelos festzulegen war. Isabela (Galápagos-Gruppe), fast tausend Meilen entfernt, liegt genau nach Osten; die Inseln, die im Tagebuch unbestimmt als »einige Inseln« bezeichnet werden (die Revillagigedo-Inseln), liegen ihrer Meinung nach in einer weitgehend unbekannten Region tausend Meilen nach Norden und hundert oder hundertfünfzig Meilen nach Westen; Acapulco an der mexikanischen Küste liegt knapp tausend Meilen nach Nordosten. Man wird sagen, irgendwelche Felsen mitten im Meer sind nicht das, was Schiffbrüchige gebrauchen können; sollen sie also auf Acapulco und das Festland zuhalten. Das scheint der vernünftigste Kurs zu sein, doch den Tagebüchern entnimmt man schnell, dass dieser Kurs ganz und gar unvernünftig, ja reiner Selbstmord gewesen wäre. Würden die Boote auf Isabela zuhalten, würden sie die ganze Strecke über in den »Kalmen« dümpeln – was den nassen Tod bedeuten würde, mit Winden, die völlig verrücktspielen und aus allen Himmelsrichtungen gleichzeitig, ja sogar senkrecht wehen. Würden die Boote hingegen Kurs auf Acapulco nehmen, würden sie zwar nach der Hälfte der Strecke die »Kalmen« hinter sich lassen – vorausgesetzt, die Hälfte der Strecke wäre zu schaffen –, sich dann aber in einer jämmerlichen Lage befinden, denn dort träfen sie auf die nordöstlichen Passatwinde, die ihnen entgegenblasen würden, zumal die Boote so getakelt waren, dass sie kaum gegen den Wind segeln konnten. So brachen sie klugerweise nach Norden auf, mit einer leichten Abweichung nach Westen. Sie hatten karge Lebensmittelrationen für nur mehr zehn Tage; das Beiboot hatte die anderen im Schlepptau; sie konnten sich nicht darauf verlassen, in den Kalmen tatsächlich voranzukommen, und hatten noch immer vier- oder fünfhundert Meilen Kalmen vor sich. *Die* sind der wahre Äquator, ein zehn- oder zwölfhundert Meilen breiter rollender, tosender, regnerischer Gürtel, der den Erdball umspannt.

In der ersten Nacht regnete es stark, und alle waren durchnässt, aber immerhin konnten sie ihr Wasserfass auffüllen. Die Brüder saßen im Heck beim Kapitän, der steuerte. Der Platz war beengt; niemand konnte richtig schlafen. »Blieben auf Kurs, bis Böen uns abtrieben.«

Stürmisch und böig der nächste Morgen, mit strömendem Regen. Eine schwere und gefährliche »kabbelige« See. Man staunt, wie solche Boote darin bestehen können. Wenn ein Mann und ein Hund in einem Boot von der Größe des Beiboots den Atlantik überqueren, spricht man von einer tollkühnen Meisterleistung, und das ist es auch; aber dieses Beiboot war überladen mit Menschen und anderem Plunder und nur einen Meter tief. »Natürlich mussten wir oft an alle daheim denken und waren froh, uns daran zu erinnern, dass am heutigen Sonntag das Abendmahl gefeiert wurde und unsere Freunde Gebete für uns sprechen würden, auch wenn sie von der Gefahr, in der wir schwebten, nichts wussten.«

In den ersten drei Tagen und Nächten konnte sich der Kapitän nicht einmal ein Nickerchen leisten, in der vierten Nacht aber fiel er in einen kurzen Schlaf. »Der schlimmste Seegang bisher.« Gegen zehn Uhr nachts änderte der Kapitän den Kurs und steuerte Richtung Ostnordost, in der Hoffnung, zur Clipperton-Insel zu gelangen. Sollte ihm das misslingen, war es auch nicht weiter schlimm, denn dann wäre er in einer besseren Position, die anderen Inseln zu erreichen. An dieser Stelle will ich anmerken, dass er die Insel nicht fand.

Am 8. Mai den ganzen Tag kein Windhauch – die Sonne glühend heiß. Sie begannen zu rudern. Zahlreiche Delphine, aber fangen konnten sie keinen. »Ich glaube, wir alle begreifen mehr und mehr, in welcher schrecklichen Lage wir uns befinden.« »Ein Schiff braucht oft Wochen, um die Kalmen zu durchqueren – wie viel länger erst ein Boot wie das unsrige.« »Wir sitzen so gedrängt, dass wir uns zum Schlafen nicht ausstrecken können, sondern Schlaf finden müssen, wie er eben kommt.«

Natürlich wird diese Enge immer zermürbender, aber es entspricht der menschlichen Natur, es nicht immer wieder festzuhalten; weitere fünf Wochen werden so vergehen – wir dürfen nicht vergessen, dass es in den Augen des Tagebuchschreibers unsere Betten umso weicher macht.

Am 9. Mai gibt ihm die Sonne eine Warnung: »Wenn man mit beiden Augen hinsieht, ist der Horizont so gekreuzt: X.« »Henry geht es gut, aber er grübelt mehr über unsere schwierige Lage, als ich mir wünsche.« Sie fingen zwei Delphine – sie schmeckten gut. »Der Kapitän glaubte, der Kompass sei nicht mehr zuverlässig, aber dann zeigte sich der lange nicht sichtbare Nordstern – ein willkommener Anblick – und bestätigte die Anzeige des Kompasses.«

10. Mai, Breite 7° 0' 3" N, Länge 111° 32' W. In den sechs Tagen, seit sie die Gegend um das gesunkene Schiff verlassen haben, hatten sie also dreihundert Meilen Richtung Norden zurückgelegt. »Den ganzen Tag in einer Flaute getrieben.« Und natürlich kochend heiß; ich war selbst dort unten und erinnere mich an diese Einzelheit. »Es ist so, wie der Kapitän sagt. Alles Romantische ist längst entschwunden, und ich glaube, die meisten von uns sehen unserer schrecklichen Lage voll ins Gesicht.« »Wir kommen auf unserem Kurs nur geringfügig voran.« Schlechte Nachrichten vom hintersten Boot; die Männer sind nicht sparsam; »sie haben alles Dosenfleisch verzehrt, das vom Schiff mitgenommen wurde, und werden allmählich unzufrieden«. Anders die Leute des Ersten Maats – offensichtlich sind sie unter den Augen eines *Mannes*.

Unter dem Datum des 11. Mai: »Wir stehen still! Schlimmer noch – letzte Nacht haben wir mehr verloren, als wir gestern gewonnen haben.« In der Tat verloren sie drei von den dreihundert Meilen Nordwert, die sie so mühsam zurückgelegt hatten. »Der Hahn, der, als das Schiff in Flammen stand, gerettet und ins Boot geworfen worden war, lebt noch und kräht bei Tagesanbruch, was uns sehr aufmuntert.« Wovon hat er eine ganze Woche lang gelebt? Haben die hungernden Männer ihn von ihrem kärglichen Proviant gefüttert? »Das Schiff des Zweiten Maats wieder ohne Wasser, was beweist, dass sie mehr trinken, als ihnen zusteht. Der Kapitän ist ziemlich scharf mit ihnen ins Gericht gegangen.« Das stimmt; seine Bemerkungen stehen in meinem alten Notizbuch; ich habe sie vom Dritten Maat im Krankenhaus von Honolulu. Aber hier ist dafür kein Platz, außerdem sind sie zu explosiv. Außerdem bewunderte sie der Dritte Maat, und was er bewunderte, das schmückte er vermutlich aus.

Noch immer hielten sie voller Hoffnung nach Schiffen Ausschau. Der Kapitän war ein umsichtiger Mann, vermutlich ließ er sich nicht anmerken, dass das im Wesentlichen Zeitverschwendung war. »In diesen Breitengraden stehen kleine senkrechte Wolken am Horizont, die Schiffen sehr ähnlich sehen.« Beim Verlassen des Schiffes hatte Mr. Ferguson drei Flaschen Brandy aus seinen privaten Vorräten gerettet, und in diesen Tagen kam ihnen der Alkohol zustatten. »Der Kapitän teilt an unsere Crew zwei Esslöffel Brandy und Wasser – halb und halb – aus.« Damit meint er die diensthabende Wache; sie standen regelmäßig Wache – vier Stunden Wache, vier Stunden Freiwache. Der Erste Maat war ein ausgezeichneter Offizier – ein selbstbeherrschter, resoluter, feiner, vielseitiger Mann. Der Tagebuchschreiber trägt die folgende Notiz ein – die seinen Charakter bezeugt: »Dem Ersten Maat bot ich eine Flasche Brandy an, doch er lehnte ab und sagte, er könne das zweite Boot auch so ruhig halten, zudem hätten wir nicht genug für alle.«

Henry Fergusons Tagebuch bis dahin, vollständig zitiert: – 4., 5., 6. Mai. Kalmen. *7., 8., 9. Mai.* Kalmen. *10., 11., 12. Mai.* Kalmen. – Das sagt alles. Habe noch nie in meinem Leben solche Hitze, solche Dunkelheit, solche Gewitter, solchen Wind und solchen Regen gesehen, gefühlt, gehört oder erlebt.

Das Tagebuch des jungen Mannes ist von jener sparsamen Art, wie man sie von einem Menschen in diesen Umständen erwarten kann – und man muss ihm seine Sparsamkeit nachsehen. Sein Bruder, der vor Schwindsucht, Hunger, Durst, glühender Hitze, sintflutartigen Regenfällen, Schlaflosigkeit und Bewegungsmangel dahinsiechte, war in seinem Tagebuch vom ersten bis zum letzten Tag gleichbleibend gewissenhaft und ausführlich – ein Beispiel für bemerkenswerte Treue und Entschlossenheit. Trotz des rollenden und springenden Bootes schrieb er mit einer klaren, schönen Handschrift, die so leicht zu entziffern war, als wäre sie gedruckt.

Es scheint, als würden sie über 7° N nicht hinausgelangen. Am nächsten Tag sind sie noch immer dort:

12. Mai. Gestern Nacht guter Regen, wir haben eine Menge aufgefangen, wenn auch nicht genug, um unser Fass, unsere Eimer usw. zu füllen. Unser Ziel ist es, aus der Kalmenzone herauszukommen, aber offenbar schaffen wir es nicht. Heute hatten wir sehr veränderliches Wetter und hoffen, dass wir uns an ihrem Nordrand befinden, obwohl wir nicht viel weiter als 7° gekommen sind. Heute Morgen glaubten wir alle, ein Segel gesichtet zu haben; aber es war nur eine dieser trügerischen

Wolken. Hat heute viel geregnet, so dass alle Mann sich nass und unwohl fühlen; allerdings haben wir unsere Wasserbehälter fast alle auffüllen können. Ich hoffe, dass wir eine ruhige Nacht haben werden, denn der Kapitän braucht unbedingt Schlaf, und wenn Böengefahr oder sonst eine Gefahr droht, ist er immer zur Stelle. Ich hätte nie gedacht, dass offene Boote wie das unsrige, mit einer Ladung, schweren Seegang, wie wir ihn erlebt haben, überstehen könnten.

In der Nacht vom 12. auf den 13. »brachte uns der Ruf ›*Ein Schiff!*‹ auf die Beine«. Es schien der Schimmer einer Schiffssignallaterne zu sein, die hinter der Krümmung des Meeres auftauchte. Es waren Momente atemloser Hoffnung, als sie mit klopfenden Herzen dastanden und mit den Händen die Augen beschatteten – aber das Versprechen bewahrheitete sich nicht; das Licht war ein aufgehender Stern. Es ist lange her – zweiunddreißig Jahre – und hat keine Bedeutung mehr, und doch tut einem ihre Enttäuschung leid. »Heute oft an die daheim gedacht und an die Enttäuschung, die sie nächsten Sonntag spüren werden, wenn sie aus San Francisco per Telegraph nichts von uns hören.« Es wird jedoch noch viele Wochen dauern, bis das Telegramm eintrifft, und dann wird es der Donnerschlag der Freude sein und wie ein Wunder wirken, denn es wird Männer aus dem Grab auferstehen lassen, die schon als tot betrauert wurden. »Heute wurden unsere Rationen auf einen Viertel Zwieback und einen Viertelliter Wasser pro Mahlzeit reduziert.« Es ist der 13. Mai, und vor ihnen liegt noch eine Fahrt von mehr als einem Monat! Da sie das nicht wissen, »fühlen wir uns alle recht zuversichtlich«.

Am Nachmittag des 14. gab es ein Gewitter, »das uns zur Nacht hin von allen Seiten einzuschließen schien und alles sehr dunkel und böig machte«. »Unsere Situation wird immer hoffnungsloser«, denn sie kamen nur sehr geringfügig nach Norden voran, »und unsere spärlichen Lebensmittelvorräte nehmen jeden Tag ab«. Sie begreifen, dass sich die Boote bald trennen müssen und jedes um sein eigenes Überleben zu kämpfen hat. Die Rettungsboote im Schlepptau zu haben ist eine hinderliche Angelegenheit.

In dieser Nacht und am nächsten Tag leichte umlaufende Winde und nur wenig Vorankommen. Schwer zu ertragen – dieser anhaltende Stillstand und die dahinschwindenden Lebensmittel. »Alles völlig durchweicht; alle so beengt und keine Möglichkeit, die Kleider zu wechseln.« Bald kommt die Sonne heraus und brät sie. »Heute hat Joe einen weiteren Delphin gefangen; in seinem Rachen fanden wir einen Fliegenden Fisch und einen Echten Bonito.« Und jetzt geschieht etwas, was begeisterte Hoffnung aufkommen lässt – ein Landvogel findet sich ein! Er ruht eine Weile auf der Rah aus, und sie können ihn nach Belieben betrachten, beneiden und ihm für seine Botschaft danken. Als Gesprächsstoff ist er unbezahlbar – ein ganz neues Thema für Zungen, die es herzlich leid sind, über ein einziges Thema zu reden: Werden wir je wieder Land erblicken und wann? Kommt der Vogel von der Clipperton-Insel? Sie hoffen es und schöpfen Mut aus diesem Glauben. Wie sich herausstellte, brachte der Vogel gar keine Botschaft; er war nur gekommen, sie zu verspotten.

16. Mai. »Der Hahn lebt noch und stimmt jeden Tag einen Lobgesang auf den Herrn an.« Es wird eine regnerische Nacht werden, »aber das ist mir gleich, solange wir nur unsere Wasserfässer auffüllen können«.

Am 17. zieht eine jener majestätischen Erscheinungen des Meeres, eine Wasserhose, an ihnen vorüber, und sie bangen um ihr Leben. In seinem knappen Journal hält sie der junge Henry mit dem besonnenen Kommentar fest: »Von einem Schiff aus hätte sie einen schönen Anblick geboten.«

Eintrag aus dem Logbuch Kapitän Mitchells für diesen Tag: *»Nur noch ein halber Bushel Brotkrumen übrig.«* (Und noch ein Monat des Umherirrens auf See.)

Es regnete die ganze Nacht und den ganzen Tag; alle unwohl. Dann ein Schwertfisch, der einen Bonito jagte, und auf der Suche nach Schutz und Freunden flüchtete sich das arme Ding unter das Ruder. Der riesige Schwertfisch wich nicht von der Stelle und bereitete allen große Angst. Den Männern lief das Wasser im Mund zusammen, hätte er doch ein wahres Festessen abgegeben; aber natürlich wagte es keiner, ihn anzufassen, denn wenn er belästigt worden wäre, hätte er das Boot sofort zum Kentern gebracht. Die Vorsehung schützte den armen Bonito vor dem grausamen Schwertfisch. Das war gut und richtig so. Dann erwies sich die Vorsehung als Freund der schiffbrüchigen Seeleute: Sie fingen den Bonito. Auch das war gut und richtig so. Bei der Verteilung der Gaben aber verlor man den Schwertfisch aus den Augen. Der machte sich davon; vermutlich um über derlei Feinheiten nachzudenken. »Den Männern in allen drei Booten scheint es ziemlich gutzugehen; der Schwächste unter den Kranken (der an Bord des Schiffes lange Zeit nicht Wache schieben konnte) ist wunderbar genesen.« Das ist der vom Dritten Maat so verachtete Portugiese, der eine ganze Familie von Abszessen großgezogen hatte.

Haben eine schreckliche Nacht verbracht. Die ganze Zeit starker Regen und böiger Wind, begleitet von furchtbaren Gewittern aus allen Himmelsrichtungen. – *Henrys Logbuch.*

Die schrecklichste Nacht, die ich je erlebt habe. – *Logbuch des Kapitäns.*

Breite 18. Mai 11° 11'. In zwei Wochen haben sie also am Tag durchschnittlich vierzig Meilen nordwärts zurückgelegt. Sich zu trennen ist weiter im Gespräch. »Zu schade, aber zur Sicherheit aller müssen wir es tun.« »Zu Beginn habe ich nie geträumt; jetzt dagegen kann ich kaum die Augen zu einem Nickerchen schließen, ohne das eine oder andere Bild heraufzubeschwören – was wohl auf Schwäche zurückzuführen ist.« Ohne die Katastrophe, so glauben sie, wären sie etwa um diese Zeit in San Francisco angekommen. »B —— hätte ich zu ihrem Geburtstag gern ein Telegramm geschickt.« Das war seine kleine Schwester.

Am 19. rief der Kapitän die Rettungsboote herbei und sagte, eins von ihnen müsse auf eigene Faust weiterfahren. Das Beiboot könne nicht länger beide schleppen. Der Zweite Maat weigerte sich, aber der Erste Maat erklärte sich bereit; er war immer bereit, wenn es galt, eine Arbeit zu verrichten. Er übernahm das Boot des Zweiten Maats; sechs aus dessen Mannschaft entschieden sich dafür, im Boot zu bleiben, und zwei von seinen eigenen Leuten schlossen sich ihm an (somit neun im Boot, er selbst mit eingerechnet). Sie segelten davon, und bei Sonnenuntergang waren sie außer Sicht. Dem Tagebuchschreiber tat es leid, sie davonsegeln zu sehen. Das war nur natürlich; auf den Portugiesen hätte man eher verzichten können. Noch nach zweiunddreißig Jahren spüre ich, wie meine Vorurteile gegen den Portugiesen wiedererwachen. Sein Aussehen ist mir längst entfallen, aber ich hasse ihn mit derselben Inbrunst wie eh und je. »Wasser wird Mangelware werden; denn wenn wir die Kalmenzone verlassen, werden uns die Passatwinde nur noch gelegentliche Regenschauer schicken. Dieses Leben zehrt sehr an meinen Kräften. Henry hält sich ausgezeichnet.« Zu Anfang ging es Henry nicht gut, in Unbill dagegen gleich besser.

Breite Sonntag, 20. Mai, 12° 0' 9". Inzwischen müssten sie die Kalmen weit hinter sich gelassen haben, aber dem ist nicht so. Keine Brise – die herbeigesehnten Passatwinde bleiben aus. Noch immer halten sie verzweifelt nach einem Segel Ausschau, haben aber nur »Visionen von Schiffen, die nicht Wirklichkeit werden – Schatten ohne Substanz«. An diesem Nachmittag fängt der Zweite Maat einen Tölpel, einen Vogel, der hauptsächlich aus Federn besteht, aber »da sie kein anderes Fleisch haben, muss es reichen«.

21. Mai, endlich stoßen sie auf die Passatwinde! Der Zweite Maat fängt drei weitere Tölpel und gibt einen davon an das Beiboot ab. Abendessen »eine halbe Dose Hackfleisch, die aufgeteilt und ausgegeben wird, was uns ein wenig stärkt«. Ein Mann ist ständig damit beschäftigt, Wasser auszuschöpfen; das Loch, das ins Boot geschlagen worden war, als es von dem brennenden Schiff zu Wasser gelassen wurde, ist nie richtig geschlossen worden. »Halten jetzt Kurs Nordwest.« Sie hoffen, Ostwert zu haben, um es bis zu einer der unbestimmten Inseln zu schaffen. Sollte ihnen das misslingen, glauben sie, eine bessere Ausgangsposition zu haben, um von einem Schiff aufgenommen zu werden. Eine verschwindend geringe Chance, aber vermutlich lässt der Kapitän das unerwähnt.

Der nächste Tag sollte ein ereignisreicher Tag werden.

22. Mai. In der letzten Nacht brachte uns der Wind vom Kurs ab, so dass wir teilweise Ostsüdost, dann Westnordwest und so weiter steuern mussten. Heute Morgen wurden wir alle von dem Ruf *»Schiff ahoi!«* aufgerüttelt. Und tatsächlich, wir konnten es sehen! Wir machten das Boot des Zweiten Maats vorübergehend los und hielten auf das Schiff zu, um seine Aufmerksamkeit auf uns zu lenken. Das war gegen halb sechs morgens. Nachdem wir in einem Zustand höchster Erregung fast zwanzig Minuten lang dahingesegelt waren, erkannten wir, dass es das Boot des

Ersten Maats war. Natürlich waren wir froh, sie zu sehen und zu hören, dass es allen gutging; dennoch war es eine herbe Enttäuschung für uns alle. Nun, da wir in den Passatwinden sind, scheint es unmöglich, weit genug nach Norden zu kommen, um an den Inseln anzulanden. Wir haben beschlossen, unser Bestes zu geben, um zur Schifffahrtsroute zu gelangen. So stark war unsere Entschlossenheit, dass es notwendig wurde, sich auch von dem anderen Boot zu trennen, was nach erheblichen Auseinandersetzungen dann auch geschah. Wir teilten Wasser und Vorräte abermals auf und nahmen Cox zu uns ins Boot. Das erhöhte unsere Zahl auf fünfzehn. Die Mannschaft des Zweiten Maats wollte zu uns kommen und das andere Boot aufgeben. Es war eine sehr schmerzhafte Trennung.

Die Inseln, die zu erreichen sie sich so lange und so hoffnungsvoll abgemüht haben, müssen also aufgegeben werden. Mit lügnerischen Vögeln, die nur herbeigeflogen kommen, um sie zu verspotten, mit Inseln, die nur ein Traum sind, mit »Visionen von Schiffen, die nicht Wirklichkeit werden«, durchleben sie eine klägliche Zeit, die ihnen das Herz bricht. Merkwürdig, dass das entschwundene Boot, das sie in der ungeheuren Einsamkeit drei Tage lang aus den Augen verloren hatten, wieder aufgetaucht war. Aber es hatte ihnen Cox beschert – warum, wissen wir nicht. Aber wäre es nicht so gewesen, der Tagebuchschreiber hätte nie wieder Land gesehen.

23. Mai. Unsere Chancen, aufgelesen zu werden, steigen, je weiter wir nach Westen segeln, gleichzeitig verringern sich mit jedem Tag unsere kargen Bestände. Ohne die Fische, Schildkröten und Vögel, die uns der Himmel schickt, weiß ich nicht, wie wir es bis hierher geschafft hätten. Gestern habe ich mich erboten, für den Kapitän morgens und abends Gebete zu sprechen, und gestern Abend damit begonnen. Obwohl die Männer verschiedenen Nationalitäten und Bekenntnissen angehören, sind sie sehr aufmerksam und nehmen jedes Mal die Kopfbedeckung ab. Möge Gott meinen schwachen Bemühungen Erfolg gewähren!

Breite, 24. Mai, 14° 18' N. Zum Abendessen pro Mann fünf Austern, drei Löffel Saft, ein Zehntelliter Wasser und ein Stück Zwieback von der Größe eines Silberdollars. »Wir werden deutlich schwächer – möge Gott uns allen gnädig sein!« In dieser Nacht schlagen von der Luvseite schwere Brecher in das Boot, alles ist nass und unbehaglich, außerdem muss ständig Wasser ausgeschöpft werden.

Am nächsten Tag »geschah nichts Außergewöhnliches«. Einige von uns hätten das vielleicht anders gesehen. »Kamen an einer Spiere vorbei, aber nicht nahe genug, um zu erkennen, was es war.« Sie sahen einige Wale blasen; Fliegende Fische glitten über die Wasseroberfläche, aber keiner landete an Bord. Diesiges Wetter mit feinem Regen, der alles durchdringt.

Breite, 26. Mai, 15° 50'. Sie fingen einen Fliegenden Fisch und einen Tölpel, mussten sie jedoch roh verspeisen. »Die Männer werden schwächer und, wie ich glaube, verzagt; sie sagen sehr wenig.« Und so kommt zu all den vorstellbaren und unvorstellbaren Schrecknissen auch noch das Schweigen hinzu! Das stumme Brüten der nahenden Verzweiflung. »Unsere beste Chance scheint darin zu bestehen, in die Fahrrinne von Schiffen zu gelangen und darauf zu hoffen, dass jemand nahe genug an unserer Position vorbeifährt, um uns zu sehen.« Er hofft, dass die anderen Boote in westliche Richtung gefahren und aufgelesen worden sind. [In dieser Welt wird man nie wieder von ihnen hören.]

Sonntag, 27 Mai. Breite 16° 0' 5"; Länge dem Chronometer zufolge 117° 22'. Unser vierter Sonntag! Als wir das Schiff verließen, hatten wir uns ausgerechnet, Vorräte für etwa zehn Tage zu haben, und jetzt hoffen wir, sie möglichst durch strenge Sparsamkeit eine weitere Woche strecken zu können.* In der letzten Nacht war die See vergleichsweise ruhig, aber der Wind trieb uns nach Westnordwest, was auch heute den ganzen Tag in etwa unser Kurs gewesen ist. Gestern Abend landete ein weiterer Fliegender Fisch an Bord und heute noch einer – beide klein. Keine Vögel. Ein Tölpel ist ein großartiger Fang, und ein richtig großer ergibt ein kleines Abendessen für uns fünfzehn – aber auch nicht mehr als ein Abendessen, wie sie hier im Beiboot der *Hornet* üblich sind. Habe heute Morgen versucht, für mich selbst den vollen Gottesdienst mit Abendmahl zu lesen, fand es jedoch zu anstrengend; bin zu schwach, werde schläfrig und kann mich nicht konzentrieren, weshalb ich die zweite Hälfte auf heute Nachmittag verschoben habe. Ich vertraue darauf, dass

* Vor ihnen liegen noch neunzehn Tage auf See. – M. T.

Gott die Gebete hört, die für uns heute daheim gesprochen wurden, und dass er sie gnadenreich beantworten wird, indem er uns Hilfe und Beistand schickt in dieser unserer tiefen Not.

Der nächste Tag war ein guter Tag, »um ein Schiff zu sehen«. Gesichtet wurde aber keins. Der Tagebuchschreiber »fühlt sich noch immer ziemlich wohlauf«, wenn auch schwach; sein Bruder Henry »hält sich tapfer und schont seine Kräfte wie nur irgendeiner an Bord«. »Ich fühle mich nicht verzagt, denn ich vertraue ganz darauf, dass der Allmächtige unsere und die Gebete daheim erhören wird und dass Er, ohne den kein Sperling auf die Erde fällt, uns sieht und sich um uns, Seine Geschöpfe, kümmert.«

Wenn man die Situation und die Umstände berücksichtigt, ist der Eintrag des nächsten Tages – 29. Mai – einer, der Überraschungen für all jene einfältigen Leute bereithält, die glauben, dass nur Arzneien und Ärzte Kranke heilen können. In Wahrheit kann ein wenig Hunger für den durchschnittlichen Kranken mehr bewirken als die besten Arzneien und die besten Ärzte. Damit meine ich nicht etwa eingeschränkte Diät, ich meine *die völlige Enthaltung von Nahrung für ein oder zwei Tage.* Ich spreche aus Erfahrung; Hunger ist seit fünfzehn Jahren mein Arzt für Erkältungen und Fieber und hat in allen Fällen eine Gesundung bewirkt. In Honolulu erzählte mir der Dritte Maat, dass der Portugiese monatelang in seiner Hängematte gelegen, seine Familie von Abszessen großgezogen und dabei wie ein Kannibale gegessen habe. Wir haben gesehen, dass er trotz des schrecklichen Wetters, Schlafentzugs, glühender Hitze, Nässe und allen möglichen Elends nach dreizehn Tagen des Hungerns »wunderbar genesen« sei. Vier Seeleute waren krank, als das Schiff in Brand geriet. Es folgten fünfundzwanzig Tage schonungslosen Hungerns, und jetzt stoßen wir auf diesen merkwürdigen Eintrag: *»Alle Männer sind munter und kräftig; selbst denjenigen, die krank waren, geht es gut*; außer dem armen Peter.« Als ich vor einigen Monaten einen Artikel schrieb, in dem ich wärmstens die zeitweilige Enthaltung von Nahrung als Kur bei mangelndem Appetit und Krankheit empfahl, wurde ich beschuldigt, einen Witz zu machen, aber es war mir ernst. *»Wir alle sind wunderbar gesund und kräftig, vergleichsweise gesprochen.«* An diesem Tag schnallte das Hungerregime den Gürtel ein paar Löcher enger: Die Brotration wurde von dem üblichen Stück Zwieback in der Größe eines Silberdollars *auf die Hälfte reduziert und eine der drei täglichen Mahlzeiten gestrichen.* Das wird die Männer physisch schwächen, aber wenn noch irgendeine gewöhnliche Krankheit in ihnen steckt, wird sie verschwinden.

Noch vier Halblitermaße Brotkrumen, ein Drittel eines Schinkens, drei kleine Dosen Austern und zwanzig Gallonen Wasser übrig. – *Logbuch des Kapitäns.*

Der hoffungsvolle Ton des Tagebuchschreibers hält an. Es ist bemerkenswert. Man schaue sich eine Karte an und prüfe nach, wo sich das Boot befindet: Breite 16° 44', Länge 119° 20'. Das ist mehr als zweihundert Meilen westlich der Revillagigedo-Inseln – also segeln sie, wie das Boot auch getakelt ist, zweifellos gegen die Passatwinde an. Der für ein solches Boot erreichbare nächste Landfall ist die »Amerikanische Inselgruppe«, *sechshundertfünfzig Meilen entfernt* in westlicher Richtung – und doch kein Ton von Kapitulation, nicht einmal von Mutlosigkeit! Aber am 30. Mai »bleiben uns noch: *eine Dose Austern; drei Pfund Rosinen; eine Dose Suppe; ein Drittel eines Schinkens; drei Halblitermaße Zwiebackkrumen*«. Und fünfzehn ausgehungerte Männer, die, während sie sechshundertfünfzig Meilen entlangkriechen und -krauchen, davon leben müssen. »Irgendwie fühle ich mich durch die Kursänderung (West nach Nord), die wir heute vorgenommen haben, ermutigt.« Sechshundertfünfzig Meilen mit einer Handvoll Proviant. Selbst zweiunddreißig Jahre danach sollten wir dankbar sein, dass ihnen eines gnädigerweise nicht bewusst war: Es sind nicht sechshundertfünfzig Meilen, die sie mit dieser Handvoll entlangkriechen müssen, sondern *zweitausendzweihundert!*

Ist die Lage, so wie sie ist, nicht verklärt genug? Nein. Die Vorhersehung fügte ein überraschendes Detail hinzu: Einer der Ruderer des Bootes, angeheuert als gewöhnlicher Matrose, war ein *verbannter Herzog* – ein Däne. Mehr erfahren wir über ihn nicht, nur diese Erwähnung; das ist alles, zusammen mit der schlichten Bemerkung, dass »er einer unserer besten Leute ist« – ein Kompliment, wie es für einen Herzog oder sonst einen Mann bei diesem Männlichkeitstest größer nicht hätte ausfallen können. Nach diesem flüchtigen Blick auf ihn, dort an seinem Riemen, und nach dem schönen Lobspruch entzieht er sich für alle Zeiten unserer Kenntnis. Für alle Zeiten, es sei denn, er liest zufällig diese Zeilen und gibt sich zu erkennen.

Der letzte Maitag ist gekommen. Und nun ist eine Katastrophe zu berichten. Denken Sie darüber nach, sinnen Sie darüber nach, und wenn Sie mit Ihrer Familie beisammensitzen und Ihren Blick über den gedeckten Frühstückstisch schweifen lassen, versuchen Sie zu verstehen, wie viel es bedeutet. Gestern waren drei Halblitermaße Brotkrumen übrig; heute Morgen findet man den kleinen Sack geöffnet, und *es fehlen einige Brotkrumen.* »Es widerstrebt uns, jemanden einer so schurkischen Tat zu verdächtigen, aber es besteht kein Zweifel, dass ein schweres Verbrechen begangen worden ist. In zwei Tagen werden die verbliebenen Krümel mit Sicherheit verzehrt sein. Gott gebe uns die Kraft, die Amerikanische Inselgruppe zu erreichen!« In Honolulu erzählte mir der Dritte Maat, in jenen Tagen hätten sich die Männer voller Bitterkeit daran erinnert, dass der Portugiese zweiundzwanzig Tagesrationen hinuntergeschlungen hatte, während er dalag und darauf wartete, von dem brennenden Schiff gebracht zu werden, und jetzt verfluchten sie ihn und schworen einen Eid, dass er, sollte es zu Kannibalismus kommen, der Erste wäre, der für die anderen zu leiden hätte.

Der Kapitän hat seine Brille verloren, deshalb kann er unsere Taschengebetbücher nicht so oft lesen, wie er es wohl möchte, auch wenn er mit ihnen nicht vertraut ist.

Weiterhin über den Kapitän: »Er ist ein braver Mann und sehr gütig zu uns gewesen – geradezu väterlich. Er sagt, hätte man ihm das Kommando über das Schiff eher angeboten, hätte er seine beiden Töchter mitgenommen.« Es lässt einen schaudern, wenn man bedenkt, mit wie knapper Not sie entkommen sind.

Die beiden Mahlzeiten (Rationen) pro Tag sind wie folgt: zum Abendessen vierzehn Rosinen und ein Stück Zwieback von der Größe eines Cents; zum Frühstück ein Zehntelliter Wasser, ein Stück Schinken und ein Stück Brot, beide von der Größe eines Cents. – *Logbuch des Kapitäns.*

Er meinte einen Cent nach Umfang und nach *Dicke*. Samuel Fergusons Tagebuch vermerkt, dass der Schinken »so hauchdünn geschnitten war, wie es nur eben ging«.

1. Juni. Vergangene Nacht und heute sehr hohe und kabbelige See mit Brechern, die uns durchnässen und auskühlen. Böiges Wetter und kein Zweifel, dass uns bei Nacht und bei Tage nur umsichtige Leitung – und Gottes schützende Fürsorge – am Leben erhalten hat; und wirklich ist es ganz erstaunlich, dass jeder Bissen, den wir zum Munde führen, ein Segen für uns ist. Täglich denke ich an die Wunder dieses Brots und Fischs. Henry hält sich sehr tapfer, was mir ein großer Trost ist. Irgendwie habe ich großes Vertrauen und hoffe, dass unsere Nöte bald ein Ende haben, obwohl wir die Route der auslaufenden und einlaufenden Schiffe rasch kreuzen und uns von ihnen entfernen; unsere größte Hoffung ist ein Walfänger, ein Kriegsschiff oder irgendein australischer Segler. Die Inseln, die wir ansteuern, sind bei Bowditch verzeichnet, aber meine Karte besagt, dass ihre Existenz zweifelhaft ist. Gebe Gott, dass sie existieren!

Der härteste Tag bislang. – *Logbuch des Kapitäns.*

Zweifelhaft. Es kam noch schlimmer. Eine Woche später *segelten sie geradewegs über sie hinweg.*

2. Juni. Breite 18° 9'. Böig, bewölkt, schwerer Seegang. * * * Ich kann nicht umhin, an die fröhliche, bequeme Zeit zu denken, die wir an Bord der *Hornet* verbracht haben.

Noch knappe Vorräte für zwei Tage – zehn Rationen Wasser und ein Bissen Brot für jeden. *Aber die Sonne scheint, und Gott ist gnädig.* – *Logbuch des Kapitäns.*

Sonntag, 3. Juni. Breite 17° 54'. Die ganze Nacht schwerer Seegang und ab vier Uhr morgens sehr nass, die See bricht häufig in Wellen über uns hinweg und durchweicht alles, besonders achtern. Den ganzen Tag tobte das Meer, und es ist ein Wunder, dass wir kein Wasser nahmen. Gebe der Himmel, dass es sich heute

Abend beruhigt! Unsere Anspannung und Verfassung fürchterlich. Heute Morgen ist es mir gelungen, zum vorderen Teil des Schiffes mehr zu kriechen, als zu gehen, und ich war überrascht, wie schwach ich war, besonders in den Beinen und Knien. Aber die Sonne ist wieder hervorgekommen, ich habe ein paar Sachen getrocknet und hoffe auf eine bessere Nacht.

4. Juni. Breite 17° 6'; Länge 131° 30'. Letzte Nacht nahm das Boot kaum noch Wasser, und heute hat sich die See etwas beruhigt, obwohl sie noch immer zu hoch ist, als dass es angenehm wäre, gelegentlich werden wir daran erinnert, dass Wasser nass ist. Den ganzen Tag über hat die Sonne geschienen, und wir haben gut unsere Sachen trocknen können. In den letzten zehn oder zwölf Tagen habe ich versucht, ein Paar Unterhosen so weit zu trocknen, dass ich sie anziehen kann, und heute ist es mir endlich gelungen. Ich erwähne das, um zu zeigen, in welchen Zuständen wir gelebt haben. Wenn unser Chronometer halbwegs recht hat, müssten wir morgen oder übermorgen die Amerikanischen Inseln sichten. Wenn sie nicht da sind, haben wir nur noch paar Tage die Chance, einem verirrten Schiff zu begegnen, denn wir können den Proviant nicht für länger als fünf, sechs Tage strecken, und unsere Kräfte lassen sehr schnell nach. Heute bemerkte ich zu meiner Überraschung, wie dünn meine Beine oberhalb der Knie geworden sind; sie sind kaum dicker, als es einmal meine Oberarme waren. Und doch vertraue ich auf die unendliche Barmherzigkeit Gottes und bin mir sicher, dass Er tun wird, was für uns am besten ist. Zu überleben, wie wir es getan haben – zweiunddreißig Tage lang in einem offenen Boot, anfangs mit nur etwa zehn Tagen Proviant für einunddreißig Männer, der dann noch zweimal aufgeteilt werden musste – das ist mehr, als *menschliche* Kunst und Kraft ohne Beistand hätten vollbringen und erdulden können.

Brot und Rosinen vollständig aufgebraucht. – *Logbuch des Kapitäns.*

Die Männer werden furchtbar unzufrieden, und es erhebt sich schreckliches Gemurre und unerquickliches Gerede. Möge Gott uns vor allem menschlichen Streit bewahren; und falls wir jetzt sterben müssen, möge Er uns zu sich nehmen und unseren bitteren Tod nicht noch bitterer machen. – *Henrys Logbuch.*

5. Juni. Eine ruhige Nacht und ein recht behaglicher Tag, obwohl Segel und Block Anzeichen der Morschheit zeigen und eingeholt werden müssen – Letzteres ist eine mühsame Aufgabe, weil man dazu auf den Mast klettern muss. Außerdem hatten wir schlechte Nachrichten vom vorderen Teil des Bootes, wo Unzufriedenheit herrscht und es bedrohliche Beschwerden wegen ungerechter Zuteilungen usw. gibt, was ebenso unsinnig wie töricht ist; dennoch mahnen uns diese Dinge, auf der Hut zu sein. Allmählich bin ich elend und schwach, aber ich versuche durchzuhalten, so gut ich kann. Wenn wir die Inseln nicht finden, können wir nur noch versuchen, nach Nordwesten zu segeln, auf die Route zu gelangen, die die Schiffe zu den Sandwichinseln nehmen, und uns bis dahin, so gut es geht, am Leben zu erhalten. Heute habe wir auf *eine* Mahlzeit umgestellt, und die findet um die Mittagszeit statt, mit einer kleinen Ration Wasser um 8 oder 9 Uhr morgens, einer weiteren um 12 Uhr mittags und einer dritten um 5 oder 6 Uhr abends.

Nichts mehr übrig als ein kleines Stück Schinken und ein Zehntelliter Wasser für alle. – *Logbuch des Kapitäns.*

Inzwischen sind sie bei einer Mahlzeit angelangt – wenn man es Mahlzeit nennen kann – und *haben noch fünfzehnhundert Meilen vor sich!* Und die Schrecken werden größer. Die Rede ist von Mord und Totschlag. Und nicht nur das, Schlimmeres noch – Kannibalismus. Jetzt scheinen wir zu begreifen, weshalb sich lange vorher jener merkwürdige Zwischenfall zugetragen hatte: Ich meine die Rückkehr von Cox, der im Boot des Ersten Maats mehrere Tage lang weit entfernt und außer Sicht gewesen war. Wäre er nicht zurückgekehrt, der Kapitän und die beiden jungen Passagiere wären von diesen Matrosen, die durch ihr Leiden zu Wahnsinnigen geworden waren, umgebracht worden.

Notiz, von Henry heimlich seinem Bruder zugesteckt:
»Gestern Abend erzählte mir Cox, dass es unter den Männern eine Menge hässlichen Geredes gegen den Kapitän und uns achtern geben werde. Besonders Harry, Jack und Fred. Sie sagen, Ursache von allem sei der Kapitän – er habe nicht einmal versucht, das Schiff zu retten oder Proviant zu beschaffen, und den Män-

nern nicht erlaubt, etwas von dem mitzunehmen, was sie bei sich hatten, und wir im Heck würden bei der Verteilung der Rationen bevorzugt. Vor ein paar Tagen fragte ihn Jack, ob er eher verhungern als Menschenfleisch essen würde. Cox antwortete, er würde eher verhungern. Daraufhin sagte Jack zu ihm, er würde also lieber sich selbst umbringen. Wenn wir die Inseln nicht finden, täten wir gut daran, uns auf alles vorzubereiten. Das größte Mundwerk von allen hat Harry.«

Antwort. – »Ich glaube, auf Charley, Thomas und Cox können wir uns verlassen, oder nicht?«

Zweite Notiz. – »Ich glaube schon, sehr wahrscheinlich auch auf Peter – aber das weiß man nicht. Auf Charley und Cox bestimmt. Soweit ich Cox verstehe, ist bislang noch nichts Endgütiges gesagt oder auch nur angedeutet worden; aber hungernde Männer sind wie Wahnsinnige. Es wäre gut, unsere Pistole im Auge zu behalten, damit sie und die Patronen vor Diebstahl sicher sind.«

Henrys Logbuch, 5. Juni. »Furchtbare Vorahnungen. Bewahre uns Gott vor solchen Schrecken! Einige der Männer reden viel. Nichts weiter aufzuschreiben. Sehr bekümmert.«

Henrys Logbuch, 6. Juni. »Sind an Seetang vorbeigekommen und an etwas, was aussah wie ein alter Baumstamm, aber keine Vögel; fürchten allmählich, dass es die Inseln nicht gibt. Heute wurde dem Kapitan in Hörweite aller gesagt, einige der Männer würden nicht davor zurückschrecken, das Fleisch eines toten Mannes zu verzehren, aber töten würden sie ihn nicht. Entsetzlich! Möge Gott uns allen den vollen Gebrauch unseres Verstandes ermöglichen und uns vor solchem Ungemach verschonen! Vor Sturm und Ungewitter; vor Seuche, Pestilenz und theurer Zeit; vor Krieg und Blutvergießen; vor bösem, schnellem Tod: Behüt uns, lieber Herr.«

6. Juni. Breite 16° 30'; Länge (Chronometer) 134°. Eine trockene Nacht und Wind, der beständig genug ist, dass wir das Segel nicht zu wechseln brauchen; aber ein Versuch heute Morgen, es zu bergen, misslang. Zuerst versuchte es der Dritte Maat, er kam bis zum Block und brachte eine provisorische Vorrichtung an, um die Fallen einzuscheren, aber noch bevor er damit fertig war, musste er, geschwächt und fast ohnmächtig, wieder herunterklettern; dann versuchte es Joe, und nachdem er zweimal hinaufgestiegen war, konnte er sie befestigen und den Block nach unten bringen; aber es war eine sehr anstrengende Arbeit, und danach taugte er den ganzen Tag zu nichts anderem mehr. Der Eisenbeschlag für das Schothorn, den wir anstelle des zerbrochenen Blocks verwenden wollten, funktioniert nur sehr schlecht und wird, wie ich fürchte, das Tau schnell durchwetzen. Alles, was mit dem Segel zu tun hat, müssen wir betriebsfähig machen, bevor wir zu schwach sind, um noch irgendetwas daran zu tun.

Nur noch drei Mahlzeiten übrig. – *Logbuch des Kapitäns.*

7. Juni. Breite 16° 35' N; Länge 136° 30' West. Nachts nass und unbehaglich. Der heutige Tag zeigt uns ziemlich deutlich, dass sich die Amerikanischen Inseln trotz entsprechender Hinweise hier nicht befinden. Mittags beschlossen wir, die Suche aufzugeben und heute Abend etwas weiter nördlich zu segeln, um Schiffen in die Quere zu kommen, die zu den Sandwichinseln fahren und zum Glück ziemlich häufig hier – sagen wir zwischen Breite 19° und 20° – entlangkommen, um die Passatwinde auszunutzen. Natürlich ist jeder Westwert ein Gewinn, und ich hoffe, das Chronometer irrt zu unseren Gunsten, denn ich glaube nicht, dass bei all den Stößen und Erschütterungen, die der Seegang hervorruft, ein so empfindliches Instrument korrekt die Zeit messen kann. Dank dem starken Passat hoffe ich, dass wir, ab Sonntag gerechnet, in einer Woche in Sichtweite der Sandwichinseln sind, wenn wir nicht schon vorher aufgelesen und gerettet werden.

Bis zu den Sandwichinseln sind es noch zwölfhundert Meilen; der Proviant ist praktisch aufgebraucht, nicht jedoch der Mut des todgeweihten Tagebuchschreibers.

8. Juni. Letzte Nacht hat mir mein Husten ziemlich zu schaffen gemacht, so dass ich kaum Schlaf fand. Trotzdem geht es mir noch immer recht gut, und ich sollte mich nicht beklagen. Gestern hat der Dritte Maat den Block repariert, heute Nachmittag wurde nach einigen Schwierigkeiten das Segel geborgen, und Harry kletterte auf den Masttop und scherte mit einigem Aufwand die Fallen ein, so dass er nun leicht und gut arbeitet. Bei dem Seegang, den wir haben, ist das Erklettern des Mastes zu keiner Zeit leicht, in unserem gegenwärtigen Zustand sehr ermüdend. Belohnen konnten wir Harry nur mit einer Sonderration Wasser. Heute sind wir gut und rasch auf unserem Kurs vorangekommen. Allerdings nimmt das Boot bei so schneller Fahrt Wasser, und wir sind alle durchnässt; aber das lässt sich nun einmal nicht ändern. Tagebuch zu schreiben ist derzeit eine ziemlich heikle Angelegenheit. Heute besteht die Mahlzeit für uns fünfzehn aus einer halben Dose Bouillon-Suppe – die andere Hälfte wird für morgen aufgespart. Henry hält sich noch immer sehr gut und ist bei allen beliebt. Gebe Gott, dass er verschont wird!

Unter den Männern herrscht bessere Stimmung. – *Logbuch des Kapitäns.*

9. Juni. Breite 17° 53'. Heute haben wir, wie ich wohl sagen kann, unseren gesamten Proviant aufgezehrt.* Übrig ist nur noch das untere Ende eines Schinkenknochens mit etwas Schwarte und Haut. Was das Wasser betrifft, haben wir bei unserer gegenwärtigen Zuteilung wohl noch genug für zehn Tage. Wenn wir an Stiefelschäften und derlei Dingen kauen, hoffen wir, genug Nährstoffe aufzunehmen, um durchzustehen, bis wir die Sandwichinseln erreichen oder, da wir in der Fahrrinne dorthin segeln, unterwegs aufgelesen werden. Ich hoffe auf Letzteres – denn bei allem, was menschenmöglich ist, das andere kann ich nicht länger ertragen. Und doch sind wir auf wundersame Weise beschützt worden, und ich hoffe, Gott wird uns zu Seiner Zeit und auf Seine Weise erretten. Die Männer werden schwächer, sind aber noch ruhig und friedlich.

Sonntag, 10. Juni. Breite 18° 40'; Länge 142° 34'. Hatten eine ziemlich gute Nacht, einige Male nass geworden, heute wieder ein wunderschöner Sonntag. Ich muss daran denken, wie wir alle ihn daheim genießen würden – und hier, was für ein Kontrast! Wie schrecklich die Ungewissheit, in der sie sind! Gebe Gott, dass sie recht bald daraus erlöst werden; jedenfalls scheint Er uns in allem, was wir tun, beizustehen und hat uns wundersamerweise dieses Boot erhalten; denn seit wir das Schiff verließen, haben wir weit über dreitausend Meilen zurückgelegt, was, wenn man unsere kargen Vorräte bedenkt, fast beispiellos ist. Noch finde ich den Mangel an Nahrung nicht so schlimm wie den Mangel an Wasser. Selbst Henry, der von Natur aus ein starker Wassertrinker ist, kann von Zeit zu Zeit auf die Hälfte seiner Ration verzichten, was ich nicht kann. Vielleicht hat mein kranker Hals damit zu tun.

* Trotzdem sind noch sechs Tage zu segeln. – M. T.

Inzwischen ist nichts mehr übrig, was sich als Nahrung schönreden ließe. Aber sie müssen weitere fünf Tage durchhalten, denn mittags liegen noch achthundert Meilen vor ihnen. Jetzt ist es ein Wettlauf ums Überleben.

Dies ist nicht der Ort für Bemerkungen oder andere Einschübe von meiner Seite – jeder Augenblick ist kostbar. Ich will das Tagebuch des jüngeren Bruders aufgreifen, das Meer vor ihm von allen Hindernissen befreien und ihn drauflossegeln lassen.

HENRY FERGUSONS TAGEBUCH

Sonntag, 10. Juni. Unser Schinkenknochen hat uns heute eine Ahnung von Nahrung gegeben, für morgen haben wir noch etwas Fleisch und den Rest des Knochens übrig. Gewiss hat es nie einen köstlicheren Knochen gegeben oder einen, der so gründlich genossen wurde. * * * Ungeachtet unserer eingeschränkten Diät kann ich nicht sagen, dass ich mich schlechter fühle als am vergangenen Sonntag; und ich vertraue darauf, dass uns allen genügend Kraft gegeben ist, die Leiden und Entbehrungen der kommenden Woche zu ertragen. Wir schätzen, dass wir etwa siebenhundert Meilen von den Sandwichinseln entfernt sind und unsere tägliche Fahrtstrecke im Durchschnitt bei etwas über hundert Meilen liegt, so dass unsere Hoffnung auf Vernunft gründet. Gebe der Himmel, dass wir alle am Leben bleiben, um Land zu sehen!

11. Juni. Haben Fleisch und Schwarte unseres Schinkenknochens verzehrt und für morgen nur noch den Knochen und das fettige Tuch übrig, in das er geschlagen war. Möge Gott uns Vögel oder Fisch schicken und uns nicht Hungers sterben lassen oder uns der entsetzlichen Alternative aussetzen, uns an Menschenfleisch gütlich zu tun! So wie ich jetzt empfinde, glaube ich nicht, dass mich irgendetwas dazu bringen könnte; aber man weiß nie, was man tun wird, wenn man von Hunger gezeichnet ist und den Geist schweifen lässt. Ich hoffe und bete, dass es uns gelingen möge, die Inseln zu erreichen, bevor wir in die Enge getrieben werden; aber wir haben ein, zwei verzweifelte Männer an Bord, selbst wenn sie sich jetzt noch ruhig verhalten. *Es ist meine feste Zuversicht und mein fester Glaube, dass wir gerettet werden.*

Alle Nahrung verbraucht. – *Logbuch des Kapitäns.**

12. Juni. Eine steife Brise, und wir fliegen nachgerade auf die Inseln zu – immer vor dem Wind. Guter Hoffnung, aber die Aussicht auf noch ärgeren Hunger ist entsetzlich. Habe heute Schinkenknochen gegessen. Der Kapitän hat Geburtstag – er wird vierundfünfzig Jahre alt.

13. Juni. Das Tuch, in das der Schinken eingeschlagen war, ist noch nicht ganz aufgegessen, und die Stiefelschäfte sind, wenn das Salz erst einmal heraus ist, sehr schmackhaft, wie wir finden. Etwas Tabak würde mir guttun, denke ich; aber ich weiß es nicht.

14. Juni. Der Hunger peinigt uns nicht sonderlich, aber wir sind schrecklich schwach. Unser Wasser geht zur Neige. Gebe Gott, dass wir bald Land sehen! *Nichts zu essen* – fühle mich aber besser als gestern. Gegen Abend einen prächtigen Regenbogen gesehen – *den ersten, den wir zu Gesicht bekamen.* Der Kapitän sagte: »Jungs, seid guten Mutes, das ist ein Zeichen – *es ist der Regenbogen der Verheißung!*«

15. Juni. Gott sei gepriesen für Seine unendliche Barmherzigkeit! *Land in Sicht!* Haben uns rasch genähert und waren uns bald *sicher* … Zwei edle Kanaken kamen herbeigeschwommen und zogen das Boot an Land. Wir wurden voller Jubel von zwei Weißen – Mr. Jones und seinem Verwalter Charley – und einer Menge eingeborener Männer, Frauen und Kinder empfangen. Sie behandelten uns wunderbar – halfen uns und trugen uns die Böschung hinauf und brachten uns Wasser, Poi, Bananen und grüne Kokosnüsse; aber die Weißen nahmen sich unser an und hinderten uns daran, zu viel auf einmal zu essen. Alle waren überglücklich, uns zu sehen, und ihre ganze Anteilnahme drückte sich in Mienenspiel, Worten und Taten aus. Dann half man uns hinauf zum Haus; und dieser Hilfe bedurften wir tatsächlich. Mr. Jones und Charley sind die einzigen Weißen hier. Behandelten uns vorzüglich. Verabreichten uns erst einen Teelöffel Schnaps mit Wasser, dann jedem von uns eine Tasse warmen Tee und etwas Brot. Gaben sich *alle* Mühe mit uns. Reichten uns später noch eine Tasse Tee – und mehr Brot – und ließen uns dann

* Um diese Zeit wurde entdeckt, dass die irre gewordenen Matrosen dem Wahn verfallen waren, der Kapitän habe achtern *eine Million Dollar* in Gold versteckt, und sich verschworen hatten, ihn und die beiden Passagiere umzubringen und das Gold an sich zu reißen. – M. T.

schlafen gehen. *Es ist der glücklichste Tag meines Lebens* … Gott in Seiner Barmherzigkeit hat unser Gebet erhört … Alle sind so freundlich … Man kann es mit Worten nicht ausdrücken –

16. Juni. Mr. Jones gab uns ein herrliches Bett, und wir konnten uns ordentlich ausruhen – wenn auch nicht schlafen –, wir waren zu glücklich, um zu schlafen; wollten die Wirklichkeit festhalten und nicht zulassen, dass sie sich in eine Illusion verwandelte – hatten Angst, wir könnten aufwachen und uns im Boot wiederfinden …

Es ist ein erstaunliches Abenteuer. Es gibt in der Geschichte kein zweites, das es darin übertrifft, Unmögliches möglich gemacht zu haben. In einem außergewöhnlichen Detail – dem Überleben *jeder einzelnen Person* im Boot – steht es in der Geschichte von Abenteuern dieser Art vermutlich einzigartig da. Normalerweise überlebt nur ein Teil der Gesellschaft an Bord – in der Hauptsache Offiziere und andere gebildete und zart erzogene Männer, die Mühsal und harte Arbeit nicht gewohnt sind; die ungebildeten, rau erzogenen harten Arbeiter halten nicht stand. In diesem Fall jedoch ertrugen die Robustesten und Rauesten die Entbehrungen und das Elend der Fahrt fast ebenso gut wie die beiden Brüder, die das College besucht hatten, und der Kapitän. Physisch, meine ich. Der Geist der meisten dieser Matrosen brach schon in der vierten Woche zusammen und war zeitweilig ganz zerstört, doch physisch war das Durchhaltevermögen, das sie an den Tag legten, frappierend. Natürlich überlebten die Männer nicht durch ihr eigenes Verdienst, sondern durch das Verdienst des Kapitäns, seinen Charakter und seine Intelligenz – sie überlebten aufgrund der Überlegenheit seines Geistes. Ohne ihn wären sie gewesen wie Kinder ohne eine Amme; sie hätten ihren Proviant binnen einer Woche aufgezehrt, und ihr Mut hätte nicht einmal so lange wie ihr Proviant gereicht.

In letzter Minute drohte das Boot auch noch zu kentern. Als es sich dem Ufer näherte, ließen sie das Segel los, und es stürzte herab; da sah der Kapitän, dass sie schnell auf ein tückisches Riff zutrieben, und sie unternahmen einen Versuch, das Segel wieder zu hissen, aber es gelang ihnen nicht, die Kräfte der Männer waren völlig erschöpft; sie konnten nicht einmal mehr die Riemen bewegen. Sie waren hilflos, und der Tod stand ihnen unmittelbar bevor. In diesem Augenblick wurden sie von den beiden Kanaken entdeckt, die die Rettung einleiteten. Sie schwammen hinaus, bemannten das Boot und lotsten es durch einen engen und kaum bemerkbaren Durchlass im Riff – den einzigen Durchlass auf einer Strecke von fünfunddreißig Meilen! Die Stelle, an der sie landeten, war die einzige auf dieser Strecke, wo man am Ufer Halt finden konnte – überall sonst fiel der Felshang steil ab, bis zu vierzig Faden Wassertiefe. Zudem war es auf der ganzen Strecke der einzige Ort, wo überhaupt jemand lebte.

Innerhalb von zehn Tagen nach der Landung waren alle Männer bis auf einen wieder auf den Beinen und konnten sich bewegen. Wenn es mit rechten Dingen zugegangen wäre, hätten sie – zumindest einige von ihnen – an der »Nahrung« der letzten Tage zugrunde gehen müssen, Männer, die ihre Mägen mit Lederstreifen von alten Stiefeln und Holzspänen vom Butterfass belastet hatten, eine Belastung, von der sie sich nicht mittels Verdauung befreiten, sondern auf anderem Wege. Der Kapitän und die beiden Passagiere hatten die Lederstreifen und die Holzspäne nicht wie die Seeleute verzehrt, sondern Stiefelleder und Holz *abgeschabt* und, indem sie sie mit Wasser befeuchteten, einen Brei angerührt. Der Dritte Maat erzählte mir, die Stiefel seien alt und löchrig gewesen, und fügte dann nachdenklich hinzu: »Aber die Löcher ließen sich am besten verdauen.« Da wir gerade von Verdauung sprechen, hier ist ein bemerkens- und erwähnenswerter Vorgang: Während dieser merkwürdigen Reise und für eine Weile danach stellte der Darm der Männer seine Tätigkeit so gut wie ganz ein; in einigen Fällen fand zwanzig oder dreißig Tage, in einem Fall sogar vierundvierzig Tage lang keine Darmtätigkeit statt! Auch Schlaf stellte sich nur selten ein. Allerdings erholten die Männer sich auch ohne Schlaf. Der Kapitän konnte viele Tage – ich glaube, einundzwanzig Tage – hintereinander überhaupt nicht schlafen.

Nach ihrer Landung wurden die Männer erfolgreich daran gehindert, sich zu überessen, alle außer dem Portugiesen; dieser entkam den wachsamen Augen und verzehrte eine unglaubliche Menge Bananen; hundertzweiundfünfzig Stück, sagte der Dritte Matt, aber das war bestimmt eine Übertreibung; ich glaube, es waren nur hunderteinundfünfzig. Er war fast randvoll mit Leder – es kam ihm zu den Ohren heraus. (Bei dieser Aussage berufe ich mich nicht auf den Dritten Maat, denn wir haben gesehen, was das für ein Mensch war; ich berufe mich auf mich selbst.) Selbstverständlich hätte der Portugiese daran verenden müssen, und noch heute finde ich es schade, dass er nicht gestorben ist; aber er gesundete, und zwar genauso rasch wie alle anderen, und das, obwohl er voller Leder war, voller Holz vom Butterfass, voller Taschentücher und Bananen. Einige der Männer hatte in jenen letzten Tagen tatsächlich Taschentücher gegessen und auch Socken; er war einer von ihnen.

Es gereicht den Männern zur Ehre, dass sie den Hahn nicht getötet hatten, der allmorgendlich so tapfer krähte. Er lebte achtzehn Tage lang, dann erhob er sich, streckte den Hals und unternahm einen letzten tapferen und schwachen Versuch, noch einmal seine Pflicht zu tun, und dabei starb er. Es ist ein malerisches Detail; ebenso der Regenbogen – der einzige, den sie in dreiundvierzig Tagen gesehen hatten –, der seinen Triumphbogen am Himmel errichtet hatte, auf dass die rüstigen Krieger unter ihm hindurch zu Sieg und Rettung segelten.

Mit Proviant für zehn Tage vollbrachte Kapitän Josiah Mitchell diese denkwürdige Fahrt von dreiundvierzig Tagen und acht Stunden in einem offenen Boot, segelte insgesamt viertausend Meilen, davon dreitausenddreihundertsechzig auf geradem Kurs, und brachte jeden Mann sicher an Land. Ein hellsichtiger, schlichter, bescheidener, mutiger und höchst geselliger Mann. Achtundzwanzig Tage lang spazierte ich – wenn ich nicht gerade Tagebücher kopierte – mit ihm auf Deck umher, und ich denke an ihn mit ehrerbietiger Achtung. Falls er noch am Leben ist, zählt er inzwischen sechsundachtzig Jahre.

Wenn ich mich recht erinnere, starb Samuel Ferguson, kurz nachdem wir San Francisco erreicht hatten. Ich glaube nicht, dass er lange genug lebte, um seine Heimat wiederzusehen; zweifellos hatte ihn, als er diese verließ, seine Krankheit bereits zum Sterben verurteilt.

Eine Zeitlang hoffte man, in Kürze von den beiden Rettungsbooten zu hören, doch diese Hoffnung zerschlug sich. Ohne Zweifel waren sie mit

Mann und Maus untergegangen. Nicht einmal der ritterliche Erste Maat wurde verschont.

Die Verfasser der Tagebücher wollten die Aufzeichnungen ein wenig glätten, bevor sie mir erlaubten, sie zu kopieren, aber dazu bestand keine Veranlassung, und ich konnte es ihnen ausreden. Die Tagebücher sind auf eine feine Art bescheiden und unverstellt; und dank unbewusster und unbeabsichtigter Kunstfertigkeit steigern sie sich zum Höhepunkt hin mit gestaffelter zunehmender Kraft und Bewegung, mit dramatischer Intensität, mit wachsender Eile reißen sie einen mit, und wenn endlich der Ruf »Land in Sicht!« erschallt, klopft einem das Herz im Halse, und für einen Moment glaubt man, man selbst sei es, der gerettet wurde. Die beiden letzten Abschnitte lassen sich durch niemandes Geschick verbessern; sie sind literarisches Gold, und selbst die Pausen, die unvollständigen Sätze tragen in sich eine Beredsamkeit, wie Worte sie nicht bewirken können.

Das Interesse an dieser Geschichte ist unstillbar; sie ist von jener Art, der die Zeit nichts anhaben kann. Zweiunddreißig Jahre lang habe ich nicht in diese Tagebücher geschaut, aber ich finde, dass sie in dieser Zeit nichts an Faszination verloren haben. Verloren? Sie haben hinzugewonnen; denn einem hintergründigen Gesetz zufolge gewinnen alle tragischen Erlebnisse des Menschen mit zeitlichem Abstand an Pathos. Wir sind uns dessen bewusst, wenn wir in Neapel gedankenversunken vor der armen Mutter aus Pompeji stehen, die in jenem historischen Sturm vulkanischer Asche vor achtzehn Jahrhunderten verschüttet wurde und jetzt daliegt, das Kind, das sie zu retten versuchte, eng an die Brust gepresst. Ihre Verzweiflung und ihr Leid sind für uns durch die Lavahülle bewahrt worden, die sie das Leben gekostet, ihre Gestalt und ihre Gesichtszüge jedoch verewigt hat. Sie rührt uns, sie quält uns, sie bleibt uns viele Tage lang im Sinn, wir wissen nicht, warum; denn persönlich bedeutet sie uns nichts, hat achtzehn Jahrhunderte lang niemandem etwas bedeutet, während wir in einem ähnlichen Fall heute sagen würden: »Das arme Ding, wie traurig«, und sie nach einer Stunde vergessen hätten.

Wien, Oktober 1898
Mark Twain

Horace Greeley

Ich bin Mr. Greeley nur einmal und auch nur durch Zufall begegnet. Das war 1871, im (alten) Büro der *Tribune*. Ich war ein oder zwei Treppen hinaufgestiegen und ins verkehrte Zimmer gegangen. Ich suchte Colonel John Hay, und eigentlich kannte ich den Weg und hatte mich nur aus Unachtsamkeit verlaufen. Ich klopfte sachte an die Tür, drückte sie auf und trat ein. Da saß Mr. Greeley und schrieb eifrig, wobei er mir den Rücken zuwandte. Ich glaube, seinen Rock hatte er ausgezogen. Aber ich wusste ohnehin, wer es war. Es war keine angenehme Situation, denn er stand im Ruf, Fremden gegenüber, die ihn in seinem Gedankenfluss störten, ziemlich deutlich zu werden. Die Unterredung war kurz. Bevor ich mich sammeln und meinen Rückzug antreten konnte, fuhr er herum, starrte mich durch seine große Brille finster an und sagte:

»Was zum Teufel wollen *Sie* denn hier?«

»Ich suche nach einem Gentlem-«

»Die führe ich nicht – verschwinden Sie!«

Ich hätte ihm eine schlagfertige Antwort geben können, tat es aber nicht, denn ich war verwirrt, und sie fiel mir erst ein, als ich schon wieder unten war.

Vortragsreisen

Ich erinnere mich sehr gut an Petroleum Vesuvius Nasby (Locke). Als der Bürgerkrieg ausbrach, war er beim *Toledo Blade* angestellt, einer alten, wohlhabenden und beliebten Wochenzeitung. Er ließ einen Nasby-Brief vom Stapel, der großes Aufsehen erregte. Über Nacht war er berühmt. Er knüpfte *Nasby* an diesem Exempel an und verpasste den »Kupferköpfen« (den antiunionistischen Nordstaatlern) und der Demokratischen Partei allwöchentlich eine höchst bewunderungswürdige Abreibung, und seine Briefe wurden vom Atlantik bis zum Pazifik überall kopiert, jedermann las sie und lachte über sie – ausgenommen besonders stumpfsinnige und voreingenommene Demokraten und Kupferköpfe. In seiner Plötzlichkeit war Nasbys Ruhm eine Explosion, in seiner Universalität atmosphärisch. Bald wurde ihm eine Kompanie angeboten; er nahm an und war gleich bereit, an die Front zu gehen; aber der Gouverneur des Staates war ein klügerer Kopf als die politischen Herren Körners und Petöfis; er weigerte sich nämlich, Nasbys Offizierspatent zu unterschreiben, und befahl ihm, zu Hause zu bleiben. Er sagte, im Felde sei Nasby nur *ein* Soldat, der *ein* Schwert schwinge, zu Hause jedoch, mit seiner Feder, sei er eine Armee – mit Artillerie! Nasby gehorchte und fuhr fort, seine elektrisierenden Briefe zu schreiben.

Ich sah ihn zum ersten Mal, als ich zu Besuch in Hartford war; ich glaube, es war drei oder vier Jahre nach dem Krieg. Das Opernhaus war ausverkauft und überfüllt mit Leuten, die seinen Vortrag über »Verflucht sei Kanaan« hören wollten. Mit ebendiesem Vortrag – und keinem anderen – hatte er schon zwei, drei Jahre am Rednerpult gestanden, und der Vortrag war ihm mehrere hundert Mal von den Lippen gekommen, doch selbst jetzt konnte er keinen Satz – bis auf den ersten – ohne Manuskript von sich geben. Als er die Bühne betrat, wurde er mit einem ungeheuren Beifallssturm begrüßt, blieb aber nicht etwa stehen, um sich zu verbeugen oder auf andere Weise für die Begrüßung zu danken, sondern schritt schnurstracks zum Rednerpult, öffnete seine Aktenmappe und versteinerte in einer Haltung, die er während der eineinhalb Stunden seines Vortrags nicht mehr veränderte, außer um die Seiten umzuwenden: Oberkörper übers Pult gebeugt und steif auf den linken Arm gestützt wie auf einen Pfahl, rechter Arm auf den Rücken gelegt. Etwa alle zwei Minuten schwang sein rechter Arm nach vorn, blätterte um, schwang dann wieder zu seinem Ruheplatz auf dem Rücken – es waren die Bewegungen einer Maschine, und an eine Maschine erinnerten sie; regulär, periodisch, prompt, präzise – man hätte meinen können, sie *rasseln* zu hören. Er war von großer, stämmiger Gestalt, unvorteilhaft und provinziell gekleidet und sah aus wie ein einfacher alter Bauer.

Ich war ganz gespannt darauf, ihn beginnen zu hören. Er ließ mich nicht warten. Kaum hatte er sich auf den linken Arm gestützt, den rechten Arm auf den Rücken gelegt und sich über sein Manuskript gebeugt, hob er das Gesicht leicht an, warf einen Blick ins Publikum und stieß mit brüllender Stierstimme die folgende Behauptung hervor:

»Wir alle stammen von Großvätern ab!«

Dann dröhnte er sich durch seinen Vortrag hindurch bis zum Schluss, pflügte sich rücksichtslos durch anhaltenden Applaus und Gelächter, die er überhaupt nicht beachtete. Sein Vortrag war ein anhaltender Kugelhagel von Volltreffern, seine Zielscheibe die Sklaverei und ihre Apologeten in den Nordstaaten, sein Erfolg dem Thema, nicht seiner Technik geschuldet; denn sein Vortrag war bar jeder Kunstfertigkeit, es sei denn, ungeheure und inspirierende Ernsthaftigkeit und Energie könnten als solche bezeichnet werden. Sobald er seine Rede beendet hatte, wandte er sich um und marschierte von der Bühne, wobei er sich den Anschein gab, als sei er von dem Beifall, der hinter ihm aufbrandete, nicht persönlich betroffen.

Er hatte die Konstitution eines Ochsen und die Kraft und Ausdauer eines Berufsboxers. Schnellzüge gab es damals nur wenige. Er hatte einen Anschluss verpasst, und um seiner Verpflichtung in Hartford nachzukommen, war er zwei Drittel einer Nacht und einen ganzen Tag lang *in einem Viehwaggon* gereist – es war mitten im Winter –, und von dem Viehwaggon begab er sich direkt zum Rednerpult, ohne vorher zu Abend zu essen; und doch war seine Stimme auf der Bühne mächtig, und er zeigte keine Anzeichen von Schläfrigkeit oder Übermüdung. Er blieb bis nach Mitternacht auf und redete und aß mit mir, und dann war ich es, der aufgeben musste, nicht er. Er erzählte mir, in seiner ersten Saison habe er seinen Vortrag »Verflucht sei Kanaan« neun Monate hintereinander an fünfundzwanzig Abenden im Monat gehalten. Ich kann mir nicht vorstellen, dass ein anderer Redner an diesen Rekord je herangekommen ist.

Er sagte, da er seinen Vortrag zweihundertfünfundzwanzig Nächte hintereinander wiederholt habe, sei er in der Lage, den ersten Satz zu sprechen, ohne auf sein Manuskript zu blicken; manchmal, wenn er sich verwegen fühle, tue er das sogar. Auch eine andere Folge erwähnte er: Am Tag nach seiner langen Kampagne sei er nach Hause gekommen und habe abends in Gedanken versunken am Kamin gesessen, als die Uhr seine Träumerei unterbrach, indem sie acht schlug. Gewohnheit ist Gewohnheit; und ehe ihm klar wurde, wo er sich befand, hatte er schon sein *»Wir alle stammen von Großvätern ab!«* hinausgedonnert.

Mit meinen eigenen Vorträgen begann ich 1866 in Kalifornien und Nevada; 1867 hielt ich einen Vortrag in New York und ein paar im Tal des Mississippi; 1868 war ich auf Vortragsreise im Westen; und in den zwei, drei Saisons danach fügte ich meiner Tournee eine Vortragsreihe im Osten hinzu. Damals mussten wir für jede Saison einen neuen Vortrag herausbringen (Nasby genauso wie alle anderen) und ihn im »Star Course« in Boston, der alten Music Hall, einem Publikum von zweitausendfünfhundert Personen zu einer ersten Beurteilung darbieten; und aufgrund dieses Urteils taxierten alle Veranstalter den kommerziellen Wert des Vortrags. Die Vortragstour begann allerdings nicht *wirklich* in Boston, sondern in den Städten im Umkreis; in Boston ließen wir uns erst blicken, nachdem wir etwa einen Monat lang in diesen Städten geprobt und alle notwendigen Korrekturen und Revisionen vorgenommen hatten.

Dieses Verfahren führte dazu, dass sich die ganze Sippschaft Anfang Oktober in der Stadt versammelte und wir mehrere entspannte und gesellige Wochen dort verbrachten. Wir wohnten in Young's Hotel; wir verbrachten die Tage in Redpaths Büro, rauchten und fachsimpelten; und früh am Abend verteilten wir uns auf die umliegenden Städte und brachten das Publikum dazu, uns auf die guten und die schlechten Seiten der neuen Vorträge hinzuweisen. Auf dem Lande ist das Publikum schwierig; eine Passage, die es mit Raunen billigt, ruft in der Großstadt Getöse hervor. Ein mäßiger Erfolg auf dem Lande bedeutet einen Triumph in der Großstadt. Und so hatten wir, wenn wir endlich die große Bühne der Music Hall betraten, das Urteil bereits in der Tasche.

Vortragende, die neu im Geschäft waren, erkannten allerdings nicht immer den Wert der Methode, es »zuerst an einem Hund zu erproben«, und diese neigten dann dazu, mit einem unerprobten Produkt in der Music Hall anzutreten. Es gab da einen Fall dieser Art, der einige von uns sehr nervös

De Cordova

machte, als wir die Ankündigung sahen. De Cordova – ein Humorist – war der Mann, um dessentwillen wir uns Sorgen machten. Ich glaube, er hieß anders, aber ich habe vergessen, wie. In Zeitschriften hatte er einige kläglich komische Sachen veröffentlicht; durch sie war er populär geworden und hatte sich in weiten Kreisen einen Namen verschafft; und nun kam er zu unserer Überraschung plötzlich daher und wilderte in unserem Revier. Mehrere von uns fühlten sich ziemlich unwohl; so unwohl und folglich unfähig, ihren Vortrag zu halten. Wir verschoben unsere Engagements in der Umgebung und blieben in der Stadt. Wir – Nasby, Billings und ich – saßen in der ersten Reihe eines der großen Ränge und warteten. Das Haus war voll besetzt. Als De Cordova die Bühne betrat, wurde er, wie wir fanden, mit ziemlich übertriebenem Applaus von fast unanständiger Lautstärke empfangen. Ich glaube nicht, dass wir eifersüchtig waren, nicht einmal neidisch, aber uns wurde regelrecht schlecht. Als sich herausstellte, dass er eine humorvolle *Geschichte* lesen würde – vom Manuskript! –, fühlte ich mich zwar besser, ja hoffnungsvoll, aber immer noch beunruhigt. Als Pult hatte er ein Arrangement wie Dickens, einen hohen, mit Polstern verzierten Galgen, hinter dem er stand, unter einer Reihe verborgener Scheinwerfer, die oben angebracht waren. Das Ganze wirkte recht elegant und ziemlich eindrucksvoll. Das Publikum war so überzeugt, dass es lustig zugehen würde, dass es ein Dutzend der ersten Äußerungen für bare Münze nahm und herzlich lachte; in der Tat so herzlich, dass wir es kaum ertragen konnten und sehr niedergeschlagen waren. Aber ich glaubte immer noch daran, dass er scheitern würde, denn ich sah, dass er nicht wusste, wie man richtig liest. Allmählich begann das Gelächter nachzulassen; erst schrumpfte seine Ausdehnung; dann verlor es an Spontaneität; schließlich zeigten sich Lücken; die Lücken wurden größer; sie wurden noch größer; und noch größer; und immer noch größer. Schließlich gab es fast nur noch Lücken und Schweigepausen, durch die die ungeschulte leblose Stimme dröhnte. Dann saß das Publikum volle zehn Minuten wie tot und ohne Gefühlsregung da. Wir stießen einen tiefen Seufzer aus; es hätte ein Seufzer des Mitleids mit einem unterlegenen Handwerkskollegen sein sollen, aber das war es nicht – denn wir waren gemein und selbstsüchtig, wie die Menschheit nun einmal ist, und es war ein Seufzer der Genugtuung, weil wir unseren harmlosen Bruder scheitern sahen.

Inzwischen mühte er sich verzweifelt ab; wischte sich mit seinem Taschentuch unablässig übers Gesicht, und seine Stimme und sein Verhalten wurden zu einer demütigen Bitte um Mitgefühl, Hilfe, Erbarmen, und er bot einen geradezu rührenden Anblick. Das Publikum jedoch blieb kalt und stumm und starrte ihn neugierig und verwundert an.

Hoch oben an der Wand hing eine große Uhr; bald wandte sich die allgemeine Aufmerksamkeit vom Redner ab und dem Zifferblatt zu. Wir wussten aus trauriger Erfahrung, was das zu bedeuten hatte; wir wussten, was geschehen würde, aber es war klar, dass man den Redner nicht gewarnt hatte und er in völliger Unkenntnis war. Inzwischen ging es auf neun zu – die Hälfte des Publikums sah auf die Uhr, der Redner mühte sich weiter ab. Fünf Minuten vor neun standen zwölfhundert Menschen geschlossen auf und schwemmten wie eine Woge die Gänge hinunter zu den Türen! Der Redner war wie von einer Lähmung befallen; einige Augenblicke stand er würgend und keuchend da, blickte schreckensbleich auf diese Massenflucht, dann wandte er sich troslos ab und verließ die Bühne mit dem tastenden und unsicheren Schritt eines Schlafwandlers.

Das Management war schuld daran. Man hätte ihm sagen sollen, dass die letzten Straßenbahnen in die Vororte um neun fuhren und die Hälfte des Publikums aufstehen und gehen würde, ganz gleich, wer da auf dem Podium sprach. Ich glaube, De Cordova ist nie wieder in der Öffentlichkeit aufgetreten.

Es gab einen anderen Fall, wo ein Redner in der Music Hall einen Vortrag hielt, ohne ihn zuerst »am Hund erprobt« zu haben. Alle waren begierig, einen Blick auf Dr. Hayes zu werfen, der soeben aus der Arktis zurückgekehrt war und den Gipfel seiner Berühmtheit erreicht hatte. Er hatte seinen Vortrag sorgfältig ausgearbeitet und wollte ihn bis auf die ersten Sätze vom Manuskript ablesen. Diese ersten Sätze waren von blumiger Beredsamkeit, und er hatte sie auswendig gelernt in der Absicht, den mitreißenden Effekt eines spontanen Begeisterungsausbruchs erzielen zu können. Das war keine originelle Idee; Anfänger sind früher schon auf sie hereingefallen. Natürlich nie zweimal, immer nur einmal.

D. I. I. Hayes

Als er die große Bühne betrat, empfing ihn das riesige Publikum mit anfeuerndem Enthusiasmus, und man sah ihm das Vergnügen an, das er empfand. Er legte sein Manuskript auf das Pult, und einige Minuten lang verbeugte er sich lächelnd und lächelte sich verbeugend. Schließlich legte sich der Lärm, und es trat tiefe erwartungsvolle Stille ein. Er trat vors Pult und blickte eine Weile auf das Meer von Gesichtern, dann streckte er langsam die Hand aus und begann in gemessenem Ton und höchst eindrucksvoll etwa wie folgt:

»Wenn man, ein Heimatloser, inmitten der ungeheuren Einsamkeit des vereisten Meeres steht, das sich kalt, weiß und unwirtlich Meile um Meile, Leuge um Leuge bis zum fernen, trüben Horizont erstreckt, eine feierliche Wüste, aus deren Busen sich hier und da und dort herrliche Eisgebilde erheben, welche auf wundersame Weise die Triumphe des Menschen, des Architekten, des Baumeisters nachahmen – finstere Festungen, prächtige Burgen, majestätische Tempel, die Fundamente in geheimnisvolles Zwielicht gehüllt, die Zinnen und Türme sanft glühend im Rosenschimmer des erlöschenden Feuers der Mitternachtssonne –«

Eine Gestalt rannte quer über die Bühne, berührte den Redner an der Schulter, beugte sich dann zum Publikum vor, formte die Hände zu einem Sprechrohr und rief –

Ralph Keeler

Er war Kalifornier. Vermutlich habe ich ihn in den Tagen – um 1865 – in San Francisco kennengelernt, als ich Zeitungsreporter war und Bret Harte, Ambrose Bierce, Charles Warren Stoddard und Prentice Mulford in Mr. Joe Lawrences Wochenmagazin *The Golden Era* ihre ersten literarischen Arbeiten veröffentlichten. Jedenfalls war ich mit ihm einige Jahre später in Boston bekannt, wo er mit Howells, Aldrich, Boyle O'Reilly und James T. Fields, die ihn sehr schätzten, Freundschaft schloss. Ich sage, er schloss Freundschaft mit ihnen, und das ist die richtige Bezeichnung, obwohl er selbst der Beziehung keinen so vertraulichen Namen beigelegt hätte, denn er war der bescheidenste junge Mann, den es je gegeben hat, und blickte aus seiner niederen Obskurität demütig zu diesen angesehenen Männern auf, war auf jungenhafte Weise dankbar für das freundliche Interesse, das sie ihm entgegenbrachten, und zeigte seine Dankbarkeit in aller Offenheit; und wenn Mr. Emerson und Mr. Whittier und Holmes und Lowell und Longfellow ihm zulächelten oder zunickten, war sein Glücksgefühl das Hübscheste, was es auf der Welt zu sehen gab. Damals war er nicht älter als vierundzwanzig; die angeborene Liebenswürdigkeit seiner Sinnesart war noch nicht von Sorgen und Enttäuschungen getrübt; er war vergnügt und zuversichtlich, arglos und voll einnehmender, anspruchsloser kleiner literarischer Ambitionen, und jeder, dem er begegnete, wurde sein Freund und nahm ihn – aus einem natürlichen und unerklärlichen Impuls heraus – unter seine Fittiche.

Er hatte wohl weder ein Zuhause noch eine Kindheit gehabt. Als kleiner Bursche war er von Gott weiß woher nach Kalifornien gewandert und hatte sich mit verschiedenen niedrigen Anstellungen fröhlich sein Brot verdient, sich dabei weitergebildet und es sich einigermaßen gutgehen lassen. Einer seiner Erwerbszweige war der Auftritt als Holzschuhtänzer in einer »Nigger«-Show. Als er um die zwanzig war, kratzte er $ 85 zusammen – in Dollarnoten, in Gold etwa die Hälfte der Summe –, und mit diesem Kapital finanzierte er eine Grand Tour durch Europa und veröffentlichte einen Bericht über seine Reisen im *Atlantic Monthly*. Im Alter von zweiundzwanzig Jahren schrieb er einen Roman mit dem Titel *Gloverson und seine stillen Teilhaber*; und nicht nur das, er fand sogar einen Verleger dafür, was in seinem Fall nicht weiter überraschend war, denn nicht einmal ein Verleger ist hartherzig genug, um gewissen Leuten etwas abzuschlagen – und Ralph war einer von diesen Leuten. Seine Dankbarkeit für den Gefallen, den man ihm erwiesen hatte, war so schlicht und ehrlich, so beredt und berührend, dass einem Verleger klar sein musste, dass aus dem Buch selbst dann Profit zu schlagen war, wenn es kein Geld einbrachte, Profit, der über den Geldwert und den Wirkungsbereich von Geld hinausging. Das Buch brachte kein Geld ein; nicht einen Penny; aber Ralph Keeler sprach von seinem Verleger stets so, wie andere Leute von Gottheiten sprechen. Natürlich verlor der Verleger $ 200 oder $ 300 mit dem Buch und wusste das auch, als er sich auf das Wagnis einließ, doch die hingebungsvolle Verehrung des Autors, die er als Lohn erhielt, übertraf diese Summe bei weitem.

Ralph hatte wenig oder gar nichts zu tun und begleitete mich oft in die kleinen Städte im Umkreis von Boston, wo ich Vorträge hielt. Von Boston aus waren sie innerhalb einer Stunde zu erreichen, und gewöhnlich brachen wir gegen sechs Uhr auf und kehrten am Morgen in die Stadt zurück. Nach rund einem Monat hatten wir Bostons Anhängsel hinter uns gebracht, und dieser Monat war der einfachste und angenehmste von den vier oder fünf, die die »Vortragssaison« ausmachten. Damals erlebte das »Vortragssaalsystem« seine Blütezeit, und James Redpaths Büro in der School Street in Boston war für das Management in den Nordstaaten und Kanada zuständig. Redpath schickte die Redner in Sechser- oder Achtergruppen in die Vortragssäle im ganzen Land, für ein Honorar von durchschnittlich $ 100 pro Abend und Redner. Seine Provision betrug 10 Prozent; jeder Redner trat an etwa hundertzehn Abenden in der Saison auf. Auf seiner Liste standen einige Zugpferde: Henry Ward Beecher; Anna Dickinson; John B. Gough; Horace Greeley; Wendell Phillips; Petroleum V. Nasby; John Billings; Hayes, der Polarforscher; Vincent; * * * der englische Astronom; Parsons, der irische Orator; Agassiz. Außerdem hatte er zwanzig oder dreißig Männer und Frauen von geringer Bedeutung und mäßigem Renommee auf seiner Liste, die sich für ein Honorar zwischen $ 25 und $ 50 abplagten. Ihre Namen sind längst in Vergessenheit geraten. Nur ein Kunstgriff konnte ihnen einen Platz am Rednerpult sichern. Und Redpath beherrschte diesen Kunstgriff. Sämtliche Vortragssäle wünschten Publikumsmagnete, wünschten sie sehnsüchtig, begierig und energisch. Redpath erhörte ihre Gebete – unter einer Bedingung: Für jeden Haus-Füller, den er ihnen zugestand, mussten sie mehrere seiner Haus-Entleerer buchen. Diese Abmachung hielt die Vortragssäle ein paar Jahre über Wasser, letztlich aber vernichtete sie alle und machte dem Vortragsgeschäft ein Ende.

Beecher, Gough, Nasby und Anna Dickinson waren die einzigen Redner, die ihren Wert kannten und einforderten. In den Kleinstädten lag ihr Honorar bei $ 200 oder $ 250, in Großstädten bei $ 400. Mit diesen vier erzielten die Vorträgssäle (wenn das Wetter mitspielte) immer einen Gewinn, den sie dann durch die Haus-Entleerer meist wieder einbüßten.

Es gab zwei Frauen, die eigentlich Haus-Entleerer hätten sein sollen – Olive Logan und Kate Field –, aber ein oder zwei Saisons waren sie es nicht. Sie verlangten $ 100 und galten mindestens zwei Jahre lang als Haus-

Füller. Danach waren sie fähige Haus-Entleerer und wurden bald ausgemustert. 1867 war Kate Field aufgrund einiger Briefe über Dickens' Lesungen zu Beginn seiner triumphalen Amerikatournee, die sie – per Telegraph – aus Boston an die *Tribune* schickte, plötzlich zu allgemeiner Berühmtheit gelangt. Diese Briefe waren glühende Lobeshymnen – Lobeshymnen, die an Vergötterung grenzten – und trafen damit den richtigen willkommenen Ton, denn das Land selbst glühte geradezu vor Begeisterung für Dickens. Sodann war auch die Idee, einen Brief *per Telegraph* an die Zeitung zu schicken, neu und erstaunlich und als wundersames Ereignis in aller Munde. Über Nacht wurde Kate Field ein Star. Bald darauf fand sie ihren Platz auf der Bühne; doch nach zwei, drei Jahren hatte ihr Thema – Dickens – an Frische und Faszination eingebüßt. Eine Zeitlang kamen die Leute noch, um *sie* zu sehen, ihres Namens wegen; doch ihre Vorträge waren inhaltsleer, ihre Rede abstoßend gekünstelt; und als sich das Land an ihr sattgesehen hatte, wandten sich die Bühnen von ihr ab.

Sie war ein guter Mensch, und dass sie eine so vergängliche und flüchtige Berühmtheit erlangt hatte, das Unglück ihres Lebens. Für sie war diese Berühmtheit von unschätzbarem Wert, und über ein Vierteljahrhundert versuchte sie mit den verschiedensten Mitteln, ihrem Leben wenigstens einen Anschein davon zu verleihen, allerdings hatten ihre Bemühungen nur bescheidenen Erfolg. Sie starb auf den Sandwichinseln, bedauert von ihren Freunden und vergessen von der Welt.

Olive Logans Berühmtheit wiederum erwuchs aus – das wissen nur Eingeweihte. Offensichtlich war es eine künstlich erzeugte Berühmtheit, keine erworbene. Wohl verfasste sie kleine Sachen, die sie in Zeitungen und unbedeutenden Zeitschriften unterbrachte, aber Talent oder etwas in dieser Richtung war in ihnen nicht zu erkennen. Sie hätten sie in hundert Jahren nicht bekannt gemacht. In Wahrheit beruhte ihr Ruf auf kurzen Zeitungsmeldungen, die ihr Mann, ein kleiner Journalist mit kleinem Gehalt, in Umlauf brachte. Ein, zwei Jahre lang hielten sich diese Meldungen hartnäckig; man konnte kaum eine Zeitung aufschlagen, ohne auf sie zu stoßen.

»Es heißt, dass sich Olive Logan in Nahant ein Cottage gemietet hat und den Sommer dort verbringen wird.«

»Olive Logan spricht sich entschieden gegen kurze Röcke als Nachmittagsbekleidung aus.«

»Berichte, denen zufolge Olive Logan den kommenden Winter in Paris verbringen wird, sind verfrüht. Sie hat sich noch nicht entschieden.«

»Olive Logan war Samstagabend im Wallack's und hieß das neue Stück umstandslos gut.«

»Olive Logan ist von ihrer besorgniserregenden Krankheit so weit genesen, dass ihre Ärzte, sollte sich ihr Zustand weiter verbessern, ab morgen keine Bulletins mehr veröffentlichen werden.«

Das Resultat dieser täglichen Werbung war eigenartig. Olive Logans Name war einer breiten Öffentlichkeit so vertraut wie der jedes anderen Prominenten der Zeit, und die Leute beredeten ihr Tun und Lassen voller Interesse und diskutierten ernsthaft ihre Ansichten. Hin und wieder wollte sich ein unwissender Mensch aus der hintersten Provinz informieren, und dann standen allen Beteiligten Überraschungen bevor:

»Wer *ist* Olive Logan?«

Als sich herausstellte, dass niemand die Frage beantworten konnte, waren die Zuhörer erstaunt. Es war ihnen nie in den Sinn gekommen, Ermittlungen anzustellen.

»Was hat sie *geleistet*?«

Wieder blieben die Zuhörer stumm. Sie wussten es nicht. Sie hatten sich nie danach erkundigt.

»Wie kommt es dann, dass sie überall so gefeiert wird?«

»Es hat mit – ach, ich weiß auch nicht was – zu tun. Ich habe nie danach gefragt, sondern immer angenommen, dass jeder Bescheid wüsste.«

Zu meiner Unterhaltung stellte ich diese Fragen oft selbst, und zwar Leuten, die über den Star und seine Tätigkeiten und Aussprüche flinkzüngig zu reden wussten. Die Befragten waren überrascht, als sie feststellten, dass sie an ihren Ruhm blind geglaubt hatten, ohne auch nur die leiseste Ahnung zu haben, wer Olive Logan war oder was sie geleistet hatte – falls überhaupt etwas.

Kraft dieser künstlich erzeugten Berühmtheit trat Olive Logan ans Rednerpult, und wenigstens zwei Saisons lang strömten die Vereinigten Staaten in die Vortragssäle, um sie zu erleben. Sie hatte nichts als einen Namen und ein paar prächtige kostspielige Kleider vorzuweisen, und keine dieser Besonderheiten war von dauerhafter Qualität, auch wenn sie mit ihnen für eine Weile ein Honorar von $ 100 pro Abend erzielen konnte. Vor einem Vierteljahrhundert verschwand sie aus dem Gedächtnis der Menschheit.

Auf meinen Vortragsreisen außerhalb von Boston war mir Ralph Keeler ein angenehmer Begleiter, und wenn das Komitee uns zum Gasthaus geleitet und sich verabschiedet hatte, führten wir auf unseren Zimmern viele gute Gespräche und rauchten. Ein Komitee gab es immer, und die Komiteemitglieder trugen seidene Amtszeichen; sie holten uns am Bahnhof ab und fuhren uns zum Vortragssaal; sie saßen nach Minstrel-Art in einer Stuhlreihe hinter mir auf der Bühne, und in der Anfangszeit stellte mich immer der Vorsitzende dem Publikum vor; doch diese Einführungen waren so übertrieben schmeichelhaft, dass sie mich beschämten, und so war ich, wenn ich meinen Vortrag begann, bereits schwer im Hintertreffen. Es war eine alberne Angewohnheit; es bestand überhaupt kein Anlass für eine Einführung; der Einführende war fast jedes Mal ein Esel und seine vorbereitete Rede ein Durcheinander aus vulgären Komplimenten und trostlosen Versuchen, komisch zu wirken; folglich stellte ich mich nach der ersten Saison immer selber vor – natürlich bediente ich mich dabei einer Parodie auf die veraltete Einführung. Bei den Komiteevorsitzenden war diese Veränderung nicht beliebt. Sich vor einem zahlreichen Publikum von Mitbürgern feierlich zu erheben und eine kleine teuflische Ansprache zu halten war die Freude ihres Lebens, und dass ihnen diese Freude genommen wurde, war mehr, als sie verkraften konnten.

Für eine Weile war meine Selbsteinführung eine höchst wirksame »Vorspeise«, dann misslang sie. Sie musste sorgfältig und akribisch formuliert sein und mit hohem Ernst gesprochen werden, damit all die anwesenden Fremden sich der Täuschung hingaben, ich sei nur die einführende, nicht aber die vortragende Person, und der Strom übersteigerter Komplimente sie anwiderte; wenn ich dann zum Schluss kam und beiläufig die Bemerkung fallenließ, ich selbst sei der Vortragende und hätte von mir selbst gesprochen, war die Wirkung höchst befriedigend. Aber wie gesagt, ich konnte diese Karte nicht ewig ausreizen; da die Zeitungen meine Einführung abdruckten, konnte ich sie nicht mehr verwenden, weil das Publikum wusste, was kam, und seine Gefühle zügelte. Als Nächstes versuchte ich es mit einer Einführung, die ich meinen Erfahrungen in Kalifornien verdankte. Sie stammte von einem gebückten und unbeholfenen Bergarbeiter im Dorf Red Dog, den das Publikum gegen seinen Willen zwang, auf die Bühne zu steigen und mich vorzustellen. Er blieb stehen und dachte einen Moment nach, dann sagte er:

»Ich weiß nichts über diesen Mann. Allenfalls zwei Dinge; das eine ist, er war nie in einer Strafanstalt, und das andere (nach einer Pause und fast bekümmert), *ich weiß nicht, warum nicht.*«

Das funktionierte eine Zeitlang, dann druckten die Zeitungen auch diese Einführung, bis sie den letzten Saft aus ihr herausgepresst hatten, und danach gab ich meine Selbsteinführungen ganz auf.

Ab und zu hatten Keeler und ich ein unverfängliches kleines Abenteuer, aber keins, das man nicht mühelos vergessen konnte. Einmal kamen wir in einem Städtchen mit Verspätung an und fanden kein wartendes Komitee vor und am Stand keine Pferdeschlitten. Bei hellem Mondschein bogen wir in eine Straße, trafen auf eine Vielzahl von Menschen, die alle in dieselbe Richtung strömten, vermuteten, dass sie auf dem Weg zum Vortragssaal waren – eine richtige Annahme –, und schlossen uns an. Vor dem Saal versuchte ich mich hineinzudrängen, wurde vom Kartenkontrolleur jedoch angehalten:

»Die Einlasskarte bitte.«

Ich beugte mich zu ihm und flüsterte:

»Schon gut – ich bin der Vortragende.«

Eindrucksvoll kniff er ein Auge zu und sagte so laut, dass die Menge es hörte:

»Nein, das sind Sie nicht. Bisher sind schon drei von Ihnen gekommen, aber der nächste Vortragende, der hier hereinspaziert, *bezahlt.*«

Natürlich bezahlten wir; das war der am wenigsten peinliche Ausweg aus dem Malheur. Am nächsten Morgen hatte Keeler ein Abenteuer. Gegen elf Uhr saß ich in meinem Zimmer und las Zeitung, als er vor Aufregung zitternd hereinplatzte und rief:

»Kommen Sie mit – schnell!«

»Was ist? Was ist passiert?«

»Keine Zeit zum Reden – kommen Sie mit.«

Entschlossen stapften wir drei oder vier Häuserblocks die Hauptstraße entlang. Keiner von uns sprach, beide waren wir erregt, ich in einer Mischung aus panischer Angst und entsetzlicher Neugier. Dann stürzten wir mitten durch ein Gebäude bis an dessen anderes Ende. Keeler blieb stehen, streckte die Hand aus und sagte:

»Sehen Sie.«

Ich blickte hin, sah aber nichts als eine Reihe Bücher.

»Was ist denn, Keeler?«

Voll freudiger Begeisterung rief er:

»Schauen Sie – nach rechts; weiter – weiter nach rechts. Da – sehen Sie? *Gloverson und seine stillen Teilhaber!*«

Und wirklich, da lag sein Buch.

»Das ist eine Bibliothek! Verstehen Sie? Eine öffentliche Bibliothek. Und sie haben mein Buch!«

Aus seinen Augen, seiner Miene, seiner Haltung, seinen Gebärden, aus seinem ganzen Wesen sprachen Entzücken, Stolz, Beglückung. Es kam mir nicht in den Sinn, zu lachen, im Gegenteil, von einer so uneingeschränkten Freude wird man ergriffen; Zeuge eines so vollkommenen Glücksgefühls zu sein rührte mich fast zu Tränen.

Er wusste alles über das Buch, denn er hatte den Bibliothekar ins Kreuzverhör genommen. Es befand sich seit zwei Jahren in der Bibliothek, und die Ausleihbücher zeigten, dass es dreimal verlangt worden war.

»Und gelesen!«, sagte Keeler. »Sehen Sie – die Seiten sind alle aufgeschnitten.«

Überdies war das Buch »*gekauft*, nicht geschenkt« worden – »so steht's in den Akten«. Ich glaube, *Gloverson* war in San Francisco veröffentlicht worden. Zweifellos waren auch andere Exemplare verkauft worden, aber dieser Verkauf hier war der einzige, dessen Keeler sich gewiss war. Kaum zu glauben, dass der Verkauf *eines* Exemplars eines Buches einem Autor diesen unermesslichen Seelenfrieden und Erfüllung bescherte, aber ich war dabei, und ich hab's gesehen.

Hierauf ging Keeler nach Ohio, stöberte einen von Osawatomie Browns Brüdern auf dessen Farm auf und schrieb die Geschichte seiner Abenteuer bei der Flucht aus Virginia nach der Tragödie von 1859 mit der Hand auf – zweifellos die bewundernswerteste Reportage, die je von einem Menschen ohne Kenntnis der Kurzschrift verfasst wurde. Sie wurde im *Atlantic Monthly* veröffentlicht, und ich nahm drei Anläufe, sie zu lesen, wurde aber jedes Mal abgeschreckt, bevor ich sie zu Ende gelesen hatte. Der Bericht war so lebhaft und so wirklich, dass ich das Gefühl hatte, die Abenteuer selbst zu durchleben und an ihren unerträglichen Tücken teilzuhaben, und die Marter war so quälend, dass ich die Geschichte nie zu Ende lesen konnte.

Bald darauf beauftragte die *Tribune* Keeler, nach Kuba zu reisen und über eine Art Frevel oder Affront zu berichten, den die spanischen Behörden ganz nach ihrer Sitte und Gewohnheit gegen uns verübt hatten. Er fuhr mit dem Dampfschiff von New York ab und wurde in der Nacht, bevor das Schiff Havanna erreichte, zum letzten Mal lebend gesehen. Es hieß, er habe aus seiner Mission kein Geheimnis gemacht, sondern auf seine offene und unschuldige Art unverblümt darüber gesprochen. An Bord waren einige spanische Militärs. Mag sein, dass er nicht ins Meer geworfen wurde; doch allgemein glaubte man, dass genau das geschah.

Fragmente meiner Autobiographie

Aus Kapitel IX

Es war 1849. Ich war damals vierzehn Jahre alt. Wir wohnten noch am Ufer *1849*
des Mississippi in Hannibal, Missouri, in dem neuen Holzrahmenhaus, das mein Vater fünf Jahre zuvor gebaut hatte. Das heißt, einige von uns wohnten in dem neuen Teil, die anderen im rückwärtigen, dem alten Teil – dem »L«. Im Herbst gab meine Schwester ein Fest und lud alle jungen Leute des Dorfes im heiratsfähigen Alter ein. Ich war zu jung für die Gesellschaft und ohnedies zu schüchtern, um mich unter die jungen Damen zu mischen, daher wurde ich nicht eingeladen – jedenfalls nicht für den ganzen Abend.

Zehn Minuten – das war mein ganzer Anteil. In einem kleinen Märchenspiel sollte ich die Rolle eines Bären übernehmen und mich mit einem stramm sitzenden braunen Pelz verkleiden, der zu einem Bären passte. Gegen halb elf wurde mir befohlen, auf mein Zimmer zu gehen, die Verkleidung anzulegen und in einer halben Stunde fertig zu sein. Ich machte auch Anstalten, besann mich aber eines anderen, wollte ich doch ein wenig üben, und das Zimmer war sehr klein. Ohne zu ahnen, dass ein Dutzend der jungen Leute sich bereits dort aufhielt, um sich für ihre Rollen umzuziehen, ging ich hinüber zu dem großen unbewohnten Haus Main Street, Ecke Hill Street.* Ich nahm den kleinen schwarzen Sklavenjungen Sandy mit, und wir wählten eine geräumige leere Kammer im Obergeschoss. Als wir eintraten, unterhielten wir uns, und das gab zwei, drei halbbekleideten jungen Damen die Gelegenheit, sich ungesehen hinter einen Wandschirm zu flüchten. Ihre Roben und anderen Kleidungsstücke hingen an Haken hinter der Tür, aber ich sah sie nicht; Sandy war es, der die Tür schloss, weil er aber in Gedanken schon ganz bei der Aufführung weilte, bemerkte er sie wohl ebenso wenig wie ich.

Der Wandschirm war ziemlich klapprig, mit vielen Löchern, da ich jedoch nicht wusste, dass sich Mädchen dahinter verbargen, störte mich dieser Befund nicht weiter. Hätte ich es gewusst, hätte ich mich in der Flut grausamen Mondlichts, das sich durch die vorhanglosen Fenster ergoss, nicht entkleidet; ich wäre vor Scham gestorben. Von Erkenntnis unbehelligt, zog ich mich splitternackt aus und begann zu üben. Ich brannte vor Ehrgeiz; ich war entschlossen, in meiner Rolle zu glänzen; ich fieberte danach, mir einen Namen als Bär zu machen und weitere Engagements zu erhalten; ich stürzte mich in meine Arbeit mit einer Hingabe, die Großes versprach. Auf allen vieren tollte ich von einem Ende des Raumes zum anderen, und Sandy applaudierte begeistert; ich lief aufrecht und brummte, knurrte und fauchte; ich machte einen Kopfstand und einen Überschlag nach dem anderen, tanzte tollpatschig mit angewinkelten Tatzen und schnüffelte mit meiner imaginären Nase umher; ich tat alles, was ein Bär tun kann, und vieles, was ein Bär nicht tun kann und was ein Bär mit einem Sinn für Würde ohnehin

* Das Haus steht noch.

nicht würde tun wollen; und natürlich hegte ich nicht den leisesten Verdacht, dass ich mich vor jedem außer Sandy lächerlich machte. Als ich wieder einmal einen Kopfstand machte, verharrte ich in dieser Position, um mich eine Minute auszuruhen. Einen Augenblick lang herrschte Stille, dann fragte Sandy mit aufgeregtem Interesse:

»Massa Sam, schon mal ’n gedörrten Hering gesehn?«

»Nein. Was ist das?«

»Is ’n Fisch.«

»Ja und? Was ist daran so besonders?«

»Ja, Sir, und ob! *Die fressense mit allem Drum ’n Dran!*«

Hinter dem Wandschirm war ein unterdrückter Anfall weiblichen Gekichers zu hören! Alle Kraft verließ mich, wie ein unterhöhlter Turm geriet ich ins Wanken, stieß mit meinem Gewicht den Wandschirm um und begrub die jungen Damen unter ihm. In ihrer Angst stießen sie zwei, drei durchdringende Schreie aus – vielleicht auch mehr, aber ich wartete nicht, um sie zu zählen. Ich raffte meine Kleider zusammen und floh, Sandy im Gefolge, nach unten in die düstere Halle. Binnen einer halben Minute war ich angezogen und zur Hintertür hinaus. Ich schwor Sandy auf ewiges Stillschweigen ein, dann gingen wir fort und versteckten uns, bis das Fest vorüber war. Jeglicher Ehrgeiz war von mir abgefallen. Nach meinem Abenteuer hätte ich der leichtfertigen Gesellschaft nicht ins Auge sehen können, denn es würde zwei Darstellerinnen geben, die mein Geheimnis kannten und sich innerlich die ganze Zeit über mich lustig machen würden. Man suchte nach mir, fand mich aber nicht, und der Bär musste von einem jungen Gentleman in Zivilkleidern gegeben werden. Als ich mich endlich nach Hause getraute, war es still, alles schlief. Mein Herz war schwer, und ich hatte ein bitteres Gefühl der Blamage. An mein Kopfkissen fand ich einen Zettel geheftet; auf ihm stand eine Zeile, die mein Gemüt nicht etwa aufhellte, sondern mir die Schamröte ins Gesicht trieb. Sie war in einer kunstvoll verstellten Handschrift abgefasst, und die spöttischen Worte lauteten: »Eine *Bären*haut hättest du uns vermutlich nicht vorführen können, deine *bare Haut* aber sehr gut – oh, sehr, sehr gut!«

Wir denken immer, Knaben seien rohe, gefühllose Tiere, aber das ist nicht immer der Fall. Jeder Knabe hat ein oder zwei empfindliche Stellen, und wenn man herausfindet, wo sie sich befinden, braucht man sie nur zu berühren und kann ihn versengen wie mit Feuer. Ich litt elendiglich unter dieser Episode. Ich erwartete, dass die Umstände sich bis zum nächsten Morgen im ganzen Dorf herumgesprochen hätten, aber dem war nicht so. Das Geheimnis blieb auf die beiden Mädchen, Sandy und mich beschränkt. Das linderte meine Pein ein wenig, aber bei weitem nicht hinreichend – meine Hauptsorge blieb: Ich war zwei spöttischen Augenpaaren ausgesetzt gewesen, aber ebenso gut hätten es tausend sein können, denn ich hatte die Augenpaare aller Mädchen in Verdacht, diejenigen gewesen zu sein, vor denen mir so bange war. Mehrere Wochen lang konnte ich keiner jungen Dame ins Gesicht sehen; wenn eine von ihnen lächelnd grüßte, senkte ich verwirrt den Blick, sagte bei mir selbst: *»Das ist eine von ihnen«*, und machte, dass ich wegkam. Den richtigen Mädchen begegnete ich natürlich überall, aber falls sie je ein verräterisches Signal aussandten, war ich nicht aufgeweckt genug, um es aufzufangen. Als ich Hannibal vier Jahre später verließ, war das Geheimnis noch immer nicht gelüftet; ich hatte die Mädchen nicht erraten können und rechnete auch nicht länger damit. So richtig wollte ich es auch gar nicht. Eines der liebsten und hübschesten Mädchen im Dorf zur Zeit meines Missgeschicks war eines, das ich Mary Wilson nennen werde, weil es nicht ihr Name war. Sie war zwanzig Jahre alt, zierlich und bezaubernd, pfirsichblütig und exquisit, anmutig und von angenehmem Charakter, und ich hatte geradezu Ehrfurcht vor ihr, denn sie schien aus dem Lehm gemacht, aus dem die Engel sind, und zu Recht unerreichbar für einen ruchlosen gewöhnlichen Jungen wie mich. *Sie* hatte ich wahrscheinlich nie in Verdacht. Aber – Szenenwechsel. Kalkutta – siebenundvierzig Jahre später. 1896. Ich traf zu einer Vortragsreise ein. Und als ich das Hotel betrat, kam mir eine göttliche Erscheinung entgegen, eingehüllt in die Herrlichkeit indischen Sonnenlichts – die Mary Wilson meiner längst entschwundenen Jugend! Ein erstaunliches Begebnis. Bevor ich mich von dem verwirrenden Schreck erholen und sie ansprechen konnte, war sie fort. Ich glaubte schon, ein Phantom gesehen zu haben, aber nein, sie war aus Fleisch und Blut. Es war die Enkelin jener anderen Mary, der ursprünglichen Mary. Jene andere Mary, inzwischen verwitwet, war oben und bestellte mich augenblicklich zu sich. Sie war alt und grauhaarig, wirkte aber jung und sehr schön. Wir setzten uns und redeten miteinander. Wir tauchten unsere durstigen Seelen in den belebenden Wein der Vergangenheit, der rührenden Vergangenheit, der wunderbaren Vergangenheit, der teuren und betrauerten Vergangenheit; wir sprachen die Namen aus, die fünfzig Jahre lang stumm auf unseren Lippen gelegen hatten, und es war, als seien sie aus Musik gemacht; mit andächtigen Händen gruben wir unsere Toten, die Spielgefährten unserer Jugend, aus und liebkosten sie mit unseren Worten; wir durchforschten die staubigen Kammern unseres Gedächtnisses, zogen Vorfall um Vorfall, Episode um Episode, Torheit um Torheit ans Licht und vergossen Lachtränen darüber; und schließlich sagte Mary unvermittelt, ohne jede Einführung:

»Sag mal, was ist denn nun so besonders an gedörrtem Heringen?«

Es schien eine merkwürdige Frage in einem so geheiligten Moment. Und noch dazu so belanglos. Ich war leicht schockiert. Und doch merkte ich, wie sich irgendwo in den Tiefen meines Gedächtnisses etwas regte. Es brachte mich zum Nachdenken – zum Grübeln – zum Suchen. Gedörrte Heringe. Gedörrte Heringe. Das Besondere an ged… Ich blickte auf. Ihr Gesicht war ernst, in ihren Augen jedoch ein schwaches, kaum wahrnehmbares Funkeln, das – Plötzlich wusste ich Bescheid!, und aus ferner, uralter Vergangenheit hörte ich eine Stimme murmeln: *»Die fressense mit allem Drum 'n Dran!«* »Endlich! Jetzt habe ich wenigstens eine von euch überführt! Wer war das andere Mädchen?« Aber da zog sie die Grenze. Sie wollte es mir nicht verraten.

Doch das Leben eines Knaben besteht nicht nur aus Komödien; auch viel Tragisches hält darin Einzug. Der betrunkene Landstreicher – erwähnt in *Tom Sawyer* oder *Huckleberry Finn* –, der im Dorfgefängnis verbrannte, lastete noch *1849*
hundert Nächte später auf meinem Gewissen und füllte sie mit grässlichen Alpträumen – Alpträumen, in denen ich sein flehendes Gesicht vor mir sah, so wie ich es in der grauenhaften Wirklichkeit gesehen hatte, gegen die Gitterstäbe gepresst, dahinter die rot glühende Hölle – ein Gesicht, das mir zu sagen schien: »Hättest du mir nicht die Streichhölzer gegeben, wäre das hier nicht passiert; du bist für meinen Tod verantwortlich.« Ich war *nicht* dafür verant-

wortlich, denn ich hatte es ja nicht böse, sondern nur gut mit ihm gemeint, als ich ihm die Streichhölzer gab; aber es half nichts, mein presbyterianisches Gewissen war voll ausgebildet und kannte nur eine Pflicht – seinen Sklaven unter jedem Vorwand und bei jedem Anlass zu jagen und zu hetzen, besonders wenn kein vernünftiger Grund vorlag. Der Landstreicher – der die Schuld hatte – litt zehn Minuten lang; ich, der ich keine Schuld hatte, litt drei Monate lang.

Die Erschießung des armen alten Smarr zur Mittagszeit in der Hauptstraße* sorgte für weitere Alpträume; und in diesen sah ich immer wieder das groteske Schlussbild vor mir – die aufgeschlagene große Familienbibel, die irgendein aufmerksamer Idiot dem gottlosen alten Mann auf die Brust gelegt hatte und die sich nun mit seinem mühsamen Atem hob und senkte und seinem Todeskampf die Tortur ihres bleiernen Gewichts hinzufügte. Wir sind sonderbar beschaffen. In der Menge der mitfühlend gaffenden Schaulustigen gab es nicht einen, der genügend gesunden Menschenverstand besaß, um zu erkennen, dass ein Amboss geschmackvoller gewesen wäre als die Bibel, weniger anfällig für sarkastische Kritik und rascher in seinem grausamen Werk. Unter der drückenden Last dieses riesigen Folianten rang ich in meinen Alpträumen viele Nächte lang keuchend um Atem.

Im Laufe zweier Jahre erlebten wir noch zwei, drei Tragödien, und ich hatte das Pech, immer in unmittelbarer Nähe dabei gewesen zu sein. Da war der Sklave, der wegen eines geringfügigen Vergehens mit einem Stück Schlacke niedergeschlagen wurde; ich sah ihn sterben. Und der junge kalifornische Emigrant, der von einem betrunkenen Kameraden mit einem Jagdmesser erstochen wurde; ich sah das rote Leben aus seiner Brust entweichen. Und der Fall der gewalttätigen jungen Brüder Hyde und ihres harmlosen alten Onkels: Einer von ihnen hielt den Alten nieder, das Knie auf seine Brust gestemmt, während der andere wiederholt versuchte, ihn mit einem Allen-Revolver zu erschießen, der jedes Mal versagte. Natürlich war ich es, der zufällig des Weges kommen musste.

Dann war da der Fall des jungen kalifornischen Emigranten, der sich betrank und vorschlug, in einer düster-bedrohlichen Nacht ganz allein das

* Vgl. *Huckleberry Finns Abenteuer.*

»Haus des Walisers« zu überfallen.* Dieses Haus stand auf halber Höhe des Holliday's Hill (»Cardiff« Hill), und seine einzigen Bewohner waren eine arme, aber ehrbare Witwe und ihre unbescholtene Tochter. Der brutale Eindringling weckte mit seinen obszönen Rufen und seinen derben Herausforderungen und Verwünschungen das ganze Dorf. Ich ging mit einem Freund – ich glaube, John Briggs – hinauf, um zuzuschauen und zu lauschen. Die Umrisse des Mannes waren schwach zu erkennen; die Frauen saßen auf der Veranda, waren im tiefen Schatten des Daches jedoch nicht sichtbar, doch hörten wir die Stimme der älteren Frau. Sie hatte eine alte Flinte mit Schrotkugeln geladen und warnte den Mann, wenn er nicht verschwunden wäre, bevor sie bis zehn gezählt hätte, würde es ihn sein Leben kosten. Langsam begann sie zu zählen; er aber begann zu lachen. Bei »sechs« verging ihm das Lachen; dann durch die tiefe Stille, mit fester Stimme, folgte der Rest der Geschichte: »sieben … acht … neun« – eine lange Pause, wir hielten den Atem an – *»zehn!«*. Eine rote Stichflamme schoss in die Nacht, und der Mann fiel um, die Brust von Kugeln durchsiebt. Dann platzten Regen und Donner los, und im grellen Licht der Blitze schwärmte die wartende Stadt den Hügel hinan wie eine Invasion von Ameisen. Diese Leute sahen alles Übrige; ich hatte mein Teil bekommen und war zufrieden. Ich ging nach Hause, um zu träumen, und wurde nicht enttäuscht.

Meine Schulung, meine Ausbildung gewährten mir tiefere Einblicke in diese Tragödien, als sie einem unwissenden Menschen möglich gewesen wären. Ich wusste, wozu sie gut waren. Ich versuchte, es vor mir zu verbergen, doch in den geheimen Tiefen meines unruhigen Herzens wusste ich es – und *wusste*, dass ich es wusste. Sie waren Erfindungen der Vorsehung, um mich zu einem besseren Leben zu verleiten. Heute hört sich das eigentümlich unschuldig und selbstgefällig an, für mich aber hatte es nichts Befremdliches; es stand ganz im Einklang mit den überlegten und umsichtigen Wegen der Vorsehung, so wie ich sie auffasste. Es hätte mich nicht weiter erstaunt und mir auch nicht über Gebühr geschmeichelt, wenn die Vorsehung die ganze Gemeinde umgebracht hätte, um zu versuchen, eine Bereicherung wie mich zu retten. So wie ich erzogen war, wäre es genau das Richtige gewesen und

* Verwendet in *Huckleberry Finn,* glaube ich.

hätte den Aufwand wohl gelohnt. *Weshalb* die Vorsehung ein so eifriges Interesse an einem solchen Besitz hatte – diese Frage kam mir nie in den Sinn, und in dem einfachen Weiler gab es niemanden, der auch nur im Traum daran gedacht hätte, sie zu stellen. Ohnehin war niemand dafür ausgerüstet.

Es ist wirklich wahr: Alle diese Tragödien bezog ich auf mich selbst; und verrechnete sie der Reihe nach, indem ich jedes Mal mit einem Seufzer zu mir sagte: »Wieder hat einer ins Gras gebissen – und zwar mir zuliebe; das sollte mich zur Umkehr bewegen; Seine Geduld wird nicht ewig vorhalten.« Aber insgeheim glaubte ich doch daran. Das heißt, tagsüber glaubte ich daran; nicht jedoch bei Nacht. Bei Sonnenuntergang verließ mich mein Glaube, und klamme Ängste beschlichen mich. Dann erst bereute ich. Es waren schreckliche Nächte, Nächte der Verzweiflung, Nächte, die durchdrungen waren von der Bitternis des Todes. Nach jeder Tragödie begriff ich die Warnung und bereute; bereute und bettelte; bettelte wie ein Feigling, bettelte wie ein Hund; nicht etwa im Interesse der armen Menschen, die mir zuliebe ausgelöscht worden waren, sondern allein in meinem eigenen. Wenn ich jetzt daran zurückdenke, kommt es mir eigennützig vor.

Meine Reue war jedes Mal sehr echt, sehr ernst; und nach jeder Tragödie stellte sie sich lange Zeit allnächtlich ein. Das Tageslicht hingegen konnte sie meist nicht ertragen. Sie verblasste, zerfiel und verschwand im hellen Glanz der Sonne. Sie war ein Geschöpf der Furcht und der Finsternis und andernorts nicht von Dauer. Der Tag schenkte mir Mut und Frieden, und des Nachts bereute ich von neuem. Ich bin mir nicht sicher, ob ich während meiner Kindheit tagsüber je versucht – oder auch nur gewünscht – habe, ein besseres Leben zu führen. Im Alter würde ich nicht im Traum daran denken, mir dergleichen zu wünschen. Doch auch im Alter beschert die Nacht mir oft tiefe Zerknirschung, wie in meiner Jugend. Ich merke, dass ich von der Wiege an wie der Rest der Menschheit gewesen bin – nachts nie so recht zurechnungsfähig. Als Indianer Joe starb …* Aber vergessen wir das: In einem früheren Kapitel habe ich bereits geschildert, welch tosende Hölle der Reue ich damals durchmachte. Ich glaube, monatelang war ich rein wie Schnee. Nach Einbruch der Dunkelheit.

* Verwendet in *Tom Sawyer.*

In jenen entlegenen Tagen – 1848 oder 49 – kam Jim Wolf zu uns. Er stammte aus Shelbyville, einem dreißig oder vierzig Meilen entfernten Weiler, und brachte all seine angeborene Lieblichkeit, Freundlichkeit und Schlichtheit mit. Er ging auf die siebzehn zu, ein ernster, schlanker Bursche, arglos, ehrlich, achtbar, ein Geschöpf, das man liebte und an dem man hing. Und er war unglaublich schüchtern. Er blieb eine gute Weile bei uns, konnte diese Eigenschaft aber nie besiegen; in Gegenwart einer Frau, selbst meiner guten und sanftmütigen Mutter, fühlte er sich unbehaglich; und ein Mädchen anzusprechen war ihm ganz und gar unmöglich. Einmal saß er vollkommen reglos da – im Zimmer saßen Damen und plauderten –, während eine Wespe ihn ein Dutzend Mal grausam ins Bein stach; das Einzige, was er sich anmerken ließ, waren ein leises Zucken bei jedem Stich und Tränen der Qual im Auge. Er war zu schüchtern, um sie zu verscheuchen. *1849*

Genau solche Menschen sind es, denen Widrigkeiten widerfahren. An einem Winterabend veranstaltete meine Schwester eine kleine Feier, bei der Karamellbonbons fabriziert wurden. Ich war zu jung, um mich zu beteiligen, und Jim zu schüchtern. Ich wurde früh zu Bett geschickt, und Jim folgte aus eigenem Antrieb. Sein Zimmer lag im neuen Teil des Hauses, und sein Fenster ging auf das Dach des L-förmigen Anbaus. Das Dach lag unter einer zwei Zentimeter hohen Schneedecke, und die Schneedecke hatte eine spiegelglatte Eiskruste. Aus dem Dachfirst ragte ein kurzer Schornstein, in mondhellen Nächten häufig Zufluchtsort für sentimentale Kater – und dies war eine mondhelle Nacht. Ein Baldachin aus verwelkten Weinreben, der sich von den Dachrinnen unterhalb des Kamins bis zu einigen Pfosten erstreckte, bot gemütlichen Unterschlupf, und nach ein, zwei Stunden gruppierte sich die ausgelassene Schar junger Damen und Herren in seinem Schatten. Ihre Untertassen voll flüssigem und glühend heißem Karamell hatten sie zum Abkühlen auf den gefrorenen Erdboden gestellt. Es gab fröhliche Neckereien, Scherze und Gelächter – Salve um Salve. In diesem Augenblick kletterten zwei verrufene alte Kater auf den Schornstein und begannen einen hitzigen Streit; etwa im gleichen Augenblick gab ich es auf, einschlafen zu wollen, und ging hinüber in Jims Zimmer. Er war wach und ärgerte sich über die Kater und ihr unerträgliches Gejaule. Spöttisch fragte ich ihn, weshalb er nicht hinausklettere, um sie zu verjagen. Das wurmte ihn, und tollkühn sagte er, für zwei Cent würde er es machen.

Es war eine unbesonnene Äußerung; vermutlich bereute er sie, noch ehe er sie ganz getan hatte. Aber es war schon zu spät – er hatte sich festgelegt. Ich kannte ihn; und ich wusste, dass er, wenn ich ihn nur listig genug anstachelte, sich eher das Genick brechen würde, als einen Rückzieher zu machen.

»Ach, natürlich würdest du's tun! Wer würde daran zweifeln?«

Das ärgerte ihn maßlos, und sichtlich verärgert platzte er heraus:

»*Du* vielleicht!«

»Ich? Nein, ich denke nicht daran. Du tust doch immer so wunderbare Dinge. Mit dem Mund.«

Jetzt war er in Rage. Er streifte sich seine Wollsocken über, hob das Fenster an und sagte mit zornbebender Stimme:

»*Du* denkst, ich tu's nicht – das denkst du doch! Denk doch, was du willst – *mir* doch egal, was du denkst. Ich werd's dir zeigen!«

Das Fenster machte ihn wütend; es wollte nicht einrasten. Ich sagte:

»Macht nichts, ich halt's dir.«

Ich hätte alles getan, um ihm zu helfen. Ich war noch ein Junge und schwebte bereits in einem strahlenden Himmel der Vorfreude. Vorsichtig kletterte er hinaus und hielt sich am Fensterbrett fest, bis seine Füße sicheren Halt gefunden hatten, dann tastete er sich auf allen vieren den gefährlich glatten Dachfirst entlang, auf jeder Seite einen Fuß und eine Hand. Ich glaube fast, ich genieße es heute noch genauso wie damals; dabei ist es beinahe fünfzig Jahre her. Die eiskalte Brise ließ sein kurzes Hemd um seine mageren Beine flattern; in der hellen Pracht des Mondlichts glänzte das kristallene Dach wie polierter Marmor; die ahnungslosen Kater saßen aufrecht auf dem Schornstein, beäugten einander wachsam, schlugen mit den Schwänzen und heulten ihre nichtigen Kümmernisse in die Welt hinaus; und mit flatternden Hemdschößen kroch Jim langsam und vorsichtig weiter; die vergnügten und übermütigen jungen Geschöpfe unter dem Weinbaldachin bemerkten nichts, und mit ihrem unangebrachten Gelächter beleidigten sie den feierlichen Vorgang. Jedes Mal, wenn Jim ausrutschte, schöpfte ich Hoffnung; er aber enttäuschte mich und kroch immer weiter. Schließlich befand er sich in Reichweite der Kater. Er hielt inne, richtete sich vorsichtig auf und maß sorgfältig den Abstand, dann griff er mit einer hektischen Bewegung nach dem Kater, der ihm am nächsten war – und verfehlte ihn. Natürlich verlor er das Gleichgewicht. Seine Fersen flogen in die Höhe, er landete auf dem Rücken, und wie eine Rakete sauste er mit den Füßen voran das Dach hinab, durchschlug die verwelkten Weinreben und landete inmitten der Gesellschaft – dürftig bekleidet, wie er war, in sitzender Position auf vierzehn Untertassen mit glühend heißem Karamell – dieser Bursche, der einem Mädchen selbst dann nicht ins Gesicht sehen konnte, wenn er voll bekleidet war. Es folgten wildes Gerangel und ein Sturm spitzer Schreie, und Jim flüchtete treppauf, wobei er auf dem ganzen Weg zerbrochenes Geschirr zurückließ.

Der Vorfall war vorbei. Aber anders, als ich vermutete, war ich noch nicht fertig mit ihm. Achtzehn oder zwanzig Jahre später traf ich, aus Kalifornien kommend, in New York ein, zu dieser Zeit war ich mit allen anderen Unternehmungen gescheitert und, ohne es zu beabsichtigen, in die Literatur gestolpert. Es war Anfang 1867. Für einen Beitrag im *Sunday Mercury* hatte *1867*
man mir eine große Summe angeboten, und ich beantwortete das Angebot mit der Geschichte »Jim Wolf und die Katzen«. Ich kassierte auch das Geld dafür – fünfundzwanzig Dollar. Das Honorar kam mir sehr hoch vor, aber ich sagte nichts, denn damals war ich noch nicht so pingelig wie heute.

Ein, zwei Jahre später erschien »Jim Wolf und die Katzen« in einer Zeitung in Tennessee in neuer Gestalt – was die Schreibweise anbelangt; sie war als Südstaatendialekt maskiert. Derjenige, der sich die Geschichte angeeignet hatte, genoss im Westen ein hohes Renommee und war ausgesprochen populär. Verdientermaßen, wie ich glaube. Er hatte einige der flottesten und komischsten Passagen geschrieben, die ich je gelesen habe, und erledigte seine Arbeit mit ausgezeichneter Leichtigkeit und Geläufigkeit. Sein Name ist mir entfallen.

Zwei Jahre vergingen; dann tauchte die Originalgeschichte – meine eigene Version – wieder auf und machte die Runde in der originalen Schreibweise und unter meinem Namen. Bald fiel erst die eine, dann die andere Zeitung kräftig über mich her – ich hätte Jim Wolf und die Katzen dem Mann aus Tennessee »gestohlen«. Ich bezog heftige Prügel, hatte aber nichts dagegen einzuwenden. Das gehört zum Spiel dazu. Außerdem hatte ich schon eine Weile vorher die Erfahrung gemacht, dass es nicht klug ist, das Feuer unter einer Verleumdung zu schüren, es sei denn, man kann einen großen Vorteil daraus ziehen, dass man es am Leben hält. Die meisten Verleumdungen nutzen sich durch Schweigen ab.

1873 Aber mit Jim und den Katzen war ich noch nicht fertig. 1873 hielt ich in London Vorträge in den Queen's Concert Rooms, Hanover Square, und wohnte im Langham Hotel, Portland Place. Auf dieser Seite des Ozeans hatte ich weder Haushalt noch Büro, ausgenommen George Dolby, meinen Agen-
1900 ten, und Charles Warren Stoddard, den kalifornischen Dichter, heute (1900) Professor für englische Literatur an der Roman Catholic University, Washington. Angeblich war Stoddard mein Privatsekretär; in Wirklichkeit war er mein Freund – ich hatte ihn angestellt, um seine Gesellschaft zu genießen. Als Sekretär brauchte er nichts weiter zu tun, als die täglichen Zeitungsberichte über den großen Meineidprozess zu sammeln, der gegen den Mann, der Tichborne zu sein behauptete, angestrengt worden war. Aber er machte eine hinreichend große Sache daraus, denn die Berichte nahmen täglich sechs Spalten ein, und gewöhnlich verschob er seine Tätigkeit auf Sonntag; dann musste er zweiundvierzig Spalten ausschneiden und einkleben – eine wahre Herkulesaufgabe. Er versah seine Arbeit gut; wäre er jedoch älter und schwächer gewesen, hätte sie ihn einmal die Woche umgebracht. Zweifellos hält er gute Literaturvorlesungen, aber ebenso zweifellos bereitet er sie erst fünfzehn Minuten vor Betreten des Hörsaals vor und verleiht ihnen so eine Frische und einen Glanz, die ihnen abgehen würden, wenn er sie dem Prozess der Übervorbereitung unterzöge; denn dann würden sie abgestanden wirken.

Wenn er wach war, war er unterhaltsam: kultiviert, empfindsam, charmant, liebenswürdig und großzügig. Selber ehrlich, war er ohne Argwohn gegen die Ehrlichkeit anderer und, so glaube ich, nach Geist und Rede der männlichste Mann, den ich gekannt habe. George Dolby war das genaue Gegenteil, dennoch pflegten die beiden sehr freundlichen Umgang miteinander. Dolby war groß und rotgesichtig, voller Leben, Kraft und Energie, ein unermüdlicher dynamischer Redner, der vor Gutmütigkeit schier überschäumte und vor Fröhlichkeit geradezu platzte. Sie waren eine auserlesene und befriedigende

Menagerie, der nachdenkliche Dichter und der gutgelaunte Gorilla. Eine taktlose Geschichte bereitete Stoddard Missbehagen; Dolby erzählte ihm fünfundzwanzig am Tag. Nach meinem Vortrag kam Dolby immer mit uns ins Hotel und unterhielt Stoddard bis Mitternacht. Mich auch. Wenn er gegangen war, lief ich im Zimmer auf und ab und redete, und Stoddard schlief auf dem Sofa ein. Ich hatte ihn als Gesellschafter eingestellt.

Dolby war lange Jahre Agent für Konzert und Bühne gewesen, für Charles Dickens und alle möglichen Shows und »Attraktionen«; er kannte die Menschen in vielerlei Erscheinungen und glaubte nicht sonderlich an sie. Der Dichter schon. Streuner und Stromer fanden in Stoddard einen Freund; Dolby versuchte ihn zu überzeugen, dass er seine Wohltaten an Unwürdige verschwendete, hatte aber nie Erfolg damit. Eines Abends in den Concert Rooms verschaffte sich ein junger Amerikaner Zutritt zu Stoddard und erzählte ihm eine anrührende Geschichte. Er wohne in Surrey, und aus irgendeinem merkwürdigen Grund seien die Geldanweisungen seiner Familie nicht eingetroffen; er habe keine Mittel, sei ohne Beschäftigung und ohne Freunde; seine junge Frau und sein Neugeborenes litten Hunger; könne er ihm um Himmels willen eine Zwanzig-Shilling-Münze leihen, bis seine Geldanweisungen einträfen? Stoddard war tief bewegt und gab ihm eine Zwanzig-Shilling-Münze von meinem Geld. Dolby spottete, aber Stoddard hielt stand. Später am Abend erzählte mir jeder der beiden seine Geschichte, und ich billigte Stoddards Entscheidung. Dolby meinte, wir seien Frauen in Männerkleidern und nicht einmal geistig gesunde Frauen.

In der Woche darauf kam der junge Mann wieder. Seine Frau sei an einer Rippenfellentzündung erkrankt, das Baby habe Dasselfliegenlarven oder etwas Derartiges, ich bin mir nicht sicher, was es war; alles Geld sei für Arzt und Arzneien draufgegangen, die arme kleine Familie hungere. Ob Stoddard »in seiner Herzensgüte noch einen Sovereign erübrigen könne« usw. usf. Stoddard war sehr ergriffen und erübrigte eine weitere meiner Zwanzig-Shilling-Münzen für ihn. Dolby war empört. Er sprach frisch von der Leber weg und sagte zu unserem Kunden:

»Nun, junger Mann, Sie gehen jetzt mit uns zum Hotel und legen Ihren Fall dem anderen Familienmitglied vor. Wenn Sie ihn nicht dazu bringen, an

Sie zu glauben, werde ich die Wechsel dieses Dichters zu Ihren Gunsten nicht länger honorieren, denn ich selbst glaube nicht an Sie.«

Der junge Mann war dazu bereit. Ich fand an ihm nichts auszusetzen. Im Gegenteil, ich glaubte sofort an ihn und war bestrebt, die Wunden zu heilen, die Dolbys allzu unverhohlene Skepsis ihm geschlagen hatte; deshalb tat ich alles, was mir nur einfiel, um ihn aufzumuntern und zu unterhalten, damit er sich heimisch und behaglich fühlte. Ich erzählte viele Geschichten; darunter die von Jim Wolf und den Katzen. Als ich erfuhr, dass er literarische Kleinigkeiten verfasst habe, erbot ich mich, eine Publikationsmöglichkeit für ihn zu finden. Da erhellte sich seine Miene freudig, und er sagte, wenn ich Tom Hoods *Annual* ein kleines Manuskript verkaufen könnte, wäre dies das glücklichste Ereignis seines traurigen Lebens, und er werde mich stets in dankbarer Erinnerung behalten. Für uns drei war es ein sehr angenehmer Abend, nur Dolby war entrüstet und sarkastisch.

In der Woche darauf starb das Baby. Unterdessen hatte ich mit Tom Hood gesprochen und sein Mitgefühl geweckt. Der junge Mann hatte ihm das Manuskript zugeschickt, und genau an dem Tag, als das Kind starb, traf das Honorar für das Manuskript ein – drei Guineen, rund 60 Shilling. Der junge Mann kam mit einem armen kleinen Trauerflor um den Arm, dankte mir und sagte, nichts hätte zeitlich passender sein können als dieses Geld, seine arme kleine Frau sei sprachlos vor Dankbarkeit für den Dienst, den ich ihm erwiesen hatte. Er weinte, und Stoddard und ich weinten mit ihm, was nur natürlich war. Auch Dolby weinte. Zumindest wischte er sich die Augen und wrang sein Taschentuch aus und schluchzte röchelnd und zeigte andere übertriebene Anzeichen von Kummer. Stoddard und ich schämten uns für Dolby und versuchten dem jungen Mann begreiflich zu machen, dass er es nicht böse meine, so sei er nun einmal. Der junge Mann antwortete betrübt, er stoße sich nicht daran, für andere Kränkungen sei sein Kummer viel zu tief; er denke nur an die Beerdigung und an die hohen Kosten, die –

Wir schnitten ihm das Wort ab und sagten ihm, er solle sich nicht quälen, sondern alles Weitere uns überlassen; die Rechnungen an Mr. Dolby schicken und –

»Ja«, sagte Dolby mit einem vorgetäuschten Zittern in der Stimme, »schicken Sie sie mir, und ich werde für sie aufkommen. Was, Sie gehen schon? In Ihrem erschöpften und zerrütteten Zustand dürfen Sie nicht allein gehen; Mr. Stoddard und ich werden Sie begleiten. Kommen Sie, Stoddard. Wir werden die leidtragende Mama trösten und dem Baby eine Haarlocke abschneiden.«

Es war empörend. Wieder schämten wir uns für ihn und äußerten es auch. Aber er war ungerührt. Er sagte:

»Ach, ich kenne diesen Menschenschlag, die Wälder sind voll davon. Ich mache folgendes Angebot: Wenn er mir seine Familie zeigt, gebe ich ihm zwanzig Pfund. Kommen Sie!«

Der junge Mann sagte, er werde nicht bleiben, um sich beleidigen zu lassen; und er verabschiedete sich und nahm seinen Hut. Aber Dolby sagte, er werde ihn begleiten und nicht von ihm weichen, bis er die Familie gefunden habe. Stoddard ging mit, um den jungen Mann zu besänftigen und Dolby zu mäßigen. Sie fuhren über den Fluss und durch ganz Southwark, aber die Familie fanden sie nicht. Schließlich bekannte der junge Mann, dass es gar keine Familie gab.

Die Geschichte, die er Tom Hoods *Annual* für drei Guineen verkauft hatte, war »Jim Wolf und die Katzen«. Meinen Namen aber hatte er nicht daruntergesetzt. So wurde die kleine Erzählung dreimal verkauft. Jetzt verkaufe ich sie ein weiteres Mal. Es ist eines der besten Besitztümer, das ich je hatte.

Fragmente meiner Autobiographie

Privater Bericht eines Manuskripts, das zu Schaden kam

Es geschah in London; nicht erst neulich, aber auch nicht vor allzu vielen Jahren. Ein Bekannter hatte sich eine gewisse Herzensaufgabe vorgenommen, und als er mir davon erzählte, war ich interessiert. Er hatte die Idee, eine gute Übersetzung der Aussagen in Jeanne d'Arcs Inquisitions- und Rehabilitationsprozessen anfertigen zu lassen und sie der englischsprachigen Welt vorzulegen. Eine Übersetzung war zwar schon viele Jahre zuvor angefertigt und veröffentlicht worden, hatte jedoch keine Verbreitung gefunden, und das zu Recht, denn sie war die reinste Flickschusterei. Diesmal aber würden wir es richtig anstellen; denn mein Bekannter war ein begeisterter Anhänger Johannas, und da er viel Geld besaß und nichts anderes zu tun hatte, als es auszugeben, nahm ich ihn beim Wort, als er sagte, er habe den fähigsten Menschen in Großbritannien angestellt, um diesen lange vernachlässigten Schatz zu heben und seine Reichtümer der Öffentlichkeit zu übergeben. Als er mich bat, zu dem Buch eine Einleitung zu verfassen, war meine Freude vollkommen, meine Eitelkeit befriedigt.

In diesem Augenblick fiel mir durch eine glückliche Fügung eine biographische Skizze über mich in die Hände, die so gerecht und lobend ausfiel – besonders was ein gewisses Detail betraf –, dass sie mir große Genugtuung verschaffte und mir – ich will's nicht leugnen – der Kamm schwoll. Denn sie enthielt ein Loblied auf etwas, was ich liebend gern loben hörte – *die gute Qualität meines Englisch*; überdies hatten es vier englische und amerikanische Literaturexperten von höchster Autorität angestimmt. Komplimente höre ich ebenso gern wie der nächstbeste Mensch und bin wie er schwer zufriedenzustellen; diese aber stellten mich zufrieden. Ich war so erfreut, wie Sie es gewesen wären, hätte man das Kompliment Ihnen gemacht. Beflügelt von jenem gewichtigen mehrstimmigen Urteil, begann ich mit der Einleitung zu Mr. X' Buch und nahm mir vor, ein Englisch von solcher Qualität hinzulegen, dass es die Richtigkeit des Urteils bestätigen würde. Ich hatte den Vorsatz, den Gegenstand mit der Ehrerbietung und Würde zu behandeln, die ihm zukam; schlichte, einfache englische Wörter zu benutzen und eine Ausdrucksweise, die unbefleckt wäre von süßlicher Manieriertheit und Geschraubtheit. In diesem Sinne machte ich mich an die Arbeit; und als sie abgeschlossen war, sagte ich mir insgeheim –

Aber lassen wir das. Ich überreichte Mr. X das Manuskript und ging nach Hause, um sein Lob abzuwarten. Unterwegs traf ich einen Freund. Ich glühte innerlich vor Freude über diese angenehme Sache und konnte mein Geheimnis nicht für mich behalten: Ich musste es jemandem anvertrauen, und so vertraute ich es ihm an. Ohne etwas zu sagen, blieb er einen Augenblick stehen und maß mich mit neugierigen Blicken; dann brach er in ein unverschämtes, derbes Gelächter aus, das mich zutiefst kränkte. Daraufhin sagte er:

»*Der* will die Übersetzung der Prozessakten lektorieren, wenn sie vorliegen? *Der?*«

»Das hat er gesagt.«

»Was versteht denn der vom Lektorieren?«

»Ich weiß es nicht, aber so hat er es gesagt. Glauben Sie, er ist nicht qualifiziert?«

»Qualifiziert? Er ist ahnungslos, eingebildet, unwissend, gutmütig, rothaarig und all das – es gibt keinen wohlmeinenderen Menschen; von Literatur aber versteht er nicht das Geringste und besitzt weder literarische Schulung noch Erfahrung: *Der* kann überhaupt nicht lektorieren.«

»Nun, ich weiß nur, dass er es versuchen will.«

»Ganz recht. Er ist sich seiner Unfähigkeit überhaupt nicht bewusst; er würde es sogar unternehmen, Shakespeare zu lektorieren, wenn man ihn dazu aufforderte – und ihn verbessern. Was arglose Selbstgefälligkeit angeht, hat die Welt nicht seinesgleichen gesehen; aber ich gebe Ihnen mein Wort: Er hat nicht genügend Verstand, um sich unterzustellen, wenn's regnet.«

Die Urteilskraft dieses Gentlemans stand außer Frage. Als ich nach Hause kam, hatte ich beschlossen, Mr. X zu bitten, die Übersetzung nicht selbst zu lektorieren, sondern diese Arbeit einem Experten zu überlassen, dessen Name auf dem Titelblatt von Nutzen wäre.

Drei Tage später brachte mir Mr. X meine säuberlich getippte Einleitung. Er war in einem Zustand erheblicher Begeisterung und sagte: »Wirklich, ich finde sie recht gut – recht gut, ich versichere Sie.«

Diesem halben Kompliment haftete eine lässige und gönnerhafte Selbstgefälligkeit an, die meinen Kopf angriff und die Schwellung, die sich dort gebildet hatte, heilsam linderte.

Mit kalter Würde entgegnete ich, ich sei froh, dass meine Arbeit seine Billigung gefunden habe.

»Oh, das hat sie, ich versichere Sie«, erwiderte er äußerst vergnügt, »ich versichere Sie, das hat sie. Ich habe sie gründlich durchgesehen, gestern, letzte Nacht und heute, und ich finde sie recht anerkennenswert – recht anerkennenswert. Ich habe ein paar Korrekturen angebracht – das heißt Vorschläge, und –«

»Wollen Sie damit sagen, Sie haben lek…«

»Ach, nichts von Bedeutung, nichts von Bedeutung, ich versichere Sie«, sagte er, klopfte mir auf die Schulter und lächelte leutselig, »nur ein paar Kleinigkeiten, die noch den letzten Schliff brauchten – nichts von Bedeutung, ich versichere Sie. Geben Sie sie mir zurück, sobald Sie können, damit ich sie in den Satz geben kann, während ich die Übersetzung lektoriere.«

Eine Zeitlang saß ich, die lektorierte Einleitung ungeöffnet in der Hand, untätig da und hegte trübe Gedanken. Ich konnte sie mir noch nicht ansehen – ich konnte mir kein Herz fassen, denn mein Stolz war zutiefst verletzt. Es war das erste Mal in zweiunddreißig Jahren, dass mich jemand lektoriert hatte, ausgenommen Mr. Howells, der mir seine Hilfe nicht aufgenötigt, sondern sie auf mein Ersuchen hin geleistet hatte. »Und jetzt ist hier ein Halbfremder, unbekannt, ohne jede literarische Schulung, ohne jede literarische Erfahrung, ohne jede –«

Doch an diesem Punkt riss ich mich zusammen; denn das war der Weg in den Wahnsinn. Ich musste Ruhe bewahren; aus Selbstachtung durfte ich mich nicht auf das Niveau unkultivierter Personen begeben. Ich musste im Sinn behalten, dass dieser Mensch keine schädlichen Absichten verfolgte und sich ehrenvoll bemühte, mir einen Gefallen zu tun. Schlecht von ihm zu denken, schlecht von ihm zu reden – das war kein christlicher Geist. Diese gerechten Gedanken beruhigten mich und gaben mir mein besseres Ich zurück, und ich schlug die Einleitung in der Mitte auf.

Ich will nicht leugnen, dass meine Gefühle sich auf vierzig Grad im Schatten erhitzten:

»Was für ein Unsinn! Dass dieses langohrige Tier – diese literarische Beutelratte – dieser Bastard der Musen – dieser des Schreibens unkundige Stallknecht mit seinem Schädel voller Achsenfett – dieser …«

Doch an diesem Punkt hielt ich inne, denn das war kein christlicher Geist.

Ich unterzog mich einer einstündigen Beruhigungsmeditation, daraufhin brachte ich die genotzüchtigte Einleitung zu dem oben erwähnten Freund und zeigte sie ihm. Er blätterte sie durch, dann brach er erneut in jenes perfide Gelächter aus, das ihn so verunstaltete.

»Wusst ich's doch!«, sagte er – als wäre er befriedigt. »Habe ich Ihnen nicht gesagt, dass er sogar Shakespeare lektorieren würde?«

»Ja, ich weiß; aber ich habe nicht gedacht, dass er *mich* lektorieren würde.«

»Ach, haben Sie nicht? Nun, da sehen Sie mal, dass er selbst *dazu* in der Lage ist. Ich sage Ihnen, die Pietätlosigkeit dieses Mannes kennt keine Grenzen.«

»Jetzt weiß ich es«, sagte ich.

»Nun, was werden Sie tun? Darf er die Einleitung verwenden – ob lektoriert oder nicht?«

»Natürlich nicht.«

»Das ist gut. Endlich nehmen Sie wieder Vernunft an. Aber was werden Sie tun? Sie werden doch wohl nicht klein beigeben, oder? Werden Sie ihm einen Brief schreiben und ihm die Leviten lesen?«

»Nein. Einen Brief werde ich ihm schreiben, aber nicht in diesem Geiste, will ich hoffen.«

»Warum nicht?«

»Weil er mir einen Gefallen tun wollte, und ich hoffe, ich bin nicht der Mann, der es ihm auf diese Weise vergilt.«

Der Freund musterte mich eine Weile nachdenklich, dann sagte er:

»Mark, ich schäme mich für Sie. Das ist reine Schulmädchensentimentalität. Sie sollten ihn verprügeln – und das wissen Sie.«

Ich erwiderte, ich hätte keine derartigen Gefühle in meinem Herzen und würde in meinem Brief nichts dergleichen schreiben.

»Ich werde ihn sanft und mit der nicht kränkenden Sprache der Überredung auf seine Fehler hinweisen. Viele literarische Anfänger sind von einem mutwillig geäußerten lieblosen Wort entmutigt und besiegt worden; von mir wird er ein solches nicht hören. Es ist christlicher, einen guten Dienst zu erweisen als einen schlechten; und Sie sollten mich in meiner Haltung bestärken und nicht über sie spotten. Dieser Mann wird nicht mein Feind sein; ich werde einen beständigen und dankbaren Freund aus ihm machen.«

Ich spürte, dass ich im Recht war; zufrieden ging ich nach Hause, begann den Brief und hatte Freude an meiner Arbeit, denn ich genoss die Ermunterung und Unterstützung eines zustimmenden Gewissens.

Der Brief wird an der richtigen Stelle in diesem Kapitel meiner Autobiographie zu finden sein.

Die »lektorierte« Einleitung

~~*JOHANNA VON ORLÉANS*~~ ‸*Jeanne d'Arc*‸

I

1. Die Aussagen, die ~~bei den~~ ‸in ihrem‸ Prozess~~en~~ und ~~der~~ ‸ihrer‸ Rehabilitierung gemacht wurden, haben uns die Geschichte der ~~Johanna von Orléans~~ ‸Jeanne d'Arc‸ in klaren und minutiösen Einzelheiten veranschaulicht. Unter der Vielzahl von Biographien, die die Regale der Bibliotheken der Welt beschweren, ist diese die einzige, deren Gültigkeit mit einem Eid bekräftigt ist. Sie gibt ~~uns~~ das lebhafte Bild einer Laufbahn und einer Persönlichkeit von so außergewöhnlichem Charakter, dass wir sie ‸beide‸ als Tatsache akzeptieren, weil ~~beide~~ ‸sie‸ sich dem Zugriff erfindungsreicher Fiktion ‸gänzlich‸ entziehen. ~~Der öffentliche Teil der~~ ‸Ihre öffentliche‸ Laufbahn nahm ~~nur~~ einen winzigen Augenblick ein – ‸nur‸ zwei Jahre; aber was für eine Laufbahn! Die Persönlichkeit, die sie möglich machte, muss ehrfürchtig studiert, geliebt und bestaunt werden, wird sich aber selbst bei tiefschürfendster Analyse nie ganz verstehen und erklären lassen.

2. ~~In der~~ ‸Die‸ sechzehnjährige~~n Johanna von Orléans~~ ‸Jeanne d'Arc‸ zeigte ~~sich~~ kein‸erlei‸ Anzeichen von Romantik. Sie lebte in einem verschlafenen kleinen Dorf an den Grenzen der Zivilisation; sie war nirgends gewesen und hatte nichts gesehen; sie kannte niemanden als einfache Schäfersleute; sie hatte nie einen Menschen von Bedeutung gesehen; sie wusste kaum, wie ein Soldat aussah; sie hatte weder auf einem Pferd gesessen noch eine kriegerische Waffe in der Hand gehalten; sie konnte weder lesen noch schreiben‸.‸~~; s~~ ‸S‸ie konnte spinnen und nähen, sie kannte ihren Katechismus‸,‸ ~~und~~ ihre Gebete

und ~~die~~ ˄einige˄ Heiligenlegenden, ~~und~~ das war ihr ganzes Wissen~~. Das war Johanna~~ mit sechzehn. Was wusste sie über Gesetze? Über Aussagen? Über Gerichte? Über das Anwaltsmetier? Über Rechtsprozeduren? Nichts. Weniger als nichts. So vollständig ausgestattet mit Nichtwissen, zog sie in Toul vor Gericht, um eine falsche Anklage wegen eines gebrochenen Heiratsversprechens anzufechten; sie vertrat ihre Sache selbst, ohne irgendjemandes Hilfe oder Rat ~~oder~~ ˄und ohne˄ ~~irgendjemandes~~ freundliche Anteilnahme, und sie gewann. Sie rief keine eigenen Zeugen auf, sondern besiegte den Staatsanwalt mit der tödlichen Wirksamkeit ihrer eigenen Aussage. Der erstaunte Richter wies die Klage ab und nannte sie »dieses wunderbare Kind«.

Nun suchte sie den altgedienten Kommandanten von Vaucouleurs auf und verlangte eine Eskorte von Soldaten mit der Begründung, sie müsse losmarschieren, um dem König von Frankreich beizustehen, da sie von Gott beauftragt sei, ihm sein verlorenes Königreich zurückzugewinnen und ihm die Krone aufs Haupt zu setzen. Der Kommandant sagte: »Was, du? – Du bist doch noch ein Kind.« ~~Und er~~ ˄Er˄ riet dazu, sie in ihr Dorf zurückzubringen und sie zu ohrfeigen. Sie ~~aber sagte, sie~~ müsse Gott gehorchen, ˄sagte sie,˄ und werde wieder und wieder und immer wieder kommen und die Soldaten am Ende erhalten. Sie sprach wahr. Irgendwann, nach Monaten der Verzögerung und Verweigerung, fügte er sich und gab ihr ~~die Soldaten; und~~ eine Eskorte; er zog sein ˄eigenes˄ Schwert und gab ˄es˄ ihr ~~dieses~~ und sagte: »Geh – und komme, was da wolle.« Sie trat ihre lange Reise an˄,˄ ~~und~~ sprach mit dem König und überzeugte ihn. ~~Daraufhin~~ ˄Sie˄ wurde ~~sie~~ ˄daraufhin˄ vor die Universität von Poitiers beordert, um zu beweisen, dass sie wirklich von Gott und nicht von Satan beauftragt war, und furchtlos saß sie täglich drei Wochen lang vor der gelehrten Versammlung und beantwortete geschickt deren bohrende Fragen aus ihrem unwissenden, aber ~~klugen~~ ˄klaren˄ Kopf˄,˄ ~~und~~ ihrem schlichten und ehrlichen Herzen˄.˄~~, und w~~ ˄W˄ieder gewann sie ihren Fall ~~und mit ihm die~~˄,˄ zusammen mit der˄ staunende˄n˄ Bewunderung der ganzen erlauchten Gesellschaft.

3. Und jetzt, mit siebzehn Jahren, wurde sie zur Oberbefehlshaberin ernannt, mit einem königlichen Prinzen und den altgedienten Generälen Frankreichs als Untergebenen˄.˄~~; und a~~ ˄A˄m Kopf der ersten Armee, die sie

je gesehen hatte, marschierte sie gegen Orléans, erstürmte nach drei verzweifelten Angriffen die wichtigsten Festungen des Feindes und hob in zehn Tagen eine Belagerung auf, die der Macht Frankreichs sieben Monate standgehalten hatte.

4. Nach nervtötenden und irrsinnigen Verzögerungen, verursacht durch die charakterliche Labilität des Königs und die verräterischen Ratschläge seiner Minister, erhielt sie die Erlaubnis, wieder zu Felde zu ziehen. Jargeau nahm sie im Sturm; dann Meung; zwang Beaugency zur Kapitulation; dann – in offener Schlacht – errang sie den denkwürdigen Sieg von Patay gegen Talbot, den englischen Löwen, und brach so dem Hundertjährigen Krieg das Rückgrat. Es war ein Feldzug, der nur sieben Wochen ~~Zeit~~ ‸Anstrengung‸ kostete; und doch wären die politischen Resultate selbst dann billig erstanden, wenn die aufgewendete Zeit fünfzig Jahre betragen hätte. Patay, jene unbesungene und längst vergessene Schlacht, ~~war das Moskau~~ ‸führte direkt zum Niedergang‸ der englischen Macht in Frankreich; von dem Schlag, der ihr an jenem Tag versetzt wurde, sollte sie sich nie wieder erholen. Es war der Anfang vom Ende einer ~~fremden Botmäßigkeit~~ ‸Fremdherrschaft‸, die Frankreich mit Unterbrechungen dreihundert Jahre lang heimgesucht hatte.

Verweis auf Moskau – für französisches Gefühl eher unfreundlich

5. Darauf folgte der große Feldzug entlang der Loire, die Einnahme von Troyes im Sturmangriff, die Kapitulation von Städten und Festungen und der Triumphmarsch ~~an kapitulierenden Städten und Festungen vorbei~~ nach Reims, wo ~~Johanna~~ ‸Jeanne in der Kathedrale‸ unter wildem öffentlichem Jubel ~~ihrem König in der Kathedrale~~ die Krone aufs Haupt ‸ihres Königs‸ setzte, und ihr alter bäurischer Vater und ihr Bruder war‸en‸ dabei, es zu sehen und zu glauben, falls ~~er seinen~~ ‸sie ihren‸ Augen trauen könnte‸n‸. Sie hatte die Krone und die verlorene Souveränität wiederhergestellt: Der König war wenigstens einmal in seinem schäbigen ~~armen~~ Leben dankbar und forderte sie auf, ihren ‸eigenen‸ Lohn zu nennen und ihn entgegenzunehmen. Sie forderte nichts für sich selbst, sondern bat darum, ihrem Heimatdorf für immer die Steuern zu erlassen/‸; d‸~~D~~ie Bitte wurde erhört und das Versprechen dreihundertsechzig Jahre lang gehalten. ~~Dann~~ ‸Es‸ wurde ~~es~~ ‸dann‸ gebrochen und wird noch heute gebrochen. Frankreich war ~~damals~~ ‸zu der

Zeit‸ sehr arm, heute ist es sehr reich; aber diese Steuern erhebt es nun schon seit mehr als hundert Jahren.

6. ~~Johanna~~ ‸Jeanne‸ bat noch um eine weitere Gunst: ~~dass sie n~~ ‸N‸un, da ihre Mission erfüllt war, ‸bat sie darum,‸ in ihr Dorf zurück~~gehen~~‸kehren‸ und ihr bescheidenes Leben mit ihrer Mutter und den Freundinnen ihrer Kindheit wiederaufnehmen ~~möge~~ ‸zu dürfen‸; denn sie habe keine Freude an den Grausamkeiten des Krieges, ~~und~~ ‸vielmehr drehe ihr‸ der Anblick von Blut und Leid ~~drehe ihr~~ das Herz um. Manchmal habe sie in der Schlacht ihr Schwert nicht gezückt, damit sie sich im herrlichen Wahnsinn des Angriffs nicht selbst vergaß und einem Feind das Leben ~~damit~~ nahm. Im Prozess zu Rouen war eine ihrer wunderlichsten Reden‸,‸ ~~/~~ da sie aus einem so sanften und mädchenhaften Mund kam‸,‸ ~~/~~ ihre naive Bemerkung, sie habe »nie jemanden getötet«. Ihre Bitte, in die Ruhe und den Frieden ihres Heimatdorfes zurückkehren zu dürfen, wurde jedoch nicht erhört.

7. Dann wollte sie sofort nach Paris marschieren, die Stadt erobern und die Engländer aus Frankreich vertreiben. Sie wurde auf ~~alle Arten~~ ‸jede Art‸ behindert, welche Heimtücke und die Unentschlossenheit des Königs ersinnen konnten, doch schließlich bahnte sie sich mit Gewalt einen Weg nach Paris und wurde bei einem erfolgreichen Angriff auf eines der Stadttore ‸dort‸ schwer verwundet. Natürlich verloren ihre Männer sofort den Mut – sie war die einzige Quelle des Mutes, die sie hatten/‸; s‸~~S~~ie zogen sich zurück. Sie bat ~~darum~~ ‸um Erlaubnis‸, an der Front bleiben zu dürfen, und sagte, der Sieg sei gewiss: »Ich will Paris einnehmen oder sterben!«, ~~sagte~~ ‸rief‸ sie. Aber sie wurde gewaltsam vom Schlachtfeld geschafft, der König befahl den Rückzug und löste sogar seine Armee auf. In Einklang mit einem schönen alten militärischen Brauch stiftete ~~Johanna~~ ‸Jeanne‸ ihre silberne Rüstung und hängte sie in der Kathedrale von St. Denis auf. ~~Ihre~~ ‸Jeannes‸ große~~n~~ Tage waren vorüber.

8. Dann schloss sie sich auf Befehl des Königs seinem Gefolge und dem seines frivolen Hofes an und erduldete, solange ihr freier Geist es vermochte, eine Zeitlang eine vergoldete Gefangenschaft; und jedes Mal, wenn ihr die Untätigkeit unerträglich wurde, sammelte sie ein paar Männer um sich und ritt davon‸, um‸ ~~und bestürmte~~ eine Festung ‸zu bestürmen und zu erobern‸

~~und eroberte sie~~. Am 24. Mai schließlich (als sie eben achtzehn ~~geworden~~ war) wurde sie bei einem Ausfall aus Compiègne gegen den Feind nach furchtlosem Kampf selbst gefangen genommen. Es war ~~ihr letzter Kampf~~ ‸ihre letzte Schlacht‸. Sie sollte nie mehr den Trommeln folgen.

9. So endete die kürzeste epochemachende militärische Karriere der ‸bekannten‸ Geschichte. Sie dauerte nur ein Jahr und einen Monat, aber sie ~~fand für~~ ‸gab‸ Frankreich eine englische Provinz ‸zurück‸ und ist der Grund dafür, dass Frankreich heute Frankreich und ‸nicht länger eine‸ ~~keine englische~~ Provinz ~~mehr~~ ‸seines Rivalen‸ ist. Dreizehn Monate! Wahrhaftig eine kurze Karriere, aber in den ‸darauffolgenden‸ Jahrhunderten~~, die seither vergangen sind,~~ haben fünfhundert Millionen Franzosen gelebt und sind gestorben, gesegnet von den Wohltaten, die sie ihnen hat zuteilwerden lassen‸.‸/ ~~und s~~ ‸S‸olange Frankreich fortdauert, kann diese gewaltige Schuld nur wachsen. Und Frankreich ist ~~dankbar; so hören wir es oft. Auch~~ ‸nicht undankbar. Es ist jedoch auch‸ geizig: ~~Es erhebt~~ ‸Noch immer erhebt es‸ Steuern in Domrémy.

II
IN GEFANGENSCHAFT

1. ~~Johanna~~ ‸Jeanne‸ war dazu bestimmt, den Rest ihres Lebens hinter Schloss und Riegel zu verbringen. Sie war Kriegsgefangene, keine Kriminelle, daher wurde ihre Gefangenschaft als ehrbar angesehen. Nach den Regeln des Krieges ~~musste~~ ‸hätte‸ sie gegen ein Lösegeld festgehalten werden ‸müssen‸, und ein gerechter Preis~~, wenn geboten, durfte~~ ‸hätte‸ nicht verweigert werden ‸dürfen, falls einer geboten worden wäre‸. ~~John~~ ‸Jean‸ von Luxemburg zollte ihr das einzig angemessene Kompliment, indem er das Lösegeld eines Prinzen für sie ~~einforderte~~ ‸verlangte;‸~~. D~~ ‸d‸amals bedeutete diese Phrase eine ganz bestimmte Summe – 61 125 Francs. Natürlich hätte man annehmen können, dass entweder der König oder das dankbare Frankreich oder beide mit dem Geld herbeifliegen ‸würden, um‸ ~~und~~ ihre schöne junge Wohltäterin ‸zu‸ befreien ~~würden~~. Aber das geschah nicht. Fünfeinhalb Monate ~~lang~~ und länger rührten König und Vaterland keinen Finger und zahl-

ten keinen ~~Penny~~ ‸Sou‸. Zweimal versuchte ~~Johanna~~ ‸Jeanne‸ zu fliehen. Einmal hatte sie mit einer List vorübergehend Erfolg und schloss ihren Kerkermeister hinter sich ein; aber sie wurde entdeckt und gefasst‸.‸~~; in~~ In dem anderen Fall ließ sie sich von einem zwanzig Meter hohen Turm herab‸;‸/ aber ihr Seil war zu kurz, und sie ~~hatte~~ ‸erlitt‸ einen Sturz, der sie ‸ganz‸ außer Gefecht setzte~~, und sie konnte nicht entkommen.~~ und ihre Flucht verhinderte.

2. Schließlich zahlte Cauchon, Bischof von Beauvais, das ‸Blutg‸~~G~~eld und kaufte ~~Johanna~~ ‸Jeanne,‸ ~~/~~ angeblich für die Kirche‸,‸ ~~/~~ um sie wegen des Tragens von Männerkleidung und anderer Pietätlosigkeiten, in ~~Wirklichkeit~~ ‸Wahrheit‸ aber für die Engländer, den Feind, in dessen Hände das arme Mädchen niemals hatte fallen wollen. Nun wurde sie in die Verliese des Schlosses von Rouen gesperrt, in einem eisernen Käfig gehalten und mit Händen‸,‸~~und~~ Füßen und Hals ‸, mit beidem‸ an einen Holzklotz und einen Stock gekettet‸.‸~~; und f~~ ‸F‸ortan wurde sie in all den Monaten ihrer Kerkerhaft bis zu ihrem Ende Tag und Nacht von mehreren rohen englischen Soldaten bewacht‸,‸ ~~/~~ ~~und~~ die sich nicht vor ihrer Zelle aufhielten, sondern darin. Es war eine düstere und grausige Gefangenschaft, aber die bezwang sie nicht: Nichts vermochte diesen unbesiegbaren Geist zu brechen. ~~Von Anfang bis Ende war s~~ ‸S‸ie ‸war‸ eine Gefangene ‸fürs ganze Jahr‸; ~~und die~~ ‸dessen‸ letzte~~n~~ drei Monate ~~verbrachte~~ sie vor einem furchteinflößenden Aufgebot von Kirchenrichtern in einem Prozess auf Leben und Tod ‸verbrachte‸, und mit glänzende~~r~~‸m‸ ~~Feldherrnkunst~~ ‸Kampfgeist‸ und unerschrockenem Mut stritt sie mit ihnen Fuß um Fuß und Zoll um Zoll um Boden. Der Anblick dieses einsamen~~, verlassenen~~ Mädchens ‸ist einzigartig‸ in seinem Pathos und ‸in‸ seiner Erhabenheit. Verlassen und ohne Freunde, ohne Fürsprecher und Ratgeber, ‸sogar‸ ohne den Beistand und die Orientierung ~~irgend~~einer Abschrift der Anklagen, die gegen sie erhoben wurden, oder ein Reskript der komplexen und umfangreichen ~~täglichen~~ Sitzungsprotokolle des Gerichts, um die erdrückende Belastung ihres ~~staunenswerten~~ ‸erstaunlichen‸ Gedächtnisses ~~abzumildern~~ ‸zu erleichtern‸, ~~all diesen~~ ‸allen‸ Widrigkeiten zum Trotz gelassen und unerschrocken eine lange Schlacht zu schlagen‸.‸~~, ist einzigartig in seinem Pathos und seiner Erhabenheit; n~~ ‸N‸irgendwo gibt es etwas Eben-

bürtiges, ein Gegenstück, weder in den Annalen der Fakten noch ~~in den Schöpfungen der Fabel~~ ‸im Bereich der Fiktion‸.

3. ~~Und wie~~ ‸Wie‸ schön und großartig waren die ~~Dinge, die sie täglich sagte, wie frisch und neu / und sie körperlich so erschöpft,~~ ‸Worte, die sie Tag für Tag sprach, ihre schnellen Antworten, ihr heiteres Auftreten und ihre scharfe Kritik, und sie körperlich so erschöpft‸, so ausgehungert‸,‸ ~~und~~ so ermattet‸,‸ ~~und~~ so geplagt‸!‸/ ~~Sie~~ ‸Ihre Äußerungen‸ decken die ganze Klaviatur der Gefühle und des Ausdrucks ab‸, / von Hohn und Trotz, ~~geäußert~~ ‸gesprochen‸ mit soldatischem Feuer und Freimut bis hinunter zu verletzter Würde, eingekleidet in Worte von edlem Pathos‸.‸~~; so, a~~ ‸A‸ls ihre Geduld erschöpft war von den peinigenden Versuchen ihrer Verfolger, ~~herauszufinden~~ ‸zu entdecken‸, was für teuflische Hexerei sie angewendet hatte, um in ihren Soldaten den Kriegsgeist zu wecken, ~~und sie herausplatzte~~ ‸rief sie aus‸: »Ich sagte, ›Reitet die Engländer nieder‹ – und das habe ich getan!« ~~Und a~~ ‸A‸ls sie dreist gefragt wurde, weshalb bei der Krönung des Königs in der Kathedrale von Reims *ihre* Standarte anstelle ~~der Standarten~~ ‸derer‸ ~~der~~ andere~~n~~‸r‸ Hauptleute aufgepflanzt wurde, ~~und~~ ‸hielt‸ sie die anrührende Rede ~~hielt~~: »Sie hat die Last getragen, sie hat die Ehre verdient«‸,‸/ eine Phrase, die ihr ohne ~~Vorbereitung~~ ‸Vorbedacht‸ über die Lippen kam, deren bewegende Schönheit und schlichte Anmut jedoch jede Sprachkunst bankrottieren würde, wollte sie sie übertreffen.

4. Obwohl es ein Prozess auf Leben und Tod war, war sie die einzige Zeugin, die von beiden Seiten aufgerufen wurde; die einzige Zeugin, die vorgeladen wurde, um vor einer Jury auszusagen, die mit einer unzweideutigen Aufgabe beauftragt war – sie schuldig zu sprechen, ob sie schuldig war oder nicht. Sie musste anhand ihrer eigenen Worte überführt werden, da es keine andere Möglichkeit gab, es sonst zu bewerkstelligen. Jeder Vorteil, den Gelehrsamkeit vor Unwissenheit, Alter vor Jugend, Erfahrung vor Unerfahrenheit, Schikane vor Arglosigkeit hat‸;‸/ jede List, jeder Fallstrick, ~~jede Schlinge,~~ die die Bosheit und Arglist eines scharfen Verstandes, darin geübt, den Unachtsamen Fallen zu stellen, ersinnen können‸,‸/ alle diese wurden schamlos gegen sie eingesetzt; und als diese Kunstgriffe von den wunderbaren Intuitionen ihres wachen und durchdringenden Geistes einer nach dem anderen vereitelt wurden, gab sich Bischof Cauchon zu einer letzten Niederträchtig-

keit her, die zu schildern jede menschliche Rede entwürdigt‸.‸/ ~~e~~‸E‸in Priester, der vortäuschte, aus ihrer Heimatregion zu stammen und ein mitleidiger Freund zu sein, bemüht, ihr in ihrer peinlichen Not zu helfen, wurde in ihre Zelle geschmuggelt; er missbrauchte sein heiliges Amt, um ihr Vertrauen zu erschleichen‸,‸/ ~~und~~ ‸so dass‸ sie ~~vertraute~~ ihm die ~~Dinge~~ ‸Tatsachen‸ an ‸vertraute‸, die zu enthüllen ihre Stimmen ihr verboten hatten und die ihr zu entlocken ihre Verfolger so lange vergebens versucht hatten. Ein versteckter Komplize notierte alles und händigte es Cauchon aus, der die auf diese Weise erlangten Geheimnisse ~~Johannas~~ ‸Jeannes‸ zu ihrem Verderben verwendete.

Während de~~r~~‸s‸ Prozesse~~s~~ wurde‸n‸~~, was immer die~~ Aussagen der im Voraus verurteilten Zeugin/ ihrer wahren Bedeutung, wenn möglich, beraubt und gegen sie verwendet; ~~und~~ jedes Mal, wenn eine Antwort von ihr nicht umgemünzt werden konnte, durfte sie nicht ins Protokoll aufgenommen werden. Bei einer solchen Gelegenheit machte sie Cauchon den Vorwurf: »~~Ah,~~ Ihr schreibt alles auf, was gegen mich spricht, aber Ihr wollt nicht aufschreiben, was ~~für mich~~ ‸zu meinen Gunsten‸ spricht.« *(flüssigere Übersetzung*

5. Dass ~~der~~ ‸ihr‸ Genius ~~dieses ungebildeten jungen Geschöpfs~~ für Krieg ~~wunderbar~~ ‸erstaunlich‸ war und ihre Feldherrnkunst ~~alte und ausgebildete~~ ‸die einer erprobten und antrainierten‸ militärische‸n‸ Erfahrung ~~suggerierte~~, dafür haben wir die beeidigte Aussage zweier ihrer altgedienten Untergebenen‸,‸/ einmal des Duc d'Alençon, Bruder des Königs von Frankreich; zum anderen des größten der französischen Generäle seiner Zeit, Dunois, des Bastards von Orleans‸.‸/ ~~d~~ ‸D‸ass ihr‸e‸ ~~Genius ebenso groß – womöglich noch größer – war~~ ‸Macht‸ im subtilen ~~Krieg~~ ‸Kampf‸ des Gerichtssaals ‸ebenso groß‸~~, wenn nicht größer~~ ‸war‸, dafür haben wir als Zeugen die Protokolle de~~r~~‸s‸ Prozesse‸s‸ zu Rouen, jener fortgesetzten Zurschaustellung intellektuellen Kampfgeists mit den führenden Köpfen Frankreichs, den sie mit Auszeichnung absolvierte‸.‸/ ~~d~~‸D‸ass ihre moralische Größe ihrem Intellekt ebenbürtig war, dafür können wir als Zeugen wiederum ‸den‸ ~~die~~ Prozess~~e~~ zu Rouen anführen, ‸der‸ ~~die~~ eine Seelenstärke bewies~~en~~‸t‸, welche zwölf Wochen lang geduldig und standhaft die auszehrende Wirkung von Gefangenschaft, Ketten, Einsamkeit, Krankheit, Dunkelheit, Hunger, Durst,

Kälte, Schmach, Beleidigung, Misshandlung, Schlaflosigkeit, Verrat, Undankbarkeit, erschöpfender Belagerung durch Kreuzverhöre und Androhung von Tortur ertrug, vor ihr die Folterbank und der bereitstehende Scharfrichter: doch nie gab sie sich geschlagen, nie bat sie um Schonung, und am letzten Tag war das hinfällige Wrack ihres Körpers ebenso unbesiegbar wie ihr unerschütterlicher Geist am ersten.

6. So groß sie in vieler Hinsicht war, vielleicht ~~sogar~~ am größten war sie in den eben aufgeführten hohen Dingen‸,‸~~/~~ ihrer geduldigen Ausdauer, ihrer Standhaftigkeit, ihrer granitenen Kraft. Wir können ~~nicht~~ ‸niemals‸ hoffen, so leicht jemanden zu finden, der ihr in diesen majestätischen Eigenschaften ~~gleicht~~ ‸gleichkommt.‸~~; w~~ ‸W‸ohin wir auch den Blick heben, wir finden nur einen seltsamen und sonderbaren Kontrast – dort in dem gefangenen Adler, der auf dem Felsen von St. Helena mit den gebrochenen Flügeln schlägt.

7. ‸Der‸~~Die~~ Prozess~~e~~ endete~~n~~ mit ihrer Verurteilung. ~~Aber d~~ ‸D‸a sie nichts gestanden, nichts bekannt hatte, war es ein Sieg für sie, eine Niederlage für Cauchon. Seine niederträchtigen Mittel waren jedoch noch längst nicht erschöpft. Sie ließ sich überreden, ein Dokument von geringer Bedeutung zu unterschreiben, dann wurde ihr heimtückisch ein ~~Dokument~~ ‸anderes‸ untergeschoben, das einen Widerruf enthielt ~~und ein~~ ‸zusammen mit einem‸ detaillierte~~s~~‸n‸ Geständnis all dessen, was ihr während de~~r~~‸s‸ Prozesse‸s‸ vorgeworfen worden war und was sie ~~in den drei Monaten und~~ durchweg beharrlich geleugnet und bestritten hatte. Unwissend, wie sie war, unterschrieb sie dieses gefälschte Dokument‸;‸~~. Dies~~ ‸es‸ war ein Sieg für Cauchon. Er verfolgte die Sache eifrig und unbarmherzig weiter, indem er ihr sofort eine Falle stellte, der sie nicht entkommen konnte. Als sie das begriff, gab sie ihren ~~lan-~~ ~~gen~~ ‸fruchtlosen‸ Kampf auf, prangerte den Verrat an, der an ihr begangen worden war, widerrief das falsche Geständnis, bekräftigte die Wahrheit der Aussagen, die sie während de~~r~~‸s‸ Prozesse‸s‸ gemacht hatte, und suchte das Martyrium – im Herzen den Frieden Gottes, auf den Lippen zärtliche Worte und liebevolle Gebete für den Hundesohn, den sie gekrönt, und die undankbare Nation, die sie gerettet hatte.

8. Als ~~das Feuer um sie aufloderte und~~ die Flammen ‸hinaufzüngelten und ihren schwachen Körper umhüllten‸ und sie um ein Kreuz bat, das ihre ~~ster-~~

~~benden~~ ‸ausgedorrten‸ Lippen küssen könnten, war es kein Freund, sondern ein Feind, kein Franzose, sondern ein Fremder, kein Waffenbruder, sondern ein englischer Soldat, der ihre rührende Bitte erhörte. Er brach einen Stock übers Knie, band die Stücke in der Gestalt des Symbols zusammen, das sie liebte, und reichte sie ihr‸.‸/ ~~und seine~~ ‸Diese‸ milde Tat ist unvergessen und wird es immer sein.

III
DIE REHABILITIERUNG

Fünfundzwanzig Jahre ~~danach~~ ‸später‸ wurde der Rehabilitationsprozess eingeleitet, da es wachsende Zweifel an der Gültigkeit einer Hoheitsgewalt gab, die ~~eine Person~~ ‸jemand‸ gerettet und auf die Füße gestellt hatte, ~~der die Kirche nachgewiesen hatte, eine Hexe und Gehilfin böser Geister zu sein~~ ‸die von der Kirche zur Hexe und zur Gehilfin böser Geister erklärt worden war.‸ ~~Johannas~~ ‸Jeannes‸ alte Generäle‸,‸/ ihr Sekretär‸,‸/ mehrere betagte Verwandte und andere Dorfbewohner von Domrémy‸,‸/ überlebende Richter und Sekretäre der Prozesse zu Rouen und Poitiers – eine Wolke von Zeugen, von denen etliche ihre Feinde und Verfolger gewesen waren‸,‸/ kamen, legten einen Eid ab und sagten als Zeugen aus/ ~~und was sie sagten, wurde niedergeschrieben~~. ‸Ihre Aussagen wurden als Beweis festgehalten.‸ In diesen beeidigten Aussagen wird die ergreifend schöne Geschichte der ~~Johanna von Orléans~~ ‸Jeanne d’Arc‸ offengelegt, von ihrer Kindheit bis zu ihrem Märtyrertod. Von diesem Urteil ersteht sie makellos rein, in Denken und Fühlen, in Rede‸,‸ ~~und~~ Tat und Geist‸;‸/ und so wird sie überdauern bis ans Ende der Zeit.

IV
~~*DAS RÄTSEL ALLER ZEITEN*~~ ‸Ein ewiges Enigma‸

1. Sie ist das Wunder der Zeitalter. ~~Und w~~‸W‸enn wir ihre Herkunft, ihre frühe~~n Lebensumstände~~ ‸Umgebung‸, ihr Geschlecht bedenken und dass sie all‸es‸ ~~die Dinge~~, ~~auf denen~~ ‸worauf‸ ihr Ruhm beruht, vollbrachte, als sie

»Rätsel« – Begriff?

noch ein junges Mädchen war, erkennen wir, dass, solange die Menschheit fortbesteht, ~~auch das Rätsel der Zeitalter sein wird. Wenn wir beginnen~~ ‸die Umstände ihrer Laufbahn ein unlösbares Problem bleiben werden. Wenn wir versuchen‸, einen Napoleon‸,‸ ~~oder~~ einen Shakespeare oder einen Raffael‸,‸ ~~oder~~ einen Wagner oder einen Edison oder andere außergewöhnliche Persönlichkeiten zu erklären, verstehen wir, dass das Ausmaß ~~seines~~ individuellen Talents nicht das ganze Resultat und nicht einmal den ~~größten~~ ‸größeren‸ Teil davon erklärt‸.‸~~; nein, es ist~~ ‸Die Erklärung muss in der‸ ~~die~~ Atmosphäre ‸gesucht werden‸, in der das Talent gehegt wurde‸.‸ ~~die es erklärt; es ist~~ ‸Wenn wir‸ die Schulung ‸kennen‸, die ihm zuteilwurde, als es ~~heranwuchs~~ ‸noch jung war‸, die Erziehung, die es ~~empfing~~ ‸erlangte‸ durch Lektüre, Studium/ ‸und‸ Vorbilder, die Ermutigung, die es in jeder Phase seiner Entwicklung durch Selbstanerkennung und ~~Anerkennung von außen~~ ‸die Billigung seiner Umgebung‸ erfuhr: wenn wir all diese Details wissen, ~~dann wissen wir, warum der Mensch bereit war, als seine Gelegenheit kam,~~ ‸können wir verstehen, wie der Genius ‸geschaffen wurde und‸ sich durch stetiges und günstiges Wachstum entwickelte ~~und bereit war, seine zu ergreifen~~. Wir würden erwarten, dass Edisons ~~Umfeld~~ ‸Umgebung‸ und Atmosphäre den größten Anteil daran hatten, dass er sich für sich selbst und die Welt entdeckte; ~~und~~ wir würden erwarten, dass er in einem Land, in dem ein Erfinder keine Kameradschaft, keine Sympathie, keine ~~ehrgeizbeflügelnde Atmosphäre der~~ Anerkennung ~~und~~ ‸oder‸ ~~des~~ Beifall~~s~~ vorfände, unentdeckt leben und sterben würde‸.‸~~/ Dahomey zum Beispiel.~~ Dahomey ‸zum Beispiel‸ könnte keinen Edison ~~ausfindig machen~~ ‸hervorbringen‸.‸ ~~; in Dahomey könnte ein Edison sich selbst nicht ausfindig machen. Grob gesagt,~~ Genius wird ~~nicht mit~~ ‸ohne‸ Augenlicht geboren‸.‸~~, sondern blind; und nicht er selbst ist es, der die Augen öffnet, sondern sie werden von den subtilen Einflüssen~~ ‸Seine Augen werden von den subtilen Einflüssen‸ von einer Myriade stimulierender äußerer Umstände geöffnet.

2. Wir alle wissen, dass das ~~keine Mutmaßung ist, sondern~~ eine ganz gewöhnliche Tatsache, ein Gemeinplatz ‸ist‸. Lothringen war das Dahomey der ~~Johanna von Orléans~~ ‸Jeanne d'Arc‸. Und genau ~~da~~ ‸hier‸ sehen wir uns dem ~~Rätsel~~ ‸Problem‸ gegenüber. Wir können verstehen, dass sie mit ‸intuiti-

vem˄ militärischem Genius geboren sein mochte˄,˄~~/~~ mit Löwenmut˄,˄~~/~~ mit unvergleichlicher Seelenstärke˄,˄~~/~~ mit einem Verstand, der in mehrererlei Hinsicht ein Wunder war˄,˄~~/~~ einem Verstand, zu dessen ~~Spezialitäten~~ ˄speziellen Erscheinungsformen˄ die Begabung des Anwalts gehörte, die Fallen zu entdecken, die sein Widersacher mit Hilfe hinterlistiger und tückischer Arrangements scheinbar unschuldiger Worte gelegt hat˄,˄~~/~~ die Redegabe des Orators˄,˄~~/~~ die Begabung des Advokaten, einen Fall in klarer und ~~kompakter~~ ˄konziser˄ Form vorzutragen˄,˄~~/~~ die Begabung des Richters, Beweise zu sichten und zu gewichten˄,˄~~/~~ und schließlich etwas, das als mehr denn eine bloße Spur der Begabung des Staatsmannes zu erkennen ist, eine politische Situation zu ~~verstehen~~ ˄erfassen˄ und von den Gelegenheiten, die sie bietet, einträglich Gebrauch zu machen˄.˄~~/~~ ~~w~~ ˄W˄ir können begreifen, dass ~~sie mit~~ diese~~n~~ großen Eigenschaften ~~hätte geboren werden können, aber wir können nicht begreifen,~~ ˄in Jeanne d'Arc von Geburt an existierten, aber˄ dass sie ~~augenblicklich einsetzbar~~ ˄unverzüglich nutzbar˄ und wirksam waren auch ohne die Entwicklungskräfte einer wohlwollenden ~~Atmosphäre~~ ˄Umgebung˄ und die Schulung, die mit Unterricht, Studium, Praxis – Jahren der Praxis – einhergeht, ~~und~~ ˄nicht weniger durch˄ die krönende Hilfe Tausender von Fehlern/˄,ist uns unbegreiflich˄. Wir ~~können verstehen, dass~~ ˄kennen˄ die Möglichkeiten des künftigen vollkommenen Pfirsichs˄, die˄ alle in der bescheidenen Bittermandel ~~verborgen liegen~~ ˄schlummern;˄/ aber wir können uns keinen Pfirsich vorstellen, der direkt aus der Mandel hervorgeht, ohne die langen Jahre geduldiger Kultivierung und Entwicklung. Wir ~~können nicht~~ sehen ˄einfach nicht˄, ~~wie~~ ˄dass˄ eine ~~Johanna von Orléans~~ ˄Jeanne d'Arc˄ einem viehzüchtenden, in der Abgeschiedenheit einer unbesuchten Wildnis gelegenen und von Jahrhunderten des Aberglaubens und der Unwissenheit verkümmerten Bauerndorf ~~entspringen konnte~~ ˄entsprang˄, bis ins letzte Detail für ihre erstaunliche Laufbahn gerüstet, ~~und~~ ˄noch können wir darauf˄ hoffen, dieses Rätsel zu lösen, mögen wir uns noch so sehr bemühen. *2-mal »begreifen«*

3. Es ist uns unbegreiflich. All ~~die~~ ˄unsere˄ Regeln versagen im Falle dieses Mädchens. In der Geschichte der Welt steht sie einzigartig da – ~~ziemlich~~ ˄absolut˄ einzigartig. Andere ~~sind groß gewesen~~ ˄haben geglänzt˄ in ihren

ersten ‸großen‸ öffentlichen Zurschaustellungen von Feldherrnkunst, Tapferkeit, juristischem Talent, Diplomatie, Seelenstärke, aber ~~stets waren~~ ihre frühen Jahre und Verbindungen ‸waren unweigerlich‸ mehr oder ~~weniger~~ ‸minder‸ eine Vorbereitung auf ~~diese~~ ‸solche‸ Dinge. Von dieser Regel hat es keine Ausnahmen gegeben‸:‸~~. Aber Johanna~~ ‸Jeanne jedoch‸ war mit sechzehn sachkundig in einem Rechtsfall, ohne je zuvor ein Gesetzbuch oder einen Gerichtshof gesehen zu haben; sie hatte keine Ausbildung im Soldatenberuf und keine Assoziationen damit ~~gehabt~~, und doch war sie schon ~~auf~~ ‸bei‸ ihrem ersten Feldzug ein fähiger General; war tapfer in ihrer ersten Schlacht, und doch hatte ihre Mut keine Erziehung ~~gehabt~~ ‸erhalten‸ – nicht einmal die Erziehung, die der Mut eines Jungen durch die unablässige Mahnung ~~erhält~~ ‸erfährt‸, dass es einem Jungen nicht gestattet ist, ein Feigling zu sein‸.‸/ ~~nur einem Mädchen; ohne Freunde, a~~‸A‸llein, ~~unwissend,~~ ohne fremde Hilfe, in der Blüte ihrer Jugend saß sie, eine Gefangene in Ketten, Woche um Woche vor einer Versammlung von Richtern/ ‸–‸ Feinden, die sie in den Tod jagten, den fähigsten Köpfen Frankreichs/ ‸–‸ und antwortete ihnen aus einer unwissenden Weisheit heraus, die ihrer Gelehrsamkeit überlegen war, vereitelte ihre List und Tücke mit einem angeborenen Scharfsinn, der sie erstaunte, errang diesen unglaublichen Widrigkeiten zum Trotz jeden Tag einen Sieg‸.‸ ~~und räumte nie das Schlachtfeld.~~ In der Geschichte ungeschulten, unerfahrenen menschlichen Intellekts, der nur sein Geburtsrecht, das Rüstzeug unerprobter Fähigkeiten, in Anspruch nimmt, gibt es nichts, was dem nahekäme. ~~Johanna von Orléans~~ ‸Jeanne d'Arc‸ steht einzigartig da und wird auch weiterhin einzigartig dastehen aufgrund der ~~unübertroffenen~~ ‸einmaligen‸ Tatsache, dass sie in den Dingen, in denen sie groß war, ohne den Schatten oder die Andeutung von Hilfe durch vorbereitende Schulung, Praxis, Umgebung oder Erfahrung groß war. Es gibt niemanden, mit dem man sie vergleichen könnte, niemanden, an dem man sie messen könnte; denn alle anderen Berühmtheiten *wuchsen* in ihre hohe Stellung hinein in einer Atmosphäre und einem Umfeld, das ihnen ihre Begabung entdeckte und sie absichtlich oder unbewusst nährte und ~~sie~~ förderte. Es hat andere ~~junge~~ geborene Generäle gegeben, aber sie waren keine Mädchen; junge Generäle, aber diese waren Soldaten gewesen, bevor sie ~~Generäle wurden~~ ‸den

Kommandostab erwarben‸: ~~sie~~ ‸Jeanne‸ *begann* als General; sie befehligte die erste Armee, die sie je gesehen hatte, sie führte sie von Sieg zu Sieg und verlor nie eine Schlacht‸.‸ ~~mit ihr; e~~ ‸E‸s hat junge Oberbefehlshaber gegeben, doch keinen so jung wie sie: Sie ist der einzige Soldat in der Geschichte, der schon im Alter von siebzehn Jahren den Oberbefehl über die Armeen einer Nation innehatte.

V
ALS PROPHETIN

Ihre Geschichte weist aber noch ein anderes Merkmal auf, das sie heraushebt und ohne Gefährten oder Rivalen dastehen lässt: Es hat viele uninspirierte Propheten und Prophetinnen gegeben, sie aber war die einzige, die es wagte, ~~zusammen mit einem~~ ‸hinsichtlich eines‸ vorhergesagten Ereignis‸ses‸ detailliert die präzise Natur ~~des~~‸dieses‸ Ereignisses zu benennen, den genauen Zeitpunkt ‸und Ort‸, an dem es sich zutragen würde~~, und den Ort~~ – und ‸in jedem Fall die vollständige‸ *Erfüllung der Prophezeiung erreichte.* In Vaucouleurs sagte sie, sie müsse den König ~~aufsuchen~~ ‸sprechen‸ und zu‸m‸ ~~seinem~~ General ‸seiner Truppen‸ ernannt werden‸, um‸ ~~und~~ die englische Herrschaft ab‸zu‸schütteln und ihren Souverän ‸zu‸ krönen – »in Reims«. All das geschah. Es sollte »nächstes Jahr« geschehen – und es geschah. Sie sagte ihre erste Verwundung‸,‸ ~~und~~ deren Beschaffenheit und den Tag einen Monat vorher voraus~~, und die~~‸; diese‸ Prophezeiung wurde drei Wochen vorher in einem Behördenbuch festgehalten. Sie wiederholte sie am Morgen des genannten Tages, und noch vor Einbruch der Nacht hatte sie sich erfüllt. In Tours sagte sie das Ende ihrer militärischen Karriere voraus‸,‸ ~~–~~ sagte, sie werde binnen eines Jahres vom Zeitpunkt ~~dieser~~ ‸ihrer‸ Äußerung an enden‸,‸ ~~–~~ und sie hatte recht. Sie sagte ihr Martyrium voraus‸,‸ ~~–~~ unter Verwendung *dieses Wortes*‸,‸ ~~–~~ und nannte einen Zeitpunkt in drei Monaten – und wieder hatte sie recht. Zu einer Zeit, da Frankreich hoffnungslos und endgültig in die Hände der Engländer gefallen zu sein schien, versicherte sie ihren Richtern im Gefängnis zweimal, dass den Engländern binnen sieben Jahren eine größere Katastrophe als der Fall von Orléans bevorstehe: Es geschah binnen fünf Jahren‸,‸ / ~~der Fall von Paris~~ ‸als Paris fiel‸. Auch andere ihrer Prophezeiungen bewahrheiteten sich, sowohl in Bezug auf das genannte Ereignis als auch in Bezug auf den vorgeschriebenen Zeitpunkt.

VI
IHR CHARAKTER

Sie war zutiefst religiös und glaubte, dass sie tägliche Unterredungen mit Engeln führte; dass sie sie von Angesicht zu Angesicht sah‸,‸ ~~und~~ dass sie ihr rieten und ~~zurieten~~ ‸sie trösteten‸ und ihr Befehle direkt von Gott überbrachten. Sie hatte einen kindlichen Glauben an den himmlischen Ursprung ihrer Erscheinungen und Stimmen, und keine Todesdrohung konnte ihr treues Herz schrecken. Sie ~~war~~ ‸hatte‸ ein‸en‸ schöne~~r~~‸n‸, schlichte~~r~~‸n‸ und liebenswerte~~r~~‸n‸ Charakter. In den Prozessakten tritt dies deutlich und strahlend zutage. Sie war sanft‸,‸ ~~und~~ gewinnend und herzlich; sie liebte ihre Heimat, ihre Freunde und das Leben in ihrem Dorf; sie war unglücklich in Gegenwart von Schmerz und Leiden; sie war voller Mitgefühl: Auf dem Schlachtfeld ihres glänzendsten Sieges vergaß sie ihren Triumph, um das Haupt eines sterbenden Gegners in ihren Schoß zu betten und ‸um‸ seine entweichende Seele mit mitleidvollen Worten zu trösten; in einem Zeitalter, wo es üblich war, Gefangene abzuschlachten, stellte sie sich furchtlos vor die ihren und rettete ihnen das Leben; sie war nachsichtig, großzügig, selbstlos, hochherzig, sie war frei von jedem Mal oder Makel der Niederträchtigkeit. Und stets war sie ein *Mädchen,* ~~und~~ lieb und anbetungswürdig, wie es diesem Stand gebührt‸.‸/ Als sie das erste Mal verwundet wurde, war sie erschrocken und weinte, als sie ~~ihr~~ ‸das‸ Blut aus ihrer Brust schießen sah; aber ‸als‸ sie‸,‸ ~~war Johanna von Orléans~~ ‸Jeanne d'Arc‸, ~~und als sie~~ herausfand, dass ihre Generäle zum Rückzug bliesen, raffte sie sich auf und führte erneut den Angriff an und erstürmte die Festung. An dem runden und schönen Charakter ‸Jeannes der Jungfrau‸ gab es weder Fehl noch Tadel. ~~Es gab weder Verblendung noch Eitelkeit. Nur einmal in ihrem Leben vergaß sie, wer sie war, und gebrauchte die Sprache der Prahlerei und der Aufschneiderei. Während der~~

~~strapaziösen Prozesse saß sie jeden Tag fünf oder sechs trostlose Stunden lang in ihrem Verlies in Ketten und antwortete ihren Richtern; und viele Male waren die Fragen ermüdend albern, und sie verlor das Interesse, und zweifellos träumte sie sich zurück zu den freien Tagen auf dem Kampfplatz und zu den grimmigen Freuden der Schlacht. Eines Tages, in einer solchen Minute, brach ein Peiniger die Monotonie mit einem brandneuen Thema und fragte: »Hast du daheim ein Handwerk erlernt?« Da hob sie den Kopf, und ihre Augen leuchteten auf; und die Erstürmerin der Zitadellen, die Bezwingerin Talbots, des englischen Löwen, die donnerspeiende Befreierin einer verängstigten Nation und eines gejagten Königs, antwortete: »Ja! Nähen und spinnen; und was das anbelangt, fürchte ich mich nicht davor, es mit jeder Frau in Rouen aufzunehmen!« Das war das einzige Mal, dass sie je geprahlt hätte: Wir wollen nachsichtig sein und darüber hinwegsehen.~~

VII

IHR GESICHT UND IHRE GESTALT

Wie seltsam! – dass der Künstler sich fast ausnahmslos an ein einziges Detail erinnert – ein nebensächliches und bedeutungsloses Detail der Persönlichkeit ~~Johannas von Orléans~~ ‸Jeanne d'Arcs‸,‸! dass sie ein Bauernmädchen war‸,‸ + und alles Übrige vergisst‸!‸~~; und s~~ ‸S‸o malt er sie als eine dralle‸s‸ Fisch‸weib‸~~erfrau~~ mittleren Alters mit passender Tracht und passendem Gesicht. Er ist Sklave seiner einen ‸beherrschenden‸ Idee und ‸spart aus‸ ~~versäumt es, zu bemerken,~~ dass ~~die~~ wahrhaft großen Seelen nie in einem ~~großen~~‸groben‸ Körper hausen. Keine ~~Sehne~~ ‸Faser‸, kein Muskel könnte die ~~Arbeit verkraften, die ihr Körper leisten muss~~, ‸Belastung ihrer physischen Anstrengungen verkraften;‸ sie ~~tun~~ ‸vollbringen‸ ihre Wunder ~~mit dem~~ ‸durch den‸ Geist, der fünfzigmal mehr Kraft und Ausdauer besitzt als Sehnen und Muskeln. Die Napoleons sind klein, nicht groß; ~~und~~ sie arbeiten zwanzig von vierundzwanzig Stunden und sind doch erfrischt, wohingegen ‸die‸ große‸n‸ Soldaten mit kleinen Herzen um sie her vor Ermattung ohnmächtig werden. Wir wissen, wie ~~Johanna von Orléans~~ ‸Jeanne d'Arc‸ aussah, ohne nach~~fragen~~ ‸forschen‸ zu müssen‸,‸ ~~–~~ allein anhand dessen, was sie tat. Der Künstler sollte ihren *Geist* malen – dann würde es ihm auch gelingen, ihren Körper richtig zu malen. ~~Dann~~ ‸Auf diese Weise‸ würde sie vor uns erstehen, eine Erscheinung, die uns gewinnt, nicht abstößt: eine biegsame, ‸schlanke‸ junge ~~schlanke~~ Gestalt, durchdrungen von »der ungekauften Anmut der Jugend«, lieb und hübsch und ganz und gar reizend, das Gesicht schön und verklärt vom Licht ~~dieses leuchtenden~~ ‸ihres glänzenden‸ Intellekts und dem Feuer ~~dieses~~ ‸ihres‸ unstillbaren Geistes. ‸»Es war ein Wunder«, schrieb Guy de Laval in einem Brief aus Selles, »sie zu sehen und zu hören.«‸

Dieses Zitat einfügen

2. Wenn man, wie ich oben vorgeschlagen habe, sämtliche Umstände in Betracht zieht‸,‸ ~~–~~ ihre Herkunft, ihre Jugend, ihr Geschlecht, ihr Analphabetentum, ihre frühe Umgebung ~~und die~~ ‸zusammen mit den‸ hemmenden Bedingungen, unter denen sie ihre großen Gaben ~~nutzte~~ ‸demonstrierte‸ und ihre Siege im Felde ~~und~~ ‸nicht weniger als‸ vor den Gerichten erfocht, die sie auf Leben und Tod anklagten‸,‸ ~~–~~ so ist sie die bei weitem außergewöhnlichste Person, die die Menschheit ~~je~~ ‸bislang‸ hervorgebracht hat/‸,‸ und in keiner Sprache liegt uns eine so bemerkenswerte Geschichte vor wie die Gerichtsakten über die Verurteilung und Rehabilitierung Jeanne d'Arcs.

3. Ich habe die Laufbahn Jeanne d'Arcs schon in vergangenen Jahren studiert; darüber hinaus habe ich ein Buch über ihre Lebensgeschichte geschrieben und veröffentlicht: Aber ich bin wie jetzt stets bereit, eine weitere Lanze zu Ehren der Jungfrau zu brechen.‸

Der Brief

Sehr geehrter Mr. X:

Auf meinem Schreibtisch finde ich die ersten beiden Seiten von Miss Z' Übersetzung mit Ihren eingetragenen Korrekturen. Danke, dass Sie sie geschickt haben.

Ich habe die erste Seite meiner korrigierten Einleitung geprüft und will jetzt beginnen, ein paar Notizen zu Ihren Korrekturen zu machen. Wenn ich auf Eingriffe stoße, die mir keine Verbesserungen zu sein scheinen, werde ich meine Gründe dafür anführen. Vielleicht kann ich Ihnen auf diese Weise behilflich und damit nützlich sein, so wie Sie mir nützlich sein wollten.

NOTIZEN

ABSCHNITT I. *Erster Absatz.*

»Jeanne d'Arc«. Das ist ziemlich kleinkariert und nicht sehr stilvoll. Bei einfachen Menschen unserer Nation und Sprache ist Johanna unter diesem Namen nicht bekannt. Ich stelle fest, dass in den kurzen Ausschnitten aus den Prozessen, die Sie mir freundlicherweise zugeschickt haben, mehrere Male der Name der Gottheit vorkommt; um konsequent zu sein, werden Sie das Wort »Gott« streichen und stattdessen »Dieu« einsetzen müssen. Versäumen Sie das nicht.

Erste Zeile. Was ist verkehrt an *»bei den«*? Und warum *»Prozess«*? Hat Ihnen irgendein schlecht unterrichteter Mensch weisgemacht, es habe nur einen statt eines halben Dutzends gegeben?

Das nächste halbe Dutzend Korrekturen. Haben Sie nicht bemerkt, dass Sie den Satz, indem Sie das Wort *»beide«* von der richtigen Stelle entfernen, zu einer Dummheit machen? *»Gänzlich.«* Warum fügen Sie eines Ihrer abgedroschenen Lieblingswörter an einer Stelle ein, wo es nichts Nützliches bewirkt? Können Sie in Ihrem literarischen Grab nicht ohne dieses Wort ruhen?

Nächster Satz. Sie haben darin keine Verbesserung vorgenommen; haben Sie ihn nur deswegen geändert, um ihn geändert zu haben?

Zweiter Absatz. Jetzt machen Sie sich schon an meiner Interpunktion zu schaffen. Merken Sie nicht, dass Sie mir bei Ihrer Beschränktheit in einer so delikaten Kunst nicht Ihre Hilfe aufdrängen sollten? Und glauben Sie, dass Sie dem abschließenden Nebensatz genau die richtige Politur hinzugefügt haben?

Zweiter Absatz. Woher wissen Sie, dass es sein »eigenes« Schwert war? Es hätte auch ein geliehenes sein können. In Fragen der Geschichte bin ich vorsichtig, und Sie sollten mir nicht Aussagen in den Mund legen, für die Sie keine Belege anführen können. Ihre anderen Korrekturen sind Unsinn.

Dritter Absatz. Dito.

Vierter Absatz. Ihr Wort »direkt« ist irreführend; es könnte als »sofort« ausgelegt werden. Schlichte Klarheit ist besser als ausgeschmückte Unklarheit. Ich sehe Ihre sensitive Randbemerkung: *»Verweis auf Moskau – für französisches Gefühl eher unfreundlich.«* In der Tat habe ich mich nicht mit französischen Gefühlen befasst, sondern lediglich mit der Feststellung der Tatsachen. Über die Franzosen habe ich mehrere unhöfliche Dinge gesagt – an einer Stelle habe ich sie eine »undankbare Nation« genannt –, aber Sie waren so damit beschäftigt, Kommata und Semikola zu lektorieren, dass Sie sie übersehen haben und es nicht mit der Angst zu tun bekamen. Der nächste Absatz endet mit einer Verunglimpfung der Franzosen, aber ich habe gute Gründe zu der Annahme, dass Sie sie als ein Kompliment missverstanden haben. Es ist entmutigend, einen Verstand wie den Ihren verstehen zu wollen. Sie sollten ihn hervorholen und darauf tanzen. Das würde ihm etwas von seiner Starrheit nehmen. Und manchmal sollten Sie ihn gebrauchen; das würde helfen. Hätten Sie das hin und wieder in Ihrem Leben getan, wäre er nicht so versteinert.

Fünfter Absatz. Das halte ich bislang für Ihr Meisterstück! Sie haben die große Kunst, eine schlichte und würdevolle Ausdrucksweise auf plumpe und schale Gemeinplätze zu reduzieren, wirklich vervollkommnet.

Sechster Absatz. Sie haben eine einzigartig vornehme und aristokratische Nichtachtung vor schlichtem und unprätentiösem Englisch. Jedes Mal, wenn ich »zurückgehen« benutze, holen Sie Ihr Poliermittel hervor und polieren es auf zu »zurückkehren«. »Zurückkehren« eignet sich nur für den Salon – es ist herzoglich und wird mit einem gekünstelten Lächeln geäußert.

Siebenter Absatz. »Erlaubnis« ist ebenfalls herzoglich. Herzoglich und affektiert. *»Jeannes«* große Tage waren *nicht* »vorüber«; sie waren nur zur Hälfte vorüber. Die der Rüstung ja. Wussten Sie das nicht? Haben Sie denn über Johanna von Orléans überhaupt nichts gelesen? Die Wahrheit ist, Sie passen nicht auf; bereits auf meiner allerersten Seite habe ich Ihnen erklärt, dass der öffentliche Teil ihrer Laufbahn zwei Jahre dauerte, und Sie haben es schon vergessen. Sie müssen wirklich Ihren Verstand hervorholen und ihn instand setzen lassen; Sie sehen ja selbst, dass er zusammenpappt.

Achter Absatz. Sie »ritt davon, *um* eine Festung zu bestürmen und zu erobern«. Sehr wohl; aber Sie verraten uns nicht, ob es ihr gelungen ist. Sie sollten den Leser nicht mit solchen Ungewissheiten beunruhigen. Ich darf Sie noch einmal daran erinnern, dass Klarheit in der Literatur eine gute Sache ist. Ein Lehrling kann nichts Besseres tun, als diese nützliche Regel im Gedächtnis zu bewahren. *Abschließende Sätze.* Korrekturen, die keine sind.

Neunter Absatz. »Bekannte« Geschichte. Dieses Wort ist als Politur für mich zu heikel; es scheint keinen Sinn herzugeben. Letzte Woche hätte mich das noch überrascht.

Zweiter Satz. Ich habe eine Stunde gebraucht, bis ich begriff, was es bedeutet. Inzwischen verstehe ich, dass es das bedeuten soll, was es schon vorher bedeutet hat. Ich glaube, es erfüllt seinen Zweck, wenn auch auf sehr gewundene und nachlässige Art. Was haben Sie mit der Umformulierung erreichen wollen? Nur, dass Sie sie Ihren anderen Lektoratsleistungen hinzufügen und den Leuten weismachen können, der größte Teil der Einführung sei Ihr Werk? Ich fürchte, in Wahrheit war genau das Ihr schlauer und unparlamentarischer Plan. Offenbar leben wir in einer sehr bösen Welt.

Abschließender Satz. Das ist wieder Ihr hohles *»jedoch«*. Ich weiß nicht, woher Ihre Schwülstigkeit kommt.

II. IN GEFANGENSCHAFT. *Dritter Satz.* Aber sie *wurde* gegen ein Lösegeld festgehalten; er war kein Fall von »hätte werden müssen«. Und es war kein Fall von »*falls* es angeboten worden wäre«; es *wurde* angeboten und, wie der zweite Absatz zeigt, auch akzeptiert. Sie sollten nie lektorieren, außer wenn Sie wach sind.

Vierter Satz. Warum wollen Sie das ändern? Es war mehr als »verlangte«, es wurde *eingefordert.* Haben Sie gar kein Gespür für die Bedeutungsschattierung von Wörtern?

Abschließender Satz. »Erlitt« ist hinreichend vernickelt, um den Anforderungen Ihrer Krankheit zu entsprechen, will ich hoffen. »Ganz« fügt nichts hinzu; der Satz bedeutet genau das Gleiche wie vorher. Im Rest des Satzes opfern Sie die Schlichtheit am Altar substanzloser Betulichkeit.

Zweiter Absatz. Es war *kein* Blutgeld, o Sie unbelehrbarer Esel, ebenso wenig wie das Geld, mit dem man sich ein Haus oder ein Pferd kauft; zu der Zeit war es eine gewöhnliche Geschäftstransaktion und nicht unehrenhaft. »Mit Händen, Füßen und Hals, mit *beidem*« usw. Das Wort »beide« kann nicht für drei Dinge verwendet werden, sondern nur für zwei. *»Kampfgeist«:* Sie haben dieses Wort einer anderen Stelle »entlehnt« – und mit welchem wertvollen Ergebnis? Der nächste Satz – nachdem Sie daran herumgedoktert haben – hat keine Bedeutung mehr. Der darauffolgende – nachdem Sie daran herumgedoktert haben – bezieht sich auf nichts, wandert im All umher, hat keine Bedeutung und keine Daseinsberechtigung und ist ein oder zwei Nuancen verrückter und geschwätziger als alles, was Ihre seltsame und interessante Lektoratsmühle bisher gemahlen hat.

Dritter Absatz. Er war gutes Englisch, bevor Sie ihn verdorben haben. Verkaufen Sie ihn an ein Museum.

Vierter Absatz. Ich bemerke das Kompliment am Rand gegenüber dem abschließenden Satz, das Sie sich selbst gemacht haben: *»Flüssigere Übersetzung«.* Aber sie hat zwei Mängel. Erstens ist sie eine *Fehl*übersetzung, und zweitens übersetzt sie nur die Hälfte der Anmut von Johannas Bemerkung.

Fünfter Absatz. Warum haben Sie solche Vorurteile gegen Fakten und sind so unanständig verliebt in Fiktionen? Ihre Feldherrnkunst war *nicht* »die einer erprobten und antrainierten militärischen Erfahrung«, denn sie hatte keine, und niemand beeidigte, sie habe welche gehabt. Ich habe die Fakten dargestellt, Ihre Fiktionen hätten Sie für sich behalten sollen. *Anmerkung:* Um verständlich zu sein, muss der ganze Absatz aus einem einzigen Satz bestehen; indem Sie ihn in mehrere zerlegt haben, haben Sie ihm jeden Sinn genommen.

Achter Absatz. »Als die Flammen hinaufzüngelten und ihren schwachen Körper umhüllten« ist hübsch, sehr hübsch, sogar elegant, stammt aber nicht von Ihnen; Sie haben den Satz geklaut, aus *Die Braut des Hausierers oder Der Feind des Feuerteufels* – Preis ¾ Penny; mit festem Umschlag 2 Pennys. Es ist nicht recht, anderer Leute Besitz zu entwenden, und Gott wird Sie strafen. *»Ausgedorrte«* Lippen? Woher wissen Sie, dass sie ausgedorrt waren? Warum machen Sie Aussagen, die Sie nicht nachweisen können, wenn Sie kein anderes Motiv dafür haben, als ein Wort einzufügen, das Sie für exquisit halten?

III. DIE REHABILITIERUNG. »Ihre Aussagen wurden als *Beweis* festgehalten.« Herrlich! Wenn Sie diese Einzelheit nicht erwähnt hätten, könnten viele Leute vermuten, sie seien zur Unterhaltung festgehalten worden.

IV. DAS RÄTSEL ALLER ZEITEN. Ich bemerke Ihre Randnotiz: *»Rätsel – Begriff?«* Schlagen Sie in Ihrem Wörterbuch nach. »Können wir verstehen, wie der Genius geschaffen wurde« usw. »durch stetiges und günstiges Wachstum«. Wir können nichts dergleichen verstehen; Genius wird nicht durch irgendeinen landwirtschaftlichen Vorgang »geschaffen« – er wird *geboren.* Sie denken an Kartoffeln. *Anmerkung:* Überall, wo ich »Umstände« schreibe, ändern Sie es ab zu »Umgebung«.

Zweiter Absatz. Ich sehe Ihre Randbemerkung, *»2-mal begreifen«.* Ich vermute, jemand hat Ihnen erzählt, Wiederholung sei Tautologie, und Sie in dem Glauben gelassen, Wiederholung sei immer Tautologie. Aber lassen wir das; bei Ihrer Beschränktheit könnte man Ihnen den Unterschied zwischen einer Wiederholung, die eine Tautologie ist, und einer Wiederholung, die keine ist, nie beibringen.

Abschließender Satz. Ihre beschwipste Korrektur, wenn man sie auf die Füße stellt und untersucht, besagt Folgendes: Wir sehen einfach nicht, dass sie so gerüstet entsprang, und wir können nicht verstehen, warum. Will sagen, sie entsprang *nicht* so gerüstet, und Sie verstehen nicht, warum nicht. Ist *das* das Rätsel, an dem Sie scheitern, mögen Sie sich noch so sehr bemühen? Nun, wenn das geschehen wäre, wäre es ganz und gar kein Rätsel – außer für Sie –, sondern etwas, was nahezu jedem widerfahren könnte, und für jeden intelligenten Menschen, der damals dabeistand, kein Anlass zum Staunen – auch nicht für spätere. Es *gibt* ein Rätsel, aber Sie haben sich in seiner Natur geirrt. Ich kann nicht sagen, wie, mag ich mich noch so sehr bemühen; und ich will versuchen, es Ihnen zu erklären, damit Sie es wenigstens ansatzweise verstehen. Wir sehen *nicht* einfach nicht, dass sie so gerüstet entsprang, wir *sehen* sie. Das ist das ganze Wunder, Geheimnis, Rätsel. Nicht, dass sie, ein unwissendes Bauernmädchen, mit erstaunlichen natürlichen Gaben ausgestattet, in die Welt sprang, ist das Rätsel – das hätte sogar Ihnen widerfahren können, wären Sie ein anderer gewesen; vielmehr ist das Geheimnis, das wir nicht ergründen, das Rätsel, das wir nicht lösen können, die Tatsache, dass diese Talente *ohne jede vorherige Schulung* unverzüglich und wirkungsvoll genutzt werden konnten. Verstehen Sie? *Dritter Absatz.* Betrunken.

V. ALS PROPHETIN. »Und in *jedem Fall* die vollständige Erfüllung erreichte.« Woher wissen Sie das? Es gibt kein Zeugnis, das diese verwegene Behauptung stützt. Ich habe darauf geachtet, gerade nicht zu behaupten, dass sich alle ihre Prophezeiungen bewahrheiteten; denn das hätte bedeutet, dass wir im Besitz der ganzen Liste wären, wohingegen es wahrscheinlich ist, dass sie einige Voraussagen machte, die sich nicht erfüllten und die nicht aufgezeichnet wurden. Die Leute verzeichnen keine Prophezeiungen, die sich nicht erfüllen. Das ist nicht Usus.

VI. IHR CHARAKTER. »Trösteten« ist eine gute Änderung und recht vernünftig. Aber Sie schummeln; Sie ziehen eine vernünftige Person heran, die Ihnen hilft. *Anmerkung:* Als ich schrieb »ihr rieten und zurieten«, war *das* eine Tautologie; das *»2-mal begreifen«* war ein Fall von *nicht* tautologischer Wiederholung. Aber ich bin überzeugt, dass Sie den Unterschied nie lernen werden. *Gestrichene Passage:* Ich sehe voller Bewunderung die Randbemerkung, mit der Sie Ihren Einwand erläutern: *»Ist es gerechtfertigt, zu behaupten, dass sie geprahlt hat? Ist es stilvoll? Ihrem Charakter war es gewiss fremd.«* Ich gebe zu, dass mein kleiner Versuch zu scherzen keine allzu große Perle war; aber was immer er war, ich merke, dass ich ihn in den verkehrten Trog geworfen habe.

VII. IHR GESICHT UND IHRE GESTALT. Wieder haben Sie mich missverstanden. Ich wollte nicht sagen, dass der Künstler mehrere Ideen hatte und eine beherrschende, ich wollte sagen, dass er nur *eine* Idee hatte. In demselben Satz haben »spart aus« und »versäumt zu bemerken« dieselbe Bedeutung; haben Sie irgendeine klare Vorstellung, weshalb Sie diese Veränderung vorgenommen haben? Vertreten Sie die Auffassung, dass »grob« eine Verbesserung gegenüber »groß«, »vollbringen« eine Verbesserung gegenüber »tun«, »nachforschen« eine Verbesserung gegenüber »nachfragen« und »auf diese Weise« eine Verbesserung gegenüber »dann« ist, oder haben Sie sich lediglich von dem schönen, großen Klang dieser Wörter verführen lassen? Sind Sie gegen die Schlichtheit der Sprache unheilbar feindlich gesinnt? Und schließlich, sehen Sie nicht, dass Sie alle Würde aus dem Absatz herausredigiert und sie durch alberne Gemeinplätze ersetzt haben und dass Ihr Zusatz am Ende köstlich seicht und komisch enttäuschend ist? Immerhin, ich bemerke Ihren Befehl am Rand, *»Dieses Zitat einfügen«*, und folge gehorsamst.

Zweiter Absatz. »Nutzte« war an dieser Stelle einen Shilling wert; Sie haben es gegen ein Wort eingetauscht, das nicht einmal 2½ Pence wert ist, und sind betrogen, und das geschieht Ihnen recht. *Ende des Absatzes:* Sie haben wieder einen enttäuschenden Abschluss genutzt – und auch noch in Form unverschämter Werbung für Ihr Buch. Mir scheint, für einen Menschen von Ihrer sprachlichen Eleganz mangelt es Ihnen seltsamerweise an gewissen anderen Feinheiten.

Dritter Absatz. Ich muss meinen Dank zurückhalten. »Eine Lanze brechen« ist ein ritterlicher und schwelgerischer Ausdruck, und ich ehre ihn wegen seines hohen Alters und wegen der treuen Dienste, den er in Aufsatzwettbewerben von Schulmädchen geleistet hat, aber seit meiner Pubertät habe ich ihn nicht mehr verwendet und muss mich feierlich dagegen verwahren, dass er hier von neuem gezeugt wird. Außerdem deute ich damit an, ich hätte zu Ehren der Jungfrau schon einmal eins von diesen Dingern gebrochen, eine Anspielung, die durch keinerlei Tatsachen gerechtfertigt ist. Ich habe keine Lanzen oder sonstigen Gerätschaften gebrochen, ich habe nur ein Buch über sie geschrieben.

Hochachtungsvoll
Mark Twain

Es hat mich einiges gekostet, mich zurückzuhalten und dem maßlosen Idioten diese glatten und halb schmeichelhaften Dinge zu sagen, aber ich hab's getan und habe es nie bereut. Denn selbst einem Fischkopf wie ihm gegenüber ist es hehrer und edler, freundlich zu sein als gerecht. Wenn wir in dieser Welt nur Gerechtigkeit austeilen würden, wer würde ihr entkommen? Nein, es ist besser, großherzig zu sein, und am Ende auch nützlicher, denn es trägt uns Dankbarkeit und Liebe ein, und es ist weit besser, die Liebe einer literarischen Hure wie dieser zu empfangen als die Vorwürfe ihrer verwundeten Seele. Deshalb bin ich froh, dass ich ihm keine harschen Dinge gesagt, sondern ihn verschont habe, so wie ich einen Bandwurm verschonen würde. Mir ist es Lohn genug, zu wissen, dass meine Kinder, wenn ich nicht mehr bin, auf ihren Vater stolz sein werden. Ich hätte Hunderte unangenehme Dinge über diese Kaulquappe sagen können, aber ich habe sie nicht einmal empfunden.

[Überlegungen zu einem Brief und einem Buch]

Ein weiterer dieser besonders deprimierenden Briefe – ein Brief, der in eine gekünstelt witzige Form eingekleidet ist, wo doch keine Kunst der Welt das Thema witzig machen könnte: jedenfalls nicht für mich.

Geehrter Herr: – Ich habe ein Buch geschrieben – eine Tatsache, die Ihnen, da ich nicht Ihr Feind bin, keinen Anlass zur Freude zu geben braucht. Auch keinen Anlass zum Kummer, obwohl ich Ihnen ein Exemplar schicke. Wenn ich wüsste, wie ich Sie dazu zwingen könnte, es zu lesen, würde ich es tun, aber sofern nicht die ersten paar Seiten diese Wirkung tun, kann ich selbst nichts bewirken. Versuchen Sie die ersten paar Seiten. Bei Ihren Büchern habe ich es viel weiter gebracht, also sind Sie mir etwas schuldig – sagen wir zehn Seiten. Falls Sie das Buch nach diesem Versuch beiseitelegen, sollte es mir leidtun – Ihretwegen!

Ich fürchte, das alles klingt respektlos – aber stellen Sie sich die Zuckungen in der Seele eines Menschen vor, der Ihnen ein ungebetenes Buch, von ihm selbst geschrieben, bringt. Einem solchen gegenüber ist viel Nachsicht vonnöten. Werden Sie das bedenken? Haben Sie die ersten Zuckungen Ihrer eigenen Seele bereits vergessen?

Das Wappen der Menschheit sollte aus einem Mann bestehen, der eine Axt auf der Schulter trägt und zu einem Schleifstein geht.* Oder es sollte mehrere Mitglieder der Menschheit darstellen, die einander den Hut hinhalten. Denn wir alle sind Bettler. Jeder auf seine Weise. Der eine Bettler ist zu stolz, als dass er um Pennys bettelt, aber er wird um ein Dollar-Darlehen betteln in dem Wissen, dass er es nicht zurückzahlen kann; ein anderer bettelt nicht

* [Mark Twain bezieht sich auf die englische Wendung »to have an axe to grind with somebody« – mit jemandem eine Axt zu schleifen haben – in der Bedeutung von »mit jemandem ein Hühnchen zu rupfen haben« oder »Hintergedanken haben«; Anm. des Übers.]

um ein Darlehen, sondern um eine Stelle als Postmeister; ein anderer bettelt nicht darum, sondern um eine Einführung in die »Gesellschaft«; einer, der reich ist, wird die Eisenbahngesellschaft nicht um einen Eimer Kohlen anbetteln, dafür aber um eine Fahrkarte; sein Nachbar wird weder Kohlen noch eine Fahrkarte erbetteln, jedoch in einem privaten Gespräch mit einem Anwalt diesem einen hypothetischen Fall vorlegen in der Hoffnung, ihm eine unentgeltliche Meinung zu entlocken; einer, der es verschmähen würde, um irgendetwas dieser Art zu betteln, wird unverhohlen um das Amt des Präsidenten betteln. Keiner von diesen schämt sich seiner selbst, sondern verachtet alle übrigen Bettler. Jeder bewundert die eigene Würde und sucht sie sorgsam zu bewahren, nur die anderen haben keine, seiner Meinung nach.

Zweifellos ist Bettelei eine Sache des Geschmacks und des Temperaments, dennoch ist kein menschliches Wesen frei von jeglicher Art der Bettelei. Ich kenne meine Art, Sie kennen Ihre; senken wir gnädig den Vorhang darüber und treiben Schindluder mit anderen. Zu jedem von uns kommt dann und wann ein Mensch, der Hintergedanken verfolgt, der »eine Axt zu schleifen hat«. Unter anderem auch zu Ihnen, geneigter Leser. Irgendwann wird Ihnen der Anblick der Axt vertraut sein – falls Sie der Besitzer des Schleifsteins sind –, und sobald Sie sie erblicken, merken Sie, dass es dieselbe alte Axt ist; dann rollen Sie sich zusammen und richten Ihre Stacheln auf. Wenn Sie der Gouverneur sind, wissen Sie, dass der Fremde eine Stellung wünscht. Die ersten sechs Mal haben Sie sich von der Axt noch täuschen lassen – danach fühlen Sie sich gedemütigt. Der Träger der Axt hat Sie und Ihre politischen Leistungen so mit Lob überhäuft, dass Ihre Lippen zitterten, Feuchtigkeit Ihre Augen trübte, Ihnen ein Kloß in der Kehle steckte und Sie dankbar waren, ein solches Glück noch erleben zu dürfen; dann holt der Fremde seine Axt hervor, er offenbart seine eigentlichen Beweggründe für sein Kommen und sein Applaudieren, und Sie schämen sich für sich und die Menschheit, da Sie merken, dass diese Person, die Sie so gastfreundlich aufgenommen haben, Sie gröblichst beleidigt. Sechs solche Vorkommnisse werden Sie mit Sicherheit kurieren. Danach werden Sie (falls Sie nicht zur Wiederwahl antreten) die Komplimente unterbrechen und sagen:

»Ja, ja, schon recht, lassen Sie's gut sein; kommen Sie zur Sache – was wollen Sie?«

Ganz gleich, wie groß oder klein Ihr Platz im Leben ist, Sie besitzen einen Schleifstein, und die Leute werden Ihnen Äxte bringen. Dem entgeht niemand.

Außerdem halten Sie es selbst ja genauso. Innerlich zürnen Sie über den Mann, der Ihnen seine Axt bringt, aber von Zeit zu Zeit tragen Sie Ihre eigene Axt zu einem anderen und bitten ihn, sie zu schleifen. Zu Fremden trage ich meine nicht, da ziehe ich eine Grenze; Sie vielleicht auch. Das wird uns auf eine hohe und heilige Zinne setzen, von der wir mit kaltem Tadel auf jene Menschen herabblicken, die ihre Äxte zu Fremden tragen.

Nun denn, da wir alle Äxte tragen und tragen müssen und es nicht lassen können, weshalb hat nicht ein weiser und umsichtiger Mensch eine bessere Methode erdacht? Dafür kann es nur einen Grund geben: Seit Anbeginn der Zeit hat zwar jedes Mitglied der Menschheit voll Scham und ärgerlicher Missbilligung erkannt, dass jeder andere ein Axtträger und ein Bettler ist, sich jedoch dem abergläubischen Selbstbetrug hingegeben, von diesem Makel frei zu sein. Und so würde er niemals auf den Gedanken kommen, zum Wohle der Menschheit einen Plan zu entwerfen, der ihm nicht selbst zum Vorteil gereicht. Denn das ist die Natur des Menschen.

Aber – wir wollen es bekennen und eingestehen – wir alle *sind* damit befasst, uns die beste Methode auszudenken, wie man sich dem Schleifstein eines anderen nähert, denn wir alle sind Bettler; die beste Methode, eine Methode, die, so gut es geht, Anstößigkeit vermeidet, eine Methode, die am besten verspricht, das Schleifen der Axt zu gewährleisten. Wie könnte ein solcher Plan aussehen? Zum Beispiel:

Bringen Sie die Axt niemals selbst; schicken Sie sie durch einen Fremden; oder durch Ihren Freund; oder durch den Freund des Schleifsteinbesitzers; oder durch einen Freund von Ihnen beiden.

Die letzte Vorgehensweise ist natürlich die allerbeste, aber auch die anderen sind gut. Sehen Sie, wenn Sie die Axt selbst verschicken (beispielsweise zusammen mit Ihrem neuen Buch), stellen Sie eines sicher: Der Schleifsteinbesitzer wird, noch ehe er einen Blick darauf geworfen hat, ein Vorurteil und einen Widerwillen gegen Sie entwickeln. Weil – nun ja, einfach weil Sie ihm die Hände binden, weil Sie ihm die Unabhängigkeit rauben, weil Sie ihn in die Enge treiben, und er quält sich, er ärgert sich, er verübelt es Ihnen als Dreistigkeit, dass Sie ihn so unfair ausnutzen – und er hat recht. Er weiß, dass Sie die Absicht hatten, ihn gemein auszunutzen – mit all Ihren unbeholfenen Künsten haben Sie ihn nicht täuschen können. Er weiß, dass Sie Ihren Brief mit Vorbedacht und dem klaren Ziel formuliert haben, eine Antwort zu erzwingen. Sie haben ihm gehuldigt: Nach allen Gesetzen der Höflichkeit muss er dafür zahlen. Und er hat keine Wahlmöglichkeit: Zahlen muss er mit Danksagungen und Gegenkomplimenten. Ihr Erfindungsreichtum ähnelt dem des europäischen Berufsbettlers: Um zu verhindern, dass Sie vorgeben, seinen Brief nicht erhalten zu haben, schickt er ihn *per Einschreiben* – und Sie *sitzen* in der Falle!

Ich respektiere meine eigene Art, den Hut herumzureichen, aber nicht die anderer Leute. Das ist nur natürlich. Fremden meine Bücher zu schicken ist nicht meine Art. Das hieße, um Werbung zu betteln – man verfolgt einen Zweck, ob der Zweck nun in Worte gefasst ist oder nicht. Da dies nicht *meine* Art ist, um Almosen zu bitten, blicke ich mit polarkalter Geringschätzung auf sie herab. Auch das scheint mir nur natürlich zu sein. Als mir zum ersten Mal ein Fremder sein Buch zuschickte, freute ich mich wie ein Kind und nahm alle seine Komplimente für bare Münze; ich vermutete, er habe den Brief nur deshalb geschrieben, um die Komplimente einzuflechten. Ich las nicht zwischen den Zeilen, denn ich wusste nicht, dass zwischen den Zeilen auch noch etwas stand. Doch die Jahre gingen ins Land und bescherten mir Erfahrung, ich wurde zum Experten für Unsichtbares und konnte zwischen den Zeilen mehr Fleisch finden als anderswo. Danach bereiteten mir solche Briefe kein Vergnügen mehr; unausgesprochen, aber hartnäckig verlangten sie Bezahlung für ihre Komplimente, und ich schämte mich für den Komplimentemacher und auch für mich, weil ich nach dem Dafürhalten des Komplimentemachers auf einer so niedrigen Stufe stand, dass ich Komplimente selbst noch zu diesen Bedingungen schätzte.

Obwohl ich so viel daran auszusetzen habe, bin ich mir doch der Tatsache bewusst, dass Komplimente nicht oft verschenkt werden. Man erwartet eine

Rendite. Und man erhält sie auch – wenn die Komplimente allerdings per Brief verschickt werden, nicht immer. Wenn ein Publikum applaudiert, ist es sich gar nicht bewusst, dass es für dieses Kompliment Bezahlung verlangt. Aber das tut es; und falls der Applaus vom Empfänger nicht dankbar honoriert wird – etwa mit einer lächelnden Verbeugung –, wird das Publikum schnell merken, dass es sehr *wohl* mit einem Gegenwert gerechnet hat. Und es wird sich sogleich aus dem Handel zurückziehen; es ist nicht bereit, etwas für nichts zu geben, nicht wenn es sich kennt. Wenn ein schönes Mädchen ein Kompliment von unseren Augen auffängt, zahlt sie dafür sofort in bar: mit einem leichten lieblichen Erröten. Wir waren uns nicht gewahr, dass wir eine Gegenleistung erwarten, aber wenn sie uns, statt leicht zu erröten, mit gekränkter Würde anfunkelt, wissen wir es besser. Unter diesen Bedingungen wird sie mit uns keinen Handel mehr treiben. Doch in Wahrheit werden Komplimente manchmal tatsächlich *verschenkt*, ohne eine Rechnung zu präsentieren. Ich weiß, das kann einmal im Jahrhundert vorkommen, denn einmal ist es mir widerfahren, und ich bin noch kein Jahrhundert alt. Es war vor neunundzwanzig Jahren. Damals hielt ich Vorträge in London. Ich bekam einen ausgesprochen entzückenden Brief, der vor warmem und gelungenem Lob nur so glänzte und glühte – und es gab *weder Unterschrift noch Adresse!*

Es war ganz mein – unentgeltlich – gratis – eine Rechnung war nicht beigefügt, ich brauchte nicht zu zahlen, ich *konnte* gar nicht zahlen – ein völlig kostenloses Geschenk! Es ist das einzige Gratiskompliment, das ich je erhalten habe, das einzige, von dem ich je gehört habe. Immer, wenn ein Fremder ein Kompliment mit Namen und Anschrift versieht, besteht er auf Nachnahme. Vielleicht nicht wissentlich und willentlich, aber das liegt nur daran, dass er es nicht gewohnt ist, seine Motive bis auf den Grund zu durchleuchten. Das vermeiden die Leute. Und auf gewisse Weise ist es sogar klug, denn die meisten unserer Motive sollten uns verborgen bleiben. Das weiß ich aus langer Erfahrung und nach eingehender Prüfung meiner eigenen.

Es ist nicht recht, dass ein Fremder mir sein Buch selbst zuschickt. Es ist peinlich für ihn, es ist peinlich für mich. Ich habe diese Behandlung nicht verdient, ich habe ihm keinen Schaden zugefügt. Warum es mir nicht durch

B zuschicken lassen und B anweisen, mir zu sagen: »Nehmen Sie keine Notiz davon, es sei denn, Sie fühlen sich wirklich dazu bewogen, denn A ist bescheiden und empfindlich und wäre gekränkt, wenn er wüsste, was ich da tue.«

Wenn nicht der Knüppel über mir schwebte, wäre ich so dankbar, dass ich in dem Buch Verdienste entdecken würde, die es weder in ihm noch sonst wo gibt. Aber nein, der Verfasser schickt es jedes Mal selbst. Er weiß, es ist unfair; er schämt sich dessen und versucht scherzhaft, das Gegenteil vorzutäuschen, doch sein Brief verrät ihn jedes Mal. Er ist sich bewusst, dass er bettelt. Und zwar nicht etwa um eine aufrichtige Meinung zu seinem Buch, sondern um Werbung. Er ist sich bewusst, dass Sie ihm genau das schreiben wollen, aber er ist sich auch bewusst, dass Ihre Selbstliebe Sie daran hindern wird. Einen von zwei Sätzen verwendet er immer: 1. Er bewundert Sie. 2. Als Sie ein Anfänger waren und um Anerkennung kämpften, haben Sie bestimmt auch Hilfe und Ermutigung erbeten und erhalten. Es ist ein eigentümlicher Mangel an Takt. Er will eine Zuwendung von Ihnen und räumt Ihnen die Steine aus dem Weg, indem er sie als eine Bringschuld darstellt – es ist Ihre *Pflicht*, sie zu gewähren. Das mag zwar zutreffen, dennoch nehmen wir es übel; wir wollen unsere Pflichten nicht von Fremden vorgeschrieben bekommen. Bald zieht der Fremde die unhöfliche Veranstaltung spaßhaft durch, bald in schmucklosem Englisch; doch in beiden Fällen meint er es todernst, und in dem einen Fall sagt es Ihnen ebenso wenig zu wie in dem anderen.

Soweit ich feststellen kann, bin ich genauso beschaffen wie andere Menschen auch, und so schätze ich ein gutes, herzliches Kompliment höher als Rubine; und bin dankbar dafür und genauso froh wie Sie, wenn ich es mit einem aufrichtigen Gegenkompliment erwidern kann. Aber wenn jemand über Komplimente hinausgeht, freut es mich nicht etwa, es beschämt mich. Es beschämt *mich*; ich denke nicht an ihn, ich denke an mich; soll er sich demütigen, soviel er will, das ist sein Vorrecht, *ich* aber will nicht gedemütigt werden. Vergötterung. Vergötterung – ob ausgesprochen oder nur angedeutet. Und niemals vonnöten; niemals verdient, von keinem Menschen. Was muss ein König leiden! Denn in seinem tiefsten Herzen weiß er, dass er wie wir alle ein armer wertloser Erdenwurm ist, eine Spottgeburt, die größte Fehlgeburt, die der Schöpfer ersonnen hat, moralisch allen Tieren unterlegen, in der einen oder anderen herausragenden körperlichen Eigenschaft jedem einzelnen unterlegen, nur in *einem* Talent ist er ihnen überlegen, und selbst in diesem einen nicht so, wie er es einschätzt – seinem Intellekt.

Ich weiß nicht, wie ich den Brief des Fremden beantworten soll. Ich wünschte, er hätte mich verschont. Aber schweigen wir von ihm – ich denke dabei an mich; ich wünschte, er hätte *mich* verschont. Das Buch ist noch nicht eingetroffen; und doch bin ich bereits voreingenommen.

Ich vermute, der Leser – wenn er ein gereifter und erfahrener Mensch ist – weiß längst, was ich tat. Ich folgte einem Brauch. Ich tat, was man immer tut, wenn man nach neuen Methoden sucht, um die Seele zu beruhigen, und keine findet: Ich griff auf eine alte, eine uralte, eine überstrapazierte und verbrauchte Flause, List, Ausflucht, höfliche Lüge zurück: schrieb ihm, dankte ihm für sein Buch und sagte, ich verspräche mir – »zu einem frühen Zeitpunkt« – Vergnügen bei dessen Lektüre.

Das befreite mich: Jetzt brauchte ich das Buch nicht zu lesen, es sei denn, ich entschied mich aus freien Stücken dafür. Kaum war ich frei, hatte sich mein Vorurteil verflüchtigt. Kaum hatte sich mein Vorurteil verflüchtigt, trat eine sehr natürliche Neugier an seine Stelle. Da ich das Buch jetzt prüfen konnte, ohne irgendeine Verpflichtung einzugehen, schlug ich es, sobald es eingetroffen war, auf und begann darin zu lesen. Das war ein kostspieliges Abenteuer. Ich hatte Arbeit zu erledigen und keine Zeit zu verlieren, aber ich konnte das Buch erst aus der Hand legen, nachdem ich es ausgelesen hatte. Es war mir ein wenig peinlich, dem Autor zu schreiben und ihm dies einzugestehen, und zwar gleich nach dem höflich-unhöflichen Brief, der vorausgegangen war, aber genau das tat ich. Ich tat es, weil ich größeren Seelenfrieden darin fand, es zu tun, als es zu unterlassen. Dachten Sie etwa, ich hätte es getan, um dem Autor eine Freude zu machen? Das tat ich – aber erst *in zweiter Hinsicht.* Wir erweisen keine Wohltaten, deren *erster* Nutzen nicht uns selber zugutekommt.

PRESBYTERIANISCHE DOKTRIN

Zwei Drittel der Presbyterien für die Revision des Glaubensbekenntnisses

Philadelphia, 27. April. – Rev. Dr. W.H. Roberts, Sekretär der presbyterianischen Generalversammlung, gab heute bekannt, dass zwei Drittel der Presbyterien für die Revision des Glaubensbekenntnisses und für die Feststellungserklärung zur Erläuterung der Artikel 3 und 10 des Glaubensbekenntnisses gestimmt haben. Das Thema wird auf der Generalversammlung nächsten Monat in Los Angeles, Cal., abschließend behandelt werden. Man rechnet damit, dass die Generalversammlung den Antrag der Presbyterien verabschiedet.

RUSSISCHES MASSAKER AN JUDEN

Depesche an eine jüdische Lokalzeitung über das Gemetzel von Chişinău – Dem Vernehmen nach 120 Menschen getötet

Die *Jewish Daily News* werden heute Nachmittag die folgende Depesche über die antijüdischen Ausschreitungen in Chişinău, Russland, drucken:

»St. Petersburg, 25. April. – (Um dem Zensor zu entgehen, zur Übermittlung über die Grenze geschafft.) – Die antijüdischen Ausschreitungen in Chişinău, Bessarabien, sind schlimmer, als der Zensor veröffentlicht sehen will. Das allgemeine Judenmassaker am Tag nach dem russischen Osterfest war von langer Hand geplant. Der Mob wurde von Priestern angeführt, und der allgemeine Ruf »Tötet die Juden!« war in der ganzen Stadt zu hören. Die Juden wurden völlig überrascht und wie Schafe abgeschlachtet. Die Zahl der Toten beläuft sich auf 120, die der Verletzten auf etwa 500.

Die Horrorszenen um dieses Massaker entziehen sich jeder Beschreibung. Babys wurden von dem rasenden blutrünstigen Mob buchstäblich in Stücke zerrissen. Die örtliche Polizei machte keine Anstalten, die Schreckensherrschaft einzudämmen. Bei Sonnenuntergang stapelten sich Tote und Verwundete in den Straßen. Wer flüchten konnte, floh in panischer Angst, und inzwischen haben fast alle Juden die Stadt verlassen.

Wie schon bei den Ausschreitungen von 1880/81 herrscht unter den russischen

Bauern der Volksglaube, der Zar selbst habe das Abschlachten der Juden angeordnet. Unmittelbarer Anlass für die Ausschreitungen war jedoch der Ritualmordvorwurf gegen die Juden von Dubăsari, Gouvernement Cherson. Umgehende Hilfsmaßnahmen sind erforderlich.«

Nachdem er ein Jahr lang gewartet hatte, um sich zu entscheiden, ob die Geschichte von Adam und Eva ein Mythos sei, wurde Gilbert A. Lovell aus Plainfield, N. J., einem jungen Geistlichen, dem vom Presbyterium in Elizabeth die Genehmigung versagt worden war, das Evangelium zu predigen, weil er Zweifel an diesem Teil der Genesis ausgedrückt hatte, heute vom Presbyterium auf dessen Frühjahrssitzung in Perth Amboy die Lizenz erteilt.

Lovell und Harrison K. Wright aus Plainfield hatten die Lizenz beim Presbyterium bereits im vergangenen Frühjahr beantragt; da sie jedoch beide der Auffassung waren, Adam und Eva seien mythische Gestalten, wurden die Anträge von einer großen Mehrheit abgelehnt. Anschließend wurde eine Sondersitzung des Presbyteriums einberufen, um ihnen Gelegenheit zu einem Widerruf zu geben. Mr. Wright erschien und erklärte, er habe seine Ansicht zu dem umstrittenen Thema geändert und sei bereit, seinen Irrtum einzugestehen. Seine Erklärung und andere Antworten erwiesen sich als zufriedenstellend. Er erhielt die Lizenz und wurde später vom Presbyterium ordiniert.

Lovell dagegen ließ vermelden, er wolle ein Jahr warten, bevor er einen weiteren Versuch unternehme, die Lizenz zu erhalten. Seitdem hat er offenbar einen Sinneswandel durchgemacht, da seine heutige Prüfung das Presbyterium in allen theologischen Punkten zufriedenstellte, so dass ein Termin für seine Ordination anberaumt wurde.

Wir verfügen über keinerlei nennenswerte Beweise, dass der Mensch Moral hat. Er selbst ist dafür der einzige Zeuge. Personen, die ihn nicht kennen, schätzen sein Zeugnis. Sie glauben, er sei weder oberflächlich noch eitel, weil er aufgrund ebendieser Eigenschaften den Pfau so sehr verachte. Sie lassen sich blenden und betrachten ihn nicht als Viech oder Bestie, da er diese Wörter verwendet, um missbilligend Eigenschaften zu beschreiben, die er selbst besitzt und außer ihm kein anderes Geschöpf. Dank seiner eigenen

Aussagen halten sie ihn für einen Ausbund an Achtbarkeit, was er ausdrücklich nicht ist, und unterlassen es (absichtlich?), das Zeugnis seiner Taten zu untersuchen. Das ist die sicherste Vorgehensweise, aber die hat nicht der Mensch ersonnen, sondern der Iltis. Seit Urzeiten hat sich der Iltis im Tierreich ganz ehrlich und naiv für das gehalten, was die Rose im Pflanzenreich ist. Das liegt daran, das er keine Untersuchungen anstellt.

Der Mensch glaubt, er sei kein Unhold. Das liegt daran, dass er den Katechismus von Westminster, den er erdacht hat, nicht untersucht. Er und der Iltis – aber es ist unfair, die beiden nebeneinanderzustellen, schließlich hat der Iltis keinen Katechismus von Westminster erdacht.

Indessen rangiert der morallose Mensch, der blutige und grausame Mensch dank seiner einen großen und glänzenden Gabe hoch über den anderen Tieren – seines Intellekts. Er hat Äonen über Äonen gebraucht, um die volle Größe und Erhabenheit dieser Gabe zu demonstrieren, doch schließlich ist es ihm gelungen. Äonenlang musste schon ein wirklich dürftiges Tier sein, was ihm an bestimmten herausragenden Fähigkeiten nicht ungeheuer überlegen war. Zu Beginn verfügte der Mensch nur über die kümmerliche Kraft seiner unbewaffneten Hände, um sein Leben zu schützen, und wenn ihn der Löwe, der Tiger, der Elefant, das Mastodon und die anderen mächtigen Tiere anfielen, war er hilflos wie ein Kaninchen; an Ausdauer war er den anderen Geschöpfen weit unterlegen; im ganzen Bestand gab es kaum ein Tier, das ihn nicht an Schnelligkeit zu Lande beschämte; an Schnelligkeit zu Wasser konnte jeder Fisch ihn übertrumpfen; seine Sehkraft war ein Hohn – was die Wahrnehmung kleinster Dinge betraf, war er mit Blindheit geschlagen, verglichen mit der Sehkraft der Insekten, und der Kondor konnte ein Schaf aus größerer Entfernung erkennen als er ein Hotel. Mit dem Erfindungsreichtum seines Geistes jedoch hat er sich mit all diesen Gaben künstlich ausgestattet und sie unschlagbar wirkungsvoll gemacht. Seine Lokomotive übertrifft alle Vögel in der Luft und alle Tiere auf dem Felde an Schnelligkeit und überbietet sie an Ausdauer; es gibt im Tierreich keine Augen, die sich mit seinem Mikroskop und seinem Teleskop messen können; die Stärke des Tigers und des Elefanten ist Schwäche, verglichen mit der Durchschlagskraft seiner schrecklichen Kanone, die eine Reichweite von einer Meile hat. Zu Beginn wurde ihm die »Herrschaft« über alles Getier übertragen – ein sehr hübsches Präsent, aber doch nur schöne Worte, die eine nicht existierende Souveränität bezeichneten. Diese aber hat er selbst in eine real existierende umgewandelt und ist in jüngerer Zeit tatsächlich »Herr« geworden. Als er antrat, war er arm an physischen Talenten; inzwischen ist er kraft seines Intellekts das mit Abstand reichste aller Tiere. Aber in Fragen der Moral ist er noch immer arm – in dieser Hinsicht das mit Abstand ärmste der Geschöpfe. Die Götter schätzen allein die Moral; dem Intellekt haben sie weder Komplimente gemacht noch irgendeine Belohnung ausgesetzt. Sollte Intellekt in der nächsten Welt irgendwo willkommen sein, dann in der Hölle, nicht im Himmel.

[Etwas über Ärzte]

Ich war sieben Jahre alt, als ich kurz davor stand, in den Himmel zu kommen. Ich weiß nicht, warum ich nicht in den Himmel kam; ich war darauf vorbereitet. Es war die Gewohnheit. In diesen sieben Jahren war ich lange Zeit krank gewesen, und natürlich hatte ich es mir zur Gewohnheit gemacht, vorbereitet zu sein. Damals bestand Religion fast ausschließlich aus Feuer und Schwefel, und das war Grund genug, vorbereitet zu sein, ein Grund, den außer den ganz Gedankenlosen niemand ignorierte. Um ehrlich zu sein, muss ich zugeben, dass ich ihn mitunter selbst ignorierte; das geschah aber nur, wenn ich wohlauf war. Ich weiß nicht mehr, was für eine Krankheit es war, die mich damals aus dem Leben zu reißen drohte, aber ich weiß noch, was sie besiegte. Es war eine halbe Teetasse Rizinusöl – pur. Das heißt ohne Sirup oder andere Geschmacksverbesserer. Viele nahmen ihr Öl mit Sirup ein, aber zu denen gehörte ich nicht. Vielleicht wusste ich, dass nichts das Öl genießbar machen würde, denn ich hatte reichlich Erfahrungen gesammelt; meinerzeit hatte ich ganze Fässer Rizinusöl getrunken. Nein, nicht Fässer, Fässchen; Übertreibungen wollen wir auf einen passenderen Zeitpunkt und Gegenstand verschieben.

Das Rizinusöl rettete mich. Ich lag im Sterben, die Familie hatte sich zur Trauerfeier eingefunden; sie war es gewohnt, ich auch. Ich war in dieser Star-

Rolle schon so viele Male aufgetreten, dass ich, obwohl noch so jung, in jeder Phase wusste, was ich zu tun hatte, auch ohne Proben; und sie – sie hatten die Nebenrollen schon so oft gespielt, dass sie sie im Schlaf beherrschten. Tatsächlich schliefen sie oft ein, wenn ich im Sterben lag. Zuerst war ich gekränkt, später aber störte ich mich nicht mehr daran, sondern ließ jemanden kommen, der sie wach rüttelte, und fuhr dann mit meiner Darbietung fort. Ich sehe uns noch heute vor mir.

Damals war Dr. Meredith unser Hausarzt; wahrscheinlich war er, um sich meine Kundschaft zu sichern, ungefähr zur selben Zeit wie wir aus dem Weiler Florida in das Dorf Hannibal gezogen. Nein, das kann der Grund nicht gewesen sein; ich habe bereits gesagt, dass Ärzte in jener frühen geologischen Periode jahrweise bezahlt wurden und die Arzneien selbst bereitstellten; folglich hätte er meine Kundschaft nicht sonderlich geschätzt, sofern er bei Verstand war. Vermutlich versuchte er des Öfteren, mich umzubringen; das wäre nur natürlich gewesen, denn er musste eine Familie ernähren und war ein Mann von sicherem Urteil und lauteren Absichten, doch Erfolg hatte er kein einziges Mal. Es war eine Ironie des Schicksals, dass mich sein Sohn Charles in letzter Minute aus dem Bear Creek fischte, als mein Leben von Rechts wegen hätte enden müssen. Er lächelte nie wieder.

Man bedenke die Klugheit und Gerechtigkeit dieser althergebrachten Sitte – den Arzt jahrweise zu bezahlen. Man bedenke, was für eine Schutzmaßnahme sie war, sowohl für den Lebensunterhalt und die Selbstachtung des Arztes wie für die Gesundheit der Familie. Der Arzt bezog ein regelmäßiges gesichertes Einkommen, und das war für ihn von Vorteil; wenn niemandem etwas fehlte, war die Familie gegen seine Übergriffe gefeit, und das war weiß Gott von Vorteil für die Familie.

Man betrachte den Unterschied zwischen damals und heute. Was ist der allgemein übliche Brauch eines Arztes mit begrenztem Patientenkreis? Dies: Er kommt wieder und wieder ins Haus, lange nachdem der Patient aufgehört hat, ihn zu benötigen – und für jeden Hausbesuch berechnet er eine Gebühr. Fast immer – das »fast« könnte ich mit einiger Berechtigung auslassen – müssen Sie der unangenehmen Pflicht nachkommen, ihn zu entlassen, wollen Sie ihn loswerden. Folglich haben Sie Angst, ihn das nächste Mal zu rufen, und schieben es hinaus, solange Sie können, ohne den Kranken zu gefährden.

Ich erhebe diesen Vorwurf mit Bedacht. Ich berufe mich auf vier Quellen: meine eigenen Erfahrungen, die Erfahrungen von Freunden, die Aussagen angesehener New Yorker und Londoner Ärzte (hitzige Worte!) sowie die Leitartikel in medizinischen Fachzeitschriften. Ihr Arzt weiß, dass Sie Angst haben, ihn zu entlassen, falls sich herausstellen sollte, dass Sie es zu früh getan haben; aus dieser Angst zieht er einen anrüchigen Vorteil.

Der vielbeschäftigte Arzt kommt nicht öfter, als er muss. Sobald es ungefährlich ist, wird er sagen: »Ich werde nicht wiederkommen, es sei denn, Sie rufen mich.«

Mit dieser Bemerkung machte uns unser alter Hausarzt Dr. Taft in Hartford vertraut, doch seinem verwahrlosten Nachfolger konnten wir sie nie entlocken. Vor acht Jahren (1895) kehrte ich aus Europa zurück und fuhr geradewegs nach Elmira, N. Y. Als ich an jenem Abend (26. Mai) in der Badewanne saß, entdeckte ich an der Außenseite meines Backbordschenkels einen runden, flachen rosa Fleck von der Größe eines Zehncentstückes. Am nächsten Morgen zogen wir auf den East Hill und riefen von unten einen Arzt (Theron Wales), der sagte, es sei ein beginnender Karbunkel. Er fing an, ihn zu behandeln. Und er fing an zu reden. Um ihn selbst reden zu lassen: Der Karbunkel sei stets Herr über die Menschheit gewesen, bis er durch Gottes Gnade zum Mitglied derselben geworden sei. Dann sang er die lange Liste seiner Siege, Karbunkel für Karbunkel, nannte in jedem der Fälle den Eigentümer, die Körperstelle, wo der Karbunkel sich niedergelassen hatte, und die glorreichen Methoden, mit deren Hilfe er den Karbunkeln ein glückliches und spektakuläres Ende bereitet habe. Er war, von Natur und aus eigenem Zutun, ein ziemlich stumpfsinniger Mann, aber ein alter Freund der Verwandtschaft, und so musste ich ihn ertragen, obwohl ich Ihnen versichern kann, dass ich, vor die Wahl gestellt zwischen seiner Gesellschaft und der des Karbunkels, dem Karbunkel jedes Mal den Vorzug gegeben hätte. Er hatte das besondere Merkmal aller Ärzte mit begrenztem Patientenkreis, die ich je gekannt habe: Er war weitschweifig, einfältig und gewöhnlich, ein ausdauernder geisttötender Langweiler, der sich selbst gern reden hörte.

Trotz der Erfahrung, mit der er prahlte, wusste er über Karbunkel auch nicht mehr als unsere alte Köchin, Tante Cord, eine ehemalige Sklavin, und mit meinem tat er nichts, was sie nicht ebenso gut oder besser hätte tun können. Er applizierte jenes uralte Heilmittel, eine Scheibe gepökeltes Schweinefleisch, und schaute, solange diese ihre Arbeit verrichtete, täglich vorbei. Vermutlich um ihr dabei zuzusehen; die Katze wäre ebenso wirksam vorgegangen, die Köchin ohnehin – und gratis obendrein. Dann schnitt er den Karbunkel auf und schaute dreißig weitere Tage lang vorbei; manchmal, um die Wunde zu reinigen – was genauso gut die Köchin hätte besorgen können –, meist aber aus keinem ersichtlichen Grund, es sei denn, um mich mit seinen zweistündigen Visiten und seinen eintönigen Gesprächen zu ermüden. So viele dieser Visiten waren ohne jeden beruflichen Zweck, so dass ich sie als Höflichkeitsbesuche auffasste, andernfalls hätte ich ihn entlassen.

Nicht nur stellte er mir jeden dieser abscheulichen Besuche in Rechnung, darüber hinaus kassierte er von mir ein Drittel mehr, als er von einem Ortsansässigen kassiert hätte. Dieses Detail – diese Räuberei – fand ich erst vor sechs Monaten heraus.

Dieser Einbrecher hat seine Gewohnheit beibehalten – Besuche abzustatten, die die Leute für Gesellschaftsbesuche halten, wenn seine beruflichen Dienstleistungen nicht länger benötigt werden, und Geld für diese Besuche zu verlangen, sobald die argwöhnisch gewordene Familie ihm einen Wink mit dem Zaunpfahl gegeben hat und ihn losgeworden ist.

Meinen Karbunkel hat er nicht geheilt. Fünfundvierzig Tage lang wachte er darüber wie ein zärtlicher, doch unwissender Karbunkel-Engel, dann brach ich mit meiner Familie zu einer landesweiten Reise auf. Dreiundzwanzig Tage lang hielt ich jeden Abend einen Vortrag, jeden Abend musste der Hohlraum, den der Karbunkel hinterlassen hatte, gereinigt und verbunden werden, endlich war die Wunde verheilt, und in Vancouver konnte ich das Schiff ohne fremde Hilfe besteigen.

Karbunkel, wenn sie von Kurpfuschern behandelt werden, haben Familien. Der erste Sohn meines Karbunkels wurde auf See geboren und in Sydney geöffnet. Der zweite wurde in Melbourne geboren, aber dort gab es einen richtigen Arzt – FitzGerald – mit einer riesigen Praxis, und der versprach, ihn binnen vierundzwanzig Stunden zu heilen. Er hielt Wort; außerdem brachte er uns seine Künste bei, und den Rest der Familie zermalmten wir einen nach dem anderen, sobald sie in Erscheinung traten. Nur einer von ihnen überlebte zwei Tage. Der Karbunkelexperte in Elmira berechnete mir für die halbe Heilung eines Karbunkels $ 135. Hätte ich nicht zu meiner Vortragstour aufbrechen müssen, würde er bis heute für Nachkommen dieses einen sorgen.

Der Blutsauger von Elmira wusste, dass ich Schulden geerbt hatte und zu einer einjährigen Weltreise aufbrechen wollte, um mich mit Hilfe von Vorträgen davon zu befreien, aber das war für ihn kein Grund, mich zu verschonen, wenn er die Gelegenheit hatte, mich mit Gesellschaftsbesuchen zu quälen und mir dafür die Honorarsätze eines Piraten zu berechnen. Ich beschloss, die Sonntagsschule, die er beaufsichtigte, nie wieder zu betreten, und habe bis heute Wort gehalten. Allerdings war ich ohnehin nie dort gewesen.

Die *Gewohnheit*, krank zu werden, ist eine schlechte Sache. Sie werden feststellen, wie schwierig es ist, mit ihr zu brechen. Von meinem siebenten bis zu meinem sechsundfünfzigsten Lebensjahre hatte ich die Gewohnheit, gesund zu sein – in der ganzen Zeit wusste ich kaum, was es hieß, krank zu sein. Dann trat eine Veränderung ein. Wir lebten in Berlin. An einem sehr kalten Winterabend hielt ich in einem Saal, in dem es so heiß war wie im Jenseits, einen Vortrag zugunsten einer englischen oder amerikanischen kirchlichen Wohlfahrtseinrichtung. Auf dem Heimweg gefror ich. Ich verbrachte vierunddreißig Tage im Bett, mit schwerer Bronchitis durch Zugluft. Das war der Anfang. Seither ist die Lunge geschädigt. Immer, wenn ich mir eine Kopfgrippe zuziehe, wandert sie sofort in die Bronchialröhren, und ich muss den medizinischen Klempner kommen lassen. Oder vielmehr, das habe ich früher getan; als ich jedoch herausfand, dass es seine Fähigkeiten überstieg, die Grippe zu lindern, sie abzuschwächen, abzukürzen oder zu heilen, hörte ich auf, ihn zu rufen, und erlaubte dem Husten, sich nach Belieben auszubellen und an Erschöpfung zugrunde zu gehen. Unter diesen Bedingungen dauert die Grippe sechs Wochen. Bevor ich aufgab, hatte ich mit zehn Ärzten in verschiedenen Teilen der Welt experimentiert.

Anfang 96 zog ich mir in Ceylon eine Grippe zu, und als wir ein paar Tage später Bombay erreichten, waren meine Bronchialröhren in schlechter Verfassung, und ich ließ den Klempner kommen. Er hörte auf den großartigen Namen Sidney Smith. Sieben Tage lang nahm ich seine schreckliche Medizin ein, ohne Besserung, dann entließ ich ihn. Für jede Visite verlangte er den doppelten Preis, da ich nicht ortsansässig sei. Mir wurde gesagt, das sei so üblich. Ebenso rational wäre es gewesen, den doppelten Preis zu verlangen, weil ich Presbyterianer sei, dachte ich und zahlte die Rechnung nur zur Hälfte.

Sechs Wochen lang bellte ich Zuhörer in ganz Indien an, dann ging der Husten wegen Vernachlässigung ein. Später hatte ich Anfälle in London. Der erste Arzt (Parsons) räumte bald ein, in meinem Fall keine Fortschritte erzielen zu können, und zog sich ehrenvoll aus dem Kampf zurück; der andere (Ogilvie) kam vermutlich gleich zu dem Schluss, dass der Fall seine Wissenschaft überstieg, denn er hörte auf, sich damit abzugeben, kam aber jeden Tag, erzählte mir eine Stunde lang alte Anekdoten und genoss es – das sah ich ihm an. Wieder fand ich mich getäuscht; ich fasste seine ermüdenden Heimsuchungen als Gesellschaftsbesuche auf und versäumte es, mich zu schützen. Schließlich aber begriff ich, dass die Bürde seiner Gesellschaft in meinem schwachen Zustand eine echte Gefahr darstellte, und so nahm ich meine letzten Kräfte zusammen und entließ ihn. Für alle diese Besuche berechnete er mir den vollen Satz, dabei wusste er ganz genau, dass es schlichter Betrug war, auch nur für die Hälfte Geld zu verlangen.

[Henry H. Rogers]

1893–1904

Florenz. Frühjahr 1904 (April)

Schon seit über einem Jahr steht Mr. Rogers in Boston regelmäßig im Zeugenstand. Seit elf Jahren ist er mein engster und bester Freund. Beim Ruin der Firma Charles L. Webster & Co. haben seine Klugheit und Standfestigkeit meine Urheberrechte vor dem Verschlucktwerden bewahrt, und seither schützt sein kommerzielles Geschick meinen Geldbeutel, zumindest in jenen hellen Augenblicken, da ich seine Ratschläge bereitwillig anhöre und befolge – was ich die Hälfte der Zeit tue und die andere nicht.

Er ist vier Jahre jünger als ich; jung im Geiste und jung in Aussehen, Teint und Haltung, leicht und anmutig in seinen Bewegungen, gutherzig, attraktiv, gewinnend, von Natur aus ein Gentleman, der wohlerzogenste Gentleman, dem ich auf beiden Seiten des Ozeans in irgendeiner sozialen Stellung, vom deutschen Kaiser bis zum Schuhputzer, begegnet bin. Er ist warmherzig und mit einem feinen Sinn für Humor ausgestattet, und seinen vertrauten Freunden ist er ein charmanter Kamerad. Ich bin sein größter Intimus, und dies ist mein Eindruck von ihm. Sein Verstand ist ein verwirrendes Schauspiel, wenn ich sehe, wie er mit schwierigen Geschäftsverwicklungen wie denen des gewaltigen Standard Oil Trust, der United States Steel und der anderen ungeheuren finanziellen Konglomerate unserer Zeit umgeht – denn er und seine Millionen stecken in ihnen allen, und sein Gehirn ist ein Großteil der Maschinerie, die sie am Leben und in Gang hält. Viele Male in den vergangenen elf Jahren haben meine kleinen und lästigen Geschäfte mich gezwungen, Tage und Wochen wartend in New York City zu verbringen, und mein Wartezimmer war sein Privatbüro im Standard Oil Building; ausgestreckt auf einem Sofa hinter seinem Stuhl, beobachtete ich sein Tun, rauchte, las, lauschte seinen Verhandlungen mit den Kapitänen der Industrie und bedrängte ihn mit Ratschlägen, die nicht erbeten und nicht einmal erwünscht waren und die, soweit ich mich erinnere, in keinem einzigen Fall angenommen wurden. Ein geduldiger Mann, so viel lässt sich über ihn sagen.

Dieses Privatbüro war ein geräumiges Zimmer mit hoher Decke im elften Stock des Standard Oil Building, durch dessen große Fenster man auf das rege Treiben auf dem Fluss hinabblickte, in der Ferne der Koloss der Freiheit, die mit ihrer erhobenen Fackel die Welt erleuchtet. Wenn ich nicht dort war, herrschte Einsamkeit, da in diesen Pausen niemand das Zimmer belagerte außer Mr. Rogers selbst und seiner brillanten Privatsekretärin Miss Katharine I. Harrison, die er unter den siebenhundertfünfzig Angestellten, die in dem Gebäude für die Standard Oil arbeiteten, vor dreizehn oder vierzehn Jahren einmal in einer Notlage hereingerufen hatte. Damals war sie neunzehn oder zwanzig Jahre alt und stenographierte und tippte für das damals übliche Gehalt von fünfzehn oder zwanzig Dollar die Woche. Er hat ein gutes Auge für Fähigkeiten, und nachdem er Miss Harrison eine Woche lang erprobt hatte, beförderte er sie auf den Posten der leitenden Privatsekretärin und erhöhte ihr Salär. Seither bekleidet sie diesen Posten; sie hat miterlebt, wie die Größe des Gebäudes sich verdoppelte, die Zahl der Büroangestellten auf fünfzehnhundert anwuchs und ihr eigenes Gehalt auf zehntausend Dollar im Jahr stieg. Sie ist die einzige Privatsekretärin, die im Allerheiligsten sitzt, die anderen sitzen im Nebenzimmer und treten auf ein Glockenzeichen ein. Miss Harrison ist geistig rege, gebildet, belesen in der guten Literatur des Tages, mag Gemälde und erwirbt sie, ist eine Enzyklopädie, in deren Kopf die zahlreichen Details von Mr. Rogers' Geschäften geschrieben stehen, und hat ein angeborenes Talent für Ordnung und System. Mr. Rogers benutzt sie, wie er ein Buch benutzen würde, und sie stellt die gewünschten Informationen mit der Verlässlichkeit und Genauigkeit eines Buches zur Verfügung. Mehrere Male habe ich Mr. Rogers sagen hören, sie sei in der Lage, seine Geschäfte im Wesentlichen ohne seine Hilfe abzuwickeln.

Mr. Rogers' Rat in Geldangelegenheiten wurde zwangsläufig von einem hohen Aufgebot an Männern und Frauen ohne Kapital gesucht, die Ideen zum Verkauf anboten – Ideen, die Millionen wert waren, sofern man ihre Verwirklichung dem richtigen Mann anvertraute. Mr. Rogers' Anteil an diesen Gelegenheiten war so groß, dass er, hätte er alle derartigen Bittsteller empfangen und angehört, zwar viele Millionen pro Stunde hätte verdienen können, dann aber für seine eigenen Geschäfte keine halbe Stunde am Tag mehr übrig gehabt hätte. Da er alle diese Leute nicht empfangen konnte, empfing er niemanden, denn er war ein fairer und gerechter Mann. Zu seinem Schutz war sein Büro eine Art Bollwerk mit Außenbefestigungen, etlichen Verbindungszimmern, zu denen niemand Zutritt erhielt, ohne zuerst eine Außenbefestigung passiert zu haben, in der mehrere junge Farbige Wache standen, Visitenkarten und Gesuche entgegennahmen und Absagen austeilten. Drei der Verbindungszimmer waren für Beratungen gedacht und nur selten unbesetzt. Hier saßen wartende Männer – Männer, die einen Termin hatten, keinen unbestimmten, sondern einen vom Minutenzeiger der Uhr anberaumten. Diese Zimmer hatten Milchglastüren, und ihr privater Charakter war auch in anderer Hinsicht gewährleistet. In diesen Zimmern beriet sich Mr. Rogers im Laufe seines sechsstündigen Arbeitstages mit vielen Menschen; und ob die anstehende Frage klein und einfach oder groß und kompliziert war, erörtert und erledigt wurde sie mit erstaunlicher Geschwindigkeit. Täglich bescherten diese Konsultationen Mr. Rogers jede Menge Ärger und Verdruss – ich weiß das recht gut –, doch falls sich das je in seiner Miene oder in seinem Verhalten abzeichnete, so höchstens für einen kurzen Moment, denn kaum trat er wieder in sein Privatbüro, waren die Anzeichen verschwunden, und er war wieder ganz der Alte, munter, fröhlich und zu Scherzen und Witzen aufgelegt. Notwendigerweise war sein Gemüt oft beschwert, doch es warf keinen Schatten, und die ihn umgaben, saßen stets im Sonnenlicht.

Manchmal sank der Wert seiner Papiere tagelang um Millionen, manchmal stieg er ebenso schnell, aber was immer geschah, die Miene und die Haltung, die er zur Schau stellte, passten immer zu einem Markt mit anziehenden Kursen. Jeden Tag musste Miss Harrison mehrere Male als Kapazität für Diplomatie in Erscheinung treten. Es sprachen Männer vor, deren Stellung in der Welt so hoch war, dass man sie nicht mit Mr. Rogers' Absage und der Formel »unabkömmlich« wegschicken konnte, und Miss Harrison ging zu ihnen hinaus, legte höflich und taktvoll den Sachverhalt dar und entließ sie getröstet. Während seiner sechs Stunden täglich wickelte Mr. Rogers eine ungeheure Menge Transaktionen ab, für die er in diesen sechs Stunden immer genug Zeit zu haben schien.

Die Klage der Boston Gas erreichte Mr. Rogers zu einem Zeitpunkt, als seine Gesundheit angegriffen war und es mehrere Monate lang blieb. Von Zeit zu Zeit musste er ein, zwei Wochen in seinem Landhaus in Fairhaven, Mass., verbringen, seine Geschäfte Miss Harrison überlassen und sich ein-, zweimal am Tag per Ferngespräch mit ihr beraten. Sich auf den Zeugenstand vorzubereiten war keine Kleinigkeit, doch die entsprechenden Unterlagen waren zur Hand, denn Mr. Rogers vernichtete kein einziges Schriftstück, und da er ein methodischer Mann war, wusste er Schriftstücke aufzufinden, ganz gleich, wie alt sie sein mochten. Die Unterlagen, die für das Gerichtsverfahren benötigt wurden, bei dem Mr. Rogers auf mehrere Millionen Dollar verklagt wurde, reichten viele Jahre zurück und zählten nach Hunderten; doch unter den Stößen und Stapeln von Dokumenten in den Gewölben der Standard Oil stöberte sie Miss Harrison alle auf und veranlasste die anderen Sekretärinnen, sie aufzulisten und zu annotieren. Diese Arbeit erforderte Wochen ständiger Anstrengung, setzte Mr. Rogers jedoch instand, sich einen unübertroffenen Ruf als Zeuge zu erwerben.

An dieser Stelle möchte ich kurz abschweifen und ein Beispiel dafür anführen, was ich über Mr. Rogers' Gewohnheiten in puncto Ordnung und System gesagt habe. Als junger Mann von fünfundzwanzig Jahren und mit beschränkten Mitteln war er in den Ölregionen von Pennsylvania eine Geschäftsbeziehung mit einem anderen jungen Mann eingegangen; die Zeit verstrich, sie trennten sich und verloren einander aus den Augen. Nach Ablauf von zwanzig Jahren kam eines Tages die Visitenkarte dieses Mannes herein, und Mr. Rogers ließ ihn in sein Privatbüro führen. Dem Mann sah man sein Alter an, seinen Kleidern war anzumerken, dass er nicht begütert war, und seine Redeweise und sein Betragen zeigten, dass das Unglück ihn bitter gemacht hatte gegen die Welt und gegen die Schicksalsgöttinnen. Er brachte einen allerdings nur mündlich auf Mr. Rogers gezogenen Wechsel über fünfzehnhundert Dollar mit – einen dreißig Jahre alten Wechsel. Mr. Rogers reichte ihm den Scheck mit den Worten, er könne nicht zulassen, dass der andere einen Verlust erleide, obwohl es fast verdient wäre, denn er habe den Wechsel gefährdet, indem er ihn dreißig Jahre lang nicht vorgelegt habe. Als der Mann gegangen war, sagte Mr. Rogers:

»Mein Gedächtnis ist besser als seins; ich habe die Summe schon damals bezahlt; und wenn ich das weiß, weiß ich auch, dass ich mir eine Quittung geben ließ, obwohl ich mich an dieses Detail nicht mehr erinnern kann. Um mich zu vergewissern, dass ich nicht unachtsam gewesen bin, werde ich die Quittung suchen lassen.«

Es dauerte ein, zwei Tage, dann war sie gefunden, und ich sah sie, dann wurde sie wieder an ihren Platz im Archiv zurückgeschickt.

Es folgt der Bostoner Artikel.

[1898–1905]

EIN PORTRÄT DES GROSSEN STANDARD-OIL-MILLIONÄRS H. H. ROGERS BEI SEINEM ERSCHEINEN VOR GERICHT IM GEGENWÄRTIGEN GASFALL

Boston hat die einzigartige Gelegenheit, einen der wohlhabendsten und intelligentesten Männer dieses Landes im Zeugenstand vor Gericht zu erleben, einen Mann im glücklichen innersten Zirkel des inneren Zirkels des kleinen Kreises von Finanzgiganten, die die gewaltigste Anhäufung von Reichtum in diesem Land repräsentieren. Die Stadt hat gesehen, wie er vier Tage lang unaufhörlich mit Salven von Fragen eines der fähigsten Anwälte des Commonwealth beschossen wurde, aber sie hat auch gesehen, wie er am Ende ruhig, gefasst und gelassen, frisch und kraftvoll aus dem Zeugenstand trat, als sei er vierzig Jahre jünger, als er ist, und habe soeben eine Vergnügungsfahrt auf seiner Yacht beendet, statt etwas durchgestanden zu haben, was für die meisten Menschen eine äußerst anstrengende Tortur wäre.

Und was verbales Florettfechten betrifft, so hat Henry H. Rogers bewiesen, dass ihn seine blitzschnellen Antworten von diamantener Härte dazu berechtigen, die Krone der Überlegenheit über alle Zeugen zu tragen, die in Massachusetts in letzter Zeit ins Kreuzverhör genommen wurden.

Als er fertig war, hatte das Gericht herzlich wenig über den Fall herausbekommen, was es nicht schon von Mr. Winsor erfahren hatte, ausgenommen Mr. Rogers' Version des berühmten Telefongesprächs mit Mr. Lawson; die allerdings ist insofern interessant, als Mr. Lawson von dem Telefonat offenbar eine ganz andere Auffassung hat als Mr. Rogers. Allem Anschein nach wirft dieser Unterschied ein gelinde gesagt interessantes Streiflicht auf das gegenwärtige Verhältnis zwischen beiden Männern.

So scharfsinnig Mr. Whipple ist und so unerbittlich er den Tatsachen nachspürt, so räumt er Berichten zufolge doch ein, dass Mr. Rogers der beste Florettfechter ist, den er in seiner Anwaltslaufbahn kennengelernt hat. Dass dieser Mr. Whipple das Wasser reichen konnte, mitunter mehr als das, war die vorherrschende Meinung derjenigen, die die beiden die Klingen kreuzen sahen.

Kurz nach seiner Ankunft in Boston erkrankte Mr. Rogers. Unser Ostwind oder der Geruch eines durch eine undichte Stelle entweichenden Gases oder etwas anderes war zu viel für ihn, und er verzog sich in sein bescheidenes Bett im Bostoner Waldorf-Astoria oder im nächstbesten Hotel, das der Nabel der Welt zu bieten hat. Es gab Leute, die ihm zutrauten, er wolle sich drücken, sei zu krank, um auszusagen, und werde Boston versetzen wie ein berühmter Opernstar oder eine Schauspielerin. Doch Menschen, die ihn kannten, sagten: »Nein, Mr. Rogers ist kein Drückeberger; er ist ein Boxer der Schwergewichtsklasse, und er wird die Sache durchstehen.« Und das tat er auch.

Nach zehn aufreibenden Tagen beantwortete Mr. Winsor eines Nachmittags die letzte Frage, schenkte dem Gericht und den Zuschauern sein letztes Lächeln und trat aus dem Zeugenstand.

Am nächsten Morgen kamen ein paar »Überzählige« und Nebendarsteller und hatten ihren kleinen Auftritt. Dann aber rückte ein hochgewachsener, distinguiert aussehender Gentleman mit allen Anzeichen einer Führungspersönlichkeit ins Zentrum der Aufmerksamkeit, das heißt in den Zeugenstand. Als Mr. Rogers dem verhörenden Anwalt gegenüberstand, konnte sich die Menge im Gerichtssaal den Mann mit den vielen Millionen erstmals genauer ansehen.

In Anbetracht seiner gerade überstandenen Erkrankung gestattete das Gericht dem Zeugen, während seiner Aussage zu sitzen.

Mr. Rogers ist alles, was seine Fotos versprechen, und viel, sehr viel mehr. Das Erste, was fast jeder bemerken würde, ist sein Kopf, buchstäblich ein »Dom des Denkens«, groß, wohlgeformt, außergewöhnlich hoch über der Augenlinie, gerundet und hinten voll entwickelt, der Kopf eines Mannes von ungeheurem Denkvermögen, ein kraftvoller, energischer Kopf, der eines Mannes, der fähig ist zu planen und seine Pläne auszuführen, eindeutig der Kopf eines Mannes von Geschäften, von gewaltigen Geschäften.

Der Kopf mag mehr Aufmerksamkeit auf sich ziehen als das Gesicht, dabei ist Letzteres ohne Frage das eines hochstehenden Mannes, markant, in einigen Falten fast asketisch, mit aggressivem Kinn, festem Mund, scharfen Augen.

Der gepflegte graue Schnurrbart, die wache, kräftige, schlanke, schmucke, gepflegte, wohlproportionierte Gestalt verleihen ihm ein militärisches Aussehen, das zu diesem Mann der Macht ganz und gar passt.

Mr. Whipple ist bereit, mit seinem Bombardement von Fragen zu beginnen. Mr. Rogers sitzt entspannt mit übereinandergeschlagenen Beinen da, die Arme auf das

Geländer des Zeugenstands gestützt, den Kopf zurückgelehnt, die Augen unergründlich, die ganze Körperhaltung verteidigungsbereit. Offensichtlich posiert er nicht im Geringsten. Viele Menschen in einer ähnlichen Lage würden posieren. Ihre ganze Haltung würde verraten, wie sehr sie wissen, dass man sie beobachtet, und wie sehr sie versuchen, so imposant wie möglich zu wirken. Zu diesen gehört Mr. Rogers nicht. Seine Haltung sitzt ebenso gut wie die Kleidung, die er trägt, und die sitzt wie angegossen.

Mr. Whipple stellt die üblichen Fragen nach Namen, Wohnsitz usw. Dann nach seinem Beruf, und auf diese Frage gibt Mr. Rogers eine Antwort, die sein rätselhaftes Verhalten als Zeuge bereits vorwegnimmt. Er gibt zu, seit vierzig Jahren im Petroleumgeschäft tätig zu sein, und sagt: »Ich versuche mir einzubilden, dass ich im Gasgeschäft tätig gewesen bin.« Alles lacht. Offensichtlich wird Mr. Rogers zumindest zeitweise ein sehr amüsanter Zeuge sein. Selbst Mr. Whipple, der Spaß versteht, auch wenn dieser auf seine Kosten geht, lächelt.

Und Mr. Rogers' Lächeln ist sehenswert. Es ist kein kleines, dürftiges, kaltes, selbstgefälliges, berechnendes Lächeln, sondern echte, ehrliche, unverfälschte Ware. Man sollte meinen, dass Mr. Rogers denen, die das Privileg haben, ihn gut zu kennen, ein sehr angenehmer, ja lustiger Gefährte sei. Shakespeare sagt, dass einer lächeln kann und immer lächeln und doch ein Schurke sein, aber wenn er so wie Mr. Rogers lächelt, ist das schwer zu glauben. Allerdings ist es kein Lächeln, das nicht vergeht, denn schon im nächsten Augenblick ist es verschwunden, und an seine Stelle tritt ein scharfer, wacher, abwartender Blick.

Am ersten Tag, als er die Stöße seines Gegners geschickt parierte, lächelte Mr. Rogers recht oft, doch gegen Ende dieses ersten Tages landete Mr. Whipple, der am strengsten lächelt, wenn er das Ärgste vorhat, einen ziemlich guten Schlag, und Mr. Rogers machte ein ernstes und eher verärgertes Gesicht. Mr. Whipple wollte, dass Mr. Rogers ein gewisses privates Korrespondenzbuch vorlegte, und Mr. Rogers weigerte sich. Als die Gemüter sich zu erhitzen begannen, glättete der Richter die Wogen, indem er die Verhandlung beendete.

Am nächsten Morgen legte ein höflicher und freundlicher Mr. Rogers das Buch vor. Das war am Freitag, und die Sitzung wurde auf Montag vertagt, um Mr. Whipple Zeit zu geben, das Buch durchzusehen und dessen Inhalt zu seinem Vorteil zu nutzen.

Am Montagmorgen nahm Mr. Whipple die Belagerung von Mr. Rogers' Zitadelle des Wissens in Gas-Belangen wieder auf, und ein ganzer Tag verging mit Fragen und Antworten. Ob das Gericht nach den Entwicklungen des Tages sehr viel klüger war, lässt sich nicht eruieren, doch eins steht mit Sicherheit fest: Die Öffentlichkeit war es nicht. Die Art, wie Mr. Rogers Fragen parierte, die er nicht beantworten wollte, war durchaus hörenswert. Hier eine Kostprobe:

Frage: Waren Ihre Beziehungen zu Mr. Addicks im Jahre 1901 feindlich? Antwort: Das kann ich nicht beantworten.

Frage: Nun, und im Jahre 1902? Antwort: Ach, wir hatten unsere Meinungsverschiedenheiten.

Dienstag war ein ungewöhnlich ergiebiger Tag, zumindest was interessante Themen betrifft.

Wenn Mr. Whipple Fragen zu Punkten stellte, bei denen Mr. Rogers' Erinnerung leicht getrübt war, verwies der Zeuge den Anwalt ein ums andere Mal auf seine Bücher, Dokumente und Aktennotizen und sagte, falls sich sachdienliche Hinweise fänden, wäre er bereit, ja froh, sie vorzulegen.

An diesem Tag wurde mehrfach gelächelt: seitens des Zeugen, des Publikums und sogar des Gerichts. Einmal lächelte Mr. Rogers über eine Erinnerung, die ihm kam, als ein persönlicher Brief von Mr. Winsor verlesen wurde, den Letzterer nach einer Reise auf der Yacht des Millionärs als dessen Gast geschrieben hatte. Dies schien Mr. Whipple zu irritieren. Er baute sich dicht vor dem Zeugen auf und feuerte seine Frage aus kürzester Entfernung und in spitzem Ton ab: »Warum lächeln Sie, Mr. Rogers?« »Ich lächele, weil es meiner Natur entspricht, zu lächeln«, antwortete Mr. Rogers, so freundlich und leutselig er konnte. Mit einer sanften Antwort Zorn beschwichtigen! In kleinen Kunstgriffen dieser Art ist Mr. Rogers ein Experte.

Dienstag war der Tag, an dem Mr. Rogers über das Telefongespräch mit Mr. Lawson sprach, und im Hinblick auf Mr. Lawsons Version des Gesprächs am vergangenen Freitag lohnt es sich, Mr. Rogers' Aussage zu wiederholen:

»Ich rief Mr. Lawson an und fragte ihn, was er von dem Umbau der New England Gas & Coke Company halte. Er antwortete, nicht sonderlich viel. Ich fragte ihn nach dem Grund, und er führte private Kränkungen an.«

Mr. Whipple – Sagen Sie, was das für welche waren.

Mr. Rogers – Er sagte: »Sie wissen, was ich von Mr. Whitney und den anderen Leuten da unten halte, die wegen des New York Yacht Club mit mir in Konflikt geraten sind. Wenn ich könnte, würde ich lieber $ 1 000 000 verlieren, als irgendwelche Kompromisse mit ihnen zu schließen.« Ich sagte ihm, wenn er in dieser Gemütsverfassung sei und sie ihm wichtiger sei als das Geschäft, sei das seine Sache. Er fragte mich nach meiner Einschätzung, und ich sagte ihm, ich fände es klüger von ihm, wenn er sich am Umbau beteiligte.

Er sagte: »Nun, so denke ich nun einmal, aber ich bin bereit, mich von Ihnen beeinflussen zu lassen und Ihren Rat in der Angelegenheit zu befolgen.« Ich sagte: »Es ist nicht an mir, Ihnen einen Rat zu geben, es ist an Ihnen, eine Entscheidung zu treffen.«

Er machte ein paar Bemerkungen, die mir entfallen sind, und schließlich fragte er: »Nun, wie viel kann ich kriegen?« Ich sagte: »Ich weiß es nicht. Wie viel wollen Sie?« Er sagte: »Ich finde, ich sollte 15 oder 20 Prozent vom Gewinn aus der Reorganisation erhalten.« Ich sagte: »Das ist ziemlich viel, wenn man bedenkt, dass Sie nicht viel zu tun brauchen.«

Er sagte: »Nun, tun Sie, was Sie können. Ich bin bereit, es Ihnen zu überlassen.«

Ich ging wieder zu Mr. Winsor und berichtete ihm, ich hätte den Eindruck, dass Mr. Lawson sich freuen würde, einen Anteil an dem Gewinn aus der Umstrukturierung zu bekommen.

Mr. Winsor fragte: »Wie hoch soll er denn sein?« Ich antwortete, ich hätte den Eindruck, er verlange 15 oder 20 Prozent. Mr. Winsor sagte: »Ich finde, das ist ziemlich viel dafür, dass er nicht sehr viel tun muss.« »Nun«, sagte ich, »vielleicht ist es etwas zu viel«, und schließlich einigten wir uns, dass Mr. Lawson 10 Prozent für den Umbau sowie die Profite aus seinen eigenen Wertpapieren erhalten sollte. Mr. Winsor stimmte zu, wir holten ein Blatt Papier aus meinem Schreibtisch, und er machte einen Aktenvermerk über den Inhalt des Gesprächs mit Mr. Lawson, den ich abzeichnete.

Am nächsten Morgen berichtete ich Mr. Lawson am Telefon von der Vereinbarung, und er sagte, das gehe in Ordnung.

Am Donnerstag, seinem letzten Tag im Zeugenstand und kurz vor Ende seiner Einvernahme, erzählte Mr. Rogers, wie er Mr. Addicks »beschimpft« habe.

Dabei lächelte er ein weiteres Mal und entlockte auch jedem in Hörweite ein Lächeln.

»Vielleicht waren meine Worte etwas zu nachdrücklich«, gestand Mr. Rogers in einem Ausbruch von Zuversicht Mr. Whipple zu.

Frage: Erzählen Sie uns, was Sie so sagen, wenn Sie J. Edward Addicks gegenüber nachdrücklich werden und ihn ins Gebet nehmen. Antwort: Nun, im Interesse der Höflichkeit und um den Anstand zu wahren, glaube ich nicht, dass ich näher auf die Sache eingehen sollte.

Frage: Haben Sie Mr. Addicks gegenüber Ausdrücke verwendet, die Sie hier nicht wiederholen möchten? Antwort: Ich muss gestehen, dass ich damals sehr eindeutig war. (Gelächter.) Sinngemäß sagte ich, seine Briefe oder die seines Mannes (Senator Allee) seien empörend, und wollte wissen, was er sich dabei denke, sie mir durch »seinen Mann« zuschicken zu lassen. Er sagte, davon wisse er nichts, und ich denke, das ist alles, was dazu zu sagen ist.

Frage: Haben Sie Mr. Addicks gedroht? Antwort: O nein, ich drohe niemandem. (Gelächter.)

Frage: Aber Sie haben ihn beschimpft? Antwort: Wir hatten lediglich eine kleine Unterredung. Offenbar wirke ich manchmal nicht halb so wütend, wie ich mir einbilde. (Gelächter.)

Daraufhin lächelte Mr. Rogers – kein grimmiges Lächeln, sondern ein glückliches, erinnerungsvolles Lächeln wie das eines zehnjährigen Jungen, der an ein zweites Stück Kuchen zurückdenkt.

Bald danach trat Mr. Rogers endgültig aus dem Zeugenstand, verbeugte sich höflich vor den Journalisten, mit denen er fast jedes Mal gesprochen hatte, wenn er an ihnen vorbeiging, und verließ den Gerichtssaal.

Zweifellos war er einer der unterhaltsamsten Zeugen, die Boston seit langem gehört hat. Wir würden uns freuen, Sie bald wieder in einer ähnlichen Funktion begrüßen zu dürfen, Mr. Rogers.

HEATH

[Anekdote über Jean]

20. Febr. 05

Jeans tiefe und zärtliche Liebe zu Tieren dauert fort; und natürlich wird sie weiter fortdauern, da sie ein Teil ihres Temperaments ist. Temperament ist angeboren, nicht erworben, und es lässt sich nicht verändern, weder durch die Zeit noch durch Schulung noch durch sonst eine äußere Einwirkung. Katy hat sich, passend dazu, einen hübschen Vorfall ins Gedächtnis zurückgerufen. Als Jean ein kleines Kind war, unterhielt Katy sie eines Tages mit einem Bilderbuch. Auf einem der Bilder war das Erdbeben von Lissabon dargestellt: Die Erde klaffte auseinander, und die Menschen stürzten in den Abgrund. Jean war nicht interessiert. Katy wandte sich dem nächsten Bild zu: das nämliche Beben, diesmal aber waren es die *Tiere*, die verschlungen wurden. Jeans Augen füllten sich sofort mit Tränen, und sie sagte: »Die armen Wesen!« Katy fragte:

»Aus den *Menschen* machst du dir gar nichts?«

Jean sagte:

»Aber *die* konnten *sprechen.*«

Anhang

Verzeichnis der behandelten Gegenstände

Mark Twains Autobiographie

[Meine Autobiographie]

[Florentiner Diktate]

[New Yorker Diktate / Januar – März 1906]

12. Januar	[Mr. Clemens' siebzigster Geburtstag im Players Club – Wird Ehrenmitglied – Mr. Clemens und seine Ausschmückungen – Der Monday Evening Club kommt zusammen – Der Vorfall mit den langen, dünnen Zigarren – Thema Träume]
13. Januar	[Das Ende der frommen Schlüsse – Thema Träume wird fortgesetzt – Mr. Clemens' Bruder Henry – Twichell kommt zu Besuch – Der Morris-Zwischenfall wird fortgesetzt]
15. Januar	[Mr. Clemens und seine Ausschmückungen wird fortgesetzt – Frank Goodwins Alarmanlage – Der Vorfall mit der Morris-Tapete – Mrs. Morris' Zustand verschlimmert sich – Der Unterschied zwischen Nachrichten und Geschichte]
16. Januar	15. Januar, Fortsetzung
17. Januar	16. Januar, Fortsetzung. Über General Sickles
18. Januar	Senator Tillman spricht über den Fall Morris – John Malones Begräbnis im Kontrast zu dem der Kaiserin von Österreich – Kapitel endet mit einem Duell
19. Januar	Über das Duellieren
23. Januar	Über die Versammlung in der Carnegie Hall zugunsten Booker Washingtons Tuskegee Institute – Führt zu einem unangenehmen politischen Zwischenfall, der Mr. Twichell widerfuhr
24. Januar	Erzählt von der Niederlage Mr. Blaines bei den Präsidentschaftswahlen und wie Mr. Clemens', Mr. Twichells und Mr. Goodwins Stimmen für Cleveland abgegeben wurden
1. Februar	Das Thema vom 24. Januar wird fortgesetzt – Mr. Twichells missliebige Stimmabgabe
2. Februar	Das Thema vom 1. Februar wird fortgesetzt – Der Tod von Susy Clemens – Endet mit einer Erwähnung Dr. John Browns
5. Februar	Dr. John Brown wird fortgesetzt – Vorfälle in Susy Clemens' Kindheit – Schwach in Rechtschreibung etc.
6. Februar	*Der Prinz und der Bettelknabe* wird aufgeführt – Scharade usw. gespielt
7. Februar	Susy Clemens' Biographie ihres Vaters – Mr. Clemens' Meinung über Kritiker usw.

Clara wegen eines Reitunfalls vor dreißig Jahren jetzt krank im Hoffman House – Mr. Clemens nimmt Susy mit zu General Grant – Mr. Clemens' Bericht über seine Unterredung mit General Grant – Mr. Clemens gibt seine erste Lesung in New York – Erzählt auch von einer in Boston – Ein Denkmal für Mr. Longfellow – Und einer Lesung in Washington

5. März Mrs. Clemens warnt Mr. Clemens, als er am Cleveland-Empfang im Weißen Haus teilnimmt – Beschreibt das Pariser Haus, in dem sie 1893 wohnten – Auch das Zimmer in der Villa Viviani – Auch das Esszimmer im Haus in Riverdale – Erzählt, wie Mr. Clemens nach verschiedenen Dinners »heruntergeputzt« wurde – Und vom Kartensystem der Signale – Brief von Mr. Gilder anlässlich Mr. Clevelands neunundsechzigstem Geburtstag – Mason

6. März Mr. Clemens bittet die kleine Ruth, sich für Mr. Mason zu verwenden, und dieser bleibt auf seinem Posten – Mr. Clemens' Brief an Ex-Präsident Cleveland – Mr. Cleveland als Sheriff in Buffalo – Als Bürgermeister legt er sein Veto gegen eine Verordnung der Eisenbahngesellschaft ein – Mr. Clemens und Mr. Cable besuchen Gouverneur Cleveland im Staatskapitol, Albany – Mr. Clemens sitzt auf Klingelknöpfen und beordert sechzehn Sekretäre herbei – Die Löwin des heiligen Mark

7. März Susys Biographie – Der Vorfall mit John Hay – Der einem jungen Mädchen einen französischen Roman gibt – Susy und ihr Vater begleiten Mrs. Clemens zum Zug, fahren anschließend über die Brooklyn Bridge – Auf dem Weg nach Vassar diskutieren sie deutsche Flüche – Mr. Clemens erzählt von dem süßen fluchenden deutschen Kindermädchen – Die Ankunft in Vassar und der trostlose Empfang – Von Susy erzählt – Die Lesung usw. – Mr. Clemens' Meinung über Mädchen – Heute Nachmittag wird er vor den Mädchen von Barnard lesen

8. März Vortrag am Barnard College – Thema Moralgesetze – Brief von Captain Toncrays Bruder – Mr. Clemens' Antwort, Vor-

Richard Crokers Vater an Bord der *Kanawha* – Die Geschichte von Mary Ann – Heldengedenktag, der feurige Major und Mr. Twichells unterbrochenes Gebet

16. März Schulkameraden von vor sechzig Jahren – Mary Miller, ein erster Schwarm von Mr. Clemens – Artimisia Briggs, ein weiterer – Mary Lacy, ein weiterer – Jimmy McDaniel, dem Mr. Clemens seine erste lustige Geschichte erzählte – Mr. Richmond, Sonntagsschullehrer, später Besitzer von Tom Sawyers Höhle, die inzwischen zu Zement verarbeitet wird – Hickman, der prächtige junge Captain – Reuel Gridley und der Vorfall mit dem Sack Mehl – Die Judenjungen Levin, genannt Zweiundzwanzig – George Butler, Neffe von Ben Butler – Der Vorfall, als ich mich zu Will Bowen ins Bett legte, um mich mit Masern anzustecken, und die gelungene und fast tödliche Masernerkrankung, die folgte

20. März Über die Sonntagsschulreden des jungen John D. Rockefeller – Mr. Clemens als Ehrenmitglied wird gebeten, vor der Bibelklasse zu reden – Seine Absage – Er nimmt eine Einladung von General Fred Grant an, am 10. April zugunsten der Robert Fulton Memorial Association in der Carnegie Hall zu reden – Seine Zusage

21. März Mentale Telegraphie – Brief von Mr. Jock Brown – Vergebliche Suche nach Dr. John Browns Briefen – Mr. Twichell und seine Frau Harmony erleben ein Abenteuer in Schottland – Mr. Twichells Bild von einer militärischen Exekution – Brief bezüglich der Gründung des Players Club – Die Misswirtschaft, die zu Mr. Clemens' Ausschluss aus dem Club führte – Er ist inzwischen Ehrenmitglied

22. März Susys Biographie – Langdons Krankheit und Tod – Susy erzählt von interessanten Männern, denen ihr Vater in England und Schottland begegnete – Dr. John Brown, Mr. Charles Kingsley, Mr. Henry M. Stanley, Sir Thomas Hardy, Mr. Henry Irving, Robert Browning, Sir Charles Dilke, Charles Reade, William Black, Lord Houghton, Frank Buckland, Tom

	auf den Kopf bekam – Orion kauft das *Hannibal Journal*, was sich als Misserfolg herausstellt – Dann geht er nach Muscatine, Iowa, und heiratet – Mr. Clemens zieht auf eigene Faust los, um die Welt zu sehen – Besucht St. Louis, New York, Philadelphia, Washington – Geht dann nach Muscatine und arbeitet in Orions Büro – Findet einen Fünfzig-Dollar-Schein – Trägt sich mit dem Gedanken, den Amazonas zu erforschen und Koka zu ernten – Überredet Horace Bixby, ihn zum Lotsen auszubilden – Bricht mit Orion nach Nevada auf, als dieser zum Sekretär des Territoriums ernannt wird
30. März	Mr. Clemens' Gespräch mit Tschaikowski und Mr. Clemens' Ansichten zur russischen Revolution – Mr. Clemens leitet die Tagung eines Interessenverbands blinder Erwachsener – Seine erste Begegnung mit Helen Keller – Helen Kellers Brief, den Mr. Clemens auf der Tagung verlas

[Vorläufige Manuskripte und Diktate]

[Erste Versuche]

1870	[Das Land in Tennessee]
1877	[Frühe Jahre in Florida, Missouri]

[Die Grant-Diktate]

1885	Das Chicagoer G. A. R. Festival
1885	[Ein Besuch mit W. D. Howells bei General Grant]
1885	Grant und die Chinesen
1885	Gerhardt
1885	Über General Grants Memoiren
1885	[Rev. Dr. Newman]

Personenregister

Register der Länder und Orte

Werkregister

Aufgenommen sind alle Werke Mark Twains, die im Text mit ihrem Titel genannt werden.

Bildnachweis

Frontispiz Mark Twain vor dem Upton House, Dublin, New Hampshire, 25. Juni 1906 / Foto: Albert Bigelow Paine

1 Foto: George Hassall
2 Mrs. Kate Gilmore/Mark Twain Boyhood Home and Museum, Hannibal
3 Nevada Historical Society
4 Mark Twain Boyhood Home and Museum, Hannibal
5/6 Foto: Edwin P. Kellogg, Hartford
7 Mark Twain House and Museum, Hartford/Foto: John Moffat
8 Mark Twain House and Museum, Hartford
9 Kevin Mac Donnell
10 Foto: Albert Bigelow Paine
11 Foto: Horace L. Bundy
12 Mark Twain House and Museum, Hartford
13 Mark Twain House and Museum, Hartford
14 Kevin Mac Donnell
15 Mark Twain Boyhood Home and Museum, Hannibal/Foto: Anna Schnizlein
16 Foto: Herbert Tomlinson
17 The State Historical Society of Missouri
18/19 Mark Twain House and Museum, Hartford
20 o. A.
21 Foto: Isabel Lyon
22 Foto: Jean Clemens
23 Foto: Jean Clemens

24 Foto: Jean Clemens
25 Foto: Isabel Lyon
26 Foto: Isabel Lyon
27 Foto: Isabel Lyon
28 Foto: Isabel Lyon
29 Foto: Albert Bigelow Paine
30 Foto: Isabel Lyon
31 o. A.
32 o. A.
33 Foto: Albert Bigelow Paine
34 Foto: Joseph Byron, New York
35 Foto: Underwood and Underwood
36 o. A.
37 Foto: Isabel Lyon
38 Foto: Jean Clemens
39 o. A.
40 o. A.
41 Foto: Jean Clemens
42–44 Fotos: Albert Bigelow Paine
45 Kevin Mac Donnell / Foto: James Wallace Black

Der Abdruck der Bilder erfolgt mit freundlicher Genehmigung von The Regents of the University of California / University of California Press.

Preface for all editions of the book.

To precede the Florentine dictation.

B Publ. at beg of Autobiog, I

48

13

PREFACE.

As from the Grave.

I.

In this Autobiography I shall keep in mind the fact that I am speaking from the grave. I am literally speaking from the grave, because I shall be dead when the book issues from the press.

I speak from the grave rather than with my living tongue, for a good reason: I can speak thence freely. When a man is writing a book dealing with the privacies of his life — a book which is to be read while he is still alive — he shrinks from speaking his whole frank mind; all his attempts to do it fail, he recognizes that he is trying to do a thing which is wholly impossible to a human being. The frankest & freest & privatest product of the human mind & heart is a love letter;

MARK TWAIN

MEINE GEHEIME AUTOBIOGRAPHIE

Hintergründe und Zusätze

aufbau

Mark Twain, Boston, 1869

MARK TWAIN

MEINE GEHEIME AUTOBIOGRAPHIE

Hintergründe und Zusätze

Herausgegeben von Harriet Elinor Smith

unter Mitarbeit von
Benjamin Griffin, Victor Fischer, Michael B. Frank,
Sharon K. Goetz und Leslie Diane Myrick

Aus dem amerikanischen Englisch von
Anemone Bauer, Judith Brand, Gloria Buschor, Eliot Jones,
Katrin Kraft, Alessa Krempel, Sophie von der Mark, Ulla Nührich-Loch, Birgit Pfaffinger, Sarah-Jasmin Poel, Nora Pröfrock, Dajana Rujbr, Annegret Scholz,
Christa Stütz, Jeff Thoss und Gudrun Tockner

Betreuung der deutschen Ausgabe durch Andreas Mahler
unter Mitarbeit von Jens Elze, Zuzana Jakubowski und Nora Pröfrock

aufbau

Die Originalausgabe unter dem Titel
Autobiography of Mark Twain. The Complete and Authoritative Edition, Volume 1
erschien 2010 bei University of California Press, USA.
Die amerikanische Ausgabe entstand als Veröffentlichung
des Mark Twain Project der Bancroft Library.
Mark Twain Project® ist eine eingetragene Marke.

Mit einer Abbildung und 21 Faksimiles

FSC
www.fsc.org
MIX
Papier aus verantwortungsvollen Quellen
FSC® C014496

ISBN 978-3-351-03513-6
2 Bände

Aufbau ist eine Marke der Aufbau Verlag GmbH & Co. KG

1. Auflage 2012

Published by arrangement with University of California Press
Lektorat Nele Holdack
Einband- und Schubergestaltung hißmann, heilmann, Hamburg
unter Verwendung eines Motivs von © William Vander Weyde (Vorderseite)
und © ullstein bild – The Granger Collection (Rückseite)
Satz LVD GmbH, Berlin
Druck und Binden GGP Media GmbH, Pößneck
Printed in Germany

www.aufbau-verlag.de

Inhalt

Entstehungsgeschichte

Zwischen 1870 und 1905 versuchte Samuel L. Clemens alias Mark Twain immer wieder (mit großen Unterbrechungen), seine Autobiographie zu schreiben beziehungsweise sie zu diktieren, legte das Manuskript aber jedes Mal beiseite, bevor er nennenswerte Fortschritte gemacht hätte. Bis 1905 hatten sich dreißig bis vierzig solcher verworfenen Fragmente angesammelt – Manuskripte, die im Wesentlichen Experimente waren, Entwürfe einzelner Episoden und Kapitel, von denen viele in den Mark Twain Papers sowie in zwei weiteren Sammlungen erhalten sind. Einige dieser Manuskripte versah er sogar mit Kapitelnummern und platzierte sie so an den Anfang oder das Ende einer größeren Erzählung, die er jedoch nicht weiter ausführte, geschweige denn vervollständigte. Keiner dieser Texte behandelte mehr als einen kurzen Ausschnitt seiner Lebensgeschichte.

Im Januar 1906 durchbrach er dieses Muster und fing an, beinahe täglich einer Stenographin zu diktieren. Bald darauf beschloss er, dass der Text, den er später *Mark Twains Autobiographie (Autobiography of Mark Twain)* nannte, zum größten Teil aus diesen Autobiographischen Diktaten (AD) bestehen sollte. Innerhalb weniger Monate prüfte er die Sammlung der verworfenen Fragmente und entschied, welche er in die Diktatserie übernehmen würde und welche für eine Publikation nicht in Frage kämen. Als über zweihundertfünfzig der beinahe täglich diktierten Texte vorlagen (und er im Dezember 1909 ein abschließendes Kapitel – über den Tod seiner kurz zuvor verstorbenen Tochter Jean – niedergeschrieben hatte), waren mehr als eine halbe Million Wörter zusammengekommen. Twain erklärte das Werk für vollendet, bestand aber darauf, dass es in vollem Umfang erst hundert Jahre nach seinem Tod veröffentlicht werden dürfe. Er starb nur vier Monate später, am 21. April 1910.

Das späte Gelingen eines Projekts, das sich fünfunddreißig Jahre lang seiner Vollendung widersetzt hatte, kann auf zwei Entwicklungen zurückgeführt werden. Erstens hatte Twain in Josephine S. Hobby nicht nur eine fähige Stenographin, sondern auch eine aufmerksame Zuhörerin gefunden, was ihn ermutigte, das Diktat zu seiner

Methode des Schreibens zu machen, einer Methode, mit der er schon seit 1885 experimentiert hatte. Zweitens, und das ist mindestens genauso wichtig, fiel es ihm durch das Diktieren der Texte leichter, einen Schreibstil umzusetzen, den er im Laufe der letzten zwanzig Jahre immer mehr zu seinem gemacht hatte. Endlich hatte er – wie er es im Juni 1906 formulierte – erkannt, dass »die richtige Art, eine Autobiographie zu schreiben«, folgendermaßen aussah: »Beginne an einem beliebigen Zeitpunkt deines Lebens; durchwandre dein Leben, wie du lustig bist; rede nur über das, was dich im Augenblick interessiert, lass das Thema fallen, sobald dein Interesse zu erlahmen droht; und bring das Gespräch auf die neuere und interessantere Sache, die sich dir inzwischen aufgedrängt hat.«[1]

Diese kühne Kombination aus Diktat und Dialog erwies sich als erstaunlich befreiend, vor allem weil dadurch keine konventionelle Erzählung entstand, die unaufhaltsam Richtung Grab marschierte, sondern eine Reihe spontaner Erinnerungen und Kommentare aktueller wie vergangener Ereignisse, die nach dem Zeitpunkt ihrer Entstehung aneinandergereiht waren. Das Problem der Herangehensweise war gelöst. Der Gedanke einer postumen Veröffentlichung wirkte ebenfalls befreiend auf Twain, ein Gedanke, der ihn von Anfang an begleitet hatte – war doch das ehrgeizige Ziel, ohne Einschränkungen die volle Wahrheit zu erzählen. So erklärte er 1899 in einem Interview: »Ein Buch, das ein Jahrhundert nicht veröffentlicht werden darf, gewährt dem Autor Freiheiten, die er auf keinem anderen Weg erreichen kann. Es ermöglicht ihm, Menschen ohne Vorbehalte so zu beschreiben, wie er sie kennt, ohne sich Sorgen machen zu müssen, ihre Gefühle oder die ihrer Söhne oder Enkel zu verletzen.« Die postume Veröffentlichung sollte es Twain zudem erleichtern, auch beschämende Ereignisse seiner Lebensgeschichte zur Sprache zu bringen, ein Ziel, das sich allerdings als illusorisch erwies. In demselben Interview gab er zu: »Kein Mensch kann die ganze Wahrheit über sich selbst berichten, selbst wenn er davon überzeugt wäre, dass niemand sein geschriebenes Wort jemals zu Gesicht bekäme.«[2]

Auch wenn das Sekretieren der Publikation aus Twains Autobiographie keine Lebensbeichte machte, gab es dem Autor doch die Freiheit, seinen unkonventionellen Ansichten über Religion, Politik und die verfluchte Menschheit Ausdruck zu verleihen, ohne Angst haben zu müssen, dadurch ins gesellschaftliche Abseits zu geraten. Im Januar 1908 erinnerte er sich daran, dass er lange Zeit »die weitverbreitete Angewohnheit teilte, in vertrauten Gesprächen mit Freunden meine privatesten Ansichten über Politik, Religion und die Menschheit zu verkünden«, und fügte hinzu, es würde ihm aber »nicht im Traum einfallen, je eine davon *drucken* zu lassen«.[3] Für ihn stand fest, dass man mit der Veröffentlichung subversiver Ideen warten müsse. »Wir verzichten darauf, unliebsame Ansichten zu äußern, weil wir einen zu hohen Preis für sie zahlen müssten«, schrieb er 1905. »Niemand will gehasst, niemand will gemieden werden.«[4] Offen seine Meinung sagen zu können (wenn nicht gar seine Sünden zu beichten) war für Twain ein hinreichender Grund, die Publikation auf einen Zeitpunkt nach seinem Tod zu verschieben.

Sieben Monate nachdem er 1906 mit den Autobiographischen Diktaten begonnen hatte, war Twain jedoch einverstanden – und kümmerte sich sogar tatkräftig darum –, die bis dahin entstandene Textsammlung teilweise zu veröffentlichen. Er beaufsichtigte die Bearbeitung von etwa fünfundzwanzig kurzen Auszügen aus seinen autobiographischen Manuskripten und Diktaten für eine Publikation in der *North American Review*. Jeder der ausgewählten Texte wurde für die damalige Zeit und Leserschaft entschärft und mit folgenden einleitenden Worten versehen: »Kein Teil der Autobiographie wird zu Lebzeiten des Autors in Buchform publiziert.«[5] Doch nicht lange nach Mark Twains Tod wurde seine Anweisung, mit der Veröffentlichung hundert Jahre zu warten, ignoriert: 1924 von Albert Bigelow Paine, Mark Twains offiziellem Biographen und erstem literarischem Nachlassverwalter, 1940 von Paines Nachfolger Bernard DeVoto und zuletzt 1959 von Charles Neider.

Jeder dieser Herausgeber veröffentlichte nur Teile der Textsammlung, und keiner wagte es, den Text so erscheinen zu lassen, wie Twain es vorgesehen hatte. Paine begann die Arbeit an seiner zweibändigen Edition lediglich mit einer Handvoll Manuskripten und Diktaten, die vor 1906 entstanden waren, außerdem mit einigen Texten, die wahrscheinlich nie zu den frühen Experimenten gehörten. Er ordnete sie alle »den Wünschen des Autors entsprechend [...] in der Reihenfolge, in der sie geschrieben wurden, nicht nach der Chronologie der Ereignisse« an.[6] Paine verstand die »Wünsche des Autors« aber allem Anschein nach falsch: Twain hatte nie vor, alle Fragmente aufzunehmen, schon gar nicht in der Reihenfolge ihres Entstehens; das galt nur für die ab 1906 diktierten Texte. Weil er sich aber für diese Vorgehensweise entschieden hatte, blieb Paine nur noch Platz für eine relativ überschaubare Anzahl von Diktaten. Obendrein fühlte er sich dazu berufen, bestimmte Passagen zu streichen oder gar abzuändern, ohne dies für den Leser kenntlich zu machen. Schließlich räumte er ein, dass er von dem gesamten Material, das er für die Autobiographie hielt, nur etwa ein Drittel veröffentlicht hatte.[7]

DeVoto bemängelte, dass Paine die »von Mark Twain ursprünglich gewählte

Anordnung« der Diktate übernommen hatte, »da in diesen Texten auch Belangloses und Irrelevantes sowie Zeitungsausschnitte und unwichtige Briefe auftauchten – ohne Zusammenhang und ohne Struktur«. Stattdessen beschloss er, nur von Paine nicht veröffentlichte Passagen abzudrucken, die er aus der »Maschinenabschrift« auswählte, »in die alles, was Mark in seinen Memoiren haben wollte, Eingang gefunden hatte« (also aus den Autobiographischen Diktaten ab 1906). Dann gruppierte DeVoto die ausgewählten Texte nach Themen, wobei er »Belangloses wegließ und Dinge nebeneinanderstellte, die zusammengehörten«. Er merkte mit großer Befriedigung an, er habe »die Zeichensetzung durch das Löschen Tausender Kommata und Gedankenstriche modernisiert – und es hätten wahrscheinlich noch Hunderte mehr sein müssen«. DeVoto war zuversichtlich, dass er »dem Buch eine stimmigere Struktur gegeben habe als Mark Twain«, und hatte keinerlei Bedenken, Stellen, die seiner Meinung nach »uninteressant« waren, »weggelassen« zu haben.[8]

Auch Neider war unzufrieden mit Paines Entscheidung, den Vorgaben von Mark Twain zu folgen und die Autobiographie »nicht in chronologischer Reihenfolge« der Ereignisse herauszugeben, »sondern sie in der Reihenfolge zu ordnen, in der sie geschrieben und diktiert worden war. Was für eine erstaunliche Idee! Als ob der zeitliche Ablauf des Schreibens auf irgendeine geheimnisvolle Weise aussagekräftiger wäre als die Chronologie der Ereignisse!«[9] Der Mark Twain Estate gestattete Neider, etwa 30 000 Wörter aus unveröffentlichten Diktaten mit den von Paine und DeVoto bereits publizierten Texten zu kombinieren. Genau wie DeVoto strich Neider Passagen, die ihm missfielen. Außerdem musste er bestimmte Abschnitte herausnehmen, die Clara Clemens Samossoud (Twains Tochter, die zu diesem Zeitpunkt über achtzig Jahre alt war) nicht veröffentlicht sehen wollte. Dann zerstückelte er die Texte und ordnete seine Auswahl so an, dass sie in etwa einer konventionellen chronologischen Erzählung nahekam – also genau der Art von Autobiographie entsprach, die Mark Twain abgelehnt hatte.

Die unterschiedlichen Herangehensweisen der Herausgeber hatten zur Folge, dass keiner der bisher publizierten Texte der *Autobiographie* auch nur ansatzweise vollständig ist oder gar den Absichten des Autors entspricht. Es ist deshalb Ziel dieser Edition, den vollständigen Text so gut wie möglich und in der Form zu veröffentlichen, in der Mark Twain ihn nach seinem Tod publiziert haben wollte. Dieses Ziel ist erst vor kurzem in greifbare Nähe gerückt, da bislang niemand wusste, welche der unzähligen Manuskripte und Typoskripte Twain für seine Autobiographie tatsächlich ausgewählt hatte. Ja, man nahm lange Zeit sogar an, dass er nicht entschieden hätte, welche der Texte berücksichtigt werden sollten und welche nicht – dass er das umfangreiche und äußerst komplexe Manuskript lückenhaft und unvollendet hinterlassen hätte.

Diese Annahme war falsch. Obwohl Twain keine spezifischen Anweisungen hinterließ (nicht einmal Belege für jene, denen Paine zu folgen meinte), findet man in der etwa drei Aktenmeter umfassenden Sammlung autobiographischer Dokumente genügend versteckte Hinweise, die belegen, dass er sehr wohl festgelegt hatte, welche Form die *Autobiographie* letztendlich annehmen beziehungsweise welche der frühen Experimente berücksichtigt und welche weggelassen werden sollten. Diese jüngste Entdeckung und der überraschende Einblick in die Absichten des Autors sind an sich schon eine Geschichte wert, die hier zum ersten Mal erzählt wird.

Vorläufige Manuskripte und Diktate

Autobiographische Fiktion und fiktionale Autobiographie

Die literarische Gattung der Autobiographie übte auf Mark Twain eine besondere Faszination aus. Lange bevor er sich ernsthaft darüber Gedanken machte, seine eigene zu verfassen, hatte er bereits journalistische und fiktionale Texte veröffentlicht, die zweifellos autobiographischer Natur waren. Von den frühesten Jugendwerken, die in der Zeitung seines Bruders in Hannibal, Missouri, erschienen (1851 bis 1853), bis zu seinen markanten journalistischen Texten, die er in Nevada und Kalifornien veröffentlichte (1862–1866), spielte er unaufhörlich damit, sich selbst in den Mittelpunkt seines Schreibens zu stellen. Zwanzig Jahre und neun Bücher später bestätigte er im Oktober 1886 (etwas vereinfachend) das Ergebnis dessen: »Ja, in Wahrheit sind alle meine Bücher Autobiographien. Mir fällt keine einzige Begebenheit ein, die in meinen Büchern als persönlich erlebt dargestellt wird und nicht auch so stattgefunden hätte. Wären diese Ereignisse mit einem Datum versehen, könnte man sie in der richtigen Reihenfolge verknüpfen, & heraus käme eine Autobiographie.«[10] Dabei hatte er vor allem seine Reisebücher und persönlichen Erzählungen im Sinn – *Die Arglosen im Ausland*, *Durch dick und dünn*, *Bummel durch Europa* und *Leben auf dem Mississippi* –, die bis dahin einzigen Bücher, in denen Ereignisse so dargestellt wurden, als hätte er sie »persönlich erlebt«. Sicherlich machte er auch in seinen fiktionalen Texten von diesen Erlebnissen ausführlichen Gebrauch. Wie stark die Charaktere und Situationen in Werken wie *Das vergoldete Zeitalter*, *Tom Sawyers Abenteuer* und *Huckleberry Finns Abenteuer* auf Tatsachen beruhen, ist bereits ausführlich dokumentiert. Der autobiographische Anteil etlicher seiner kürzeren Werke wie beispielsweise »Privater Bericht eines gescheiterten Feldzuges« und »Meine erste Lüge und wie ich davonkam«[11] ist ebenfalls offensichtlich, selbst wenn sich nicht alles, was in diesen Texten erzählt wird, genau so zugetragen hat.[12]

Stärker noch wurden Twains Überlegungen zu seiner eigenen Autobiographie von seinem Interesse an fiktionalen Autobiographien beeinflusst – also fiktionalen Texten, die in Form und Gestalt einer Autobiographie entsprechen. *Mark Twains (burleske)*

Autobiographie[13] wurde Ende 1870 verfasst und im März 1871 als Broschur veröffentlicht. Mark Twain erzählt uns darin, dass seine Eltern »weder besonders arm noch sonderlich ehrlich« gewesen seien und dass viele seiner Vorfahren für den Galgen geboren schienen – und meist auch dort endeten. Eine noch kürzere Burleske, die schlicht »Eine Autobiographie«[14] heißt, erschien im April 1871 in der Zeitschrift *Aldine*: »Ich wurde am 30. November 1835 geboren. Trotzdem lebe ich noch.«[15] Die ganze Erzählung umfasst nicht einmal zweihundert Wörter und lässt den Leser bewusst genauso unwissend zurück wie vor der Lektüre.

Der Zusatz »burlesk« deutet auf Twains Kenntnis anderer Autobiographien hin, ungeachtet dessen, was er 1877 zu William Dean Howells sagte (»Ich wusste nicht, dass es außer denen vom alten Franklin & Benvenuto Cellini noch andere gibt«). Twain machte sich zeit seines Lebens über Benjamin Franklin lustig, der seine Leser gern belehrte. Cellinis Autobiographie aber hielt er für das »unterhaltsamste aller Bücher«, und er bewunderte die mutige Offenheit von Jean-Jacques Rousseaus *Bekenntnissen*, Giovanni Giacomo Casanovas *Memoiren* und die von Samuel Pepys *Tagebüchern*, von denen Paine sagte, dass Twain sie »am häufigsten las und zitierte«.[16]

1871 kündigte er an, »die Autobiographie von Old Parr« zu schreiben, »dem Gentleman, der 153 Jahre alt wurde«, aber offensichtlich setzte er dieses Vorhaben nie in die Tat um.[17] Im Sommer 1876 schrieb er vierhundert Seiten eines Buchs, das er damals *Huck Finns Autobiographie*[18] nannte. Im März 1877 erzählte er Howells, er schreibe ein Buch dieser Art über seinen älteren Bruder: »Ich habe gestern mit Orions Autobiographie begonnen & bin völlig fasziniert von der Arbeit. Zu Anfang ist er 18, Lehrbursche bei einem Drucker, jung & dumm, voll guter Absichten & wechselnder religiöser Ansichten & völlig ahnungslos, dass er ein ausgemachter Esel ist.« Dabei schrieb er verschiedene wahre Begebenheiten aus Orions Leben und einige von dessen Charakterzügen einem Lehrburschen namens Bolivar zu und brachte über hundert Seiten zu Papier, bevor er das Projekt fallenließ.[19]

Im Jahr 1880 veranlasste Orions Entschluss, eine echte Autobiographie zu verfassen, Twain zu dem Vorschlag, er solle stattdessen doch »zwei Bücher daraus machen, die ich selbst schon länger zu schreiben vorhabe, aber ich schätze, sie sind so weit unten auf meiner Liste, dass ich in diesem Leben nicht mehr dazu kommen werde. Ich glaube, ihr jeweiliger Gegenstand ist völlig neu. Eins ist *Die Autobiographie eines Feiglings*, & das andere sind die *Bekenntnisse einer gescheiterten Existenz*.« Das Ziel war diesmal keine burleske Autobiographie, sondern eine Art

Gedankenexperiment, um herauszufinden, wie schwierig es ist, in einer autobiographischen Erzählung die ganze Wahrheit zu sagen – vorerst noch unter dem Deckmantel einer Fiktion.

Mein Plan war simpel – die reinen Fakten meines eigenen Lebens zu nehmen & sie einfach & ohne Ausschmückung oder Verzierung zu erzählen, genau so, wie sie sich zugetragen hatten, mit dem einzigen Unterschied, dass ich jede mutige Handlung (wenn mir je eine gelungen ist) in eine feige umkehren würde & jeden Erfolg in einen Misserfolg. Das kann man nur auf eine Art und Weise erreichen; man muss jeden Gedanken an ein Publikum *verbannen* – denn ~~niemand~~ ‸nur wenige‸ können beschämende Dinge anderen gegenüber offen und ehrlich eingestehen –, man muss seine Geschichte *sich selbst* erzählen & niemandem sonst; und man darf nicht seinen eigenen Namen verwenden, denn auch *das* würde einen abhalten, beschämende Dinge zu erzählen.

Eine andere Variante dieses Vorhabens war Twain zufolge schwieriger, nämlich »die Geschichte eines elenden Feiglings zu erzählen, der sich *nicht bewusst* ist, dass er ein Feigling ist«, und dasselbe für einen »erfolglosen Mann« zu machen.

In diesen Fällen wären die von mir vorgeschlagenen Titel nicht zu verwenden. Stattdessen würde ich diesem zweiten Plan folgen. Ich würde mich auf *meine eigenen* tatsächlichen Erfahrungen *beschränken* (etwas zu erfinden hieße zu scheitern), & ich würde die echten Namen & Orte nennen & Charaktereigenschaften & Taten schonungslos beschreiben und diese Namen & Orte *nach Fertigstellung des Buchs ändern*. Beim Schreiben erfundene Namen & Orte zu verwenden ist eine vernebelnde & verwirrende Angelegenheit.

Die Inspiration für diese beiden Ideen stammte offenbar von zwei Autobiographien, die Twain bewunderte.

Der größte Reiz von Casanovas *Memoiren* (sie sind nicht auf Englisch erschienen) besteht darin, dass er freiheraus, fließend & treffend die schmutzigsten & abscheulichsten & verachtungswürdigsten Dinge über sich selbst erzählt, ohne je zu befürchten, dass der Leser etwas anderes als Bewunderung und Lob für sie übrig haben könnte […]. Rousseau bekennt sich zu Onanie, Diebstahl, Lügen, schmählichem Verrat & dass ihm von Homosexuellen Avancen gemacht wurden. Aber er erzählt davon als ein Mann, der sich der schändlichen Natur dieser Dinge *vollkommen bewusst* ist, während Dein »Feigling« und

Deine »gescheiterte Existenz« glücklich & zufrieden & nichtsahnend ~~bezüglich ihrer eigenen Verächtlichkeit~~ sein sollten.[20]

Twain scheint den Versuch, den er Orion nahelegte, selbst nicht unternommen zu haben, ersichtlich aber ist, dass er über die Herausforderung nachdachte, mit jener völligen Offenheit zu schreiben, die er an den beiden erwähnten Autoren bewunderte. Die Frage, wie ehrlich er über sich selbst schreiben und vor allem bis zu welchem Grad er sein eigenes beschämendes Verhalten eingestehen könnte, beschäftigte ihn immer wieder während der Arbeit an der *Autobiographie*.

Erste Versuche (1876 und 1877)

Twains Vorhaben, seine Autobiographie zu schreiben, unterscheidet sich mehr oder weniger deutlich von diesen fiktionalen Anwendungen der Gattung. Ein erstes Anzeichen, dass er etwas Derartiges beabsichtigte, ist in der Aufzeichnung eines Gesprächs überliefert, an dem er im Alter von vierzig Jahren teilnahm. Mrs. James T. Fields war mit ihrem Mann bei den Clemens zu Besuch in Hartford und schrieb am 28. April 1876 in ihr Tagebuch, dass Clemens

beim Mittagessen weiter von seiner Autobiographie sprach, die er beabsichtigte so vollständig und aufrichtig wie möglich zu schreiben und der Nachwelt zu hinterlassen. – Seine Frau sagte lachend, dass sie sie durchsehen und anstößige Passagen streichen werde. – Nein, sagte er äußerst ernst, fast schon streng, *du* wirst sie nicht lektorieren – sie soll so erscheinen, wie sie geschrieben wird, die ganze Geschichte so wahrheitsgetreu erzählt, wie es mir möglich ist. – Ich werde nach und nach Passagen herausnehmen und im *Atlantic* oder anderswo veröffentlichen, aber ich werde mich weder bezüglich des Umfangs beschränken noch bezüglich der Zeit, über die ich schreibe, selbst wenn ich gerade bei meiner Kindheit bin und mir etwas einfällt, was in die Zeit gehört, in der ich vierzig bin, werde ich das aufnehmen. Jeder Mensch hat das Gefühl, dass seine Erfahrungen einzigartig sind und er sie deshalb aufschreiben sollte – und ein jeder meint auch, dass die anderen in so mancherlei Hinsicht dasselbe gedacht und gefühlt habe wie er und dass man es deshalb niederschreiben sollte.[21]

Diese bemerkenswerte Aussage zeigt, dass sich Twain schon auf einige der Prinzipien festgelegt hatte, die für seine Autobiographie, an der er die nächsten fünfunddreißig Jahre arbeitete, maßgeblich werden sollten. Bereits zu diesem Zeitpunkt stellt er sich vor, dass die Veröffentlichung postum zu erfolgen habe, eine Voraussetzung, die mit dem Bestreben zusammenhing, die ganze »Geschichte so wahrheitsgetreu« zu erzählen, »wie es mir möglich ist«, ohne sich selbst zu zensieren oder es anderen zu erlauben. Außerdem hatte er vor, Auszüge zwar schon zu Lebzeiten zu veröffentlichen, den Rest aber zurückzuhalten und »der Nachwelt« zu hinterlassen. Er wollte sich, »bezüglich des Umfangs«, nicht beschränken, sondern nach Belieben ausholen und abschweifen und, wenn es gerade passt, sogar die Chronologie ignorieren. Diese Grundsätze stehen ohne Frage miteinander in Zusammenhang: Die ganze Wahrheit zu sagen wird leichter mit der Gewissheit, dass der eigene Tod der Veröffentlichung vorausgeht, und abschweifendes Erzählen (zu dem er ohnehin neigte) hilft, den Hang zur Selbstzensur zu unterdrücken. Doch es sollte noch weitere dreißig Jahre dauern, bis diese verschiedenen Ideen von ihm tatsächlich in seiner Autobiographie umgesetzt wurden.

Nur ungefähr ein Jahr später, irgendwann im Jahr 1877, scheint Twain in der Tat mit dem Schreiben begonnen zu haben, angespornt (wie er sich 1904 erinnerte) von einer Unterhaltung mit seinem guten Freund John Milton Hay, der ihn fragte, »ob ich angefangen hätte, meine Autobiographie zu schreiben, und ich verneinte. Er meinte, ich solle sofort damit beginnen« (da man im Alter von vierzig Jahren damit anfangen sollte und Twain bereits zweiundvierzig war).

Zwei Jahre hatte ich schon verloren, aber ich beschloss, diesen Verlust wettzumachen. Ich beschloss, unverzüglich mit meiner Autobiographie zu beginnen. Ich begann auch tatsächlich, aber meine Entschlossenheit schmolz dahin und schwand binnen einer Woche, und ich verwarf den Anfang. Seitdem habe ich ungefähr alle drei oder vier Jahre einen Neuanfang gemacht und noch jeden verworfen. Einmal wagte ich das Experiment eines Tagebuchs, um es zu einer Autobiographie aufzublasen, sobald ich genügend Material beisammenhätte, doch das Experiment dauerte nur eine Woche; ich brauchte immer die halbe Nacht, um die Ereignisse des Tages festzuhalten, und am Ende der Woche sagte mir das Ergebnis nicht zu.[22]

Ende November 1877 führte Twain »Meine Autobiographie« neben anderen Projekten in seinem Notizbuch auf und nahm sich vor: »Hin und wieder Fragmente meiner Autobiographie veröffentlichen.« Er schrieb zu dieser Zeit tatsächlich ein elfseitiges

Manuskript, das als erstes Kapitel seiner Autobiographie gedacht war – sehr wahrscheinlich der »Anfang«, von dem er 1904 meinte, ihn verworfen zu haben. Er überschrieb es lediglich mit »Kapitel I«, allgemein bekannt aber ist der Auszug unter »Frühe Jahre in Florida, Missouri«, dem Titel, den Paine ihm gab.[23] Er fängt an mit: »Ich wurde am 30. November 1835 [...] geboren« – genau so begann auch Twains *Aldine*-Burleske von 1871 – und er schwelgt danach kurz in Erinnerungen an seine frühe Kindheit »in dem fast unsichtbaren Flecken Florida, Monroe County, Missouri«. Wie »Das Land in Tennessee« (das einzige erhaltene autobiographische Fragment, das noch früher geschrieben wurde, nämlich im Jahr 1870) endet es etwas abrupt, ganz so, als wäre das Interesse des Autors »dahingeschmolzen und geschwunden«.

Sollte Twain tatsächlich, wie er sagte, nach 1877 »alle drei oder vier Jahre« neue Versuche unternommen haben, seine Autobiographie zu schreiben, dann scheinen nur wenige davon erhalten zu sein.[24] Stattdessen ist zum Beispiel aus dem Jahr 1880 sein Rat an Orion zu *dessen* Autobiographie überliefert: »Denk daran, was ich Dir gesagt habe – wenn Dir etwas einfällt, was in ein früheres Kapitel gehört hätte, geh nicht dorthin zurück, sondern stopfe es dahinein, *wo Du gerade bist.* Abschweifendes Erzählen schadet einer Autobiographie nicht im Geringsten.«[25]

Twain benötigte für die Fertigstellung fast aller seiner wichtigen Bücher drei bis sieben Jahre. Es dauerte vor allem deshalb so lange, weil es immer wieder Phasen gab, in denen Twain nicht weiterarbeiten konnte und das Schreiben völlig zum Erliegen kam. Zumindest seit 1871 hatte er es, wenn seine »Batterien leer waren«, für nötig befunden, seine Manuskripte »in die Schublade zu legen«. Und er lernte, die Arbeit erst dann wieder aufzunehmen, wenn die »Batterien« durch »unbewusste und einträgliche Gehirnaktivität« wieder aufgeladen waren.[26] Diese Zeit aber, die er für seine früheren Bücher brauchte, erscheint fast kurz im Vergleich zu den beinahe vier Jahrzehnten, die es ihn kostete, seine Autobiographie zu Papier zu bringen. Auch diese Arbeit wurde gleichfalls häufig für längere Zeit unterbrochen, doch aus etwas anderen Gründen. Bis Januar 1906 schienen die Batterien immer wieder nach recht kurzen Schreib- oder Diktierphasen »leer« zu sein, weil Twain entweder mit seiner Methode oder mit dem Vorhaben generell oder mit beidem unzufrieden war.

General Grant und James W. Paige (1885 und 1890)

Im Frühjahr 1885 unternahm Twain den ersten Anlauf zu einer Autobiographie, von dem mehr als nur ein paar Seiten überliefert sind. Zwar hatte er bereits einige Erfahrung mit Diktaten gemacht, wenn er einem Sekretär Briefe und kurze Vermerke diktierte, doch hatte er es noch nie für sein literarisches Schreiben ausprobiert.[27] Nun aber verfiel er auf die Idee, dass dies eine gute Methode für die Arbeit an der Autobiographie sein könnte. Ende März schrieb er in sein Notizbuch:

In New York einen Stenographen suchen & sofort mit meiner Autobiographie anfangen & den ganzen Sommer lang weitermachen.

Dabei fällt mir ein, dass Susie mit 13 (1885) angefangen hat, meine Biographie zu schreiben – ganz aus eigenem Antrieb –, worüber ich stolz & erfreut bin. Beim Frühstück heute Morgen gab ich zu verstehen, dass, sollte es den Anschein haben, ich spräche – stilistisch betrachtet – hochgestochen, man sich bewusst sein müsse, dass meine Biographin anwesend sei. Daraufhin hatte Susie die großartige Idee, dass ich mich hinsetzen & ausdrücklich für die Biographie *sprechen* sollte![28]

Etwa zur selben Zeit erkannte er, dass Diktieren für seinen Freund Ulysses S. Grant hilfreich sein könnte. Grant hatte einige Artikel für die Bürgerkriegsserie des *Century Magazine* geschrieben. Und im Frühjahr 1885, als er unheilbar an Kehlkopfkrebs erkrankt war, stand er kurz davor, das Manuskript des ersten Teils seiner zweibändigen Memoiren abzuschließen. Twain hatte sich die Rechte an dem Projekt kurz zuvor für seinen eigenen Verlag, Charles L. Webster & Co., gesichert und war zuversichtlich, dass sie ihm und Grants Familie große Profite einbringen würden. Als regelmäßiger Besucher bei General Grant in New York wusste er, dass dieser befürchtete zu sterben, bevor er sein Buch vollenden könnte. Also schlug Twain ihm vor, einen Stenographen einzustellen, um sich die Aufgabe zu erleichtern. Grant zögerte zunächst, engagierte später aber seinen früheren Sekretär Noble E. Dawson. Twain besuchte Grant am 29. April, dem Tag des ersten Diktats, und erfuhr, dass »es ein voller Erfolg« gewesen war.[29]

Zweifellos ermutigt von Grants Erfahrung, bat Twain Anfang Mai James Redpath, seinen Freund und früheren Organisator seiner Lesungen, für ihn zu stenographieren. Er mochte und respektierte Redpath, der Journalist war und Kurzschrift beherrschte. Am 4. Mai 1885 antwortete Redpath auf Twains Vorschlag: »Nun zur

Autobiographie. Wenn ich wochenweise arbeite, verlange ich $ 100 pro Woche, für die ich mein Bestes gebe. Ich hatte kürzlich eher Pech, aber so viel habe ich im Durchschnitt verdient. Sie wird es weniger Zeit kosten, als man vermuten könnte. Ich nehme Wort für Wort auf, was Sie sagen, & dann wird es einige Zeit dauern, es auszuarbeiten.« Twain akzeptierte diese Bedingungen und drängte Redpath, möglichst bald nach Hartford zu kommen. »Ich glaube, wir können uns diese Sache sogar recht vergnüglich machen.« Das deutet darauf hin, dass er anfing, die Notwendigkeit eines aufmerksamen Zuhörers während des Diktats zu erahnen – etwas, was er sechs Jahre später recht deutlich in einem Brief an Howells formulierte.[30]

Die beiden Männer arbeiteten ab Mitte Mai für mehrere Wochen zusammen. In den sechs überlieferten Diktaten beschreibt Twain die Geschichte seiner Freundschaft mit Grant und spricht dann über seinen eigenen Protegé, den jungen Bildhauer Karl Gerhardt, der eine Büste Grants anfertigte. Im längsten dieser Diktate ergeht sich Twain in einem detaillierten Bericht darüber, wie er sich die Veröffentlichungsrechte an Grants Memoiren sicherte, verteidigt dabei seine Vorgehensweise und tritt den Unterstellungen der Zeitungen entgegen, er habe sich dabei unmoralisch verhalten.

Twain hörte vermutlich kurz vor Grants Tod am 23. Juli 1885 auf zu diktieren.[31] Im Juli und August (möglicherweise auch schon früher) las er einige der Maschinenabschriften, die Redpath aus seinen stenographischen Notizen angefertigt hatte, fügte hier und dort eigene Korrekturen ein, griff aber kaum in den Wortlaut ein. Er fand das Resultat alles andere als zufriedenstellend, wie er in einem Brief an Henry Ward Beecher durchblicken ließ:

> Ich werde ein paar Fragmente meiner Autobiographie beilegen – Fragmente über General Grant –, sie könnten vielleicht nützlich sein oder auch nicht – zumindest belegen sie bekannte Züge seines Charakters. Meine Autobiographie ist ziemlich frei diktiert, aber ich habe vor, sie noch etwas zurechtzuschleifen, irgendwann bevor ich sterbe. Ich meine die ungehobelte Konstruktion und die miserable Grammatik. Es ist das einzige Diktat, das ich bisher gemacht habe, & es war äußerst mühsam & unschön.[32]

Redpaths Arbeit als Sekretär war unbeholfen. Zwar sind wohl keine seiner stenographischen Notizen erhalten, seine Maschinenabschriften aber sind offenkundig schlecht ausgeführt – voller Tippfehler, überschriebener Buchstaben und sinnloser Markierungen –, und seine zahlreichen Bleistiftkorrekturen setzen die Satzzeichen auf eine Weise, die keineswegs typisch ist für Twain.

Keines der zwischen 1885 und 1890 für die Autobiographie verfassten Manuskripte ist erhalten, aber das Projekt war sicherlich nicht in Vergessenheit geraten. Während seiner Arbeit an *Ein Yankee an König Artus' Hof* schrieb Twain Ende 1886 an Mary Mason Fairbanks: »Ich rechne fest damit, neben diesem Buch noch ein weiteres zu schreiben; sogar zwei weitere, wenn man eine Autobiographie als Buch bezeichnen darf – meine wird wohl eher eine ganze Bibliothek werden.« Sein 1876 geäußerter Vorsatz, ein Werk ohne Beschränkung »bezüglich des Umfangs« zu schreiben, galt offensichtlich nach wie vor. Und im August 1887, zwei Jahre nachdem er die Grant-Diktate beiseitegelegt hatte, schrieb Twain an seinen Neffen: »Ich brauche für meine Autobiographie eine absolut *fehlerfreie* Abschrift von Fred Grants Brief. Ich war davon ausgegangen, dass der ausführliche private Bericht der Grant-Memoiren so gut wie abgeschlossen sei, aber zweifelsohne werde ich noch das ein oder andere anstößige Kapitel hinzufügen müssen, solange Fred Grant weiterhin am Leben ist.« Wenige Monate zuvor hatte er in einem anderen Briefwechsel geschrieben: »Nein, diese Einzelheiten werden in meiner Autobiographie stehenbleiben, auch nach meinem Tod, selbst wenn sie nicht salonfähig sind.«[33]

Im Dezember 1887 bat Orion seinen Bruder in einem Brief um die Erlaubnis, »etwas aus Deiner Kindheit« in einem bevorstehenden Interview mit einem Journalisten der Lokalpresse preisgeben zu dürfen. Er zählte ein paar »Punkte« auf, die er anschneiden wollte:

Ich möchte Grandpa und Grandma Casey erwähnen; einige von Mas neueren und älteren Eigenheiten (Tierliebe &c.); Pas Jurastudium bei Cyrus Walker; ihre Heirat und den Umzug nach Tennessee; wie Pa den sonderbaren Prediger in der Sache mit der Kuh behandelt hat; wie er sich Frogg, dem alten Hitzkopf, in den Weg stellte; wie er als Friedensrichter einen Streit mit dem Hammer schlichtete; Dein philosophisches Unbehagen, keinen Schweif zu haben; wie Du schlafwandelnd in Mrs. Aments Zimmer hineinspaziert bist; Deine Schulzeit; dass Du mit 11 abgegangen bist; Deine Arbeit in meinem Büro; Deine erste Veröffentlichung in der Zeitschrift (Jim Wolf, die Waschschüssel und der Besen); wie Du mit 17 nach Philadelphia gegangen bist [...]; wie Du hin und zurück über den Fluss geschwommen bist; Mas Klage, dass Du sie immer zum Lachen gebracht hast, wenn sie Dich schelten wollte; Pas Tod; seine mit spitzer Feder verfassten Schriften für die Zeitschrift; ihr jetziges Alter und ihre Energie; die Liebe zum Theater.[34]

Twain hatte bereits einige dieser »Punkte« in seinen publizierten Werken verwendet. Sein scharfer Spott über Jim Wolfs sinnlose Rettungsaktion, der eine Waschschüssel und einen Besen vor einem Feuer im Nachbarhaus bewahrt hatte, war tatsächlich seine »erste Veröffentlichung«: »Ein ritterlicher Feuerwehrmann«[35] (1851) für Orions Zeitung in Hannibal.[36] Und Tante Polly, für die seine Mutter Jane Clemens als Vorlage diente, beklagt sich milde im ersten Kapitel von *Tom Sawyer*, Tom wisse, dass, wenn er sie »zum Lachen bringen kann«, ihr Zorn verrauchen würde. Trotzdem schlug Twain seinem Bruder diese Bitte ab:

Ich habe mir niemals von einem Reporter oder Biographen auch nur ein einziges Detail meiner Lebensgeschichte entlocken lassen, das mir geeignet schien, eines Tages Bestandteil meiner AUTObiographie zu werden. [...]

Ich bin wenigstens fünfhundertmal um eine biographische Episode angegangen worden, aber sie haben nie etwas bekommen, was sich zu drucken gelohnt hätte.[37]

In seine Autobiographie sollte Twain nur einige wenige dieser »Punkte« aufnehmen. Dass er andere so resolut daran hinderte, das Rohmaterial seiner Lebensgeschichte preiszugeben, ist dennoch nachvollziehbar, und es lässt vermuten, dass er Ende 1887 noch immer vorhatte, eine Autobiographie zu schreiben, die auch diese Anekdoten aus seinen frühen Lebensjahren hätten enthalten können.

Im Herbst 1890 hatte Twain bereits zehn Jahre (seit 1881) Geld in die von James W. Paige entwickelte Setzmaschine investiert, die noch immer nicht ausgereift war. Die Bedeutung dieses Projekts als Thema für seine Autobiographie lag auf der Hand, und in den »letzten Tagen« dieses Jahres begann er an der »Maschinenepisode« zu schreiben, einem schonungslosen Bericht, wie ihn Paige mit Überredungskunst und List dazu gebracht hatte, eine enorme Summe zu investieren, ohne ein marktfähiges Produkt vorweisen zu können. Als Twain im Winter 1893/94 den zweiten Teil dieses höchst aufschlussreichen Berichts verfasste, hatte Paige die Maschine noch immer nicht fertig, war aber gerade dabei, einen neuen vorteilhafteren Vertrag zu unterzeichnen. Das Manuskript ist nicht sehr weit gediehen und gehört vermutlich zu den Texten, die Twain 1906 durchsah und nicht in die Endfassung seiner Autobiographie übernahm. In dem Autobiographischen Diktat vom 2. Juni 1906 kommt er auf dieses Thema zurück.

Wien (1897 und 1898)

Die Hoffnungen, die Twain in Paiges Maschine gesetzt hatte, zerschlugen sich endgültig im Dezember 1894, und der Konkurs von Webster & Company im April desselben Jahres lastete allein auf seinen Schultern. Um für die Schulden aufkommen zu können, ging er mit Olivia und Clara (Susy und Jean blieben zu Hause) im Sommer 1895 auf eine Vortragsreise um die Welt, die am 31. Juli 1896 in England endete. Die Familie landete in Southampton und reiste von dort nach Guildford weiter, wo sie erfuhr, dass Susy in Hartford erkrankt war. »Zwei Wochen später reisten Mrs. Clemens und Clara nach Hause, um Susy zu pflegen«, erinnerte sich Twain 1906, und »fanden sie aufgebahrt im Hause ihrer Großmutter« vor. Wenige Wochen nach diesem Unglück schrieb Twain an seinen Freund Henry H. Rogers, er plane, »mich & meine Sorgen in Arbeit zu ertränken«. In der letzten Septemberwoche 1896 nahm er sich vor, »meine Autobiographie zu vollenden, & zwar mit schonungsloser Genauigkeit, was Fakten & Eigennamen betrifft«.[38] Aber erst musste das Buch über die Vortragsreise um die Welt abgeschlossen werden.[39] Die Familie verbrachte den Winter und das Frühjahr 1897 in London, während Twain sein Manuskript *Reise um die Welt* schrieb, das im November veröffentlicht wurde.

Den Sommer 1897 verbrachten sie in der Schweiz, Ende September zogen sie dann nach Wien. Zwei autobiographische Manuskripte nahm er in diesem Herbst in Angriff: »Reisefragmente I« und einen wesentlich längeren Text mit dem Titel »Meine Autobiographie [Willkürliche Auszüge daraus]«. »Reisefragmente I« scheint unvollendet oder zumindest noch nicht endgültig fertig zum Abtippen, als Twain den Titel versuchsweise mit Bleistift änderte (»~~Reise~~Fragmente. ‸Aus Autobiog‸«) und für das Manuskript immer noch zwei Paginierungen existierten (1–20 und 1–28). Es wurde vermutlich kurz nach Twains Ankunft in Wien geschrieben, besteht es doch größtenteils aus Klagen über Londoner Droschkenkutscher und die dortige Post, alles Dinge, die ihn seit dem Frühjahr beschäftigt haben dürften.

Aufgrund des Papiers und der Tinte, die verwendet wurden, kann man davon ausgehen, dass »Meine Autobiographie [Willkürliche Auszüge daraus]« zur gleichen Zeit begonnen, wahrscheinlich aber nicht vor 1898 beendet wurde. Twain kennzeichnete den Text mit »Aus Kapitel II«[40] (vgl. Abb. 1 [Bd. 2, S. 27], das Faksimile der ersten Seite dieses Manuskripts). Es beginnt als eine Geschichte der Verwandten und Vorfahren der Familien Clemens und Lampton und, etwas einfach gefasst, der verhassten Ländereien in Tennessee. Dann aber schweift der Text ohne weitere Erklärung zu einem Ereignis ab, das sich 1891 in Berlin zugetragen hatte, und endet mit einer äußerst lebhaften Schilderung der idyllischen Sommer, die Twain als Junge auf der Farm seines Onkels in Florida, Missouri, verbracht hatte. Diese typische Verbindung von frühen Erinnerungen und späteren Erfahrungen verdeutlicht eindrucksvoll, warum Twain die Idee einer durchgehend chronologischen Erzählung verwarf: Seine Vorliebe für das Nebeneinander von Ereignissen aus verschiedenen Zeiten verweigerte sich dieser Ordnungsform. Die Tatsache, dass er den Text »Aus Kapitel II« nannte, legt gleichzeitig nahe, dass der Großteil des Inhalts am Anfang der Autobiographie stehen sollte, wie es sich für die Schilderung der Vorfahren auch gehört. Die Kapitelnummer lässt vermuten, dass er zwar über seine Erlebnisse nicht in der Reihenfolge schrieb, in der sie sich zugetragen hatten, er aber durchaus versuchte, Kapitelnummern entsprechend einer gewissen Chronologie zu vergeben.

Bevor Twain 1898 die »Willkürlichen Auszüge« vollendete, hatte er zwischen Februar und Juni desselben Jahres eine Reihe weiterer kurzer Texte für die Autobiographie verfasst, die hier unter seiner Überschrift »Vier Skizzen über Wien« angeordnet und folgendermaßen betitelt wurden: »Die Schönheiten der deutschen Sprache«, »Eine Bemerkung zu Tautologien und Grammatik«, »Eine Gruppe von Bediensteten« (der einzige Text, den Paine in seiner Sammlung nicht veröffentlichte) und »Ein Wiener Festzug«. Dies waren keine Erinnerungen, sondern eher Tagebucheinträge, denen jeweils ein Datum vorangestellt ist. Keines dieser Manuskripte wurde in die Endfassung aufgenommen, wohl aber ein anderes aus dieser Zeit mit dem Titel »Über das Duellieren«, das in dem Autobiographischen Diktat vom 19. Januar 1906 platziert wurde.

Im Herbst 1898 entstanden zwei weitere Texte, die später ebenfalls in die Endfassung der Autobiographischen Diktate integriert wurden. Dies war zum einen »Wapping Alice«, eine Geschichte, die für die Veröffentlichung in einer Zeitschrift als ungeeignet erachtet wurde und auf eine wahre Begebenheit zurückgeht. Sie wurde Teil jener stetig wachsenden, von Twain als »Fett« bezeichneten Sammlung von Manuskripten – »alte, abgelegte Dinge längst vergangener Jahre, die ich oder die Herausgeber nicht zu drucken wagten« –, auf die er später zurückgriff, um den Umfang der *Autobiographie* zu erweitern.[41] Mehr als ein Jahr nachdem er 1906 mit dem Diktieren seiner Autobiographie begonnen hatte, nahm er »Wapping Alice« in das Autobiographische Diktat vom 9. April 1907 auf.

Der zweite Text ist »Mein Debüt als Literat«, den er auf den *»1. Oktober 1898«* datierte und mit »Kapitel XIV« überschrieb. Die Korrekturen dieses Manuskripts spiegeln die damalige Entmutigung des Autors hinsichtlich der Autobiographie wider, eine Gemütslage, die ihn während der Wintermonate 1898/99 gelegentlich überkam. Direkt unter dem Titel fügte er folgende Anmerkung ein: »Dies ist das Kapitel XIV meiner unvollendeten Autobiographie, und so, wie ich vorankomme, verheißt sie, auch unvollendet zu bleiben.« Dann ersetzte er »unvollendet« durch »unveröffentlicht« und strich den Nachsatz hinter »Autobiographie«. Als der Text 1899 in der Novemberausgabe des *Century Magazine* erschien, unterblieb jeglicher Verweis auf die Autobiographie. Und doch ist dies das erste »Kapitel«, das er veröffentlichte und mit dem er somit den langgehegten Plan umsetzte, eine Auswahl aus seiner Autobiographie zu publizieren.[42]

Twains zwiespältige Einstellung zu seiner »unvollendeten« Autobiographie ist deutlich zu erkennen, aber nicht leicht zu erklären. Am 10. Oktober 1898, als er gerade »Mein Debüt« für die Publikation in einer Zeitschrift bearbeitete, schrieb er an Edward Bok, den Herausgeber des *Ladies' Home Journal*:

Ein guter Teil der Autobiographie ist bereits geschrieben, aber ich arbeite immer nur daran, wenn sich mir eine Erinnerung aufdrängt & mich gewissermaßen dazu zwingt; deshalb ist es noch um Jahre zu früh, an eine Publikation zu denken – es könnten höchstens hin & wieder in größeren Zeitabständen einzelne Kapitel veröffentlicht werden. Das habe ich auch irgendwann vor. Aber für Ihre Zeitschrift wäre das nicht geeignet. Ein guter Teil ist in zu freier Manier geschrieben, um in einer Zeitschrift zu erscheinen. Man kann ein *Buch* veröffentlichen & darin alles abdrucken, was die Familie gutheißt & einem durchgehen lässt, aber eine Zeitschrift erscheint unter dem prüfenden Blick der Öffentlichkeit, so dass ihre Freiheiten zwangsläufig beträchtlich eingeschränkt sind. Ein Beispiel: Vor ein paar Tagen schrieb ich Kapitel XIV – »Mein Debüt als Literat« –, meine Frau redigierte es, befand es für gut (sie war begeistert – was sehr ungewöhnlich ist) & schlug vor, ich solle es Ihnen schicken & »Platonische Liebe«[43] zurückziehen. Das war eine gute Idee, &

Abbildung nächste Seite

1 Erste Manuskriptseite »Meine Autobiographie [Willkürliche Auszüge daraus]«. Twain strich das hier abgebildete Zitat – zwei Strophen aus den *Rubāiyāt des Omar Khayyām* – und »Aus Kapitel II« *(»From Chapter II«)*, als er die nicht erhaltene 44-seitige Maschinenabschrift des Manuskripts überarbeitete; diese Textstellen sind im vorliegenden Text deshalb ausgelassen. Die beiden Anmerkungen oben auf der Seite stammen von Paine: »Wien I 1897–8« *(»Vienna I 1897–8«)* und »Nr. 109« (*»no 109«*, eine Kennzeichnung für die Ablage). DeVotos Assistentin Rosamond Chapman vermerkte: »Publ. *Auto*, 81 ff.« – hier findet sich bei Paine der Text.

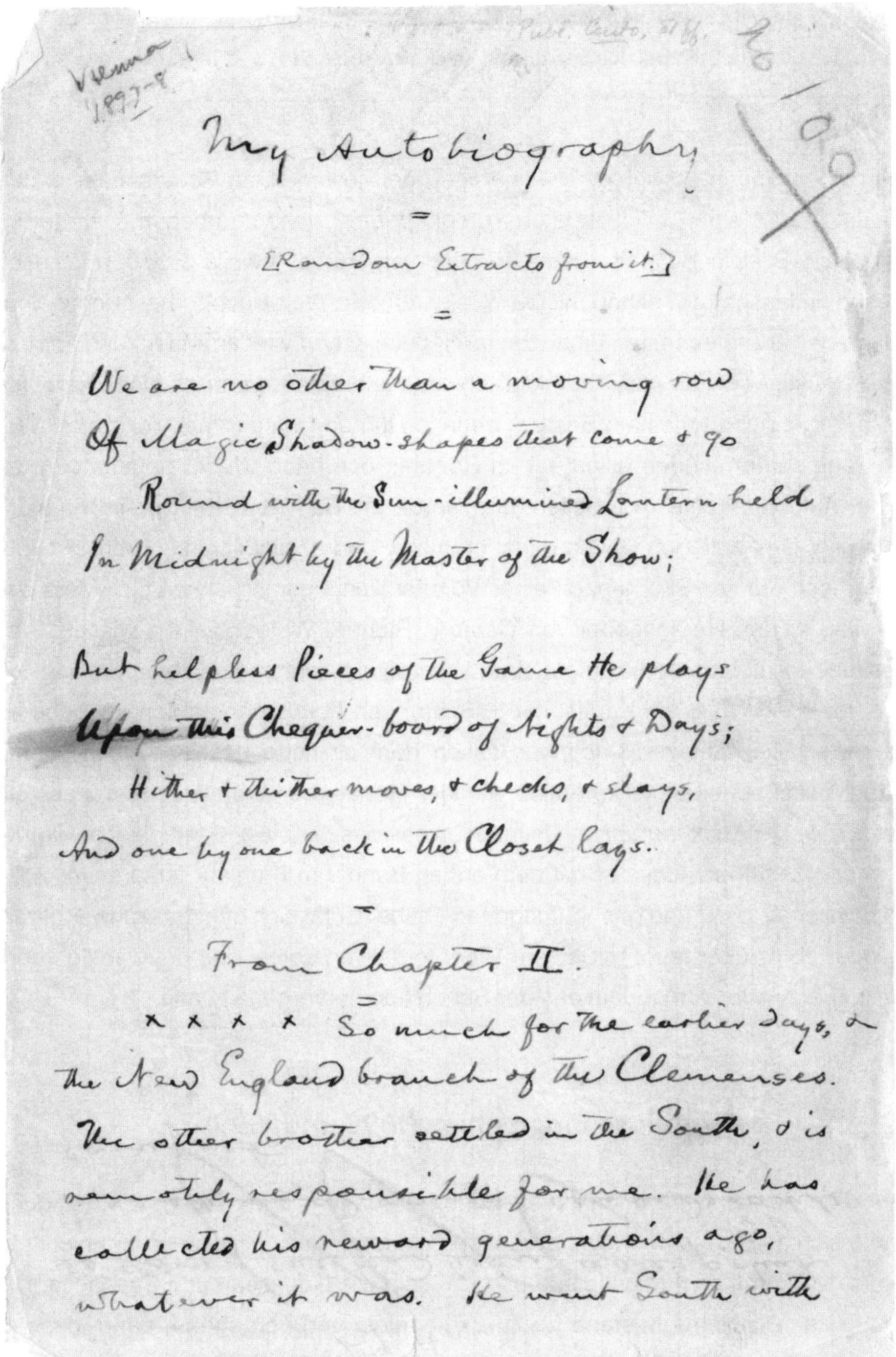

Vienna 1897-8

My Autobiography

=

[Random Extracts from it.]

=

We are no other than a moving row
Of Magic Shadow-shapes that come & go
Round with the Sun-illumined Lantern held
In Midnight by the Master of the Show;

But helpless Pieces of the Game He plays
Upon this Chequer-board of Nights & Days;
Hither & thither moves, & checks, & slays,
And one by one back in the Closet lays.

From Chapter II.

=

x x x x So much for the earlier days, & the New England branch of the Clemenses. The other brother settled in the South, & is remotely responsible for me. He has collected his reward generations ago, whatever it was. He went South with

ich willigte ein. Aber auf dem Weg zum Postamt im Ort fiel mir ein Satz mit neun Wörtern in der Geschichte ein, den Sie hätten streichen müssen – somit war dieser Plan zunichtegemacht.[44]

Einen Monat später schrieb er, etwas ehrgeiziger gestimmt, an Rogers, dass er nun vorhabe, »an meiner unvollendeten Autobiographie weiterzuarbeiten & sie fertigzustellen & Bliss und Chatto damit im nächsten Herbst jeweils $ 15 000 für mich machen zu lassen (wie schon mit dem Reise-um-die-Welt-Buch)«. Fast unmittelbar danach bewertete er seinen Finanzbedarf jedoch schon wieder anders und kam zu dem Schluss, er würde »die Autobiographie nur schreiben, wenn ich pleite wäre. Ich denke, es ist nur zu meinem Besten, wenn ich hin und wieder mal pleite *bin.*« Wenige Tage später schrieb er erneut an Rogers: »Ich habe wieder angefangen, an meiner Autobiographie zu arbeiten, und werde mit Band 1 vermutlich im Frühjahr fertig sein. ~~Das hoffe ich~~ Davon gehe ich aus.« Und schließlich, im Februar 1899, immer noch auf der Suche nach einer Veröffentlichungsmöglichkeit für »Mein Debüt«, ließ er den Herausgeber von *Century*, Richard Watson Gilder, wissen: »Ich habe meine Autobiographie aufgegeben & werde sie nicht zu Ende bringen; aber ich habe ~~vor einiger Zeit~~ ein Kapitel mit Erinnerungen herausgenommen ~~&& habe es urheberrechtlich schützen~~ & abtippen lassen, denn ich finde, es würde einen lesenswerten Artikel abgeben.«[45] Innerhalb weniger Monate behauptete er also, dass ein »guter Teil« der Autobiographie geschrieben sei, dass er sie erst fertigstellen werde, wenn er »pleite« sei, dass er mit dem ersten Band »im Frühjahr fertig sein« wolle und dass er sie ganz und gar »aufgegeben« habe. Er tat sich offenbar schwer damit, wie oder ob er überhaupt mit einem Werk fortfahren sollte, das er zwanzig Jahre lang immer wieder von neuem aus der Schublade hervorgeholt hatte.

Zahllose Biographien (1898 und 1899)

Man kann es nicht mit endgültiger Sicherheit sagen, aber Twains Entmutigung könnte sich zumindest teilweise darauf zurückführen lassen, dass es ihm nicht gelang, so vollkommen aufrichtig und offen zu sein wie Rousseau und Casanova. Die Lösung des Problems bestand für ihn, zumindest vorübergehend, darin, dass er seine Autobiographie in eine Reihe von Kurzbiographien über Menschen, die ihm im Laufe der Jahre begegnet waren, umwandelte. Mehrere der in Wien verfassten autobiographischen Texte – »Horace Greeley«, »Vortragsreisen« und »Ralph Keeler« – sind Charakterstudien und Teil dieses neuen Konzepts, auf das er zu einem gewissen Grad noch 1904 zurückgriff. Die Wiener Porträts zeichnen Männer und Frauen, die er auf seinen Vortragsreisen in den frühen 1870er Jahren kennengelernt hatte. Der neue Plan war wahrscheinlich der Grundidee eines Vortrags geschuldet, an dem er zu dieser Zeit arbeitete: »Erinnerungen an einige ungewöhnliche Charaktere, denen ich zufällig begegnet bin«.[46] Diesen Vortrag, der, wie er sagte, von seinem »gesamten Bekanntenkreis – Königen, Spaßvögeln, Irren, Idioten & allen anderen« – handelte, hielt er nur zweimal. Er ist nach heutigem Wissensstand nicht erhalten, aber in Wien nahm Twain den zugrundeliegenden Gedanken offensichtlich noch einmal auf.[47] In einem Interview mit der Londoner *Times* im Mai 1899 erklärte der Journalist:

Mr. Clemens hat mir freundlicherweise gestattet, einige Einzelheiten seines Lieblingsprojekts an die *Times* zu telegraphieren, eines Projekts, dem er schon sehr viel Zeit gewidmet hat und das einen Großteil seiner restlichen Lebenszeit beanspruchen wird. In der Geschichte der Literatur wird es in mancherlei Hinsicht einzigartig sein. Es ist ein Vermächtnis an die Nachwelt, an dem niemand von uns und nur wenige unserer Enkel teilhaben werden. Dieses Werk soll erst 100 Jahre nach seinem Tod erscheinen, als Porträtsammlung von Zeitgenossen aus seinem persönlichen Umfeld. Er fertigte diese Studien ausschließlich zu seinem eigenen Vergnügen an und einzig in der Absicht, die Wahrheit zu sagen, die ganze Wahrheit und nichts als die Wahrheit, ohne Bosheit, nicht um alten Groll zu befriedigen, aber gleichzeitig ohne Rücksicht auf Personen oder gesellschaftliche Konventionen, Institutionen oder moralische Zwänge jeglicher Art.

Twain bekannte sogar noch genauer, warum er seinen ursprünglichen Plan, eine Autobiographie zu schreiben, aufgegeben hatte: »Man kann seine private Seele nicht offenlegen und sie betrachten. Man schämt sich zu sehr. Es ist zu widerwärtig. Deshalb beschränke ich mich darauf, die Porträts anderer zu zeichnen.« Auch in einem Interview nach seiner Rückkehr nach London sagte er, die neue Idee sei an die Stelle der früheren Pläne für eine Autobiographie getreten:

Ich werde keine Autobiographie schreiben. Der Mensch, der die Wahrheit über sich selbst schreiben kann, muss erst noch geboren werden. Eine Autobiographie ist immer interessant, doch wie wahr die Fakten auch sein mögen, die Interpretation dieser Fakten muss mit größter Vorsicht genossen werden. In den zahllosen Biographien, die ich schreibe, werden viele Menschen porträtiert, die jetzt nicht berühmt sind, es vielleicht aber einmal sein werden.[48]

Wenn dieser Wechsel zu den biographischen Porträts auch seine Frustration widerspiegelt, die ihn hinsichtlich der Schwierigkeiten überkam, peinliche Wahrheiten über sich selbst zu erzählen, so war sein Interesse daran doch relativ kurzlebig. Es gibt keinen Hinweis darauf, dass er bis 1904 weitere Porträts verfasste, und bis zum Jahr 1906 hatten die Charakterstudien für ihn gänzlich ihren Reiz verloren. Etwa ein Jahr lang scheint Twain seiner Sammlung autobiographischer »Kapitel« kein weiteres hinzugefügt zu haben. Im Herbst 1899 zog er mit seiner Familie nach London, und für ein Jahr sieht es so aus, als habe er sich von der Autobiographie endgültig verabschiedet.

Fragmente und Kapitel (1900 bis 1903)

Twains Gebrauch der Begriffe »Fragmente« und »Auszüge« (und auch »Willkürlich«) in den Jahren 1897/98 deutet darauf hin, dass er einzelne »Kapitel« zu benennen versuchte, die zwar nicht streng chronologisch aufeinanderfolgten, aber trotzdem Teil eines größeren Spannungsbogens sein sollten. Im Herbst 1900 benutzte er den Begriff »Fragmente« in den Titeln dreier weiterer kurzer Texte für die Autobiographie: »Reisefragmente II«, »Fragmente meiner Autobiographie. Privater Bericht eines Manuskripts, das zu Schaden kam« und »Fragmente meiner Autobiographie. Aus Kapitel IX«. Nur einer davon wurde in das fertige Manuskript übernommen: »Reisefragmente II« setzte die 1897 begonnene Klage über Telefone und die Post in London fort und wurde schließlich in das Autobiographische Diktat vom 27. Februar 1907 aufgenommen. »Fragmente meiner Autobiographie. Privater Bericht eines Manuskripts, das zu Schaden kam« ist ein deutlich längerer Text. Darin beschreibt Twain ein Erlebnis mit T. Douglas Murray, einem Hobby-Historiker, der ihn darum gebeten hatte, für die ins Englische übertragenen Aufzeichnungen der Gerichtsverfahren gegen Johanna von Orléans eine Einleitung zu verfassen. Twain fertigte einen Entwurf an und schrieb an Murray: »Wenn ich Ihnen die Einleitung schicke, müssen Sie zwei Dinge für mich tun – hauen Sie die Lügen raus & verbessern Sie die Grammatik (die meiner Meinung nach an einer Stelle zum Himmel stinkt).«[49] Murray nahm diese Aufforderung allzu wörtlich und überarbeitete den Text stark, machte den Stil sehr viel förmlicher, ja fast pompös. Twain war darüber empört und entwarf sofort einen bissigen Brief an Murray, den er natürlich nie abschickte, sondern stattdessen für die Autobiographie weiter überarbeitete.[50] Das dritte Manuskript, das ebenfalls nicht in der Endfassung enthalten ist, verdeutlicht allerdings eine ganz andere Dynamik: Twain zögerte immer noch beziehungsweise war nicht dazu in der Lage, sich gänzlich von der chronologischen Struktur einer konventionellen Autobiographie zu lösen. Das Manuskript trug den (korrigierten) Titel »~~Auswahl~~ ‸Fragmente‸ meiner Autobiographie. ~~Passagen a~~ ‸A‸us Kapitel IX«. Paine ging davon aus, dass es »um 1898« geschrieben worden war, tatsächlich aber ist es im Jahr 1900 entstanden, wie man einem Hinweis im Text entnehmen kann. Kapitelnummern tauchen nur noch in ein paar weiteren Manuskripten auf, die im Folgenden aufgelistet sind:

Kapitel I	Verfasst 1877. Beschreibt das Zuhause von Twain bis zu seinem vierten Lebensjahr, bevor die Familie nach Hannibal zog.
Kapitel II	Verfasst 1897/98. »Meine Autobiographie [Willkürliche Auszüge daraus]«. Twain im Alter von sieben bis zwölf Jahren.
Kapitel IV	Verfasst 1903. »Fragmente meiner Autobiographie. Aus Kapitel IV«. In die Autobiographischen Diktate vom 1. und 2. Dezember 1906 übernommen. Twain im Alter von vierzehn Jahren.
Kapitel IX	Verfasst 1900. »Fragmente meiner Autobiographie. Aus Kapitel IX«. Twain im Alter von vierzehn, achtunddreißig und einundsechzig Jahren.
Kapitel XII	Nicht auffindbar, aber nach 1898 geschrieben, da auch von Wien erzählt wird. Twain im Alter von zweiundsechzig Jahren. In Kapitel XVII erwähnt.
Kapitel XIV	Verfasst 1898. »Mein Debüt als Literat«. Twain im Alter von dreißig Jahren.
Kapitel XVII	Verfasst 1903. »Aus Kapitel XVII«. In das Autobiographische Diktat vom 3. Dezember 1906 übernommen. Twain im Alter von zweiundsechzig Jahren.

Selbst wenn möglicherweise weitere Texte mit Kapitelnummern versehen worden waren, die über die Jahre verlorengingen oder geändert wurden, ist es äußerst unwahrscheinlich, dass bereits siebzehn Kapitel vorlagen, als Twain im Jahr 1903 einen Text mit »Kapitel XVII« überschrieb. Die Nummern der uns bekannten Kapitel stimmen vielmehr in etwa mit der Chronologie ihrer Inhalte überein, auch wenn sie den zeitlichen Verlauf nicht exakt widerspiegeln: Sowohl in Kapitel IV als auch in Kapitel IX ist Twain vierzehn, zwischen Kapitel IX und XIV altert er um sechzehn Jahre, und in Kapitel XVII ist er schließlich zweiundsechzig. Eine solche Annäherung ist allerdings genau das, was man erwarten würde, wenn die Nummern einer lediglich groben Einteilung dienen und die Kapitel in eine lose chronologische Reihenfolge bringen sollten. All dies deutet abermals darauf hin, dass Twain, auch wenn er sein Leben gerade nicht als eine Reihe aufeinanderfolgender Erlebnisse schilderte, noch im Jahr 1903 versuchte, eine übergeordnete Chronologie aufrechtzuerhalten.

Ähnliche Überlegungen lassen sich zu dem im Jahr 1900 verfassten Text mit der Bezeichnung »Kapitel IX« (»Fragmente meiner Autobiographie«) anstellen. Die Kapitelnummer platziert ihn relativ früh in Twains Lebensgeschichte. Das Kapitel beschreibt zwei Ereignisse, die sich zutrugen, als Twain vierzehn Jahre alt war (1849/50); die Beschreibungen enden aber jeweils mit einer Begebenheit, die sich erst sehr viel später ereignete: die eine 1896 in Kalkutta, als Twain einundsechzig war, die andere 1873 in London, als er achtunddreißig war. In beiden Fällen scheint es für ihn nötig gewesen zu sein, mehrere Jahrzehnte seines Lebens zu überspringen, um seine Ausführungen zu einem natürlichen Abschluss zu bringen. Was auch immer »Kapitel IX« im Jahr 1900 genau darstellte, es handelte sich jedenfalls nicht um einen rein chronologischen Bericht, auch wenn die Nummerierung es an den Anfang des Gesamttextes stellt.

In einem ähnlichen Verhältnis zueinander stehen zwei weitere Manuskripte mit Kapitelnummern, die 1903 verfasst und 1906 überarbeitet wurden, nachdem sich Twain dazu entschlossen hatte, die gesamte Autobiographie in einem weitschweifigen Erzählstil zu verfassen: Beide Texte wurden in die Diktate vom 1., 2. und 3. Dezember 1906 aufgenommen. 1903 nannte er das erste Manuskript »Fragmente meiner Autobiographie. Aus Kapitel IV« und notierte am Rand das Datum (»1849–51«). Darin beschreibt er, wie er als Jugendlicher in Hannibal mit dem Mesmerismus in Berührung kam. Das zweite Manuskript von 1903 bringt diese Geschichte zu einem natürlichen Abschluss. Es entstand wahrscheinlich etwa zum gleichen Zeitpunkt (Papier und Tinte beider Manuskripte sind identisch), wurde aber mit einer eigenen Paginierung versehen. Auch hier geht es um den Mesmerismus: Ein arroganter Aristokrat wird vorgeführt, indem er als Strafe für seine Skepsis unter Hypnose dazu gebracht wird, sich zu entkleiden. Twain nannte diesen Text zuerst »Aus Kapitel XVII«, als er sich aber dazu entschloss, die Manuskripte in den Dezemberdiktaten zu verwenden, entfernte er jegliche Hinweise auf Kapitelnummern. Ursprünglich war die erste Geschichte über den Mesmerismus also Kapitel IV zugewiesen und sollte in Kapitel XVII abgeschlossen werden, mit etwa zwölf Kapiteln dazwischen. Diese Anordnungen zeigen, dass Twain 1903 noch mit der Konvention kämpfte, seiner Lebensgeschichte den Anschein eines chronologischen Verlaufs zu geben. Als er die Manuskripte 1906 zu einer fortlaufenden Erzählung zusammenfügte, hatte er dieses Bedürfnis offenbar abgelegt.

Am 15. Oktober 1900 kam Familie Clemens in New York City an, wo sie bald das Haus Nummer 14 in der West 10th Street bezog. »Jean übt an der Schreibmaschine«, schrieb Twain einem Freund, »& bald werde ich diktieren & so ein paar Zeitschnipsel festhalten.«[51] Vielleicht brachte ihn Jeans neue Fertigkeit wieder darauf, die Autobiographie zu diktieren, anstatt sie zu schreiben. Es gab jedoch noch andere Anreize. Der Präsident von Harper & Brothers, George Harvey, war offensichtlich an dem möglichen Prestige interessiert, das ihm die Veröffentlichungsrechte der Autobiographie einbringen würden, auch dann noch, wenn das Buch erst lange nach seinem und Twains Tod publizierte werden dürfte. Am 17. Oktober 1900 schlug er Rogers (der als Twains Agent fungierte) vor, »die Memoiren im Jahr 2000 zu publizieren«, und regte an, Twain solle »eine Klausel in sein Testament einfügen, der zufolge die ungelesenen Memoiren von seinen Nachlassverwaltern versiegelt und einer Treuhandgesellschaft zur Verwahrung übergeben werden müssten«.

Die Vereinbarung würde natürlich alle in Zukunft üblichen Methoden des Publizierens berücksichtigen, ob nun gedruckt wie zur heutigen Zeit, mit Hilfe von Wachswalzen, in elektrischer Form oder auf irgendeine andere Art und Weise, die dann gebräuchlich sein mag. Seine rege Vorstellungskraft wird sicherlich eine ganze Reihe davon hervorbringen und so zu einer interessanten Klausel in der Vereinbarung beitragen.[52]

Harvey hatte es sogar darauf abgesehen, mit Harper & Brothers Twains alleiniger Verleger in den USA zu werden, und bot am 14. November nach langen Verhandlungen ein Honorar von zwanzig Cent pro Wort, um das Exklusivrecht an allen in Fortsetzung erscheinenden Texten sowie an allen Büchern zu erwerben, die Twain im folgenden Jahr verfassen würde. Eine Woche später schrieb Twain an Harvey: »Lassen Sie uns das 100-Jahr-Buch wieder in die Abmachungen mit aufnehmen & sie festmachen; denn ich werde das Buch meiner Tochter diktieren & dabei mit Sicherheit einige Kapitel zustande bringen, die sich für die heutigen Zeitschriften &

Bücher eignen & nicht erst ein Jahrhundert warten müssen.« Bislang konnten keine von Jean angefertigten Diktate aus jener Zeit gefunden werden, doch Twain zeigte sich bald mit Harveys »Vorschlag hinsichtlich der Veröffentlichung meiner Memoiren in 100 Jahren« einverstanden, auch wenn zu diesem Zeitpunkt noch kein offizieller Vertrag unterschrieben war.[53]

Im August 1902 verschlechterte sich Olivias Gesundheitszustand dramatisch. Trotz zeitweiliger Besserung wurde sie immer schwächer, weshalb Twain 1903 auf Anraten der Ärzte beschloss, mit seiner Familie nach Italien zu reisen. Anfang November bezogen sie die Villa di Quarto in der Nähe von Florenz. Neben Twain bestand die Reisegruppe aus Olivia, Clara und Jean sowie drei Angestellten: Katy Leary, einem langjährigen Dienstmädchen der Familie, einer Pflegerin für Olivia und Isabel V. Lyon, die 1902 als Olivias Sekretärin eingestellt worden war, sich aber mittlerweile auch um allgemeine Belange kümmerte.

Die Florentiner Diktate (1904)

Während seines achtmonatigen Aufenthalts in Florenz machte Twain mit der Autobiographie ungewöhnlich große Fortschritte, was hauptsächlich daran lag, dass er sich der Methode des Diktats mit neuem Enthusiasmus widmete. Seit den Diktaten, die von Redpath 1885 aufgenommen worden waren, hatte Twain damit experimentiert, Worte mechanisch zu Papier zu bringen. 1888 versuchte er vergeblich, an eins der phonographischen Aufnahmegeräte von Thomas Edison zu gelangen.[54] Als er 1891 einen rheumatischen Anfall im rechten Arm erlitt, experimentierte er notgedrungen für kurze Zeit mit dem Phonographen – er arbeitete nämlich gerade an seinem neuesten Roman *Der amerikanische Prätendent.* »Ich bin mir sicher, dass ich das Buch einem Phonographen diktieren kann, solange ich nicht schreien muss. Ich schreibe 2000 Wörter am Tag; ich glaube, dass ich doppelt so viele diktieren kann«, schrieb er Howells am 28. Februar. Doch am 4. April war er zu dem Schluss gekommen, dass die Maschine zwar »gut genug für einfache Korrespondenz« sei, dass man aber

keine Literatur damit verfassen kann, da sie keine Vorstellungskraft hat & keinen Sinn für Ausschmückungen oder schlagfertige Konversation oder eindringliche Handlungen oder geglückte Wendungen, sondern stets nüchtern ist, einengend, schmucklos & so todernst & freudlos wie der Teufel. Ich füllte vier Dutzend Walzen in zwei Sitzungen, dann wurde mir klar, dass ich genauso viel mit einem Stift hätte sagen können, & zwar um einiges besser. Dann ließ ich es sein. Es ist sicher lehrreich, einem Phonographen literarische Texte zu diktieren – & irgendwann werde ich weiter in dieser Richtung experimentieren.[55]

Im Dezember 1900 war er davon ausgegangen, dass Jean die autobiographischen Diktate abtippen würde, und diese Erwartung erfüllte sich schließlich im Januar 1904, als er seine Diktate wieder aufnahm, diesmal allerdings ohne die Hilfe einer Maschine. Isabel Lyon schreibt:

Um den 14. Januar begann Mr. Clemens mir zu diktieren. Seine Vorstellung, eine Autobiographie zu schreiben, hatte sich nie umsetzen lassen, da eine Autobiographie für ihn wie eine Erzählung ist & gesprochen werden muss. Auf Mrs. Clemens' Vorschlag hin versuchten wir es, und Mr. Clemens fand, dass es ganz wunderbar funktionierte. Diese Arbeitsweise gefällt ihm wirklich sehr. Aber wir mussten die Arbeit unterbrechen, da er krank wurde, Mrs. Clemens ebenfalls schwer erkrankte & auch ich so matt war, dass ich das Bett nicht verlassen konnte.[56]

Da Isabel Lyon die Stenographie nicht beherrschte, notierte sie Twains Worte in Langschrift, woraufhin Jean ihre Aufzeichnungen abtippte. Kurz nachdem Twain mit den Diktaten begonnen hatte, schrieb er Howells am 16. Januar:

Ich habe eine Entdeckung gemacht! Und ich reiche sie weiter – an Sie. Sie werden nie erfahren, wie viel Vergnügen Ihnen entgangen ist, bis Sie mit dem Diktat Ihrer Autobiographie begonnen haben; dann werden Sie schmerzlich feststellen, dass Sie dies Ihr ganzes Leben lang hätten tun können, wenn Sie nur das Glück gehabt hätten, darauf zu kommen. Und Sie werden erstaunt sein (& entzückt), wenn Sie erkennen, wie ähnlich es dem *Sprechen* ist & wie echt es klingt & wie schön & dicht sich eins nach dem anderen zusammenfügt & welch klare & luftige & urwüchsige Frische es hat & wie reizend & verehrungswürdig die Abwesenheit jeglicher Anzeichen von Hemdstärke & Bügeleisen & Arbeit & Umständlichkeit & all diesem Gehabe ist! Mrs. Clemens ist eine scharfe Kritikerin, aber ich habe noch keinen Satz gesagt, den sie ändern lassen wollte. Kleine Ausrutscher schleichen sich hier & da ein, kleine Ungenauigkeiten & manch ein Gedankengang, der abgebrochen wird, noch bevor er zu Ende geführt ist, doch das sind keine Mängel, sondern Vorzüge, ihre Streichung würde den natürlichen Tonfall verschwinden lassen & genau das – dieses gewisse Etwas – vertreiben, das eine echte Erzählung von einer künstlichen unterscheidet & die eine so unermesslich besser macht als die andere – dieses feine Etwas, das gelungenes Gerede so viel besser macht, als es eine schriftliche Nachbildung jemals sein kann.

Offenbar hielt er Isabel Lyons fehlende stenographische Kenntnisse für einen Vorteil, da er Howells dazu drängte, diese Methode auch auszuprobieren, aber »mit Aufzeichnungen in Langschrift, nicht in Stenographie. Zumindest nicht gleich. Nicht, bis Sie geübter sind, würde ich sagen. Man muss dabei natürlich oft warten, aber das macht nichts; daran hat man sich bald gewöhnt.« Noch wichtiger als das gemächliche Tempo war die Rolle der Schreibenden als Zuhörerin: »Miss Lyon verfasst die Niederschrift & ist eine Inspiration, weil sie sich so dafür interessiert. Ich diktiere von 10:30 bis mittags. Dabei entstehen etwa 1500 Wörter. Dann bin ich ein freier Mann & kann den Rest des Tages lesen & rauchen, weil der Text keinerlei Korrekturen bedarf.«

Das Diktat sagte ihm so zu, dass er seine Meinung über die ersten Entwürfe und Experimente, die er im Laufe der Jahre niedergeschrieben hatte, allmählich änderte. Er schrieb weiter an Howells:

Eine ganze Reihe Kapitel meiner Autobio existieren bereits – bei Gelegenheit niedergeschrieben & in Umschlägen beiseitegelegt –, aber ich gehe davon aus, dass ich sie, wenn ich sie durchgehe, wegwerfe & sie neu diktiere, denn ich bin mir sicher, dass meine einstige Zufriedenheit mit ihnen verflogen sein wird & sie mir jetzt armselig & gestelzt & farblos erscheinen. [...]

Man sollte meinen, dass sich Diktiertes wie eine Stegreif-Rede liest – abgehackt, hingeworfen, sich wiederholend & von fehlenden Zusammenhängen getrübt, ohne fließende Übergänge & ohne all die guten Einfälle, die man erst nach Beendigung der Rede hat – aber so ist es nicht.[57]

Howells beantwortete diesen Brief am 14. Februar und brachte geschickt (und offensichtlich nicht zum ersten Mal) ein bekanntes Thema zur Sprache – die Schwierigkeit, die ganze Wahrheit zu erzählen:

Ich möchte Ihre Autobiographie ungeheuer gerne lesen. Ihre Aufrichtigkeit hat mich schon immer ziemlich verblüfft, und ich kann mir gut vorstellen, dass Sie die Wahrheit über sich erzählen werden. Aber die *ganze*? Die schwarze Wahrheit, über die wir alle in unserem

Herzen Bescheid wissen, oder nur die weißbraune Wahrheit der Herzgegend oder die gefällige geweißte Wahrheit der Hemdbrust? Selbst *Sie* werden nicht die schwarze Herz-Wahrheit erzählen. Der Mann, dem das gelingen würde, wäre bis ans Ende aller Tage berühmt.[58]

Twain war selbstverständlich schon zu derselben skeptischen Schlussfolgerung gelangt. Er antwortete Howells:

Ja, ich habe ein Sicherheitsnetz eingebaut, gleich am ersten Tag des Diktats – dies ist mein Standpunkt: dass eine Autobiographie das wahrste aller Bücher ist; denn obwohl sie zwangsläufig vor allem aus Tilgung der Wahrheit, Verschleierung der Wahrheit, teilweiser Enthüllung der Wahrheit besteht, mit kaum einem Beispiel für reine, aufrichtige Wahrheit, ist die unbarmherzige Wahrheit *doch* da, zwischen den Zeilen, wo der Autor wie eine Katze Staub über sie scharrt, der jedoch vor dem unbeteiligten Zuschauer weder die Wahrheit selbst noch deren Gestank verbirgt (allerdings verwende ich dieses Bild dort nicht) – das Ergebnis jedenfalls ist, dass der Leser den Autor trotz dessen listiger Sorgfalt durchschaut.[59]

Worin dieses »Sicherheitsnetz« besteht, ist nicht bekannt, weil der »erste Tag des Diktats« nicht überliefert ist. Man kann allerdings sagen, dass Twain seine Verzweiflung, nicht »die schwarze Herz-Wahrheit« sagen zu können, offenbar überwand, indem er sich vor Augen hielt, dass die Wahrheit trotz seiner Versuche, sie zu unterdrücken, stets ans Licht kommen würde. Ende Januar 1904 spielte er in einem Diktat auf die Unbefangenheit mündlichen Erzählens an:

In den letzten acht oder zehn Jahren habe ich mehrere Versuche unternommen, die Autobiographie auf die eine oder andere Weise mit der Feder zu schreiben, doch das Resultat befriedigte mich nicht, es war zu literarisch. [...]

Mit der Feder in der Hand ist der Erzählfluss ein Kanal; er bewegt sich langsam, ruhig, schicklich, schläfrig, hat keinen Makel außer dem, dass er der Makel *ist*. Er ist zu literarisch, zu spröde, zu gewissenhaft; Tempo, Stil und Bewegung eignen sich nicht zum Erzählen.

Zwei Jahre später, Mitte Juni 1906, betrachtete er diese Zeit im Jahr 1904 als den Moment, in dem er die frei dahinfließende gesprochene Erzählung als »die richtige Art, eine Autobiographie zu schreiben«,[60] entdeckte.

Bekanntlich sind nur sechs Florentiner Diktate überliefert. Drei davon sind Porträts von Freunden oder Bekannten – »John Hay«, »Robert Louis Stevenson und Thomas Bailey Aldrich« und »Henry H. Rogers« –, vermutlich Ergebnisse seines Konzepts der »Porträtsammlung«. Zwei weitere sind Erinnerungen: »Notizen zu *Die Arglosen im Ausland*« und ein kurzer (titelloser) Text darüber, wie er zum ersten Mal eine Schreibmaschine verwendete. Im sechsten Diktat beklagt er sich über die Villa di Quarto, den damaligen Wohnsitz der Familie in der Nähe von Florenz.[61] Es ist das längste und am wenigsten geglättete Diktat, eine ausgedehnte Schimpftirade über die gemietete Villa und vor allem über deren verhasste Eigentümerin, die Gräfin Massiglia. Twain schloss das Diktat ab, indem er ein Manuskript über die Villa Viviani aus dem Jahr 1892 einfügte, wo die Familie Clemens während eines früheren, erfreulicheren Aufenthalts in Florenz gewohnt hatte. Trotz dieses beschwichtigenden Zusatzes strotzt das Diktat aus dem Jahr 1904 vor heftigen Beleidigungen gegen die Gräfin – so heftig, dass Twain im Mai und Juni 1906, als er in Erwägung zog, Ausschnitte seiner Autobiographie bei S. S. McClure zu veröffentlichen, die anstößigen Passagen in Jeans Maschinenabschrift blau markierte und (auf der Rückseite von Seite 2) anmerkte: »Die blau markierte ‸Passage‸ (& *alle* blau markierten Passagen[)] in der *ersten* Ausgabe weglassen«; und: »In späteren Ausgaben wieder einfügen.«[62]

Offensichtlich gab es Florentiner Diktate, die nicht erhalten sind, zumindest nicht in der Form, wie sie ursprünglich diktiert wurden. Im August 1906 sagte Twain, dass er mehr als ein Dutzend »kleine Biographien« geschaffen habe – erhalten sind allerdings nur wenige.

Wenn ich richtig zähle, haben mich, seitdem ich vor zwei Jahren mit diesen Diktaten in Italien begonnen habe, nur dreizehn Menschen in die richtige Stimmung versetzt, meinem alten Groll gekonnt und erschöpfend nachzugeben – es waren eine Frau und zwölf Männer, und sie haben es verdient. Wenn ich zurückblättere und diese kleinen Biographien und Charakterstudien erneut lese, erheitern sie mich jedes Mal aufs Neue, und ich habe das Gefühl, nicht umsonst gelebt zu haben. Die Arbeit ist gelungen. Mit meisterhafter Kunstfertigkeit. Bei jeder Durchsicht steigt meine Bewunderung. Ich glaube, ich habe diese Leute weit über die von meiner Geldgier definierten Grenzen hinaus heruntergemacht, durch die Mangel gedreht und verstümmelt.[63]

Es scheint nur eins dieser Florentiner Diktate überliefert zu sein: In »Villa di Quarto« hat Twain die Gräfin Massiglia durchaus »heruntergemacht«. Wer die Männer waren, die »es verdient« hatten, können wir nur aufgrund von anderen Belegen vermuten. Beispielsweise machte Twain in einem Brief vom 29. Januar 1904 seinem Ärger über Henry A. Butters Luft, den Chef der American Plasmon Company, den er für seine Anlagenverluste verantwortlich machte: »Sobald ich zurück bin, bringen wir Butters vor Gericht, & ich glaube, wir können ihn ins Gefängnis schicken. [...] ~~Er nimmt in meiner Autobiographie genug Platz ein, um mich für all das zu entschädigen, dessen er & sein Handlanger mich beraubt haben.~~«[64] Ein solcher Text aus dem Jahr 1904 oder früher ist jedoch nicht erhalten, und Butters wird in den späteren Autobiographischen Diktaten nur nebenbei erwähnt. (Am 31. Oktober 1908 beschrieb ihn Twain beispielsweise als »den mit Abstand gemeinsten weißen Mann mit dem niederträchtigsten Geist und dem verachtenswertesten Charakter, der mir je begegnet ist«.) Es gibt andere, denen möglicherweise in mittlerweile verlorengegangenen Diktaten aus dem Jahr 1904 hart zugesetzt wurde und deren Porträts dann zwischen Januar und August 1906 »überarbeitet« wurden. Twain machte in den frühen Diktaten des Jahres 1906 ein paar sarkastische Bemerkungen über Charles L. Webster und ließ sich am 29. Mai 1906 dann eingehend über ihn aus. Weitere Kandidaten sind unter anderem Twains Anwalt Daniel Whitford, James W. Paige, der Erfinder der misslungenen Setzmaschine, und natürlich Bret Harte.[65]

Der Schachzug zur Verlängerung des Copyrights (1904 bis 1909)

Als Olivia am 5. Juni 1904 plötzlich starb, erlosch Twains Interesse an seiner Autobiographie, und in den folgenden anderthalb Jahren schrieb er nur eine einzige kurze Skizze, die »Anekdote über Jean«. Doch vor Olivias Tod hatte er aufgrund seines neuen Enthusiasmus für das Diktieren der Autobiographie einen Plan gefasst, wie er seiner Familie – von der er annahm, dass sie ihn überleben würde – ein Einkommen sichern könnte (er war damals achtundsechzig). In dem Januar-Brief an Howells, in dem er vom Diktieren schwärmte, beschrieb er diese neue Idee: »Wenn ich noch zwei Jahre lebe, wird diese Autobio viele Bände umfassen, aber sie werden nicht eigenständig publiziert, sondern erscheinen als (urheberrechtlich schützenswerte) *Anmerkungen* zu meinen bereits veröffentlichten Büchern. Dies dient dem Zweck, das Leben der veröffentlichten Bücher um 28 Jahre zu verlängern. Ich glaube, die Anmerkungen werden jedem Buch 50 % Inhalt zugeben & um einiges lesenswerter sein als das Buch selbst.«[66]

Fast ein Jahr nachdem Twain angefangen hatte, Josephine Hobby im Januar 1906 zu diktieren, bestand dieser Plan noch immer. Im Dezember desselben Jahres sprach Twain mit einem Reporter darüber, der das Gespräch in der *New York Times* wie folgt zusammenfasste:

Sobald das Copyright eines seiner Bücher ausläuft, melden Mark Twain oder seine Nachlassverwalter ein neues Urheberrecht auf das Buch an, das um einen Auszug aus der Autobiographie in Form einer Anmerkung erweitert ist. Wenn beispielsweise das Copyright von *Tom Sawyer* ausläuft, erscheint eine neue Ausgabe des Buchs. […] Etwa ein Drittel dieser neuen Ausgabe von *Tom Sawyer* ist dann Autobiographie, die von dem früheren Text nur typographisch abgesetzt ist. So wird mit jedem Buch verfahren, sobald das Urheberrecht ausläuft.

Soweit möglich, soll der Auszug aus der Autobiographie einen Bezug zu dem Buch haben, in dem er erscheint. […]

Die Erfahrung von Sir Walter Scott, dem er diese Idee im Kern verdankt, bestärkte ihn darin. Scott hielt sein Copyright aufrecht, indem er neue Ausgaben mit Kommentaren herausbrachte. […] Twain glaubt, dass er sich so ein Urheberrecht von vierundachtzig statt nur von zweiundvierzig Jahren sichern kann, und sagte kürzlich dazu: »Es geht mir nur um meine Kinder; meine Enkelkinder sollen für sich selbst sorgen.«[67]

Es ist schwer zu sagen, wie ernst es Twain mit diesem Plan wirklich war, weil nie die Probe aufs Exempel gemacht wurde. Am 24. Dezember 1909 erklärte er in den »Abschließenden Worten meiner Autobiographie«, dass,

was mich bewegte, der dringende Wunsch war, meine Urheberrechte vor dem Auslaufen zu bewahren, damit Jean und Clara nach meinem Tod durch meine Bücher ein gutes Auskommen haben würden. […]

Diese lange mühsame Arbeit war umsonst. Im vergangenen März verlängerte der Kongress die Frist von zweiundvierzig Jahren um weitere vierzehn Jahre, somit bleibt mein ältestes Buch nun noch fünfzehn Jahre lang am Leben. Mir bringt diese Verlängerung nichts (ich bin jetzt vierundsiebzig), der armen Jean bringt sie nichts, Clara ist glücklich und wohlhabend verheiratet, ihr bringt sie also auch nichts.

Zu dieser Gesetzesänderung äußerte er sich Clara gegenüber offensichtlich ganz ähnlich. Sie widersprach, und er antwortete am 23. Februar 1909:

Vielleicht hätte ich sagen sollen »zur Hälfte umsonst«. Mein liebes Kind, ich habe zwei oder drei Jahre in diese Autobiographie investiert, um das Leben meiner Bücher um 28 Jahre verlängern zu können. Der Kongress hat sich ‸jetzt‸ damit befasst und von diesen 28 möglichen 14 hinzugefügt; & das Gesetz ist so, dass der Kongress derzeit ohne Schwierigkeiten überzeugt werden kann, noch mal 14 hinzuzufügen. [...]

Mein Kind, ich habe die Autobiographie nicht um dieser Welt willen geschrieben, sondern allein um deinetwillen & um Jeans.[68]

Dennoch ist klar, dass die Verlängerung des Copyrights nie sein Hauptmotiv für das Verfassen der *Autobiographie* war.

Mark Twains Autobiographie

Beginn der Autobiographischen Diktate (Januar 1906)

Im Juli 1904 begleiteten Twain, seine beiden Töchter Clara und Jean, Katy Leary und Isabel Lyon Olivias Leichnam zurück nach Amerika. Sie setzten sie auf der Quarry Farm bei, und anschließend ging Clara in ein Sanatorium in New York City, während Twain, Jean und Isabel Lyon den Rest des Monats in einem gemieteten Sommerhaus in Lee, Massachusetts, verbrachten. Am 10. August fuhr Twain nach New York und unterschrieb schon bald darauf einen dreijährigen Mietvertrag für ein Stadthaus in der Fifth Avenue, Nummer 21, das er und Jean im Dezember 1904 bezogen, nachdem es renoviert und möbliert worden war.

Ein Jahr später, im Januar 1906, waren es bereits achtzehn Monate, die er nicht mehr an der Autobiographie gearbeitet hatte. Ein Katalysator war notwendig, um den Enthusiasmus von 1904 wieder zu entfachen, und diese Funktion kam Albert Bigelow Paine zu, der am Abend des 3. Januar auf den Plan trat. Paine war ein erfahrener Schriftsteller und Herausgeber, der 1904 eine Thomas-Nast-Biographie publiziert hatte, die Twain bewunderte. An jenem Januarabend nahm Paine an einem Essen zu Ehren von Twain teil, das vom Players Club veranstaltet wurde, und saß diesem zufällig »fast gegenüber«. Drei Tage später besuchte er Twain in der Fifth Avenue und bat darum, Mark Twains Biographie schreiben zu dürfen. Nach kurzen Vorverhandlungen wandte sich Twain an Paine und fragte ihn: »Wann möchten Sie anfangen?« Daraufhin schlug Paine vor, einen Stenographen zu engagieren, der Twains Antworten auf seine Fragen notieren sollte. Twain sagte, dass er es »genießen« werde, einem Stenographen zu diktieren, »mit einem Gegenüber, das mir Stichworte gibt und als Publikum dient«, und bot Paine Platz zum Arbeiten und Zugang zu »ein, zwei Kisten« mit seinen Manuskripten, Notizen und Briefen an. »Was Sie brauchen, wird Ihnen gebracht. Wir können vormittags hier diktieren, und den Rest des Tages können Sie nach Belieben zubringen. Sie erhalten einen Schlüssel und kommen und gehen, wie Sie möchten.«[69]

Man kam überein, dass die Arbeit am 9. Januar beginnen sollte. An diesem Samstagvormittag erschien Paine in Begleitung der Stenographin Josephine S. Hobby. Die Vorgehensweise für die Arbeit an der Autobiographie wurde umgehend festgelegt, doch Twain

schlug vor, den Wert und den Reiz unserer Arbeit zu verdoppeln, indem seine Diktate der Form jener frühen autobiographischen Kapitel folgten, die mit Redpath 1885 begonnen und später in Wien und in der Villa Quarto fortgeführt worden waren. Er sagte, dass er nicht glaube, ein streng chronologisches Programm einhalten zu können, und dass er es vorziehe, abzuschweifen und diesen und jenen Punkt aufzugreifen, wie es seine Erinnerung oder seine Laune vorgab, ohne eine bestimmte biographische Reihenfolge. Es sei seine Absicht, erklärte er, dass seine Diktate frühestens hundert Jahre nach seinem Tod veröffentlicht werden sollten – eine Aussicht, die ihm besondere Genugtuung zu verschaffen schien.[70]

Josephine Hobby war eine erfahrene Stenographin und schrieb hervorragend Maschine, Paine kannte sie schon seit etwa acht Jahren. Sie hatte für Charles Dudley Warner und Mary Mapes Dodge gearbeitet und war zu jener Zeit bei der Century Company angestellt, die seit 1899 auch Paine als Redakteur von *St. Nicholas* beschäftigte, einer Zeitschrift für junge Leute. Josephine Hobby verlangte einen Dollar pro Stunde Diktat und fünf Cent für hundert Wörter Typoskript. Sie begann umgehend mit einer Abschrift des Gesprächs vom Vormittag. »So wollen wir's versuchen«, sagte Twain zu Paine, »sehen, ob's öde oder interessant ist oder ob's uns langweilt und wir Selbstmord begehen wollen. Ich hasse es, der Sache auf den Leib zu rücken. Ich hasse es, anzufangen, aber ich kann mir vorstellen, dass wir, wenn Sie hier sind und von Zeit zu Zeit Vorschläge machen, die Sache in Gang bringen, statt dass sie sich hinzieht.« Er schlug einen Zeitplan von vier oder fünf Tagen pro Woche vor, jeweils vormittags etwa zwei Stunden.[71] Twain sprach, während Josephine Hobby alles stenographierte und Paine begeistert zuhörte. Paine erinnerte sich, dass Twain während dieser frühen Sitzungen gewöhnlich vom Bett aus diktierte, »in einen schönen Seidenmorgenmantel mit einem prächtigen persischen Muster gekleidet und an große schneeweiße Kissen gelehnt«.[72]

Bis Twain 1909 mit dem Diktieren fertig war, produzierten er und Josephine Hobby sowie drei andere Schreibkräfte mehr als fünftausend Schreibmaschinenseiten. Dieser enorme Materialfundus stellt seit Twains Tod den Großteil des Manuskripts dar, das als die *Autobiographie* bekannt ist. Doch seit DeVotos Zeit als Herausgeber der

Mark Twain Papers wunderte sich vermutlich jeder, der die Manuskripte konsultierte, über zwei Dinge. Zum einen wurden die meisten der Autobiographischen Diktate zwischen Januar und August 1906 in Mappen abgelegt – eine für jedes Diktat –, die jeweils zwei bis vier separate maschinenschriftliche Exemplare des gleichen Textes enthielten. Niemand verstand den Sinn dieser Duplikate. Zum anderen waren die Unterschiede (sofern es welche gab) zwischen diesen verschiedenen »Duplikaten« nicht offensichtlich oder unmittelbar einleuchtend: Die Paginierung unterschied sich, scheinbar ohne System; einige enthielten handschriftliche Änderungen des Autors, während andere keine Korrekturen aufwiesen; und in vielen fanden sich umfassende Notizen in mindestens einem halben Dutzend (zumeist nicht identifizierter) Handschriften, zusätzlich zu denen des Autors. Diese Dokumente waren die zentralen Puzzleteile, mit denen sich jeder konfrontiert sah, der sich daranmachte, *Mark Twains Autobiographie* zu edieren.

Das erste Typoskript (TS1)

Ein erster Schritt zur Lösung dieses Puzzles bestand darin, eine verlässliche Methode zu entwickeln, um zwischen den beinahe identischen maschinenschriftlichen Abschriften in jeder der Mappen zu unterscheiden. Das verwendete Papier, die Besonderheiten der jeweiligen Schreibmaschinen, die Eigenheiten der Schreibkräfte und natürlich die bisher unerklärten Unterschiede in der Paginierung erwiesen sich als die wichtigsten Hinweise. Die erste Abschrift, die Josephine Hobby von ihren stenographischen Aufzeichnungen gemacht hatte, konnte so schließlich identifiziert werden. Sie wird im Folgenden TS1 (für Typoskript 1) genannt. Die anderen Typoskripte (manchmal auch mit Durchschlägen) wurden ebenso identifiziert. Auf sie wird mit Nummern verwiesen (TS2, TS3 und TS4). Nachdem auf diese Weise eine materielle Unterscheidung der Abschriften möglich geworden war, konnte man erkennen, dass das durchaus nachvollziehbare Verfahren, wie die täglichen Diktate abgelegt worden waren, lange Zeit die Gründe verschleiert hatte, warum es überhaupt verschiedene Abschriften gab.[73] Aufgrund genauester Textvergleiche wurde es dann aber möglich, zu entscheiden, welche Abschrift nach welcher Vorlage erstellt worden war, und die diversen Unterschiede zwischen den vier Fassungen zu erklären.

Bis zum 18. Januar hatte Josephine Hobby ein Standardformat für jede Sitzung entwickelt: Sie notierte die Zeit, die das Diktat in Anspruch genommen hatte, und die

Anzahl der Wörter, die es umfasste, links oben auf der ersten Seite, die Seitenzahl in der Mitte und das Datum des Diktats rechts. Dem folgte in der Regel eine Inhaltsangabe. Alle Fehler, die sie während des Tippens nicht korrigiert hatte, strich Josephine Hobby mit Bleistift an. Dann bekam Twain den Text zur Korrektur und Überarbeitung. TS1 umfasst etwa zweitausendsechshundert fortlaufend nummerierte Seiten: von Seite 1 des Diktats vom 9. Januar 1906 bis zur letzten Seite des Diktats vom 14. Juli 1908, das Josephine Hobby beendete, kurz bevor sie aus Twains Diensten ausschied. Danach fertigten zwei weitere Stenotypisten noch einmal etwa einhundert Seiten Typoskript an, auf dem aber die Paginierung von TS1 nicht fortgeführt wird.[74]

Josephine Hobby war schnell bereit, ihre Stelle bei Century aufzugeben, um während des Sommers und vielleicht sogar länger ausschließlich für Twain zu arbeiten. Am 13. März schrieb Isabel Lyon in ihr Tagebuch: »Mr. Clemens ist äußerst zufrieden mit ihr & meint, ›sie ist die personifizierte Kompetenz‹, was einiges heißen will – ja, sie ist eine gute Zuhörerin, ist mitfühlend und verständnisvoll.«[75] Bis zum 8. April hatte Josephine Hobby ihre Aufzeichnungen bis einschließlich des Diktats vom 28. März 1906 übertragen.

Ungeachtet des Risikos, dass die einzige Abschrift (zu diesem Zeitpunkt gab es keinen Durchschlag von TS1) verlorengehen könnte, erlaubte Twain seiner Tochter Clara, etwa fünfhundert Seiten zum Lesen mitzunehmen – alles bis einschließlich des Diktats vom 16. März. Auch lieh er Twichell die Diktate dreier Tage, vermutlich die vom 23., 26. und 27. März. Am 8. April notierte Isabel Lyon: »M^{r}. Twichell ist hier – und seine Frau – & M^{r}. T. findet das Ms. der Autobio faszinierend.« Vermutlich gab er die drei Diktate bei dieser Gelegenheit zurück. Am gleichen Tag nahm Twain das ganze Diktat vom 28. März (Orions Missgeschick mit den »zwei reifen alten Jungfern«, den Schwestern von Dr. Meredith) mit zum Mittagessen mit Howells im Hotel Regent, der die Seiten am nächsten Tag per Post zurückschickte:

Ich will jedes einzelne Wort der 578 Seiten vor diesen sehen, die zu dem Humansten und Reichsten in der Geschichte der Menschheit gehören. Wenn Sie von Anfang an so vorgegangen sind, dann sind Sie weiter gegangen als alle anderen Autobiographen vor Ihnen. Sie sind nackter als Adam und Eva zusammen und wahrhaftiger als die Sünde. Aber – aber – aber Sie dürfen Orion *nicht* in dieses Bett steigen lassen. Ich weiß, dass er es getan hat, aber –

Isabel Lyon vermerkte, Clara habe »auch begeistert darüber« geschrieben, aber dieser Brief ist nicht erhalten. Twain antwortete ihr in Atlantic City, zwei Tage bevor sie die Seiten zurückgeben sollte:

Ich bin ja so froh, mein liebes Graukätzchen!, so froh, dass Dich die Autobiographie interessiert; ich hatte Angst, dass es anders sein könnte. Ich habe keine Vorstellung, wie sie sich liest, ich selbst habe absichtlich keine einzige Zeile gelesen, damit sie mich nicht enttäuscht und ich das Ganze nicht hinwerfe. Ich wollte, dass sie *Patina* ansetzt, bevor ich sie wieder zur Hand nehme, so dass ich sie wie ein Fremder lesen kann – dann bin ich in der Lage, mit kühlem Kopf zu urteilen. Weil aber Twichell es ausprobieren wollte, nahm ich die Fortsetzungen der letzten 3 Tage & korrigierte sie – & so habe ich herausgefunden, dass ich mich gar nicht so schlecht angestellt habe für einen Lehrling, der in der Kunst des Diktierens ein unerfahrener Anfänger ist. Twichells Urteilsspruch lautet, dass das Interesse nicht nachlasse. Das genügt mir ja vollkommen. Ich will den Leser interessieren, sucht er Nutzen & Wissen, muss er woandershin gehen.[76]

Am 11. April 1906 unterbrach Twain die täglichen Diktate und nahm sie erst am 21. Mai wieder auf, nachdem er sich mit Jean und Isabel Lyon für den Sommer in dem abgelegenen Upton House in der Nähe des Dorfes Dublin in New Hampshire häuslich eingerichtet hatte. Twain traf am 15. Mai dort ein, Paine und Josephine Hobby wenige Tage später. Sie fanden eine Unterkunft in der Nähe. Paine berichtete: »Wie zuvor fingen wir in seinem Schlafzimmer an, aber die Stimmung dort war deprimierend.« Er beschrieb die Aussicht von der Veranda in Upton House als »eine der schönsten Landschaften auf diesem Planeten« und berichtete, dass Twain rasch die Möglichkeiten erkannte, die sich hier boten: »Ich denke, wir sollten in Zukunft hier draußen diktieren. Das muss ein Ort der Inspiration sein.« Isabel Lyon kommentierte zwar gelegentlich Twains (und ihre eigene) Ungeduld mit den »altjüngferlichen Macken« und der Langsamkeit des »Hobby horse« (Steckenpferds), aber die vormittäglichen Sitzungen scheinen überwiegend in sehr freundschaftlicher Atmosphäre vonstattengegangen zu sein.[77] In ihrem Tagebuch beschreibt Isabel Lyon eine solche Sitzung:

Es gab heute Vormittag ein längeres – ein 3-stündiges Diktat, bei dem Mr. Clemens über Briefe sprach. [...] Es war sehr schön, das Gelächter von der Veranda zu hören; das tiefe Lachen des Königs, das freudige Falsett des Biographen und das muntere Glucksen der Stenographin + ~~es war ein ganz reizendes Lied~~. Ich stahl mich weg, setzte mich in der

Diele in einen Korbstuhl & schaute & hörte zu. Der König in Weiß – der Biograph in sanftem Grau & die Stenographin in Dunkelblau, mit einem Kätzchen auf dem Schoß.[78]

Ende Mai begann Twain zudem ernsthaft mit der Lektüre und Korrektur dessen, was sich in vier Monaten von TS1 angesammelt hatte. Es waren inzwischen mehr als siebenhundert Seiten (bis einschließlich des Diktats vom 11. April). Er überarbeitete das Typoskript mit schwarzer Tinte, nur selten mit Bleistift, wobei er – zumindest nach den ersten zehn Diktaten – die Wortwahl nur selten veränderte, aber systematisch kleinere Korrekturen an Orthographie, Zeichensetzung und Absatzgliederung vornahm. Für die Mehrzahl der Fälle scheint Josephine Hobby, direkt oder indirekt, von Twain gelernt zu haben, welcher Orthographie und Zeichensetzung er den Vorzug gab. Natürlich gab es Fehler, besonders bei den Eigennamen (»Katie« statt »Katy«, »Susie« statt des gewünschten »Susy«, »Twitchell« statt »Twichell«). Und als Twain seine Überarbeitung mit einem Rückstand von Hunderten von Schreibmaschinenseiten begann, stieß er natürlich auf sich wiederholende Fehler. Isabel Lyon vermerkte dazu in ihrem Tagebuch:

Tagtäglich plagt und quält es M^r^. Clemens beim Durchlesen des diktierten Materials, wenn er unentwegt auf Hobbys Fehler stößt, & der schlimmste – der ärgerlichste ist, wenn sie M^r^. Clemens jedes Mal korrigiert und »eintausend« oder »einhundert« schreibt, wo er *nur* »tausend« oder »hundert« gesagt hat. Heute riss ihm der Geduldsfaden. Mit zusammengepressten Zähnen verfluchte er dieses »höllische Wort«, bis er müde war; & dann schimpfte er auf »diese dumme Person« – »dieses teuflische Weib! Ich wollte, jemand würde sie hinausschleifen, ihr den Skalp abziehen und den Bauch aufschlitzen!«[79]

Er hatte diesen banalen, aber ärgerlichen Fehler mehr als zwei Dutzend Mal gefunden (und korrigiert). Es bleibt zu hoffen, dass er Josephine Hobby in einer weniger grimmigen Verfassung darauf aufmerksam machte.

S. S. McClure und die Mehrfachverwertung

Bei der Korrektur und Überarbeitung von TS1 beflügelte Twain das Angebot von S. S. McClure, dem Gründer des McClure-Konsortiums und des *McClure's Magazine*, Twain einen Dollar pro Wort zu zahlen, wenn das Konsortium die Rechte für die

Mehrfachverwertung von fünfzigtausend Wörtern aus der Autobiographie bekäme. Während Twain Josephine Hobbys Typoskripte und einige der vor 1906 verfassten Manuskripte überarbeitete, fing er an, für die von McClure vorgeschlagenen Publikationen geeignete Texte zu markieren. So ist zum Beispiel oben auf der ersten Seite des »Villa di Quarto«-Typoskripts von 1904 mit blauem Stift »M^{c}« vermerkt. Gleiche oder ähnliche Zeichen finden sich auf weiteren der zwischen Januar und März 1906 entstandenen Seiten von TS1. Andere Diktate wiederum waren mit »*Nicht* für MC« markiert.

Twain konnte McClures Angebot jedoch nicht einfach annehmen. Er hatte am 22. Oktober 1903 einen Exklusivvertrag mit Harper & Brothers unterzeichnet, der es ihm untersagte, »Bücher, Schriften oder Werke, die zum jetzigen Zeitpunkt existieren oder gegebenenfalls in Zukunft geschaffen werden«, bei einem anderen Verlag zu publizieren. Darüber hinaus war vereinbart, dass »sämtliche Artikel, die zur Publikation in Magazinen oder Zeitschriften angenommen werden, mit 30 Cent pro Wort bezahlt werden«. Ungeachtet dessen beschäftigte Twain Isabel Lyon am 27. Mai zwei Stunden damit, Notizen zu machen, während er »die Vorgehensweise« skizzierte, »wie er aus dem Vertrag mit Harper aussteigen & 50000 Wörter für $ 50000 zur Mehrfachpublikation an McClure verkaufen« könne. Sein Interesse, bei McClure zu veröffentlichen, war aber nicht nur finanzieller Art. Es war sein ausdrücklicher Wunsch, dass die ausgewählten Texte »in die Zeitung kämen, sogar in die Hearst-Zeitungen, um seine ›Unterwasser-Leserschaft‹ zu erreichen«.[80] Weiter erläuterte er Rogers:

Ich möchte vieles von dem hier gedruckt sehen, bevor ich sterbe – aber nicht *alles*, bloß nicht! Ich möchte nicht sofort ans Kreuz genagelt werden. Howells *glaubt*, dass die Autobio die *Arglosen im Ausland* um tausend Jahre überleben wird, & ich *weiß* es. Ich möchte aber, dass die literarische Welt sieht (wie Howells das ausdrückt), dass die *Form* dieses Buchs eine der denkwürdigsten literarischen Erfindungen unserer Zeit ist. Denn das ist sie. Sie steht auf einer Stufe mit der Dampfmaschine, der Druckerpresse und dem elektrischen Telegraphen. Ich bin der einzige Mensch, der auf die richtige Methode verfallen ist, eine Autobiographie zu strukturieren.

Rogers war jedoch dagegen, McClures Angebot anzunehmen. Er hielt den Vertrag mit Harper »für so lukrativ, dass sie jede Gelegenheit ergreifen werden, das Arrangement aufzukündigen, wenn sich die Möglichkeit ergibt«. Er beschwor Twain, »nichts in Betracht zu ziehen, was den Vertrag gefährden könnte«.[81]

»Der endgültige (und richtige) Plan« (Juni 1906)

Am 10. Juni schrieb Twain an einen Freund: »Ich habe aufgehört zu diktieren – es langweilt mich. Ich habe aufgehört, die Autobiographie zu lesen & zu bewundern – sie langweilt mich zu Tode!«[82] Der mangelnde Enthusiasmus muss aber nur eine vorübergehende Laune gewesen sein, denn Twain hörte weder auf zu diktieren noch die »Autobiographie zu lesen«. Vom 11. bis zum 14. Juni diktierte er jeden Tag (sowie an sechs weiteren Tagen in diesem Monat), während er gleichzeitig TS1 las und revidierte und so bis zum 21. Juni einen Rückstand von mehr als neunhundert Seiten aufarbeitete. Zu dieser Zeit entschloss er sich auch, eine Arbeit wieder aufzunehmen, die er im Winter begonnen, im Mai jedoch unterbrochen hatte: die Durchsicht alter Manuskripte einschließlich der frühen Versuche einer Autobiographie. Am 8. Juni ließ er Paine aus dem Haus Nummer 21 in der Fifth Avenue einen Vorrat an Manuskripten holen, die er sowohl für die Autobiographie wie auch für seinen Copyright-Plan gehortet hatte.[83] Viele Jahre später notierte Isabel Lyon in einem Exemplar der Ausgabe von Paine an der Stelle, wo »Das Land in Tennessee« anfängt, »im Winter 1905/06« habe Twain die Idee gehabt, »jedem Band, wenn das Copyright ausläuft, autobiographische Anmerkungen hinzuzufügen und somit einen neuen Band mit je neuem 14-jährigem Copyright zu schaffen. [...] Er bat mich um seine Aufzeichnungen aus dem Jahr 1870 & später – & hier ist der Anfang.« Vermutlich zur gleichen Zeit las Twain Isabel Lyon aus dem Manuskript vor, das Paine mit dem Titel »Frühe Jahre in Florida, Missouri« versehen hatte. In Paines Ausgabe notierte sie: »Mr. Clemens ließ sich das Ms. bringen und las es mir vor; oft tief bewegt von Erinnerungen, versagte ihm vorübergehend die Stimme.«[84]

Paine kam am 13. Juni mit einem »kleinen Schiffskoffer« voller Manuskripte nach Dublin zurück. Am 22. schrieb Isabel Lyon in ihr Tagebuch:

> [...] & dann nach dem Mittagessen saßen wir auf der Veranda, und Mr. Clemens las den allerersten Anfang der Autobiographie vor, ~~einen Teil,~~ den er vor vielen Jahren geschrieben hatte ‸ungefähr 1879‸ – 44 Schreibmaschinenseiten & Geschichten von seinen Kindertagen & von der Farm & ~~der Freude, dort zu leben~~ Es ist ein wundervolles ~~Stückchen Poesie – es ist voller Bilder, & der Nachmittag war sehr, sehr schön~~ ‸Er war tiefbewegt, wie er so las & las‸.[85]

Vielleicht überlegte Twain, welche der frühen Erinnerungen ihm so gut gefielen, dass sie Teil der Autobiographie werden könnten, wenn auch nur, um deren Umfang zu vergrößern. Einige Tage zuvor (am 17. Juni) hatte er einen langen Brief an Howells geschrieben, in dem er auf eine weitere Möglichkeit verwies, seinen Text zu erweitern; dieses Mal wollte er Vorteil aus der postumen Publikation schlagen:

Es gibt eine ganze Menge »Fett«. Ich habe (seit dem 9. Jan.) 210000 Wörter diktiert & mit dem »Fett« kommen etwa 50000 dazu.

Das »Fett« sind alte, abgelegte Dinge längst vergangener Jahre, die ich oder die Herausgeber nicht zu drucken wagten. Zum Beispiel werfe ich das kleine alte Buch mit rein, das ich Ihnen vor 30 Jahren in Hartford vorlas & von dem Sie sagten: »Publizieren Sie's – & bitten Sie Dean Stanley um eine Einleitung; der macht das« *(Kapitän Stormfields Besuch im Himmel* [86]*)*. Es ist ganz nach meinem Geschmack, ohne auch nur ein Wort ändern zu müssen, jetzt, da es nicht vor meinem Tod gedruckt werden wird.

Und er fügt in einem Postskriptum hinzu: »Ich habe eine kurze Einleitung geschrieben. Der Titel gefällt mir: ›Wie aus dem Grabe gesprochen‹. Er bereitet den Leser auf die darin folgenden Festlichkeiten vor.«[87]

Das Manuskript dieses Vorworts (mit dem Untertitel »Wie aus dem Grab«) und ein Entwurf der Titelseite sind in den Mark Twain Papers erhalten, ebenso eine maschinenschriftliche Fassung der Titelseite, auf der Twain Bedingungen für die Publikation der Autobiographie skizziert hatte. Er beschloss dann, das kurze »Vorwort« zu verlängern, indem er diese Anmerkungen weiter ausführte. Er wandte sich an seine »Herausgeber, Erben und Rechtsnachfolger« und führte scherzhaft aus, wie erst in späteren Auflagen allmählich all seine (angeblich schockierenden) »vernünftigen Meinungsäußerungen« enthalten sein dürften.

Heute wissen wir, dass Twain, als er am 22. Juni die »44 Schreibmaschinenseiten [...] von seinen Kindertagen & von der Farm« vorlas, bereits entschieden hatte, dieses Stück an den Anfang der Autobiographie zu stellen. Als Einleitung schrieb er ein einseitiges Vorwort mit dem Titel »Ein früher Versuch« und ließ eine Seite mit der Anweisung folgen: »Hier die 44 alten Schreibmaschinenseiten einfügen.« Dieses alte Typoskript ist nicht erhalten, aber wir wissen mittlerweile, dass es eine maschinenschriftliche Abschrift des 1897/98 in Wien verfassten Manuskripts war, das er »Meine Autobiographie [Willkürliche Auszüge daraus]« genannt hatte. Es ist unklar, wann dieses (nicht erhaltene) Typoskript angefertigt wurde, vermutlich nicht nach 1900.[88]

Etwa zur gleichen Zeit beschloss er zu illustrieren, wie sich seine Vorstellungen von der Autobiographie entwickelt hatten, und integrierte zu diesem Zweck einige der 1904 in Florenz entstandenen Diktate. Um diesen Texten einen Rahmen zu geben, schrieb er ein korrespondierendes Vorwort, »Der jüngste Versuch«, in dem er seinen Ansatz als »die richtige Art« bezeichnete, eine Autobiographie zu verfassen. Er nahm noch eine weitere Änderung vor und fügte »Der endgültige (und richtige) Plan« und eine Vorrede (»Was für einen winzig kleinen Bruchteil des Lebens [...]«) hinzu.[89] Das Ergebnis war ein dreiteiliges Vorwort, das mit »Vorwort. Wie aus dem Grab« (in sich nochmals dreigeteilt) endet, gefolgt von den Worten: »Hier beginnen die Florentiner Diktate.«

Die vorliegende Ausgabe veröffentlicht diese umfangreiche Titelei zum ersten Mal vollständig und in der Abfolge, die Twain vorgesehen hatte. Paine kannte das gesamte Textmaterial (seine mit Bleistift geschriebenen Seitenzahlen befinden sich auf den Manuskriptseiten). Aber augenscheinlich waren sie nicht mit seinen eigenen Plänen für die Autobiographie in Einklang zu bringen: eine Reihe früher Geschichten und die Florentiner Diktate (nach dem Zeitpunkt ihrer Entstehung geordnet), gefolgt von einer Auswahl der Autobiographischen Diktate von Januar bis April 1906. Er stellte die Vorrede sowie den ersten Teil von »Wie aus dem Grab«[90] an den Anfang seines ersten Bandes und rückte »Der jüngste Versuch« vor die Florentiner Diktate, nannte den Text aber »Anmerkung des Autors«. »Ein früher Versuch« und den zweiten und dritten Abschnitt von »Vorwort. Wie aus dem Grab« strich er ganz (zu den einleitenden Seiten, die sich alle in den Mark Twain Papers befinden, vgl. Abb. 2–13 [Bd. 2, S. 53–64]).

Doch wie können wir sicher sein, dass die »44 alten Schreibmaschinenseiten« tatsächlich eine Kopie von »Meine Autobiographie [Willkürliche Auszüge daraus]« sind, da sie ja bekanntermaßen verlorengingen? Und wie können wir wissen, welche der sechs erhaltenen Florentiner Diktate vorgesehen waren, auf »Wie aus dem Grab« zu folgen?

Die vielen maschinenschriftlichen Fassungen der Diktate von Januar bis August 1906 beantworten uns beide Fragen.

Zwei weitere Typoskripte: TS2 und TS4

In dem Postskriptum eines Briefs an Howells vom 17. Juni 1906 schrieb Twain: »Ich glaube, Miss Lyon hat Ihnen den Grund genannt, weshalb wir Ihnen die Autobiographie bisher nicht schicken konnten – es ist nur eine getippte Kopie vorhanden, & wir brauchen sie als Referenz, um Wiederholungen zu vermeiden. Wir haben nun angefangen, eine zweite Kopie zu erstellen; & so können wir Ihnen bald einen Schwung zuschicken.«[91] TS1 war ohne einen Durchschlag begonnen worden. Da aber Howells und Twichell schon im April Interesse an dem Text bekundet hatten und auch McClure ihn Ende Mai lesen wollte, war deutlich geworden, dass dringend Abschriften benötigt wurden. So ist zu diesem Zeitpunkt (mit Sicherheit nicht später als am 11. Juni)[92] die Entscheidung gefallen, umgehend einen Durchschlag von TS1 anzufertigen. Damit blieben aber über 800 Seiten diktierter und oftmals bereits überarbeiteter Texte, von denen es nur ein Exemplar gab.

Twains Postskriptum zeigt also, dass am 17. Juni »eine zweite Abschrift« in Auftrag gegeben worden war. In der zweiten Juni-Hälfte wurde dann aber nicht nur mit einer, sondern gleich mit zwei maschinenschriftlichen Abschriften von TS1 begonnen, bald nachdem die verschiedenen Vorworte verfasst worden waren: Die erste Kopie (TS2) tippte Josephine Hobby, die zweite (TS4) eine unbekannte Schreibkraft. Auf diese Reihenfolge lässt sich aufgrund der unterschiedlichen Paginierung und der minimalen Abweichungen, die in den Eigenheiten der tippenden Personen liegen, schließen. Der Textvergleich belegt, dass sowohl TS2 als auch TS4 unabhängig voneinander erstellte Kopien des kurz zuvor überarbeiteten TS1 waren. TS4 ist also keine Kopie von TS2. Beide Texte begannen ursprünglich mit »Willkürliche Auszüge«, es fehlte aber das Vorwort zu »Ein früher Versuch«. TS4 enthält das zweite Vorwort in drei Teilen sowie vier der »Florentiner Diktate« (»John Hay«, »Notizen zu *Die Arglosen im Ausland*«, »Robert Louis Stevenson und Thomas Bailey Aldrich« und »Villa di Quarto«), was auch für TS2 gegolten haben müsste. Doch nicht alle Teile dieser frühen Texte sind in TS2 erhalten: die an fehlenden Seitenzahlen zu erkennenden Lücken in TS2 können nicht immer mit Gewissheit rekonstruiert werden. Alle uns bekannten Belege lassen aber die Annahme zu, dass der Inhalt der fehlenden Seiten von TS2 mit dem von TS4 identisch ist. TS4 ist somit das einzig vollständig überlieferte Dokument, das diese Bestandteile von Twains frühestem Entwurf enthält. Diese Annahme erklärt, weshalb sich die Seitenzahlen der Diktate von Januar bis August 1906 in TS2 und TS4 voneinander unterscheiden und stets höher sind als die Seitenzahlen der entsprechenden Diktate in TS1. TS1 *beginnt* mit dem Autobiographischen Diktat vom 9. Januar und entstand, *bevor* sich Twain dazu entschloss, einen Teil des frühen Textmaterials mit aufzunehmen.[93]

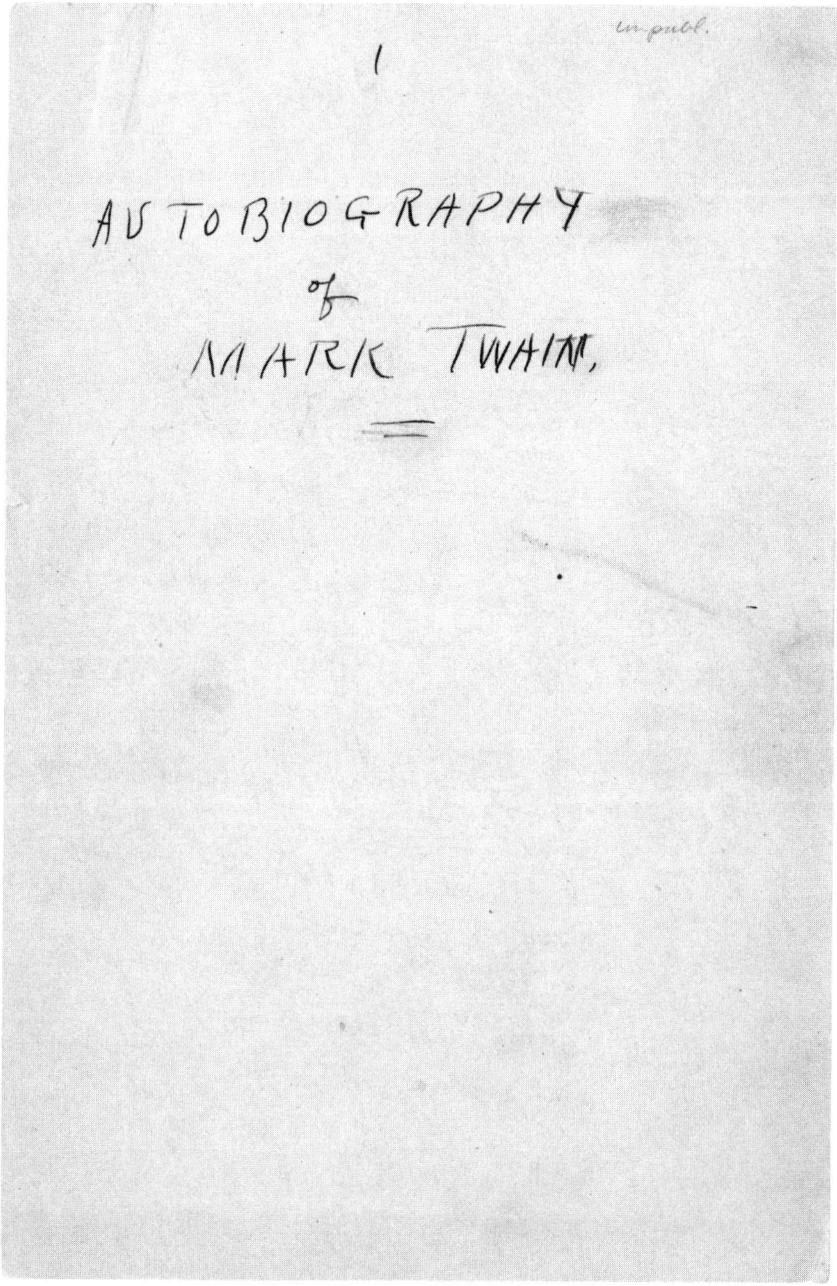

2 Manuskriptseite 1: Twains Titelseite

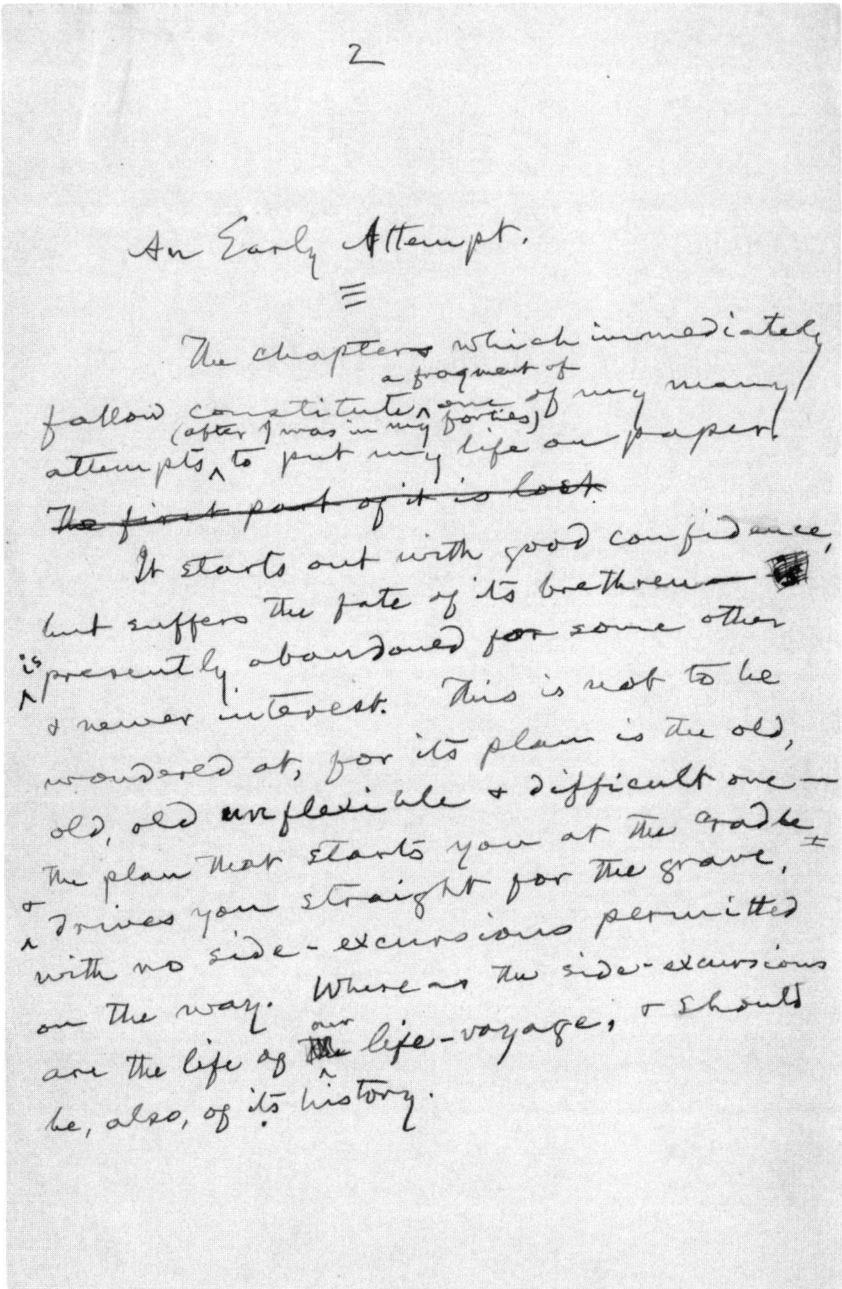
2

An Early Attempt.

The chapters which immediately follow constitute a fragment of one of my many attempts (after I was in my forties) to put my life on paper.
~~The first part of it is lost.~~

It starts out with good confidence, but suffers the fate of its brethren — is presently abandoned for some other & newer interest. This is not to be wondered at, for its plan is the old, old, old unflexible & difficult one — the plan that starts you at the cradle & drives you straight for the grave, with no side-excursions permitted on the way. Whereas the side-excursions are the life of our life-voyage, & should be, also, of its history.

3 Manuskriptseite 2: Das Vorwort von »Ein früher Versuch«, die Einleitung der »44 alten Schreibmaschinenseiten«

3

Here insert the 44 old type-written pages.

4 Manuskriptseite 3: Die Anweisung, den Text einzufügen, von dem man heute weiß, dass es sich um »Meine Autobiographie [Willkürliche Auszüge daraus]« handelte

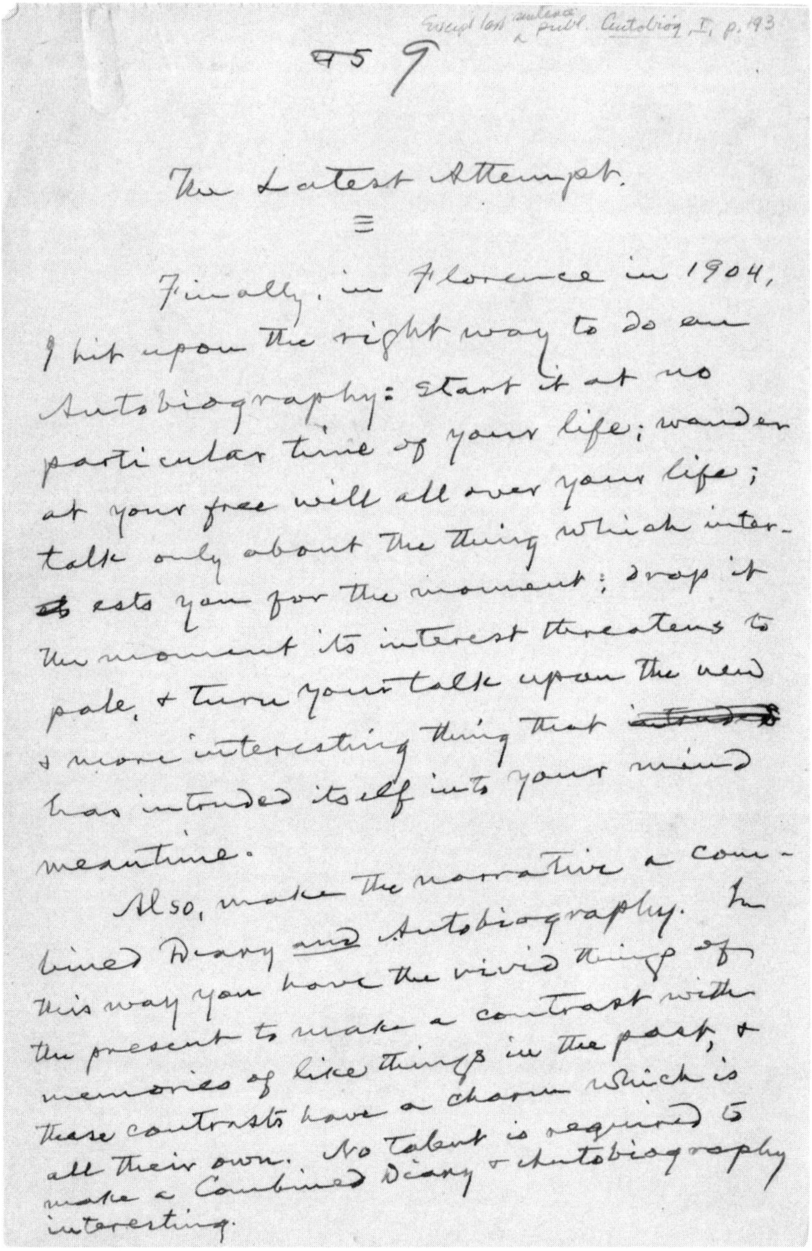

Except last sentence publ. Autobiog, I, p. 193

~~45~~ 9

The Latest Attempt.

Finally, in Florence in 1904, I hit upon the right way to do an Autobiography: Start it at no particular time of your life; wander at your free will all over your life; talk only about the thing which interests you for the moment; drop it the moment its interest threatens to pale, & turn your talk upon the new & more interesting thing that has intruded itself into your mind meantime.

Also, make the narrative a combined Diary and Autobiography. In this way you have the vivid things of the present to make a contrast with memories of like things in the past, & these contrasts have a charm which is all their own. No talent is required to make a Combined Diary & Autobiography interesting.

5 Manuskriptseite 45: Die erste Seite des Vorworts »Der jüngste Versuch«, nummeriert, um die Reihenfolge nach den eingefügten 44 Seiten des Typoskripts fortzuführen (die Bleistiftnummerierung 9–17 hier und auf den folgenden Seiten wurde von Paine hinzugefügt und ist nicht Teil von Twains Entwurf)

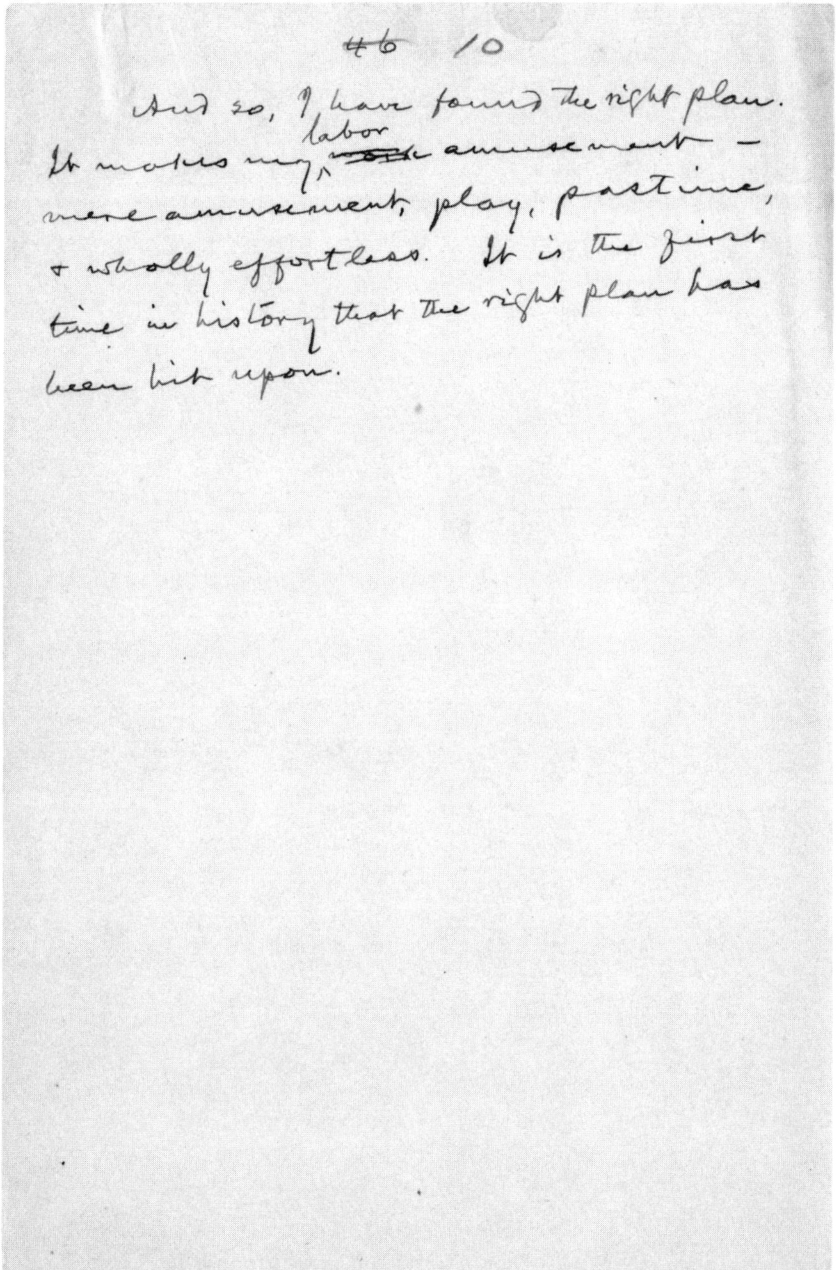
~~46~~ 10

And so, I have found the right plan. It makes my ~~work~~ labor amusement — mere amusement, play, pastime, & wholly effortless. It is the first time in history that the right plan has been hit upon.

6 Manuskriptseite 46: Die zweite Seite des Vorworts »Der jüngste Versuch«

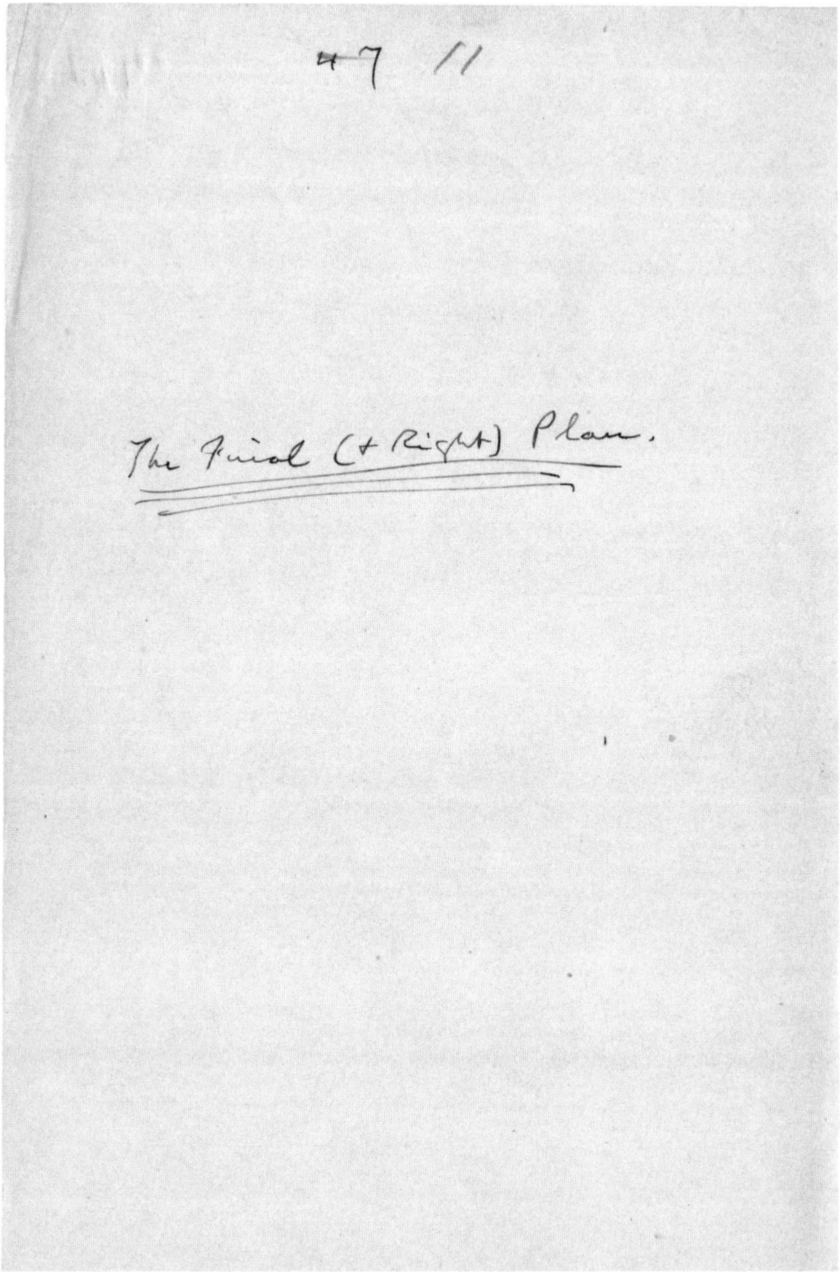

7 Manuskriptseite 47: »Der endgültige (und richtige) Plan«, ursprünglich direkt vor der Seite einsortiert, auf der »Hier beginnen die Florentiner Diktate« steht (vgl. Abb. 13 [Bd. 2, S. 64])

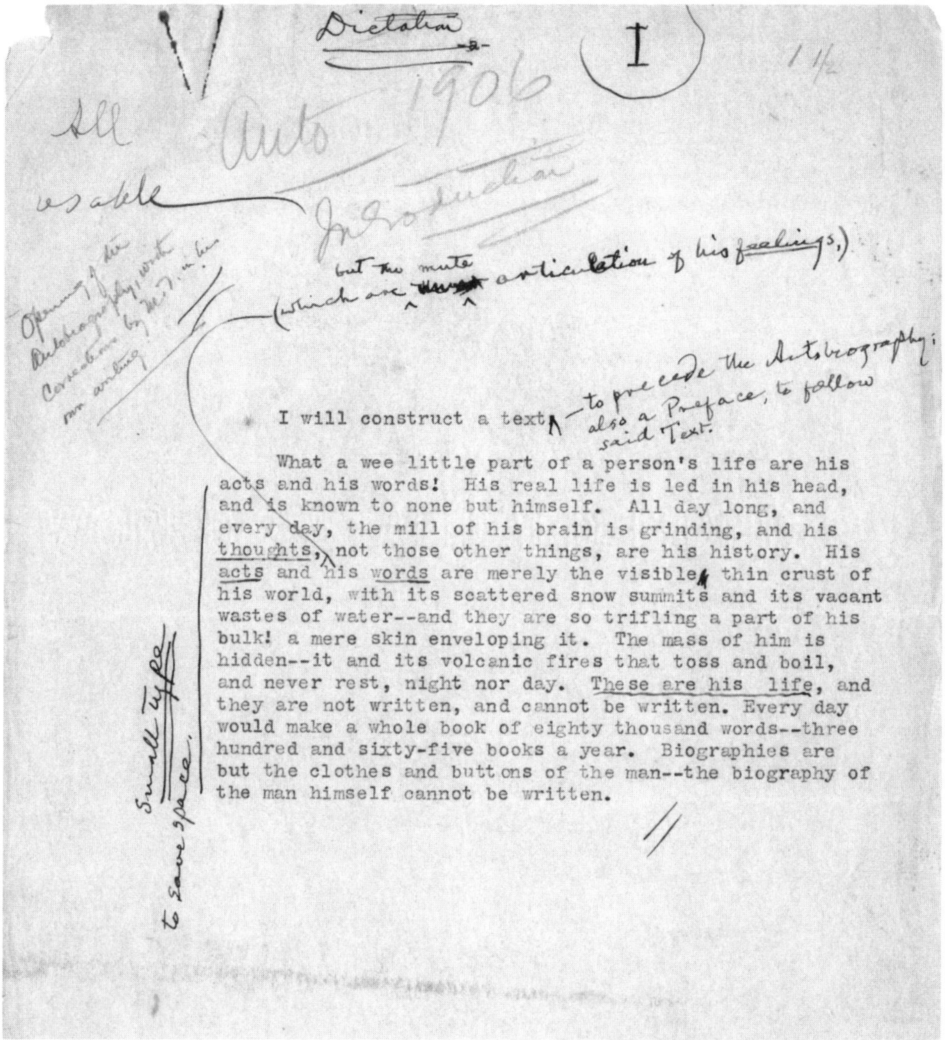

Dictation 1906 I

All usable

Auto Introduction

(which are but the mute articulation of his feelings,)

I will construct a text — to precede the Autobiography; also a Preface, to follow said Text.

What a wee little part of a person's life are his acts and his words! His real life is led in his head, and is known to none but himself. All day long, and every day, the mill of his brain is grinding, and his thoughts, not those other things, are his history. His acts and his words are merely the visible, thin crust of his world, with its scattered snow summits and its vacant wastes of water--and they are so trifling a part of his bulk! a mere skin enveloping it. The mass of him is hidden--it and its volcanic fires that toss and boil, and never rest, night nor day. These are his life, and they are not written, and cannot be written. Every day would make a whole book of eighty thousand words--three hundred and sixty-five books a year. Biographies are but the clothes and buttons of the man--the biography of the man himself cannot be written.

Small type to save space.

8 Die getippte Vorrede: In einer früheren Version hatte Twain den Titel »Ein Text für alle Biographien« *(A Text For All Biographies)* gestrichen und »Ich werde einen Text verfassen« *(I will construct a text)* dazugeschrieben; hier fügte er ein: »der der Autobiographie vorausgehen soll; ebenso ein Vorwort, das besagtem Text folgen soll« *(to precede the Autobiography; also a Preface to follow said Text)*, »(die nichts anderes als die stumme Artikulierung seiner *Gefühle* sind)« *([which are but the mute articulation of his feelings])*. Er ordnete diese Seite nach »Der endgültige (und richtige) Plan« ein, wo sie im TS4 auch steht. Twain schrieb »Alles verwendbar« *(All usable)* und an den Rand: »KLEINE SCHRIFT, um Platz zu sparen« *(SMALL TYPE to save space)*. Die umkringelte »I« oben mittig stammt entweder von Paine oder von Twain. Alle anderen handschriftlichen Anmerkungen auf dieser Seite sind von Paine.

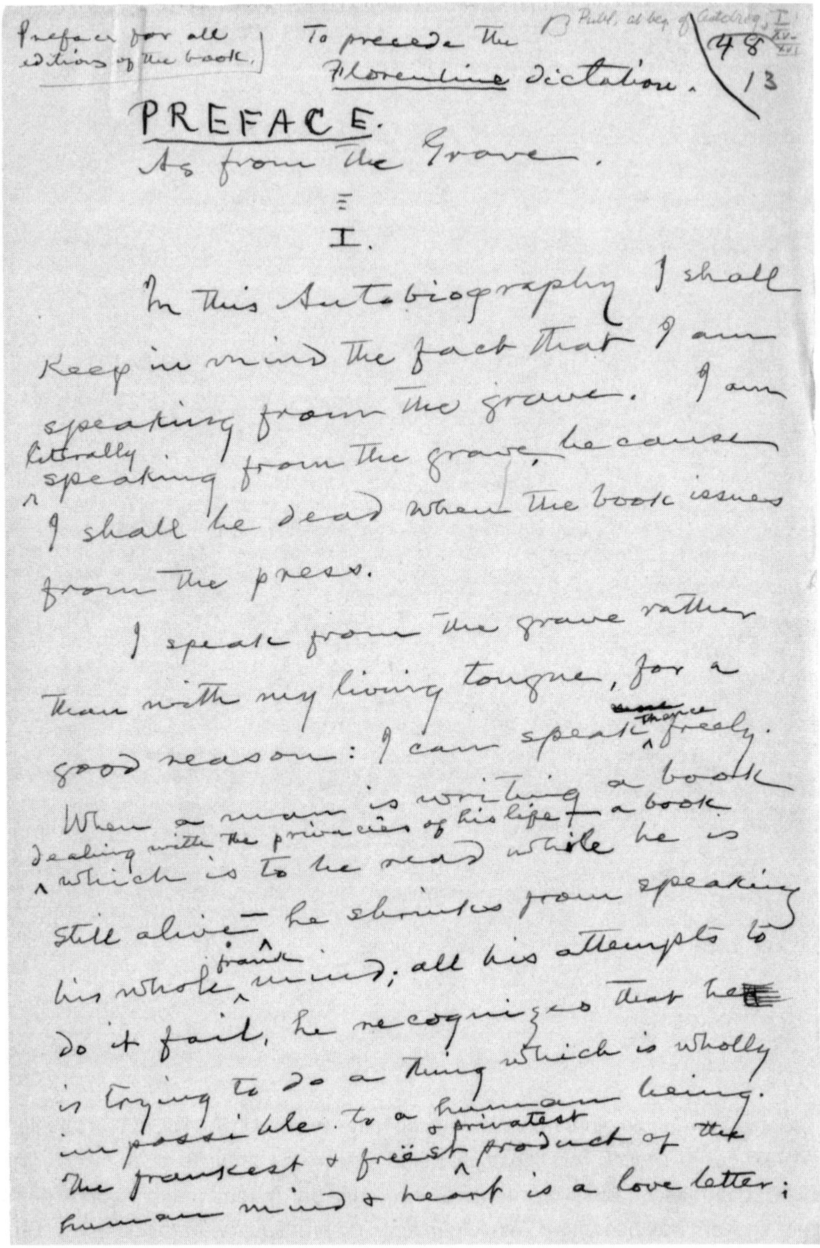

Preface for all editions of the book.

To precede the Florentine dictation.

B Publ. at beg. of Autobiog. I XV–XVI

48
13

PREFACE.

As from the Grave.

I.

In this Autobiography I shall keep in mind the fact that I am speaking from the grave. I am literally speaking from the grave, because I shall be dead when the book issues from the press.

I speak from the grave rather than with my living tongue, for a good reason: I can speak thence freely. When a man is writing a book dealing with the privacies of his life — a book which is to be read while he is still alive — he shrinks from speaking his whole frank mind; all his attempts to do it fail, he recognizes that he is trying to do a thing which is wholly impossible to a human being. The frankest & freest & privatest product of the human mind & heart is a love letter;

9 Manuskriptseite 48: »Vorwort. Wie aus dem Grab«. Diese Seite und die drei folgenden trugen zuerst die Seitenzahlen 1–4. Als Twain sie nach Seite 47 einfügte, gab er ihnen die Seitenzahlen 48–51. Die Seite, auf der »Hier beginnen die Florentiner Diktate« steht, war ursprünglich Seite 48. Als Twain sie ans Ende stellte, wurde daraus Seite 52 (vgl. Abb. 13 [Bd. 2, S. 64]).

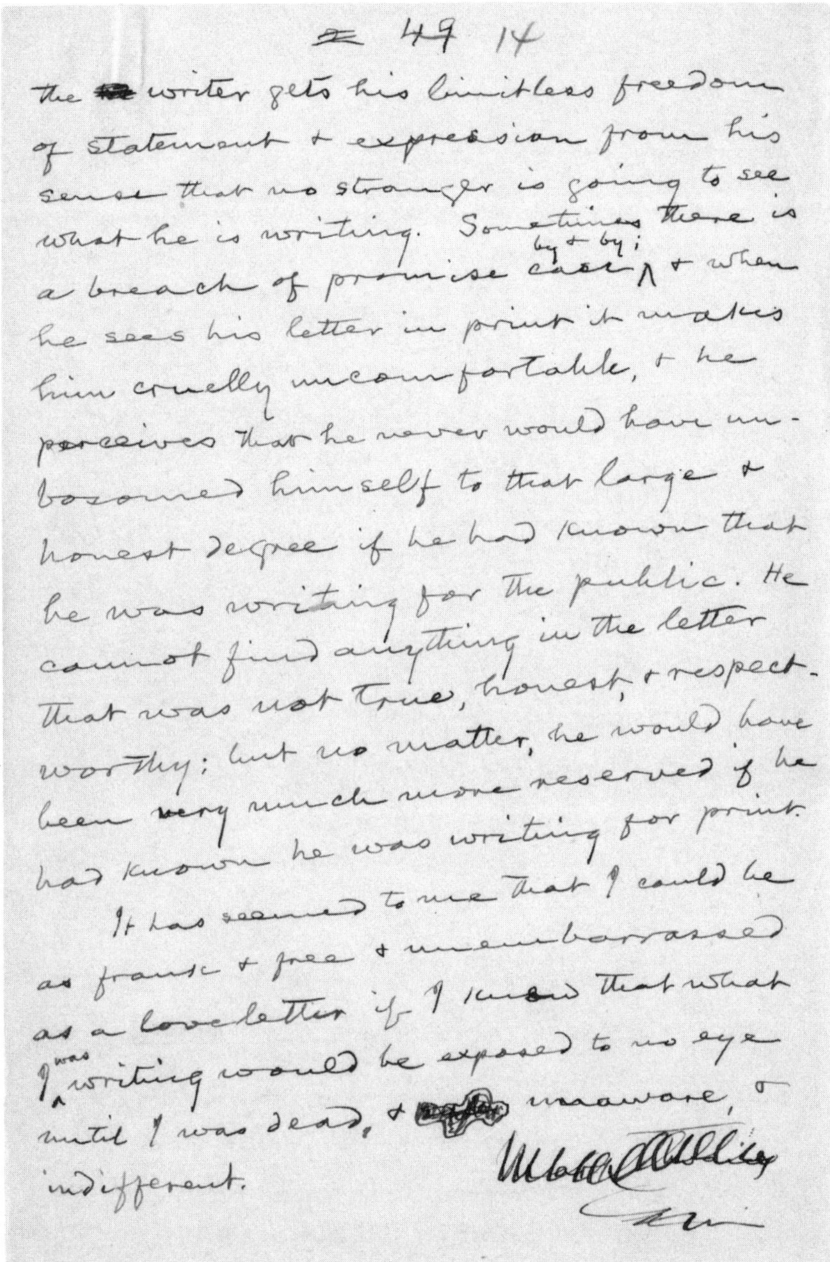

49 14

the writer gets his limitless freedom
of statement & expression from his
sense that no stranger is going to see
what he is writing. Sometimes there is
a breach of promise case by & by; & when
he sees his letter in print it makes
him cruelly uncomfortable, & he
perceives that he never would have un-
bosomed himself to that large &
honest degree if he had known that
he was writing for the public. He
cannot find anything in the letter
that was not true, honest, & respect-
worthy; but no matter, he would have
been very much more reserved if he
had known he was writing for print.

It has seemed to me that I could be
as frank & free & unembarrassed
as a loveletter if I knew that what
I was writing would be exposed to no eye
until I was dead, & unaware, &
indifferent.

10 Manuskriptseite 49: Die zweite Seite von »Wie aus dem Grab« wurde zu Seite 49. Twain beendete ursprünglich das Vorwort am Ende dieser Seite, strich aber später seine Unterschrift durch und fügte zwei weitere Abschnitte hinzu.

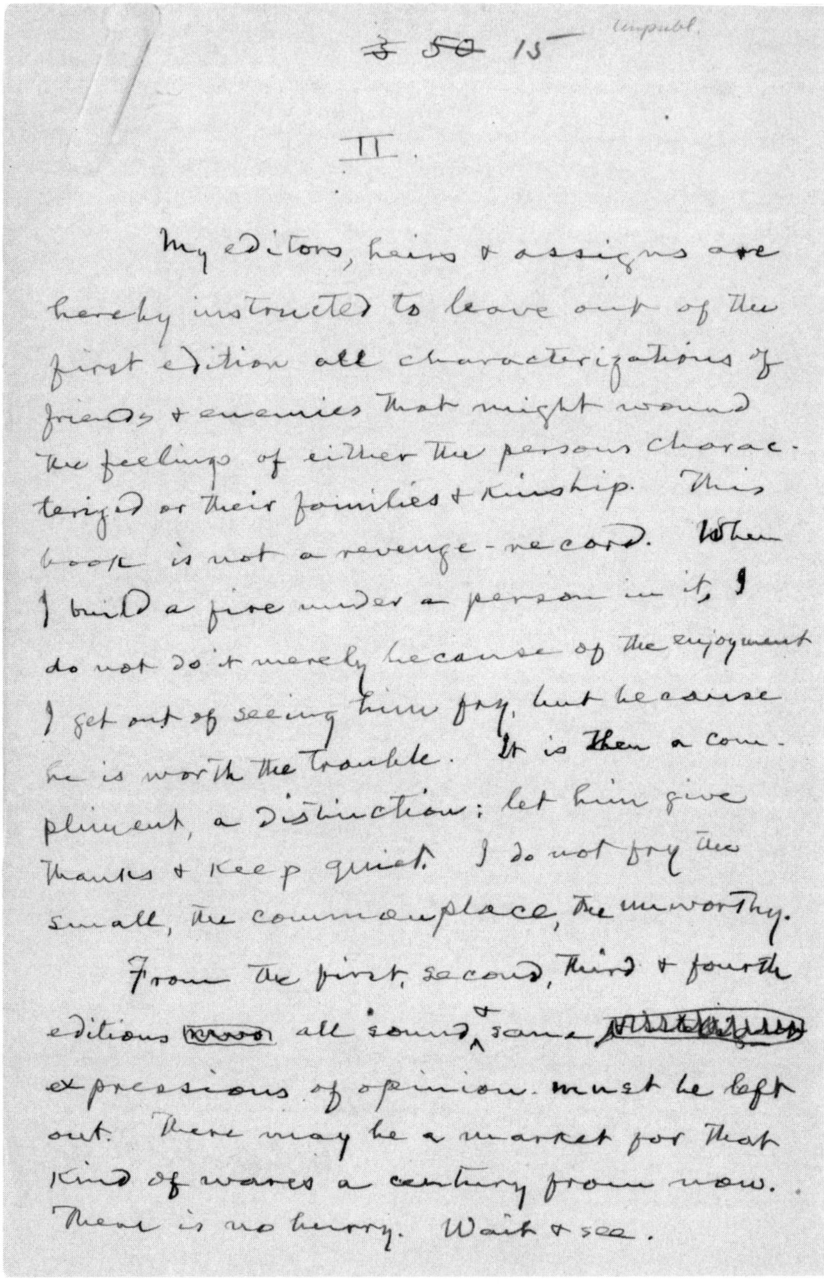

~~3~~ ~~50~~ 15 Unpubl.

II.

My editors, heirs & assigns are hereby instructed to leave out of the first edition all characterizations of friends & enemies that might wound the feelings of either the persons characterized or their families & kinship. This book is not a revenge-record. When I build a fire under a person in it, I do not do it merely because of the enjoyment I get out of seeing him fry, but because he is worth the trouble. It is then a compliment, a distinction; let him give thanks & keep quiet. I do not fry the small, the commonplace, the unworthy.

From the first, second, third & fourth editions ~~[illegible]~~ all sound & sane ~~[illegible]~~ expressions of opinion must be left out. There may be a market for that kind of wares a century from now. There is no hurry. Wait & see.

11 Manuskriptseite 50: Abschnitt II von »Wie aus dem Grab«, den Twain erst als S. 3, dann als S. 50 einfügte

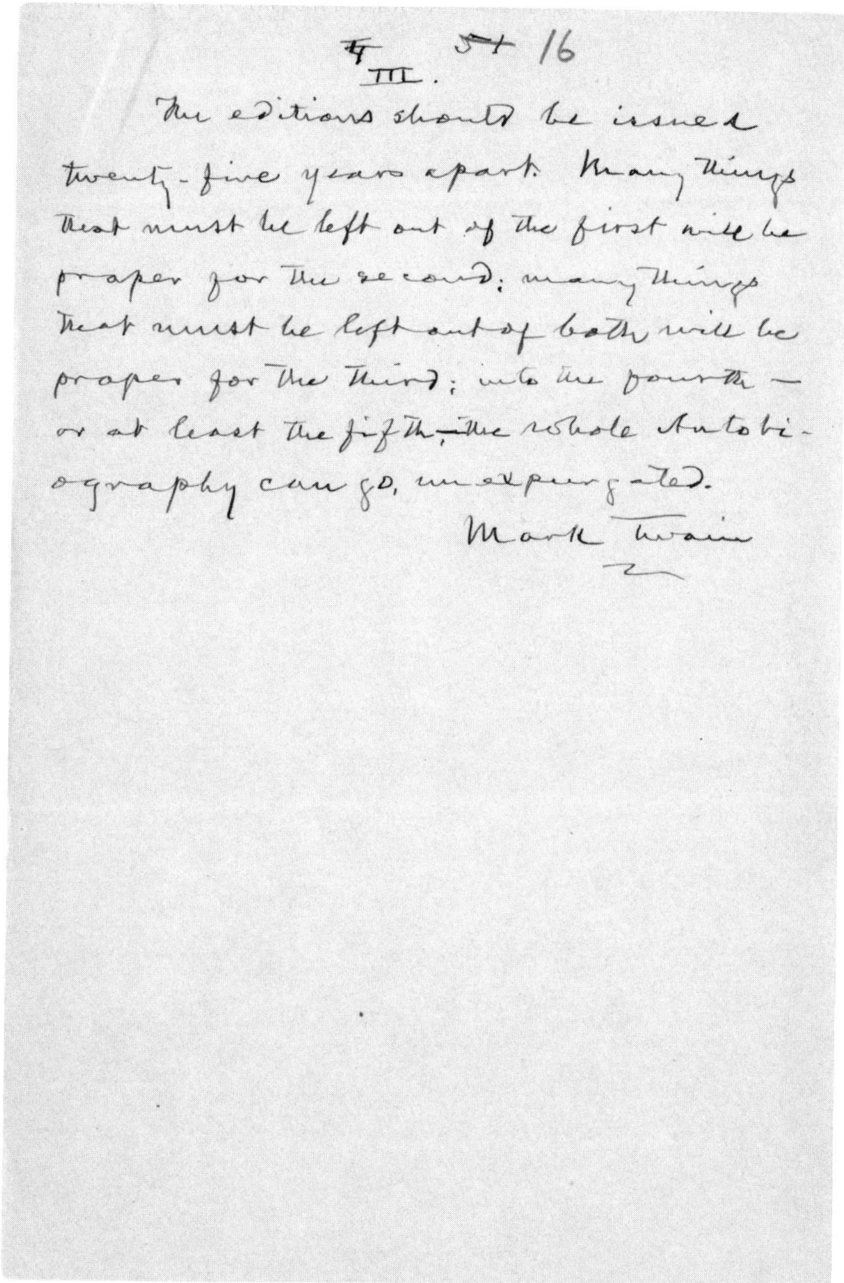

~~4~~ ~~51~~ 16

III.

The editions should be issued twenty-five years apart. Many things that must be left out of the first will be proper for the second; many things that must be left out of both will be proper for the third; into the fourth — or at least the fifth, — the whole Autobiography can go, unexpurgated.

Mark Twain

12 Manuskriptseite 51: Abschnitt III von »Wie aus dem Grab«, den Twain erst als S. 4, dann als S. 51 einfügte

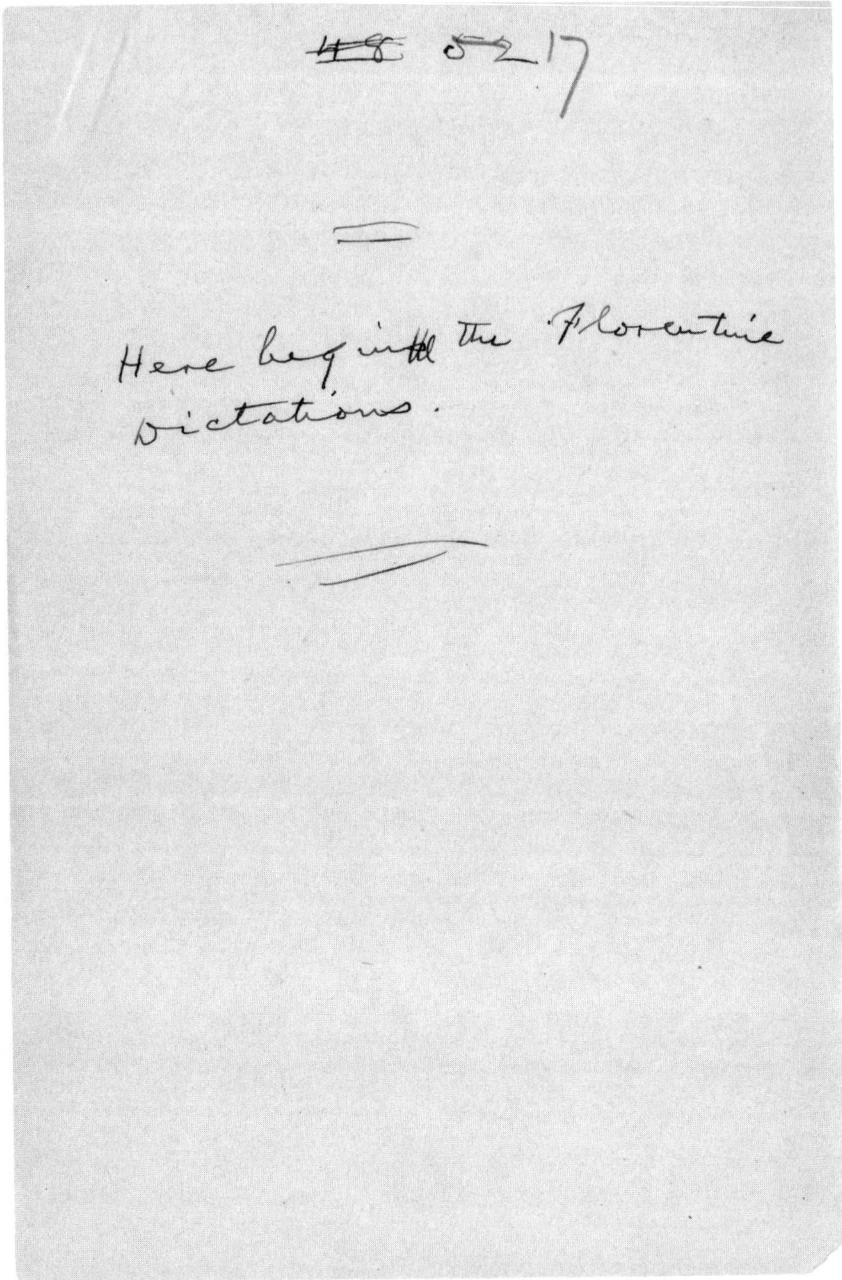

~~48~~ 52 17

Here beginneth the Florentine dictations.

13 Manuskriptseite 52: »Hier beginnen die Florentiner Diktate«, die Twain erst als S. 48 einfügte, später als S. 52, nachdem er die vier Seiten von »Vorwort. Wie aus dem Grab« mit aufgenommen hatte

Jetzt lässt sich nachvollziehen, weshalb oft zwei, drei oder sogar vier beinahe identische Maschinenabschriften für die Autobiographischen Diktate von Januar bis August 1906 vorliegen. Die Auflösung des ersten Teils dieses Texträtsels belegt unter anderem, dass TS1 die Hauptquelle der diktierten Texte darstellt. Wenn aber Teile von TS1 nicht auffindbar sind, können sie mit Hilfe von TS2 und TS4 verlässlich wiederhergestellt werden, da beide Typoskripte als Kopie des damals noch vollständigen TS1 angefertigt wurden. Dieses Wissen um die Typoskripte ermöglicht es auch, zu erklären, warum die handschriftlichen Anmerkungen auf vielen Seiten so zahlreich sind: Es sind die Spuren der Herausgeber und Schreibkräfte, mit denen Twain von 1906 bis 1909 zusammenarbeitete, sowie der Herausgeber (von Paine bis DeVoto), die nach seinem Tod Teile der Autobiographie veröffentlichten. Die vier Seiten des Typoskripts, die in den Abb. 14–17 (Bd. 2, S. 67–70) als Faksimiles wiedergegeben werden, veranschaulichen einige der Handschriften, die es zu identifizieren und vor allem von Twains Handschrift zu unterscheiden galt.

Die *North American Review* (August und September 1906)

Bis zum 21. Juni hatte Twain also alle von Josephine Hobby bis zu diesem Zeitpunkt als TS1 abgetippten Texte durchgelesen und korrigiert (über neunhundert Seiten, wahrscheinlich bis zu dem Diktat vom 20. Juni 1906).[94] Er hatte seine früheren Manuskripte geprüft und diejenigen ausgewählt, mit denen er beginnen wollte (zu einem späteren Zeitpunkt wählte er einige weitere Manuskripte aus, die er in künftige Diktate einfügte). Twain hatte auch das Titelblatt und die verschiedenen Vorworte verfasst, die den frühen Textstücken einen Rahmen gaben und in die Diktate von 1906 einführten. Josephine Hobby begann mit TS2 und eine unbekannte Schreibkraft mit TS4, wahrscheinlich sobald Josephine Hobby die überarbeitete Version von TS1 entbehren konnte.

Während all dies im Gange war, verließ Twain Dublin am 26. Juni und hielt sich einen Monat in Boston und New York auf. Gelegentlich besuchte er auch Henry Rogers in dessen Haus in Fairhaven, Massachusetts, und leistete ihm auf dessen Yacht, der *Kanawha*, Gesellschaft. Twain folgte Rogers' Rat und traf sich einige Male mit den Mitarbeitern und Anwälten von Harper, um Unstimmigkeiten auf beiden Seiten zu beseitigen, die kurz zuvor wegen der Neuveröffentlichung von *Mark*

Twains humoristischer Bibliothek[95] entstanden waren. Während seines Aufenthalts in New York traf er sich auch mit S. S. McClure und überreichte diesem einige Seiten der Diktate über Susy – wahrscheinlich die vom 2. bis 7. Februar. McClure schrieb Twain am 2. Juli:

Dies ist kein Geschäftsbrief, es ist ein Liebesbrief. Ich habe die wunderbaren Kapitel Ihrer Autobiographie gelesen [–] alle sind wunderbar, aber die Kapitel über das liebe, liebe Kind sind das Beste an Literatur, was ich jemals gelesen habe[.]

Ich habe geweint & geliebt & gelitten & genossen[.]

Diese Kapitel sollten bald als Büchlein veröffentlicht werden. Es wird tausend Jahre lang ein Klassiker sein & kann später in dem großen Buch publiziert werden. Ich reise morgen nach Chicago & komme am 9. zurück. Ich wünschte, ich könnte dieses wunderbare Ding in *McClure's Magazine* abdrucken. Es würde die Nation zivilisieren. Es wird die Sonntagspresse erfreulicher machen.

Schließlich wurde mit Harveys Rückkehr aus England Mitte Juli das leidige Humoristische-Bibliothek-Problem gelöst, und Twain konnte am 25. Juli nach Dublin zurückkehren.[96]

Er hatte bereits mehrere Essays in Harveys *North American Review* veröffentlicht: »An die Person, die im Dunkeln sitzt«[97] und »An meine missionarischen Kritiker«[98] (beide 1901), ebenso wie den satirischen Kommentar über Christian Science (1902/03). Sein erster Impuls war, Harvey Auszüge aus der Autobiographie zu verkaufen, damit sie in *Harper's Weekly* (die Harvey ebenfalls herausgab) erscheinen würden, einer Zeitschrift mit einer deutlich größeren Leserschaft, als sie die *Review* vorweisen konnte. Aber als Harveys zweimal verschobener Besuch in Dublin schließlich zustande kam und er am 31. Juli spätabends dort eintraf, hatte er große Pläne für die *Review*.[99]

Harvey stürzte sich sofort auf die Autobiographie, und als er Dublin am 4. August verließ, hatten er und Twain sich über eine sechzehnmonatige Fortsetzungsreihe in der *Review* geeinigt. »*Dieses* Arrangement gefällt mir«, vertraute Twain seiner Freundin Mary Rogers (Henrys Schwiegertochter) bei Harveys Abreise an, »& so wird es Mr. Rogers auch gehen; aber er mochte die Idee mit McClures Zeitungskonsortium nicht besonders, & ich mochte sie dann auch nicht mehr & brach die Verhandlungen ab, bevor ich New York verließ.«[100] Wie Twain am 3. August an Clara schrieb, war er von Harveys »großartigem Plan« beeindruckt, »die *North American*

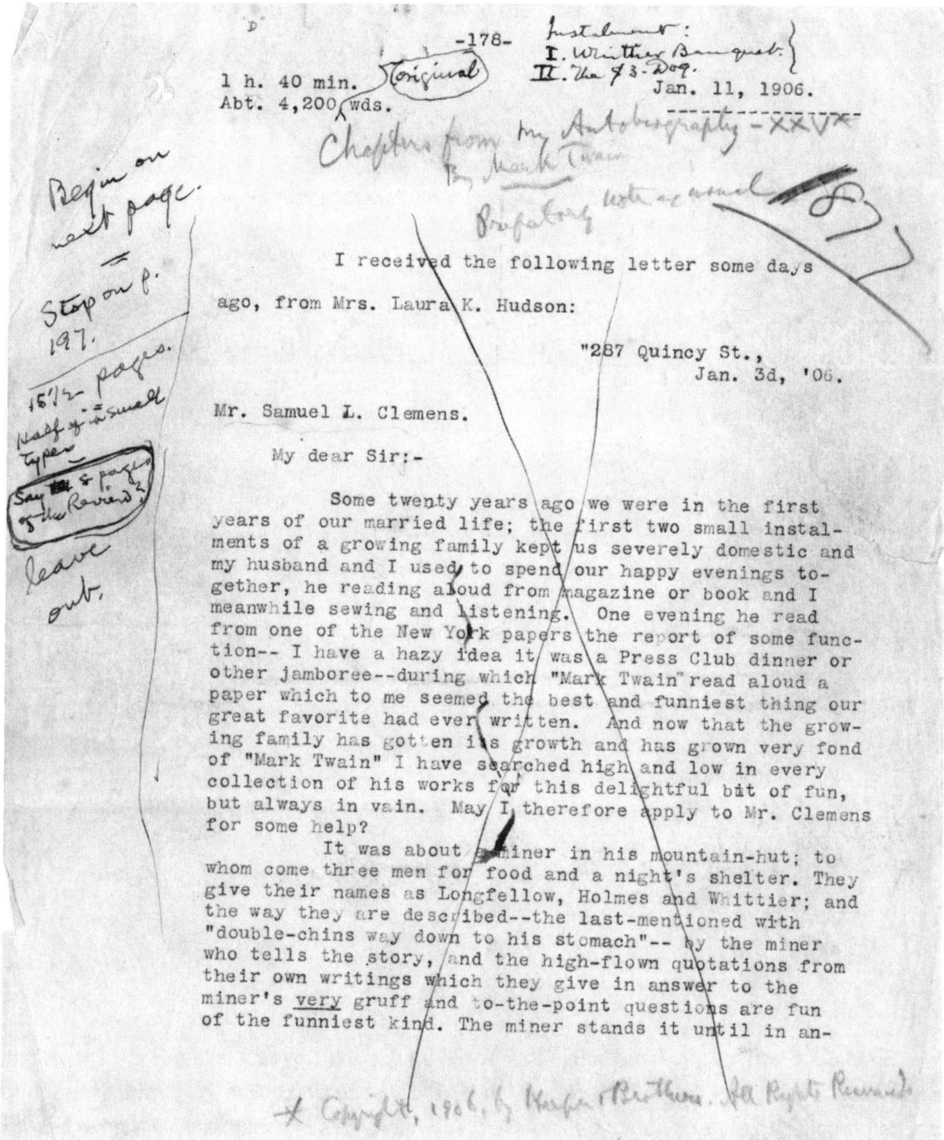

-178-

1 h. 40 min. (original)
Abt. 4,200 wds.

Instalment:
I. Whittier Banquet.
II. The $3-Dog.

Jan. 11, 1906.

Chapters from my Autobiography – XXVI
By Mark Twain

Prefatory note as usual

1877

Begin on next page.

Stop on p. 197.

15½ pages half of it small type

Say & pages of the Review

leave out.

I received the following letter some days ago, from Mrs. Laura K. Hudson:

"287 Quincy St.,
Jan. 3d, '06.

Mr. Samuel L. Clemens.

My dear Sir:-

Some twenty years ago we were in the first years of our married life; the first two small instalments of a growing family kept us severely domestic and my husband and I used to spend our happy evenings together, he reading aloud from magazine or book and I meanwhile sewing and listening. One evening he read from one of the New York papers the report of some function-- I have a hazy idea it was a Press Club dinner or other jamboree--during which "Mark Twain" read aloud a paper which to me seemed the best and funniest thing our great favorite had ever written. And now that the growing family has gotten its growth and has grown very fond of "Mark Twain" I have searched high and low in every collection of his works for this delightful bit of fun, but always in vain. May I, therefore apply to Mr. Clemens for some help?

It was about a miner in his mountain-hut; to whom come three men for food and a night's shelter. They give their names as Longfellow, Holmes and Whittier; and the way they are described--the last-mentioned with "double-chins way down to his stomach"-- by the miner who tells the story, and the high-flown quotations from their own writings which they give in answer to the miner's very gruff and to-the-point questions are fun of the funniest kind. The miner stands it until in an-

* Copyright, 1906, by Harper Brothers. All Rights Reserved

14 Erste Seite von AD 11. Jan. 1906 (TS2). Twain schrieb mit Tinte an den oberen und an den linken Rand und strich die gesamte Seite durch. Der »3-Dollar-Hund« (*$3-Dog*, den er als Teil »II« einer Review-Fortsetzung vorschlug) stammt aus dem AD vom 3. Oktober 1907. David Munro, ein Herausgeber der *Review*, fügte den Titel, den Namen des Autors und die Anweisung »die üblichen einleitenden Worte« *(Prefatory note as usual)* hinzu. Die Handschrift, in der »1877« geschrieben ist, kann nicht identifiziert werden. Dieser Ausschnitt wurde im Dezember 1907 veröffentlicht (NAR 25) und direkt von dieser Seite gesetzt.

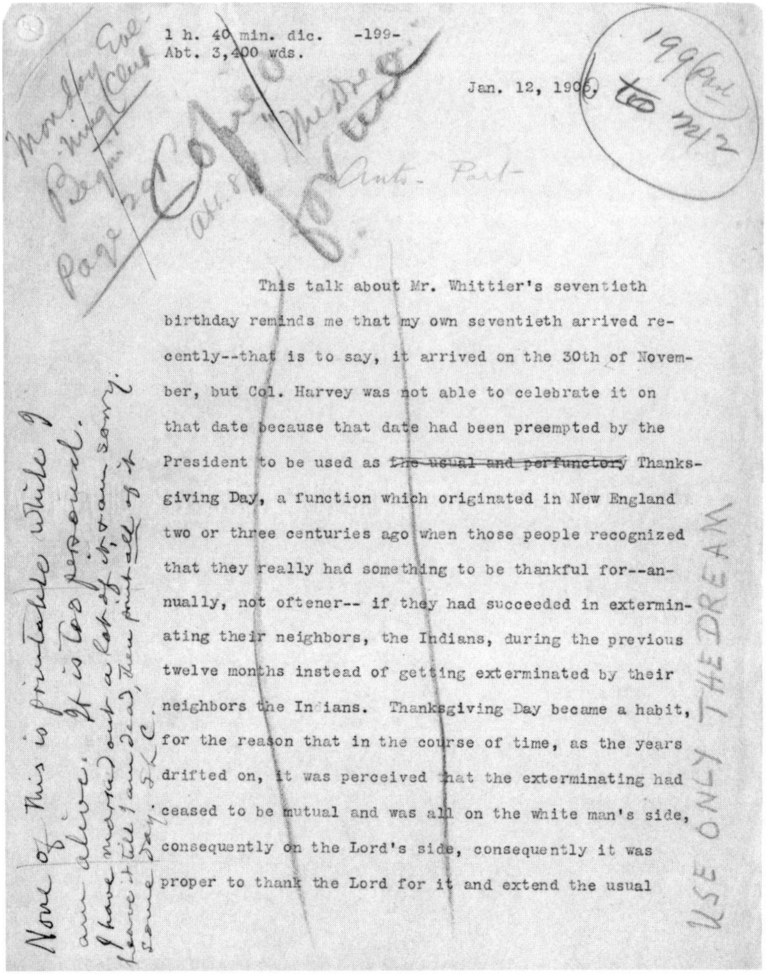

1 h. 40 min. dic. -199-
Abt. 3,400 wds.

Jan. 12, 1906.

Auto. Part

This talk about Mr. Whittier's seventieth birthday reminds me that my own seventieth arrived recently--that is to say, it arrived on the 30th of November, but Col. Harvey was not able to celebrate it on that date because that date had been preempted by the President to be used as ~~the usual and perfunctory~~ Thanksgiving Day, a function which originated in New England two or three centuries ago when those people recognized that they really had something to be thankful for--annually, not oftener-- if they had succeeded in exterminating their neighbors, the Indians, during the previous twelve months instead of getting exterminated by their neighbors the Indians. Thanksgiving Day became a habit, for the reason that in the course of time, as the years drifted on, it was perceived that the exterminating had ceased to be mutual and was all on the white man's side, consequently on the Lord's side, consequently it was proper to thank the Lord for it and extend the usual

None of this is printable while I am alive. It is too personal. I have marked out a lot of it, & am sorry. Leave it till I am dead, then print all of it some day. SLC.

USE ONLY THE DREAM

15 Erste Seite von AD 12. Jan. 1906 (TS2). Twain merkte mit Tinte am linken Rand an: »Nichts davon darf in den Druck kommen, solange ich lebe. Es ist zu persönlich. [...] Wartet, bis ich tot bin, und druckt dann irgendwann *alles* ab. SLC.« *(None of this is printable while I am alive. It is too personal. [...] Leave it till I am dead, then print* all *of it some day. SLC.)* Er schrieb mit Bleistift an den rechten Rand: »NUR DEN TRAUM VERWENDEN« *(USE ONLY THE DREAM)*. Die Stenographin Josephine Hobby schrieb »Auto. Teil« *(Auto. Part)* in die Mitte, und Harvey, Herausgeber der *North American Review*, fügte oben rechts die Seitenzahlen »199 bis 242« ein. Paine, der Twain Anfang 1907 half, einen Abschnitt für die Veröffentlichung in der *Review* vorzubereiten, schrieb in die obere linke Ecke und merkte später an (mit blauem Stift): »Zur Weiterverwendung abgeschrieben« *(Copied for use)* – ein Verweis auf ein anderes Typoskript (TS3), das von diesem abgeschrieben wurde und als Druckvorlage für den Ausschnitt diente, der in der *Review* am 19. April 1907 (NAR 16) erschien.

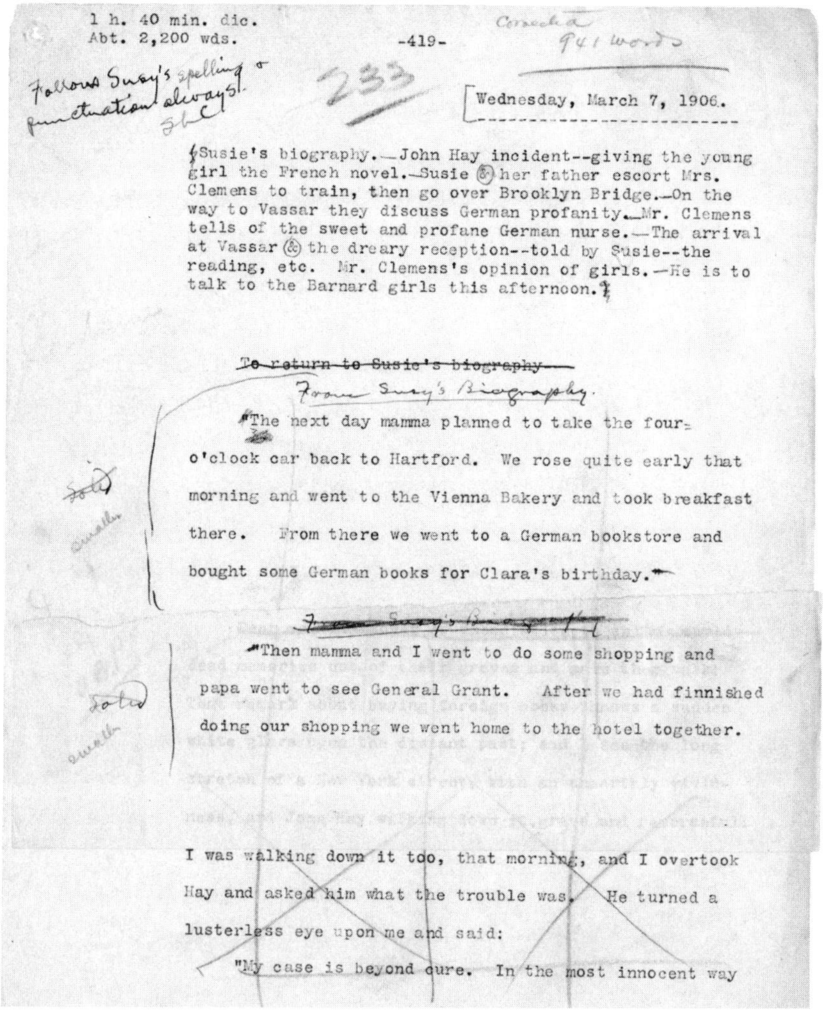

1 h. 40 min. dic.
Abt. 2,200 wds. -419-

Follows Susy's spelling & punctuation always. SLC

233

Wednesday, March 7, 1906.

{Susie's biography.—John Hay incident--giving the young girl the French novel.—Susie & her father escort Mrs. Clemens to train, then go over Brooklyn Bridge.—On the way to Vassar they discuss German profanity.—Mr. Clemens tells of the sweet and profane German nurse.—The arrival at Vassar & the dreary reception--told by Susie--the reading, etc. Mr. Clemens's opinion of girls.—He is to talk to the Barnard girls this afternoon.}

~~To return to Susie's biography~~

From Susy's Biography.

"The next day mamma planned to take the four-o'clock car back to Hartford. We rose quite early that morning and went to the Vienna Bakery and took breakfast there. From there we went to a German bookstore and bought some German books for Clara's birthday."

solid
smaller

~~From Susy's Biography~~

"Then mamma and I went to do some shopping and papa went to see General Grant. After we had finnished doing our shopping we went home to the hotel together.

solid
smaller

I was walking down it too, that morning, and I overtook Hay and asked him what the trouble was. He turned a lusterless eye upon me and said:

"My case is beyond cure. In the most innocent way

16 Erste Seite von AD 7. März 1906 (TS1). Twain schrieb oben links »Immer Susys Rechtschreibung & Zeichensetzung übernehmen. SLC« *(Follow Susy's spelling & punctuation always. SLC)*; fügte zweimal den Titel »Aus Susys Biographie« *(From Susy's Biography)* ein und merkte an, dass der Ausschnitt »kompress« *(solid)*, also mit geringem Zeilenabstand gesetzt werden sollte. Ein weiteres Typoskript (TS3) wurde von ihm erstellt, um als Druckvorlage für einen Ausschnitt zu dienen, der in der *Review* am 16. November 1906 (NAR 6) erschien. Alle weiteren handschriftlichen Anmerkungen stammen von Paine, der dieses Typoskript zur Vorbereitung seiner Ausgabe von 1924 verwendete (MTA, 2:166–72), für die er S. 420 ganz und den größten Teil von S. 421 strich. Er schnitt einen Streifen vom unteren Rand von S. 421 ab, fügte ihn auf dieser Seite ein (und überklebte dabei einen Teil des Texts), strich den unteren Titel *»Aus Susys Biographie«* durch und änderte Twains »kompress« zu »kleiner« *(smaller)*.

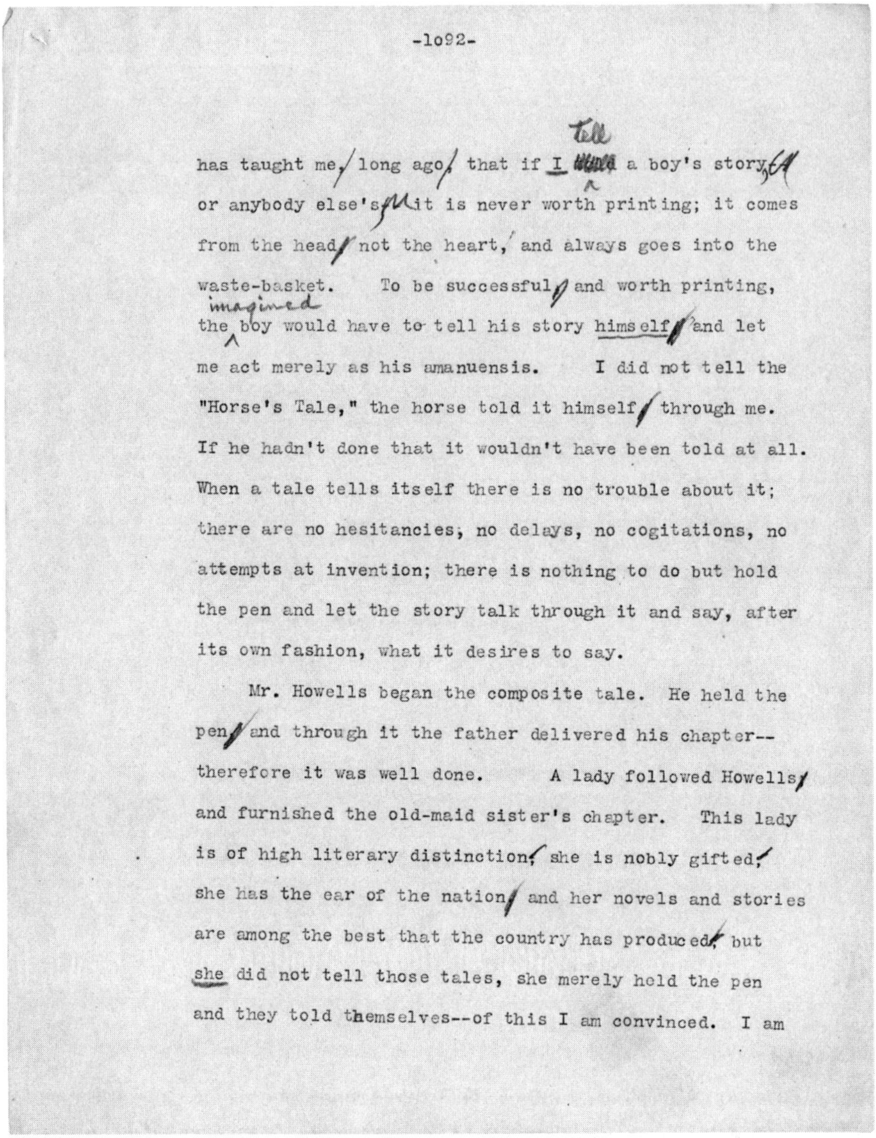

-1092-

has taught me, long ago, that if I would a boy's story, or anybody else's, it is never worth printing; it comes from the head, not the heart, and always goes into the waste-basket. To be successful, and worth printing, the boy would have to tell his story himself, and let me act merely as his amanuensis. I did not tell the "Horse's Tale," the horse told it himself, through me. If he hadn't done that it wouldn't have been told at all. When a tale tells itself there is no trouble about it; there are no hesitancies, no delays, no cogitations, no attempts at invention; there is nothing to do but hold the pen and let the story talk through it and say, after its own fashion, what it desires to say.

Mr. Howells began the composite tale. He held the pen, and through it the father delivered his chapter--therefore it was well done. A lady followed Howells, and furnished the old-maid sister's chapter. This lady is of high literary distinction, she is nobly gifted, she has the ear of the nation, and her novels and stories are among the best that the country has produced, but she did not tell those tales, she merely held the pen and they told themselves--of this I am convinced. I am

17 Vierte Seite von AD 29. Aug. 1906 (TS1). Die Änderungen sind mit Bleistift geschrieben, aber nicht alle stammen von Twain: DeVoto fügte seine eigenen Anmerkungen ein, bevor er das Diktat in *Mark Twain in Eruption* (S. 243) veröffentlichte. Alle können einwandfrei identifiziert werden, wenn man den Text mit der Fassung von TS4 vergleicht, in der nur die Anmerkungen von Twain berücksichtigt sind, und mit DeVotos Buch, in das alle Anmerkungen übernommen wurden. Twain änderte die Zeichensetzung nicht; er schrieb »erzähle« *(tell)* und »erdachte« *(imagined)* und unterstrich »ich« *(I)*, »selbst« *(himself)* und »sie« *(»she«)*, um sie kursiv setzen zu lassen.

Review ab 1. Sept. *vierzehntägig* erscheinen zu lassen, einen reinen hochklassigen *Literatur*-Teil zu integrieren & auch auf andere Art und Weise eine große & wertvolle Zeitschrift daraus zu machen«. Auch von Harveys Reaktion auf seinen Text fühlte er sich ganz offensichtlich geschmeichelt:

Bisher stand er der Autobiographie immer mit eisiger Gleichgültigkeit gegenüber, wollte jetzt aber einen Blick daraufwerfen, also bat ich ihn vorbeizukommen. Er kam vor 3 Tagen & hat inzwischen fast hunderttausend Wörter aufmerksam gelesen (es sind insgesamt 250 000). Er sagt, es sei das »größte Buch unserer Zeit« & enthalte »die schönste Literatur«.

Er hat wunderbare Redaktionsarbeit geleistet; er hat nämlich 5 Abschnitte mit jeweils 5000 Wörtern ausgewählt, & obwohl er diese hier & da & dort herausgesucht hat, lässt er doch jeden Teil so erscheinen, als wäre er ganz für sich geschrieben worden – & zwar ohne ein Wort zu ändern. Bei 10 000 Wörtern im Monat können wir der Öffentlichkeit in 12 Monaten 110 000 bis 120 000 Wörter vorlegen. [...]

Morgen wird Harvey ein komplettes Exemplar des Ms. zu Howells mitnehmen & ihn bei der Wahl der Ausschnitte um Hilfe bitten. Ich selbst kann sie nicht auswählen. Die Ausschnitte werden mir als Fahnen zur Freigabe vorgelegt, aber ich glaube, ich werde sie zur endgültigen Entscheidung an Sie weitergeben, wenn ich sie überprüft habe.[101]

Doch Harvey hatte nicht nur »fast hunderttausend Wörter« der insgesamt 250 000 der Autobiographie »aufmerksam gelesen«, sondern las bis zu seiner Abreise aus Dublin am 4. August auch die übrigen 150 000, alles Material, das vor 1906 entstanden war, und alle Diktate bis Ende Juni.[102]

Ein zusammengesetztes Typoskript: TS3

Harveys »wunderbare Redaktionsarbeit« war genau so, wie Twain sie beschrieben hatte: Er wählte Ausschnitte aus und fügte sie so aneinander, dass fünf Teile entstanden, im Wesentlichen »ohne ein Wort zu ändern«. Anekdoten aus dem Familienleben waren ein Hauptthema. Harvey verwendete die bewegenden Beschreibungen von Olivia, von Susy und deren Tod, außerdem fast alle Auszüge aus Susys Biographie ihres Vaters, die in den Diktaten von Februar und März zitiert wurden. Andere bevorzugte Themen waren Twains amüsante Missetaten, wie etwa sein Fluchen über die fehlenden Hemdknöpfe, Susys bezaubernde Eigenheiten in Sachen Rechtschreibung, Twains Verwirrung über »die löffelförmige Auffahrt« und die Herausforderungen der Alarmanlage des Hauses in Hartford. Harvey nahm auch die Erinnerungen an Hannibal mit auf, etwa die Geschichte, wie er als »Bär auftrat«, aus den »Fragmenten meiner Autobiographie. Aus Kapitel IX« (die Twain aus seinem Entwurf für die *Autobiographie* gestrichen hatte), den furchtbaren »Schmerztöter« gegen Cholera sowie Orions Besuch bei einer jungen Dame um 3 Uhr morgens. Harvey war dabei weniger zimperlich als Howells: Er nahm die Episode, in der Orion (versehentlich) zu den »zwei Jungfern mittleren Alters«, wie sie im Text der *North American Review* genannt wurden, ins Bett gestiegen war, offenbar ohne Skrupel in den Text auf. Weniger massentaugliches Material, wie etwa den plötzlichen Tod von Patrick McAleer (dem geliebten Kutscher der Familie Clemens), verwarf er und ließ auch Twains Ausflüge in den Bereich des politischen Kommentars weg – etwa die Abschlachtung der »aufsässigen« Moros in den Philippinen und den Umgang mit Mrs. Morris, die man aus dem Weißen Haus geworfen hatte. Harveys Bleistiftnotizen auf den Typoskripten, wie etwa »Anfang«, »Ende« und »Fortsetzung«, zeigen, dass Twains eigene Beteiligung am Auswahlprozess wahrscheinlich bedeutend geringer war als bisher angenommen.[103]

Da Harvey die einzelnen Beiträge für die *Review* aus verschiedenen Diktaten zusammenstellte, erteilte man Josephine Hobby die Aufgabe, noch eine weitere Maschinenabschrift als Druckvorlage anzufertigen; sie arbeitete »unter Hochdruck«, um rechtzeitig zum Erscheinen der ersten Folge der Reihe in der Ausgabe vom 1. September fertig zu werden. Dieses zusammengesetzte Typoskript (TS3) wurde von Anfang an mit Durchschlag geschrieben und unabhängig von den anderen drei Versionen paginiert.[104] Josephine Hobby schaffte es, zwei Teile des TS3, jeweils etwa zwei Dutzend Seiten, rechtzeitig fertigzustellen, so dass Twain sie geringfügig überarbeiten und Harvey mitgeben konnte, als dieser Dublin am 4. August verließ. Sie machte sich sofort daran, einen dritten Teil des TS3 zu tippen, dreiundsechzig Seiten, die Twain »gleich nach Fertigstellung« abschicken wollte. Diese drei Teile von TS3 waren für die Folgen 1–5 in der *Review* vorgesehen. Weil TS2 zu dieser Zeit nur bis zu dem Text vom 12. Februar fertiggestellt war, bat Harvey darum, auch die »Abschrift der gesamten Diktate ab dem 13. Febr. nach und nach« an ihn zu schicken.[105]

Twain überarbeitete die Korrekturfahne für die erste Folge und schickte sie zunächst zur Durchsicht an Clara und dann an die Herausgeber der *Review*. Doch kaum war das geschehen, wurde ein neuer Beschluss gefasst: Ein Ausschnitt aus der ersten Hälfte von »Meine Autobiographie [Willkürliche Auszüge daraus]«, dem Text, den er erst kürzlich zum Anfang der *Autobiographie* bestimmt hatte, sollte nun die Reihe eröffnen. Von wem oder warum diese späte Änderung veranlasst wurde, ist unklar, aber Ende August hatte Twain die Fahnen dieser »Virginia-Clemens«-Folge, wie er sie in einem Brief an Mary Rogers nannte, gelesen.[106]

Die erste Ausgabe der »Kapitel aus meiner Autobiographie« (»Chapters from My Autobiography«) erschien am 7. September zusammen mit einer Anmerkung, die vor jeder Folge wiederholt wurde:

Einleitende Anmerkung. – Mr. Clemens begann vor vielen Jahren seine Autobiographie zu schreiben und fügt täglich Neues hinzu. Ursprünglich hatte er vor, die Veröffentlichung dieser Memoiren vor seinem Tod zu untersagen; doch als er »Pier Nr. 70« verließ, entschied er, dass es nun angebracht sei, einen beträchtlichen Teil davon der Öffentlichkeit zu übergeben. Dieser Teil wurde aus den bereits vorhandenen 250 000 Wörtern zusammengestellt und erscheint im kommenden Jahr hier in der Review. Kein Teil der Autobiographie wird zu Lebzeiten des Autors in Buchform publiziert. – Herausgeber N. A. R.

In der Rubrik »Tagebuch des Herausgebers« in derselben Ausgabe ließ Harvey »glatt die Zügel fallen«, wie Twain es nennen würde, bei der Ankündigung der neuen Reihe:

Die sprichwörtliche Ironie des Schicksals wird nirgendwo offenkundiger als in dem Umstand, dass das Leben des weltgrößten Humoristen aus einer Abfolge persönlicher Tragödien besteht. […] Aber in seiner Brust schlummert eine geistige Kraft, die sich triumphierend über alle bedrückenden Gefühle emporschwingt und nach einem halben Jahrhundert noch immer, mehr als jede andere, Millionen Menschen auf der ganzen Welt Freude bereitet. Der Versuch, den Charakter dieses einzigartigen Genies zu analysieren, selbst von einem unternommen, der in dieser Kunst bewandert ist, wäre müßig. Er hat zu viele Facetten. Bei ihm finden sich herausragender Humor, unübertroffener Witz, eine außergewöhnliche, wenn auch inkohärente Philosophie; eine häufig gewaltsame Abneigung gegen jedes Unrecht; eine intuitive und beständige, wenn auch manchmal zeitlich ungelegene Revolte gegen die Unterdrückung der Menschheit, sei es durch Gott oder den Menschen selbst; das alles ergänzt durch die Vernunft eines Kameraden, die Güte eines Freundes, die Hingabe eines Liebhabers und den Liebreiz eines Kindes. […] Er schreibt eine großartige Autobiographie – großartig wegen der Mannigfaltigkeit der darin geschilderten Erlebnisse, großartig wegen ihrer Wahrhaftigkeit, ihrer Aufrichtigkeit, ihrer Offenheit, ihres bedenkenlosen und schrankenlosen menschlichen Gefühls. [...] Wir haben vielleicht ein Viertel der Million Wörter gelesen, die er letztendlich schreiben wird, und sind überzeugt, dass eine Lebensgeschichte von solch überragendem Interesse nie zuvor erzählt wurde.[107]

Als er das eben Zitierte in der Korrekturfahne las, gestand Twain scherzhaft, dass er »beunruhigt« sei, und schlug Mary Rogers vor, dass sie einen Beschwerdebrief an Harvey schreiben sollte, und hatte sogar einen Text für sie parat. Sie solle schreiben, dass Harveys »freigiebiges, ja übertriebenes« Lob für ihn »kalt & gleichgültig klingt«. »Er ist nahezu krankhaft süchtig nach Komplimenten & sieht zwar, dass diese hier gut sind, meint aber, sie seien übervorsichtig & etwas spärlich. Wenn wir von der Familie ihm Honig um den Bart schmieren, dann verwenden wir dazu kein Messer, sondern einen Spachtel.«[108]

Der erste Teil von Harveys Textauswahl, die Folgen 2–6, erschien zwischen dem 21. September und dem 16. November in der *Review*. Twain zufolge hatte Harvey während seines Besuchs im August ganze vierundzwanzig Texte vorgemerkt – »einen Jahresvorrat« – und stützte sich in den Folgen 7–8 und 10–13 (veröffentlicht bis zum 1. März 1907) auf die Diktate von Januar, März und April 1906 sowie »John Hay« und den zweiten Teil von »Willkürliche Auszüge«.[109] Späteres Material, aus den Diktaten von Oktober 1906 bis Februar 1907, erschien erstmals in den Folgen 14–15 (veröffentlicht am 15. März und am 5. April 1907). Josephine Hobby erstellte nur noch einen weiteren Teil des TS3, für die Folge 16, die am 19. April 1907 erschien. Abgesehen von dem Diktat vom 21. Mai 1906 (»Meine Erfahrungen als Autor ...«), das für Folge 2 verwendet worden war, wurde kein Material aus den Diktaten von Mai bis August 1906 in der *Review* veröffentlicht.[110] In jenen Monaten diktierte Twain einige ziemlich bissige Kommentare zu Religion, Geschäftlichem und einer Reihe seiner Bekannten – Kommentare, die er zu seinen Lebzeiten nicht veröffentlicht sehen wollte. Außerdem war der Vorrat an Auszügen bald so groß, dass man das Heraussuchen weiterer Ausschnitte getrost verschieben konnte.

Dieser Arbeitsablauf wurde in den folgenden sechzehn Monaten im Prinzip aufrechterhalten. Twain überarbeitete weiterhin die Maschinenabschriften, zensierte oder »schwächte« sie wenn nötig »ab«. Er strich beispielsweise den Satz »sein Name in Gesellschaft war ›Stud‹ Williams«; korrigierte die »Plasmon-Diebe« zu

»Plasmon-Freibeuter«; änderte seine Beschreibung von »Dr. Merediths Schwestern, zwei reifen alten Jungfern« zu »Dr. G.'s Schwestern, zwei Jungfern mittleren Alters«; änderte »eines im Sterben liegenden Gemeindemitglieds« in »eines scheinbar kranken Gemeindemitglieds« und strich »Gott vergib mir«.[111] Die überarbeiteten Maschinenabschriften wurden an die *Review* geschickt und von Herausgeber David A. Munro den Stilrichtlinien der Zeitschrift angepasst. Nach dem Satz wurden die Maschinenabschriften zusammen mit den Fahnen zur Korrektur an Twain zurückgeschickt. Das Verhältnis zu den Herausgebern war entspannt: Munro und Harvey schlugen nur wenige substantielle Änderungen vor, und Twain antwortete oft in scherzhaftem Ton. Gelegentlich wandte er sich in seinen Anmerkungen an den Rändern der Druckvorlagen oder Korrekturfahnen an Munro. Dringenderes wurde per Post oder Telegramm, möglicherweise auch per Telefon geklärt.[112]

Rezeption und das *Sunday Magazine* (1906 bis 1908)

Von September bis Dezember 1906 erschienen in verschiedenen Zeitungen kurze Auszüge aus den in der *North American Review* veröffentlichten »Kapiteln aus meiner Autobiographie«, gelegentlich von anerkennenden Worten begleitet. So druckte die *New York Times* aus der ersten Folge (einem Exzerpt aus »Meine Autobiographie [Willkürliche Auszüge daraus]«) den Abschnitt, in dem Twain offenbart, dass James Lampton als Vorlage für Colonel Sellers gedient hatte, und bezeichnete diesen Text als ein »bemerkenswertes Beispiel ehrlicher Selbstenthüllung«. Zwei Wochen später nannte die *Times* die zweite Folge, »die Geschichte, wie G. W. Carleton Mr. Clemens' erstes Buch ablehnte und sich deswegen zwanzig Jahre später den größten Esel des neunzehnten Jahrhunderts nannte«, »eine gute Geschichte«.[113] Zu den abgedruckten Auszügen gehörten das Florentiner Diktat zu Robert Louis Stevenson, die emotionalen Beschreibungen von Olivia und Susy, die lustige Geschichte mit der Alarmanlage in Hartford und der Essay über das Duellieren.[114] Im *Courier-Journal* von Louisville, Kentucky, bezeichnete ein Rezensent (eventuell der Herausgeber Henry Watterson, ein langjähriger Freund und entfernter Verwandter Twains) die Autobiographie als »köstlich«. Er räumte zwar ein, dass Twain sich nicht für einen »Historiker im engeren Sinne« hielt, ließ es sich aber trotzdem nicht nehmen, einige Ungenauigkeiten in dessen Darstellung von Jeremiah und Sherrard

Clemens zu korrigieren.[115] Die *Washington Post* charakterisierte die Episoden als »von sanftem Humor erfüllt«, und ein Redakteur des *Pearson's Magazine* merkte an:

Hier spricht wieder der alte Mark Twain zu uns und nicht der feierliche Reformer und Kritiker, mit dessen schwierigen Essays sich der wohlwollende und teilnehmende Leser so lange herumschlagen musste. [...] Wir sehen ihn mit den Geschöpfen seiner Phantasie scherzen, den Staub ihrer komischen Abenteuer aufwirbeln und sein verehrungswürdiges Haupt über ihre altmodischen Redensarten schütteln. Und dann sehen wir ihn am Grab seiner Frau und seiner Tochter knien, wie er sich an jeden Blick, an jedes Wort erinnert, und wir vergessen den weltbekannten Humoristen und sehen nur noch den Vater, den Ehemann, den wahren amerikanischen Gentleman.[116]

Keine der in den zeitgenössischen Zeitungen und Magazinen veröffentlichten Besprechungen lieferte jedoch einen substantiellen kritischen Kommentar oder eine Analyse der Autobiographie, und nach den ersten Monaten des Jahres 1907 wurde den veröffentlichten Fortsetzungen nur noch wenig Aufmerksamkeit zuteil.

Wenn man bedenkt, wie Twain auf der postumen Publikation der Autobiographie beharrte, waren ihm die Auszüge in der *North American Review* überraschend wichtig. Wie wichtig, wurde erst deutlich, als er sah, dass nur wenige Leser den Text in der Zeitschrift tatsächlich gesehen hatten. Am 30. Juli 1907, neun Monate nach dem Beginn der Fortsetzungspublikation, findet sich in Isabel Lyons Tagebuch folgender Eintrag:

Offensichtlich geht es der *N. A. Review* gar nicht gut, denn der Colonel bat M^r^. Clemens, sich hinsichtlich des Geldes, das ihm für die Autobiographie zusteht, noch etwas zu gedulden; sich bis zum Ersten des Jahres zu gedulden, denn die Töpfe seien erschöpft & er müsse erst welches leihen, will er bezahlen. Das verärgerte den König – denn das ist, wie er sagt, »Geschäfte auf die sentimentale Tour machen[«] – und so etwas mag er überhaupt nicht. Und dem König gegenüber ist es unfair.[117]

Das führte dazu, dass die Kapitel aus der *North American Review* zwischen dem 27. Oktober 1907 und dem 27. September 1908 mit neu in Auftrag gegebenen Illustrationen in dem Wochenblatt *Sunday Magazine* gedruckt wurden, einer Beilage, die in vielen auflagenstarken Zeitungen erschien. Harvey selbst schlug diese Mehrfachverwertung vor, meinte aber, dass es ihm ausschließlich um die weitere Verbreitung der Texte ging und nicht um den finanziellen Gewinn. Isabel Lyon vermerkt am 6. September 1907, Harvey

hat die Zustimmung des Königs bekommen – dessen freudige Zustimmung – zur Mehrfachverwertung der Autobiographie in den Zeitungen im ganzen Land, & so kann der König seine »Unterwasser-Leserschaft« erreichen. Auch wenn er keinen Penny damit verdient. Wenn irgendjemand etwas dabei verdient, ist es Harpers, & sie werden nicht viel bekommen, denn die Zeitungen zahlen nicht viel für Sachen, die bereits publiziert wurden – egal, wie gut sie sind. Aber für die Bücher des Königs ist es gute Werbung.[118]

Twain hoffte, durch diese Mehrfachverwertung seinem Werk eine ganz neue Leserschaft zu erschließen. Die Sache gefiel ihm offensichtlich sehr, und er lobte sogar sein Porträt von F. Luis Mora, das mit der ersten Folge im *Sunday Magazine* abgedruckt wurde.[119] Viele Jahre später, am 28. Oktober 1941, schrieb der Künstler John Thomson Willing, der zu dieser Zeit Kunstredakteur der Associated Sunday Magazines war, an einen Korrespondenten als Antwort auf eine »Bitte um Geschichten über Mark Twain«:

Mir oblag die Veröffentlichungsreihe seiner Autobiographie im *Sunday Magazine*, einer Beilage in vielen wichtigen Zeitungen, die insgesamt eine Auflage von fast zwei Millionen pro Woche erreichte. Diese Autobiographie erschien zuerst in der *North American Review*, die von George Harvey herausgegeben und von Harper Bros gedruckt wurde. Mr. Clemens war sehr unzufrieden mit der beschränkten Auflage der *Review* und sorgte deshalb für die weitere Verbreitung in den Zeitungen. Als ich ihm die erste Ausgabe unseres Blattes mit der Überschrift »Mark Twains Autobiographie« als Titelgeschichte zeigte, wandte er sich mir zu und sagte: »Barkis, Sie haben etwas vergessen. Es müsste dabeistehen *›bisher nur vertraulich verbreitet‹*« – eine Anspielung auf das Erscheinen in der *Review* –[120]

Autobiographie als Literatur (1909)

Twains Interesse an der Fortführung der Autobiographie nahm in den Jahren 1907 und 1908 allmählich ab. In beiden Jahren verringerte sich die Anzahl der Diktate etwa um die Hälfte, sie wurden kürzer, während der Anteil der eingefügten Ausschnitte und anderer Dokumente größer wurde. 1908 erstellte er für die Autobiographie überwiegend schriftlich verfasste Manuskripte, die er nur noch als Diktate *überschrieb.* Als er am 24. Dezember 1909 festhielt, »diese Autobiographie« sei wegen Jeans Tod »hier zu Ende«, waren in den vorangegangenen acht Monaten weniger als zwölf neue maschinengeschriebene Seiten entstanden.

Nach Mark Twains Tod im Jahr 1910 berichtete Howells in *Mein Mark Twain*[121], dass Twain ihm eines Tages »plötzlich« gesagt habe, er arbeite nicht mehr an der Autobiographie, wobei sich Howells nicht sicher war, ob Twain »sie abgeschlossen hatte oder ob er einfach aufgehört hatte zu schreiben; ich habe ihn nie danach gefragt«. Er erinnerte sich auch, dass Twain die Autobiographie zu Beginn seiner Arbeit als »vollkommen wahrhaftige Darstellung seines Lebens und seiner Zeit« angelegt hätte, später jedoch einräumte, dass »sie in Hinblick auf die Wahrhaftigkeit ein Fehlschlag sei; er habe angefangen zu lügen, und wenn bisher noch kein Mensch die Wahrheit über sich selbst erzählt habe, so liege das daran, dass kein Mensch dazu jemals in der Lage sei«.[122] Bereits 1904 wusste Twain aus eigener Erfahrung, dass eine Autobiographie »vor allem aus Tilgung der Wahrheit« besteht, auch wenn »die unbarmherzige Wahrheit *doch* da [ist], zwischen den Zeilen«. Im April 1906 sagte er in einem seiner Diktate:

Seit drei Monaten diktiere ich nun täglich Teile meiner Autobiographie; mir sind schon fünfzehnhundert oder zweitausend Ereignisse in meinem Leben eingefallen, deren ich mich schäme, aber bisher hat sich noch kein einziges davon zu Papier bringen lassen. Ich denke, dieser Vorrat wird immer noch vollständig und unvermindert sein, wenn ich diese Memoiren abgeschlossen habe, falls das je der Fall sein wird. Würde ich alle oder auch nur einige dieser Ereignisse einfügen, so würde ich sie bei der Überarbeitung des Buchs bestimmt wieder herausstreichen.[123]

Wie bereits erwähnt, war Twain 1898 von dieser Einsicht so entmutigt, dass er sich (vorübergehend) dazu entschloss, den Ansatz seiner Autobiographie maßgeblich zu verändern. Es gibt jedoch Grund zu der Annahme, dass er zum Zeitpunkt seines

Todes zu einem weniger verklärten Verständnis dessen gelangt war, was eine Autobiographie, ob nun seine eigene oder die eines anderen, leisten kann. Mitte 1909 wurde er gefragt, ob seine in der *North American Review* veröffentlichten Äußerungen über das Land in Tennessee wahr seien. »Ja«, antwortete er, »literarisch sind sie wahr, das heißt, sie sind das Produkt meiner Eindrücke – meiner Erinnerungen. Als beeidete Aussage sind sie allerdings gar nichts wert, sie sind bloß Literatur.«[124]

Seit Twains Tod sind nunmehr hundert Jahre vergangen. Es scheint nur folgerichtig, gerade jetzt sein Vorhaben in die Tat umzusetzen, *Mark Twains Autobiographie* als Ganzes zu publizieren, die ungeheure Menge seiner angesammelten Texte zugänglich zu machen, so dass Bedeutung und Wert der *Autobiographie* als Literatur endlich gewürdigt werden können. Die vorliegende Ausgabe, die durch seine Herausgeber (wenn auch nicht direkt durch seine »Erben und Rechtsnachfolger«) auf den Weg gebracht wurde, stützt sich auf die beredte Beweiskraft historischer Quellen, um darüber Twains Wünsche für sein letztes großes literarisches Werk verstehen und verwirklichen zu können. Sein langgehegter Plan, so wahrheitsgetreu wie möglich »aus dem Grab« zu sprechen, ist nun nicht mehr bloßer Plan. Und genau wie es Colonel Harvey vor mehr als hundert Jahren vorhergesagt hat, erscheint die *Autobiographie* sowohl in mehreren gedruckten Bänden als auch »in elektrischer Form«, eine Tatsache, die Mark Twains »reger Vorstellungskraft« zweifellos gefallen hätte.[125]

Harriet Elinor Smith

Mark Twain Project, Berkeley, USA 2010

1 Vgl. »Der jüngste Versuch«.

2 »Mark Twain's Bequest«, *The Times*, 23. Mai 1899, in Scharnhorst 2006, 334.

3 AD 13. Jan. 1908.

4 »The Privilege of the Grave«, 1905, veröffentlicht in SLC 2009, 56.

5 Dieser Hinweis stand am Ende der Anmerkung des Herausgebers, die jedem der 25 ausgewählten Texte in der *Review* voranging.

6 *MTA*, 1:1. Folgende vor 1906 entstandene Texte, die Paine publizierte, entsprechen nicht den Vorgaben, die es rechtfertigen, sie in die vorliegende Edition aufzunehmen: »Jane Lampton Clemens« (1890; veröffentlicht in *Inds*, 82–92), »Macfarlane« (1894/95; veröffentlicht in *WIM*, 76–78) und »Henry H. Rogers *(Continued)*« (1909) (*MTA*, 1:115–25, 143–47, 256–65).

7 1933 erzählte Paine einem Reporter, »dass die vollständige Autobiographie [...] etwa sechs Bände füllen wird, inklusive der beiden bereits publizierten, und dass die Öffentlichkeit sie wahrscheinlich ›viele, viele Jahre‹ nicht zu sehen bekommen wird« (»Canard Blasted by Biographer of Mark Twain«, *New York Herald Tribune*, 8. Juli 1933, ein Ausschnitt findet sich in CU-MARK).

8 Vgl. »Introduction«, *Mark Twain in Eruption*, herausgegeben von Bernard DeVoto (New York, Harper & Brothers, 1940), vi–ix; im Folgenden *MTE*.

9 »Introduction«, *The Autobiography of Mark Twain, Including Chapters Now Published for the First Time*, zusammengestellt, herausgegeben und mit einer Einleitung und Anmerkungen versehen von Charles Neider (New York, Harper & Brothers, 1959), ix, xvi, xx–xxiii; im Folgenden *AMT*.

10 8. Okt. 1886 an Kate Staples, NN-BGC.

11 Originaltitel: »My First Lie and How I Got Out of It«.

12 SLC 1869a, 1872, 1880a, 1883, 1873–74, 1876, 1885a, 1885b, 1899e.

13 Originaltitel: *Mark Twain's (Burlesque) Autobiography*.

14 Originaltitel: »An Autobiography«.

15 SLC 1871a, 1871c.

16 Howells hatte um Vorschläge für eine Reihe von »Ausgewählten Biographien« gebeten. 6. Juni 1877 an Howells, *Letters 1876–1880*; »The Late Benjamin Franklin«, SLC 1870c; Gribben 1980, 1:134, 241–43, 2:539–40; *MTB*, 3:1538.

17 18. Aug. 1871 an OLC, *L4*, 446–47. Vielleicht hatte er Henry Wilsons »Wonderful Characters; Comprising Memoirs and Anecdotes of the Most Remarkable Persons of Every Age and Nation« (1854) gelesen. Darin wird Thomas Parr beschrieben, der 1483–1635 gelebt haben soll.

18 Originaltitel: *Huck Finn's Autobiography*.

19 9. Aug. 1876 und 23.(?) März 1877 an Howells, *Letters 1876–1880*. Das Manuskript ist unvollendet und ohne Titel; Paine überschrieb es mit »Autobiography of a Damned Fool« (»Autobiographie eines verdammten Narren«) (SLC 1877b).

20 26. Febr. 1880 an OC, *Letters 1876–1880*. Twain erinnerte sich an seinen Ratschlag an Orion und wiederholte ihn in dem Autobiographischen Diktat vom 23. Febr. 1906; für ausführlichere Erläuterungen zu Orions nicht erhaltener Autobiographie vgl. Anm. 313: *»die Autobiographie meines Bruders Orion«*.

21 Annie Adams Fields Papers, Tagebucheintrag vom 28. Apr. 1876, MHi, veröffentlicht in Howe 1922, 250–51.

22 Vgl. »John Hay« und die Erörterung des möglichen Datums dieses Gesprächs in Anm. 40: *»bekannte ich, dass ich zweiundvierzig, und Hay, dass er vierzig sei«*. Von der Überlieferung eines solchen »Tagebuchs« ist nichts bekannt, aber einige der in Wien verfassten Texte von 1898 sehen wie Tagebucheinträge aus. Vgl. auch »Vier Skizzen über Wien«.

23 *N&J2*, 50–51; *MTA*, 1:7.

24 1940 veröffentlichte DeVoto ein Manuskript über Joseph H. Twichells Begegnung mit einem einfachen Stallburschen, das er als »eine der willkürlichen Passagen aus der Zeit, bevor Mark kontinuierlich an der *Autobiographie* arbeitete«, beschrieb. Er nahm an, dass es »wahrscheinlich in den 1880ern verfasst wurde und einmal Teil eines langen Manuskripts

war – von welchem, kann ich nicht sagen« (*MTE*, 366–72). Doch diese Anekdote war nie Teil eines Entwurfs für die Autobiographie. Sie wurde für *Leben auf dem Mississippi* (1883) geschrieben und vor der Veröffentlichung aus dem Manuskript gestrichen.

25 6. Mai 1880 an OC, *Letters 1876–1880.*

26 AD 30. Aug. 1906. Twain sagte, er habe diese Entdeckung während der Arbeit an *Tom Sawyers Abenteuer* gemacht, aber es gibt gute Gründe zu der Annahme, dass er dieselben Schwierigkeiten auch im Jahr 1871 hatte, als er *Durch dick und dünn* schrieb, selbst wenn er damals noch nicht wusste, dass er das Manuskript »in die Schublade legen« sollte, bis seine »Batterien« wieder aufgeladen waren. Vgl. *RI 1993*, 823.

27 1873 hatte er Samuel C. Thompson eingestellt, der ihn als Sekretär nach England begleiten sollte. Thompson war ungeübt im Stenographieren und wurde praktisch sofort entlassen, als Twain mit dieser »ersten Erfahrung im Diktieren« unzufrieden wurde. Später erklärte Twain: »Ich erinnere mich, dass meine Sätze langsam & qualvoll kamen & plump formuliert waren & kein Leben hatten – mit Sicherheit keinen Humor.« Dass er Thompson als humorlosen und unangenehmen Gesellen empfand, war ebenfalls keine große Hilfe (*N&J1*, 517–18, Thompsons Notizbuch findet sich auf S. 526–71; »To Rev. S. C. Thompson«, SLC 1909a, 12). Ein weiteres Experiment mit dem Diktieren folgte im Frühjahr 1882, als Twain den ausgebildeten Stenographen Roswell Phelps einstellte, der ihn und James Osgood auf ihrer Reise den Mississippi hinunter begleiten sollte. Phelps notierte zu jener Zeit die Bemerkungen von Twain (und anderen), aber Twain diktierte ihm nicht während des Schreibens von *Leben auf dem Mississippi* (*N&J2*, 516–18, Phelps' Notizen finden sich auf S. 521–74).

28 *N&J3*, 112. Twain gab schließlich einen Großteil von Susys Biographie in der Endfassung seiner Autobiographie wieder, beginnend mit AD 7. Febr. 1906.

29 Grant 1885a, 1885b, 1885c und 1886; »Grant's Last Stand« (»Grants letzte Reserve«), *Philadelphia Inquirer*, 6. Febr. 1894, Seite unbekannt; AD 26. Febr. 1906.

30 Redpath an SLC, 4. Mai 1885, CU-MARK; 5. Mai 1885 an Redpath, MiU-H. S. 4. Apr. 1891 an Howells, NN-BGC, in *MTHL*, 2:641, weiter unten zitiert in dem Abschnitt über die Florentiner Diktate. Twains vorangehender Brief, der das Angebot enthält, das Redpath annimmt, ist nicht erhalten.

31 17. Juni 1885 an Pond, NN-BGC; 12. Sept. 1885 an Redpath, CU-MARK.

32 11. Sept. 1885 an Beecher, Entwurf in CU-MARK. Beecher bereitete zu dieser Zeit eine Lobrede auf Grant vor, die er am 22. Oktober 1885 in Boston halten wollte, und hatte Twain wegen biographischer Informationen angeschrieben; vor allem wollte er wissen, ob Grant »eine Zeitlang ein Trinker« gewesen sei (Beecher an SLC, 8. Sept. 1885, CU-MARK).

33 16. Nov. 1886 an Fairbanks, CSmH, in *MTMF*, 258; 3. Aug. 1887 an Webster, NN-BGC; 3. und 4. Febr. 1887 an Smith, ODaU (die erwähnten »Einzelheiten« konnten nicht identifiziert werden). Twain kommt auf das Thema der Grant-Memoiren in den Autobiographischen Diktaten vom 6. Febr., 28. Mai, 1. Juni und 2. Juni 1906 zurück. Der letzte dieser Einträge enthält Bemerkungen über Fred Grant, nicht aber dessen Brief vom 22. Juli 1887 (TS in CU-MARK), in dem die Verlässlichkeit der finanziellen Angaben des Buchhalters der Webster Company in Frage gestellt wird.

34 OC an SLC, 5. Dez. 1887, Schreibmaschinenabschrift des Originalbriefs von oder für Paine, den Mark Twain Papers von Anne E. Cushman 2004 gestiftet. Im Typoskript heißt es: »your mark in my office« statt »your work«, offensichtlich ein Schreibfehler.

35 Originaltitel: »A Gallant Fireman«.

36 SLC 1851.

37 8. Dez. 1887 an OC, NPV.

38 AD 4. Juni 1906; 20. Sept. 1896 an Rogers, Salm, in *HHR*, 237; Notizbuch 39, TS S. 4, CU-MARK.

39 Am 1. November schrieb er noch einmal an Rogers: »Wenn ich mit dem Subskriptionsbuch fertig bin, werde ich sofort weitermachen & alles aus meinem Gehirn herausholen. Da sind mehrere Bücher drin, & ich habe vor, sie auszugraben, eins nach dem anderen, ohne Pause. [...] Eins von ihnen – meine Autobiographie – sollte, wie ich finde, auch als Subskription verkauft werden (1. Nov. 1896 an Rogers, Salm, in *HHR*, 243–44).

40 Paine veröffentlichte den Text als »Early Days« (*MTA*, 1:81–115).

41 17. Juni 1906 an Howells, NN-BGC, in *MTHL*, 2:811.

42 Twain überarbeitete den Titel offensichtlich noch einmal in dem (nicht erhaltenen) Typoskript, das er an *Century* schickte. Vgl. auch die Anmerkungen der Herausgeber zu diesem Manuskript.

43 Originaltitel: »Platonic Sweetheart«.

44 10. Okt. 1898 an Bok, ViU. Die »in zu freier Manier« geschriebenen Worte waren eventuell: »stellte der Darm der Männer seine Tätigkeit so gut wie ganz ein« (vgl. »Mein Debüt als Literat«). Twain hatte Bok »My Platonic Sweetheart« am 2. September geschickt, aber Bok lehnte es ab, und bald darauf entschied Twain selbst, den Text nicht zu publizieren (Notizbuch 40, TS S. 32, CU-MARK; *HHR*, 365, Anm. 1, 373, Anm. 3).

45 6. und 7. Nov. 1898 und 12. Nov. 1898 an Rogers (Nr. 2 von 2), Salm, in *HHR*, 374, 376; 25. Febr. 1899 an Gilder, CtY-BR.

46 Originaltitel: »Reminiscences of Some un-Commonplace Characters I Have Chanced to Meet«.

47 *L4*: 27. Juni 1871 an OC (Nr. 2 von 2), 414; 15. Okt. 1871 an OLC, 472, Anm. 1; 17. Okt. 1871 an OLC, 475, Anm. 1; 24. Okt. 1871 an Redpath, 478.

48 »Mark Twain's Bequest«, datiert »Wien, 22. Mai«, Londoner *Times*, 23. Mai 1899, 4, in Scharnhorst 2006, 332–34; Curtis Brown 1899.

49 3. Sept. 1899 an Murray, CU-MARK.

50 Der Text war nicht Teil der Endfassung und wird deshalb in diesem Band – genau wie das dritte Manuskript von 1900 – in dem Abschnitt »Vorläufige Manuskripte und Diktate« veröffentlicht.

51 31. Dez. 1900 an MacAlister, ViU.

52 Harvey für Harper & Brothers an Rogers, 17. Okt. 1900, CU-MARK. Harveys Biographie findet sich im AD 12. Jan. 1906, vgl. Anm. 119: *»Colonel Harvey«*.

53 Harvey für Harper & Brothers an SLC, 14. Nov. 1900, CU-MARK (die Laufzeit der in diesem Brief enthaltenen Vereinbarung vom 14. Nov. lag »zwischen dem heutigen Datum und dem 1. Januar 1902«); 20. Nov. 1900 an Harvey, MH-H; SLC über Harvey an Harvey, 26. Nov. 1900, Harper & Row Archives, Fotokopie in CU-MARK.

54 Nachdem er im Mai 1888 »eineinhalb Stunden mit großer Befriedigung« einen der von Thomas Edison seit kurzem vertriebenen Phonographen »benutzt hatte«, versuchte er seine Freundschaft mit Edison auszunutzen, um sich zwei der Maschinen *»sofort«* zu sichern, »ohne erst darauf warten zu müssen, bis ich an der Reihe bin. Dann könnte ich eine davon den ganzen Sommer lang in Elmira, N.Y., benutzen & die Wachswalzen per Express an meinen Assistenten in Hartford schicken, damit sie dort in den Phonographen gelangen & der Inhalt mit der Schreibmaschine zu Papier gebracht wird.« Als die Maschinen allerdings Ende Juli nicht eintrafen, stornierte er die Bestellung (25. Mai 1888 an Edison, NjWoE; SLC über Whitmore an die North American Phonograph Company, 30. Juli 1888, CU-MARK).

55 SLC 1892; SLC und OLC an Howells, 28. Febr. 1891, NN-BGC, in *MTHL*, 2:637; 4. Apr. 1891 an Howells, NN-BGC, in *MTHL*, 2:641.

56 Lyon 1903–06, Eintrag vom 28. Febr. 1904. Tatsächlich begann Twain mit seinen Diktaten schon vor dem 14. Jan.; vgl. »Die Villa di Quarto«: »Das kleine Zimmer, in dem ich am achten Tag im Januar 1904 diese Informationen diktiere, liegt auf der Ostseite des Hauses.«

57 16. Jan. 1904 an Howells, MH-H, in *MTHL*, 2:778–79.

58 Howells an SLC, 14. Febr. 1904, CU-MARK, in *MTHL*, 2:781.

59 14. März 1904 an Howells, NN-BGC, in *MTHL*, 2:782.

60 Vgl. »John Hay«; »Der jüngste Versuch«.

61 Isabel Lyons handschriftliche Notizen zu diesen Diktaten gelten als verloren, und bei einer der zwei einzigen erhaltenen Maschinenabschriften von Jean Clemens handelt es sich um den ersten Teil (21 Seiten) des »Villa di Quarto«-Diktats. Von dieser Ausnahme abgesehen, sind alle Florentiner Diktate nur als maschinenschriftliche Kopien erhalten, die im Jahr 1906 von Jeans (nicht erhaltenen) Maschinenabschriften angefertigt wurden. Das Diktat über die Schreibmaschine wurde unter der Überschrift »From My Unpublished Autobiography« (»Aus meiner unveröffentlichten Autobiographie«) in *Harper's Weekly* vom 18. März 1905 veröffentlicht, und Twain fügte es später in AD 27. Febr. 1907 (SLC 1905c) ein.

62 Vgl. den Kommentar zum Text »Villa di Quarto«, *MTPO.*

63 AD 6. Aug. 1906.

64 29. Jan. 1904 an Stanchfield, CU-MARK.

65 Vgl. auch AD 26. Mai (Whitford), 2. Juni (Paige) und 14. Juni 1906 (Bret Harte).

66 16. Jan. 1904 an Howells, MH-H, in *MTHL*, 2:779.

67 »Twain's Plan to Beat the Copyright Law« (»Twains Plan, das Urheberrecht zu umgehen«), *New York Times*, 12. Dez. 1906, 1. Das damals gültige Urheberrecht garantierte Schutz für achtundzwanzig Jahre, der einmal um vierzehn Jahre verlängert wurde und somit insgesamt für einen Zeitraum von zweiundvierzig Jahren galt. Twain glaubte, wenn am Ende dieser Frist autobiographische Anmerkungen in ein Buch eingefügt würden, entstünde eine neue Veröffentlichung, die wiederum für zweiundvierzig Jahre geschützt wäre, womit man auf insgesamt vierundachtzig Jahre käme.

68 21., 22. und 23. Febr. 1910 an CC, Fotokopie in CU-MARK. Der »Copyright Act« von 1909 wurde von beiden Kammern des Kongresses am 4. März 1909 verabschiedet.

69 *MTB*, 3:1260–64. Der folgende Bericht über die Geschichte der Autobiographischen Dik-

tate basiert auf der bahnbrechenden Forschungsarbeit, die wir Lin Salamo verdanken, Herausgeberin des Mark Twain Project bis 2009.

70 *MTB*, 3:1266.

71 AD 9. Jan. 1906; Lyon 1906, Eintrag vom 25. Mai; *MTB*, 3:1266.

72 *MTB*, 3:1267.

73 Wenn TS1 bis TS4 in der Form erhalten wären, in der sie Paine zweifelsohne überlassen wurden – als vier separate Stapel fortlaufend nummerierter Seiten –, wäre seit langem klar, dass jedes Typoskript eine eigenständige Sequenz darstellt. Aber die Seiten der einzelnen Sequenzen wurden auf verschiedene Mappen verteilt, die nach dem Datum des jeweiligen Diktats geordnet waren, so dass diese schlichte Erkenntnis verhindert wurde.

74 Die beiden späteren Mitarbeiter waren Mary Louise Howden (seit Oktober 1908) und William Edgar Grumman (seit Februar 1909). Sie waren zu einer Zeit tätig, in der die Arbeit an der Autobiographie dem Ende zuging, und ihre Typoskripte ergeben zusammen nur wenig mehr als hundert Seiten.

75 Lyon 1906, Eintrag vom 13. März.

76 Lyon 1906, Einträge vom 8. und 9. Apr.; Howells an SLC, 8. Apr. 1906, CU-MARK, in *MTHL*, 2:803–04 (hier wurden die an Howells ausgeliehenen Seiten falsch zugeordnet); 8. Apr. 1906 an CC, MoPIS und CU-MARK.

77 Lyon 1906, Einträge vom 15. Mai, 20. Mai, 25. Mai und 21. Juni; *MTB*, 3:1307–08.

78 Lyon 1906, Eintrag vom 29. Aug. »König« war der Kosename Isabel Lyons und Paines für Twain.

79 Lyon 1906, Eintrag vom 20. Juni. Josephine Hobbys stenographische Aufzeichnungen unterschieden hier offensichtlich nicht.

80 Lyon 1906, Eintrag vom 27. Mai; *HHR*, 697. Vgl. »Robert Louis Stevenson und Thomas Bailey Aldrich« zu Twains Kommentaren zum »Unterwasser-Ruhm«.

81 17. Juni 1906 an Rogers, Salm, in *HHR*, 611; Rogers an SLC, 4. Juni 1906, CU-MARK, in *HHR*, 608.

82 10. Juni 1906 an Teller, NN-BGC.

83 Lyon 1906, Eintrag vom 8. Juni und 21. Juni.

84 S. 3 und 7 in Isabel Lyons Ausgabe von Paines *Autobiographie*, zitiert mit freundlicher Genehmigung des Eigentümers Kevin MacDonnell. Isabel Lyons Notizen stammen aus dem Jahr 1947 oder 1948.

85 Paine an Lyon, 11. Juni 1906, CU-MARK; Lyon 1906, Einträge vom 13. und 22. Juni. Isabel Lyons Datierung (1879) dieses Typoskripts ist falsch; vielleicht wollte sie »1897« schreiben, was in etwa richtig gewesen wäre.

86 Originaltitel: *Captain Stormfield's Visit to Heaven.*

87 17. Juni 1906 an Howells, NN-BGC, in *MTHL*, 2:811; Lyon 1906, Eintrag vom 14. Juni. Twain bezieht sich hier auf »Kapitän Stormfields Besuch im Himmel«, ein Manuskript, das schon 1868 verfasst und mehrfach überarbeitet wurde. Zu dem »Fett« müssen auch andere unvollendete oder nicht publizierte Manuskripte gehört haben, die er später, sicher auch wegen des Plans zur Erneuerung des Copyrights, in die Autobiographie einfügte: »Down the Rhone«, bekannt als »The Innocents Adrift«, verfasst 1891 (vgl. den Kommen-

tar zum Text »Villa di Quarto« in *MTPO*), und »Wapping Alice«, verfasst 1898. Vgl. auch AD 6. Juni und 9. Apr. 1906. Zahlreiche solcher »nicht autobiographischen« Manuskripte wurden schließlich in die Autobiographischen Diktate eingefügt.

88 Josephine Hobby hatte bereits damit begonnen, die 44 Seiten noch einmal zu schreiben, aber ihr Typoskript (TS2) ist auch nicht erhalten. Der Vergleich des Manuskripts mit einem anderen Typoskript von 1906 (TS4), das von dem »alten« verlorenen Typoskript abstammt, zeigt, dass Twain es überarbeitet hatte (vgl. auch den folgenden Abschnitt: »Zwei weitere Typoskripte: TS2 und TS4«). Auf TS4 steht oben »[1900]«, woraus man schließen kann, dass sich das verlorene Typoskript auf dieses Datum bezog.

89 Den ersten Entwurf dieser Vorrede schrieb Twain in einen kleinen Taschenkalender unter »November 1901« und bezeichnete ihn auf dem Einband mit »Autobiographie« (CU-MARK). Andere Aufzeichnungen von Twain weisen darauf hin, dass er ihn Anfang 1902 verwendete. Die Version von 1906, die in nur einem Typoskript erhalten ist, belegt, dass er die Vorrede in einem heute nicht mehr erhaltenen Dokument überarbeitet hat.

90 Vgl. »Frühere Veröffentlichungen in englischer Sprache« in der »Editorischen Notiz«.

91 17. Juni 1906 an Howells, NN-BGC, in *MTHL*, 2:811.

92 Der erste *erhaltene* Durchschlag von TS1 ist der des Diktats vom 11. Juni 1906.

93 Der einzige größere Unterschied zwischen TS2 und TS4 besteht in der Einordnung von »John Hay«. In TS4 ist dieser Text vor »Der jüngste Versuch« sowie weiteren Vorworten eingefügt, aber in TS2 wurde er anscheinend danach eingeordnet. In der vorliegenden Ausgabe wurde die Reihenfolge von TS2 übernommen, da wir davon ausgehen, dass TS4 fehlerhaft ist. Vgl. auch die Anmerkungen zu dem Vorwort »Der jüngste Versuch«, *MTPO.*

94 Lyon 1906, Eintrag vom 21. Juni.

95 Originaltitel: *Mark Twain's Library of Humor.*

96 McClure an SLC, 2. Juli 1906, CU-MARK; 4. Juni 1906 an Duneka, MFai; 17. Juni 1906 an Rogers, MFai, in *HHR*, 611–13; Lyon 1906, Eintrag vom 25. Juli; Harvey an SLC, 4. Juni 1906, CU-MARK; McClure an SLC, 2. Juli 1906, CU-MARK; 3. Aug. 1906 an CC, Fotokopie in CU-MARK.

97 Originaltitel: »To the Person Sitting in Darkness«.

98 Originaltitel: »To My Missionary Critics«.

99 Mott 1938, 219–20, 256–57; Johnson 1935, 73, 205, 268; SLC 1902d, 1903b–d; Lyon 1906, Eintrag vom 31. Juli.

100 4. und 5. Aug. 1906 an Rogers, NNC, in Leary 1961, 39.

101 3. Aug. 1906 an CC, Fotokopie in CU-MARK. Es ist möglich, dass Howells bei der Auswahl half, aber es gibt keinen Beleg dafür.

102 7. Aug. 1906 an Teller, NN-BGC.

103 Vgl. Michael J. Kiskis' »Afterword« in der Faksimile-Ausgabe der Folgen aus der *North American Review* (SLC 1996), 10–20. Weitere kritische Studien der Autobiographie sind Cox 1966, Krauth 1999, Robinson 2007 und Kiskis' »Introduction« zu SLC 1990.

104 3. Aug. 1906 an CC, Fotokopie in CU-MARK. Weil die Teile von TS3 Auszüge aus mehreren verschiedenen Autobiographischen Diktaten enthielten, erzeugte die Art, wie sie in den Mark Twain Papers abgelegt waren, eine verwirrende Unordnung, bis man ihre Funktion verstand.

105 Harvey an SLC, 3. oder 4. Aug. 1906, CU-MARK. Harvey nahm TS3-Typoskripte ausgewählter Passagen mit, die für die Folgen 1–5 gedacht waren, der in Arbeit befindliche dritte Teil war für die Folgen 2–4 bestimmt.

106 25.–28. Aug. 1906 an Rogers, NNC, in Leary 1961, 53. Zum Zeitpunkt ihrer Veröffentlichung waren die frühen Folgen noch einmal neu gruppiert worden. Harveys Notiz an Twain vom 3. oder 4. Aug. 1906, in der die Teile von TS3 aufgelistet waren, die er mitnahm (CU-MARK), bezog sich auf die Folgen »Nr. 1« und »Nr. 5«, die letztendlich Folge 3 bzw. 2 wurden; seine »Nrn. 2, 3 & 4« wurden 4, 5 und 6.

107 Harvey 1906, 442–43. Twain verwendete den Ausdruck »Pier Nr. 70«, vgl. »Mark Twains Dinnerrede zu seinem 70. Geburtstag«.

108 25.–28. Aug. 1906 an Rogers, NNC, in Leary 1961, 45–46.

109 4. und 5. Aug. 1906 an Rogers, NNC, in Leary 1961, 39. Folge 9, veröffentlicht am 4. Jan. 1907, basierte auf den Autobiographischen Diktaten vom Dez. 1906, die vor allem aus Manuskriptmaterial bestanden.

110 Insgesamt gab es fünfundzwanzig Folgen in der *Review*. Vgl. »Frühere Veröffentlichungen in englischer Sprache« in der »Editorischen Notiz«.

111 Vgl. AD 9. Jan., 8. Febr., 28. März, 12. Jan. und 9. Febr. 1906.

112 Auf der Druckvorlage für NAR 6 vermerkte Twain beispielsweise: »Ich halte ein Datum hier und da für notwendig. Ich finde, es sollte am *Rand* stehen, David. / M. T.« Er hatte damit begonnen, solche Daten am Rand einzufügen, um den Leser durch seine nicht chronologische Erzählung zu leiten, als er »Fragmente meiner Autobiographie. Aus Kapitel IX« für NAR 2 vorbereitete, aber Munro hatte sie ignoriert; sie sind in dieser Ausgabe übernommen. Auf die Korrekturfahnen von NAR 7 schrieb Twain: »David, wenn Sie mit diesen Sachen keine frankierten & adressierten Briefumschläge mitschicken, dann hole ich mir Ihren Skalp! Herzliche Grüße, Mark« (ViU; vgl. auch die Kommentare zu den AD 26. Febr. und 5. März 1906, *MTPO*). Zu Munros Biographie vgl. AD 16. Jan. 1906, Anm. 148: *»David Munro«*.

113 »Topics of the Week« (»Themen der Woche«), *New York Times*, 15. Sept. 1906, BR568, und 29. Sept. 1906, BR602; vgl. AD 21. Mai 1906.

114 Vgl. AD 1., 2., 5., 8. Febr. und 19. Jan. 1906.

115 »Mark Twain's Memory« (»Mark Twains Gedächtnis«), *Courier-Journal*, Louisville (Kentucky), 20. Nov. 1906, 6; vgl. auch die Anmerkungen zu »Meine Autobiographie [Willkürliche Auszüge daraus]«.

116 »Mark Twain Declares That His Wife Made Him Swear off Swearing« (»Mark Twain erklärt, dass seine Frau ihn schwören ließ, dem Fluchen abzuschwören), *Washington Post*, 16. Dez. 1906, B8; »The Two Sides of It« (»Beide Seiten«), *Pearson's Magazine*, Jan. 1907, 117. Diese Zeitschrift war der amerikanische Ableger der gleichnamigen britischen Zeitschrift; sie beschäftigte sich mit Literatur, Politik und Kunst.

117 Lyon 1907, Eintrag vom 30. Juli.

118 Lyon 1907, Eintrag vom 9. Sept.

119 Für einen detaillierten Vergleich dieser Texte mit den in der *North American Review* veröffentlichten, für beinahe alle Illustrationen und eine Liste der Zeitungen, denen das *Sunday Magazine* beigelegt wurde, vgl. Schmidt 2009b.

120 Willing an einen unbekannten Empfänger, 28. Okt. 1941, Fotokopie in CU-MARK; Twains Worte an Willing waren ein Wortspiel mit dem bekannten Satz »Barkis is willing« aus *David Copperfield* (Kapitel 5).

121 Originaltitel: *My Mark Twain.*

122 Howells 1910, 93–94.

123 AD 6. Apr. 1906.

124 Twain machte als Kläger in einem Rechtsstreit um den Landbesitz eine eidesstattliche Aussage (»Interrogatories for Saml. L. Clemens« vom 3. April 1909 und »Deposition S. L. Clemens« vom 11. Juni 1909, U. S. National Archives and Records Administration 1907–09; Kopien dieser Dokumente mit freundlicher Genehmigung von Barbara Schmidt).

125 Zu Harveys Entwurf der Vorgaben für die Publikation von Twains »Memoiren im Jahr 2000« vom 17. Okt. 1900 vgl. die »Entstehungsgeschichte«, S. 33. Zu den Einzelheiten der Editionsprinzipien, die dieser Ausgabe zugrunde liegen, vgl. »Editorische Notiz«.

Anmerkungen

Die folgenden Erklärungen und Anmerkungen sollen die autobiographischen Schriften und Diktate im vorliegenden Band dahin gehend erläutern und ergänzen, dass sie Einzelpersonen, Orte und Ereignisse identifizieren sowie thematische Bezüge und literarische Anspielungen erklären. Sie gehen den historischen Widersprüchen in Twains Aussagen nach und versuchen auf diese Weise zu verdeutlichen, wie seine Erinnerungen an die weit zurückliegenden Ereignisse und Erfahrungen von seiner Vorstellungskraft und der zeitlichen Distanz geprägt waren. Manche Anmerkungen enthalten Querverweise auf Texte oder Kommentare dieses Bandes, vor allem aber bieten sie weiterführende Informationen über genannte Personen oder Begebenheiten.

Die Anmerkungen beziehen sich mit Seitenangabe auf den Textband *Meine geheime Autobiographie*. Die meisten Anmerkungen sind mit Quellen versehen, alle darin verwendeten Abkürzungen, Autoren und Kurztitel finden sich aufgelöst im »Abkürzungsverzeichnis« bzw. der »Bibliographie«. Die Werke von Mitgliedern der Familie Clemens werden mit den Initialen angegeben: SLC, OLC (Olivia), OSC (Susy) und CC (Clara), deutsche Übersetzungen der Twain'schen Werke mit MT. Die meisten Verweise beinhalten eine Seitenangabe (»*L1*, 263« oder »Angel 1881, 354«); solche, die sich auf ein in mehreren Ausgaben erhältliches Werk beziehen, enthalten teilweise eine Kapitelnummer oder deren Äquivalent, z. B. eine Band- oder Aktangabe. Der Standort jedes Dokuments oder Manuskripts wird mit der in der Library of Congress verwendeten Standardabkürzung oder dem Nachnamen des Besitzers gekennzeichnet – Angaben, die alle in den obengenannten Verzeichnissen festgelegt sind.

Mit Abb. 1–45 wird auf die Abbildungen im Textband *Meine geheime Autobiographie* verwiesen (Bildteil), mit Abb. 1–17 (Bd. 2) auf die Faksimiles im Materialienband (vgl. auch das »Abbildungsverzeichnis« in diesem Band).

Mark Twains Autobiographie

Quellen: Soweit nicht anders angegeben, basieren die Texte von »Mark Twains Autobiographie« auf einer oder mehreren Maschinenabschriften in den Mark Twain Papers: TS1, TS2, TS3 oder TS4. Diese werden in der »Entstehungsgeschichte«, in der »Editorischen Notiz« und in der »Bibliographie« genauer erörtert.

[Meine Autobiographie]

Ein früher Versuch

3 *Die nun folgenden Kapitel … mein Leben zu Papier zu bringen* – Twain schrieb die Titelseite und das Vorwort »Ein früher Versuch« für *Mark Twains Autobiographie* im Juni 1906, als er den endgültigen Plan für dieses Werk fasste; das Manuskript ist erhalten und Teil der Mark Twain Papers. Vgl. die »Entstehungsgeschichte« für eine ausführlichere Darstellung seines Vorhabens und Faksimiles des Manuskripts (Abb. 2 und 3 [Bd. 2, S. 53–54]).

Meine Autobiographie [Willkürliche Auszüge daraus]

3 *Meine Autobiographie [Willkürliche Auszüge daraus]* – Diese ausführliche und in mehrere Kapitel unterteilte Erinnerung verfasste Twain im Winter 1897/98 in Wien; das Manuskript ist erhalten und Teil der Mark Twain Papers. Eine 44-seitige Maschinenabschrift des Manuskripts ist verlorengegangen. Twain überarbeitete die Abschrift höchstwahrscheinlich im Jahr 1906, kurz bevor er Josephine Hobby damit beauftragte, den Text erneut abzutippen (vgl. AD 9. Jan. 1906, Anm. 88–89: *»falls Sie aus dieser Masse an Vorfällen«*). Twain überschrieb das Manuskript für seine Autobiographie »Aus Kapitel II« (vgl. Abb. 1 [Bd. 2]). Es beginnt mit zwei Strophen aus Edward Fitzgeralds Übersetzung der *Rubāiyāt* von Omar Khayyām:

We are no other than a moving row
Of Magic Shadow-shapes that come and go
    Round with the Sun-illumined Lantern held
In Midnight by the Master of the Show;

But helpless Pieces of the Game He plays
Upon his Chequer-board of Nights and Days;
    Hither and thither moves, and checks, and slays,
And one by one back in the Closet lays.

(Wir sind nichts als eine sich fortbewegende Reihe / Von Schattengestalten, die kommen und umhergehen / Mit der sonnenangestrahlten Laterne, / Gehalten um Mitternacht vom Meister der Darbietung; // Nichts als hilflose Steine in dem von ihm gespielten Spiel / Auf seinem Spielbrett aus Tag und Nacht, / Er bewegt sie hin und her und prüft und tötet, / und legt sie einen nach dem anderen wieder ins Kästchen zurück.)

Ein Textvergleich zeigt, dass Twain sowohl die Kapitelbezeichnung als auch das Gedicht aus der verschollenen Version der Maschinenabschrift gestrichen haben muss, weshalb sie in dem vorliegenden Band auch weggelassen wurden (vgl. Textual Commentary auf *MTPO*, zu *MTPO* vgl. »Editorische Notiz«, Endnote 1). Twain kannte und schätzte Fitzgeralds *Rubāiyāt* seit dem 22. Dezember 1875, als er Auszüge daraus auf der Titelseite des *Hartford Courant* las. Im Jahr 1907 erinnerte er sich: »Kein Gedicht hat mir jemals zuvor oder jemals danach so viel Freude bereitet; es ist das einzige Gedicht, das ich stets bei mir trage; seit achtundzwanzig Jahren gebe ich es nun schon nicht mehr aus der Hand« (AD 7. Okt. 1907).

3 * * * * – Eine Reihe von Asterisken (Sternchen) war Twains typisches Zeichen für Textauslassungen (vgl. »Special Sorts« im »Guide to Editorial Practice«, *L6*, 703–04).

Neuengland-Zweig – Über den »Neuengland-Zweig« ist kein vorausgehender (gestrichener) Textabschnitt erhalten, und es ist unklar, ob ein solcher jemals verfasst worden ist. In seinem Entwurf des Vorworts mit dem Titel »Ein früher Versuch« hatte Twain zunächst geschrieben: »Die nun folgenden Kapitel stellen Bruchstücke eines meiner vielen Versuche dar (nachdem ich bereits in den Vierzigern war), mein Leben zu Papier zu bringen. Der erste Teil davon ist verlorengegangen [...].« Dann aber strich er den zweiten Satz. Twains Vorfahr Robert Clements (1595–1658) emigrierte im Jahr 1642 aus England und ließ sich in Massachusetts nieder, wo er an der Gründung der Stadt Haverhill beteiligt war. Roberts Urenkel Ezekiel (1696–1778) – vermutlich der »andere Bruder«, der »sich im Süden« niederließ – kam das erste Mal um 1743 nach Virginia (und nicht Maryland, wie Twain behauptet), doch erst um 1765 ließ er sich dauerhaft dort nieder. Twain stammt von Ezekiel über dessen Sohn Jeremiah (1732–1811) ab (Lampton 1990, 78–79; Bell 1984, 4–8, 13, 24–25).

Fairfax – Über die Geschichte der Familie Fairfax ist Twain hier leicht im Irrtum. Der Adelstitel Baron (nicht »Earl«) wurde der Familie bereits 1627 verliehen und war somit nicht »jüngeren Datums«. Thomas Fairfax, der dritte Baron (1612–1671), Enkel des ersten Barons, diente als Oberbefehlshaber der Parlamentsarmeen und gewann mehrere entscheidende Schlachten gegen die Streitkräfte von Karl I. 1650 übergab er sein Amt an Cromwell und war folglich nicht an der Hinrichtung des Königs beteiligt. Neun Jahre später setzte er sich für die Restitution der Monarchie ein. Mit dem »besonderen Freund« des »anderen Bruders« meinte Twain vermutlich William Fairfax, der nach Neuengland auswanderte und sich später in Virginia niederließ, um dort den Familienbesitz zu verwalten. Twains Bekannter war Charles Snowden Fairfax (1829–1869), der zehnte Baron und Williams Ururenkel. Die beiden lernten sich vermutlich in den frühen 1860er Jahren in San Francisco kennen. 1853/54 war Charles am Parlament von Kalifornien angestellt, 1856 wurde er zum Justizbeamten am Obersten Gerichtshof des Bundesstaates ernannt. Die Stadt Fairfax in Marin County, wo er ein großes Landgut besaß, wurde nach ihm benannt (Burke 1904, 587–88; Ellis 1939, 48–49; Gudde 1962, 100).

4 *Eine berühmte und gefährliche Kreatur* – Diese Auseinandersetzung ereignete sich 1859 in Sacramento, Kalifornien. Fairfax, Justizbeamter am Obersten Gerichtshof, geriet mit Harvey Lee (nicht »Ferguson«) in einen Streit über dessen Ernennung zum offiziellen Gerichtsschreiber. Fairfax ohrfeigte Lee, dieser zog aus seinem Spazierstock einen Degen und fügte Fairfax eine Lungenverletzung zu. Daraufhin bedrohte Fairfax ihn mit einer Pistole, unterließ es jedoch, aus Mitleid mit dessen Familie, ihn zu erschießen (Ellis 1939, 49).

Seeräuber … Drake, Hawkins und all die anderen – Sir Francis Drake (1540–1596) und dessen Cousin Sir John Hawkins (1532–1595) überfielen im Dienst von Königin Elisabeth I. spanische Schiffe.

5 *einer der Prozessionsteilnehmer … Karl zum Tode zu verurteilen* – Über den Vorfahren, der nach Spanien ging, ist nichts bekannt. Der andere vermeintliche Vorfahr, Gregory (nicht Geoffrey) Clements (1594–1660), war ein Londoner Kaufmann und Parlamentsmitglied. Im Januar 1649 gehörte er dem Obersten Zivilgericht an, das Karl I. zum Tode verurteilte. Als die Monarchie 1660 unter Karl II. wiederhergestellt wurde, tauchte Clements unter, im Oktober desselben Jahres wurde er jedoch aufgespürt und hingerichtet. Trotz umfassender Ahnenforschung konnte eine familiäre Verbindung zu Gregory nicht bestätigt werden; Twains frühester bekannter Vorfahr war Richard Clements von Leicester (1506–1571) (Lampton 1990, 78; Bell 1984, 4–7).

Jeffreys – George Jeffreys (1645–1689), Lord Oberrichter von England und später Lordkanzler, ist für seine Strafen, die er in den sogenannten »blutigen« Gerichtsverhandlungen von 1685 über die Anhänger des Herzogs von Monmouth nach deren Rebellion gegen Jakob II. verhängte, auch als »Henkersrichter Jeffreys« bekannt. Als der König 1688 aus England floh, wurde Jeffreys in den Tower von London gesperrt, wo er ein Jahr später starb.

6 *William Walter Phelps* – Phelps (1839–1894), Absolvent der Yale University und der Columbia Law School, war mehrere Legislaturperioden lang Kongressabgeordneter für New Jersey und kurze Zeit Gesandter in Österreich-Ungarn (1881–1882), bevor er im Juni 1889 zum Gesandten am Hof des deutschen Kaisers Wilhelm II. ernannt wurde. Aufgrund seiner Liebenswürdigkeit und großzügigen Gastfreundschaft war Phelps in der Berliner Gesellschaft sehr beliebt. Das besagte Abendessen fand im Winter 1891 statt, als sich die Familie Clemens in der Stadt aufhielt. Twain kannte Phelps zwar schon vorher, doch erst in dieser Zeit intensivierte sich der Kontakt der beiden Familien (*MTB*, 3:933).

Graf S., einem Minister des Kabinetts – In einem Abschnitt, den Twain später strich, wird »Graf S.« als »Graf Seckendorff, Hofmeister der Kaiserin Friedrich«, identifiziert. Kaiserin Friedrich (1840–1901), älteste Tochter Königin Victorias, war die Witwe König Friedrichs III. und Mutter des damaligen Kaisers. Ihr »Haushaltsvorsteher« und enger Vertrauter war Graf Goetz von Seckendorff (1841–1910), ein Liebhaber von Kunst und Literatur (*Washington Post*: »Von Seckendorff Dead«, 3. März 1910, 9; »Revives Court Gossip«, 4. März 1910, 1; Victoria 1913, 300–01). In dem gestrichenen Teil des Manuskripts erklärte Twain: »Dieser Adlige war ein Nachkomme des Seckendorff, den Wilhelmine, die Markgräfin von Bayreuth, in ihren Memoiren unsterblich gemacht hat.« Dieser ältere Seckendorff war ein Gesandter am Hof König Friedrich Wilhelms I. von Preußen. Von den *Memoiren* seiner Tochter, Prinzessin Wilhelmine (1709–1758), besaß Twain zwei Exemplare, die 1877 und 1887 erschienen waren. 1897 schrieb er ein Kapitel für einen historischen Roman über die Prinzessin, verwarf dieses Projekt jedoch wieder (*N&J3*, 295; Gribben 1980, 2:771–73; SLC 1897c; vgl. Wilhelmine 1877).

7 *Jere und Sherrard* – Jeremiah (Jere) Clemens (1814–1865) stammte von Ezekiel Clemens aus Virginia ab (vgl. Anm. 3: *»Neuengland-Zweig«*), war also Twains entfernter Cousin. Er war nicht nur Rechtsanwalt, Armeeoffizier, Zeitungsredakteur und Schriftsteller, sondern außerdem Abgeordneter im Parlament von Alabama und später demokratischer Repräsentant dieses Bundesstaates im Senat (1849–1853). Zu Beginn des Bürgerkriegs stand er zunächst auf der Seite der Konföderierten Staaten von Amerika, wechselte jedoch 1864 zur Union. Sherrard Clemens (1820–1880), ebenfalls ein Nachkomme von Ezekiel, war Rechtsanwalt. Der Demokrat repräsentierte den Bundesstaat Virginia von 1852 bis 1853 und noch einmal von 1857 bis 1861 im Kongress der Vereinigten Staaten. Der »James-Clemens-Zweig« der Familie stammte von Ezekiel über dessen Sohn James (1734–1795) ab. James' Enkel, James Clemens junior (1791 bis 1878), der als wohlhabender Arzt in St. Louis lebte, war ein Bekannter von Twain (Lampton 1990, 80; 21. Juni 1866 an JLC und PAM, *L1*, 346, Anm. 6; »Sherrard Clemens«, *New York Times*, 3. Juni 1880, 5; *N&J1*, 36, Anm. 40; Bell 1984, 31–36; vgl. auch AD 9. Febr. 1906).

8 *war ich Rebell … mit solchen Schweinen zu verkehren* – Twain spielt auf seine kurze Dienstzeit bei den Marion Rangers, einer Kompanie der Missouri State Guard, zu Beginn des Bürgerkrieges an. Auch wenn diese Garde offiziell auf der Seite der Union stand (vgl. Dempsey 2003, 256–72), waren die Freiwilligen in dem Glauben, sie kämpften für den Süden: In »Privater Bericht eines gescheiterten Feldzuges«, Twains Darstellung dieses Erlebnisses, heißt es, er »wurde Rebell« (MT 1963a, 82; SLC 1885b; vgl. Anm. nach 26. Apr. 1861 an OC, *L1*, 121). 1868 war er Republikaner geworden, doch seine Solidarität geriet 1884 ins Wanken, als er – zusammen mit den anderen sogenannten »Parteilosen« – Grover Cleveland statt James G. Blaine unterstützte. Bei der Wahl 1876 war Twain ein Anhänger des Republikaners Rutherford B. Hayes, der sich gegen den Demokraten Samuel J. Tilden durchsetzte. Auf einer republikanischen Massenkundgebung am 30. September 1876 in Hartford hielt Twain eine Rede zugunsten von Hayes, die er damit beendete, dass er Joseph R. Hawley, Senator für Connecticut, vorstellte (»Just before the Battle«, *Hartford Evening Post*, 2. Okt. 1876, 2, in Scrapbook 8:25–27, CU-MARK; 13. und 14. Febr. 1869 an OLL, *L3*, 97, Anm. 5; bezüglich Hawley vgl. AD 24. Jan. 1906, Anm. 206: *»General Hawley, Chefredakteur«*). Der einzige erhaltene Brief von Sherrard Clemens an Samuel Clemens wurde mehrere Wochen

vor diesem Ereignis, am 2. September 1876, verfasst. Daraus geht hervor, dass die vorliegende Beschreibung nicht übertrieben war. Offensichtlich in Reaktion auf eine Zeitungsmeldung schrieb Sherrard:

Mit tiefstem Bedauern nehme ich zur Kenntnis, dass Sie sich an diesen aufgeblasenen, aus den Eingeweiden der Sarah Burchard hervorgegangenen Wichtigtuer Rutherford Burchard Hayes hängen. Wie ich selbst stammen auch Sie von Gregory Clemens ab, dem Königsmörder, der für den Tod von Karl stimmte und enthauptet und ausgeweidet zum Richtplatz gezerrt wurde. Für uns ist es gut, einen Vorfahren zu haben, dem nicht die Schande zuteilwurde, gehängt zu werden. Doch selbst einen solchen Vorfahren zu haben wäre mir noch lieber, als mich an einen jämmerlichen Tölpel wie Hayes zu hängen, der lediglich ein Fürsprecher von Börsenmaklern, Kleingeldzockern, jüdischen Lombarden, europäischen Sioux, Klassengesetzen und besonderen Privilegien für Minderheiten ist und eine gleichmäßige Besteuerung der großen Mehrheit ablehnt – nichts als ein geeigneter Kuppler für Pfandbrief- und Amtsinhaber, etwa 150 000 Menschen im Gegensatz zu mehr als 40 000 000. Sollten Sie noch weitere Ansichten für die *Halsabschneider bei den Zeitungen* auf Lager haben, so wäre es für Ihren *literarischen* Ruf sicher am besten, Sie behielten sie für sich, es sei denn, Sie legen Wert darauf, als ein *»politisch Argloser im Ausland«* erachtet zu werden. (Sherrard Clemens an SLC, 2. Sept. 1876, CU-MARK)

8 *1823, als sie zwanzig Jahre alt war … heiratete sie meinen Vater in Lexington* – In autobiographischen Aufzeichnungen, die Twain 1899 für seinen Neffen Samuel Moffett als Grundlage eines biographischen Essays verfasste, heißt es, dass seine Eltern »ihr junges Eheleben in Lexington, Ky., mit einem kleinen Landbesitz & sechs geerbten Sklaven begannen. Kurz darauf zogen sie nach Jamestown, Tennessee« (SLC 1899a, 2). Nachdem Pamela Moffett den Essay ihres Sohnes gelesen hatte, der diese Fakten wiedergab, erhob sie folgenden Einwand: »Es gibt jede Menge Leute, die wissen, dass Deine Großmutter nicht aus der Bluegrass Region im Norden von Kentucky kam. Geboren und aufgewachsen ist sie in Columbia Adair County im südlichen Teil des Bundesstaates, was ganz und gar nicht in der Bluegrass Region liegt. Sie hat niemals in Lexington gelebt, und ich bezweifle sogar, dass sie diesen Ort jemals zu Gesicht bekommen hat« (PAM an Moffett, 15. Okt. 1899, CU-MARK; Moffett 1899, 523–24). Als der Essay im folgenden Jahr in Buchform erschien, wurde »Lexington« in »Columbia« abgeändert (SLC 1900a, 314–33). Vgl. »Die Familie. Kurzbiographien«.

ihre erste Ausbeute an Kindern … Vielleicht noch andere – Twain hatte sechs Geschwister, von denen drei im Kindesalter starben. Fünf wurden in Tennessee geboren: Orion, Pamela Ann, Pleasant Hannibal (geb. 1828 oder 1829, im Alter von drei Monaten gestorben), Margaret (1830–1839) und Benjamin (1832–1842). Henry (1838–1858) wurde in Missouri geboren (*MTB*, 1:5–12; Wecter 1952, 33–36; vgl. »Genealogy of the Clemens Family«, *L1*, 382–83 und *Inds*, 311–15).

9 *Im Vergoldeten Zeitalter, einem meiner Bücher* – In diesem Roman, den Mark Twain zusammen mit Charles Dudley Warner schrieb (SLC 1873/74), kommt die fiktionale, in

Tennessee gelegene Siedlung Obedstown vor. Ihr liegen Twains Kenntnisse über Jamestown zugrunde.

9 *ansehnliche Ländereien … 75 000 Morgen* – Vgl. Anm. 13: *»das Ende unserer Ländereien in Tennessee«.*

Nicholas Longworth … Catawba-Rebe – Longworth (1782–1863), der »Vater des amerikanischen Weinanbaus«, war von Hause aus Rechtsanwalt, doch sein Interesse galt in erster Linie dem Gartenbau. Die von ihm gezüchtete Rebsorte Catawba ermöglichte den Weinanbau in Ohio und ließ in der Gegend von Cincinnati eine rentable Weinindustrie entstehen.

James Lampton … als Colonel Sellers – Vorbild für die Figur des nicht kleinzukriegenden Spekulanten und Visionärs Colonel Sellers im *Vergoldeten Zeitalter* ist James J. Lampton (1817–1887), ein Cousin ersten Grades von Jane Clemens. Er war sowohl Jurist als auch Mediziner, machte dann aber als Baumwoll- und Tabakhändler Geschäfte. In den späten 1850er Jahren lebte er in St. Louis, wo Twain ihn während seiner Zeit als Lotse auf dem Mississippi oft besuchte (*Inds*, 329).

10 *John T. Raymonds Publikum … fast gestorben* – Der Komödiant John T. Raymond (1836–1887), der als John O'Brien auf die Welt kam, erzielte seinen größten Erfolg in der Rolle des Colonel Mulberry Sellers in *Colonel Sellers*, einer Theateradaption des *Vergoldeten Zeitalters*. Seit der Premiere am 16. September 1874 in New York City trat er immer wieder in dieser beliebten Rolle auf. Die »Steckrübenszene« kommt in Kapitel 11 vor (*L6*: 22.? Juli 1874 an Howells, 195, Anm. 4; 11. Jan. 1875 an Raymond, 346, Anm. 1; 24. oder 25. Aug.? 1875 an Raymond, 528, Anm. 2; »Notes of the Stage«, *New York Times*, 7. Febr. 1887, 4).

Frank Mayo – Twain lernte Mayo (1839–1896) an der Westküste kennen, vermutlich in San Francisco zwischen 1863 und 1865, als Mayo erste Besetzung an Maguires Opernhaus war. Mitte der 1860er Jahre war er in klassischen Stücken und Charakterrollen auf den Bostoner und New Yorker Theaterbühnen zu sehen. Bekannt war er vor allem für die Hauptrolle in *Davy Crockett*, die er über zweitausendmal spielte. 1894 erhielt er von Twain die Erlaubnis, *Querkopf Wilson* zu dramatisieren, und im April 1895 spielte er zum ersten Mal die Hauptrolle in diesem Stück. Im darauffolgenden Jahr, als er mit der Inszenierung durch den Westen tourte, starb er. In einem Kondolenzbrief an Mayos Frau schrieb Twain: »Wir waren Freunde – Frank Mayo und ich – über dreißig Jahre lang; & während all dieser Zeit hat meine anfängliche Zuneigung zu ihm keinen Abbruch, keine Schmälerung erlitten. Alle seine alten Freunde können dasselbe sagen; & das ist ein edles Zeugnis der Schönheit seines Geistes und der Anmut seines Wesens« (16. Juli 1896 an Mayo, CU-MARK; 9.–22. März 1872 an Mayo, *L5*, 61–62, Anm. 2).

11 *Eschol Sellers! … Colonel Mulberry Sellers* – In frühen Drucken der ersten Auflage hieß es noch »Eschol Sellers«; in den Druckplatten für spätere Ausgaben änderte die American Publishing Company den Namen zu »Beriah Sellers«. In der Theaterfassung vom *Vergoldeten Zeitalter* wurde der Name schließlich zu »Mulberry Sellers« und blieb als solcher auch in *Der amerikanische Prätendent* von 1892 bestehen (SLC 1874a, 1892; 8.? Nov. 1874 an Watterson, *L5*, 274, Anm. 2).

12 *Cable und ich machten gerade eine Lesereise* – Vgl. »Über General Grants Memoiren«, Anm. 511: *»Als ich mit G. W. Cable unterwegs war«*.
seines Sohnes – Lampton hatte einen Sohn namens Lewis (geb. 1855) (Lampton 1990, 141).

13 *Kapitel* – Dies ist die erste von drei nicht nummerierten »Kapitel«-Überschriften innerhalb eines Abschnitts (vgl. auch S. 24 und 31). Twain hatte diese Kapitel nicht nummeriert, strich die Überschriften jedoch auch nicht heraus, weshalb sie im vorliegenden Band beibehalten wurden.
das Ende unserer Ländereien in Tennessee – Vgl. »Das Land in Tennessee«. Orions Tauschhandel wurde nicht urkundlich belegt. In einem Brief von 1881, den Pamela an Orion und seine Frau Mollie schrieb, heißt es jedoch: »Ich habe gute Neuigkeiten für Euch: Charley [Webster] hat den allerletzten Morgen Land in Tennessee verkauft. Ist das nicht ein Grund zum Jubeln? Er hat es gegen ein Grundstück in St. Paul (Minnesota) eingetauscht, dessen Wert letztes Jahr auf $ 800 oder $ 850 und dieses Jahr auf $ 1050 geschätzt wurde« (20. Mai 1881, CU-MARK).

14–15 *Ich kann mich noch sehr gut daran erinnern … das Haus schon von Geistern wimmelte* – Twains Erinnerung hier kann nicht ganz korrekt sein: Er war fast vier Jahre alt, als seine Familie im November 1839 nach Hannibal zog. Paine beteuerte, dieser Vorfall habe sich in Verbindung mit einem Sommeraufenthalt auf der Quarles Farm in Florida ereignet, und Dixon Wecter schreibt, dass Clemens zu diesem Zeitpunkt bereits sieben oder acht gewesen sei (*MTB*, 1:24–25, 30; Wecter 1952, 52–53; vgl. auch AD 23. Febr. 1906). Eine Cousine und Spielgefährtin von Twain, Tabitha Quarles Greening, erzählte eine Version dieser Geschichte, die seiner eigenen ähnelt. Ihr zufolge ritt die Familie davon und »ließ den kleinen Sam zurück, der gerade dabei war, auf der anderen Seite des Hauses Sandkuchen zu backen«:

> Eine halbe Stunde später […] ritt mein Großvater Wharton Lampton vorbei und fand Sam ganz vertieft in seine Backtätigkeit. Großvater schenkte ihm die nötige Anerkennung, hob den Jungen zu sich aufs Pferd und ritt den Reisenden hinterher, die er nach etwa sieben oder acht Meilen einholte. Sie waren so sehr damit beschäftigt gewesen, sich über die damals noch als weit erachtete Reise Gedanken zu machen und Pläne für die Zukunft zu schmieden, dass ihnen das Fehlen des »Mark Twain« in spe gar nicht aufgefallen war. Alle Beteiligten, Sam eingeschlossen, fanden dieses Ereignis höchst amüsant, und die Reise wurde fortgesetzt.
>
> Wer die Familie Clemens nicht kennt, könnte diese Geschichte für ein wenig übertrieben halten, doch es ist die reine Wahrheit. (»Mark Twain's Boyhood«, *New York Times*, 11. Nov. 1899, 5)

15 *mein Bruder Henry sechs Monate alt* – Henry verbrannte sich in der Tat einmal die Füße, noch bevor er fünfzehn Monate alt war und die Familie Florida verließ. 1880 erinnerte sich Jane:

> Ein Negerjunge passte gerade auf Henry auf und spielte mit ihm vor dem Haus. Henry war gerade groß genug, um den Deckel des Kessels festzuhalten und darüber hinwegzusehen. Es lagen glühende Kohlen herum, und er tappte barfuß hinein. Ich setzte mich auf einen Stuhl und stellte eine Waschschüssel neben mich auf einen anderen & hielt Henry im Arm & seine Füße in das kalte Wasser, sonst hätte er Krämpfe bekommen, bevor Dein Vater mit Frau Doktor aus dem Laden zurückgewesen wäre. Mrs. Penn kam eine Zeitlang jeden Tag & machte Eieröl für seine Füße. (JLC an OC, 25. Apr. 80, CU-MARK)

15 *Benvenuto Cellini und dem Salamander* – Traditionellen Überlieferungen zufolge lebt der Salamander im Feuer. Der italienische Künstler Benvenuto Cellini (1500–1571) erinnert sich in seiner Autobiographie daran, wie sein Vater einmal einen Salamander in den Flammen des Lagerfeuers »herumtoben« sah. Der Vater verpasste seinem damals fünfjährigen Sohn eine Ohrfeige, damit sich dieser immer daran erinnern würde, dass »diese Eidechse, die du da im Feuer siehst, ein Salamander ist, ein Lebewesen, das noch nie von irgendjemandem, über den wir glaubwürdige Informationen haben, gesehen wurde« (Cellini 1896, 7–8; es ist unbekannt, welche Ausgabe dieses Werks Twain besaß: vgl. Gribben 1980, 1:134).

Vorgang in Helen Kellers Erinnerung – Keller (1880–1968) verlor im Alter von neunzehn Monaten nach einer Krankheit Augenlicht und Gehör. Nachdem ihr von Anne Sullivan beigebracht worden war, mit Hilfe von Zeichensprache und Blindenschrift zu kommunizieren, machte sie 1904 am Radcliff College ihren Abschluss mit Auszeichnung. Keller wurde als Autorin und aufgrund ihres gesellschaftlichen Engagements weltberühmt und setzte sich unermüdlich für die Belange der Blinden ein. Seit Twain sie im März 1894 kennengelernt hatte, empfand er ihr gegenüber große Bewunderung und Zuneigung – und lobte sie in Kapitel 61 von *Reise um die Welt* als »das erstaunlichste Phänomen aller Zeiten« (MT 1966, 490). In *Mitten im Lebensstrom – Neue Erinnerungen* schilderte sie auf bewegende Weise ihren gemeinsamen Aufenthalt mit Twain in Stormfield 1909. Später im selben Jahr bezeichnete Twain sie in einer Rede als »den wundervollsten Menschen ihres Geschlechts, der seit Jeanne d'Arc auf dieser Erde gelebt hat« (Fatout 1976, 642). Bei dem »unbestreitbaren Vorgang« handelt es sich wahrscheinlich um Kellers Erinnerung an ihre frühe Krankheit, insbesondere an die liebevolle Fürsorge ihrer Mutter, die sie in ihrer Autobiographie beschrieb (vgl. AD 30. März 1906 und 20. Nov. 1906; Keller 2003, 16; Keller 1929, 47–69).

16 *Für Huckleberry Finn und Tom Sawyer als Detektiv verlegte ich sie nach Arkansas* – Die Quarles Farm diente als Vorbild für die Phelps Farm in *Huckleberry Finns Abenteuer* und *Tom Sawyer als Detektiv* (SLC 1896c; *Inds*, 342).

19 *»Onkel Dan'l«, einem Sklaven* – Quarles ließ seinen »alten und treuen Diener Dann« 1855 frei. Daniel erscheint als Onkel Dan'l im *Vergoldeten Zeitalter* und als Jim in *Huckleberry Finn, Tom Sawyer auf Reisen* (SLC 1894a) und in den Geschichten *Huck Finn and Tom Sawyer among the Indians* (SLC 1884) und »Tom Sawyer's Conspiracy« SLC 1897–1902?) (*Inds*, 312–17).

20 *Sandy habe ich einmal ... in dem Buch genannt* – Sandy erscheint in den Kapiteln 1

und 2 von *Tom Sawyer* als »der kleine Negerjunge« Jim (MT 1962/2010, 11), vgl. auch Anm. 624: *»den kleinen schwarzen Sklavenjungen«*.

22 *über diese Coleoptera* – Fledermäuse gehören zur Ordnung der Chiroptera, nicht der Coleoptera (Käfer).

Der Mischling »Indianer Joe« … im Interesse der Kunst – In Kapitel 33 von *Tom Sawyer* wird Indianer Joe tot aufgefunden. Wer als Vorbild für ihn gedient hat, ist unklar. Mehrere Einwohner von Hannibal waren der Meinung, seine Figur basiere auf einem Halb-Cherokee namens Joe Douglas, doch Douglas selbst sagte, er sei erst 1862 nach Hannibal gekommen, neun Jahre nachdem Twain den Ort verlassen hatte. Twain bemerkte 1902: »Wenn der Mann, von dem Sie sprechen, Indianer Joe gewesen sein soll […], dann muss er jetzt ungefähr 95 sein. Der Halbblutindianer, der mir die Idee für die Figur geliefert hat, war vor 60 Jahren etwa 35« (»Tom Sawyer Characters in Hannibal«, *St. Louis Post-Dispatch*, 2. Juni 1902, 5; »Recalling Days of Old«, *St. Louis Globe-Democrat*, 1. Juni 1902, 4; »Tom Sawyer's Reunion«, *New York Herald*, 15. Juni 1902, Teil V:9; Wecter 1952, 151, 299, Anm. 30; Edgar White 1924, 53).

»General« Gaines … bevor Jimmy Finn seinen Platz einnahm – Gaines war eins der Vorbilder für Hucks Vater in *Huckleberry Finn*, und seinen Ausspruch: »Ho, ho! Beugt den Kopf und geht auseinander!«, legte Twain einem Flößer in Kapitel 3 von *Leben auf dem Mississippi* in den Mund (MT 1988/2011, 21). Gaines tritt außerdem im 1. Kapitel von *Huck and Tom among the Indians* und in den Entwürfen zu »Tom Sawyer's Conspiracy« auf (20. Febr. 1870 an Bowen, *L4*, 50; *HF 2003*, 110, 407–11; *Inds*, 33–81, 134 bis 213, 319–20; *HH&T*, 383). James Finn (gest. 1845) war das wichtigste Modell für Hucks Vater. In Kapitel 56 von *Leben auf dem Mississippi* schrieb Twain, er sei »eines natürlichen Todes in einer Lohgrube, durch das Zusammenwirken von Delirium tremens und Selbstentzündung« gestorben (MT 1988/2011, 361). Außerdem erwähnte er Finn in einem Brief an die *Alta California* in San Francisco, der am 26. Mai 1867 veröffentlicht wurde (SLC 1867 h), und in *Bummel durch Europa*, Kapitel 23 (*Inds*, 318–19; vgl. auch AD 8. März 1906).

23 *die Tochter eines Chirurgen* – Joseph Nash McDowell (1805–1868), ursprünglich aus Kentucky, war ein brillanter Anatom und Lehrer, berüchtigt für sein exzentrisches Auftreten. (Nachdem er einmal von einer bewaffneten Menschenmenge angegriffen worden war, weil er ein Grab geplündert hatte, behauptete er beispielsweise, seine verstorbene Mutter sei ihm erschienen und habe ihm mit dem Licht ihres Heiligenscheins bei der Flucht geholfen.) 1840 gründete er das McDowell College in St. Louis, die erste medizinische Hochschule westlich des Mississippi, wo er zwanzig Jahre erfolgreich als Chirurg praktizierte. Während des Bürgerkriegs diente er als Chirurg für die Konföderierten Staaten von Amerika. In den 1840er Jahren erwarb er eine große Höhle in der Nähe von Hannibal (Vorbild für »McDougals Höhle« in *Tom Sawyer*, Kapitel 29–33), verschloss sie und lagerte darin den Leichnam seiner Tochter, um herauszufinden, ob dieser durch den Kalk in der Höhle »versteinern« würde. In Kapitel 55 von *Leben auf dem Mississippi* schrieb Twain, McDowell habe die Höhle in ein »Mausoleum für seine vierzehnjährige Tochter« verwandelt (MT 1988/2011, 361; Ober 2003, 81–93; vgl. AD 16. März 1906 mit

Anm. 382: *»Mr. Richmond … Tom Sawyers Höhle«* und Anm. 382–83: *»feinster Portlandzement«*).

24 *zwei Ärzte in Florida, Chowning und Meredith* – Zu Meredith vgl. »Etwas über Ärzte«, Anm. 677: *»Dr. Meredith … das Dorf Hannibal«*. Dr. Thomas Jefferson Chowning (geb. 1809), der den zu früh geborenen Samuel Clemens entband (Wecter 1952, 43), war Dr. Merediths medizinischer Partner in Florida.

25 *Auf Mauritius … 1896 haben mir die Leute dort davon erzählt* – Im Rahmen seiner weltweiten Vortragstournee war Twain im April 1896 auf Mauritius. Er erwähnte besagten Heiler in Notizbuch 37 (TS S. 54, CU-MARK), ließ diese Passage jedoch in *Reise um die Welt*, das seinen Aufenthalt auf Mauritius in den Kapiteln 62 und 63 beschreibt, aus.

26 *Mrs. Utterback* – Die »Gesundbeterin« war Polly Rouse Utterback (1792?–1870). Sie soll Jane Clemens wegen Nerven- und Zahnschmerzen behandelt haben und diente als Vorbild für »Mutter Utterback« in »Captain Montgomery«, wo Twain ein paar Beispiele ihrer »originellen Art der Unterhaltung« zitierte (SLC 1866a). Auch in »Christian Science and the Book of Mrs. Eddy« gedachte er Mrs. Utterback, wenn er sie auch nicht namentlich erwähnte (SLC 1899c; *Portrait* 1895, 447; *Ralls Census* 1850, 156; Ellsberry 1965b, 1:35; Varble 1964, 180–81).

28 *Squashgemüse* – *»simblins«*. Patisson, eine flache Kürbisart mit welligem Rand (Ramsey und Emberson 1963, 207).

29 *die unsterblichen Geschichten erzählt, die Onkel Remus Harris* – Joel Chandler Harris (1848–1908) aus Georgia war ein erfolgreicher Journalist. Literarischen Ruhm erlangte er als Autor von *Uncle Remus: His Songs and His Sayings* (*Meister Lampe's lustige Streiche und Abenteuer*, 1880), einer Sammlung von Tiermärchen, die aus der Perspektive eines älteren Sklaven erzählt werden. Twain schrieb einen Brief an Harris, wahrscheinlich im Juli 1881, und lobte das Buch. Persönlich lernte er ihn erst im April 1882 kennen, als er in Vorbereitung auf *Leben auf dem Mississippi* den Fluss entlangreiste (Julia Collier Harris 1918, 167; *N&J2*, 362, Anm. 21, 434, 468, Anm. 127, 551, Anm. 55; vgl. auch Gribben 1980, 1:295–96). Twain schrieb Harris noch einmal im August 1881: »Uncle Remus ist überaus kunstfertig gezeichnet & ein liebenswertes & äußerst angenehmes Geschöpf; er & der kleine Junge & ihre Beziehung zueinander sind hohe & großartige Literatur« (GEU). Twain erzählte sehr gern das Märchen vom »Goldenen Arm« und schickte Harris seine eigene Version mit folgendem Brief:

Natürlich *erzähle* ich das Märchen im Dialekt der Neger – das muss sein; doch ich habe es nicht so niedergeschrieben, denn ich kann den Dialekt nicht in Ihrer unvergleichlichen Weise schriftlich wiedergeben. Es ist einfach fabelhaft, wie Sie & Cable im Dialekt der Neger & Kreolen schreiben.

Zwei entscheidende Merkmale gehen in der gedruckten Form verloren: das unheimliche Klagen, das Geheul des Windes, das so mühelos mit dem Mund nachgeahmt werden kann; & die eindrucksvollen Pausen & das pointierte Schweigen & die gedämpfte Stimme am Ende der Geschichte (all das fesselt die Aufmerksamkeit der Kinder, & sie sitzen mit halboffenen Mündern da & halten den Atem an, nur damit ihnen das urplötzliche »DU hast ihn!« in alle Glieder fährt). Ich habe den letzten Akt vor einem »erwachsenen« Publikum ganz allmählich & wirkungsvoll aufgebaut, indem ich eine tiefe & angespannte Stille erzeugte & die Zuhörer mit dem Schlussruf dann nahezu aus der Haut fahren ließ. Diese Geschichte zu erzählen ist einfach herrlich.

Der alte Onkel Dan'l, ein 60-jähriger Sklave meines Onkels, hat uns Kindern jeden Abend in der nur noch vom Schein des Kaminfeuers erhellten Küche Geschichten erzählt; & jeden Abend wünschten wir uns ganz zum Schluss immer diese eine Geschichte. Zu diesem Zeitpunkt flackerten nur noch ein oder zwei Flammen gespenstisch im Kamin. Wir drängten uns dicht um den alten Mann, & gleich die ersten bekannten Worte ließen uns erschauern; & durch seine eindrucksvolle Darbietung waren wir dem Höhepunkt am Ende der Geschichte jedes Mal aufs Neue hilflos ausgeliefert, wenn die regungslose dunkle Gestalt im Dämmerlicht plötzlich mit einem Schrei auf uns zusprang.

Werfen Sie einmal einen Blick auf das Märchen, Sie werden es sofort erkennen – es ist so geläufig & bekannt wie das Teerbaby. Arbeiten Sie mit Ihrem gewohnten Können die entsprechende Atmosphäre mit ein, & es wird auch gedruckt »funktionieren«.

31 *Mein Onkel und seine großen Jungen* – John Quarles hatte zwei »große Jungen«: Benjamin L. (1826–1902) und James A. (1827–1866). Deren kleinerer Bruder William Frederick »Fred« (1833–1898) war etwa zwei Jahre älter als Twain (Selby 1973, 23).

34 *Sardinen* – Das Manuskript enthält den unvollständigen Text einer Anekdote, die Twain offensichtlich in der fehlenden Maschinenabschrift herausstrich. Sie beginnt so: »Die Lust auf nahezu jede Köstlichkeit kann einem dauerhaft vergehen, wenn man nur ein einziges Mal zu viel davon bekommt. So ist es zum Beispiel mit gepökeltem Schweinefleisch. Einer meiner ältesten Freunde hat diese Erfahrung gemacht. Während eines Sommers in den Adirondack Mountains vor zwanzig Jahren aß er zu viel gepökeltes Schweinefleisch und mochte es seitdem nicht mehr.« Im AD 10. Okt. 1906 beschreibt Twain diesen Vorfall in voller Länge und benennt dort auch seinen Freund: Joseph Twichell (vgl. auch *N&J2*, 379, Anm. 67).

Der jüngste Versuch – Der endgültige (und richtige) Plan – Vorwort. Wie aus dem Grab

34–36 *Der jüngste Versuch … Wie aus dem Grab* – Dieses dreiteilige Vorwort wurde genau wie das Vorwort »Ein früher Versuch« Mitte 1906 verfasst. Mit Ausnahme des mittleren Abschnitts ist es handschriftlich erhalten. Bei dem Textabschnitt »Ich werde einen Text verfassen […] kann nicht geschrieben werden« handelt es sich um eine Maschinenabschrift aus dem Jahr 1906 mit Ergänzungen und Korrekturen, die Twain handschriftlich einfügte (vgl. Abb. 5–12 [Bd. 2, S. 56–63]).

[Florentiner Diktate]

[John Hay]

38 *John Hay, den heutigen Außenminister* – John Milton Hay (1838–1905) und Twain lernten sich wahrscheinlich 1867 über einen gemeinsamen Freund, David Gray vom *Buffalo Courier*, kennen. Genau wie Twain wuchs auch Hay in einer Kleinstadt am Mississippi auf – in Warsaw, Illinois, knapp sechzig Meilen von Hannibal, Missouri, entfernt –, und dieser gemeinsame Hintergrund begünstigte die Freundschaft der beiden. Hay absolvierte sein Studium an der Brown University und wurde 1861 in Illinois als Anwalt zugelassen. Bald darauf gab er die Rechtswissenschaft auf, um als stellvertretender Privatsekretär von Abraham Lincoln zu arbeiten (1861–1865). In dieser Zeit lebte er im Weißen Haus und wurde Lincolns enger Vertrauter. Nach Kriegsende wurde Hay zum Sekretär der amerikanischen Gesandtschaft in Paris ernannt, danach zum *Chargé d'affaires* in Wien (1867–1868) und zum Sekretär der amerikanischen Gesandtschaft in Madrid (1869–1870). 1870 nahm er unter dem Herausgeber Horace Greeley eine Stelle in der Redaktion der *New York Tribune* an und wurde nach Greeleys Tod 1872 zum Stellvertreter des neuen Herausgebers Whitelaw Reid. 1875 gab er seine Stelle bei der *Tribune* auf und schlug als Dichter, Romancier und Lincoln-Biograph eine literarische Karriere ein (vgl. Anm. 41: *»zum Biographen von Mr. Lincoln«*). Seinen größten Erfolg erzielte er als Diplomat und Staatsmann: als stellvertretender Außenminister (1878 bis 1881), als Botschafter in Großbritannien (1897/98) und als Außenminister (1898–1905) (31. Dez. 1870 an Reid, *L4*, 292–93, Anm. 3; 26. Jan. 1872 an Redpath, *L5*, 35, Anm. 2; Thayer 1915, 1:83, 330–35).

in Whitelaw Reids Haus … Reids Zeitung – Whitelaw Reid (1837–1912), ursprünglich aus Ohio, kam 1868 zur *New York Tribune*. Nach dem Tod von Horace Greeley, dem Gründer und Herausgeber der Zeitung, wurde er zum Eigentümer und Chefredakteur und forderte bald darauf Beiträge von Twain an. Als Reid im April 1881 heiratete und eine sechsmonatige Hochzeitsreise durch Europa antrat, übernahm Hay seine Vertretung und hütete sein Haus in New York. Später war Reid Gesandter in Frankreich (1889–1892) und Botschafter in Großbritannien (1905–1912) (vgl. Anm. nach 20. bis 22. Dez. 1872 an Twichell, *L5*, 263; Thayer 1915, 1:405, 451–55).

39 *mit einer Reihe außenpolitischer Schwierigkeiten* – 1898 übernahm Hay von seinem Vorgänger einen Konflikt mit Kanada bezüglich der Grenzen von Alaska, der erst 1903 beigelegt werden konnte. Hay war an den Verhandlungen des Pariser Vertrags (1898) beteiligt, der den Spanisch-Amerikanischen Krieg beendete. Während des chinesischen Boxeraufstands (1900) setzte er sich für die Befreiung der Geiseln in Peking ein und bemühte sich gleichzeitig erfolgreich um die »Politik der offenen Tür« gegenüber China. Zuletzt war er für mehrere Verträge verantwortlich (1900–1903), die es den Vereinigten Staaten ermöglichten, den Panamakanal zu bauen und die Kanalzone zu kontrollieren (Thayer 1915, 2:202–49).

39 *von Königen und Kaisern und deren Flotten und Armeen* – Twain spielt auf den Konflikt mit dem deutschen Kaiser und seinen Verbündeten in den Jahren 1901–1903 an, als dieser in Missachtung der Monroe-Doktrin venezolanische Häfen mit einer Flotte Kriegsschiffe blockierte und ins Land einzufallen drohte (Thayer 1915, 2:284–90).
Mrs. Hay – Mr. Hay heiratete am 4. Februar 1874 Clara L. Stone (1849–1915), deren Vater, Amasa Stone, ein wohlhabender Unternehmer, Eisenbahnmagnat und Menschenfreund in Cleveland, Ohio, war. Das Paar bekam vier Kinder und führte Hay zufolge eine glückliche Ehe. 1905, kurz vor seinem Tod, notierte er in seinem Tagebuch: »Ich habe ein langes Leben geführt, womit ich in meiner Jugend nie gerechnet hätte. Ich war mit vielem gesegnet, ganz besonders mit einem glücklichen Heim« (Thayer 1915, 1:351, 2:408).

40 *bekannte ich, dass ich zweiundvierzig, und Hay, dass er vierzig sei* – Als Hay das Haus von Reid in New York bewohnte, war er zweiundvierzig Jahre alt und Twain fünfundvierzig. Es ist möglich, dass in Twains Erinnerung mehrere Unterhaltungen mit Hay zu einer verschmolzen und ihr Gespräch über die Autobiographie einige Jahre zuvor, 1877 oder 1878, stattgefunden hatte.

41 *zum Biographen von Mr. Lincoln* – Zusammen mit John G. Nicolay (1832–1901) veröffentlichte Hay mehrere Werke über Lincoln. Die Zusammenarbeit der beiden begann 1860, als Nicolay zu Lincolns Privatsekretär ernannt wurde und Hay zu seinem Assistenten machte. Während ihrer Anstellung im Weißen Haus sammelten sie die ersten Materialien für eine Lincoln-Biographie, und 1874 forderten sie erstmals zusätzliche Materialien von Lincolns Sohn Robert an. 1885 unterschrieben sie einen Vertrag mit der Century Company und erhielten einen beispiellosen Betrag von $ 50 000 für die Rechte an der Serialisierung. Die Biographie wurde von 1886 bis 1890 im *Century Magazine* veröffentlicht und erschien 1890 in zehn Bänden als *Abraham Lincoln: A History*. In einer Rezension des Werks schrieb William Dean Howells: »Wir haben allen Grund, uns über die umfassendste Biographie von Lincoln zu freuen, nicht nur weil sie das bisher wichtigste Werk in der amerikanischen Geschichte darstellt, sondern weil sie außerdem zu den erhabensten Errungenschaften auf dem Gebiet der Literatur gehört« (Howells 1891, 479). Vier Jahre später, 1894, veröffentlichten Hay und Nicolay *Abraham Lincoln: Complete Works* (Thayer 1915, 2:16–18, 49).

Notizen zu *Die Arglosen im Ausland*

42–43 *Mr. Goodman aus Virginia City … wir spazierten gerade den Broadway entlang* – Bald nachdem Twain im Herbst 1862 beim *Territorial Enterprise* in Virginia City angefangen hatte, erkannte Joseph T. Goodman sein Talent, und die beiden wurden lebenslange Freunde (vgl. AD 9. Jan. 1906, Anm. 92–93: *»Joseph T. Goodman … Williams«*). Das Treffen, das hier beschrieben wird, fand Ende Dezember 1869 oder Anfang Januar 1870 statt, als Goodman auf seinem Weg nach Europa einen Zwischenstopp in New York einlegte (*L1*: 9. Sept. 1862 an Clagett, 241, Anm. 5; 21. Okt. 1862 an OC und MEC, 242,

Anm. 2; 18. und 19. Dez. 1869 an OLL, *L3*, 432, Anm. 2). In seinem ursprünglichen Diktat fügte Twain nach »für dessen Zeitung ich zehn Jahre zuvor gearbeitet hatte« noch hinzu: »und über den ich in dem Buch *Durch dick und dünn* so manches zu sagen hatte – ich bin gerade dabei, diesen Satz zu überfrachten, und entschuldige mich dafür –« Als er die Maschinenabschrift für die Veröffentlichung in der *North American Review* (NAR 12) überarbeitete, strich er diese Bemerkung wieder. Auch hier wird sie weggelassen, da er die Korrektur nicht im Sinne einer »Abmilderung« vornahm, um seinem zeitgenössischen Publikum entgegenzukommen.

43 *der hübschen kleinen blau-goldenen Ausgabe der Gedichte von Dr. Oliver Wendell Holmes* – Seit 1856 gab der Bostoner Verlag Ticknor & Fields eine Reihe handlicher Ausgaben mit den besten Werken zeitgenössischer und klassischer Literatur heraus, die aufgrund des blauen Leineneinbands und des goldenen Rückens und Schnitts äußerlich unverkennbar waren. Die *Poems (Gedichte)* des Mediziners und Schriftstellers Oliver Wendell Holmes wurden 1862 erstmals in dieser »blau-goldenen« Reihe veröffentlicht. Die Widmung, die Twain hier anspricht, geht dem Abschnitt »Songs in Many Keys« voran: »DEM GÜTIGSTEN LESER, / DEM FREUNDLICHSTEN KRITIKER, / MEINER GELIEBTEN MUTTER, / Sei gewidmet, / ALLES, WAS IHR IN DIESEM BUCH AM WENIGSTEN UNWÜRDIG IST, / VON IHREM SIE LIEBENDEN SOHN« (Holmes, 1862). Twains Widmung in *Die Arglosen im Ausland* lautet: »Meinem geduldigsten Leser / und / nachsichtigsten Kritiker/MEINER BEJAHRTEN MUTTER / ist dieser Band liebevoll gewidmet« (MT 1961, 5; Winship 1995, 122–23).

43–44 *Brief von Rev. Dr. Rising … Sandwichinseln* – Der Pastor Franklin S. Rising (1833? bis 1868) kam im April 1862 nach Virginia City und wurde dort Rektor der St. Paul's Episcopal Church. Da er bei schlechter Gesundheit war, reiste er im Februar 1866 zur Erholung auf die Sandwichinseln. Twain weilte dort von März bis Juli 1866 und schrieb Reisebriefe für die *Sacramento Union*, auf deren Grundlage er später die Kapitel 63–74 von *Durch dick und dünn* verfasste (vgl. »Mein Debüt als Literat«, Anm. 578: *»auf den Inseln … Briefe für die Wochenausgabe«*). In Kapitel 47 von *Durch dick und dünn* erscheint Rising als der naive Pfarrer, dem der Slang von Scotty Briggs Rätsel aufgibt. Da Rising bei einem Raddampferunglück im Dezember 1868 ums Leben kam, muss Twain das Jahr des Briefs, über dessen Verbleib nichts bekannt ist, falsch in Erinnerung gehabt haben (30. Juli, 6., 7., 10. und 24. August 1866 an JLC und PAM, *L1*, 352, 354, Anm. 3; 19. und 20. Dez. 1868 an OLL, *L2*, 333, 337, Anm. 2; *RI 1993*, 669).

45 *Ich schrieb an Dr. Holmes* – Dieser Brief wurde nicht gefunden, bekannt aber ist, dass Twain 1869 ein Exemplar der *Arglosen im Ausland* an Holmes schickte, der mit einem herzlichen Dankesbrief antwortete (30. Sept. 1869 an Holmes, *L3*, 364–65, 365–66, Anm. 1).

Im letzten Absatz dieses kurzen Vorworts – Das Vorwort schließt mit den Worten: »In diesem Buch verwendete ich Teile von Briefen, die ich für die *Daily Alta California* von San Francisco schrieb, da die Herausgeber sich ihrer Rechte begeben und mir die erforderliche Erlaubnis erteilt haben« (MT 1961, 19). Twain stritt im Februar und Ende April oder Anfang Mai 1868 um sein Recht, die Reisebriefe wiederzuverwenden – was er im Einzelnen weiter unten beschreibt (*L2*: 22.? Febr. 1868 an MEC,

198–99; 5. Mai 1868 an Bliss, 215–16; 27. und 28. Febr. 1869 an Fairbanks, *L3*, 125, Anm. 3).

46 *Anfang 66 lud mich George Barnes ein* – Twain arbeitete von Juni bis Oktober 1864 (nicht 1866) als Lokalreporter für den *San Francisco Morning Call.* Sein Vorgesetzter, George Eustace Barnes (gest. 1897), war ein gebürtiger Kanadier, der bereits als Kind nach New York gezogen war und dort bei der *Tribune* seine Laufbahn als Drucker begonnen hatte. Er erkannte zwar Twains »eigenartige Begabung«, entdeckte aber bald, dass sein neuer Mitarbeiter für die alltägliche anspruchsvolle Aufgabe, ihm lokale Nachrichten über Theaterstücke, Gerichtsverhandlungen und andere Veranstaltungen zu liefern, nicht geeignet war. In Kapitel 58 von *Durch dick und dünn* schrieb Twain, »dass ich darüber meine Pflichten vernachlässigte und als Reporter einer munteren Zeitung kaum mehr zu gebrauchen war. Und schließlich nahm mich dann einer der Eigentümer mit einer Barmherzigkeit beiseite, deren ich mich jetzt noch mit ziemlicher Hochachtung erinnere, und gab mir Gelegenheit, meine Stelle zu kündigen und mir somit die Schande einer Entlassung zu ersparen« (MT 1960, 360; *CofC*, 11–25; vgl. auch AD 13. Juni 1906).

Thomas Maguire – Maguire (1820–1896), ursprünglich aus Irland, war mehrere Jahrzehnte der bekannteste Theaterdirektor in San Francisco. Er kam 1849 nach Kalifornien und eröffnete 1850 sein erstes Theater. In den 1860er Jahren war er Inhaber des Opernhauses auf der Washington Street in der Nähe von Montgomery sowie von Maguire's Academy of Music, einem prachtvolleren Theater auf der Pine Street in der Nähe von Montgomery, wo Twain am 2. Oktober 1866 seinen ersten Vortrag hielt. Der Vortrag, den er später mehrmals überarbeitete, hatte fast zehn Jahre einen festen Platz in seinem Bühnenrepertoire. Eine frühere Darstellung dieses Erlebnisses findet sich in *Durch dick und dünn*, Kapitel 78 (*RI 1993*, 532–36, 741–43; Lloyd 1876, 153–54).

»Eintritt: ein Dollar; Einlass ab 7:30, der Ärger beginnt um 8.« – Die Ankündigung in der *Alta California* von San Francisco bot Plätze im »Ersten Rang« zu einem Dollar und Plätze in der »Loge« zu fünfzig Cent an: »Einlass ab 7 Uhr. Der Ärger soll um 8 beginnen« (»Maguire's Academy of Music«, 2. Okt. 1866, 4). Der Ausdruck erlangte schnell sprichwörtlichen Charakter. Knapp ein Jahr später fand ihn Twain an die Wand einer Gefängniszelle in New York City gekritzelt (SLC 1867i).

Ich hielt Vorträge … dann zog ich … um die Welt – Twain befand sich vom 11. Oktober bis zum 10. November 1866 in Begleitung seines Freundes und Agenten Denis E. McCarthy auf Vortragstournee in den Städten Nordkaliforniens und Westnevadas. Am 16. November trat er noch einmal in San Francisco auf, danach in mehreren anderen Städten der Bay Area und am 10. Dezember ein letztes Mal in San Francisco. Paine zufolge verdiente Twain nach Abzug aller Ausgaben ungefähr $ 400 mit seinem ersten Vortrag in San Francisco. Wie viel er durch die Tournee einnahm, ist nicht bekannt. Seine Absicht, in den Orient und dann einmal um die Welt zu reisen, rührte von einer Einladung Anson Burlingames her, des Gesandten der USA in China, mit dem er sich im Juni 1866 auf den Sandwichinseln angefreundet hatte und der ihn drängte, Anfang 1867 nach Peking zu reisen (vgl. *Durch dick und dünn*, Kapitel 79; *RI 1993*, 537–42, 743–45; *MTB*, 1:294; 27. Juni 1866 an JLC und PAM, *L1*, 347–48; vgl. auch AD 20. Febr. 1906).

46 *zwanzig Dollar pro Brief* – Für eine Aufschlüsselung des Honorars, das Twain erhielt, vgl. 15. Apr. 1867 an JLC und Familie, *L2*, 23–24, Anm. 1.

Captain Duncans Broschüre über die Expedition der Quaker City – Charles C. Duncan (1821–1898) aus Bath, Maine, ging schon als Kind zur See und übernahm bereits als junger Mann das Kommando über ein Schiff. 1853 wurde er Schifffahrtskaufmann und Kommissionär, ging jedoch 1865 bankrott. In der Hoffnung, sich von diesem Verlust zu erholen, organisierte er 1867 eine Exkursion nach Europa und in das Heilige Land, finanziell gefördert durch die Gemeinde von Henry Ward Beechers Plymouth-Kirche in Brooklyn. Duncan mietete die *Quaker City* und ließ das Schiff komplett umrüsten, um den Passagieren angenehme Unterkünfte zu bieten. Die »Broschüre« enthielt die geplante Route der Reise (die von Anfang Juni bis Ende Oktober dauern sollte), eine Beschreibung der Schiffsausstattung, die Richtlinien für Ausflüge an Land, die Kosten für die Überfahrt ($ 1250 in bar) sowie die geschätzten persönlichen Ausgaben ($ 5 in Gold pro Tag). Passagiere mussten zunächst von einem »Bewerbungskomitee« zugelassen werden (zu den Einzelheiten der Exkursion vgl. *L2*: 15. Apr. 1867 an JLC und Familie, 23–26, Anm. 1–4; »Prospectus of the *Quaker City* Excursion«, 382–84).

46–47 *fünfzig Briefe … um meinen Vertrag zu erfüllen* – Für die Liste der Briefe, die Twain glaubte geschrieben zu haben, sowie der Briefe, die tatsächlich veröffentlicht wurden, vgl. 1.–2. Sept. 1867 an JLC und Familie, *L2*, 89–90, Anm. 1.

47 *MacCrellish* – [Fußnote] Frederick MacCrellish (1828–1882) kam 1852 aus Pennsylvania nach Kalifornien und arbeitete für zwei Zeitungen in San Francisco, den *Herald* und den *Ledger*. 1854 wurde er Redakteur der *Alta California* und zwei Jahre später Teilhaber (2.? März 1867 an die Eigentümer der *Alta California, L2*, 17, Anm. 1).

48 *Noah Brooks … die Großzügigkeit der Alta-Leute* – Brooks (1830–1903) begann seine Karriere als Journalist in Boston und war während des Bürgerkriegs Korrespondent für die *Sacramento Union* in Washington. Twain lernte Brooks 1865 oder 1866 kennen, als dieser Verlagsleiter der *Alta California* war. Nachdem Brooks 1871 wieder an die Ostküste zurückgekehrt war, arbeitete er sowohl für die *New York Tribune* als auch für die *New York Times* und schrieb zeit seines Lebens Reisebücher, historische Bücher und seine Memoiren (7. März 1873 an Reid, *L5*, 313, Anm. 2). Soweit man weiß, hat er nur eine einzige biographische Skizze über Twain verfasst: »Mark Twain in California«, 1898 im *Century Magazine* erschienen. Seine Darstellung der Auseinandersetzung ergreift jedoch Partei für Twain, nicht für die »Alta-Leute«:

Im Sommer dieses Jahres, als Clemens sich in den Oststaaten aufhielt, erreichte uns durch die Nachrichtenagentur Associated Press die Meldung, dass er seine Briefe, die in der *Alta California* abgedruckt worden waren, für eine weitere Veröffentlichung verwenden wollte. Die Eigentümer der Zeitung waren erzürnt. Sie betrachteten die Briefe als ihr Privateigentum. Hatten sie sie nicht etwa gekauft und dafür bezahlt? Hätten die Briefe etwa verfasst werden können, wenn sie dem Autor nicht das Geld für seine Ausgaben zur Verfügung gestellt hätten? Und obgleich bis zu diesem Moment niemand in San Francisco einen Gedanken daran verschwendet hatte, Mark Twains Briefe aus dem Ausland als Buch zu publizieren, begannen die Eigentümer der *Alta California* unmittelbar mit ihren Vorbereitungen, eine billige kartonierte Ausgabe dieser Beiträge herauszugeben. Eine vorab versendete Pressemeldung aus Kalifornien wurde als eine Art Antwort auf die angebliche Kampfansage Mark Twains und seiner Verleger betrachtet. Dies brachte den völlig verblüfften Autor dazu, sich schnellstens zurück nach San Francisco zu begeben, um sich seiner tatsächlichen Rechte an den eigenen Briefen zu vergewissern. Es ging dann doch eher friedlich zu. Die billige San-Francisco-Buchausgabe wurde verworfen, Mark Twain wurde das ihm zweifellos zustehende Urheberrecht zugesprochen und sein Briefband mit dem Titel *Die Arglosen im Ausland* in der zweiten Hälfte desselben Jahres, 1868, veröffentlicht. (Brooks 1898, 99)

49 *Disraeli … »Es gibt drei Arten von Lügen: Lügen, verdammte Lügen und Statistiken.«* – Diese Bemerkung wurde dem britischen Staatsmann und Autor Benjamin Disraeli (1804–1881) erstmals am 27. Juli 1895 in der Londoner *Times* zugeschrieben. Der Ausspruch war zwar bereits 1892 schon einmal in gedruckter Form erschienen, kann jedoch nicht eindeutig auf Disraeli zurückgeführt werden. Für eine ausführliche Diskussion vgl. Shapiro 2006, 208.

[Robert Louis Stevenson und Thomas Bailey Aldrich]

49 *Louis Stevenson* – Twain lernte Stevenson (1850–1894) im April 1888 kennen. Da Stevenson an einer Lungenerkrankung litt, hatte er den Winter mit seiner Frau und seinem Stiefsohn in einem bekannten Kurheim in Saranac Lake in den Adirondack Mountains verbracht. Am 13. April schrieb er Twain einen Brief und schlug ihm ein Treffen in New York City vor, wo er sich vom 19. bis zum 26. April aufhalten wollte. Twain, ein Bewunderer der *Schatzinsel* und von *Entführt. Die Abenteuer des David Balfour*, war hocherfreut, als Stevenson ihm schrieb, er habe *Huckleberry Finns Abenteuer* »viermal gelesen, und ich habe durchaus vor, morgen noch einmal von vorn anzufangen« (13.? Apr. 1888, CU-MARK). Später im selben Jahr trat Stevenson eine Pazifikkreuzfahrt an und verbrachte den Rest seines Lebens auf verschiedenen Inseln in der Südsee (15. und 17. Apr. 1888 an Stevenson, CLjC; Baetzhold 1970, 203–06).

50 *mit den anderen habe er* – Die »anderen« wurden vermutlich in dem von Twain ausgelassenen Textabschnitt erwähnt, für den die Sternchen stehen (weiter unten kommt noch eine Auslassung vor). Die Streichungen könnten bereits in der ursprünglichen Maschinenabschrift von 1904 vorgenommen worden sein (die verlorengegangen ist), doch wahrscheinlicher ist, dass sie das Resultat von Twains Überarbeitung waren, bevor der Text 1906 noch einmal abgetippt wurde.

Bei Harte sei man in guter Gesellschaft – Vgl. »Ralph Keeler«, Anm. 615: *»Bret Harte … The Golden Era«*. Twains Freundschaft zu Harte fand 1877 ein bitteres Ende, was mit dem Misserfolg von *Ah Sin* einherging, dem Stück, an dem sie gemeinsam gearbeitet hatten. In einem späteren Diktat sagte Twain, Hartes Charakter habe dessen »scharfen

Verstand« verdorben, der »aus nichts als Spott und Sarkasmus bestand; wenn es nichts zu verspotten gab, war es auch mit Hartes Leuchten und Funkeln vorbei« (AD 4. Febr. 1907; *N&J3*, 2).

50 *Thomas Bailey Aldrich* – Aldrich (1836–1907), ein ungemein beliebter Dichter und Romancier und wichtiger Vertreter der neuenglischen Literaturszene, wuchs in Portsmouth, New Hampshire, auf, einem Ort, der vielen seiner literarischen Werke als Schauplatz diente. Da ihm die Mittel für ein Studium an der Harvard University fehlten, zog er 1852 nach New York, um als Büroangestellter in dem Unternehmen seines Onkels zu arbeiten. Bald darauf gab er die ersten Gedichte heraus und wurde Mitarbeiter verschiedener Zeitungsredaktionen. 1861/62 war er Bürgerkriegskorrespondent für die *New York Tribune*. 1865 heiratete er Lilian Woodman und zog nach Boston, wo er 1866 Herausgeber des Literaturmagazins *Every Saturday* wurde, eine Stellung, die er bis 1874 innehatte. 1881 trat er die Nachfolge von William Dean Howells als Herausgeber des *Atlantic Monthly* an und behielt diese Position bis 1890. Twain und Aldrich trafen sich nach einem mehrmonatigen Briefwechsel im November 1871 zum ersten Mal persönlich und hegten von da an eine lebenslange Freundschaft. Unter den anerkennenden Worten, die Twain für Aldrich als Gesprächspartner übrighatte, findet sich die folgende von Paine aufgezeichnete Bemerkung: »Wenn Aldrich spricht, erscheint er mir wie das helle Gesicht des Mondes, und ich komme mir vor wie die andere Seite« (*MTB*, 2:642, Anm. 1; 15. Jan. 1871 an den Herausgeber von *Every Saturday, L4*, 304, Anm. 1).

Davis' Ausgewählte Reden, Davis' Ausgewählte Gedichte, Davis' Dies und Davis' Das und Davis' Jenes – Über eine solche Buchreihe eines »Davis« ist nichts bekannt. Möglicherweise hatte Stevenson (oder Twain) den Namen von William Brisbane Dick (1826 bis 1901) falsch in Erinnerung, dem Miteigentümer von Dick & Fitzgerald, einem 1858 gegründeten Verlagshaus. Ihr Programm, das hauptsächlich aus Prosa und Lyrik sowie Unterhaltungsliteratur und Ratgebern bestand, enthielt u. a. *Dicks Gedichte und Prosa (Dick's Recitations and Readings), Amerikanische Kartenspiele (American Card Player), Dicks komische Dialoge (Dick's Comic Dialogues), Dicks irische Gedichte (Dick's Irish Dialect Recitations), Dicks Kunst des Ringens (Dick's Art of Wrestling)* und *Dicks Ratgeber zum Verfassen von Gesellschaftsbriefen für Damen (Dick's Society Letter-Writer for Ladies)*, alles Veröffentlichungen zwischen 1866 und 1887. 1867 hatte Twain selbst einmal in Erwägung gezogen, den Verlegern eine Sammlung seiner Briefe von den Sandwichinseln an die *Sacramento Union* anzubieten (Cox 2000, 85–86; *N&J1*, 176–77, Anm. 166).

[Die Villa di Quarto]

52 *Januar* – Der erste Teil dieses Diktats bis »›Instrument der rettenden Vorsehung‹« (S. 64) ist in Form einer Maschinenabschrift erhalten, die 1904 von Jean Clemens angefertigt und anschließend von Twain überarbeitet wurde und die nun Teil der Mark Twain Papers ist. Es ist wohl die einzige von Jeans Maschinenabschriften aus der Zeit in Florenz, die nicht verlorengegangen ist.

52 *Villa Reale di Quarto* – Olivias Ärzte empfahlen ein milderes Klima für die Patientin, und so reiste Twain mit seiner Familie im Herbst 1903 in diese toskanische Villa. Mit von der Partie waren Samuel, Olivia, Clara und Jean Clemens, außerdem Katy Leary, eine langjährige Bedienstete, und Margaret Sherry, eine Krankenschwester. Sie verließen New York am 24. Oktober auf dem Dampfschiff *Princess Irene* und kamen am 6. November in Genua an. Mit dem Zug ging es weiter nach Florenz, und am 9. November erreichten sie die Villa di Quarto. Später im selben Monat stieß Isabel V. Lyon zu ihnen, die 1902 als Olivias Sekretärin angestellt worden war, seitdem aber eher allgemeine Aufgaben übernommen hatte; Lyon kam in Begleitung ihrer Mutter (*MTB*, 3:1209; Notizbuch 46, TS S. 28, CU-MARK; *Hartford Courant*: »Clemens Family at Genoa«, 7. Nov. 1903, 15; »Mr. Clemens in Florence«, 9. Nov. 1903, 1; vor dem 1. Nov. 1903 an Unbekannt, CU-MARK).

König von Württemberg – Nach dem Zusammenbruch des napoleonischen Kaiserreichs 1814 lebte Jérôme Bonaparte (1784–1860), Napoleons jüngster Bruder und ehemaliger König von Westfalen, in der Villa di Quarto. Er war nicht König von Württemberg, doch seine Frau, Prinzessin Katharina, war eine Tochter von Friedrich I., dem ersten König von Württemberg (1754–1816).

eine Tochter des russischen Zarenhauses – Die Großfürstin Marija Nikolajewna (1819 bis 1876), eine Tochter von Zar Nikolaus I., erwarb die Villa 1865 (»The Home of an American Countess in Italy«, *Town and Country*, Sept. 1907, 10–13).

Baedeker schreibt, dass es unter Cosimo I. erbaut wurde, von dem Architekten [ ] – In der Maschinenabschrift wurde an dieser Stelle Platz für den Namen gelassen. Twain fügte stattdessen die Klammern ein und erfüllte damit sein später im Text auftauchendes Versprechen, den Namen des Architekten zu »unterdrücken«. Die Quelle, deren sich Twain wahrscheinlich bediente, der Norditalien-Reiseführer von Baedeker (1903), gibt an, dass die Villa di Quarto von Niccolò Tribolo (1500–1550) für Cosimo I. de' Medici (1519–1574), Herzog der Toskana, erbaut wurde. Anderen Quellen zufolge stammt das Gebäude aus dem vorhergehenden Jahrhundert (Baedeker 1903, 525; »The Home of an American Countess in Italy«, *Town and Country*, Sept. 1907, 10–13).

53 *Gräfin Massiglia* – Die Gräfin Massiglia (1861–1953), die Twain als »das amerikanische Weibsstück, das diese Villa besitzt«, bezeichnete, kam als Frances Paxton in Philadelphia zur Welt (25.–26. Febr. 1904 an Rogers, Salm, in *HHR*, 557; U. S. National Archives & Records Administration 1950–54). Sie war bereits verheiratet und wieder geschieden, bevor sie den Grafen Annibale Raybaudi-Massiglia kennenlernte, einen italienischen Diplomaten, den sie um 1891 heiratete. Es ist nicht die einzige Stelle, an der Twain die Gräfin erwähnt, auch in einer unveröffentlichten Skizze mit dem Titel »The Countess Massiglia« (SLC 1904a) und in seinen Briefen und Notizbüchern schrieb er über sie. Sein einziger Kommentar über sie, der zu seinen Lebzeiten veröffentlicht wurde, war ein Seitenhieb in einem Artikel von 1905: »Concerning Copyright« (*Hartford Courant*: »Mr. Clemens in Florence«, 9. Nov. 1903, 1; »Twain and Countess at Law«, 22. Aug. 1904, 7; »The Home of an American Countess in Italy«, *Town and Country*, Sept. 1907, 10; SLC 1905b, 2). Durch einen merkwürdigen Zufall hatte Isabel Lyon die Gräfin flüchtig kennengelernt, und zwar

in Philadelphia vor etwa fünfzehn Jahren. Ich kam mit ihr in Kontakt, weil M[r]. John Lockwood mit ihrer Mutter an der Kreuzung 20. & Cherry Street logierte. Die Mutter war boshaft; & die Tochter, die damals noch M[rs]. Barney Campau hieß, benahm sich M[r]. Fred. Lockwood gegenüber abscheulich und zerstörte so das Glück dieser Familie. [...] Als ich sie am Abend unserer Ankunft sah, behauptete sie natürlich, sie habe mich nie zuvor gesehen. Ich hielt nur allzu deutlich dagegen. – Doch genug davon. – Nun bleibt sie also hier, obwohl sie angekündigt hatte, sie würde den Winter in Paris verbringen. Sie hat sich & dem großen römischen Verwalter dieser Anlage eine Wohnung über den Ställen hergerichtet – & da wohnen die zwei nun zusammen, zum Ärger der Gesellschaft. [...] Sie bleibt hier, eine Bedrohung für den Frieden der Familie Clemens, mit ihrem gefärbten Haar, ihrer lauten vulgären Stimme – ihren boshaften Schlitzaugen – ihrer unanständigen Kleidung – & ihren furchtbaren Manieren. (Lyon 1903–06, 36–38)

57 *Contadini* – Italienisch für Bauern, Landwirte.

60 *Blackwood's Edinburgh Magazine* – Eine britische Monatszeitschrift für Literatur.

63 *ohne ihr Zeugnis war nichts gemacht, was gemacht war* – Vgl. Johannes 1,3: »und ohne dasselbe ist nichts gemacht, was gemacht ist«.

67 *dem bereits erwähnten großartigen Ausblick* – Twain strich die Passage über den »Ausblick«, das ursprüngliche Ende des vorhergehenden Absatzes. Darin wurde ein »bezauberndes Zimmer« beschrieben, von dem aus »man einen weiten Ausblick über Berg und Tal und das tiefliegende und in einiger Entfernung eng zusammengedrängte Florenz hat«.

68 *Professor Willard Fiske ... Walter Savage Landors Villa* – Fiske (1831–1904) war ein Wissenschaftler für nordeuropäische Sprachen, den die Familie Clemens durch den gemeinsamen Freund Charles Dudley Warner kennengelernt hatte. Als erfahrener Reisender war Fiske ihnen zweimal behilflich, eine Villa in Florenz zu mieten, 1892 und 1903. Nachdem er ein ansehnliches Vermögen geerbt hatte, erwarb er 1892 eine Villa, die früher einmal dem englischen Dichter und Essayisten Walter Savage Landor (1775 bis 1864) gehört hatte (Horatio S. White 1925, 3, 393–95; »Like a Romance«, *Hartford Courant*, 27. Mai 1890, 3; vgl. auch AD 10. Apr. 1906).

71 *kleinen, glänzenden weißen Putten ... Della Robbia* – Der Florentiner Bildhauer Luca della Robbia (1400?–1482) war das bedeutendste Mitglied einer Künstlerfamilie, die darauf spezialisiert war, Wände und Decken mit glasierter Terrakotta zu dekorieren.

Nie eine Unterrichtsstunde in Kunst nehmen ... Vollkommenheit – An dieser Stelle im Text diktierte Twain als Hinweis für sich selbst: »Hier Rhone-Reise einfügen«. Damit meinte er eindeutig ein Manuskript mit dem Titel »The Innocents Adrift«, eine stark fiktionalisierte Darstellung der zehntägigen Schifffahrt die Rhone hinunter, die er im September 1891 unternommen hatte. Twain hat diesen Text nie vollendet, doch er überarbeitete ihn und zog immer wieder in Erwägung, auf Auszüge daraus zurückzugreifen; eine kurze Passage floss in Kapitel 55 von *Reise um die Welt* ein. 1923 veröffentlichte Paine eine gekürzte und abgeänderte Version unter dem Titel »Down the Rhône« (»Die Rhone hinunter«). Twain hatte wohl nicht vor, den Text in voller Länge in die Autobiographie einzufügen. Womöglich wollte er jenen Abschnitt verwenden, in dem seine fiktiven Reisegefährten über angemessene Qualifikationen zur Wertschätzung hoher Kunst diskutieren. Offensichtlich aber ist er diesem Vorhaben nicht weiter nachgegangen (SLC 1891a; SLC 1923, 129–68; Arthur L. Scott 1963).

73 *unsere alte Katy* – Die Haushaltsangestellte Katy Leary war im Oktober 1903 mit den Clemens von New York nach Florenz aufgebrochen. Zum Zeitpunkt des Diktats stand sie bereits seit dreiundzwanzig Jahren im Dienst der Familie und wurde schon lange »als Teil der Familie betrachtet«, wie Twain schrieb (Notizbuch 39, TS S. 51, CU-MARK; vgl. auch AD 1. Febr. 1906).

75 *Podere* – Italienisch für Anwesen, Gut.

77 *Mrs. Ross* – Janet Duff Gordon Ross (1842–1927), die Tochter eines Baronets, wohnte in einer Villa in Poggio Gherardo, die sie 1888 zusammen mit ihrem Mann gekauft hatte. Sie war mit unzähligen Schriftstellern und Künstlern bekannt und hatte selbst einige Bücher veröffentlicht, eine Familienbiographie, Skizzen über das Leben in der Toskana und eine Sammlung autobiographischer Aufsätze. Sie beschrieb ihre erste Begegnung mit Twain im Jahr 1892:

Im Mai brachte unser Freund Professor Fiske, der in der Nähe von Fiesole wohnte, Mr. Clemens mit, einen sympathischen Mann, bekannter unter dem Namen Mark Twain. Wir wurden sofort Freunde. Je besser wir ihn kennenlernten, umso mehr mochten wir den freundlichen, scharfsinnigen, amüsanten und wunderlichen Mann. Er fragte uns, ob es in der Nähe eine Villa zu mieten gäbe, und wir zeigten ihm von unserer Terrasse aus die Villa Viviani, die zwischen uns und Settignano lag. Ich versprach ihm, Personal zu organisieren und alles für den Herbst vorzubereiten. (Ross 1912, 318–19)

78 *Das Jahr, das wir in der Villa Viviani* – Die Familie Clemens verbrachte die Zeit von Ende September 1892 bis Ende März 1893 in der Villa.

Als wir im Frühjahr 92 – Dieser Textabschnitt von hier bis zum Ende beruht auf einem Manuskript Twains, das sich nun in den Mark Twain Papers befindet.

82 *Lorenzo den Prächtigen* – Lorenzo de' Medici, auch bekannt als Lorenzo der Prächtige (1449–1492), war von 1469 bis zu seinem Tod der Stadtherr von Florenz.

[New Yorker Diktate]

9. Januar 1906

88–89 *falls Sie aus dieser Masse an Vorfällen … eine Biographie schreiben* – Twain sprach mit Albert Bigelow Paine (1861–1937), der beabsichtigte, Twains Biographie zu verfassen. Paine wuchs in Iowa und Illinois auf und verließ im Alter von fünfzehn Jahren die Schule. Mit zwanzig zog er nach St. Louis, wo er als Fotograf arbeitete. Einige Jahre später führte er ein Geschäft für Fotozubehör in Kansas. Nachdem eine seiner Geschichten von *Harper's Weekly* angenommen worden war, zog er 1895 nach New York, wo er für Zeitschriften schrieb und Bücher für Kinder und Erwachsene veröffentlichte. 1899 wurde er Redakteur bei der *St. Nicholas*, einer Zeitschrift für ein junges Publikum, und 1904 veröffentlichte er *Th. Nast: His Period and His Pictures*, die erste von vielen noch folgenden Biographien. Sein Buch *Mark Twain: A Biography* erschien 1912, und darauf folgten die *Letters* (1917), die *Autobiography* (1924) und das *Notebook* (1935). Paine schrieb in der von ihm besorgten Autobiographie:

Im Januar 1906 trat der Verfasser dieses Werks als Mark Twains Biograph in Erscheinung. An anderer Stelle habe ich bereits über das Abkommen berichtet, weshalb ich hier den Großteil dieser Geschichte auslassen werde. Wir hatten vereinbart, dass ich eine Stenographin mitbringen und er ihr Notizen für mich diktieren würde; dann hatte er jedoch die Eingebung, dass er auf diesem Wege mit seiner Autobiographie fortfahren könnte, aus der ich dann für mein eigenes Unterfangen Material entnehmen dürfte. Mit dieser Vereinbarung machten wir uns ans Werk, und jede Woche sprach er an mehreren Vormittagen jeweils zwei Stunden unermüdlich zu einem erlesenen Publikum, das aus genau zwei Menschen bestand, und er sprang nach Belieben in den Jahren vor und zurück und erzählte auf diese einzigartige Weise von Begebenheiten, Episoden und Erkenntnissen, so wie es ihm gerade in den Sinn kam. (*MTA*, 1:ix–x)

Paine widmete ein Kapitel seiner Biographie der Unterhaltung, die er am 3. Januar 1906 bei einem Abendessen im Players Club mit Twain geführt hatte, und der »Vereinbarung«, die drei Tage später getroffen worden war (vgl. *MTB*, 4:1257–66; AD 10. Jan. 1906). Twains Sekretärin, Isabel V. Lyon, schrieb am 6. Januar 1906 über das Gespräch in ihr Tagebuch:

Albert Bigelow Paine kam heute Morgen, um das Vorgehen bezüglich Mr. Clemens' Biographie zu besprechen – Mr. Clemens hatte zugestimmt, dass eine Kurzschriftschreiberin kommen & die Worte, die von Mr. Clemens' Lippen fließen würden, festhalten solle. – Ich hoffe, es wird sich als anregend herausstellen. – Die im Handel erhältliche Maschine (Columbia Graphophonic), von der sich Mr. Clemens viel versprochen hatte, war es jedenfalls nicht. – Er diktierte seine Geburtstagsrede hinein – und einige Briefe –, aber das ist alles. – In der Stimme, wenn sie von den Zylindern wiedergegeben wird, liegt etwas unendlich Trauriges – und wie erschütternd wäre es wohl erst, die Stimme eines Verstorbenen so zu hören. – (Lyon 1906, 6)

Die »Kurzschriftschreiberin«, die zu den zwei Menschen des »erlesenen Publikums« für die Autobiographischen Diktate gehörte, war die Stenographin und Maschinenschreiberin Josephine S. Hobby (1862–1950), ehemalige Sekretärin von Mary Mapes Dodge, der Herausgeberin der Zeitschrift *St. Nicholas* von 1872 bis zu ihrem Tod 1905 (zur »Geburtstagsrede« vgl. AD 12. Jan. 1906; Lyon 1906, 47, 71–72; »Aide to Mark Twain

Dies«, *New York Times*, 31. Jan. 1950, 21; vgl. auch die »Entstehungsgeschichte« in diesem Band).

90 *Ich möchte aus dem Wirtschaftsteil* – Der Artikel, den Twain vorlas, konnte in der *New York Times* nicht gefunden werden. Seine Erzählung wird jedoch durch andere unabhängige Quellen bestätigt, u. a. durch den überraschenden Anstieg der Aktienkurse 1874/75 (vgl. Lord 1883, 309, 314–15). John W. Mackay (1831–1902) wurde in Irland geboren und kam als Kind nach Amerika. Von 1851 bis 1859 arbeitete er in einer Mine in Kalifornien und zog anschließend nach Nevada. Im Januar 1872 übernahm Mackay zusammen mit James G. Fair (1831–1894), auch er gebürtiger Ire, und zwei weiteren Männern (vgl. Anm. 92: *»O'Brien«*) die Leitung der Consolidated Virginia Mine, deren Börsenkurs im Vorjahr auf weniger als $ 2 pro Aktie gesunken war. Der »Big Bonanza«-Silberfund in der Consolidated Virginia und der angrenzenden kalifornischen Mine ereignete sich im Oktober 1874 und wurde schließlich auf $ 1,5 Mrd. geschätzt (*L6*: 24. März 1875 an Bliss, 425, Anm. 2; 29. März und 4. Apr. 1875 an Wright, 439, Anm. 5, 9).

90–91 *1862 nach Virginia ... Gehalt von vierzig Dollar die Woche* – Twain kam im April 1862 nach Aurora, in den reichen Esmeralda Mining District, auf den sowohl das Nevada-Territorium als auch Kalifornien Anspruch erhoben. Dort lebte er von der Hand in den Mund, schwang Schaufel und Pickel und spekulierte gleichzeitig eifrig mit Minenanteilen, soweit seine begrenzten Mittel es zuließen. In jenem April begann er auch unter dem Pseudonym »Josh« Briefe an den in Virginia City erscheinenden *Territorial Enterprise* zu schreiben. Bereits im Juli wurde ihm, u. a. aufgrund der überzeugenden »Josh«-Briefe, die nicht erhalten sind, eine Stelle als Lokalreporter angeboten, in einstweiliger Vertretung für den dortigen Redakteur William Wright (1829–1898), bekannt unter seinem Pseudonym »Dan De Quille«. Nachdem es Twain nicht gelungen war, in Aurora reich zu werden, zog er Ende September 1862 nach Virginia City und arbeitete als Reporter für den *Enterprise*. Seine ersten längeren Artikel erschienen am 1. Oktober 1862 in dieser Zeitung (vgl. *ET&S1*, 389–91). Er blieb Mitarbeiter des *Enterprise*, bis er Ende Mai 1864 Virginia City verließ und nach San Francisco ging. Für die lebhaften Darstellungen seiner Erlebnisse in Aurora und Virginia City vgl. seine Briefe aus dieser Zeit (10.? Apr. 1862 an OC bis 28. Mai 1864 an Cutler, *L1*, 184–301) und *Durch dick und dünn*, Kapitel 35–37, 40–49, 51–52 und 54–55.

91 *eine Kolumne in winzigem Nonpareille-Bleisatz* – Nonpareille ist eine der kleinen Schriftgrößen im Bleisatz (sechs Punkt), die üblicherweise in Zeitungen verwendet wurde.

John Mackay – Es ist nicht bekannt, wann sich Mackay und Twain kennenlernten. Laut dem *Second Directory of Nevada Territory* (Zweites Einwohnerverzeichnis des Nevada-Territoriums) lebte Mackay irgendwann 1863 in der C-Street und war Direktor der Milton Silver Mining Company (Kelly 1863, 254). Twain erzählte von der Begegnung in Virginia City 1897 auch in einem Interview (Budd 1977, 78).

(in einem anderen Kapitel werde ich das erklären müssen) – Vgl. AD 19. Jan. 1906.

92 *»Kamin«* – Ein »Kamin«, auch »Erztasche« genannt, war ein »größeres Erzvorkommen, meist in länglicher Form, das sich innerhalb einer Ganglagerstätte vertikal nach unten erstreckt« (Raymond 1881, 19, 20).

92 *O'Brien* – William Shoney O'Brien (1826–1878), wie Mackay und Fair gebürtiger Ire, war 1849 nach San Francisco gekommen, wo er nacheinander mehrere Unternehmen besaß – darunter ein Tabakgeschäft, einen Zeitungsladen, einen für Schiffszubehör und einen Saloon –, bevor er in den Silberaktienhandel einstieg. Er und sein Geschäftspartner aus San Francisco, James Clair Flood (1826–1889), wurden zusammen mit Mackay und Fair als »Bonanza Firm« bekannt und leiteten gemeinsam das Bergwerk Comstock Lode (Oscar Lewis 1947, 222–23; Hart 1987, 358–59).

John P. Jones – Vgl. »Die Maschinenepisode«, Anm. 541: *»Senator Jones«*.

92–93 *Joseph T. Goodman ... Williams ... Denis McCarthy und Goodman* – Goodman (1838 bis 1917) zog 1854 von New York nach Kalifornien und arbeitete als Schriftsetzer und Journalist für verschiedene Zeitungen in San Francisco. Er und McCarthy (1840–1885) waren dort bei den Zeitungen *Mirror* und *Golden Era* Schriftsetzerkollegen, bevor sie sich im März 1861 in den *Territorial Enterprise* von Virginia City einkauften, der damals Jonathan Williams (gest. 1876) gehörte. 1865 wurde Goodman alleiniger Inhaber; im Februar 1874 verkaufte er mit beachtlichem Gewinn, und zwar nicht an »irgendeinen Gesellen«, sondern an die Enterprise Publishing Company (21. Okt. 1862 an OC und MEC, *L1*, 242, Anm. 2; Angel 1881, 317).

94 *Und kurz bevor die Bonanza ... nach San Francisco zu reisen* – Nach dem Verkauf des *Enterprise* im Februar 1874 hatte Goodman in jenem Jahr mindestens zwei Gelegenheiten, Twain zu treffen. Im April, nachdem er nach San Francisco gezogen war, machte er mit seiner ersten Frau Ellen (1837?–1893) auf einer Reise nach Europa Zwischenstation im Osten der USA; sie kehrten im Oktober von ihrer Reise zurück, zur gleichen Zeit, als der »Big Bonanza«-Silberfund gemacht wurde. Zwar ist es möglich, dass sich Goodman und Twain bereits im April trafen, doch wahrscheinlicher ist, dass Goodman am Ende seiner Reise aufgrund eines vorübergehenden Engpasses ein Darlehen für die Rückkehr nach San Francisco benötigte (*L6*: 23. Apr. 1874 an Finlay, 115–16, Anm. 5; 29. März und 4. Apr. 1875 an Wright, 439, Anm. 8).

95 *Denis ... bekam keinen Boden mehr unter die Füße* – Nachdem er 1865 seinen Anteil an *Enterprise* verkauft hatte, ging Denis McCarthy nach San Francisco, wo er seinen stattlichen Gewinn aus dem Verkauf in Aktien investierte und verlor. Er arbeitete als Verlagsleiter für den *San Francisco Chronicle*, als 1874 der »Big Bonanza«-Silberfund gemacht wurde, und durch erfolgreiches Spekulieren kam er wieder zu Reichtum. Er kehrte nach Virginia City zurück und kaufte den *Evening Chronicle*, der innerhalb eines Jahres die auflagenstärkste Zeitung in der Geschichte Nevadas wurde. Goodman erzählte Twain 1881, dass die ausgeprägte »Vorliebe für Spirituosen« McCarthy ernstlich krank gemacht hätte und sein Tod vier Jahre später offensichtlich die Folge seiner »Ausschweifungen« gewesen wäre (Goodman an SLC, 11. Dez. 1881, CU-MARK; Angel 1881, 326–27; »Death of D. E. McCarthy«, *Virginia City Evening Chronicle*, 17. Dez. 1885, 2).

Joe Goodman ging sofort ins Maklergeschäft ... für ein Mehrfaches des ursprünglichen Preises – Goodman war von 1877 bis 1880 Mitglied des San Francisco Stock & Exchange Board, der ersten Aktienbörse in San Francisco, und baute anschließend in Fresno, südöstlich von San Francisco, Weinbeeren für die Herstellung von Rosinen an. In einem Brief vom 9. März 1881 berichtete er Twain von seinem Berufswechsel:

In San Francisco ging ich pleite – vollkommen bankrott. Mackay (dem die Hälfte des *Enterprise* gehört) bot mir an, noch die andere Hälfte zu kaufen und sie mir zu überlassen; aber ich sah darin keinen Gewinn – Virginia City wird bald so ausgestorben sein wie Baalbek – und außerdem war mein Gesundheitszustand für literarische Arbeit zu schlecht; deshalb habe ich mir von Mackay $ 4000 geliehen und in dieser Gegend mit dem Weinbau begonnen. Ich weiß nicht, wie erfolgreich das sein wird – und es ist mir auch gleichgültig; wir sind 200 Meilen von San Francisco entfernt, in San Joaquin Valley. Vor vier oder fünf Jahren war hier noch Wüste, aber man hat Bewässerungsgräben angelegt, und das Land wurde schnell besiedelt – manchen Orten geht es erstaunlich gut. Ich habe nur um die 50 Hektar, aber das ist gerade so viel, wie ich allein bewirtschaften kann. Momentan ist es noch das ödeste und einsamste Fleckchen Erde, das man sich nur vorstellen kann. Mrs. Goodman hat solches Heimweh, dass sie sich fast die Augen ausweint. Aber sofern ich weiterlebe, mache ich daraus ein Paradies – ein kleines. Falls Sie und Mrs. Clemens je nach Kalifornien reisen sollten, dann werden Sie dieses wundervolle Land des Südens sehen wollen, und ich spreche Ihnen hiermit eine herzliche Einladung aus, uns zu besuchen. Sollten Sie schon bald kommen, dann werden Sie, was meine Ranch betrifft, zunächst nur den ursprünglichen Anblick der Wüste vorfinden, aber für Sie gibt es dort einen Brunnen der Hospitalität und eine Oase der Gastfreundschaft, und – um das Bild zu vervollständigen – ich werde einen Vogel importieren, der zu diesem Anlass in der Einsamkeit singt. (CU-MARK)

Goodman blieb bis 1891 in Fresno, bevor er nach Alameda in Kalifornien zog (Goodman an Alfred B. Nye, 6. Nov. 1905, CU-BANC; Joseph L. King 1910, 59, 339, 344).

95 *Vor seinem Besuch an der Ostküste … Sein Buch erschien um 1901* – In seinem Brief vom 24. Mai 1902 schrieb Goodman an Twain:

Vor achtzehn Jahren erregten die Inschriften der Ruinen von Mittelamerika und Yukatan meine Aufmerksamkeit, und leichtsinnigerweise sagte ich, ich könne sie entziffern. Ich arbeitete sieben Jahre, ohne voranzukommen, aber dann fing ich an, das Mysterium zu entschlüsseln. 1895 luden sie mich nach London ein, um das Resultat meiner Studien darzulegen. Ich telegraphierte Ihnen aus Chicago, dass Sie versuchen könnten, mich in New York zu treffen, aber da ich nichts von Ihnen hörte, nahm ich an, die Nachricht hätte Sie nicht mehr rechtzeitig erreicht. Seitdem habe ich an den Glyphen weitergearbeitet, bis ich nun alles recht klar vor mir habe, und jetzt stelle ich die Ergebnisse in einem Buch zusammen. Was mich und meine Familie betrifft, denke ich, dass es eine Verschwendung von Zeit, Geld und Nerven war. Es besteht keine Hoffnung auf finanziellen Gewinn. Nicht einmal tausend Menschen interessieren sich für diese Studie. Die einzige Entschädigung ist, dass ich herausgefunden habe, was sonst niemandem gelungen ist, und dass mein

Name nun immer mit dem Entziffern der Maya-Inschriften verbunden sein wird, so wie es bei Champollion und den ägyptischen Hieroglyphen der Fall ist. Aber das ist nur eine sehr dürftige Bezahlung für zwanzig Jahre harter Arbeit. Ich werde Ihnen ein Exemplar der Londoner Ausgabe zukommen lassen – nicht dass ich denke, es würde Sie interessieren, sondern einfach als Kuriosum. Ich habe bereits einige wenige Fehler darin entdeckt, aber das meiste wird der Prüfung der Zeit standhalten. (CU-MARK)

Auf Drängen des berühmten Archäologen Alfred P. Maudslay (1850–1931) reiste Goodman 1895 nach London. Dort veröffentlichte er 1897 seine Ergebnisse unter dem Titel *The Archaic Maya Inscriptions*, eine Arbeit mit dem Umfang eines Buchs, die Maudslay später zum Anhang seiner eigenen mehrbändigen Ausgabe *Archaeology* machte. 1898 veröffentlichte Goodman eine Monographie, *Das grafische System der Maya: Gründe für die Annahme, es handle sich lediglich um einen Geheimcode (The Maya Graphic System: Reasons for Believing It to Be Nothing but a Cipher Code)*, und 1905 einen Artikel mit dem Titel »Maya Dates« (Tozzer 1931, 403, 407–08; Goodman 1897; Goodman 1898; Goodman 1905; Maudslay und Goodman 1889–1902). Die heutige Wissenschaft hat Goodmans Vertrauen in seine Ergebnisse bestätigt. Michael D. Coe schreibt in *Breaking the Maya Code*, dass Goodman »einige wahrlich dauerhafte Beiträge« geliefert habe, darunter die »kalendarischen Tabellen [...], die von Wissenschaftlern immer noch zur Ermittlung von Maya-Daten verwendet werden«, sowie die »erstaunliche Leistung«, einen »Zusammenhang zwischen dem Maya-Kalender der langen Zählung und unserem eigenen Kalender« zu erkennen (Coe 1999, 112, 114). Jean François Champollion (1790–1832), der als Vater der Ägyptologie gilt, war der Erste, der die ägyptischen Hieroglyphen entzifferte.

Bericht in der New York Times – Der Artikel wurde nicht gefunden.

95–96 *Fund der großen Erzader ... war die Bonanza zugegebenermaßen erschöpft* – Der Gesamtwert der Consolidated Virginia, der California und der anderen Minen von Comstock Lode lag noch 1875 bei mehr als $ 393 Millionen und sank 1880 auf weniger als $ 7 Millionen (Angel 1881, 619–20).

10. Januar 1906

96 *muss ich einige Reden halten ... zu ein paar Reden verpflichtet* – Zwischen dem 10. November 1905 und dem 11. April 1906 hielt Twain mindestens fünfundzwanzig Reden. Zu den Anlässen gehörten ein Abendessen in Washington, D. C., bei dem Mitglieder der Roosevelt-Regierung anwesend waren (25. Nov. 1905), das Festessen anlässlich seines eigenen siebzigsten Geburtstages (5. Dez.), eine Benefizveranstaltung für russische Juden (18. Dez.), ein Abendessen zu seinen Ehren im Players Club (3. Jan. 1906), eine Wohltätigkeitsveranstaltung vom Tuskegee Institute in der Carnegie Hall (22. Jan.), eine Versammlung des Gridiron Club in Washington, bei dem Theodore Roosevelt anwesend war (27. Jan.), seine Anmerkungen zum Urheberrecht für das Repräsentanten-

haus (29. Jan.), ein Abendessen im New Yorker Presseclub in Gedenken an Charles Dickens (8. Febr.), ein Empfang im Barnard College (7. März), eine Versammlung der New York State Association for Promoting the Interests of the Blind (29. März), eine Benefizveranstaltung des Studentenhilfswerks des Vassar College (2. April), ein Abendessen für den russischen Schriftsteller Maxim Gorki (11. April) – für eine vollständige Auflistung vgl. Schmidt 2008a; die Texte einiger Reden sind in Fatout 1976 zu finden; *New York Times*: »Choate and Twain Plead for Tuskegee«, 23. Jan. 1906, 1; »President in ›Panama‹ Has a Jolly Time«, 28. Jan. 1906, 4; »Twain on Rockefeller, Jr.«, 8. Febr. 1906, 9; »Three New Plays at Vassar Aid Benefit«, 3. Apr. 1906, 9; »Gorky and Mark Twain Plead for Revolution«, 12. Apr. 1906, 4).

97 *im Players Club mir zu Ehren ein Dinner* – Das Abendessen zu Ehren von Twain fand am 3. Januar 1906 in einem Haus am Gramercy Park 16 in New York statt, das der Schauspieler Edwin Booth (1833–1893) dem Club als Hauptsitz überlassen hatte. Für Booth war der Club ein Ort, wo sich Schauspieler mit »den besten Schriftstellern, Malern, Bildhauern, Architekten, Musikern, Redakteuren, Verlegern und Kunstliebhabern in vertraulicher Atmosphäre und auf Augenhöhe begegnen können« (Lanier 1938, 47). Twain war Gründungsmitglied und nahm an dem Essen teil, zu dem Booth im Restaurant Delmonico's am 6. Januar 1888 eingeladen hatte. Walter Oettel, Edwin Booths früherer Hausangestellter und langjähriger Bediensteter im Players Club, erinnerte sich, dass bei der Veranstaltung am 3. Januar 1906 »der Tischschmuck aus Stoff-Fröschen« bestand, »in Anspielung auf seine Geschichte ›Der berühmte Springfrosch von Calaveras‹«. Oettel berichtete, dass das Abendessen von zwei Dutzend Clubmitgliedern ausgerichtet wurde, darunter der Vorsitzende Brander Matthews (vgl. Anm. 97: *»Brander Matthews«*); der Schriftsteller, ehemalige Mitherausgeber von *Harper's Weekly* und Präsident des City College von New York John H. Finley (1863–1940); Daniel Frohman (Anm. 97: *»nach dreijähriger Abwesenheit«*); der Dichter und Herausgeber des *Century Magazine* Richard Watson Gilder (vgl. »Über General Grants Memoiren« und Anm. 495: *»Gilder«*); der Dichter und Mitherausgeber des *Century Magazine* Robert Underwood Johnson (1853–1937); Francis D. Millet (vgl. Anm. 97: *»Frank Millet [Maler]«*); David A. Munro, der verhindert war (vgl. AD 16. Jan. 1906 und Anm. 148: *»David Munro«*); Albert Bigelow Paine und Robert Reid (vgl. AD 16. Jan. 1906, Anm. 148: *»Robert Reid«*; Oettel 1943, 53–54, 94; *N&J3*, 429, Anm. 73; Lanier 1938, passim; »Players Dine Mark Twain«, *New York Times*, 4. Jan. 1906, 2).

nach dreijähriger Abwesenheit ... durch die Dummheit des Clubvorstands – Die ursprünglichen Vorstandsmitglieder waren: Booth; der Schauspieler Lawrence Barrett (1838–1891); der Kaufmann William Bispham (gest. 1909); die Brüder Augustin (1838 bis 1899) und Joseph F. Daly (1840–1916), der ältere ein angesehener Bühnenautor, Produzent und Theaterinhaber, der jüngere Rechtsanwalt und Richter; der Schauspieler Henry Edwards (gest. 1891); der Theaterkritiker, Biograph und Literaturredakteur des *Harper's Magazine* Laurence Hutton (1843–1904); der Schauspieler Joseph Jefferson (1829–1905) und der Theaterleiter Albert M. Palmer (1838–1905). Zudem waren Bispham, Joseph F. Daly, Jefferson und Palmer 1903 Vorstandsmitglieder, als Twain seine

Mitgliedschaft im Club beendete (vgl. AD 21. März 1906 für Twains Bericht über seinen »Ausschluss«); die späteren Vorstandsmitglieder waren der Schriftsteller Charles E. Carryl (1841–1920), der Schauspieler John Drew (1853–1927), der Theaterleiter und Produzent Daniel Frohman (1851–1940), der Schauspieler und Theaterleiter Frank W. Sanger (1849–1904) und der Schauspieler Francis Wilson (1854–1935). Carryl hatte Twain einen vom 12. Januar 1903 datierten Formbrief geschickt, in dem seine Mitgliedschaft wegen »Nichtzahlung seiner Beiträge« gekündigt wurde. Am oberen Rand des Briefes vermerkte Twain: »Gekündigt! (durch den Fehler eines idiotischen Sekretärs)« (CU-MARK). In der Einladung zum erneuten Beitritt, die am 10. November 1904 erfolgte, wurde das beliebte Volkslied von Carolina Oliphants, das an Bonnie Prince Charlie (Charles Edward Stuart) gerichtet war, nicht ganz korrekt zitiert: »Willst du denn nicht zurückkehren?/Stärker geliebt kannst du nicht sein« (»Will ye no com back again?/ Better lo'ed ye canna be«) (Reid et al. an SLC, NNWH). Am 11. November antwortete Twain auf Trauerbriefpapier: »Sicher gingen diese wunderbaren Verse Prince Charlie direkt ins Herz, sofern er eines hatte, & natürlich treffen sie auch in das meine. Ich freue mich & bin stolz zurückzukehren [...]. Es wird mehrere Monate dauern, bevor ich mit Ihnen zusammenkommen kann, denn dieser schwarze Trauerrand ist weder Nachlässigkeit noch Konvention; er symbolisiert den Verlust einer, deren Erinnerung mir als Einziges heilig ist« (11. Nov. 1904 an Reid und The Players, NNWH). Lyon schrieb 1906 in ihr Tagebuch über Twains triumphierende Rückkehr nach dem Abendessen:

> Mr. Clemens ist gerade gegen Mitternacht von einem Abendessen im »Players« heimgekehrt, wo er zum Ehrenmitglied ernannt wurde. Für alle war es ein großartiger Abend, weil er so lange fort gewesen war.
>
> Um Mitternacht stand er am Fuße der Treppe und war bester Laune, ein japanischer Papierfrosch hing ihm mit einem Hinterbein am Mantelrevers, & er reichte mir diesen, als ich hinunterging, um ihn zu begrüßen. Er wusste, ich würde noch wach sein & auf seine sichere Heimkehr warten. (Lyon 1906, nicht nummeriertes loses Blatt nach S. 2)

97 *Brander Matthews* – Matthews (1852–1929), berühmter Schriftsteller und Kritiker, war Professor für Literatur- und Theaterwissenschaft an der Columbia University (1892 bis 1924). Er und Twain lernten sich im März 1883 kennen, als Twain dem Kinsmen Club beitrat, zu dessen Gründungsmitgliedern Matthews gehörte (vgl. »Reisefragmente I«, Anm. 555: *»den kleinen Kinsmen Club in London«*). In den Jahren 1887/88 führten die beiden Männer eine schriftliche Auseinandersetzung über internationales Urheberrecht, die ihre Freundschaft vorübergehend belastete. 1922 erinnerte sich Matthews in »Memories of Mark Twain« an diese und andere Einzelheiten ihrer Bekanntschaft (Matthews 1922; vgl. auch Matthews 1917, 231 und *N&J3*, 345–46, 348, 362–68, 373).
Frank Millet (Maler) – Francis D. Millet (1846–1912) wurde in Massachusetts geboren. Er erlangte an der Harvard University einen Abschluss in Literaturwissenschaft, woraufhin er sich entschloss, in Antwerpen, Venedig und Rom noch Kunst zu studieren. Während des Russisch-Türkischen Kriegs (1877/78) diente er als Kunstsachverständiger.

Viele seiner Porträts und Wandmalereien zeigen historische Motive. Er starb beim Unglück der *Titanic.*

98 *Saint-Gaudens hatte eine Rede zugesagt … an seiner Stelle eine Rede halten* – Bildhauer Augustus Saint-Gaudens (vgl. AD 16. Jan. 1906, Anm. 148: *»Robert Reid, der Künstler; Saint-Gaudens, der Bildhauer«*) war eins von drei Mitgliedern des Players Club, das dem Essen nicht beiwohnen konnte und ein Telegramm schickte, um sein Bedauern auszudrücken; außerdem fehlten David Munro und der Schriftsteller Thomas Bailey Aldrich (vgl. »Robert Louis Stevenson und Thomas Bailey Aldrich«). Es ist nicht bekannt, wer an Saint-Gaudens' Stelle kurzfristig eine Rede hielt (»Players Welcome Mark Twain«, *New York Tribune,* 4. Jan. 1906, 7).

ich war ohne Text gekommen, und die Jungs stellten mir reichlich Text zur Verfügung – Die Texte der anderen Reden wurden nicht gefunden. Twain »erzählte die unterhaltsame Geschichte der englischen Mary«, die in seiner Rede für den Players Club vom 3. Januar 1906 abgedruckt ist (Oettel 1943, 54–57; vgl. »Zusatzmaterialien«). Er erzählte diese Geschichte zum ersten Mal in drei Briefen vom 17. Juli 1877 an seine Frau in Elmira, als sich die tatsächlichen Begebenheiten zu Hause in Hartford gerade zutrugen. 1897 oder 1898 verarbeitete er den Stoff dieser Episode in einer Geschichte, der er den Titel »Wapping Alice« gab und deren Veröffentlichung ihm zu Lebzeiten nicht gelang. Im AD 10. April 1907 nahm er den Stoff erneut auf (für frühere Versionen vgl. SLC 1981, 7–24, 39–67). Die Geschichte »Der berühmte Springfrosch von Calaveras« (SLC 1865) las er als Zugabe.

99 *am 27. in Washington … der Präsident und der Vizepräsident der Vereinigten Staaten* – Am 27. Januar, bei der alljährlichen Abendveranstaltung im Gridiron Club, einer renommierten, 1885 gegründeten journalistischen Vereinigung, »sprach Mr. Samuel L. Clemens fast zwanzig Minuten in bester Laune. Er wurde von einem berüchtigten Deckarbeiter eines Mississippi-Schaufelraddampfers eingeführt, der das Senkblei hochzog und zur Angabe der Wassertiefe ›mark twain‹ *[zwei Faden Tiefe]* rief« (»A Night in Panama«, *Washington Post,* 28. Jan. 1906, 1, 6). Der Gridiron Club untersagte die Wiedergabe von Reden, und so ist der Inhalt von Twains Ansprache nicht erhalten. Auch Präsident Theodore Roosevelt sprach sowie weitere Regierungsmitglieder, viele Abgeordnete und andere bedeutende Personen, doch Vizepräsident Charles W. Fairbanks (1852–1918) war nicht darunter.

Morris-Zwischenfall – Vgl. Twains folgenden Bericht und Anm. 103: *»Jetzt kennen Sie die Fakten«.*

100 *gestern … Bankaufsichtsratsposten* – Am 6. September 1905 hatte ein ständiger Ausschuss des Bundesstaats New York Untersuchungen über langjährige und weitläufige Vergehen in der Lebensversicherungsbranche angestellt. Zu diesen Vergehen gehörten überhöhte Gehälter von Führungspersonen, illegale Spenden für Wahlkampagnen (besonders für republikanische Präsidentschaftskandidaten) und zur Beeinflussung der Gesetzgebung, verbotener Handel mit Wertpapieren und zweifelhafte Bündnisse mit Banken. Die Untersuchung – mit ausführlichen Berichten in der New Yorker Presse – konzentrierte sich vor allem auf die Mutual Reserve Life Insurance Company, die New

York Life Insurance Company und die Equitable Life Assurance Society. Der Ausschuss lieferte am 22. Februar 1906 seinen Bericht an die Legislative des Bundesstaats New York und reichte außerdem fünfundzwanzig Gesetzentwürfe ein, die am 27. April 1906 verabschiedet wurden. Die Direktoren, die in die Schusslinie gerieten, waren Richard A. McCurdy, der Direktor von Mutual Life, und sein Sohn Robert H. McCurdy, Leiter des Auslandsgeschäfts (diese beiden und der Schwiegersohn von McCurdy sen. bereicherten sich zwischen 1885 und 1905 um $ 4643926 in Form von Gehältern und Provisionen), John A. McCall, Direktor der New York Life, und sein Sohn John C. McCall, Sekretär der New York Life, Chauncey M. Depew, republikanischer Senator aus New York und langjähriger hochbezahlter Sonderberater und Vorstandsmitglied der Equitable Life, James W. Alexander, Direktor der Equitable Life, und James H. Hyde, stellvertretender Direktor. Der Einfluss dieser Männer reichte weit über die drei Versicherungsgesellschaften hinaus. Hyde beispielsweise war im Oktober 1905 angeblich Direktor von 45 Gesellschaften und Depew Direktor von 74. Am Ende der Untersuchung wurden zumindest einige dieser Verbindungen gekappt. Bis zum 10. Januar 1906 waren die McCurdys, Depew, der ältere McCall, Alexander und Hyde entweder von ihren Posten als Bankdirektoren zurückgetreten oder nicht wiedergewählt worden (*New York Times*, zahlreiche Artikel, 15. Aug. 1905–28. Apr. 1906). Twain kam im AD 16. Febr. 1906 erneut auf das Thema zurück.

100 *konzentriert sich heute die Aufmerksamkeit der gesamten Nation auf die Standard Oil Corporation … angeschlagen* – Die Standard Oil Company und ihre Tochtergesellschaften wurden vom Generalbundesanwalt Missouris, Herbert S. Hadley, angeklagt und vor den Obersten Gerichtshof in New York gestellt, um seine laufenden Prozesse gegen die Standard Oil Company wegen Missachtung des Kartellrechts in Missouri zu flankieren. Am 10. Januar 1906 berichtete die *New York Times* ausführlich über die Verhandlung in New York am Vortag und betonte dabei die ausweichende Zeugenaussage und das arrogante Verhalten des Vizepräsidenten der Standard Oil Henry H. Rogers, eines guten Freunds von Twain (»H. H. Rogers Summoned to the Supreme Court«, *New York Times*, 10. Jan. 1906, 1; »Herbert S. Hadley – the Man from Missouri«, 14. Jan. 1906, SM 4; vgl. auch »Henry H. Rogers«).

Kongress … die Panamakanal-Kommission … nachgeschossenen elf Millionen – Mitte Dezember 1905 hatte der Kongress zu den seit 1904 bereits ausgegebenen $ 59 Millionen, die für vorbereitende Arbeiten und für die Übertragung der Rechte und des Eigentums der gescheiterten französischen Panamakanal-Gesellschaft verwandt worden waren, weitere $ 11 Millionen »nachgeschossen«. Dennoch hatte sich, wie die *New York Times* am 21. Dezember berichtete, die Kommission »noch nicht auf die Bauart des Kanals geeinigt. Weder die Ingenieure noch die Kommissionsmitglieder wissen, ob wir noch weitere $ 150000000 oder $ 200000000 benötigen werden. Keiner weiß, wie viel der Kanal kosten wird.« Am 9. Januar 1906 verlangte der Senat eine Untersuchung »aller Angelegenheiten, die den Panamakanal betreffen«. Der tatsächliche Baubeginn erfolgte erst später im Jahr 1906. Eröffnet wurde der Kanal 1914, und die Gesamtkosten beliefen sich auf ungefähr $ 375 Millionen (*New York Times*: »Money for the Canal«, 12. Dez.

1905, 8; »Taft Agrees to Accept $ 11 000 000 for Canal«, 13. Dez. 1905, 4; »A Rooseveltian Episode«, 21. Dez. 1905, 8; »Panama Investigation Voted by the Senate«, 10. Jan. 1906, 4; »The President's Responsibility«, 22. Jan. 1906, 6; Panama Canal Authority 2008).

100 *die Trennung von Kirche und Staat in Frankreich* – Am 7. Dezember 1905 wurde ein Gesetz zur Trennung von Kirche und Staat verabschiedet. Es kennzeichnete den Höhepunkt der »belasteten Beziehung, die schon lange zwischen der französischen Regierung und dem Vatikan bestand«, und beendete ein System aus dem Jahre »1801, als das Konkordat von Pius VII. und Napoleon unterzeichnet wurde. Unter dem Konkordat waren die Kirchen Staatseigentum, und die Geistlichen wurden vom Staat bezahlt.« Die Änderung wurde nicht von allen begrüßt: Es folgten Aufstände und Proteste, die »von den Vorsitzenden der antirepublikanischen Partei indirekt angespornt und geschürt wurden und wahrscheinlich auch in gewissem Maße von den Priestern der Römischen Kirche« (*New York Times*: »End of State Church Declared in France«, 7. Dez. 1905, 8; »The Religious Troubles in France«, 4. Febr. 1906, 6).

Einen drohenden Krieg … in der Marokkofrage – Seit Ende 1905 steuerten Frankreich und Deutschland auf einen Krieg zu, wegen politischer (und wirtschaftlicher) Interessen an Marokko. Deutschland war einem Abkommen 1904 nicht beigetreten, in dem Großbritannien, Spanien und Italien die französische Übermacht akzeptierten. Deutschland erhob nun Einwände gegen Frankreichs »Sonderprivilegien« – vor allem die Herrschaft über Marokko (*New York Times*: »The Conference of Algeciras«, 6. Jan. 1906, 8; »Clash in Moroccan Conference Expected«, 7. Jan. 1906, 3). Der Konflikt wurde durch ein neues Abkommen am 31. März 1906 diplomatisch gelöst, das vor allem durch Vermittlung der Vereinigten Staaten zustande kam, wirtschaftliche Angelegenheiten regelte und die polizeiliche Verantwortung aufteilte, ohne die französische Hegemonie zu untergraben (»Morocco Conference Ends with Agreement«, *New York Times*, 1. Apr. 1906, 4).

eine niedergeschlagene Revolution in Russland – Die Russische Revolution von 1905 begann im Januar am »Blutsonntag«, als die Armee auf Teilnehmer eines friedlichen Protestmarschs in St. Petersburg schoss und mehr als tausend Demonstranten tötete. Es entwickelte sich Widerstand gegen die Gewaltherrschaft von Zar Nikolaus II. (1868–1918), und im September und Oktober desselben Jahres spitzte sich die Lage durch einen Generalstreik zu, der das gesamte Land lahmlegte. Nikolaus II. sah sich gezwungen, das Oktobermanifest zu veröffentlichen, das die Gründung eines Parlaments erlaubte und Rede-, Presse- und Versammlungsfreiheit vorsah. Doch schon bald darauf brach er seine Versprechungen, im Dezember 1905 war der Aufstand niedergeschlagen, und die Anführer wurden verhaftet.

101 *China … ein riesiger Aufruhr droht* – Im Januar 1906 gab eine »merkwürdige Unruhe in Teilen Chinas« der westlichen Welt »Rätsel« auf: »Dieses Gefühl setzt sich aus zwei Komponenten zusammen. Die eine ist Misstrauen und Abneigung gegenüber Ausländern aus dem Okzident; die andere ist Unzufriedenheit mit der kaiserlichen Regierung. Es ist aber keineswegs sicher, dass beide Haltungen bei allen gleichermaßen vorhanden sind« (»The Outlook in China«, *New York Times*, 8. Jan. 1906, 8). Die Befürchtung war, dass es einen »allgemeinen Volksaufstand gegen das politische System des Kai-

serreichs in Gänze« geben könnte. Deshalb wurden zwei US-Infanterieregimente und zwei Batterien der Feldartillerie auf den Philippinen stationiert (über die die Vereinigten Staaten seit Ende des Spanisch-Amerikanischen Krieges 1898 die Herrschaft hatten), um für den Fall bereit zu sein, dass Truppen »in China einmarschieren müssen, um Leben und Eigentum der Amerikaner zu schützen« (»America Preparing for Crash in China«, *New York Times*, 7. Jan. 1906, 1). Eine der Infanteriebrigaden wurde von General Frederick Funston kommandiert, der Emilio Aguinaldo gefangen nahm, den Anführer der philippinischen Rebellen (vgl. AD 14. März 1906 und Anm. 365: *»Colonel Funston … Aguinaldo«*). Obwohl China noch bis Mitte 1906 für Schlagzeilen sorgte, fand der befürchtete Ausbruch nicht statt, und die amerikanischen Truppen wurden nicht entsandt.

103 *Jetzt kennen Sie die Fakten* – Die Einzelheiten in Twains Schilderung stimmen mit dem Bericht in der *New York Times* vom 5. Januar 1906 überein (»Drag Hull's Sister from White House«, 1). Am 4. Januar war Mrs. Minor Morris im Weißen Haus vorstellig geworden, um Präsident Theodore Roosevelt zu bewegen, ihrem Ehemann seinen Posten im Army Medical Bureau wiederzubeschaffen, von dem er ohne Vorwarnung entlassen worden war. Die Frau vermutete, dass die Entlassung durch ihren Bruder, den republikanischen Abgeordneten John A. T. Hull aus Iowa, bewirkt worden war, mit dem sie im Streit über die Aufteilung des väterlichen Erbes lag. Nachdem man sie gegen ihren Willen und auf Anweisung von Benjamin F. Barnes, einem Privatsekretär des Präsidenten, fortgeschafft hatte, wurde sie wegen ungebührlichen Benehmens verhaftet. Um ihre sofortige Freilassung gegen Kaution zu verhindern, unterstellte man ihr geistige Unzurechnungsfähigkeit. Als sie aber von zwei Ärzten für gesund erklärt worden war, entließ man sie nach einigen Stunden, und sie durfte in ihr Zimmer im Willard Hotel zurückkehren, wo sie wenig später wegen Blutergüssen, Schock und Nervenschwäche einer ärztlichen Behandlung bedurfte. Ihr eigener »ruhiger, gefasster, unaufgeregter und wohlgesetzter Bericht« des Ereignisses erschien am 6. Januar in der *New York Times* (»Mrs. Morris Tells of White House Expulsion«, 1). Der Morris-Vorfall blieb landesweit für mehr als sechs Monate eine Cause célèbre; jegliche Forderung nach einer Untersuchung durch den Kongress wurde abgewiesen, und wiederholte Appelle an den Präsidenten, Verantwortung zu übernehmen und sich von Barnes' Handlung zu distanzieren, ja sich zu entschuldigen, blieben unbeantwortet. Im April bestätigte Roosevelt sogar sein Vertrauen in Barnes, indem er ihn zum Postminister ernannte. Während Barnes' Senatsanhörung im Mai wurde dem Weißen Haus zur Last gelegt, eine Falschaussage verwendet zu haben, von einem Arzt, der Mrs. Morris nie behandelt hatte, um ihren Ruf zu schädigen und ihre geistige Gesundheit anzuzweifeln (*New York Times*: verschiedene Artikel, Jan. bis Juni 1906).

103–04 *Morris-Zwischenfall … Licht auf den Charakter des Präsidenten* – Am Rand des maschinengeschriebenen Schriftstücks vermerkte Paine neben dieser Passage: »Darf ab 1920 50 Jahre nicht verwendet werden.« Dennoch fügte er diesen Abschnitt seiner Ausgabe von *Mark Twain's Autobiography* (1924) hinzu (*MTA*, 1:288).

104 *die Roosevelts, die sich mit den Barnes umgeben* – Twain war mit seiner Meinung, dass hinter Barnes' Verhalten vor allem Roosevelts Herrschsucht stand, nicht allein. Die *Hart-*

ford Times zum Beispiel verurteilte die »neue Atmosphäre der großen Macht im Weißen Haus, die anders ist als alles, was man bisher erlebt hat« (»From the Hartford Times«, *New York Times*, 12. Jan. 1906, 8).

105 *saust er von einer Sache zur anderen … Meinung aufzuheben oder ihr zu widersprechen* – Am 7. Januar 1906 führte Lyon in ihrem Tagebuch aus, wie Twain Roosevelt auch an anderer Stelle sehr lebhaft beschrieb: »Heute Morgen sprach Mr. Clemens über Roosevelt & seine Prahlerei – & sagte, er sei ›einfach großartig, wenn seine Ohren aufgestellt sind & sein Schwanz in die Höhe gestreckt ist & er einen vorbeirasenden Eilzug anbellt, doch dabei nur im aufgewirbelten Sand zurückbleibt‹« (Lyon 1906, 7).

freudigen Überschäumen enthusiastischer Aufrichtigkeit – Twain war Roosevelts »Meinungen, Empfindungen und Überzeugungen« gegenüber nicht immer so tolerant. In seinem Exemplar eines Buchs über Roosevelts »bei zahlreichen Gelegenheiten zum Besten gebrachten Ideen« änderte Twain 1907 die Titelseite von *Ein faires Geschäft (A Square Deal)* zu »BANALITÄTEN« und die Überschrift der Einleitung des Herausgebers von »Vorwort« zu »ERBRECHEN EINES DESINTERESSIERTEN HERAUSGEBERS« (Roosevelt 1906, Buch in CU-MARK). Allerdings war er stets darauf bedacht, seine Kritik nicht öffentlich zu äußern, wie er in einem Brief an seine Tochter Clara im Februar 1910 erläuterte:

> Roosevelt hat mir vor Jahren einen unerwarteten hochgeschätzten und dankend angenommenen Gefallen getan, mit dem er mir den Mund versiegelte; & trotz meiner erbitterten Abneigung gegen ihn war es mir nie möglich, mich öffentlich böse über ihn zu äußern – seine gütige Tat verstellt mir stets den Weg & legt mir einen gesegneten Finger auf die Lippen. Ich dürfte das nicht zulassen & schäme mich, dass ich es doch zulasse, aber ich kann nicht anders, so wurde ich nun mal erschaffen, & das war ich nicht selbst. (21., 22. und 23. Febr. 1906 an CC, Fotokopie in CU-MARK)

11. Januar 1906

106 *11. Januar 1906* – Die erste Seite dieses Diktats ist als Faksimile abgebildet (vgl. Abb. 14 [Bd. 2, S. 67]).

Longfellow, Holmes und Whittier – Vgl. Anm. 615: *»Emerson … Longfellow«*.

108 *Vortrag von Samuel L. Clemens (»Mark Twain«) … veröffentlicht im BOSTON EVENING TRANSCRIPT* – Das war nicht die Überschrift des ausführlichen Berichts, den der *Boston Evening Transcript* über die Feier und die Reden brachte (»The Atlantic Dinner«, 1, 3). Sie muss von der unbekannten »Bostoner Schreibmaschine« (d. h. Maschinenschreiberin) stammen, die die Rede aus der Zeitung transkribierte. Der Text im *Transcript* basierte (wahrscheinlich indirekt) auf Twains eigenem Manuskript. Der *Boston Globe* berichtete am 19. Dezember: »Während des Atlantic-Dinners am Montagabend schrieb ein Journalist eine Nachricht an Mr. Samuel L. Clemens und bat ihn um das Manuskript seiner Rede. Als Antwort schrieb ›Mark‹: ›Ja, wenn Sie den Beifall

an den richtigen Stellen einfügen, besonders dann, wenn es keinen gibt‹« (»Table Gossip«, 4). Mehrere Zeitschriften druckten den Text am nächsten Morgen ab, und jede davon könnte die Quelle für die Version in der Abendausgabe des *Transcript* gewesen sein (vgl. Textual Commentary auf *MTPO*).

108 *Herr Vorsitzender* – Henry O. Houghton (1823–1895), Verleger des *Atlantic Monthly* und »Hauptgastgeber« des Abendessens, hielt die Begrüßungsrede. Er stellte William Dean Howells, Herausgeber des Magazins und Twains guten Freund, als den Mann vor, der »durch den Abend leiten« werde (vgl. »Ein Besuch mit W. D. Howells bei General Grant«, Anm. 483: *»Howells«*). Howells hielt eine Rede und führte alle weiteren Redner ein (»The Atlantic Dinner«, *Boston Evening Transcript*, 18. Dez. 1877, 1, 3).

werde ich an etwas erinnert ... dessen Gischtspritzer nach Kalifornien zu wehen begannen – Nachdem sich Twain während der vorangegangenen zwanzig Monate als Lokalreporter bei dem in Virginia City erscheinenden *Territorial Enterprise* einen Namen gemacht hatte, verließ er Nevada im Mai 1864 und ging nach San Francisco, wo er als Lokalreporter für den *San Francisco Morning Call* arbeitete und auch für den *Californian* schrieb, eine literarische Wochenzeitschrift. Anfang Dezember 1864 (»vor dreizehn Jahren« im Jahr 1877) nahm Twain den Vorschlag seines Freundes Steve Gillis an, San Francisco zu verlassen und bei dessen Bruder James Gillis und Dick Stoker in einem Häuschen in Jackass Hill in Tuolumne County zu wohnen. Steve war kurz zuvor wegen Schlägereien verhaftet worden, und Twain übernahm eine Bürgschaft in Höhe von $ 500 als Kaution; als Steve sich entschloss, nach Virginia City zurückzukehren, statt vor Gericht zu erscheinen, musste Twain für die gesamte Summe aufkommen. Abgesehen von einigen Artikeln für den *Californian* hatte Twain keine Arbeit und war selbst in finanziellen Schwierigkeiten, weil er seine wertvollen Aktien der Hale & Norcross Silver Mining Company entweder verloren oder verkauft hatte. Die Reise nach Jackass Hill und zum nahe gelegenen Angels Camp (in Calaveras County) bezeichnet Twain hier als »eine Inspektionsreise durch die südlichen Bergwerke Kaliforniens«. Aus dem Besuch wurde ein zwölfwöchiger Aufenthalt, für dessen Dauer er bei Gillis und Stoker wohnte, ihnen beim »Pocket Mining« (einer bestimmten Art der Goldsuche) half und Geschichten wie die vom Springfrosch und die vom Raben (»Blue-jay yarn«) hörte. Twain kehrte Ende Februar 1865 nach San Francisco zurück. Das Notizbuch, das er während seiner Reise mit sich führte, befindet sich in den Mark Twain Papers (*L1*: Anm. zu 28. Mai 1864 an Cutler, 302–03; 18. Okt. 1864 an OC, 317; Anm. zu 11. Nov. 1864 an OC, 320–21; *N&J1*, 63–82).

109 *Durch die tiefen Höhlen ... O meine Seele!* – Aus Holmes' »The Chambered Nautilus« (1858).

Gebt mir Achate für mein Mahl ... Aus allen Zonen und Höhenlagen – Aus Emersons »Mithridates« (1847).

Ehre sei dem Mudjekeewis! ... wie Pau-Puk-Keewis – Aus Longfellows »The Song of Hiawatha« (»Das Lied von Hiawatha«; 1855). Die Verse sind nicht zusammenhängend: der erste Vers ist die erste Zeile in Buch 2; der zweite ist die erste Zeile in Buch 16.

110 *Lasst ihn strömen ... auf andre Tage trinken* – Aus Holmes' »Mare Rubrum« (1858).

110 *Dies ist der Urwald der Urzeit* – Die erste Zeile aus Longfellows »Evangeline: A Tale of Acadie« (1847).

Einst standen die bedrängten Farmer hier ... der um den Erdball ging – Aus Emersons »Concord Hymn« (1837).

111 *Ich bin der Zweifler und der Zweifel ... passe und geb noch mal aus* – Adaptierter und umgestellter Vers aus Emersons »Brahma« (1857).

Ich hab genug von Globen, Assen ... das Spiel gespielt! – Adaptiert aus Emersons »Song of Nature« (1859), dessen erste Zeile eigentlich lautet: »Ich hab genug von Globen und Rassen.«

Danke, dank dir, werter Freund ... die du mir erteilt – Aus Longfellows »The Village Blacksmith« (1841).

rechten Bauern abwarf – Ein rechter Bauer ist der Bube der Trumpffarbe und die höchste Karte im Kartenspiel Euchre; sie ist nur einmal in jedem Kartenspiel vorhanden.

Gott steh ihnen bei ... Kiefern gegen Palmen peitschen! – Aus Holmes' »A Voice of the Loyal North« (1861).

Alles ruhig auf dem Potomac – Der Liedtext des berühmten Bürgerkriegsliedes »All Quiet Along the Potomac Tonight« war ein Gedicht von Ethel Lynn Beers (1827–1879) mit dem Titel »The Picket-Guard«, das zum ersten Mal 1861 in *Harper's Weekly* erschien. 1863 wurde dazu eine Melodie von John Hill Hewitt (1801–1890) komponiert.

112 *wie-kommt's-denn-nur* – Betrunken.

Barbara Frietchie ... Biglow Papers ... Thanatopsis – »Barbara Frietchie« (1863) war eigentlich von John Greenleaf Whittier. *The Biglow Papers* (1846–67) war von James Russell Lowell. *Thanatopsis* (1817, überarbeitet im Jahr 1821) war von William Cullen Bryant. Weder Lowell noch Bryant waren bei dem Abendessen anwesend.

Der ärmliche Bauer dort ... Was diese stolze Schul' hervorgebracht? – Aus Emersons »Monadnoc« (1847).

When Johnny Comes Marching Home – Dieses berühmte Bürgerkriegslied stammt von dem Kapellmeister und Komponisten Patrick Sarsfield Gilmore (1829–1892), der es 1863 unter dem Pseudonym »Louis Lambert« veröffentlichte (Library of Congress 2008).

Das Leben großer Männer ... Spuren auf dem Sand der Zeit – Aus Longfellows »Psalm of Life« (1838).

113 *Mr. und Mrs. A. P. Chamberlaine ... ich sei unglaublich, unvorstellbar respektlos gewesen* – Die Familie Clemens hatte Augustus P. Chamberlaine und seine Frau im Oktober 1878 in Venedig kennengelernt. Da die Chamberlaines mit Emerson bekannt waren, konnten sie Twain damals versichern, dass seine Whittier-Festrede bei den ehrwürdigen Dichtern keinen Anstoß erregt hatte (vgl. *N&J2*, 220–21). In der Presse waren einige negative Berichte über das Abendessen erschienen. Im *Boston Transcript* war beispielsweise zu lesen, dass die Rede »von schlechtem Geschmack zeugte und gänzlich fehl am Platz« gewesen sei (19. Dez. 1877, 4); die *Worcester Gazette* schrieb: »Marks Gefühl für Schicklichkeit muss sich erst noch entwickeln, und es ist nicht sein erstes Vergehen« (abgedruckt im *Boston Evening Traveller*, 26. Dez. 1877, 1). Viele andere Zeitungen aber berichteten positiv über Twains Rede. Im *Boston Advertiser* hieß

es: »Die Heiterkeit war groß, und auch diejenigen, über die gescherzt wurde, nämlich Longfellow, Emerson und Holmes, hatten ebenso viel Freude wie alle anderen« (»Whittier's Birthday«, 18. Dez. 1877, 1). Der *Boston Globe* berichtete, die Rede habe »gewaltige Lachsalven erzeugt«, und »Mr. Emerson schien zwar etwas verwirrt darüber, aber Mr. Longfellow schüttelte sich vor Lachen, und Mr. Whittier hat sie sehr gefallen« (»The Whittier Dinner«, 18. Dez. 1877, 8). Das *Boston Journal* schrieb, dass die Rede für »brüllendes Gelächter« sorgte (»Whittier's Birthday«, 18. Dez. 1877, o. S.), und der *Evening Traveller* stellte fest, dass Twain »charakteristische Parodien von Longfellow, Emerson und Holmes darbot und dabei ›den Tisch in lautes Gelächter versetzte‹, ganz seiner Gewohnheit entsprechend« (»A Bard's Birthday Banquet«, 18. Dez. 1877, 1). Trotzdem schrieb Twain am 27. Dezember 1877, von Schuldgefühlen geplagt und durch Howells ermutigt, Entschuldigungsbriefe an Holmes, Emerson und Longfellow. Am 29. Dezember antwortete Holmes: »Ich bedauere aufrichtig, dass Sie sich ernsthaft Sorgen über etwas machen, was mir wie eine Nichtigkeit erscheint. Es ist mir nicht einmal für einen Augenblick in den Sinn gekommen, Anstoß daran zu nehmen oder wegen der spielerischen Verwendung meines Namens verletzt zu sein« (CU-MARK). Am 31. Dezember antwortete Ellen Emerson für ihren Vater – nicht an Twain selbst adressiert, sondern an Olivia – und schrieb, dass die Familie zwar von Twains Rede »enttäuscht« gewesen sei, aber »niemand von uns hat auch nur einen Anflug von Verärgerung verspürt. Am Abend des Festessens, so sagt mein Vater, habe er Mr. Twains Rede nicht hören können, weil er so weit entfernt saß, und meine Mutter sagt, er sei sehr amüsiert gewesen, als sie ihm die Rede am nächsten Tag vorlas« (CU-MARK). Am 6. Januar 1878 schrieb Longfellow an Twain, das Ereignis sei »eine Sache von solch geringer Wichtigkeit. Die Zeitungen haben den Unfug angerichtet. Ein bisschen Humor am Abendtisch ist eine Sache; ein Bericht darüber in den Morgenzeitungen eine andere« (CU-MARK). Bis zum 5. Februar 1878 hatte sich Twain von seiner anfänglichen Beschämung ausreichend erholt, um Folgendes an seine Mentorin von der *Quaker City*, Mary Mason Fairbanks, zu schreiben:

Ich bin in manchen Dingen ziemlich ungeschickt, & mit großer Wahrscheinlichkeit zeugte die Atlantic-Rede von schlechtem Geschmack; aber das ist auch das Schlimmste, was darüber gesagt werden kann. Es tut mir aufrichtig leid, wenn ich in irgendeiner Weise die Gefühle dieser großen Dichter verletzt habe – dies ist nie meine Absicht gewesen. Aber niemand hat es geschafft, mich davon zu überzeugen, dass die Rede nicht gut war – für mich war sie sogar überdurchschnittlich gut. (*Letters 1876–1880*)

(Für eine ausführliche Diskussion über die Whittier-Festrede und deren Folgen, inklusive Ausschnitte aus Twains Entschuldigungsbriefen und den jeweiligen Antworten, vgl. Smith 1955; vgl. auch AD 23. Jan. 1906 für weitere Bemerkungen über die Rede.)

114 *Über den Abgrund der Zeit hinweg … mit großer Klarheit* – Bei dem Festessen waren insgesamt sechzig Mitwirkende und Mitarbeiter des *Atlantic* anwesend. Whittier, Emerson, Holmes, Longfellow, Houghton und Howells saßen am Kopfende des Tisches.

Twains guter Freund James R. Osgood saß neben ihm auf der einen Seite, und auf der anderen saß ihr gemeinsamer Freund Charles Fairchild, ein Papierfabrikant aus Boston. Charles Dudley Warner und James Hammond Trumbull saßen woanders (vgl. AD 12. Jan. 1906, Anm. 128: *»J. Hammond Trumbull, der gelehrteste Mann«*). Es waren noch andere flüchtigere Bekannte von Twain anwesend, darunter der Landwirt und Sanitärtechniker George E. Waring (1833–1898), der unitarische Pastor Thomas W. Higginson (1823–1911) und der Dichter und Buchautor John T. Trowbridge (1827–1916). Viele der Gäste, darunter auch Twain, waren ebenfalls bei dem Abendessen anwesend, das das *Atlantic* am 15. Dezember 1874 für seine Mitarbeiter veranstaltet hatte (vgl. Anm. zu 14. Dez. 1874 an Howells, *L6*, 317–20).

114 *Willie Winter ... liebte es, diese Gelegenheitsgedichte zu rezitieren* – William Winter (1836–1917) war von 1865 bis 1909 Theaterkritiker der *New York Tribune* und auch Autor von Biographien mehrerer Schauspieler. Er war bei dem Geburtstagsfestessen für Whittier nicht anwesend. Das Ereignis, an das sich Twain erinnert, war das Frühstück, das das *Atlantic Monthly* am 3. Dezember 1879 für Oliver Wendell Holmes gab. Twain beschrieb in einer Rede, die positiv aufgenommen wurde und mit der er seinen Auftritt von 1877 wiedergutmachen wollte, wie er ein »unbewusstes Plagiat« begangen hatte, weil die Widmung in seinem Buch *Die Arglosen im Ausland* der von Holmes in »Songs in Many Keys« sehr ähnlich war (vgl. »Notizen zu *Die Arglosen im Ausland*«, Anm. 43: *»der hübschen kleinen blau-goldenen Ausgabe«*). Winter folgte auf der Rednerliste und las seine dreizehn Verse lange Hommage »Hearts and Holmes« vor (»The Holmes Breakfast«, *Boston Advertiser*, 4. Dez. 1879, 1), die folgendermaßen endete:

True bard, true soul, true man, true friend!
  Ah, lightly on that reverend head
Ye snows of wintry age descend,
  Ye shades of mortal night be shed!
Peace guide and guard him to the end,
  And God defend!

(Wahrer Barde, wahre Seele, wahrer Mensch, wahrer Freund!/Ach, leicht schneit auf das ehrwürdige Haupt/reife Bejahrtheit,/deine Schatten der sterblichen Nacht mögen fallen!/Friede führe und begleite ihn bis zum Ende,/und Gott schütze ihn!)

116 *Howells ... bekam jedoch nur ein Röcheln heraus* – Howells saß am Kopfende des Tischs und somit nicht in der Nähe von Twain. Dennoch ist es wahrscheinlich, dass vor allem Howells' Reaktion auf Twains Rede ihn glauben ließ, sie sei allgemein als »Katastrophe« empfunden worden, obwohl die Zeitungsberichte diesen Eindruck nicht bestätigen.
Benvenuto Cellinis Salamander ... Cellinis Autobiographie – Vgl. »Meine Autobiographie [Willkürliche Auszüge daraus]«, Anm. 15: *»Benvenuto Cellini und dem Salamander«*.

116–17 *Bishop ... annehmbaren Roman ... den das Atlantic Monthly veröffentlicht hatte* – William Henry Bishop (1847–1928) war der Autor von *Detmold: A Romance*, der von

Dezember 1877 bis Juni 1878 als Fortsetzungsroman im *Atlantic Monthly* erschien und 1879 als Buch herauskam (Bishop 1877–78; Bishop 1879).

117 *schließlich sackte er … zusammen* – Bishops Rede folgte nicht unmittelbar auf Twains. Laut den Zeitungsberichten kamen einige Redner dazwischen, darunter der Dichter Richard H. Stoddard und Charles Dudley Warner. Bishop sprach als »letzter Redner der regulären Liste« weit nach Mitternacht und nachdem Whittier, Emerson, Holmes und Longfellow bereits gegangen waren (»Whittier's Birthday«, *Boston Advertiser*, 18. Dez. 1877, 1; *Boston Evening Transcript*, »The Atlantic Dinner«, 18. Dez. 1877, 3). Über Bishops Rede scheint nichts weiter bekannt zu sein als eine Bemerkung im *Boston Journal*, dass er einer der Redner gewesen sei, die »kurz und knapp« sprachen (»Whittier's Birthday«, 18. Dez. 1877, o. S.), und die Feststellung des *Boston Evening Traveller*, Bishop habe »die Liste der regulären Redner sehr elegant beendet« (»A Bard's Birthday Banquet«, 18. Dez. 1877, 1).

das Programm … an dieser Stelle endete – Das Programm endete nicht früher als geplant, wie Twain hier andeutet. Den meisten Zeitungsberichten zufolge gab es nach dem zufriedenstellenden Vortrag, den Bishop als letzter »regulärer« Redner hielt, nur einen weiteren, bevor die Festlichkeiten am 18. Dezember gegen ein Uhr morgens zu Ende gingen.

119 *das Massaker … die Episode um Anthony Burns* – Das Massaker von Boston ereignete sich am 5. März 1770, als britische Truppen auf eine randalierende Menschenmenge schossen und dabei fünf Kolonisten töteten. Anthony Burns (1834–1862) war ein Sklave, der 1854 aus Richmond in Virginia nach Boston geflohen war. Im gleichen Jahr wurde er verhaftet und nach dem Gesetz des Fugitive Slave Act von 1850 verurteilt, was zu den größten Massenprotesten seit der Revolution führte. Nach seiner erzwungenen Rückkehr nach Virginia kauften ihn seine Anhänger aus Boston frei und finanzierten ihm ein Studium am Oberlin College; er wurde später baptistischer Pfarrer.

den Bergen von New Hampshire – Twain verbrachte den Sommer 1906 auf der Upton Farm in der Nähe von Dublin, New Hampshire, und diktierte dort seine Autobiographie (vgl. Abb. 29–32 und das Frontispiz [Bd. 1]).

vor … den Twentieth Century Club … treten – Der Twentieth Century Club (ab 1934 »Twentieth Century Association for the Promotion of a Finer Public Spirit and a Better Social Order«) wurde im Januar 1894 in Boston gegründet. Mitglieder konnten

Männer und Frauen über 21 werden, die ihren Einsatz »in den Bereichen Naturwissenschaft, Kunst, Religion, Politik, Erziehung oder Wohlfahrt gezeigt haben, und alle, die im Geschäfts- oder Privatleben oder als Staatsbürger einen anerkennenswerten Beitrag für das Leben in der Gemeinde, dem Land oder der Nation leisten konnten. […]« Die Aktivitäten des Clubs konzentrierten sich vor allem auf formelle samstägliche Mittagessen. Zu Beginn stand der Club nur Männern offen, ab 1895 waren Frauen zugelassen. […] Redner mussten sich auf reges Fragenstellen gefasst machen. […] Zu den Rednern gehörten Zeitungsredakteure, Reformisten, Missionare, Sozialisten, Pädagogen, Autoren, Gewerkschaftsführer, Wirtschaftler und andere. (Massachusetts Historical Society 2008)

Twain hatte am 4. November 1905 eine Rede vor dem Club gehalten und auf satirische Weise über Frieden, Missionare und Staatskunst gesprochen (SCL 1905f). Es ist nicht bekannt, ob er die Whittier-Festrede vor dem Club noch einmal zum Besten gab. Für weitere Bemerkungen über die Rede vgl. AD 23. Jan. 1906.

12. Januar 1906

119 *12. Januar 1906* – Die erste Seite dieses Diktats ist als Faksimile abgebildet (Abb. 15 [Bd. 2, S. 68]).

Colonel Harvey – George Brinton McClellan Harvey (1864–1928) arbeitete als Redakteur für den in Springfield, Mass., erscheinenden *Republican* und für die *Chicago News*, bevor er mit Ende zwanzig Redaktionsleiter der von Pulitzer in New York verlegten *World* wurde. Viel Geld verdiente er durch den Bau von elektrischen Eisenbahnen. 1899 kaufte er die angesehene *North American Review* auf und wurde deren Herausgeber. Im folgenden Jahr wurde er Direktor des wirtschaftlich schwachen Verlagshauses Harper & Brothers und 1901 Herausgeber von *Harper's Weekly*. Harvey verhandelte mit Twain und Rogers den Vertrag von 1903, der Harper im Grunde die Exklusivrechte an allem, was Twain schrieb oder geschrieben hatte, zusicherte. In einem Interview, das am 3. März 1907 in der *Washington Post* veröffentlicht wurde, sagte Harvey, dass Twain dank dieses Vertrages, der ihm für »alles, was er schrieb, egal ob es gedruckt oder weggeworfen wurde«, eine Bezahlung garantierte, der bestbezahlte Schriftsteller der Vereinigten Staaten sei (»Mark Twain's Exclusive Publisher Tells What the Humorist Is Paid«, A12). Sein Titel »Colonel« hatte eher zivile als militärische Bedeutung und bezeichnete den Dienstgrad, den er von 1885 bis 1892 als Adjutant des New Jerseyer Gouverneursamtes innehatte (*HHR*, 513, Anm. 2).

120 *Der Präsident und die Gouverneure wollten … Thanksgiving Day haben* – George Washington setzte 1789 den ersten nationalen Thanksgiving Day fest, der in jenem Jahr am 26. November abgehalten wurde. In den folgenden Jahren wurde der Feiertag vom Präsidenten und Gouverneur bestimmt, fand jedoch nicht regelmäßig und nicht an einem einheitlichen Datum statt. Abraham Lincoln ließ 1863 verlautbaren, dass ein nationaler Thanksgiving Day fortan jeweils am letzten Donnerstag im November gefeiert werden sollte, der 1905 auf den fünften Donnerstag und somit auf Twains Geburtstag fiel. Franklin D. Roosevelt änderte 1939 das Datum auf den dritten Donnerstag im November, und der Kongress verabschiedete 1941 ein Gesetz, mit dem der Thanksgiving Day endgültig auf den vierten Donnerstag im November festgelegt wurde.

mehreren grausamen und unentschuldbaren Kriegen – Neben der Russischen Revolution (vgl. AD 10. Jan. 1906, Anm. 100: *»eine niedergeschlagene Revolution in Russland«*) spielt Twain zweifelsohne auch auf den Russisch-Japanischen Krieg und möglicherweise auf die Aufstände im Jemen, auf Kreta, in Französisch-Kongo und in Deutsch-Ostafrika (Tansania) an, die sich alle 1904/05 ereigneten.

120 *König Leopolds von Belgien im Kongo* – Leopold II. (1835–1909) war seit 1865 König von Belgien. Zwischen 1878 und 1884 verschaffte er sich mit der Unterstützung des Forschers Henry M. Stanley Vertragsrechte für große Teile Zentralafrikas (heute die Demokratische Republik Kongo), die er zum Kongo-Freistaat machte und innerhalb des folgenden Jahrzehnts unter seine skrupellose Herrschaft brachte. Er nutzte das Land als privates Wirtschaftsimperium und bereicherte sich, indem er die einheimische Bevölkerung ausbeutete, brutal behandelte und sie zwang, in den Minen und Gummifabriken, deren Konzessionsinhaber er war, zu arbeiten. Twains beißende Satire, *König Leopolds Selbstgespräch*, die er 1905 schrieb, trug dazu bei, diese Grausamkeiten ans Tageslicht zu bringen (SLC 1905a). Im Jahr 1908 wurde Leopold gezwungen, seine Herrschaft über den Kongo-Freistaat an die belgische Regierung abzugeben.

Enthüllungen über die Versicherung in New York – Vgl. AD 10. Jan. 1906.

121 *verschob meine Geburtstagsfeier auf den 5. Dezember* – Das große Festessen anlässlich Twains Geburtstag wurde im Delmonico's in New York veranstaltet. Im Anschluss an diesen Abschnitt diktierte er die Anweisung: »(Hier die Schilderung des Geburtstagsbanketts einfügen)«. In den späteren maschinengeschriebenen Manuskripten war an dieser Stelle nichts eingefügt, die Anweisung wurde lediglich transkribiert. Die »Schilderung«, die Fotografien von Gästen wie auch die Texte der Reden und anderer Beiträge enthielt, umfasste zweiunddreißig Seiten als »Mark Twains Geburtstagsandenken« – *»Mark Twain's Birthday Souvenir Number«* des *Harper's Weekly* vom 23. Dezember 1905 (SLC 1905g). Im AD vom 16. Dezember 1908 wiederholte Twain: »Ich denke, ich werde hier (falls ich das nicht schon in einem früheren Kapitel dieser Autobiographie getan habe) den großartigen Bericht über das Festessen einfügen.« Ein Faksimile dieser Publikation ist auf *MTPO* zu finden.

In der Rede, die ich hielt, verheimlichte ich viele Tatsachen – Vgl. »Zusatzmaterialien«: »Mark Twains Dinnerrede zu seinem 70. Geburtstag«.

Als ich fünfzig Jahre alt war … bis ich Hartford im Sommer 1891 verließ – Der Hartford Monday Evening Club hielt seine erste Sitzung am 18. Januar 1869 ab. Horace Bushnell (1802–1876), zwischen 1833 und 1859 Pfarrer der Hartford's North Church of Christ (später Park Congregational Church) sowie Autor zahlreicher wichtiger theologischer Werke, war der Hauptinitiator für die Gründung des Clubs. Die Satzung, die im Februar 1869 beschlossen wurde, legte die Mitgliederzahl auf zwanzig fest. Entgegen Twains Erinnerung kamen die Essayisten nicht immer in alphabetischer Reihenfolge zu Wort. Twain wurde 1873 Mitglied und blieb es bis zu seinem Tod im Jahr 1910, obwohl er seit Juni 1891, als die Familie Hartford verließ, an keiner Sitzung mehr teilnahm. Pfarrer Francis Goodwin (1839–1923), ein berühmter Geistlicher der protestantischen Episkopalkirche, der für mehrere Kirchen in Hartford zuständig war, außerdem Architekt, wurde 1877 Mitglied. Das Thema des Abends in Goodwins Haus, an das sich Twain hier erinnert, lautete »Träume« und ist ein Hinweis darauf, dass die Sitzung am 21. Januar 1884 abgehalten wurde, als Twain achtundvierzig Jahre alt war. Die meisten der anwesenden Männer waren Gründungsmitglieder; fünf von ihnen traten erst später bei, wie weiter unten erwähnt wird. Genau wie Twain blieben alle bis zu ihrem Tod Mitglieder des Clubs (Howell Cheney 1954, passim; »Francis Goodwin« in »Hartford Residents« 1974).

122 *Die Ehefrauen der Mitglieder … es war ihnen nicht erlaubt, irgendein Licht auf die Diskussion zu werfen* – »Von Anfang an galt die Regel, dass die Ehefrau des Gastgebers zwei oder drei enge Vertraute einlud, die ihr Gesellschaft leisten sollten. […] In seltenen Fällen beteiligte sich die Gastgeberin an der Diskussion. […] Unter den Mitgliedern herrscht die Ansicht vor, dass die Zuhörerschaft des Clubs aus Männern bestehen sollte« (Howell Cheney 1954, 6).

J. Pierpont Morgans Zigarren … William E. Dodge … bei ihm zum Abendessen eingeladen – John Pierpont Morgan (1837–1913) war der bemerkenswerteste amerikanische Bankier, Finanzier und Kunstsammler seiner Tage. William E. Dodge (1832–1903) trat in die Fußspuren seines gleichnamigen Vaters (1805–1883), wurde ebenfalls Partner im Unternehmen Phelps Dodge, einem Großhandel für Kupfer und andere Metalle, und führte auch seine zahlreichen sozialen, religiösen und philanthropischen Aktivitäten fort.

123 *George, unser farbiger Butler* – George Griffin, vgl. AD 6. Febr. 1906.

Alten langen, dünnen Wheelings – »Wheeling long nines«. Wheeling in West Virginia war seit den 1820er Jahren das Zentrum der Herstellung von Zigarren, insbesondere von billigen. »Long nine« war mindestens bis 1830 ein gängiger Begriff für eine billige Zigarre (Ohio County Public Library 2008; Mathews 1951, 2:1000).

Als ich Ende der Fünfziger – Twain ging zum ersten Mal am 16. Februar 1857 in Cincinnati an Bord der *Paul Jones*, die von Horace Bixby gelotst wurde und sich auf dem Weg nach New Orleans befand. Twain kam nach St. Louis zurück und arbeitete ab dem 15. März inoffiziell als Bixbys Lehrling oder Steuermann auf der *Colonel Crossman*. Am 9. April 1859 erhielt er seine Lizenz und arbeitete bis Mitte Mai 1861 weiter als Lotse, bis der Bürgerkrieg den Handelsverkehr auf dem Fluss zum Erliegen brachte. Er erzählte von seiner Erfahrung auf dem Fluss in *Leben auf dem Mississippi*, besonders in den Kapiteln 4–21 (vgl. auch Anm. zu 5. Aug. 1856 an HC bis 26. Apr. 1861 an OC, *L1*, 69 bis 121; Branch 1992, 2–3).

Rev. Dr. Parker – Edwin Pond Parker (1836–1920), ein Geistlicher der Freikirche, war von 1860 bis zu seiner Emeritierung 1912 Pfarrer der Hartford's Second Church of Christ.

124 *Rev. Dr. Burton* – Nathaniel J. Burton (1824–1887) war Pfarrer der Hartford's Fourth Congregational Church (1857–1870) und der Park Congregational Church (1870–1887).

Rev. Mr. Twichell – Joseph H. Twichell, von 1865 bis 1912 Pfarrer der Hartford's Asylum Hill Congregational Church, war einer von Twains engsten Freunden (vgl. »Grant und die Chinesen«, Anm. 488: *»Rev. Mr. Twichell«*).

Sie können an der Haustür beginnen … auf eine von diesen Zigarren treten – Viele Einzelheiten dieser Geschichte über die »Long nine« finden Erwähnung in Twains »Conversations with Satan« (1897/98) (vgl. SLC 2009, 42–44).

125 *Colonel Greene … in Kürze Präsident zu werden* – Jacob L. Greene (1837–1905) war Oberstleutnant und wurde für seine Tapferkeit, seine Treue und seine Verdienste während des Bürgerkriegs ausgezeichnet und in den Ehrenrang befördert. Von 1871 bis

1878 war er Rechtsanwalt und stellvertretender Leiter der Versicherungsgesellschaft Connecticut Mutual Life Insurance Company, bis er 1878 deren Direktor wurde. 1883 trat er dem Monday Evening Club bei (Heitman 1903, 1:475).

126 *Der ältere Hamersley … sein Sohn Will Hamersley … Obersten Gerichtshof* – William James Hamersley (1808–1877) war Journalist, Verleger und der ehemalige Bürgermeister von Hartford (1853/54, 1862–1864). Zu William Hamersley vgl. »Die Maschinenepisode«, Anm. 537: *»William Hamersley«* (Trumbull 1886, 1:117–18, 385, 612, 620, 624; »Death of the Hon. William James Hamersley«, *Hartford Courant*, 16. Mai 1877, 2).

127 *Charles E. Perkins* – Perkins (1832–1917) war ungefähr zehn Jahre (bis 1882) Twains Rechtsanwalt in Hartford. Er wurde 1871 Mitglied des Clubs (12. Aug. 1869 an Bliss, *L3*, 294, Anm. 4; 8. Mai 1872 an Perkins, *L5*, 84, Anm. 1).

128 *in der Strafanstalt unten in Wethersfield* – Das Wethersfield State Prison in Connecticut wurde 1827 eröffnet und blieb bis 1963 in Betrieb (Connecticut State Library 2008b).

J. Hammond Trumbull, der gelehrteste Mann in den Vereinigten Staaten – James Hammond Trumbull (1821–1897), Historiker aus Hartford, lieferte die mehrsprachigen Kapitelüberschriften für *Das vergoldete Zeitalter.*

Gouverneur Henry C. Robinson – Robinson (1832–1900), Advokat und Unternehmensleiter, war zwischen 1872 und 1874 Bürgermeister von Hartford. Obwohl er zweimal (1876 und 1878) von der Republikanischen Partei für die Wahl zum Gouverneur von Connecticut aufgestellt wurde, hatte er dieses Amt nie inne (Burpee 1928, 3:41; Connecticut State Library 2008a).

A. C. Dunham … Kapitalist – Austin Cornelius Dunham (1833–1917), Wollhändler und Erfinder, seit 1882 Präsident der von ihm mitbegründeten Hartford Electric Light Company, trat 1870 dem Monday Evening Club bei (3. Okt. 1874 an Howells, *L6*, 248, Anm. 3; Connecticut Light and Power 2008).

13. Januar 1906

128 *Franklin … Militärakademie West Point … im Mexikanischen Krieg … Im Bürgerkrieg befehligte er eine der Armeen McClellans, als dieser Oberbefehlshaber war* – General William Buel Franklin (1823–1903) absolvierte 1843 die Militärakademie West Point und diente danach treu den Topographical Engineers der Armee und im Mexikanisch-Amerikanischen Krieg (1846–1848). Sein Dienst im Bürgerkrieg, teilweise unter General George B. McClellan, war jedoch ein einziges Auf und Ab. Trotz seiner Erfolge wurde er, offensichtlich ungerechtfertigterweise, für die Niederlage der Nordstaaten bei Fredericksburg (1862) verantwortlich gemacht und blieb seine restliche Militärkarriere über im Hintergrund. Nach seinem Austritt aus der Armee im Jahr 1866 wurde er Vizepräsident des Waffenherstellers Colt's Patent Fire-Arms Manufacturing in Hartford; diese Stelle besetzte er bis 1888. Dem Hartforder Monday Evening Club trat er 1871 bei (»Franklin Dead«, *Hartford Courant*, 9. März 1903, 13).

129 *Johnson lehrte am Trinity College … das geistreichste Mitglied des Clubs* – Charles Frederick Johnson (1836–1931), Literaturhistoriker, Kritiker und Dichter, war von 1865 bis 1870 Mathematikprofessor an der U. S. Naval Academy, danach von 1883 bis zu seinem Tod zunächst aktiver, später emeritierter Professor der Englischen Literatur am Trinity College in Hartford. 1886 wurde er Mitglied des Monday Evening Club (»Prof. Charles F. Johnson«, *New York Times*, 10. Jan. 1931, 11).

130 *das Fachsimpeln nicht seinlassen* – *»not able to sink the shop«*. Das Fachsimpeln *(»talking shop«)* nicht seinlassen können.

131 *1858 war ich Rudergänger … ich wollte nie, dass meine Mutter von diesem Traum erfährt* – Von der Zeit, als er und sein 19-jähriger Bruder Henry an Bord der *Pennsylvania* arbeiteten, erzählte Twain auch in *Leben auf dem Mississippi* (Kapitel 18–20). Er trat seinen zeitlich begrenzten Dienst unter Kapitän William Brown im November 1857 an. Am 13. Juni 1858 explodierten drei oder vier Heizkessel der *Pennsylvania*, das Schiff sank und riss zwischen fünfzig und hundertfünfzig Passagiere und Besatzungsmitglieder in den Tod, darunter auch Henry und Kapitän Brown (vgl. Anm. 133: *»den Streit mit Mr. Brown«*). In dieser Passage wird auch Kapitän John S. Klinefelter (1810–1885) erwähnt, außerdem Horace E. Bixby (1826–1912), der Twain zum Lotsen ausgebildet hatte (vgl. dazu Twains Berichterstattung unmittelbar nach dem Unglück und Henrys Tod, 15. Juni 1858 an Moffett bis 21. Juni 1858 an Moffett, *L1*, 80–86; vgl. auch Branch 1985). Zum Zeitpunkt des Diktats hatte Twain den prophetischen Traum über Henry weder in einem Buch noch an anderer Stelle beschrieben; er veröffentlichte diesen Bericht später, im April 1907, in der *North American Review* als Teil der Serie »Kapitel meiner Autobiographie« (NAR 16). Annie Moffett, Twains Nichte, schrieb in ihren Erinnerungen, die ihr Sohn 1946 veröffentlichte, dass Jane Clemens von diesem Traum wusste und

> oft davon erzählte. Er hatte mit ihnen darüber gesprochen, bevor er fortging, aber die Familie war nicht sonderlich beeindruckt; vielmehr fanden sie es lustig, dass er die Sache so ernst nahm.
>
> So wie die Familie die Geschichte zu erzählen pflegte, stimmte sie nicht ganz mit der Version von Onkel Sam überein. Sie meinten, sein Traum habe sich tagsüber ereignet. Die Familie einschließlich Henry sei im Zimmer meiner Mutter gewesen, und Sam habe nebenan geschlafen. Er trat ein und erzählte ihnen, was er geträumt hatte. Meine Großmutter sagte, er sei zurückgegangen und habe den gleichen Traum noch ein zweites und drittes Mal geträumt, aber ich denke, das war nur Ausschmückung ihrerseits. (*MTBus*, 37)

unserem Schwager Mr. Moffett – William A. Moffett, Kommissionär aus St. Louis, heiratete 1851 Twains ältere Schwester Pamela Ann (vgl. Anm. vor dem 24. Aug. 1853 an JLC, *L1*, 2; vgl. »Die Familie. Kurzbiographien«).

133 *den Streit mit Mr. Brown … dass ich in New Orleans an Land gehe* – In Kapitel 19 von *Leben auf dem Mississippi* erinnerte sich Twain an seinen Streit mit Brown. Um ihn davon abzuhalten, Henry mit einem zehn Pfund schweren Kohlebrocken anzugreifen, nahm er einen »schweren Hocker« und verpasste »Brown einen schönen, kräftigen

Hieb, der ihn umlegte«. Dieser Vorfall fand offenbar am 3. Juni 1858 statt. Kapitän Klinefelter zeigte sich Twain gegenüber zwar wohlwollend, doch konnte er für Brown keinen Ersatz finden, und da sich Brown weigerte, Twain weiterhin zu betreuen, musste dieser in New Orleans zurückgelassen werden (*L1*: Anm. zu 1. Juni 1857 an Taylor, 75; 18. Juni 1858 an MEC, 82, Anm. 2).

133 *Sturmdeck ... Ruderhaus* – Das Sturmdeck war üblicherweise das dritte Deck. »Der Name rührt von der stets vorhandenen sanften Brise her, die es an warmen Abenden zu einem beliebten Aussichtsplatz machte. Es war der Standort der großen Schiffssignalglocke.« Die Steuerhäuser befanden sich über den Schaufelrädern (»Glossary of Steamboat Terms« 2008; für Schaubilder eines typischen Mississippi-Schaufelraddampfers vgl. *HF 2003*, 405).

Habe ich bereits in Alte Zeiten auf dem Mississippi erzählt – In Kapitel 20 von *Leben auf dem Mississippi* schrieb Twain, dass Henry, der durch die Explosion vom Schiff in den Fluss geschleudert worden war, noch einmal zurück zum brennenden Schiff geschwommen sei, um anderen zu helfen, bevor er seinen eigenen Verletzungen erlag. Doch in einem Artikel von Ende Juni oder Anfang Juli 1858, in dem Twain genauestens die Folgen der Explosion für Henry beschrieb, erwähnte er diese heldenhafte Tat nicht mehr (abgebildet als Faksimile in Branch 1985, 36). Hier wie auch an anderer Stelle bezeichnet Twain *Leben auf dem Mississippi* als *Alte Zeiten auf dem Mississippi*, so die Artikelserie aus *Atlantic Monthly*, die in den Kapiteln 4–17 nachgedruckt wurde und das Herzstück des Buches bildet (SLC 1875a, vgl. 18. Juni 1858 an MEC, *L1*, 84, Anm. 7).

134 *Dr. Peyton ... Ich glaube, er starb gegen Morgengrauen* – In einem Brief von 1876 erinnerte sich Twain an Thomas F. Peyton: »Was für ein hervorragender Mann er doch war! Wie heilend war es allein schon, ihn anzusehen & seine Stimme zu hören!« (25. Okt. 1876 an Unbekannt, *Letters 1876–1880*). Henry starb am 21. Juni 1858; Twains Mutmaßung, die unmittelbare Todesursache sei eine versehentliche Überdosis Morphium gewesen, ist nicht bestätigt.

15. Januar 1906

137 *seiner Tochter, Mrs. Wood* – Julia Curtis Twichell (geb. 1869) war seit 1892 mit dem New Yorker Anwalt Howard Ogden Wood (1866–1940) verheiratet (»Twichell«, in »Hartford Residents« 1974; *New York Times*: »Wood-Twichell«, 27. Apr. 1892, 5; Howard Ogden Wood, a Philanthropist, 74«, 17. Juni 1940, 15).

Haus von James Goodwin ... eine riesige Villa aus Granit – James Goodwin (1803 bis 1878) war der Besitzer einer Postkutschenlinie, später Leiter der Hartford & New Haven Railroad und Gründer sowie Präsident der Connecticut Mutual Life Insurance Company, des größten Versicherungsunternehmens in Hartford und eines der größten überhaupt in den USA, 1875 mit einem Vermögenswert von über $ 40 Millionen. Das von seinem Sohn entworfene und erbaute Haus in der Woodland Street in Hartford war »eines der größten Privathäuser der Stadt und von ausgeprägter architektonischer Bedeutung« (vgl. 3. Juli 1874 an OLC, *L6*, 176–77, Anm. 4).

139 *Morris-Tapete* – Von dem englischen Schriftsteller und Künstler William Morris (1834 bis 1896) gestaltete Tapete, die von seiner Firma hergestellt wurde.

140 *MRS. MORRIS' ZUSTAND VERSCHLIMMERT SICH* – Twains Anspielung auf William Morris im vorhergehenden Abschnitt löste offensichtlich die Erinnerung an die ganz und gar nicht mit diesem verwandte Mrs. Minor Morris aus und regte ihn dazu an, den Artikel aus der *New York Times* vom 11. Januar 1906 der Maschinenabschrift seines Diktats hinzuzufügen. Er hatte die Erlebnisse von Mrs. Morris im Weißen Haus unter Präsident Theodore Roosevelt ausführlich in seinem Diktat vom 10. Januar behandelt. Der Artikel erwähnt den damaligen Kriegsminister William Howard Taft (1857–1930); den demokratischen Abgeordneten aus Texas John Morris Sheppard (1875–1941); Charles Henry Grosvenor (1833–1917), Veteran des Unionsheers und republikanischer Abgeordneter aus Ohio; den Vorsitzenden des Haushaltsausschusses Sereno Elisha Payne (1843–1914), der außerdem zu den einflussreichsten republikanischen Abgeordneten gehörte; und den republikanischen Abgeordneten aus Pennsylvania, einen Experten in parlamentarischen Verfahren, Marlin Edgar Olmsted (1847 bis 1913).

141 *philippinische Zollgesetz* – In dem vom Abgeordneten Sereno E. Payne unterstützten Gesetzentwurf wurde vorgeschlagen, die Einfuhr von philippinischem Zucker in die USA drei Jahre zu einem Viertel der damaligen Zölle zuzulassen und später einen freien Handel zwischen den Inseln und den Vereinigten Staaten zu etablieren. Obwohl der Entwurf von der heimischen Zuckerindustrie heftig abgelehnt wurde, ging er am 16. Januar 1906 mit großer Mehrheit im Repräsentantenhaus durch, allerdings nur um dann am 2. März vom Ausschuss im Senat abgelehnt zu werden. Die Bestrebungen 1906/07, den Entwurf zu erneuern, blieben erfolglos (*New York Times*: zahlreiche Artikel, 3. Jan. 1906–27. Dez. 1907).

144 *Quaker City ... Die Arglosen im Ausland* – Vgl. »Das Chicagoer G. A. R. Festival«, Anm. 478: *»Danach begegnete ich General Grant«*.

Ich gründete es ... mit William Swinton – William Swinton (1833–1892), Bruder des Journalisten und Gesellschaftsreformers John Swinton (1829–1901), war im Bürgerkrieg ein umstrittener Korrespondent der *New York Times*. Später war er als Englischprofessor an der University of California in Berkeley tätig (1869–1874) und verfasste sowohl Werke zur Militärgeschichte als auch Fachbücher zu Geographie, Grammatik und Literatur. Im Winter 1867/68 wohnte Twain eine Weile mit Swinton in Washington zusammen, während er für William Stewart, den Senator von Nevada, arbeitete und Briefe an die *New York Tribune* und den *Herald*, die *San Francisco Alta California*, den in Virginia City erscheinenden *Territorial Enterprise* und den Chicagoer *Republican* schrieb. Die Möglichkeit, dass sie zusammen an einem Interessenverband für Zeitungsberichte arbeiteten, war also gegeben, konnte bislang aber nicht belegt werden (4. Dez. 1867 an Young, *L2*, 125–26, Anm. 1).

sechs Briefe für die New York Tribune – Die sechs von Twain verfassten Quaker-City-Briefe an die *Tribune* waren: »The Mediterranean Excursion« (»Die Mittelmeerexkursion«), veröffentlicht am 30. Juli 1867; »The Mediterranean Excursion«, veröffentlicht am 6. September; »Americans on a Visit to the Emperor of Russia« (»Amerikaner beim Besuch des russischen Zaren«), veröffentlicht am 19. September; »A Yankee in the Orient« (»Ein Yankee im Orient«), veröffentlicht am 25. Oktober; »The American Colony in Palestine« (»Die amerikanische Kolonie in Palästina«), veröffentlicht am 2. November; »The Holy Land. First Day in Palestine« (»Das Heilige Land. Der erste Tag in Palästina«), veröffentlicht am 9. November. Der »ziemlich flotte« Brief für den *New York Herald* war »The Cruise of the Quaker City« (»Die Fahrt der Quaker City«), in dem er sich über die »Pilger« und ihr Gebaren lustig machte und der am Morgen des 20. November 1867 erschien, dem Tag, an dem die Exkursion endete, und zwar nur einige Stunden nachdem Twain den Brief geschrieben hatte (SLC 1867 l, 1867m, 1867n, 1867o, 1867p, 1867r, 1867s; *L2*: 20. Nov. 1867 an JLC und Familie [1.], 104; Anlage zu 20. Nov. 1867 an JLC und Familie, 399–406).

144 *Dann und wann erzielte ich fünfundzwanzig Dollar für einen Artikel* – Nur einer dieser im Winter 1868 erschienenen Artikel wurde gefunden: »Der farbige Leibdiener von General Washington. Eine biographische Skizze« (»General Washington's Negro Body-Servant. A Biographical Sketch«), der 1868 in der Februarausgabe der *Galaxy* erschien (SLC 1868b). Es ist nicht bekannt, wie viel die *Galaxy* dafür zahlte.

144–45 *Riley und ich … werde ein andermal von ihm reden* – John Henry Riley (1830?–1872) war in den frühen 1860er Jahren, als Twain ihn kennenlernte, Zeitungsreporter in San Francisco. Gegen Ende des Jahres 1865 zog er nach Washington, wo er ständiger Korrespondent der in San Francisco erscheinenden *Alta California* war, nebenbei für andere Zeitungen schrieb und als Sekretär für das House Committee of Mines & Mining arbeitete. 1870 ersann Twain einen Plan, um Riley eine Reise zu den erst kurz zuvor in Südafrika entdeckten Diamantenfeldern zu ermöglichen, wo dieser Stoff für ein Buch sammeln sollte, das Twain zu schreiben gedachte. Mit Twains Unterstützung unternahm Riley die Reise und gab seine Aufzeichnungen an diesen weiter. Twain jedoch zögerte die Arbeit an dem Buch hinaus und verwarf das Vorhaben endgültig, nachdem Riley im September 1872 an Krebs gestorben war (weitere Details vgl. *L4*, besonders 2. Dez. 1870 an Bliss und 2. Dez. 1870 an Riley, 256–66, und *L5*). Twain beschrieb Riley in »Riley – Newspaper Correspondent« in der Novemberausgabe der *Galaxy* 1870 und gestaltete nach ihm den »am Bettelstabe Humpelnden«, genannt Blucher, in *Durch dick und dünn* (vgl. MT 1960, 363, Kapitel 59; SLC 1870e; *RI 1993*, 702). In den Autobiographischen Diktaten allerdings erwähnte er ihn nicht mehr.

145 *»Über den großen Rindfleisch-Kontrakt«* – Bei dem hier genannten Artikel handelte es sich um »The Facts in the Case of George Fisher, Deceased« (»Tatsachen im Fall George Fisher, verstorben«), der 1871 in der Januarausgabe der *Galaxy* erschien. Twain verwechselte ihn mit »The Facts in the Case of the Great Beef Contract« (»Tatsachen im Fall des großen Rindfleisch-Kontrakts«) über eine unbezahlte Lieferpflicht für die Armee 1861, einem Artikel, der im Mai 1870 in der *Galaxy* veröffentlicht wurde. Er nahm beide Textentwürfe in seine Sammlung *Mark Twain's Sketches, New and Old* von 1875 auf (SLC 1871b, 1870b, 1875c).

145 *A. R. Spofford … damals Kongressbibliothekar* – Ainsworth Rand Spofford (1825–1908), der ehemalige Mitherausgeber des *Cincinnati Commercial*, wurde 1861 erster Stellvertreter des *Librarian of Congress* und 1864 selbst zum *Librarian* ernannt. Er blieb bis 1897 in diesem Amt und wurde danach erneut erster Stellvertreter, was er bis zu seinem Lebensende blieb. Wahrscheinlich lernte Twain ihn im Winter 1867/68 in Washington kennen. Er stand mit Spofford mehr als einmal bezüglich urheberrechtlicher Fragen in Briefkontakt (vgl. *L4, L5* und *L6*).
Tooke über Preise – Thomas Tooke; vgl. Tooke 1838–57; der vollständige Originaltitel lautet: *A History of Prices, and of the State of the Circulation, from 1793 to 1837; Preceded by a Brief Sketch of the State of the Corn Trade in the Last Two Centuries (Die Entwicklung der Preise und des Geldumlaufs von 1793 bis 1837; mit einem Vorwort zur Lage des Getreidehandels in den letzten zwei Jahrhunderten).*

16. Januar 1906

146 *Wenn Sie jeden Morgen um elf* – Twain richtete sich hier an seine Stenographin Josephine Hobby.

147 *über John Malone … meine Bekanntschaft zu machen* – Zu Malone vgl. Anm. 153: *»John Malone«*. Volney Streamer (1850–1915), seit Dezember 1905 Bibliothekar des Players Club, war Schauspieler in Edwin Booths Theater; er war Literaturberater bei der berühmten New Yorker Buchhandelskette Brentano's und stellte mehrere Sammlungen mit literarischen Textauszügen zusammen. Dazu gehörte auch der Band *Voices of Doubt and Trust* (Streamer 1897), von dem Twain sowohl im Februar 1902 als auch im Dezember 1905 je ein Exemplar erhielt, beide Male als Geschenk. Das zweite könnte ihm sogar persönlich von Streamer überreicht worden sein. Twain besaß auch *In Friendship's Name* (Streamer 1904), möglicherweise ein weiteres Geschenk des Autors aus dem Jahr 1905 (vgl. Gribben 1980, 2:673–74; »Volney Streamer«, *New York Times*, 15. Apr. 1915, 13).
(Irgendwann möchte ich darüber reden) – Er hatte bereits darüber geredet; vgl. AD 10. Jan. 1906, insbesondere Anm. 97: *»nach dreijähriger Abwesenheit«*.

148 *David Munro … Herausgeber der North American Review* – Munro (1844–1910) wurde in Schottland geboren und besuchte die Edinburgh University. Nachdem er als junger Mann in die Vereinigten Staaten ausgewandert war, arbeitete er in der Literaturabteilung von Harper & Brothers. Im Jahr 1889 leitete er die *North American Review* und wurde sieben Jahre später auch Redakteur. Nachdem George Harvey 1899 das Magazin gekauft hatte, wurde Munro sein Mitherausgeber. Ferner war er Altphilologe und arbeitete an einer komparatistischen griechisch-englischen Ausgabe des Neuen Testaments und anderen Publikationen mit (»David A. Munro Dead«, *New York Times*, 10. März 1910, 9).
Robert Reid, der Künstler; Saint-Gaudens, der Bildhauer – Reid (1862–1929), ein amerikanischer Impressionist und Freskenmaler, wurde in Massachusetts geboren, be-

suchte die School of the Museum of Fine Arts in Boston und führte seine Studien in New York und Paris fort. Augustus Saint-Gaudens (1848–1907) wurde in Dublin geboren, wuchs aber in New York auf. Dort nahm er Kunstunterricht an der Cooper Union und studierte dann unter François Jouffroy an der École des Beaux-Arts in Paris, später auch in Rom. Bekannt war er vornehmlich für seine öffentlich ausgestellten Skulpturen berühmter Persönlichkeiten.

149 *John McCullough* – McCullough (1832–1885) wanderte im Alter von vierzehn Jahren aus Irland aus. Er ließ sich in Philadelphia nieder, wo er sich selbst Lesen und Schreiben beibrachte, Schauspiel studierte und mit vierundzwanzig Jahren erstmals auftrat. 1861 schloss er sich der Wandertruppe des Schauspielers und Bühnenautors Edwin Forrest (1806–1872) an. Er war eine Zeitlang sowohl Theaterleiter als auch Schauspieler in San Francisco, hatte später zahlreiche Auftritte überall in den Vereinigten Staaten und wurde schließlich zu einem der bedeutendsten und meistgefragten Schauspieler seiner Zeit.

150 *Präsident des New York City College* – John H. Finley (vgl. AD 10. Jan. 1906, Anm. 97: *»im Players Club mir zu Ehren ein Dinner«*).

151 *richtet er für den 6. Februar ein weiteres aus* – Über dieses Abendessen ist nichts bekannt.

152 *Bischof Greer* – David Hummell Greer (1844–1919), Geistlicher der Episkopalkirche und Pfarrer der St. Bartholomew's Church in New York (1888–1903), wurde 1904 Koadjutor von New York.
Dr. Hawkes – Forbes Robert Hawkes (1865–1940), ein bedeutender Chirurg, von 1901 bis 1905 Professor für klinische Chirurgie am Post-Graduate Hospital in New York.

153 *John Malone … schied … aus dem Leben* – Genau wie Twain war auch Malone Gründungsmitglied des Players Club. Am 16. Januar schrieb Isabel Lyon in ihr Tagebuch: »John Malone ist tot – M^r^. Clemens bat mich, Volney Streamer anzurufen, um ihm auszurichten, dass er, falls es an Sargträgern mangele, einspringen würde. – Gestern sprach M^r^. Clemens noch mit M^r^. Twichell über John Malone: & jetzt ist er tot« (Lyon 1906, 16). Twichell hatte aus der *New York Times* vom 16. Januar den Nachruf auf Malone ausgeschnitten. Als Twain den Text in dieses Diktat einfügte, korrigierte er die Aussage der *Times*, Mr. Malone sei achtundsiebzig gewesen. Ob seine Korrektur zutreffend war, ist unbekannt. Im Nachruf der *New York Tribune* stand, dass Malone »sechsundfünfzig Jahre alt war, doch viele hielten ihn für älter« (»Apoplexy Kills Actor«, 16. Jan. 1906, 7). Bei Malones Beerdigung am 18. Januar in der Church of St. Francis Xavier in der 16. Straße war Twain tatsächlich einer der Sargträger (»Funeral of Actor John Malone«, *New York Times*, 19. Jan. 1906, 11; Lanier 1938, 358).
The Back Number – Wörtlich: *Die alte Ausgabe*; um 1893 entwarf Twain ein Programm für *The Back Number*. Darin vermerkte er, dass ihm diese Idee gekommen sei, »als ich Zeitungskorrespondent in Washington war«, also im Winter 1867/68 (SLC 1893, 1; vgl. auch AD 17. Jan. 1906).

17. Januar 1906

153 *Seither habe ich mit beträchtlicher Regelmäßigkeit ... vor drei Jahren* – Den ersten Versuch, *The Back Number* in die Tat umzusetzen, unternahm Twain offensichtlich im November 1893, kurz nachdem er den Entwurf dafür fertiggestellt hatte (SLC 1893). Er bemühte sich vergebens um die Unterstützung von John Brisben Walker, dem Herausgeber der *Cosmopolitan*. Twain dachte, sein Neffe Samuel E. Moffett könnte das Magazin herausgeben. Über seine Bemühungen im Jahre 1903, einen Verleger zu finden, ist nichts bekannt (Notizbuch 33, TS S. 37, 38, 39a, CU-MARK).

154 *überquerten Twichell und ich ... zu der Zeit dort aufhielt* – Twain und Twichell besuchten Daniel Edgar Sickles (1823–1914) in seinem Haus Nummer 23 in der Fifth Avenue (Twain bewohnte das Haus Nummer 21 in der Fifth Avenue, Ecke 9. Straße) am Abend des 15. Januar 1906. Sickles war ein ehemaliger Anwalt, demokratischer Abgeordneter aus New York (1857–1861/1893–1895) und umstrittener Diplomat und General im Bürgerkrieg. Am 27. Februar 1859 erschoss er Francis Scott Keys Sohn auf der Pennsylvania Avenue in der Nähe des Weißen Hauses, weil der junge Key eine Affäre mit seiner Frau gehabt hatte. Die Geschworenen, die die weitverbreitete öffentliche Meinung teilten, er habe mit Fug und Recht so gehandelt, sprachen Sickles aufgrund vorübergehender Unzurechnungsfähigkeit frei. Es war der erste Fall dieser Art. Am Tag der Schießerei war Twain auf der *Aleck Scott* in St. Louis angekommen, auf der er gerade als auszubildender Lotse unter Bixby arbeitete (»Steamboat Calendar«, *L1*, 388; Twichell 1874 bis 1916, 2:117–18; *New York Times*: »Dreadful Tragedy«, 28. Febr. 1859, 1; »The Sickles Tragedy«, 27. Apr. 1859, 1; »The Acquittal of Mr. Sickles«, 28. Apr. 1859, 4; »Gen. Sickles Dies; His Wife at Bedside«, 4. Mai 1914, 1).

Twichell war während des Bürgerkriegs Kaplan in Sickles' Brigade – Das Regiment, in dem Twichell von 1861 bis 1864 als Kaplan diente, war Teil der Excelsior Brigade, die von Sickles kommandiert wurde und bei mehreren wichtigen Schlachten ins Gefecht zog (Twichell 2006, 1, 4).

verstorbene Bill Nye sagte ... Wagners Musik sei besser, als sie klingt – Edgar Wilson (Bill) Nye (1850–1896) war Journalist und später ein beliebter Humorist und Dozent. Es wird oft fälschlicherweise angenommen, Twain selbst sei der Urheber dieser Aussage.

155 *In der Schlacht von Gettysburg ... Twichell zitierte die Rede* – Der blutige Sieg der Nordstaaten in der Schlacht von Gettysburg nahm die ersten drei Julitage 1863 in Anspruch. Twichell beschrieb seiner Schwester Sarah Jane die Schlacht in einem Brief vom 5. Juli und gab einen Bericht über Sickles ab. Die Schilderung, die er Twain später auf einem ihrer gemeinsamen Spaziergänge durch die Wälder von Hartford lieferte, dürfte diesem sehr ähnlich gewesen sein:

Kurz vor Sonnenuntergang verbreitete sich die traurige Nachricht, dass General Sickles verwundet war. Er war der Mann des Tages gewesen und hatte nur aufgrund seines Mutes, seiner Klarheit und seiner Fähigkeiten eine drohende Niederlage abwenden können. Alle wussten, dass sein Verlust eine Katastrophe war. Ich suchte den Krankenwagen auf, in dem er sich befand, fuhr mit, half dabei, ihn herauszuheben, und verabreichte das Chloroform während der Amputation. Sein rechtes Bein war bis kurz unterhalb des Knies zerfetzt – so knapp darunter, dass es unmöglich war, das Knie zu retten. Sein Verhalten und seine Worte waren edelster Art. »Wenn ich sterbe«, sagte er, »lasst mich auf dem Schlachtfeld sterben«, »Gott segne unser edles Anliegen«, »Bei einem Krieg wie diesem zählt ein Einzelner nicht viel«, »Ich vertraue auf Gott« waren ein paar der Worte, die er sprach. An diesem Tag liebte ich ihn so sehr wie nie zuvor. Er wurde fortgebracht, aber wir wurden darüber in Kenntnis gesetzt, dass es ihm gutgehe. (Twichell 2006, 2, 249)

Joseph O'Hagan (1826–1878), ein Jesuit, war Twichells katholisches Pendant in Sickles' Excelsior Brigade. Nach dem Krieg blieben er und Twichell einander freundschaftlich verbunden (vgl. 1. Febr. 1875 an Stoddard, *L6*, 367, Anm. 6).

156 *General Fairchild aus Wisconsin … mit ihm und seiner Familie gut bekannt* – Lucius Fairchild (1831–1896) verlor am 1. Juli 1863 seinen linken Arm in der Schlacht von Gettysburg. Einige Monate danach wurde er aus dem Unionsheer mit dem Dienstgrad eines Brigadegenerals ausgemustert. Anschließend (1866–1872) leistete er drei Amtszeiten als Gouverneur von Wisconsin ab und trat dann in den diplomatischen Dienst ein. Von 1878 bis 1880 war er als Generalkonsul der USA in Paris tätig. Twain und seine Frau befreundeten sich mit dem Ehepaar Fairchild während ihres dortigen Aufenthalts zwischen Ende Februar und Anfang Juli 1879, als sie sich gerade auf der Europareise befanden, die die Grundlage zu *Bummel durch Europa* bildete (*N&J2*, 48, 287, 315–16).

General Noyes … hatte im Krieg ein Bein verloren – Edward Follansbee Noyes (1832 bis 1890) unterbrach 1861 seine juristische Karriere, um sich dem Unionsheer anzuschließen, und stieg bis zum Brigadegeneral auf. Aufgrund einer Verletzung, die er sich bei der Schlacht vom 4. Juli 1864 zuzog, musste sein linkes Bein amputiert werden. Nach dem Krieg arbeitete er als Richter, als Gouverneur von Ohio (1871–1873) und danach als Gesandter der Vereinigten Staaten in Frankreich (1878–1881).

18. Januar 1906

161 *Senator Tillman … eine freimütige und vertrauliche Kritik* – Der demokratische Senator Benjamin Ryan Tillman (1847–1918) kritisierte Theodore Roosevelt am 17. Januar 1906 vor der vollbesetzten Senatskammer in einer aufgebrachten Rede (»Tillman Fiercely Attacks Roosevelt«, *New York Times*, 18. Jan. 1906, 1).

Mrs. Morris' Hinauswurf aus dem Weißen Haus – Zu weiteren Details über den Hinauswurf von Mrs. Morris und Roosevelts diesbezüglicher Gleichgültigkeit vgl. AD 10. und 15. Jan. 1906. Einem Bericht über Tillmans Rede in der *New York Times* zufolge, den Twain vermutlich las, »weinten« die Frauen auf den Emporen des Senats, »als Tillman erzählte, wie Mrs. Morris behandelt worden war. Zuweilen vergoss Tillman selbst eine Träne und appellierte mit bebender Stimme an Ehre und Wahrheit. Kein Beifall war zu hören. Der Senat und die Zuschauer waren schlicht und ergreifend sprachlos, als der Senator mit einer wilden, wütenden Attacke nach der anderen aufwartete« (»Tillman Fiercely Attacks Roosevelt«, 18. Jan. 1906, 1).

aber da verfolgte ich schon einen Plan – Besagter »Plan« konnte nicht genauer bestimmt werden.

162 *brachte sein Cousin zweiten Grades einen Herausgeber um* – Benjamin Tillmans Neffe (nicht sein Großcousin) James H. Tillman (1869–1911), Vizegouverneur von South Carolina am Ende seiner Amtszeit, schoss am 15. Januar 1903 auf der Main Street in Columbia auf Narciso Gener Gonzales (geb. 1858), den Herausgeber der *Columbia State*. Gonzales starb vier Tage später. Er war ein erbitterter politischer Gegner von James Tillman und hatte sich 1902, als Tillman einen erfolglosen Wahlkampf um das Amt des Gouverneurs führte, die *State* zunutze gemacht, um ihn wiederholt und der Wahrheit gemäß als ausschweifenden Lügner und Säufer anzuprangern. Obgleich Benjamin Tillman zu diesem Zeitpunkt mit seinem Neffen auf keinem guten Fuße stand, in ihm vielmehr einen politischen Kontrahenten sah, hielt er in der Öffentlichkeit zu ihm. Am 15. Oktober 1903 sprachen die Geschworenen James Tillman frei, der den Angriff auf Gonzales zwar geplant hatte, in einer Falschaussage jedoch angab, er habe aus Notwehr gehandelt (*New York Times*: zahlreiche Artikel, 16. Jan.–30. Okt. 1903; Monk 2003).

Er erinnert den Senat … einem Berufsboxer im fernen Westen – Tillman vermerkte, dass Roosevelt ein »Beileidsschreiben an Fitzsimmons, den Berufsboxer«, geschickt hatte, das »ungefähr zur selben Zeit veröffentlicht wurde, als Mrs. Morris so brutal behandelt wurde« (»Tillman Fiercely Attacks Roosevelt«, *New York Times*, 18. Jan. 1906, 1). Der Brief an Robert Fitzsimmons erschien Ende Dezember 1905 in den Zeitungen, einige Tage vor dem Morris-Vorfall. Angeblich geschah es »lediglich im Zuge der Weihnachtsgrüße«, nicht eigens um Mitgefühl für Fitzsimmons' Niederlage bei der Weltmeisterschaft im Halbschwergewicht am 20. Dezember 1905 in San Francisco auszudrücken (*New York Times*: »O'Brien Wins Fight in Thirteenth Round«, 21. Dez. 1905, 7; »Roosevelt to Fitzsimmons«, 31. Dez. 1905, 5).

163 *Heute Morgen … John Malone … beerdigt* – Vgl. AD 16. Jan. 1906.

Begräbnis … der Kaiserin von Österreich – Am 10. September 1898, als Twain und seine Familie in Österreich lebten, verübte Luigi Luccheni, »ein geisteskranker italienischer Anarchist ohne nationalistische Motive«, in Genf ein Attentat auf die österreichische Kaiserin Elisabeth Amalie Eugenie (geb. 1837). Das Staatsbegräbnis am 17. September 1898 »bot den extravagantesten Beerdigungsprunk, der je in der Geschichte der europäischen Königshäuser gesehen wurde« (Dolmetsch 1992, 81). Twain schrieb darüber in »The Memorable Assassination«, erstmals 1917 veröffentlicht (SLC 1917, 167–81).

164 *in Virginia City … an der kalifornischen Grenze* – Vgl. AD 9. Jan. 1906, Anm. 435: *»ich ging nach Virginia City«*.

19. Januar 1906

165 *als Lokalredakteur bei Mr. Goodmans Virginia City Enterprise* – Vgl. AD 9. Jan. 1906.
Plunkett; zur Belegschaft gehörte R. M. Daggett – J. R. (Joe) Plunkett war gebürtiger New Yorker und zog 1852 nach Kalifornien und 1860 weiter ins Nevada-Territorium, um sich in Virginia City niederzulassen, wo er als Bergarbeiter und Kolumnist für den *Territorial Enterprise* arbeitete. Rollin M. Daggett (1831–1901), ebenfalls aus New York, war Journalist in San Francisco und gründete 1852 die Wochenzeitschrift *Golden Era*, 1860 das Tagesblatt *Evening Mirror*. Als er 1862 nach Virginia City zog, wurde er Teilhaber einer Maklergesellschaft für Minenaktien und schrieb in Teilzeit für den *Enterprise*. 1864 wurde er dort Mitglied der Redaktion und übernahm 1874 Goodmans Position als Chefredakteur. Später war er republikanischer Abgeordneter für Nevada (1879–1881) und Gesandter der Vereinigten Staaten auf Hawaii (1882–1885) (Marsh, Clemens und Bowman 1972, 467, Anm. 27; Wright 1893; 17. Sept. 1864 an Wright, *L1*, 310–11, Anm. 3).

165–66 *Goodman war der Einzige … Tom Fitch … stimmte ihn mit einer Kugel milde* – Thomas Fitch (1838–1923), geboren und aufgewachsen in New York, war zunächst Zeitungsredakteur in Milwaukee und danach Zeitungsredakteur, Anwalt und Abgeordneter in Kalifornien, bevor er 1863 nach Virginia City zog. In diesem Jahr wurde er Herausgeber der dortigen *Union*. Einzelheiten über seine Auseinandersetzung mit Goodman sind nicht bekannt. Am 1. August 1863 vereitelte die Polizei von Virginia den ersten Duellversuch der beiden. Twain berichtete am 2. August im *Enterprise* und am 2. und 6. August im *San Francisco Morning Call* über dieses Ereignis. Am 28. September 1863 gelang es den beiden Herausgebern, sich in Kalifornien zu duellieren und so die strafrechtliche Verfolgung nach dem Gesetz des Nevada-Territoriums zu umgehen (vgl. Anm. 172: *»einem brandneuen Gesetz zufolge«*). Fitch wurde am rechten Bein unterhalb des Knies verwundet, überlebte jedoch und konnte später seine berühmte Redegewandtheit als Bezirksstaatsanwalt von Washoe County in Nevada (1865–1866) und als republikanischer Abgeordneter für Nevada (1869–1871) unter Beweis stellen. Möglicherweise hat Twain den am 29. September 1863 im *Enterprise* erschienenen Bericht über das Duell verfasst (vgl. *ET&S1*, 262–66; *L1*: 26. Mai 1864 an OC, 300, Anm. 3; 11. Nov. 1864 an OC, 319, Anm. 4).

166 *Er war Major unter Walker … hatte den ganzen Feldzug in Mittelamerika … gekämpft* – Im Jahr 1855 leitete der Arzt, Anwalt und Journalist William Walker (1824–1860) eine kleine militärische Freiwilligen-Einheit auf einer Expedition zur Unterstützung einer revolutionären Fraktion in Nicaragua. 1856 wurde die von ihm eingeführte Regierung von den Vereinigten Staaten anerkannt, und Walker ernannte sich selbst zum Präsidenten. Schon 1857, nach nicht einmal einem Jahr Amtszeit, wurde er von einer Allianz der Mittelamerikanischen Länder besiegt und zur Ausreise aus Nicaragua gezwungen. Sein Versuch, noch im selben Jahr zurückzukehren, scheiterte, ebenso ein weiterer Versuch 1860, der mit seiner Hinrichtung in Honduras endete.
kannte die Familie Gillis … Steve, George und Jim – Stephen E. Gillis (1838–1918) gehörte zu den engsten Freunden, die Twain in Nevada hatte. Der gelernte Schriftsetzer war Werksmeister des *Territorial Enterprise*, als Twain 1862 bei der Zeitung anfing. Gillis

wohnte in Virginia City, wo er als Redakteur beim *Enterprise* und dann bis 1894 beim *Virginia City Chronicle* arbeitete. Danach zog er nach Jackass Hill in Kalifornien, wo er mit seinen Brüdern James (1830–1907) und William (1840–1929), Bergarbeitern und ebenfalls Freunden von Twain, zusammenwohnte. Twain war gerade zu Besuch bei James (Jim) und William (Billy) Gillis in Jackass Hill und in Angels Camp, als er im Februar 1865 zum ersten Mal eine Version der »Springfrosch-Geschichte« hörte, die er – und die ihn – berühmt machte (vgl. AD 11. Jan. 1906, Anm. 108: *»werde ich an etwas erinnert«*). Er wohnte Ende 1864 und noch einmal 1865 bei Steve und Billy Gillis und deren Vater Angus (1800–1870) in San Francisco. Der Bruder, der während des Wahlkampfs von William Walker ums Leben kam, war Philip H. Gillis (1834–1856). Dem Stammbaum zufolge, der 1924 von Billy Gillis erstellt worden war, gab es keinen Bruder namens George (*L1*: 21. Mai 1864 an Laird, 291–92, Anm. 3; 25. Sept. 1864 an JLC und PAM, 313–14, Anm. 3; 28. Sept. 1864 an OC und MEC, 316, Anm. 3; Anm. 11. Nov. 1864 an OC, 320–22; 26. Jan. 1870 an Gillis, *L4*, 35–39; *N&J1*, 63–90; William R. Gillis an H. A. Williams, 31. Mai 1924, Fotokopie in CU-MARK mit freundlicher Genehmigung von Peter A. Evans; mehr über Jim Gillis vgl. AD 26. Mai 1907).

167 *Bob Howland* – Twain lernte den aus dem Bundesstaat New York stammenden Robert Muir Howland (1838–1890) 1861 in Carson City im Nevada-Territorium kennen. Howland war Minenaufseher und besaß ein Bergwerk und eine Gießerei in Aurora, wo er auch Polizeidirektor war. 1864 wurde er Direktor des territorialen Gefängnisses von Carson City, 1883 Stellvertreter des U. S. Marshal Kaliforniens. In Kapitel 21 von *Durch dick und dünn* hat er einen flüchtigen, aber energischen Auftritt als Bob H——, der während eines Sturms »aus tiefem Schlaf« hochspringt, die Sammlung lebender Spinnen seines Zimmernachbarn umwirft und ausruft: »Raus, Jungs – die Taranteln sind los!« (MT 1960, 142). Twain und Howland blieben einander bis zu Howlands Tod freundschaftlich verbunden und schrieben sich regelmäßig (29. Okt. 1861 an Phillips, *L1*, 142, Anm. 2).

168 *Goodman fuhr für eine Woche nach San Francisco … dreihundertsten Geburtstag Shakespeares* – Am 18. März 1864 schrieb Twain seiner Schwester aus Virginia City, er müsse als Herausgeber des *Enterprise* einspringen, da »Joe Goodman auf die Sandwichinseln gefahren« sei (18. März 1864 an PAM, *L1*, 275). In Kapitel 55 von *Durch dick und dünn* beschrieb er seine Aufgabe als Goodmans Vertretung, erwähnte den Leitartikel über Shakespeare aber nicht explizit:

Mr. Goodman fuhr für eine Woche weg und überließ mir den Posten des Chefredakteurs. Das verdarb mich. Am ersten Tag schrieb ich meinen Leitartikel am Vormittag. Am zweiten Tag hatte ich kein Thema und verschob ihn auf den Nachmittag. Am dritten Tag verschob ich ihn bis zum Abend und schrieb dann einen gedrechselten Leitartikel aus der »Amerikanischen Enzyklopädie« ab, jener treuen Helferin jedes Redakteurs im ganzen Lande. Am vierten Tag trödelte ich herum bis Mitternacht und nahm dann abermals Zuflucht zur Enzyklopädie. Am fünften Tag zermarterte ich mir bis Mitternacht den Kopf und ließ dann die Druckerpresse warten, während ich ein paar bitterböse Anzüglichkeiten über sechs verschiedene Leute niederschrieb. Am sechsten Tag mühte ich mich unter Qualen bis tief in die Nacht hinein ab und schaffte – nichts. Die Zeitung ging ohne Leitartikel in Druck. Am siebenten Tag gab ich es von vornherein auf. Am achten kam Mr. Goodman zurück und fand sechs an ihn gerichtete Duellforderungen vor – meine Anzüglichkeiten hatten Frucht getragen. (MT 1960, 336–37)

Goodman kam am 8. April 1864 nach Virginia City zurück, lange vor Shakespeares Geburtstag. Es gibt keinen Hinweis darauf, dass dort wirklich Duellforderungen auf ihn warteten (18. März 1864 an PAM, *L1*, 280, Anm. 15).

169–70 *Mr. Laird, Eigentümer der Virginia Union ... akzeptierte* – Der Streit zwischen James L. Laird und Twain kam nicht im März/April 1864 auf, während Twain in Vertretung den *Territorial Enterprise* herausgab, sondern erst im Mai. Grund waren aufrührerische Meinungsbeiträge in der *Virginia City Union* und im *Enterprise*, letztere verfasst von Twain, über Spendensammlungen im Nevada-Territorium für die U. S. Sanitary Commission, die sich um kranke und verwundete Soldaten des Unionsheers kümmerte (zu Einzelheiten, auch zu Twains Aufforderung zum Duell mit Laird und dessen Antwort vgl. 20. Mai 1864 an MEC bis 28. Mai 1864 an Cutler, *L1*, 287–301).

172 *einem brandneuen Gesetz zufolge ... zwei Jahren in der Strafanstalt* – Dieses Gesetz war im Mai 1864 nicht mehr »brandneu«. Es handelte sich um Artikel 35 von »An Act concerning Crimes and Punishments«, der am 26. November 1861 verabschiedet worden war und eine Strafe von zwei bis zu zehn Jahren Gefängnis nicht nur für das Aussprechen, sondern auch für das Annehmen von Duellaufforderungen festsetzte (26. Mai 1864 an OC, *L1*, 300, Anm. 2).

Richter North – John W. North (1815–1890) war von 1862 bis 1864 beigeordneter Richter am Obersten Gerichtshof im Territorium (*L1*: 29., 30. und 31. Jan. 1862 an MEC, 145–46, Anm. 2; 13. Apr. 1862 an OC, 189, Anm. 12).

172–73 *ein gewisser Mr. Cutler ... brach unverzüglich nach Carson City auf* – William K. Cutler, dessen Frau Ellen Präsidentin des Carson City Commitee war, das Spenden für die U. S. Sanitary Commission gesammelt hatte, fühlte sich durch einige von Twains Äußerungen im *Territorial Enterprise* beleidigt und schrieb ihm einen Beschwerdebrief. Am 28. Mai 1864 antwortete Twain trotzig und schrieb Cutler, er könne ihn gern zu einem Duell auffordern. Es ist nicht bekannt, ob Cutler dem Folge leistete und, falls er es tat, inwiefern der vorliegende Bericht zutreffend ist. Bekannt jedoch ist, dass Twain am 29. Mai 1864 unerwartet das Nevada-Territorium verließ (vgl. *L1*: 23. Mai 1864 an Cutler, 296–97; 25. Mai 1864 an OC und MEC, 297–99; 26. Mai 1864 an OC, 299–301; 28. Mai 1864 an Cutler und die Anm. danach, 301–03).

173 *1878 ... einen umfassenden Bericht darüber schrieb ... korrekt und zuverlässig* – Am 21. November 1878 duellierten sich zwei französische Politiker, der Republikaner Léon Gambetta (1838–1882) und der Bonapartist Marie François Oscar Bardy de Fourtou (1836–1897), wobei zwar Schüsse fielen, jedoch niemand verletzt wurde. Im Jahr 1880 bespöttelte Twain dieses Zusammentreffen als »Das große französische Duell« (Kapitel 8) von *Bummel durch Europa* (MT 1963b, 53–55). Eine seiner »Ungenauigkeiten« war die Behauptung, seine »langjährige persönliche Freundschaft mit M. Gambetta«

habe dazu geführt, dass er »unter einem französischen Namen« als dessen Sekundant agierte, weshalb nach »allen Berichten der Sekundant M. Gambettas anscheinend ein Franzose war« (*New York Times*: »The Latest Foreign News«, 22. Nov. 1878, 1; »General Foreign News«, 23. Nov. 1878, 1; »Belligerents of the Day«, 7. Dez. 1878, 1; Child 1887, 521–24).

174 *M. Nigra, der italienische Botschafter … Abenteuer Signor Cavallottis* – Constantino Nigra (1828–1907) war von 1885 bis 1904 italienischer Botschafter in Wien, was nur eine von vielen diplomatischen Positionen war, die er innehatte. Felice Carlo Emmanuele Cavallotti (1842–1898), italienischer Politiker, Autor und Journalist, war für häufiges Duellieren bekannt (vgl. Anm. 179: *»vorgestern das tödliche Duell in Italien«* und Anm. 180: *»Als Cavallotti sich auf ihn stürzte«*).

das unvollendete Kapitel – Das 16-seitige Manuskript seines »unvollendeten Kapitels« war zwischen die Seiten des maschinengeschriebenen Manuskripts eingefügt. Es trug den Titel »Über das Duellieren« und war am 8. März 1898 in Wien geschrieben worden. Paine veröffentlichte es 1923 in *Europe and Elsewhere* (SLC 1898a).

175 *Graf Badeni … nicht nur der Staat, auch die Kirche verbietet das Duellieren* – Am 25. September 1897 duellierten sich Kasimir Felix Badeni (1846–1909), der aus Galizien stammende österreichische Ministerpräsident, und Karl Hermann Wolf (1862 bis 1941), ein deutscher Reichstagsabgeordneter, der Badeni als »polnisches Schwein« beschimpft hatte. Dieser erlitt einen Streifschuss am rechten Handgelenk. Obgleich Duelle illegal und von der Kirche als Todsünde verpönt waren, wurde keiner der beiden Männer angeklagt oder exkommuniziert (*New York Times*: »Premier Badeni Wounded«, 26. Sept. 1897, 5; »The Badeni-Wolff [sic!] Duel«, 27. Sept. 1897, 5; »Count Badeni Not to Be Punished«, 28. Sept. 1897, 7; Dolmetsch 1992, 67).

179 *Colonels Henry und Picquart … damit war das Duell beendet* – Die beiden Colonels der französischen Armee, Georges Picquart (1854–1914) und Hubert-Joseph Henry (1846 bis 1898), gehörten zu den Hauptakteuren der Dreyfusaffäre, einer langandauernden Kontroverse, die 1894 mit der manipulierten Verurteilung von Captain Alfred Dreyfus (1859–1935) begann. Der Jude wurde Opfer antisemitischer Schikanen von Armee und Presse, weil man ihn beschuldigte, Geheiminformationen an Deutschland weitergegeben zu haben. Picquart fand heraus, dass Dreyfus für diesen Verrat nicht verantwortlich war, und trat trotz offizieller Anweisung, dies geheim zu halten, für dessen Verteidigung ein. Bei Émile Zolas Gerichtsprozess im Februar 1898 sagte Picquart für diesen, Henry gegen diesen aus. Zola stand wegen Verleumdung durch Schriftstücke, in denen er sich für Dreyfus ausgesprochen hatte, vor Gericht. Henry nannte Picquart in seiner Zeugenaussage einen Lügner, was in ein Duell am 5. März 1898 mündete. Nachträglich gestand Henry, er habe viele der Beweismittel gegen Dreyfus gefälscht, und beging am 31. August 1898 Selbstmord. Picquart, dessen Verteidigung von Dreyfus zu seiner Entlassung aus der Armee geführt hatte, wurde 1906 wieder aufgenommen, nachdem auch Dreyfus entlastet worden war. Arthur Ranc (1831–1908) war französischer Politiker und Schriftsteller sowie Verfasser von geschichtlichen und politischen Werken (»Col. Picquart Wins a Duel«, *New York Times*, 6. März 1898, 7).

179 *vorgestern das tödliche Duell in Italien* – Twain spielt auf das Duell am 6. März 1898 in Rom an, bei dem Felice Cavallotti von einem politischen wie journalistischen Gegner getötet wurde. Es ist unklar, ob es sich um dessen 32. oder 33. Duell handelte (»Roman Duel Ends Fatally«, *New York Times*, 7. März 1898, 1).

Ich störte ihn nicht – Twains »Über das Duellieren«-Manuskript hört hier auf. In der ersten maschinengeschriebenen Version des Diktats gab es keinen zusätzlichen Text. Kleine Nadellöcher im letzten Blatt deuten jedoch darauf hin, dass hier ursprünglich ein Zeitungsausschnitt beigefügt worden war. In dem zweiten überarbeiteten Schreibmaschinenmanuskript ist nach diesem Absatz die folgende Anweisung zu finden: »Hier den deutschen Artikel über Caval[l]ottis Duelle einfügen – und übersetzen.« Als Twain dieses zweite Schreibmaschinenmanuskript später noch einmal las, strich er die Anweisung aus und schrieb den in diesem Band folgenden und vom 13. Mai 1907 datierten Absatz darunter. Möglicherweise stellt dieser seine eigene Paraphrasierung des unbekannten »deutschen Artikels« dar.

180 *Als Cavallotti sich auf ihn stürzte … trat auf der Stelle ein* – Der *New York Times* zufolge, »griff« Cavallotti »seinen Gegner« zu Beginn des Duells »heftig an«:

> Die ersten beiden Hiebe blieben ohne Folgen, beim dritten jedoch erhielt Signor Cavallotti einen Stoß in die Kehle, der seine Halsader durchtrennte. Zuerst wurde angenommen, er sei nur schwach verletzt, der Ernst der Wunde wurde aber erkannt, als er die Hand zum Mund führte. Er zog sie blutüberströmt zurück und konnte danach kein Wort mehr von sich geben. […] Signor Cavallotti starb binnen zehn Minuten, ohne etwas sagen zu können. (»Roman Duel Ends Fatally«, 7. März 1898, 1)

23. Januar 1906

180 *Booker Washingtons Tuskegee Educational Institute* – Washington (1856–1915), in Virginia in die Sklaverei hineingeboren, brachte sich das Lesen selbst bei. Er besuchte das Hampton Institute und wurde dort Lehrer, 1881 Leiter des Tuskegee Normal & Industrial Institute in Alabama. Er war ein angesehener Verfechter für Bildung und Aufstieg der Afroamerikaner. Er befürwortete die »separate but equal«-Politik (»getrennt, aber gleich«) für öffentliche Einrichtungen und sicherte dem Institute und dessen höheren Zielen die Unterstützung von Schwarzen wie Weißen, während er sich heimlich auf militanterem Wege für die Erlangung der vollen Bürgerrechte von Afroamerikanern einsetzte.

181 *Vorsitz führte Mr. Choate … Londoner Haus* – Der angesehene Anwalt und geistreiche Diplomat Joseph H. Choate (1832–1917) war von 1899 bis 1905 amerikanischer Botschafter in Großbritannien. Twain kannte ihn spätestens seit 1876 und hatte sich schon bei mehreren Anlässen die Rednertribüne mit ihm geteilt. Twain lernte Washington am Unabhängigkeitstag 1899 bei Choates Empfang mit über 1500 Gästen kennen. Am Vortag hatte Choate einleitende Worte zu Washingtons Vortrag über die »Stellung und Aussichten der Farbigen in Amerika« in der Essex Hall in London beigesteuert (»The

Coloured Race in America«, Londoner *Times*, 4. Juli 1899, 13; *New York Times*: »Forefathers' Day« 23. Dez. 1876, 1; »Independence Day Abroad«, 5. Juli 1899, 7).

182 *CHOATE UND TWAIN SETZEN SICH FÜR TUSKEGEE EIN* – Twain diktierte die Anweisung: »Hier einen Zeitungsbericht von dem Treffen in der Carnegie Hall (am 22. Jan.) einfügen. Der zukünftige Herausgeber dieser Biographie kann daraus verwenden, was er möchte, oder es ganz weglassen.« Hobby schrieb den kompletten Artikel ab, der auch hier abgedruckt ist. Im AD vom 3. April 1906 schrieb er erneut auf das Schreibmaschinenmanuskript: »[Hier Carnegie-Hall-Rede einfügen.]«

Robert C. Ogden – Ogden (1836–1913), Geschäftsmann und Philanthrop, war Treuhänder sowohl des Tuskegee Institute als auch des Hampton Institute.

im vergangenen November … Bezirksstaatsanwalt Jerome und seine faszinierenden Begleiter die Carnegie Hall füllten – William Travers Jerome (1859–1934), Staatsanwalt in New York County, war ein Gegner der korrupten »Bosse« der Tammany Hall. Am 18. Oktober und 1. November 1905 hielt er Kundgebungen in der Carnegie Hall; bei Letztgenannter wurde er von dem »anwesenden Teufelsredner« Joseph H. Choate vorgestellt (*New York Times*: »Jerome Forces Expect a Big Crowd To-Night«, 18. Okt. 1905, 5; »Whip the Bosses, Choate's Bugle Call«, 2. Nov. 1905, 1).

wohlhabende Männer … die ihren Steuerveranlagungen mit Eid widersprechen – Gemäß den zeitgenössischen Steuergesetzen von New York City »kann eine Person, deren Eigentum besteuert werden soll, dem Bescheid ›widersprechen‹, indem sie einen Eid ablegt, dass sie weniger besitzt« (Hoxie 1910, 59).

183 *William Jay Schieffelin* – Schieffelin (1866–1955), bekannter Unternehmer und Gesellschaftsreformer, war Treuhänder des Tuskegee Institute (»W. J. Schieffelin of Drug Firm Dies«, *New York Times*, 1. Mai 1955, 88).

Kriegsminister Taft, Präsident Eliot aus Harvard, Bischof Galloway und Andrew Carnegie – William Howard Taft, seit 1904 Kriegsminister und später Präsident (1909 bis 1913); Charles William Eliot (1834–1926), Präsident der Harvard University (1869 bis 1909), die Washington 1896 die Ehrendoktorwürde verlieh; Charles B. Galloway (1849–1909), Bischof der Methodist Episcopal Church South, Mississippi; Andrew Carnegie (1835–1919), in Schottland geborener Industrieller und Philanthrop (»Bishop Galloway Dead«, *New York Times*, 13. Mai 1909, 7).

184 *In einem Buch von Mr. Murphy … Analphabeten unter den Negern … die Hälfte gesunken* – Edgar Gardner Murphy (1869–1913), episkopalischer Geistlicher und passionierter Astronom, war von 1903 bis 1908 Geschäftsführer des Ausschusses. Choate bezog sich auf das Buch *Problems of the Present South (Probleme im heutigen Süden)*, in dem Murphy behauptet, dass der »Analphabetismus unter den männlichen wahlberechtigten Negern in den Südstaaten von 88 Prozent im Jahr 1870 auf 52 Prozent im Jahr 1900 reduziert wurde« (Murphy 1904, 165; Bailey 2009).

189 *Dr. Parkhurst* – 1892 hielt der presbyterianische Geistliche Charles Henry Parkhurst (1842–1933) aus New York eine Predigt, in der er die Tammany-Regierung der Mitschuld an Kriminalität und Lasterhaftigkeit bezichtigte. Ein Geschworenengericht befand, dass seine Vorwürfe ohne ausreichende Belege geäußert worden waren. Park-

hurst jedoch stellte sich der empirischen Herausforderung, die Unterwelt New Yorks persönlich und mit Hilfe von Detektiven zu untersuchen und genügend Belege zusammenzutragen, um die Lexow Investigation voranzutreiben und damit Tammanys Niederlage herbeizuführen (1894).

190 *Historiker John Fiske* – Der Historiker John Fiske (1842–1901) veröffentlichte viele Werke über die Evolutionstheorie und war ein bekannter Redner bei universitären Ringvorlesungen. Er lebte in Cambridge, Massachusetts. Twain kannte ihn über Howells (*MTHL*, 1:36–37, 181, Anm. 5).

seine Frau – Fiske heiratete 1864 Abby M. Brooks (1840–1925), mit der er sechs Kinder hatte (»Obituary Notes«, *New York Times*, 13. Jan. 1925, 19).

Henry Clay Trumbull – Der Bruder von James Hammond Trumbull war Gemeindepfarrer und Schriftsteller (1830–1903).

191 *Thomas Dixon jr.* – Dixon (1864–1946), gebürtig aus North Carolina, ansässig in New York City, war Schauspieler, Anwalt, Politiker und baptistischer Pfarrer, bevor er ein weitbekannter und kontroverser Schriftsteller wurde. Sein neuester Roman zum Zeitpunkt seiner finanziellen Zuwendung für Tuskegee war *The Clansman* (1905), in dem der Ku-Klux-Klan den Süden von der »Herrschaft der Neger« (»negro rule«) befreit. Letztlich diente dieses Buch als Grundlage für den Film *Die Geburt einer Nation* von D. W. Griffith (1915).

193 *Langdons … der Familie, in die ich eingeheiratet habe* – Vgl. AD 1. Febr. 1906, Anm. 213: *»im Hause ihres Vaters in Elmira«*.

194 *ob mir noch immer der Sinn danach stand, diese Rede übermorgen vor dem Club in Washington zu halten* – Twain hielt beim Treffen des Gridiron Club am 27. Januar 1906 eine Rede. Traditionellerweise werden bis heute der Präsident und weitere Amtsträger jährlich zu einem satirischen *»roast«* (einer Verspottung von Personen des öffentlichen Lebens) eingeladen. 1906 war der Panamakanal die Zielscheibe des Spottes. Präsident Roosevelt, Kriegsminister Taft und Colonel Harvey waren unter den geladenen Gästen. Offenbar erwog Twain, seine Whittier-Festrede für diesen Anlass noch einmal hervorzuholen. Zuvor hatte er erwogen, sie im Twentieth Century Club in Boston zu halten (»A Night in Panama«, *Washington Post*, 28. Jan. 1906, 1, 6).

25. Mai – [Fußnote] Twain schrieb später auf seine Kopie des Sitzplans vom Festessen für Whittier: »*Notiz 1907.* Das ist das Essen zu Mr. Whittiers 70. Geburtstag – dieser fatalen Katastrophe! ~~Vgl. den Bericht davon in meiner Autobiographie. SLC~~« (CU-MARK). In Anbetracht seines Lobs auf die Rede im vorliegenden Diktat und im Diktat vom 11. Januar 1906 ist wahrscheinlich, dass »fatale Katastrophe« eine ironische Übertreibung war.

195 *Reverend Charles Stowe … Sohn Harriet Beecher Stowes* – Charles Edward Stowe (1850–1934), freikirchlicher Pfarrer, war das jüngste von sieben Kindern und wohnte mit seiner Mutter, Harriet Beecher Stowe (1811–1896), Autorin von *Onkel Toms Hütte* (1852) sowie anderen Werken, und mit seinem Vater, Calvin Ellis Stowe (1802–1886), einem emeritierten Theologieprofessor, in Nook Farm, Hartford (10. und 11. Jan. 1872 an OLC, *L5*, 20, Anm. 4; »Rites Set for Rev. C. E. Stowe, Son of Author«, *Los Angeles Times*, 26. Juli 1934, 6; »Nook Farm Genealogy«, 1974, 5, 28–29).

195 *In Rev. Dr. Burtons Band Remains … las ich Ihre Grabrede* – Vgl. AD 12. Jan. 1906. Mit »Burtons Band *Remains*« ist die postume Sammlung seiner Vorträge gemeint, der sowohl die Trauerrede von Twichell als auch die von Parker als Vorwort dienten (Burton 1888, 27).

197 *Der Charakter des Menschen* – Twain diktierte folgende Anleitung: »Hier das alte Ms. einfügen.« Diesen Essay schrieb er 1884 oder 1885 und überarbeitete das Manuskript im Januar 1906, bevor Hobby es abschrieb. Der Essay wurde erstmalig in Paines Ausgabe der Autobiographie veröffentlicht (*MTA*, 2:7–13; vgl. auch *WIM*, 60–64, 586).

* * * * – Hier und weiter unten auf S. 198 und 199 strich Twain Absätze aus seinem Manuskript und versah die Stellen mit Asterisken, um die Auslassungen zu markieren. Die gestrichenen Absätze sind im Textual Commentary auf *MTPO* einzusehen.

199–200 *einen einzigen unabhängigen Mann … einen nächsten solchen Mann heranzuzüchten* – Twain fügte in seinem Manuskript oberhalb von »einen nächsten solchen Mann« mit Bleistift »H. L. Goodwin« ein und strich diesen Zusatz danach mit Tinte wieder durch. Henry Leavitt Goodwin (1821–1899), langjähriger Einwohner von East Hartford, Mitglied der Generalversammlung von Connecticut in den frühen 1870er Jahren, war stets in öffentliche Angelegenheiten eingebunden. Im Laufe der Jahre »begehrte er gegen Unregelmäßigkeiten im Hartforder Verkehrssystem und gegen die Eisenbahngesellschaften von New York, New Haven und Hartford auf« (*WIM*, 537; »Henry L. Goodwin Dead«, *Hartford Courant*, 17. März 1899, 1). Wann genau dieser »eine einzige unabhängige Mann« sich für seinen Sitzplatz einsetzte, konnte nicht ermittelt werden.

200 *Bei der Anstalt* – In Hartford.

Mrs. Grundy – Eine erfundene Person, die sprichwörtlich dafür steht, der Gesellschaft gefallen zu wollen und gesellschaftliche Ablehnung als Bedrohung zu empfinden. Ursprünglich stammt sie aus dem Stück *Speed the Plough* (1798) von Thomas Morton.

Blaine – [Fußnote] James G. Blaine (1830–1893), 1884 der Präsidentschaftskandidat der Republikaner, wurde von vielen, sogar Mitgliedern der eigenen Partei, der Bestechung während seiner Amtszeit als Abgeordneter beschuldigt. Twain schloss sich dem Lager der Republikaner an (den »Mugwumps« – den »Unabhängigen«), das sich von Blaine distanzierte und aus Protest für Grover Cleveland oder einen anderen Kandidaten zu stimmen gedachte. Ihre Beschwerden gegen Blaine sind in dem öffentlichen Brief »To the Republican Voters of Connecticut« (»An die republikanischen Wähler von Connecticut«) dargelegt, der von mehreren hundert Republikanern aus Connecticut unterschrieben wurde, darunter Twain und Twichell (»Connecticut Independents«, *New York Times*, 13. Okt. 1884, 1; *N&J3*, 77–78, Anm. 39; vgl. AD 24. Jan. 1906).

201 *Geistlicher aus Hartford … ein Verwandter von mir* – Vermutlich bezieht sich Twain auf Matthew Brown Riddle (1836–1916), der von 1871 bis 1887 Professor am Theologischen Seminar in Hartford war. Er war regional bekannt, weil er zu den Amerikanern gehörte, die an der Neufassung des Neuen Testaments (1881) maßgeblich beteiligt waren. Außerdem war er wahrscheinlich mit James G. Blaine verwandt (*WIM*, 537; »Dr. M. B. Riddle Dead, Aged 80«, *Hartford Courant*, 2. Sept. 1916, 18).

201 *Hammond Trumbull* – [Fußnote] Vgl. AD 12. Jan. 1906, Anm. 128: *»J. Hammond Trumbull, der gelehrteste Mann«.*

El Cid und Mutherz und Sir Galahad und den »Ritter ohne Furcht und Tadel« – Beispiele der personifizierten Tugend aus unterschiedlichen Legenden der Literatur und Geschichte: El Cid, Rodrigo Díaz de Vivar (ca. 1030–1099), spanischer Nationalheld des mittelalterlichen Romans; Mutherz (Great-heart) aus dem zweiten Teil von Bunyans *Pilgerreise zur seligen Ewigkeit* (*The Pilgrim's Progress*; 1678); Sir Galahad, Ritter aus der Artussage, dessen Reinheit ihn dazu befähigt, den Heiligen Gral zu finden; Ritter ohne Furcht und Tadel (Bayard the Spotless), der französische Ritter Pierre du Terrail (1475 bis 1524).

202 *Der Prediger, der seine Stimme … läuft Gefahr zu verhungern* – Twain führt diesen Kommentar im AD 24. Jan. und 1. Febr. 1906 weiter aus.

Mr. Beecher könnte ein Verbrechen … bis zum bitteren Ende beistehen – Im Jahre 1872 wurde Henry Ward Beecher, weltbekannter Prediger der Plymouth Church in Brooklyn, beschuldigt, Ehebruch mit Elizabeth Tilton, einem Gemeindemitglied, begangen zu haben. Im August 1874 wurde er von einem Kirchenrat offiziell entlastet und das Urteil von den Gemeindemitgliedern gutgeheißen. Im gleichen Monat klagte Theodore Tilton Beecher wegen »Alienation of Affection« (der Entfremdung des Ehepartners durch einen Liebhaber) an. Der Prozess endete 1875 vor einem Geschworenengericht, das zu keinem Mehrheitsurteil gelangen konnte (29.? Juli 1874 an Twichell, Anm. 2, *L6*, 202–03; Applegate 2006, 440–42).

aber wer ist so armselig, sein Freund zu sein, wenn er beschuldigt wird … seinem Gewissen gefolgt zu sein? – 1884 verkündete Beecher, früher überzeugter Republikaner, er könne nicht für Blaine stimmen, und unterstützte Clevelands Wahlkampf trotz der Enthüllungen über dessen uneheliches Kind. Die Unterstützung, die Beecher Cleveland zuteilwerden ließ – und die Unterstellung, er fühle sich ihm von Ehebrecher zu Ehebrecher verbunden –, brachte ihm öffentlichen Spott und private Drohungen ein (*Chicago Tribune*: »Campaign Chronicles«, 30. Sept. 1884, 2; »Beecher's Support of Cleveland«, 20. Okt. 1884, 7; Beecher and Scoville 1888, 576–81; Applegate 2006, 462–64).

Nehmen Sie den Herausgeber – Offensichtlich spielt Twain auf Charles Dudley Warner an, Herausgeber und Teilhaber des *Hartford Courant* (vgl. AD 24. Jan. 1906 und Anm. 207: *»Charles Dudley Warner«*).

24. Januar 1906

203 *dieser alte Artikel* – Gemeint ist »Der Charakter des Menschen«, vgl. AD 23. Jan. 1906.

Der Vater des heutigen William R. Hearst … Großvater der Revolverblätter – George Hearst (1820–1891), Sohn einer Farmerfamilie in Franklin County, Missouri, zog während des Goldrauschs westwärts und hatte es in den 1860er Jahren zu mehreren Silber- und Kupferminen gebracht, aus denen er ein enormes Bergbauimperium schuf.

1886 nahm er den Platz des verstorbenen kalifornischen Senators John Miller ein, anschließend wurde er für eine ordentliche Amtszeit gewählt. 1880 erwarb er den *San Francisco Examiner,* vor allem um seine politischen Meinungen und Ziele zu verkünden; sein Sohn William Randolph Hearst (1863–1951) machte den *Examiner* zum Grundpfeiler eines Zeitungsimperiums, dessen Publikationen häufig als sensationsgierig und verantwortungslos kritisiert wurden. Zu Twains Meinung über »Revolverblätter« vgl. Budd 1981.

204 *Sam Dunham ... Edward M. Bunce* – Samuel G. Dunham (geb. 1849), Bruder von Austin Dunham, war zu der Zeit von Blaines Ernennung ein Hartforder Wollhändler und später der Vizepräsident der Hartford Electric Light Company und Direktor der Aetna Life Insurance Company (Dunham 1907, 38–39; Geer 1882, 65). Wie auch Ned Bunce spielte er regelmäßig im Hause Clemens Billard. Bunce (1841–1898), ebenfalls aus einer der führenden Hartforder Familien, arbeitete viele Jahre als Beamter in der Phoenix National Bank und als Direktor der Connecticut Mutual Life Insurance Company (*N&J2*, 382, Anm. 76, 426, Anm. 229; »Edward M. Bunce«, *Hartford Courant*, 22. Nov. 1898, 5). Er war ein enger Vertrauter der Familie Clemens. Nach dem frühen Tod des Freundes schrieb Twain: »Ned war den Kindern vertrauter & lieber als jeder andere, der kein Verwandter war« (2. Dez. 1898 an Bunce, CtHMTH).

George – George Griffin.

206 *General Hawley, Chefredakteur ... auf seinem Posten im Kongress* – Neben seiner Funktion als Redakteur und Teilhaber des *Hartford Courant* war Joseph Roswell Hawley (1826–1905) Anwalt, Verfechter der Sklavenbefreiung, Gründer der Republikanischen Partei von Connecticut, Bürgerkriegsveteran (als Hauptmann im Ehrenrang eines Generalmajors entlassen) und vorübergehend Gouverneur von Connecticut (1866). Als Blaine zur Wahl aufgestellt wurde, war er Senator der Vereinigten Staaten (13. und 14. Febr. 1869 an OLL, *L3*, 97, Anm. 5).

207 *Charles Hopkins Clarks Herausgeberschaft* – Clark (1848–1926) wurde 1900 Chefredakteur. Seit seinem Abschluss in Yale 1871 war er Mitglied der Redaktion (29. Apr. 1875 an Holland, *L6*, 471, Anm. 2).

Charles Dudley Warner ... Stimme am Wahltag in der Hosentasche – Twain war im Irrtum: Warner verweigerte sich nicht der Parteilinie des *Courant* und trat auch nicht als Herausgeber zurück. 1884 schalt Twain in einem Brief Warner und andere für das Verschweigen ihrer persönlichen Vorbehalte: »Selbst *ich* verabscheue Blaine nicht mehr, als sie es tun; dennoch heult Hawley Blaine hinterher, Warner & Clark kriechen ihm in der Zeitung täglich zu Kreuze« (31. Aug. 1884 an Howells, NN-BGC, in *MTHL*, 2:500–03; Kenneth R. Andrews 1950, 115).

Dem gelehrten amerikanischen Mitglied der Kommission – Wahrscheinlich Matthew Riddle (vgl. AD 23. Jan. 1906 und Anm. 201: *»Geistlicher aus Hartford«*).

James G. Batterson ... Travelers Insurance Company – Batterson (1823–1901) war zudem Präsident der New England Granite Works und passionierter Ägyptologe (»James G. Batterson«, *New York Times*, 19. Sept. 1901, 7).

208 *Zu jener Zeit war die Stimmabgabe öffentlich* – Erst ab 1890 gab es in den Vereinigten

Staaten geheime Wahlen. 1884 wurden Wähler in Connecticut beobachtet. Zwar war es erlaubt, den Stimmzettel zu falten, damit dieser nicht so leicht eingesehen werden konnte, doch aufgrund des sozialen und politischen Drucks wurde das äußerst selten praktiziert (Lynde Harrison 1890).

209 *Twichell hatte seinem Ansehen … großen Schaden zugefügt … sein Votum für Cleveland* – Twains ausführlicher Bericht über Twichells Stimmabgabe und deren Folgen ist verzerrt. Erstens stellt er es so dar, als habe Twichell für Cleveland gestimmt; tatsächlich konnte sich dieser nicht dazu entschließen, die Demokraten zu unterstützen, und gab seine Stimme für den Kandidaten der Prohibition Party ab. Darüber hinaus gibt es keine Belege, dass Twichell je gebeten wurde, sein Pfarramt niederzulegen, auch wenn seine Wahl »Unmut unter meinen Freunden und Gemeindemitgliedern« hervorrief, wie er selbst sagte (Kenneth R. Andrews 1950, 115–16; Strong 1966, 87–88; Courtney 2008, 216–20).

1. Februar 1906

210 *Mr. Hubbard … Geschäftsführer und Miteigentümer des* Courant – Stephen A. Hubbard (1827–1890) war seit 1867 Teilhaber und Verlagsleiter des *Hartford Courant* (McNulty 1964, 91; »Obituary«, *Hartford Courant*, 13. Jan. 1890, 1).

211 *Vor ein paar Wochen … den vierzigsten Jahrestag* – Am 13. Dezember 1905 wurde Twichells vierzigstes Jubiläum als Pastor der Asylum Hill Congregational Church gefeiert (»Rev. Mr. Twichell 40 Years Pastor«, *Hartford Courant*, 14. Dez. 1905, 12).

212 *sah ich sie zum ersten Mal im darauffolgenden Dezember in New York* – Olivias Bruder, Charles Langdon, war siebzehn, als seine Eltern ihn auf die Quaker-City-Exkursion schickten, eine sichere Alternative zu der traditionellen Grand Tour. Gegen Ende der Reise freundete er sich mit Twain an und zeigte ihm am 5. oder 6. September 1867, als das Schiff in der Bucht von Smyrna lag, die Miniatur von Olivia (vgl. Anm. nach 8. Juni 1867 an McComb, *L2*, 63–64). Twains Autobiographische Diktate lassen Zweifel über das Datum seines ersten Treffens mit Olivia. Das Diktat vom 13. Februar 1906 bekundet, sie seien einander am 27. Dezember 1867 vorgestellt worden und hätten sich fünf Tage später wiedergetroffen; das widerspricht einem belegten Treffen am 31. Dezember, als Twain zusammen mit den Langdons in die Steinway Hall ging, um Dickens zu hören (vgl. AD 12. Okt. 1907). Es ist möglich, dass dies und nicht der 27. der Tag war, an dem er Olivia kennenlernte (*L2*: 8. Jan. 1868 an JLC und PAM, 145–46, Anm. 3; »Itinerary of the *Quaker City* Excursion«, 394–95; »Mr. Dickens' Readings«, *New York Times*, 31. Dez. 1867, 4; für die Exkursion vgl. »Notizen zu *Die Arglosen im Ausland*«, Anm. 46: *»Captain Duncans Broschüre«*).

213 *In den neun Jahren … in Armut und mit Schulden* – Twain zahlte seine Schulden 1898 mit den Einnahmen aus der weltweiten Vortragsreise von 1895/96 und dem darauf basierenden Buch *Reise um die Welt* komplett zurück (vgl. »Etwas über Ärzte«, Anm. 679: *»Dreiundzwanzig Tage lang«*).

Wie ich bereits in einem früheren Kapitel – Vgl. AD 13. Jan. 1906.

213 *im Hause ihres Vaters in Elmira … mit der ganzen Familie Langdon* – Jervis Langdon (1809–1870), aus dem Bundesstaat New York, heiratete Olivia Lewis 1832 und ließ sich mit ihr 1845 in Elmira nieder. Nachdem er in der Holzindustrie sein erstes Geld verdient hatte, wurde er mit dem Einstieg ins Kohlegeschäft 1855 ein reicher Mann. Sein breit aufgestelltes Unternehmen umfasste Minen in Pennsylvania und Nova Scotia und einen riesigen Schienen- und Schifffahrtsverbund, der Kohle in den Westen New Yorks, nach Chicago und in den Äußersten Westen des Landes lieferte. Da er ein vehementer Sklavereigegner war, engagierte er sich als »Schaffner« bei der Underground Railroad, die Sklaven zur Flucht in den Norden verhalf, und zählte u. a. Frederick Douglass, dem er aus der Sklaverei zu entkommen geholfen hatte, zu seinen Freunden. Als Langdon 1870 an Magenkrebs starb, hinterließ er ein Vermächtnis in Höhe von einer Million Dollar. Olivia Langdon Clemens' Erbschaft spielte im Leben der Familie Clemens eine zentrale Rolle. Ihr Bruder Charles Jervis Langdon (1849–1916) trat in die Fußstapfen seines Vaters und übernahm die Leitung des Kohlegeschäfts. Er zeichnete zudem in erheblichem Umfang für die von seiner Schwester geerbten Geldanlagen verantwortlich. 1880 besetzte er im Stab von Gouverneur Alonzo B. Cornell die Position des Generalkommissars und arbeitete viele Jahre bei der Polizei von Elmira (24. und 25. Aug. 1868 an JLC und Familie, *L2*, 244, Anm. 3; »In Memoriam«, *Elmira Saturday Evening Review*, 13. Aug. 1870, 5; Towner 1892, 615).

als Mitherausgeber und Miteigentümer des Buffalo Express – Mit Jervis Langdons finanzieller Unterstützung erwarb Twain im August 1869 ein Drittel der Anteile am *Buffalo Express* und wurde gleichzeitig zum »Mitherausgeber« ernannt (*MTB*, 1:385–89; vgl. 14. Aug. 1869 an Bliss, *L3*, 296, Anm. 2).

214 *einen Freund* – John D. F. Slee, Leiter von Langdons Kohlebetrieb, war an der von Twain beschriebenen »Verschwörung« beteiligt. Im Dezember 1869 schrieb Slee an Twain, dass »in einer Pension zu wohnen *an sich* schon eine elende Angelegenheit« sei, er jedoch Zimmer in einer ehrbaren Unterkunft reserviert habe und um kurze Vorabinformation bitte, wann das Paar anzureisen gedenke, damit er sie »abholen und zu Ihrem ›Quartier‹ begleiten« könne (Slee an SLC, 27. Dez. 1869, CU-MARK; 27. Febr. 1869 an OLL, 24. und 25. Nov. 1869 an OLL, *L3*, 119, Anm. 4, 406, Anm. 1).

Delaware Avenue ein neues Haus … mit Köchin – Das neue Haus der Familie Clemens in Buffalo befand sich in der Delaware Avenue 472. Die Köchin und Haushälterin Ellen White war eine ehemalige Bedienstete der Langdons (6. Febr. 1870 an Bowen, *L4*, 54–55, Anm. 5).

endete die Komödie äußerst angenehm – Für weitere Schilderungen der Clemens-Hochzeit und der Überraschung in Buffalo vgl. Anm. nach 28. – 31. Januar 1870 an Twichell, *L4*, 42–49.

215 *Patricks Tochter Nancy* – Anne (Nancy) McAleer, geb. 1883, war ungefähr im selben Alter wie Jean (*Hartford Census* 1900, 8B; *Hartford Census* 1910, 7B).

Patrick McAleer, sechsunddreißig Jahre … Freund unserer Familie – McAleer (1844? bis 1906), gebürtiger Ire aus Tyrone County, wanderte im Alter von sechzehn Jahren nach Amerika aus. Er heiratete Mary Reagan aus Elmira, New York. Sie bekamen neun

Kinder, von denen eines offenbar im Kindesalter starb (»Coachman Many Years for Mark Twain«, *Hartford Courant*, 26. Febr. 1906, 6; *Hartford Census* 1910, 7B). McAleer zog mit den Clemens von Buffalo nach Hartford und arbeitete bis 1891 beinahe ohne Unterbrechung für die Familie. 1905 kehrte er in Dublin, New Hampshire, vorübergehend in den Haushalt zurück. In einem Brief vom 20. Mai 1905 an seine Tochter Clara beschreibt Twain, wie sehr er sich über das Wiedersehen gefreut hatte:

> Und Patrick! Er ist eine Erscheinung aus der Zeit, als Deine Mutter noch ein Mädchen & ich ein Junge war! Und welch eine Freude, ihn zu sehen, & wie gut seine Erscheinung sich doch in die Umgebung einfügt! Der gute alte Patrick – adrett, wohlgestalt, aufmerksam, kompetent in allen Dingen, jedem anderen immer einen Schritt voraus, nicht ein graues Haar oder ein anderes Zeichen des Alters an ihm, & seine Stimme hat noch denselben angenehmen Klang wie früher! Er hat zweiundzwanzig Jahre für uns gearbeitet & ist doch ein junger Mann geblieben. (MoHM)

216 *verloren sie eins – einen blühenden jungen Mann, Redaktionsassistent einer Hartforder Tageszeitung* – Einer von McAleers Söhnen, der Klempner Edward McAleer, starb im Januar 1905 im Alter von dreiunddreißig Jahren. Über einen Sohn, der bei der Zeitung arbeitete, ist nichts bekannt (»Killed by a Fall«, *Hartford Courant*, 30. Jan. 1905, 5).

2. Februar 1906

219 *Mr. und Mrs. Theodore Crane* – Susan Langdon Crane (1836–1924), geb. Dean, verwaiste im Alter von vier Jahren und wurde von der Familie Langdon adoptiert. Obwohl sie fast zehn Jahre älter war als ihre Adoptivschwester Olivia, standen sich die beiden zeitlebens sehr nah. Susan heiratete 1858 Theodore Crane (1831–1889), der später als Partner ins Kohlegeschäft der Familie Langdon einstieg. Die Cranes wohnten auf der Quarry Farm, einem Anwesen außerhalb von Elmira. Bei dem Onkel, der Susy im Endstadium ihrer Krankheit begleitete, handelte es sich nicht um den einige Jahre zuvor gestorbenen Crane, sondern um Charles Langdon (19. Aug. 1896 an OLC [1.], CU-MARK, aus *LLMT*, 321–22; Notizbuch 39, TS S. 55, CU-MARK).

220 *In einem ihrer Bücher habe ich einige Verse gefunden … dass die Verse von ihr selbst stammen* – Wie Twain später feststellte (vgl. AD 22. Jan. 1907), stammte dieses Gedicht nicht von Susy, sondern von dem kanadischen Dichter William Wilfred Campbell (1860? bis 1918). Unter dem Titel »Love« wurde es zum ersten Mal 1891 in der Oktoberausgabe des *Century Magazine* abgedruckt, wo Susy es vermutlich entdeckt hatte (Campbell 1891).

221–22 *Miss Foote (die Gouvernante) … Gott und einen Himmel gibt – oder etwas Besseres* – Ungefähr ab 1880 wurden Susy und Clara in Hartford von Lilly Gillette Foote (1860 bis 1932) unterrichtet, einer »frischgebackenen Absolventin des zur Cambridge University gehörenden Newnham College, [...] weltgewandt, weitgereist und fortschrittlich im Denken«, und außerdem »die Nichte von Harriet Foote Hawley, einer der fünf Frauen aus Hartford, die im Oktober 1880 die Connecticut Indian Association gründeten, eine Organisation, die sich für die Rechte der amerikanischen Ureinwohnerinnen einsetzte« (Salsbury 1965, 426; Driscoll 2005, 8). Twain war sich nicht zu schade, von seiner Tochter und deren Gouvernante zu lernen. 1884 versah er Richard Irving Dodges Buch *Our Wild Indians: Thirty-Three Years' Personal Experience among the Red Men of the Great West* (Dodge 1883) mit ausführlichen Erläuterungen. An einer Stelle schrieb er: »Der böse Gott der Indianer ist ein Ebenbild unseres Gottes; ihr guter Gott besser als ein jeder andere, den die Menschheit bisher erdacht hat.« Er schrieb auch: »Unser widersprüchlicher Gott ist dem Namen nach allmächtig, tatsächlich jedoch unfähig; der Große Geist ist zwar nicht allmächtig, jedoch nach Kräften bemüht, alles für seine Indianer zu tun, und zwar ohne Gegenleistung.« Und: »Unser Gott muss mit Gebeten besänftigt werden, und selbst dann können wir uns seiner nie sicher sein – wie viel erhabener und herrlicher ist der Gott der Indianer« (*HH&T*, 90; zitiert nach Driscoll 2005, 5).

222 *Den genauen Wortlaut dieses anrührenden Gebets* – Twain notierte den genauen Wortlaut 1881 tatsächlich in »A Record of the Small Foolishnesses of Susie & ›Bay‹ Clemens (Infants)« (»Eine Niederschrift der kleinen Albernheiten von Susie & ›Bay‹ Clemens [Kinder]«):

Susie (9 J. alt) hatte die Untiefen des Lebens ergründet & über das Ergebnis nachgedacht. Unterdessen hatte die Gouvernante ihr Unterricht über die Indianer Amerikas erteilt. Eines Tages sagte Mama, vom schlechten Gewissen geplagt:

»Susie, ich hatte so viel zu tun, dass ich schon lange nicht mehr abends bei dir im Zimmer war, um bei deinen Gebeten zuzuhören. Vielleicht kann ich ja heute Abend kommen. Was meinst du?«

Zögernd wartete Susie ab, bis sich der Gedanke in ihrem Kopf geformt hatte, dann sprach sie ihn aus:

»Mama, ich bete nicht mehr so viel wie früher – & ich bete nicht mehr auf dieselbe Art. Es kann sein, dass es dir nicht gefällt, wie ich jetzt bete.«

»Erzähl mir mehr, Susie.«

»Also, Mama, ich weiß nicht, ob ich es dir erklären kann; aber die Indianer, weißt du, die dachten, sie wüssten es: & sie hatten einen ganzen Haufen Götter. Wir wissen jetzt, dass sie sich getäuscht haben. Irgendwann stellt sich vielleicht heraus, dass auch *wir* uns täuschen. Deshalb bete ich jetzt dafür, *dass es einen Gott geben möge – & einen Himmel –* ODER ETWAS BESSERES.«

Auf diesen Gedankengang hätte sogar ein Sechzigjähriger stolz sein können. (SLC 1876–85, 89–90)

223 *Sie hatte ein Theaterstück ... verfasst, und ... in Hartford ... Freunde vorgespielt* – Susys Theaterstück mit dem Titel *Eine Liebes-Jagd (A Love-Chase)* wurde Thanksgiving 1889 abends im Salon des Hauses in Hartford uraufgeführt und danach noch weitere zwei Mal gespielt. Die Darsteller waren Susy, Clara, Jean und Margaret (Daisy)

Warner (1872–1931), Tochter von George und Lilly Warner (vgl. Abb. 13; 3. Dez. 1889 an Baxter, NN-BGC). In »Memorial to Susy« (»Gedenken an Susy«) lieferte Twain eine ausführlichere Fassung:

Als Susy fast siebzehn war, schrieb sie ein eigenes Theaterstück – eine reizende kleine Geschichte nach griechischem Vorbild mit Gesang, Musik & mehreren Tanzeinlagen. Es gab nur fünf Figuren: Musik, Kunst, Literatur, Eros & einen Schäferjungen. Susie gab Die Musik, Margaret Warner Die Literatur, Clara Die Kunst, Fanny Frees den Schäferjungen, & unsere Jean spielte – so gut sie es eben schon vermochte – Eros. Sie war noch sehr klein. Susy war eine richtige Erscheinung. Ich sehe es noch vor mir, wie sie den Vorhang beiseiteschob & vor uns stand, jung, frech, mit vor Aufregung glühenden Wangen & gekleidet in einen fließenden Mantel aus rosafarbenen Rosen. (SLC 1896–1906, 42–43)

223 *George* – George H. Warner (1833–1919) arbeitete für die American Emigrant Company, die Siedler aus dem Ausland unterstützte. Bei seiner Frau Lilly (1835–1915) handelte es sich um die frühere Elisabeth Gillette (vgl. Anm. nach 7. März 1872 an OC, *L5*, 56).

224 *Mrs. Cheney, Verfasserin der Biographie ihres Vaters* – Mary Bushnell Cheney veröffentlichte 1880 das Buch *Life and Letters of Horace Bushnell.*

In München – 1878/79 reiste die Familie Clemens – Samuel, Olivia, Susy und Clara zusammen mit der Hausfreundin Clara Spaulding und dem Kindermädchen Rosina Hay – durch Europa, wobei sie Station in Deutschland, der Schweiz, Italien, Frankreich, Belgien, Holland und England machte. Von November 1878 bis Februar 1879 wohnten sie in München. Die Europareise versorgte Twain mit Stoff für seinen Reisebericht *Bummel durch Europa* (*N&J2*, 3, 41–43, 48).

war sie »nie diejenige, die fraß, sondern immer die, die gefressen wurde« – Twain notierte Susys Bemerkung in seiner »Niederschrift der kleinen Albernheiten«, und zwar in Susys »genauem Wortlaut«: »Aber Mama, das Problem ist, dass ich nie der *Bär* bin, sondern immer der MENSCH« (SLC 1876–85, 31).

Als sie sechs war und ihre Schwester Clara vier – In »Kleine Albernheiten« datierte Twain diesen Vorfall auf den 7. Dezember 1880; damals war Susy acht und Clara sechs (SLC 1876–85, 86).

225 *Marjorie Fleming* – Marjorie (eigentlich Marjory) Fleming, geb. 1803 in Kirkcaldy (Fife, Schottland), starb mit acht Jahren an einer Hirnhautentzündung und hinterließ eine kleine, aber feine schriftstellerische Sammlung von Briefen, Tagebüchern und Gedichten. 1858 veröffentlichte H. B. Farnie eine Auswahl in *Pet Marjorie: A Story of Child Life Fifty Years Ago.* Dr. John Brown (1810–1882), Arzt und Literat aus Edinburgh, der hauptsächlich für seine Kurzgeschichte »Rab and His Friends« (1858) über einen Hund bekannt war, publizierte, inspiriert von Farnies Buch, einen ausgeklügelten Essay (1863), in dem er eine anrührende, aber nicht belegte Freundschaft zwischen Marjory und Sir Walter Scott schilderte. Der Aufsatz wurde mehrfach in Buchform nachgedruckt. Als sich Dr. Brown 1873 mit den Clemens anfreundete, schenkte er Olivia ein Exemplar.

Twain tat seine Begeisterung für diese mutige kleine Schriftstellerin nachträglich in dem Zeitschriftenartikel »Marjorie Fleming, the Wonder Child« (»Marjorie Fleming, das Wunderkind«) kund (SLC 1909d). Susy erinnerte Twain, abgesehen von ihrer Verbindung zu Dr. Brown, vielleicht auch aus anderen Gründen an Marjory: Beide Mädchen besaßen schon in jungen Jahren eine schriftstellerische Begabung, beide starben an Meningitis, und Twain war gerade dabei, Susys Jugendwerk zu veröffentlichen (Fleming 1935, xiii–xxii; Farnie 1858; OLC und SLC an Langdon, 2. und 6. Aug. 1873, *L5*, 428–29, Anm. 2; John Brown 1863a, 1863b; Gribben 1980, 1:87).

225 *1873 … trafen wir … in Edinburgh ein* – Im Mai 1873 traf die Familie Clemens mit Clara Spaulding, Twains Sekretär Samuel C. Thompson und Susys Kindermädchen Nellie in London ein; bis Oktober wollte man in England bleiben. Twain war äußerst gefragt, und seine gesellschaftlichen Verpflichtungen ließen der Familie wenig Zeit für Besichtigungstouren, Erholung oder das Sammeln von Material für ein Buch. Am 6. Juli schrieb Twain an Mary Mason Fairbanks: »Außer dem gesellschaftlichen Leben Englands bekommen wir hier wohl nichts mit; wir finden nicht einmal Gelegenheit, uns Londons Sehenswürdigkeiten anzusehen. [...] Nichts, was man zu einem Buch verarbeiten könnte.« Und bei Warner beschwerte er sich: »Wir gehen von einem Dinner zum nächsten. Wir machen nichts anderes.« Zur Abwechslung beschloss die Familie, »Schottland ›unsicher zu machen‹« und nach Edinburgh zu fahren (*L5*: 12. Mai 1873 an Redpath, 364; OLC und SLC an Langdon, 17. Mai 1873, 366–67; 6. Juli 1873 an Fairbanks, 402; 10.? Juli 1873 an Warner, 411).

226 *»Rab und seine Freunde«* – »Rab and His Friends« (1858) von John Brown.

5. Februar 1906

226 *sein Verleger Mr. Douglas … ihn und seine unverheiratete Schwester* – Dr. John Brown litt unter Depressionen. Am 28. Februar 1876 schrieb George Barclay an Twain, dass sich Browns Gesundheitszustand »unter dem Druck der Berufsausübung vehement verschlechtert« hätte, so »dass seine Freunde große Zweifel hegen, ob Dr. Brown seinem Beruf als Arzt je wieder ohne Probleme *geregelt* wird nachgehen können« (CU-MARK). Barclay und der Edinburgher Verleger David Douglas leiteten die Bemühungen der Freunde Browns, Gelder für ihn zu sammeln. Twain leistete seinen Beitrag, indem er eine öffentliche Lesung abhielt, deren Einnahmen Brown (heimlich) zuflossen. In einem Brief vom 5. Mai bestätigte Barclay gegenüber Twain den Erhalt von 40 Pfund und schrieb zudem, dass beinahe 7000 Pfund zusammengekommen seien und Brown seinen Rückzug aus dem Arbeitsleben bekanntgegeben habe. Im selben Jahr wurde Brown von der Krone eine Rente »für herausragende literarische Leistungen« zugesprochen (CU-MARK). Seit der Hochzeit seiner Tochter im Jahr 1866 hatte Browns Schwester Isabella Cranston Brown (1812–1888) ihm den Haushalt geführt (17. März 1876 an Redpath, Anm. 2, *Letters 1876–1880*; OLC und SLC an Langdon, 2. und 6. Aug. 1873, *L5*, 427, 429, Anm. 3).

227 *Wer ist da? … ein Hund, den ich nicht kenne* – Diese Anekdote stammt aus der Denkschrift *Dr. John Brown and His Sister Isabella: Outlines* von Elizabeth T. McLaren. Das Büchlein wurde 1889 von Browns Halbbruder Alex herausgegeben. Olivias Exemplar, unterschrieben und auf das Jahr 1890 datiert, ist Bestandteil der Mark Twain Papers (McLaren 1889, 14).

großen, großen braunen Augen – In der ersten Maschinenabschrift des Diktats sind Susys Augen »blau«; Twain änderte das offenbar in »braun«, so steht es in der zweiten Abschrift (seine Korrektur ist inzwischen nicht mehr lesbar). Er beklagte sich, dass er sich die Augenfarbe anderer Menschen so gut wie gar nicht merken könne, nicht einmal derjenigen, die ihm nahestanden. Bei einer Gelegenheit – seiner Erinnerung nach 1886 – stellte sich heraus, dass er von keiner seiner drei Töchter die Augenfarbe kannte (vgl. AD 8. Nov. 1906).

jene Anekdote, die ich Hunderte Male auf der Bühne – Twain erzählte die »Pfeif-Geschichte« in den Vorträgen, die er von 1871 bis 1874 hielt, und immer wieder auch zu anderen Gelegenheiten; im vierten Akt der Bühnenfassung des *Vergoldeten Zeitalters* legte er sie Colonel Sellers in den Mund. Normalerweise schrieb er sie Artemus Ward zu (SLC 1874a; vgl. Anm. nach 10. Nov. 1875 an Seaver, *L6*, 590–91).

230 *vom Verkauf Josephs durch seine Brüder* – Genesis 37.

230–31 *Als Susy sieben war … wünschte, ich hätte schiefe Zähne und eine Brille* – Die von Twain damals in »Kleine Albernheiten« niedergeschriebene Fassung der Anekdote enthüllt, dass es sich bei dem »Gast« in Wirklichkeit um Olivia handelte, und gibt Susys Ausruf folgendermaßen wieder: »Ich wünschte, *ich* hätte schiefe Zähne und eine Brille, so wie Mama!« (SLC 1876–85, 37).

231 *der Geist von Burns* – Vgl. Robert Burns' Gedicht »To a Louse, On Seeing One on a Lady's Bonnet at Church« (»An eine Laus, Beim Anblick einer solchen auf der Haube einer Dame im Gottesdienst«; Burns 1969, 157):

O wad some Pow'r the giftie gie us
To see oursels as others see us!
It wad frae monie a blunder free us
An' foolish notion …

(Ach, gäb' uns eine höh're Macht das Leben, / uns selbst zu sehen, wie uns andre sehen! / Wir würden vielen Torheiten entgehen / und vielen Vorurteilen auch …)

232 *im Schlosspark – … Das ›Slosh‹ in Heidelberg* – Das über der Stadt Heidelberg gelegene Schloss ist seit dem 18. Jahrhundert zu einer malerischen Ruine verfallen. Direkt daneben erstrecken sich die weitläufigen Schlossgärten, ein öffentlicher Erholungsort, in dem Susy die »wilden« Schnecken erspähte. Das stilvolle Schlosshotel – Thema der eingeschobenen Anekdote – lag auf einer Anhöhe über dem Schloss mit direktem Zugang zum Schlossgarten. Die Familie Clemens wohnte dort von Mai bis Ende Juli 1878. Twain beschreibt diese Orte in den Kapiteln 2 und 4 und im Anhang B von *Bummel durch Europa* (Baedeker 1880, 226–29; *N&J2*, 79, Anm. 74).

235 *sicisiors* – Twain nimmt in seinem Brief vom 17. Januar 1869 Bezug auf Olivias Schreibweise des englischen Wortes für Schere, »scissors«: »›Sicisiors‹ ergibt nicht *scissors*, Du lustige kleine Rechtschreiberin« (*L3*, 45). Olivias ursprünglicher Brief ist nicht erhalten. Einige der von Twain hier gemachten Anmerkungen über Rechtschreibung im Allgemeinen und Susan Cranes Rechtschreibung im Besonderen greifen altes Material wieder auf, das er lange vorher schon anlässlich eines Buchstabierwettbewerbs im Jahr 1875 verwendet hatte (»Clemens's ›Spelling Match‹ Speech«, *L6*, 659–63).

6. Februar 1906

237 *wieder die Rednertribüne ... mit George W. Cable* – Von 1874 bis 1884 unternahm Twain keine Vortragsreisen, sondern beschränkte sich auf einzelne Lesungen (Fatout 1976, 651–56). Die Tournee mit George Washington Cable dauerte von November 1884 bis Februar 1885.

General Grant ... seine Autobiographie zu schreiben – Vgl. »Über General Grants Memoiren«.

nahm ich sie zu ihm mit – Vgl. AD 26. Febr. 1906.

237–38 *vor einem Vorhang ... Susy Clemens, in die Seide und das Satin des Prinzen gekleidet* – Die Familie führte *Der Prinz und der Bettelknabe* zum ersten Mal am 14. März 1885 auf, nach der Vortragsreise von Twain und Cable. Für Susys Schilderung der Entstehung und Aufführung des Stücks vgl. AD 8. Aug. 1906; vgl. auch Abb. 12 (14. März 1885 an Pond, NN-BGC).

238 *George ... Leibdiener von General Devens* – George Griffin (1849?–1897), Butler der Clemens, kam nicht später als 1875 in die Familie und blieb, bis sie 1891 nach Europa ging. Er wurde in Virginia geboren, nicht in Maryland. Während des Bürgerkriegs diente er unter General Charles Devens (1820–1891). Nach dem Dienst bei den Clemens zog er nach New York City, wo er Twain zufolge als Kellner im Union League Club und als Bankberater für Privatkunden arbeitete (4. Nov. 1875 an Howells, *L6*, 583, Anm. 5; Grace King 1932, 86; SLC 1906a, 21–23).

239 *Twichells Kleinster, inzwischen ein ... Geistlicher* – Joseph Hooker Twichell (1883 bis 1961), achtes Kind und jüngster Sohn von Joseph und Harmony Twichell, machte 1906 seinen Abschluss in Yale, vier Jahre später folgte ein Bachelor der Theologie am Hartford Theological Seminary (Hartford Seminary Record 1910, 222; Courtney 2008, 224, 261–62). Er war das einzige Kind der Twichells, das sich entschloss, Pfarrer zu werden. Twain erlaubte sich wahrscheinlich einen Spaß über sein jugendliches Alter.

Will Gillette – William Hooker Gillette (1853–1937) war Lilly Warners jüngerer Bruder. Nachdem er 1873 die öffentliche Highschool in Hartford abgeschlossen hatte, studierte er in St. Louis und New Orleans Schauspiel und übernahm erste kleinere Rollen in einem Repertoiretheater. 1875 erhielt er mit Hilfe von Twains persönlicher Empfehlung und finanzieller Unterstützung eine Rolle in der Produktion vom *Vergoldeten Zeitalter* und legte damit den Grundstein für eine lange und erfolgreiche Karriere als Schauspieler und Dramatiker. Größte Bekanntheit erlangte er mit der Rolle des Sherlock Holmes (OLC und SLC an Langdon, 14. März 1875, *L6*, 413–14, Anm. 8).

241 *der göttlichen Sarah* – Sarah Bernhardt (Bühnenname von Rosine Bernard, 1844–1923) war die berühmteste Schauspielerin ihrer Zeit. Susy sah sie 1893 in Florenz mindestens zweimal spielen, in *Adrienne Lecouvreur* und *La Tosca*, in zwei ihrer bekanntesten Rollen. Kurz bevor dieses Diktat aufgezeichnet wurde, hatte Twain bei einem von Bernhardts Auftritten eine Rede zugunsten der russischen Juden gehalten (OSC an CC, 24. Jan. 1893, TS in CU-MARK; »Mark Twain Speaks After Bernhardt Acts«, *New York Times*, 19. Dez. 1905, 9).

7. Februar 1906

241 *Als Susy dreizehn war … die Abfassung meiner Biographie* – Anfang April 1885 verfasste Twain den folgenden Notizbucheintrag: »Dabei fällt mir ein, dass Susie mit 13 (1885) angefangen hat, meine Biographie zu schreiben – ganz aus eigenem Antrieb –, worüber ich stolz & erfreut bin« (*N&J3*, 112; ein ausführlicheres Zitat findet sich in der »Entstehungsgeschichte« in diesem Band). Susy arbeitete bis Juli 1886 weiter an der Biographie.

242 *werde ich die ganze kleine Biographie abgedruckt haben* – Letztlich verwendete Twain zwar einen Großteil, aber bei weitem nicht alles von Susys Text.

Rechtschreibung ist häufig hoffnungslos daneben … also soll es dabei bleiben – Ein Vergleich von Susys Manuskript mit Josephine Hobbys Abschrift zeigt deutlich, dass der Text mündlich an die Stenographin übermittelt wurde – genauer gesagt, las Twain Susys Text laut vor und wies Hobby dabei an, welche Wörter wie im Original falsch zu schreiben waren (vgl. Textual Commentary für AD 2. Febr. 1906 auf *MTPO*). An einigen Stellen wurde in der Abschrift etwas falsch wiedergegeben, was von Susy korrekt geschrieben worden war, und umgekehrt. An anderen Stellen passte Twain ihre Prosa dem Kontext des Diktats an.

243 *John Robards* – Vgl. AD 9. März 1906, Anm. 352: *»John Robards … war zu Schiff gereist«*.

245 *ein Buch … an Mr. Howells … Herausgeber des Atlantic Monthly* – William Dean Howells war (bis 1871) stellvertretender Herausgeber und dann Herausgeber (1871–1881) bei *Atlantic Monthly*. In dieser Zeit verfasste er Rezensionen über *Die Arglosen im Ausland* (1869), *Durch dick und dünn* (1872), *Sketches New and Old* (1875), *Tom Sawyers Abenteuer* (1876) und *Bummel durch Europa* (1880). Davon las er lediglich die letzten beiden in Manuskriptform; doch auch später noch las er viele von Twains Büchern in der Manuskriptfassung und rezensierte sie für andere Zeitschriften (Budd 1999, 71–73, 105–06, 151–52, 157–58, 186–88, 215, 292–95, 407).

245–46 *Das vergoldete Zeitalter … Chicago Tribune … machte sich die Ansicht des bescheidenen Daily Graphic zu eigen einschließlich des Vorwurfs der Unredlichkeit* – Twain ging fälschlicherweise davon aus, dass der *New York Daily Graphic* den Konkurrenten *Atlantic Monthly* mit der Rezension zum *Vergoldeten Zeitalter* »ausgestochen« habe. *Atlantic*

Monthly rezensierte das Buch aber überhaupt nicht: Da Howells keine ehrliche Empfehlung aussprechen konnte, versah er es lediglich mit dem Vermerk »erhalten« (Howells 1874b, 374; Howells 1979, 46). Der Herausgeber des *Daily Graphic* hingegen, David G. Croly, hatte Twain fast ein Jahr zuvor Werbefläche für den wenig später erscheinenden Roman zur Verfügung gestellt. Folgender Auszug stammt aus Twains Brief, der vom *Graphic* originalgetreu abgedruckt wurde:

Für mich ist es einer der erstaunlichsten Romane, die je geschrieben wurden. Nacht für Nacht bleibe ich auf, um ihn wieder & wieder zu lesen & dabei zu weinen. Er wird im Frühherbst veröffentlicht, reich bebildert. Betrachten Sie das als Werbung? – & wenn ja, verlangen Sie dafür Geld, wenn jemand Ihr Freund ist & ein Waise? (17. Apr. 1873 an Croly, *L5*, 341–44; vgl. »Photographs and Manuscript Facsimiles, 1872–1873«, *L5*, 668–71)

Der *Graphic* ließ dem *Vergoldeten Zeitalter* eine ziemlich ruppige Kritik angedeihen und nannte es eine »zusammenhanglose Ansammlung von Entwürfen« und »einen reichlich langweiligen Reinfall«. Es scheint jedoch die *Chicago Tribune* gewesen zu sein, die als erste die Worte »Betrug«, »arglistige Täuschung« und »Vertrauensmissbrauch« verlautbaren ließ. Dem Autor wurde zur Last gelegt, minderwertige Ware verkauft und nicht mit dem Namen Mark Twain den Verkauf von Warners Werk angekurbelt zu haben (»Literary Notes«, *New York Daily Graphic*, 23. Dez. 1873, 351; »The Twain-Warner Novel«, *Chicago Tribune*, 1. Febr. 1874, 9).

247 *Zeitungsausschnitt ... neununddreißig Jahre alt* – Der Zeitungsausschnitt selbst ist nicht mehr erhalten, aber bei der »Korrespondentin der *Philadelphia Press*« handelte es sich um Emily Edson Briggs (1830–1910), die unter dem Pseudonym »Olivia« veröffentlichte. Der Ausschnitt aus ihrer Kolumne, datiert auf den 2. März 1868 (in Briggs 1906, 45–47), wurde in einer der Zeitungen abgedruckt, für die Twain Anfang 1868 von Washington aus als Korrespondent arbeitete – dem Chicagoer *Republican*, der *San Francisco Alta California* oder dem *Virginia City Territorial Enterprise*.

8. Februar 1906

248 *Emmeline ... ein impressionistisches Aquarell* – Das Bild stammt von dem italienischen Maler Daniele Ranzoni (1843–1889), bekannt für seine Porträts der italienischen Gesellschaft. Twain kaufte es 1878 in Mailand als Geburtstagsgeschenk für Olivia. Der Spitzname »Emmeline« leitet sich möglicherweise aus dem 17. Kapitel von *Huckleberry Finn* ab, in dem ein fiktives Bild einer Emmeline Grangerford beschrieben wird (*N&J*, 187, Anm. 50).

Ölgemälde von Elihu Vedder – Der amerikanische Maler Elihu Vedder (1836–1923) lebte seit 1867 in Rom. Twain kaufte »Die junge Medusa« nach einem Besuch in Vedders Studio am 9. November 1878. Wenn das Bild der Zeichnung Vedders zum selben Thema auch nur entfernt ähnelte, zeigte es »das besonnen blickende Gesicht einer Frau mit wallenden Locken. Aus ihrer Stirn wuchern winzige Schlangen« (Soria 1964, 603–04; *N&J2*, 244–45 und Anm. 60).

249 *Unsere Alarmanlage* – 1877 war das Haus der Clemens in Hartford mit einer Anlage ausgestattet worden, die eine Zeitung als »Jeromes wunderbare Alarmanlage« betitelte. 1880 rüstete die New Yorker Firma A. G. Newman ein elektronisches System nach (und wartete es mehrfach). Türen und Fenster wurden mit magnetischen Kontakten versehen und an einen elektronischen Schaltkreis angeschlossen. War das System aktiviert, führte jedes Öffnen der Türen bzw. Fenster dazu, dass der Stromkreis geschlossen und der Alarm ausgelöst wurde. Ein zentrales Steuergerät, der sogenannte »Signalgeber«, zeigte an, welche Tür oder welches Fenster betroffen war. Der Signalgeber besaß zudem Schalter, mit denen man das Haus komplett oder auch nur einen Teil vom Alarm trennen konnte, sowie eine automatische Zeitschaltuhr. Twains Kampf mit der Alarmanlage diente als Grundlage für seine 1882 verfasste Geschichte »The McWilliamses and the Burglar Alarm« (»Die Familie McWilliams und die Alarmanlage«) (17. Juli 1877 an OLC [1.], *Letters 1876–1880*; »Burglar Alarms«, *Hartford Courant*, 12. März 1878, 2; Newman an SLC, 18. Mai 1880, CU-MARK; 22. Febr. 1883 an Webster, NPV; Houston 1898, 11, 22; SLC 1882b).

250 *Ashcroft* – Ralph W. Ashcroft (1875–1947), geb. in Cheshire, England, 1905 Sekretär und Schatzmeister der Plasmon Company of America, gegen die Twain wegen Fehlverwaltung seiner investierten Gelder eine Klage erwog. Augenscheinlich von Ashcroft angetan, nahm Twain ihn im Juni 1907 als geschäftlichen Berater mit nach England. Auf Ashcrofts Anregung hin ließ er »Mark Twain« als Markennamen eintragen, Grundstein für die Entstehung der Firma The Mark Twain Company (1908). Ashcroft heiratete Isabel Lyon, Twains Sekretärin, 1909. Eine Zeitlang beaufsichtigten die Eheleute Twains Geschäftsangelegenheiten, doch er entließ sie im April desselben Jahres. In Twains umfangreicher Anklageschrift »Ashcroft-Lyon Manuscript« (SLC 1909b) wird die Misswirtschaft beschrieben, deren sie sich seiner Meinung nach schuldig gemacht hatten. Im Anschluss leitete Ashcroft die Werbeabteilungen verschiedener kanadischer Unternehmen. Lyon und er ließen sich 1926 scheiden (*HHR*, 735–36; Ashcroft 1904; Ashcroft an Lyon, 1. März 1906, CU-MARK; »Memorandum for Mr. Rogers re. Clemens' Matter«, CU-MARK; »Business Leader, Friend and Aide of Mark Twain«, *Toronto Globe and Mail*, 9. Jan. 1947, 7; Lystra 2004, 265).

Henry Butters, Harold Wheeler und die übrigen Plasmon-Diebe – Das Milchpulver Plasmon wurde in Wien auf den Markt gebracht, als Twain von 1897 bis 1899 dort wohnte. Für ihn galt es als Allheilmittel für alles, von Olivias Leiden bis hin zum Hunger der Welt. In seinem »Ashcroft-Lyon Manuscript« aus dem Jahr 1909 berichtet er von seiner Verbindung zu Plasmon, die ihren Anfang in einer Beteiligung am britischen Ableger des Unternehmens nahm:

Im Mai 1900 war das Unternehmen angelaufen & erzielte bereits vielversprechende Gewinne. Dann sicherten sich einige Amerikaner die US-Rechte. [...] Unmittelbar darauf wurde die amerikanische Niederlassung in New York gegründet. Einer der Organisatoren & Vorstände war Henry A. Butters aus Kalifornien. Er betrog mich um $ 12500 & half seinem Mitarbeiter Wright, mich um weitere $ 7000 zu prellen.

Zwei der Vorstände – Butters und noch einer – zogen daraufhin das gesamte liquide Vermögen aus der Firma. Bis 1905 war das Unternehmen komplett ausgeplündert & musste für bankrott erklärt werden. (SLC 1909b, 8–9)

Twains Klage wurde von seinem Anwalt John B. Stanchfield genauer ausgeführt:

Mr. Clemens beteiligte sich mit $ 25000 an dem Unternehmen [...] in dem Glauben, er erwerbe Firmenanteile und erhalte für jede gekaufte Aktie eine weitere als Prämie obendrauf. Das war die Vereinbarung, die er mit Butters getroffen hatte. [...]

Offenbar hatte Butters, zu jener Zeit Leiter der amerikanischen Gesellschaft, Mr. Clemens' Gelder auf sein persönliches Konto überwiesen und seine eigenen Aktien, zweihundertfünfzig an der Zahl, im Gegenzug auf Mr. Clemens übertragen. (Beilage zum Brief von Stanchfield an SLC, 4. März 1905, CU-MARK)

Henry A. Butters (1830–1908) war ein Anleger aus San Francisco. Seine Mitarbeiter Howard E. Wright und Harold Wheeler leiteten nacheinander die American Plasmon Company. Twain drohte Butters Anfang 1905 mit einer Klage wegen schweren Diebstahls. In den Diktaten vom 30. August 1907 und 31. Oktober 1908 greift er das Thema der Plasmon-Pleite wieder auf (8.–9. April 1900 an Rogers, Salm, in *HHR*, 438–42; Ober 2003, 169–72; »Death Claims Railroad Man«, *Los Angeles Times*, 27. Okt. 1908, 15; Ashcroft 1904; 11. und 14. März 1909 an CC, MS-Entwurf in CU-MARK).

252 *ich verstehe einfach nicht, warum ich mich ... auf der rechten Seite wiederfinde* – Twains Ratlosigkeit in Bezug auf die löffelförmige Auffahrt seines Hauses in Hartford wird mit Hilfe dieser Skizze deutlich, die er 1892 in ein Notizbuch zeichnete. Egal, in welcher Richtung die Kutsche den Kreis fährt: Der Passagier, der rechts vom Fahrer sitzt, landet immer auf der dem Haus abgewandten Seite (Notizbuch 31, TS S. 37, CU-MARK).

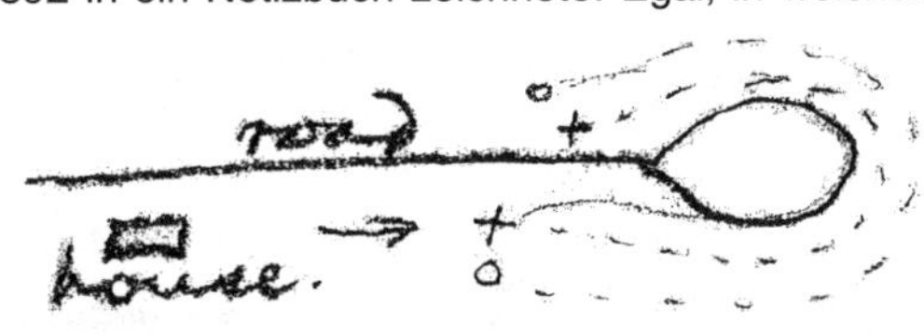

254 *die Ombra* – Als Ombra (ital. Schatten) bezeichnete die Familie Clemens die Veranda, die um das Haus herumführte.

256 *Susy Warner* – Charles Dudley Warners Frau (1838?–1921), eine begabte Klavierspielerin und enge Freundin von Olivia. In ihrer handschriftlichen Biographie ließ Susy Clemens eine Lücke, wo Susan Warners Name stehen sollte. Twain setzte den Namen beim Diktieren ein, doch als er den Text zur Veröffentlichung in der *North American Review* überarbeitete, experimentierte er mit einem Pseudonym (»Tabitha Wilson«), bevor er sich für »Ihre Frau« entschied (24. und 25. Nov. 1869 an OLL, *L5*, 407, Anm. 3; NAR 4).

9. Februar 1906

262 *Seine Mutter ist Grandma Clemens … einer der Ersten Familien Virginias … Familienstammbaum* – Zu Twains Lebzeiten wurde der Begriff »Erste Familien Virginias« (*»First Families of Virginia«*, kurz *F. F. V.*) als inoffizielle Bezeichnung für jene Einwohner Virginias geführt, die Anspruch erhoben, direkt von den ersten Siedlern des Staates abzustammen. Der heutige Zusammenschluss *Order of the First Families of Virginia* gründete sich 1912. Susy hatte offenbar ein Interview mit ihrer Großmutter gelesen, das im März oder April 1885 in dem *Chicago Inter-Ocean* veröffentlicht und vielfach nachgedruckt worden war. Der letzte Absatz lautet folgendermaßen:

Mrs. Clemens hieß vor ihrer Heirat Jane Lampton und kommt ursprünglich aus Kentucky. Mr. Clemens stammt von den F. F. V.s in Virginia ab. Sie besaßen keinerlei Grundbesitz, und der Vater hinterließ der Familie, als er starb, nichts weiter, um es in Marks Worten zu sagen, als »einen üppigen Vorrat an Stolz und einen guten Namen«, der sich, das sei hier gestattet, in seinem Fall als ein zumindest ausreichendes Erbe erwiesen hat. (»Mark Twain's Boyhood. An Interview with the Mother of the Famous Humorist«, *New York World*, 12. Apr. 1885, 19, Nachdruck des *Chicago Inter-Ocean*)

Lambtons in Durham … wurden in den Adelsstand erhoben – Die Wurzeln der Familie Lambton in Durham County, England, lassen sich beinahe bis zur Zeit der normannischen Eroberung (1066) zurückverfolgen. John George Lambton (1792–1840) wurde 1833 zum ersten Earl von Durham ernannt; sein gleichnamiger Enkel John George Lambton (1855–1928) wurde 1879 dritter Earl. William Lampton (1724–1790), Jane Clemens' Großvater väterlicherseits, der offenbar einem entfernten Zweig der Familie angehörte, wanderte um 1740 nach Virginia aus (Burke 1904, 528–29; Debrett 1980, P409; Selby 1973, 112; Keith 1914, 3–4, 7).

263 *Bei einem Duell erwischte er Wise, den Gouverneur des alten John Brown, hinten am Bein* – Twain verwechselte die beiden Duellanten. Nicht Jeremiah Clemens, sondern Sherrard Clemens duellierte sich mit O. Jennings Wise – einem Sohn von Henry Alexander Wise, der von 1856 bis 1860, der aktiven Zeit des Sklavereigegners John Brown, Gouverneur von Virginia war. Sherrard Clemens erlitt eine schwere Verletzung am rechten Oberschenkel, Wise blieb unverletzt (vgl. »Meine Autobiographie [Willkürliche Auszüge daraus]«, Anm. 7: *»Jere und Sherrard«*; 21. Juni 1866 an JLC und PAM, *L1*, 346, Anm. 6; »The Wise and Clemens Duel«, *New York Times*, 24. Sept. 1858, 2).

12. Februar 1906

263 *Grandma den Streich gespielt* – Dieser Vorfall findet sich in Kapitel 1 von *Tom Sawyers Abenteuer* (MT 1962/2010, 10).

264 *Grandma konnte Papa nicht dazu bewegen, zur Schule zu gehen … in ihrem frühen*

Leben fleißiger waren – Susy hatte diese Information aus dem Interview mit Jane Clemens vom April 1885. Im folgenden Abschnitt zitiert sie den letzten Satz beinahe wortgetreu:

Als Sams Vater starb, damals war Sam elf Jahre alt, hielt ich die Zeit für gekommen, einen bleibenden Eindruck auf den Jungen zu machen und eine Veränderung in ihm anzustoßen. Also nahm ich ihn bei der Hand und führte ihn in den Raum, in dem sein Vater im Sarg aufgebahrt lag, und mit dem Sarg zwischen uns sagte ich ihm, dass ich jetzt und hier eine ernsthafte Bitte an ihn heranzutragen habe und wisse, dass er sein Wort, hätte er es einmal gegeben, nie brechen würde. Denn Sam log nie. Er wandte mir sein tränenüberströmtes Gesicht zu und rief: »Ach, Mutter, ich tue alles, worum du mich bittest, alles, außer zur Schule zu gehen; das kann ich einfach nicht!« Genau diese Bitte hatte ich äußern wollen. Also führten wir ein klärendes Gespräch, woraufhin ich beschloss, ihn in einer Druckerei in ebendiesem Handwerk ausbilden zu lassen, da ich ihn nicht sich selbst überlassen konnte. Das tat er auch und hat nach und nach genügend Bildung aufgeschnappt, um etwa genauso gut voranzukommen wie diejenigen, die in ihrem frühen Leben fleißiger waren. (»Mark Twain's Boyhood. An Interview with the Mother of the Famous Humorist«, *New York World*, 12. Apr. 1885, 19, Nachdruck des *Chicago Inter-Ocean*)

264 *Es war Henry … dass der Zwirn … die Farbe gewechselt hatte* – Vgl. *Tom Sawyers Abenteuer*, Kapitel 1.

265 *der Vorfall mit der zerbrochenen Zuckerdose* – Vgl. *Tom Sawyers Abenteuer*, Kapitel 3.

266 *der Katze den Schmerztöter* – *»Pain-Killer«*. Vgl. *Tom Sawyers Abenteuer*, Kapitel 12. Perry Davis' Pain-Killer wurde 1840 erfunden und erfreute sich großer Beliebtheit. Auf der Packung stand, er könne entweder innerlich »gegen Schüttelfrost, Krämpfe, Koliken« oder äußerlich bei »Halsweh, Verstauchungen, Blutergüssen, Frostbeulen« angewandt werden. Hauptbestandteil war Alkohol, gemischt mit Kampfer und Cayennepfeffer (Ober 2003, 54–60).

267 *Mr. Paveys* – Jesse H. Pavey besaß ein Wirtshaus in Hannibal, bevor er 1850 mit seiner Familie nach St. Louis zog (*Inds*, 340).

Cholera im Jahre 49 … für mich wählte meine Mutter Perry Davis' Schmerztöter – In Twains Jugend wurde das Mississippi-Tal wiederholt von Cholera heimgesucht. Nachdem die Krankheit im Februar 1849 in New Orleans ausgebrochen war, verbreitete sie sich schnell nordwärts den Mississippi entlang. Die große Anzahl an Todesfällen in Hannibal schürte die Angst vor einer Epidemie wie der in St. Louis, und die Bürger nahmen den Schmerztöter vorbeugend ein (Holcombe 1884, 297–98; Wecter 1952, 213–14; Ober 2003, 45–54).

sollte sie aber in jenem Buch verzeichnet sein, ist es womöglich nicht die richtige – Toms »Erklärung« lautete folgendermaßen:

»Also, Freundchen, warum hast du das arme stumme Tier so behandelt?«
»Ich hab's aus Mitleid getan – weil er ja keine Tante hat.«

»Weil er keine Tante hat! Du Narr. Was hat denn das damit zu tun?«
»'ne ganze Menge. Denn wenn er eine hätte, dann würde sie ihn selbst ausbrennen. Dann hätte sie ihm die Eingeweide geröstet, ohne mehr dabei zu fühlen, als wenn er 'n Mensch wär!« (MT 1962/2011, 105)

268 *Tom Nash war ... Sohn des Postamtsvorstehers* – Twains Klassenkamerad Thomas S. Nash war der Sohn von Abner O. Nash (1804?–1859) und dessen zweiter Frau. In »Villagers of 1840–3« (1897) schrieb Twain über ihn, er sei Anstreicher geworden. Abner Nash, vormals Ladenbesitzer und Präsident des Kuratoriums von Hannibal, musste, obwohl seine »Mutter Irin war, Familienschmuck besaß und behauptete, adliger Herkunft zu sein«, 1844 Konkurs anmelden und 1849 eine schlechtbezahlte Stelle als Postmeister annehmen (*Inds*, 96, 337–38).

269 *Die letzte davon war Scharlach, und er wurde stocktaub* – In seinen Arbeitsnotizen für das »St.-Petersburg-Fragment«, der zweiten noch existenten Version von »Der geheimnisvolle Fremde«, schrieb Twain, dass »Tom Nashs Mutter ein verlassenes Kind aufnahm; es steckte ihre leiblichen Kinder mit dem Scharlachfieber an, woraufhin drei von ihnen starben und zwei ertaubten« (*MSM*, 416; vgl. auch *Inds*, 96).

Vor vier Jahren ... Ehrendoktorwürde – Twain reiste Ende Mai/Anfang Juni 1902 nach Missouri, um jene Ehrendoktorwürde entgegenzunehmen, die ihm die University of Missouri in Columbia verlieh (4. Juni). Er verbrachte ein paar Tage in St. Louis und Hannibal, wo er zum letzten Mal die Orte seiner Kindheit und Jugend aufsuchte (*New York Times*: »Degree for Mark Twain«, 5. Juni 1902, 2; »Mark Twain among Scenes of His Early Life«, 8. Juni 1902, 28; Notizbuch 45, TS S. 14–17, CU-MARK).

270 *Papa war ungefähr zwanzig ... »Ja, Mutter, ich verspreche es«* – Das stammte natürlich auch aus dem Interview mit Jane Clemens:

Mit ungefähr zwanzig Jahren wurde er Lotse auf dem Mississippi. Damals gab ich ihn auf, denn ich hielt die Dampfschifffahrt immer für ein verruchtes Geschäft und war mir sicher, er würde in schlechte Kreise geraten. Ich fragte ihn, ob er mir hoch und heilig versprechen würde, keinen Alkohol anzurühren und nicht zu fluchen, und er sagte: »Ja, Mutter, ich verspreche es.« Er sprach mir nach, unsere Hände auf dem heiligen Buch ineinander verschränkt, und ich glaube, er hat dieses Versprechen nie gebrochen. (»Mark Twain's Boyhood. An Interview with the Mother of the Famous Humorist«, *New York World*, 12. Apr. 1885, 19, Nachdruck des *Chicago Inter-Ocean*)

23. Februar 1906

270 *gehörte ich ... kurze Zeit den Kadetten der Enthaltsamkeit an* – Die »Kadetten der Enthaltsamkeit« gründeten sich 1846 in Germantown, Pennsylvania, als Jugendgruppe der »Söhne der Enthaltsamkeit« (»Sons of Temperance«), der Brüderschaft zur Unterstützung der Abstinenzbewegung in den USA. Neuzugänge mussten dem Alkohol- und Ta-

bakkonsum abschwören. Die Hannibaler »Sektion« wurde 1850 ins Leben gerufen, und Twain war ein Mitglied der ersten Stunde; seine Unterschrift steht ganz oben auf der handgeschriebenen »Verfassung«. Auch sein Freund Tom Nash und sein Bruder Henry zählten zu den Mitgliedern. Eigenen Angaben zufolge trat Twain Anfang Juli 1850 aus. Sein Name findet sich auf einer handschriftlichen Liste, datiert auf den »25. Nov. 1850«, die möglicherweise mit Beitragszahlungen im Rückstand stehende Mitglieder enthielt. Twain bringt seine Erfahrungen als Kadett in Kapitel 22 von *Tom Sawyer* ein und parodiert die rituellen Abstinenzlertreffen in »Autobiography of a Damned Fool« (»Autobiographie eines verdammten Narren«), Kapitel 4 (SLC 1877b; Eddy 1887, 340; SLC 1867 h; Wecter 1952, 152–54; Cadets of Temperance [1850]; *S&B*, 149–53).

271 *Mr. Garth* – Vgl. AD 9. März 1906, Anm. 353: *»John Garth«*.

272 *(Tauschausgaben)* – Das Postamt billigte es den Zeitungsverlegern zu, eine »Tauschausgabe« gebührenfrei an beliebig viele andere Zeitungen zu verschicken. Durch diese Regelung entstand eine Art vereinfachte Nachrichtenagentur, mit deren Hilfe Meldungen aufgegriffen und landesweit verbreitet wurden. Sobald die »Tauschausgaben« durchgesehen und die Artikel ausgeschnitten worden waren, entsorgten die Redaktionen sie in der Regel (Kielbowicz 1989, 141–61).

Ich bin sicher … in meinem Buch Reise um die Welt – Vgl. *Reise um die Welt*, Kapitel 1.

272–73 *Lotse auf dem Mississippi … nach Nevada … Privatsekretär … Quaker City* – Vgl. AD 12. Jan. 1906, Anm. 123: *»Als ich Ende der Fünfziger«* und AD 29. März 1906 sowie »Notizen zu *Die Arglosen im Ausland*«.

273 *Die erste Begegnung … fünf Tage später* – Vgl. AD 1. Febr. 1906, Anm. 212: *»sah ich sie zum ersten Mal«*.

274 *Invalidin wurde sie mit sechzehn … ihre vollen Kräfte sollte sie … nicht wiedererlangen* – Über Olivias Verfassung wurde viel spekuliert. Sie erkrankte früher und genas später, als Twain es in diesem Diktat vermerkte. Schon mit vierzehn Jahren (1860) »in schlechtem Gesundheitszustand«, kam sie in ärztliche Behandlung und verbrachte einige Zeit in dem Sanatorium Water Cure in Elmira. Nachdem kaum Besserung erreicht worden war, schickte man sie erst in ein Sanatorium in Washington, D.C., dann ins Institute of Swedish Movement Cure in New York City, wo ihr Bewegungstherapie verordnet wurde. Sie blieb mehr als zwei Jahre dort, bevor sie wieder nach Elmira zurückkehrte. »Dr.« Newton (vgl. Anm. 274: *»Dr. Newton … als Quacksalber verschrien«*) besuchte sie am 30. November 1864. Newtons Privatsekretärin erinnerte sich in ihren Aufzeichnungen über die damals bewirkten Heilungen an Olivias Fall:

> Eine erfolgte in Elmira, New York, wo Dr. N. auch Miss Libbie Langdon behandelte, die er heilte und die später den als »Mark Twain« bekannten Autor heiratete. Als Dr. N. eintraf, litt sie an einer Erkrankung der Wirbelsäule; über vier Jahre hatte sie sich nicht einmal im Bett aufsetzen können. Sie war dem Tode nah. Nach der ersten Spezialbehandlung konnte sie mit Unterstützung durchs Zimmer laufen, und nach ein paar Tagen war sie völlig geheilt. (Newton 1879, 294)

Briefe und Aufzeichnungen der Familie Langdon belegen jedoch, dass Olivias Gesundheit auch nach Newtons Besuchen stark beeinträchtigt blieb. Selbst ein Jahr nach seiner zweiten Visite am 3. Juni 1865 konnte sie noch immer nicht gehen. Erst ein weiterer Aufenthalt 1866 in einem Institut für Bewegungstherapie brachte deutliche Besserung. Sie erlangte ihre Mobilität zurück, wenngleich ihre Gesundheit, wie Twain sagte, stets labil blieb (Skandera-Trombley 1994, 83–85, 90, 92–94).

274 *Dr. Newton … als Quacksalber verschrien* – James Rogers Newton (1810–1883), Geschäftsmann aus Newport, Rhode Island, führte in den USA und England vor großem Publikum öffentliche »Heilungen« durch. Er wurde weder in Wissenschaftskreisen noch in der Glaubensgemeinschaft ernst genommen. Anscheinend besaß er keinerlei medizinische Ausbildung und schrieb seine Kräfte abwechselnd der »Magnetkraft«, »mächtigen Geistern« oder »dem Vater, der in mir wohnt« zu. Seine gängigste Praxis war das »Handauflegen«, andere Heilmethoden waren noch ungewöhnlicher: Einem Tuberkulose-Patienten sagte er: »Geh und hacke einem Hahn den Kopf ab, schlitze ihn den Rücken entlang auf und lege ihn dir, noch warm, auf die Brust« (Newton 1879, 206–71, 112–13, 38; »Rev. Dr. Buckley and Newton the Healer« 1883, 519; Ober 2003, 129–34). Über Twains Treffen mit Newton existiert kein Nachweis.

Andrew Langdon – Andrew Langdon (1835–1919) war Olivias Cousin ersten Grades.

Newton machte mit den Händen einige Luftstriche … »Jetzt setzen wir uns auf, mein Kind.« – Paine änderte diesen Absatz in der Maschinenabschrift folgendermaßen ab, wohl um dem gesamten Vorgang einen konventionelleren christlichen Anstrich zu verleihen:

Newton ~~machte mit den Händen einige Luftstriche über ihrem Kopf;~~ öffnete die Fenster – es war schon lange dunkel – und stieß ein kurzes, aber inbrünstiges Gebet aus; dann legte er einen Arm hinter ihre Schultern und sagte: »Jetzt setzen wir uns auf, mein Kind.«

Die Familie erschrak und versuchte, ihn daran zu hindern, aber er ließ sich nicht beirren und richtete sie auf. Mehrere Minuten saß sie ohne Übelkeit oder andere Beschwerden da. Dann sagte Newton~~, das reiche für den Augenblick, er werde am nächsten Morgen wiederkommen; was er auch tat. Wieder machte er einige Luftstriche und sagte~~: »Jetzt werden wir ein paar Schritte tun, mein Kind.«

Paine schrieb an den Seitenrand: »Er kam nur einmal ABP« (TS1, 309–10). Die historischen Aufzeichnungen zeigen, dass er irrte.

14. Februar 1906

275–76 *drei oder vier Heiratsanträge … für eine Woche zu kommen* – Twain machte Olivia zwischen seinen Vortragsterminen im Herbst 1868 den Hof. Anfang September schlug sie seinen Heiratsantrag noch aus, doch Ende November, nach zwei weiteren Absagen, sagte sie schließlich Ja. Twains Behauptung, der geplante Besuch sei um drei Tage verlängert worden, ist leicht übertrieben: Am 29. September, dem Tag seiner Abreise, schrieb Olivia, er habe ursprünglich nur einen Tag bleiben wollen, sei aber wegen seines Unfalls noch einen Tag länger geblieben (*L2*: 7. und 8. Sept. 1868 an OLL, 247–49; 28. Nov. 1868 an Twichell, 293–94; OLL an Hooker, 29. Sept. 1868, CtHSD).

276 *Pferdewagen – »democrat wagon«*. »Eine leichte Kutsche ohne Dach mit mehreren Sitzplätzen, meist von zwei Pferden gezogen« (Whitney und Smith 1889–91, 2:1526–27).

278 *sechs prominente Männer* – Nur von zwei Geistlichen, an die Twain Mr. Langdon Ende November 1868 verwies, sind die Namen bekannt. Reverend Horatio Stebbins (1821 bis 1902), Pastor der First Unitarian Church, antwortete (in Twains Worten): »›Clemens ist ein Schaumschläger – niveaulos & oberflächlich – ohne Frage ein talentierter Mann, der sein Talent jedoch auf geistlose & möglicherweise noch schlimmere Weise verschleudert – ein Mann, der eine wenig vielversprechende Zukunft besaß & noch weniger daraus gemacht hat – ein Schaumschläger, Sir, ein Schaumschläger.‹ Das war ungefähr der *Sinn* seiner Bemerkung – an den präzisen Wortlaut kann ich mich nicht erinnern« (25. Aug. 1869 an Stoddard, *MTPO* [eine ausführlichere Passage als die in *L3* veröffentlichte]). Der andere Geistliche war Reverend Charles Wadsworth (1814–1882), Pfarrer der Howard Presbyterian Church. Langdon persönlich schrieb an James S. Hutchinson, einen ehemaligen Angestellten, der zu jener Zeit bei einer Bank in San Francisco arbeitete, und bat ihn, Clemens' Leumund zu überprüfen. Nachdem Hutchinson mit James B. Roberts gesprochen hatte, einem von Wadsworths Diakonen, tat er seine Einschätzung kund: »Ich würde meine Tochter lieber unter der Erde sehen, als sie solch einen Kerl heiraten zu lassen« (Hutchinson 1910). Am 29. Dezember, noch bevor diese verstörende Einschätzung nach Elmira hätte vordringen können, ließ Twain den Langdons zehn weitere Empfehlungen zukommen (*L2*: 17. Juni 1868 an Fairbanks, 229, Anm. 2; 29. Dez. 1868 an Langdon, 358–59, 360–61, Anm. 2).

279 *Joe Goodman … nicht an ihn verwiesen?* – Twain hatte Langdon zu diesem Zeitpunkt bereits an Goodman und andere ihm Wohlgesonnene verwiesen – und zwar einen Monat nach den ersten sechs Namen, nachdem ihm klargeworden war, zu welchem Ergebnis diese vermutlich führen würden (29. Dez. 1868 an Langdon, *L2*, 358).

15. Februar 1906

280 *Hawthornes Liebesbriefe* – Julian Hawthorne verwendete die Liebesbriefe seines Vaters in der Biographie seiner Eltern, die ungefähr herauskam, als Susy ihre Biographie schrieb. Alle noch erhaltenen Briefe von Twain wurden in *Mark Twain's Letters, Volume 3* veröffentlicht (Hawthorne 1885; vgl. »Calendar of Courtship Letters«, *L3*, 473–80). Eine Auswahl ist auch auf Deutsch erschienen: *Mark Twain. Sommerwogen. Eine Liebe in Briefen.* Hrsg. und übers. von Alexander Pechmann. Aufbau Verlag, Berlin 2010.

284 *Er war eine Frühgeburt … gefolgt von einer gefährlichen Erkrankung* – Bei dem Gast, dessen Wünsche »Mrs. Clemens als Gesetz« betrachtete, handelte es sich offenbar um Mary Mason Fairbanks. Ihr Besuch und der übereilte Aufbruch zum Bahnhof trugen sich

Ende Oktober 1870 zu. Langdon kam am 7. November, einen Monat zu früh, auf die Welt. Drei Monate später, Anfang Februar 1871, zeigten sich bei Olivia erste Anzeichen von Typhus (*L4*: 5. Nov. 1870 an OC, 222, Anm. 5; 17. Febr. 1871 an JLC und Familie, 332, Anm. 1; zu Langdons Tod vgl. AD 22. März 1906).

284 *Mrs. Gleason aus Elmira* – Die Clemens schickten nach Dr. Rachel Brooks Gleason (1820–1905), Ärztin und Mitbegründerin der Elmira Water Cure, eines Sanatoriums, in dem sich Familienangehörige der Langdons schon oft hatten behandeln lassen (22. Febr. 1871 an OC, *L4*, 335, Anm. 2).

284–85 *bevor Mrs. Clemens … Miss Emma Nye … erwies sich als tödlich* – Twain verdrehte die tatsächliche Abfolge der Ereignisse. Emma Nye (1846–1870) kam auf ihrer Reise von Aiken, South Carolina, nach Detroit bei den Clemens vorbei. Sie lag dort beinahe einen Monat mit Typhus im Bett und starb am 29. September 1870. Olivias Krankheit setzte nach Nyes Tod ein (*L4*: 31. Aug. 1870 an PAM, 186, Anm. 3; SLC und OLC an Fairbanks, 2. Sept. 1870, 189, Anm. 2; 7. Sept. 1870 an Wolcott, 191; 9. Okt. 1870 an Redpath, 206, Anm. 1).

285 *absurden Pariser Stadtplan* – Im Herbst 1870 verfolgten die Zeitungen den Deutsch-Französischen Krieg sehr genau. Als die deutsche Armee Anfang September Richtung Paris vorrückte, druckten viele US-Zeitungen Karten ab, die die Befestigungsanlagen der Stadt zeigten. Mark Twains Karikatur wurde am 17. September 1870 im *Buffalo Express* abgedruckt (SLC 1870d). Twains Beschriftung lautete folgendermaßen: »Mr. Spofford, könnten Sie dieses Kunstwerk unter den geographischen Schätzen der Kongressbibliothek aufbewahren?« (vgl. 10.? Okt. 1870 an Spofford, *L4*, 207).

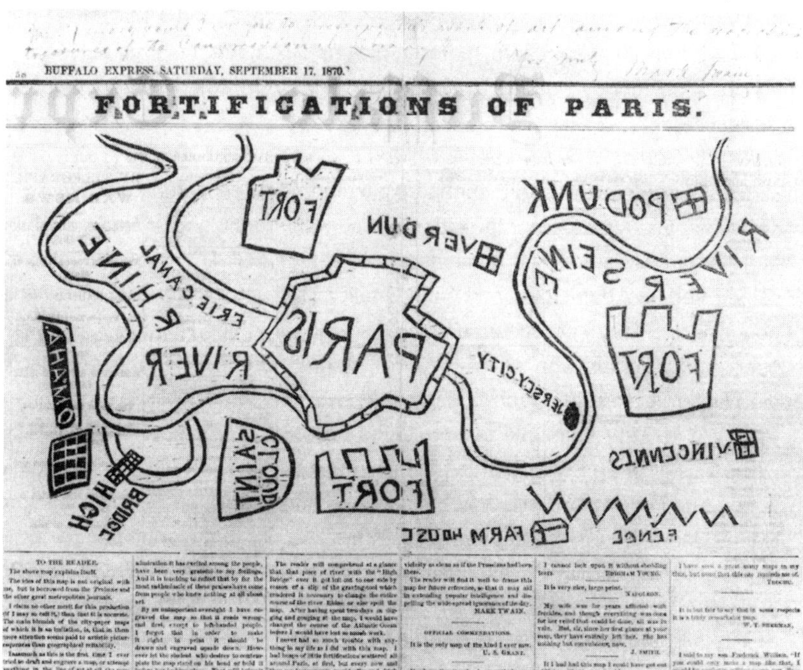
BUFFALO EXPRESS, SATURDAY, SEPTEMBER 17, 1870.

FORTIFICATIONS OF PARIS.

16. Februar 1906

286 *Tante Susy* – Susan Crane.
Den lieben Großpapa – Jervis Langdon.
(Emma Nigh) … Typhus – Vgl. AD 15. Febr. 1906 und Anm. 284–85: *»bevor Mrs. Clemens … Miss Emma Nye«*.
(Miss Clara L. Spaulding) … enge Freundin von Mama – Spaulding (1849–1935), Tochter eines in Elmira ansässigen wohlhabenden Holzhändlers, heiratete 1886 den Anwalt John Barry Stanchfield (9. und 31. März 1869 an Crane, *L3*, 182, Anm. 6). Vgl. AD 26. Febr. 1906.
287 *David Gray … Herausgeber der wichtigsten Zeitung* – Gray (1836–1888), geb. in Edinburgh, kam 1849 in die USA. 1856 ließ er sich in Buffalo nieder und arbeitete als Sekretär, Bibliothekar und Buchhalter, bevor er schließlich Journalist wurde. Als Twain 1869 nach Buffalo zog, hatte Gray gerade Martha Guthrie geheiratet und war Redaktionsleiter beim *Courier*, einem direkten Konkurrenten von Twains *Buffalo Express*. Gray stieg zum Herausgeber des *Courier* auf, musste sich jedoch 1882 aus gesundheitlichen Gründen aus dem Berufsleben zurückziehen. 1888 wurde er bei einem Zugunglück tödlich verletzt (SLC und OLC an die Langdons, 27. März 1870, *L4*, 102, Anm. 9). Vgl. AD 22. Febr. 1906.
Mr. Kinney … seinen Anteil an der Zeitung … abgekauft – Twain erwarb seinen Anteil am *Buffalo Express* im August 1869 nicht von Mr. Kinney, sondern von Thomas A. Kennett (1843–1911), und verkaufte ihn im März 1871 wieder (für Einzelheiten zum Kauf und Verkauf vgl. 12. Aug. 1869 an Bliss, *L3*, 294, Anm. 2, und 3. März 1871 an Riley, *L4*, 338–39, Anm. 3). Twain kam später in diesem Diktat noch einmal auf Kennett (den er immer noch Kinney nannte) zu sprechen, vgl. Anm. 292: *»Kinney ging an die Wall Street«*.
288 *hatte Jay Gould … die kommerzielle Moral … umgestülpt* – Gould (1836–1892) war ein skrupelloser Finanzier und Eisenbahnspekulant, dessen Name zum Synonym für rücksichtslose Geldgier wurde. In seiner Position als Vorsitzender der Erie Railroad plünderte er das Unternehmen gemeinsam mit James Fisk (1834–1872) völlig aus. Durch seinen Versuch, den Goldmarkt unter Druck zu setzen, löste er 1869 die Panik aus, die den »Black Friday« herbeiführte und viele Anleger in den Ruin trieb. Danach leitete er über einen Zeitraum von zwanzig Jahren mehrere große Eisenbahngesellschaften und die Western Union Telegraph Company und war von 1879 bis 1883 Eigentümer der *New York World*. Zum Zeitpunkt seines Todes belief sich sein Vermögen auf schätzungsweise 72 Millionen Dollar. Twains Einstellung zu Gould war nicht ungewöhnlich: Gould wurde früh von vielen Seiten beschuldigt, die amerikanische Republik zu vergiften. Als Daniel Beard für *Ein Yankee an König Artus' Hof* den Sklaventreiber zeichnete, diente ihm Gould als Vorbild – was Twain begeistert unterstützte (»Jay Gould's Will Filed«, *New York Times*, 13. Dez. 1892, 10; vgl. Budd 1962, 44, 84, 114, 204; *CY*, 17, 405, 567).
McCurdys, McCalls … Versicherungsgesellschaften New Yorks – Vgl. AD 10. Jan. 1906, Anm. 100: *»gestern … Bankaufsichtsratsposten«*.

288–89 *Präsident McCall liege im Sterben ... die anderen seien im Sterben begriffen* – Twain bezieht sich vermutlich auf folgende Berichte aus der *New York Times*: »M'Call, on Deathbed, Defends Hamilton«, 15. Febr. 1906, 1; »President M'Curdy out of the Mutual«, 30. Nov. 1905, 1; »John A. McCall Quits N. Y. Life Presidency«, 1. Jan. 1906, 1 (in dem James W. Alexander als »körperliches Wrack« bezeichnet wird).

290 *John D. Rockefeller ... ganz nach Art seines Vaters* – Vgl. AD 20. März 1906, in dem Twain sich ausführlich den Rockefellers und ihrer Sonntagsschule widmet.

292 *Kinney ging an die Wall Street ... fünfundzwanzig Cent von mir lieh* – Kennett arbeitete kurzzeitig als Broker an der Wall Street, bevor er in den Journalismus zurückkehrte und diverse Fachzeitschriften herausbrachte. Er starb in einer Klinik für mittellose Schwindsüchtige in der Bronx (12. Aug. 1869 an Bliss, *L3*, 294, Anm. 2; *New York Times*: »Editor Kennett Dead«, 30. Juni 1911, 9; »Praise for St. Joseph's Hospital«, 26. Mai 1895, 17).

20. Februar 1906

293 *der Name des Forschers Wilkes* – Charles Wilkes (1798–1877) war Kapitän der United States Exploring Expedition von 1838 bis 1842, der ersten internationalen Meeresexpedition mit staatlicher Förderung. Der Auftrag lautete, den Pazifischen Ozean, die Antarktis und die Westküste Nordamerikas zu erkunden. Wilkes befehligte ein Geschwader von sechs Schiffen, von denen zwei zu Beginn des Jahres 1840 einen ausgedehnten Küstenstreifen der Antarktis vermaßen. Schon seit Jahrhunderten vermutete man, dass es innerhalb des südlichen Polarkreises Landmassen geben müsste. Vor der US-Expedition hatten britische und französische Forscher in der Gegend bereits Land gesichtet, aber der Nationalstolz machte Wilkes in den Augen Twains und vieler anderer Amerikaner zum »Entdecker« der Antarktis. Als Wilkes aus der Marine ausschied, stand er im Rang eines Konteradmirals (»Antarctic Discoveries« 1840, 210, 214–19).

in unseren späten Tagen ... das Interesse der Welt ... ist neu erwacht – Nach einer jahrzehntelangen Flaute markierte 1897 mit dem neuen Ziel, zum Südpol vorzudringen, den Beginn des »heroischen Zeitalters« der Antarktis-Erforschung. Der Engländer Robert F. Scott stieß mit seiner Expedition von 1901 bis 1904 weiter nach Süden vor als jeder andere vor ihm. Zur selben Zeit organisierten Deutschland, Schweden, Schottland und Frankreich Forschungsreisen. 1911 schließlich sollte der Norweger Roald Amundsen den Pol als Erster erreichen.

Einer der letzten Besuche ... in Florenz ... galt Mrs. Wilkes – Mary H. Wilkes, geb. Lynch, war in erster Ehe mit William Compton Bolton verheiratet, Kommodore der US-Marine, der 1849 starb. 1854 heiratete sie Wilkes, dessen erste Frau 1848 gestorben war, und sie bekamen ein Kind. Laut Twains Aufzeichnungen traf er Mrs. Wilkes am 4. April 1904 (Notizbuch 47, TS S. 8, CU-MARK).

294 *Für einen Artikel ... über meinen Großvater Anson Burlingame* – Im Februar 1870 veröffentlichte Twain im *Buffalo Express* eine Lobrede auf Burlingame (SLC 1870a; vgl. »Mein Debüt als Literat«, Anm. 578: *»Seine Exzellenz Anson Burlingame«*).

296 *Potter (ich glaube, das ist der Name), der Tyrann des Kongresses ... das Gelächter der Nation ... in den Ohren* – Twain meinte Preston S. Brooks (1819–1857), im Norden der USA auch als »Bully« (»Tyrann«) Brooks bekannt. 1856 schlug der Abgeordnete von South Carolina aus Rache für vermeintliche Beleidigungen seiner Familie und seines Staates Senator Charles Sumner im Senatsgebäude brutal zusammen. Anson Burlingame, damals Abgeordneter für Massachusetts, prangerte Brooks' Übergriff in einer Rede vor dem Repräsentantenhaus öffentlich an. Brooks forderte ihn umgehend zum Duell, Burlingame nahm die Herausforderung an und bestimmte die kanadische Seite der Niagarafälle als Austragungsort und das Gewehr als Waffe. Brooks, der nicht gefahrlos durch die Nordstaaten reisen konnte, lehnte es ab, die Sache weiterzuverfolgen (Nicolay und Hay 1890, 2: 47–55; »The Brooks Affair; Examination of the Controversy between Mr. Brooks and Mr. Burlingame«, *New York Times*, 25. Juli 1856, 2).

297 *Den Rest der Geschichte ... in einem meiner Bücher* – Twain meint »Mein Debüt als Literat«, 1898 geschrieben, in diesem Band unter »Vorläufige Manuskripte und Diktate« zu finden.

Mr. Burlingames Sohn ... Herausgeber von Scribner's Monthly – Edward L. Burlingame (1848–1922) brach sein Harvard-Studium ab, um seinen Vater als dessen Sekretär auf eine Chinareise zu begleiten. Später erwarb er in Heidelberg seinen Doktortitel. 1871 nahm er eine Stelle bei der *New York Tribune* an, woraus sich eine lebenslange Freundschaft mit John Hay entwickelte. Von 1872 bis 1879 war er Mitherausgeber der *American Encyclopedia*, bevor er sich 1879 bei Charles Scribner's Sons verdingte und von der ersten Ausgabe 1887 an Herausgeber des *Scribner's Monthly* wurde. Nach seinem Ausscheiden 1914 stand er dem Verlag noch als redaktioneller Berater zur Seite (»Edward Burlingame, Editor, Dead at 74«, *New York Times*, 17. Nov. 1922, 16).

Wenn jemand dich nötigt, eine Meile mit ihm zu laufen, so lauf mit ihm Twain – Matthäus 5,41: »Und wenn dich jemand nötigt, eine Meile mitzugehen, so geh mit ihm zwei.«

21. Februar 1906

299 *E. Bliss jr. ... einem späteren Kapitel* – Elisha P. Bliss jr. (1821–1880), geboren in Massachusetts, handelte mit Kurzwaren, bis er Assistent der Geschäftsführung (1867 bis 1870/1871–1873) und schließlich Präsident (1870/1873–1880) der American Publishing Company in Hartford wurde. Unter seiner Leitung erschienen bei dem Subskriptionsverlag Twains wichtigste Bücher – von *Die Arglosen im Ausland* (1869) bis zu *Bummel durch Europa* (1880). Zum »späteren Kapitel« vgl. AD 23. Mai 1906 (2. Dez. 1867 an Bliss, *L2*, 120, Anm. 1; Hill 1964, 15).

meine Bedingungen ... Briefe verschiedener seriöser Firmen – In Twains erhaltener Korrespondenz aus dieser Zeit findet sich kein Beleg für seine Behauptung, andere Firmen hätten ihm die Hälfte der Umsätze oder mehr geboten. Als Bliss ihn Mitte Juli 1870 in Elmira besuchte, um die Konditionen für *Durch dick und dünn* zu besprechen, behauptete Twain nur, er habe »*10* Prozent« von einem nicht genannten Verleger geboten bekommen (2. Aug. 1870 an Bliss, *L4*, 179–80; vgl. *RI 1993*, 806–08).

300 *Vertrag gemäß den vereinbarten Bedingungen ... nichts von der Hälfte des Verlagserlöses* – Vgl. »Ein Besuch mit W. D. Howells bei General Grant«, Anm. 486: *»American Publishing Company«*.

Er verlegte dieses ... die nächsten beiden zu 10 Prozent – Twain gab die vereinbarten Tantiemen korrekt wieder, brachte nur die Reihenfolge, in der die Bücher erschienen, ein wenig durcheinander. Mit »dieses wie das nächste Buch« bezog er sich auf *Durch dick und dünn* (1872) und *Mark Twain's Sketches, New and Old* (1875c); mit »die nächsten beiden« auf *Das Vergoldete Zeitalter* (1873/74, 10 Prozent zu teilen mit seinem Koautor Charles Dudley Warner) und *Tom Sawyer* (1876, 10 Prozent) (*RI 1993*, 806–08; *ET&S1*, 435–36; »Vertrag mit der American Publishing Company für *Das Vergoldete Zeitalter*«, *L5*, 635–36; Abrechnung im Scrapbook 10:77, CU-MARK).

301 *er wolle kündigen ... unterzeichneten wir den Vertrag ... nicht verhandelbar* – Wenngleich Elisha Bliss jr. 1879 mit dem Gedanken gespielt hatte, die American Publishing Company »nach & nach« zu verlassen, war es in Wirklichkeit Francis (Frank) Bliss (1843–1915), Elishas Sohn und Schatzmeister der Firma, der schließlich kündigte und seinen eigenen Subskriptionsverlag gründete (Bliss an SLC, 13. Febr. 1879, CU-MARK). Bevor Twain 1878 nach Europa reiste, hatte er ohne Elishas Wissen mit Frank einen Vertrag für ein geplantes Reisebuch (das schließlich 1880 unter dem Titel *Bummel durch Europa* erschien) unterzeichnet und Tantiemen in Höhe von 10 Prozent vereinbart. Frank verpflichtete sich, über seine Kosten genau Buch zu führen, um den »Bruttogewinn« zu berechnen; sollte »die Hälfte des besagten Bruttogewinns zum Ende des ersten Jahres die besagten Tantiemen für das besagte Jahr übersteigen«, so würde Twain »diesen Überschuss zusätzlich zu besagten Tantiemen« erhalten (Vertrag vom 8. März 1878, CU-MARK). Allerdings lief es mit Frank Bliss' Firma nicht gut, und so erklärte Twain sich im November 1879, als das Buch in Produktion war, bereit, den Vertrag an die American Publishing Company zu übertragen. Ein Jahr später behauptete er, Elisha Bliss habe »als Gegenleistung für das Buch vom Verlag verlangt, ihm für eine Dauer von drei Jahren die Hälfte der *Gesamterlöse* abzutreten! – & der ist diesem Wunsch nur zu gerne nachgekommen. Denn das Buch hat dem Verlag das Leben gerettet & ihm wieder auf die Beine & aus den Schulden geholfen« (24. Okt. 1880 an OC, *Letters 1876–1880*; Hill 1964, 127–32, 142–43; für eine etwas andere Darstellung vgl. AD 23. Mai 1906).

302 *Newton Case* – Der Nachbar aus Hartford war Teilhaber der Druck- und Verlagsgesellschaft Case, Lockwood & Brainard Company sowie Direktor der American Publishing Company (*N&J3*, 203, Anm. 67, 456, Anm. 161).

J. R. Osgood ... Alte Zeiten auf dem Mississippi – 1872 bot James R. Osgood Twain zum ersten Mal an, eines seiner Werke zu veröffentlichen, was aufgrund bestehender Verträge mit der American Publishing Company jedoch nicht möglich war. Da Osgood aus ähnlichen Gründen auch *Sketches New and Old* nicht herausgeben konnte, musste er sich mit dem Büchlein *A True Story, and the Recent Carnival of Crime* (SLC 1877a) zufriedengeben. Twain wollte seinerseits das Prestige von Osgoods Verlag für sich nutzen und ließ dort *Der Prinz und der Bettelknabe* (1881) erscheinen – allerdings unter der Voraussetzung, dass das Buch durch Subskription verkauft würde, eine Bedingung, die Osgood völlig fremd war. Im darauffolgenden Jahr verlegte Osgood *The Stolen White Elephant, Etc.* Er reiste mit Twain den Mississippi hinab und veröffentlichte 1883 das auf dieser Reise basierende *Leben auf dem Mississippi* (31. März 1872 an Osgood, *L5*, 72–73, Anm. 2–3; *ET&S1*, 619–20; *P&P*, 9–11).

302 *hatte mich seine Emsigkeit sechsundfünfzigtausend Dollar gekostet* – Am 21. Dezember 1883 schrieb Twain an Osgood: »*Der Prinz und der Bettelknabe* & *Leben auf dem Mississippi* sind meine einzigen Bücher, die keinen Erfolg hatten. Der erste Misserfolg war noch zu ertragen – der zweite ist es kaum noch, und so ist es nicht gerade ein Thema, über das ich ruhig sprechen kann. Für das letzte Buch sind noch $ 50000 offen – das heißt, der Verkauf, der bei 80000 hätte liegen sollen [...], steht bei gerade mal 30000« (21. Dez. 1883 an Osgood, MH-H, in *MTLP*, 164). Die Gesamtkosten für Druckplatten, Papier und Bindung von *Leben auf dem Mississippi* beliefen sich laut Osgoods Abrechnung von Mitte März 1884 auf $ 39458,78. Auch zahlte Twain während dieser Zeit die Miete für Osgoods Büro in New York. Der hier genannte Betrag in Höhe von »sechsundfünfzigtausend Dollar« schließt möglicherweise auch diese Kosten mit ein (10. März 1884 an Webster, CU-MARK; SLCs Anmerkungen auf einer handschriftlichen Aufstellung der Druckkosten von *Leben auf dem Mississippi*, NPV).

303 *einen Scheck über vierundfünfzigtausendfünfhundert Dollar* – Die von Twain genannte Summe steht nicht im Widerspruch zu den hohen Verkaufszahlen von *Huckleberry Finn*. Weniger als drei Monate nach der Veröffentlichung waren 51000 Exemplare des Buches zu Preisen zwischen $ 2,75 und $ 5,50 verkauft worden (Webster an Moffett, 6. Mai 1885, CU-MARK; *HF 2003*, 660–61).

22. Februar 1906

303 *Tante Susy* – Susan Crane.

304 *Meldung über General Grant* – Die Zeitungen verfolgten General Grants Kampf gegen den Krebs. Am 16. April 1885 schilderte die *New York Times*, wie »sich der General [...] heiter mit seiner Familie unterhielt, die Stimme fest, das Erscheinungsbild Ausdruck seiner wiederkehrenden Gesundheit, die Schritte so sicher wie seit Monaten nicht und die Familie gänzlich frei von Sorge um ihn« sei (»A Day of Hopefulness«, 16. Apr. 1885, 4).
Richter Smith – H. Boardman Smith, Anwalt bei Smith, Robertson & Fassett in Elmira, gehörte nicht zu den Testamentsvollstreckern, sondern zu den Zeugen. Vermutlich wurde er später zum Richter ernannt. Die Vollstrecker waren Twain selbst, Theodore Crane, Charles J. Langdon, John D. F. Slee und Langdons Witwe Olivia L. Langdon (Boyd und Boyd 1872, 195; »Last Will and Testament of Jervis Langdon«, Fotokopie in CU-MARK).
Mr. Atwater – Dwight Atwater (1822–1890), geboren in einer ländlichen Gegend in der Nähe von Ithaca, New York, war in New York und Pennsylvania im Holzgeschäft tätig,

bevor er sich in Elmira niederließ. Später besaß er dort eine Fabrik für Stiefel und Schuhe (»Death of Dwight Atwater«, *Elmira Advertiser*, 2. Jan. 1890, o. S.).

307 *Norman Hapgoods Palast* – Hapgood (1868–1937), Schriftsteller und Journalist, ab 1903 Herausgeber von *Collier's Weekly*. Sein Haus lag an der East 73rd Street, nahe Park Avenue.

Er sagte: »David Gray.« – David Gray jr. (1870–1968) machte 1892 seinen Harvard-Abschluss, schrieb für mehrere Zeitungen in Buffalo und erhielt 1899 seine Gerichtszulassung als Anwalt. Während des Ersten Weltkriegs diente er im Expeditionskorps der Vereinigten Staaten und erhielt das Croix de Guerre. Von 1940 bis 1947 war er Botschafter der USA in Irland (»David Gray Dies; Former Envoy, 97«, *New York Times*, 13. Apr. 1968, 25).

Ned House – Edward H. House (1836–1901) war festangestellter Journalist bei der *New York Tribune*, als er Twain im Januar 1867 kennenlernte. 1870 ging er nach Japan, wo er an der Universität von Tokio Englisch unterrichtete und für die *Tribune* als »fester Korrespondent« arbeitete. Außerdem berichtete er 1874 für den *New York Herald* über den Einmarsch Japans in Formosa und arbeitete diese Reportage zu der Monographie *The Japanese Expedition to Formosa* aus, die er 1875 in Tokio als Buch drucken ließ. Er gründete die *Tokyo Times*, eine englischsprachige Wochenzeitung, die von der japanischen Regierung finanziert wurde. Nach seiner Rückkehr in die Vereinigten Staaten 1880 veröffentlichte er den Reisebericht *Japanese Episodes* (House 1881) und den illustrierten Roman *Yone Santo: A Child of Japan* (House 1888) (3. Mai 1871 an Bliss, *L4*, 389, Anm. 1; 20. Jan. 1872 an OLC, *L5*, 30, Anm. 2; *L6*: 10. Apr. 1875 an Bliss, 445, Anm. 1; vgl. Anm. nach 10. Nov. 1875 an Seaver, 591–92, Anm. 1). 1889/90 stritten House und Twain wegen einer Bühnenbearbeitung von *Der Prinz und der Bettelknabe*. Die Theateradaption stammte aus der Feder Abby Sage Richardsons. House behauptete, Twain habe ihm die Theaterrechte an dem Roman 1886 abgetreten, und beantragte eine einstweilige Verfügung, um die Aufführung des Stücks zu verhindern. Dieser Streit führte zu einem dauerhaften Bruch. Seine letzten Lebensjahre verbrachte House in Japan (9. Juni 1870 an Bliss, *L4*, 149–50, Anm. 3; *N&J3*, 542–43, Anm. 183).

308 *bei einem nächtlichen Eisenbahnunglück* – Der Unfall ereignete sich am 16. März 1888 frühmorgens auf der Strecke der Delaware, Lackawanna & Western Railroad in der Nähe von Binghamton, New York. Gray erlitt eine Kopfverletzung und starb zwei Tage später (*New York Times*: »Overturned in the Snow«, 17. März 1888, 5; »Editor Gray Dead«, 19. März 1888, 1).

23. Februar 1906

308 *Mr. Talmage Brown … schwere Verluste erlitten* – Brown (gest. 1891), Anwalt, Bauträger und Straßenbauunternehmer aus Des Moines, Iowa, war mit Olivias Cousine ersten Grades Anna, geb. Marsh, verheiratet. 1869 verklagte Langdon die Stadt Memphis, weil sie ihm $ 500 000 schuldete. Nach Browns Tod bewahrte Twain drei Nachrufe von Lokalzeitungen aus Des Moines auf, in denen Browns Großzügigkeit, Geschäftstüchtig-

keit, sein Familiensinn und seine Religiosität hoch gelobt wurden. In dem Notizbuch aus dieser Zeit schrieb Twain, dass ihn diese Würdigungen an seiner schlechten Meinung zweifeln ließen (*N&J3*, 635; *L4*: vgl. Anm. nach 28.–31. Jan. 1870 an Twichell, 43; 6. Juli 1870 an OLC, 165, Anm. 1; vgl. auch AD 26. März 1906).

310 *Mr. Henry W. Sage* – Sage (1814–1897) war ein äußerst erfolgreicher Geschäftsmann, der dank seiner Holzfirmen zu den größten Grundbesitzern des Staates zählte. Er spendete freizügig an die Cornell University und ließ zahlreiche Bibliotheken, Kirchen und Schulen bauen und einrichten. Sein Sohn, Dean Sage, war ein enger Freund von Twain (*L6*: 28. März 1875 an Sage, 431, Anm. 1; 22. Apr. 1875 an Sage, 453, Anm. 5).

311 *Mr. Arnot* – John Arnot (1793–1873) emigrierte 1801 mit seiner Familie aus Schottland. Er war Kaufmann und Eigentümer einer Gießerei in Elmira, bevor er bei der Chemung Canal Bank anfing und 1852 zu deren Präsident ernannt wurde (Peirce und Hurd 1879, 284; Boyd und Boyd 1872, 41).

313 *die Autobiographie meines Bruders Orion* – In einem Brief vom 26. Februar 1880 unterbreitete Twain seinem Bruder Orion zwei mögliche Entwürfe für eine schonungslos ehrliche Biographie. Alles andere als beleidigt, sondern begeistert von der Vorstellung, die *Autobiographie eines Feiglings* oder die *Bekenntnisse einer gescheiterten Existenz* (so die von Twain vorgeschlagenen Titel) zu schreiben, machte sich Orion sofort an die Arbeit, und Twain konnte Howells bereits im Juni 1880 einen Auszug zur Veröffentlichung im *Atlantic Monthly* vorlegen. Howells lehnte ab: »Es ging mir sehr zu Herzen, und ich war nach der Lektüre regelrecht verstört. [...] Aber die Seele des Autors wird *allzu* bloßgelegt: Es ist schockierend« (Howells an SLC, 14. Juni 1880, CU-MARK, in *MTHL*, 1:315). Am 18. Januar 1882 schickte Orion seinem Bruder das 2523 Seiten umfassende fertige Manuskript mit dem neuen Titel *Autobiographie eines Exzentrikers*, das jedoch nie in Druck gehen sollte. An dieser Stelle behauptet Twain, Orions Manuskript befinde sich »im Zimmer nebenan«; im AD vom 6. April 1906 dagegen sagt er, er habe schon früh »einen beträchtlichen Teil davon vernichtet«. Das Manuskript – ganz oder in Teilen – ging Paine offensichtlich am 11. Juli 1907 in der Grand Central Station verloren. Nach Twains Tod machte Paine widersprüchliche Angaben über den Verbleib der Autobiographie und behauptete abwechselnd, sie liege in einem Tresor verwahrt, sei verlorengegangen oder auf Twains Geheiß vernichtet worden. In *Mark Twain: A Biography* zitiert Paine daraus und behauptet, die ältesten Kapitel seien erhalten. Abgesehen von diesen Zitaten existieren von Orions Autobiographie nur noch ein paar lose Blätter in den Mark Twain Papers sowie einige Auszüge aus Briefwechseln, die Orion seinen Anmerkungen zufolge hatte übernehmen wollen (*Letters 1876–1880*: 26. Febr. 1880 an OC, 9. Juni 1880 an Howells; OC an SLC: 29. Febr. und 1. März 1880, 18. Jan. 1882, 19. Jan. 1882, CU-MARK; *MTB*, 1:24, 44, 85, 2:674–77; MS-Fragmente in DV 391, CU-MARK; Orions Mitteilung vom 6. Febr. 1861 an OC und MEC, NPV; Schmidt 2008b).

Benvenuto erzählt eine Reihe von Begebenheiten ... Rousseau und seine Bekenntnisse – Twain hielt die Autobiographie von Benvenuto Cellini für das »unterhaltsamste aller Bücher« (*N&J2*, 229). Er erwähnte sie in seinen Briefen und Notizbüchern sowie in *Huckleberry Finn* (35. Kapitel) und *Ein Yankee an König Artus' Hof* (17. Kapitel). In seinem Brief vom 26. Februar 1880 schreibt er an Orion: »Rousseau bekennt sich zu Onanie, Diebstahl, Lügen, schmählichem Verrat« (*Letters 1876–1880*; ein längeres Zitat aus dem Brief findet sich in der »Entstehungsgeschichte«).

314 *ich habe den Vorfall schon erwähnt ... In seiner Autobiographie erzählt mein Bruder* – Vgl. »Meine Autobiographie [Willkürliche Auszüge daraus]« und Anm. 14–15: *»Ich kann mich noch sehr gut daran erinnern«*. Orions Schilderung, der zufolge nicht Samuel, sondern er selbst zurückgelassen wird, ist weniger dramatisch. Er war vierzehn (1839/40) und nur kurz »allein«: »Der Wagen war erst wenige Meter gefahren, als man mich bemerkte und einsteigen ließ« (*MTB*, 1:24).

26. Februar 1906

315–16 *in Deutschland ... einem amerikanischen Konsul in einer deutschen Stadt* – Dieser Unfall ereignete sich im Juli 1878 in Worms. Bei dem »Freund und Ausflugsgefährten« handelte es sich vermutlich um Edward M. Smith, den damaligen US-Konsul in Mannheim (*N&J2*, 46, 125, Anm. 22, 248, Anm. 68).

316 *Clara Spaulding ... hat einen Sohn ... eine Tochter* – John B. Stanchfield jr. (1889–1946) und Alice Spaulding Stanchfield (1887–1941), die spätere Frau von Arthur M. Wright.

317 *an einem (Wort unleserlich) gespielten Adonis* – Dieses Musical mit dem Schauspieler Henry E. Dixey in der Hauptrolle war ein rekordbrechender Broadway-Erfolg, der von 1884 bis 1886 mehr als 600-mal aufgeführt wurde (*New York Times*: »Amusements«, 5. Sept. 1884, 4; »A Great Day for Dixey«, 8. Jan. 1886, 1). Mit der Anmerkung in Klammern ersetzte Twain vermutlich »the pals« (die Jungs): »We went to the theater and enjoyed ›Adonis‹, the pals acted very much« (OSC 1885–86,17). Möglicherweise wollte Susy »the play acted« (aufgeführt) schreiben.

Major Pond – James B. Pond (1838–1903), in Allegany County, New York, geboren, wurde nach seiner Druckerausbildung Journalist und arbeitete bei verschiedenen Zeitungen. Während des Bürgerkriegs diente er im 3. Kavallerie-Regiment von Wisconsin und stand am Ende des Konflikts im Rang eines Majors. Er stieg in James Redpaths Boston Lyceum Bureau ein – eine Agentur, die berühmte Autoren und Redner an Hochschulen vermittelte – und erwarb im Jahr 1875 dessen Anteile an der Firma. 1879 eröffnete Pond sein eigenes Büro. Er organisierte Twains Lesereise mit George Washington Cable 1884/85 wie auch seine internationale Vortragsreihe 1895/96. In den folgenden Jahren unterbreitete Pond ihm immer wieder großzügige Angebote für weitere Tourneen, die Twain ausschlug (13. Sept. 1897 an Rogers, 6.–7. Nov. 1898 an Rogers, 21. Juli 1900 an Rogers, Salm, in *HHR*, 300, 374, 448).

318 *Ich war sein Verleger* – [Fußnote] Vgl. »Über General Grants Memoiren«.

Persönlichen Erinnerungen – [Fußnote] Vgl. Grant 1885/86.

General Hood ... Sherman ... durch Georgia vorzurücken – John B. Hood (1831–1879) besuchte die Militärakademie West Point und diente danach im Unionsheer, bis er sich im April 1861 der Konföderation anschloss. Im Oktober 1862 wurde er zum Generalmajor befördert. Grant gibt in seinen *Personal Memoirs* im Wesentlichen dieselbe Darstellung von Shermans Marsch zum Meer (Grant 1885/86, 2:374–76).

321 *neuen und teuflischen Erfindung ... namens Autorenlesung* – Die hier beschriebene Veranstaltung fand am Mittwoch, dem 29. April 1885, im Madison Square Theatre als zweite von zwei Lesungen statt, die der American Copyright League zugutekamen. Twain gab die von ihm immer wieder gern gelesene Passage »Schwierige Lage« aus Kapitel 22 von *Bummel durch Europa* zum Besten. Außer ihm trugen u. a. Howells und Henry Ward Beecher aus ihren Werken vor. So »teuflisch« Twain die neue Mode der Autorenlesung (im Gegensatz zu freien Vorträgen) auch gefunden haben mag, hatte er dieses Konzept doch selbst eingeführt. Die *Washington Post* schrieb: »Das Cable-Twain-Leseprojekt vom letzten Winter könnte als Anfang einer neuen Unterhaltungsform gesehen werden. Der reine Vortrag ist überholt, [...] aber dass ein Autor [...] aus seinen eigenen Werken liest, ist ein neues und zudem spannendes Konzept« (»News Notes in New York«, 3. Mai 1885, 5). Twains Vortrag am Vassar College fand am 1. Mai statt (*N&J3*, 112, 140–41, Anm. 48; »Listening to the Authors«, *New York Times*, 30. Apr. 1885, 5; »Authors' Readings«, *Life* 5 [30. Apr. 1885]: 248; »The Authors' Readings«, *The Critic*, 2. Mai 1885, 210).

322 *bei einer jener Feiern ... Mr. Longfellow zum Gedenken* – Die Longfellow Memorial Association wurde 1882 gegründet, um Gelder für ein Denkmal zu Ehren des verstorbenen Dichters zu sammeln. Die Autorenlesung zugunsten der Gesellschaft fand am 31. März 1887 im Boston Museum (einem Theater) statt (Longfellow Memorial Association 1882; »The Authors' Readings in Boston«, *The Critic*, 9. Apr. 1887, 177; vgl. *MTHL*, 2:589–90, Anm. 1).

323 *kürzten den Text* – Howells las Auszüge aus *Their Wedding Journey* (Howells 1872; *MTHL*, 2:589–90, Anm. 1).

wo wir zu sechzehn waren – Bei der Veranstaltung in Boston traten neun Autoren auf (»Authors' Readings for the Longfellow Memorial Fund«, gedrucktes Programm, CLjC).

1888 in Washington ... an einem Nachmittag im Globe Theatre – Twain verwechselte die Lesung 1887 in Boston mit der in Washington im März 1888 in der Congregational Church (nicht im Globe Theatre); vgl. Anm. 324: *»Lesung in Washington«*.

anmutige und kompetente Redner Professor Norton – Der Autor und Reformer Charles Eliot Norton (1827–1908) leitete 1887 die Lesung in Boston. Howells zufolge »beging er eine Taktlosigkeit«, als er Twain mit den Worten ankündigte, Darwin habe regelmäßig vor dem Zubettgehen dessen Bücher gelesen, um »gewiss gut schlafen zu können« (Howells 1910, 51).

rezitierte Dr. Holmes ... »Das letzte Blatt« ... bis die Rufe nach Zugabe von Schweigen abgelöst wurden – »The Last Leaf«. Einem zeitgenössischen Bericht zufolge las Holmes nur aus »The Chambered Nautilus« (1858) und aus »Dorothy Q.« (1871). Er »gab sich dem Geist der Gedichte mit Leib und Seele hin, pulsierte und sprudelte über vor Lebensfreude, erhob sich auf die Zehenspitzen und schloss mit solch schwungvoller Brillanz, dass seine Zuhörer vor Begeisterung ganz außer sich gerieten« (»The Authors' Readings in Boston«, *The Critic*, 9. Apr. 1887, 177).

324 *den dritten Platz im Programm ... meinen Text* – Twain trat als Erster auf und las Auszüge aus »English as She Is Taught«, das 1887 in der Aprilausgabe des *Century Magazine* erschien (SLC 1887).

Lesung in Washington ... Thomas Nelson Page ... im Weißen Haus – Twain las auf zwei Benefizveranstaltungen für die American Copyright League in der Congregational Church, und zwar am 17. und 19. März 1888. Für die erste Lesung war er nicht eingeplant gewesen, sprang aber als »besondere Überraschung« für Charles Dudley Warner ein (der sich wegen eines Schneesturms verspätete) und las »How I Escaped Being Killed in a Duel« (»Authors as Readers«, *Washington Post*, 18. März 1888, 5; SLC 1872a). Hier beschreibt er die zweite Veranstaltung, an der zehn Autoren teilnahmen. Er trug »An Encounter with an Interviewer« (SLC 1875b) vor. Page (1853–1922), vor allem bekannt für seine verklärende Darstellung und Sympathie mit den Südstaaten vor dem Bürgerkrieg, las zwei Texte im »eigentümlichen Dialekt der Neger Virginias«. Anschließend gab es für die Autoren und ihre Gäste einen großzügigen Empfang samt Abendessen im Blauen Salon des Weißen Hauses (*Washington Post*: »Local Intelligence«, 20. März 1888, 3; »Society«, 20. März 1888, 4).

dass mich Livy ... auf meinen Besuch im Weißen Haus vorbereitete – Vgl. AD 5. März 1906 und Anm. 325: *»Als ich jenes Mal ...«*.

5. März 1906

325 *Als ich jenes Mal von Hartford nach Washington reiste* – Vgl. AD 26. Febr. 1906 und Anm. 324: *»dass mich Livy ...«*. Nach Twains erster Lesung bei einer Matinee am 17. März 1888, die Olivia nicht besucht hatte, nahm er an einer Teegesellschaft im Weißen Haus teil. Olivia kam zu seiner zweiten Lesung am 19. März nach Washington und begleitete ihn auf dem anschließenden Empfang (16. März 1888 an OLC, CU-MARK, in *LLMT*, 249–51; Rosamond Gilder 1916, 195–96).

Clevelands erste Amtszeit ... hatte seine Frau noch nie getroffen – Cleveland war zwei Legislaturperioden lang Präsident der USA: 1885–1889 und 1893–1897. Am 2. Juni 1886 heiratete er Frances Folsom (1864–1947) im Weißen Haus. Diese erlangte Berühmtheit aufgrund ihrer Schönheit, weil sie sich für die Bildung der Frauen einsetzte, wegen ihrer samstäglichen Empfänge für die Armen und Frauen aus der Arbeiterschicht, dank ihrer aufgeweckten und spritzigen Art. Die Anekdote, die Twain hier erzählt, muss sich am 17. März 1888 bei der Teegesellschaft im Anschluss an seine erste Lesung in Washington zugetragen haben.

326 *bat sie, ihren Namen unter diese Worte zu setzen* – »Frances F. Cleveland«; die Visitenkarte befindet sich heute in den Mark Twain Papers.

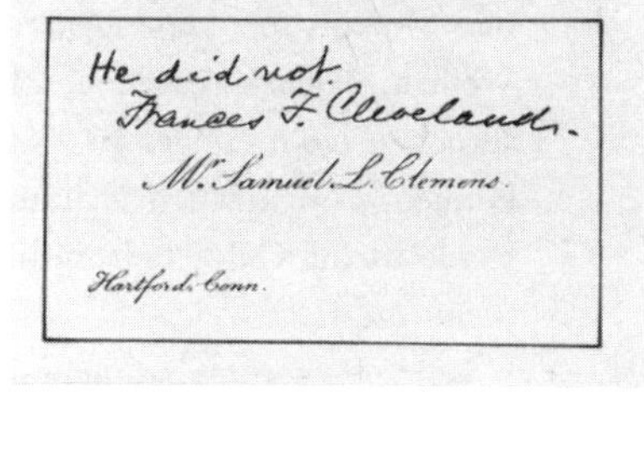

326–27 *1893 und 94 lebten wir in Paris … am anderen Ufer der Seine* – Twain und seine Familie logierten von November 1893 bis Juni 1894 im Hotel Brighton, verließen Paris dann, um durchs Land zu reisen, und kehrten erst im Herbst in die Stadt zurück. Wieder quartierten sie sich im Hotel Brighton ein, bis sie Mitte November das Haus in der Rue de l'Université 169 bezogen und dort bis Ende April 1895 blieben.

327 *Pomeroy, der Künstler* – Der englische Bildhauer Frederick William Pomeroy (1856 bis 1924) gewann 1885 eine Auszeichnung und das Reisestipendium der bedeutenden Kunstakademie der Royal Academy Schools in London und studierte daraufhin in Paris und Italien. Er gehörte der New-Sculpture-Bewegung an, die sich der möglichst perfekten Abbildung von Figuren aus Mythologie und Literatur verschrieben hatte. Von einer Verbindung zu Twain ist nichts bekannt.

Mammuthöhle – *»Mammoth Cave«*. Eine riesige Höhle in Kentucky, die in den 1890er Jahren auf eine Länge von etwa 280 Kilometern geschätzt wurde. Heute weiß man, dass sie mehr als doppelt so lang ist (Baedeker 1893, 318; National Park Service 2008).

Vor vier oder fünf Jahren … ein Haus am Ufer des Hudson – Anfang Juli 1901 besichtigte die Familie Clemens das Haus von William H. Appleton in Riverdale-on-the-Hudson, New York. Sie mieteten es vom 1. Oktober 1901 bis Juli 1903. Twain bezeichnete es als »das angenehmste Haus & die angenehmste Nachbarschaft in der ganzen Republik« (30. Juni 1903 an Perkins, NRivd2; Stein 2001, B1; 9. Juli 1901 an Rogers, CU-MARK, in *HHR*, 465; Wave Hill 2008).

330 *Buck Fanshaws Unruhen … unterdrückte die Unruhen, bevor sie richtig losgehen konnten* – Im 47. Kapitel von *Durch dick und dünn* erzählt »Scotty« Briggs über Buck Fanshaw: »Er hat die Unruhen alle abgebrochen und schön verhindert, ehe überhaupt einer 'ne Chance hatte, was zu landen« (MT 1960, 282).

Die Kinder der Clevelands … Ruth, die Erstgeborene – Ruth (»Baby Ruth«, 1891–1904) starb mit zwölf Jahren infolge einer Diphtherieerkrankung an Herzversagen, sie war die Erstgeborene von fünf Kindern, gefolgt von den Schwestern Esther (1893–1980) und Marion (1895–1977) und den Brüdern Richard (1897–1974) und Francis (1903–1995) (»Ruth Cleveland Dead«, *New York Times*, 8. Jan. 1904, 7). Twain schrieb ihr am 3. November 1892, als sie ein Jahr alt war, kurz bevor ihr Vater für eine zweite Legislaturperiode wiedergewählt wurde (DLC):

Liebe Miss Cleveland,

wenn Sie Ihrem Vater diesen Brief vorlesen oder, weil Sie zu beschäftigt sind, Ihre Mutter darum bitten, werde ich Ihnen eines Tages einen Gefallen tun – was auch immer Sie von mir verlangen. Denn ich beabsichtige, Sie vor Ablauf der vier Jahre im Weißen Haus zu besuchen. Ich werde es vom Kongress ausbauen lassen, denn Sie beanspruchen wohl einiges an Platz. Und ich schreibe ein Buch, auf dem Sie herumkauen können – im wörtlichen Sinn, denn wie ich selbst weiß, ist es ein sehr zähes Buch. Ich werde meine Galoschen mitbringen, aber das macht nichts – ich weiß jetzt, was man damit tut. […]

Keine Regierung hat mehr Anerkennung verdient als die letzte Amtszeit Ihres Vaters &

Ihrer Mutter – & doch wird sie es nicht mit dieser aufnehmen können, jetzt, wo Sie an Bord sind.

Ich erweise Ihnen meine Ehrerbietung & verbleibe

ganz der Ihre
S. L. Clemens

330 *schicken Sie freundlicherweise mir den Gruß* – Twain kam Gilders Bitte am nächsten Tag nach. Der Inhalt seines Briefs, den Gilder an Cleveland in Stuart, Florida, schickte, findet sich im AD 6. März 1906. Gilder war Präsident Cleveland schon 1886 im Weißen Haus vor dessen Hochzeit begegnet, doch erst 1887 wurden sie Freunde (Richard Watson Gilder 1910, 7; Rosamond Gilder 1916, 142; Lynch 1932, 533).

Mason, ein alter und geschätzter Freund ... Generalkonsul in Frankfurt am Main – Twain lernte Frank H. Mason (1840–1916), dessen Frau Jennie V. Birchard Mason (1844?–1916) und den gemeinsamen Sohn Dean B. Mason (geb. 1867) 1867/68 in Cleveland kennen. Mason arbeitete von 1866 bis 1880 für den *Cleveland Leader*, zuerst als Reporter und Leitartikler, dann als Redaktionsleiter, bevor er zum US-Konsul im schweizerischen Basel ernannt wurde. Twain scheint sich den Zeitpunkt, wann seine Familie »viel Zeit mit ihm und den Seinen in Frankfurt verbracht« hatte, falsch gemerkt zu haben, da sich 1878 keine der beiden Familien in Frankfurt aufhielt. Allerdings pflegten sie im Sommer 1892 in Bad Nauheim Kontakt miteinander. 1905 schrieb Mason, seine Familie trage »Euch alle noch immer an einem besonderen Platz im Herzen«, und erinnerte sich: »Wir waren im Hotel Kaiserhof in der Suite gleich über der untergebracht, in der Sie mit Mrs. Clemens und den Mädchen in jenem unbeschwerten Sommer wohnten« (Mason an SLC, 30. Juli 1905, CU-MARK; »Mrs. Frank H. Mason Dead«, *Washington Post*, 26. Nov. 1916, 2).

331 *Befehlsempfänger – »Heelers«.* Auch »Ward Heelers«, abgeleitet vom englischen Wort »heel« (Ferse), vermutlich weil die »Heelers« den politischen Bossen stets an den Fersen klebten und in der Hoffnung auf spätere Belohnung mitunter sehr skrupelloses Verhalten an den Tag legten.

78 war Mason ... Generalkonsul in Frankfurt ... Liste vorzeigbarer Erfolge aus Marseille – Twains Angaben zu Masons Karriere sind im Großen und Ganzen korrekt, nur die Daten sind es nicht. Mason wurde Anfang 1884 zum US-Konsul in Marseille ernannt, wo wenige Monate später eine Choleraepidemie ausbrach, die in Großteilen der Bevölkerung zu Panik und Flucht aus der Stadt führte. Während des darauffolgenden Jahres tat er sich durch ausführliche Berichte über die Ursachen, Behandlungsmethoden und gesellschaftlichen Auswirkungen der Krankheit hervor (die durch einen gleichzeitigen Ausbruch von Typhus und Fleckfieber zusätzlich erschwert wurde) sowie durch seine Bemühungen um ihre Eindämmung. Ende August 1885 berichtete er, die Panik von 1884 sei ein wenig zurückgegangen, die Sterberate in der »stinkenden Stadt« jedoch immer noch »erschreckend hoch«. Von 1889 bis 1898 war er als Generalkonsul in Frankfurt, von 1899 bis 1905 in Berlin tätig. Danach folgte eine Anstellung in Paris (*Washington Post*: »The Cholera at Marseilles«, 8. Sept. 1885, 4; »Capt. Frank H. Mason Dead«,

25. Juni 1916, ES11; *New York Times*: »The Cholera Panic in France«, 4. Juli 1884, 1; »Origin of the Epidemic«, 1. Aug. 1884, 3; Department of State 1911).

Masons Erfolgsbilanz ... um ihn vor dem Sturz zu bewahren – Soweit bekannt, ist Masons Brief nicht erhalten. Für Twains Antwort auf Masons Bitte vgl. AD 6. März 1906.

6. März 1906

333 *schrieb dem kleinen Kind* – Twain brachte sein Plädoyer für Mason in einem zweiten Brief an die einjährige Ruth Cleveland vor, den er vermutlich im Januar oder Anfang Februar 1893 schrieb, bevor Ruths Vater offiziell seine zweite Amtszeit antrat:

Meine liebe Ruth, –

ich gehöre den Parteilosen an, & eine der heiligsten Regeln verbietet es uns, Amtsträger um Gefallen zu bitten oder eine bestimmte Person für einen Posten vorzuschlagen, doch kann es nichts schaden, Ihnen einen freundlichen Brief zu schreiben & Ihnen mitzuteilen, dass Ihr Vater kurz davor steht, eine schreckliche Gräueltat zu begehen & den besten Konsul zu entlassen, den ich kenne (& ich kenne einige), nur weil dieser Republikaner ist und ein Demokrat nach seinem Posten strebt. [...]

Dem Präsidenten kann ich keine Nachricht schicken, aber wenn Sie das nächste Mal über derartige Angelegenheiten mit ihm sprechen, so berichten Sie ihm doch bitte von Captain Mason & meiner Einstellung zu einer Regierung, die ihre fähigen Beamten auf solche Weise behandelt. (1. Jan.–15. Febr. 1893 an Ruth Cleveland, *MTB*, 2:864)

Brief des Präsidenten – Als Antwort, vermutlich nach Clevelands Amtseinführung am 4. März 1893, erhielt Twain einen »winzigen Briefumschlag« mit einer Mitteilung in Präsident Clevelands Handschrift:

Miss Ruth Cleveland wünscht, den Erhalt von Mr. Twains Brief zu bestätigen und ihm mitzuteilen, dass sie so frei war, ihn dem Präsidenten vorzulesen, der sie bittet, Mr. Twain für ihre Informationen zu danken und ihm zu bestellen, dass Captain Mason im Frankfurter Konsulat ungestört bleiben wird. Der Präsident bittet Miss Cleveland außerdem auszurichten, dass der Präsident, sollte Mr. Twain von ähnlichen Fällen wissen, sehr dankbar sei, wenn dieser ihn frühestmöglich davon in Kenntnis setzte. (Cleveland an SLC, *MTB*, 2:864)

Mason blieb bis Ende 1898 Generalkonsul in Frankfurt.

333–34 *Mason schrieb mir abermals ... schrieb erneut an Ruth Cleveland* – Masons zweiter Brief an Twain mit einem erneuten Hilfegesuch ist ebenfalls verschollen. Twain antwortete jedoch am 25. Februar 1893 und versprach, er wolle sich »nach dem Brief erkundigen, den ich an Mr. Cleveland geschickt habe« (laDmE). Sollte er diesen dritten Brief tatsächlich geschrieben haben, so ist er unauffindbar.

334 *Geehrter Herr … 18. März 06* – Die handschriftliche Version dieses Briefs – verfasst zu Ehren von Clevelands Geburtstag am 18. März – existiert noch und wird in den Cleveland Papers in der Library of Congress (DLC) aufbewahrt. Den Text des in diesem Diktat abgedruckten Briefs schrieb J. S. Hobby von Twains persönlicher Sicherheitskopie (jetzt unter NN-BGC) ab, die den Original-Briefkopf (»21 Fifth Avenue«), Datum und Anrede (»6. März 1906./Grover Cleveland, Esq./ehem. Präsident«) sowie die Schlussformel (»Mit tiefstem Respekt«) weglässt.

335 *Als Mr. Cleveland … was er keinem verübeln werde* – Der von Twain beschriebene Vorfall konnte nicht belegt werden. Bei einer anderen Gelegenheit jedoch schlug Cleveland ein Angebot der New York Central Railroad aus, das sein Anwaltskollege in Buffalo, Wilson S. Bissell (1847–1903), gerne angenommen hätte. Um 1880 versuchte der Präsident dieser Eisenbahngesellschaft, Chauncey M. Depew, die Kanzlei als Rechtsvertretung für den Westen des Staates New York zu gewinnen. Cleveland argumentierte, »wenn sie annähmen, müssten sie […] der Bahngesellschaft mit all ihren Belangen und dem großen Arbeitsvolumen – Landerwerb, Abwehr von Schadenersatzklagen, Vertretung bei allen anfallenden Geschäften mit der Stadt und natürlich auch allen anderen Städten und Orten im Westen New Yorks – praktisch zur freien Verfügung stehen« (Tugwell 1968, 47; Depew 1922, 124–25, 227). Nachdem Cleveland 1882 das Amt des Bürgermeisters von Buffalo angetreten hatte, wurde er als »Veto-Bürgermeister« bekannt, weil er sich weigerte, auf einzelne Personen oder Gruppen zugeschnittene Gesetze und Verordnungen zu erlassen oder öffentliche Aufträge zu vergeben, deren Hauptzweck darin bestand, einen Kreis korrupter Politiker, Firmen und Bauunternehmer auf Kosten der Stadt zu begünstigen und zu bereichern (Tugwell 1968, 53–61; Lynch 1932, 74, 85–95).

70 und 71 in Buffalo … war Mr. Cleveland Sheriff – Cleveland war 1871/72 Sheriff in Erie County, New York, mit Buffalo als Verwaltungssitz.

336 *ein Nest von Klingelknöpfen … die sechzehn Sekretäre aus den Türen schlüpfen zu lassen* – Als er sich 1884/85 auf Lesereise mit Cable befand, beschrieb Twain seiner Frau den Vorfall folgendermaßen:

Im Zug, 3. Dez. 84

Wir kamen mittags in Albany an, wo uns ein Abgesandter erwartete & erklärte, Gouverneur Cleveland habe den Wunsch geäußert, dass ich ihn besuchen käme, da er meine Bekanntschaft machen wolle. Gleich nachdem wir gegessen hatten, brachte uns der Herr mit zusätzlichem Geleitschutz in zwei Landauern zum Kapitol, & wir hatten eine sehr vergnügliche & angenehme kurze Plauderei mit dem zukünftigen Präsidenten. Er erinnerte sich gut an mich, da er mich oft in Buffalo gesehen hatte, doch ich erinnerte mich natürlich nicht an ihn & behauptete auch nicht, dass ich es täte. Am Abend stand ein Festessen mit den Wahlmännern an, & er äußerte großes Bedauern darüber, dass es ihn daran hindern würde, dem Vortrag beizuwohnen; da schlug ich vor, dass er meinen Platz auf dem Podium einnehmen und ich an seiner Stelle das Bankett abhalten könnte; doch er erwiderte, dies wäre eine recht einseitige Angelegenheit, da das Publikum der Lesung schrecklich enttäuscht sein würde. Dann setzte ich mich auf vier elektrische Klingeln gleichzeitig (wie die Katzen auf der Farm es zu tun pflegten) & rief vier Pagen herbei, die niemand gebrauchen konnte. (CU-MARK)

336–37 *Abbott Thayers … Miss Lyon … kannten sie* – Twains Nachbarn waren der Künstler Abbott Handerson Thayer (1849–1921) und seine zweite Frau, die Künstlerin Emeline (Emma) Beach Thayer (1850–1924), sowie Abbotts drei Kinder aus erster Ehe: Mary (geb. 1876), Gerald (1883–1939) und Gladys (1886–1945). Emma Beach Thayer und Twain waren Reisegefährten auf der *Quaker City* 1867 gewesen und gute Freunde. Witter Bynner (1881–1968), der später als Dichter Berühmtheit erlangte, arbeitete seit seinem Harvard-Abschluss 1902 als Redakteur für S. S. McClure, den Herausgeber des Skandalblatts *McClure's Magazine*. Bei Barry Faulkner (1881–1966), Künstler und ehemaliger Harvard-Kollege Bynners, handelte es sich um einen Cousin und Schüler von Abbott Thayer (Twain hatte seinen Vornamen offensichtlich falsch in Erinnerung). Die jungen Männer hatten sich Isabel Lyon am 3. Mai 1905 in Ceccinas Restaurant in New York City vorgestellt (vgl. Anm. nach 2.?–7. Febr. 1867 an McComb, *L2*, 15; AskART 2008a, 2008b, 2008c, 2008d; Patricia Thayer Muno, persönliches Gespräch, 30. Juli 2008; Lyon 1905, 108–09, 123, 276).

7. März 1906

337 *Mittwoch, 7. März 1906* – Die erste Seite dieses Diktats ist in der »Entstehungsgeschichte« als Faksimile abgedruckt (Abb. 16 [Bd. 2, S. 69]).

Am nächsten Tag – Susy beschrieb den Morgen des 30. April 1885 in New York City, den Tag nach Twains Auftritt bei einer Autorenlesung (vgl. AD 26. Febr. 1906, Anm. 321: *»neuen und teuflischen Erfindung«*).

339 *Brooklyn Bridge besichtigen* – Die Brooklyn Bridge war erst knapp zwei Jahre zuvor, am 24. Mai 1883, nach einer Bauzeit von fast vierzehn Jahren eröffnet worden.

340 *maria Mutter* – Im Original klein geschrieben.

Hübsche kleine deutsche Mädchen … und konnte kein Englisch – Jeans junges deutsches Kindermädchen mit einem Hang zum Fluchen trat die Stelle bei den Clemens am 16. August 1883 als Ersatz für Rosina Hay an, die sich auf ihre Hochzeit vorzubereiten begann. Twain schrieb seiner Mutter noch am selben Tag: »Das neue Mädchen gefällt uns außerordentlich gut, & es spricht ein gutes sauberes Deutsch, das wir ebenso gut verstehen wie Englisch« (16. Aug. 1883 an JLC, CU-MARK).

341 *die Rektorin* – Abby F. Goodsell war von 1875 bis 1877 und von 1881 bis 1891 Rektorin des Vassar College, »die rechte Hand des Direktorats bei der Leitung der Lehrkräfte und der Führung der Studentinnen«. Ihre Aufgaben umfassten u. a. die »mütterliche Betreuung« der Studentinnen, die Vermittlung von Unterkünften und die Beaufsichtigung von öffentlichen und gesellschaftlichen Veranstaltungen (Vassar College 2008a).

342 *Er las »Schwierige Lage« und »Der goldene Arm«, eine Gespenstergeschichte* – Sowohl »A Trying Situation« aus *Bummel durch Europa* als auch »The Golden Arm« (»The Woman with the Golden Arm«), die Twain manchmal »Eine Gespenstergeschichte« nannte (»A Ghost Story«), gehörten zum Repertoire der Lesereise »Twins of Genius«, die er 1884/85 mit George Washington Cable unternahm (*N&J3*, 69; vgl. »Meine Autobiographie [Willkürliche Auszüge daraus]«, Anm. 29: *»die unsterblichen Geschichten erzählt, die Onkel Remus Harris«*).

342–43 *Präsident des College ... die Erinnerung an ihn ist mir verhasst* – Samuel L. Caldwell (1820–1889), ein baptistischer Geistlicher, war seit 1878 Direktor des Vassar College. In einem Brief vom 3. April 1885 bedankte er sich bei Twain für dessen Bereitschaft, vor den Studentinnen zu sprechen, und lud ihn und Olivia ein, über Nacht zu bleiben. In einem zweiten Brief vom 9. April 1885 versicherte er Twain, dass Gästezimmer für ihn und Susy bereitstünden und »die Rektorin, da bin ich sicher, Ihrer Tochter einen angenehmeren Aufenthalt bereiten wird als jedes Hotel« (CU-MARK). Twain nahm das Angebot umgehend an (11. Apr. 1885 an Caldwell, NPV). Caldwell hatte wenig Erfahrung in Verwaltungsdingen, und 1884 äußerten die Alumni ihre Unzufriedenheit über seine unzureichenden Bemühungen, neue Studentinnen zu gewinnen. Das Kuratorium stellte sich auf die Seite der Alumni und nahm am 9. Juni 1885, fünf Wochen nachdem Twain seine Lesung zu Ehren des Gründungstags gehalten hatte, Caldwells Kündigung entgegen (Vassar College 2008b; Daniels 2008).

8. März 1906

344 *Miss Taylor ... Mrs. (Professorin) Lord ... Miss Russell ... Miss Hill* – Bei Miss Taylor handelte es sich vermutlich um Virginia Taylor aus der Oberstufe, die kurz zuvor am Oberstufen-Debattierwettbewerb der Barnard Union teilgenommen und in der Unterstufenaufführung von Richard Brinsley Sheridans *The Critic* den Earl of Leicester gespielt hatte. Mrs. Lord war mit dem Philosophieprofessor Herbert Lord verheiratet. Isabelle (Belle) K. Russell aus der Oberstufe fungierte als Vorsitzende der Barnard Union. Laura Drake Gill (1860–1926) leitete seit 1901 das Barnard College als Dekanin. Sie hatte Mathematik am Smith College studiert, wo sie 1881 den Bachelor und 1885 den Master machte. Ihre anschließende Lehrtätigkeit unterbrach sie für weiterführende Studien an den Universitäten Leipzig und Genf sowie an der Sorbonne. Nach Ausbruch des Spanisch-Amerikanischen Krieges trat sie 1898 dem Roten Kreuz bei und leitete ein Krankenhaus in Kuba. Nach Kriegsende übernahm sie die Leitung der kubanischen Waisengesellschaft und half beim Aufbau kubanischer Schulen (*Barnard Bulletin*: »Departmental Changes«, 4 [24. März 1902]: 3; Belle K. Russell, »Barnard Union«, 10 [15. Jan. 1906]: 1; »Undergraduate Play«, 10 [21. März 1906]: 1; »Dr. Laura Drake Gill«, 30 [12. Febr. 1926]: 4; Barnard College 2008a, 2008b; »Dr. Laura Gill Dies«, *New York Times*, 5. Febr. 1926, 19).

344 *einen Vortrag über Moralgesetze* – Der *Barnard Bulletin* schrieb über Twains Rede:

Er sagte, er habe sich kein Thema zurechtgelegt, doch es gebe einige gute Beispiele, die er anbringen wolle. »Die Launen der Erinnerung« halte er für ein gutes Thema, wobei er ebenso gut über Moral sprechen könnte. Denn es sei besser, sie zu lehren, als sie selbst auszuüben; besser, sie anderen zu vermitteln, als sie zu oft an sich selbst auszuprobieren. Als erstes Beispiel erzählte Mr. Clemens, wie er einmal im Besitz einer Wassermelone gewesen sei – einer Melone aus Missouri, also einer großen saftigen. Die meisten Leute hätten gesagt, er habe sie gestohlen. Aber das Wort »stehlen« wäre zu stark für ihn gewesen, einen braven Jungen; genau genommen den bravsten Jungen seiner Heimatstadt. Er sagte, er habe sie aus dem Wagen eines Lebensmittelhändlers *herausgezogen*, denn »herausziehen« verweise auf die Zahnheilkunde und beschreibe treffender, wie er an die Melone herangekommen sei; denn wie ein Zahnarzt nicht seine eigenen Zähne ziehe, sei eben auch diese Melone nicht seine eigene gewesen. Allerdings war die Melone unreif, und dieser Umstand brachte Mark Twain zum Nachdenken. Und Nachdenken ist der Anfang aller Moral. Es sei seine Pflicht gewesen, die Melone zurückzugeben und den Lebensmittelhändler wegen des schändlichen Verkaufs unreifer Melonen zu ermahnen. Die Moral sei, so Mr. Clemens, dass der Lebensmittelhändler seine Sünden bereute und schon bald den höchsten Grad der Tugend erreichte.

Im Zuge eines ähnlich guten Beispiels für Moral erzählte Mark Twain, dass es in seiner Familie nicht gern gesehen worden sei, wenn man ohne vorherige Erlaubnis angeln ging, wobei es von schlechtem Urteilsvermögen gezeugt hätte, um Erlaubnis zu fragen. (»Mark Twain at Barnard«, *Barnard Bulletin* 10 [14. März 1906]: 2)

Der Vortrag wurde in voller Länge in der *New York World* veröffentlicht (»›We Wanted You Because We Love You‹, Said the Barnard Girls to Mark Twain«, 11. März 1906, M1; nachgedruckt in Fatout 1976, 495–502).

345 *»HUCKLEBERRY FINN« TOT* – Der Artikel stammt aus der *Los Angeles Times* vom 3. Februar 1906. Die von J. S. Hobby angefertigte Abschrift wurde nie gefunden.

Ich habe ihm geantwortet – Twain schrieb noch am selben Tag an Alexander (Aleck) Campbell Toncray (1837–1933), den Halbbruder des verstorbenen Addison Ovando Toncray (1842–1906) (8. März 1906 an Toncray über I. W. Lyon, Fotokopie in CU-MARK):

Sehr geehrter Mr. Toncray,

ganz offensichtlich kannten Sie das Hannibal meiner Kindheit, die von Ihnen genannten Namen beweisen es. Das kommt meiner Erfahrung nach selten vor. Mit einiger Häufigkeit erhalte ich Briefe von Fremden, die mir alte Freunde & lang zurückliegende Ereignisse in Erinnerung rufen, doch in fast allen Fällen verwechseln mich diese Fremden mit jemand anderem, & die Namen und Vorfälle sagen mir nichts.

Huckleberry Finn war Tom Blankenship. Wie Sie sich vielleicht erinnern, war Tom ein guter Junge, und das trotz seiner Lebensumstände. Meiner Ansicht nach war er ein anständigerer Kerl als Henry Beebe & John Reagan zusammen, diese Lackaffen jener lang vergangenen Tage.

Mit freundlichen Grüßen
S. L. Clemens

Alexander (geb. in Rushville, Illinois) und Addison (geb. in Fort Madison, Iowa) waren die Söhne John Goodson Toncrays (1810–1860), der Mitte der 1840er Jahre nach Hannibal auswanderte und das Virginia Hotel und den Saloon am Kai eröffnete. Alexander arbeitete 1860 als Schifffahrtsagent und Spediteur in Hannibal und ab 1912 als Schildermaler in Los Angeles. Nach einer angeblichen Dienstperiode als Kapitän des Dampfers *Key West* zog auch Addison in den Westen. 1880 wurde er bei einer Volkszählung als Farmarbeiter in Red Bluff, Montana, erfasst. 1884 wohnte er in Murray, Idaho, wo er unter dem Namen »Capt. Tonk« als Gewohnheitstrinker bekannt und trotzdem beliebt war und von Gelegenheitsarbeiten und Almosen lebte (Brainard [ohne Datum]; Sellers 1972; James R. Toncray, persönliches Gespräch, 17. Dez. 2008, 20. Dez. 2008; *Marion Census* 1850, 307; Fotheringham 1859, 57).

345 *Toms Vater … der Stadtsäufer* – Tom Blankenship (geb. 1831?) war eins von acht Kindern der Eltern Woodson und Mahala Blankenship. Woodson Blankenship (geb. 1799?) wurde bei der Volkszählung von 1850 als Arbeiter aus South Carolina erfasst (*Marion Census* 1850, 308, 309).

346 *In Huckleberry Finn … Tom Blankenship genau so … wie er war … suchten wir seine Gesellschaft häufiger als die jedes anderen Jungen* – Die Beschreibung, die Twain hier von dem ungefähr vier Jahre älteren Tom Blankenship liefert, ähnelt stark der in zahlreichen Werken auftauchenden Darstellung Huckleberry Finns. Im 6. Kapitel von *Tom Sawyer* beschreibt er Huck als »den jugendlichen Paria des Ortes […], den Sohn des Trunkenboldes der kleinen Stadt. Alle Mütter des Ortes hassten und fürchteten Huckleberry von Herzen, weil er faul, gesetzlos, ordinär und ruppig war – und weil ihre Kinder ihn alle so bewunderten« (MT 1962/2010, 56). Nachdem sie dieses Kapitel gehört hatte, bemerkte Twains Schwester Pamela Moffett: »Aber das ist ja Tom Blankenship!« (*MTBus*, 265). Blankenships Schwester, offenbar »wenig beeindruckt von dem Ruhm, der ihrer Familie zuteilgeworden war«, erkannte 1899 Tom und wohl auch ihren anderen älteren Bruder in Huck wieder: »Ja, ich glaube, er war es. Sam und unsere Jungs haben sich damals oft miteinander rumgetrieben, und ich glaube, es war Tom oder Ben, einer von beiden; wer, ist auch egal, denn beide sind tot« (Fielder 1899, 10). Huckleberry Finn kommt vor in: *Huckleberry Finns Abenteuer, Tom Sawyers abenteuerliche Ballonfahrt* (SLC 1894a) und *Tom Sawyer als Detektiv* (SLC 1896c); außerdem in mehreren unvollendeten Werken: *Huck Finn and Tom Sawyer among the Indians* (SLC 1884), »Tom Sawyer's Conspiracy« (SLC 1897–1902?), »Schoolhouse Hill« (SLC 1898c) und in dem bruchstückhaften »Huck Finn« (*Inds*, 260–61, 302–03; vgl. auch Twains Entwurf einer Einleitung von 1895, verfasst anlässlich einer Lesung aus dem 16. Kapitel von *Huckleberry Finn*, in *HF 2003*, 619).

Friedensrichter in einem entlegenen Dorf – Blankenship, der in Hannibal blieb, wurde wiederholt wegen Lebensmitteldiebstahls verhaftet (*Hannibal Messenger*, 21. Apr. 1861, und »At His Old Business«, 4. Juni 1861, nachgedruckt in Lorch 1940, 352). Es existiert kein Beleg dafür, dass er nach Montana zog. Twain erfuhr 1889, dass Blankenship an Cholera gestorben war, und fand es während seines Besuchs in Hannibal 1902 bestätigt (Wetzel 1985, 33; »He Returns«, undatierter Ausschnitt aus dem *Hannibal Journal* als Anlage zu Coontz an SLC, 18. Apr. 1889, CU-MARK; Fielder 1899, 10; »Good-Bye to Mark Twain«, *Hannibal Courier-Post*, 3. Juni 1902, 1).

347 *Neffe Edward Loomis ... seiner Brautwerbung* – Edward Eugene Loomis (1864–1937) heiratete 1902 Julia Olivia Langdon (1871–1948), Charles Langdons älteste Tochter. Nach Abschluss seines Studiums am Utica Commercial College Anfang der 1880er Jahre war Loomis für eine Reihe von Eisenbahngesellschaften in Denver und New York tätig und beaufsichtigte ab 1894 die Steinkohle- und Holzgeschäfte der Erie Railroad Company. Ab Juni 1899 verwaltete er im Auftrag der Delaware, Lackawanna & Western Railroad Company deren Anthrazitkohleliegenschaften und setzte in den besagten Minen etliche Neuerungen durch. 1902 wurde er Oberster Vizepräsident, Vorstandsmitglied und Leiter und Handlungsbevollmächtigter aller Tochtergesellschaften des Unternehmens.

Mr. Buckly – Nicht bekannt.

349 *Mr. Dawsons Schule* – John D. Dawson (geb. 1812?), gebürtiger Schotte und Lehrer mit vierzehnjähriger Berufserfahrung, gab im April 1847 die Eröffnung seiner Schule für Mädchen und Jungen »unter 12 Jahren mit guten Sitten« in der Hannibaler Third Street bekannt. Er leitete die Schule, bis er 1849 nach Kalifornien ging und Minenarbeiter in Tuolumne County wurde. Dawsons Schule war die letzte, die Twain besuchte. Dawson diente als Vorbild für die Figur des Dobbins in *Tom Sawyer* (Wecter 1952, 132–34; *Inds*, 317).

Sam und Will Bowen – Vgl. AD 9. März 1906, Anm. 354: *»Will Bowen ... sein Bruder Sam«*.

Andy Fuqua – Anderson (Andy) Fuqua (1829?–1897) war eins der sechs Kinder des Tabakhändlers Nathaniel Fuqua, Stadtrat im Jahr 1845, als Hannibal als Stadt eingetragen wurde. In den 1860er Jahren arbeitete Anderson bei einem Pferdeverleih, bevor er Tabakhändler wurde und ins Bootsgewerbe einstieg (*Marion Census* 1860, 122–23; Fotheringham 1859, 26, 33; Ellsberry 1965a, 5; Holcombe 1884, 900; *MTBus*, 83).

Dawsons Schulhaus ... die Beschreibung aus Tom Sawyer – Twain beschreibt Dawsons Schulhaus im 6., 7. und 21. Kapitel des Romans, außerdem im 1. Kapitel des unvollendeten Manuskripts »Schoolhouse Hill«, in dem der schottische Schulmeister auf Dawson basiert (*Inds*, 317).

Cardiff Hill (Holliday's Hill) – Für Twains Erinnerungen an Cardiff Hill (sein erfundener Name für Holliday's Hill) vgl. »Fragmente meiner Autobiographie. Aus Kapitel IX«.

Nannie Owsley, ein Kind von sieben Jahren – Anna (Nannie) B. Owsley (geb. 1840?) war eins der sechs Kinder von William Perry Owsley (geb. 1813) und Almira Roberts Owsley. Sie und ihre Schwester Elizabeth (geb. 1839?) gingen gemeinsam mit Twain in Dawsons Schule. Nannie, später Ehefrau von William M. Johnson, hatte ebenfalls sechs Kinder. William Owsley war derjenige, der Sam Smarr in Hannibal auf offener Straße erschoss (vgl. »Fragmente meiner Autobiographie. Aus Kapitel IX«, Anm. 628: *»Erschießung des armen alten Smarr«; Marion Census* 1850, 323; *Marion Census* 1860, 121; Owsley 1890, 28, 29, 133).

349 *George Robards* – George C. Robards (1833–1879) war das älteste der sechs Kinder von Amanda Carpenter Robards (1808–1865) und Captain Archibald S. Robards (1787–1862), einem ehemaligen Plantagenbesitzer und Sklavenhalter aus Kentucky (*Marion Census* 1860, 133; Holcombe 1884, 992; *Robards Family Genealogy* 2009, Teil 14:65). Die Schreibweise des Familiennamens wurde später von Georges jüngerem Bruder John L. Robards in RoBards umgeändert (vgl. AD 9. März 1906).

350 *Arch Fuqua … Bruder des anderen* – Archibald (geb. 1833?) Fuqua, Andersons Bruder, arbeitete als Zigarrendreher und diente mit Twain bei den Marion Rangers. Er liegt der Figur des Archy Thompson in »Boy's Manuscript« (SLC 1868e) zugrunde (*Marion Census* 1860, 122–23; Fotheringham 1859, 26; Ellsberry 1965a, 5; *Inds*, 268, 319).
Theodore Eddy – Theodore Eddy (geb. 1836?) war das älteste der fünf Kinder Martha J. Eddys (geb. 1818?) und William Eddys (geb. 1804?); Zimmerer, Baumeister und 1845 einer von Hannibals ersten Stadträten (*Marion Census* 1850, 323; Holcombe 1884, 900).

9. März 1906

351 *George … und Mary Moss waren ein Pärchen … Mr. Lakenan* – Moss (geb. 1832) war eins der sechs Kinder von Mary Moss (geb. 1816) und Russell W. Moss (geb. 1810?). Ihr Vater besaß am Kai zusammen mit William Samuel einen Abpackbetrieb für Schweine- und Rindfleisch, der als der zweitgrößte in den Vereinigten Staaten galt. Mary, »die *Schönheit* von Hannibal«, war häufig bei den Clemens zu Gast. Robert F. Lakenan (1820–1883) aus Virginia zog 1845 nach Hannibal, kurz nachdem er seine Zulassung als Anwalt erhalten hatte. Er war an der Gründung der Hannibal & St. Joseph Railway in den späten 1840er Jahren beteiligt und fungierte als Anwalt und Geschäftsführer und später als oberster Anwalt. Seine erste Frau, Lizzie Ayres, starb 1850, kaum ein Jahr nach ihrer Hochzeit. 1854 heiratete er in zweiter Ehe Mary Moss. Von 1861 bis 1866 wohnten die beiden vorübergehend auf seiner Farm in Shelby County, bevor sie nach Hannibal zurückkehrten. Lakenan wurde 1876 in den Senat und 1882 ins Repräsentantenhaus des Staates Missouri gewählt. Das Paar bekam sechs Kinder (*Inds*, 328–29, 336; Holcombe 1884, 608–10; Brashear 1935). In den 1897 entstandenen »Villagers of 1840–3« erzählte Twain die Geschichte ihrer unglücklichen Ehe:

Mary, mit 16 und 17 äußerst liebreizend und hübsch. Wollte George Robards heiraten. Anwalt Lakenan, aufstrebender Fremder, von den Eltern, die Höheres als das Handelsgewerbe im Sinn hatten, für die bessere Partie erachtet. Sie brachten Mary dazu, sich mit L. zu verloben. L. ließ sie ein Jahr lang fleißig lernen, damit sie ihm intellektuell das Wasser reichen konnte; heiratete sie anschließend, sperrte sie weg, die fügsame junge Schönheit mit dem gebrochenen Herzen, und trieb ihre Ausbildung streng voran. Als er 2 Jahre später den Zeitpunkt für gekommen hielt, sie der Öffentlichkeit vorzuführen und sie zur Schau zu stellen, war sie mit der Abgeschiedenheit und ihren schwermütigen Grübeleien derart verbunden, dass sie darum bat, allein gelassen zu werden. Er nötigte sie – oder, besser gesagt, er befahl es ihr. Sie gehorchte. Ihr erster Ausgang war auch ihr letzter. Der Schlitten stürzte um, sie brach sich den Oberschenkel; er wurde schlecht gerichtet. Sie erholte sich, behielt aber ein schweres Hinken zurück und blieb danach für immer im Haus und bekam ein Kind nach dem anderen. Empfing keinen Besuch, nicht einmal die Freunde aus ihrer Jugend. (*Inds*, 94)

352 *zog George in eine abgelegene Gegend* – In »Villagers of 1840–3« erinnerte sich Twain, dass George nach seiner misslungenen Brautwerbung »enttäuscht in die Welt hinauszog und man nie mehr etwas mit Gewissheit von ihm hörte. In großen Abständen lose Gerüchte, er sei in Südamerika (Lima) und an anderen fernen Orten gesehen worden. Die Familie scheint seine Abwesenheit nicht zu beunruhigen. Mary Moss bekanntlich schon« (*Inds*, 93, 344–45). Tatsächlich lebte Robards 1860 in Hannibal und arbeitete als Farmer, bevor er im Krieg als Hauptmann in der Armee der Konföderierten Staaten kämpfte. In den 1870er Jahren war er als Immobilienmakler und Versicherungsagent in Hannibal tätig und wurde 1876 zum County-Taxator ernannt (*Robards Family Genealogy* 2009, Teil 14:65).

Mary lebt immer noch … Missouri University – Zu Twains Ehrendoktorwürde vgl. AD 12. Febr. 1906. Über seine Reise von St. Louis nach Hannibal (wo er einen mehrtägigen Zwischenstopp einlegte, bevor er nach Columbia, Missouri, weiterfuhr, um die Ehrung in Empfang zu nehmen) schrieb Twain seiner Frau 1902 nach der Ankunft in Hannibal folgende Zeilen: »Im Zug sprach mich eine Frau an und fragte mich, ob ich ihren Namen wisse. Ich sagte, ich sei mir *sicher*, dass ich ihn nennen könne. Aber gerissen, wie ich war, fügte ich hinzu, dass, wenn sie mir ihren Namen verrate, ich ihr verraten würde, ob ich richtiggelegen hatte oder nicht. Sie war die Witwe von Mr. Lakenan. Ich habe sie als Kind gekannt. Wir unterhielten uns 3 Stunden lang« (31. Mai 1902 an OLC, CU-MARK, in *LLMT*, 337; Holcombe 1884, 610; Hagood und Hagood 1985, 46; *Boone Census* 1900, 212; »Farewell to Hannibal«, *St. Louis Globe-Democrat*, 3. Juni 1902, 2).

John Robards … war zu Schiff gereist – 1849 brach John Lewis RoBards (1838–1925) mit seinem Vater Archibald und fünfzehn Männern, für die sein Vater »auf eigene Kosten ausreichend Gefährte, Verpflegung, Vorräte usw. für die gesamte Expedition« (Holcombe 1884, 991) bereitgestellt hatte, nach Mariposa, Kalifornien, auf. Durch Briefe an die Lokalzeitungen konnten die Einwohner von Hannibal die Erlebnisse von Robards' Gruppe mitverfolgen, die den Weg durch New Mexico nahm, wo sie im Juli 1849 in den Taos Mountains nach Gold schürfte, jedoch nur »kleine Mengen« fand und weiterzog (»The Emigrants«, *Hannibal Courier*, 23. Aug. 1849, o. S.). John RoBards erinnerte sich, dass »etwa 1200 feindlich gesinnte Pimo-Indianer das Lager umzingelten und mit schussbereiten Pfeilen die Kapitulation der Eindringlinge verlangten. Ohne die bemerkenswerte Geistesgegenwärtigkeit seines Vaters wäre die Gruppe massakriert worden«

(Holcombe 1884, 992). Zu Johns weiteren Abenteuern zählte ein mexikanischer Fandango in Santa Barbara, der damit endete, dass die kinderlosen Gastgeber Johns Vater 1000 Dollar in Silber für seinen Sohn boten. Mitte 1850 meldete eine Lokalzeitung »Captain Robards ist in Stockton – seine Männer haben ihn allesamt sitzenlassen«, Anfang Januar 1851 berichtete eine andere über die Rückkehr von »Captain A. S. Robards und Sohn« nach Hannibal an Bord des Dampfers *Wyoming* (»California Letter«, *Hannibal Courier*, 27. Juni 1850, o. S.; »Returned Californians«, *Hannibal Western Union*, 9. Jan. 1851, o. S.; RoBards 1909, 71–74). RoBards besuchte die University of Missouri und die Jefferson School of Law in Kentucky, bevor er 1861 nach Hannibal zurückkehrte und eine Anwaltskanzlei eröffnete. Er heiratete Sara (Sallie) Crump Helm (1842–1918), sie bekamen sieben Kinder, von denen nur drei das Erwachsenenalter erreichten. 1861 gründete RoBards gemeinsam mit Twain und anderen die Marion Rangers, eine Kompanie der Missouri State Guard. In »Privater Bericht eines gescheiterten Feldzuges« machte sich Twain über die Schreibweise von RoBards' Nachnamen lustig, indem er seine Figur »d'Un Lap« (ehemals Dunlap) nannte, wofür er sich später »schämte« (SLC 1885b; 19.? Apr. 1887 an Davis, ViU, in Wecter 1952, 298, Anm. 13; *Robards Family Genealogy* 2009, Teil 14:65; *Inds*, 345–46).

353 *seine Enkelin ... fand ihr kurzes Leben ein Ende* – Sara Ellen Richardson (1890–1902) war das einzige Kind von RoBards' Tochter Mary L. RoBards Richardson (geb. 1864) und ihrem Mann Elisha A. Richardson (geb. 1860) aus Louisville, Kentucky (*Jefferson Census* 1900, 8 A, 8B; *Portrait* 1895, 144–45). Als er die Nachricht von ihrem Tod erhielt, schrieb Twain: »Mein treuer alter Spielkamerad & Freund, die Nachricht, die Sie mir geschickt haben, ist unsagbar erschütternd, & ich denke fest an Sie in Ihrem Schmerz. Leben Sie wohl – ich trauere mit Ihnen« (3. Juni 1902 an RoBards, MoHM und MoCoJ).

John Garth ... Helen Kercheval ... Johns Grab – John H. Garth (1837–1899), ein enger Freund Twains aus Kindertagen, war der jüngere Sohn von John Garth (1784–1857?), einem Tabak- und Getreidehändler, und dessen Frau Emily Houston Garth (gest. 1844?). Er besuchte die University of Missouri und kehrte anschließend nach Hannibal zurück, um im Tabakgeschäft der Familie zu arbeiten. 1860 heiratete er Helen Kercheval (1838–1923) und zog mit ihr zwei Jahre später nach New York City, wo er an der Seite seines Bruders David J. Garth (1822–1912) in der neu gegründeten Firma Garth, Son & Company, einer landesweiten Kette von Tabakdepots, arbeitete. In den frühen 1870er Jahren kehrte er nach Hannibal zurück und stieg zu einem der berühmtesten und reichsten Bürger der Stadt auf (*Portrait* 1895, 776–77; *Inds*, 320). Helen V. Kercheval (1838–1923), Tochter von Anna M. und William E. Kercheval, dem Leiter einer Kurzwarenfirma namens »People's Store« in Hannibal (»›The People's Store‹ Once More«, *Hannibal Courier*, 15. Apr. 1852, o. S.; *Inds*, 328). Als Twain im Mai 1882 alte Freunde in Hannibal besuchte, wohnte er bei den Garths auf »Woodside«, ihrem gut 240 Hektar großen Anwesen: »Es war eine bewegende Zeit. Ich übernachtete bei John & Helen Garth, drei Meilen vor der Stadt, in ihrem geräumigen & schönen Haus. Wir waren als Kinder befreundet & gingen zusammen zur Schule« (17. Mai 1882 an OLC, CU-MARK, in *MTL*, 1:419). John Garth starb an Nephritis. Gemeinsam mit Helen Garth und ihrer

Tochter besuchte Twain 1902 während seines Aufenthalts in Hannibal Johns Grab auf dem Friedhof von Mount Olivet. In seinen Arbeitsnotizen zu »Schoolhouse Hill« hatte Twain die Figuren Jack Stillson und Fanny Brewster skizziert, die auf John und Helen basierten, doch im unvollendeten Manuskript taucht nur Jack Stillson auf (31. Mai 1902 an OLC, CU-MARK, in *LLMT*, 338; Hagood und Hagood 1985, 29).

353 *Mr. Kercheval, einen Lehrling und eine Sklavin* – Die Identität des Lehrlings konnte nicht geklärt werden. Die »Sklavin«, die etwa vierundvierzig gewesen sein muss, als sie Twain zu Hilfe kam, ist in der Volkszählung von 1850 nur unter Kerchevals Namen aufgeführt und wird dort als Mulattin bezeichnet (*Marion Census* 1850 [»Slave Inhabitants«], 615).

ertrank ich noch siebenmal … einmal im Bear Creek und sechsmal im Mississippi – An anderer Stelle behauptete Twain, er sei neunmal fast ertrunken: »Als kleiner Junge war ich als Glückspilz bekannt. Für gewöhnlich ertranken ein oder zwei unserer Jungs (pro Jahr) im Mississippi oder im Bear Creek, aber ich wurde, bevor ich schwimmen lernte, 9-mal schon zu 2/3 ertrunken herausgezogen, & man hielt mich für eine verkappte Katze« (2. Jan. 1895 an Rogers, CU-MARK, in *HHR*, 115; vgl. auch SLC 1899a).

354 *John Meredith* – John D. Meredith (1837–1870) war eins der fünf Kinder von Hugh Meredith, einem Freund der Familie und Hausarzt der Clemens, und seiner Frau Anna D. Meredith (geb. 1813?) (vgl. »Etwas über Ärzte«, Anm. 677: *»Dr. Meredith … das Dorf Hannibal«*). 1859 arbeitete John als Drucker für den *Hannibal Messenger*. Obwohl Twain sich zu erinnern glaubte, John habe als Untergrundkämpfer für die Konföderation gekämpft, geht aus offiziellen Aufzeichnungen hervor, dass Hugh, John und sein jüngerer Bruder Henry H. Meredith (geb. 1840) allesamt im Unionsheer dienten: Hugh 1861/62 als Chirurg im Dienstgrad eines Hauptmanns im 22. Regiment der Freiwilligen-Infanterie; John von 1863 bis 1865 als Hauptmann im 53. Regiment der Pflichtmiliz des Staates Missouri, danach im 2. Regiment der Provisorischen Pflichtmiliz des Staates Missouri und schließlich im 39. Regiment der Freiwilligen-Infanterie. Henry, der sich 1861 verpflichtete, diente 1864 unter seinem Bruder John bei der Pflichtmiliz von Missouri (*Marion Census* 1850, 326; *Marion Census* 1860, o. S.; *Marion Census* 1870, 690; Fotheringham 1859, 41; *Marion Veterans Census* 1890, 1; Missouri Digital Heritage 2009b, Bänder s794, s817, s852, s863, s895; *Inds*, 310, 335; Wecter 1952, 55).

Will Bowen … sein Bruder Sam – William (Will) Bowen (1836–1893) und Samuel (Sam) Adams Bowen jr. (1838?–1878), die beiden jüngsten Söhne der sieben Kinder von Samuel Adams Bowen sen. und Amanda Stone Bowen (1802–1881), wurden wie ihr älterer Bruder Bart Lotsen auf dem Mississippi und arbeiteten auf derselben Route zwischen St. Louis und New Orleans wie Twain. Mit Sam arbeitete Twain im Sommer 1858 auf der *John H. Dickey*, mit Will zweimal zwischen 1859 und 1861 auf der *A. B. Chambers* und der *Alonzo Child* (*Inds*, 303–05). Twain erzählte die Geschichte von Sams Ehe mit erfundenen Namen im 49. Kapitel von *Leben auf dem Mississippi*. Die auf Sam basierende Figur war »ein haltloser junger Verschwender, ungestüm, gutherzig, von sorgloser Freigebigkeit, der ziemlich offensichtlich seine Möglichkeiten schon früh auf törichte Weise zu vertun und es zu nichts zu bringen versprach« (MT 1988/2011, 317). In »Villagers of 1840–3« griff Twain die Geschichte erneut auf. Er gab an, dass Sam

»mit der Tochter eines reichen Bäckers schlief und den Adoptiveltern erzählte, sie seien verheiratet«, und beschrieb dessen Persönlichkeit und Tod folgendermaßen: »Sam, ein Nichtsnutz und Almosenempfänger. Vernachlässigte seine Frau, bis sie sich einem anderen an den Hals warf. Sam war ein Trinker. Sank ziemlich tief. Starb auf einem kleinen Boot an Gelbfieber und Whiskey, mit Bill Kribben, dem betrügerischen Sekretär« (*Inds*, 97). William J. (Bill) Kribben (gest. 1878), der während des Bürgerkriegs in seiner Funktion als Sekretär und Schatzmeister der Western Boatmen's Benevolent Association Gelder unterschlagen hatte, arbeitete neben Sam Bowen als Lotse auf der *Molly Moore* und fiel wie er dem Gelbfieber zum Opfer. »Insel 82« befand sich ein kurzes Stück hinter Greenville, Mississippi, und Columbia, Arkansas. Als Twain das Mississippi-Tal 1882 noch einmal besuchte, schrieb er, Bowen läge in Arkansas am »Jackson's Point« (oder »Parker's Bend«) an der Spitze von Insel 65 begraben. »Der Fluss hat die Ufer weggeschwemmt, & Bowen wird in den Fluss gespült.« Bis 1884 war Insel 65 vollständig verschwunden (*N&J2*, 527, 561; Bragg 1977, 105–09, 130; Clabaugh an SLC, 19. Juli 1890, CU-MARK; *Inds*, 328).

12. März 1906

355 *Stamm von Moros … ihrer Freiheit zu berauben* – Im Dezember 1898, nach der Schlacht von Manila im Spanisch-Amerikanischen Krieg, trat Spanien die Philippinen an die Vereinigten Staaten ab. Anstatt den Filipinos wie erwartet die Unabhängigkeit zu gewähren, richteten die USA eine Militärherrschaft ein. Was zuvor ein Unabhängigkeitskrieg gegen Spanien gewesen war, wurde bald zu einem Unabhängigkeitskrieg gegen die USA und konzentrierte sich vor allem auf den Norden, wo Tagalog gesprochen wird. Die Moros, eine Ansammlung von dreizehn sprachlich-kulturellen Gruppen, die sich mitunter gegenseitig bekriegten, aber durch ihre Zugehörigkeit zum Islam vereint waren, lebten vor allem im Süden, im Sulu-Archipel, wo sich die Insel Jolo befindet, und in der südlichen Hälfte von Mindanao (Byler 2005, 1–3). Im Jahr 1899 unterzeichnete die amerikanische Verwaltung mit dem Sultan von Sulu ein später als »vorübergehende Lösung« bezeichnetes Abkommen, das ihm im Gegenzug für die Anerkennung der amerikanischen Oberhoheit Regierungsautonomie zusicherte. In den darauffolgenden Jahren versuchte die USA jedoch zunehmend, die soziale wie militärische Kontrolle über den Süden zu erringen, was zu einer Reihe von Kämpfen mit den Moros führte, die von der US-Armee zwar viele Male im Gefecht überwältigt, aber nie vernichtend geschlagen wurden (Kho 2009, 1–5). Im März 1904 entschieden Präsident Roosevelt und Kriegsminister Taft, das Abkommen, das »den Sultan und einige seiner Datus mit Einkünften versorgte und zugleich, wie es heißt, Polygamie und Sklaverei aufrechterhielt«, mit der Begründung außer Kraft zu setzen, dass es sich schlicht um »einen Modus vivendi und eine Vereinbarung auf Verwaltungsebene« gehandelt habe (»America Abrogates Treaty with Moros«, *New York Times*, 15. März 1904, 5). Obwohl sie die Zahlungen an den Sultan und seine Stammeshäupter bald wieder fortsetzten, ging der Krieg unvermindert weiter. Vor der betreffenden Aktion hatten sich die Moros in ihre Festung im Krater des erlo-

schenen Vulkans auf dem Mount Dajo zurückgezogen (»The Troops in Action«, *New York Tribune*, 10. März 1906, 3; Bacevich 2006).

355 *General Leonard Wood* – Generalmajor Leonard Wood (1860–1927) machte 1883 an der Harvard Medical School seinen Abschluss und arbeitete danach als Vertragschirurg für die Armee; 1886 war er an der letzten Schlacht gegen Geronimo beteiligt. Er diente als Leibarzt von Präsident William McKinley und befreundete sich mit McKinleys stellvertretendem Marineminister, Theodore Roosevelt. Bei Ausbruch des Spanisch-Amerikanischen Kriegs 1898 übernahm er das Kommando des 1. Freiwilligen-Kavallerie-Regiments, der Rough Riders, mit Roosevelt als stellvertretendem Kommandeur und führte seine Männer in der Schlacht von San Juan Hill an. Für die übrige Dauer des Kriegs kommandierte er die 2. Kavallerie-Brigade. Von 1900 bis 1902 führte er als Militärgouverneur von Kuba zahlreiche Reformen ein, sorgte allerdings auch für Kontroversen. 1902 wurde er Kommandeur der Philippinendivision, und nachdem Präsident Roosevelt ihn zum Generalmajor ernannt hatte, fungierte er von 1903 bis 1906 als Gouverneur der Provinz Moro. Nachdem er versucht hatte, Reformen zu erzwingen und Steuern zu erheben, übernahm er die Führung im Feldzug gegen die Moros (Fort Leonard Wood 2009; *Boston Medical Journal* 1899, 973). Seinerzeit war Wood eine kontroverse Persönlichkeit und ist es geblieben. Seine Laufbahn, die einige zeitgenössische Chronisten und moderne Historiker als kometenhaft und voller wohlverdienter hoher Auszeichnungen betrachteten, sah so mancher ganz anders, darunter Twain, der Woods Aufstieg zum Spitzenamt beobachtet hatte und im Dezember 1903 den vernichtenden Essay »Major General Wood, M. D.« über dessen Charakter und die Machenschaften rund um dessen Ernennung zum Generalmajor geschrieben hatte (SLC 1903e; vgl. AD 14. März 1906, Anm. 365–66: *»Wood … der Senat hatte nicht das Rückgrat, ihn zurückzuweisen«*).

356 *Woods Befehl lautete: »Die sechshundert töten oder fangen«* – Am 10. März berichtete die *New York Times*, Wood habe »Colonel Joseph W. Duncan angewiesen, die Moros im Krater anzugreifen und gefangen zu nehmen oder zu töten. Dies wurde nach wiederholten Aufforderungen, sich zu ergeben, ausgeführt« (»15 Americans, 600 Moros Slain in 2 Days' Fight«, 10. März 1906, 1).

Ziegelbrocken … Messer und Keulen … untaugliche Flinten – Die *New York Times* berichtete, »600 fanatische Moros« seien bewaffnet gewesen mit »Gewehren und Messern und hatten Rückendeckung von einheimischer Artillerie« (»15 Americans, 600 Moros Slain in 2 Days' Fight«, 10. März 1906, 1). Bei den Moros war »der Kris die Waffe ihrer Wahl, ein kurzes Schwert mit einer wellenförmigen Klinge; die Amerikaner schleppten Springfield-Gewehre und Feldgeschütze herbei« (Bacevich 2006).

357 *Verletzungen von zweiunddreißig unserer Männer* – Woods Telegramm nannte sieben der Verwundeten namentlich, darunter Coxswain Gilmore, »schwerverletzt am Ellbogen« (laut dem in New York verlegten *Globe & Commercial Advertiser*), und drei weitere mit leichten Verletzungen an Oberschenkel, rechter Hand und linkem Auge (»15 Americans, 600 Moros Slain in 2 Days' Fight«, 9. März 1906, 1). Keiner der Berichte in den New Yorker Zeitungen (*Herald*, *Globe & Commercial Advertiser*, *Evening Post*, *Evening Sun*, *Times*, *Tribune* oder *World*) erwähnt eine Nasenverletzung.

357 *einer der großen Schlachten des Bürgerkrieges ... Waterloo ... Kubanischer Krieg* – Twain hatte möglicherweise den Appomattox-Feldzug im Sinn, bei dem sich die Verluste auf etwa 10 Prozent der 163000 Mann beliefen, die auf beiden Seiten kämpften. Heutigen Historikern zufolge waren die Verluste bei den großen Schlachten des Bürgerkriegs weit höher (Home of the American Civil War 2009; American Civil War 2009b; Fox 1889). Die Zahl der Kämpfenden bei Waterloo (am 18. Juni 1815) setzt Twain hoch an. Einer Schätzung zufolge waren nur ungefähr 141000 Mann an den Kampfhandlungen beteiligt; auf französischer Seite lagen die Verluste bei etwa 54 Prozent und auf Alliiertenseite bei etwa 33 Prozent. Truppenstärke und Verluste für die Kuba-Schlachten im Spanisch-Amerikanischen Krieg weichen ebenfalls von den von Twain genannten ab, aber im Wesentlichen sind seine Zahlen richtig. Es starben weit mehr Amerikaner – bis zu 90 Prozent – in Krankenhäusern an Gelbfieber, Malaria, Ruhr und Lebensmittelvergiftung als im Kampf (Veteran's Museum & Memorial Center 2009; Library of Congress 2009). Es ist ungewiss, aus welcher Quelle Twain die Opferzahlen der Spanier bezog, aber es ist bekannt, dass auch sie mehr Verluste durch Tropenkrankheiten als durch Gefechtshandlungen zu verzeichnen hatten (Bollet 2005).

358 *glänzende Nachricht mit glänzenden Schlagzeilen ... in den Leitartikeln dieser Zeitungen suchte man vergebens* – General Woods Depesche, die von »schweren Kampfhandlungen zwischen den Truppen« berichtete, datiert von Freitag, dem 9. März, wurde erstmals noch am selben Tag ganz oder auszugsweise in drei New Yorker Zeitungen veröffentlicht, in der *Evening Post*, der *Evening Sun* und im *Globe & Commercial Advertiser*, und tags darauf, am Samstagmorgen, dem 10. März, in der *Times*, der *Tribune*, der *World* u.a. Nur in zwei Zeitungen, der *New York Evening Post* und der *World*, gab es einen redaktionellen Kommentar. Die *Post* schrieb: »Der Kongress würde keinen Fehler begehen, sollte er strenge Nachforschungen über die jüngste ›Schlacht‹ auf den Philippinen anstellen. [...] Welchen militärischen Vorwand gab es wohl dafür, eine sechshundertvierzig Meter hohe Bergkuppe hinaufzustürmen, um eine nahezu uneinnehmbare Festung anzugreifen? War es denn nicht möglich, die Moros durch Aushungern zur Kapitulation zu zwingen?« (»The Latest Moro Slaughter«, *New York Evening Post*, 10. März 1906, 4).

359 *Washington ... (Gezeichnet) Theodore Roosevelt* – Roosevelts Gratulationstelegramm vom 10. März wurde am 11. März ohne direkten Kommentar vielfach abgedruckt (»Special to the New York Times«, *New York Times*, 1; »President Congratulates Wood«, *New York Tribune*, 1; »President Congratulates Wood upon the Massacre«, *New York World*, 1).

BEI GEMETZEL AN MOROS FRAUEN GETÖTET – »WOMEN SLAIN IN MORO SLAUGHTER«. Für diese Schlagzeile und alle weiteren bis S. 361 vgl. den *New York Herald* vom 11. März.

361 *Leutnant Johnson beherrschte die Überseetelegramme* – Leutnant Gordon Johnston (1874–1934), Sohn des Konföderierten-Generals Robert Daniel Johnston und Neffe von Joseph F. Johnston, war von 1896 bis 1900 Gouverneur von Alabama. Seine Verwundung ließ sich wegen seiner Verbindung zu Roosevelt in den Zeitungen genau ver-

folgen. (Viele Zeitungen nannten ihn fälschlicherweise Johnson, so auch Twain.) Am 10. März veröffentlichte die *New York Tribune* zwei Artikel »Leutnant Johnston früher bei den Rough Riders« und »Leutnant Johnston nicht schwer verwundet«. Der *Globe & Commercial Advertiser* schrieb: »Held des Moro-Kampfs Leutnant Johnston, Princeton-Absolvent, wurde schwer verwundet, als er den Angriff leitete.« (»Lieutenant Johnston Formerly in Rough Riders« und »Lieut. Johnston Not Badly Hurt«, *New York Tribune*; »Moro Fight Hero. Lieut. Johnston, Princeton Graduate, Is Badly Wounded in Leading a Charge«, *Globe and Commercial Advertiser*). Am 11. März berichtete die *World*, seine Verletzungen »sind schwer, seine rechte Schulter wurde von einer Kugel getroffen. Er vollführte eine furchtlose Tat, als er die Wand des Rio-Kraters erklomm, und wurde von der Wucht eines explodierenden Geschützes vom Wall geschleudert« (»900 Moros Slain, It Is Now Said, in Fatal Crater«, 1). Am 12. März berichtete die *New York Times* in einem Artikel von Roosevelts Telegramm und Johnstons Antwort (»Fine, Cables Johnston, Answering Roosevelt«, 12. März 1906, 6; Arlington National Cemetery 2009).

361 *Gillettes Farce … Zu viel Johnson – »Too Much Johnson«*. William Gillettes Komödie, angelehnt an die französische komische Operette *La Plantation Thomassin* von Maurice Ordonneau und Albert Vizentini, hatte am 26. November 1894 am Broadway Premiere und lief bis Juni 1895 (»The Theatrical Week«, *New York Times*, 2. Dez. 1894, 10; Broadway League 2009).

14. März 1906

362 *in den Leitartikeln … nicht einmal ein Anflug von Geraune* – Wenn Kommentare zum Jolo-Massaker in New Yorker Zeitungen zunächst auch spärlich waren oder gänzlich fehlten, begann die *World* schon am 10. März, (beinahe) täglich Leitartikel und Karikaturen abzudrucken, die umso missbilligender wurden, je mehr Informationen der Presse zur Verfügung standen. Der Leitartikel vom 10. März kam zu dem Schluss: »Viele Amerikaner werden Bedauern empfinden über den Tod von mehr als einem Dutzend unserer tapferen Männer und darüber, dass durch unsere Waffen ein derart vernichtender Schlag auf ein Volk herniederfuhr, das uns nie gebeten hat, den ›Segen der Zivilisation‹ bis zu ihnen auszudehnen, sondern willens ist, sich selbst zu regieren« (*New York World*: »The Slaughter in Jolo«, 10. März 1906, 6; »Peace in Jolo«, 12. März 1906, 6; »The Soldier Dead«, 13. März 1906, 6; »The Jolo Massacre«, 14. März 1906, 8). Die Herausgeber der *Tribune*, überzeugt, dass die Moros »einfache, gewöhnliche, alltägliche Räuber und Banditen« waren, zeigten sich am 11. März betroffen, aber zustimmend: »Es ging nicht um die Unterwerfung unter die amerikanische Herrschaft, sondern um die Achtung überhaupt einer Regierung und um den Frieden des Volks der Moro. / Die Art und Weise, wie das ins Werk gesetzt wurde, war zweifelsohne hart. Es gibt Fälle, in denen Härte Menschlichkeit ist« (»Suppressing Crime in Jolo«, *New York Tribune*, 11. März 1906, 6). Am 12. März berichtete die *New York Times* von offizieller Kritik an General Wood, dass er »solch einen Kampf herbeigeführt hatte. Man ist sich einig, dass er genug hätte erreichen können, hätte er die Festung belagert und die Moros bis zur

Unterwerfung Hunger leiden lassen«, und gleichermaßen meldete sie »nicht gerade wenig Kritik« an Roosevelts Gratulationsnachricht »mit der Begründung, dass diese gänzlich unangebracht war. [...] Das Gefecht bei Fort Dajo wird des Öfteren mit dem am Wounded Knee im Januar 1891 verglichen, wo die Sioux-Geistertänzer niedergeschossen worden sind: Squaws und Kinder mit den Kriegern zusammen« (»Not All Praise for Wood. Officials Believe His Policy Caused the Needless Killing of Moro Women and Children«, 12. März 1906, 6). Doch am selben Tag veröffentlichte die *Times* einen Leitartikel, der die Handlungen rechtfertigte: »So bedauerlich es auch ist, von dem zwangsweisen Hinschlachten der 600 Einwohner ebender Insel zu hören, der wir vor etwa fünf Jahren Frieden gebracht haben, so ist es doch tröstlich, zu wissen, dass diese letzten Rebellen gegen unsere zweifellos segensvolle Herrschaft Männer sind, die, wenn auch nichts außer Vernichtung sie zur Ordnung bringen kann, mit bemerkenswerter Leichtigkeit zu vernichten sind« (»Extermination or Utilization«, 12. März 1906, 8). Und am Tag darauf veröffentlichte die *Times* noch einen Leitartikel, der General Wood verteidigte (»Finding Fault with Gen. Wood«, 13. März 1906, 8; vgl. auch »Fighting Fuzzy-Wuzzies«, *New York Globe & Commercial Advertiser*, 12. März 1906, 6, und »The Battle of the Crater«, *New York Evening Sun*, 13. März 1906, 6).

363–64 *keiner mutwilligen Tötung ... Kampf Mann gegen Mann als Schutzschilde ... Viele Moros stellten sich nur tot ... Erleichterung verschaffen wollten* – Vgl. »No Wanton Massacre« in der *New York Evening Post* (13. März 1906, 1).

365 *Colonel Funston ... Aguinaldo* – Emilio Aguinaldo (1869–1964) war der Anführer des philippinischen Freiheitskampfes zuerst gegen Spanien und dann gegen die Vereinigten Staaten. Frederick Funston (1865–1917), »der Schläger«, ein »Soldat von der Sorte ›Draufgänger‹«, bestritt als Freiwilliger mehr als zwanzig Schlachten im Kubakrieg, wo er dreimal schwer verwundet, von den Spaniern gefangen genommen und zum Tode verurteilt wurde, aber befreit werden bzw. entkommen konnte und nur knapp einen Ausbruch von »kubanischem Fieber« überlebte. Danach trat er der 20. Kansas-Freiwilligen-Infanterie bei, um als Colonel auf den Philippinen zu kämpfen, und wurde 1899 zum Brigadegeneral befördert, nachdem er unter »aufreibendem Beschuss von Aguinaldos Männern« den Rio Grande durchschwommen hatte. Im Februar 1901 zog McKinley in Betracht, Funston in die Berufsarmee zu befördern, kam jedoch zu dem Schluss, dieser habe »nicht das richtige Temperament für irgendeinen Rang im Berufsheer über dem eines Leutnants« (»Gen. Funston's Career«, *New York Times*, 28. März 1901, 2). Obwohl der philippinische Unabhängigkeitskampf zu jener Zeit im Grunde vorüber war, »was zu einem großen Teil den geduldigen, unermüdlichen, andauernden Bemühungen von Offizieren geschuldet ist, deren Namen der Öffentlichkeit kaum bekannt sind und über deren Persönlichkeiten man nur wenig weiß«, gelang es Funston Ende März, Aguinaldo durch Verrat und Täuschung zu stellen. Obwohl es McKinley widerstrebte, Funston auszuzeichnen und dadurch, dem Anschein nach, den bedeutenderen Einsatz anderer Offiziere zu übergehen, beförderte er ihn am 30. März 1901 zum Brigadegeneral der Berufsarmee (»The President's Dilemma. To Reward Funston Would Be to Slight Hard Work of Other Officers in the Philippines«, *New York Times*, 30. März 1901, 2).

Twains bittere Satire »A Defence of General Funston« (»Eine Rechtfertigung General Funstons«), veröffentlicht in der *North American Review* vom Mai 1902, kritisierte Funston vernichtend für die »Fälschungen und Unwahrheiten«, die »Undankbarkeit und staunenswerte Heimtücke«, die er angewandt hatte (SLC 1902c, 620, 622). Twain verfasste auch eine kritische Rezension (SLC 1902a) von Edwin Wildmans Buch *Aguinaldo: A Narrative of Filipino Ambitions* (1901), die er jedoch nicht veröffentlichen ließ.

365–66 *Wood … der Senat hatte nicht das Rückgrat, ihn zurückzuweisen* – In Twains Kommentar zu Wood und Roosevelt klingt sein Artikel »Major General Wood, M.D.« (1903) an, ein »ziemlich giftiger Artikel«, den er ursprünglich zur Veröffentlichung bei der *North American Review* oder bei *Harper's Weekly* einreichen wollte, dann aber zurückhielt (30. Dezember 1903 an Duneka, MoSW). Darin gab er vor, Woods Beförderung zum Generalmajor zu befürworten:

> Ich denke, dass man das Entzücken des Präsidenten über dessen Geschichte, dessen Charakter und dessen Geruch betrachten sollte; ich denke, Dr. Woods distinguierte »Erwartungen«, die zweifelhaften Ehrenmedaillen, das ominöse Silberzeug, der verstohlene Ungehorsam, die klammheimlichen Verunglimpfungen, offenen Falschheiten, Zuhälterdienste für Spielhöllen, der Mangel an Ehre und Würde zusammen mit seinen hingebungsvollen und eifrigen Bestrebungen nach einem hohen Rang, der nicht nach ihm gestrebt hat, haben ihm diesen eingebracht und ihn dazu berechtigt. (SLC 1903e, TS S. 3)

Am 7. Dezember 1903 hatte der Senat »zwei Legislaturtage, einer war die Abschlusssitzung und der andere die Eröffnungssitzung«, und in der Zeit dazwischen nahm Roosevelt die Wiederernennung von Wood und 167 weiteren Offizieren vor, was er als »Ernennungen in der Sitzungspause« betrachtete. Am 18. März bestätigte der Senat Wood als Generalmajor (*New York Times*: »Special Session Is Merged into Regular. President Roosevelt Decides for ›Constructive Recess‹«, 8. Dezember 1903, 1; »Wood's Nomination Is Confirmed by Senate«, 19. März 1904, 5).

15. März 1906

366 *5. März 1906* – Von den Geschehnissen, um die es in diesem Diktat geht, hatten die Zeitungen zehn Tage zuvor berichtet.

POLIZEI … WARTET – *»POLICE HUSTLE CROWD AWAITING MARK TWAIN«*. Dieser Artikel aus der *New York Times* vom 5. März wurde in die Maschinenabschrift des Diktats eingefügt.

368 *Rev. Dr. Charles P. Fagnani* – Fagnani (1854–1941) hatte Geisteswissenschaften, Naturwissenschaften und Jura studiert. 1882 wurde er zum presbyterianischen Geistlichen ordiniert, und von 1892 an lehrte er Hebräisch am Union Theological Seminary in New York, wo er später außerordentlicher Professor für alttestamentarische Literatur wurde (»Dr. Fagnani, 86, Dies in Occupied France«, *New York Times*, 7. Jan. 1941, 25).

368 *Mark Twain wurde … von einem Beifallssturm begrüßt* – Twains Vortrag mit dem Titel »Reminiszenzen« ging ein ziemlich langes Programm voraus mit mehreren anderen Rednern, einer Sängerin (Anna Taylor Jones, Altistin), einem »gemischten Streicher-und-Piano-Ensemble« (Misses Kleckhoefer) und einem Bibelvorleser, weshalb er seine Rede um eine halbe Stunde kürzen musste (vgl. AD 3. April 1906; »Y. M. C. A. Meetings«, *New York Globe & Commercial Advertiser*, 3. März 1906, 15). Verschiedene Fassungen seiner Rede wurden unter dem Titel »Layman's Sermon« (»Laienpredigt«) veröffentlicht (*MTS* 1910, 136–39; *MTS* 1923, 281–83, vgl. auch Fatout 1976, 492–95).

Dr. Russell sprach von Organisation – Das Publikum hatte seine Plätze eingenommen, und draußen hatte die Polizei die verbleibende Menge aufgelöst, als Rev. Dr. Howard H. Russell (1855–1946), Superintendent der nationalen Anti-Saloon-League,

die Angelegenheit von der Bühne aus als eine Schandtat der Polizei anprangerte und sagte, respektable Bürger seien mit Knüppeln in die Rippen gestoßen worden, damit sie weitergehen, wo es doch nicht möglich war, weiterzugehen.

Auf der Bühne wurde eine improvisierte Sitzung abgehalten, in der man sich entrüstete, und man sprach viel von Beschlüssen gegen die Polizei. Sie wären auch verabschiedet worden, hätte Mark Twain ihnen kein jähes Ende gesetzt. Er fing an, über die staatsbürgerlichen Pflichten des Einzelnen zu sprechen.

»Versuchen Sie nicht, die Rechte anderer zu verletzen«, sagte er, »oder sich Verantwortung auf die Schultern zu laden, die Sie sich nicht aufladen sollten. Aber wenn andere versuchen sollten, auf Ihnen herumzutrampeln, dann bestehen Sie auf Ihrem Bürgerrecht. Wenn Sie einen Beschluss fassen, führen Sie ihn aus, aber ich habe Dr. Russell von Beschlüssen gegen die Polizei sprechen hören. Ich halte nichts davon, die Polizei insgesamt anzuprangern für den Fehler eines Mannes.« (»Fight to See Twain«, *New York Tribune*, 5. März 1906, 1; »Hurt in Crush to Hear Mark Twain«, *New York Morning Telegraph*, 5. März 1906, 1)

Machen Sie schneller – 1892 merkte die *Railroad Gazette* an: »Die Aufforderung der Manhattaner Hochbahnmitarbeiter: ›Machen Sie schneller‹, ist mittlerweile sprichwörtlich geworden, zweifellos finden die Mitarbeiter die Pflicht, es ein ums andere Mal sagen zu müssen, äußerst ermüdend, doch nur dieser ständige Ansporn allerorten macht es möglich, die Fortbewegung der vielen Fahrgäste mit Pünktlichkeit zu bewerkstelligen« (»Step Lively«, *New York Times*, 27. Dez. 1892, 3).

369 *Reiste von Chicago … Verleger und Stenographen … Privatabteil reserviert* – Aus anderen Berichten über seine Rede geht hervor, Twain sei »in Chicago […] im Begriff, nach New York abzureisen«, und der Verleger sei James R. Osgood. Der »Stenograph« war Roswell H. Phelps. Die drei Männer waren 1882 gemeinsam auf Reisen, als Twain Material für *Leben auf dem Mississippi* sammelte (»Ten Thousand Stampede at a Mark Twain Meeting«, *New York Herald*, 5. März 1906, 1).

Mr. Thomson – Frank Thomson (1841–1899) war zwischen 1882 und 1899 zunächst

Zweiter Vizepräsident, dann Erster Vizepräsident und schließlich Präsident der Pennsylvania-Eisenbahngesellschaft.

370–71 *das verdarb Miss Lyon meine Rede … wusste ich, dass sie es wusste* – Isabel Lyon hat ihre Eindrücke vom jenem Abend aufgezeichnet; Twains junge Freundin Gertrude Natkin war ebenfalls anwesend:

Heute sind wir ins Majestic Theatre gegangen, Mr. Clemens, Mutter & ich. […] Aber das Wichtigste ist, dass Gertrude da war, »dieses reizende Kind«. Wir sind durch den Bühneneingang hineingegangen, & nach einer geraumen Weile war Gertrude noch immer nicht da. Mr. Clemens' Ausdruck von Enttäuschung machte mich tief betrübt, & so versuchte ich vergeblich, das Kind in dieser gewaltigen Menschenmenge zu finden. Es war eine christliche Menschenmenge, aber als ich mich von einem großen stattlichen jungen Mann abwandte, der versucht hatte, Einlass zu erhalten & gescheitert war, hörte ich ihn sagen: »Ist halt mein gottverdammtes Pech!« […] Mr. Clemens' Rede war reizend & mutig & stark & lehrreich & humorvoll. Niemand sonst auf der ganzen Welt kann all diese Eigenschaften mit solch großem wundervollem persönlichem Charme verbinden. […] Er scheint sich seiner selbst niemals gewahr zu sein. (Lyon 1906, 63)

371 *Brief von William Dean Howells* – Howells' Brief war datiert vom 28. Februar 1906 (CSmH, in *MTHL*, 2:801–02).

372 *So möge ich zu allen höflich sein … ein Duft auf meinen Wegen schweben* – Twain nutzte (mit leichten Abweichungen) die letzten Verse von Clarence Urmys (1858–1923) »A Song«, das 1906 in der Märzausgabe des *Harper's Bazar* abgedruckt und danach häufig zitiert wurde, oftmals ohne Zuschreibung (Urmy 1906):

I shall not pass this way again,
May I be courteous to men,
Faithful to friends, true to my God,
A fragrance on the path I trod.

(Diesen Weg schlag ich nicht wieder ein, / Möge ich zu allen höflich sein, / Den Freunden treu ergeben, treu meinem Gott, / Ein Duft auf meinen Wegen schweben.)

Beerdigung … Patricks Familie – Twain war bei McAleers Beerdigung am Morgen des 28. Februar 1906 in der Kathedrale St. Joseph an der Farmington Avenue in Hartford zugegen und »nahm seinen Platz ein« unter den Sargträgern, die »hineingingen und herauskamen«. Die vier noch lebenden Kinder der McAleers (von neun) – Michael, William, Alice und Anne – wohnten der Beerdigung mitsamt ihren Familien bei (Twichell 1874–1916, Eintrag vom 27. Febr. 1906, 7:126; *Hartford Courant*: »Coachman Many Years for Mark Twain«, 26. Febr. 1906, 6; »Mark Twain Pays Tribute to Servant«, 28. Febr. 1906, 3; *Hartford Census*: 1880, 117; 1900, 8B, 1910, 7B, vgl. AD 1. Febr. 1906, Anm. 215: *»Patrick McAleer, sechsunddreißig Jahre«*).

372 *John, unser alter Gärtner* – John O'Neil (geb. 1848) pflegte das Grundstück und das Gewächshaus der Clemens in Hartford in den 1880er Jahre und von 1891 bis 1900, während die Familie in Europa war (*Hartford Census* 1900, 1 A).

im Hartford Club elf meiner ältesten Freunde ... Charley Clark ... und Archie Welch – Der Hartford Club, dem Twain 1881 beitrat, war 1873 zur »Förderung von gesellschaftlichem Umgang, Kunst und Literatur« gegründet worden (Hartford Club 2009). Bevor Twain zur Beerdigung aus New York anreiste, bat er Charles H. Clark, »ein paar von den Cheneys & Twichells & anderen Freunden am Donnerstag im Hartford Club zu versammeln & sie & mich beim Lunch auf meine Rechnung zu verköstigen« (26. Febr. 1906 an Clark, TxU). Zu den Gästen gehörten neben Clark auch Richter William Hamersley, Colonel Frank W. Cheney, Samuel G. Dunham, Rev. Joseph H. Twichell, Rev. Dr. Edwin Pond Parker, Charles E. Perkins, Archibald A. Welch, Rev. Dr. Francis Goodwin, Franklin G. Whitmore und Dr. E. K. Root (»Mr. Clemens Lunches with Friends«, *Hartford Courant*, 14. März 1906, 4). Frank Woodbridge Cheney (1832–1909), Oberstleutnant im Bürgerkrieg, bei Antietam verwundet worden, Leiter der Cheney-Brothers-Seidenfabrikanten, war mehr als dreißig Jahre Direktor der Versicherungsgesellschaft Connecticut Mutual Life und sieben Jahre Direktor der Eisenbahngesellschaft New Yorks, New Havens und Hartfords (*Connecticut Biography* 1917, 277–80; »Death of Colonel Cheney«, *Hartford Courant*, 5. Juni 1909, 5). Archibald Ashley Welch (1859 bis 1935), engagiert in vielen Bürgerorganisationen, war 1906 Zweiter Vizepräsident der Versicherungsgesellschaft Phoenix Mutual Life (Burpee 1928, 3: 1062–65). Dr. Edward K. Root (geb. 1856), Arzt und Charles Clarks Schwager, gehörte der Hartforder Gesundheitsbehörde und der des Bundesstaats an und fungierte als medizinischer Direktor der Versicherungsgesellschaft Connecticut Mutual Life (»Dr. Edward K. Root«, *Hartford Courant*, 24. Okt. 1899, 8; *Hartford Census* 1900, 8B).

373 *Rev. Dr. McKnight* – Twain meint hier wahrscheinlich den Rev. Dr. George H. McKnight (geb. 1830) der Episcopal Trinity Church in Elmira, der 1851 als Magister Artium am Hobart College und 1873 als Doctor Divinitates am Hamilton College graduierte. McKnight vollzog im Oktober 1870 die Trauung von Olivias Bruder Charles J. Langdon mit Ida B. Clark (Towner 1892, 287–88; *Chemung Census* 1900, 14B; 13. Okt. 1870 an Fairbanks, *L4*, 208–09).

Sir Thomas Lipton ... Regatta um den America's Cup ... Weltkinder auf Mr. Rogers' Yacht – Am 3. Oktober 1901 gesellten sich Twain und Twichell zu Henry H. Rogers und dessen Gästen auf der *Kanawha*, die von Sandy Hook in New Jersey auslief, um das zweite Rennen der Serie zwischen der amerikanischen Yacht *Columbia* und Sir Thomas Liptons *Shamrock II* zu verfolgen. Lipton (1850–1931), 1898 von Queen Victoria geadelt, bekannt für seine Lebensmittelkette, Teeläden und seine wohltätige Arbeit, fuhr hier seine zweite Wettfahrt (von fünf) beim America's Cup zwischen 1899 und 1930 (*HHR*, 474; »Sir Thomas Gives Up Hope«, *New York Times*, 4. Okt. 1901, 1; Twichell 1874–1916, Eintrag vom 2.–3. Okt. 1901, 7:105–06).

374 *Richard Crokers, des gefeierten Tammany-Führers* – Croker (1843–1922), ab 1884 anerkannter Chef von Tammany, einer demokratischen Seilschaft, brachte die Wahl der

drei darauffolgenden demokratischen Bürgermeister New Yorks zustande. Im September 1901, als Croker gerade von einem zehnmonatigen Auslandsaufenthalt zurückgekehrt war, waren die Zeitungen voll von Berichten und Spekulationen über seinen Einfluss auf die anstehende Bürgermeisterwahl, und die *New York Times* rezensierte zwei Neuerscheinungen: eine schmeichelhafte Croker-Biographie von Alfred Henry Lewis und ein Buch von Gustavus Myers, in dem zwei Kapitel Croker und Tammany Halls ungebrochenen Rekord in Sachen Korruption und Bestechung höchst kritisch unter die Lupe nahmen (»About Tammany Hall«, 7. Sept. 1901, BR3; Alfred Henry Lewis 1901; Myers 1901; »Richard Croker Met by Tammany Leaders«, *New York Times*, 15. September 1901, 10).

374–75 *kannte seinen Vater … einen gottverdammten Papisten?* – Richard Crokers Vorfahren, ursprünglich protestantische Engländer, waren mit Cromwell nach Irland gegangen. Wegen der irischen Herkunft nahm Twichell offenbar an, die Crokers seien katholisch. Crokers Vater Eyre Coote Croker, ein Presbyterianer, war 1846 mit seiner Familie in die Vereinigten Staaten ausgewandert. Er fand Arbeit als Schmied und Pferdeveterinär und trat bei Ausbruch des Bürgerkriegs dem Unionsheer bei (Alfred Henry Lewis 1901, 5, 13–14; Lothrop Stoddard 1931, 2, 260–61; vgl. AD 17. Jan. 1906, wo sich Twain über General Sickles und das Regiment, in dem Twichell und Croker dienten, äußert).

379 *Schmerzgeheul … bis hinter die Grenze zu hören war* – Die Begebenheit, bei der Twichells Ansprache zum Heldengedenktag (heute *Memorial Day*, früher *Decoration Day*) von einem jaulenden Hund unterbrochen wurde, ereignete sich wahrscheinlich Mitte der 1870er Jahre. 1878 und später erinnerte sich Twain in seinen Notizbüchern mehrfach selbst daran, diesen Zwischenfall zu verwenden (»Joe Twichells Gebet zum Heldengedenktag – ›Dieser g*ttv*mmte Köter‹« – und als Erklärung für das Gejaule: »Er hatte eine Ratte!«), und baute ihn tatsächlich in Kapitel 27 von *Huckleberry Finn* ein, was eine Hartforder Zeitung bei der Veröffentlichung des Buches bemerkte: »Die ›Er hatte eine Ratte‹-Geschichte, eingebettet in eine Beerdigungsszene, so wie sie sich tatsächlich einmal in dieser Stadt zutrug, werden einige Leute aus Hartford wiedererkennen, die, als es passierte, viel und herzhaft darüber gelacht haben« (»New Publications«, *Hartford Evening Post*, 17. Febr. 1885, 3; *HF 2003*, 232–33, 443; *N&J2*, 58, 343; *N&J3*, 16, 92).

16. März 1906

380 *Mary Miller* – Twains Klassenkameradin Mary Miller (geb. 1835?), die regelmäßig mit ihm um die Medaille im Buchstabieren konkurrierte, war die älteste Tochter des Holzhändlers Thomas S. Miller (1807?–1860) und Mary E. Millers (1812?–1849). Laut Volkszählungsunterlagen war sie in Twains Alter. Sie heiratete dessen Freund und Klassenkameraden John B. Briggs (*Hannibal Courier*: »Obituary«, 30. Aug. 1849, o. S.; »Look Out for the Old Lumber Yard«, 4. März 1852, o. S.; *Marion Census* 1850, 307; *Marion Census* 1870, 447; »Good-Bye to Mark Twain«, *Hannibal Courier-Post*, 3. Juni 1902, 1).

380 *Artimisia Briggs* – Artemissa (auch Artimissa, Artimisia, Artemesia und Artemissia geschrieben) Briggs (1832–1910), ältere Schwester von Twains Freund und Klassenkameraden John B. Briggs, war das zweitälteste der acht Kinder von Rhoda Briggs (geb. 1811?) und William Briggs (geb. 1799?) (*Marion Census* 1850, 315–16; *Marion Census* 1860, 145; Totenschein für Artemissia Briggs, Missouri Digital Heritage 2009a; *Inds*, 306–07).

Mary Lacy … seit fünfzig Jahren verheiratet – Wahrscheinlich hat Twain Mary Lacy mit Mary Nash, einer anderen Mitschülerin, verwechselt. Mary Elizabeth Lacy (geb. 1838?) war die Tochter von John L. Lacy (1808?–1883), der 1850 als Fleischpacker arbeitete, um seine große Familie zu ernähren. Sie heiratete in Hannibal am 31. Mai 1854 Leonard Mefford, 1860 hatte sie zwei Kinder (*Marion Census* 1850, 319; *Marion Census* 1860, 149; »Missouri Marriage Records, 1805–2002«, 2009). 1898 skizzierte Twain in seinem Notizbuch, wie er sie als Figur in »Schoolhouse Hill« verwenden wollte, der Version von »Der geheimnisvolle Fremde«, die in St. Petersburg spielt, dem fiktionalen Hannibal. Als Satan auf die Erde kommt, sieht er, dass sein Sohn, Klein-Satan, »von Mary Lacy zurückgewiesen wurde, die ihn für verrückt hielt & die es nun ganz furchtbar bereut, die Gelegenheit nicht beim Schopf ergriffen zu haben, weil sie herausfindet, dass die Heilige Familie der Hölle nicht im Feuer schmort, sondern nur ihre Gäste. Satan ist froh, dass sein Junge nicht unter seinem Stand geheiratet hat – mit dem Schatten von Papst Alexander VI. arrangiert er für ihn eine Ehe mit einer dessen Nachfahren« (Notizbuch 40, TS S. 51–52, CU-MARK). Mary Nash (geb. 1832?) war die Halbschwester von Twains Freund Tom Nash. Sie heiratete John Hubbard aus Frytown im Januar 1851. 1901, ein Jahr vor seiner Reise nach Hannibal, antwortete er auf eine Anzeige zu ihrem 50. Hochzeitstag: »Ich erinnere mich sehr gut an die Hochzeit, obwohl sie 50 Jahre her ist; & ich wünsche Ihnen & Ihrem Gatten Freude an diesem Tag, da sie sich jährt« (13. Jan. 1901 an Hubbard, MoHM). Er hatte vorgehabt (es dann aber verworfen), sie als Vorlage für zwei literarische Figuren zu verwenden: in seinen Arbeitsnotizen zu »Tom Sawyer's Conspiracy« nannte er sie Mary Benton und charakterisierte sie als »wild«; und in seinen Arbeitsnotizen zu »Schoolhouse Hill« nannte er sie Louisa Robbins und charakterisierte sie als »Mary Nash, *böse*«. Er mag sie auch als Vorlage genommen haben für die unabhängige Rachel Hotchkiss, die Titelfigur aus »Hellfire Hotchkiss« (*Inds*, 214–59, 287–88, 134–213, 337; *HH&T*, 383; *MSM*, 431).

Jimmy McDaniel … Vater führte den Süßwarenladen – James W. (Jimmy) McDaniel (1833–1911) war der Sohn von William McDaniel (geb. 1811?), der in Hannibal einen Süß- und Gemischtwarenladen führte, der damit warb: »In der *Süßwarenabteilung* gibt es die feinsten Arten von Bonbons, Nüssen, Rosinen, Dörrpflaumen, Datteln, Feigen, Johannisbeeren, Zitronat, Feigenpaste, Gelees, Eingemachtem und viele andere Artikel, die aufzuzählen zu mühsam wäre« (»Confectionary and Fancy Goods«, *Hannibal Courier*, 7. Okt. 1852, o. S.). Mit fünfzehn arbeitete Jimmy als Buchverkäufer, bevor er zwanzig war als Tabakhändler, mit dreißig war er Verkäufer im Laden seines Vaters und später Packer und Filialleiter bei der Zigarrenfirma Holmes-Dakin (Fotheringham 1859,

40; Honeyman 1866, 37; Hallock 1877, 100; Stone, Davidson und McIntosh 1885, 118, 150; *Marion Census* 1850, 310; Totenschein für James W. McDaniel, Missouri Digital Heritage 2009a).

381 *Jim Wolf und seinen Katzen* – Vgl. »Fragmente meiner Autobiographie. Aus Kapitel IX«.
vor vier Jahren ... sah ich ihn wieder – 1902 berichtete die Zeitung in Hannibal, dass, als Twain

die Hauptstraße entlangfuhr, er James W. McDaniel erblickte, den alten Süßwarenhändler, und ihn begrüßte mit: »Hallo, Jim, ich freue mich wirklich sehr, dich zu sehen. Lass mich deinen Schädel sehen; was ist denn aus deinem Haar geworden?« Mr. Clemens und Mr. McDaniel waren einst alte Kameraden, und [...] obwohl sie sich seit beinah vierzig Jahren nicht gesehen hatten, erkannten sie sich auf den ersten Blick. (»See[s] Points of Interest«, *Hannibal Morning Journal*, 30. Mai 1902, nochmals abgedruckt in der *Hannibal Evening Courier-Post*, 6. März 1935, 4B, Transskript in CU-MARK)

Artimisia Briggs ... heiratete Richmond, den Steinmetzen ... mein methodistischer Sonntagsschullehrer – Im März 1853 heiratete Artemissa Briggs mit einundzwanzig Jahren den Maurer am Ort, William J. Marsh (geb. 1815?), nicht den Steinmetzen Joshua Richmond (geb. 1816?). Richmond heiratete im Januar 1849 Angelina Matilda Cook (geb. 1829?); er unterrichtete Twains erste Klasse der Sonntagsschule der Methodist Old Ship of Zion Church von Hannibal, die sich auf dem öffentlichen Gemeindeplatz traf (*Marion Census* 1860, 145; Fotheringham 1859, 39; Ellsberry 1965b, 1:10; Wecter 1952, 183, 305, Anm. 15; *Inds*, 95, 344; »Married«, *Hannibal Missouri Courier*, 18. Jan. 1849, o. S.).

382 *fünf törichten Jungfrauen* – Matthäus 25,1–13.
Mr. Richmond ... Tom Sawyers Höhle ... machte einen Touristenort daraus – Die Kalksteinhöhle, die Twain in *Tom Sawyer* »McDougals Höhle« nannte, hieß in seiner Kindheit Simms-Höhle nach den Brüdern, die sie entdeckt hatten, dann Salpeterhöhle nach dem Mineral, das man dort fand (Kaliumnitrat, von dem man dachte, es entstünde aus Fledermausguano), und schließlich McDowells Höhle (vgl. »Meine Autobiographie [Willkürliche Auszüge daraus]«, Anm. 23: *»die Tochter eines Chirurgen«*; Sweets 1986b, 1–2). Nach der Veröffentlichung von *Tom Sawyer* (1876) fing man an, sie Mark-Twain-Höhle oder Tom Sawyers Höhle zu nennen. Joshua Richmond war offensichtlich einer von mehreren Besitzern um 1886 herum, als man die Höhle offiziell der Öffentlichkeit zugänglich machte. Evan T. Cameron, der ab 1886 Höhlenführer war und später zum Manager wurde, erstellte eine »dauerhafte Besichtigungsroute durch das Gewirr von Gängen in der Höhle, baute in der Nähe des Eingangs ein Häuschen mit Kartenschalter, kaufte Laternen, die die Leute zur Beleuchtung mitnehmen konnten, engagierte Höhlenführer und bewarb die Attraktion als Mark-Twain-Höhle« (Weaver 2008, 15–16, 97). Den aktuellen öffentlichen Zugang zur Mark-Twain-Höhle »sprengte man aus dem Hang und machte einen einfachen, komfortablen Eingang« für die Touristen, denn zum ursprünglichen führte ein »steiler Anstieg den Hang hinauf« (George Walley an John Lockwood, 21. Sept. 2005, Fotokopie in CU-MARK).

382–83 *feinster Portlandzement ... erhielt ich von dort ein Telegramm* – Im August 1901 begann die Atlas Portland Cement Company mit dem Bau der »größten Portlandzementfabrik in den Vereinigten Staaten und der ersten Zementfabrik westlich des Mississippi« in Cave Hollow, wo sich viele Eingänge zu der Höhle befanden (Sweets 1986a, 3). Das Telegramm, das Mark Twain erhielt, wurde nicht gefunden.

383 *Reuel Gridley ... Mexikanische Krieg ... meldete sich freiwillig* – Reuel Colt Gridley (1829–1870), der etwa 17 oder 18 gewesen sein muss, als er die Dawson's School besuchte, schrieb sich in New London am 5. Mai 1847 mit 18 Jahren beim 3. berittenen Missouri-Freiwilligen-Regiment ein, wurde den Monat darauf zum Dienst eingezogen und am 28. Oktober 1848 ehrenhaft entlassen (Missouri Digital Heritage 2009b, Band s912).

Mr. Hickman – Philander A. Hickman (geb. 1824) kam in Virginia zur Welt. Im Unterschied zu Gridley trat er nicht den Missouri-Freiwilligen bei. Er schrieb sich am 5. März 1847 als Erster Leutnant bei der Infanterie ein, wurde am 9. April in das 14. Regiment eingezogen und am 22. Oktober zum Captain ernannt. Er heiratete am 11. Mai 1848 Sarah M. Brittingham (1828–1889) und wurde am 25. Juli ehrenhaft aus der Infanterie entlassen (*Marion Census* 1850, 309; Heitman 1903, 1:528; Robarts 1887, 30). Als man in Kalifornien Gold gefunden hatte, siedelte Hickman mit zwei seiner angeheirateten Verwandten über, kehrte jedoch in den 1850er Jahren nach Hannibal zurück und eröffnete ein Geschäft, das Öfen und Eisenwaren verkaufte. In den 1870ern wurde er Repräsentant im Parlament des Bundesstaats. Twain hatte ihn zuletzt 1882 in Hannibal gesehen: »Leutnant Hickman, der schmucke junge, schön uniformierte Freiwillige von 1846, besuchte mich – ein grässlich elefantöser Patriarch von 65 Jahren war er nun, seine Anmut völlig verschwunden« (17. Mai 1882 an OLC, CU-MARK, in *MTL*, 1:429). Drei Jahre später war er tot (»The Emigration«, nicht identifizierter Zeitungsausschnitt in Meltzer 1960, 15; Fotheringham 1859, 30; Honeyman 1866, 26; Hallock 1877, 79, 178; Stone, Davidson und McIntosh 1885, 115).

Genau wie Susy gefragt hatte: »Wozu ist das alles gut?« – Vgl. AD 2. Febr. 1906.

383–84 *Reuel Gridley zog in den Krieg ... seit vielen, vielen Jahren tot ... die alte Geschichte* – Nach seiner Entlassung aus dem Freiwilligen-Heer 1848 kehrte Gridley nach Hannibal zurück, wo er als Schreiner arbeitete und vergeblich versuchte, das Lotsen auf dem Mississippi von dem Dampfschiffkapitän Bart S. Bowen zu lernen, der der Ansicht war, Gridley »neigte so sehr zu Schelmereien, dass er nicht lernen konnte« (»River News«, *Cincinnati Commercial*, 13. Februar 1865, 4). Im September 1850 heiratete er Susannah L. Snider (geb. 1832?), und 1852 ging er nach Kalifornien, wo er in Oroville einen Eilbotendienst betrieb; seine Frau kam zwei Jahre später nach. Noch vor 1863 zog er nach Nevada in die Gegend am Reese River und eröffnete ein neues Geschäft – »Gridley, Hobart & Jacobs« – in einem Bergarbeiterlager, aus dem später die Stadt Austin entstand. Gridley beschrieb sich selbst Twain gegenüber als »Unionist durch und durch, aber, was Sympathien angeht, ein Copperhead« (Bewegung der Friedensdemokraten im Amerikanischen Bürgerkrieg); er schloss eine Wette auf den demokratischen Kandidaten der Bürgermeisterwahl ab und verlor gegen Dr. H. S. Herrick, der auf den republikanischen Kandidaten gesetzt hatte. Gridley hatte Herrick nun einen 50-Pfund-

Sack Mehl zu übergeben »und diesen eineinviertel Meilen weit auf seinen Schultern zu ihm zu tragen, während, an seine Fersen geheftet, eine Blaskapelle ›John Brown‹ spielt«. Hätte Gridley gewonnen, dann hätte Herrick das Mehl zu »den Klängen von ›Dixie‹« buckeln müssen (17. Mai 1864 an JLC und PAM, *L1*, 282, 285–86, Anm. 11). Nachdem er ein Jahr damit zugebracht hatte, den Mehlsack im ganzen Land wieder und wieder zu verkaufen, brachte Gridley den Sack samt dem Erlös im Sommer 1865 zum Jahrmarkt in St. Louis, den die Western Sanitary Commission veranstaltete, um Gelder zur »Unterstützung kranker und verwundeter Unionssoldaten« zu sammeln (*L1*, 284, Anm. 3). Es stellte sich heraus, dass es in Missouri illegal war, denselben Gegenstand mehrfach zu verkaufen, aber »man schlug vor, aus dem Mehl Kuchen zu backen, die man dann verkaufen könnte. Das lehnte Gridley ab, für ihn kam das Mehl aus dem Westen und gehörte dort auch hin. So endete die Reise mit einem bitteren Beigeschmack, und er machte sich auf den Heimweg« (Elizabeth H. Smith 1965, 16). Wie viel Gridley insgesamt einnahm, ist unbekannt. 1872 schätzte Twain den Betrag auf $ 150 000; andere Schätzungen bewegen sich zwischen $ 40 000 und $ 275 000. Bei seiner Heimkehr im Juli 1865 war Gridley beinah bankrott, und seine Gesundheit war »vollkommen ruiniert« (Tinkham 1921, 66). Nach seinem Tod am 24. November 1870 in Paradise City, Kalifornien, pries ihn Twain in einem Leserbrief an die *New York Tribune* (11. Dez. 1870, *L4*270–71; vgl. *RI 1993*, 294–98, 660–64; *Marion Census* 1850, 310; »Missouri Marriage Records, 1805–2002«, 2009; *Butte Census* 1860, 574; Elizabeth H. Smith 1965, 11–13).

384–85 *Juden ... Levin* – Die Familie Levin wohnte offenbar in den 1840er Jahren für kurze Zeit in Hannibal. Twains Aufzeichnungen von 1897 für den geplanten Roman »New Huck Finn« verraten in etwa, wie die Bewohner der Stadt den Jungen gegenüber eingestellt waren (Notizbuch 41, TS S. 59–60, CU-MARK; der ertrunkene Junge war Clint Levering):

> * Die Lev'n-Jungs – die erste Judenfamilie, die man dort je gesehen hatte – ein entsetzlicher Eindruck für uns – ließen Juden *real* werden; sie waren Kreaturen vergangener Zeitalter, Mythen und Unwirklichkeiten gewesen – der Schauder packte jeden Jungen in der Stadt – die Jungs unterhielten sich über sie im Flüsterton & hatten Angst vor ihnen. »Sollen wir sie kreuzigen?«
>
> Man glaubte, das Ertrinken von Writer Levering war Strafe für ihn & seine Eltern, weil seine Urgroßmutter den 11-Jungen Schutz geboten hatte, als man sie gejagt & gesteinigt hatte.
>
> Diese ganze Stimmung gegen Juden hatte der deutsche Junge erzeugt, der so viele Verse auswendig konnte, *noch bevor* die 11 auftauchten. Der Grund war schon bereitet, & doch überraschte uns der Jude, als er schließlich kam – wie oben erklärt*. [...]
>
> Statt 11 nenn sie 9 (Nein [Deutsch im Original, Anm. d. Übers.]) & 18.
>
> Tom steht ihnen bei & prügelt sich für sie.

385 *Irving Ayres* – Ayres (geb. 1837?) war ein weiterer Mitschüler Twains. Er war der jüngere Sohn von Thomas J. Ayres (geb. 1816?), dem Hannibaler Postmeister und Wirt, der 1836 Brady House errichtete, ein Hotel mitten im Ort in einem doppelten Blockhaus

mit Schweinen unter dem Boden, »voll von Gästen« und voll von Flöhen, die »treppauf, treppab, in die Stuben, Schlafzimmer, Betten und wirklich bis in den letzten Winkel hüpften« (Holcombe 1884, 202, 896). In seinem Notizbuch von 1897 erwähnte Twain Irving und dessen älteren Bruder Tubman (geb. 1829?) als Charaktere für sein geplantes Buch »New Huck Finn« (Notizbuch 41, S. 61, CU-MARK).

385 *George Butler … ein Neffe von General Ben Butler* – Twains Mitschüler George H. Butler (1839?–1886) war der Sohn von Andrew Jackson Butler (1815–1864) und der Neffe von Andrews Bruder, Generalmajor Benjamin Franklin Butler (1818–1893), dem umstrittenen Bürgerkriegsgeneral, Kongressmitglied und Gouverneur von Massachusetts, der sowohl für seine Brutalität im Krieg als auch für seine spätere fortschrittliche Politik bekannt war. Nachdem er in Kalifornien als Ingenieur gearbeitet hatte, trat George im Mai 1861 der 10. Infanterie des Unionsheers bei und diente als Erster Leutnant in der Schlacht von Ball's Bluff in Loudoun County, Virginia, am 21. Oktober 1861. Die katastrophale Schlacht endete mit einem Sieg für die Konföderierten, als die Unionsstreitkräfte versuchten, den Potomac zu überqueren, um Leesburg, Virginia, zu erobern: überrascht von einem Gegenangriff der Konföderierten, wurden sie über das Steilufer in den Fluss getrieben und erlitten schwere Verluste. Von Ende 1862 bis zu seinem Austritt aus der Armee im Juni 1863 diente Butler als Regimentsquartiermeister (*Marion Census* 1850, 313; NNDB 2009; American Civil War 2009a; Missouri Digital Heritage 2009b, Kasten 13; Heitman 1903, 1:269; *Sonoma Census* 1860, 649).

Will Bowen (lange tot) – Bowen starb am 19. Mai 1893 auf einer Geschäftsreise nach Waco, Texas, an plötzlichem Herzversagen (Hornberger 1941, 8). Vgl. AD 9. März 1906, Anm. 354: *»Will Bowen … sein Bruder Sam«*.

Ed Stevens (lange tot) – Twains Klassenkamerad und Freund Edmund C. Stevens (geb. 1834?) hatte schon mit sechzehn Jahren das Uhrmacherhandwerk von seinem Vater, dem ortsansässigen Juwelier Thomas B. Stevens (geb. 1791?), erlernt. Als Kind führte er in der Schulklasse den »Aufstand« gegen die strenge Lehrerin Miss Newcomb an, und er gehörte zu der Bande, die einen riesigen Felsbrocken den Holliday's Hill hinunterrollten. Er war Corporal bei den Marion Rangers, wo Twain Zweiter Leutnant war; in »Privater Bericht eines gescheiterten Feldzuges« beschrieb Twain ihn als »gut gebaut, ansehnlich, elegant, geschmeidig wie eine Katze, klug, gebildet, aber durch und durch ein Witzbold. Nichts war ihm ernst im Leben. Was ihn betraf, war unser Feldzug ein bloßer Urlaub« (MT 1963a, 84). 1901 schrieb Twain an Stevens' Bruder: »Wir waren gute Freunde, Herzensfreunde, er & ich. Er hatte ein mörderisch unterhaltsames Gemüt; sein Herz war so unbeschwert, seine Art so sorglos, seine Rede so aufgeweckt, sein Lachen so ungezwungen, sein Erfindungsreichtum für Spaß so unerschöpflich, er war ein freundliches Licht in einer ernst dreinblickenden Welt – er hätte nicht daraus scheiden dürfen« (28. Aug. 1901 an Stevens, CU-MARK). Twain rief ihn sich ins Gedächtnis in »Villagers of 1840–3« und hatte vor, ihn als Jimmy Steel in »Tom Sawyer's Conspiracy« und als Ed Sanders, den Uhrmacher, in »Schoolhouse Hill« zu verwenden (*Inds*, 96, 134–213, 214–59, 349; *HH&T*, 383; *MSM*, 432).

John Briggs … lebt noch – 1902 sagte Twain über John B. Briggs (1837–1907), mit dem er viele Schrammen aus Kindertagen teilte: »Wir waren einst wie Brüder«, und in seinem Notizbuch nahm er sich vor, »John Briggs zu einer feinen Figur zu machen. Gut & ehrlich & mutig, & er hat Obstgärten geplündert, den Stall eingerissen, das Ruderboot geklaut« (»Friendship of Boyhood Pals Never Waned«, *Hannibal Evening Courier-Post*, 6. März 1935, 5C; Notizbuch 45, TS S. 13, CU-MARK). Briggs trat 1850 mit Twain zusammen den Kadetten der Enthaltsamkeit bei, und 1860 dienten sie gemeinsam bei den Marion Rangers. »Briggs und ich«, sagte Twain 1902, »waren in der Kompanie die Besten im Rückzug« (Love 1902, 5). Später arbeitete Briggs in einer Tabakfabrik und wurde Landwirt. Er war mit ziemlicher Sicherheit einer der drei Jungen, auf denen die »zusammengesetzte« Figur Tom Sawyer basiert und vielleicht auch die von Ben Rogers in *Tom Sawyer.* 1902 erwog Twain in seinen Notizen zu »New Huck Finn«, eine Begebenheit aus Briggs' Kindheit zu verwenden: Briggs' Vater verkaufte einen Sklavenjungen den Fluss hinunter, offensichtlich in dem Glauben, dieser habe John gehauen, wobei tatsächlich John den Jungen gehauen hatte, »eine so schändliche Sache, dass er sich nie überwinden konnte, sie zu gestehen« (SLC 1902b; SLC 1982, 270; *Inds*, 134 bis 213, 307; *HH&T*, 383). Vgl. Anm. 380: *»Mary Miller«* und *»Artimisia Briggs«* sowie AD 8. Mai 1908.

385 *1845, ich war zehn Jahre alt … Masernepidemie* – Die sogenannten »schwarzen« oder »bösartigen« Masern der 1840er Jahre brachen im Frühjahr 1844, als Twain neun Jahre alt war, auch in Hannibal »mit ungewöhnlicher Bösartigkeit aus. Fast vierzig Einwohner starben. […] An einem Tag gab es sieben Tote, alle durch die Masern« (Holcombe 1884, 900). Paine schrieb, dass »Mr. Clemens in seinem späteren Leben den genauen Zeitpunkt dieser Erkrankung nicht mehr erinnern konnte. Mit gewohntem Gleichmut schrieb er sie verschiedenen Jahren zu, wie es seine Stimmung oder die Erfordernisse seiner Thematik gerade verlangten« (*MTB*, 1:29). In »Der Wendepunkt meines Lebens« schrieb Twain, dass seine Mutter ihn, als er wieder gesund war, bei einem Drucker in die Lehre schickte. »Sie hatte die ständigen Bemühungen satt, mich von Dummheiten abzuhalten.« So »kann ich mit Wahrheit sagen, dass der Grund, warum ich im Schriftstellerberuf bin«, der ist, »dass ich die Masern hatte, als ich zwölf Jahre alt war« (MT 1967, 208, 213).

387 *Dr. Cunningham* – Nicht bekannt.

20. März 1906

387 *theologischen Bibelklassen-Abenteuer von John D. Rockefeller jr. … sein Vater als der reichste Mann der Welt* – John D. Rockefeller sen. (1839–1937), Präsident der Standard Oil, wurde allgemein als der reichste Mann der Welt betrachtet mit einem Privatvermögen, das 1901 auf über 900 Millionen Dollar geschätzt wurde. Von 1872 bis 1905 war er der Superintendent der Sonntagsschule der Euclid Avenue Baptist Church von Cleveland. Sein Sohn John D. Rockefeller jr. (1874–1960) machte seinen Abschluss an der Brown University, wurde Geschäftsteilhaber seines Vaters und übernahm schließlich die Leitung dessen philanthropischer Unternehmungen. Er erklärte die Heilige Schrift in der

Sonntagsschule der Fifth Avenue Baptist Church in New York. Twain war mit beiden Rockefellers über einen gemeinsamen Freund bekannt, Standard-Oil-Vorstand Henry H. Rogers. Die Presse berichtete regelmäßig über die Bibelstunden beider Männer, die viel Widerspruch und Spott erregten (*Chicago Daily Tribune*: »Church and Clergy«, 29. Okt. 1893, 12; »How J. D. Rockefeller, Jr., Teaches Bible Class«, 10. Febr. 1901, 36; *New York Times*: »Rockefeller to His Pupils«, 12. Okt. 1903, 1; »Story of Mr. Rockefeller«, 15. Juni 1903, und Leserbriefe in den Ausgaben vom 8. Febr. 1906 [8], 9. Febr. 1906 [8] und 13. Febr. 1906 [6]; Case Western Reserve University 2008).

389 *der junge John bei Joseph nicht etwa neue Tünche verwendet* – Vgl. Anm. 390: *»in einem Artikel … Joseph«*.

Verkaufe alles, was du hast, und gib's den Armen – Dieser Vers kommt mit leichten Abwandlungen in drei Evangelien vor: Matthäus 19,21, Markus 10,21 und Lukas 18,22. Rockefeller band ihn in seinen Vortrag für die Bibelstunde vom 11. Januar 1903 ein, wo er argumentierte, Jesu Lehren seien nicht wörtlich zu verstehen (»Rockefeller Would Keep His Wealth«, *Washington Times*, 12. Jan. 1903, 3). Hier nach der Lutherbibel 1912, Markus 10,21.

Vor drei Jahren ging ich mit … und hielt dort eine Rede – Twain dachte an seinen Besuch bei der regulären monatlichen Zusammenkunft von Rockefellers Bibelklasse am 28. Januar 1902. Die *New York Times* berichtete:

Mark Twain versuchte die Klasse zu lehren, wie man zu einer Person hoher Stellung gelangt, einem Kaiser zum Beispiel. Um 9 Uhr 20 brach er unvermittelt ab und teilte den jungen Männern mit, er müsse gehen.

»Ich bin jetzt Landwirt«, sagte er. »Noch kein sehr guter, aber ein Landwirt nichtsdestotrotz. Deshalb muss ich jetzt gehen, weil ich früh am Morgen aufstehen und mich um meine Ernte kümmern muss. Ich weiß noch nicht, was ich ernten werde, doch im Moment deutet alles darauf hin, dass es Eiszapfen sind.« (»Mr. Rockefeller's Class«, 29. Jan. 1902, 9)

Vor diesem scherzhaft missratenen Schluss hatte Twain »Two Little Tales« vorgelesen, bestehend aus »The Man with a Message for the Director-General« und »How the Chimney-Sweep Got the Ear of the Emperor«, veröffentlicht im *Century Magazine* vom November 1901 (SLC 1901; »Mark Twain at Bible Class«, *New York Sun*, 29. Jan. 1902, 2, zitiert in Schmidt 2008a).

390 *Vor einigen Tagen … eine Rede … einen Brief … folgende Absage* – Dr. Edward M. Foote (1866?–1945), Vorsitzender des »Freizeitausschusses« der Fifth Avenue Baptist Church, schrieb Twain am 9. März und lud ihn ein, am 22. März in der Bibelklasse »einige Worte zu einem beliebigen Thema zu sagen« oder stattdessen eine »schriftliche Botschaft« zu schicken (CU-MARK). Isabel Lyon vermerkte seine Reaktion am unteren Rand des Briefes: »Traue mich nicht hinzugehen. Wollen würde ich unheimlich gern.« Der darunter eingefügte Brief an Foote wurde von einem Manuskriptentwurf aus dem Archiv der Mark Twain Papers abgeschrieben; es ist nicht bekannt, ob wirklich

ein Brief an Foote geschickt wurde oder »an den jungen John persönlich«, wie Twain behauptet (S. 394) (»Dr. Edward M. Foote, Retired Surgeon, 79« *New York Times*, 15. Febr. 1945, 19).

390 *in einem Artikel ... Joseph ... gewissenhaft und erschöpfend erläutert* – In »Concerning the Jews« fasste Twain das 47. Kapitel der Genesis zusammen und meint zu Joseph Folgendes:

Wir alle haben gedankenvoll – oder gedankenlos – die pathetische Geschichte von den reichen Jahren und den Jahren des Hungers in Ägypten gelesen und wie Joseph bei dieser Gelegenheit ein Monopol auf gebrochene Herzen, die Brotkrusten der Armen und die menschliche Freiheit errichtete – ein Monopol, durch das er dem Volk alles Geld nahm bis auf den letzten Pfennig; dem Volk alles Vieh nahm bis auf den letzten Huf; dem Volk alles Land nahm bis auf den letzten Acker; und dann das Volk selbst nahm, indem er es für Brot aufkaufte, einen Mann nach dem anderen, eine Frau nach der anderen, ein Kind nach dem anderen, bis sie alle Sklaven waren; ein Monopol, das alles vereinnahmte und nichts übrigließ; ein Monopol, so überwältigend, das selbst die gewaltigsten Monopole der späteren Geschichte im Vergleich dazu Kinderkram sind, denn es handelte mit Hunderten Millionen von Bushels, und die Profite beliefen sich auf Hunderte Millionen von Dollar, und es war ein so vernichtendes Desaster, dass die Auswirkungen noch immer nicht ganz aus Ägypten verschwunden sind, über dreitausend Jahre nachdem es sich ereignet hat.

Tatsächlich veröffentlicht wurde der Essay vom *Harper's New Monthly Magazine* im September 1899 (SLC 1899b, 530). Mark Twains »Collected Works« wurden von 1899 an in zahlreichen Ausgaben veröffentlicht, sowohl von der American Publishing Company als auch von Harper & Brothers. »Concerning the Jews« wurde in Band 22 *How to Tell a Story and Other Essays* eingefügt (SLC 1900a, 250–75; *HHR*, 540; vgl. *BAL*, 2:3458 und Johnson 1935, 150–53).

die von ihm veröffentlichte Einschätzung Josephs unterscheidet sich von meiner – Rockefeller behandelte Joseph in seinen Bibelstunden am 4., 18. und 25. Februar 1906. Er nannte Joseph einen »großartigen jungen Mann« und »ein grandioses Beispiel für einen jungen Geschäftsmann« und argumentierte, dass Joseph, als er den Getreidemarkt monopolisierte, dem Volk einen Dienst erwiesen habe, indem er »einen Markt für ihr Erzeugnis« schuf, sie zu Pächtern statt zu Sklaven machte, sie »Getreide zu ihren eigenen Bedingungen haben« ließ und sie vor der Hungersnot bewahrte. »Das Volk schien zufrieden zu sein, denn wir lesen nichts von Kritik. Er hat ihr Vertrauen nicht verloren, sondern sie blickten voll Dankbarkeit auf ihn. Gemessen an den Handelsbräuchen seiner Zeit, hat er, denke ich, lobenswert gehandelt« (*New York Times*: »Avoid Temptation, Says Rockefeller, Jr.«, 5. Febr. 1906, 9; »Faith Is Essential, Says Rockefeller, Jr.«, 19. Febr. 1906, 4; »Young Mr. Rockefeller Again Praises Joseph«, 26. Febr. 1906, 9).

391 *Dr. Silverman in der Times* – Joseph Silverman (1860–1930) war Oberrabbiner im Tempel Emanu-El an der Fifth Avenue, Ecke 43. Straße in New York. Um den Text von

Silvermans Rede und die darauffolgende Passage aus der Bibel einzubinden, fügte Twain seinem handschriftlichen Brief Zeitungsausschnitte aus der *New York Times* vom 4. März 1906 hinzu (»Young Mr. Rockefeller and Joseph's Corn ›Corner‹«, SM2).

392 *Darstellung der Bibel* – Genesis 47,13–26. Nach der Lutherbibel 1912.

394 *Gegenstand habe ich bereits in einem meiner Bücher abgehandelt* – Twain spricht von »On the Decay of the Art of Lying« (SLC 1880b), woraus er am 5. April 1880 beim Treffen des Hartford Monday Evening Club vorlas. Er veröffentlichte es zwei Jahre später in *The Stolen White Elephant, Etc.* (SLC 1882a; Howell Cheney 1954, 35).

kann ich doch nicht hingehen … der Arzt hat es mir verboten – Am 20. März schrieb Twain an Rockefeller (durch Isabel Lyon):

Ich bedauere sehr, dass ich die Ehrenmitglieder am Donnerstagabend nun doch nicht treffen kann. Ich bin nicht krank – ich bin nur krank *gewesen*, & der Arzt verlangt, dass ich noch drei, vier Tage länger das Bett hüte. Auf meinen Protest antwortet er: »Risiken, die ein jüngerer Mensch eingehen könnte, sind dem Methusalem der amerikanischen Literatur verboten.« Meinen Sie, dass diese plumpe Bemerkung als Kompliment gedacht war? Wenn dem so ist, dann werde ich sie dort wiederfinden, wo sich die Komplimente eines Arztes immer zeigen – auf der Rechnung. Gegen diese Art von Bestechung sollte es ein Gesetz geben. (NN-BGC)

Twain übermittelte sein Bedauern auch telefonisch (vgl. AD 26. März 1906, S. 420).

395 *erster Auftritt vor Publikum* – Vgl. »Notizen zu *Die Arglosen im Ausland*«, Anm. 46: »*Thomas Maguire*«.

General Fred Grant … Robert Fulton Memorial Association … dessen Vizepräsident ich bin – Frederick D. Grant (Sohn von Ulysses S. Grant) und Twain gehörten zu den Gründern der Robert Fulton Memorial Association, die im Januar 1906 mit dem Ziel ins Leben gerufen wurde, dem Konstrukteur des ersten, gewerblich rentablen Schaufelraddampfers in New York ein Denkmal zu setzen. Grant war einverstanden, als vorläufiger Präsident zu fungieren. Twain war Mitglied des »Allgemeinen und Lenkungsausschusses« und außerdem Erster Vizepräsident. Zudem steuerte er dem Denkmalfonds mindestens $ 1000 bei. Obwohl der Fulton Memorial Association ein grandioses Denkmal vorschwebte, bestehend aus einem Grabmal, einer Anlegestelle und einem Ausstellungssaal auf dem Riverside Drive zwischen der 114. und der 116. Straße, wurde es nie gebaut. Twains Auftritt war ursprünglich für den 10. April geplant, wurde dann aber auf den 19. April verschoben (*New York Times*: »For a Monument to Fulton«, 18. Jan. 1906, 8. und 18. Febr. 1906, 20; »Fulton Watergate Designs Selected«, 10. Apr. 1910, 6; »New York's $ 3 000 000 Robert Fulton Memorial«, 22. Mai 1910, SM5; Miller an SLC, 28. März 1906, CU-MARK).

396 *schrieb die Korrespondenz sofort nieder … füge sie hier ein* – Die fiktive Korrespondenz mit Grant und Hugh Gordon Miller, dem Sekretär der Fulton Memorial Association, nutzte man, um öffentliche Aufmerksamkeit zu erregen. Am 15. April 1906 zitierte beispielsweise die *New York Times* in großzügigem Maße frei aus den Briefen und exzer-

pierte sie (»Mark Twain Tells How to Manage Audiences«, 9). Am 19. April hielt Twain zum Wohl der Vereinigung eine humoristische Rede, in der er Fulton die Erfindung des »elektrischen Telegraphen« und des »Luftschiffes« zuschrieb und dann zu einigen seiner Standardversatzstücke abschweifte. Im Weiteren schlug er einen ernsthaften Ton an und bat dringend um Hilfe für die Opfer des verheerenden Erdbebens in San Francisco vom 18. April (»Mark Twain Appeals for the ›Smitten City‹«, *New York Times*, 20. Apr. 1906, 11; der Text seiner Rede ist zu finden in Fatout 1976, 515–18).

397 *Paul Jones … Horace Porter* – John Paul Jones (1747–1792), amerikanischer Held der Marine, und Horace Porter (1837–1921), Brigadegeneral im Unionsheer, Träger der Congressional Medal of Honor und ehemaliger US-Botschafter in Frankreich (1897 bis 1905).

Juwelen erster Güte – An dieser Stelle des Manuskripts strich Twain den folgenden Absatz: »Von den Barnard-Studenten – vor allem von den Studienanfängern – bekomme ich reichlich Informationen über Fulton. Sie sagen mir alles, was sie wissen. Mögen Sie Studienanfänger – diese Sorte, meine ich? Ich schon.« Twain hatte am 7. März eine Rede in Barnard gehalten (vgl. AD 8. März 1906).

21. März 1906

400 *mentale Telegraphie* – Twains Begriff für Gedankenübertragung, geistige Verständigung, von deren Möglichkeit er spätestens seit 1875 fasziniert war, als er sie auf »mesmerische Gleichgestimmtheit« zurückführte (29. März 1875 und 4. Apr. an Wright, *L6*, 434). In zwei Artikeln im *Harper's Monthly* hatte er das Phänomen erklärt: »Mental Telegraphy« und »Mental Telegraphy Again« (SLC 1891b; SLC 1895).

Vor einigen Wochen, als ich etwas über Dr. John Brown aus Edinburgh diktierte – Vgl. AD 2. und 5. Febr. 1906.

einen Artikel über ihn und Marjorie Fleming – »Marjorie Fleming, the Wonder Child«, veröffentlicht in der Dezemberausgabe von *Harper's Bazar* 1909 (SLC 1909d).

seines Sohnes Jock – John (»Jock«) Brown (geb. 1846), den Twain 1873 in Schottland kennengelernt hatte (22. & 25. Sept. 1873 an Brown, *L5*, 441, Anm. 4; John Brown 1907, 60).

401 *7 Greenhill Place* – Josephine Hobby nahm Browns schreibmaschinengeschriebenen Brief, heute im Archiv der Mark Twain Papers, in die Maschinenabschrift dieses Diktats auf.

Dr. J. T. Brown – John Taylor Brown (1811–1901), ein schottischer Zeitungsredakteur, war Dr. John Browns Cousin und Biograph. Er schrieb den Eintrag über Brown für das *Dictionary of National Biography* sowie *Dr. John Brown: A Biography and a Criticism*, herausgegeben im Jahr 1903 (John Taylor Brown 1903).

Briefe von Ihnen selbst und Mrs. Clemens – Brown nahm sechs Briefe, die zwischen 1874 und 1882 von Samuel und Olivia Clemens geschrieben wurden, in *Letters of Dr. John Brown* (1907) auf (John Brown 1907, 351, 353–54, 357–58, 360–61). Biographische Einleitung und Anhang des Bandes verfasste Elizabeth T. McLaren. Auch schrieb sie *Dr. John Brown and His Sister Isabella* (1889), von dem Jock Brown der Familie Clemens zwei Exemplare zukommen ließ (McLaren 1889; Brown an SLC, 28. Dez. 1889 und 25. Jan. 1890, CU-MARK; Gribben 1980, 1:444).

401 *darf ...* – Twain ließ den Rest von Browns Brief aus, in dem dieser von seiner Hochzeit mit seiner Cousine M. McKay und ihren beiden zwölf und vierzehn Jahre alten Kindern erzählt und deren Bilder er beigefügt hatte (Brown an SLC, 8. März 1906, CU-MARK).

402 *unserer zehnjährigen Abwesenheit ... werden sie noch finden* – Im Juni 1891 brachen die Clemens zu einem neun Jahre währenden Exil nach Europa auf, einerseits weil infolge von Twains Verlusten durch die Paige-Setzmaschine ein Auskommen der Familie in Hartford schwer wurde, andererseits um Olivia Clemens eine Behandlung ihrer Herzbeschwerden zu ermöglichen (*N&J3*, 574). John Browns Briefe wurden gefunden. 17 davon, datiert zwischen 1873 und 1879, sind im Archiv der Mark Twain Papers erhalten.

Seine Frau Harmony – Twichell heiratete 1865 Julia Harmony Cushman (1843–1910) (18. Okt. 1868 an OLL, *L2*, 269, Anm. 2).

dem Magier des Nordens – Als Sir Walter Scott (1771–1832) anonym die Reihe berühmter Romane veröffentlichte, die mit *Waverley* im Jahr 1814 begann, nannte man ihn den »Zauberer des Nordens« und den »Großen Magier«. Erst 1827 bekannte Scott seine Urheberschaft.

403 *in Petersburg ... im Bürgerkrieg* – Am 30. Juli 1864, während das die südlichen Zugänge nach Richmond schützende Petersburg, Virginia, unter Beschuss der Truppen von Ulysses S. Grant stand, wurde eine große Mine unter den Stellungen der Konföderierten gesprengt. Twichell befand sich in seiner Funktion als Geistlicher für die Nordstaaten im Juni und Juli 1864 in der Nähe von Petersburg, beendete seinen Militärdienst jedoch drei Wochen vor der Explosion (Twichell 2006, 306–09).

Joe zeichnet ein anderes Bild – In einem Brief vom 14. und 16. Juni 1863 an seine Stiefmutter, Jane Walkley Twichell, beschrieb Twichell eine solche Hinrichtung eines Deserteurs, dem er als Geistlicher Beistand leistete:

Sie setzten ihn auf seinen Sarg, schnürten ihm die Ellbogen hinten zusammen, banden ihm ein Taschentuch über die Augen und öffneten das Hemd, so dass seine Brust entblößt war. [...] Auf ein Signal wurden sechs Musketen angehoben, entsichert und angelegt – auf etwa zehn Schritt Entfernung. Ein weiteres Signal und die schreckliche Anspannung war gebrochen. Er schwankte ein wenig nach vorn, dann fiel er mit einer einzigen krampfartigen Aufrichtung seines Körpers nach hinten über den Sarg. Ein Sergeant und ein Mann traten heran und schossen ihm mit ihren Waffen in den Kopf, obwohl bereits fünf Kugeln seine Brust durchschlagen hatten. Das war eine – aus Menschlichkeit gebotene – Sitte bei allen militärischen Hinrichtungen. Sie hoben die Leiche in den Sarg – eine einfache Kiste aus Kiefernholz. Es war vorüber. [...] Der Schauplatz auf dem Schlachtfeld wurde nun von einem der vollkommenen Stille zu einem des Lärms und der Bewegung. Entlang der Truppenlinien wurden Befehle gebrüllt, und der Marsch wurde fortgesetzt, als ob nichts passiert wäre. (CtY-BR, in Twichell 2006, 239, 241–42)

404 *Daly's Theatre* – Dalys Brief wurde vom ursprünglichen Manuskript, heute im Archiv der Mark Twain Papers, in dieses Diktat übertragen. 1888 war Daly's Theatre, Ecke Broadway und 30. Straße, eins der angesehensten Theater New Yorks mit einem hauseigenen Ensemble namhafter Schauspieler, das aufwendige Inszenierungen von Shakespeare-Werken sowie bekannten zeitgenössischen Stücken zeigte (»Amusements«, *New York Times*, 1. Jan. 1888, 3, 7). In *Talks in a Library with Laurence Hutton* (1905) schildert Hutton die Entstehung des Namens der Players so:

Booth hatte schon lange etwas Greifbares und Fortbestehendes für das Wohl seines Berufsstandes tun wollen; und während einer vierzehntägigen Kreuzfahrt auf der Dampfyacht *Oneida* im Sommer des Jahres 1886 wurden verschiedene Vorstellungen ausführlich diskutiert. Die Gesellschaft bestand aus Mr. E. C. Benedict, dem Eigentümer des schönen Schiffs, Mr. Thomas Bailey Aldrich, Lawrence Barrett, Mr. William Bispham, Booth und mir. [...] Dann wurde die Idee eines Clubs für Schauspieler vorgebracht. Nach einer besonders glücklichen Eingebung schlug Mr. Aldrich den Namen »The Players« vor, und ein allgemeiner Plan für die Organisation wurde nach und nach entworfen. (Hutton 1909, 86–87)

Ein weiterer Bericht von Aldrichs »glücklicher Eingebung« bestätigt, dass das Ereignis an Bord der *Oneida* stattfand, datiert es aber auf den 27. Juli 1887 (Lanier 1938, 18–19). Twain antwortete auf die Einladung zu einem Mittagessen am 6. Januar 1888 für die Planung: »Schon güt! [sic. Deutsch im Original; Anm. d. Übers.] Ich werde kommen«; wahrscheinlich hatte er bei dieser Gelegenheit eine Wiederholung der Anekdote zur Namensgebung gehört (3. Jan. 1888 an Daly, TS in MH-H). Zur weiteren Erörterung von The Players vgl. AD 10. Jan. 1906 und Anm.

405 *Magonigle* – John Henry Magonigle (1830–1919), Edwin Booths langjähriger Freund und Geschäftsführer, Schwager von Booths Frau. Er war Direktor, nie jedoch Sekretär des Players und von 1906 bis 1919 Mitglied. Briefe von Magonigle an Twain und Franklin Whitmore vom 16. Februar 1891 bzw. vom 6. Mai 1891, mit deren Hilfe er offene Beiträge einzutreiben versuchte, sind im Archiv der Mark Twain Papers erhalten; sie waren Teil der Auseinandersetzung, die Twain in seinem Diktat beschreibt (»John Henry Magonigle Dies at 89«, *New York Times*, 23. Dez. 1919, 9; Winter 1893, 47, Anm. 1; Lanier 1938, 358, 376).

Robert Reid ... setzten sich mit mir in Verbindung – Reid zum Beispiel schrieb Twain am 19. Januar 1903, eine Woche nach dem Ausschluss: »Verlassen Sie uns nicht wegen des Tot-aber-weiß-es-nicht-Managers-&-Bürovorstehers[.] Wir brauchen Sie – seien Sie so gut, vergeben & vergessen Sie!« (CU-MARK)

22. März 1906

407 *unsere Fart nach Vassar* – Vgl. AD 7. März 1906.
nachdem Miss Emma Nigh gestorben war – Vgl. AD 15. Febr. 1906 und Anm. 284–85: *»bevor Mrs. Clemens … Miss Emma Nye«.*

408 *dass ich es bis jetzt nicht gestanden habe … Diptheerie … in Elmira, New York, beerdicht* – Als Frühgeburt war Langdon Clemens nie widerstandsfähig und entwickelte sich verzögert. Am 2. Juni 1872 starb er im Alter von neunzehn Monaten in Hartford an Diphtherie. Nach dem Trauergottesdienst in Hartford wurde er im Familiengrab der Langdons neben Olivias Vater Jervis Langdon auf dem Woodlawn Cemetery in Elmira begraben. Twain muss mehr als einmal »gebeichtet« haben, denn 1911 äußerte seine Schwägerin Susan L. Crane, dass »Mr. Clemens häufig dazu neigt, ungerechtfertigt sich selbst die Schuld zuzuschreiben« (*L5*: Crane an Paine, 25. Mai 1911, Kopie in CU-MARK, vgl. Anm. nach 26. Mai 1872 an Bliss, 99–101; 13. Febr. 1872 an Fairbanks, 44; 22. Apr. 1872 an die Warners, 79; 15. Mai 1872 an OC und MEC, 86).
dank all der liebevollen Fürsorge erholte sie sich wieder – Olivia hatte Langdons Leichnam nach Elmira begleiten wollen, doch aufgrund »ihres schlechten Gesundheitszustandes« und weil sie den Säugling Susy nicht allein lassen konnte, blieb sie in Hartford zurück. Twain blieb bei ihr und vertraute den Leichnam Susan und Theodore Crane an (Lilly Warner an George Warner, 3. und 5. Juni 1872, CU-MARK, vgl. Anm. nach 26. Mai 1872 an Bliss, *L5*, 98).
Mr. Charles Kingsley … Bis auf Sir Charles Dilke und Mr. Tom Hughes sind sie alle tot – Charles Kingsley (1819–1875), Pfarrer, Domherr von Westminster, Geschichtsprofessor in Cambridge, Romancier, Dichter und Essayist; Henry M. Stanley (1841–1904), Journalist und Forscher, dem Twain zum ersten Mal 1867 in St. Louis begegnete; Sir Thomas Duffus Hardy (1804–1878), stellvertretender Direktor des Staatsarchivs, jedoch kein Nachfahr von Sir Thomas Masterman Hardy (1769–1839), dem Augenzeugen von Lord Nelsons Tod bei Trafalgar im Oktober 1805; der Schauspieler Sir Henry Irving (1838–1905); der Dichter Robert Browning (1812–1889); Sir Charles Wentworth Dilke (1843–1911), liberales Mitglied des Unterhauses und Inhaber des *Athenaeum*, einer wöchentlichen Zeitschrift für Literatur- und Kunstkritik; der Romancier und Dramatiker Charles Reade (1814–1884); der Journalist und Romancier William Black (1841–1898); Richard Monckton Milnes (1809–1885), der erste Baron Houghton, Staatsmann, Dichter, Schriftsteller und Herausgeber von Keats; Francis Trevelyan Buckland (1826–1880), Physiker, angesehener Naturhistoriker und Fischzüchter; der Romancier Anthony Trollope (1815–1882); Tom Hood (1835–1874), Dichter, Journalist, Herausgeber von Anthologien, Sohn des Dichters und Humoristen Thomas Hood (1799–1845); der Dichter, Romancier und Kinderbuchautor George MacDonald (1824–1905), seine Frau Louisa (1822–1902) und deren elf Kinder; und der Journalist und Autor historischer Romane William Harrison Ainsworth (1805–1882). Twain wusste nicht, dass der Romancier, Biograph und Abgeordnete Thomas Hughes (1822–1896), vor allem bekannt durch *Tom Brown's School Days* (1857), ebenfalls tot war. Sein Name war – vermutlich

nicht von Twain – aus diesem Satz entfernt worden, als ein Auszug dieses Diktats in der *North American Review* vom 16. November 1906 veröffentlicht wurde (NAR 6, 970). Susy hatte, wahrscheinlich von Olivia, einen Bericht der Großbritannien-Reise des Jahres 1873 bekommen. Einzelheiten der Verbindungen der meisten der hier genannten Personen mit der Familie Clemens sind ihren Briefen von 1872/73 zu entnehmen (*L5*, passim).

408 *Lewis Carroll, den Autor der unsterblichen »Alice« … ausgenommen »Onkel Remus«* – Das Treffen mit Lewis Carroll (Charles L. Dodgson, 1832–1898) fand im Haus von George und Louisa MacDonald, dem »Schlupfwinkel« in Hammersmith, statt, jedoch am Samstag, dem 26. Juli 1879, nicht 1873. An diesem Tag vermerkte Carroll in seinem Tagebuch: »Traf Mr. Clemens (Mark Twain), den ich angenehm und sehr interessant fand.« Die Familie MacDonald führte ein Theaterstück auf, wie schon bei dem Besuch der Familie Clemens am 16. Juli 1873 (Dodgson 1993–2007, 194–95; 11. Juli 73 an Smith, *L5*, 414). Twain kannte die »Uncle Remus«-Geschichten von Joel Chandler Harris seit 1880 (vgl. »Meine Autobiographie [Willkürliche Auszüge daraus]«, Anm. 29: *»die unsterblichen Geschichten erzählt, die Onkel Remus Harris«*).

409 *Bei einem Abendessen im Smalley's lernten wir Herbert Spencer kennen* – George Washburn Smalley (1833–1916) war von 1867 bis 1895 für die Europa-Beiträge der *New York Tribune* verantwortlich und selbst als Korrespondent der Zeitung in London tätig. Von 1895 bis 1905 war er USA-Korrespondent der Londoner *Times*. Der Philosoph Herbert Spencer (1820–1903) und die Familie Clemens gehörten am 2. Juli 1873 zu Smalleys Gästen bei einem Dinner in dessen Haus (*L5*: 11. Juni 1873 an Miller, 377 bis 78, Anm. 2; 1. und 2. Juli 1873 an Miller, 395–96, Anm. 1).

Sir Arthur Helps – Sir Arthur Helps (1813–1875) war Sekretär des Geheimen Staatsrats, persönlicher Berater Queen Victorias und ein berühmter Schriftsteller seiner Zeit, der zahlreiche Bücher in den Genres Belletristik, Geschichtsschreibung und Biographie vorlegte.

Lord Elcho … Godalming – Francis Wemyss-Charteris-Douglas (1818–1914), der achte Earl of Wemyss, der sechste Earl of March und Lord Elcho, war Mitglied des Unterhauses und Lord des Schatzamts. Godalming ist eine historische Stadt in Surrey, 48 Kilometer südwestlich von London.

Lady Houghton – Die frühere Annabella Hungerford Crewe (1814–1874) heiratete 1851 Richard Monckton Milnes (Lord Houghton).

ein oder zwei der Briefe – Alle drei von Twain eingefügten Briefe nahm Jock Brown in seine Ausgabe der Briefe seines Vaters auf (John Brown 1907, 354, 357–58, 360–61). Die Texte wurden von den Maschinenabschriften, die Brown aus Schottland geschickt hatte, in dieses Diktat übertragen.

22. Juni 1876 – Den Brief an Brown 1876 hatten beide Eheleute Clemens geschrieben; in diesem Diktat verwendete Twain nur den Teil, den Olivia verfasst hatte, der seinem folgte (für den Gesamttext vgl. SLC und OLC an Brown, 22. Juni 1876, *Letters 1876 bis 1880*).

auf der Farm auf einer hohen Bergkuppe – Quarry Farm in der Nähe von Elmira.

410 *Mr. J. T. Fields ... dass wir voller Anteilnahme von Ihnen sprachen* – Der Schriftsteller und pensionierte Bostoner Verleger James T. Fields und dessen Frau Annie besuchten die Clemens vom 27. bis zum 29. April 1876 in Hartford. Fields und Twain beteiligten sich an einer Kampagne zur Beschaffung eines Ruhestandsgeldes für Dr. John Brown (vgl. 17. März 1876 an Redpath, Anm. 2, *Letters 1876–1880* und die »Entstehungsgeschichte«, S. 17). Annie Adams Fields (1834–1915), Dichterin, Biographin und Sozialreformerin, bekannt für ihre Gastfreundlichkeit, empfing einen umfangreichen Kreis literarischer Bekanntschaften in ihrem Bostoner Wohnsitz und zeichnete persönliche Anekdoten berühmter Schriftsteller in ihren Tagebüchern auf; einige davon wurden in *Memories of a Hostess* (Howe 1922) veröffentlicht.

Ihre Schwester – Isabella Cranston Brown; vgl. AD 5. Febr. 1906, Anm. 226: *»sein Verleger Mr. Douglas«*.

(1875) – Dieser Brief war undatiert, und Josephine Hobby schrieb nur (18), als sie ihn in dieses Diktat übertrug. Mittlerweile kann der Zeitraum auf den 25.–28. Oktober 1875 festgelegt werden (zum Text und Browns Antwortschreiben vgl. OLC und SLC an Brown, 25.–28. Okt. 1875, *L6*, 570–72).

Mr. Clemens arbeitet gerade hart an einem neuen Buch. Vor kurzem hat er ein Buch mit Skizzen herausgebracht – Das »neue Buch« war möglicherweise eins von mehreren unbekannten Werken, die Twain im Herbst 1875 plante oder gerade bearbeitete (vgl. 4. Nov. 1875 an Howells, *L6*, 585, Anm. 9). Bei der Sammlung literarischer Skizzen handelte es sich um *Mark Twain's Sketches, New and Old* (1875c), die er am 6. Dezember 1875 von seinem Verleger an Brown schicken ließ (11. Jan. 1876 an Bliss, *Letters 1876–1880*).

410–11 *Das Kindermädchen ... ein ruhiges damenhaftes deutsches Mädchen* – Das Kindermädchen war Ellen (Nellie) Bermingham, das »deutsche Mädchen« Rosina Hay (»Contract for the Routledge *The Gilded Age*«, *L5*, 641, Anm. 4; SLC und OLC an Brown, 4. Sept. 1874, *L6*, 226, Anm. 8).

411 *dreitausend Meilen von zu Hause entfernt ... auf die traurige Botschaft stieß* – Brown starb am 11. Mai 1882, als Twain in New Orleans Stoff für *Leben auf dem Mississippi* sammelte.

412 *Susy ist noch immer »Megalopis«. Diesen Namen gab er ihr* – 1873 gab Brown der siebzehn Monate alten Susy diesen Spitznamen, weil ihre »großen Augen ihm diesen wohlklingenden griechischen Beinamen zu rechtfertigen schienen«, wie Twain später erläuterte (SLC 1876–85, 3).

außer einem Gruppenbild mit uns allen – Vgl. Abb. 7.

Reisebegleiter ... hätte weiterbeschäftigen müssen – Twain verwechselte anscheinend die beiden Begleiter, die er während des Aufenthalts der Familie 1878/79 in Europa beschäftigte. George Burk, ein Deutscher, arbeitete für die Familie Clemens in Deutschland, der Schweiz und Italien von Anfang August bis 1. Oktober 1878, als er aufgrund mangelnder Kompetenz entlassen wurde. Joseph Verey, ein Pole, war für sie zu ihrer vollen Zufriedenheit in Frankreich, Belgien, den Niederlanden und vermutlich kurz in England tätig, vom 8. bis etwa 20. Juli 1879, als sie London erreichten. Die

Clemens kamen am 21. August in Liverpool an und fuhren zwei Tage später mit dem Schiff nach Amerika (*N&J2*, 48, 52, Anm. 16, 121, Anm. 17, 197–98, Anm. 71, 210–11, 327, Anm. 67).

23. März 1906

413 *rekonstruierte der Doktor unsere Adresse aus dem Gedächtnis* – Anfang 1874 sandte Brown zwei Briefe an Twain, die mit dem Vermerk »unzustellbar« nach Schottland zurückgeschickt wurden. Entsprechend einer Beschwerde über das Postamt, die Twain in einem Schreiben vom 16. Juni 1874 an den Herausgeber des *Boston Advertiser* äußerte, war einer davon an »Hartford, Staat New York« adressiert. In der Beschwerde erwähnte Twain einen anderen, an ihn unter »Hartford, in der Nähe von Boston, New York« adressierten Brief, der ihn »unverzüglich« von England aus erreichte (16. Juni 1874 an den Herausgeber des *Boston Advertiser, L6*, 162–63).

414 *Menzies, dem Verleger* – John Menzies (1808–1879) war ein Verleger, Buch- und Zeitungshändler aus Edinburgh, dessen Unternehmen einer der führenden Buch-, Zeitschriften- und Zeitungsvertriebe Schottlands war. Die Firma existiert bis heute und bezieht trotz einer Ausweitung der Produktpalette den Großteil ihres Gewinns aus dem Absatz von Zeitschriften und Zeitungen (Clan Menzies 2009; John Menzies plc 2009).

Postminister Key – Zu der Zeit, als John Browns Briefe fehlgeleitet wurden, war John A. J. Creswell (1828–1891) Postminister, im Amt von März 1869 bis Juli 1874. Er gilt als außerordentlich erfolgreich, vor allem weil er Reformen vorantrieb, die die Kosten senkten sowie Schnelligkeit und Effizienz der Lieferzeiten von Inlands- und Auslandspost erhöhten. Zuvor war er republikanischer Abgeordneter des Repräsentantenhauses und Senator von Maryland (1863–1865 bzw. 1865–1867) gewesen. David McKendree Key (1824–1900), Anwalt, Soldat der Konföderierten und demokratischer Senator von Tennessee (1875–1877), war von März 1877 bis Juni 1880 Postminister.

415 *Key stellte unvermittelt einige eherne Regeln auf … andernfalls weg damit in die Abteilung für unzustellbare Briefe* – Twain spielt auf die am 1. Juli 1879 von Postminister Key erlassenen »United States Postal Laws and Regulations« und die im September und Oktober desselben Jahres ausgegebenen ergänzenden Verfügungen bezüglich fehladressierter Briefe an. Postamtsvorsteher und Postangestellte durften demzufolge nicht eigenverantwortlich die »Person oder das Amt oder den Staat in einer Briefanschrift« ändern. Fehladressierte Post, die bei einem Postamt auflief, musste an den Absender zurückgehen, wenn dessen Name und Anschrift angegeben waren, wenn nicht, wurde die Post an die Abteilung für unzustellbare Briefe (»Dead Letter Office«) weitergegeben. Briefadressen mussten Stadt und Staat enthalten, d. h. z. B. »New York, N. Y.«. Briefe, die nur mit »New York City« adressiert waren, kamen in die Abteilung für unzustellbare Briefe. Diese Regeln riefen viel Klage und Kritik hervor. Twain schloss sich dem Protest in einem Brief vom 22. November 1879 und zwei Briefen vom 8. Dezember 1879 an, alle an den *Hartford Courant* gerichtet (*Letters 1876–1880*; Bissell und Kirby 1879, 2, 117; *New York Times*: »Notes from the Capital«, 10. Okt. 1879, 2;

»Orders to Postmasters«, 12. Okt. 1879, 2; »The Post Office …«, 15. Okt. 1879, 4; »Imperfectly-Directed Letters«, 31. Okt. 1879, 3).

416 *Mark Twain/Gott weiß wo* – Twain war 1896 in London, als er den so adressierten Brief erhielt, der (laut Paine) von Brander Matthews und Francis Wilson von The Players geschickt worden war (*MTB*, 2:565–66). Twain antwortete:

Zufällig warf ich einen Blick auf Ihren Umschlag und durfte zur Belohnung einige Male kichern – und kichern ist viel wert in dieser Welt. Und das war schon seltsam; dass mich ein Brief mit der Anschrift »Gott-weiß-wo« erreichte, bewies, dass Er tatsächlich wusste, wo ich war, obwohl ich mich vor der Welt versteckt hielt und niemand in Amerika meine Adresse kennt und der Stempel »Unvollständigkeit der Adresse durch das New Yorker Postamt ergänzt« bewies, dass Er sie verraten hatte. Mit der gleichen Postladung kommt ein Brief von Freunden aus Neuseeland mit der Anschrift »Mrs. Clemens (bei Mark Twain), Vereinigte Staaten von Amerika«, und wieder hat Er uns verraten – diesmal bei der Nachforschungsstelle des Postamts San Francisco. (24. Nov. 1896 an The Players, *New York Tribune*, 31. Dez. 1896, 6)

417–18 *Brief kommt aus Frankreich … Washingtoner Poststempel von gestern* – Der Briefumschlag (jedoch ohne Brief) ist im Archiv der Mark Twain Papers erhalten und war einst an die Maschinenabschrift dieses Diktats geheftet.

Tagebuch, das Mrs. Clemens – Das Tagebuch, in dem Olivia zwischen dem 21. Oktober 1877 und dem 19. Juni 1902 gerade einmal 25 Seiten mit ihrer Handschrift füllte, ist im Archiv der Mark Twain Papers erhalten. Nur in einem Eintrag wird Harriet Beecher Stowe erwähnt, datiert vom 7. Juni 1885. Man erfährt, wie Stowe an diesem Nachmittag erschien:

mit einem Strauß wilder Blumen in der Hand, den sie gepflückt hatte. Sie fragte, ob ich gerne ein paar Blumen hätte, und natürlich sagte ich ja. Sie übergab sie mir und dankte mir aufs herzlichste, dass ich sie annahm. Sagte, sie könne nicht umhin, sie zu pflücken, wenn sie spazieren gehe, doch wenn sie welche nach Hause brächte, fragten ihre Töchter immer: »Ma, wo willst du damit hin, es ist doch schon alles voll«, und sprachen dabei von jenen, die sie schon zuvor gepflückt hatte. Mrs. Stowe ist so liebenswürdig und nett. (OLC 1877–1902)

417 *Reverend Charley Stowes kleinen Jungen* – Charles Edward Stowes Sohn war der Schriftsteller und Herausgeber Lyman Beecher Stowe (1880–1963) (»Charles E. Stowe« in »Hartford Residents« 1974; »Lyman Beecher Stowe Dead«, *New York Times*, 26. Sept. 1963, 35).

26. März 1906

418 *ROCKEFELLER JR. ÜBER REICHTUM* – *»ROCKEFELLER, JR., ON WEALTH«*. Twain ließ einen Ausschnitt dieses Artikels aus der *New York Times* vom 26. März 1906 in die Maschinenabschrift des Diktats einkleben.

420 *Wegen einer Erkrankung verpasste ich … das Treffen der Ehrenmitglieder der Bibelklasse* – Vgl. AD 20. März 1906.

BABY-RATSCHLAG IN DER STRASSENBAHN – *»BABY ADVICE IN A CAR«*. Twain ließ einen Ausschnitt dieses Artikels aus der *New York Times* vom 26. März 1906 in die Maschinenabschrift des Diktats einkleben.

422 *ein erfreulicher literarischer Versuch* – Dieser »erfreuliche literarische Versuch« konnte nicht ausfindig gemacht werden. Der Vorfall ereignete sich am Morgen des 23. März 1906, wie ein detaillierter Bericht (jedoch nicht der, den Twain las) am selben Tag in der *New York Evening Sun* (»A Girl's Despair«, 6) und die kurzen Berichte am folgenden Tag im *New York Herald* (»No Finery, Takes Poison«, 5) und in der *New York Tribune* (»City News in Brief«, 10) bestätigen.

423 *Was die Vanderbilts tun* – Die Aktivitäten und Freizeitbeschäftigungen der Nachkommen des Finanziers und Förderers des Schienenverkehrs Cornelius Vanderbilt (1794 bis 1877) und deren Familien waren, wie Twain äußerte, regelmäßiges Mahlgut für Nachrichten und Klatschspalten.

John D. Rockefeller … zu mutmaßlichen Standard-Oil-Unregelmäßigkeiten aussagen – Im März 1906 hatte sich Rockefeller auf sein Landgut in Lakewood, New Jersey, zurückgezogen, um eine Vorladung in New York zu umgehen, die seine Aussage in einer laufenden Ermittlung gegen Standard Oil verlangte. Der Familienarzt antwortete einmal auf Nachfragen zu Rockefellers Aufenthaltsort: »Mr. Rockefeller ist auf dem Mars. Das ist ein Planet, nicht weit vom Jupiter, wissen Sie. Er spielt dort Golf. Man hätte die Schläge ziemlich deutlich hören können. Einer der Bälle flog geradewegs zum Jupiter« (*New York Times*: zahlreiche Artikel, 9.–25. März 1906, insbesondere »Rockefeller on Mars«, 11. März 1906, 1).

423 *Mr. Carnegies Taten und Worte* – Twains Freund Andrew Carnegie war damals häufig in den Nachrichten, Grund war seine wohltätige Arbeit, vor allem die Finanzierung des »Simplified Spelling Board« (Organisation zur Reformierung der Rechtschreibung des Englischen), zu dessen Mitgliedern Twain gehörte und das sich mit der kontrovers diskutierten Rechtschreibreform befasste (*New York Times*: zahlreiche Artikel, 12. bis 26. März 1906; Twain behandelt Carnegie und die vereinfachte Rechtschreibung in AD 10. Dez. 1907).

424 *heirateten und untertauchten* – Alice Lee Roosevelt (1884–1980), ältestes von sechs Kindern Theodore Roosevelts, heiratete am 17. Februar 1906 Nicholas Longworth (1869 bis 1931), einen republikanischen Abgeordneten aus Ohio (1903–1913, 1915–1931), die pompöse Hochzeitsfeier fand im Weißen Haus statt (»Alice Roosevelt Longworth Dies; She Reigned in Capital 80 Years«, *New York Times*, 21. Febr. 1980, 1). Die offizielle Ankündigung der Hochzeit, die Twain vom Weißen Haus bekam, ist im Archiv der Mark Twain Papers erhalten. Auf die Rückseite schrieb Isabel Lyon: »Wir sollten ihnen eine Nachricht schicken, dass wir davon gehört haben.« Eine solche Nachricht wurde nicht gefunden.

Die Swangos – Twain ließ einen Ausschnitt dieses Artikels aus der *New York Times* vom 26. März 1906 in die Maschinenabschrift des Diktats einkleben.

425 *CAPT. E. L. MARSH* – Twain ließ einen Ausschnitt dieses nicht näher bestimmten Artikels in die Maschinenabschrift des Diktats einkleben; die Ausdrucksweise legt nahe, dass es sich um eine Zeitung aus Elmira handelte (nicht Des Moines, wie gesagt wird). Er wurde ihm wahrscheinlich von seinem Schwager Charles J. Langdon oder einem anderen Mitglied der Familie Langdon geschickt.

426 *General Charles J. Langdon* – Langdons Titel stammt vom Dienst als Generalbeauftragter des New Yorker Gouverneursstabs (Towner 1892, 615).

Kompanie der 2. Iowa-Infanterie … Dick Higham … Druckerei meines Bruders in Keokuk – Am 4. Mai 1861 trat Marsh als Unteroffizier in die Kompanie D des 2. Regiments der Iowa-Freiwilligen-Infanterie ein, Higham (1839–1862) als Gefreiter in die Kompanie A. Marsh stieg bis zu seinem Ausscheiden am 23. Mai 1864 zum Rang eines Captain auf (Guy E. Logan 2009; Youngquist 2001). 1856 war Higham Lehrling im Ben Franklin Book and Job Office, das Orion Clemens gehörte, während er von Juni 1855 bis Juni 1857 in Keokuk, Iowa, lebte. Mark Twain und Henry Clemens arbeiteten ebenfalls für Orion (*L1*: vgl. Anm. nach 5. März 1855 an das *Muscatine Tri-Weekly Journal*, 58–59; 10. Juni 1856 an JLC und PAM, 63, 65, Anm. 3; 5. Aug. 1856 an HC, 67, 69, Anm. 13; 9. März 1858 an OC und MEC, 79, Anm. 11; 2. April 1862 an JLC, 184, Anm. 6).

426–27 *Die Zweite Iowa … brachte … Schande über sich … Dick wurde von einer Kugel … getroffen* – Das 2. Regiment der Iowa-Freiwilligen-Infanterie leistete bedeutende Dienste vor wie nach dem Gefecht bei Fort Donelson in Tennessee, seiner ersten großen Schlacht, bei der es sich als »das Mutigste der Mutigsten« auszeichnete und dem »die Ehre« zuteilwurde, »die Kolonne anzuführen«, die in die eroberte Festung eindrang (Guy E. Logan 2009). Das Regiment war durch einen Generalbefehl in Ungnade gefallen, als es zuließ, dass Vandalen Tierpräparate aus dem McDowell College in St. Louis stahlen, das als Gefängnis genutzt wurde. Higham starb am 16. Februar 1862 bei Fort

Donelson. Nachdem Twain von dessen Tod erfahren hatte, erinnerte er sich in einem Brief aus Carson City an den lausbübischen »Flinten-Drill«, dem er Higham im Ben Franklin Book & Job Office in Keokuk unterzogen hatte (2. Apr. 1862 an JLC, *L1*, 181–82; Ingersoll 1866, 36–37).

428 *Calvin H. Higbie … Captain John Nye* – Higbie (1831?–1914) und Twain teilten 1862 in Aurora für einige Zeit eine Unterkunft. Er taucht nicht nur in den Kapiteln 37 bis 42 von *Durch dick und dünn* auf, einschließlich der Episode »Ein blinder Gang« (40. Kapitel) und der Jagd nach der »sagenhaften Whiteman-Zementmine« (S. 216), sondern dem »rechtschaffenen Mann, lebensfrohen Kameraden und treuen Freunde« (S. 5) war das Buch auch gewidmet (MT 1960). John Nye, Bruder des Gouverneurs von Nevada James W. Nye, war 1861/62, als Twain ihm zum ersten Mal begegnete, Bergbau-, Nutzholz- und Eisenbahnunternehmer und später viele Jahre Immobilienmakler in San Francisco. Er erscheint in *Durch dick und dünn*, Kapiteln 35 und 41, in letzterem berichtet Twain, wie er ihn neun Tage bei »krampfartigem Rheumatismus« (S. 237) pflegte.

429 *Greenville, Plumas co. Kalifornien* – Higbies Brief und der darauffolgende Brief Miners wurden von Higbies ursprünglichem Manuskript und der Abschrift, jetzt im Archiv der Mark Twain Papers, in dieses Diktat übertragen.

430 *Geo. R. Miner* – Miner (1862–1918), Reporter und Redakteur für verschiedene Zeitungen, bevor er Redakteur der Sonntagsausgabe des *New York Herald* wurde und diesen Posten von 1902 bis 1908 innehatte.

Ich habe Higbie geschrieben – Twain diktierte und sandte folgenden Brief (CU-MARK):

21 Fifth Avenue

26. März 1906
New York

Lieber Higbie:

ich ging irgendwann im Hochsommer 62 runter nach Aurora. Ich schätze, es muss so gegen Ende Oktober 62 gewesen sein, als ich zum Walker River reiste, um Captain John Nye zu pflegen. Etwa Mitte 64 durchquerte ich wohl das erste Mal die Sierras in Richtung Kalifornien.

Schicke mir Dein Manuskript. Ich sollte so fähig wie jeder andere sein, seinen Wert einzuschätzen und ein Urteil zu fällen. Dann werde ich den *New York Herald* bitten, einen Preis zu nennen & zu mir nach Hause zu kommen, um darüber zu sprechen, falls sie meinen, dass Deine Erzählung ihren Erwartungen entspricht. Falls sie entscheiden, dass sie sie nicht haben wollen – aber davon sind wir weit entfernt. Wenn Du Deine Geschichte mit dem Stift in der gleichen schlichten, schmucklosen & geradlinigen Weise niedergeschrieben hast, in der Du sie mit Deinem Zungenschlag erzählen würdest, dann glaube ich, kann sie nur von Wert sein.

Ich habe mich sehr gefreut, von Dir zu hören, alter Freund, & werde mich genauso freuen, wenn ich Dir in dieser Sache dienen kann.

Mit freundlichem Gruß
S. L. Clemens

Twain pflegte John Nye Ende Juni 1862. Zunächst verließ er Nevada im Mai 1863 in Richtung Kalifornien für einen zweimonatigen Aufenthalt in San Francisco, dann zog er fast genau ein Jahr später endgültig nach San Francisco (vgl. *L1*: 9. Juli 1862 an OC, 224, 226, Anm. 1; 11. und 12. Apr. 1863 an JLC und PAM 250, Anm. 7; 18.? Mai 1863 an JLC und PAM bis 20. Juni 1863 an OC und MEC, 252–59; und die Anm. nach 28. Mai 1864 an Cutler, 302–03). Twain setzt die Geschichte von Higbies literarischen Ambitionen im AD 10. Aug. 1906 fort.

27. März 1906

432 *Bob Howland und Horatio Phillips … einen Silberclaim* – Zu Howland vgl. AD 19. Jan. 1906, Anm. 167: *»Bob Howland«*. Twain begegnete Phillips wahrscheinlich zum ersten Mal im August 1861 in Carson City. Kurz danach wurden sie gemeinsam Anteilseigner an einigen Claims im Bergbaugebiet von Esmeralda, darunter die Lager von Horatio und Derby, an denen Howland ebenfalls beteiligt war. Im Frühjahr 1862 lebten Twain und Phillips gemeinsam in Aurora im Distrikt Esmeralda (*L1*: 29. Okt. 1861 an Phillips, 140–43; 8. und 9. Febr. 1862 an JLC und PAM, 156, 161, Anm. 2; 13. Apr. 1862 an OC, 186; 11. und 12. Mai 1862 an OC, 207; 30. Juli 1862 an OC, 232–33, Anm. 2).

Quarzmühle – In Kapitel 36 von *Durch dick und dünn* beschreibt Twain Erfahrungen in einer Quarzhütte.

Pioneer – Das erste Werk in Aurora, errichtet 1861 (13. Apr. 1862 an OC, *L1*, 188, Anm. 8).

435 *ich ging nach Virginia City* – Twain kam Ende September 1862 in Virginia City an, um seine neue Stelle beim *Territorial Enterprise* anzutreten (vgl. AD 9. Jan. 1906, Anm. 90–91: *»1862 nach Virginia«*). Von seinen Erfahrungen berichtete er in den Kapiteln 42–49, 51–52 und 54–55 des genannten Werks.

437 *junge Mann schrieb mir zwei-, dreimal im Jahr* – William James Lampton (1851?–1917), Twains Cousin zweiten Grades, der ihm am 20. Mai 1875 aus St. Louis schrieb, wo er als Buchhalter für einen Roheisenhändler arbeitete. Er bat Twain um Unterstützung, eine Stelle als Reporter zu finden. Twains Antwort ist nur als Bemerkung erhalten, die er auf den Umschlag von Lamptons Brief schrieb: »Riet ihm, eine Lehre *umsonst* zu machen, & wenn er eines Lohns wert wäre, würde er ihn bekommen.« Doch im Gegensatz zu dem Bericht in diesem Diktat befolgte Lampton Twains Rat nicht, sondern begann 1877 seine journalistische Laufbahn, indem er mit dem Geld seines Vaters eine eigene Zeitung gründete. Im Februar 1882 wurde er Lokalredakteur des in Louisville, Kentucky, erscheinenden *Courier-Journal*. Es ist eher unwahrscheinlich, dass er Twain »zwei-, dreimal im Jahr« schrieb. Nur zwei weitere Briefe von Lampton sind erhalten, datiert vom 26. Juni 1876 und vom 18. Februar 1882, keiner davon berichtet begeistert von Twains Anstellungs-»Maßnahme«, und keiner wurde mit Genugtuung aufgenommen (vgl. 22.? März 1875 an Lampton, *L6*, 484–85). Man weiß nur von einem Brief Twains an Lampton, der erhalten ist. Offensichtlich im März 1901 geschrieben, ist er eine sarkastische Antwort auf Lamptons patriotisches Gedicht »Bereit, wenn nötig«.

437 *verlor mein Neffe Samuel E. Moffett … seinen ererbten Besitz* – Moffett (1860–1908) war von seinem Vater William (1816–1865), einem Kommissionär aus St. Louis, eine Erbschaft hinterlassen worden, Wertpapiere und US-Schatzbriefe im Wert von etwa $ 8000 und ein Drittelanteil an einem Stück »ertraglosem Land« in Missouri (»Estate of S. E. Moffett at the beginning of the administration of P. A. Moffett as Guardian in 1870«, 23. Nov. 1881, CU-MARK). Seine Mutter, Twains Schwester Pamela, verwaltete es bis November 1881, als er einundzwanzig Jahre wurde und sie ihm, zusammen mit einer ausführlichen Buchführung über Einnahmen und Ausgaben während der vergangenen Jahre, die Leitung übergab. Bis August 1882 hatte Moffett die Erbschaft herangezogen, um den Kauf einer Farm in Kingsburg, Kalifornien, in der Nähe von Fresno, zu finanzieren, wo er Weizen und Obst anbauen und Vieh halten wollte. Binnen drei Jahren jedoch versuchte er, den Besitz zu veräußern. Nachdem er keinen Käufer finden konnte, bot er ihn 1886 ohne Erfolg zur Pacht an. Wie er sich der Farm schließlich entledigte, ist nicht bekannt, doch offensichtlich war er nicht in der Lage, seine Investitionen zurückzuerlangen. Er besaß auch eine Farm in San Diego, deren Verkauf für $ 3000 er im April 1886 vorbereitete (Korrespondenz Pamela A. Moffett – Samuel E. Moffett, 1881–1886, insbesondere 23. Nov. 1881, 15. Juni 1885, 25. Apr. 1886; Goodman an Moffett, 14. Jan. 1886, 23. Jan. 1886, 31. Jan. 1886; alle in CU-MARK).

438 *Nervenkrankheit* – Wegen Moffetts nicht geklärter Störung und eines Augenleidens, das ihn am Lesen hinderte, waren die Familien Clemens und Moffett zu Beginn der 1870er Jahre in Sorge (*L4*: 17. Febr. 1871 an JLC und Familie, 332–33; 11. Juni 1871 an JLC, 403; 21. Juni 1871 an OC und MEC, 411; MEC und SLC an JLC und PAM, 26. Nov. 1872, *L5*, 230, 232, Anm. 6; 28. Aug. 1874 an Belknap, *L6*, 212). Vgl. auch AD 16. Aug. 1908, wo die Krankheiten und Moffetts diesbezügliche Entschädigung erörtert werden.

ohne Schulbildung – Moffett konnte schließlich doch noch eine Schul- und Universitätsausbildung durchlaufen. 1881/82 war er Student an der University of California in Berkeley, bevor er an die Columbia University ging. 1901 erwarb er einen Master (M.A.), 1907 einen Doktortitel (Ph. D.) (»Editor Moffett Dies, Struggling in Surf«, *New York Times*, 2. Aug. 1908, 1; »Samuel E. Moffett«, *Collier's* 41 [15. Aug. 1908]: 23; »Vita«, Moffett 1907, 125–26).

ein Spiel – Im AD vom 16. August 1908 datiert Twain diese Begebenheit auf 1870, als Moffett zehn Jahre alt war. Dem Geschichtsspiel ging ein Spiel voraus, das sich Twain im Frühjahr 1883 hatte einfallen lassen und im Juli desselben Jahres zunächst in groben Zügen ausarbeitete. Bei der schrittweisen Recherche historischer Fakten und dem Entwerfen eines Spielbretts halfen ihm Orion Clemens und Charles L. Webster. Im August 1885 meldete Twain das entstandene Spiel zum Patent an, doch erst 1891 versuchte er, es als »Mark Twain's Memory-Builder« zu vermarkten. Er hatte keinen Erfolg (vgl. *N&J3*, 19–20, Anm. 37).

schrieb er mir … Ich schrieb zurück – Diese Korrespondenz ist nach derzeitigem Kenntnisstand nicht erhalten.

hatte er geheiratet – Moffett heiratete Mary Emily Mantz aus San Jose, Kalifornien, am 13. April 1887 (»Genealogies of the Clemens and Langdon families«, *L6*, 613; »Samuel E. Moffett« 1908).

439 *blieb selbstverständlich bei Collier's* – Moffett starb am 1. August 1908 an einem Schlaganfall, als er im Meer schwamm. In einer Ehrung druckte der *Collier's* folgende Zusammenfassung von Moffetts Werdegang:

Kurze Zeit in seinem frühen Leben war Moffett Farmer in Kalifornien. Praktisch sein gesamtes Erwachsenenleben arbeitete er für Zeitungen. 1885 war er Chefleitartikler der San Franciscoer *Evening Post.* 1891 wurde er nach Washington beordert und blieb dort zwei Jahre als Korrespondent des San Franciscoer *Examiner.* Er war die folgenden vier Jahre Leitartikler. In den späten neunziger Jahren schrieb er Leitartikel für das New Yorker *Journal.* 1902, als Mr. John Brisben das *Cosmopolitan Magazine* besaß, war Mr. Moffett dort Redaktionsleiter. In den folgenden zwei Jahren schrieb er Leitartikel für die New Yorker *World,* wo er Mr. Pulitzers besonderer Vertrauter war. Die Arbeit für COLLIER's begann mit der Ausgabe vom 14. Januar 1905. Er kündigte sie als »einen wöchentlichen Bericht über die gegenwärtige Entwicklung unter dem Titel ›What the world is doing‹ an. (»Samuel E. Moffett«, *Collier's* 41 [15. Aug. 1908]: 23)

28. März 1906

440 *Orion Clemens ... Benjamin, der 1843 im Alter von zehn oder zwölf Jahren starb* – Vgl. »Die Familie. Kurzbiographien« und »Meine Autobiographie [Willkürliche Auszüge daraus]«, Anm. 8: *»ihre erste Ausbeute an Kindern«.*

441 Edward Bates – Bates (1793–1869), Lincolns erster Justizminister, im Amt von März 1861 bis November 1864. Bates sicherte Orions Ernennung zum Sekretär des Territoriums (Territorial Secretary) von Nevada (6. Febr. 1861 an OC und MEC, *L1*, 114, Anm. 9; vgl. *RI 1993*, 574, zu Bates' Empfehlungsschreiben an William Seward, datiert vom 12. März 1861).

443 *Dr. Meredith* – Vgl. AD 9. März 1906, Anm. 354: *»John Meredith«.*

445 *Ira Stout* – Vgl. »Das Land in Tennessee«, Anm. 473: *»erwies Ira —— den Freundschaftsdienst einer Bürgschaft«.*

zum Amtsrichter ernannt ... Amtseid – Dieser Bericht über John Clemens' Laufbahn ist nicht ganz richtig, vgl. »Die Familie. Kurzbiographien«.

Als ich durch Charles L. Websters ... bankrottging – Der Misserfolg von Twains Verlag, Charles L. Webster & Company, trug entscheidend zum Bankrott bei. Zu Unrecht beschuldigte Twain Webster für den Zusammenbruch des Unternehmens, ein Großteil des Niedergangs fand nach Websters Ausscheiden als Geschäftsführer 1888 statt. Vgl. »Über General Grants Memoiren«, Anm. 499: *»Geschäftsnamen Charles L. Webster & Co.«*; AD 2. Juni und 6. Aug. 1906 und *N&J3* passim.

Erfinder einer ... Setzmaschine ... Cornell University – [Fußnote] Vgl. »Die Maschinenepisode«. Paige baute zwei Prototypen. Die Maschine von 1887 ist im Mark Twain House & Museum in Hartford erhalten. Die Maschine aus dem Jahr 1894 ging an die

Cornell University, die sie während des Zweiten Weltkriegs als Altmetall spendete (Rasmussen 2007, 2:828).

446 *Florenz, Italien, am 5. Juni 1904* – Vgl. »Die Villa di Quarto«, Twains Bericht über den Aufenthalt der Familie in Florenz.

29. März 1906

446 *zog er als Druckergeselle durchs Land und verdiente sich so seinen Lohn* – Orion lebte in St. Louis und arbeitete von etwa 1842 bis Mitte 1850, als er nach Hannibal zurückkehrte, als Schriftsetzer in der Druckerei von Thomas Watt Ustick (*Inds*, 311, 351). Vgl. Anm. 453: *»Orion … kaufte … Hannibal Journal«*.

Meine Schwester Pamela … Klavierunterricht gab – Paine berichtete, dass Pamela Clemens, »die beträchtliche Fertigkeiten im Klavier- und Gitarrenspiel erworben hatte, in das etwa fünfzig Meilen entfernte Paris in Monroe County pendelte, wo sie eine Musikklasse unterrichtete, und alles, was nach den Ausgaben für ihre Verpflegung und Kleidung übrigblieb, zum Vermögen der Familie beisteuerte« (*MTB*, 1:75–76).

447 *im Büro des Hannibal Courier … Mr. Ament* – Twain ging 1847 bei Henry La Cossitt, Herausgeber und Besitzer der *Hannibal Gazette*, in die Lehre und dann, wahrscheinlich im Mai 1848, bei Joseph P. Ament (1824–1879), der gerade seinen *Missouri Courier* von Palmyra nach Hannibal verlegt hatte. Twain besuchte allerdings weiterhin gelegentlich die Schule, mindestens bis 1849 (6. Febr. 1861 an OC und MEC, *L1*, 113–14, Anm. 5; Gregory 1976, 1).

zwei andere Lehrlinge … Wales McCormick – McCormick hatte Hannibal 1850 verlassen und lebte 1885 in Quincy, Illinois, wo Twain ihn während einer Vortragsreise besuchte. Mindestens bis 1888 war Twain mit McCormick in Kontakt und unterstützte ihn finanziell. Er war das Vorbild für den gutaussehenden und freundlichen Drucker Doangivadam in »No. 44, The Mysterious Stranger« (*MSM*, 221–405, 489–92; vgl. *Inds*, 332–33). Neben McCormick gab es zwei weitere Auszubildende: William T. League (vgl. Anm. 454: *»übergab er es Mr. Johnson«*) und Dick Rutter aus der Gegend von Palmyra, Missouri. Im Dezember 1907 rief sich Twain die Namen seiner drei Kollegen ins Gedächtnis (3.? Dez. 1907 an Powell, MoHM; vgl. *Inds*, 331).

Ralph – Nicht bekannt.

448 *Wilhelm II. … bei einer privaten Verköstigung* – Diese Begebenheit ereignete sich am 20. Februar 1892 in Wien bei einem Festessen, veranstaltet von Twains Cousine dritten Grades, Alice Clemens von Versen (1850–1912), deren Ehemann Maximilian (1833 bis 1893) Offizier im Generalstab des deutschen Kaiserreichs war. Trotz Twains Fauxpas blieb Wilhelm II. (1859–1941), deutscher Kaiser und preußischer König, höflich. Im AD vom 6. Dezember 1906 und 10. Februar 1907 berichtete Twain, dass Wilhelm *Bummel durch Europa* lobte und *Alte Zeiten auf dem Mississippi* (also *Leben auf dem Mississippi*) sein »bestes und wertvollstes Buch« nannte (Notizbuch 31, TS, Seiten 21, 31, CU-MARK; Selby 1973, 75, 146; biographische Information zu Maximilian von Versen in CU-MARK).

448 *Pet McMurry* – 1885 erinnert sich Twain an T. P. (Pet) McMurry (gest. 1886) als »einen Dandy, die Angströhre weit nach vorn geneigt & beinahe auf der markanten Nase ruhend; im Nacken dunkelrotes strähniges Haar, lang & am Ende nach innen gerollt; roter Ziegenbart; ein tänzelndes und arrogantes Gehen – die erstaunlichste Gangart, die ich jemals gesehen habe – nirgendwo auf Erden möglich außer hier bei uns im Süden & in jenen vergangenen Tagen« (23. Jan. 1885 an OLC, CU-MARK, in *LLMT*, 232–33). McMurry wurde später Kaufmann; er war wahrscheinlich die Vorlage für die Titelfigur von »Jul'us Caesar«, einem Sketch, den Twain Mitte 1850 schrieb, aber nicht veröffentlichte (SLC 1855–56; *Inds*, 334–35).

Mrs. Ament – Aments Frau Sarah war 1850 erst neunzehn; Twain meinte wahrscheinlich dessen 50-jährige Mutter Judith D. Ament (Gregory 1976, 2).

449 *Sekte, der Campbellites* – Die »Disciples of Christ« (Schüler Christi) oder die »Campbellites«, so genannt nach ihren Anführern Thomas Campbell (1763–1854) und dessen Sohn Alexander (1788–1866), nahmen ihren Ursprung im Amerika des frühen 19. Jahrhunderts. Die Sekte unterstützte eine individuelle Interpretation der Bibel als Grundlage des Glaubens. Twains Vater, John Marshall Clemens, stand den Campbellites wohlwollend gegenüber, war aber nie Mitglied, dafür Twains Schwester Pamela im frühen Teenageralter (*Inds*, 288).

453 *Orion ... kaufte ... Hannibal Journal* – Orion kehrte Mitte der 1850er Jahre nach Hannibal zurück und brachte die Wochenzeitung *Western Union* heraus. Innerhalb eines Jahres erwarb er das *Hannibal Journal* und veröffentlichte am 4. September 1851 zunächst die vereinigte *Hannibal Journal & Western Union*, die sechs Monate später zum *Hannibal Journal* wurde (*Inds*, 311).

454 *übergab er es Mr. Johnson ... erwarb dort einen kleinen Anteil an einer Wochenzeitung* – Tatsächlich verkaufte Orion am 22. September 1853 das *Hannibal Journal* an William T. League, Twains ehemaligen Genossen in der Lehre beim *Hannibal Courier*. League war zu dieser Zeit bereits Eigentümer des *Hannibal Whig Messenger*. Orion zog dann mit seinem Bruder Henry und der Mutter nach Muscatine, Iowa, wo er einen Anteil des *Muscatine Journal* erwarb. Er veröffentlichte seine erste Ausgabe am 30. September 1853 (*Inds*, 311, 331; *L1*: 3.? Sept. 1853 an PAM, 15, Anm. 5; 8. Okt. 1853 an PAM, 18, Anm. 3).

heiratete er das Mädchen aus Keokuk, und sie begannen einen Existenzkampf – Orion heiratete Mary Eleanor (Mollie) Stotts (1834–1904) am 19. Dezember 1854. Zu Einzelheiten seiner vielfältigen und fruchtlosen Kämpfe, ein Auskommen zu verdienen, vgl. *Inds*, 311–13. Auf manche davon bezieht sich Twain später in diesem Diktat.

eine kleine Akzidenzdruckerei – Nach dem Verkauf des *Muscatine Journal* im Juni 1855 kaufte Orion das Ben Franklin Book & Job Office in Keokuk, Iowa (vgl. Anm. nach 5. März 1855 an das *Muscatine Tri-Weekly Journal, L1*, 58).

455 *verschwand ich eines Nachts* – Im Juni 1853 flüchtete Twain aus Hannibal, um als Schriftsetzer in St. Louis, New York und Philadelphia zu arbeiten und um Washington, D. C., zu besichtigen. Er kehrte im Frühjahr 1854 kurz nach St. Louis zurück, ging dann nach Muscatine, wo er einige Zeit für Orions *Journal* arbeitete, bevor er im August 1854

wieder Arbeit in St. Louis annahm (für die beste Darstellung dieser Periode vgl. Anm. vor 24. Aug. 1853 an JLC bis Anm. vor 16. Febr. 1855 an die Herausgeber des Muscatine *Tri-Weekly Journal, L1*, 1–46).

455 *In der kleinen Druckerei in Keokuk hatte ich zwei volle Jahre gearbeitet* – Mit Ausnahme einiger kurzer Unterbrechungen lebte Twain von Mitte Juni 1855 bis Oktober 1856 in Keokuk und arbeitete als Orions Assistent im Ben Franklin Book & Job Office (vgl. Anm. nach 5. März 1855 an das *Muscatine Tri-Weekly Journal* bis Anm. nach 5. Aug. 1856 an HC, *L1*, 58–69).

mitten im Winter 1856 oder 1857 – Es sind kaum Einzelheiten über Twains Tätigkeiten zwischen der Abreise von Keokuk im Oktober (nicht »mitten im Winter«) 1856 und der Aufnahme seiner Lehre als Steuermann auf einem Schaufelraddampfer im April 1857 bekannt. Zur Rekonstruktion dieses Abschnitts vgl. *L1* (Anm. nach 5. Aug. 1856 an HC, 69–71).

456 *Druckerei von Wrightson & Company* – Twain arbeitete von Ende Oktober 1856 bis zum 16. Februar 1857, als er Cincinnati an Bord der *Paul Jones* verließ, bei T. Wrightson & Company, einer der führenden Druckereien Cincinnatis (Branch 1992, 2).

Leutnant Herndon über seine Entdeckungsreisen ... Koka zu ernten – Gemeint ist der erste Band von *Exploration of the Valley of the Amazon, Made under Direction of the Navy Department* (Herndon und Gibbon 1853/54). 1910 erinnerte sich Twain in »Der Wendepunkt meines Lebens«, dass Herndon »eine erstaunliche Geschichte« über die »wunderbaren Eigenschaften« des Kokain erzählte, die in ihm den »Drang, den Amazonas hinaufzufahren« und »einen Kokainhandel mit der ganzen Welt anzufangen«, erweckte (MT 1967, 209).

Horace Bixby – Bixby (1826–1912) war ein bedeutender Steuermann und später Kapitän auf den Mississippi-Schaufelraddampfern.

gegen hundert Dollar Vorauskasse – 1910, nach Twains Tod, erinnerte sich Bixby, Twain gesagt zu haben, »dass ich ihn für $ 500 unterrichten würde, bis er ein fähiger Steuermann wäre«. Diese Gebühr galt als maßlos, und offensichtlich zahlte Twain am Ende nur $ 300 oder $ 400, die Anzahlung von $ 100 eingeschlossen (vgl. *L1*, Anm. nach 5. Aug. 1856 an HC, 70–71; 25. Okt. 1861 an PAM und JLC, 134–35, Anm. 5).

457 *ein kompetenter Lotse ... ausgebrochenen Bürgerkrieges* – Twain erhielt die Fahrerlaubnis am 9. April 1859, nach beinahe zweijähriger Ausbildung. Die letzte Fahrt als Steuermann machte er Anfang Mai 1861, etwa drei Wochen nach Ausbruch des Bürgerkriegs. Zu Einzelheiten seiner Zeit auf dem Mississippi vgl. Anm. nach 5. Aug. 1856 an HC bis Anm. nach 26. Apr. 1861 an OC, *L1*, 70–121, und *Leben auf dem Mississippi*, Kapitel 6–21 (1883).

Blackstone – *Commentaries on the Laws of England* von Sir William Blackstone (1723 bis 1780), eine erschöpfende Abhandlung zum englischen Rechtssystem, war das Standardwerk für das Jurastudium in England und den Vereinigten Staaten (Blackstone 1765–69).

Überlandpostkutsche ... die ziemlich hohen Fahrtkosten – Die Brüder Clemens begannen die erste Etappe ihrer Reise in das Nevada-Territorium am 18. Juli 1861 in St. Louis.

Der Fahrpreis für beide betrug $ 400 (vgl. Anm. nach 26. Apr. 1861 an OC, *L1*, 121–22). Twain widmete die ersten zwanzig Kapitel von *Durch dick und dünn* einem Bericht dieser Fahrt (vgl. *RI 1993*, 574–612).

458 *Noah Webster* – Webster (1758–1843), Pädagoge und Herausgeber sowie Lexikograph, veröffentlichte 1828 das Pionierwerk *American Dictionary of the English Language*.

30. März 1906

458 *russischen Revolutionär Tschaikowski* – Nikolai Wassiljewitsch Tschaikowski (1850 bis 1926), Gründer und Anführer der Partei der Sozialrevolutionäre, befand sich in New York und bemühte sich um Waffen für die russischen Revolutionskämpfe (»Russian Here for Firearms«, *New York Times*, 21. März 1906, 4). Bei der Nachbarin handelte es sich um Charlotte Teller (1876–1953), Schriftstellerin und Sozialistin, die in der Nähe wohnte. Teller erklärte später, dass Tschaikowski, als er ankam,

> sehr niedergeschlagen war, weil er nicht wusste, wie er Mark Twain erreichen könnte, den er als Vorsitzenden einer großen Massenveranstaltung gewinnen wollte. Obwohl ich selbst Mark Twain nicht kannte, bot ich an, herauszufinden, was man tun könne. Ich ging zur Nr. 21 der Fifth Avenue und verlangte nach Mr. Clemens' Sekretärin. Sie sagte, ich solle um 2 Uhr nachmittags mit Tschaikowski wiederkommen. (Teller 1925, 5)

Twain begann eine Freundschaft mit Teller und nahm sie wie eine Art Protegé unter seine Fittiche. Die Beziehung wurde schwierig, als Gerüchte umgingen, sie sei Mitgiftjägerin und darauf aus, ihn zu heiraten (vgl. Schmidt 2009a).

McKinleys – William McKinley (1843–1901), 25. Präsident der Vereinigten Staaten, 1896 und 1900 gewählt, im September 1901 ermordet, woraufhin ihm sein Vizepräsident Theodore Roosevelt nachfolgte. Der Spanisch-Amerikanische Krieg (1898), der die Vereinigten Staaten zu Machthabern auf Kuba und den Philippinen machte, wurde während seiner Amtszeit ausgetragen.

459 *Präsident … Friedensengel … Russland und Japan* – Der Russisch-Japanische Krieg um die Macht in der Mandschurei und in Korea dauerte von Februar 1904 bis September 1905. Am 30. März 1905, genau ein Jahr vor diesem Diktat, wurde zum ersten Mal berichtet, dass die kämpfenden Nationen Theodore Roosevelt zum Vermittler erkoren hätten. Roosevelts anhaltende Bemühungen endeten schließlich mit dem am 5. September unterzeichneten Vertrag von Portsmouth (New Hampshire). Im In- und Ausland bekam er für seine Friedensstiftung verschwenderisches Lob, darunter eine Ehrung durch Kardinal James Gibbons (1834–1921), hochrangigen katholischen Prälaten der Vereinigten Staaten, der ihn als »Friedensengel für die Welt« bezeichnete. Das Ergebnis des Konflikts zwang Russland, das mehrere wichtige Schlachten verloren hatte und dessen gesamte Flotte zerstört worden war, Koreas Unabhängigkeit anzuerkennen und Zugeständnisse in der Mandschurei zu machen, während sich Japan als bedeutendste

Macht in Ostasien etablierte (*New York Times*: zahlreiche Artikel, 31. März bis 7. Sept. 1905, insbesondere »Roosevelt May End War in Far East«, 31. März 1905, 1, und »Roosevelt ›Angel of Peace‹«, 18. Juni 1905, 2).

459 *bis auf Dr. Seaman und mich niemand öffentlichen Protest* – Stabsarzt Louis L. Seaman (1851–1932), hochdekorierter Major des Heers und Fachmann für militärisches Gesundheitswesen, während des Russisch-Japanischen Kriegs sechs Monate in der Mandschurei, verkündete am 30. August 1905, dass der durch Roosevelt zustande gebrachte Frieden sich »für die Japaner und für den Rest der Welt nachteilig auswirken« würde, dass »Russland sich in fünfzehn Jahren ausreichend für einen neuen Kampf erholt haben« werde und dass man den Krieg hätte weiterführen sollen, »bis die Russen vollständig von der Pazifikküste weggefegt worden wären« (»Thinks Peace a Mistake«, *New York Times*, 31. August 1905, 3). Twains eigener »öffentlicher Protest« äußerte sich in einem Brief vom 29. August 1905 an den Herausgeber des *Boston Globe:*

Russland war auf dem rechten Weg zur Befreiung aus einer irrsinnigen und unerträglichen Sklaverei. Ich war der Hoffnung, es werde keinen Frieden geben, bis Russlands Freiheit sicher sei. Ich glaube, dass dies ein heiliger Krieg im besten und edelsten Sinne jenes missbrauchten Begriffs war und dass noch kein Krieg mit einem wichtigeren Auftrag betraut war; ich glaube, es kann keinen Zweifel daran geben, dass dieser Auftrag nun zunichtegemacht und Russlands Ketten neu geschmiedet wurden, um geschmiedet zu bleiben.

Ich glaube, der Zar wird nun die kleinen Zugeständnisse an die Menschlichkeit, die man ihm abverlangt hatte, zurücknehmen und seine mittelalterliche Barbarei mit frischem Geist und unermesslicher Freude wiederaufnehmen. Ich glaube, die Freiheit Russlands hatte eine letzte Chance, und diese ist nun vertan.

Ich glaube, durch den Frieden wurde nichts gewonnen, was nur entfernt aufwiegt, was ihm geopfert wurde. Eine weitere Schlacht hätte die Ketten, die Milliarden über Milliarden ungeborener Russen erwarten, beseitigt, und ich wünschte, sie hätte geschlagen werden können.

Ich hoffe mich zu täuschen, doch in aller Aufrichtigkeit bin ich überzeugt, dass diesem Frieden zufällt, in der Geschichte den Rang einer mehr als offensichtlichen Katastrophe einzunehmen. (SLC 1905d)

Roosevelt habe der russischen Revolution den Todesstoß versetzt – Twains Überzeugung, dass Roosevelts Friedensstiftung es der zaristischen Regierung ermöglichte, verstärkt politische Reformen im Inland zu unterdrücken, war weit verbreitet (vgl. AD 7. März 1906). Es kam nach dem Friedensschluss 1905 tatsächlich vermehrt zu staatlicher Gewalt gegen das Volk (vgl. AD 10. Jan. 1906, Anm. 100: *»eine niedergeschlagene Revolution in Russland«*); sie verstärkte sich erneut in den ersten drei Monaten des Jahrs 1906 (*New York Times*: »Russians Are Skeptical«, 13. Juni 1905, 2; »Gorky Not Coming Here«, 6. Juli 1905, 2; »John Bigelow Condemns Peace of Portsmouth«, 3. Dez. 1905, SM4; »Roosevelt and Russia«, 13. Febr. 1906, 6, und zahlreiche Artikel, 1. Jan. bis 30. März 1906).

459 *gestern Abend zum ersten Mal … begegnete* – Wahrscheinlich bei dem Treffen der New York State Association for Promoting the Interests of the Blind (New Yorker Gesellschaft zur Förderung der Interessen der Blinden) (vgl. Anm. 462: »*Vorsitzender bei der ersten Tagung … Joseph H. Choate*«).

459–60 *Vor nur zwei, drei Monaten … zwei Millionen Dollar gesammelt* – Anfang Dezember 1905 wurde berichtet, dass amerikanische Juden innerhalb von nur achtzehn Tagen $ 1 Million zur Unterstützung der jüdischen Opfer des Massakers in Russland gesammelt hätten, wobei mit Deutschland und Großbritannien eine Summe von $ 2,475 Millionen zusammenkam. Twain half bei dem Spendenaufruf und hielt am 18. Dezember eine Rede bei einer Benefiz-Matinee im Casino Theatre, bei der mehrere namhafte Schauspieler einschließlich Sarah Bernhardt auftraten:

> Mark Twain, der nach Mme. Bernhardt an der Reihe war, sprach über die herrliche französische Sprache, die ihm immer den Eindruck vermittle, als würde er sie »einfach so verstehen«.
>
> »Mme. Bernhardt ist so wunderbar jung«, fügte er hinzu. »Sie und ich gehören zu den Jüngsten unter den lebenden Menschen.«
>
> Dann erzählte der Humorist eine Geschichte von drei wohltätigen älteren Damen, die sich selbst das Vergnügen versagten, die großartige Schauspielerin zu sehen, als sie vor einigen Jahren in Hartford auftrat, und das Geld stattdessen mehreren bedürftigen Freunden gaben.
>
> »Und die bedürftigen Freunde«, schloss Mr. Clemens, »nahmen das Geld dankbar an und kauften davon Eintrittskarten für Bernhardt.« (»Mark Twain Speaks After Bernhardt Acts«, *New York Times*, 19. Dez. 1905, 9)

Ende Dezember überstieg die in Amerika und Europa von Juden und Nichtjuden gesammelte Summe $ 3 Millionen (*New York Times*: »Fund Exceeds $ 1 000 000, Still More to Come«, 3. Dez. 1905, 8; »Asks $ 1 000 000 More for Jewish Relief«, 5. Dez. 1905, 6; »$ 935 000 Already Sent to Aid Russian Jews«, 7. Dez. 1905, 6; »Amusements«, 18. Dez. 1905, 14; »Relief Fund over $ 3 000 000«, 29. Dez. 1905, 2).

460 *WAFFEN … TSCHAIKOWSKIS APPELL* – »*ARMS TO FREE RUSSIA, TCHAYKOFFSKY'S APPEAL*«. Twain ließ einen Ausschnitt dieses Artikels aus der *New York Times* vom 30. März 1906 in die Maschinenabschrift seines Diktats kleben.

462 *Vorsitzender bei der ersten Tagung eines Verbandes … Interessen erwachsener Blinder … Joseph H. Choate* – Twain leitete die Versammlung der New York State Association for Promoting the Interests of the Blind am 29. März 1906 im Ballsaal des Waldorf Astoria Hotel. Als Beispiel einer Begebenheit, als er selbst vorübergehend blind war, erzählte Twain von der Jagd nach einer verlorengegangenen Socke in einem abgedunkelten deutschen Wirtshaus, die er ursprünglich 1880 im 13. Kapitel von *Bummel durch Europa* beschrieben hatte (zum Text der Rede vgl. Fatout 1976, 506–11). Choate, ein Taktgeber in Angelegenheiten humanitärer Hilfe, lieferte einen humoristischen Spendenaufruf für die Gesellschaft (»Twain and Choate Talk at Meeting for Blind«, *New York*

Times, 30. März 1906, 9; zu Choate vgl. AD 23. Jan. 1906, Anm. 181: *»Vorsitz führte Mr. Choate«*).

462 *die große Anstalt Blackwell's Island* – Eine Insel im East River, benannt nach ihrem einstigen Besitzer Robert Blackwell (gest. 1717?), die ein Zuchthaus für Männer und Frauen, ein Arbeitshaus für Trinker und Unruhestifter, ein Armenhaus und Krankenhäuser für einen Teil der Bedürftigen New Yorks und Amerikas erste städtische Heil- und Pflegeanstalt beherbergte. 1921 wurde sie in Welfare Island umbenannt, 1973 zu Ehren von Franklin D. Roosevelt in Roosevelt Island. Bald darauf wurde sie größtenteils zur Wohngegend (Moses King 1893, 496–500; NYC10044 2009; Roosevelt Island Historical Society 2009).

463 *im Haus von Laurence Hutton … Henry Rogers und ich* – 1929 widmete Keller in *Mitten im Lebensstrom – Neue Erinnerungen* ein Kapitel ihrer langen Freundschaft mit Mark Twain und erinnerte an deren Anfang in Huttons Haus, an einem Sonntag 1894, als sie vierzehn war und Twain noch »voller Leben, bevor die Schatten sich sammelten«:

> Im Laufe des Nachmittags kamen mehrere Prominente vorbei, darunter auch Mr. Clemens. In dem Augenblick, in dem ich seine Hand mit meiner umschloss, wusste ich, dass er mein Freund war. Er brachte mich zum Lachen und machte mich überglücklich, als er einige gute Geschichten erzählte, die ich ihm von den Lippen ablas. Ich habe viel mehr vergessen, als ich mir ins Gedächtnis rufen kann, doch ich werde nie vergessen, wie liebevoll er war.

Keller schrieb ebenfalls herzlich über Henry H. Rogers, den sie am selben Tag kennenlernte, später regelmäßig traf und der ihre College-Ausbildung bezahlte (Keller 1929, 47–48, 71, 288–89).

Miss Sullivan – Annie Sullivan (1866–1936), die selbst nur eingeschränkt sehen konnte, wurde 1887 Kellers Lehrerin. Ihre bahnbrechende Methode, Keller zu unterrichten, basierte auf einem System von Berührungen (Fingeralphabet). Beide blieben ihr Leben lang Gefährtinnen, sogar nach Sullivans Hochzeit 1905 mit dem Schriftsteller und Literaturkritiker John Macy, und bemühten sich gemeinsam um bessere Bedingungen für Blinde.

465 *Miss Holt* – Winifred T. Holt (1870–1945), Bildhauerin, wichtige Mitbegründerin der New York State Association for Promoting the Interests of the Blind. Anfang 1906 war sie vorläufige Schatzmeisterin und Geschäftsführerin der Organisation, wobei sie letzteren Posten mindestens bis 1920 innehatte. Später schrieb sie zahlreiche Bücher und Abhandlungen über Blindheit und setzte sich in den Vereinigten Staaten und im Ausland in hohem Maße für die Ausbildung und Integration der Blinden ein (Holt an SLC, 24. Jan. 1906, CU-MARK).

465–67 *Wrentham, Mass. … Helen Keller* – Kellers Brief, ursprünglich maschinengeschrieben und unterzeichnet, wurde in dieses Diktat übertragen und befindet sich jetzt im Archiv der Mark Twain Papers. Später veröffentlichte sie ihn in *Out of the Dark* (Keller 1913, 208–12).

[Vorläufige Manuskripte und Diktate]

[Erste Versuche]

[Das Land in Tennessee]

Quelle: MS in CU-Mark, 1870 verfasst

Dieses Manuskript, das heute Teil der Mark Twain Papers ist, verfasste Twain irgendwann 1870, ohne es jedoch fertigzustellen oder mit einem Titel zu versehen (allerdings ließ er auf der ersten Seite Platz für einen Titel). Es ist das früheste erhaltene Manuskript, das mit Fug und Recht als Entwurfskapitel für seine Autobiographie bezeichnet werden kann, obgleich er es nicht explizit als solches kennzeichnete. Offensichtlich hatte er vor, es in irgendeiner Form zu veröffentlichen, denn er änderte den Namen des Erzfeinds seines Vaters von »Ira Stout« zu »Ira ——«.

Bislang ist der Text nie in angemessener Form veröffentlicht worden. Albert Bigelow Paine nahm ihn unter dem Titel »Das Land in Tennessee« in *Mark Twain's Autobiography* auf, ließ aber stillschweigend die Anekdote am Ende des dritten Abschnitts (beginnend mit »Eine ehrwürdige Dame des Ortes«) aus und ersetzte Twains Beschreibung von seinem Vater als »Kandidat für den Posten des Amtsrichters, mit der sicheren Aussicht, gewählt zu werden« durch die Behauptung, er sei »zum Gerichtsschreiber am Nachlassgericht ernannt« worden (*MTA*, 1:3–6, keine der beiden Beschreibungen stimmt genau: vgl. »Die Familie. Kurzbiographien«). Charles Neider führte bei seiner Herausgabe des Manuskripts die von Paine ausgelassene Anekdote wieder ein, übernahm aber dessen veränderten Text über John Marshall Clemens. Er nahm zudem noch diverse eigene Auslassungen und Änderungen vor und fügte zwei Abschnitte aus dem 1897/98 in Wien entstandenen »Meine Autobiographie [Willkürliche Auszüge daraus]« hinzu (*AMT*, 22–24). In jenem Manuskript und im Autobiographischen Diktat vom 5. April 1906 kam Twain ebenfalls auf das Land in Tennessee zu sprechen.

John Marshall Clemens' Landerwerb und der spätere Weiterverkauf durch die Familie sind nur teilweise durch unabhängige Quellen dokumentiert. Die noch erhaltenen Genehmigungen, Urkunden und Kaufbriefe stellen keine vollständige Sammlung dar; es war jedoch oftmals der Fall, dass widersprüchliche oder falsche Urkunden zu kontroversen Forderungen führten. In einem Brief vom 7. Juli 1869 an seinen Bruder erwähnte Orion Clemens einen solchen Streitfall und behauptete, dass »Tennessee dasselbe Stück Land immer und immer wieder unterschiedlichen Parteien zugesteht« (OC an SLC, 7. Juli 1869, CU-MARK, zitiert in 3.? Juli 1869 an OC, *L3*, 279, Anm. 1 [unten]; zum Briefwechsel innerhalb der Familie zu diesem Thema zwischen 1853 und 1870 vgl. *L1, L2, L3* und *L4*).

471 *75000 Morgen in einer einzigen Transaktion* – John Marshall Clemens mag zwar mit einem einzigen Geschäftsabschluss ein Gebiet von 16000 Hektar erworben haben, kaufte aber zwischen 1826 und 1841 (oder später) zahlreiche kleinere Parzellen hinzu.

1857, zehn Jahre nach seinem Tod, hatte die Familie Besitzeinträge für 24 Grundstücke unbekannter Größe. Nachdem er das Land 1858 vermessen hatte, schloss Orion, dass er etwa 12 000 Hektar sein Eigen nennen konnte, weniger als die Hälfte der 30 000, die Twain hier schätzt.

473 *Finanzkrise von 34 ... erlitt das Vermögen meines Vaters Schiffbruch* – Präsident Andrew Jacksons Angriff auf die Second Bank of the United States führte 1834 eine Geldkrise herbei. Viele Staatsbanken konnten den Bedarf an Krediten nicht erfüllen, was zahlreiche Unternehmen in die Pleite führte. Twains Vater John Clemens, der zur Whig Party (formiert als Opposition zu den Jackson'schen Demokraten) gehörte, mag die Auswirkungen dieses Wirtschaftsabschwungs durchaus gespürt haben (Wecter 1952, 36–37).

den Posten des Amtsrichters – Kurz vor seinem Tod hat Clemens zwar tatsächlich seine Kandidatur bekanntgegeben, aber für das Amt eines Justizangestellten am Bezirksgericht und nicht für das eines »Amtsrichters« (*Inds*, 309–11; vgl. AD 28. März 1906, S. 445, wo Twain sich fälschlicherweise daran erinnert, dass sein Vater »gerade zum Amtsrichter ernannt worden« war).

erwies Ira —— den Freundschaftsdienst einer Bürgschaft ... nutzte wohlüberlegt die Vorteile des neuen Bankrottgesetzes – Im Manuskript schrieb Twain zuerst Ira Stouts vollen Namen, dann aber ersetzte er mit derselben Tinte den Nachnamen durch Striche. John Marshall Clemens machte gegen Ende 1839 Geschäfte mit Ira Stout, einem Grundstücksspekulanten. Er kaufte von ihm Objekte in Hannibal zu einem überhöhten Preis, die er dann 1843 mit Verlust verkaufen musste, um seine Gläubiger zu bezahlen. Die Transaktion, bei der John Clemens für Stouts Schulden aufkommen musste, konnte jedoch nicht ausgemacht werden. Twain erwähnte Stouts Niedertracht 1897 auch in seinen »Villagers of 1840–3« und noch einmal in seinem AD vom 28. März 1906 (*Inds*, 104, 310, 349–50). Das Bundesbankrottgesetz (»bankrupt law«) von 1841 ermöglichte es Schuldnern zum ersten Mal, der Rückzahlung ihrer Schulden zu entgehen, während es zugleich wenig bis gar keinen Ausgleich für Gläubiger schuf. Zwei Jahre später wurde es aufgehoben.

474 *Nach dem Tod meines Vaters* – Als John Marshall Clemens im März 1847 starb, lebten die Clemens gerade bei Dr. Orville Grants Familie in einem Haus an der Kreuzung Hill Street, Ecke Main Street. Sie blieben mehrere Monate dort, bevor sie »zunächst [...] ein großes Haus« mieteten, über das nichts weiter bekannt ist. Schließlich zogen sie in das zurück, das der Vater 1843/44 gebaut hatte – das Haus seiner Kindheit (*»Boyhood Home«*, vgl. Abb. 15 und 16), das noch immer in der Hill Street 206 steht (Wecter 1952, 102, 113, 121; AD 2. Dez. 1906).

Mein Bruder ... erwarb eine wertlose Wochenzeitung – Orion startete die wöchentlich in Hannibal erscheinende *Western Union* Mitte 1850 und kaufte vor Ablauf eines Jahres das *Hannibal Journal* dazu; die erste Ausgabe von *Journal & Western Union* erschien im September 1851. Er war der Herausgeber und beschäftigte Twain fast durchgängig bis September 1853 als Assistenten, dann verkaufte er die Zeitung und zog nach Muscatine, Iowa (vgl. Anm. vor 24. Aug. 1853 an JLC, *L1*, 1–2; *Inds*, 311).

der Verkauf … kam nicht zustande – Über diesen potentiellen Handel ist nichts bekannt. 1850 unterbreitete Arnold Buffum vom Tennessee Land Office, einem Maklerbüro in New York, ein Angebot von zehn Cent pro Morgen, es fand aber kein Verkauf statt (Buffums Brief ist nicht erhalten, wird aber in *MTBus*, 17, beschrieben). Twain behauptete, er habe bei zwei weiteren Gelegenheiten Grundstücksverkäufe ausgehandelt, die Orion abgelehnt habe. 1865 erklärte sich ein Käufer bereit, $ 200 000 für eine Fläche nicht genannter Größe zu zahlen, um dort europäische Immigranten anzusiedeln, Trauben anzubauen und Wein zu produzieren. Orions »Mäßigung« machte das Geschäft aber zunichte (AD 5. Apr. 1906; 13. Dez. 1865 an OC und MEC, *L1*, 326–27). 1869 bot dann Jervis Langdon $ 30 000 in bar und Aktien, aber Orion zögerte erneut und gab als Grund seine Angst an, dass Twain seinen zukünftigen Schwiegervater »unbewusst betrügen« würde (9. Nov. 1869 an PAM, *L3*, 388–89, Anm. 2). Von Orions Bedenken verärgert, verzichtete Twain auf seinen Anteil und wollte 1870 schließlich nichts weiter mit »diesem verhassten Besitz« zu tun haben (9. Sept. 1870 an OC, *L4*, 193). Fortan übernahm Orion alle Verantwortung dafür. Über viele Jahre hinweg brachte Orion das Land nach und nach an den Mann, durch eigene Bemühungen oder Makler, sowohl große Parzellen (4000 Hektar) als auch kleine (weniger als 120 Hektar), teils gegen Bargeld – unbekannte Summen –, und teils tauschte er es gegen anderen Besitz. Mindestens ein skrupelloser Käufer zahlte nicht. Letztlich mögen die Erträge kaum die Kosten für die Grundsteuer gedeckt haben. 1878 gestand Orion in einem Brief an seine Mutter und seine Schwester mit Bedauern sein Versagen ein: »Es betrübt mich sehr, zu hören, dass Eure finanzielle Lage so beengt ist«, schrieb er. »Es hat mir weitere Gewissensbisse beschert, dass ich das Land in Tennessee und damit einen Teil Eures Geldes vergeudet habe« (OC an PAM und JLC, 2. Nov. 1878, CU-MARK; OC an SLC, 4. Nov. 1880, CU-MARK; Wecter 1952, 31–32, 278, Anm. 9; die folgenden Schriftstücke wurden freundlicherweise von Barbara Schmidt zur Verfügung gestellt: *Fentress Couny Deeds* 1820–48, Vol. A: 161, 236, 244, 288, 293, 335; *Fentress County Land Grants*, Buch T: 46; »Declaration« und »Exhibits 1–6«, abgelegt am 15. Mai 1907, U. S. National Archives and Records Administration 1907–09).

[Frühe Jahre in Florida, Missouri]

Quelle: MS in NNAL, 1877 verfasst

Paine veröffentlichte dieses Manuskript mit den für ihn typischen Fehlern und Auslassungen unter einem selbst ausgedachten Titel: »Frühe Jahre in Florida, Missouri« (*MTA*, 1:7–10). Der Text wurde von Twain 1877 verfasst und mit der simplen Überschrift »Kap. 1« versehen (was von Paine weggelassen wurde). Neider schrieb Paines Fassung (samt allen Fehlern) ab, ließ aber die letzten sechzig Wörter weg und fügte drei Abschnitte aus »Meine Autobiographie [Willkürliche Auszüge daraus]« hinzu, zwei nach dem ersten Satz und einen am Ende (*AMT*, 1–3). Es ist gut möglich, dass dieses Manuskript den »Anfang« bzw. einen der Anfänge für eine Autobiographie darstellte, die Twain auf Anregung seines Freunds John Milton Hay verfasste (vgl. »John

Hay«). Das Manuskript war Teil der Mark Twain Papers, aus denen Paine für seine Biographie und andere Werke schöpfte, um 1920 aber übergab er es der American Academy of Arts & Letters, wo es sich heute befindet.

475 *Mein Onkel John A. Quarles* – John Adams Quarles (1802–1876) war mit Martha Ann Lampton verheiratet, mit der er zehn Kinder hatte. Sie war die jüngere Schwester von Twains Mutter. Er ließ sich in der Mitte der 1830er Jahre in Florida, Missouri, nieder, wo er ein wohlhabender Kaufmann und Farmer wurde. Nachdem die Familie Clemens 1839 nach Hannibal umgezogen war, verbrachte Twain von sieben bis etwa elf oder zwölf seine Sommer auf der Quarles Farm (*Inds*, 342). Für weitere Erinnerungen an das Farmleben vgl. »Meine Autobiographie [Willkürliche Auszüge daraus].«
Baumwollstoff – *»›bit‹ calicoes«*. Vermutlich wurde der Baumwollstoff *(calicoe)* zu einem *bit* (einem achtel Dollar) pro Meter verkauft (Ramsay und Emberson 1963, 21).

476 *besaß auch mein Vater Sklaven* – Um 1833 kaufte John Marshall Clemens in Tennessee »einen Neger« von Rawley Chapman (geb. 1793) – sein einziger dokumentierter Sklavenkauf. Die Familie besaß auch eine Frau namens »Jenny«, die Twains Eltern etwa 1825 erhalten hatten. Twain erinnerte sich daran, dass sie »die einzige Sklavin war, die wir zu meiner Zeit besaßen« (*Inds*, 327; Vermerk der Kaufrechnung, *Fentress County Deeds*, Vol. A: 233). Vgl. »Jane Lampton Clemens« (*Inds*, 82–92) für eine ausführlichere Erläuterung der Einstellung, die die Familie zur Sklaverei hatte.
robuste Schuhe – *»›stogy‹ shoes«*. Eine grobe, schwere Art von Schuh; der Name leitet sich vermutlich von »Conestoga«, einer Stadt in Pennsylvania, ab.

[Die Grant-Diktate]

Quelle: TS in CU-MARK, 1885 diktiert

Die folgenden sechs maschinengeschriebenen Diktate, die seit 1924 bekannt sind, als Paine sie (in falscher Reihenfolge) unter dem Titel »Die Grant-Diktate« veröffentlichte (*MTA*, 1:13–70), sind heute in den Mark Twain Papers enthalten. Sie alle entstanden im Mai/Juni 1885. Twain diktierte sie seinem Freund und Kollegen James Redpath, der sein Stenogramm auf einer Schreibmaschine abtippte, die nur Großbuchstaben hatte (zu Redpath vgl. »Vortragsreisen«, Anm. 612: *»Redpaths Büro«*). Anschließend sah Redpath die Maschinenabschriften noch einmal durch, fügte Satzzeichen hinzu, wobei er jedoch viele Fehler übersah, und gab sie dann an Twain weiter, der sie nur leicht überarbeitete und korrigierte. Diese Typoskripte stellen das früheste umfassende bekannte Textkorpus dar, das Twain für seine Autobiographie zu nutzen beabsichtigte. Die darin behandelten Themen lagen zum Zeitpunkt des Verfassens noch nicht weit zurück und berühren alle in der einen oder anderen Weise Twains Beziehung zu Ulysses S. Grant, der zu diesem Zeitpunkt bereits an Kehlkopfkrebs erkrankt war und im Sterben lag. Die sechs Diktate werden hier zum ersten Mal in der Reihenfolge ihrer Entstehung abgedruckt.

- »Das Chicagoer G.A.R. Festival« handelt davon, wie Twain die Versammlung der Grand Army of the Republic (G.A.R.) im Jahre 1879 erlebte, bei der Grant geehrt wurde, und erwähnt auch die Tischrede, die er zu diesem Anlass an »die Babys« richtete. Es ist das einzige der sechs Grant-Diktate, das von Neider veröffentlicht wurde. Dieser hielt sich in allen Detailfragen an den Text von Paine (*AMT*, 241–45).
- »Ein Besuch mit W.D. Howells bei General Grant« behandelt drei allem Anschein nach nicht zusammengehörige Themen: die Hilfe, die Grant William Dean Howells Vater zuteilwerden ließ, Grants Würdigung von George Horatio Derby (John Phoenix) und Twains eigene Bemühungen, Grant dazu zu bewegen, seine Memoiren niederzuschreiben. Die hier übernommene Überschrift wurde von Paine geliefert.
- »Grant und die Chinesen« beschreibt Grants Bestreben, ein Bildungsprogramm für chinesische Studenten in den Vereinigten Staaten aufrechtzuerhalten.
- »Gerhardt« (bislang unveröffentlicht) handelt von Twains Schützling, dem Bildhauer Karl Gerhardt, und dessen Enttäuschung bei einem Wettbewerb, in dem er sich um die Fertigung einer Statue von Nathan Hale bewarb. Gerhardt schuf auch eine kommerziell erfolgreiche Büste von Grant, die im fünften Diktat, »Über General Grants Memoiren«, besprochen wird.
- »Über General Grants Memoiren« ist ein langer und ausführlicher Bericht, wie sich Twain den Vertrag für Grants *Personal Memoirs* sicherte. Der Text wurde auch als Antwort auf Zeitungskommentare verfasst, die Twain diesbezüglich unmoralisches Handeln unterstellten. Paine veröffentlichte den ersten Abschnitt und einen Teil des dritten Abschnitts als zusammenhängenden Text, wandelte den mittleren Abschnitt in ein eigenständiges Diktat um, dem er die Überschrift »Gerhardt und die Grant-Büste« gab, und ließ zudem die Zeitungsausschnitte am Schluss des Abschnitts weg.
- »Rev. Dr. Newman« handelt von Grants geistlichem Beistand in den Tagen kurz vor seinem Tod am 23. Juli 1885. Paine verheimlichte die Identität von Reverend John Philip Newman, indem er bei jeder Erwähnung den Namen in »N ——« abänderte. Von ihm kommt auch der hier übernommene Titel.

Twain war mit dem von Redpath ausgearbeiteten Text unzufrieden. Nachdem er sein Diktat abgebrochen hatte, erklärte er Henry Ward Beecher, dieser Teil der Autobiographie sei »ziemlich frei diktiert, aber ich habe vor, sie noch etwas zurechtzuschleifen, irgendwann bevor ich sterbe. Ich meine die ungehobelte Konstruktion und die miserable Grammatik. Es ist das einzige Diktat, das ich bisher gemacht habe, & es war äußerst mühsam & unschön« (11. Sept. 1885, CU-MARK). Twain feilte die Texte nicht weiter und bereitete sie auch nie zur Veröffentlichung vor. Tatsächlich vermerkte seine frühere Sekretärin Isabel Lyon viele Jahre nach seinem Tod in einem Exemplar der Paine-Ausgabe, »Mr. Clemens hätte niemals erlaubt«, die Grant-Diktate »ohne beträchtliche Bearbeitung in die Autobiographie einfließen zu lassen [...]. Die Redpath-Notizen waren lediglich *Notizen* & benötigten noch umfassende Überarbeitung« (S. 13, zitiert mit freundlicher Genehmigung von Kevin MacDonnell). Twain erzählte in seinen Autobiographischen Diktaten von 1906 ein weiteres Mal von seiner Beteiligung an Grants Memoiren (vgl. »Über General Grants Memoiren«, Anm. 492: *»die Geschichte der Memoiren General Grants«*).

Das Chicagoer G. A. R. Festival

478 *Das Chicagoer G. A. R. Festival* – Das »Dreizehnte jährliche Treffen des Vereins der Armee des Tennessee«. Die G. A. R. (Grand Army of the Republic) war eine kameradschaftliche Organisation aller Unionsveteranen und trat als einer der Sponsoren dieser fast eine Woche dauernden Veranstaltung in Chicago auf – sie war, wie Twain erklärt, eine Jubelfeier für den Kriegsheimkehrer Grant, »und nun sollte er in Chicago von den Veteranen der Armee des Tennessee festlich empfangen werden – der ersten Armee, die er befehligt hatte«.

Zum ersten Mal sah ich General Grant … 1866 – Twain hatte das Jahr des Empfangs falsch in Erinnerung, vgl. Anm. 478: *»Danach begegnete ich General Grant«*. Ulysses S. Grant (1822–1885) schloss die Militärakademie West Point ab und bekam nach seinem Dienst im Mexikanisch-Amerikanischen Krieg eine Auszeichnung für bemerkenswerten Mut und Führungsqualität. 1854 schied er aus seinem Amt und verdiente sich einen bescheidenen Lebensunterhalt als Farmer und Kaufmann. Als der Bürgerkrieg ausbrach, ließ er sich wieder verpflichten und ging schließlich als führender General der Union hervor. Nach Grants wichtigen Siegen bei Vicksburg und Chattanooga ernannte Präsident Lincoln ihn zum Obersten General *(general-in-chief)* über alle Unionsarmeen, und 1866 erhielt er den Titel *General of the Army* – eine einzigartige Position, vergleichbar der eines Vier-Sterne-Generals, die davor nur George Washington verliehen worden war. Als Präsident der USA gelang es ihm während seiner zwei Amtszeiten (1869 bis 1877) nicht, der um sich greifenden Korruption in seiner Regierung Einhalt zu gebieten, war aber selbst nicht darin verwickelt. In den Diktaten von Twain geht es um Grants späte Jahre: seine erfolglosen Bemühungen 1880 um eine dritte Amtszeit als Präsident, seine finanziellen Rückschläge, das Verfassen und Erscheinen seiner Memoiren und seine tödliche Krankheit.

General Sheridan – Philip H. Sheridan (1831–1888), hervorragender Militärstratege und einer der respektiertesten Unionsgeneräle, war wie Grant ein Absolvent von West Point. Nach dem Bürgerkrieg diente er in New Orleans, wo er eine kleine französische Truppe besiegte, die in Mexiko stationiert war, und führte dann Feldzüge gegen die Prärieindianer. 1888 wurde er zum *General of the Army* ernannt, verstarb jedoch kurz darauf. Später im selben Jahr erschienen Sheridans *Personal Memoirs* in Twains Verlag Charles L. Webster & Company.

Danach begegnete ich General Grant … ich bin verlegen – sind Sie es auch? – Twain war im Winter 1867/68 kurz als Sekretär des republikanischen Senators von Nevada, William M. Stewart (1827–1909), in Washington angestellt, direkt im Anschluss an seine Rückkehr von der Quaker-City-Expedition, einer Reise nach Europa und Palästina. Jene fünfzig Briefe, die er über die Reise an die in San Francisco erscheinende Zeitung *Alta California* geschrieben hatte, jene wenigen an die *New York Tribune* und der eine an den *Herald* stellten bereits mehr als die Hälfte des Inhalts seines ersten großen Buchs *Die Arglosen im Ausland* dar, das 1869 erschien (*L2*: 7. Juni 1867 und 9. Aug. 1867 an JLC und Familie, 59, Anm. 5, 78–79; 22. Nov. 1867 und 24. Nov. 1867 an

Young, 109, Anm. 2, 113–14; 2. Dez. 1867 und 23. Juni 1868 an Bliss, 119–20, 232, Anm. 1). Twain hätte Grant 1866 gar nicht treffen können, da er erst Anfang 1867 aus San Francisco in den Osten zurückkehrte. In einem Notizbucheintrag vom Dezember 1867 schrieb Twain: »Bekanntschaft mit General Grant – sagte, ich sei froh, ihn zu sehen – er sagte, ich hätte ihm etwas voraus« (*N&J1*, 491). Der Eintrag gibt wahrscheinlich nicht ein tatsächliches Gespräch wieder, sondern ist erfunden, ähnlich jenem Manuskript mit dem Titel »Interview with Gen. Grant«, das Twain am 6. Dezember schrieb und das unveröffentlicht blieb (SLC 1867t). Wahrscheinlich spielt Twain auf einen Empfang an, dem er Mitte Januar 1868 in Washington beiwohnte; in einem Brief an die *Alta California* erwähnte er, Grant die Hand geschüttelt zu haben, und schrieb, dass »General Sheridan da war« (SLC 1868a). Wenige Tage später schrieb er seiner Familie, er habe »gestern Abend General Grants Haus aufgesucht. Er war bei einer Dinnerparty, doch Mrs. Grant sagte, sie werde dafür sorgen, dass er Sonntagabend zu Hause bleibe. Ich *muss* ihn einfach sehen, er eignet sich für wenigstens *einen* Brief für die Alta & für einen Teil eines Vortrags für San F« (20. Jan. 1868 an SLC und PAM, Paines Kopie in CU-MARK). Jenes Alta-Interview fand wahrscheinlich nie statt, aber der Hausbesuch bei General Grant lässt darauf schließen, dass sie einander bei dem Empfang offiziell vorgestellt worden waren. Das zweite Treffen der beiden, bei dem Twain sagte, »verlegen« zu sein, fand dann Mitte 1870 statt, während einer kurzen Reise nach Washington, wo sich Twain mit Senator Stewart traf. Twain beschrieb diese Begegnung mit Grant – damals Präsident in der ersten Amtszeit – in einem Brief an seine Frau noch am selben Tag, dem 8. Juli (6. Juli 1870 und 8. Juli 1870 an OLC, *L4*, 164–67). Twain verlegte das erste Treffen fälschlicherweise ins Jahr 1866 statt 1868 und könnte sich daher auch beim zweiten Treffen um fast dieselbe Zeitspanne geirrt haben, was dann hieße, dass es sich Anfang 1869 zutrug und nicht Mitte 1870. Die Reise auf der *Quaker City* war 1870 keine Neuigkeit mehr. *Die Arglosen im Ausland* hatte Mark Twain mehr als nur »einige Berühmtheit« beschert.

478 *im Jahre 1879* – Von 1877 bis 1879 unternahm Grant eine Reise durch Europa und Asien, begleitet von seiner Frau, seinem Sohn Jesse, Adam Badeau und John Russell Young, während der er von zahlreichen ausländischen Würdenträgern und Staatsoberhäuptern mit allen Ehren empfangen wurde. Das Bankett, das am 13. November 1879 in Chicago gegeben wurde, stellte den Höhepunkt viertägiger Feierlichkeiten dar (für eine detaillierte Schilderung der Reise vgl. Jean Edward Smith 2001, 606–13).

479 *Carter Harrison* – Carter Henry Harrison sen. (1825–1893) war von 1879 bis 1887 Bürgermeister von Chicago und erneut ab 1893 bis zu seiner Ermordung im Oktober desselben Jahres. Seine Freundschaft mit Twain ist nicht anderweitig dokumentiert.

Ich bin nicht verlegen – sind Sie es? – Vgl. AD 27. Aug. 1906 für weitere Schilderungen der Treffen mit Grant.

480 *General Sherman* – William Tecumseh Sherman (1820–1891) trat nach seinem Abschluss an der Militärakademie West Point 1840 in die Armee ein und diente im Mexikanisch-Amerikanischen Krieg. 1853 schied er aus seinem Amt aus und nahm eine Stelle bei einer Bank an. Bei Ausbruch des Bürgerkriegs wurde er zum Colonel ernannt; nach

der Einnahme von Vicksburg 1863 wurde er zum Brigadegeneral ernannt. Sein berühmter Marsch zum Meer (March to the Sea) durch Georgia teilte die Südstaaten und beschleunigte das Ende des Krieges. Er folgte Grant 1869 als *General of the Army* und diente in den Indianerkriegen bis zu seinem Ruhestand 1884. Seine *Memoirs* (1875) waren ein außerordentlicher Erfolg.

480 *Colonel Vilas einen Toast* – William F. Vilas (1840–1908) aus Madison, Wisconsin, 1860 als Anwalt zugelassen. Er stieg im Bürgerkrieg bis zum Oberstleutnant auf und wurde später Postminister der USA (1885–1888), Innenminister (1888–1889) und Senator von Wisconsin (1891–1897). Er antwortete auf den Toast mit »Unser Oberster Befehlshaber, General U. S. Grant« (»Banquet of the Army of the Tennessee«, *New York Times*, 15. Nov. 1879, 1).

Colonel Ingersoll … Toast auf »die Freiwilligen« – Robert G. Ingersoll (1833–1899), von Hause aus Anwalt, stellte während des Bürgerkriegs das 11. Kavallerie-Regiment von Illinois zusammen und war dessen Befehlshaber. Er kämpfte in den Schlachten von Shiloh und Corinth und geriet 1863 in die Gefangenschaft der Konföderierten. Nach dem Krieg war er Justizminister von Illinois. Bekannt für seine radikalen Ansichten zu Religion und Sklaverei, war er ein beliebter talentierter Redner, der sich für Menschenrechte und Agnostizismus einsetzte, was ihn häufig zur Zielscheibe von Kritik machte. Beim Bankett brachte er den Toast »Auf die freiwilligen Soldaten der Nordstaatenarmee!« aus (»Banquet of the Army of the Tennessee«, *New York Times*, 15. Nov. 1879, 1). Später schrieb Twain in einem Brief an seine Frau Olivia:

Ich habe vier Reden gehört, die ich niemals vergessen werde. Eine von Emory Storrs, eine von General Vilas (ach, wenn das nicht wunderbar war!), eine von General Logan (mächtig ergreifend), eine von jemandem, dessen Name mir entfallen ist, & eine von diesem großartigen Menschen, Colonel Bob Ingersoll – ach, es war schlicht die herausragendste Kombination englischer Worte, die jemals seit Anbeginn der Welt zusammengetan wurde. Meine Güte, wie gut er aussah, als er auf dem Tisch stand, inmitten dieser 500 schreienden Männer, & geschmolzenes Silber über seine Lippen kam! Mein Gott, was für eine Orgel ist die Sprache doch, wenn sie von einem Meister gespielt wird! Alle diese Reden mögen abgedruckt langweilig aussehen, als sie aber gesprochen wurden, wie da die Funken sprühten & wie da die Menge als Antwort tobte! (14. Nov. 1879 an OLC, *Letters 1876 bis 1880*)

Und an William Dean Howells schrieb er:

Bob Ingersolls Rede ist traurigerweise von den Korrekturlesern verunstaltet worden, in meiner Erinnerung aber wird ihre Musik immer als die himmlischste erklingen, die je meine Ohren entzückt hat. Und ich werde ihn immer dort auf dem Tisch stehen sehen an jenem Abend unter all den Lichtern und Spruchbändern, inmitten von siebenhundert vor Begeisterung brüllenden Leuten, der schönste Mensch, der je gelebt hat. »Sie kämpften dafür, dass eine Mutter ihr Kind behalten könne« – diese Worte sehen gedruckt aus wie alle anderen, aber gütiger Gott, er hatte sich die Stimme des Engels der Barmherzigkeit geliehen, um sie zu sprechen, & Sie hätten sehen sollen, wie dieses riesige Haus sich erhob. (17. Nov. 1879 an Howells, *Letters 1876–1880*)

Als er nach Hartford zurückkehrte, schrieb Twain an Ingersoll und bat ihn um ein Exemplar der Rede (9. Dez. 1879 an Ingersoll, *Letters 1876–1880*). Der Abdruck der Rede, den Ingersoll ihm sandte, befindet sich, von Twain als solcher gekennzeichnet, in den Mark Twain Papers. Der Satz, den er in Teilen im Brief an Howells zitierte, liest sich wie folgt:

Größer als die Griechen und nobler als die Römer, mit einem Patriotismus, grenzenlos wie die Luft, kämpften die Soldaten der Republik für die Rechte der anderen, für die Würde der Arbeit, fochten dafür, dass Mütter ihre Babys behalten können, dass überheblicher Müßiggang nicht Narben auf dem Rücken der geduldigen Mühe hinterlässt, dass unser Land kein vielköpfiges Monster aus verfeindeten Staaten ist, sondern eine Nation, unabhängig, groß und frei. (»The Grand Banquet at the Palmer House, Chicago, Donnerstag, 13. Nov. 1879«, CU-MARK)

482 *Er hat sich nicht abhängen lassen! – »He didn't get left!«* Dies war offenbar der »Slangausdruck« (S. 480), der Twain neu war. Während er sich ursprünglich darauf bezog, eine Schiffs- oder Zugverbindung zu verpassen, änderte sich in den späten siebziger Jahren des 18. Jahrhunderts seine Bedeutung allgemein zu »etwas versäumen«. Twain vermerkte genau diese Bemerkung über Ingersoll in seinem Notizbuch 1882 (*N&J2*, 373, 507; vgl. z. B. »How a Lawyer Got Left«, *Puck* 3 [24. Apr. 1878]: 4).

483 *das Kind nichts weiter ist als der Vater des Mannes – »the child is but the father of the man«*. Ein leicht abgewandeltes Zitat aus William Wordsworths Gedicht »The Rainbow«.
der General vor Lachen platzte – Twain beschrieb diesen Anlass in seinem Brief an Howells:

General Grant saß bei dem Bankett wie eine eiserne Statue & hörte sich ohne auch nur den geringsten Anschein einer Regung vierzehn Reden an, über die sich andere Leute krumm- und buckliglachten, als ich aber mit der fünfzehnten & letzten loslegte, da war seine Zeit gekommen! Ich habe ihn wie Dynamit wachgerüttelt, & er saß fünfzehn Minuten lang da & lachte & weinte wie ein Mensch aus Fleisch und Blut. Ach Himmel!, ich hatte diesen unbezwingbaren Bezwinger durchschaut & ging mit dem Selbstvertrauen der Überzeugung an die Arbeit, denn ich wusste, wie ich ihn rannehmen musste. Er erzählte mir, dass er an jenem Tag 15 000 Leuten die Hand geschüttelt habe & ihn doch am Ende keinerlei Schmerz quälte, meine Wahrheiten aber hätten ihn von Kopf bis Fuß durchgerüttelt. (17. Nov. 1879 an Howells, *Letters 1876–1880*)

Für den ganzen Text über »die Babys« vgl. Budd 1992a, 727–29.

[Ein Besuch mit W. D. Howells bei General Grant]

483 *1881* – Es müsste heißen 1882, vgl. Anm. 483–84: *»sein alter Vater«*.

Howells – William Dean Howells (1837–1920), in Martin's Ferry, Ohio, in eine große Familie mit eher radikalen politischen und religiösen Ansichten geboren, war Lehrling bei seinem Vater, einem Drucker, und wurde dann Journalist. Obwohl er, nach eigener Aussage, »beinahe überhaupt keine Schulbildung hatte«, las er viel aus seines Vaters Bibliothek und brachte sich Spanisch, Deutsch, Französisch und Italienisch bei (Howells an John S. Hart, 2. Juli 1871, in Howells 1979, 375). Als Anerkennung seiner Unterstützung in Lincolns Präsidentschaftswahlkampf 1860 wurde er 1861 mit einem Konsulat in Venedig belohnt. Nach seiner Rückkehr nach Amerika 1865 stieg er als Journalist auf und zog nach Cambridge, Massachusetts, wo er stellvertretender Herausgeber (1866 bis 1871) und schließlich Herausgeber (1871–1881) von *Atlantic Monthly* wurde. 1881 zog er sich zurück, um sich auf das Schreiben zu konzentrieren. Zu seinen Freunden gehörten Henry Adams, William und Henry James sowie der Jurist Oliver Wendell Holmes jr. (der Sohn des gleichnamigen Schriftstellers). Seine Freundschaft mit Twain geht zurück auf Howells' Rezension über *Die Arglosen im Ausland* 1869 (Howells 1869). Er nutzte seine einflussreiche Position im Zentrum des amerikanischen Literaturbetriebs, um Mark Twains literarischen Erfolg sicherzustellen, und war seinem Freund auch Lektor, Korrekturleser und Testpublikum. Literarisch proklamierte und praktizierte er den Realismus. Als die besten seiner – zahlreichen – Romane gelten gemeinhin *The Rise of Silas Lapham* (1885) und *A Hazard of New Fortunes* (1890); Twain setzte er mit *My Mark Twain* (1910) ein Denkmal.

483–84 *sein alter Vater … legte er sein Amt von sich aus nieder* – Howells' Vater William Cooper Howells (1807–1894) wurde 1878 zum US-Konsul in Toronto ernannt, nachdem er vier Jahre lang als Konsul in Québec gedient hatte. Gegen Ende Januar 1882 erfuhr Howells, dass sein Vater die Position verlieren könnte, und schrieb ihm am 2. März, dass er vorhabe, »den Sonntag mit Mark Twain zu verbringen, der ein sehr guter Freund von Grant ist und mir möglicherweise Kontakt zu ihm verschaffen kann« (Howells an William C. Howells, 2. März 1882, in Howells 1980, 10–11). Twain und Howells suchten Grant am 10. März in New York auf. In *My Mark Twain* berichtet Howells, dass Grant »sehr ehrlich und herzlich war und ich mich gleich umso wohler bei ihm fühlte, als seine Stimme den weichen, runden Akzent der Region um den Ohio River trug, den meine Ohren aus meiner frühesten Zeit von meinen Onkeln kannte, die auf den Schaufelraddampfern arbeiteten und meine frühesten Helden waren. Als ich mein Anliegen vorbrachte, sagte er nur, o nein, das dürfe nicht sein; er werde an Mr. Arthur schreiben« (Howells 1910, 71). Grant handelte unverzüglich, so dass Außenminister Frederick T. Frelinghuysen (1817–1885) am darauffolgenden Tag antwortete: »Sie mögen Mr. Clemens davon in Kenntnis setzen, dass es nicht unserer Absicht entspricht, im Konsulat von Toronto Änderungen vorzunehmen« (Frelinghuysen an Grant, 11. März 1882, CU-MARK). Grant leitete den Brief an Twain weiter, und dieser wiederum schrieb an Howells am 14. März: »Dies regelt die Sache – mindestens für eine Weile – & ein für allemal, denke ich. Wie Du siehst, erledigt der General die Dinge immer sofort« (MH-H, in *MTHL*, 1: 394). Howells sen. trat von seinem Posten im Juni 1883 zurück (21. Juni 1874 an Howells, *L6*, 166, Anm. 2; Howells 1979, 61, 196; Howells 1980, 10–11, 14, 58–59).

484 *»Wie er sitzt und aufragt« … Dante* – Howells zitierte diese Formulierung in einem Brief aus Bethlehem, New Hampshire, vom 9. Aug. 1885, an Twain: »Wir hielten hier gestern eine Trauerfeier für Grant ab, und die ganze Zeit, während sie mit Leib und Seele Lieder und Lob im Andenken an diesen großen Menschen darbrachten, dachte ich an jenen Tag, als wir in New York mit ihm zu Mittag Schweinefleisch mit Bohnen aßen, und zu gern hätte ich sie fühlen und sehen lassen, wie er selbst in solch einem Zusammenhang über ihren Lobliedern stand. ›Wie er sitzt und aufragt‹, wie Dante sagt« (CU-MARK, in *MTHL*, 2:536). Weniger als einen Monat später, am 10. September, nahm Twain dieses Zitat in sein diktiertes Schreibmaschinenmanuskript auf und fügte in Klammern »Es gab Bohnen mit Speck« sowie das angebliche Zitat von Dante hinzu. Der Ausdruck ist allerdings nicht von Dante, sondern aus einem Sonett des italienischen Dichters und Dramatikers Vittorio Alfieri (1749–1803): »Siena, dal colle ove torreggia e siede« (»Siena, auf dem Hügel, wo es sitzt und aufragt«). Howells' Quelle war E. A. Brigidis *La Nuova Guida di Siena* (ein Werk, auf das er sich für sein Buch *Tuscan Cities* stützte), wo die Worte ohne Quellenangabe vorkamen (Brigidi 1885, 11; Howells 1886, 126, 139). Viele Jahre später erinnerte sich Howells, dass die »gebackenen Bohnen und der Kaffee in etwa wie im Speisewagen-Imbiss schmeckten; aber sie mit Grant zu essen war, wie gebackene Bohnen und Kaffee mit Julius Cäsar, Alexander oder einem anderen von Plutarchs großen Feldherrn zu essen« (Howells 1910, 72).

konnte sich noch bestens an »Squibob« Derby in West Point erinnern – Howells erinnerte sich später:

Grant fühlte sich anscheinend wohl in der Gesellschaft zweier Literaten, deren einer ihm zumindest keine Rätsel aufgab, und entgegen seinem Ruf als der große Schweigsame redete er ohne Unterlass, und soweit er es vermochte, redete er über Literatur. Zumindest sprach er über John Phoenix, den ergötzlichsten unter den frühen Humoristen der Pazifikregion, den er unter dessen echtem Namen George H. Derby gekannt hatte, als sie beide Kadetten in West Point gewesen waren. (Howells 1910, 72)

George Horatio Derby (1823–1861), Captain des U. S. Army Corps of Topographical Engineers, war vor allem für seine humoristischen Skizzen bekannt, die er unter Pseudonym während seiner Stationierung an der Pazifikküste verfasste. Sie wurden in *Phoenixiana; or, Sketches and Burlesques* (1856) und postum in *The Squibob Papers* (1865) gesammelt (15. Dez. 1866 an JLC und Familie, *L1*, 374, Anm. 2).

485 *General Badeaus Militärgeschichte … John Russell Youngs Bericht über die Weltreise General Grants* – Badeau (1831–1895) wurde 1864 Grants Militärsekretär, und als er 1869 aus der Armee ausschied (mit dem nicht besoldeten Titel eines Brigadegenerals), waren die beiden Männer gute Freunde geworden. Präsident Grant ernannte Badeau zum US-Konsul in London, wo dieser von 1870 bis 1881 diente – mit Ausnahme einer

Beurlaubung, um Grant die ersten fünf Monate auf seiner Weltreise von 1877 bis 1879 zu begleiten. Von 1868 bis 1881 veröffentlichte Badeau seine dreibändige *Military History of Ulysses S. Grant* (Badeau 1868–81; *N&J3*, 107, Anm. 137; 15. Juni 1873 an Badeau, *L5*, 382, Anm. 1). John Russell Young (1840–1899), erfolgreicher Journalist bei mehreren Zeitungen, war 1866 bis 1869 Redaktionsleiter bei der *New York Tribune*. 1872 nahm er eine Stelle als Auslandskorrespondent für den *New York Herald* an. Er begleitete Grant auf dessen Reise, was er in *Around the World with General Grant* (1879) festhielt. 1882 von Präsident Chester A. Arthur zum US-Gesandten für China ernannt (durch Grants Einfluss), schlichtete Young etliche Auseinandersetzungen zwischen den USA, China und Frankreich, bevor er 1885 zum *Herald* zurückkehrte (14. Mai 1869 an OLL, *L3*, 230, Anm. 6; 17. oder 18. Juni 1873 an Young, *L5*, 383, Anm. 1).

486 *den besten Publikationsplan … Subskription* – Subskriptionsverlage verkauften Bücher schon vor ihrem Erscheinen durch Vertreter, die hauptsächlich in den ländlichen Gegenden von Haus zu Haus gingen und Leute für Bestellungen gewannen, indem sie ihnen einen gebundenen Prospekt mit Beispielseiten und Illustrationen zeigten. Subskriptionsbücher kosteten in der Regel mehr als die in den Buchläden und stellten die beste Garantie für hohe Gewinne dar – eine Lehre, die Twain aus seiner Erfahrung zog, die er seit 1869 mit der American Publishing Company gemacht hatte.

American Publishing Company … zehn Jahre lang beschwindelt – Anfang 1872, kurz nach Erscheinen von *Durch dick und dünn*, kam Twain der Verdacht, dass sein Verleger Elisha P. Bliss jr. von der American Publishing Company ihn durch Falschangabe seiner Produktionskosten betrog. Er ließ sich jedoch von Bliss' Erklärung beruhigen und blieb bis einschließlich der Veröffentlichung von *Bummel durch Europa* 1880 dem Verlag treu (vgl. *RI 1993*, 877–80; AD 21. Febr. 1906, Anm. 299: *»E. Bliss jr.«*). Obwohl Twain nach Bliss' Tod 1880 erwog, die Firma zu verklagen, entschied er, dass Francis Bliss, der seinem Vater nachgefolgt war, ihn fair behandelt hatte (26. Okt. 1881 an Webster, NPV, in *MTBus*, 173–74; 28. Dez. 1881 an Osgood & Company und 31. Dez. 1881 an Osgood, MH-H, in *MTLP*, 147–49; 3.? Okt. 1882 an Elliott, CU-MARK; 6. Okt. 1882 an Webster, NPV, in *MTBus*, 203–04). Mitte 1883 war er bereit, seinem Schriftstellerkollegen George Washington Cable diesen Verlag zu empfehlen:

Wenn ich dir ein Haus in Hartford empfehlen müsste, um etwas verlegen zu lassen, würde ich immer sagen, geh zu meinem früheren Verlag, der American Publishing Company in der Asylum St. 284. Dort haben sie zwar in alten Zeiten riesige Summen Geld von mir ergaunert, aber sie wissen wirklich, wie man ein Buch verkauft; außerdem glaube ich, dass sie mittlerweile ehrliche Leute sind. Es gab, glaube ich, nur einen Dieb in der Firma, und der ist jetzt dort, wo der Teufel mit Schwefel kocht. (4. Juni 1883 an Cable, LNT)

Grant und die Chinesen

486 *Yung Wing* – Yung Wing (1828–1912) wuchs in Südchina in einer Bauernfamilie auf und lernte in einer Missionsschule, Englisch zu lesen und zu schreiben. 1847 kam er mit seinem Lehrer in die USA und schloss 1854 ein Yale-Studium ab. 1876 wurde er gemeinsam mit Chin Lan Pin zum Gesandten von Washington ernannt, was er ablehnte, und diente stattdessen als Chin Lan Pins Assistent (1878–1881). Twain lernte Yung durch ihren gemeinsamen Freund Reverend Joseph Twichell kennen (Yung 1909, 1, 3, 7, 13, 19–21, 27, 41, 173, 180–90, 197–200; *New York Times*: »The Chinese Ambassadors«, 29. Sept. 1878, 1; »China's Backward Step«, 2. Sept. 1881, 5; 21. Febr. 1875 an Sprague und andere, *L6*, 393, Anm. 3).

Li Hongzhang – Li Hongzhang (1823–1901), von 1870 bis 1896 Vizekönig der chinesischen Hauptstadtprovinz Zhili, war, wie Twain meinte, ein fortschrittlicher Politiker, der die Modernisierung der Armee und den Bau von Eisenbahnen vorantrieb. Twain trat erstmals Anfang 1881 wegen des Eisenbahnprojekts an Grant heran. Twichell beschreibt die Situation in einem Tagebucheintrag für den 25.–28. März desselben Jahres:

Yung Wing kommt voller Geschäftspläne aus Washington. Die chinesische Regierung (so wurde er beraten) wird bald ein großes Eisenbahnvorhaben beginnen, und er möchte, dass die USA vor England und der ganzen Welt einsteigen und die für die Durchführung notwendigen Männer und das Kapital bereitstellen. [...] Dementsprechend ist M. T. als Berater herangezogen worden. Er schreibt sofort an General G. Die Antwort kommt unverzüglich, dass er im Begriff ist, nach Mexiko zu reisen, aber sicher unterwegs eine Gelegenheit finden wird, an Li Hongzhang zu schreiben und Empfehlungen im Sinne von Y. W.s Ideen auszusprechen. (Twichell 1874–1916)

Weder Twains Brief noch Grants Antwort sind erhalten. Am 1. April schrieb Grant auf dem Weg nach Mexiko an Twain und legte den versprochenen Brief an Li bei:

Wenn Sie diesen Brief Yung Wing zeigen, und, falls dieser seinen Segen gibt, an Li Hongzhang weiterleiten, wäre ich Ihnen zutiefst verbunden.

Ich bedaure sehr, Ihren Brief nicht gelesen zu haben, als er ankam. Hätte ich es getan, hätte ich ein Treffen mit Ihnen und Ihren Freunden arrangiert, egal, wie beschäftigt ich auch war. (CU-MARK)

In einem zweiten Brief desselben Tages fügte er hinzu: »Ich würde mich sehr freuen, Yung Wing und Sie und jeden, den er oder Sie mitbringen mögen, nach meiner Rückkehr in New York zu treffen, um über dieses Thema zu sprechen« (CU-MARK). Twain dankte Grant am 22. April: »Ihr Brief an den Vizekönig kam zu einem glücklichen Zeitpunkt, denn er wird ihm den Rücken stärken in einer Zeit, in der er das dringend benötigt« (zitiert in Dawson 1902). Twains Erinnerung, dass er und Yung drei Jahre später, Anfang 1884, Grant einen Besuch abstatteten, um das Projekt zu besprechen, wird von seiner Bemerkung weiter unten über Grants »Sturz auf Eis« gestützt, einen Unfall, der sich im Dezember 1883 ereignete (Badeau 1887, 416).

486 *Prinz Kung* – Prinz Kung (1833–1898), Vorsitzender des Großen Konzils in China. Als bedeutendster Staatsmann Chinas in den 1860er und 1870er Jahren verfolgte er ein Programm der Modernisierung und Zusammenarbeit mit westlichen Ländern. Twain hatte offensichtlich eine Falschmeldung gelesen, dass der Prinz nach seiner Absetzung durch den Kaiser Selbstmord begangen hätte, doch er hatte sich lediglich aus dem öffentlichen Leben zurückgezogen (»Prince Kung«, *Chicago Tribune*, 2. Mai 1884, 5).

487 *Etwa 1879 oder 1880 … die chinesischen Schüler und Studenten … nach Hause beordert* – Yungs Lebenswerk war es, Bildungsprogramme für chinesische Studenten in den USA voranzutreiben. Infolge seiner Bemühungen gründete die chinesische Regierung 1872 die Chinesische Erziehungskommission; sie brachte mehr als hundert Studenten zum Studium nach Hartford, um sie dort für Verwaltungsarbeiten in ihrem Heimatland vorzubereiten. Yung wurde gemeinsam mit Chin Lan Pin zum Beauftragten ernannt. Sowohl Chin als auch Woo Tsze Tun, 1876 zum Beauftragten ernannt, waren Konservative, die in dieser Mission eine Bedrohung für die traditionelle chinesische Kultur sahen. Laut Yung brachten Woos »bösartige Unterstellungen und andere Unwahrheiten« die chinesische Regierung schließlich dazu, mit der Zustimmung des Vizekönigs Li gegen Ende 1880 Maßnahmen zur Abschaffung des Programms zu ergreifen (Yung 1909, 200–10).

488 *Wong, ein Nichtfortschrittlicher* – Wenngleich Twain den Namen von Chin falsch erinnerte, so beschrieb er doch genau, welche Rolle dieser dabei spielte, das Ende der chinesischen Mission herbeizuführen (Yung 1909, 203).

Rev. Mr. Twichell – Joseph H. Twichell (1838–1918) wurde als Sohn eines Gerbers in Connecticut geboren. Er machte 1859 seinen Abschluss an der Yale University, sein weiterführendes Studium am Union-Seminar wurde vom Bürgerkrieg unterbrochen, wo er als Kaplan der 71. Freiwilligen-Truppe von New York diente. 1865 schloss er sein Theologiestudium am Andover-Seminar ab und übernahm das Pfarramt an der Asylum Hill Congregational Church (Hartford, Connecticut), wo er zeit seines Lebens bleiben sollte. Im selben Jahr heiratete er Julia Harmony Cushman (1843–1910); sie bekamen neun Kinder. Mit Twain schloss er 1868 Freundschaft, die sich weiter vertiefte, als Twain nach Nook Farm, einer Gegend Hartfords, zog, wo auch die Twichells lebten. Twichell predigte eine Art »Muskelchristentum«, das sich um sozialen Fortschritt, nicht um Doktrinen drehte, und war aufgeschlossen genug, um Twains Vertrauter und sein Beistand zu sein. Er begleitete Twain 1877 auf die Bermudas und 1878 nach Europa; in *Bummel durch Europa* ist er das Vorbild für die Figur des Harris. Er war einer der engsten Freunde Twains und leitete sowohl dessen Hochzeit als auch dessen Begräbnis.

um den General zu sprechen … einen persönlichen Brief – Twichell, der sich mit Yung angefreundet hatte und dessen Arbeit in großem Maße guthieß, bat Twain, um Grants Unterstützung zu werben. Die beiden besuchten Grant am 21. Dezember 1880 in New York. Twain schrieb an Howells: »Grant hatte die ganze Lage im Nu erfasst, & bevor Joe einigermaßen weiter erklären konnte, sagte der alte Herr: ›*Ich schreibe dem Vizekönig einen Brief* – einen eigenen Brief – & nenne ihm triftige Gründe, die ihn nicht ungerührt lassen‹« (24. Dez. 1880 an Howells, *Letters 1876–1880*).

489 *der Brief des Generals in China ... ein Überseetelegramm der chinesischen Regierung* – Im März 1881 schrieb Twain an Grant, um ihm für das Eingreifen zu danken, und verkündete, dass die »Mission in Hartford gerettet ist. Der Befehl, die Studenten nach China zurückzuholen, wurde vom Vizekönig vor drei Tagen aufgehoben – in einem Telegramm. In diesem Telegramm wird Ihr Brief erwähnt« (15. März 1881 an Grant, OkeU).

Einfluss einer ausländischen Persönlichkeit – Letzten Endes waren die Bemühungen Grants und anderer, die Mission zu erhalten, vergeblich. Bis Juli 1881 schaffte man die Studienprogramme ab und beorderte die Studenten nach China zurück (*New York Times*: »China's Educational Mission«, 16. Juli 1881, 5; »China's Backward Step«, 2. Sept. 1881, 5).

Gerhardt

489 *auf der Farm in Elmira* – Von 1871 bis 1889 verbrachte Familie Clemens die Sommer auf der Quarry Farm, Elmira, New York, Wohnsitz von Olivias Schwester und Schwager, Susan und Theodore Crane. Susy, Clara und Jean wurden alle dort geboren. Das Anwesen war 1869 von Jervis Langdon erworben worden, der es seiner Tochter Susan hinterließ. Nach einem alten Schieferbruch benannt, lag es außerhalb der Stadt auf einem Hügel über dem Chemung River. 1874 baute Susan ein achteckiges Häuschen auf dem Hügel oberhalb des Wohnhauses, das Twain als Rückzugsort und zum Schreiben nutzte (vgl. Abb. 18–19). Er arbeitete dort an *Tom Sawyers Abenteuer* (1876), *Bummel durch Europa* (1880), *Der Prinz und der Bettelknabe* (1881), *Leben auf dem Mississippi* (1883), *Huckleberry Finns Abenteuer* (1885) und *Ein Yankee an König Artus' Hof* (1889) (17. März 1871 an Bliss, *L4*, 366–67, Anm. 3; Cotton 1985, 59).

Gerhardt ... keine Aufträge – Twain befreundete sich im Februar 1881 mit Karl Gerhardt (1853–1940), einem jungen autodidaktischen Bildhauer und Chefmechaniker für einen Hartforder Werkzeughersteller. Gerhardts Frau Josephine (»Hattie«) sorgte für die Verbindung, indem sie Twain besuchte und ihn überredete, das Atelier ihres Mannes aufzusuchen. Twain war beeindruckt von Gerhardts Talent und fragte mehrere Künstler um deren Meinung, die alle sein Urteil bestätigten: den Maler James Wells Champney (1843–1903), den Bildhauer John Quincy Adams Ward (1830–1910) und den Bildhauer Augustus Saint-Gaudens (vgl. AD 16. Jan. 1906, Anm. 148: *»David Munro«*). Twain bot Gerhardt an, ihm $ 3000 zu leihen, damit er an der École des Beaux-Arts in Paris studieren könne, eine Summe, von der Ward und andere annahmen, dass sie dem Künstler und dessen Frau leicht fünf Jahre als Lebensunterhalt reichen würde. Gerhardt hatte das Stipendium (und nachträgliche Zahlungen) in weniger als vier Jahren erschöpft und kehrte im Sommer 1884 in die USA zurück, seine Frau und das gemeinsame Baby Olivia (nach Olivia Clemens benannt; sein »kleiner Junge« Lawrence war noch nicht geboren) ließ er in Paris zurück. Da er keine Aufträge erhielt, formte er eine Tonbüste von

Twain, deren Gipsabdruck für ein zweites Titelbild von *Huckleberry Finns Abenteuer* abfotografiert wurde. In den späten 1880er Jahren ergatterte Gerhardt einige größere Aufträge für Denkmäler, mit dem Ende des Jahrzehnts aber wurde Arbeit rar. Mitte der 1890er Jahre ging er kurz eine Partnerschaft mit dem Architekten Walter Sanford ein und wurde von einem Fahrradfabrikanten eingestellt. Nachdem Hattie 1897 gestorben war, zog er nach New Orleans, wo er zurückgezogen lebte; er arbeitete bis zu seinem Tod 1940 gelegentlich als Bildhauer, hauptsächlich aber als Barkeeper und in anderen Gelegenheitsjobs (21. Febr. 1881 an Howells [1.], NN-BGC, und 7. Aug. 1884 an Howells, MH-H, in *MTL*, 1:350–55, 2:497–98; »Art Notes«, *New York Times*, 6. März 1881, 8; Briefe an die Gerhardts: 30. Sept. und 1. Okt. 1882, MB; 26. März 1883, CLjC; 14. bis 25. Juni 1883, CU-MARK; 1. Aug. 1883, CtHMTH; *HF 2003*, xxvii, 374; AskART 2008e; vgl. Schmidt 2009c).

490 *Die Rede, die Ex-Gouverneur Hubbard* – Richard D. Hubbard (1818–1884), Yale-Absolvent, Anwalt, von 1877 bis 1879 Gouverneur von Connecticut. Am 28. März 1883 brachte er im Landesparlament den Antrag ein, dass eine Statue von Nathan Hale für den Außenbereich des Staatskapitols in Auftrag gegeben werden sollte. Ein kurzer Ausschnitt daraus erklärt Twains Sarkasmus:

> Nathan Hale verstarb vor mehr als einem Jahrhundert, ein blutiges Opfer auf einem blutigen Altar. […] In den einsamen wachen Stunden jener Gefängnisnacht, deren frühe Dämmerung seine Tage beenden sollte – ja, in der dunkelsten Finsternis jener Nacht und noch mehr in den Schrecken der großen Dunkelheit jenes Morgens, die seinen Körper von den Mächten der Hölle erlösen sollte, gefiel es Gott – das wage ich zu bekräftigen –, gefiel es Gott, sich seinem wartenden Diener zu nahen; den Vorhang vor der Zukunft zeitweilig zu heben und eine prophetische Vision der kommenden Unabhängigkeit des Landes auf seine achtsamen Augen herabzulassen. (»Connecticut's Martyr Spy«, *Hartford Courant*, 29. März 1883, 1)

Das Komitee … aus Mr. Coit … Barnard … Waller – Robert Coit (1830–1904), ab 1881 Präsident der New London Northern Railroad Company, war von 1880 bis 1883 Senator von Connecticut (»Robert Coit Dead«, *Hartford Courant*, 20. Juni 1904, 1; *Biographical Review* 1898, 276–77). Henry Barnard (1811–1900), Erzieher und Herausgeber, widmete seine Karriere der Verbesserung öffentlicher Schulen und hatte eine Reihe von Regierungsposten inne. Er erwarb sich jedoch den Ruf eines unfähigen Verwalters, der seine Pflichten nicht erfüllte. Er wurde als Ersatz für Hubbard, der im Februar 1884 starb, in das Komitee berufen. Thomas M. Waller (1840–1924), praktizierender Anwalt, ging 1867 in die Politik, arbeitete an der Gesetzgebung des Staates mit, war Staatssekretär, Bürgermeister von New London und von 1883 bis 1885 Gouverneur.
ein Künstler, der bei dem Steinmetzen Mr. Batterson angestellt war … Mr. Woods … der Küster in Mrs. Colts Privatkapelle – Der »angestellte« Künstler ist bisher nicht identifiziert worden. James G. Batterson (1823–1901), ein prominenter Geschäftsmann aus Hartford und Gründer der Travelers Insurance Company, war Präsident der New Eng-

land Granite Works, die sich spezialisiert hatten, »künstlerische Denkmäler« aus Granit, Marmor und Bronze herzustellen. Enoch S. Woods, Bildhauer in einem Atelier in Hartford, war Kirchendiener der Church of the Good Shepherd. Diese episkopalische Kirche war 1866 von Elizabeth Jarvis Colt (1826–1905), der Witwe Samuel Colts (des Gründers der Colt's Patent Fire-Arms Manufacturing Company), zum Gedenken an ihren verstorbenen Mann und an die drei Kinder, die sie im Säuglingsalter verloren hatte, erbaut worden (Geer 1886, 42, 207, 245, 297, 521). Woods schuf ein Modell von Hale, »wie dieser sich auf den Galgen vorbereitete und dastand mit bloßem Haupt und gefesselten Händen« (»A Sculptor's Model of Nathan Hale«, *Hartford Courant*, 12. Juli 1883, 2).

491 *William C. Prime* – Twain hatte in Kapitel 46 und 48 der *Arglosen im Ausland* die idealisierte Reiseerzählung »Tent Life in the Holy Land« (1857) des Journalisten und Autors William C. Prime (1825–1905) persifliert – er hatte Prime »Schmutz« genannt und betrachtete ihn 1908 immer noch als »schwärmerischen Pietisten« (AD 31. Okt. 1908). Ende 1885 und Anfang 1886 jedoch stand Twain in Verhandlungen mit ihm um die Veröffentlichungsrechte an *McClellan's Own Story*, einem Werk, das Prime im Auftrag von General George B. McClellans Witwe redigiert hatte und das 1887 von Webster & Company herausgegeben wurde (31. Jan. 1886 an Prime, DLC; *N&J3*, 218).

Charles D. Warner – Charles Dudley Warner (1829–1900), Essayist, Reiseschriftsteller und Herausgeber des *Hartford Courant*, war eine zentrale Persönlichkeit in Hartfords Viertel Nook Farm. Er schrieb mit Twain gemeinsam *Das vergoldete Zeitalter* (1873/74), einen satirischen Roman, der dem Materialismus und der politischen Korruption in der amerikanischen Gesellschaft nach dem Bürgerkrieg einen Namen gab. Warner hatte Gerhardt zur selben Zeit getroffen wie Twain und verfolgte dessen Karriere weiter mit (vgl. Anm. nach 20.–22. Dez. 1872 an Twichell, *L5*, 259–60; 21. Febr. 1881 an Howells [1.], NN-BGC, in *MTHL*, 1:350–55; 5. Apr. 1884 an die Gerhardts, CtHMTH).

492 *die Aussichten für seinen Entwurf wie eh und je in weiter Ferne* – Im Dezember erteilte das Komitee, das zu jener Zeit aus Coit, Barnard und Gouverneur Henry B. Harrison (Wallers Nachfolger) bestand, schließlich den Auftrag an Gerhardt. Olin L. Warner, ein Bildhauer, der beim selben Mentor (François Jouffroy) wie Gerhardt in Paris studiert hatte, überzeugte das Komitee, dass Gerhardts Skizze dem lebensgroßen Modell, das Woods eingereicht hatte, überlegen war. Ein Jahr später wurde Gerhardts Tonmodell, eine Figur von »heroischer Größe [...], die mit halb ausgestreckten Armen dasteht«, angenommen und in Bronze gegossen. Twain und Gerhardt wohnten der feierlichen Enthüllung im Juni 1887 bei; Reverend Joseph Twichell las das Bittgebet, und Charles Dudley Warner (ein neues Mitglied des Komitees) hielt die Ansprache (*Hartford Courant*: »The Nathan Hale Statue«, 22. Dez. 1885, 2; 22. Dez. 1886, 1; »The Hale Statue Unveiled«, 15. Juni 1887, 5; »The Hale Statue«, 15. Juni 1887, 1).

Über General Grants Memoiren

492 *die Geschichte der Memoiren General Grants* – Vgl. AD 6. Febr., 28.–29. und 31. Mai und 1.–2. Juni 1906 für Twains spätere Erinnerung an die Ereignisse. Vgl. auch *N&J3*, 122–25, für eine Übersichtsdarstellung der Umstände rund um das Erscheinen von Grants *Personal Memoirs* (1885/86).

Garfields Wahlkampf ... General Grant – Grant selbst war beim Republikanischen Parteitag im Juni 1880 ein potentieller Kandidat für eine dritte Amtszeit als Präsident gewesen. Obschon er keinen aktiven Wahlkampf für eine Nominierung betrieb, signalisierte er seine Bereitschaft zu kandidieren, falls man ihn dazu auffordern würde. Wenngleich viele seiner Anhänger ihn 36 Wahlgänge hindurch unterstützten, ging die Nominierung schließlich an James A. Garfield. Grant sagte seine Unterstützung zu und schloss sich auf Garfields Einladung dessen Wahlkampf an (Jean Edward Smith 2001, 614–17). Garfield schlug den Demokraten Winfield Hancock, war jedoch nur ein halbes Jahr im Amt, bevor er im Juli 1881 einem Attentat zum Opfer fiel. Sein Nachfolger war Vizepräsident Chester A. Arthur.

493 *Grants ältestem Sohn Colonel Fred Grant* – Ulysses S. Grant heiratete 1848 Julia Dent (1826–1902), die Tochter eines Farmers aus Missouri. Frederick Dent (1850–1912) war das erste Kind der beiden, gefolgt von Ulysses S. jr. (1852–1929), Ellen Wrenshall (1855–1922) und Jesse Root jr. (1858–1934). Als Jugendlicher verbrachte Frederick die meiste Zeit des Bürgerkriegs an der Seite seines Vaters und wurde für seine Dienste ausgezeichnet. Nachdem er 1871 seinen Abschluss in West Point gemacht hatte, schloss er sich einem Kavallerie-Regiment an, diente später im Stab mehrerer Generäle und brachte es bis zum Oberstleutnant. Von 1877 bis 1879 begleitete er seine Mutter und seinen Vater auf Weltreise. Er nahm seine militärische Laufbahn im Spanisch-Amerikanischen Krieg wieder auf und erreichte den Grad des Generalmajors. Ulysses S. (»Buck«) Grant jr., Harvard-Absolvent und Absolvent der Columbia Law School, wurde Börsenmakler. Nach dem Scheitern seiner Firma erholte er sich durch die Unterstützung seines Schwiegervaters, Jerome B. Chaffee, eines ehemaligen Staatsabgeordneten (vgl. Anm. 506: *»Ex-Senator Chaffee«*). Jesse Grant studierte an der Cornell University, brach das Studium aber ab, um seine Eltern zu Beginn ihrer Weltreise zu begleiten. Später besuchte er für gerade mal ein Jahr die Columbia Law School (McFeely 1981, 22, 489–90, 521).

das Weiße Haus ... als armer Mann verlassen – Es konnten keine Belege dafür gefunden werden, dass Grant aus einer seiner beiden Amtszeiten mit Schulden hervorgegangen wäre. Nachdem er das Weiße Haus im März 1877 verlassen hatte, investierte er $ 85 000 seines privaten Vermögens (aus Wertanlagen) in seine Weltreise. Nach ihrer Rückkehr hatten die Grants noch immer $ 100 000 in Wertanlagen, die einen jährlichen Ertrag von knapp $ 6000 erzielten. Diese Summe reichte nicht aus, um ihren Lebensstandard aufrechtzuerhalten (sie deckte kaum die Kosten für ihre Zimmer im Fifth Avenue Hotel). Die Grants besaßen auch ein Haus in Philadelphia, das ihnen 1865 übereignet worden war, und »vier oder fünf kleine Häuser«, die sie in Washington gekauft hatten (Julia Dent Grant 1975, 161, 322). Grant war 1869 aus dem Militär ausgeschieden – er hatte dabei seinen einzigartigen Titel *General of the Army* aufgegeben, der ihm im Juli 1866 per Kongressbeschluss verliehen worden war – und konnte daher nicht in den Ruhestand versetzt werden; auch aufgrund seines politischen Amtes war er nicht zu einer Rente berechtigt: Ehemalige Präsidenten erhielten bis 1958 keinerlei Unterstützung der Regierung (Badeau 1887, 316, 418; Jean Edward Smith 2001, 419–20, 607–08; Stephanie Smith 2006).

493–94 *als ich den General vorstellte … er sei vollauf zufrieden* – Twain begleitete Grant und dessen Entourage am Vormittag des 16. Oktober 1880 von Boston nach Hartford und hielt an jenem Nachmittag die Eröffnungsrede auf den General im Bushnell Park. Seine Rede enthielt die folgenden Bemerkungen:

> Als Wellington die Schlacht von Waterloo gewann – eine Schlacht, vergleichbar mit einigen Dutzenden Ihrer Siege –, versuchte das schäbige England, ihn dafür zu bezahlen – mit Reichtum und Würden! Es ernannte ihn zum Herzog und gab ihm $ 4 000 000. Wenn Sie für irgendein anderes Land getan und erlitten hätten, was Sie für Ihr eigenes Land getan und erlitten haben, wären Sie auf dieselbe schäbige Art und Weise beleidigt worden. (Gelächter.) Doch Gott sei Dank ist diese riesige und reiche und mächtige Republik bis ins Innerste von einem Zartgefühl erfüllt, das sie auf ewig davor bewahren wird, Sie in solcher Weise zu erniedrigen. (Erneutes Gelächter.) Ihr Land liebt Sie, Ihr Land ist stolz auf Sie, Ihr Land ist Ihnen dankbar. (Applaus.) Sein tosender Applaus, der Ihnen seit Wochen und Monaten in den Ohren klingt, wird niemals enden, solange die Flagge, die Sie gerettet haben, weht. (Großer Applaus.)
>
> Ihr Land steht von diesem Tag an bereit, seine unermessliche Liebe, seinen Stolz und seine Dankbarkeit Ihnen gegenüber zu bezeugen – auf jede erdenkliche *preiswerte* Art. (Brüllendes Gelächter.) (»Grant. His Reception in Hartford«, *Hartford Courant*, 18. Okt. 1880, 1)

Twain schickte Howells einen Zeitungsausschnitt seiner Rede mit der Anmerkung, dass »sich General Grant halb totgelacht hat« (19. Okt. 1880 an Howells, *Letters 1876–1880*). Grant erwiderte, was die amerikanische Bevölkerung ihm gegeben habe, sei »mehr wert als Gold und Silber. Keine noch so große Menge dessen könnte den Respekt und die Sympathie meiner Mitbürger aufwiegen« (»Grant. His Reception in Hartford«, *Hartford Courant*, 18. Okt. 1880, 1).

494 *gewisse wohlhabende Bürger* – Ende 1880 kamen George Jones von der *New York Times* und andere Freunde Grant zu Hilfe, indem sie einen Treuhandfonds über $ 250 000 einrichteten, der in Eisenbahnanleihen investiert wurde, um ein Einkommen von $ 15 000 pro Jahr zu garantieren (Goldhurst 1975, 12–13, 21).

Firma Grant & Ward – Geschäftsinhaber der Mitte 1880 gegründeten Firma waren Ulysses S. Grant jr. und Ferdinand Ward. Ward, Sohn eines Pastors, wuchs in Geneseo, New York, auf. Er ging 1875 nach New York und arbeitete als Angestellter an der Warenbörse. Er begann sein Vermögen durch »Spekulationen mit Mitgliedschaften« an der

Börse aufzubauen, und später erbte er eine große Summe nach dem Tod seines Schwiegervaters, eines Direktors der Marine National Bank (»Wall Street Startled«, *New York Times*, 7. Mai 1884, 5). In den frühen 1880er Jahren hatte er angeblich bereits $ 750 000 gescheffelt und war als der »junge Napoleon« der Finanzwelt bekannt. Grant und Ward investierten jeweils $ 100 000. Im November 1880 gaben General Grant und James D. Fish, Präsident der Marine National Bank, noch jeweils $ 100 000 obendrauf und wurden »besondere« Teilhaber. Die Grants setzten Bargeld ein, während die anderen Sicherheiten aufboten. Frederick Grant und, in geringerem Ausmaß, Jesse Grant investierten ebenfalls in die Firma (McFeely 1981, 489–90; Jean Edward Smith 2001, 619; *New York Times*: »The Fish-Grant Letters«, 28. Mai 1884, 5; Werbung für »Grant & Ward, Bankers«, 8. Dez. 1881, 7; Goldhurst 1975, 13–14).

494 *Um den 5. Mai ... Familien Grant waren mittellos* – Die Firma ging am 6. Mai 1884 bankrott und verursachte den Niedergang der Marine National Bank. Einige Jahre lang hatten die Investoren exorbitante Gewinne gemacht und zum Teil fast 40 Prozent Dividenden eingestrichen. Grant und sein Sohn hatten alles in Wards Hände gelegt und wähnten sich als Millionäre. Wards raffinierter Plan war, Investoren dazu zu bringen, Wertpapiere zu kaufen, diese als zusätzliche Sicherheit für Kredite von der Marine National Bank einzusetzen (in Absprache mit Fish) und dann die geliehenen Fonds als hohe Dividenden an andere Investoren auszuzahlen. Das Vorgehen scheiterte, als Ward schließlich die Kredite nicht zurückzahlen konnte. Die Sicherheiten, die er bei der Bank angegeben hatte, deckten den Verlust nicht ab, was wiederum die Bank zu Fall brachte. Die geschätzten Verbindlichkeiten von Grants und Wards Firma beliefen sich auf fast 17 Millionen Dollar bei einem Vermögen von etwa $ 67 000 (Goldhurst 1975, 13–19; Jean Edward Smith 2001, 619–21; McFeely 1981, 490; *New York Times*: »Wall Street Startled«, 7. Mai 1884, 1; »Ward's Curious Methods«, 13. Mai 1884, 1; »Debts of Grant & Ward«, 8. Juli 1884, 8; »Ferdinand Ward Arraigned«, 5. Juni 1885, 8).

Ward habe niemanden verschont – Das Haus in New York, erworben mit Mitteln aus einem von Freunden eingerichteten Fonds in Höhe von $ 100 000, gehörte Mrs. Grant. Die Grants übernahmen eine bestehende Hypothek und gaben den Restbetrag des Geschenks – $ 52 000 – an Ward, der behauptete, ihn in Anleihen zu investieren, was nicht stimmte. Die $ 65 000 kamen sehr wahrscheinlich aus dem Verkauf des Hauses in Philadelphia (Badeau 1887, 420; Julia Dent Grant 1975, 161, 323–24). Laut Badeau war Grant

> ruiniert; ein Sohn war Teilhaber an den Überresten und Verbindlichkeiten; ein anderer, der Agent der Firma, hatte Schulden von einer halben Million; sein jüngster Sohn hatte am 3. Mai alle seine Mittel, ungefähr $ 80 000, bei der Bank seines Vaters und seines Bruders hinterlegt, und am 6. Mai stellte die Bank dann jegliche Zahlung ein; seine Tochter hatte eine kleine Investition von $ 12 000 in die Firma getätigt; eine Schwester hatte $ 5000 eingesetzt, eine andere $ 25 000; ein Neffe hatte einige Tausend investiert, seine Ersparnisse als Angestellter; und andere Freunde waren von Grants Namen und Rat zu noch größeren Investitionen verleitet worden. (Badeau 1887, 421)

In gewissem Sinne kann man nicht davon sprechen, dass Grant seine Einlage verlor, weil er und sein Sohn jeweils bis zu $ 3000 im Monat für Lebenshaltungskosten von der Firma bezogen hatten. Das heißt, dass sie zwischen Ende 1880 und Anfang 1884 eine Summe erhielten, die wohl in etwa ihrer ursprünglichen Investition entsprach, zuzüglich ordentlicher Zinsen. Ein vermeintliches Vermögen hatte Grant jedoch in der Tat verloren: Er war in dem Glauben gewesen, dass seine Bezüge unabhängig von seiner Kapitalsumme erfolgen würden, die sich zu diesem Zeitpunkt angeblich auf eine Million Dollar belaufen sollte. Darüber hinaus musste er jetzt für die Verbindlichkeiten der Firma haften. (Mrs. Grant zahlte schließlich etwa $ 190000 aus den Erlösen von Grants *Memoirs*, um diese Geschäftsschulden zu begleichen.) Und zu guter Letzt hatte sich Grant in einem Versuch, das Desaster in letzter Minute noch abzuwenden, $ 150000 von William H. Vanderbilt geliehen in dem Glauben, Ward werde das Geld sofort zurückzahlen. Um diese Schulden zu begleichen, überschrieb Grant sein ganzes Vermögen auf Vanderbilt, einschließlich notarieller Urkunden für seine Immobilien. (Als Vanderbilt anbot, den Besitz an Mrs. Grant zurückzugeben und die Schulden zu erlassen, lehnten die Grants dies ab.) Mrs. Grant – deren Eigentum als eigenständig betrachtet wurde – besaß noch zwei Häuser in Washington, die sie verkaufte, um an Geld zu kommen; Darlehen von Freunden stellten zusätzliche Quellen für die Deckung der Lebenskosten dar (Goldhurst 1975, 3–5, 13, 22–25, 250; »Gen. Grant's Testimony«, *New York Tribune*, 28. März 1885, 1; Badeau 1887, 419–20, 423, 432–33).

495 *Ein Gesetzentwurf … die Lex Fitz-John Porter* – Major General Fitz-John Porter (1822 bis 1901) wurde im Januar 1863 vor einem Kriegsgericht wegen Befehlsverweigerung bei der Zweiten Schlacht am Bull Run verurteilt. Viele hielten ihn für unschuldig im Sinne der Anklage und argumentierten, die Befehle hätten auf falschen Informationen beruht und den Angriff von vornherein zum Scheitern verurteilt. 1879 wurde Porter von einem Ausschuss rehabilitiert, und Anfang 1880 starteten seine Anhänger eine lange Kampagne mit dem Ziel, ihm seinen Dienstgrad für die Berechnung der Pension wieder zuzusprechen, entweder per Gesetz oder per Regierungsbeschluss. Gegen Ende 1880 wurde im Kongress ein Gesetzentwurf vorgelegt, der den Präsidenten dazu bevollmächtigen sollte, auf ähnliche Weise Grant wieder einzusetzen. Dies waren die ersten einer Reihe von »Unterstützungs«-Gesetzentwürfen für beide Männer, die in den nächsten Jahren im Kongress debattiert wurden. Als schließlich ein Entwurf für Porter in beiden Häusern genehmigt worden war, legte Präsident Arthur im Juli 1884 ein Veto ein mit der Begründung, dass der Entwurf verfassungswidrig sei, weil er eine bestimmte Person namentlich erwähne und damit die Macht des Kongresses übersteige. In der Zwischenzeit, nach dem Misserfolg Grants und Wards im Mai 1884, war eine zweite Gesetzesvorlage im Kongress eingebracht worden, die Grants Wiedereinsetzung vorsah. Präsident Arthur, der einen Widerspruch zu seiner früheren Position im Fall Porter vermeiden wollte, bat den Kongress, über eine Pension für Grant ohne Beschluss des Präsidenten zu beraten – eine Form von Almosen, die Grant »entrüstet ablehnte« (Badeau 1887, 432). Im Januar 1885 wurde ein letzter Entwurf für ein Gesetz vorgebracht, das den Präsidenten dazu ermächtigen sollte, einen ehemaligen General unter

Beibehaltung »des Ranges und der vollen Bezüge« in den Ruhestand zu versetzen. Der Porter-Entwurf und der Grant-Entwurf wurden beide im Senat angenommen, die Genehmigungen im Repräsentantenhaus jedoch hinausgezögert, auch weil manche Abgeordnete sich an Arthur rächen wollten, indem sie ihn zum Veto zwangen. Schließlich wurde der letzte Entwurf genehmigt, und zwar weniger als eine halbe Stunde bevor sich der Kongress am 4. März um zwölf Uhr mittags auf unbestimmte Zeit vertagte. Es war so knapp, dass der stellvertretende Türwächter um 11.45 Uhr »auf einen Stuhl stieg und die Zeiger der Senatsuhr um sechs Minuten zurückstellte, während alle über den Betrug an der Zeit lachten«. Das Gesetz wurde sofort unterschrieben, und um »11.53 Uhr nach korrigierter Zeit« brachte der Präsident Grants Ernennung vor, die einstimmig angenommen wurde. Twain, der anwesend war, als Grant die Nachricht hörte, schickte seiner Frau ein Telegramm: »Wir waren heute Mittag bei General Grant, als ein Telegramm eintraf, dass der letzte Akt des scheidenden Kongresses ihn am späten Vormittag in den Ruhestand versetzt habe im Dienstgrad eines Generals und mit den einhergehenden Vergütungen. Die Wirkung, die es auf ihn hatte, war wie die Auferweckung von den Toten« (»Gen. Grant's Retirement«, *New York Times*, 5. März 1885, 1; 4. März 1885 an OLC, CU-MARK). Leider war das Resultat dieser Bemühungen eher ideeller Art, denn Grant starb weniger als fünf Monate später, und die jährliche Zahlung von $ 13600 wurde nicht an seine Witwe fortgesetzt. Im Dezember 1885 sprach der Kongress Mrs. Grant jedoch eine eigene Rente von jährlich $ 5000 zu. Porters Fall wurde erst im Juli 1886 geklärt, als er durch ein spezielles Bundesgesetz wieder in seinen früheren Dienstgrad erhoben und ihm eine jährliche Rente von $ 3375 zugesprochen wurde (*New York Times*: »Fitz John Porter White-washed«, 29. März 1879, 2; »Gen. Grant's Former Salaries«, 14. Dez. 1880, 1: »Fitz John Porter's Case«, 12. Jan. 1880, 1; »In Vindication of Porter«, 3. Jan. 1882, 5; »Porter's Last Hope Gone«, 16. Apr. 1882, 1; »Still Seeking a Pardon«, 1. Jan. 1884, 1; »The Fitz John Porter Bill Killed«, 4. Juli 1884, 1; »For Gen. Grant's Benefit«, 8. Mai 1884, 1; »Mrs. Grant's Pension Approved«, 27. Dez. 1885, 1; »Army and Navy News«, 7. Juli 1886, 3; *Annual Cyclopaedia 1883*, 236–48; *Annual Cyclopaedia 1884*, 207–08; *Annual Cyclopaedia 1885*, 203–04, 225–27; Badeau 1887, 340–41, 432, 443; Jean Edward Smith 2001, 624–25; *Los Angeles Times*: »The Retired List«, 22. Okt. 1893, 9; »Current Notes«, 22. Mai 1885, 2; »Will Mrs. Grant Have a Pension?«, *Utica Observer*, nicht datierter Ausschnitt in Scrapbook 22:59, CU-MARK).

495 *Gilder* – [Fußnote] Richard Watson Gilder (1844–1909), Dichter und von der ersten Ausgabe im November 1881 bis zu seinem Tod einflussreicher Herausgeber des *Century Magazine* (vgl. Johnson 1923, 88–96). Diese Fußnote ist einer von mehreren Kommentaren, die Twain im August 1885 zu dem Text, den er im Mai diktiert hatte, hinzufügte.

496 *nach einer Lesung … noch einen vierten schreiben* – Im Winter 1884/85 befand sich Twain auf Lesereise mit George Washington Cable. Olivia wohnte dem ersten von zwei Auftritten am 18. und 19. November in der Chickering Hall in New York bei. Die vier Kriegsartikel Grants (»The Battle of Shiloh«, »The Siege of Vicksburg«, »Chattanooga« und »Preparing for the Wilderness Campaign«) wurden zwischen Februar 1885 und Februar 1886 im *Century Magazine* veröffentlicht. Sie waren Teil von »Battles and

Leaders of the Civil War«, einer Reihe von Artikeln mehrerer Autoren einschließlich Generälen beider Seiten des Konflikts, die zwischen November 1884 und Oktober 1887 erschien und dann in vier Bänden gesammelt wurde (Ulysses S. Grant 1885a, 1885b, 1885c, 1886; Johnson and Buel 1887–88).

499 *Geschäftsnamen Charles L. Webster & Co.* – Charles L. Webster (1851–1891), ein Landvermesser und Bauingenieur aus Fredonia, New York, hatte Annie Moffett, die Tochter von Twains Schwester Pamela, 1875 geheiratet. Twain stellte ihn 1881 als Manager ein und übertrug ihm große Verantwortung sowohl in geschäftlichen als auch persönlichen Belangen. 1884, als Twain seinen eigenen Verlag gründete, betraute er Webster mit der Geschäftsführung bei einem jährlichen Festgehalt von $ 2500 sowie (ab 1885) zusätzlich einem Drittel des Gewinns von max. $ 20000 jährlich und danach von einem Zehntel des Umsatzes (Verträge, datiert vom 10. April 1884 und vom 20. März 1885, NPV). Webster & Company verlegten alle Bücher Twains von *Huckleberry Finn* (1885) bis *Tom Sawyer* (1894) sowie andere Werke. Twain zwang Webster 1888 in den Ruhestand, anscheinend wegen schlechter Gesundheit; Webster kehrte nach Fredonia zurück, wo er im Alter von 39 Jahren starb. Der Verlag, der über mehrere Jahre hinweg Verluste gemacht hatte, ging am 18. April 1894 bankrott (»Mark Twain's Company in Trouble«, *New York Times*, 19. April 1894, 9).

501 *George W. Childs* – Childs (1829–1894) war von 1864 bis zu seinem Tod Herausgeber und Verleger des *Philadelphia Public Ledger*. Er war ein hochangesehener Geschäftsmann, Philanthrop und ein guter Freund Grants (*N&J3*, 100, Anm. 111).

Clarence Seward – Clarence A. Seward (1828–1897) gründete 1867 die Firma Seward, Da Costa & Guthrie; sie wurde zu einer der bedeutendsten und erfolgreichsten Anwaltskanzleien New Yorks.

Vertrag aufgesetzt und das Buch meinen Händen anvertraut – Twain delegierte die Verhandlungen mit Grant an Webster. Am 27. Februar 1885 stimmte Grant zu, der Firma die Veröffentlichung seines Buchs zu überlassen, und forderte im Gegenzug 70 Prozent des Nettogewinns. Die letztlich an Mrs. Grant bezahlte Summe wurde nicht ermittelt, doch die Unterlagen der Webster Company zeigen, dass sie bis 1. Oktober 1887 Schecks in der Gesamthöhe von $ 397000 erhalten hatte (Fred Grant an Charles L. Webster & Co., 22. Juli 1887, CU-MARK; »Cash Statement/1. Okt. 1887/Chas. L. Webster & Co.«, CU-MARK; *N&J3*, 94–97, 142, 312–13, 316, Anm. 47). Twain schätzte, dass sie zwischen $ 420000 und $ 450000 erhielt; der Anteil der Webster Company betrug daher mindestens $ 180000. Diese Beträge entsprechen – manchen Schätzungen zufolge – 8 bzw. 3,4 Millionen Dollar in heutiger Währung. 1908 setzte Fred Grant die Zahl sogar noch höher an und behauptete, dass sich die »ersten Schecks für die Tantiemen aus den Buchverkäufen auf $ 534000 beliefen« (»Gen. Frederick Dent Grant's Recollections of His Famous Father«, *Washington Post*, 3. Mai 1908, SM4, 8). Am 6. Juli 1885 entwarf Twain einen Leserbrief an den *Boston Herald* als Antwort auf einen am 20. Juni veröffentlichten Brief von dessen Korrespondenten in New York. Twain widersprach der Behauptung, er habe Grant ein Angebot gemacht,

»mit dem kein gewöhnlicher Verleger konkurrieren wollte«. Ich biete lediglich *doppelt so viel* für Grants Buch, wie die Century Co. geboten hat – das ist auch schon alles. Ich schlug General Grant vor, er möge mein Angebot Century & anderen großen Verlagshäusern vorlegen & *mit demjenigen abschließen, der ihm die besten Bedingungen bietet.* Das tat er, und mein Angebot wurde von *mehreren* der üblichen Verleger, darunter Century, verdoppelt; & zwei Firmen *übertrafen* mein Angebot. Doch konnte keiner meine *Möglichkeiten* übertreffen, um ein Buch per Subskriptionsverfahren herauszugeben – auch nicht an sie *herankommen* –, eine Tatsache, die ich zur Zufriedenheit von Grants Anwalt bewies; & das ist der Grund, warum ich das Buch bekommen habe. (MS-Entwurf in CU-MARK)

501 *Roswell Smith* – Smith (1829–1892), Verleger des *Century Magazine*, war 1870 einer der Gründer der Zeitschrift, als sie *Scribner's Monthly* hieß. Die Namensänderung erfolgte 1881, als die Zeitschrift ihre Verbindung mit der Firma Scribner löste. Smith fungierte weiterhin als Verleger (Mott 1957, 457, 467).

504 *einer Jahresschrift in London … Tom Moore* – Der kleinwüchsige irische Schriftsteller Thomas Moore (1779–1852) veröffentlichte seine erste Lyriksammlung unter dem Künstlernamen »Thomas Little«. Die »Jahresschrift« wurde bis jetzt nicht identifiziert.

Dr. Douglas – John H. Douglas, ein führender Hals-Nasen-Ohren-Arzt New Yorks, diagnostizierte im Oktober 1884 Grants Beschwerden als Kehlkopfkrebs (»Sinking into the Grave«, *New York Times*, 1. März 1885, 2).

505 *Mt. McGregor* – Am 16. Juni 1885 fuhren die Grants in ein Ferienhaus in Mount McGregor, einem Erholungsort bei Saratoga Springs, New York. Das Haus gehörte dem Finanzier Joseph D. Drexel, einem Freund der Familie. Grant hielt sich dort, umsorgt von seiner Familie und Dr. Douglas, bis zu seinem Tod am 23. Juli auf (*New York Times*: »Resting at Mount McGregor«, 17. Juni 1885, 1; »A Hero Finds Rest«, 24. Juli 1885, 1).

Mann von der Marine Bank … zu zehn Jahren verurteilt – James D. Fish wurde im Juni 1885 zu zehn Jahren im Staatsgefängnis von Auburn verurteilt (»On the Way to Auburn«, *New York Times*, 28. Juni 1885, 7).

506 *Präsidenten der Erie Railroad* – Hugh J. Jewett (1817–1898) war von 1874 bis 1884 Präsident der Erie Railroad und trug maßgeblich dazu bei, deren Insolvenz abzuwenden. Als die Marine Bank scheiterte, war er einer ihrer größten Kreditgeber (»The Marine Bank Failure«, *New York Times*, 14. Mai 1884, 1).

Ex-Senator Chaffee – Ulysses S. Grant jr. heiratete 1880 Fannie Josephine Chaffee, die Tochter von Jerome B. Chaffee. Chaffee wurde durch Bergbau, Landspekulationen und Bankgeschäfte in Colorado reich und war von 1876 bis 1879 einer der ersten Senatoren des Staates. Chaffee war eins von Wards vielen Opfern: Er verlor etwa $ 500 000 in Anlagen, die er Ward als Sicherheit für Kredite gegeben hatte (McFeely 1981, 489; »Senator Chaffee's Bonds«, *New York Times*, 28. Dezember 1884, 12).

510 *unterhielt ich mich eines Tages mit General Badeau* – Badeau erinnerte sich an eine Unterhaltung mit »einem der größten Denker dieser Generation«, die während eines Besuchs bei Grant stattfand, als dieser »in den letzten Zügen seiner Krankheit« lag:

Der Besucher war ein persönlicher Freund und Bewunderer Grants, und wir sprachen über den großen Abscheu gegenüber den derzeitig populären Gefühlen – Mitleid und Zuneigung, die wiederauflebten, sobald bekannt geworden war, dass der Held sterben würde. Das erinnerte mich an Lincoln, der jahrelang beschimpft und verleumdet, aber eines Nachts in den Stand des Märtyrers erhoben und Seite an Seite mit Washington gestellt wurde. »Ja«, sagte der andere mit dieser schrecklichen Voltaire'schen Moralisierung: »Männer, die eine neue Religion heraufbeschwören wollen, sollten sich immer kreuzigen lassen.« (Badeau, 1887, 590)

511 *An dieser Stelle will ich abschweifen und den Faden später wiederaufnehmen* – Albert Bigelow Paine veröffentlichte dieses »Abschweifen« in *Mark Twains Autobiographie* unter dem Titel »Gerhardt und die Grant-Büste« und platzierte es nach dem unvollständigen Text »Über General Grants Memoiren«, der mit: »ob sich ein so großer und bedeutender Konzern mit dergleichen abgab«, endet (S. 524; *MTA*, 1:57–68). Aus dem Schreibmaschinenmanuskript sowie mehreren Quellen und Daten im Text selbst geht jedoch hervor, dass Twain den Text so diktierte, wie er hier präsentiert wird (vgl. Textual Commentary, *MTPO*).

Als ich mit G. W. Cable unterwegs war – George Washington Cable (1844–1925), ursprünglich aus New Orleans, war bekannt für seine Geschichten aus dem kreolischen Alltag. Er freundete sich 1881 mit Twain an, und von November 1884 bis Februar 1885 machten die beiden eine gemeinsame Lesereise. Als die »Genialen Zwillinge« (»Twins of Genius«) lasen sie in über sechzig Städten des Ostens, Mittleren Westens und Kanadas. Twain las aus seinem im Druck befindlichen Buch *Huckleberry Finns Abenteuer* (das im Februar erschien) und anderen Werken, Cable aus mehreren Büchern, außerdem sang er kreolische Lieder (Cardwell, 1953, 1–3, 12; *HF 2003*, 578).

nach den Präsidentschaftswahlen – Grover Cleveland, Demokrat, gewann die Wahl 1884 gegen James G. Blaine.

512–13 *J. Q. A. Ward … da kein wahrer Künstler sich zu so etwas durchringen könne* – Am 5. April 1884, bevor Gerhardt aus Paris zurückkehrte, schrieb ihm Twain: »Ich rate Ihnen dringlichst, an A. St. Gaudens & J. Q. A. Ward zu schreiben & sie um eine Anstellung und ein Gehalt in einem ihrer Unternehmen in New York zu bitten. Sofern sie es können & tun, bedeutet dies sicheren Lohn & Brot, & *das* ist zweifellos besser & klüger, als sich ohne Kapital allein durchzuschlagen« (CtHMTH). Gerhardt antwortete ihm am 27. Mai, dass er es ausdrücklich vorzöge, unabhängig zu arbeiten, und bat Twain darum, ihn nicht zur »zweiten Geige zu machen, das würde mich umbringen« (CU-MARK).

514 *erreichten wir das Haus des Generals* – Twain hielt diesen Besuch vom 20. März 1885 noch am selben Tag in seinem Notizbuch fest (*N&J3*, 106–07).

Jesse Grants Frau – Elizabeth (»Lizzie«) Chapman heiratete Jesse Grant 1880 in San Francisco (McFeely 1981, 484).

516 *Mrs. Fred Grant* – Ida Honoré heiratete Fred Grant 1874 (Goldhurst 1975, 117).

518 *Harrison, der alte farbige Leibdiener des Generals* – Harrison Tyrrell war viele Jahre lang Grants ergebener Diener (McFeely 1981, 519). In einem Brief vom 11. September 1885 schrieb Twain an Henry Ward Beecher über Grants Loyalität ihm gegenüber:

> Erinnern Sie sich an Harrison, den farbigen Diener? Die gesamte Familie verabscheute ihn, doch das hatte keinerlei Auswirkungen, stets hielt der General ihm den Rücken frei und duldete es nicht, dass er ausgeschimpft wurde; entschuldigte immer seine Fehler ~~& Missetaten~~ & Unzulänglichkeiten mit der einen unveränderlichen Formel: »Wir sind für diese Dinge in seiner Rasse verantwortlich – es ist nicht richtig, unsere Fehler auf sie zu schieben – lasst ihn *zufrieden*«; also ließen sie ihn zufrieden, gezwungenermaßen. (CU-MARK, in *MTL*, 2:460–61)

das beste Porträt des Generals – Vgl. Abb. 8 und Schmidt 2009d.

520 *ein nahezu vollkommenes Bildnis von ihm* – Hier, am Ende des Eintrags über Grants Büste, schrieb Twain »Depews Rede« auf das untere Ende der Seite, als Erinnerungsstütze für sich selbst. Er beschrieb die Rede, die bei einem Bankett zu Ehren Grants von Chauncey M. Depew (1834–1928), einem bekannten Anwalt und Direktor mehrerer Eisenbahngesellschaften, gehalten wurde, jedoch erst im AD 1. Juni 1906. Dort notierte Twain, dass es »die Rede mit der größten Aussagekraft war, die ich je gehört habe – die beste und kürzeste Rede, die der tüchtige Depew je gehalten hat«.

521 *ein Schriftstück abzufassen, das die Sache regelte* – Webster schrieb am 15. April 1885 an Twain, dass er soeben einen Vertrag mit der Century Company unterzeichnet habe, der festschrieb, dass alle »zukünftigen Artikel« Grants im *Century Magazine* – also der zweite, dritte und vierte – urheberrechtlich von Webster & Company »im Namen von U. S. Grant« vertreten werden. In Bezug auf die *Memoirs* stimmte Webster zu, »den ersten Band nicht vor dem 1. Dez. zu veröffentlichen und den zweiten nicht vor dem nächsten 1. März« (CU-MARK).

522 *Smith nach dem genauen Wortlaut* – Twains noch vorhandenes Notizbuch enthält keine solche Bemerkung. Twain notierte jedoch,

> Mr. RS […] sagte zu mir, kurz nachdem der Vertrag signiert worden war: »Ich freue mich im Namen von GG, dass jemand den Schneid hatte, so einen Betrag zu bieten[;] ich selbst hätte es nicht gewagt.« […]
>
> 10 Prozent
>
> ~~Dies war ein äußerst gerechtes & großzügiges Angebot, denn es basierte auf einem angenommenen Verkauf von 25 000 Exemplaren. Ich rechnete aber nicht mit 25 000, sondern ging von 300 000 aus. Beide konnten wir irren, ich aber glaubte, dass ich richtig lag.~~ (*N&J3*, 182–84)

523 *die New York World und eine Bostoner Zeitung (ich glaube, der Herald)* – Twain legte seinem Schreibmaschinenmanuskript vier Ausschnitte bei, die im Text enthalten sind. Unter ihnen ist der Artikel aus der *World*, der am 9. März 1885 erschien (vgl. S. 527–29).

Es konnte keine Ausgabe des *Herald* aufgefunden werden, dafür ein anderer Artikel, den Twain anfügte, aus dem in Springfield, Mass., erscheinenden *Republican* vom 9. März (vgl. S. 526–27), der die Informationen enthält, die Twain dem New Yorker *Herald* zuschrieb.

523 *unfairen Vorteil … ihnen das Buch entrissen hätte* – Robert Underwood Johnson, Mitherausgeber des *Century Magazine*, schrieb viele Jahre später, dass Paines Bericht über die Verhandlungen mit Grant in *Mark Twain: A Biography* (*MTB*, 2:799–803), die auf diesem Diktat basierten, »einiges offenlässt. Er stellt Mr. Roswell Smith so dar, als behandle er den Autor ausgesprochen kleinlich, Tatsache jedoch ist, dass die Angelegenheit ganz in den Händen des Generals lag und nach seinen Bedingungen erledigt wurde«:

Das erste Angebot von Mr. Clemens wies, wenn überhaupt, nur minimale Unterschiede zu unserem auf: Hier wurden höhere Tantiemen auf die Nettoeinkünfte berechnet, dort geringere auf die Bruttoeinkünfte. Mr. Clemens bot später einen stattlichen Vorschuss in bar, einen hohen Anteil am Gewinn und garantierte eine bestimmte Menge an Verkäufen. Wären wir darüber informiert gewesen, hätten wir nachziehen können. Wir waren im Nachteil, da Mark Twain, der ein häufiger Besucher des Hauses in der 66. Straße war, unsere Bedingungen kannte, wir jedoch nicht die seinen.

Es bleibt bei allem Respekt für Roswell Smiths über jede Kritik erhabene Motive sein Versagen, dieses Projekt innerhalb von fünf Monaten, nachdem er im September nach Long Branch eingeladen worden war, bis zur Signierung des Vertrags im Februar gegen alle Unwägbarkeiten zu sichern, aus geschäftlicher Sicht eine Ausnahme in der sonst so erfolgreichen Karriere eines Verlegers voller Ideen, Wagemutigkeit und Einfallsreichtum. Sein Versäumnis, die Angelegenheit zu klären, sagt nichts über die Aufmerksamkeit und den Unternehmergeist seiner Geschäftspartner, sondern über den ungünstigen Umstand, dass er als Rivalen einen Mann mit einer vereinnahmenden Persönlichkeit, cleverem Geschäftssinn und mit Weitblick hatte. Das Ergebnis sorgte für Trübsinn bei den jüngeren Mitgliedern der Century Co., die nie aufhörten zu glauben, dass dieses phänomenale Buch in unseren Händen zu einem ebenso phänomenalen Verkaufserfolg geworden wäre wie in Mr. Clemens'; zu jener Zeit nämlich stand die Century Co. durch den Erfolg der Kriegsserie in Fragen der Militärgeschichte in engem Kontakt zur Öffentlichkeit. Wir fanden es schwierig, dass jemand anderes »die Früchte unserer Arbeit erntete«. (Johnson 1923, 218–19)

Im späten Oktober 1884 war Smith immer noch davon überzeugt, dass Grant sein Buch bei der Century Company verlegen würde. In einem Brief vom 9. September 1884 schrieb er an Gilder, dass Grant

gründlich informiert ist über das Subskriptionsgeschäft mit Büchern und die Art, wie es für gewöhnlich vonstattengeht, abscheulich findet. Er merkte an, dass er es nicht für angebracht halte, einem Vertreterschlingel 6 Dollar zu zahlen, um ein 12-Dollar-Buch zu verkaufen, das nicht viel mehr wert ist als die Hälfte, wie er aus Erfahrung wusste. Seine Vorstellungen stimmen mit unseren überein – ein gutes Buch zu machen, es ansprechend zu gestalten, es zu einem vernünftigen Preis anzubieten und es so bedeutend zu machen, dass wir kompetente Vertreter zu gerechten Provisionen gewinnen können. (Rosamond Gilder 1916, 123–24)

Später erfuhr Johnson von Fred Grant, dass »die Entscheidung seines Vaters vor allem von der Tatsache beeinflusst worden war, dass Mr. Clemens ihn davon überzeugt hatte, dass [...] seine eigene Firma erfolgreich nach dem Subskriptionsverfahren verlegte, während die Century Co. in diesem Bereich wenig vorzuweisen hatte« (Johnson 1923, 218).

523 *Bericht der Bostoner Zeitung ... Schwester von Mr. Gilder* – Jeannette L. Gilder (1849 bis 1916) korrespondierte aus New York für die *Boston Saturday Evening Gazette* (nicht den *Herald*, wie Twain meinte) unter dem Pseudonym »Brunswick«. Ihr Brief an die *Gazette* wurde groß nachgedruckt in einem Artikel des Springfielder *Republican* vom 9. März 1885, dem Twains Diktat folgt (vgl. S. 526–27). Obwohl weniger bekannt als ihr Bruder Richard Watson Gilder, hatte Jeannette Gilder eine erfolgreiche literarische Karriere vorzuweisen. 1881 war sie, gemeinsam mit ihrem älteren Bruder Joseph B. Gilder, Mitbegründerin des Literaturmagazins *The Critic*, das sie bis 1906 gemeinsam redaktionell betreuten. Ihre Arbeiten erschienen in vielen Zeitungen und Magazinen, und sie gab mehrere literarische Anthologien heraus.

525 *ein neues Elektrizitätswerk in Boston* – Im Frühling 1883 behandelten zahlreiche Artikel im *Hartford Courant* das schnelle Wachstum der American Electric & Illuminating Company of Boston, die ein Jahr zuvor als Aktiengesellschaft eingetragen worden war. Ihr erfolgreicher Plan, Filialen in ganz Neuengland aufzubauen, versprach Aktienbesitzern »beträchtliche Dividenden« (*Hartford Courant*, 20. Febr. 1883, 3).

Lügen über seinen Sohn – Vgl. Anm. 526: *»dessen Sohn Jesse«*.

Die Beleidigungen ... hinzunehmen – Twains Diktat endet hier. Redpath fügte zwei getippte Kommentare hinzu. Der erste, »Danach Duncans Verleumdungsklage einfügen«, bezog sich auf das Gerichtsverfahren, das Charles C. Duncan – früherer Kapitän der *Quaker City* und Organisator der Palästinareise von 1867 – im Jahre 1883 gegen die *New York Times* ins Rollen brachte. Duncan wehrte sich gegen einen Artikel vom 10. Juni, der Bemerkungen Twains enthielt, mit denen dieser Duncans Missbrauch öffentlicher Gelder in seiner Position als New Yorker Transportbeauftragter verurteilte. Twain behauptete, dass der Times-Reporter seine Äußerungen falsch wiedergegeben hätte. Duncan gewann das Verfahren im März 1884, erhielt jedoch nur zwölf Cent Schadenersatz. Von 1885 wurde kein Diktat über das Gerichtsverfahren gefunden (*N&J3*, 18, Anm. 34; »Mr. Mark Twain Excited«, *New York Times*, 10. Juni 1883, 1; vgl. auch *N&J2*, 35, Anm. 26). Redpaths zweite Bemerkung lautet: »Vgl. die angehängten zwei Seiten mit Zeitungsäußerungen über Grants Buch und die Leute von Century und Mark Twain.« Diese »Äußerungen«, in Form von vier Zeitungsausschnitten, sind am Ende des Schreibmaschinentyposkripts transkribiert worden.

526 *General Grant, Mark Twain und Century … Korrespondenten des Boston Herald* – Der erste Teil dieses Artikels des Springfielder *Republican* vom 9. März 1885 (bis: »dass dieser letzte Teil der Nachricht der Wahrheit entspricht«) enthält Informationen, die im *Boston Herald* veröffentlicht wurden, vermutlich am 7. oder 8. März; es konnte jedoch keine Ausgabe des *Herald* aufgefunden werden.

dessen Sohn Jesse – Jesse und Fred Grant waren beide an einer Partnerschaft bei Webster & Company interessiert, was weder Twain noch Webster gefiel. Twains erste bekannte Äußerung zu der Idee findet sich in einem Brief vom 21. Juli 1885 an Edward H. House: »Keiner der Söhne des Generals ist ein Partner. Wir haben alle darüber *gesprochen*, aber es wurde nie ernsthaft erwogen. Colonel Fred spricht noch darüber – sollte es ernst gemeint sein, hört es sich nicht so an« (ViU). Am 20. Dezember 1885 spielte Twain auf den Plan in einem Brief an Webster an. Zu dieser Zeit war die Partnerschaft »eine Überlegung« bei den Verhandlungen des Verlags, sich die Publikationsrechte für Grants Briefe an seine Frau zu sichern – Verhandlungen, die nie zu einem Ende geführt wurden (NPV, in *MTBus*, 347). Obwohl Diskussionen über eine Partnerschaft der Grants bis zum Frühling 1886 weitergingen, stieg keiner der Söhne in das Geschäft ein (8. Febr. 1886 an Webster, NPV, in *MTBus*, 353–54; Webster an SLC, 10. Febr. 1886 und 20. März 1886, CU-MARK; vgl. *N&J3*, 218, 220, 222).

»Brunswick« – Jeannette Gilders Kolumne »New York Gossip«, die mit einer ganzen Reihe Neuigkeiten zu Grants Gesundheit begann, erschien in der *Saturday Evening Gazette* vom 7. März 1885. Der Springfielder *Republican* zitierte akkurat ihre Besprechung von Grants Buch und ließ dabei lediglich zwei kurze Passagen über Subskriptionsbücher und die Serie der Kriegsartikel im *Century Magazine* aus.

529 *N. Y. World* – Vgl. die Ausgabe vom 9. März 1885.

530 *N. Y. Tribune* – Vgl. die Ausgabe vom 10. März 1885.

531 *Rolle des Generals bei dem Attentat auf Lincoln* – Abraham Lincoln und seine Ehefrau luden die Grants ein, mit ihnen am 14. April 1865 ins Ford's Theater zu gehen. Es war die Nacht, in der John Wilkes Booth den Präsidenten ermordete. Die Grants kamen nicht, weil sie ihre Kinder in New Jersey besuchten, wo diese zur Schule gingen. Booths Mittäter planten, zwei weitere Männer zu ermorden, die nicht im Theater waren: Staatssekretär William Seward (der verletzt wurde, aber überlebte) und Vizepräsident Andrew Johnson (der nicht angegriffen wurde). Es ist anzunehmen, aber nicht bewiesen, dass Grant ein weiteres Opfer hätte sein sollen.

532 *Werk von General Adam Badeau … die Autorschaft eines Buches anmaßt, das er nicht selbst verfasst hat* – Grant erstellte die meisten Manuskripte für seine *Memoiren* selbst, diktierte sie aber auch hin und wieder seinem Sohn Fred oder dem Stenographen Noble E. Dawson. Badeau übernahm redaktionelle Arbeiten, für die er nichts erhalten sollte, wenn das Buch weniger als $ 20 000 einbringen würde, $ 5000 ab $ 20 000 Umsatz und weitere $ 5000 ab $ 30 000 Umsatz. Die falsche Beschuldigung, Grant hätte seine Schriften nicht selbst verfasst, basierte auf einer Äußerung von »General George P. Ihrie, der mit Grant in Mexiko gedient hatte. Ihrie hatte versehentlich einem Washingtoner Kolumnisten gegenüber angemerkt, dass der General kein Schriftsteller sei«

(Goldhurst 1975, 118, 153, 193–94). Twain war so außer sich über den Artikel in der *World*, dass er kurz überlegte, ein Gerichtsverfahren einzuleiten. Am 30. April 1885 schrieb er an Fred Grant:

Die Arbeit des Generals von diesem Vormittag ist ein ziemlich vernichtender Beweis für die schamlosen Lügen der *World*. Es sollte unverzüglich eine Verleumdungsklage eingereicht werden mit Schadenersatzforderung nicht unter $ 250 000 oder $ 300 000; man sollte keine Entschuldigung von der *World* & keine Geldsumme akzeptieren, die diese Zeitung nicht lahmlegt – ja *ausschaltet*. Das Verfahren sollte im Namen des Generals geführt werden & die Ausgaben dafür von den allgemeinen Ausgaben für das Buch genommen werden. (NPV, in *MTBus*, 319)

Bis zum 3. Mai hatte er es sich anders überlegt und schrieb an Webster:

Ich habe die Angelegenheit aufmerksam beobachtet & keine einzige Erwähnung der Lügen aus der *World* in irgendeiner anderen Zeitung gefunden. Also besteht die Möglichkeit, dass die Sache gestorben ist, ohne Schaden anzurichten. Ich nehme an, Alexander & Green haben entschieden, dass eine Verleumdungsklage gegen eine Zeitung, die nicht einflussreich genug ist, ihre Lügen zu verbreiten, eine Verschwendung von Energie & Geld wäre (da ich keine Neuigkeiten dazu von Dir habe). Wenn dies ihr Urteil ist & die Lüge sich wirklich *nicht* verbreitet hat, ist es zweifelsohne die richtige & vernünftige Entscheidung. Ich erkenne die Tatsache an, dass ein Gerichtsverfahren von Grant gegen die *World* eine ungeheuer wertvolle Werbung wäre für diese tägliche Ausgabe gesundheitlich nicht einwandfreien Toilettenpapiers. (NPV, in *MTBus*, 323)

Badeau antwortete auf den Artikel der *World* mit der Forderung nach einer neuen finanziellen Abmachung mit Grant: monatlich $ 1000, bis das Buch fertiggestellt wäre, sowie 10 Prozent des Gewinns. Nach einem erbitterten Briefwechsel zog sich Badeau aus dem Projekt zurück. Er und Grant sahen sich nie wieder (Goldhurst 1975, 194–200, 251). Nach Grants Tod drohte Badeau Mrs. Grant mit einem Gerichtsverfahren, um zu fordern, was ihm zustünde. Der Streit wurde 1888 geschlichtet. Badeau erhielt $ 10 000 plus Zinsen (wie im Originalvertrag angegeben) und bestätigte, dass die Zusammenstellung der *Memoirs* »vollständig von General Grant besorgt wurde und dass sich seine Forderungen lediglich auf seine Vorschläge, Überarbeitungen und Prüfungen beschränken« (»Gen. Badeau's Suit Ended«, *New York Times*, 31. Okt. 1888, 8).

532 *N. Y. World* – Vgl. die Ausgabe vom 6. Mai 1885.

[Rev. Dr. Newman]

533 *Auszug aus meinem Notizbuch* – Der Auszug ist fast wörtlich aus Twains Notizbuch übernommen (vgl. *N&J3*, 117–18).

Rev. Dr. Newman – John Philip Newman (1826–1899), 1849 zum Pfarrer der Methodistischen Episkopalischen Kirche ordiniert, später Inspektor des US-Konsuls in Asien, nachdem er von 1869 bis 1874 als Kaplan des US-Senats gedient hatte und in dieser Zeit zu Julia Grants Vertrautem geworden war (Goldhurst 1975, 187–88).

Ex-Gouverneur Stanford – Leland Stanford (1824–1893), von Hause aus Jurist, ging 1852 in den Westen, um seinen Bruder bei verschiedenen Handelsunternehmungen zu unterstützen. Von 1861 bis 1863 war er Gouverneur von Kalifornien, zu Reichtum kam er durch seine Partnerschaft bei der Central Pacific Railroad, dem Unternehmen, das 1869 die transkontinentale Bahnstrecke fertigstellte. Sein einziger Sohn, Leland jr., starb im Alter von fünfzehn Jahren im März 1884 während eines Italienbesuchs. Sein Leichnam wurde in die Heimat gebracht und in einem Gewölbe aufbewahrt, bis seine Familie ein Mausoleum auf ihrem Grundstück in Palo Alto errichtet hatte, angeblich »so großartig wie ein orientalischer Palast«. Für das Begräbnis in der Grace Church in San Francisco am 30. Dezember wurden Blumengestecke im Wert von $ 20 000 gekauft. Newmans Grabrede war die »überschwänglichste, die je in der westlichen Hemisphäre gehalten wurde«, und er verglich »den jungen Stanford mit allen großartigen Menschen auf Erden, und dann, als ob er es müde wäre, ein passendes menschliches Gleichnis für ihn zu finden, verkündete er mutig, dass es sich bei dem Jungen um eine Art Wiedergeburt von Jesus Christus gehandelt habe« (»California Astonished«, *Chicago Tribune*, 2. Jan. 1885, 3).

534 *»Dreimal stand ich im Schatten des Tals des Todes … wieder herausgetreten.«* – Von einer ähnlichen Version der Bemerkung Newmans wurde in der *New York Times* vom 16. April 1885 berichtet und zweifelsohne auch in anderen Zeitungen (»A Day of Hopefulness«, 4).

[1890–1987]

Die Maschinenepisode

Quelle: MS in CU-MARK, geschrieben 1890 und 1893/94

Twains schonungsloser Bericht, wie er sich dazu verleiten ließ, James W. Paiges Entwicklung einer automatischen Setzmaschine finanziell zu unterstützen, weist derart starke autobiographische Züge auf, dass der Text zu den Kapiteln gezählt wird, die Twain eigens für seine Autobiographie verfasst hatte, auch wenn er ihn nicht ausdrücklich als ein solches markierte. Das Manuskript, das heute in den Mark Twain Papers enthalten ist, wurde in zwei Etappen mit unterschiedlicher Paginierung verfasst. Der erste Teil (20 Manuskriptseiten) wurde im Dezember 1890 geschrieben, fast zehn Jahre nachdem Twain angefangen hatte, in die Setzmaschine zu investieren. Zu diesem Zeitpunkt belief sich seine Investition bereits auf insgesamt $ 170 000 oder mehr und das, obwohl es Paige immer noch nicht gelungen war, einen erfolgreichen Prototyp herzustellen. Der zweite Teil (9 Manuskriptseiten), beginnend mit »Ende 1885«, wurde Ende 1893 oder Anfang 1894 geschrieben, als Twain seine Familie in Europa zurückgelassen hatte und nach New York gereist war, um an Verhandlungen bezüglich der Setzmaschine teilzunehmen. Der Text muss vor dem 1. Februar 1894 verfasst worden sein, als Twain mit Paige ein neues Abkommen schloss, von dem er glaubte, dass es ihn reich machen würde (Notizbuch 33, TS S. 47, 51, CU-MARK).

Paine zitierte aus diesem Manuskript in seiner Biographie (*MTB*, 2:903–05, 913), und in seiner Ausgabe der Autobiographie veröffentlichte er ein Gros des ersten Teils (natürlich mit den üblichen stillschweigenden Auslassungen), aber nur vier Absätze des zweiten Teils (*MTA*, 1:70–78). Neider bezog diesen Text überhaupt nicht in seine Ausgabe ein. Im Autobiographischen Diktat vom 2. Juni 1906 führte Twain seine scharfe Kritik an Paige fort.

536 *Vor zehn oder elf Jahren kam Dwight Buell* – Dwight H. Buell war Inhaber eines Hartforder Geschäfts in der Main Street und Direktor der Farnham Type-Setter Manufacturing Company. Er wollte, dass Twain in eine Maschine investierte, die James W. Paige erfunden hatte und die er in Zusammenarbeit mit der Farnham Company als Prototyp in einem Atelier der Samuel Colts Firearms Factory in Hartford baute. Twain kaufte im Herbst 1881 zunächst Aktien der Farnham Company (Geer 1882, 341, 455; 18. Okt. 1881 und 25. Okt. 1881 an Webster, NPV, in *MTBus*, 171–73).

537 *3000 Gevierte in der Stunde ... der Arbeit von nahezu vier Setzern* – Ein Schriftsetzer, der das Material per Hand setzte, zog die Metalltypen für Buchstaben und Leerzeichen einen nach dem anderen aus einem Kasten – einem mit Fächern versehenen Holzkasten – und setzte sie, in umgedrehter Reihenfolge, in einen Winkelhaken. Die vollen sogenannten »Kellen« wurden dann in einem Setzschiff abgelegt, wo sie montiert wurden, so dass ein Probedruck gemacht werden konnte. Das »tote Material«, das schon gesetzt und zum Druck verwendet worden war, wurde dann zur späteren Wiederverwendung per Hand zurück in den Kasten sortiert. Ein Geviert ist eine Maßeinheit, das Quadrat der Höhe einer Type, und variierte daher je nach Schriftgröße. Die Gevierte pro Reihe, multipliziert mit der Reihenanzahl, ergibt die Menge an Satzmaterial pro Seite (Pasko 1894, 145; Stewart 1912, 21, 61, 85). Im September 1890, kurz bevor er den vorliegenden Eintrag machte, behauptete Twain, dass ein Bediener der Paige-Maschine 8000 Gevierte pro Stunde setzen konnte, mehr als zehnmal so viel wie ein Schriftsetzer per Hand (11. Sept. 1890 und 27. Sept. 1890 an Jones, CU-MARK; gedrucktes Dokument, beigefügt mit dem Brief vom 11. Sept. »Saving-Capacity of the Several Machines«, angemerkt von Twain, Fotokopie in CU-MARK).

William Hamersley – Hamersley (1838–1920), Anwalt, von 1868 bis 1888 Staatsanwalt des Hartford County. 1886 wurde er ins Unterhaus der Connecticut General Assembly (Generalversammlung) gewählt, 1893/94 war er Richter am Berufungsgericht. Als Präsident der Farnham Company war er einer der ersten Investoren in die Setzmaschine (Connecticut State Library 2006; *N&J3*, 141, Anm. 50).

537 *Aktien für zusätzliche $ 3000* – Mitte des Jahres 1882 nahm Twain in sein Notizbuch auf, dass er 200 Anteile an der Farnham Company im Wert von $ 5000 besaß (*N&J2*, 491).

Hamersley schrieb Webster einen Brief, den ich später einfügen – Weder fügte Twain diesem Eintrag einen Brief bei, noch wurde ein Brief von Hamersley an Webster gefunden.

James W. Paige – In den frühen 1870er Jahren machte sich Paige (1842–1917) in Rochester, New York, daran, eine Setzmaschine zu bauen, die 1874 ein Patent erhielt. Dieser Originalmaschine gebrach es allerdings noch an Mechanismen zum Ausrichten und Verteilen der Typen. 1877 zog Paige nach Hartford und tat sich mit der Farnham Company zusammen, die für ihre eigene Setzmaschine einen Verteiler aus zusammenlaufenden Kanälen entwickelte, der über die Schwerkraft funktionierte (Legros und Grant 1916, 378). Paige entwarf eine neue Maschine, die Typen sowohl setzen als auch verteilen konnte. Als er 1882 ein funktionierendes Modell herstellte, hatte das Unterfangen bereits fast $ 90 000 verschlungen. Die Farnham Company zog ihre Unterstützung zurück, und Twain willigte ein, zusätzliche Investoren zu finden (Lee 1987; »Private Circular to the Stockholders of the Farnham Type-Setter Manufacturing Company«, 26. Jan. 1891, CU-MARK; *N&J3*, 36, Anm. 69).

538 *einer höchst nützlichen Anwendung von Strom* – Twain bezieht sich hier womöglich auf eine weitere Erfindung Paiges, einen druckenden Telegraphen. 1885 versuchte Twain mehrere Monate, das Projekt zu befördern (*N&J3*, 170, 181, Anm. 12).

539 *weiteren wunderbaren Erfindung im Bereich der Elektrizität* – Im Sommer 1887, als Paige einen Dynamo für seine Setzmaschine perfektionierte, kam ihm die Idee für einen revolutionären elektromagnetischen Motor, die sehr lukrativ schien. Obwohl Twain das Experiment für kurze Zeit unterstützte, unterzeichnete er am 16. August einen Vertrag, der festschrieb, dass Paige das Projekt auf eigene Kosten fortführe. Twain wurde ein Anteil von 50 Prozent an der Erfindung zuerkannt, und er erklärte sich einverstanden, Paige seine Auslagen zurückzuerstatten, sollte die Erfindung zum Erfolg führen (*N&J3*, 338, Anm. 111; »1887. Agreement of J. W. Paige regarding Magnetic Electro Motor dated 16th August«, CU-MARK).

Test mit Wechselstrom für $ 100 durchführen und triumphieren zu können – In einem Notizbucheintrag, datiert vom 1. November 1888, bemerkte Twain über den unlängst patentierten alternativen Motor von Nikola Tesla:

> Ich habe gerade die Zeichnungen und Beschreibungen einer elektrischen Maschine gesehen, die kürzlich von einem Mr. Tesla patentiert & an die Westinghouse Company verkauft wurde & weltweit die ganze Elektronikbranche revolutionieren wird. Es handelt sich um das wertvollste Patent seit dem Telefon. Die Zeichnungen & Beschreibungen zeigen, dass es sich *exakt* um die Maschine handelt, die Paige, in allen Details, vor fast 4 Jahren erfand.

Tesla »versuchte alles, was auch wir versuchten, wie die Zeichnungen & Beschreibungen beweisen; & er versuchte eine weitere Sache – eine Sache, die wir diskutiert hatten –, den *Wechselstrom*. Dieser löste die Schwierigkeit & brachte den Erfolg« (*N&J3*, 431).

540 *einer anderen Liegenschaft … Siehe Abtretung, 12. Aug. 1890* – Der Vertrag legte fest, dass Paige alle »Rechte, Ansprüche und finanziellen Interessen an seinen Erfindungen […] und an den bestehenden und zukünftigen inländischen und ausländischen Patenten« an Twain abtreten würde gegen ein Viertel vom Bruttoerlös aus möglichen Verkäufen oder Vermietungen der Maschine. Außerdem musste Twain, um den Vertrag rechtskräftig zu machen, innerhalb von sechs Monaten $ 250 000 an Paige auszahlen. Der Besitz, der Twain »bereits gehörte«, bestand offensichtlich in den ausländischen Lizenzanteilen. Er machte den folgenden Notizbucheintrag im April 1893, als er sich mit Paige in Chicago traf:

Paige […] rief heute Abend wieder an. Ich fragte ihn, ob sein Gewissen ihn denn gar nicht plage über die Art, wie er mich behandelt habe. Er sagte, dass er mir diese Aussage fast verzeihen könne. Er sagte, es hätte ihm das Herz gebrochen, als ich ihn mit seiner Maschine im Kampf alleinließ &c. &c. […] Sobald seine europäischen Patentangelegenheiten geregelt seien, werde er mir für jede europäische Maschine eine ansehnliche Lizenzgebühr zukommen lassen. ~~Das wäre ja auch äußerst großzügig, bis auf die Tatsache, dass mir das durch seinen gegenwärtigen Vertrag mit der Connecticut Co. bereits gesichert ist.~~ Wir trennten uns in inniger Freundschaft. (Notizbuch 33, TS S. 8–9, CU-MARK; *N&J3*, 576, Anm. 4; »Copy of Contract between S. L. Clemens & James W. Paige – 12. Aug. 1890«, CU-MARK)

Diese einzigartigen Verträge finden sich im Anhang – Ein solcher Anhang, vermutlich eine Sammlung aller Verträge mit Paige, ist nicht bekannt.

541 *Pratt & Whitney* – Pratt & Whitney Company, ein Maschinen- und Werkzeughersteller, 1869 in Hartford eingetragen, produzierte Prototypen (Geer 1882, 254, 459).

Senator Jones … das Interesse an der Sache verlor – John P. Jones (1829–1912), gebürtiger Engländer, ging zu Beginn des Goldrauschs nach Kalifornien und ließ sich 1867 in Nevada nieder. Er wurde Leiter und später Teilhaber der Crown Point Mine in Gold Hill, die ihn mit ihrer großen Silberquelle reich machte: 1874 wurde sein monatliches Einkommen auf eine halbe Million Dollar beziffert (29. März und 4. April 1875 an Wright, *L6*, 439, Anm. 5). Von 1873 bis 1903 war er US-Senator für Nevada. Twains Versuch, Jones dazu zu bringen, in die Setzmaschine zu investieren, begann Anfang 1887 und setzte sich über mehrere Jahre fort. Im Juli 1890 inspizierte Jones die Maschine, als sie erst zeitweise in Betrieb war, und tätigte eine einmalige Investition von $ 5000. Anfang September hatte Twain einen Vertrag aufgesetzt, dem zufolge Jones damit einverstanden war, »seine größten Anstrengungen darauf zu verwenden«, $ 950 000 aufzutreiben und »ein Unternehmen zu finden«, das Twains Anteile sowie seine Verpflichtung, bis Februar 1891 $ 250 000 an Paige zu bezahlen, übernehmen wollte. Möglicherweise hat Jones diese Einverständniserklärung nie unterzeichnet; auf jeden Fall schrieb er am 11. Februar, dass er nicht imstande sei, einen Investor zu finden. Zwei der Männer, an die er herangetreten sei, hielten vielmehr »große Anteile am ›Mergenthaler‹«, dem Hauptkonkurrenten von Paiges Maschine (Jones an SLC, 11. Febr. 1891, CU-MARK;

vgl. Anm. 545: *»Ich zahlte weiterhin die Rechnung«*). Twain entwarf eine Antwort, die er offenbar nie abschickte: »Ein ganzes Jahr lang haben Sie mir Versprechungen eingehaucht, um nun letzten Endes all meine Hoffnung zu zerstören. Es ist bestürzend, es ist unglaublich« (14.–28. Febr. 1891 an Jones, CU-MARK; *N&J3*, 278–79, Anm. 183, 565, Anm. 261, 572–73, 576–77, Anm. 6; 8. Sept. 1890 [mit eingefügtem Vertrag] und 11. Sept. 1890 an Jones, CU-MARK; 22. Febr. 1891 an Goodman, NN-BGC).

542 *Ende 1885* – Hier beginnt der zweite Abschnitt, den Twain mehrere Jahre nach dem ersten verfasste (vgl. den Vorspanntext der Anmerkungen zu diesem Kapitel). Er wurde wahrscheinlich Ende 1893 oder Anfang 1894 verfasst, als Twain in New York war und mit Henry Rogers daran arbeitete, einen neuen Vertrag mit Paige auszuhandeln (vgl. Anm. 545: *»Ich zahlte weiterhin die Rechnung«*).

542–43 *Der Vertrag … würde ich außer meinen $ 30000 und 6 Prozent Zinsen nichts bekommen* – Laut Vertrag vom 6. Februar 1886 würde Twain für die Ausgaben Paiges bis zu $ 30000 plus ein jährliches Gehalt von $ 7000 aufkommen, und Hamersley würde im Zuge der Perfektionierung der Maschine »professionelle Dienste« anbieten. Nachdem ein erfolgreicher Prototyp getestet worden sei, würden Twain und Hamersley Mittel beschaffen, die Maschine produzieren zu lassen. Ein Unternehmen sollte gegründet werden, und Twain sollte 9/20 der Aktien erhalten. Wenn sie es nicht schaffen sollten, das »nötige Kapital« innerhalb von drei Jahren aufzubringen, stünde ihnen jedoch Entschädigung für das Geld zu, das sie vorgestreckt hatten, aus jeglichem Gewinn, der »wann auch immer anfällt«. In der Zwischenzeit sollte Paige »das mit dem […] durch die vorliegende Übereinkunft vorgestreckten Geld erworbene Besitzrecht« behalten (»Agreement«, CU-MARK).

543 *F. G. Whitmore* – Franklin Gray Whitmore (1846–1926), Inhaber eines Immobilienbüros und Geschäftspartner von Twain in Hartford, überwachte 1886 den Bau der Setzmaschine in den Pratt-&-Whitney-Werken (Burpee 1928, 3:952; *N&J3*, 189, Anm. 27).

544 *Die Beteiligungsurkunde wurde aufgesetzt und unterschrieben* – Den Bestimmungen einer Urkunde vom 26. September 1889 zufolge zahlte Twain $ 100000 an Paige (vermutlich in Form bereits vorgestreckter Gelder) gegen eine Beteiligung von $ 500 für jede Maschine, die jemals verkauft werden sollte. Twain versuchte dann, seine Beteiligung zu $ 1000 für jeden »fünfhundertsten Teil meiner Beteiligung an Einnahmen von über fünfhundert Dollar« zu verkaufen (»Deed« in CU-MARK; *N&J3*, 518, Anm. 119).

Vertrag Nummer 2 … Vertrag Nummer 3 (der Mai-Vertrag?) … »Juni«-Vertrag – Ein Vertrag von Dezember 1889 (»Nummer 2«), der für die Gründung eines Unternehmens sorgte und Twain 9/20 der Aktien zusprach (einen Betrag, der gleichwertig zu seiner gegenwärtigen Beteiligung an der Setzmaschine war), wurde vielleicht nie abgeschlossen. Die Mai- und Juni-Verträge wurden bis jetzt nicht gefunden (*N&J3*, 576, Anm. 5, 579, Anm. 23; Vertrag vom 14. Dez. 1889 in CU-MARK).

545 *war nur für sechs Monate gültig* – Das betrifft den Vertrag, der im August 1890 unterzeichnet wurde (vgl. Anm. 540: *»einer anderen Liegenschaft«*).

Charley Davis – Charles E. Davis war der Ingenieur, der bei Pratt & Whitney die Herstellung der Setzmaschine überwachte. Als Twain im April 1893 in Chicago war, um den

Fortschritt der Maschine zu überprüfen, besuchte ihn Davis, der erwähnte, dass er »immer noch die Papiere hat, die ihm Paige eines Tages diktiert hatte, um mich zum Schweigen zu bringen, in denen er zusichert, dass, was auch passiere, er und ich immer gerecht teilen würden, was die Erträge der Maschine betrifft« (Notizbuch 33, TS S. 9, CU-MARK, *N&J3*, 246, Anm. 71).

545 *Ich zahlte weiterhin die Rechnung ... $ 150000 statt der ursprünglichen $ 30000* – Twains gesamte Investition, die er anderswo auf $ 170000 geschätzt hatte, entspräche heute drei Millionen US-Dollar (SLC 1899a; AD 28. März 1906). Ende Februar 1891 stoppte er schließlich die Finanzierung der Maschine, nachdem es ihm nicht gelungen war, die nötigen $ 250000 zusammenzubekommen, um Paige auszubezahlen. Twain tauschte seine Aktien gegen Lizenzanteile zukünftiger Verkäufe in der Hoffnung, mit der Zeit so den Großteil seines Verlustes wettzumachen. Im folgenden Jahr schloss Paige einen Vertrag mit der Webster Manufacturing Company in Chicago ab (Vorstand: Towner K. Webster), um eine neue Maschine zu bauen. Der Prototyp von Pratt & Whitney wurde auseinandergenommen und dorthin transportiert. Die Erfindung zog weitere Geldgeber an, unter ihnen eine Gruppe New Yorker Börsenmakler, die 1892 die Connecticut Company gründeten und Anteile der Webster Manufacturing Company kauften. 1893 gründete Henry Huttleston Rogers (der Vorstand der Standard Oil, der sich um Twains finanzielle Belange kümmerte) die Paige Compositor Manufacturing Company (die später in der Regius Manufacturing Company aufging), welche mit Paige verhandelte mit dem Ziel, die Forderungen der zahlreichen Investoren zu berücksichtigen und Twains Interessen zu wahren. Die wieder zusammengebaute Maschine war vielversprechend und wurde im Herbst 1894 vom *Chicago Herald* getestet. Einem Eintrag zufolge zeigte die Maschine trotz Verzögerungen durch Reparaturarbeiten eine gute Leistung und »erbrachte akkuratere Ergebnisse« von höchstem »künstlerischem Wert« als »jede der zweiunddreißig Linotype-Maschinen, die im selben Herstellungsraum in Betrieb waren« (Legros und Grant 1916, 381). Bis zu diesem Zeitpunkt hatte jedoch das aus den 1890er Jahren stammende Modell der Linotype-Maschine, erfunden von Ottmar Mergenthaler und basierend auf einem simpleren und praktischeren Konzept, bereits den Markt erobert. Twains Hoffnungen hatten sich damit endgültig zerschlagen. Einer von Paiges Patentanwälten nannte die Maschine später ein »intellektuelles Wunder«: die »größte ihrer Art und aller Zeiten, die jemals vollendet wurde« – aber sie war zu unpraktisch, mit ihren 18000 Teilen war es unmöglich, große Stückzahlen herzustellen, und die Maschine selbst war zu kompliziert, um lange ohne Reparaturen laufen zu können (Legros und Grant 1916, 381, 391). Rogers überzeugte die Linotype Company, Paiges Patente zu kaufen, um jede Konkurrenz auszuschalten. Paige starb 1917 in Armut (25. Febr. 1891 an OC, CU-MARK; *HHR*, 12–20, 25–26, 148, Anm. 2; Lee 1987, 59–60; *N&J3*, 546, Anm. 190; 11. Nov. 1894 und 28. Nov. 1894 an Rogers, Salm und 2. Jan. 1895 an Rogers, CU-MARK, in *HHR*, 94–95, 98–100, 115; *Scientific American* 1901).

Ward erzählt mir ... Mr. North ... eine Gesamtsumme von $ 2000000 – Henry S. Ward, ein New Yorker Börsenmakler, der über die Connecticut Company Anteile an der Setzmaschine besaß. Charles R. North, Maschinist bei Pratt & Whitney; Paige stimmte zu, ihm »$ 200 pro Monat von seinem Gehalt & $ 400 bis $ 500 pro Maschine zu zahlen, bis er $ 2 000 000 erhalten hat« (*HHR*, 12, 31–34; Notizbuch 33, TS S. 8, CU-MARK).

546 *seine Eier in eine Stahlklappe* – Diese Bemerkung bezieht sich auf ein Ereignis, von dem Twain wusste, als sich ein Bekannter »seine Nüsse in der Stahlklappe« eines Sitzbads einklemmte [Nüsse. Deutsch im Original, Anm. d. Übers.] (Fischer 1983; N&Y3).

Reisefragmente I

Quelle: MS in CU-MARK, geschrieben 1897

Dieses bislang unveröffentlichte Manuskript ist zu einem gewissen Grad unvollendet geblieben, wie man aus der Änderung der Überschrift in »Reisefragmente aus Autobiog.«, die Twain (provisorisch) mit Bleistift vornahm, schließen kann. Durch diesen Hinweis auf die Autobiographie gilt der Text, der mittlerweile in die Mark Twain Papers aufgenommen wurde, als ein Entwurfskapitel für die Autobiographie, nicht zuletzt auch deshalb, weil Twain während eines späteren Londonaufenthalts 1900 einen weiteren Text über die Stadt verfasste, den er »Reisefragmente II« nannte und den er schließlich auch in das Autobiographische Diktat vom 27. Februar 1907 aufnahm. Der Untertitel »London, Sommer 1896« bezieht sich auf die beschriebenen Ereignisse, nicht auf die Zeit, in der das Stück verfasst wurde, was zweifellos kurz nach der Ankunft der Familie Clemens in Wien Ende September 1897 gewesen sein muss. Das »Dorf«, über das Twain hier schreibt, war das Viertel um den Tedworth Square, wo die Familie von Oktober 1896 bis Juli 1897 wohnte, als sie nach Weggis in die Schweiz zog (Notizbuch 39, TS S. 6, CU-MARK).

548 *Flittchen – »trunnions«.* Twain vewendet das englische Wort *»trunnions«* und meint wohl »*trollops*«, also Flittchen, Schlampe. *Trunnion* ist eine Art Stift bzw. Lager.

551 *Diagram of London* – Diese Graphik illustriert Twains Bemerkung: »London, das sind fünfzig Dörfer, die sich auf einem riesigen Territorium fest zusammenballen« (S. 549). Sie stammt aus einem Londoner Zeitungsartikel, den Twain ausschnitt und per Hand veränderte. Aus einem unerklärlichen Grund verlegte er Bow aus dem Londoner Osten ins West End, in die Gegend des Hanover Square.

554 *Vor vielen Jahren in Liverpool* – Es konnte kein Zeitabschnitt ausgemacht werden, zu dem Twain und Osgood beide in Liverpool waren (vgl. Anm. 554: *»James R. Osgood«*). Möglicherweise dachte Twain an den 10. September 1872, den er damit verbrachte, »durch Warwickshire in einem offenen Landauer zu fahren«, doch der Bezug zum Kinsmen Club lässt ein späteres Datum vermuten (11. Sept. 1872 an OLC, *L5*, 155; vgl. auch Anm. 555: *»den kleinen Kinsmen Club in London«*).

James R. Osgood – James Ripley Osgood (1836–1892), Twains Verleger, begann 1855 als Aushilfe bei den Bostoner Verlegern Ticknor & Fields und wurde dort später Partner. Als Fields 1870 in den Ruhestand gegangen war, wurde die Firma unter dem Namen James R. Osgood & Company bekannt. Rückschläge und schlechtes Management führten zur Aufgabe des Geschäfts, aber 1880 wurde Osgood & Company unter demselben Namen neugegründet und verlegte u. a. Werke von William Dean Howells,

George Washington Cable und Walt Whitman. Osgood veröffentlichte drei von Twains Büchern: *Der Prinz und der Bettelknabe* (1881), *The Stolen White Elephant, Etc.* (1882) und *Leben auf dem Mississippi* (1883). Der Verkauf dieser Bücher enttäuschte Twain, seine Zuneigung für den Mann selbst blieb dadurch aber ungetrübt. Osgood verbrachte seine letzten Jahre in London (Edgar 1986, 341–47; für Details zu Osgoods Rolle als Twains Verleger vgl. AD 21. Febr. 1906, Anm. 302: *»J. R. Osgood«*).

555 *den kleinen Kinsmen Club in London* – Kinsmen, ein privater Club für Künstler und Schauspieler, wurde im April 1882 in New York gegründet. Es ging eher informell zu; eines der Gründungsmitglieder, der Theaterkritiker Laurence Hutton, schrieb, dass es »keine Verpflichtungen, keine Gebühren, kein Clubhaus, keine Richtlinien, keine Regeln, keine Kontrollen, rein gar nichts außer guter Kameradschaft und guter Zeiten geben sollte«. Beim zweiten Treffen, das im März 1883 stattfand, lud Hutton Twain zur Mitgliedschaft ein, während Osgood, obwohl Geschäftsmann und kein Künstler, übereifrig seine Mitgliedschaft erzwang. Ein Londoner Ableger wurde 1883 gegründet. Auf beiden Seiten des Atlantik vereinte der Kinsmen Club viele von Twains Freunden und Bekannten, unter ihnen Howells, Warner, Twichell, Thomas Bailey Aldrich, Francis D. Millet, Brander Matthews und Richard Watson Gilder (Hutton 1909, 325–29, Matthews 1917, 232–33).

559 *Thronjubiläums der Queen* – Am 23. September 1896 trug Queen Victoria in ihr Tagebuch ein: »Heute ist der Tag, an dem ich, um einen Tag länger regiert habe als jedes andere britische Oberhaupt.« Sie ordnete an, alle Feierlichkeiten bis zu ihrem »diamantenen Thronjubiläum«, also ihrem 60. Jahr auf dem Thron, zu verschieben – ein Ereignis, das im ganzen British Empire 1897 gefeiert wurde (Harlow und Carter 1999, 392, vgl. »Ein Wiener Festzug«, Anm. 576: *»der Festzug zum Rekordjubiläum der Queen«*).

561 *der einflussreiche Name des beliebten Prinzen von Wales* – Albert Edward, der 1901 König Edward VII. wurde.

562 *Müller und seinen Waisenhäusern* – George Friedrich Müller (1805–1898), ein in Preußen geborener evangelischer Pfarrer, ließ sich 1832 in Bristol nieder und gründete das Waisenhaus in Ashley Down. Dieses war, sowohl was die Anzahl an Waisen betraf, die untergebracht und ausgebildet wurden, als auch, was Müllers wörtliche Interpretation des Wortes »der Herr wird dir geben« anbelangte, äußerst bemerkenswert – das Waisenhaus bat niemals um Spenden.

Vier Skizzen über Wien

Quelle: MS in CU-MARK, geschrieben 1898

Diese vier Manuskripte – heute Teil der Mark Twain Papers – wurden alle in der ersten Jahreshälfte 1898 in Wien verfasst, kurz bevor Twain für eine gewisse Zeit offenbar viel intensiver an der Autobiographie zu arbeiten begann als jemals zuvor seit 1885. Alle Manuskripte sind genauestens datiert (3. Februar, 6. Mai, 4. Juni und 26. Juni), fast so, als handle es sich um Tagebucheinträge. Sie tragen keine Überschriften, und mit einer Ausnahme (»Eine Gruppe von Bediensteten«) wurden alle Überschriften von Paine erstmals verwendet.

- Bei »Die Schönheiten der deutschen Sprache« geht es um etwas, was Twain im Rahmen seiner Lesung am 1. Februar »bei einer öffentlichen Wohltätigkeitsveranstaltung« nicht vorlesen wollte (Notizbuch 40, TS S. 8, CU-MARK). Der Text, den er sich zu lesen weigerte, wurde ihm zu Beginn seiner Lesung in Form eines Zeitungsausschnitts gereicht, und er heftete ihn an die letzte Seite dieses Manuskripts, als Beispiel für die von ihm beschriebene deutsche Gewohnheit, Komposita zu bilden. Genau genommen handelt es sich dabei um einen traditionellen oder zumindest typischen deutschen Zungenbrecher, ähnlich dem, der von Hank Morgan in Kapitel 23 von *Ein Yankee an König Artus' Hof* (SLC 1889) angeführt wird.
- »Eine Bemerkung zu Tautologien und Grammatik« erörtert flüchtig eine von Twains eingestandenen »Marotten«, seine Vorliebe für »die richtige Wortwahl, Klarheit des Ausdrucks«.
- Der wahrscheinlich unvollendete Text »Eine Gruppe von Bediensteten« protokolliert Twains heimliches Vergnügen über die Versuche seiner Frau Olivia, die Überschwänglichkeit eines der Hausmädchen zu bändigen, die in Kaltenleutgeben (bei Wien) angestellt worden waren, wo die Familie von Ende Mai bis Mitte Oktober 1898 wohnte. Das Mädchen wird hier »Wuthering Heights (Sturmhöhe, so heißt sie natürlich nicht)« genannt und reiht sich ganz natürlich in die Familie geschwätziger Figuren ein, die Mark Twain, angefangen bei Simon Wheeler, in seinen Texten erschuf.
- In »Ein Wiener Festzug«, einem Text, in dem sich Twain seiner Begeisterung für öffentliche Feierlichkeiten und prächtige Kostüme widmete, wird eine Parade zu Ehren des 50. Regierungsjubiläums Kaiser Franz Josephs I. von Österreich (1830–1916) beschrieben, das u. a. mit einer umfangreichen Ausstellung zu »Industrie, Handel, Ackerbau und Wissenschaft« (Horowitz 1898) gefeiert wurde.

Paine veröffentlichte drei dieser Texte und ließ »Eine Gruppe von Bediensteten« weg, der 2009 erstmals veröffentlicht wurde (*MTA*, 1:164–74; *Who Is Mark Twain?* [SLC 2009], 61–69). Neider verwendete keinen davon.

[Die Schönheiten der deutschen Sprache]

563 *3. Februar, Wien … Gestern Abend Lesung* – Twain hielt am 1. Februar eine Lesung in Wien und schrieb in sein Notizbuch: »*Dienstag, 1. Febr. 98.* In Wien bei einer öffentlichen Wohltätigkeitsveranstaltung gelesen. Ein Sitz in einigen der Reihen kostete $ 4. Trotzdem gab es bei weitem nicht genügend Plätze in dem Saal für alle, die sich um Eintrittskarten bemühten« (Notizbuch 40, TS S. 8, CU-MARK). Die Vorlesung wurde am folgenden Tag in der Wiener *Neuen Freien Presse* positiv rezensiert (»Mark Twain als Erzähler«, 2. Febr. 1898, 7).

[Eine Bemerkung zu Tautologien und Grammatik]

564 *Mr. Gladstone* – William Ewart Gladstone (1809–1898), der englische Staatsmann, war viermal Premierminister des Vereinigten Königreiches.

566 *Vor dem Fall Cornelius Lean … Sonderregelungen* – Cornelius Lean, ein Angestellter der Londoner Firma Bryant & May, Hersteller von Streichhölzern, starb im April 1898 an Kiefernekrose, die durch den Kontakt mit weißem Phosphor begünstigt wird. Die Untersuchung seines Todes und anderer Fälle ergab, dass die Firma die Sonderbestimmungen, die zwischen 1891 und 1895 erlassen worden waren und festschrieben, dass alle derartigen Krankheitsfälle gemeldet werden müssen, verletzt hatte (Satre 1982, 8–9, 19–24).

[Eine Gruppe von Bediensteten]

567 *außer Landes* – Die Familie Clemens verbrachte den Sommer 1898 von Ende Mai bis Mitte Oktober in Kaltenleutgeben und wohnte in »einer möblierten Villa am Rande eines Wasserkurorts, & Mrs. Clemens & Jean werden die Behandlung ausprobieren. Es ist eine ½ bis ¾ Stunde mit dem Zug von Wien. Die Villa ist sehr schön gelegen mit einem dichten Kiefernwald, der direkt an ihren Garten anschließt, & mit bewaldeten Hügeln überall« (13. Mai 1898 an Rogers, Salm, in *HHR*, 345–46; Notizbuch 40, TS S. 48, CU-MARK).

568 *Wuthering Heights (Sturmhöhe …)* – Es ist nicht ganz klar, warum Twain den Titel von Emily Brontës Klassiker »Wuthering Heights« (1847), dt. »Sturmhöhe«, als Spitznamen für das geschwätzige ältere Hausmädchen verwendete, womöglich als Verweis auf Ellen (Nelly) Dean, die Erzählerin des Romans, die ebenfalls Haushaltshilfe ist, oder weil »der Name der Magd so ähnlich klang wie« dieser Spitzname, so Dolmetsch (1992, 220), der allerdings keinen Beleg zur Untermauerung seiner Behauptung anführt.

572 *Dienstmann – »dienstman«*. Twain verwendete diese anglisierte Form des deutschen Begriffs (Hawthorne 1876, 290–93).

[Ein Wiener Festzug]

573 *Gesandte* – Charlemagne Tower (1848–1923), von 1897 bis 1899 US-Gesandter in Wien, ein Bekannter von Twain (vgl. AD 22. Aug. 1907).

575 *Kaiser Rudolf* – Entweder Rudolf I. (1218–1291), Gründer des Habsburger Hauses, der als deutscher König Österreich in seine Macht brachte, oder Rudolf II. von Österreich (1552–1612), ein gebildeter und intelligenter Herrscher mit schwacher psychischer Gesundheit.

576 *Andreas Hofer* – Hofer (1767–1810), ein Gastwirt aus Tirol, führte 1809 einen Aufstand gegen Napoleon an. Nach seiner Gefangennahme und Exekution wurde er zu einem österreichischen Märtyrer.

576 *Direktorium* – Das Direktorium, eine Gruppe von fünf Männern, war in Frankreich 1795 bis 1799 an der Macht. Während dieser Herrschaft, der vorletzten Phase der Französischen Revolution, besiegte Napoleon die Österreicher und ihre Verbündeten.
96 in Indien – Twain sah im März 1896 eine religiöse Prozession in Jaipur und beschrieb sie in Kapitel 60 von *Reise um die Welt* (1897): »An Farbigkeit, malerischem Reiz, Neuartigkeit, Fremdartigkeit und erschöpflicher Anziehungskraft war es das befriedigendste Schauspiel, das ich je gesehen habe« (MT 1964, 484).
der Festzug zum Rekordjubiläum der Queen – Der Regierungsrekord von Queen Victoria und ihr diamantenes Thronjubiläum wurden 1897 mit zahlreichen Ereignissen gefeiert, darunter einer Prozession zur St. Paul's Cathedral am 22. Juni, wo ein kurzer Dankgottesdienst gehalten wurde, bevor die Königin zum Buckingham Palace zurückkehrte. Später notierte sie in ihrem Tagebuch: »Ich glaube, noch niemand ist von einem ähnlichen Beifall empfangen worden wie ich, als ich jene sechs Meilen des Weges kam.« Twain telegraphierte drei Berichte des Ereignisses an die Hearst-Zeitungen (Hibbert 2001, 457–59; SLC 1897d, 1897e, 1897f).

[1898–1905]

Mein Debüt als Literat

Quellen: MS in CtY-BR, geschrieben 1898; *Century Magazine*, November 1899 (SLC 1899d)

Nach einigen Monaten intensiver Arbeit an seiner Autobiographie beschloss Twain im August 1898 aufzuschreiben, wie es zur Veröffentlichung seines ihm zufolge ersten Zeitschriftenartikels über den auf hoher See in Brand geratenen Klipper *Hornet* gekommen war. Ende August erzählte er Henry Harper: »Ich möchte einen Artikel schreiben, der auf Erinnerungen basiert. Der erste Artikel, den ich je veröffentlichte, erschien vor 31 Jahren (durch einen Druckfehler bedingt) unter dem Namen *MacSwain* in *Harper's Monthly*. Könnten Sie mir den schicken?« (30. Aug. 1898, InU-Li). Harper muss ihm einen Beleg von »Forty-Three Days in an Open Boat« (»43 Tage in einem offenen Boot«) geschickt haben, dem Artikel, der in der Dezemberausgabe 1866 des *Harper's* einige Monate vor Twains erstem Buch *The Celebrated Jumping Frog of Calaveras County, and Other Sketches* veröffentlicht worden war. Selbstverständlich war »43 Tage« nicht Mark Twains »erster Artikel«, denn er hatte schon diverse Arbeiten in *The Californian* und in mehreren Magazinen der Ostküste veröffentlicht. Allerdings handelte es sich um den ersten Sachtext, den er in einer so angesehenen Zeitschrift untergebracht hatte, und auch wenn der Text alles andere als lustig war, folgte er damit offensichtlich seiner im Oktober des Vorjahrs (1865) getroffenen Entscheidung, eine literarische Karriere einzuschlagen (19. und 20. Okt. 1865 an OC und MEC, *L1*, 322–25).

Das von Twain im Oktober 1898 verfasste umfangreiche Manuskript befindet sich heute in der Beinecke Rare Book & Manuscript Library der Yale University. Seine Wiener Stenotypistin,

Marion von Kendler, fertigte eine heute verlorene Maschinenabschrift an, die Twain erst überarbeitete und die dann 1899 in der Novemberausgabe des *Century Magazine* erschien (SLC 1899). Bei der Veröffentlichung wurde die Autobiographie zwar nicht erwähnt, das Originalmanuskript aber zeigt deutlich, dass Twain den Artikel ursprünglich als Teil dieses Werks ansah: »Dies ist das Kapitel XIV meiner unvollendeten Autobiographie, und so, wie ich vorankomme, verheißt sie, auch unvollendet zu bleiben.« Bevor das Manuskript abgetippt wurde, ersetzte er das Wort »unvollendet« durch »unveröffentlicht« und strich den Nachsatz hinter »Autobiographie«. Im Februar 1899, als er die überarbeitete Maschinenabschrift bei Richard Watson Gilder, dem Herausgeber des *Century*, einreichte, behauptete er: »Ich habe meine Autobiographie aufgegeben & werde sie nicht zu Ende bringen; aber ich habe ein Kapitel mit Erinnerungen herausgenommen & abtippen lassen, denn ich finde, es würde einen lesenswerten Artikel abgeben« (25. Febr. 1899, CtY-BR). Der Artikel, den Twain auf Nachfrage eines Passagiers der *Hornet* nachträglich noch einmal überarbeitete, wurde in *The Man That Corrupted Hadleyburg and Other Stories and Essays* (1900) und in *My Début as a Literary Person with Other Essays and Stories* (1903) aufgenommen. Der hier folgende Text ist eine kritische Rekonstruktion, die auf dem Manuskript und der von Twain überarbeiteten Fassung für die Ausgabe des *Century* beruht und nicht auf den Nachdrucken von 1900 und 1903.

Im Jahr 1906 erwog Twain, den Text in sein Autobiographisches Diktat vom 20. Februar aufzunehmen, und notierte mit Bleistift auf dem Typoskript: »Hier meinen Bericht zum Hornet-Unglück einfügen, der um 1898 im *Century* als Kapitel aus meiner Autobiographie veröffentlicht wurde«, was zeigt, dass es sich bei dem Stück um einen Text handelt, den Twain für die endgültige Fassung seiner Autobiographie in Betracht gezogen hatte, so dass er hier als vorläufiges Manuskript aufgenommen wurde. Weder Paine noch Neider veröffentlichten diesen Text.

577 *eine kleinere Sache … veröffentlicht* – »Der berühmte Springfrosch« erschien als »Jim Smiley and His Jumping Frog« in der New Yorker *Saturday Press* vom 18. November 1865. Twain, der zu dieser Zeit in San Francisco lebte, erfuhr alsbald, dass seine Geschichte gelobt und von der Presse im Osten häufig wiedergedruckt wurde. Anfang 1867 nahm er sie in sein erstes Buch *The Celebrated Jumping Frog of Calaveras County, and Other Sketches* auf, das im Mai veröffentlicht wurde (*ET&S2*, 262–72; 20. Jan. 1866 an JLC und PAM, *L1*, 327–28, 330, Anm. 3).

Ich wählte Harper's Monthly – 1850 gegründet, hatte *Harper's New Monthly Magazine* seinen Ruf damit erworben, die Romane berühmter britischer Autoren wie Dickens und Thackeray als Fortsetzungen zu veröffentlichen. Später kamen amerikanische Beiträge hinzu, Literatur und Reiseliteratur, Zeitgeschehen und Lyrik. 1866 war es dann »so erfolgreich, dass wir es gut und gern als Maßstab für die literarische Kultur und für die allgemeine Verfassung unseres Landes betrachten können« (Mott 1938, 383–405).

unterzeichnete ihn mit »Mark Twain« … sie gaben entweder Mike Swain oder MacSwain in den Satz – Anfang Februar 1863 begann Twain, im Nevada-Territorium seine Arbeiten mit »Mark Twain« zu unterzeichnen, und sein Pseudonym erreichte Bekanntheit durch die Veröffentlichung und Verbreitung der »Springfrosch«-Geschichte (16. Febr. 1863 an JLC und PAM, *L1*, 245–46, Anm. 1). »43 Tage« allerdings erschien wie die meisten anderen Beiträge unsigniert in der Dezemberausgabe 1866 des *Harper's New Monthly Magazine* (SLC 1866c). Das Inhaltsverzeichnis für Band 34 (von dem die Dezemberausgabe ein Teil war) erschien nicht vor Mai 1867; es schrieb Twains Artikel einem »Mark Swain« zu.

578 *Brand des Klippers Hornet am 3. Mai 1866* – Die *Hornet* verließ New York am 15. Januar 1866 mit Kurs auf San Francisco. Sie verbrannte und versank im Pazifischen Ozean nahe des Äquators, etwa 1500 Meilen vor der Küste Südamerikas (MTH, 102).

Kapitän Josiah Mitchell – Josiah Angier Mitchell (1812?–1876) aus Freeport, Maine, war der Erste seiner Familie, der »die See zu seinem Beruf machte – das Ergebnis einer angenehmen Reise nach Havanna, die er als Junge aus gesundheitlichen Gründen gemacht hatte« (*MTH*, 107–08, Anm. 5).

auf den Inseln ... Briefe für die Wochenausgabe der Sacramento Union ... liebenswerte und wohlgelittene Männer – Die Besitzer der in Sacramento erscheinenden *Union* – James Anthony, Paul Morrill und Henry W. Larkin – beauftragten Twain, eine Serie Briefe von den Sandwichinseln zu schreiben. Er verließ San Francisco am 7. März 1866 auf dem Dampfer *Ajax* und kam elf Tage später in Honolulu an. Einige Details über Twains Abmachung mit der *Union* sind unklar. Seiner Mutter und Schwester sagte er, dass er für »einen Monat« auf die Inseln fahre und »zwanzig oder dreißig Briefe« für die Zeitung schreiben würde; er blieb vier Monate und verfasste 25 Briefe, die sowohl in den täglichen als auch den wöchentlichen Ausgaben erschienen (*RI 1993*, 706–07; 5. März 1866 an JLC und PAM, *L1*, 333–34; *MTH*, 93, 256).

an mein Zimmer gefesselt – Twain litt an Sattelgeschwüren; vgl. »Notizen zu *Die Arglosen im Ausland*«.

Seine Exzellenz Anson Burlingame – Anson Burlingame (1820–1870), Gründer der Republikanischen Partei, Mitglied des US-Repräsentantenhauses für Massachusetts (1855–1861), wurde 1861 zum US-Gesandten in China ernannt und förderte bis zum Ende seiner Amtszeit 1867 die diplomatischen Beziehungen zwischen dem Reich der Mitte und den Westmächten. Im Juni 1866 war er nach einer Auszeit in den Vereinigten Staaten auf dem Rückweg nach China. Als er 1870 starb, lobte Twain ihn als einen Mann, der »im Interesse der gesamten Welt« gehandelt habe, »statt nur auf die Vorteile für sein eigenes Land bedacht« gewesen zu sein (SLC 1870a; 21. Juni 1866 an JLC und PAM, *L1*, 345–46, Anm. 5; vgl. auch AD 20. Febr. 1906).

579 *mein vollständiger Bericht ... an die Zeitungen in New York ... Mr. Cash* – Twain hatte die Überlebenden der *Hornet* kurz in einem Brief an die *Sacramento Union* erwähnt, datiert vom 22. Juni, bevor sie von ihrem Ankunftshafen auf Hawaii nach Honolulu abreisten. Seinen vollständigen Bericht, datiert vom 25. Juni, schrieb er, nachdem er die Überlebenden interviewt hatte – vor allem den Dritten Offizier John S. Thomas. Der Bericht wurde mit dem Schoner *Milton Badger* nach San Francisco geschifft und erschien am 19. Juli 1866 unter der Überschrift »Burning of the Clipper Ship Hornet at Sea« auf der Titelseite der *Sacramento Daily Union*. Zu Nachdrucken in New Yorker Zeitungen oder über »Mr. Cash« ist nichts bekannt (SLC 1866b; SLC 1866c; *MTH*, 109–10; 27. Juni 1866 an JLC und PAM, *L1*, 348, Anm. 1).

579–80 *Binnen vierzehn Tagen nahmen die meisten von ihnen das Schiff nach San Francisco … Ich fuhr mit demselben* – Das Beiboot der *Hornet* legte am 15. Juni 1866 an. Twain und die Überlebenden verließen Honolulu am 19. Juli auf dem Klipper *Smyrniote*, also mehr als einen Monat später (*MTH*, 107, Anm. 5; 19. Juli 1866 an Damon, *L1*, 349, Anm. 2).

580 *Samuel Ferguson … Henry Ferguson … Professor* – Samuel Ferguson (1837–1866) und Henry Ferguson (1848–1917) waren die Söhne eines New Yorker Geschäftsmanns und wuchsen in Stanford, Connecticut, auf. Henry nahm seine Studien am Trinity College in Hartford auf, schloss sie 1868 ab und wurde episkopalischer Pfarrer. Von 1883 bis 1906 hatte er eine Professur in Geschichte und Politikwissenschaft am selbigen College inne. Obwohl Twain und Henry Ferguson in den 1880er Jahren beide in Hartford lebten, scheinen sie nicht in Kontakt gestanden zu haben, bis Twain 1899 »Mein Debüt als Literat« veröffentlichte (*Hartford Courant*: »Death of a Trinity College Graduate«, 4. Okt. 1866, 8, »Prof. Ferguson Dies at His Home«, 31. März 1917, 9). Twains Gebrauch der Tagebücher der Brüder Ferguson erwies sich als mühselig. Anfang Oktober 1899, kurz vor Erscheinen des Artikels, schrieb Twain an Gilder: »Kannst du nicht an Professor Henry Ferguson vom Trinity College in Hartford schreiben & ihn bitten, ein oder zwei Seiten von Samuel Fergusons Tagebuch zur Wiedergabe zu fotografieren?« (Okt. 1899 an Gilder, TxU-Hu). Ferguson lehnte ab. Als der Artikel veröffentlicht wurde, schrieb Ferguson an Twain und verwahrte sich gegen die Verwendung der Tagebücher, so dass Twain anbot, den betreffenden Passus aus seiner kommenden Sammlung *The Man That Corrupted Hadleyburg* (SLC 1900b) zu streichen. Ferguson, etwas besänftigt, bat darum, dass in zukünftigen Drucken die richtigen Namen der Männer nicht genannt würden, dass er selbst weniger »eindeutig identifizierbar« sei und die Krankheit seines Bruders »Lungenfieber« statt »Tuberkulose« genannt werde (Ferguson an SLC, 10. Nov. 1899, CtY-BR, und 8. Dez. 1899, CU-MARK; 20. Nov. 1899 an Ferguson und 21. Dez. 1899 an Ferguson, CtY-BR). Twain befolgte diese Forderungen. Außerdem entschärfte er die Äußerungen über Meuterei, Verrücktheit und Kannibalismus. Seine Änderungen wurden für die Fassungen, die in *The Man That Corrupted Hadleyburg* und in einer späteren Druckausgabe von *My Début as a Literary Person with Other Essays and Stories* (SLC 1903a) veröffentlicht wurden, revidiert.

580–81 *Dann der Ruf »Feuer!« … die Stunden des Schiffes waren gezählt* – Die Ladung der *Hornet* war hoch entzündbar; sie bestand aus 2400 Kästen Kerosin und 6200 Kartons Kerzen (»Burning of the Ship Hornet«, *New York Times*, 22. Aug. 1866, 2).

581 *Portugiese* – *»Portyghee«*. Antonio Possene (der Name wurde von Captain Mitchell festgehalten) stammte anscheinend von den Kapverdischen Inseln, seit dem 15. Jahrhundert portugiesische Kolonie (Mitchell 1866; »Burning of the Ship Hornet«, *New York Times*, 22. Aug. 1866, 2).

Wie er so dalag – *»soldiering«*. Sich krank stellen oder sich vor etwas drücken, gewöhnlich *»sogering«* oder *»sodgering«* geschrieben.

Bowditchs Navigator … nautischen Almanach – Der *New American Practical Navigator*, ein Handbuch der Navigation, wurde 1802 von Nathaniel Bowditch veröffentlicht. *The*

American Ephemeris and Nautical Almanac wird seit 1852 vom US-amerikanischen Marine-Observatorium veröffentlicht.

582 *Vierzig-Gallonen-Fass* – *»forty-gallon ›scuttle-butt‹«*. Der englische Begriff nahm später als *»scuttlebutt«* die Bedeutung von »Tratsch« an, was auf die Unterhaltung der Trinkenden zurückzuführen ist.

Der Kapitän und die beiden Passagiere führten Tagebuch – Die Tagebücher aller drei Männer sind noch vorhanden, aber die Abschriften, die Twain an Bord der *Smyrniote* machte, existieren nicht mehr (Mitchell 1866, Henry Ferguson 1866, Samuel Ferguson 1866). Auch wenn die im Artikel des *Harper's* von 1866 enthaltenen Tagebuchzitate (die er für den Text von 1898 unverändert ließ) fast alle umformuliert, gekürzt oder erweitert wurden, erfand er keine fiktionalen Ausschmückungen hinzu.

584 *Revillagigedo-Inseln* – Ein unbewohntes Archipel etwa dreihundert Meilen südsüdwestlich der Spitze der mexikanischen Halbinsel Niederkalifornien.

585 *»kabbelige«* – *»cobbling«*. Durch gegeneinanderlaufende Wellen bewegte See.

Clipperton-Insel – Erhebt sich über einem Korallenatoll etwa siebenhundert Meilen südwestlich von Acapulco.

Wenn man mit beiden Augen hinsieht, ist der Horizont so gekreuzt: X – Samuel Fergusons detaillierter Tagebucheintrag erklärt diese Bemerkung: »Sonne wirklich sengend heiß und ermahnte mich, Schatten zu suchen, durch eine merkwürdige Verdopplung der Sicht mit beiden Augen, während es mit jedem Auge einzeln richtig aussieht. Mit beiden Augen kreuzte sich der Horizont wie ein X« (Samuel Ferguson 1866, Eintrag für den 9. Mai).

586 *Der Kapitän ist ziemlich scharf mit ihnen ins Gericht gegangen … stehen in meinem alten Notizbuch* – In seinem Manuskript begann Twain die Rede des Kapitäns zu zitieren und strich den Teil anschließend: »Ihr solltet euch schämen, keine angemessene Dankbarkeit für die unendliche Gnade Gottes an den Tag zu legen in diesen schweren Zeiten heiliger Gefahr.« Diese Bemerkung konnte in Twains vorhandenen Notizbüchern nicht gefunden werden, mindestens eins der Notizbücher aus dieser Zeit ist jedoch abhandengekommen.

Dritten Maat – Der Dritte Offizier, Twains Hauptinformant, war John S. Thomas, den Twain in seinem Bericht an die *Sacramento Union* als einen »sehr intelligenten, sehr ruhigen und selbstbeherrschten jungen Mann« charakterisierte, der »eine äußerst präzise Erinnerung an seine bemerkenswerte Reise in seinem Gedächtnis trug« (*N&J1*, 100–02; SLC 1866c).

587 *Der Erste Maat war ein ausgezeichneter Offizier* – Der erste Offizier, Samuel F. Hardy of Chatham, Massachusetts, hatte das Feuer auf der *Hornet* zu verantworten. Nichtsdestoweniger war Twains Beitrag durchweg voll des Lobs für ihn (SLC 1866c; »Burning of the Ship Hornet«, *New York Times,* 22. Aug. 1866, 2; Mitchell 1866).

592 *Cox … der Tagebuchschreiber hätte nie wieder Land gesehen* – Vgl. Anm. 599–600: *»die Rückkehr von Cox«*.

594 *einen Artikel … Enthaltung von Nahrung als Kur* – Verhungerungs- oder besser Hungerdiäten gehörten zur medizinischen Landschaft des 19. Jahrhunderts. Seit den 1880er Jahren hatte Twain selbstbewusst das Fasten als eine Heilung für »jedes gewöhnliche

Leiden« empfohlen. Der Artikel, auf den er sich hier bezieht, »At the Appetite-Cure«, wurde im August 1898 in der *Cosmopolitan* veröffentlicht (SLC 1898b, 433; Ober 2003, 207–10).

595 *war ein verbannter Herzog … ein Däne* – Twain entnahm diese Informationen Samuel Fergusons Tagebuch, aus dem er in seinem *Harper's*-Artikel 1866 zitierte: »Hier haben wir einen Mann, der ein Herzog hätte sein können, wenn politische Unruhen ihn nicht aus Dänemark verbannt hätten« (SLC 1866d, 109). Es gab nur einen Dänen im Beiboot. Er hinterließ am Ende von Samuels Tagebuch seinen Namen: »Carl Henrich Kaatmann, geboren Augustenburg« (Samuel Ferguson 1866, Eintrag vom 30. Dez.). Als der Prinz von Augustenburg Schleswig und Holstein als dänische Herzogtümer einforderte, entstand ein europäischer Konflikt, über den in den 1860ern großflächig berichtet wurde (»What the European War Is About«, *Circular* 3 [11. Juni 1866]: 102).

597 *Die Inseln, die wir ansteuern, sind bei Bowditch verzeichnet … segelten sie geradewegs über sie hinweg* – Obwohl der *Navigator* von Bowditch eine »Ansammlung von Inseln« bei 16–17° Nord und 133–136° West anzeigte, existieren sie nicht. Die Überlebenden der *Hornet* gaben die Suche nach ihnen am 7. Juni auf, als sie sich leicht westlich dieser Koordinaten befanden (Bowditch 1854, 375).

zehn Rationen Wasser – In Kapitän Mitchells Eintrag vom 2. Juni ist die Rede von »10 Rosinen für jeden« (»10 raisins apiece«); Twain las fälschlicherweise »Rationen« und fügte »Wasser« hinzu, um dem etwas Sinn zu verleihen (Mitchell 1866).

599–600 *die Rückkehr von Cox … aber töten würden sie ihn nicht* – Die Erwähnung von James Cox bleibt durch die Auslassung bestimmter Details etwas kryptisch. Es heißt, dass die Rückkehr von Cox den Kapitän und die Passagiere gerettet habe, aber auch, dass »einige der Männer« zwar bereit wären, »das Fleisch eines toten Mannes zu verzehren, aber töten würden sie ihn nicht«. Twains *Harper's*-Artikel 1866 hielt fest, dass die Männer sehr wohl bereit waren zu töten und dass nur die Warnung Cox' und seine Wachsamkeit sie davor bewahrt hätten. Einige der Seemänner planten

> abzuwarten, bis der Kapitän müde werden und einschlafen würde, um ihn und die Passagiere dann zu töten. Sie hatten Angst vor Fergusons Pistole und vor dem Beil des Kapitäns und heckten etliche Pläne aus, um an diese Waffen zu gelangen. Cox sagten sie […], sie würden ihn töten, wenn er sie verriet. Er lehnte es ab, sich der Verschwörung anzuschließen, und sie sagten, er solle sterben; so ging er von da an Tag für Tag und Nacht für Nacht nicht schlafen, sondern hielt sie aus Angst um sein Leben unter Beobachtung. Der Kapitän und die Passagiere blieben ebenfalls kampfbereit und wachsam, unterhielten sich aber auch angenehm und ließen es sich nicht anmerken, dass sie wussten, was in den Köpfen der Männer vor sich ging. (SLC 1866d, 113)

Der Matrose Frederick (»Fred«) Clough – in das »hässliche Gerede« (S. 599) über Meuterei und Kannibalismus verwickelt – gab diese Ereignisse in einem Artikel, der 1900 veröffentlicht wurde, ganz anders wieder: »Wir hatten damals fast schon diesenletzten Moment erreicht, und damit meine ich, dass wir darum losen würden, wer von uns geopfert werden sollte, damit die andern überleben und unsere Geschichte erzählen könnten. Diesem Losverfahren um Leben und Tod stimmten alle von uns ohne jedes Zögern zu« (Irvine 1900, 575). Kapitän Mitchell bemerkte am 5. Juni wortkarg: »Eine Verschwörung formierte sich, mich zu töten« (Mitchell 1866). Einer Anmerkung zufolge, die Twain machte, während er die Tagebücher abschrieb, war der »Kapitän gewahr, dass sich diese mörderische Unzufriedenheit zusammenbraute durch die verzweifelten Mienen der einen Männer & die schuldvollen Blicke der anderen – & er blieb wachsam – schlief nicht mehr – hielt sein Beil verborgen & bereit« (*N&J1*, 173).

600 *Vor Sturm und Ungewitter; vor Seuche, Pestilenz und theurer Zeit; vor Krieg und Blutvergießen; vor bösem, schnellem Tod: Behüt uns, lieber Herr* – Vgl. die Litanei oder Das allgemeine Bittgebet. In *The Book of Common Prayer* (1892).

602 *Bouillon-Suppe – »soup-and-bouillé«.* Twain erklärte diesen Begriff in seinem ursprünglichen Entwurf an die *Sacramento Union:*

Dieser letzte Ausdruck des Dritten Maats kam in seiner Erzählung des Öfteren vor und störte mich ganz fürchterlich in seiner mysteriösen Unverständlichkeit, so dass ich nach einer Weile darum bat, mir zu erklären, was diese düstere und furchtbare »Bully-Suppe« bedeutete. Mit Hilfe des Konsuls schaffte er es schließlich, mir zu erklären, dass ein französisches Gericht namens »soupe bouillon« wie konserviertes Fleisch in Dosen abgefüllt wird und der amerikanische Seemann unter dem Eindruck steht, der Name sei eine generische Bezeichnung für alles Essbare, was luftdicht in Dosen abgefüllt ist, und mit großem Abscheu gegenüber unbedeutenden Konventionen, der typisch für seine Zunft ist, veränderte er die Aussprache in »Bully-Suppe«. (SLC 1866c)

607 *Hahn … und dabei starb er* – Dieser Eintrag unterscheidet sich von Twains Bericht 1866 an die *Sacramento Union*, in dem er schrieb, dass der Hahn »auf das Boot des Ersten Maats gebracht wurde und am achtzehnten Tag davonsegelte«; sein Schicksal sei daher unbekannt. Frederick Clough, der im Beiboot saß, erinnerte sich daran, dass der Hahn, als er »zum letzten Mal gesungen hatte und gestorben war, ins Meer geworfen wurde« (SLC 1866c; Irvine 1900, 576).
starb Samuel Ferguson – Samuel Ferguson starb am 1. Oktober 1866 in San Francisco (»Death of a Trinity College Graduate«, *Hartford Courant*, 4. Okt. 1866, 8).

Horace Greeley

Quelle: MS in CU-MARK, geschrieben 1898/99

Die Manuskripte der folgenden drei Texte (»Horace Greeley«, »Vortragsreisen« und »Ralph Keeler«) sind alle Teil der Mark Twain Papers. Twain verfasste sie ungefähr zur selben Zeit in Wien, entweder Ende 1898 oder, und das ist wahrscheinlicher, Anfang 1899. Er hatte die Arbeit an der Autobiographie in der ursprünglich geplanten Form (zumindest vorübergehend) zugunsten einer »Porträtsammlung von Zeitgenossen« eingestellt. So sagte er im Mai 1899 zu einem

Reporter: »Kein Mensch kann die ganze Wahrheit über sich selbst berichten, selbst wenn er davon überzeugt wäre, dass niemand sein geschriebenes Wort jemals zu Gesicht bekäme. [...] Aus diesem Grund beschränke ich mich darauf, Porträts von anderen zu zeichnen« (»Mark Twain's Bequest«, datiert auf »Wien, 22. Mai«, Londoner *Times*, 23. Mai 1899, 4, in Scharnhorst 2006, 333–34).

Obwohl Twain hier angibt, seine Begegnung mit Greeley habe 1871 stattgefunden, ereignete sie sich mit ziemlicher Sicherheit etwas früher, nämlich zwischen dem 12. und 17. Dezember 1870, während sich Twain auf einer einwöchigen Reise nach New York befand (*RI* 1993, 825, Anm. 78). 1905 erzählte er eine fast identische Version dieser Geschichte (3. Okt. 1905 an den Herausgeber von *Harper's Weekly*, RPB-JH, veröffentlicht in SLC 1905e). Paine nahm diese Anekdote nicht in seine Ausgabe der Autobiographie mit auf, eine kurze, für ihn angefertigte Maschinenabschrift von diesem Text legt aber die Vermutung nahe, dass er darüber nachgedacht haben dürfte. Er hatte auch bereits eine weitere Fassung dieser Geschichte in seiner Biographie von 1912 angeführt (*MTB*, 1:472). Neider ließ sie ebenfalls weg, Bernard DeVoto hingegen veröffentlichte sie in *Mark Twain in Eruption* in der Abteilung »Miscellany« (»Verschiedenes«), zu der er angibt, sie sei »aus Fragmenten zusammengesetzt, die Zusammenhängen entnommen sind, die mir nicht interessant genug erschienen, sie in ihrer Gesamtheit aufzuführen« (*MTE*, xii–xiii, 347–48).

609 *Mr. Greeley* – Horace Greeley (1811–1872) wuchs in New Hampshire und Vermont auf. Er ging mit vierzehn von der Schule ab, um seinem Vater auf der Farm und bei Gelegenheitsarbeiten zu helfen, und begann mit fünfzehn eine Lehre bei einem Buchdrucker. In den Folgejahren entwickelten sich seine journalistischen Fähigkeiten, und er schrieb für zahlreiche New Yorker Zeitungen und Magazine. 1841 gründete er die *New York Tribune*, deren Herausgeber er bis zu seinem Tod blieb. Mit seiner Zeitung, die immensen nationalen Einfluss erlangte, prangerte er Sklaverei und Armut an und trat für die Rechte der Afroamerikaner, der Frauen und der Arbeiterklasse ein. Er versuchte sich kurze Zeit in der Politik, erlitt jedoch bei den Präsidentschaftswahlen 1872 eine vernichtende Niederlage gegen Grant und starb kurz darauf.

Vortragsreisen

Quelle: MS in CU-MARK, geschrieben 1898/99

Dieses Manuskript, das Twain Ende 1898 oder Anfang 1899 in Wien begann, blieb unvollendet und bricht mitten im Satz ab, und zwar an einer Stelle, die gerade spannend zu werden verspricht. So wie »Horace Greeley« und »Ralph Keeler« sollte es vermutlich ebenfalls in die Porträtsammlung über Freunde und Bekannte eingehen, die für Twain zeitweise an die Stelle seines ursprünglichen Konzepts der Autobiographie gerückt war. Die am Seitenrand vermerkten Namen (Nasby, De Cordova und Hayes) erinnern an die Daten, mit denen er später die Seitenränder seiner nicht chronologischen Autobiographischen Diktate versah, um dem Leser die Orientierung zu erleichtern.

Twain wollte seine Erlebnisse der Vortragsreihen schon seit längerem festhalten. Bereits im Juli 1869, nachdem er seine erste Tournee durch die Oststaaten abgeschlossen hatte, nutzte er den Briefwechsel mit der *Alta California* in San Francisco, um seinen Freund David Ross Locke (Petroleum V. Nasby), der ebenfalls zu den Vortragenden gehörte, zu beschreiben: »Nasby ist wirklich ein guter und umgänglicher Kollege, und wir saßen bis zum Morgengrauen zusammen, lasen Bret Hartes *Condensed Novels* und unterhielten uns über Erlebnisse von den Vorträgen im Westen. Diese Erlebnisse aber, so köstlich und interessant sie auch sein mögen, darf man nur in geheimen Sitzungen, hinter verschlossenen Türen berichten. Was für einen erhellenden Artikel man sonst nur daraus machen könnte« (SLC 1869b). Doch er ließ diese Idee trotz seiner Vorbehalte nicht ganz fallen. In einem Brief an Olivia vom Januar 1872 erwähnte er ein Manuskript, das er in der Hoffnung nach Hause geschickt hatte, es könnte in seinen »Band über ›Vortrags-Erlebnisse‹« eingehen, und das später unter dem Titel »Sociable Jimmy« veröffentlicht wurde (10. & 11. Jan. 1872 an OLC, *L5*, 18, 20, Anm. 6; SLC 1874d). »Vortragsreisen« und »Ralph Keeler« sind jedoch die einzigen Versuche, die er zur Umsetzung dieses Plans machte.

Paine nahm die »Vortragsreisen« unter dem Titel »Alte Vortragszeiten in Boston. *Nasby und andere Vortragende von Redpaths Bureau*« auf, allerdings unter Auslassung der letzten vier Absätze, also des unvollendeten Teils über Isaac I. Hayes (*MTA*, 1:147–53). Neider übernahm diesen Text von Paine – mitsamt seinen Fehlern –, stellte einige Passagen um und erweiterte ihn um Auszüge aus »Ralph Keeler« und den Autobiographischen Diktaten vom 11. und 12. Oktober 1906 (*AMT*, 161–69). Hier ist der Text nun zum ersten Mal in voller Länge wiedergegeben, so wie er verfasst wurde.

609 *Petroleum Vesuvius Nasby* – David Ross Locke (1833–1888) verließ früh die Schule, machte eine Lehre bei einem Buchdrucker und arbeitete im Anschluss bei verschiedenen Zeitungen. Beim Ausbruch des Bürgerkriegs war er Eigentümer und Herausgeber des *Bucyrus Journal* (Ohio), doch erst ein Jahr später veröffentlichte er seinen ersten satirischen Beitrag als Petroleum V. Nasby, ein ungebildeter, bornierter Flegel, der für die freiheitliche Sache eintrat, indem er sich scheinbar dagegen aussprach. Die Beliebtheit der Nasby-Briefe machten den Eigentümer des *Toledo Blade* auf Locke aufmerksam, der ihn 1865 als Herausgeber anwarb. Später wurde Locke Miteigentümer, und die Nasby-Briefe, die er weiterhin bis kurz vor seinem Tod schrieb, waren ein wichtiger Bestandteil der Wochenausgabe (*L3*: 20. und 21. Jan. 1869 an OLL, 56, Anm. 1; 10. März 1869 an OLL und Langdon, 160, Anm. 5; Austin 1965, 11–12; Marchman 1957).
seine Briefe wurden vom Atlantik bis zum Pazifik überall kopiert – Aus einem Nachruf auf Locke:

> Diese politischen Satiren erfreuten sich mit einem Schlag größter Beliebtheit. Sie wurden überall in den Zeitungen nachgedruckt, in Vorträgen zitiert, an den Lagerfeuern des Unionsheers vorgelesen und übten im Norden einen enormen Einfluss auf die Bildung der öffentlichen Meinung zugunsten eines energischen Vorgehens gegen den Krieg aus. Minister Boutwell erklärte in einer Rede bei der Cooper Union in New York bei Kriegsende, dass der Erfolg des Unionsheers drei Dingen geschuldet sei – der Armee, der Marine und

den Nasby-Briefen. [...] Präsident Lincoln war begeistert von den Briefen und hatte sie immer in seiner Schreibtischschublade, um hin und wieder darin zu lesen. (»Death of D. R. Locke«, *Washington Post*, 16. Febr. 1888, 4)

George S. Boutwell (1818–1905) war von 1869 bis 1873 amerikanischer Finanzminister.

610 *Gouverneur des Staates war ein klügerer Kopf als die politischen Herren Körners und Petöfis ... eine Armee – mit Artillerie!* – Locke selbst erzählte Twain höchstwahrscheinlich diese Anekdote, die auch in einem Nachruf erwähnt wurde, und es besteht kein Grund, sie anzuzweifeln. Nasby erhielt jedenfalls ein Offizierspatent als Leutnant der Infanterie in der Freiwilligen-Armee von Ohio, am 5. November 1861 vom Gouverneur William Dennison unterzeichnet, der von ihm verlangte, innerhalb von 14 Tagen eine Kompanie von 30 Mann anzuwerben. Die Ausgabe des *Bucyrus Journal* vom 16. November enthielt Lockes »Abschiedsrede« und gab bekannt, dass er eine »Kompanie rekrutieren« würde. Letztlich bezahlte Locke einen Ersatzmann, der für ihn in den Kampf zog (Marchman 1957; John M. Harrison 1969, 64–66; »Death of D. R. Locke«, *Washington Post*, 16. Febr. 1888, 4). Theodor Körner (1791–1813) und Sándor Petöfi (1823 bis 1849) waren national gesinnte Dichter, die in der Schlacht gefallen waren. Körner fiel in den napoleonischen Kriegen im Kampf für Preußen und Petöfi in der gescheiterten Ungarischen Revolution 1848 gegen die Österreicher.

sah ihn zum ersten Mal – Twain besuchte Lockes Vortrag in Hartford am 9. März 1869 (10. März 1869 an OLL und Langdon, *L3*, 158, 159–60, Anm. 1).

611 *seine Zielscheibe die Sklaverei und ihre Apologeten in den Nordstaaten* – Bei seinem »Verdammt sei Kanaan«-Vortrag (»Cussed be Canaan«) trat Locke als Nasby auf (ohne den kuriosen Dialekt, den er im Druck verwendete) und machte deutlich, dass Nasbys Ansichten nicht seine eigenen waren. Sein satirisch formulierter Standpunkt war, dass den Afroamerikanern volle Gleichberechtigung zustehe, sowohl in wirtschaftlicher als auch politischer Hinsicht (John M. Harrison 1969, 192–96). In einem Brief an die *Alta California* in San Francisco beschrieb Twain den Vortrag als »eine überaus unverblümte Schilderung der Laufbahn des Negers von der Sintflut bis zum heutigen Tag«:

So wird beispielsweise die Bedeutungserweiterung des Wortes »weiß« in den Staatsverfassungen unter dem großen allgemeinen Statut, wonach alle Menschen gleich seien, geschickt angeschnitten durch die Empfehlung, alle Bibeltexte gleichzeitig so zu ändern, dass sie den Vorstellungen der Menschen aufs angenehmste entsprechen – also: »Lasset die weißen Kinder zu mir kommen und wehret ihnen nicht!« (SLC 1869b)

612 *Vorträgen begann ich 1866 ... danach ... eine Vortragsreihe im Osten* – Twain hielt seinen ersten Vortrag (über die Sandwichinseln) am 2. Oktober 1866 in San Francisco. Für seinen Bericht über dieses Erlebnis und die anschließende Tournee vgl. »Notizen zu *Die Arglosen im Ausland*«. Im März und April 1867 trat er mit Vorträgen zum selben Thema in St. Louis und anderen Städten am Mississippi auf und im Mai noch dreimal in New York und Brooklyn. Im Januar 1868 hielt er in Washington, D. C., einen neuen Vor-

trag über seine Reise auf der *Quaker City* mit dem Titel »The Frozen Truth« (»Die eisige Wahrheit«), bevor er (zum letzten Mal) in den Westen zurückkehrte, wo er den Vortrag noch einmal am 14. und 15. April in San Francisco hielt. Danach trat er noch in mehreren Städten in Kalifornien und Nevada auf, die er auf seiner Tournee 1866 bereits besucht hatte, und hielt den letzten Vortrag am 2. Juli in San Francisco. In der Saison 1868/69 reiste Twain vom 17. November bis zum 20. März mit dem Vortrag »The American Vandal Abroad« (»Der amerikanische Vandale im Ausland«), der ebenfalls von der Reise auf der *Quaker City* handelte, durch den Mittleren Westen und Osten (*L1*: vgl. Anm. nach 25. Aug. 1866 an Bowen, 361–62; 29. Okt. 1866 an Howland, 362, Anm. 1; 2. Nov. 1866 an JLC und Familie, 366–67, Anm. 3,4; *L2*: 19. März 1867 an Webb, 19, Anm. 2; vgl. Anm. nach 1. Mai 1867 an Harte, 40–44; 8. Jan. 1868 an JLC und PAM, 147, Anm. 7; 2.–14. Apr. 1868 an Fairbanks, 208; 14. Apr. 1868 an Williams, 209–10, Anm. 2; 1. und 5. Mai 1868 an Fairbanks, 213, Anm. 4; 5. Juli 1868 an Bliss, 233, Anm 1; *L3*; Anlage zu 12. Jan. 1869 an Fairbanks, 453–57; »Lecture Schedule, 1868–1870«, 481–83).

612 *Redpaths Büro* – Im AD vom 11. Oktober 1906 beschreibt Twain Redpath (1833–1891) als einen »Mann der Redlichkeit, Aufrichtigkeit, Liebenswürdigkeit und des Muts«. Redpath, ein Gegner der Sklaverei, war Schriftsteller, Journalist und Sozialreformer. 1868 gründete er in Zusammenarbeit mit George L. Fall das Bostoner Lyceum Bureau (später das Redpath Lyceum Bureau genannt). Dieses Unternehmen, eines der ersten dieser Art, organisierte Vortrags-, Lese- und Konzerttourneen beliebter Künstler, kümmerte sich um die Buchungen und handelte mit den örtlichen Veranstaltungskomitees in kleinen wie auch großen Städten die Honorare aus. Vortragende bezahlten ihre Reisekosten selbst zuzüglich 10 Prozent Provision (vgl. auch »Ralph Keeler«). Redpath organisierte Twains Tournee »Our Fellow Savages of the Sandwich Islands« (»Unsere wilden Gesellen auf den Sandwichinseln«) in der Saison 1869/70 und seine Tournee *Durch dick und dünn* 1871/72 (nachdem »Reminiscences of Some un-Commonplace Characters I Have Chanced to Meet« und »Artemus Ward, Humorist« probeweise aufgegriffen, aber wieder herausgenommen wurden). In der Saison 1870/71 ging Twain nicht auf Tournee (Eubank 1969, 91–115, 119–20; *L3*: 20. Apr. 1869 an Redpath, 199, Anm. 1; 10. Mai 1869 an Redpath, 214–16, 217–18, Anm. 8; 30., 31. Okt. und 1. Nov. 1869 an OLL, 383–84, Anm. 9; »Lecture Schedule, 1868–1870«, 483–86; *L4*: 24. Okt. 1871 an Redpath, 478; 8. Dez. 1871 an Redpath und Fall, 511; »Lecture Schedule, 1871–1872«, 557–63).

De Cordova – Raphael J. De Cordova (1822–1901) war bis 1857 Kaufmann, als eine Wirtschaftskrise ihn zwang, zu schreiben und Vorträge zu halten. Er war eine Zeitlang beim *New York Evening Express* beschäftigt und schrieb für die *New York Times*, am bekanntesten war er jedoch für seine humoristischen Schriften und Vorträge. In der Saison 1871/72 bot er über das Redpath-Bureau acht humorvolle Reden an und blieb der Rednerbühne mindestens bis 1878 erhalten (»Death List of a Day«, *New York Times*, 5. Apr. 1901, 9; *Annual Cyclopaedia 1901*, 419; *Lyceum* 1871, 17–18).

613 *Nasby, Billings und ich – saßen in der ersten Reihe* – Josh Billings (Henry Wheeler Shaw, 1818–1885) war weithin bekannt für das hausbackene Weltbild, das er in seinen

humorvollen Essays und Skizzen ausdrückte. *Josh Billings' Farmer's Allminax*, sein drittes Buch und der erste Band einer Reihe von zehn humoristischen Jahresschriften, erschien im Oktober 1869 und wurde in drei Monaten über 90000-mal verkauft. Twain, Billings und Nasby wurden in der zweiten Novemberwoche desselben Jahres zusammen fotografiert, als alle drei in Boston auf Tournee waren. Am 27. Oktober hielt Billings seinen beliebten Vortrag »Milk and Natral Histry« in der Boston Music Hall, wo Nasby am 9. November auftrat und Twain am Abend darauf. De Cordova hielt Mitte November vier Vorträge im Tremont Temple (nicht in der Music Hall); die drei hörten ihn wahrscheinlich am 8. oder 12. November (»Lecture Course«, *Boston Post*, 6. Nov. 1869, 3; *L3*: 9. Nov. 1869 an PAM, 386–87, 389, Anm. 4; 15. und 16. Nov. 1869 an OLL, 397, Anm. 3; 24. und 25. Nov. 1869 an OLL, 406, 408, Anm. 10).

613 *ein Arrangement wie Dickens* – Twain hörte Dickens am 31. Dezember 1867 in New York, als er Olivia Langdon und ihre Familie zu der Lesung begleitete (8. Jan. 1868 an JLC und PAM, *L2*, 146, Anm. 3). In der *Alta California* beschrieb er den Anlass:

> Mr. Dickens hatte vor sich einen Tisch, um sein Buch abzulegen, darauf noch ein Glas, eine schicke Karaffe und ein Blumensträußchen. Hinter ihm befand sich ein riesiger roter Wandschirm – eine Trennwand – der Akustik halber, nahm ich an –, und über ihm hing eine lange Platte reflektierender Lichter, die ein ruhmvolles Licht auf den Herrn warfen, gerade nach der Fasson der Bildergalerien, das Beste aus großartigen Gemälden herauszuholen. Stil! Dickens hat Stil, und Stil hat alles um ihn herum. (SLC 1868c)

614 *Das Publikum jedoch blieb kalt und stumm und starrte* – Der Berichterstatter des Springfielder *Republican* (Mass.) in Boston teilte Twains Meinung über De Cordova, nicht aber seine Einschätzung der Publikumsreaktion: »Mr. De Cordova ist unter den Vortragenden, was eine eher minderwertige Illustrierte unter Zeitungen ist – vorausgesetzt, sie ist hochwertig und auf besserem Papier gedruckt. Es ist kein Fünkchen Scharfsinn in ihm, kein Humor. Sein Publikum schien jedoch zufrieden und auch nicht gelangweilt von seiner lebhaften Nichtigkeit« (William S. Robinson 1869).

Dr. Hayes ... aus der Arktis – Isaac I. Hayes (1832–1881), ein Arzt und Forschungsreisender, begleitete Elisha Kent Kane 1853 bis 1855 auf eine Expedition in die Arktis. 1860/61 und 1869 leitete er selbst zwei solche Expeditionen. Das Redpath Lyceum buchte seine beliebten Vorträge 1869 bis1878 (9. März 1858 an OC und MEC, *L1*, 78, Anm. 6; Eubank 1969, 295–306).

Ralph Keeler

Quelle: MS in CU-MARK, geschrieben 1898/99

Wie die beiden vorhergehenden Manuskripte gehört auch dieses in die Reihe biographischer Texte, die Twain 1898/99 verfasste, statt die Arbeit an seinem konventionelleren Konzept einer Autobiographie fortzusetzen. Es steht auch darüber hinaus in Verbindung zu den »Vortragsreisen«, setzt jedoch ein wenig früher an, als Twain noch Zeitungsreporter in San Francisco war, und erstreckt sich bis zu seiner Tournee 1871/72, auf der Ralph Keeler ihm bei seinen Vortragsreisen in die Vorstädte Bostons Gesellschaft leistete. Paine veröffentlichte den Text mit den üblichen Fehlern und Auslassungen (*MTA*, 1:154–64). Neider übernahm ihn nur teilweise und fügte dafür Auszüge aus »Vortragsreisen« und den Autobiographischen Diktaten vom 11. und 12. Oktober 1906 ein (*AMT*, 161–66).

615 *1865 … in San Francisco … als ich Zeitungsreporter war* – Twain wurde im Juni 1864, kurz nach seiner Ankunft aus Virginia, Nevada, Lokalreporter für den *San Francisco Morning Call*. (Im Vorjahr war er bereits Berichterstatter für den *Call* gewesen.) Die »furchtbare Plackerei« (wie er es bezeichnete), über die Neuigkeiten an den Gerichten und Theatern – und über alle interessanten Geschehnisse, die er aufspüren konnte – zu berichten, endete im Oktober, als man ihm »empfahl« zu kündigen (vgl. AD 13. Juni 1906; CofC, 16–24; 18.? Mai 1863 an JLC und PAM, *L1*, 254, Anm. 7).

Bret Harte … The Golden Era – Als wichtigstes literarisches Wochenmagazin der frühen 1860er Jahre in San Francisco stellte die *Golden Era* eine Plattform für die ersten literarischen Versuche vieler Autoren im Westen dar. Joseph E. Lawrence, Herausgeber von 1860 bis 1866, war bekannt für seine warmherzige Art und seine Großzügigkeit. Mit Fortsetzungsromanen, Gedichten, Lokalnachrichten, Klatsch und höherwertiger Literatur versuchte er, sowohl eine ländliche als auch eine städtische Leserschaft zufriedenzustellen. Twain steuerte Ende 1863 und Anfang 1864 mehrere Artikel bei, gab dies aber im Verlauf des Jahres zugunsten einer neuen Zeitschrift, des »anspruchsvolleren« *Californian*, auf (*L1*: vgl. Anm. nach 19. Aug. 1863 an JLC und PAM 265–66; 25. Sept. 1864 an JLC und PAM, 312, 314, Anm. 5). Harte (1836–1902) war ab 1860 Schriftsetzer bei der *Golden Era*, die schon bald seine Gedichte und Prosawerke veröffentlichte. Als im Mai 1864 die erste Ausgabe des *Californian* erschien, war Harte eine treibende Kraft und ersuchte als Herausgeber im Herbst Twain dringend um Beiträge. (Twain bespricht Harte später ausführlich, vgl. AD 13., 14. und 18. Juni 1906 und 4. Febr. 1907.) Ambrose Bierce (1842–1914?) kam erst Anfang 1867 nach San Francisco; zu dem Zeitpunkt war Twain bereits an die Ostküste aufgebrochen. Die beiden trafen sich vermutlich im April oder Juni 1868, bei Twains letztem Besuch in San Francisco. Bierces erster Artikel erschien im September 1867 im *Californian*, sein erster Artikel in der *Golden Era* erschien in der Juliausgabe 1868. Lawrence forderte Prentice Mulford (1834–1891) 1866 auf, für die *Golden Era* zu schreiben, nachdem er seine Gedichte und humoristischen Erzählungen im *Sonora Union Democrat* gelesen hatte. Zu Stoddard vgl. »Fragmente meiner Autobiographie. Aus Kapitel IX«, Anm. 634: *»Charles Warren Stoddard«* (1. Mai 1867 an Harte, *L2*, 40, Anm. 1; Walker 1969, 119–32, 142–45, 190–91; Bierce 1868; Joshi und Schultz 1999, 75–76; Davidson 1988, 23; *L6*: 8. Apr. 1874 an Chatto und Windus 102, Anm. 1; 1. Febr. 1875 an Stoddard, 364, 366, Anm. 4; Hart 1987, 46–47, 191, 208, 337–38).

Aldrich – Vgl. »Robert Louis Stevenson und Thomas Bailey Aldrich«.

Boyle O'Reilly – John Boyle O'Reilly (1844–1890) war ein irischer Dichter, Redakteur und Nationalist. Für sein Engagement in der Fenian Brotherhood wurde er 1868 wegen

Verschwörung verurteilt und nach Australien deportiert, im Folgejahr aber konnte er nach Amerika fliehen. Er war viele Jahre Herausgeber der Zeitung *Boston Pilot*, in der er für die autonome Selbstverwaltung eintrat, und wurde ein beliebter Redner.

615 *James T. Fields* – James Thomas Fields (1817–1881) wurde bereits im Alter von 25 Jahren Partner in der Verlagsgesellschaft von William D. Ticknor & Co. und 1854 dann Chef von Ticknor & Fields. Von 1861 bis 1871 war er Herausgeber der von seinem Unternehmen publizierten Zeitschrift *Atlantic Monthly* und trat darüber hinaus als Dichter und Autor mehrerer Memoiren in Erscheinung (Winship 1995, 17–18).

Emerson … Longfellow – Ralph Waldo Emerson (1803–1882), John Greenleaf Whittier (1807–1892), Oliver Wendell Holmes (1809–1894), James Russell Lowell (1819–1891) und Henry Wadsworth Longfellow (1807–1882) veröffentlichten ihre Werke alle über Verlagshäuser, die in einer Beziehung mit denen von James T. Fields standen: Ticknor & Fields und nach 1868 Fields, Osgood & Co (Austin 1953, 16, 38).

616 *Er hatte wohl weder ein Zuhause … veröffentlichte einen Bericht über seine Reisen* – Ralph Olmstead Keeler (1840–1873), geboren in Ohio, kam mit acht Jahren als Waise zu einem Onkel in Buffalo, riss jedoch aus und begann ein Vagabundenleben. Erst arbeitete er auf Dampfern und in Zügen, dann als Unterhaltungskünstler in »Neger«-Minstrel-Shows. Nachdem er sich eine vierjährige Collegezeit selbst finanziert hatte, ging er zum Studium nach Deutschland und arbeitete für mehrere Zeitungen als Berichterstatter. Er zog um 1863 nach San Francisco, wo er sich seinen Unterhalt mit Unterrichten und Vorträgen sowie einer humoristischen Kolumne und ein paar Geschichten verdiente, die er für die *Golden Era* schrieb (1. Nov. 1871 an OLC, *L4*, 485–86, Anm. 3; Walker 1939, 138–42). Seine Artikel für *Atlantic Monthly* »Three Years as a Negro Minstrel« (Juli 1869) und »The Tour of Europe for $ 181 in Currency« (Juli 1870) wurden später in den *Vagabond Adventures* von Fields, Osgood und Co. gesammelt herausgegeben (Keeler 1869b, Keeler 1870a, Keeler 1870b).

Gloverson und seine stillen Teilhaber … fand sogar einen Verleger dafür – *»Gloverson and His Silent Partners«*. Keelers Roman, der in San Francisco spielt, ist eine herkömmliche einfallslose Geschichte mit den Standardbestandteilen Liebe, Schicksalsschläge, Pathos und befreiende Komik. In wohlwollendem Gedenken an Keeler erinnert sich Howells, dass er das Manuskript für eine mögliche Veröffentlichung im *Atlantic Monthly* begutachtet hatte. Als er sich »dagegen entschied«, veröffentlichte Keeler das Buch 1869 »auf eigene Kosten« (Howells 1900, 276). Twain prophezeite Howells 1874 scherzhaft, dass dieser »edle Klassiker« in »alle Sprachen dieser Erde übersetzt« und »von allen Nationen verehrt werden & allen Geschöpfen bekannt sein wird« (20. Nov. 1874 an Howells [1.], *L6*, 291, auch in AD 12. Sept. 1908; Keeler 1869a; Walker 1969, 141–42).

616–17 *begleitete mich oft … die »Vortragssaison«* – Im November 1871 genoss Twain Keelers Gesellschaft während einer Lesetour, die von Mitte Oktober 1871 bis Ende Februar 1872 dauerte. Zwischen dem 31. Oktober und dem 17. November trat Twain zweimal in Boston und in weiteren Städten in der Nähe auf (*L4*: 1. Nov. 1871 an OLC, 484, 485–86, Anm. 3; »Lecture Schedule, 1871–1872«, 557–60).

617 *James Redpaths Büro in der School Street* – Vgl. »Vortragsreisen«, Anm. 612: *»Redpaths Büro«*. Das Büro wurde in der Bromfield Street 29 eröffnet und zog 1871 in die Bromfield Street 36 um. In der School Street befand es sich nie (Eubank 1969, 105).

Henry Ward Beecher … der englische Astronom; Parsons, der irische Orator – Die folgenden Personen standen bei Redpath auf einer oder mehreren Listen verfügbarer Redner zwischen 1869 und 1873: Henry Ward Beecher (1813–1887), berühmter liberaler Pastor der Plymouth Church in Brooklyn; Anna Dickinson (1842–1932), wortgewandte Verfechterin der Frauenrechte; John B. Gough (1817–1886), Vertreter der Abstinenzbewegung; Wendell Phillips (1811–1884), Sozialreformer; John H. Vincent (1832–1920), Theologe; William Parsons, Redner über literarische und historische Themen. Zu Petroleum V. Nasby (David Ross Locke), Josh Billings (Henry Wheeler Shaw) und Isaac I. Hayes, die auch unter Redpaths Kunden waren, vgl. »Vortragsreisen«, Anm. 609: *»Petroleum Vesuvius Nasby«* und Anm. 614: *»Dr. Hayes … aus der Arktis«*. Horace Greeley, einer der beliebtesten Redner im Vortragsgeschäft, stand nicht auf Redpaths »Stammliste«, könnte aber zu den Klienten gehört haben, für die er Sonderengagements in Großstädten geplant hatte. Der Name des »englischen Astronomen« (S. 617) war Twain offensichtlich entfallen; im Manuskript bleibt eine Lücke für den Namen. Es könnte Richard A. Proctor (1837–1888) gewesen sein, ein renommierter Autor und Astronom, der 1873/74 seine erste Lesereise in Amerika unternahm, aber erst viele Jahre später auf Redpaths Liste auftauchte (*Lyceum* 1871, 29–34; Eubank 1969, 241, 295–301; *Chicago Tribune*: »Self-Made Men«, 21. Sept. 1871, 4; »Prof. Proctor's Lectures«, 26. Febr. 1874; Pond 1900, 178–79, 347).

Agassiz – Der in der Schweiz geborene Naturforscher Louis Agassiz (1807–1873) und sein weniger bekannter Sohn Alexander (1835–1910) gehörten beide zu dem Kreis der Vortragenden. Twain erlebte den jungen Agassiz 1875 in Newport, aber keiner der beiden stand auf Redpaths Rednerliste (vgl. Anm. nach 29.? Juli 1875 an Redpath, *L6*, 521–22).

618 *1867 war Kate Field … vergessen von der Welt* – Fields (1838–1896) journalistische Karriere begann 1859 mit ihren Briefen aus Italien, die sie an mehrere amerikanische Zeitungen schickte. Ihr erster Auftrag für die *New York Tribune*, eine Reihe von Artikeln über die Amerikatournee der italienischen Schauspielerin Adelaide Ristori 1866, trug ihr den Auftrag ein, über Charles Dickens' zweite (und letzte) Lesereise in Amerika zu berichten. Ihre Texte erschienen in erweiterter Form in dem Sammelband »Pen Photographs of Charles Dickens' 5 Readings« (Field 1868). Sie debütierte 1869 als Rednerin mit ihrem Aufsatz »Woman in the Lyceum« und stand für den Rest ihres Lebens immer wieder am Rednerpult. Nach einem erfolglosen Versuch als Schauspielerin gründete sie 1890 eine Zeitung, *Kate Field's Washington*, und schrieb dafür die meisten Beiträge selbst. 1895 reiste sie aus gesundheitlichen Gründen nach Hawaii und starb dort an einer Lungenentzündung (Scharnhorst 2004, 159–161; »Miss Kate Field on ›Woman in the Lyceum‹«, *New York Times*, 4. Mai 1869, 5; Field 1996, xxii–xxv, xxviii, xxix–xxx; 30. Jan. 1871 an Redpath, *L4*, 323–24, Anm. 3).

Olive Logans Berühmtheit … ihr Mann, ein kleiner Journalist mit kleinem Gehalt – Olive Logan (1839–1909), Tochter eines Komödianten und Dramatikers, genoss einigen

Erfolg als Schauspielerin, bevor sie sich 1868 von der Bühne zurückzog. Sie veröffentlichte mehrere Bücher, von denen das erfolgreichste *Before the Footlights and Behind the Scenes* war, eine Schilderung über das Theaterleben. Zwei Spielzeiten (1869–1871) war sie vom Redpath Lyceum engagiert, ihr Repertoire umfasste Vorträge wie »The Passions« (»Die Leidenschaften«), »Paris, City of Luxury« (»Paris, Stadt des Luxus«) und »Girls«, der für die Frauenrechte Stellung bezog. Im Dezember 1871 heiratete die geschiedene Logan ihren zweiten Ehemann, William Wirt Sikes (1836–1883), der als Journalist für verschiedene Zeitungen im Staat New York arbeitete und für Zeitschriften wie z. B. *Harper's Monthly* und *The Youth's Companion* schrieb. Wie seine Frau hielt auch Sikes von 1869 bis 1871 für Redpath Vorträge, u. a. »The Peculiar Perils of Great Cities« (»Die seltsamen Tücken der Großstadt«) und »After Dark in New York« (»Nach Einbruch der Dunkelheit in New York«), wo er die »gefährlichen Schlupfwinkel des Bösen und des Verbrechens« beschrieb. 1876 wurde er zum US-Konsul in Cardiff, Wales, ernannt und schrieb später über die Geschichte und Volkskunde jener Region (*Lyceum* 1870, 9, 15; 8. Jan. 1870 an OLL [1.], *L4*, 9, Anm. 3; Olive Logan 1870; vgl. auch AD 11. Apr. 1906).

620 *stellte ich mich nach der ersten Saison immer selber vor … einer Parodie auf die veraltete Einführung* – Twain begann mit seinen Selbstvorstellungen im Winter 1869/70 auf seiner zweiten Vortragsreise im amerikanischen Osten (der ersten, die Redpath vorbereitet hatte). Am 8. Dezember verkündete er in Washington, dass er beträchtlich mehr über sich wisse als irgendwer sonst und er deshalb der Meinung sei, sich selbst am besten für dieses Zeremoniell zu eignen. Er habe sich genau mit der dafür üblichen Form beschäftigt und denke, dass er sie mittlerweile beherrsche (»Mark Twains Barbaren« [»Mark Twain's Savages«], Washington, D. C., *Morning Chronicle*, 9. Dez. 1869, 4). Einige Tage später begann er seinen Vortrag in Meriden, Connecticut, mit den folgenden Worten, die, mit kleineren Abwandlungen, seine Standarderöffnung für die restliche Saison wurden:

Ich freue mich, Ihnen Mr. Samuel Clemens vorzustellen, auch bekannt als Mark Twain, einen Gentleman, dessen edler Charakter und dessen unbestreitbare Wahrheitsliebe nur von seiner persönlichen Wohlgestalt und angeborenen Bescheidenheit übertroffen werden. [Applaus, da das Publikum bereits Lunte roch und ihn für den Redner hielt.] Und, fuhr er *in aller Seelenruhe* fort, ich bin ebendieser Gentleman. Ich sollte eigentlich um Verzeihung bitten, dass ich mich nicht an die üblichen Gepflogenheiten bei solchen Anlässen halte und mich selbst vorstelle, aber es war unumgänglich, da der Herr, der meine Vorstellung übernehmen sollte, nicht einmal meinen richtigen Namen kannte – darum habe ich ihn von seiner Aufgabe entbunden. (»Mark Twain's Lecture«, *Meriden Republican*, 13. Dezember 1869, 2)

621 *versuchte ich es mit einer Einführung … Diese stammte von einem gebückten und unbeholfenen Bergarbeiter im Dorf Red Dog* – Twain begann seine Lesereise 1871/72 Mitte Oktober und verwendete die gleiche Einleitung wie 1869/70 (vgl. Anm. 620: *»stellte ich*

mich nach der ersten Saison immer selber vor«). Aber schon am 1. Dezember hatte er eine neue in Gebrauch. Er hielt am 24. Oktober 1866 in der Bergbaustadt Red Dog, Kalifornien, einen Vortrag (»Our Lecture Course«, *Oswego Commercial Advertiser and Times* [N. Y.], 2. Dez. 1871, 4; »Mark Twain«, *Easton Express* [Pa.], 24. November 1871; vgl. Anm. nach 25. Aug. 1866 an Bowen, *L1*, 362; vgl. auch *MTB*, 1:295).

623 *Osawatomie Browns ... Tragödie von 1859 ... Atlantic Monthly* – Der militante Sklaverei-Gegner John Brown erhielt den Beinamen »Osawatomie«, nach dem Überfall auf Sklaverei-Befürworter in der Nähe der gleichnamigen Stadt in Kansas. Keeler interviewte zwei von Browns Söhnen auf deren Farm in Ohio auf der Insel Put-in-Bay im Lake Erie. Der jüngere Sohn Owen war 1859 mit seinem Vater an dem missglückten Überfall auf das US-Waffenarsenal bei Harpers Ferry in Virginia (jetzt West Virginia) beteiligt. Brown wurde festgenommen und wegen Hochverrats hingerichtet. Owen dagegen konnte entkommen und erzählte Keeler sehr ausführlich von den Ereignissen jener Nacht und der darauffolgenden Tage. Keelers langer Artikel im *Atlantic Monthly* wurde im März 1874 postum veröffentlicht (Keeler 1874).

beauftragte die Tribune Keeler, nach Kuba zu reisen – 1868 brach in Kuba ein Rebellionskrieg gegen Spanien aus, der als Zehnjähriger Krieg bekannt ist und schließlich scheiterte. Obwohl die USA in diesem Konflikt neutral blieben, herrschte unter den Amerikanern weitverbreitete Sympathie für die Rebellion. Im Oktober 1873 kaperten die Spanier die *Virginius*, ein Schiff, das den Aufständischen Waffen liefern sollte, und richteten über fünfzig Männer an Bord hin, darunter viele Amerikaner. Ende November reiste Keeler als Berichterstatter für die *New York Tribune* nach Kuba und verschickte in den folgenden Wochen mehrere Korrespondenzen über die Krise. Zu Beginn seiner Rückreise Mitte Dezember verschwand er von einem Dampfer in kubanischen Gewässern. Sein Schicksal blieb zwar ungeklärt, man nimmt jedoch an, dass er als Folge der heftigen antiamerikanischen Stimmung, die der Vorfall mit der *Virginius* hervorgerufen hatte, ermordet wurde. Howells, der Keeler 1874 in der Märzausgabe von *Atlantic Monthly* pries, vermutete, dass er von einem spanischen Offizier, der ihn als einen amerikanischen Journalisten erkannt hatte, »erstochen und ins Meer geworfen wurde« (Halstead 1897, 41, 49; Howells 1874a, 366).

Fragmente meiner Autobiographie. Aus Kapitel IX

Quelle: MS in CU-MARK, geschrieben 1900;
TS von Jean Clemens 1902; TS3 [teilweise]

Das Manuskript der »Fragmente meiner Autobiographie. Aus Kapitel IX«, das heute Teil der Mark Twain Papers ist, verfasste Twain 1900 in London. Vermutlich bat er zwei Jahre später seine Tochter Jean, es abzutippen, und überarbeitete ihre Abschrift dann noch einmal leicht. Als George Harvey die Autobiographie Anfang August 1906 als Maschinenabschrift zu lesen bekam und dann vorschlug, ausgewählte Passagen in der *North American Review* zu veröffentlichen, hatte Twain sich bereits dagegen entschieden, diese lange Kindheitserinnerung mit aufzunehmen. Harvey las Jeans Abschrift und wählte den ersten Teil zur Veröffentlichung in der *Review* aus. Josephine Hobby fertigte daraufhin für die Ausgabe vom 21. September 1906 eine weitere Maschinenabschrift als Druckvorlage an, die Twain nochmals überarbeitete (NAR 2). Später beschloss er, auch den zweiten Teil in der *Review* zu veröffentlichen, und nahm erneut Änderungen am Text vor, bevor dieser schließlich in der Ausgabe vom 3. Mai 1907 erschien (NAR 17). Trotz all dieser Überarbeitungen und der fast vollständigen Aufnahme des Manuskripts in die Fortsetzungsreihe wurde der Text nie in die endgültige Fassung der Autobiographie integriert.

Paine datierte das Manuskript irrtümlich auf 1898, zensierte es in der üblichen Weise und veröffentlichte es dann unter dem Titel »Playing ›Bear‹ – Herrings – Jim Wolf and the Cats« (*MTA* 1:125–43). Aus dem »kleinen schwarzen Sklavenjungen« (S. 624), wie Twain seinen Begleiter nannte, wurde »kleiner schwarzer Junge« – solche Abschwächungen hatte Twain nicht einmal für die *Review* vorgenommen. Obwohl Neider Zugriff auf das Originalmanuskript hatte, übernahm er Paines Text und fügte noch einen Ausschnitt aus dem Autobiographischen Diktat vom 13. Februar 1906 ein (*AMT*, 37–43, 44–47).

623 *meine Schwester ein Fest* – Am 13. September 1849 wurde Pamela zweiundzwanzig Jahre, vgl. »Die Familie. Kurzbiographien«.

624 *den kleinen schwarzen Sklavenjungen Sandy* – Sandy gehörte einem Herrn auf dem Lande, war aber an die Familie Clemens zum Arbeiten vermietet worden (»Jane Lampton Clemens«, *Inds*, 89; vgl. auch »Meine Autobiographie [Willkürliche Auszüge daraus]«).

626 *das ich Mary Wilson nennen werde* – Bei der echten »Mary« handelte es sich um Sarah H. Robards (1836–1918). Sie ging wie ihre Brüder George und John zusammen mit Twain in Hannibal zur Schule und nahm bei seiner Schwester Pamela Klavierstunden (vgl. AD 8. März 1906, Anm. 349: *»George Robards«*, und AD 9. März 1906, Anm. 352: *»John Robards … war zu Schiff gereist«*). Twain schrieb 1902 über sie in seinem Notizbuch: »Sally Robards – hübsch. Jetzt als junge Frau beschreiben & wieder in fünfzig Jahren, wenn ihr wahres Wesen zum Vorschein kommt« (Notizbuch 45, TS S. 21, CU-MARK). Sie heiratete den Flussschifflotsen und Kapitän Barton Stone Bowen, Bruder des William Bowen, der höchstwahrscheinlich Twains engster Jugendfreund gewesen war (*Inds*, 304–05, 345).

1896. Ich traf zu einer Vortragsreise ein – Twain erreichte Kalkutta im Februar 1896 im Rahmen seiner Vortragstournee um die Welt (vgl. »Etwas über Ärzte«, Anm. 679: *»Dreiundzwanzig Tage lang«*).

die Enkelin jener anderen Mary – Nach dem Tod ihres ersten Mannes Barton Bowen heiratete Sarah Robards 1868 den Pastor H. H. Haley. Über die Enkelin ist nichts bekannt (*Inds*, 345; *Robards Family Genealogy* 2009, Teil 14:65).

627 *Der betrunkene Landstreicher … erwähnt in Tom Sawyer oder Huckleberry Finn* – Diese Begebenheit kommt in keinem der beiden Bücher vor, es gibt nur eine indirekte Anspielung in *Tom Sawyer*, Kapitel 23, wenn Tom und Huck dem im Gefängnis sitzenden Muff Potter Streichhölzer bringen. Kapitel 56 von *Leben auf dem Mississippi* dagegen enthält

eine dramatische Schilderung vom Tod des Landstreichers und von Twains anschließenden Gewissensbissen.

628 *Erschießung des armen alten Smarr* – Sam Smarr (geb. 1788), ein Rinderzüchter, wurde 1845 von William Perry Owsley ermordet. Smarr wurde als gemeinhin friedlicher Mensch geschildert, der ausfallend wurde, wenn er getrunken hatte. Er beleidigte Owsley mit der Anschuldigung, $ 2000 von einem Freund gestohlen zu haben, mit wiederholten Beschimpfungen und Morddrohungen. Owsley, ein reicher Kaufmann, erschoss Smarr auf einer Straße in Hannibal vor vielen Zeugen, wurde jedoch keines Verbrechens bezichtigt. In »Villagers of 1840–3« (1897) schreibt Twain, dass seine Leute ihn nach dem Prozess »unter Hurrageschrei um Mitternacht aus Palmyra nach Hause brachten. Aber ein Schatten lastete auf ihm, eine soziale Kälte, und jetzt ist er weggezogen« (*Inds*, 101, 339–40, 348). Er ließ den Vorfall in Kapitel 21 von *Huckleberry Finn* wieder aufleben, als Colonel Sherburn Boggs erschießt (vgl. *HF 2003*, 436). In einem Brief vom 11. Januar 1900 erinnert sich Twain: »Ich kann Boggs einfach nicht vergessen, da ich gesehen habe, wie er starb – mit der aufgeschlagenen Familienbibel auf der Brust« (11. Januar 1900 an Goodrich-Freer, ViU).

der Sklave, der wegen eines geringfügigen Vergehens mit einem Stück Schlacke niedergeschlagen wurde – In »Jane Lampton Clemens« (1890) erinnert sich Twain:

> Es gab keine hartherzigen Leute in unserer Stadt – ich meine, nicht mehr, als man in jeder anderen Stadt dieser Größe in einem anderen Land finden würde; und meiner Erfahrung nach sind hartherzige Menschen überall eine Seltenheit. Doch erinnere ich mich, dass, als ein weißer Mann einen Neger für ein unbedeutendes kleines Vergehen tötete, es allen gleichgültig war – in Bezug auf den Sklaven, doch den Sklavenbesitzer bedachte man mit großem Mitgefühl, weil er durch einen Taugenichts, der für den Schaden nicht aufkommen konnte, seines wertvollen Eigentums beraubt worden war. (*Inds*, 89)

der junge kalifornische Emigrant … sah das rote Leben aus seiner Brust entweichen – Twain notierte 1897, dass sich alle Emigranten »beim Friedensrichter melden mussten. Einer war erstochen worden – hab ihn gesehen. […] Hab die Leiche im Büro meines Vaters gesehen« (Autobiographisches Fragment #160, CU-MARK). Die Leiche war in das Büro des Friedensrichters John Marshall Clemens getragen worden. Twain beobachtete das Geschehen, weil er sich dort versteckt hielt, um nicht wegen Schulschwänzens bestraft zu werden. Er erinnerte sich an dieses traumatische Erlebnis immer wieder in seinen Vorträgen und Schriften. Vgl. z. B. Kapitel 18 der *Arglosen im Ausland*: »Ich legte die Hände über die Augen und zählte, bis ich es nicht mehr länger aushalten konnte, und dann – da lag das bleiche Gesicht eines Mannes mit herabgezogenen Mundwinkeln, die Augen todesstarr und gläsern!« (MT 1961, 159).

jungen Brüder Hyde und ihres harmlosen alten Onkels – Richard (Dick) Hyde (geb. 1830?) und sein Bruder Ed waren Raufbolde, die Twain in »Villagers of 1840–3« als zäh und zügellos beschreibt. Die Brüder – oder vielleicht Richard und ein weiterer Bruder Henry – waren Vorbilder für die Stover-Brüder in »Hellfire Hotchkiss« (*Inds*, 96, 327).

628–29 *des jungen kalifornischen Emigranten, der sich betrank … ihre unbescholtene Tochter* – Twains Erinnerung an den Vorfall aus dem Jahr 1850 weicht hier leicht von der Darstellung des *Hannibal Missouri Courier* ab, bei dem er zu dieser Zeit als »Mädchen für alles« in der Druckerei arbeitete:

Caleb W. Lindley, ein Fremder aus Illinois, wurde in der Nacht zum Samstag hier in der Stadt von einer Frau namens Weir, einer Witwe, wohnhaft in einem Haus am Holliday's Hill, erschossen. Gegen 11 Uhr abends war er zusammen mit mehreren anderen zum Haus der Frau gegangen und hatte Einlass für die Nacht verlangt. Da sie abgewiesen wurden, drohten die Männer mit Gewalt, falls ihre Forderung nicht erfüllt würde. Die Frau befahl ihnen zu gehen und drohte zu schießen, falls sie nicht aufhören würden, sie zu belästigen. Einer der Männer, Lindley, kühner als alle anderen, trat ihr entgegen und forderte sie auf, »doch zu schießen«, was sie auch tat. Daraufhin fiel er, von zwei Kugeln und mehreren Ladungen Schrot getroffen, zu Boden.

Gegen die Frau, eine arme Witwe mit mehreren Kindern, wurde keine Anklage erhoben (20. Mai 1850, zitiert in Wecter 1952, 159–160). Der Vorfall diente als Ausgangspunkt für Kapitel 29 und 30 von *Tom Sawyer*, wo Huck belauscht, wie Indianer Joe der Witwe Douglas droht, sie zu entstellen, und zum »Waliser« und dessen »zwei kräftigen Söhnen« läuft, die in Cardiff Hill wohnen (so der fiktive Name von Holliday's Hill), Hilfe zu holen, um den Überfall zu vereiteln.

629 *John Briggs* – Vgl. AD 16. März 1906, Anm. 385: *»John Briggs … lebt noch«*.

630 *einem früheren Kapitel* – Es wurde nichts dergleichen vor 1900 gefunden. Twain greift seine vorübergehende Umkehr zu »einem besseren Leben« im AD 8. März 1906 wieder auf.

631 *Jim Wolf* – Der Buchdruckerlehrling Wolf (geb. 1833?) wohnte Anfang der 1850er Jahre bei der Familie Clemens, als er mit Twain für Orion Clemens' *Hannibal Western Union* (seit 1850) arbeitete. Amüsiert über dessen Schüchternheit, beschreibt Twain in seiner ersten veröffentlichten Geschichte »A Gallant Fireman«, die im Januar 1851 in Orions Zeitung abgedruckt wurde, Wolfs träge Reaktion auf einen Brand im Büro (SLC 1851). Wolf war auch Vorbild für den Tölpel Nicodemus Dodge in Kapitel 23 von *Bummel durch Europa* (1880) (*Inds*, 351).

633 *mir eine große Summe angeboten … Geschichte »Jim Wolf und die Katzen« – »Jim Wolf and the Cats«*. Twain steuerte auf Drängen von Artemus Ward am 7. Februar 1864 mit »Doings in Nevada« seinen ersten Beitrag zum *New York Sunday Mercury* bei. Die beiden hatten sich zuvor im Dezember 1863 in Virginia City kennengelernt und eine »Zeit fortwährender Feierei« genossen. »Jim Wolf and the Tom-Cats«, erschienen am 14. Juli 1867, war sein neunter (und letzter) Beitrag in dieser Zeitschrift (SLC 1864a, 1864b, 1867b, 1867c, 1867d, 1867f, 1867g, 1867j, 1867k).

erschien »Jim Wolf und die Katzen« in einer Zeitung in Tennessee … Sein Name ist mir entfallen – Eine gedruckte Ausgabe dieser Zeitung konnte nicht ermittelt werden. 1885 schickte A. H. Warner (über den weiter nichts bekannt ist) Twain eine unvollständige

Version des Textes, die er von unbekannter Quelle per Hand abgeschrieben hatte. Twain hatte in seinem Original vereinzelte Dialektwörter verwendet, diese Version jedoch trieb das auf die Spitze. Anstelle von »Our winder looked out onto the roof« hieß es z.B. »Wal our winder looked out onter the ruff«. Es ist wahrscheinlich, dass Twain den Text oder eine Variante davon in gedruckter Form in den späten 1860er Jahren zu Gesicht bekam. »Derjenige, der sich die Geschichte angeeignet hatte«, ist bis heute nicht bekannt (A. H. Warner an SLC, 22. Juli 1885, und »Jim Wolfe and the Cats«, DV 275, CU-MARK).

634 *1873 hielt ich in London Vorträge … George Dolby, meinen Agenten* – Das war im Dezember 1873. Dolby (gest. 1900), ein erfahrener Theateragent, hatte 1872 erfolglos versucht, Twain zu überreden, auf seiner ersten Englandreise Vorträge zu halten. Als Twain ein Jahr später erneut in England war, diesmal mit Frau und der kleinen Susy, gelang es Dolby, ihn im Oktober für fünf Tage in London und für einen Tag in Liverpool zu buchen. Zu jener Zeit litt Olivia unter extremem Heimweh, und Twain begleitete seine Familie nach Hause, kehrte aber umgehend ohne sie wieder zurück, um eine zweite Reihe von Vorträgen zu absolvieren, die Dolby organisiert hatte: 1.–20. Dezember 1873 in London, 8.–10. Januar 1874 in Leicester und Liverpool (*L5*: 15. Sept. 1872 an OLC, 159–60; vgl. Anm. nach 29. Sept. 1873 an MacDonald, 446–47; 19. Sept. 1873 an Stoddard, 456–58; 22. Nov. 1873 an Lee, 481; 30. Dez. 1873 an Fitzgibbon, 539, 541, Anm. 4).

Charles Warren Stoddard – Seit 1861 steuerte Stoddard (1843–1909) für die *San Francisco Golden Era* anonym Gedichte bei. Mindestens ab 1865 stand er mit Twain in San Francisco in freundschaftlichem Kontakt. Mit Hilfe von Bret Harte veröffentlichte Stoddard im Jahr 1867 seinen ersten Lyrikband *Poems*. Twain schrieb Stoddard im April aus New York: »Ich möchte Ihr Buch unterstützen, weil ich alles über Poesie weiß, & ich weiß, Sie können einen authentischen Beitrag leisten. Ihr Buch wird ein Erfolg – Ihr Buch *muss* ein Erfolg werden – & ich werde jeden niedermachen, der das Gegenteil behauptet« (23. Apr. 1867 an Stoddard, *L2*, 30–31, Anm. 1). Von einigen Kritikern hochgelobt, fanden die *Poems* jedoch keinen allgemeinen Anklang. Stoddard war als Presbyterianer erzogen worden, konvertierte jedoch im selben Jahr zum Katholizismus, worüber er in *A Troubled Heart and How It Was Comforted at Last (Ein verwirrtes Herz und wie es letztendlich getröstet wurde)* (1885) schrieb. Seine erfolgreichsten Arbeiten waren Reiseberichte, von denen 1873 eine Auswahl in dem Sammelband *South-Sea Idyls* veröffentlicht wurde. Stoddard reiste Mitte Oktober 1873 als Auslandskorrespondent für den *San Francisco Chronicle* nach England, und Twain stellte ihn im Dezember als Sekretär und Reisebegleiter ein. Im Laufe der nächsten zehn Jahre reiste Stoddard viel durch Europa, den mittleren Osten und Hawaii und schrieb Reisekolumnen für den *Chronicle* und diverse andere Zeitschriften. Er lehrte von 1885 bis 1886 Literatur an der Notre-Dame-Universität und von 1889 bis 1902 an der Catholic University of America in Washington (vgl. Anm. nach 14. Nov. 1873 an OLC, *L5*, 476–78; *L6*: 9. Jan. 1874 an Moore, 16, Anm. 1; 12. Jan. 1874 an Finlay, 19–20, Anm. 1; James 1911; Austen 1991, 4, 58, 65–69, 82, 88, 100, 103–14).

634 *Meineidprozess ... gegen den Mann, der Tichborne zu sein behauptete* – 1866 behauptete ein australischer Metzger, er sei Roger Charles Tichborne (geb. 1829), der Erbe des Baronet-Titels und der Ländereien des Tichbornes, der seit 1854 als auf See verschollen galt. Der Prätendent wurde von Tichbornes Mutter (und anderen) anerkannt, verlor aber nach deren Tod einen Prozess gegen den damaligen Baronet und wurde des Meineids bezichtigt. Das Gerichtsverfahren, das von April 1873 bis Februar 1874 andauerte und Aussagen über gefälschte Dokumente, mehrere Identitäten, Mord, Verführung und Wahnsinn hervorbrachte, hielt die Öffentlichkeit in Atem. Die Geschworenen entschieden, dass es sich bei dem Angeklagten um Arthur Orton aus Wapping handele. Er wurde zu 14 Jahren Haft verurteilt, von denen er 10 absaß. Die wahre Identität des Prätendenten ist nicht geklärt. Mindestens ein moderner Historiker, Douglas Woodruff, hält seinen Anspruch für berechtigt. Twain, der ein persönliches Interesse an Prätendenten hatte, bat Stoddard darum, »die Berichte über die Gerichtssitzungen zu sammeln«, damit er sie »eines Tages in eine mehr oder weniger lesbare Form eindampfen« könne. 1897 widmete er dem Fall zwei Seiten in Kapitel 15 von *Reise um die Welt*, bediente sich jedoch sonst in keinem anderen seiner Werke dieser Scrapbooks, die in den Mark Twain Papers erhalten sind (19. Okt. 1873 an Stoddard, *L5*, 456–57, Scrapbooks 13–18, CU-MARK).

635 *Dolby war lange Jahre Agent ... für Charles Dickens* – Zwischen 1866 und 1869 begleitete Dolby Dickens auf seinen Lesereisen in Großbritannien und Amerika. Dickens fand in ihm einen liebenswürdigen Begleiter und einen tüchtigen Manager, die beiden wurden Freunde (15. Sept. 1872 an OLC, *L5*, 160, Anm. 1; vgl. Dolby 1885).

Baby habe Dasselfliegenlarven – »botts« (normalerweise eher »bots«). Ein Leiden, das häufig bei Tieren durch den Befall mit Dasselfliegenlarven verursacht wird. Die einzige Gattung, die auch den Menschen befällt, ist *Dermatobia hominis*, die ihre Eier unter der Haut ablegt.

636 *Tom Hoods Annual* – Twain lernte Tom Hood (1835–1874), Humorist und Illustrator sowie Herausgeber des Londoner Magazins *Fun*, 1872 auf seiner ersten Reise nach England kennen. Hood hörte Twain eine Geschichte erzählen und ermutigte ihn, sie für *Tom Hood's Comic Annual for 1873* aufzuschreiben, wo sie dann unter dem Titel »How I Escaped Being Killed in a Duel« erschien (SLC 1872a; 11. Sept. 1872 an OLC, *L5*, 155, 157, Anm. 10).

637 *Meinen Namen aber hatte er nicht daruntergesetzt* – Der gestohlene Entwurf über Jim Wolf erschien, umbenannt in »A Yankee Story« und »G. R. Wadleigh« zugeschrieben, in *Tom Hood's Comic Annual for 1874* (SLC 1876j; Hood 1873, 78–79). George R. Wadleigh, 1845 in Boston geboren, gab im Zensus von 1881 an, dass er Journalist sei (*British Census 1881*, f. 129, S. 23; vgl. *N&J2*, 147). Auf den Text stieß er wahrscheinlich in *Practical Jokes with Artemus Ward, Including the Story of the Man Who Fought Cats* von »Mark Twain und weiteren Humoristen«, einer unautorisierten Sammlung von Erzählungen, die 1872 in London von John Camden Hotten herausgegeben worden war. Auch Stoddard schrieb eine Darstellung des Vorfalls:

Es gab dort einen Amerikaner, der uns sowohl im Langham als auch im Vortragssaal regelrecht belagerte. Seine Geschichte war jämmerlich. Durch einen Wechsel in der Verwaltung seinem Posten im Ausland entrissen, die hübsche junge Ehefrau auf dem Sterbebett liegend, er ohne einen Pfennig in einem fremden Land, ein geborener Gentleman, feinfühlig erzogen, nicht vertraut mit harter Arbeit – wäre Mark wohl so gut und liehe ihm ein paar Pfund, bis er von zu Hause hörte? Natürlich war Mark das; wie hätte er auch ablehnen können, wo ihm doch der bedauernswerte Mann versichert hatte, sie seien seit Jahren miteinander befreundet und hätten in der Vergangenheit viele (vergessene) Partien Billard gespielt? Nun, eine Woche später, als der besagte Mann verschwunden war, wurde eine von Marks frühen Erzählungen in einer Ausgabe des *London Fun* entdeckt – unter dem Namen des Unglücksraben. Und es lagen noch zwei, drei andere auf Halde, die jedoch rechtzeitig entdeckt und so vor diesem Schicksal bewahrt wurden. Geteilte Urheberschaft ist nicht immer angenehm, und dieser Kerl erwies sich als einer der größten aktenkundigen Betrüger. (Charles Warren Stoddard 1903, 72–73)

Fragmente meiner Autobiographie. Privater Bericht eines Manuskripts, das zu Schaden kam

Quellen: MS und TS [nur die »›lektorierte‹ Einleitung«], geschrieben 1900, CU-MARK

»Fragmente meiner Autobiographie. Privater Bericht eines Manuskripts, das zu Schaden kam« besteht aus einem 36-seitigen Manuskript sowie einem etwa 40-seitigen maschinengeschriebenen Abschnitt, den Twain ausgiebig mit Anmerkungen versehen hatte. Der Text ist Teil der Mark Twain Papers und wurde bisher nur zum Teil veröffentlicht. Darin befindet sich ein bissiger (jedoch nie abgeschickter) Brief, den Twain höchst verärgert an einen gewissen T. Douglas Murray schrieb, einen Bekannten, der ihn im Oktober 1899 darum gebeten hatte, für die ins Englische übertragenen Aufzeichnungen der Gerichtsverfahren gegen Johanna von Orléans eine Einleitung zu verfassen. Als Twain ihm seine Einleitung schickte, war Murray tollkühn genug, sie nicht einfach zu »lektorieren«, sondern bei weitem die Grenze zu überschreiten, die Twain für gewöhnlich tolerierte.

Paine verwendete nur den ersten und den letzten Abschnitt. Den Mittelteil, bei dem es sich um Twains Nachbildung der »›lektorierten‹ Einleitung« handelt, einer Maschinenabschrift des von Murray überarbeiteten Typoskripts, in die er Murrays Verbesserungsvorschläge sehr detailliert übertrug, ließ Paine weg. Dieser Abschnitt ist hier zum ersten Mal veröffentlicht.

638 *mein Bekannter … den fähigsten Menschen in Großbritannien* – Die offiziellen Aufzeichnungen der Gerichtsverfahren gegen Jeanne d'Arc wegen Ketzerei – des ursprünglichen, das mit ihrer Hinrichtung 1431 endete, und des Wiederaufnahmeverfahrens über zwanzig Jahre später, in dem ihre Verurteilung aufgehoben wurde – wurden von dem französischen Archäologen und Historiker Jules Quicherat in den 1840er Jahren erst-

mals transkribiert und in fünf Bänden veröffentlicht. Sein Werk umfasste eine Auswahl der mittelalterlichen Originaldokumente in Französisch und Latein, die er in modernes Französisch übersetzt hatte (Quicherat 1841–49). Twains Bekannter war T. Douglas Murray, ein reicher Anwalt und Hobbyhistoriker. 1899 bat er Twain um eine Einleitung für die englische Übersetzung, eine Erstveröffentlichung. Twain irrte in der Annahme, es gebe eine Übersetzung, die »schon viele Jahre zuvor« publiziert worden sei. Im vorliegenden Fall gab es offensichtlich zwei Übersetzer, einen für jede Sprache (vgl. Anm. 638: *»Als er mich bat, zu dem Buch eine Einleitung zu verfassen«*). Es lag nahe, dass die Wahl für eine Einleitung auf Twain fiel. 1896 hatte er den historischen Roman *Personal Recollections of Joan of Arc* veröffentlicht, für den er ausgiebig recherchiert hatte. Das Ergebnis war eine warmherzige Hommage an seine liebste historische Figur, und manchmal sagte er sogar, dieser Roman sei sein bestes Werk – eine Einschätzung, die vornehmlich von seiner Familie geteilt wurde. Murray veröffentlichte sein Buch 1902 (ohne Beteiligung von Twain) mit eigenem Vorwort, eigener Einleitung und eigenen Anmerkungen. Er benannte die »fachkundigen« Übersetzer nicht näher (*MTB*, 3; 1033–34; Murray 1902; Sayre 1932).

638 *Als er mich bat, zu dem Buch eine Einleitung zu verfassen, war meine Freude vollkommen, meine Eitelkeit befriedigt* – Am 3. September 1899 schrieb Twain an Henry H. Rogers über den Auftrag: »Die offiziellen Aufzeichnungen der Jeanne-d'Arc-Prozesse (der in Rouen & ihre Rehabilitation) sind endlich *in Gänze* ins Englische übersetzt worden, & man hat mich gebeten, eine Einleitung zu schreiben, & ich habe sie gerade nach langer & mühevoller Arbeit fertiggestellt. Ich soll beim Lektorieren helfen, & mein Name erscheint zusammen mit den Namen der beiden Übersetzer auf dem Titel. Ich rechne damit, dass es ein überaus lesenswertes & interessantes Buch wird (Salm, in *HHR*, 409–10).

639–40 *Einleitung ... Geben Sie sie mir zurück, sobald Sie können* – Twain ermutigte Murray zunächst, seinen Text zu lektorieren. Im September 1899 schrieb er: »Wenn ich Ihnen die Einleitung schicke, müssen Sie zwei Dinge für mich tun – hauen Sie die Lügen raus & verbessern Sie die Grammatik (die, meiner Meinung nach, an einer Stelle zum Himmel stinkt)« (3. Sept. 1899 an Murray, CU-MARK; siehe den gestrichenen Satz – deutsche Ausgabe auf S. 656 –: »did she forget whom«). Bis Januar 1900 hatte Twain eine getippte Version überarbeitet, in die Murray Verbesserungsvorschläge eingefügt hatte, und er schickte sie mit folgendem Vermerk zurück: »Ich habe mehrere der gemachten Korrekturen beibehalten & habe ein paar weitere gemacht« (31. Jan. 1900 an Murray, CU-MARK). Murray fuhr jedoch fort, das erste maschinengeschriebene Manuskript zu überarbeiten, und machte zahlreiche weitere Änderungen, bevor er eine saubere Abschrift anfertigen ließ. Auch diese zweite Maschinenabschrift bearbeitete er weiter. Als sich Twain schließlich aus dem Projekt zurückzog, hatte er bereits eine dritte Abschrift erhalten, die Murrays Überarbeitung der zweiten Version darstellte (alle drei Maschinenabschriften sind in CU-MARK vorhanden).

641 *ihm die Leviten lesen – »Hark from the Tomb«*. Ein schwerwiegender oder ernsthafter Tadel, wie in Isaac Watts Hymnus »A Funeral Thought«: »Hark! From the tombs a dole-

ful sound [...]« (»Gedanken zum Begräbnis«: »Horch! Von den Gräbern, ein tieftrauriger Klang [...]).

641 *Einen Brief werde ich ihm schreiben, aber nicht in diesem Geiste, will ich hoffen* – Twain schrieb drei Briefe an Murray, um seine Bestürzung über dessen Lektorat zum Ausdruck zu bringen. Einer, den er offensichtlich niemals abzusenden beabsichtigte, ist im letzten Absatz der vorliegenden Schilderung enthalten und nicht datiert. Er entwarf am 27. August 1900 zwei weitere Briefe, von denen er jedoch nur einen tatsächlich abschickte. Der erste enthielt Passagen wie die folgende:

Ich nehme es Ihnen nicht übel, dass Sie glauben, Sie könnten mein Englisch für mich verbessern, da ich annehme, Sie meinten es auf naive Weise gut & wussten es nicht besser. Ihr Mangel an literarischer Bildung, literarischer Auffassungsgabe, literarischem Urteil, literarischem Talent zusammen mit einer unzulänglichen Kenntnis von Grammatik & Wortschatz – diese tragen die Schuld, nicht Sie. (CU-MARK)

Im zweiten Brief, den er dann abschickte, hielt er sich mehr zurück:

Ich fürchte, Sie haben mich nicht ganz verstanden. Die altehrwürdige Etikette verlangt in dieser Situation – aus Unerfahrenheit ist Ihnen das neu – Folgendes: Das Manuskript eines Schriftstellers steht nicht jedem Lektor für ungebetene Korrekturen offen. Es muss angenommen werden, so wie es ist, oder es wird abgelehnt; einen Mittelweg gibt es nicht. Jede Änderung – sei es auch nur ein Wort – beendet die Angelegenheit, & der betreffende Schriftsteller & der Lektor können in literarischen Angelegenheiten nicht weiter miteinander arbeiten. Es war Ihr gutes Recht, zu sagen, dass Sie die Einleitung nicht zufriedenstellt, aber Sie waren nicht befugt, Ihren Bleistift dazu zu bemühen, sie zufriedenstellend zu machen.

Daher, selbst wenn Sie mein Manuskript unberührt in seiner ursprünglichen Version zu verwenden wünschten, könnte ich es Ihnen nicht gestatten. Selbstverständlich auch nicht in irgendeiner anderen Version.

Es würde mich freuen, wenn Sie mir bei Gelegenheit das Original zurückschicken könnten – es besteht jedoch keine Eile. Nach Ihrer Rückkehr genügt vollkommen. Falls Sie noch Abschriften besitzen – abgeänderte oder nicht abgeänderte –, vernichten Sie diese bitte, damit sie nicht in die falschen Hände fallen & gedruckt werden. Wahrhaftig, das möchte ich um nichts in der Welt.

Ich teile Ihnen das so bestimmt mit, da ich aus Ihrem Brief den Eindruck gewinne, dass Sie (ungeachtet dessen, was ich zu Ihnen sagte) immer noch in Erwägung ziehen, meine Einleitung im Buch in der einen oder anderen Form zu verwenden. Es darf jedoch keine einzige Zeile, egal in welcher Form – abgeändert oder ursprünglich – verwendet werden. (CU-MARK)

Murray antwortete umgehend am 30. August und versprach, »alle vorhandenen Kopien einschließlich des Originals« zurückzugeben. »Und seien Sie versichert, nicht ein einziges Wort Ihres Manuskripts wird herausgebracht« (CU-MARK).

642 *Die »lektorierte« Einleitung* – An dieser Stelle im Manuskript notierte Twain: »Hier die lektorierte Einleitung einfügen.« Um die von Murray überarbeitete Einleitung wiederzugeben, übertrug Twain handschriftlich in eine saubere Maschinenabschrift seiner ursprünglichen Einleitung etwa drei Viertel all der Markierungen, die Murray in zwei Stufen gemacht hatte. Meistens gab er Murrays Anmerkungen präzise wieder, änderte sie jedoch gelegentlich ab, vielleicht aus Versehen. Die Korrekturen sind hier durch Schrägstriche für einzelne gestrichene Satzzeichen wiedergegeben, durch waagerechte Linien für Streichungen anderer Zeichen und durch Caret-Zeichen zu Beginn und am Ende von Einfügungen (‸…‸).

662 *Die Braut des Hausierers oder Der Feind des Feuerteufels – »The Costermonger's Bride; or The Fire-Fiend's Foe«.*

664 *Ich sehe voller Bewunderung die Randbemerkung, mit der Sie Ihren Einwand erläutern* – Diese Randbemerkung von Murray erscheint auf keiner der erhaltenen Maschinenabschriften von Twains Einleitung. Sie war vielleicht auf einem mittlerweile verschollenen Durchschlag vorhanden oder könnte in einer vorhandenen Abschrift ausradiert worden sein. Viele von Murrays Bleistiftkorrekturen wurden unerklärlicherweise ausradiert, sind aber noch schwach sichtbar.

[Überlegungen zu einem Brief und einem Buch]

Quelle: MS in CU-MARK, geschrieben 1903

Das 22 Seiten umfassende titellose Manuskript aus den Mark Twain Papers, dem hier der Titel »Überlegungen zu einem Brief und einem Buch« zugewiesen wurde, verfasste Twain wahrscheinlich Ende April oder Anfang Mai 1903. Auf der ersten Seite, die aus der Abschrift eines Briefs von einem gewissen R. M. Manley (alias Hilary Trent) besteht, dem Autor von *Mr. Claghorn's Daughter*, hat Twain »Auto.« vermerkt. Manley bat Twain darum, sein Buch zu lesen, und erhoffte sich offenbar eine Stellungnahme. Twain nutzte diesen Brief als Anlass, den Egoismus der gesamten Menschheit zu verspotten, einschließlich seines eigenen: »Wir vollbringen keine Wohltaten, deren erster Nutzen nicht uns selber zugutekommt.« Am 26. April 1903 schrieb er an Manley, er habe das Buch »mit großem Interesse« gelesen, »da ich mich der Moralpredigt darin verbunden fühle« und weil ihm »die Anmut & der Elan Ihres Stils & die Vorzüge der Geschichte als Geschichte« zusagten (wiedergegeben in CU-MARK; mit Twains Erlaubnis durfte eine Kurzfassung dieser »Werbung« in Ankündigungen für das Buch verwendet werden). Bei Manleys »Moralpredigt« handelte es sich um einen Angriff auf die presbyterianische Lehre im Allgemeinen und das Bekenntnis von Westminster im Besonderen. Gegen Ende des Manuskripts fügte Twain drei Zeitungsausschnitte über aktuelle Ereignisse ein, die er in Bezug auf das Gesagte für relevant hielt, eine wirkliche Einbettung in seinen Text nahm er nicht vor. Allerdings widmete er sich auf den letzten vier Seiten dem Westminster-Katechismus, der dem ersten Zeitungsausschnitt zufolge gerade überarbeitet werde.

Die materielle Beschaffenheit der einzelnen Seiten (Tinte, Papier, Paginierung) weist darauf hin, dass sie zusammengehören, doch die Verbindung zwischen den ersten siebzehn und den letzten vier Seiten erschien Paine so vage, dass er zwei separate Texte daraus machte, indem er mit Bleistift Überschriften hinzufügte. Den ersten Teil veröffentlichte er im August 1922 im *Harper's Monthly* als »Unveröffentlichte Kapitel aus Mark Twains Autobiographie« (SLC 1922c, 312–15). Der Titel, den er wählte, lautete: »Ein junger Autor sendet Mark Twain ein Buch«, jedoch nahm er den Text nicht in seine Ausgabe der Autobiographie mit auf. Den zweiten Teil, dem er den Titel »Die Moral und der vernunftbegabte Mensch« gab, veröffentlichte er nicht. Neider verwendete keinen der beiden Teile, so dass das Manuskript hier zum ersten Mal in voller Länge veröffentlicht wird.

666 *Geehrter Herr … habe ein Buch geschrieben* – Der Verfasser dieses Briefs unterschrieb mit »Hilary Trent« und fügte ein Postskriptum an, in dem er Twain mitteilte, dass ihm sein Buch *Mr. Claghorn's Daughter* »von der J. S. Ogilvie Publishing Co. zugeschickt« werde. Twain ließ die Unterschrift und das Postskriptum weg, als er den Brief hier einfügte. Trents Roman von 1903 verbindet häusliches Melodrama mit einem Angriff auf das Bekenntnis von Westminster, das Glaubensbekenntnis der amerikanisch-presbyterianischen Kirche – besonders auf eine Doktrin, die kontrovers als die »Verdammung der Kinder« bezeichnet wurde (vgl. Anm. 673: *»Revision des Glaubensbekenntnisses«*). In der Ankündigung des Verlags hieß es, dass Hilary Trent ein »renommierter Autor« sei, »der seine Identität hinter einem Nom de Plume verberge« (»Mr. Claghorn's Daughter«, *New York Sun*, 23. Mai 1903, 7). Aus urkundlichen und internen Belegen geht jedoch hervor, dass es sich um R. M. Manley handelte, einen zweifelsohne wenig bekannten Schriftsteller, der in Bezug auf das Bekenntnis von Westminster starke Gefühle hegte (Manley 1903, Manley 1897, Manley an SLC, 29. Apr. 1903 und 4. Mai 1903, CU-MARK).

673 *Revision des Glaubensbekenntnisses … Erläuterung der Artikel 3 und 10 des Glaubensbekenntnisses* – Twains Tirade über Eigennutz und die darauffolgenden Zeitungsausschnitte werden über das Thema von Trents Buch, die presbyterianische Lehre, verknüpft (vgl. Anm. 666: *»Geehrter Herr«*). Im späten 19. Jahrhundert zogen die amerikanischen Presbyterianer eine Überarbeitung des Bekenntnisses von Westminster in Betracht. Eine Debatte entstand über Artikel 3, dem zufolge einige Seelen »zum ewigen Leben auserkoren« seien, »für andere dagegen der ewige Tod vorherbestimmt« sei (Absatz 3), und Artikel 10, nach dem »auserwählte Kinder« erlöst würden, während Kinder (genauso wie Erwachsene), die nicht »auserwählt« seien, nicht erlöst werden können (Absatz 3–4). Historisch gesehen, wurde dieser Artikel nicht nur als Verdammung vieler christlicher Kinder, sondern auch aller Nicht-Christen interpretiert (eine Tatsache, die wohl in Zusammenhang mit dem Zeitungsausschnitt über das Massaker an russischen Juden steht, den Twain zusätzlich beifügte). 1902, ein Jahr bevor er den vorliegenden Aufsatz schrieb, hatte die presbyterianische Kirche eine Stellungnahme abgegeben, in der sie eine liberale Interpretation der umstrittenen Kapitel bestätigte. Sie wurde 1903 an das Bekenntnis von Westminster angehängt (Macpherson 1881, 48, 85–86; Briggs 1890, 21–22, 98–130, »Presbyterian Creed Revision Adopted«, *New York Times*, 23. Mai 1902, 5).

675 *Katechismus von Westminster* – Der auf dem Bekenntnis von Westminster basierende Katechismus müsste Twain von seiner frühen religiösen Erziehung her bekannt gewesen sein (vgl. Fulton 2006, 140–155).

[Etwas über Ärzte]

Quelle: MS in CU-MARK, geschrieben 1903

Der folgende Text von 1903 ist in Form eines titellosen, bisher unveröffentlichten Manuskripts überliefert, das heute Teil der Mark Twain Papers ist. Oben links auf der ersten Seite vermerkte Twain »Autobiog.« und fügte später noch »Hannibal, 1842« hinzu, Ort und Datum der ersten Anekdote über seine Erfahrungen mit Rizinusöl (diese Angabe strich er später jedoch wieder). Er war Ärzten gegenüber immer skeptisch eingestellt und vertrat seit jeher die Meinung, dass sie ihren Patienten, wenn überhaupt, nur von wenig Nutzen seien. »Bei ganz gewöhnlichen Wehwehchen habe ich keine Angst vor Ärzten, doch in ernsteren Fällen würde mich nichts und niemand in der Welt dazu bringen, einen Arzt zu konsultieren«, schrieb er Henry H. Rogers am 8. Januar 1900 (Salm, in *HHR*, 425). In dem vorliegenden, recht unzusammenhängenden Essay beschäftigten ihn jedoch in erster Linie die aus seiner Sicht unangemessenen Honorare, die damalige Ärzte für ihre Dienste in Rechnung stellten. Einen unverzichtbaren Überblick über Twains Einstellung zu Ärzten und der Medizin im Allgemeinen bietet *Mark Twain and Medicine: »Any Mummery Will Cure«* (Ober 2003).

Paine wollte das Manuskript zunächst unter dem hier verwendeten Titel in seiner Ausgabe der Autobiographie veröffentlichen, im Anschluss an »Fragmente meiner Autobiographie. Privater Bericht eines Manuskripts, das zu Schaden kam« (*MTA*, 1:175–89). Als er sein Typoskript für den Druck vorbereitete, machte er die Namen mehrerer Ärzte unkenntlich. Aus unbekannten Gründen entschied er sich schließlich doch noch gegen die Aufnahme des Textes in die Autobiographie, obwohl dieser bereits gesetzt war.

677 *Dr. Meredith ... das Dorf Hannibal* – Dr. Hugh Meredith (1806–1864), geb. in Pennsylvania, war ein persönlicher Freund und Geschäftspartner von Twains Vater in Florida, Missouri, und später in Hannibal. Die beiden Männer arbeiteten in beiden Städten zusammen an städtebaulichen Verbesserungen. Dr. Meredith zog 1849 in die Goldfelder, kehrte aber Anfang 1851 zurück. Im Winter 1851/52 gab er mehrere Wochen lang Orion Clemens' *Hannibal Journal* heraus, während Orion auf dem Familienbesitz in Tennessee nach dem Rechten sah (*Inds*, 335; Wecter 1952, 55; vgl. AD 28. März 1906).

ich habe bereits gesagt, dass Ärzte ... die Arzneien selbst bereitstellten – Vgl. »Meine Autobiographie [Willkürliche Auszüge daraus]«, geschrieben 1897/98 (S. 24).

sein Sohn Charles – Charles (geb. 1833?) war das älteste von Dr. Merediths fünf Kindern. Er begleitete seinen Vater zu den kalifornischen Goldfeldern und unternahm später noch eine zweite Reise in den Westen (*Inds*, 335).

678 *unser alter Hausarzt Dr. Taft ... verwahrlosten Nachfolger* – Cincinnatus A. Taft (1822

bis 1884) war ab 1846 als Homöopath in Hartford tätig und wurde Hausarzt der Familie Clemens, nachdem sie 1871 dorthin gezogen war. Er war bei seinen Patienten sehr beliebt. Nach seinem Tod pries Twain ihn als einen »Mann voll zuvorkommender Anmut und Würde«, dessen »Herz unerschütterlich und stark [...] und voller menschlichen Mitgefühls war« (18. Juli 1884 an den Herausgeber des *Hartford Courant*, CtHMTH; 17. Febr. 1871 an JLC und Familie, *L4*, 333, Anm. 3). Tafts »Nachfolger« ist nicht bekannt. Die Familie fand mehrere Jahre lang keinen Arzt, mit dem sie zufrieden war (19. Apr. 1888 an Langdon; CtHMTH).

678 *Theron Wales* – Theron A. Wales (geb. 1842) machte 1873 seinen Abschluss in Medizin an der University of Pennsylvania und eröffnete gleich im Anschluss eine Praxis in Elmira. Der *History of the Valley and County of Chemung* zufolge verhalfen ihm seine »überragenden literarischen Fertigkeiten« zu »Ansehen als Autor verschiedenster Themen« (Towner 1892, »Personal References«, 133, *L4*: SLC und OLC an die Langdons, 9. Febr. 1870, 68, Anm. 6; 22. Febr. 1871 an OC, 335, Anm. 2).

679 *unsere alte Köchin, Tante Cord, eine ehemalige Sklavin* – Mary Ann (»Auntie«) Cord (1798–1888) war Köchin auf der Quarry Farm, dem Besitz der Cranes in der Nähe von Elmira. Dreizehn Jahre nachdem sie durch den Sklavenhandel von ihrer Familie getrennt worden war, wurde sie wie durch ein Wunder wieder mit ihrem jüngsten Sohn vereint, der nach Elmira geflohen und Soldat im Unionsheer geworden war. Twain schrieb eine bewegende Darstellung ihrer Geschichte, »A True Story, Repeated Word for Word as I Heard It«, die im *Atlantic Monthly* im November 1874 erschien (SLC 1874b; 2. Sept. 1874 an Howells, *L6*, 219, Anm. 2).

Dreiundzwanzig Tage lang hielt ich jeden Abend einen Vortrag ... in Vancouver konnte ich das Schiff ohne fremde Hilfe besteigen – Um sich finanziell von der fehlgeschlagenen Investition in Paiges Setzmaschine und dem Scheitern von Charles L. Webster & Company 1894 zu erholen, ging Twain im Juli 1895 in Begleitung seiner Frau und seiner Tochter Clara auf eine einjährige weltweite Vortragstournee. Er begann in Cleveland und hatte mehr als 20 öffentliche Auftritte in den Vereinigten Staaten und Kanada, bevor er von Vancouver aus nach Australien, Neuseeland, Ceylon, Indien, Mauritius und Südafrika aufbrach. Im Juli 1896 kehrten sie nach England zurück, wo Twain, ausgehend von seinen Reiseerinnerungen, *Reise um die Welt* schrieb.

680 *Wir lebten in Berlin ... mit schwerer Bronchitis durch Zugluft* – Familie Clemens verbrachte den Winter 1891/92 in Berlin. Twain hielt dort am 13. Januar einen Vortrag (der Anlass ist nicht weiter bekannt) und schrieb in sein Notizbuch: »Waren nach dem Vortrag auf dem Ball unserer Cousine (Frau Generalin von Versen [Deutsch im Original, Anm. d. Übers.]); wir kamen gegen 2 Uhr morgens nach Hause, & ich lag seitdem die ganze Zeit – drei Wochen – mit schwerer Bronchitis und Grippe im Bett« (Notizbuch 31, TS S. 21, CU-MARK; vgl. AD 29. März 1906, Anm. 448: »*Wilhelm II. ... bei einer privaten Verköstigung*«).

681 *Sidney Smith ... zahlte die Rechnung nur zur Hälfte* – Twain schrieb am 1. Februar 1896 an Dr. Smith, um sich über dessen Honorar zu beschweren:

Fünfundzwanzig Rupien pro Besuch erscheinen mir unerklärlich hoch, & ich habe mit der Bezahlung etwas gewartet, um einige Recherchen anzustellen. Ich habe in Gesprächen mit einigen Ihrer gutsituierten Patienten in Bombay herausgefunden, dass Sie diesen 10 Rupien pro Besuch berechnen.

Es ist wohl irgendwo ein Fehler passiert, den Sie vermutlich erklären können. [...] Vorerst lege ich Ihnen einen Scheck über 40 Rupien bei & warte auf eine Erklärung für die Zusatzkosten, die scheinbar entstanden sind. (CU-MARK)

[Henry H. Rogers]

Quelle: TS in CU-MARK, 1906 erstellt von einer (jetzt verschollenen) Maschinenabschrift von Twains Diktat von 1904

Dieser Text ist in Form eines titellosen Typoskripts erhalten, das 1906 von Josephine Hobby angefertigt wurde und heute Teil der Mark Twain Papers ist. Hobby tippte damals eine mittlerweile verlorengegangene Maschinenabschrift von Jean Clemens ab, die auf Isabel Lyons handschriftlichen Notizen zu Twains Diktat vom April 1904 beruhte. Hobbys Abschrift wurde von Twain noch einmal durchgesehen und leicht korrigiert. Von den insgesamt sechs bekannten Florentiner Diktaten ist dies der einzige Text, den Twain nicht in die endgültige Fassung seiner Autobiographie aufnahm (vgl. »Entstehungsgeschichte«, Endnote 61).

Twains Freundschaft mit Henry Huttleston Rogers (1840–1909), Multimillionär und Vizepräsident von Standard Oil, nahm im Herbst 1893 ihren Anfang, als Twains Verlag Charles L. Webster & Company kurz vor dem wirtschaftlichen Ruin stand. Rogers wurde Twains finanzieller Berater und stellte die nötigen Mittel bereit, um den Verlag zumindest zeitweise über Wasser zu halten. Im April 1894 musste das Unternehmen dennoch Konkurs anmelden, aber erst nachdem Rogers dafür gesorgt hatte, dass alle Vermögenswerte einschließlich des Copyrights für Twains Bücher auf Olivia Clemens übertragen wurden, was er damit begründete, dass der insolvente Verlag ihr über $ 60 000 schulde.

Das Diktat entstand zu einer Zeit, als es Olivia gesundheitlich sehr schlecht ging und Rogers erst kürzlich vor den Augen der Öffentlichkeit von der Bay State Gas Company auf mehrere Millionen Dollar verklagt worden war. Nach Rogers' Tod schrieb Twain: »Im Gedenken an ihn bin ich dankbar für so manchen Gefallen und so manchen guten Dienst, den er mir erwies, am dankbarsten aber bin ich ihm für die Sicherung meiner Copyrights; dieser Dienst hat meine Familie und mich vor Entbehrungen bewahrt und uns dauerhaft Sicherheit und Wohlstand beschert« (SLC 1909b; vgl. auch AD 26. Mai 1906; *HHR*, 10–26, 42–43; »Mark Twain's Company in Trouble«, *New York Times*, 19. Apr. 1894, 9).

Paine veröffentlichte den Text unter dem Titel »Henry H. Rogers«, allerdings ohne den Artikel aus der Bostoner *Sunday Post* anzufügen, wie Twain angewiesen hatte, und Paine kombinierte ihn außerdem mit dem späteren Manuskript über Rogers (SLC 1909b; *MTA*, 1:250–56). Neider verwendete keinen Teil dieses Textes.

682 *Standard Oil Trust … die sie am Leben und in Gang hält* – Von einem bescheidenen Start als Ölinvestor war Rogers zu einer Position aufgestiegen, die mit enormer Macht und beträchtlichem Reichtum verbunden war. 1890 wurde er Vizepräsident und einer der Direktoren der Standard Oil Company. Seine finanzielle Beteiligung erstreckte sich auf Erdgas, Kupfer, Stahl, das Bankwesen und die Eisenbahn. Obwohl er seinen Freunden gegenüber großzügig und liebenswürdig war, brachte ihm seine rücksichtslose (und, wenn man einen strengeren Maßstab ansetzt, unethische) Geschäftspraxis den Beinamen »Höllenhund« ein (*HHR*, 2–7).

684–85 *Klage der Boston Gas … bei dem Mr. Rogers auf mehrere Millionen Dollar verklagt wurde* – Die Klage leitete sich von einem Machtkampf um die Kontrolle des Gashandels in Boston ab, der 1894 begann. Hauptsächlich standen sich Rogers von der Standard Oil und J. Edward Addicks von der Bay State Gas Company aus Delaware gegenüber (vgl. Anm. 689: *»Mr. Addicks«*). 1896 gewannen die Anteilseigner der Standard Oil die Kontrolle über alle Bostoner Gasbetriebe, und Addicks gab den Konkurrenzkampf auf. In den Folgejahren entwickelten sich jedoch einige Streitigkeiten bezüglich der Kontrolle über verschiedene Betriebe und des Preises der Wertpapiere, mit denen in den Konsolidierungsgeschäften gehandelt wurde. Wie in den Akten von 1903 vermerkt, war der Kläger im Prozess die Bay State Gas Company. Unter den Beschuldigten waren The Massachusetts Gas Companies, ein Treuhandkonzern, der 1902 gebildet wurde und mittlerweile die Industrie in Boston kontrollierte; Kidder, Peabody & Company, die Investmentbank, die den Aktienhandel abwickelte, und Henry H. Rogers. Die Klägerpartei behauptete, dass 1902 einige Aktien zu künstlich niedrigen Preisen verkauft worden seien und so das Unternehmen aus Delaware betrogen und in eine »scheinbare Zahlungsunfähigkeit« getrieben worden sei (»Industrial Affairs«, *Wall Street Journal*, 17. Juni 1903, 5). Eine der umstrittenen Transaktionen – der Verkauf der Brookline Gas Company 1896 – brachte Rogers einen Gewinn von drei Millionen Dollar ein, Geld, das eigentlich an die Investoren hätte gehen müssen. Der Fall wurde erst 1907 abgeschlossen, als Rogers einwilligte, die Hälfte der drei Millionen Dollar zurückzuzahlen (*HHR*, 76, Anm. 1, 306, Anm. 3; *New York Times*: »Standard Oil in Control«, 1. Nov. 1896, 6; »Bay State Gas War Ended«, 21. Jan. 1898, 1; »Decision of Gas Merger«, 13. Dez. 1903, 17; »Rogers a Defendant in Boston Gas Suit«, 3. Apr. 1904, FS2; *Chicago Tribune*: »Gas Suit for $ 3 000 000«, 16. Apr. 1904, 6; »Rogers to Share Gas Deal Profits«, 1. Febr. 1907, 2).

685 *Es folgt der Bostoner Artikel* – Der folgende Abschnitt, das Porträt von Rogers als Zeuge im Gasprozess, erschien in der *Boston Sunday Post* vom 27. März 1904. Katharine Harrison, Rogers' Sekretärin, leitete Twain die kurze Schilderung als Zeitungsausschnitt weiter, den er dann in einem Brief an Rogers vom 12. April 1904 erwähnte:

Gerade hat mich die Skizze aus Boston erreicht, & ich danke Ihrer Zehntausend-Dollar-Sekretärin für die Übersendung derselben: so viel habe ich in letzter Zeit über sie gelesen, vor allem dass man an ihr ebenso wenig vorbeikommt wie an der Sphinx & dass sie die einzige Sekretärin ihres Geschlechts ist, die ihr Gehalt verdient bzw. es auch bekommt.

Die Schilderung war gut, sehr gut, erstklassig; es wird *lange* dauern, bevor sie übertroffen wird. Es ist das Porträt eines Lebens – darin sehe ich Sie & höre Sie, gerade als ob ich anwesend gewesen wäre, & mit Hilfe seiner anregenden Zweideutigkeit kann meine Phantasie eine Menge ergänzen, was der Verfasser mangels Platz auslassen musste. (Salm, in *HHR*, 562)

686 *Mr. Winsor* – Robert Winsor (1858–1930), ein prominenter Bankier, war Partner in der Investmentbank Kidder, Peabody & Company (»Robert Winsor Dies«, *New York Times*, 8. Jan. 1930, 25).
Mr. Whipple – Sherman L. Whipple (1862–1930), der Anwalt der Klägerpartei, war Absolvent der Yale Law School und wohlbekannt für sein Talent, Zeugen zu befragen (»Bay State Gas Hearing«, *Washington Post*, 3. Okt. 1903, 1).

688 *Shakespeare sagt, dass einer lächeln kann und immer lächeln und doch ein Schurke sein* – »Schreibtafel her! Ich muss mir's niederschreiben, / Dass einer lächeln kann, und immer lächeln, / Und doch ein Schurke sein, zum wenigsten / Weiß ich gewiss, in Dänemark kann's so sein« (*Hamlet, Prinz von Dänemark* in: Shakespeare, William: Tragödien. Sämtliche Werke in vier Bänden, Bd. 4. Hrsg. von Günther Klotz. Übers. von August Wilhelm Schlegel, Dorothea Tieck und Wolf Graf Baudissin. Aufbau Verlag, Berlin 2000/2009. I/5, S. 288).

689 *Mr. Addicks* – J. Edward Addicks (1841–1919) war ein streitsüchtiger Kapitalgeber, der 1884 die Bay State Gas Company gründete. Nachdem er ein Vermögen aus seinen Gasinvestitionen angehäuft hatte, wendete er sich Spekulationsgeschäften im Kupferabbau zu und beteiligte sich mit Lawson und Rogers an der Förderung der Amalgamated Copper Company (vgl. Anm. 689: *»das Telefongespräch mit Mr. Lawson«*). Von 1889 an versuchte er 17 Jahre lang, einen Sitz im Senat der Vereinigten Staaten zu erlangen, blieb jedoch erfolglos, obwohl er geschätzte drei Millionen Dollar dafür ausgab (»J. E. Addicks of Boston Finance Fame Dies at 78«, *Chicago Tribune*, 8. Aug. 1919, 16).
das Telefongespräch mit Mr. Lawson – Thomas W. Lawson (1857–1925), ein reicher Geschäftsmann und Börsenmakler, hatte 1895 bei den Manövern der Gasunternehmen seine Finger im Spiel. Er war in den späten 1890er Jahren als Unternehmer und Börsenmakler maßgeblich beteiligt an der Fusion mehrerer Bergbauunternehmen zur Amalgamated Copper Company, die Lawson selbst, Rogers und William Rockefeller Millionengewinne einbrachte, viele Investoren hingegen in den Ruin stürzte. 1902 war er an den Transaktionen beteiligt, die zum Gasprozess führten. Er sagte aus, dass Rogers ihm eine Million Dollar dafür angeboten hätte, wenn er seinen Widerstand gegen die Neugliederung der New England Gas & Coke Company, die aufgrund ihrer hohen Schuldenlast in Konkurs gegangen war, aufzugeben bereit wäre (vgl. Anm. 690: *»Mr. Whitney«*). Rogers bestritt diese Beschuldigung und bot eine abweichende Version eines Telefonats, das am 8. März 1902 stattgefunden hatte. »Rogers' schändlicher Meineid«, wie Lawson es bezeichnete, beendete ihre Zusammenarbeit, und ab Juli 1904 gab Lawson eine Reihe von Artikeln im *Everybody's Magazine* heraus, die die habgierigen und unethischen Geschäftsintrigen der Finanzwelt im Allgemeinen und die von Addicks,

der Standard Oil und Rogers im Speziellen behandelten. 1905 wurden die Artikel in einem Sammelband herausgebracht: *Frenzied Finance: The Crime of Amalgamated* (Lawson 1905, 2–4, 23–31, 117, 123, 343–45; Adams 1903, 270–71; »Massachusetts Gas Trial«, *Wall Street Journal*, 26. März 1904, 5; *New York Times*: »Rogers Denies He Got Lawson Million«, 5. April 1904, 1; »Calls Rogers Bad Trustee«, 14. Apr. 1904, 5).

690 *Mr. Whitney* – Henry M. Whitney (1839–1923), ein Bostoner Großindustrieller, war in hohem Maße für den Ausbau der elektrischen Straßenbahn im Raum Boston verantwortlich. Anfang 1896 stieg er als neuer Anbieter von billigem Gas ins Gasgeschäft ein und wurde so zum Konkurrenten für die Standard Oil und für Addicks als Anteilseigner. Seine Firma, die New England Gas & Coke Company, geriet 1902 in Schulden und war zur Umstrukturierung gezwungen. Ihre Vermögenswerte gingen an einen neuen Treuhänder über, die Massachusetts Gas Companies. Der Kauf dieser Wertpapiere durch den Treuhänder zu einem angeblich künstlich niedrigen Preis war 1903 die Grundlage für den behandelten Prozess (Adams 1903, 259, 266–67, 270–72; Lawson 1905, 134). *den anderen Leuten ... wegen des New York Yacht Club* – 1901 wurde ein Boot, das Lawson eigens für das New York Yacht Club Race gebaut hatte, mit der Begründung disqualifiziert, dass nur Mitglieder des Clubs zur Teilnahme am Wettkampf berechtigt seien. Die Aussage eines Clubmitglieds wurde zitiert, Lawson habe sich früher schon um Mitgliedschaft im Club beworben, sei aber abgelehnt worden. Lawson bestritt, je einen Antrag gestellt zu haben (»A Club of Snobs«, *Washington Post*, 9. März 1901, 6; »Mr. Lawson Will Challenge Any Yacht«, *New York Times*, 10. März 1901, 1).

691 *Senator Allee* – James Frank Allee (1857–1938) fungierte 1903 bis 1907 als republikanischer Senator aus Delaware.

[Anekdote über Jean]

Quelle: MS in CU-MARK

Der Text ist in Form eines titellosen Manuskripts in den Mark Twain Papers erhalten. Oben auf der ersten Seite vermerkte Twain »Autobiog.«, doch er nahm den Text nicht in die endgültige Fassung seiner Autobiographie auf. Paine schrieb mit Bleistift die folgende Überschrift auf die erste Seite: »Anekdote über Jean. Ihre Liebe zu Tieren«. Die in Jeans Bilderbuch dargestellte Katastrophe ereignete sich am 1. November 1755, als mehrere gewaltige Erdbeben, gefolgt von Bränden und einem Tsunami, große Teile von Lissabon zerstörten und etwa 60 000 Menschen und eine unbekannte Anzahl Tiere in den Tod rissen. Das Ereignis rückte in den Mittelpunkt von Debatten über die göttliche Vorsehung und wurde in der Kunst oft als Motiv aufgegriffen.

Paine ließ den Text in seiner Ausgabe der Autobiographie weg, in seiner Twain-Biographie gab er die Geschichte jedoch wieder, indem er Teile des Manuskripts paraphrasierte (*MTB*, 3:1530). In dieser Ausgabe ist der Text zum ersten Mal ganz veröffentlicht.

692 *Jean* – Vgl. »Die Familie. Kurzbiographien«.

Zusatzmaterialien

Mark Twain. Kurzbiographie

1835 Geboren am 30. November in Florida, Missouri, als sechstes Kind von John Marshall und Jane Lampton Clemens. Von seinen sechs Geschwistern erreichten nur Orion, Pamela und Henry das Erwachsenenalter (vgl. »Familienbiographien«).

1839/40 Zieht nach Hannibal, Missouri, am Westufer des Mississippi; besucht eine für den Westen typische Gemeindeschule (»common school«) in Hannibal (1840).

1842–1847 Verbringt die Sommer auf der Farm seines Onkels John Quarles nahe Florida, Missouri.

1847 Am 24. März stirbt sein Vater. Verlässt die Schule und beginnt als Laufbursche und Setzerlehrling für Henry La Cossitts in Hannibal erscheinende *Gazette* zu arbeiten.

1848 Lehrling bei Joseph P. Ament, dem neuen Herausgeber und Besitzer des in Hannibal verlegten *Missouri Courier*. Arbeitet und lebt bei Ament bis Ende 1850.

1851 Stößt im Januar zu Orions Zeitung, der in Hannibal erscheinenden *Western Union*, wo bald »A Gallant Fireman« (»Ein ritterlicher Feuerwehrmann«) erscheint, sein erstes bekanntes veröffentlichtes Werk.

1853–1857 Verlässt Hannibal im Juni 1853 nach fast drei Jahren Lehre bei Orion. Arbeitet als Setzergeselle in St. Louis, New York, Philadelphia, Muscatine (Iowa), Keokuk (Iowa) und Cincinnati.

1857 Verlässt am 16. Februar Cincinnati auf der *Paul Jones*, gesteuert von Horace E. Bixby, der einwilligt, ihn zum Mississippi-Lotsen auszubilden.

1858 Henry Clemens stirbt an Verletzungen, die er bei der Explosion der *Pennsylvania* erlitten hat.

1859 Erhält am 9. April die offizielle Zulassung, Schaufelraddampfer »nach und von St. Louis und New Orleans« zu steuern. Bis 1861 hat er als

»guter Durchschnittslotse« auf mindestens einem Dutzend Schiffen gedient.

1861 Wird Freimaurer (tritt 1869 aus seiner Loge aus). Arbeitet als gewerblicher Lotse bis zum Ausbruch des Bürgerkriegs. Schließt sich der Hannibal Home Guard an, einer kleinen Gruppe von Freiwilligen mit südstaatlicher Gesinnung. Tritt nach zwei Wochen wieder aus und begleitet Orion ins Nevada-Territorium, wo dieser bis 1864 als Sekretär des Territoriums fungiert. Arbeitet kurzzeitig für Orion, schürft dann Silber.

1862 Schürft im Humboldt- und im Esmeralda-Minenrevier. Sendet (heute verlorengegangene) Beiträge, gezeichnet mit »Josh«, an den in Virginia City erscheinenden *Territorial Enterprise* und wird im Oktober dessen Lokalreporter.

1863/64 Zeichnet am 3. Februar 1863 zum ersten Mal als »Mark Twain«. Während er für den *Enterprise* schreibt, wird er Nevada-Korrespondent für den in San Francisco erscheinenden *Morning Call*. Um einer Strafverfolgung wegen Duellierens zu entgehen, zieht er um den 1. Juni 1864 nach San Francisco und arbeitet vier Monate lang als Lokalreporter für den *Californian* und die *Golden Era*. Anfang Dezember besucht er Jackass Hill in Tuolumne County, Kalifornien.

1865 Besucht Angels Camp in Calaveras County, Kalifornien. Kehrt nach San Francisco zurück und fängt an, einen täglichen Brief für den *Enterprise* zu schreiben. Schreibt weiterhin für den *Californian*. »Jim Smiley and His Jumping Frog« (»Jim Smiley und sein springender Frosch«) wird am 18. November in der in New York erscheinenden *Saturday Press* veröffentlicht.

1866 Reist als Korrespondent der *Sacramento Union*, für die er fünfundzwanzig Briefe schreibt, auf die Sandwichinseln (Hawaii). Hält im Oktober seinen ersten Vortrag in San Francisco.

1867 Sein erstes Buch, *The Celebrated Jumping Frog of Calaveras County, and Other Sketches (Der berühmte Springfrosch von Calaveras County und andere Skizzen)*, wird im Mai veröffentlicht. Hält seinen ersten Vortrag in New York City. Segelt auf der *Quaker City* nach Europa und ins Heilige Land. Trifft am 27. Dezember in New York Olivia (Livy) Langdon. In Washington, D.C., arbeitet er kurze Zeit als Privatsekretär für William M. Stewart, Senator für Nevada.

1868 Hält zahlreiche Vorträge in den Bundesstaaten des Ostens und des Mittleren Westens. Umwirbt Livy und macht ihr einen Heiratsantrag, den sie im November annimmt.

1869 Veröffentlicht *The Innocents Abroad (Die Arglosen im Ausland)*. Kauft mit Jervis Langdons Hilfe einen Drittelanteil am *Buffalo Express.*

1870 Heiratet Olivia am 2. Februar; sie lassen sich in einem Haus in Buffalo nieder, das Jervis Langdon für sie gekauft hat. Sohn Langdon kommt am 7. November zur Welt.

1871 Verkauft den *Express* und das Haus und zieht nach Hartford, Connecticut. Die nächsten zwei Jahrzehnte lebt die Familie in Hartford und verbringt ihre Sommer auf der Quarry Farm in Elmira.

1872 Tochter Olivia Susan (Susy) Clemens wird am 19. März geboren; Sohn Langdon stirbt am 2. Juni. *Roughing It (Durch dick und dünn)* wird in Hartford und in London veröffentlicht (das britische Urheberrecht ist damit gesichert). Besucht im Herbst London, um Vorträge zu halten.

1873 Nimmt die Familie für fünf Monate mit nach England und Schottland. Begleitet sie nach Hause (Livy ist schwanger) und kehrt im November allein nach England zurück. *The Gilded Age (Das vergoldete Zeitalter)*, zusammen mit Charles Dudley Warner geschrieben, wird in London und Hartford veröffentlicht.

1874 Kehrt im Januar nach Hause zurück; Tochter Clara Langdon Clemens wird am 8. Juni geboren. Die Familie zieht in das Haus, das sie in Hartford erbaut hat.

1875/76 Veröffentlicht *Mark Twain's Sketches, New and Old (Mark Twains Skizzen, neu und alt)* (1875) und *The Adventures of Tom Sawyer (Tom Sawyers Abenteuer)* (1876).

1878/79 Reist mit der Familie durch Europa.

1880 Veröffentlicht *A Tramp Abroad (Bummel durch Europa)*. Tochter Jane (Jean) Lampton Clemens wird am 26. Juli geboren.

1881 Beginnt, in die Paige-Setzmaschine zu investieren. Veröffentlicht *The Prince and the Pauper (Der Prinz und der Bettelknabe).*

1882 Kehrt zum Mississippi zurück, um Material für *Life on the Mississippi (Leben auf dem Mississippi)* zu sammeln, das 1883 veröffentlicht wird.

1884/85 Gründet den Verlag Charles L. Webster & Co., benannt nach dem Neffen seiner Frau und führenden Angestellten des Verlags. Vortragsreise mit George Washington Cable (November–Februar). *Adventures of Huckleberry Finn (Huckleberry Finns Abenteuer)* wird in London (1884) und New York (1885) veröffentlicht. Verlegt Ulysses S. Grants *Memoiren* (1885).

1889 Veröffentlicht *A Connecticut Yankee in King Arthur's Court (Ein Yankee an König Artus' Hof).*

1891–94 Reist und lebt in Frankreich, der Schweiz, Deutschland und Italien. Häufige Geschäftsreisen in die Vereinigten Staaten. Henry H. Rogers, Vizepräsident von Standard Oil, macht es sich zur Aufgabe, Twains Geschicke in günstigere Bahnen zu lenken. 1894 melden Webster & Co. Konkurs an, und auf Rogers' Rat gibt Twain die Paige-Maschine auf. *The Tragedy of Pudd'nhead Wilson (Querkopf Wilson)* wird in Fortsetzungen und 1894 als Buch veröffentlicht.

1895 Startet im August, begleitet von Olivia und Clara, eine weltweite Lesereise, um seine finanzielle Lage zu stabilisieren; hält Vorträge auf dem Weg zur Pazifikküste und dann in Australien und Neuseeland.

1896 Hält Vorträge in Indien, Ceylon und Südafrika. Veröffentlicht *Personal Recollections of Joan of Arc (Persönliche Erinnerungen an Jeanne d'Arc).* Am 18. August stirbt Susy in Hartford an einer Hirnhautentzündung. Bei Jean wird Epilepsie diagnostiziert. Wohnt in London.

1897 *Following the Equator (Reise um die Welt)* wird in London und Hartford veröffentlicht. Lebt in Weggis (Schweiz) und Wien.

1898 Zahlt Schulden an seine Gläubiger vollständig zurück. Lebt in Wien und im nahe gelegenen Kaltenleutgeben.

1899–1901 Wohnt in London, dazwischen Aufenthalte in europäischen Kurorten. Die Familie kehrt im Oktober 1900 in die Vereinigten Staaten zurück, wohnt in der Nummer 14 West 10th Street, New York, dann in Riverdale in der Bronx. Veröffentlicht »To the Person Sitting in Darkness« (»An die Person, die im Dunkeln sitzt«) (Februar 1901).

1902 Besucht zum letzten Mal Hannibal und St. Louis. Olivias Gesundheitszustand verschlechtert sich dramatisch. Isabel V. Lyon, die als ihre Sekretärin eingestellt wurde, wird schon bald Twains Sekretärin.

1903 Zieht mit der Familie in die gemietete Villa di Quarto in Florenz. Harper & Brothers erwirbt die Exklusivrechte an Mark Twains gesamtem Werk.

1904 Fängt an, Lyon seine Autobiographie zu diktieren; Jean tippt ihre Kopie. Olivia stirbt am 5. Juni in Florenz an Herzversagen. Die Familie kehrt in die Vereinigten Staaten zurück. Twain mietete ein Haus in der Fifth Avenue 21, New York.

1905 Verbringt den Sommer mit Jean in Dublin, New Hampshire. Schreibt »The War-Prayer« (»Das Kriegsgebet«).

1906 Beginnt im Januar die Autobiographischen Diktate. Eine Auswahl davon wird zwischen 1906 und 1907 in der *North American Review* veröffentlicht. Beauftragt John Mead Howells, ein Haus zu entwerfen, das in Redding, Connecticut, gebaut werden soll. *What Is Man? (Was ist der Mensch?)* wird anonym zur privaten Verteilung gedruckt.

1907 Veröffentlicht *Christian Science (Christliche Wissenschaft)*. Stellt Ralph W. Ashcroft als Assistenten ein. Reist nach England, um einen Ehrentitel der Oxford University entgegenzunehmen.

1908 Zieht in das Haus in Redding namens »Innocence at Home« (»Arglosigkeit zu Hause«), später »Stormfield« (»Sturmfeld«).

1909 Entlässt Lyon und Ashcroft. Jean stößt zu Twain in Stormfield. Clara heiratet am 6. Oktober den Pianisten und Dirigenten Ossip Gabrilowitsch. Jean stirbt am 24. Dezember an Herzversagen.

1910 Erkrankt auf Bermuda an einer schweren Angina; reist mit Paine am 12. April nach New York. Stirbt am 21. April in Stormfield.

Für eine weitaus detailliertere Chronologie siehe *Mark Twain: Collected Tales, Sketches, Speeches, and Essays, 1852–1890* (Budd 1992a, 949–97).

Die Familie. Kurzbiographien

Im Folgenden werden nur die Biographien von Twains engsten Angehörigen – seiner Eltern, Geschwister, seiner Frau und seiner Kinder – angeführt. Informationen zu anderen Verwandten einschließlich der Familie von Olivia Clemens können über das Personenregister gefunden werden.

John Marshall Clemens (1798–1847), Twains Vater, wurde in Virginia geboren. Als Jugendlicher zog er mit seiner Mutter und seinen Geschwistern nach Kentucky, wo er Rechtswissenschaften studierte und 1822 die Lizenz zur Niederlassung als Anwalt erhielt. Ein Jahr später heiratete er Jane Lampton. 1827 zog die Familie Clemens nach Jamestown, Tennessee, wo John ein Geschäft eröffnete und später Gerichtsschreiber am dortigen Bezirksgericht wurde. 1835 zog er mit seiner Familie nach Missouri und ließ sich zuerst im Dorf Florida nieder, wo Samuel Clemens zur Welt kam. Zwei Jahre später wurde John zum Richter am Bezirksgericht von Monroe County ernannt, was ihm den Ehrentitel »Judge« einbrachte, den der junge Twain, weil er es nicht besser wusste, zu einer bedeutenden Machtstellung überhöhte. 1839 zog die Familie nach Hannibal, wo er einen Laden in der Main Street betrieb und vermutlich 1844 zum Friedensrichter gewählt wurde. Zum Zeitpunkt seines Todes war er Kandidat für die Position des Gerichtsschreibers am Berufungsgericht, starb aber einige Monate vor der Wahl. Er galt als einer der angesehensten Bürger des Bezirks und als überaus ehrlich, war jedoch im Kreis seiner Familie verschlossen und leicht reizbar. Eine zeitgenössische Anspielung auf John Clemens' »angeschlagene Nerven«, zusammen mit seinem erheblichen Konsum von Medikamenten, könnte auf ein chronisches Leiden schließen lassen. Als er 1847 plötzlich an einer Lungenentzündung starb, hinterließ er die Familie in relativer Armut. Beim Tod seines Vaters war Twain selbst erst elf Jahre alt; später schrieb er, »meine eigene Kenntnis seiner belief sich auf kaum mehr als ein gegenseitiges Vorstellen« (*Inds*, 309–11; 4. Sept. 1883 an Holcombe, MnHi).

Jane Lampton Clemens (1803–1890), Twains Mutter, wurde in Adair County, Kentucky, geboren. Ihre Ehe mit dem mürrischen und humorlosen John Marshall Clemens war keine Liebesheirat: Spät in ihrem Leben vertraute sie ihrer Familie an, dass sie geheiratet hatte, um einen anderen Verehrer vor den Kopf zu stoßen. Sie brachte sieben Kinder zur Welt, von denen, als ihr Ehemann 1847 starb, nur noch vier (Orion, Pamela, Samuel und Henry [1838–1858]) am Leben waren. Als Witwe verließ Jane Hannibal, Missouri, und lebte von 1853 bis 1870 in Muscatine, möglicherweise auch in Keokuk, Iowa, und in St. Louis, Missouri, zuerst im Haushalt von Orion Clemens, dann bei ihrer Tochter, Pamela Moffett. Als Twain 1870 heiratete und sich in Buffalo, New York, niederließ, gründete sie mit der verwitweten Pamela einen Haushalt im nahe gelegenen Fredonia. 1882 zog sie nach Keokuk, Iowa, wo sie für den Rest ihres Lebens bei Orion lebte. Sie wurde auf dem Mount-Olivet-Friedhof in Hannibal neben ihrem Ehemann und ihrem Sohn Henry begraben. Ihr Pfarrer in Hannibal nannte sie »eine Frau mit dem sonnigsten Naturell, lebhaft, leutselig, beliebt bei jedermann« (Wecter 1952, 86). Sie war das Vorbild für Tante Polly in *Tom Sawyer* (SLC 1876), *Huckleberry Finn* (SLC 1885) und anderen Werken. Nach ihrem Tod im Jahr 1890 schrieb Twain einen bewegenden Nachruf: »Jane Lampton Clemens« (*Inds*, 82–92, 311).

Orion Clemens (1825–1897), Twains älterer Bruder, kam in Gainesboro, Tennessee, zur Welt. Nach dem Umzug der Familie Clemens nach Hannibal, Missouri, ging er bei einem Buchdrucker in die Lehre. 1850 gründete er in Hannibal die Zeitung *Western Union*. Im folgenden Jahr wurde er außerdem Besitzer des dortigen *Journal* und stellte Twain und Henry, den jüngeren Bruder der beiden, als Schriftsetzer ein. 1853, kurz nachdem Twain sein Zuhause verlassen hatte, um auf Reisen zu gehen, zog Orion mit seiner Mutter und Henry nach Muscatine, Iowa. Dort heiratete er Mary (Mollie) Stotts (1834–1904), die 1855 eine Tochter, Jennie, zur Welt brachte. Er setzte sich bei den Präsidentschaftswahlen 1860 für Lincoln ein und wurde durch den Einfluss eines Freundes mit dem Titel eines Sekretärs für das neugegründete Nevada-Territorium belohnt (1861). Mollie und Jennie zogen 1862 zu ihm; 1864 starb Jennie an Fleckfieber. In diesem Jahr wurde Nevada zum Bundesstaat, und Orion konnte keine politische Position erlangen, die mit seiner vorherigen als Territoriumssekretär vergleichbar gewesen wäre. In den nächsten zwei Jahrzehnten mühte er sich, seinen Lebensunterhalt als Korrekturleser, Erfinder, Hühnerzüchter, Rechtsanwalt, Vortragender und Autor zu verdienen. Von der Mitte der 1870er Jahre bis zu seinem Tod 1897 wurde er von einem amüsierten, aber auch entnervten Twain finanziell unterstützt, der meinte, er war »immer ehrlich und ehrenhaft«, aber »träumte ununterbrochen, war ein Träumer von Geburt an« (*Inds*, 311–13; vgl. AD 28. März 1906 und Anm.).

Pamela A. (Clemens) Moffett (1827–1904), auch als »Pamelia« oder »Mela« bekannt, war Twains ältere Schwester. Geboren in Jamestown, Tennessee, besuchte sie nach dem Umzug der Familie Clemens nach Hannibal die Schule von Elizabeth Horr und wurde im November 1840 von ihrer Lehrerin wegen ihres »freundlichen Umgangs und ihres gewissenhaften Einsatzes für ihre diversen Studien« gelobt. Pamela spielte Klavier und Gitarre und unterstützte ihre Familie in den 1840er Jahren finanziell, indem sie Musikstunden gab. Im September 1851 heiratete sie William Anderson Moffett (1816–1865), einen Kommissionär, und zog nach St. Louis. Ihre Kinder waren Annie (1852–1950) und Samuel (1860–1908). Ab 1870 lebte Pamela in Fredonia, New York. Twain sagte von Pamela, sie sei »ihr ganzes Leben stark gebeutelt« gewesen. Sie war wahrscheinlich das Vorbild für Toms Cousine Mary in *Tom Sawyer*, *Huckleberry Finn* und anderen Werken (*Inds*, 313).

Olivia Louise Langdon Clemens (1845–1904), im vertrauten Kreis »Livy« genannt, wurde in Elmira, New York, als Tochter von Jervis Langdon (1809–1870), einem reichen Kohlenhändler, und Olivia Lewis Langdon (1810–1890) geboren und wuchs dort auch auf. Die Langdons waren streng religiös, reformistisch und Abolitionisten. Livys Schulbildung in den 1850er und 1860er Jahren bestand aus einer Kombination aus Hausunterricht und Unterricht an Thurston's Female Seminary und dem Elmira Female College. Obwohl sie immer schon kränklich gewesen war, verschlechterte sich ihr Gesundheitszustand zwischen 1860 und 1864 so weit, dass sie invalide wurde. »Ihre vollen Kräfte sollte sie zeitlebens nicht wiedererlangen«, sagte Twain 1906. Er wurde der schüchternen, ernsten Livy im Dezember 1867 vorgestellt; bald begann er ernsthaft und langwierig um sie zu werben, hauptsächlich durch Briefe. Sie heirateten im Februar 1870 und ließen sich in Buffalo, New York, in einem von Livys Vater gekauften Haus nieder. Dort wurde im November ihr erstes Kind, Langdon Clemens, geboren. 1871 mieteten sie sich im Viertel Nook Farm in Hartford, Connecticut, ein und wurden bald zu einem wesentlichen Bestandteil dieser literarischen und intellektuellen Enklave. Sie erwarben ein Grundstück und bauten das markante Haus, das von 1874 bis 1891 ihr Zuhause wurde. Der kleine Langdon starb 1872; nach ihm wurden drei Töchter geboren: Olivia Susan (Susy) 1872, Clara 1874 und Jane (Jean) 1880. Später erinnerte sich Clara an Livys »selbstloses, zartes Wesen – verbunden mit völligem Verständnis, sowohl intellektuell als auch menschlich, für ihren Ehemann«; sie kümmerte »sich um alles, was Haus und Heim anging, was die Bewirtung vieler Gäste mit einschloss«, und schuf »Zeit für Französisch- und Deutschstunden ebenso wie für stundenlanges Vorlesen für mich und meine Schwestern« (CC 1931, 24–25). Für ihren liebenden Ehemann, den sie zärtlich »junger Mann« (»Youth«) nannte, war Livy eine »treue, besonnene und akribische Lektorin« (AD 14. Febr. 1906; siehe auch AD 13. Febr. 1906). Im Juni 1891, als die Ausgaben stiegen und Twains Investitionen sowohl seine eigenen Einnahmen als auch Livys persönliches Einkommen aufzuzehren drohten, gaben sie das Haus in Hartford auf und begaben sich für eine Zeit nach Europa, um Geld zu sparen; von da an verbrachte Livy ihr Leben in temporären Unterkünften, Hotelsuiten und angemieteten Häusern. Als sich Twain im April 1894 gezwungen sah, Konkurs anzumelden, wurde die finanzielle Zukunft der Familie durch den Ausweg gerettet, Livy den Status eines »bevorzugten Gläubigers« zu geben und alle Urheberrechte Twains auf sie zu übertragen. 1895/96 begleiteten sie und Clara Twain auf seiner weltweiten Vortragsreise. Der Tod ihrer Tochter Susy im Jahr 1896 war ein Schicksalsschlag, von dem sie sich nie mehr erholte. Sie starb im Juni 1904 in Italien an Herzversagen.

Olivia Susan Clemens (1872–1896), genannt »Susy«, war Twains älteste Tochter. Ihre frühe Erziehung wurde hauptsächlich zu Hause von ihrer Mutter, ab dem Jahr 1880 dann einige Jahre lang von einer Hauslehrerin übernommen. Ihr Talent für das Schreiben, das Theaterspiel und die Musik war früh offenkundig. Mit dreizehn begann sie im Geheimen, eine Biographie über ihren Vater zu verfassen, von der er später vieles in seine Autobiographie übernahm; diese Biographie ist ein reizvolles Porträt idyllischen Familienlebens. Susy begleitete ihre Eltern 1873 nach England und 1878/79 bei einem längeren Aufenthalt im Ausland. Im Herbst 1890 verließ sie ihr Zuhause, um das Bryn Mawr College in Pennsylvania zu besuchen, wo sie allerdings nur ein Semester absolvierte. Im Juni 1891 gab die Familie Clemens das Haus in Hartford auf und begab sich, um Geld zu sparen, zusammen mit Susy für eine Zeitlang nach Europa, wo sie bis zur Mitte des Jahres 1895 blieben. Susy besuchte Schulen in Genf und Berlin und nahm Sprach- und Stimmunterricht, litt jedoch zunehmend unter physischen und nervösen Beschwerden, für die ihre Eltern verschiedene Behandlungen bis hin zu Geistheilung und Hydrotherapie ausprobierten. Nach dem Aufenthalt in Europa entschloss sich Susy, sich nicht mit Vater, Mutter und ihrer Schwester Clara auf Twains Vortragsreise um die Welt (1895/96) zu begeben; sie und ihre Schwester Jean blieben in Elmira, New York, dem Wohnsitz ihrer Tante Susan Crane. Im August 1896, während sie das Zuhause ihrer Kindheit in Hartford besuchte, erkrankte Susy an einem Fieber, das sich als spinale Meningitis herausstellte. Sie starb, während ihre Mutter und ihre Schwester über den Atlantik reisten, um bei ihr zu sein. »Eine Wolke liegt nun dauerhaft über allem«, schrieb Twain in sein Notizbuch (Notizbuch 40, TS S. 8, CU-MARK; vgl. AD 2. Febr. 1906).

Clara Langdon Clemens (1874–1962), genannt »Bay«, war Twains zweite Tochter. Sie wurde in Hartford, Connecticut, geboren und hauptsächlich zu Hause von ihrer Mutter und Hauslehrerinnen unterrichtet. Während des Aufenthalts der Familie in Europa von 1891 bis 1895 genoss Clara ein größeres Maß an Unabhängigkeit als ihre Schwestern und kehrte allein nach Berlin zurück, um dort Musik zu studieren. Sie war die einzige von Twains Töchtern, die ihn und Livy 1895/96 auf ihrer Weltreise begleitete. Sowohl der Tod ihrer Schwester Susy als auch der erste epileptische Anfall ihrer anderen Schwester Jean fielen in das Jahr 1896: »Es dauerte lang, bis in unserem Haushalt wieder jemand lachte«, erinnerte sich Clara (CC 1931, 179). Die Familie ließ sich 1897 in Wien nieder. Clara strebte eine Laufbahn als Pianistin an und studierte bei Theodor Leschetizky, über den sie den jungen russischen Pianisten Ossip Gabrilowitsch (1878–1936) kennenlernte. 1898 hatte sich Claras Berufswunsch von Pianistin zu Sängerin gewandelt, einer Karriere, die ihr mehr wohlgesonnene Nachsicht als Beifall einbrachte. Nach dem Tod ihrer Mutter im Jahr 1904 erlitt Clara einen Nervenzusammenbruch und absolvierte 1905/06 immer wieder, ohne ihre Familie, Liegekuren. Sie war von ihrem Vater finanziell abhängig, verbrachte aber immer weniger Zeit in seinem Haushalt, reiste und gab gelegentlich Liederabende. Als ihr der Einfluss von Isabel V. Lyon und Ralph Ashcroft auf ihren Vater und dessen Finanzen zunehmend suspekt wurde, überzeugte ihn Clara 1909 davon, das Paar zu entlassen. Im gleichen Jahr heiratete sie Gabrilowitsch; ihre Tochter, Nina Gabrilowitsch (1910–1966), war Twains letzte direkte Nachkommin. Zwischen 1904 und 1910 verlor Clara ihre Mutter, ihre Schwester Jean und ihren Vater; im Alter von fünfunddreißig Jahren war sie die Alleinerbin des Nachlasses von Mark Twain, welcher für sie treuhänderisch verwaltet wurde und bis zu ihrem eigenen Tod nicht in seiner Gesamtheit veräußert werden durfte. Für ihr weiteres Leben nutzte sie ihren Einfluss, um die öffentliche Darstellung ihres Vaters zu kontrollieren.

Gabrilowitsch starb 1936; 1944 heiratete Clara den russischen Dirigenten Jacques Samossoud (1894–1966). Ihre Erinnerungen an ihren Vater, *My Father, Mark Twain*, wurden 1931 veröffentlicht. Sie verbrachte die letzten Jahrzehnte ihres Lebens in Südkalifornien. Claras Nachlass von Twains persönlichen Dokumenten, der 1962 an die University of California, Berkeley, ging, bildet die Basis der Mark Twain Papers, die in der Bancroft Library aufbewahrt werden.

Jean (Jane Lampton) Clemens (1880–1909), Twains jüngste Tochter, wurde nach seiner Mutter benannt, aber immer Jean gerufen. Wie ihre Schwestern wurde sie hauptsächlich zu Hause unterrichtet. 1896, als sie eine Schule in Elmira, New York, besuchte, erlitt sie einen schweren epileptischen Anfall. Ihr wurden Beruhigungsmittel verschrieben, und während der nächsten Jahre versuchten ihre besorgten Eltern, das Fortschreiten der Krankheit aufzuhalten, unter anderem indem sie den Sommer 1899 in Schweden verbrachten, um Jean von dem bekannten Osteopathen Jonas Kellgren behandeln zu lassen. Ihr Gesundheitszustand, der sich nach dem Tod der Mutter 1904 verschlechterte, und die häufigen Umzüge der Familie gaben Jean wenig Gelegenheit, eine selbständige Existenz aufzubauen. Ende des Jahres 1899 begann sie sich selbst den Umgang mit der Schreibmaschine beizubringen, um die Manuskripte ihres Vaters abtippen zu können. Außerdem liebte sie das Reiten (vgl. Abb. 25) und andere Aktivitäten im Freien und setzte sich für Tier- und Menschenrechte ein. Im Oktober 1906 wurde Jean in ein Sanatorium in Katonah, New York, geschickt; hier, in diesem »Exil«, blieb sie bis zum April 1909, als sie wieder zu ihrem Vater nach Stormfield in Redding, Connecticut, zog. Im Laufe der nächsten Monate genoss sie ein enges, glückliches Verhältnis zu ihm und übernahm Isabel Lyons Aufgaben als Sekretärin. Jean starb am 24. Dezember 1909 in Stormfield, offenbar an einem Herzinfarkt, den sie während eines Anfalls erlitt. Während der nächsten Tage schrieb Twain eine herzzerreißende Erinnerung an sie mit dem Titel »Closing Words of My Autobiography« (»Abschließende Worte meiner Autobiographie«; SLC 1909).

Mark Twains Dinnerrede zu seinem 70. Geburtstag

(5. Dezember 1905)

Dieser Text von Twains Rede zu seinem 70. Geburtstag wurde am 23. Dezember 1905 in *Harper's Weekly* mit dem Titel »Mark Twain's 70th Birthday: Souvenir of Its Celebration« (»Mark Twains 70. Geburtstag: Erinnerung an seine Feier«) veröffentlicht (SLC 1905g; vgl. AD 12. Jan. 1906). Wahrscheinlich basierte der Harper's-Text auf einem Manuskript, das Twain bereitgestellt hatte. Es wurde jedoch kein Manuskript gefunden, und die Quelle des Zeitschriftentexts konnte nicht ausfindig gemacht werden.

Twain wurde von William Dean Howells eingeführt, der anmerkte:

Mr. Clemens hat immer den Effekt auf mich gehabt, mich in eine lyrische Ekstase hineinzuversetzen. (Lachen.) Ich weiß, das ist sehr ungewöhnlich. Die meisten Menschen reden in Prosa über ihn, und ich wage zu behaupten, es wird ziemlich prosaisch über ihn geredet werden heute Abend, aber was mich anbelangt, so fühle ich mich, sooft ich an ihn denke, bemüßigt, auf das Metrum zurückzugreifen.

Howells las anschließend ein von ihm selbst verfasstes »Sonett an Mark Twain«, in dem der »amerikanische Witz« – personifiziert als »Koloss« – seine Rolle als Überbringer von Freude und Freiheit darlegt und verkündet: »Mark Twain hat mich gemacht.« Howells schloss mit dem Toast: »Ich werde nicht sagen: ›O König, leb für immer!‹, sondern: ›O König, leb, solange du willst!‹«

Also, wenn ich diesen Witz gemacht habe, dann ist es der beste, den ich je gemacht habe, und dazu in der hübschesten Sprache. Solche Höhen kann ich nie ganz erreichen. Aber ich schätze diesen Witz und werde ihn mir merken – und ich werde ihn benutzen, wenn es die Gelegenheit verlangt. (Lachen.)

Zeit meines Lebens habe ich viele Geburtstage gehabt. An den ersten kann ich mich sehr gut erinnern (Lachen), und ich denke immer noch mit Entrüstung daran (erneutes

Lachen); alles war so roh, so unästhetisch, so vorzeitlich. Überhaupt nicht so wie dies hier. (Lachen.) Keine richtigen und würdigenden Vorbereitungen getroffen; nichts wirklich bereit. (Anhaltendes Lachen.) Also, für eine Person, die mit hohen und zarten Instinkten geboren wurde – ja, nicht mal die Wiege war ordentlich getüncht –, war überhaupt gar nichts bereit. Ich hatte keine Haare (Lachen), ich hatte keine Zähne (Lachen), ich hatte keine Kleider (Lachen). So musste ich zu meinem ersten Festessen gehen. (Anhaltendes Lachen.) Na ja, sie sind alle nur so hereingeschwärmt. Es war das läppischste, kleinste Etwas von einem Dorf – nicht mal das, nur ein paar Häuschen, in der hintersten Provinz von Missouri, wo nie etwas passiert, und die Leute waren alle interessiert (Lachen), und alle kamen; sie musterten mich ganz genau, um zu sehen, ob ich meine Ahnenreihe irgendwie aufgefrischt hatte. Ja, nichts ist in diesem Dorf je passiert – ich – ja, ich war das Einzige, was da über Monate und Monate und Monate wirklich passiert ist (Lachen); und obwohl ich dies selbst sage, was ich eigentlich nicht tun sollte, war ich das Nächste an einem wirklichen Ereignis, das in diesem Dorf seit mehr als zwei Jahren stattgefunden hatte. (Lachen.) Also, die Leute kamen, und zwar kamen sie mit dieser Neugierde, die so typisch provinziell ist, mit dieser Offenheit, die auch so typisch provinziell ist, und sie untersuchten mich rundherum und taten ihre Meinung kund. Niemand hatte sie gebeten, und es hätte mich gewiss nicht gestört, wenn mir irgendwer ein Kompliment gemacht hätte, aber keiner tat das. Ihre Meinungen strotzten nur so von Vorurteilen, und ich spüre diese Meinungen bis heute. (Lachen.) Also, ich habe das lange ausgehalten, bis – na ja, Sie wissen ja, ich wurde höflich geboren (Lachen), und ich habe es bis zum Letzten ausgehalten. Ich habe es eine Stunde ausgehalten, und dann hat sich der Wind gedreht. Ich war der Wind, ich war dran, mich zu drehen, und ich hab mich gedreht. (Lachen.) Ich kannte die Stärken meiner Position sehr gut; ich wusste, dass ich die einzige makellos reine und unschuldige Person in diesem ganzen Ort war (Lachen), und ich bin damit herausgerückt und habe es gesagt. Und sie konnten kein Wort darauf erwidern. Es war so wahr. Sie sind errötet, sie waren beschämt. Na ja, das war die erste Rede, die ich je nach dem Essen gehalten habe (Lachen). Zumindest glaube ich, dass es nach dem Essen war. (Erneutes Lachen.)

Es liegt ein langer Zeitraum zwischen jener ersten Geburtstagsrede und dieser hier. Jene war mein Wiegenlied, und diese ist mein Schwanengesang, nehme ich an. Ich bin Schwanengesänge gewöhnt; ich habe sie mehrfach gesungen.

Dies ist mein siebzigster Geburtstag, und ich frage mich, ob Sie alle der Größe dieser Aussage gewärtig sind, ob Sie alle die Bedeutung dieses Ausdrucks begreifen, siebzigster Geburtstag.

Der siebzigste Geburtstag! Es ist die Zeit im Leben, wo man zu einer neuen und grässlichen Würde gelangt; wo man die dezente Zurückhaltung, die einen eine Generation lang unterdrückt hat, abwerfen und, unverfroren und furchtlos auf seinem siebenstufigen Gipfel stehend, herabblicken und dozieren kann – ohne getadelt zu werden. Man kann der Welt sagen, wie man dahin gekommen ist. Das tun sie alle. Man soll niemals müde werden zu erzählen, mit welch grazilen Künsten und tiefgründigen moralischen Grundsätzen man zu diesem hohen Platz emporgeklettert ist. Man wird diesen Prozess erklären und mit einer senilen Verzückung auf die Einzelheiten eingehen. Ich war schon so lange darauf erpicht, mein eigenes System erklären zu können, und habe nun endlich das Recht dazu.

Ich habe meine siebzig Jahre auf dem üblichen Weg erreicht: indem ich mich strikt an einen Lebensentwurf gehalten habe, der jeden anderen umgebracht hätte. (Lachen.) Es klingt wie eine Übertreibung, aber das ist wirklich die allgemeine Regel dafür, alt zu werden. Immer, wenn wir den Lebensplan von einem dieser redseligen alten Leute untersuchen, stellen wir fest, dass die Gewohnheiten, die sie am Leben gehalten haben, uns zugrunde gerichtet hätten; dass die Lebensweise, die es ihnen ermöglicht hat, so lange auf dem Besitz ihrer Erben zu wohnen, wie Mr. Choate sagt, uns vorzeitig außer Gefecht gesetzt hätte. Ich werde also hier als vernünftige Lebensmaxime Folgendes anbieten: dass wir nicht auf dem Weg eines anderen alt werden können.

Das also ist meine Lehre: Ich biete meine Art zu leben all jenen an, die mit Hilfe genau des Plans, der es mir ermöglicht hat, Arzt und Henker siebzig Jahre lang zu schlagen, Selbstmord begehen möchten. (Lachen.) Einige Einzelheiten mögen unwahr klingen, aber das sind sie nicht. Ich bin nicht hier, um zu täuschen; ich bin hier, um zu lehren.

Wir haben keine bleibenden Gewohnheiten, bis wir vierzig sind. Dann verfestigen sie sich, alsbald versteinern sie, und dann geht es ernstlich los. Seit meinem vierzigsten Lebensjahr bin ich geregelt ins Bett gegangen und aufgestanden – und das ist eine der Hauptsachen. Ich habe es zur Regel gemacht, ins Bett zu gehen, wenn keiner mehr da ist, mit dem man aufbleiben kann; und ich habe es zur Regel gemacht, aufzustehen, wenn ich muss. (Lachen.) Das hat zu einer unerschütterlichen Regelmäßigkeit der Unregelmäßigkeit geführt. Mich hat es gesund gehalten, aber einer anderen Person hätte es geschadet.

Was die Ernährung betrifft – und das ist eine andere Hauptsache –, habe ich beharrlich an den Sachen festgehalten, die mir nicht bekommen sind, bis einer von uns beiden das bessere Ende erwischt hat. Bis vor kurzem habe ich selbst das bessere Ende erwischt. (Lachen.) Aber letzten Frühling habe ich aufgehört, nach Mitternacht noch mit Mince Pie herumzutun; bis dahin dachte ich immer, der sei nicht besonders schwer. (Lachen.) Seit dreißig Jahren habe ich um acht in der Früh Kaffee und Brot zu mir genommen, und dann weder einen Bissen noch einen Schluck bis 19:30 abends. Elf Stunden lang. Für mich ist das in Ordnung, und es ist bekömmlich, weil ich noch nie in meinem Leben Kopfschmerzen hatte, aber Menschen, die zu Kopfschmerzen neigen, würden auf diesem Weg so leicht keine siebzig Jahre alt werden, und sie wären töricht, wenn sie es versuchen würden. Und ich möchte Sie dringend um Folgendes bitten – und ich glaube, es ist eine Weisheit –, dass, wenn Sie feststellen, dass Sie die siebzig nur auf einem unbehaglichen Weg erreichen werden, diesen Weg nicht einschlagen. Wenn der Schlafwagen abgehängt wird und man Sie zur Ruhe in das widerliche Raucherabteil schickt, dann ziehen Sie sich an, zählen Sie Ihre Schecks und steigen Sie an der ersten Haltestelle aus, wo es einen Friedhof gibt. (Lachen.)

Ich habe es mir zur Regel gemacht, nie mehr als eine Zigarre gleichzeitig zu rauchen. Andere Vorbehalte, was das Rauchen anbelangt, habe ich nicht. Ich weiß nicht, wann ich mit Rauchen angefangen habe; ich weiß nur, dass es zu meines Vaters Lebzeiten war und dass ich diskret war. Er ist früh im Jahr 1847 aus diesem Leben geschieden, als ich kaum älter als elf war; von diesem Tag an habe ich öffentlich geraucht. Um anderen ein Beispiel zu geben und nicht weil ich selbst viel von Mäßigung halte, ist es immer mein Vorsatz gewesen, nie im Schlaf zu rauchen und es in wachem Zustand nie zu unterlassen. (Lachen.) Es ist ein guter Vorsatz. Ich will sagen, für mich; aber einige von Ihnen wissen ziemlich gut, dass er nicht auf jeden zutrifft, der versucht, die siebzig zu erreichen.

Ich rauche im Bett, bis ich schläfrig werde; in der Nacht wache ich auf, manchmal einmal, manchmal zweimal, manchmal dreimal, und nie lasse ich eine dieser Gelegenheiten verstreichen, ohne zu rauchen. Diese Gewohnheit ist so alt, und sie ist mir so lieb und teuer, dass ich mich fühlen würde wie Sie, mein Herr, wenn Sie das einzige Prinzip, das Sie – ich meine den Herrn Vorsitzenden – besitzen, verlieren würden, wofern Sie überhaupt Prinzipien haben: Ich werfe niemandem etwas vor. (Lachen.) Ich will einräumen, dass ich ab und zu mit dem Rauchen aufgehört habe, jeweils für ein paar Monate, aber nicht aus Prinzip, sondern nur um damit anzugeben; es ging mir einzig darum, jene Kritiker zu vernichten, die behaupteten, ich sei ein Sklave meiner Angewohnheiten und könne mich nicht aus meinen Fesseln befreien. (Lachen.)

Heute ist es ganze sechzig Jahre her, dass ich mit dem Rauchen angefangen habe. Nie habe ich Zigarren mit Rettungsringen gekauft. (Lachen.) Früh schon habe ich herausgefunden, dass sie für mich zu teuer sind. Ich habe immer billige Zigarren gekauft – halbwegs billige zumindest. Vor sechzig Jahren haben sie mich vier Dollar die Dose gekostet, aber mein Geschmack hat sich in letzter Zeit verbessert, und nun bezahle ich sieben.

(Lachen.) Sechs oder sieben. Sieben, glaube ich. Ja, es sind sieben. Aber da ist die Dose mit drin. (Lachen.) Ich habe oft Raucherabende bei mir zu Hause; aber diejenigen, die kommen, haben sich immer gerade der Abstinenz verpflichtet. Ich frage mich, warum das so ist. (Lachen.)

Wenn es um das Trinken geht, da habe ich keine Regeln. Wenn die anderen trinken, helfe ich gerne; ansonsten bleibe ich trocken, aus Gewohnheit und aus Vorliebe. (Lachen.) Die Trockenheit schadet mir nicht, aber Ihnen könnte sie ohne weiteres schaden, weil Sie anders sind. (Lachen.) Sie lassen es besser sein.

Seit ich sieben Jahre alt bin, habe ich selten Medizin verabreicht bekommen und noch seltener welche gebraucht. Aber bis zum siebten Lebensjahr habe ich ausschließlich von allopathischer Medizin gelebt. (Lachen.) Nicht, dass ich sie gebraucht hätte, denn das war, glaube ich, nicht der Fall; es war vielmehr aus wirtschaftlichen Gründen; denn eine Apotheke stand bei meinem Vater in der Kreide, und das hat Dorschlebertran billiger gemacht als andere Lebensmittel zum Frühstück. (Lachen.) Wir hatten neun Fässer davon, und sie haben mir für sieben Jahre gereicht. Dann war ich abgestillt. (Lachen.) Der Rest der Familie musste sich mit Rhabarber und Brechwurzel und solchen Dingen abfinden, denn ich war der Liebling. Ich war der erste Standard Oil Trust. (Lachen.) Ich hatte alles. Als der Zeitpunkt kam, da die Apotheke abgezahlt hatte, war meine Gesundheit etabliert, und seitdem ist nie irgendetwas Besonderes mit mir los gewesen. Aber Sie wissen ganz genau, dass es für das Durchschnittskind töricht wäre, auf dieser Basis die siebzig anzupeilen. Es war halt genau das Richtige für mich, aber das war bloß ein Zufall; es würde in einem ganzen Jahrhundert nicht noch einmal passieren. (Lachen.)

Ich habe nie Leibesübungen gemacht, abgesehen von Schlafen und Ausruhen, und ich habe nicht vor, dergleichen je zu tun. Körperliche Ertüchtigung ist widerlich. Und sie nützt einem nichts, wenn man müde ist; ich war immer müde. (Lachen.) Aber lass jemand anders meinen Weg ausprobieren, und wir werden sehen, was aus ihm wird.

Ich will nun meine Maxime noch einmal wiederholen und betonen: Man kann nicht auf dem Weg eines anderen alt werden. Meine Gewohnheiten schützen mein Leben, aber Sie würden sie dahinraffen.

Ich habe ein streng moralisches Leben gelebt. Aber es wäre ein Fehler, wenn andere Leute das auch versuchten oder wenn ich es empfehlen würde. Sehr wenige würden Erfolg haben: Man muss einen wahrhaft kolossalen Vorrat an Prinzipien haben, und die gibt es nicht verbilligt; man muss sie zum vollen Preis kaufen und in seine Kiste stecken. Prinzipien erwirbt man – so wie Musikkenntnisse, eine Fremdsprache, wie Pietät, Poker, Paralyse –, kein Mensch wird mit ihnen geboren. Ich auch nicht, ich habe arm angefangen.

Ohne ein einziges Prinzip. Es gibt kaum jemanden in diesem Haus, der ärmer ist als ich damals. (Lachen.) Ja, so habe ich angefangen – die Welt vor mir und kein Prinzip parat. Nicht mal ein Versicherungsprinzip. (Lachen.) Ich kann mich noch an das erste Prinzip erinnern, das mich ereilte. Ich kann mich an die Landschaft erinnern, das Wetter, den – ich kann mich daran erinnern, wie alles ausgesehen hat. Es war ein altes Prinzip, ein altes gebrauchtes Prinzip, in sehr schlechtem Zustand, und gepasst hat es sowieso nicht. Aber wenn man vorsichtig mit so was umgeht und es an einem trockenen Ort aufbewahrt und sich für Umzüge aufhebt und für Chautauquas und Weltausstellungen und so weiter und es ab und zu desinfiziert und ihm von Zeit zu Zeit einen neuen Anstrich spendiert, wird man überrascht sein, wie lange es hält und wie lange es genießbar bleibt oder zumindest unbedenklich. Als ich dieses alte verschimmelte Prinzip bekommen habe, hatte es aufgehört zu wachsen, weil es keine Übung hatte; aber ich habe es hart arbeiten lassen, auch an Sonntagen und so. Unter dieser Pflege ist es unglaublich groß geworden, was Stärke und Gestalt betrifft, und es hat mir sehr gut gedient und war mein ganzer Stolz dreiundsechzig Jahre lang; dann hat es angefangen, sich mit Versicherungspräsidenten herumzutreiben, und hat an Muskelfleisch und Charakter eingebüßt und war betrüblich anzusehen und nicht mehr brauchbar. (Lachen.) Es war ein großer Verlust für mich. Aber nicht nur Verlust. Ich habe es verkauft – ach, jämmerliches Skelett, das es war –, ich habe es an Leopold den Piratenkönig von Belgien verkauft; er wiederum hat es an unser Metropolitan Museum verkauft, und das war sehr froh, es zu bekommen, denn es ist, ganz ohne Fetzen am Leib, 57 Fuß lang und 16 Fuß hoch, und die Leute vom Museum glauben, es ist ein Brontosaurier. (Lachen.) Na ja, es sieht so aus. Die vom Museum glauben, es werde neunzehn geologische Perioden dauern, um noch mal seinesgleichen hervorzubringen.

Prinzipien sind von unschätzbarem Wert, denn jeder Mensch wird vollgestopft mit Sündenmikroben geboren, und das Einzige, was diese Sündenmikroben ausrotten kann, sind Prinzipien. Man nehme bloß mal einen absolut reinen Christen – also ich will sagen, man nehme *den* absolut reinen Christen (Lachen), denn es gibt nur einen. Mein lieber Herr, ich wünschte, Sie würden mich nicht so ansehen. (Lachen.)

Siebzig – in Worten: siebzig – Jahre!

Das ist das biblische Verjährungsstatut. Danach bist du nicht mehr zum aktiven Dienst verpflichtet; dein arbeitsames Leben ist vorbei. Du bist ein zeitlich abgelaufener Mensch, um Kiplings militärischen Ausdruck zu benutzen: Du hast deine Zeit abgedient, gut oder weniger gut, und wirst ausgemustert. Du wirst zum Ehrenmitglied der Republik, du wirst freigelassen, Pflichten betreffen dich nicht länger, kein Appell mehr, sondern »Licht aus!«.

Du zahlst die alten Pflichtrechnungen, wenn du willst, oder lehnst es ab, wenn dir das lieber ist – und das ohne Vorbehalt –, denn man kann sie nicht rechtlich eintreiben.

Die Ausrede der schon eingegangenen Verpflichtung, die dir in vierzig Jahren so viele Gewissensbisse bereitet hat, kannst du für immer beiseiteschieben; auf dieser Seite des Grabs wirst du sie nie wieder brauchen. Wenn du zurückschreckst vor dem Gedanken an Nacht und Winter und an das Spät-nach-Hause-Kommen nach dem Festessen und an die Lichter und das Gelächter in den verlassenen Straßen – eine Verlassenheit, die dich jetzt nicht, wie sie es ein Menschenalter lang getan hat, daran erinnern würde, dass deine Freunde schlafen und du auf Zehenspitzen herumschleichen musst und sie nicht stören darfst, sondern nur daran, dass du nicht auf Zehenspitzen gehen musst, dass du sie nie wieder stören kannst –, wenn du vor dem Gedanken an diese Dinge zurückschreckst, dann musst du nur erwidern: »Ihre Einladung ehrt mich, und es freut mich, dass Sie mich weiterhin in Erinnerung behalten, aber ich bin siebzig; siebzig und möchte es mir in der Kaminecke gemütlich machen und meine Pfeife rauchen und mein Buch lesen und meine Päuschen machen und Ihnen von ganzem Herzen alles Gute wünschen, damit auch Sie, wenn Sie Ihrerseits am Pier Nr. 70 ankommen, mit ausgesöhntem Geist in Ihr wartendes Boot steigen und mit einem zufriedenen Herzen Kurs auf die sinkende Sonne nehmen können. (Anhaltender Applaus.)

Mark Twains Rede im »The Players«-Club

(3. Januar 1906)

Am 3. Januar 1906 hielt Twain eine Rede bei einem feierlichen Abendessen im Players Club; Anlass war die Erneuerung seiner Mitgliedschaft. Sein Vortrag war eine Version der »Wapping Alice«-Geschichte (vgl. AD 10. Jan. 1906 und die Anm. 98: *»ich war ohne Text gekommen, und die Jungs stellten mir reichlich Text zur Verfügung«*). Der hier wiedergegebene Text stammt aus einem 1943 vom Majordomus des Clubs, Walter Oettel, herausgegebenen Buch mit dem Titel *Walter's Sketch Book of the Players* (Oettel 1943, 54–57). Die Quelle von Oettels Text ist nicht bekannt. Der Bezug auf Twains »langsame, gedehnte Art zu sprechen« lässt darauf schließen, dass jemand am Tisch die Rede in Kurzschrift festhielt, es ist allerdings ebenso möglich, dass Clemens sein Manuskript an Oettel übergab.

»Sie war«, sagte er auf seine langsame, gedehnte Art zu sprechen, »ein englischer Import von Mrs. Clemens. Sie kam mit guten Referenzen und wurde ordnungsgemäß als Köchin in unserem Haushalt eingestellt. Sie war eine einnehmende Jungfer von dreißig Jahren und bei der ganzen Familie beliebt.

Während der Sommermonate ging die Familie ins Ausland. Ich und ein paar Bedienstete, unter ihnen die englische Mary, blieben zu Hause. Das Haus wurde in diesem Sommer renoviert, und neben anderen Verbesserungen wurde auch eine Alarmanlage installiert – wobei der Signalgeber für den Alarm in meinem Schlafzimmer platziert wurde.

Eines Nachts, kurz nachdem das System fertiggestellt worden war, ging der Alarm los. Dies wiederholte sich drei Nächte hintereinander, aber man fand keine Spur eines Eindringlings. Jedes Mal gab die Anzeige an, dass sich jemand an einem der Kellerfenster zu schaffen gemacht hatte. Da ich dem Ganzen nicht viel Bedeutung beimaß, dachte ich nicht mehr daran, bis sich der Alarm in der vierten Nacht wiederholte. Da beschloss ich, der Sache auf den Grund zu gehen. Ich zog mir Morgenrock und Hausschuhe an und schlich leise die Treppe hinab. Als ich den Keller erreichte, sah ich, dass Mary Gesellschaft hatte – einen großen, strammen jungen Kerl von etwa fünfundzwanzig Jahren. Natürlich entschuldigte ich mich für die Störung und kehrte in mein Zimmer zurück. Am nächsten Morgen schickte ich nach Mary, um ihr eine milde Strafpredigt zu halten und auch um ihr einen Schlüssel für den Keller zu leihen, so dass ihr nächtlicher Besuch, ohne einen Aufruhr in meinem Zimmer zu veranstalten, hereinkommen konnte.

Ein paar Monate später kam die englische Mary eines Morgens mit Tränen in den Augen zu mir. Sie fragte mich um Rat und erzählte mir, dass ihr junger Freund, der schöne junge Schwede, sie verlassen wollte. Sie gestand mir, dass die Umstände es zwingend erforderlich machten, dass er sie auf der Stelle heiratete. Sie liebten sich beide hingebungsvoll, und sie hatte lange damit gerechnet, seine Frau zu werden. Ich sagte ihr, sie solle guten Mutes sein, ich würde tun, was ich könnte. Sie sollte mich verständigen, wenn er an diesem Abend vorbeikam.

Die Dienerschaft sollte sich in Bereitschaft halten, um mir aus etwaigen Schwierigkeiten zu helfen. Ich rief meinen Freund, den Polizeipräsidenten, an, um den jungen Romeo so beschatten zu lassen, dass er das Haus zwar betreten, nicht aber verlassen könne. Er sollte außerdem um zehn Uhr einen Polizisten vor meiner Tür postieren. Zusätzlich sicherte ich mir für den Abend die Dienste eines geistlichen Freundes.

Ich platzierte den Polizisten zur Rechten meiner Bibliothekstür und sagte ihm, er solle hereinkommen, wenn ich die Glocke dreimal läutete. Der Geistliche versteckte sich in einem kleinen Raum neben meinem Schlafzimmer. (Übrigens war das der heißeste Ort im ganzen Haus.) Ich erklärte meinem Freund, dass ich eine Hochzeitsgesellschaft erwartete und dass ich wollte, dass er die Trauung vornehme. Ich hatte Köstlichkeiten zum Essen und Trinken bestellt, um das Ereignis zu feiern – denn ich erwartete einen Sieg.

Der junge Mann traf sehr früh ein, um adieu zu sagen. Mary überredete ihn, heraufzukommen und auch mit mir zu sprechen. Er kam in mein Zimmer und gab sich ungeheuer oberflächlich. Aber ich mochte den Kerl. Trotz seines Selbstbewusstseins hatte er eine offene Art, der Frauen wie Mary nicht widerstehen konnten.

Zuerst fragte ich ihn nach seinem Namen, und er nannte ihn mir. Was seine Erfolgsaussichten im Leben anging, meinte er, dass er sich mit seinem Handwerk, der Zimmerei, einen guten Lebensunterhalt erhoffte. Ich sagte ihm, dass er es Mary schuldig sei, ihr sofort einen Heiratsantrag zu machen. Er meinte, er würde es sich überlegen.

»Gut«, sagte ich, »Sie haben genau fünf Minuten, um es sich zu überlegen. Sie können sich zwischen zwei Dingen entscheiden, Ehe oder Gefängnis.« Ich holte meine Uhr heraus, legte sie auf den Tisch neben mir und zündete mir eine neue Zigarre an.

Er sagte, dass er nun gehen werde, mich aber seine Entscheidung am nächsten Tag wissen lassen wolle. »Eine Sekunde«, sagte ich. »Als Sie diesen Raum betraten, habe ich die Tür versperrt und den Schlüssel in meine Tasche gesteckt. Jetzt haben Sie noch drei Minuten zu überlegen. In der Zwischenzeit darf ich Ihnen sagen, dass Ihnen eine Anklage wegen Einbruchs droht, da Sie mein Haus Nacht für Nacht betreten haben. Die Strafe für dieses Delikt sind fünf Jahre Haft. Im Nebenzimmer befindet sich ein Polizist, der darauf wartet, Sie in Verwahrung zu nehmen. Also, ich möchte, dass Sie und Mary glücklich sind. Sie liebt Sie, und sie wird bald die Mutter Ihres Kindes sein. Sie hat hier ein gutes Zuhause, und ich möchte, dass Sie es mit ihr teilen. Ihr könnt, bis die Familie zurück ist, das beste Zimmer des Hauses haben. Mary wird Ihnen eine gute Ehefrau sein. Ein Geistlicher wartet im Nebenzimmer, die Diener sind bereit, eure Trauzeugen zu sein, und alles ist bereit für eine schöne Hochzeit. Wir können uns alle bestens amüsieren.«

Na ja, der Kerl brachte einige Ausflüchte vor, aber ich schaffte sie alle aus der Welt. Schließlich willigte er ein, sich friedlich verheiraten zu lassen. Ich rief nach Mary, dem Rest der Dienerschaft und dem Pfarrer. Die englische Mary wurde in dieser Nacht zur Braut. Der Polizist war ihr Trauzeuge, und wir alle feierten nach der Zeremonie prächtig.

Das Paar lebte drei Monate bei uns, bevor sie ihren eigenen Haushalt gründeten. Im nächsten Jahr verließen wir Hartford, und ich kehrte erst zwei Jahre später wieder in die Stadt zurück. Ich kam gerade vom Bahnhof, als ich einen Mann sah, der mit einem Gespann temperamentvoller Pferde unterwegs war. Er schien mich anzustarren. Plötzlich hielt er neben mir an und fragte: »Erkennen Sie mich nicht, Mr. Clemens? Ich bin Frank, Marys Ehemann.« Ich brachte meine Freude zum Ausdruck, ihn zu sehen, und fragte nach Mary und dem Baby.

»Mr. Clemens«, sagte er, »das war das Beste, was Sie je getan haben – mich dazu zu bringen, Mary zu heiraten. Sie ist mir eine gute Frau. Sie hatte ein bisschen Geld gespart und mir damit den Einstieg ins Geschäftsleben ermöglicht. Dies ist mein Fuhrwerk – ich bin jetzt Bauunternehmer. Sie müssen kommen und uns besuchen … Und was meine *Familie* angeht – es hat nie ein Baby gegeben, nicht einmal den Verdacht auf eines.«

Editorische Notiz

Die »Entstehungsgeschichte« verfolgt Twains Arbeit an seiner Autobiographie in ihrem Verlauf – von den vorläufigen Manuskripten und Diktaten, die er zwischen 1870 und 1905 anfertigte, bis zu den Autobiographischen Diktaten, die zwischen 1906 und 1909 entstanden. Auch wird sein endgültiger Plan für die Autobiographie dargelegt, vor allem auf Grundlage einer Analyse verschiedener 1906 entstandener Typoskripte und Manuskripte. Alle Quelldokumente werden im Folgenden nochmals zusammenfassend dargestellt. Anschließend wird die verwendete editorische Verfahrensweise für die Erstellung des kritischen Textes beschrieben, der dieser Übersetzung zugrunde liegt.

Die Dokumente

Manuskripte und Typoskripte (vor 1906)

Die Quelldokumente der Texte, die im Abschnitt »Vorläufige Manuskripte und Diktate« versammelt sind, sind Manuskripte in der Handschrift des Autors sowie eine beträchtliche Anzahl von Typoskripten, die von James Redpath, Jean Clemens oder Josephine Hobby auf der Basis seiner Diktate angefertigt wurden. Redpath notierte Twains Worte in einer nicht zu entschlüsselnden Kurzschrift und tippte die Übertragung selbst ab auf einer Schreibmaschine, die nur über Großbuchstaben verfügte. Jean Clemens, auf der Schreibmaschine unerfahren, transkribierte Isabel Lyons langschriftliche Notizen. Hobby war eine erfahrene Stenographin und schrieb selbst auf der Schreibmaschine. Ihre Typoskripte sind die zuverlässigsten, Redpaths und Jeans dagegen weniger verlässlich. Die Manuskripte dokumentieren die Absichten des Autors am eindeutigsten, aber auch sie enthalten manchmal Fehler. Die unten dargestellte editorische Verfahrensweise ist auf alle Texte angewandt worden. Wenn nötig, wurden Anpassungen vorgenommen, um die jeweils spezifische Textgeschichte zu berücksichtigen, deren Details im Textual Commentary (Erläuterungen zum Text) auf *Mark Twain Project Online (MTPO)*[1] aufgeführt werden.

Typoskript 1 (TS1) (1906–1909)

Das zwischen 1906 und 1909 angefertigte TS1 ist das erste der drei sich voneinander unterscheidenden, fortlaufend paginierten Typoskripte für den endgültigen Plan der Autobiographie, wie Twain ihn 1906 konzipierte, und ist heute Teil der Mark Twain Papers. Es wurde von Josephine Hobby getippt, beginnt mit dem Diktat vom 9. Januar 1906, endet mit dem vom 14. Juli 1908 und reicht damit weit über die anderen Texte hinaus. Zwei spätere Schreibkräfte, Mary Louise Howden und William Edgar Grumman, fertigten ungefähr hundert weitere Typoskriptseiten an, wobei sie jedes Diktat separat nummerierten. TS1 und die Typoskripte von Howden und

Grumman, die von den beiden Typisten auf Basis ihrer jeweiligen Stenogramme eigenhändig transkribiert wurden, stellen das Primärdokument von Twains diktierten Texten dar. Zusammen bilden sie den *einzigen* vorhandenen Text der ungefähr 170 Diktate, die zwischen Ende August 1906 und 1909 stattfanden. Twain überarbeitete viele Seiten von TS1 für die Veröffentlichung in der *North American Review*, wobei er Formulierungen anpasste, um Auslassungen im Text aufzufangen, und Textteile strich oder abmilderte, die ihm »in zu freier Manier geschrieben [sind], um in einer Zeitschrift zu erscheinen«.[2] Nur in TS1 liegen Datum des Diktats und Datum der Typoskripterstellung nah beieinander. Viele Seiten dieses Typoskripts wurden von Paine als Druckvorlage für seine 1924 besorgte Ausgabe der Autobiographie mit Markierungen versehen. Dabei sortierte er einiges an Material aus, was er nicht aufnahm; diese Seiten fehlen heute.

Typoskript 2 und 4 (TS2 und TS4) (1906)

Die Seitenzahlen in TS2 (von Josephine Hobby angefertigt) und TS4 (von einer unbekannten Schreibkraft angefertigt) unterscheiden sich von denen in TS1 und auch untereinander, weil beide Typoskripte mit Material beginnen, das in TS1 nicht enthalten ist (alles vor dem Diktat vom 9. Januar 1906). Zusammen machen TS2 und TS4 über 2500 Seiten aus. Sie wurden beide Mitte Juni begonnen und liefern entscheidende Belege dafür, welche der angehäuften Entwürfe und verworfenen Anfänge Twain genau in seinen endgültigen Plan für eine Autobiographie aufzunehmen gedachte. TS2 und TS4 beginnen mit »Meine Autobiographie [Willkürliche Auszüge daraus]«, lassen aber das Vorwort »Ein früher Versuch«, das sie einleiten sollte, weg. Das zweite (dreiteilige) Vorwort – »Der jüngste Versuch«, »Der endgültige (und richtige) Plan« und »Vorwort. Wie aus dem Grab« – ist in TS4 vollständig vorhanden, wo auch die vier Florentiner Diktate enthalten sind. Aus TS2 sind allerdings die fünf Seiten, auf denen das dreiteilige Vorwort abgetippt war, genauso wie die Seiten, die das dritte und vierte Florentiner Diktat enthielten, verlorengegangen. Beide Typoskripte fahren mit den Autobiographischen Diktaten von 1906 fort, die am 9. Januar angefangen wurden; TS2 schließt mit dem Diktat vom 7. August und TS4 mit dem vom 29. August. In beide Typoskripte wurden die Überarbeitungen, die Twain in TS1 vermerkte, eingearbeitet. Zusätzlich redigierte er große Teile von TS2, verbesserte Formulierungen, glättete und zensierte die Texte für die Veröffentlichung in der *North*

American Review. An TS4 nahm er keine Änderungen vor. Wenn ein bestimmtes Diktat im überlieferten TS1 enthalten ist, dann ist TS4 sekundär und beeinträchtigt den kritischen Text nicht. Wo jedoch TS1 fehlt, stützten wir uns sowohl auf TS2 als auch auf TS4, um den Text von TS1 zu rekonstruieren; sowohl TS2 als auch TS4 stammen von TS1 ab, so dass jedes der beiden zuverlässige Lesarten enthalten könnte, die nicht im jeweils anderen stehen. Wo TS2 und TS4 nicht voneinander abweichen, bestätigen sie die Textgestalt des fehlenden TS1.

Typoskript 3 (TS3) und die Auszüge der *North American Review* (NAR) (1906–1907)

TS3, das von Josephine Hobby zwischen Anfang August 1906 und Ende Januar 1907 getippt wurde, besteht aus weniger als 150 Seiten. Es wurde als Druckvorlage für eine sechsteilige Reihe in der *North American Review* erstellt und reproduziert den ersten Abschnitt von »Fragmente meiner Autobiographie. Aus Kapitel IX«, ein Florentiner Diktat (»Robert Louis Stevenson und Thomas Bailey Aldrich«) sowie Auszüge aus den Autobiographischen Diktaten bis zum 21. Mai 1906. Es besteht aus vier Teilen, die alle neu paginiert sind (beginnend mit Seite 1). Drei der Teile beinhalten jeweils den Text für eine einzelne Review-Folge (NAR 2, NAR 3 und NAR 16), und ein Teil enthält den Text für drei Folgen (NAR 4, NAR 5 und NAR 6). TS3 wurde hauptsächlich von TS1 abgetippt – unter Berücksichtigung der Überarbeitungen – und enthält weitere Änderungen, die für die Veröffentlichung im Magazin vorgenommen wurden.

Das Stemma (Stammbaum) zeigt die textlichen Beziehungen zwischen TS1, TS2, TS3 und TS4 in Bezug auf die Autobiographischen Diktate (1906–1909) und die 25 NAR-Teile, die Auszüge aus den Autobiographischen Diktaten (und aus einem weiteren Typoskript) darstellen. Das Vorwort »Ein früher Versuch« ist weder in TS2 (unvollständig überliefert) noch in TS4 (vollständig überliefert) enthalten, beide Typoskripte enthalten jedoch »Meine Autobiographie [Willkürliche Auszüge daraus]«, gefolgt von dem dreiteiligen Vorwort (»Der jüngste Versuch«, »Der endgültige [und richtige] Plan« und »Vorwort. Wie aus dem Grab«), und die vier Florentiner Diktate. TS3 wurde vollständig vom überarbeiteten TS1 abgetippt, bis auf einen Teil (NAR 16), der vom revidierten TS2 übernommen wurde. Der erste und zweite Teil von »Frag-

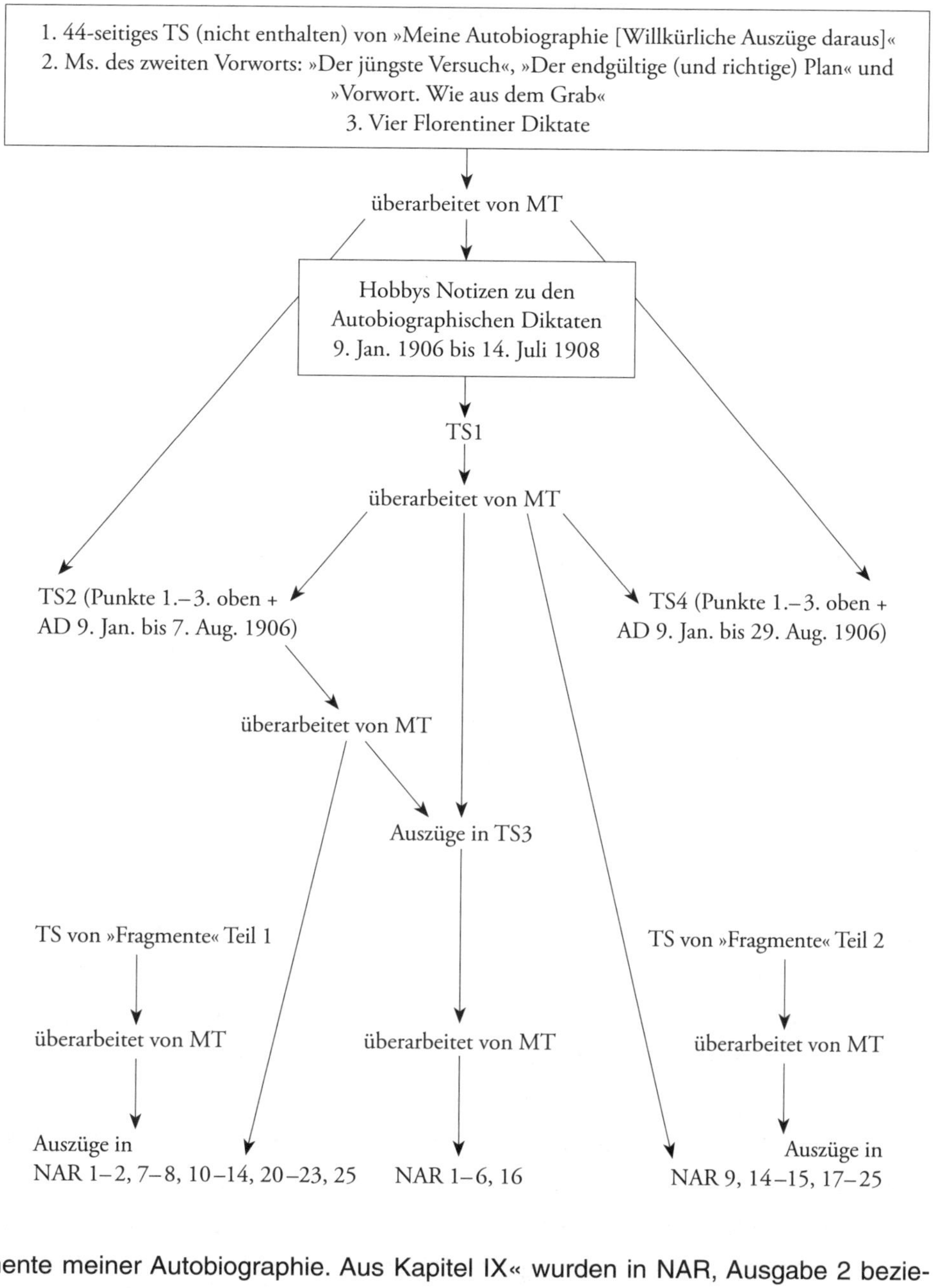

mente meiner Autobiographie. Aus Kapitel IX« wurden in NAR, Ausgabe 2 beziehungsweise 17, veröffentlicht. Sie wurden direkt von einem Typoskript gesetzt, das Jean Clemens 1902 angefertigt hatte. Für ein Inhaltsverzeichnis aller in der NAR publizierten Folgen vgl. unten »Frühere Veröffentlichungen in englischer Sprache«.

Handschriftliches auf den Typoskripten

Über die Seiten von TS1, TS2 und TS3 verstreut, finden sich Überarbeitungen, Korrekturen und editorische Anweisungen in zwei verschiedenen Tintenfarben, in Bleistift und in blauem, violettem und rotem Farbstift. Diese wurden nicht nur von Twain selbst gemacht, sondern auch von den folgenden Personen: seinen Typisten, in erster Linie Josephine Hobby; seiner Sekretärin, Isabel V. Lyon; Albert Bigelow Paine; George Harvey und David Munro, Herausgeber der *North American Review*; Clara Clemens Gabrilowitsch; Bernard DeVoto, Paines Nachfolger als Verwalter des literarischen Nachlasses; Rosamond Hart Chapman, DeVotos Assistentin. Darunter finden sich Anweisungen, die eine oder andere Passage wegzulassen. Diese sind alle mit »ABP« von Paine und (auch in Paines Handschrift) »CG« für Clara Clemens Gabrilowitsch signiert. Clara übernahm zusammen mit Paine die Entscheidung, welche Schriftstücke ihres Vaters veröffentlicht werden sollen und welche nicht.

Paine nahm sich heraus, die Typoskripte (und einige Manuskripte) abzuändern. Er schrieb seine Änderungswünsche darauf und gab sogar einige von ihnen in die Druckerei, um seine Ausgabe von 1924 setzen zu lassen. Die Korrekturen von Paine und DeVoto stellten sich als besonders problematisch heraus. Paines Handschrift ist manchmal nur schwer von Twains zu unterscheiden, besonders wenn es um kleine Wortänderungen oder Interpunktion geht. Klar ersichtlich ist, dass er viele Seiten umnummerierte, die Texte für seine Veröffentlichungen selbst betitelte, sie mit Anmerkungen versah, durch kleinere und größere Eingriffe »verbesserte« und sogar fallweise Passagen herausschnitt, die er zu unterdrücken beabsichtigte. Durchgehend finden sich Paines mit blauem Stift geschriebene Seitenzahlen als Druckvorlage und die Druckfahnennummerierung seines Setzers (deutlich mit Bleistift geschrieben) für die Ausgabe von 1924. Viele Seiten des Typoskripts sind außerdem mit Druckertinte beschmiert und gelocht – beides Zeichen dafür, dass diese Seiten tatsächlich als Satzvorlage dienten. Bei der Vorbereitung des Texts für *Mark Twain in Eruption* schrieb DeVoto auch (mit Bleistift) auf die Originalseiten des Typoskripts. Er machte editorische Notizen für sich selbst, für Rosamond Chapman und für seine Schreibkraft Henry Beck; er strich ganze Passagen des Textes durch; und von der vorgefundenen Zeichensetzung war er so irritiert, dass er viel davon tilgte und dabei alles, was ihm missfiel, so energisch durchstrich, dass es manchmal schwer ist, die ursprüngliche Textgestalt zu rekonstruieren.

Der kritische Text

Auktoriale Absicht

Mark Twains *Meine geheime Autobiographie* basiert auf Band 1 der auf 3 Bände angelegten Werkausgabe der *Autobiography of Mark Twain*. Diese bietet den nicht modernisierten, kritisch erarbeiteten Text der vorläufigen Manuskripte und Diktate wie des endgültigen Texts, den Twain seinen »Erben und Rechtsnachfolgern« hinterließ. Die erarbeitete Fassung hält sich an seinen Plan, so wie er sich mit Hilfe der verbindlichsten verfügbaren Dokumente erkennen oder ableiten lässt. Soweit möglich, werden die Texte so präsentiert, wie Twain sie veröffentlicht hätte – das heißt, es wird versucht, die Texte so zu präsentieren, wie sie waren, als er aufhörte, sie zu ändern. Außer den Änderungen, die der Autor für die Zeitschriftenveröffentlichung vornahm (siehe unten), wurden alle Revisionen und Korrekturen übernommen, unabhängig davon, ob sie sich auf einem überlieferten Typoskript befinden oder ob sie, wo das überarbeitete Typoskript fehlt, durch Textvergleich ermittelt werden konnten. Jede Entscheidung, etwas zu übernehmen (oder auch nicht), ist im Textual Commentary auf *MTPO* angegeben, wo auch jede Änderung, die die Herausgeber an den Quelltexten vorgenommen haben, dokumentiert ist.[3]

Überarbeitungen für die Zeitschriftenveröffentlichung

Viele der Änderungen, die Twain an TS1, TS2 und TS3 vornahm, waren dem Kürzen, Glätten und Entschärfen der Textpassagen, die er für die Veröffentlichung in der *North American Review* auswählte, geschuldet. Diese Änderungen wurden nicht in die edierte Textfassung übernommen, weil Twain deutlich machte, dass es sich lediglich um Zugeständnisse aus Anstand und nicht um dauerhafte Textänderungen handelte. Andere Änderungen sind literarisch begründete Korrekturen oder Revisionen, und diese wurden übernommen. In sehr seltenen Fällen finden sich beide Typen von Änderungen vermischt; dort wird aus Vorsicht die ursprüngliche unzensierte Version unangetastet belassen.

Diktierte Texte

Immer, wenn Werke (wie diese *Autobiographie*) ausschließlich durch Diktat erschaffen wurden, stellen sie uns nicht nur vor die üblichen Probleme textueller Überlieferung, sondern darüber hinaus vor zusätzliche, die wir bei Manuskripten, die aus der Feder des Autors stammen, nicht vorfinden. Wenn der Autor beim oder vorm Diktieren nicht mehr als die bloßen Wörter angegeben hat (und keine Anweisungen wie: »Nach diesem Wort steht ein Semikolon, kein Punkt«), hat es Interpunktion, Orthographie, Hervorhebungen, Absätze und viele andere kleine Details *nie gegeben*, sondern nur die Aussprache, die Gestik und die Pausen des Diktierenden sowie die grammatische Struktur seiner Sätze. Es ist also nicht sinnvoll, zu behaupten, dass der Autor »beabsichtigte«, ein Wort in einer bestimmten Art und Weise zu buchstabieren, denn als er das Wort diktierte, hat er womöglich gar nicht an eine bestimmte Schreibweise gedacht. Bei manchen Zeichensetzungen wie Punkt oder Fragezeichen am Ende eines Satzes ist der Sprecher stark durch »Regeln« eingeschränkt, was eine bestimmte Interpunktion nahezulegen scheint. Bei der absichtlichen Setzung von Kommas, Semikolons, Doppelpunkten, Gedankenstrichen und so weiter ist die Sache allerdings weniger klar.

Natürlich diktierte Twain seine Autobiographie nicht, um einen Text *ohne* Interpunktion zu schaffen. Im Gegensatz zu einer öffentlichen Rede, bei der die vom Autor beabsichtigte Form im Grunde genommen eine mündliche Darbietung ist, sollten die Diktate zu einer geschriebenen Aufzeichnung führen, in diesem Fall zu einem Typoskript mit doppeltem Zeilenabstand, das auf normalem Wege lektoriert, korrigiert und am Ende veröffentlicht werden könnte. In welchem Ausmaß sollen wir also Rechtschreibung, Zeichensetzung und andere Einzelheiten in der Form akzeptieren, wie sie vom Stenographen getippt wurden, der, wie wir annehmen müssen, solche Details ohne nähere Angaben des Autors schuf? Twains Überarbeitung und Verbesserung des Typoskripts, das auf der Basis von Josephine Hobbys stenographischen Notizen angefertigt wurde (TS1), geben uns zum Teil Gewissheit darüber, dass er korrigierte, was auch immer er als falsch oder irreführend empfand. Diese Gewissheit hat allerdings ihre Grenzen, genauso wie Twains Möglichkeit oder Bereitschaft, die Transkription auf solche Details hin eingehend zu überprüfen.

Ein diktierender Autor und sein Stenograph arbeiten bei der Textproduktion zusammen, und ihre jeweiligen Beiträge können nachträglich nicht so einfach auseinanderdividiert werden. Um ein simples Beispiel zu nennen: In Josephine Hobbys

Typoskript wird nirgendwo das Maß an Zögerlichkeit, Wiederholung und Selbstkorrektur aufgezeichnet, was selbst bei Twains langsamem und bedachtem Sprechen aufgetreten sein muss. Durch gegenseitige, aber stillschweigende Übereinkunft wurden solche Dinge weggelassen oder im Stillen vom Stenographen verbessert und geglättet. Im Falle Hobbys war die Zusammenarbeit glücklicherweise sehr zufriedenstellend für Twain. Ihre stenographischen Notizen sind vermutlich verlorengegangen, aber die Genauigkeit ihrer Arbeit kann bis zu einem gewissen Grad anhand der daraus entstandenen Typoskripte ermessen werden. Sie wurden mit doppeltem Zeilenabstand geschrieben (wodurch sie Platz für Überarbeitungen und Verbesserungen boten) und ausnahmslos ordentlich; die seltenen Tippfehler wurden von ihr sorgsam ausradiert und verbessert, und gelegentliche zweifelhafte Schreibweisen sind mit einem Bleistift-Fragezeichen gekennzeichnet. Darüber hinaus ist die Anzahl von Verbesserungen (im Gegensatz zu Überarbeitungen), die Twain notierte, äußerst gering. Es gibt einige Hinweise dafür, dass er Josephine Hobby schulte, die Zeichensetzung so zu handhaben, wie er es gern sah. Zwanzig Monate nachdem die Diktate begonnen hatten, bekam Twain Besuch von einem Journalisten, der berichtete, dass der Autor »sehr langsam diktiert und das Semikolon, für das er eine besondere Vorliebe hat, so häufig wie möglich benutzt. Wenn die Stenographin ihm den Text überreicht, ist er fast immer druckreif, so wenig Korrekturen fallen noch an.«[4] Es lassen sich leicht Passagen in den Diktaten finden, in denen die Schreibkraft Semikolons benutzte, wo für einen nicht eingeweihten Zuhörer Punkte die natürlichere Zeichensetzung gewesen wären.[5] Es gibt aber auch Hinweise dafür, dass Twain Interpunktion und andere Einzelheiten tatsächlich diktierte. Fast vierzig Jahre nach seinem Tod erinnerte sich Isabel Lyon, dass »Paine zu sagen pflegte, dass er, wenn er diktierte, langsam auf und ab ging und ›Punkt‹ oder ›Absatz‹ sagte«. Und 1908, als Hobbys Beschäftigung bei Twain endete und er eine neue Stenographin, Mary Louise Howden, einarbeiten musste, nahm er noch ausführlicher Einfluss auf diese Details. Howden selbst erinnerte sich 1925, dass Twain »die Zeichensetzung selbst vorgenommen hat. Seiner Stenographin war es nicht einmal erlaubt, auch nur ein Komma einzufügen.«[6]

Ob Twain die Interpunktion buchstäblich diktierte, ob er Josephine Hobby seine Vorlieben erklärte oder ob er erwartete, dass sie seinen Stil mehr oder weniger osmotisch lernen würde, macht kaum einen Unterschied: Ihre Interpunktion in den Typoskripten weist erstaunliche Ähnlichkeiten auf mit den Verwendungsmustern, die in Twains eigenhändig geschriebenen Manuskripten gefunden wurden. Wir wissen, dass Hobby aus seinen Korrekturen auf den Typoskripten lernte und schließlich zum Beispiel »Twichell« und »Susy« korrekt buchstabierte. Wenn sie ihre Kurzschrift in Langschrift übertrug, unterliefen ihr manchmal unweigerlich orthographische Fehler bei ungewöhnlichen Wörtern: »silver boring« für »silver bearing«, »visited« für »billeted« und »driveling« für »drizzling«.[7] Aber der Autor und die Stenographin waren erstaunlich gut aufeinander abgestimmt. Deshalb dürfen Josephine Hobbys Orthographie, Interpunktion, Unterteilung in Absätze und so weiter in TS1 (das direkt aus ihren Notizen angefertigt wurde) sowie ihre seltenen Verbesserungen dieser Details auf einem der nachfolgenden Typoskripte, ob sie nun handschriftlich oder während des Abtippens von ihr vorgenommen wurden, als verlässlich angenommen werden. Wenn also in TS1 ein Absatz fehlt, der dann von Josephine Hobby, als sie TS2 anfertigte, eingefügt wurde, übernehmen wir ihre Änderung als Verbesserung des Originaltyposkripts. Wenn andererseits TS2 eine Änderung des Wortlauts enthält, die nicht durch Twain in TS1 veranlasst wurde, übernehmen wir diese Änderungen nicht, es sei denn, es ist eine notwendige Korrektur, die von den Herausgebern ohnehin vorgenommen worden wäre, unabhängig davon, ob Hobby sie gemacht hat oder nicht. Die meisten dieser kleinen verbalen Unterschiede zwischen den Typoskripten waren offensichtlich unbeabsichtigt.

Unvollständige Überarbeitung

Weil Twain keinen dieser Texte tatsächlich für den Satz und die Veröffentlichung vorbereitete, ist es nicht immer möglich, seinen Anweisungen zu folgen. Twain fügte zum Beispiel dem Diktat vom 20. Februar 1906 eine Notiz hinzu: »Hier als ein Kapitel meiner Autobiographie meinen Bericht über das Hornet-Desaster einfügen, der ungefähr 1898 im *Century* veröffentlicht wurde« – ein Verweis auf »Mein Debüt als Literat«.[8] Würde man aber dieser arglosen Anweisung folgen, entstünde ein Text, der sowohl in sich widersprüchlich wäre (weil er nach wie vor die Bemerkung »aber ich will mich mit diesem Thema jetzt nicht näher befassen« enthalten würde) als auch äußerst verwirrend, weil er eine sehr lange und ziemlich irrelevante Abschweifung umfassen würde. Ähnlich diesem Beispiel notierte er im Diktat vom 12. Januar 1906 »(Hier das Protokoll des Geburtstags-Festessens einfügen)« – was sich auf die 32-seitige illustrierte Ausgabe von *Harper's Weekly* bezieht, die zu seinem 70. Geburtstag erschien.[9] Länge und Art dieser Veröffentlichung sprechen dagegen, seine Anweisungen in einem gedruckten Band zu befolgen. Tatsächlich sind beide Anweisungen eher als Anweisungen an ihn selbst zu verstehen denn als Anweisungen an seine Herausgeber. In solchen Fällen wird Twains Absicht näher beschrieben und der Leser, wenn möglich, auf den relevanten Text verwiesen. Im Falle von »Mein Debüt« ist der Text unter den vorläufigen Manuskripten und Diktaten in diesem Band enthalten. Die Schwierigkeit, die Harper's-Weekly-Ausgabe hier einzufügen, wird umgangen, indem der Leser auf den entsprechenden Scan auf *MTPO* verwiesen wird. Die weitreichenden Möglichkeiten des Internets können auch für andere ähnliche Fälle genutzt werden, Erläuterungen in allen Fällen finden sich im Textual Commentary auf *MTPO*. Im Allgemeinen sind Ecken und Kanten dieser Art ein unvermeidbarer Teil von Werken, die nicht vom Autor zum Satz vorbereitet und bis zur Veröffentlichung begleitet wurden. Wenn informelle Anmerkungen ohne weiteres verständlich sind (»Ich werde Miss Lyon bitten nachzusehen – aber jetzt will ich weitermachen und den Traum diktieren«), dann sind sie im edierten Text enthalten, obwohl der Autor sie wohl in einer Überarbeitung entfernt hätte.[10]

Faktische Fehler

Twains faktische Fehler werden fast immer unberichtigt im Text belassen. Wo er zum Beispiel das Jahr seines ersten Zusammentreffens mit Ulysses S. Grant als 1866 angibt (anstatt 1868), wird auf diesen Fehler lediglich in den Anmerkungen hingewiesen, weil klar ist, dass seine Erinnerung (und nicht die der Schreibkraft) dafür verantwortlich ist. In einem Abschnitt im Diktat vom 28. März 1906, Erinnerungen an seine Familie, sagt Twain gleichfalls, dass seine Schwester Margaret »1837 im Alter von zehn Jahren« starb, obwohl sie 1839 im Alter von neun Jahren starb, und dass sein Bruder »Orion zwölfeinhalb Jahre alt war« zu dem Zeitpunkt, als die Familie nach Hannibal zog, obwohl er vierzehn war. Im Diktat vom 8. März 1906 bezeichnet er die Dekanin des Barnard College, deren Name »Gill« war, fälschlicherweise als »Miss Hill«. Und im Diktat vom 12. März 1906 bezog er sich auf einen Artikel in der *New York Times*, der einen »Johnston« irrtümlicherweise als »Johnson« bezeichnete. In all diesen Fällen bleibt der Text so, wie Twain ihn hinterließ, und die faktischen Fehler werden in den Anmerkungen behandelt.

Wo Twain andererseits anmerkte, dass er etwas überprüfen und somit von Fehlern befreit haben wollte, wurde der Text verbessert. Im Diktat vom 5. März 1906 beschreibt er etwa einen Raum in der Villa Viviani als »dreizehn Meter im Quadrat und dreizehn Meter in der Höhe«, hat aber am Rand des Typoskripts die Frage hinzugefügt: »13? Oder waren es 12? Siehe weiter vorn.« Im Manuskript über die Villa Viviani in »Villa di Quarto« hatte er die niedrigere Zahl eingefügt, so dass diese in den späteren Text übernommen wurde. Fehler, die durch die Stenographen oder Typisten entstanden sind, wurden auch verbessert, da sie nicht von Twain beabsichtigt worden sein können. Laut TS2 und TS4 (TS1 ist nicht erhalten) hatte Twain zum Beispiel diktiert, dass er »1888« in Venedig gewesen sei, obwohl es tatsächlich 1878 war. Es ist sehr unwahrscheinlich, dass es sich hierbei um seinen Fehler handelt, denn in den 1880er Jahren ist er nicht durch Europa gereist. Die Abweichung einer Ziffer könnte aber leicht ein Transkriptionsfehler gewesen sein und wurde deshalb verbessert.

Formale Fehler: Orthographie, Syntax und Interpunktion

Abgesehen von faktischen Fehlern bedurfte es gelegentlich der Verbesserung von trivialen Rechtschreib- und Flüchtigkeitsfehlern sowie von ausgelassenen Wörtern. Wir setzen es als selbstverständlich voraus, dass Twain nicht vorhatte, seine Werke mit solchen offensichtlichen Fehlern zu veröffentlichen: Es kann keinen Zweifel daran geben, dass er gern gesehen hätte, dass »monotous« durch »monotonous« und »iniated« durch »initiated« ersetzt wird. Auch kann es nicht in seinem Sinn gewesen sein, dass Ausdrücke wie »look her« oder »either us« unverbessert stehen bleiben, weshalb sie zu »look at her« und »either of us« korrigiert wurden. Einfache Fehler im Manuskript (wie zum Beispiel »publsher«) oder in gedruckten Texten, die Twain zitiert (wie zum Beispiel »yaung« für »young« in der *New York Times*), wurden ebenfalls verbessert. Wo der Name einer real existierenden Person richtig ist, aber falsch buchstabiert wurde, wurde dies korrigiert, unabhängig davon, ob der Fehler von Twain oder seinen Stenographen stammt (zum Beispiel »Greeley« statt »Greely«).[11]

Die Korrekturen wurden mit Bedacht vorgenommen und unter Berücksichtigung der gut dokumentierten Einstellung Twains gegenüber unangebrachten Eingriffen in seinen Text. Immer wenn vermeintliche Fehler bewusst eingesetzt wurden (zum Beispiel Dialektschreibweisen), wurden sie selbstverständlich stehen gelassen. Kleine grammatische Eigenheiten, die als mehr oder weniger bezeichnend für gesprochene Sprache erachtet werden können, sind auch beibehalten worden. Twain selbst schätzte diesen Aspekt der diktierten Erzählung sehr, »dieses feine Etwas, das gelungenes Gerede so viel besser macht, als es eine schriftliche Nachbildung jemals sein kann«.[12] Obwohl es Belege dafür gibt, dass Twain Verbesserungen seiner Grammatik manchmal willkommen hieß (vgl. den unten zitierten Brief an Ticknor), wurden Fehler, die häufig in gesprochener (englischer) Sprache vorkommen, wie »who« für »whom«, beibehalten.

Es ist bekannt, dass Twain großen Wert auf seine Interpunktion legte und nicht wollte, dass jemand diesbezügliche Eingriffe vornahm. »Gestern schrieb Mr. Hall mir, dass der Korrekturleser des Druckers meine Zeichensetzung für mich verbessere«, schrieb er einmal an Howells, »& ich schickte ihm ein Telegramm, dass man diesen auf der Stelle erschießen sollte, ohne ihm Zeit zum Beten zu lassen.«[13] Er war genauso wachsam, wenn es um die gutgemeinten »Verbesserungen« verschiedener Schreibkräfte ging, die er beschäftigte, um seine Manuskripte zu kopieren. Beim Überprüfen des Typoskripts für Kapitel 25 von *Ein Yankee an König Artus' Hof* (in dem einer der Ritter sich um eine Stelle im stehenden Heer der Yankees bewirbt) fügte Twain folgende Anmerkung hinzu: »Versuchen Sie sich vorzustellen, wie sich dieses Weichei ernsthaft um eine offizielle Stelle, irgendeine auf Erden, bewirbt! Ja, er hatte alle Merkmale eines Schreibmaschinenkopisten, wenn man einmal von der Neigung absieht, ungebetene Korrekturen der Grammatik und Zeichensetzung anderer Leute vorzunehmen.«[14]

Sein Einwand gegen »ungebetene Korrekturen der Grammatik und Zeichensetzung« war jedoch weniger strikt, als diese Worte suggerieren mögen. An den Verleger Benjamin H. Ticknor, der zu der Zeit gerade den Satz von *Der Prinz und der Bettelknabe* beaufsichtigte, schrieb er Mitte August 1881:

Lassen Sie die Drucker meine Zeichensetzung befolgen – es ist die eine Sache, bei der ich unerbittlich eigen bin. Für die Verbesserung von meinem »sprang« zu »gesprungen« bin ich dankbar; ebenso für Verbesserungen meiner Grammatik, denn Grammatik ist eine Wissenschaft, die immer zu viel war für meine Wenigkeit; aber meine Zeichensetzung möchte ich respektiert sehen. Ich habe sie in Hunderten von Druckereien gelernt, als ich Geselle war; so steckt mehr Vielfalt darin als in irgendeiner anderen Errungenschaft, über die ich verfüge, & ich verehre sie entsprechend.[15]

Und gegenüber dem Verlag Chatto & Windus beschwerte er sich 1897 über den Korrekturleser von *Reise um die Welt*:

Stellen Sie sich diesen Mistkäfer vor, der sich für meine Zeichensetzung interessiert – die ihn gar nichts angeht & mit der er nichts zu tun hat – & dann, anstatt Rechtschreibfehler zu verbessern, wie es sich für einen seiner niederen Art *gehört*, ein Wort unterstreicht & damit insgeheim eingesteht, dass er nicht weiß, was zum Teufel er damit machen soll! Der verdammte halbentwickelte Fötus!

Aber heute ist Sabbat, & ich darf nicht in dieser weltlichen Manier fortfahren.[16]

Die Interpunktion in Twains Manuskripten sowie in den Typoskripten wird hier originalgetreu wiedergegeben außer dort, wo sie fehlerhaft erscheint – zum Beispiel in den seltenen Fällen, wo er abschließende Anführungszeichen oder das zweite Komma in einem Einschub vergaß. Diktierte Texte, in denen die Interpunktion etwas weniger zuverlässig ist als in den Manuskripten, wurden mit ein paar zusätzlichen Korrekturen versehen, damit sie mit Twains einheitlichem Gebrauch in den Manuskripten übereinstimmen. Die folgenden Beispiele illustrieren die drei Kategorien, in denen Interpunktion hinzugefügt wurde: 1. ›Mr. Twichell, halten Sie mich etwa für einen gottverdammten Papisten?‹ (Komma hinzugefügt); 2. »Ja«, antwortete ich, »genau das ist meine Position« (zweites Komma hinzugefügt); 3. und wir sagten:/ »So sollte man verfahren, und das werden wir auch« (Doppelpunkt vor dem Absatz hinzugefügt).

Einheitlichkeit

Es ist weithin bekannt, dass Twain seine ganze Karriere hindurch bestrebt war, unterschiedliche Recht-, Groß- und Kleinschreibung oder Abkürzung ein und desselben Worts innerhalb eines bestimmten Werks zu vermeiden, und die außerordentliche Einheitlichkeit seiner Manuskripte in dieser Hinsicht ist selbst der beste Beweis dafür. Aber er wusste auch, dass er der Kooperation der Setzer bedurfte, um diese Art von Einheitlichkeit im Druck zu erreichen und beizubehalten. 1897 beschwerte er sich, wieder in Bezug auf die Druckfahnen von *Reise um die Welt*, dass der »Korrekturleser nicht einmal Einheitlichkeit bewahrt«. Und auf der ersten Manuskriptseite der »Geschichte eines Pferds« richtet er sich an die »Setzerei« und bittet darum, »meine Groß- und Kleinschreibung von militärischen Titeln zu ignorieren & die eigenen Regeln anzuwenden – jene, die für Einheitlichkeit sorgen, & das ist das Einzige, was zählt«.[17]

»Einheitlichkeit« in diesem Sinne zu verfehlen bedeutete für Twain, dass ungewollte, sinnlose und deshalb möglicherweise irreführende Variationen in der Recht-, Groß- und Kleinschreibung und der Schreibweise von Zahlen und Abkürzungen (ausgeschrieben oder nicht) den veröffentlichten Text verunstalten würden. Variation dieser formalen Elemente innerhalb eines einzelnen Werks wurde deshalb als Fehler behandelt und in allen Teilen des Texts verbessert außer dort, wo Twain jemand anders zitiert. Die vorläufigen Manuskripte und Diktate, die über einen Zeitraum von fünfunddreißig Jahren geschrieben oder diktiert wurden, wurden jeweils für sich gesehen vereinheitlicht; der endgültige Text der *Autobiographie* wurde durchgehend vereinheitlicht. In Fällen, wo die Stenographen ein Wort einheitlich buchstabiert oder groß geschrieben haben, wurde diese Form beibehalten. Wo jedoch die Typoskripte voneinander abweichen, wurden Twains bevorzugte Schreibweisen übernommen. Diese wurden anhand einer weitläufigen Überprüfung aller verfügbaren Manuskripte ermittelt. Die Resultate dieser Überprüfung sind in einem 125-seitigen Dokument in den Mark Twain Papers (1456 Einträge, von »acoming« bis zu »zig-zag«) festgehalten, das sämtliche verschiedenen Schreibweisen in den Autobiographischen Diktaten aufführt sowie die Variante oder die Varianten, die sich in Twains handschriftlichen Ergänzungen zu den Typoskripten und in Hunderten anderen Manuskripten finden lassen. Die Wiedergabe dieser Details wurde also vereinheitlicht, wobei die übernommene Form den Wünschen des Autors entspricht, soweit die Belege solche erkennen lassen.

Eingefügte Dokumente

Twain fügte häufig nicht nur seine eigenen früheren Manuskripte, sondern auch Zeitungsausschnitte, Briefe, die er erhalten hatte, und andere Dokumente in die Typoskripte seiner Diktate ein. Seine eigenen eingefügten Manuskripte wurden in Übereinstimmung mit der bereits erläuterten editorischen Verfahrensweise behandelt. Im Falle von anderen Texten wurden einfache Fehler (typographische und andere) verbessert, aber sie wurden nicht auf Einheitlichkeit der Orthographie, Groß- und Kleinschreibung usw. hin geändert. Wo das Dokument, das Josephine Hobby in den Text transkribiert hat, als Original vorliegt, wurde es nach der Primärquelle transkribiert. Ihre Transkription sagt uns, wie detailliert oder umfassend Twain einen solchen Text haben wollte (anders gesagt, was er anwies auszulassen). Wo das Dokument, das ihr als Quelle diente, nicht gefunden werden konnte, dient die Transkription als Quelle, und es werden nur offensichtliche Fehler verbessert. Die eingefügten Texte sind mitunter hochkomplex und Ausnahmen zu den genannten Faustregeln erforderlich.[18] In allen Fällen wird jede Abweichung von den Quelldokumenten im Textual Commentary für alle Texte (der Originalausgabe) auf *MTPO* vollständig begründet.

H. E. S.

Frühere Veröffentlichungen in englischer Sprache

Es folgt eine Liste aller Texte in diesem Werk einschließlich deren Publikationsgeschichte. Alle Werke, die mit einer Abkürzung wie *MTA*, mit SLC und einem Datum oder mit NAR *(North American Review)* und einer Ausgabennummer bezeichnet sind, werden im Literaturverzeichnis genau angegeben. Die Formulierung »partiell« zeigt an, dass der Text lediglich als kleiner Auszug oder auch beinahe vollständig erschienen ist. Charles Neider, der Herausgeber von *Mark Twains Autobiographie* (AMT), griff dermaßen stark in die Texte und ihre Anordnung ein, dass alle Publikationen in seiner Ausgabe als partiell betrachtet werden müssen. Am Ende dieses Anhangs findet sich eine Liste der »Chapters from My Autobiography«, die in den NAR-Fortsetzungen zwischen dem 7. September 1906 und Dezember 1907 erschienen. Außer dem Untertitel »[Willkürliche Auszüge daraus]«, den Twain selbst in eckige Klammern setzte, wurden alle Titel in eckigen Klammern von den Herausgebern für jene Werke hinzugefügt, die Twain unbetitelt ließ.

Mark Twains Autobiographie

[Meine Autobiographie]

Ein früher Versuch: bisher unveröffentlicht.

Meine Autobiographie [Willkürliche Auszüge daraus]: NAR 1, 322–30, partiell; NAR 13, 449–63, partiell; SLC 1922a, 275–76, partiell; *MTA*, 1:81–115, partiell; *AMT*, 1, 3–21, 24–25; SLC 2004, 61–62, 97–99, partiell.

Der jüngste Versuch: *MTA*, 1:193.

Der endgültige (und richtige) Plan: SLC 1922a, 273; *MTA*, 1:xviii.

Vorwort. Wie aus dem Grab (I.): *MTA*, 1:xv–xvi; *AMT*, xxviii.

Vorwort. Wie aus dem Grab (II. und III.): bisher unveröffentlicht.

[Florentiner Diktate]

[John Hay]: NAR 12, 344–46, partiell; *MTA*, 1:232–38.

Notizen zu *Die Arglosen im Ausland*: NAR 20, 465–71; *MTA*, 1:238–46; *AMT*, 143, 147–51.

[Robert Louis Stevenson und Thomas Bailey Aldrich]: NAR 2, 456–59; *MTA*, 1:246–50; *AMT*, 288–90.

[Villa di Quarto]: *MTA*, 1:195–232, partiell; *AMT*, 314–22.

Notiz zur Anweisung künftiger Herausgeber und Verleger dieser Autobiographie: *AMT*, xi.

[New Yorker Diktate/Januar–März 1906]

9. Jan.: *MTA*, 1:269–78, partiell.

10. Jan.: *MTA*, 1:278–91.

11. Jan.: NAR 25, 481–89, partiell.

12. Jan.: NAR 16, 785–88, partiell; *MTA*, 1:291–303, partiell.

13. Jan.: NAR 16, 788–92, partiell; *MTA*, 1:303–12; *AMT*, 98–101.

15. Jan.: NAR 16, 792–93, partiell; *MTA*, 1:312–26, partiell; *AMT*, 101–02.

16. Jan.: *MTA*, 1:326–35.

17. Jan.: NAR 14, 570–71, partiell; *MTA*, 1:335–45, partiell.

18. Jan.: *MTA*, 1:345–50.

19. Jan.: NAR 8, 1217–24, partiell; NAR 22, 13–17, partiell; *MTA*, 1:350–61, partiell; *AMT*, 112–18.

23. Jan.: *MTA*, 2:1–13, partiell.

24. Jan.: *MTA*, 2:13–23.

1. Febr.: NAR 3, 577–80, partiell; *MTA*, 2:23–33; *AMT*, 183, 185–86, 322.

2. Febr.: NAR 3, 580–85, partiell; *MTA*, 2:33–44, partiell; *AMT*, 190–95, 322–24.

5. Febr.: NAR 3, 585–89, partiell; *MTA*, 2:44–59; *AMT*, 195–201.

6. Febr.: *MTA*, 2:59–64, partiell.

7. Febr.: NAR 4, 705–10, partiell; *MTA*, 2:64–73, partiell; *AMT*, 201–03, 274–75.

8. Febr.: NAR 4, 710–16; *MTA*, 2:73–83, partiell; *AMT*, 204–10; SLC 2004, 173–76, partiell.

9. Febr.: NAR 5, 833–38; *MTA*, 2:83–91, partiell; *AMT*, 210–13; SLC 2004, 15–19, partiell.

12. Febr.: NAR 5, 838–44; *MTA*, 2:91–99, partiell; *AMT*, 33–37, 213–14.

13. Febr.: *MTA*, 2:99–105; *AMT*, 43–44, 183–85.

14. Febr.: *MTA*, 2:106–12; *AMT*, 186–90.
15. Febr.: *MTA*, 2:112–17, partiell; *MTE*, 249–52, partiell.
16. Febr.: *MTA*, 2:117–19, partiell; *MTE*, 77–81, partiell.
20. Febr.: *MTA*, 2:120–26.
21. Febr.: *MTA*, 2:126–28, partiell.
22. Febr.: *MTA*, 2:128–34.
23. Febr.: *MTA*, 2:135–39, partiell.
26. Febr.: NAR 6, 961–64, partiell; *MTA*, 2:139–51, partiell.
5. März: NAR 7, 1089–91, partiell; *MTA*, 2:151–60; SLC 2004, 20–22, partiell.
6. März: NAR 7, 1092–95, partiell; *MTA*, 2:160–66, partiell.
7. März: NAR 6, 964–69; *MTA*, 2:166–72, partiell.
8. März: NAR 21, 691–95, partiell; *MTA*, 2:172–80, partiell; *AMT*, 67–70.
9. März: NAR 23, 161–63, partiell; *MTA*, 2:180–86, partiell; *AMT*, 70–73.
12. März: *MTA*, 2:187–96.
14. März: *MTA*, 2:196–200, partiell.
15. März: *MTA*, 2: 200–12, partiell.
16. März: *MTA*, 2:212–21, partiell; *AMT*, 73–78.
20. März: *MTL*, 2:790–94, partiell; *MTE*, 83–91, partiell.
21. März: *MTA*, 2:221–29, partiell.
22. März: NAR 6, 969–70, partiell; *MTA*, 2:229–37; *AMT*, 190.
23. März: NAR 7, 1094–95, partiell; *MTA*, 2:237–43, partiell.
26. März: NAR 1, 321–22, partiell; *MTA*, 2:243–56, partiell; *AMT*, 107–09.
27. März: *MTA*, 2:256–68; *AMT*, 109–12.
28. März: NAR 10, 113–18, partiell; *MTA*, 2:268–75, partiell; *AMT*, 84–88.
29. März: NAR 10, 118–19, partiell; NAR 11, 225–29, partiell; *MTA*, 2:275–91, partiell; *AMT*, 88–95, 98, 102–03.
30. März: *MTA*, 2:291–303, partiell.

Vorläufige Manuskripte und Diktate 1870–1905

[Erste Versuche]

[Das Land in Tennessee]: *MTA*, 1:3–7, partiell; *AMT*, 22–24.

[Frühe Jahre in Florida, Missouri]: SLC 1922a, 274–75; *MTA*, 1:7–10; *AMT*, 1–3.

[Die Grant-Diktate]

Das G. A. R. Festival: *MTA*, 1:13–19, *AMT* 241–45.

[Ein Besuch mit W. D. Howells bei General Grant]: *MTA*, 1:24–27.

Grant und die Chinesen: *MTA*, 1:20–24.

Gerhardt: bisher unveröffentlicht.

Über General Grants Memoiren: *MTA*, 1:27–57, 57–68, partiell.

[Reverend Dr. Newman]: *MTA*, 1:68–70.

[1890–1897]

Die Maschinenepisode: *MTA*, 1:70–78, partiell.

Reisefragmente I: bisher unveröffentlicht.

Vier Skizzen über Wien

[Die Schönheiten der deutschen Sprache]: *MTA*, 1:164–66.

[Eine Bemerkung zu Tautologien und Grammatik]: *MTA*, 1:172–74.

[Eine Gruppe von Bediensteten]: SLC 2009, 61–69.

[Ein Wiener Festzug]: *MTA*, 1:166–71.

[1898–1905]

Mein Debüt als Literat: SLC 1899d; SLC 1900b, 84–127; SLC 1903a, 11–47.

Horace Greeley: *MTE*, 347–48.

Vortragsreisen: *MTA*, 1:147–53, partiell; *AMT*, 161, 166–69.

Ralph Keeler: *MTA*, 1:154–64; *AMT*, 161–62, 163–66.

Fragmente meiner Autobiographie. Aus Kapitel IX: NAR 2, 453–56, partiell; NAR 17, 4–12, partiell; *MTA*, 1:125–43; *AMT*, 37–43, 44–47; SLC 2004, 157–60, partiell.

Fragmente meiner Autobiographie. Privater Bericht eines Manuskripts, das zu Schaden kam: *MTA*, 1:175–89, partiell.

[Überlegungen zu einem Brief und einem Buch]: SLC 1922c, 312–15, partiell.

[Etwas über Ärzte]: bisher unveröffentlicht.

[Henry H. Rogers]: *MTA*, 1:250–56, partiell.

[Anekdote über Jean]: bisher unveröffentlicht.

»Chapters from My Autobiography« in der *North American Review* (NAR 1906/07)

Die im Folgenden kursiv aufgelisteten Texte wurden vollständig oder beinahe vollständig publiziert, d. h. mit nicht mehr als einem fehlenden Absatz oder vereinzelt ausgelassenen Sätzen.

Ausgabe		Inhalt
NAR 1	7. Sept. 1906	AD 26. März 1906 (Einleitung); Meine Autobiographie [Willkürliche Auszüge daraus] (erster Teil)
NAR 2	21. Sept. 1906	AD *21. Mai 1906*, Fragmente meiner Autobiographie. Aus Kapitel IX (erster Teil), *[Robert Louis Stevenson und Thomas Bailey Aldrich]*, AD 3. April 1906
NAR 3	5. Okt. 1906	AD 1., 2. & 5. Febr. 1906
NAR 4	19. Okt. 1906	AD 7. Febr. 1906 & *8. Febr. 1906*
NAR 5	2. Nov. 1906	AD *9. & 12. Febr. 1906*
NAR 6	16. Nov. 1906	AD 26. Febr. 1906, AD *7. März 1906*, AD 22. März 1906
NAR 7	7. Dez. 1906	AD 5., 6. & 23. März 1906
NAR 8	21. Dez. 1906	AD 19. Jan. 1906
NAR 9	4. Jan. 1907	AD *13., 1. & 2. Dez. 1906*
NAR 10	18. Jan. 1907	AD 28. & 29. März 1906
NAR 11	1. Febr. 1907	AD 29. März 1906 (in der NAR fälschlich als 28. März datiert), AD 2. Apr. 1906
NAR 12	15. Febr. 1907	[John Hay]; AD 5. & 6. Apr. 1906
NAR 13	1. März 1907	Meine Autobiographie [Willkürliche Auszüge daraus] (zweiter Teil)
NAR 14	15. März 1907	AD *6. Dez. 1906* & 17. Dez. 1906, AD 11. Febr. 1907 (in der NAR fälschlich auf den 10. Febr. datiert), AD 12. Febr. 1907, AD 17. Jan. 1906
NAR 15	5. Apr. 1907	AD *8. Okt. 1906*, AD *22. Jan. 1907*
NAR 16	19. Apr. 1907	AD 12., 13. & 15. Jan. 1906
NAR 17	3. Mai 1907	AD 15. Okt. 1906; Fragmente meiner Autobiographie. Aus Kapitel IX (zweiter Teil)

NAR 18	17. Mai 1907	AD 21. Dez. 1906, AD *28. März 1907*
NAR 19	7. Juni 1907	AD 21. Dez. 1906 (mit einer vom 22. Dez. 1906 datierten Notiz), AD 19. & 30. Nov. 1906, AD 28. März 1907, AD *5. Sept. 1906*
NAR 20	5. Juli 1907	*Notizen zu Die Arglosen im Ausland*, AD *23. Jan. 1907*
NAR 21	2. Aug. 1907	AD 8. Nov. 1906, AD 8. März 1906, AD *6. Jan. 1907*
NAR 22	Sept. 1907	AD *10. Okt. 1906*, AD 19. Jan. 1906 (in der NAR mit 12. März 1906 datiert, mit einer vom 13. Mai 1907 datierten Notiz), AD *20. Dez. 1906*
NAR 23	Okt. 1907	AD 9. März 1906, AD *16. März 1906*, AD 26. & 30. Juli 1907
NAR 24	Nov. 1907	AD *9. & 16. Okt. 1906*, AD 11. Okt. 1906, AD *12. Okt. 1906*, AD *23. Jan. 1907*
NAR 25	Dez. 1907	AD 11. Jan. 1906, AD *3. Okt. 1907*

Zur deutschen Ausgabe

Der vorliegenden erstmaligen deutschen Ausgabe der Autobiographie Mark Twains* liegt die Absicht zugrunde, den Text dieses endlich zugänglich gemachten literarischen Hauptwerkes eines der Begründer der modernen Literatur freizulegen und so das Buch zu präsentieren, das der Autor mit seinem minutiösen Editionsplan vor Augen gehabt haben muss.

Daher hat sich der Verlag (anders als die amerikanischen Herausgeber) für eine 2-bändige Ausgabe entschieden, die den hinter der historisch-kritischen Originalausgabe stehenden Anspruch auf wissenschaftliche Zuverlässigkeit übernimmt, zugleich aber versucht, deren umfangreiches Material so leserfreundlich wie möglich darzubieten. In Band 1 finden sich die von Hans-Christian Oeser übersetzten autobiographischen Texte Twains, in Band 2 sämtliche erläuternden Materialien, übertragen von einer wissenschaftlichen Übersetzergruppe unter der Leitung von Andreas Mahler.

Dafür wurde die Anordnung der Twain-Texte teilweise verändert. Die im Original der eigentlichen Autobiographie vorangestellten »Vorläufigen Manuskripte und Diktate« wurden ans Ende gerückt; innerhalb der Teile »Mark Twains Autobiographie« und »Vorläufige Manuskripte und Diktate« wurde die Abfolge beibehalten. Zusammen mit dem ebenfalls vollständig wiedergegebenen Bildteil und dem Vorwort von Rolf Vollmann stellen diese beiden Textkonvolute Band 1 unserer Ausgabe dar. In »Vorläufige Manuskripte und Diktate« wurden zur besseren Übersichtlichkeit drei zusätzliche Überschriften eingefügt ([Erste Versuche], [1890–1897], [1898–1905]),

* *Autobiography of Mark Twain. The Complete and Authoritative Edition, Vol. 1* (University of California Press, Berkeley und Los Angeles 2010). Bisher auf Deutsch veröffentlicht sind nur vereinzelte Fragmente unterschiedlicher Bearbeitungsstufen des zugrundeliegenden Textkonvoluts, meist verfremdet durch starke (vielfach zensierende) Eingriffe, als Einzelpublikation oder in Sammelbänden, u. a.: *König Leopolds Selbstgespräch* (Aufbau-Verlag, Berlin und Weimar 1967), *Autobiographie* (Carl Hanser Verlag, München 1967), *Autobiographische Schriften* (Aufbau-Verlag, Berlin und Weimar 1969) (vgl. auch das Kapitel »Entstehungsgeschichte«).

die, wie alle nicht von Twain selbst stammenden Titel, in eckigen Klammern stehen. Die erläuternden Vorspanntexte zu den einzelnen frühen Versuchen wurden zugunsten des Leseflusses in die »Anmerkungen« verschoben.

Im zweiten Band, »Hintergründe und Zusätze«, sind sämtliche Materialien des Originalbandes versammelt (einzige Ausnahme: wenige technische Hinweise, die nur zum Verständnis der amerikanischen Ausgabe beitragen). Auch hier wurde die Abfolge grundsätzlich beibehalten mit Ausnahme des Katalogs »Frühere Veröffentlichungen in englischer Sprache«, der in die »Editorische Notiz« integriert wurde. In Gänze beibehalten wurden zudem die umfangreichen amerikanischen Quellen- und Literaturverweise. Aus der Logik dieses komplexen Referenzsystems heraus werden in der Regel die englischen Originaltitel angegeben; ausgenommen hiervon sind die Stellen, an denen deutsche Übersetzungen anzuführen sind. Hierbei wird i. d. R. zitiert nach: Ausgewählte Werke in zwölf Bänden. Hrsg. von Karl-Heinz Schönfelder, Aufbau-Verlag, Berlin und Weimar 1960–1967 (seltene Ausnahmen siehe nächste Seite).

Verwendete deutsche Titel und die Originaltitel

Deutscher Titel	Originaltitel	Quelle deutsch	Quelle original
Bummel durch Europa	*A Tramp Abroad*	MT 1963a	SLC 1880a
Das vergoldete Zeitalter	*The Gilded Age*		SLC 1873–74
Der amerikanische Prätendent	*The American Claimant*		SLC 1892
»Der berühmte Springfrosch von Calaveras«	»The Celebrated Jumping Frog of Calaveras County« (»Jim Smiley and His Jumping Frog«)	MT 1963a	SLC 1865/1867a
Der Prinz und der Bettelknabe	*The Prince and the Pauper*	MT 1965	SLC 1881
»Der Wendepunkt meines Lebens«	»The Turning Point of My Life«	MT 1967	SLC 1910
Die Arglosen im Ausland	*The Innocents Abroad*	MT 1961	SLC 1869a
Durch dick und dünn	*Roughing It*	MT 1960	SLC 1872
Ein Yankee an König Artus' Hof	*A Connecticut Yankee in King Arthur's Court*	MT 1965/2010	SLC 1889
Huckleberry Finns Abenteuer	*Adventures of Huckleberry Finn*	MT 1963/2010	SLC 1885
Kapitän Stormfields Besuch im Himmel	*Captain Stormfield's Visit to Heaven*	MT 1954	
»König Leopolds Selbstgespräch«	»King Leopold's Soliloquy«	MT 1967	SLC 1905a
Leben auf dem Mississippi (Alte Zeiten auf dem Mississippi)	*Life on the Mississippi (Old Times on the Mississippi)*	MT 1988/2011	SLC 1883
»Privater Bericht eines gescheiterten Feldzuges«	»The Private History of a Campaign That Failed«	MT 1963a	SLC 1885b

Querkopf Wilson	*The Tragedy of Pudd'nhead Wilson*		SLC 1894b
Reise um die Welt	*Following the Equator (in England: More Tramps Abroad)*	MT 1964	SLC 1897a
Tom Sawyer als Detektiv	*Tom Sawyer, Detective*		SLC 1896b
Tom Sawyers Abenteuer	*The Adventures of Tom Sawyer*	MT 1962/ 2010	SLC 1876/ 1982
Tom Sawyers abenteuerliche Ballonfahrt	*Tom Sawyer Abroad*		SLC 1896b

1 *MTPO* (www.marktwainproject.org) ist eine frei zugängliche Website, die das Mark Twain Project unterhält, um seine gesammelten Editionen online zur Verfügung zu stellen. Die *Autobiography of Mark Twain* ist die erste Veröffentlichung, die dort zeitgleich mit der Druckfassung publiziert wurde. Der ausführliche Textual Commentary wird ausschließlich in elektronischer Form erscheinen.

2 10. Okt. 1898 an Bok, ViU. Vgl. unten: »Überarbeitungen für die Zeitschriftenveröffentlichung«.

3 Lediglich Änderungen, die nicht den Text betreffen, wie zum Beispiel die typographische Gestaltung der Überschriften, sind in diesem Text nicht berücksichtigt. Gleichwohl werden auch alle solchen »stillen« Änderungen auf *MTPO* aufgeführt.

4 »A Day with Mark Twain«, *Chicago Tribune*, 29. Sept. 1907, F6. Es ist nicht klar, ob der Reporter Twain bei der Arbeit beobachtete oder Bemerkungen von Isabel Lyon wiedergab.

5 Vgl. AD 30. März 1906, S. 458–59.

6 Notizen, die Doris Webster für Dixon Wecter über ein Interview mit Isabel Lyon anfertigte, ca. März 1948, CU-MARK; Howden 1925. Die Typoskripte, die Howden vorbereitete, zeigen, dass sie zwar manches an Interpunktion tippte, wahrscheinlich weil Twain sie laut angab, er aber den Großteil der Zeichensetzung später per Hand einfügte – so z. B. im AD 6. Okt. 1908. Twains Arbeitsweise mit Josephine Hobby zeigt diese Art von nachträglicher Interpunktion des Typoskripts nicht, was nahelegt, dass sie stärker als Mary Louise Howden auf seine Erwartungen einzugehen gelernt hatte.

7 Jeder dieser Fehler wird durch Twains Korrekturen der AD 9., 13. Jan. und 14. Febr. 1906 kenntlich gemacht.

8 Dieser Essay wurde 1898 geschrieben und 1899 als Zeitschriftenartikel veröffentlicht, aber ohne einen Hinweis, dass er aus der Autobiographie stammt.

9 Twain bezog sich auf »Mark Twain's 70th Birthday: Souvenir of Its Celebration« (SLC 1905g; vgl. »Mark Twains Dinnerrede zu seinem 70. Geburtstag«). Im AD 16. Dez. 1908 bekräftigte er erneut: »Ich glaube, ich werde hier (wenn ich es nicht schon in einem früheren Kapitel dieser Autobiographie getan habe) den großartigen Bericht vom Festessen einfügen, der [...] eine Woche später im *Harper's Weekly* erschien.«

10 AD 13. Jan. 1906, vgl. S. 131.

11 Vgl. die Anmerkungen zum Text (»Textual Commentaries«) auf *MTPO* für »Reisefragmente I«, »Ralph Keeler«, AD 17. Jan. 1906 und 15. März 1906 und »Horace Greeley«.

12 16. Jan. 1904 an Howells, MH-H, in *MTHL*, 2:778. Dieser Brief ist vollständiger in der »Entstehungsgeschichte« zitiert.

13 21. Aug. 1889 an Howells, MH-H, in *MTHL*, 2:610.

14 *CY*, 292.

15 16.–22. Aug. 1881 an Ticknor, Ticknor 1922, 140.

16 25. Juli 1897 an Chatto und Windus, ViU. Der Korrekturleser hatte ein halbes Dutzend Änderungen an der Zeichensetzung vorgenommen (die Twain verbesserte) und das Wort »drouths« (das Twain so im Manuskript buchstabiert hatte) unterstrichen. Twain korrigierte es selbst zu »droughts« in Kapitel 25 auf S. 147 der Druckfahnen von *More Tramps Abroad* (SLC 1897b). Die Druckfahnen mit diesen Änderungen finden sich im Manuskript für das Buch bei NN-BGC (Teil 2, MS, nach S. 473).

17 Im ersten Entwurf hatte der Setzer in den Druckfahnen auf S. 147 von *More Tramps Abroad* »FROM DIARY« statt »From Diary« (wie im Manuskript) gesetzt (NN-BGC). Twain erklärte hierzu: »Gewöhnliche Schrift wie bislang immer«, und bezog sich damit auf die einheitliche Handhabung des »From Diary« zuvor im Text. Im Zuge der »Geschichte eines Pferds« (SLC 1906c, MS in NN-BGC) erkannte er, dass er schlichtweg unfähig war, die militärischen Titel einheitlich (und richtig) groß oder klein zu schreiben. Die Setzer folgten seinen Anweisungen.

18 Vgl. z. B. die Anmerkungen zu AD 11. Jan. 1906 *(MTPO)*, wo Twain den Text seiner Tischrede bei Whittier (1877) eingefügt hat.

Verzeichnisse

Bibliographie

Hier finden sich die vollständigen bibliographischen Angaben zu allen von den amerikanischen Herausgebern verwendeten und mit Kurztiteln oder anderen Kürzeln angegebenen Quellen. Werke von Mitgliedern der Familie Clemens sind unter den Autoreninitialen angegeben (vgl. »Abkürzungsverzeichnis«). Die Originalwerke Twains finden sich also unter SLC (Samuel L. Clemens); die zitierten deutschen Übersetzungen unter MT (Mark Twain).

Adams, Alton D. 1903. »New England Gas and Coke«. *The Journal of Political Economy 11* (März): 257–72.

Agassiz, Louis. 1886. *Louis Agassiz: His Life and Correspondence.* Hrsg. von Elizabeth Cary Agassiz. Boston: Houghton, Mifflin & Co.

American Civil War.

2009a. »Ball's Bluff, Harrison's Landing, Leesburg, Civil War, Virginia«. http://americancivilwar.com/statepic/va/va006.html. Stand: 2. April 2009.

2009b. »Civil War Battle Statistics, Commanders, and Casualties«. http://americancivilwar.com/cwstats.html. Stand: 28. April 2009.

AMT 1959. *The Autobiography of Mark Twain.* Hrsg. von Charles Neider. New York: Harper & Brothers.

Andrews, Gregg. 1996. *City of Dust: A Cement Company Town in the Land of Tom Sawyer.* Columbia: University of Missouri Press.

Andrews, Kenneth R. 1950. *Nook Farm: Mark Twain's Hartford Circle.* Cambridge: Harvard University Press.

Angel, Myron (Hrsg). 1881. *History of Nevada.* Oakland, Kalifornien: Thompson & West. Index in Poulton 1966.

Annual Cyclopaedia 1883. 1884. *Appletons' Annual Cyclopaedia and Register of Important Events of the Year 1883.* Vol. 23. New York: D. Appleton & Co.

Annual Cyclopaedia 1884. 1885. *Appletons' Annual Cyclopaedia and Register of Important Events of the Year 1884.* Vol. 24. New York: D. Appleton & Co.

Annual Cyclopaedia 1885. 1886. *Appletons' Annual Cyclopaedia and Register of Important Events of the Year 1885.* Vol. 25. New York: D. Appleton & Co.

Annual Cyclopaedia 1901. 1902. *Appletons' Annual Cyclopaedia and Register of Important Events of the Year 1901.* Vol. 41. New York: D. Appleton & Co.

»Antarctic Discoveries«. 1840. *Monthly Chronicle of Events, Discoveries, Improvements and Opinions 1* (Juli): 210–19.

Applegate, Debby. 2006. *The Most Famous Man in America: The Biography of Henry Ward Beecher.* New York: Doubleday.

Arlington National Cemetery. 2009. »Gordon Johnston«. http://arlingtoncemetery.net/gjohnstn.htm. Stand: 27. Mai 2009.

Ashcroft, Ralph W. 1904. »Plasmon's Career in America: As Recounted by R. W. Ashcroft«. TS in CU-MARK.

AskART.

2008a. »Barry Faulkner«. http://www.askart.com/artist.aspx?artist=21782. Stand: 30. Juli 2008.

2008b. »Emma Beach Thayer«. http://www.askart.com/AskART/artists/biography.aspx?artist=80017. Stand: 30. Juli 2008.

2008c. »Gerald Handerson Thayer«. http://www.askart.com/AskART/artists/biography.aspx?artist=19926. Stand: 29. Juli 2008.

2008d. »Gladys Thayer (Mrs. David) Reasoner«. http://www.askart.com/AskART/artists/biography.aspx?artist=86887. Stand: 30. Juli 2008.

2008e. »Karl Gerhardt«. http://www.askart.com/AskART/artists/biography.aspx?artist=116168. Stand: 28. August 2008.

Austen, Roger. 1991. *Genteel Pagan: The Double Life of Charles Warren Stoddard.* Hrsg. von John W. Crowley. Amherst: University of Massachusetts Press.

Austin, James C.

1953. *Fields of »The Atlantic Monthly«: Letters to an Editor, 1861–1870.* San Marino, Kalifornien: Huntington Library.

1965. *Petroleum V. Nasby (David Ross Locke).* Twayne's United States Authors Series, edited by Sylvia E. Bowman, no. 89. New York: Twayne Publishers.

Bacevich, Andrew J. 2006. »What Happened at Bud Dajo: A Forgotten Massacre – and Its Lessons«. *Boston Globe*, 12. März, C2.

Badeau, Adam.

1868–81. *Military History of Ulysses S. Grant, from April, 1861, to April, 1865.* 3 Bde. New York: D. Appleton & Co.

1887. *Grant in Peace.* Hartford: S. S. Scranton & Co.

Baedeker, Karl.

1880. *The Rhine from Rotterdam to Constance. Handbook for Travellers.* 7. überarbeitete Ausgabe. Leipzig: Karl Baedeker.

1893. *The United States, with an Excursion into Mexico.* Leipzig: Karl Baedeker.

1903. *Italy: Handbook for Travellers. First Part: Northern Italy.* Leipzig: Karl Baedeker.

Baetzhold, Howard G. 1970. *Mark Twain and John Bull: The British Connection.* Bloomington: Indiana University Press.

Bailey, Hugh C. 2009. »Edgar Gardner Murphy«. *Encyclopedia of Alabama.* http://www.encyclopediaofalabama.org/face/Article.jsp?id=h-1183. Stand: 4. September 2009.

BAL. 1955–91. *Bibliography of American Literature.* Zusammengestellt von Jacob Blanck. 9 Bde. New Haven: Yale University Press.

Barnard College.

2008a. »The Making of Barnard. From Madison to Morningside«. http://beatl.barnard.columbia.edu/barnard/timelines/bc1889.htm. Stand: 3. September 2008.

2008b. »Past Barnard Leaders«. http://www.barnard.columbia.edu/president/search/leaders.html. Stand: 3. September 2008.

Beecher, William C. und Rev. Samuel Scoville unter Mitarbeit von Mrs. Henry Ward Beecher. 1888. *A Biography of Rev. Henry Ward Beecher.* New York: Charles L. Webster & Co.

Beers, Ethel Lynn. 1861. »The Picket-Guard«. *Harper's Weekly* 5 (30. November): 766.

Bell, Raymond Martin. 1984. »The Ancestry of Samuel Clemens, Grandfather of Mark Twain«. 413 Burton Avenue, Washington, Pennsylvania: Raymond Martin Bell. Mimeograph.

Bierce, Ambrose. 1868. »The Pi-Ute Indians of Nevada«. *Golden Era* 16 (4. Juli): 2–3. *Biographical Review.* 1898. *Biographical Review, Containing Life Sketches of Leading Citizens of New London County, Connecticut.* Atlantic States Series of Biographical Reviews, Vol. 26. Boston: Biographical Review Publishing Company.

Bishop, William Henry.

1877–78. »Detmold: A Romance.« *Atlantic Monthly* 40 (Dezember 1877): 732–43, 41 (Januar–Juni 1878): 76–87, 189–201, 273–85, 409–20, 553–65, 697–710.

1879. *Detmold: A Romance.* Boston: Houghton, Osgood & Co.

Bissell, Arthur H. und Thomas B. Kirby (Hrsg.). 1879. *The Postal Laws and Regulations of the United States of America, Published in Accordance with the Act of Congress Approved March 3, 1879.* Washington, D. C.: Government Printing Office.

Blackstone, William. 1765–69. *Commentaries on the Laws of England.* 4 Bde. Oxford: Clarendon Press.

Bollet, Alfred Jay. 2005. »Military Medicine in the Spanish-American War«. *Perspectives in Biology and Medicine* 48 (Spring): 293–300.

Boone Census. 1900. *Population Schedules of the Twelfth Census of the United States, 1900. Roll T623. Missouri: Boone County.* Fotokopie in CU-MARK.

Boothby, H. E. 1919. »Up from Idolatry«. *Hawaiian Almanac and Annual for 1920*, 53–78.

Boston Medical Journal. 1899. »Major-General Leonard Wood, M. D.«. *Boston Medical Journal* (22. April): 973.

Bowditch, Nathaniel. 1854. *The New American Practical Navigator.* New York: E. & G. W. Blunt.

Boyd, Andrew und W. Harry Boyd (Hrsg.). 1872. *Boyds' Elmira and Corning Directory: Containing the Names of the Citizens, a Compendium of the Government, and Public and Private Institutions … 1872–73.* Elmira, N. Y.: Andrew & W. Harry Boyd.

Bragg, Marion. 1977. *Historic Names and Places on the Lower Mississippi River.* Vicksburg, Mississippi: Mississippi River Commission.

Brainard, Wendell. [ohne Datum]. »Tonk«. Zeitungsausschnitt aus dem Shoshone County, Idaho *News-Press*, Fotokopie in CU-MARK.

Branch, Edgar Marquess.

1985. *Men Call Me Lucky: Mark Twain and the »Pennsylvania«.* Oxford, Ohio: Friends of the Library Society, Miami University.

1992. »Bixby vs. Carroll: New Light on Sam Clemens's Early River Career«. *Mark Twain Journal* 30 (Fall): 2–22.

Brashear, Minnie M. 1935. »Mark Twain's Niece, Daughter of His Sister, Pamela, Taking Keen Interest in Centennial.« Hannibal *Evening Courier-Post*, 6. März, 11.

Briggs, Charles A. (Hrsg.). 1890. *How Shall We Revise the Westminster Confession of Faith? A Bundle of Papers.* New York: Charles Scribner's Sons.

Briggs, Emily Edson. 1906. *The Olivia Letters: Being Some History of Washington City for Forty Years as Told by the Letters of a Newspaper Correspondent.* New York: The Neale Publishing Company.

Brigidi, E.A. 1885. *La Nuova Guida di Siena.* 2.Aufl. Siena: E.Torrini.

British Census. 1881. *Census Returns of England and Wales, 1881. Kew, Surrey, England.* RG11/649. The National Archives of the United Kingdom: Public Records Office. PH in CU-MARK.

Broadway League. 2009. *Internet Broadway Database.* http://www.ibdb.com/production.php?id=7246. Stand: 4. Mai 2009.

Brooks, Noah. 1898. »Mark Twain in California.« *Century Magazine*, 57 (November): 97–99.

Brougham, John und John Elderkin (Hrsg.). 1875. *Lotos Leaves.* Boston: William F. Gill & Co.

Brown, Alexander Crosby. 1974. *Longboat to Hawaii: An Account of the Voyage of the Clipper Ship Hornet of New York Bound for San Francisco in 1866.* Cambridge, Maryland: Cornell Maritime Press.

Brown, Curtis. 1899. »Mark Twain Talks«. *Buffalo Express*, 30. Juli, 1. Nachdruck in Scharnhorst 2006, 340–45.

Brown, John.

1863a. »Pet Marjorie: A Story of Child Life Fifty Years Ago«. *North British Review* 39 (November): 379–98.

1863b. *Marjorie Fleming, a Sketch. Being the Paper Entitled »Pet Marjorie: A Story of Child Life Fifty Years Ago«.* Edinburgh: Edmonston & Douglas.

1907. *Letters of Dr. John Brown. With Letters from Ruskin, Thackeray, and Others.* Hrsg. von John Brown und D.W. Forrest. Mit einer biographischen Notiz von Elizabeth T. McLaren. London: Adam & Charles Black.

Brown, John Taylor. 1903. *Dr. John Brown: A Biography and a Criticism.* Hrsg. und mit einem Geleitwort von W.B. Dunlop. London: Adam & Charles Black.

Budd, Louis J.

1962. *Mark Twain: Social Philosopher.* Bloomington: Indiana University Press.

1977. »A Listing of and Selection from Newspaper and Magazine Interviews with Samuel L. Clemens, 1874–1910«. *American Literary Realism* 10 (Winter): iii–100.

1981. »Color Him Curious about Yellow Journalism: Mark Twain and the New York City Press«. *Journal of Popular Culture* 15 (Fall): 25–33.

1992a. *Mark Twain: Collected Tales, Sketches, Speeches, & Essays, 1852–1890.* The Library of America. New York: Literary Classics of the United States.

1992b. *Mark Twain: Collected Tales, Sketches, Speeches, & Essays, 1891–1910.* The Library of America. New York: Literary Classics of the United States.

1999. *Mark Twain: The Contemporary Reviews.* Cambridge: Cambridge University Press.

Burke, Bernard. 1904. *A Genealogical and Heraldic Dictionary of the Peerage and Baronetage, the Privy Council, Knightage and Companionage.* Hrsg. von Ashworth P. Burke. 66. Aufl. London: Harrison & Sons.

Burns, Robert. 1969. *Complete Poems and Songs.* Hrsg. von James Kinsley. Oxford: Oxford University Press.

Burpee, Charles W. 1928. *History of Hartford County, Connecticut, 1633–1928.* 3 Bde. Chicago: S. J. Clarke Publishing Company.

Burton, Nathaniel J. 1888. *Yale Lectures on Preaching, and Other Writings.* New York: Charles L. Webster & Co.

Butte Census. 1860. *Population Schedules of the Eighth Census of the United States, 1860. Roll M653. California: Butte County.* Fotokopie in CU-MARK.

Byler, Charles. 2005. »Pacifying the Moros: American Military Government in the Southern Philippines, 1899–1913«. *Military Review* (Mai/Juni). http://findarticles.com/p/articles/mi_mOPBZ/is_3_85/ai_n14695890. Stand: 20. April 2009.

C. California State Library, Sacramento.

Cadets of Temperance. [1850]. »The Property of Cadets of Temperance Hannibal Mo«. 2-seitiges Ms., Liste der Mitglieder, MoHM.

Campbell, William Wilfred. 1891. »Love«. *Century Magazine* 42 (Oktober): 910.

Cardwell, Guy A. 1953. *Twins of Genius.* [East Lansing]: Michigan State College Press.

Case Western Reserve University. 2008. »The Euclid Ave. Baptist Church«. *The Encyclopedia of Cleveland History.* http://ech.cwru.edu/ech-cgi/article.pl?id=EABC. Stand: 15. März 2008.

CC (Clara Langdon Clemens, verh. Gabrilowitsch und Samossoud). 1931. *My Father, Mark Twain.* New York: Harper & Brothers.

Cellini, Benvenuto. 1896. *The Life of Benvenuto Cellini.* Übersetzt von John Addington Symonds. London: John C. Nimmo.

Chemung Census. 1900. *Population Schedules of the Twelfth Census of the United States, 1900. Roll T623. New York: Chemung County.* PH in CU-MARK.

Cheney, Howell (Hrsg.). 1954. *The List of Members of the Monday Evening Club Together with the Record of Papers Read at Their Meetings, 1869–1954.* Hartford: Privatdruck.

Cheney, Mary Bushnell. 1880. *Life and Letters of Horace Bushnell.* New York: Harper & Brothers.

Child, Theodore. 1887. »Duelling in Paris«. *Harper's New Monthly Magazine* 74 (März): 519–35.

Clan Menzies. 2009. »Menzies of Interest«. http://www.menzies.org/history/menziesofinterest.htm. Stand: 23. Februar 2009.

Clemens, Clara Langdon. Vgl. CC.

Clemens, Olivia Susan [Susy]. Vgl. OSC.

Clemens, Samuel Langhorne. Vgl. SLC.

CLjC. James S. Copley Library, La Jolla, Kalifornien.

Coe, Michael D. 1999. *Breaking the Maya Code.* Durchgesehene Aufl. New York: Thames & Hudson.

CofC. 1969. *Clemens of the »Call«: Mark Twain in San Francisco.* Hrsg. von Edgar M. Branch. Berkeley/Los Angeles: University of California Press.

Connecticut Biography. 1917. *Encyclopedia of Connecticut Biography.* Zusammengestellt von Samuel Hart et al. Boston: The American Historical Society.

Connecticut Light and Power. 2008. »The Hartford Electric Light Company«. http://www.cl-p.com/companyinfo/helcohistory.asp. Stand: 9. Juli 2008.

Connecticut State Historical Society. 2005. »Hamersley, William«. http://www.chs.org/library/msscoll.htm. Stand: 8. März 2005.

Connecticut State Library.

2006. »Obituary Sketch of William Hamersley«. *Memorials of Connecticut Judges and Attorneys as Printed in the Connecticut Reports* 120:704–6. http://www.cslib.org/memorials/hamersleyw.htm. Stand: 9. Oktober 2006.

2008a. »Obituary Sketch of Henry C. Robinson«. http://www.cslib.org/memorials/robinsonh.htm. Stand: 9. Juli 2008.

2008b. »Wethersfield Prison Records«. http://www.cslib.org/wethers.asp. Stand: 27. Juni 2008.

Cotton, Michelle L. 1985. *Mark Twain's Elmira, 1870–1910.* Elmira, N.Y.: Chemung County Historical Society.

Courtney, Steve. 2008. *Joseph Hopkins Twichell: The Life and Times of Mark Twain's Closest Friend.* Athens: University of Georgia Press.

Cox, J. Randolph. 2000. *The Dime Novel Companion: A Source Book.* Westport, Connecticut: Greenwood Press.

Cox, James M. 1966. *Mark Twain: The Fate of Humor.* Princeton: Princeton University Press.

CSmH. Henry E. Huntington Library, Art Collections and Botanical Gardens, San Marino, Kalifornien.

CtHMTH. Mark Twain House and Museum, Hartford, Connecticut.

CtHSD. Stowe-Day Memorial Library and Historical Foundation, Hartford, Connecticut.

CtMyMHi. G.W. Blunt White Library, Mystic Seaport Museum, Inc., Mystic, Connecticut.

CtY-BR. Yale University, Beinecke Rare Book and Manuscript Library, New Haven, Connecticut.

CU-MARK. University of California, Mark Twain Collection, Berkeley.

CY. 1979. *A Connecticut Yankee in King Arthur's Court.* Hrsg. von Bernard L. Stein mit einer Einleitung von Henry Nash Smith. The Works of Mark Twain. Berkeley/Los Angeles: University of California Press.

Daniels, Elizabeth. 2008. »Vassar History, 1871–1890«. *History of Vassar College.* http://historian.vassar.edu/chronology/1871_1890.html. Stand: 28. August 2008.

Davidson, Cathy N. 1988. »Ambrose Bierce«. *Dictionary of Literary Biography, Volume 74: American Short-Story Writers Before 1880.* Hrsg. von Bobby Ellen Kimbel unter Mitarbeit von William E. Grant. Detroit: Gale Research Company.

Dawson, N.E. 1902. »Ten-Year-Old Filipinos«. Leserbrief. *Washington Post,* 28. April, 10.

Debrett, John. 1980. *Debrett's Peerage and Baronetage.* Hrsg. von Patrick Montague-Smith. London: Debrett's Peerage.

Dempsey, Terrell. 2003. *Searching for Jim: Slavery in Sam Clemens's World.* Columbia: University of Missouri Press.

Dennett, Tyler. 1933. *John Hay: From Poetry to Politics.* New York: Dodd, Mead & Co.

Department of State. 1911. *Register of the Department of State.* Washington, D. C.: U. S. Government Printing Office.

Depew, Chauncey M. 1922. *My Memories of Eighty Years.* New York: Charles Scribner's Sons.

Derby, George H. [alias John Phoenix].

1856. *Phoenixiana; or, Sketches and Burlesques.* New York: D. Appleton & Co.

1865. *The Squibob Papers.* New York: G. W. Carleton.

DLC. United States Library of Congress, Washington, D. C.

DNDAR. Daughters of the American Revolution, National Society Library, Washington, D. C.

Dodge, Richard Irving. 1883. *Our Wild Indians: Thirty-three Years' Personal Experience among the Red Men of the Great West.* Hartford: A. D. Worthington.

Dodgson, Charles Lutwidge [alias Lewis Carroll]. 1993–2007. *Lewis Carroll's Diaries: The Private Journals of Charles Lutwidge Dodgson.* Mit einem Geleit und Anmerkungen von Edward Wakeling. 10 Bde. Clifford, Herefordshire: The Lewis Carroll Society.

Dolby, George. 1887. *Charles Dickens as I Knew Him: The Story of the Reading Tours in Great Britain and America (1866–1870).* London: T. Fisher Unwin.

Dolmetsch, Carl. 1992. *»Our Famous Guest«: Mark Twain in Vienna.* Athens: University of Georgia Press.

Driscoll, Kerry. 2005. »›How Much Higher and Finer Is the Indian God‹: Mark Twain and Native American Religion«. TS in CU-MARK.

Dunham, Isaac Watson (Hrsg.). 1907. *Dunham Genealogy: English and American Branches of the Dunham Family.* Norwich, Connecticut: Bulletin Print.

Eddy, Richard. 1887. *Alcohol in History: An Account of Intemperance in All Ages.* New York: National Temperance Society & Publication House.

Edgar, Neal L. 1986. »James R. Osgood and Company (Boston: 1871–1878; 1880–1885); Houghton, Osgood and Company (Boston: 1878–1880); Ticknor and Company (Boston: 1885–1889)«. *Dictionary of Literary Biography, Volume 49: American Literary Publishing Houses, 1638–1899. Part 2: N–Z.* Hrsg. von Peter Dzwonkoski. Detroit: Gale Research Company.

Ellis, W. T. 1939. *Memories: My Seventy-two Years in the Romantic County of Yuba, California.* Eugene: University of Oregon.

Ellsberry, Elizabeth Prather (Hrsg.).

1965a. »Will Records of Marion County, Missouri, 1853–1887«. Box 206, Chillicothe, Missouri: Elizabeth Ellsberry. Mimeograph.

1965b. »Will Records of Ralls County, Missouri«. 2 Bde. Box 206, Chillicothe, Missouri: Elizabeth Ellsberry. Mimeograph.

ET&S1. 1979. Early Tales & Sketches, Volume 1 (1851–1864). Hrsg. von Edgar Marquess Branch und Robert H. Hirst unter Mitarbeit von Harriet Elinor Smith. The Works of Mark Twain. Berkeley/Los Angeles: University of California Press.

ET&S2. 1981. *Early Tales & Sketches, Volume 2 (1864–1865).* Hrsg. von Edgar Marquess Branch und Robert H. Hirst unter Mitarbeit von Harriet Elinor Smith. The Works of Mark Twain. Berkeley/Los Angeles: University of California Press.

Eubank, Marjorie Harrell. 1969. »The Redpath Lyceum Bureau from 1868 to 1901«. Ph. D. diss., University of Michigan, Ann Arbor.

Farnie, Henry Brougham. 1858. *Pet Marjorie: A Story of Child Life Fifty Years Ago.* Edinburgh.

Fatout, Paul.

1960. *Mark Twain on the Lecture Circuit.* Bloomington: Indiana University Press.

1976. *Mark Twain Speaking.* Iowa City: University of Iowa Press.

Fentress County Deeds. 1820–48. *Fentress County Register of Deeds, Vols. A–D, November 1820 to October 1848. Roll* 7. Tennessee State Library & Archives, Nashville, Tennessee.

Fentress County Land Grants. 1841–45. *Mountain District Land Grants. Roll 144.* Tennessee State Library & Archives, Nashville, Tennessee.

Ferguson, Henry. 1866. »Journal of Henry Ferguson«. MS in CtY-BR. In Ferguson und Ferguson 1924 & Alexander Crosby Brown 1974.

Ferguson, Henry und Samuel Ferguson. 1924. *The Journal of Henry Ferguson, January to August 1866.* Hartford: Privatdruck durch Case, Lockwood & Brainard Co.

Ferguson, Samuel. 1866. »Journal of Samuel Ferguson«. Ms. in CtMyMHi. In Ferguson und Ferguson 1924 & Alexander Crosby Brown 1974.

Field, Kate.

1868. *Pen Photographs of Charles Dickens's Readings.* Boston: Loring.

1996. *Kate Field: Selected Letters.* Hrsg. von Carolyn J. Moss. Carbondale: Southern Illinois University Press.

Fielder, Elizabeth Davis. 1899. »Familiar Haunts of Mark Twain«. *Harper's Weekly* 43 (16. Dezember): 10–11.

Fischer, Victor. 1983. »*Huck Finn* Reviewed: The Reception *of Huckleberry Finn* in the United States, 1885–1897«. *American Literary Realism* 16 (Spring): 1–57.

Fleming, Marjory. 1935. *The Complete Marjory Fleming: Her Journals, Letters and Verses.* Transkribiert und hrsg. von Frank Sidgwick. New York: Oxford University Press.

Fort Leonard Wood. 2009. »Major General Leonard Wood«. http://www.wood.army.mil/MGLeonardwood.htm. Stand: 17. April 2009.

Fotheringham, H. 1859. *Hannibal City Directory, for 1859–60.* Hannibal, Missouri: H. Fotheringham.

Fox, William F. 1889. *Regimental Losses in the American Civil War, 1861–1865.* Albany, N.Y.: Albany Publishing Company. Chapter 5, »Casualties Compared with Those of Foreign Wars«. http://www.civilwarhome.com/foxs.htm. Stand: 27. April 2009.

Fulton, Joe B.

2005. »The Lost Manuscript Conclusion to Mark Twain's ›Corn-Pone Opinions‹: An Editorial History and an Edition of the Restored Text«. *American Literary Realism* 37 (Spring): 238–58.

2006. *The Reverend Mark Twain: Theological Burlesque, Form, and Content.* Columbus: Ohio State University Press.

Gale, Robert L. 1978. *John Hay.* Twayne's United States Authors Series, edited by Sylvia E. Bowman, no. 296. Boston: Twayne Publishers.

Geer, Elihu (Hrsg.).

1882. *Geer's Hartford City Directory and Hartford Illustrated; for the Year Commencing July 1st, 1882: Containing a New Map of the City; New Street Guide; General Directory of Citizens, Corporations, Etc.* Hartford: Elihu Geer.

1886. *Geer's Hartford City Directory; July 1, 1886: Being a Fifteen-Fold Directory of Hartford.* Hartford: Elihu Geer.

GEU. Emory University, Atlanta, Georgia.

Gilder, Richard Watson. 1910. *Grover Cleveland: A Record of Friendship.* New York: The Century Company.

Gilder, Rosamond. 1916. *Letters of Richard Watson Gilder.* Boston: Houghton Mifflin Company.

»Glossary of Steamboat Terms«. 2008. http://www.steamboats.org/history-education/glossary.html. Stand: 10. Juli 2008.

Goldhurst, Richard. 1975. *Many Are the Hearts: The Agony and the Triumph of Ulysses S. Grant.* New York: Reader's Digest Press.

Goodman, Joseph T.

1897. *The Archaic Maya Inscriptions.* London: Taylor & Francis.

1898. *The Maya Graphic System: Reasons for Believing It to Be Nothing but a Cipher Code.* London: Taylor & Francis.

1905. »Maya Dates«. *American Anthropologist,* 7 (Oktober–Dezember): 642–47.

Grant, Julia Dent. 1975. *The Personal Memoirs of Julia Dent Grant (Mrs. Ulysses S. Grant).* Hrsg. von John Y. Simon. New York: G. P. Putnam's Sons.

Grant, Ulysses S.

1885a. »The Battle of Shiloh«. *Century Magazine* 29 (Februar): 593–614.

1885b. »The Siege of Vicksburg«. *Century Magazine* 30 (September): 752–67.

1885c. »Personal Memoirs of U. S. Grant: Chattanooga«. *Century Magazine* 31 (November): 128–46.

1885–86. *Personal Memoirs of U. S. Grant.* 2 Bde. New York: Charles L. Webster & Co.

1886. »Personal Memoirs of U. S. Grant: Preparing for the Wilderness Campaign«. *Century Magazine* 31 (Februar): 573–82.

Gregory, Ralph. 1976. »Joseph P. Ament – Master-Printer to Sam Clemens«. *Mark Twain Journal* 18 (Summer): 1–4.

Gribben, Alan. 1980. *Mark Twain's Library: A Reconstruction.* 2 Bde. Boston: G. K. Hall & Co.

Gudde, Erwin G. 1962. *California Place Names: The Origin and Etymology of Current Geographical Names.* 2. durchgesehene, erweiterte Aufl. Berkeley/Los Angeles: University of California Press.

Hagood, J. Hurley und Roberta Hagood. 1985. *A List of Deaths in Hannibal, Missouri, 1880–1910, from City of Hannibal Records. Also a Partial List of Burials from Other Years in the Old Baptist Cemetery and Other Miscellaneous Related Materials.* Mimeograph.

Hallock, W. S. 1877. *Hallock's Hannibal Directory for 1877–78.* Hannibal, Missouri: W. S. Hallock.

Halstead, Murat. 1897. *The Story of Cuba: Her Struggles for Liberty … The Cause, Crisis and Destiny of the Pearl of the Antilles.* Akron, Ohio: The Werner Company.

Harlow, Barbara und Mia Carter. 1999. *Imperialism and Orientalism: A Documentary Sourcebook.* Malden, Massachusetts: Blackwell Publishers.

Harris, Joel Chandler. 1880. *Uncle Remus: His Songs and Sayings.* New York: D. Appleton & Co.

Harris, Julia Collier. 1918. *The Life and Letters of Joel Chandler Harris.* Boston/New York: Houghton Mifflin Company.

Harrison, John M. 1969. *The Man Who Made Nasby, David Ross Locke.* Chapel Hill: University of North Carolina Press.

Harrison, Lynde. 1890. »The Connecticut Secret Ballot Law«. *New Englander and Yale Review* 242 (Mai): 401–9.

Hart, James D. 1987. *A Companion to California.* Durchgesehene Neuaufl. Berkeley/Los Angeles: University of California Press.

Hartford Census.

1880. *Population Schedules of the Tenth Census of the United States, 1880. Roll T9. Connecticut: Hartford County.* Fotokopie in CU-MARK.

1900. *Population Schedules of the Twelfth Census of the United States, 1900. Roll T623. Connecticut: Hartford County.* Fotokopie in CU-MARK.

1910. *Population Schedules of the Thirteenth Census of the United States, 1910. Roll T624. Connecticut: Hartford County.* Fotokopie in CU-MARK.

Hartford Club. 2009. »The Hartford Club: The Heart of Hartford Since 1873.« http://www.hartfordclub.com/fw/main/Club-History-19.html. Stand: 14. Mai 2009.

»Hartford Residents«. 1974. Unveröffentlichtes TS, ohne weitere Angaben. CtHSD.

Hartford Seminary Record. 1910. *The Hartford Seminary Record. Issued under the Auspices of the Faculty of Hartford Theological Seminary.* Vol. 20. Hartford: Hartford Seminary Press.

Harvey, George. 1906. »The Editor's Diary«. *North American Review* 183 (7. September): 433–48.

Hawthorne, Julian.

1876. *Saxon Studies.* London: Strahan & Co.

1885. *Nathaniel Hawthorne and His Wife: A Biography.* 2 Bde. Boston: James R. Osgood & Co.

Heitman, Francis B. 1903. *Historical Register and Dictionary of the United States Army, from Its Organization, September 29, 1789, to March 2,1903.* 2 Bde. Washington, D. C.: Government Printing Office.

Herndon, William Lewis und Lardner Gibbon. 1853–54. *Exploration of the Valley of the Amazon, Made under Direction of the Navy Department.* 2 Bde. Washington, D. C.: Robert Armstrong.

HF 2003. 2003. *Adventures of Huckleberry Finn.* Hrsg. von Victor Fischer und Lin Salamo, mit dem verstorbenen Walter Blair. The Works of Mark Twain. Berkeley/Los Angeles: University of California Press. Online: *MTPO.*

HH&T. 1969. *Mark Twain's Hannibal, Huck & Tom.* Hrsg. von Walter Blair. The Mark Twain Papers. Berkeley/Los Angeles: University of California Press.

HHR. 1969. *Mark Twain's Correspondence with Henry Huttleston Rogers.* Hrsg. von Lewis Leary. The Mark Twain Papers. Berkeley/Los Angeles: University of California Press.

Hibbert, Christopher. 2001. *Queen Victoria: A Personal History.* New York: Da Capo Press.

Hill, Hamlin. 1964. *Mark Twain and Elisha Bliss.* Columbia: University of Missouri Press.

Holcombe, Return I. 1884. *History of Marion County, Missouri.* St. Louis: E. F. Perkins. [Zitiert nach Nachdruck 1979, Hannibal: Marion County Historical Society.]

Holmes, Oliver Wendell. 1862. *The Poems of Oliver Wendell Holmes.* Boston: Ticknor & Fields.

Home of the American Civil War. 2009. »The Price in Blood! Casualties in the Civil War«. http://www.civilwarhome.com/casualties.htm. Stand: 28. September 2009.

Honeyman, Samuel H. (Hrsg.). 1866. *Hannibal City Directory for 1866.* Hannibal, Missouri: Winchell, Ebert & Marsh.

Hood, Tom (Hrsg.).

1872. *Tom Hood's Comic Annual for 1873.* With Twenty-three Pages of Illustrations by the Brothers Dalziel. London: Erschienen bei Fun Office.

1873. *Tom Hood's Comic Annual for 1874.* With Twenty-three Pages of Illustrations by the Brothers Dalziel. London: Erschienen bei Fun Office.

Hornberger, Theodore. 1941. *Mark Twain's Letters to Will Bowen.* Austin: University of Texas.

Horner, Charles F. 1926. *The Life of James Redpath and the Development of the Modern Lyceum.* New York: Barse & Hopkins.

Horowitz, Johannes. 1898. »What Vienna Talks About«. *New York Times,* 3. April, 7.

Horr, Elizabeth. 1840. 1-seitiges Ms., ein wohlwollendes Schulzeugnis für »Miss Pamelia Clemens«, 27. November, CU-MARK. In *MTB,* 1:39.

Hotten, John Camden (Hrsg.). 1872. *Practical Jokes with Artemus Ward, Including the Story of the Man Who Fought Cats.* London: John Camden Hotten. [Enthält einige Stücke, die man fälschlicherweise Twain zugeschrieben hatte.]

House, Edward H.

1881. Japanese Episodes. Boston: James R. Osgood & Co.

1888. *Yone Santo: A Child of Japan.* Chicago: Belford, Clarke & Co.

Houston, Edwin J. 1898. *A Dictionary of Electrical Words, Terms and Phrases.* 4. Aufl. New York: The W. J. Johnston Company.

Howden, Mary Louise. 1925. »Mark Twain as His Secretary at Stormfield Remembers Him«. *New York Herald,* 13. Dezember, Abschnitt 7: 1–4. Vgl. http://www.twainquotes.com/howden.html.

Howe, M. A. DeWolfe. 1922. *Memories of a Hostess: A Chronicle of Eminent Friendships Drawn Chiefly from the Diaries of Mrs. James T. Fields.* Boston: Atlantic Monthly Press.

Howells, William Dean.

1869. »Reviews and Literary Notices«. *Atlantic Monthly* 24 (Dezember): 764–66.

1872. *Their Wedding Journey.* Boston: James R. Osgood & Co.

1874a. »Ralph Keeler«. *Atlantic Monthly* 33 (März): 366–67.

1874b. »Recent Literature«. *Atlantic Monthly* 33 (März): 368–76.

1885. *The Rise of Silas Lapham.* Boston: Ticknor & Co.

1886. *Tuscan Cities.* Boston: Ticknor & Co.

1890. *A Hazard of New Fortunes.* 2 Bde. New York: Harper & Brothers.

1891. »Editor's Study«. *Harper's New Monthly Magazine* 82 (Februar): 478–83.

1900. *Literary Friends and Acquaintance: A Personal Retrospect of American Authorship.* New York: Harper & Brothers.

1910. *My Mark Twain: Reminiscences and Criticisms.* New York: Harper & Brothers.

1979. *W. D. Howells, Selected Letters, Volume 2: 1873–1881.* Hrsg. und kommentiert von George Arms und Christoph K. Lohmann. Textbearbeitung von Christoph K. Lohmann und Jerry Herron. Boston: Twayne Publishers.

1980. *W. D. Howells, Selected Letters, Volume 3: 1882–1891.* Hrsg. und kommentiert von Robert C. Leitz III mit Richard H. Ballinger und Christoph K. Lohmann. Textbearbeitung von Christoph K. Lohmann. Boston: Twayne Publishers.

Hoxie, Charles DeForest. 1910. *Civics for New York State.* Neuausgabe. New York: American Book Company.

Hutchinson, Joseph. 1910. »Two Opinions of Twain«. *San Francisco Morning Call*, 24. April, 36.

Hutton, Laurence. 1909. *Talks in a Library with Laurence Hutton, Recorded by Isabel Moore.* New York: G. P. Putnam's Sons.

IaDmE. Iowa State Education Association, Des Moines.

Inds. 1989. *Huck Finn and Tom Sawyer among the Indians, and Other Unfinished Stories.* Vorwort und Anmerkungen von Dahlia Armon und Walter Blair. The Mark Twain Library. Berkeley/Los Angeles: University of California Press. Online: *MTPO.*

Ingersoll, Lurton Dunham. 1866. *Iowa and the Rebellion.* Philadelphia: J. B. Lippincott & Co.

InU-Li. Indiana University Lilly Rare Books, Bloomington.

Irvine, Leigh H. 1900. »The Lone Cruise of the ›Hornet‹ Men«. *Wide World Magazine* 5 (September): 571–77.

James, George Wharton. 1911. »Charles Warren Stoddard«. *National Magazine* 34 (August): 659–72.

Jefferson Census. 1900. *Population Schedules of the Twelfth Census of the United States, 1900. Roll T623. Kentucky: Jefferson County.* Fotokopie in CU-MARK.

»John Menzies plc«. 2009. http://www.fundinguniverse.com/company-histories/John-Menzies-plc-Company-History.html. Stand: 23. Februar 2009.

Johnson, Merle. 1935. *A Bibliography of the Works of Mark Twain, Samuel Langhorne Clemens.* 2. durchgesehene und erweiterte Aufl. New York: Harper & Brothers.

Johnson, Robert U. 1923. *Remembered Yesterdays.* Boston: Little, Brown & Co.

Johnson, Robert U. und C. C. Clough Buel (Hrsg.). 1887/88. *Battles and Leaders of the Civil War.* 4 Bde. New York: The Century Company.

Joshi, S. T. und David E. Schultz. 1999. *Ambrose Bierce: An Annotated Bibliography of Primary Sources.* Westport, Connecticut: Greenwood Press.

Keeler, Ralph.

1869a. *Gloverson and His Silent Partners.* Boston: Lee & Shepard.

1869b. »Three Years as a Negro Minstrel«. *Atlantic Monthly* 24 (Juli): 7–86.

1870a. »The Tour of Europe for $ 181 in Currency«. *Atlantic Monthly* 26 (Juli): 92–105.

1870b. *Vagabond Adventures.* Boston: Fields, Osgood & Co.

1874. »Owen Brown's Escape from Harper's Ferry«. *Atlantic Monthly* 33 (März): 342 bis 65.

Keith, Clayton. 1914. *Sketch of the Lampton Family in America, 1740–1914.* O. S.

Keller, Helen.

1913. *Out of the Dark: Essays, Letters, and Addresses on Physical and Social Vision.* Garden City, N. Y.: Doubleday, Page & Co.

1929. *Midstream: My Later Life.* Garden City, N. Y.: Doubleday, Doran & Co.

2003. *The Story of My Life.* Hrsg. von Roger Shattuck und Dorothy Herrmann. New York: W. W. Norton & Co.

Kelly, J. Wells (Hrsg.). 1863. *Second Directory of Nevada Territory.* San Francisco: Valentine & Co.

Kho, Madge. 2009. »The Bates Treaty«. http://www.philippineupdate.com/Bates.htm. Stand: 20. April 2009.

Kielbowicz, Richard B. 1989. *News in the Mail: The Press, Post Office, and Public Information, 1700–1860s.* New York: Greenwood Press.

King, Grace. 1932. *Memories of a Southern Woman of Letters.* New York: Macmillan.

King, Joseph L. 1910. *History of the San Francisco Stock and Exchange Board.* San Francisco: Jos. L. King.

King, Moses. 1893. *King's Handbook of New York City: An Outline History and Description of the American Metropolis.* 2. Aufl. Boston: Moses King.

Krauth, Leland. 1999. *Proper Mark Twain.* Athens: University of Georgia Press.

L1. 1988. *Mark Twain's Letters, Volume 1: 1853–1866.* Hrsg. von Edgar Marquess Branch, Michael B. Frank und Kenneth M. Sanderson. The Mark Twain Papers. Berkeley/Los Angeles: University of California Press. Online: *MTPO.*

L2. 1990. *Mark Twain's Letters, Volume 2: 1867–1868.* Hrsg. von Harriet Elinor Smith, Richard Bucci und Lin Salamo. The Mark Twain Papers. Berkeley/Los Angeles: University of California Press. Online: *MTPO.*

L3. 1992. *Mark Twain's Letters, Volume 3: 1869.* Hrsg. von Victor Fischer, Michael B. Frank und Dahlia Armon. The Mark Twain Papers. Berkeley/Los Angeles: University of California Press. Online: *MTPO.*

L4. 1995. *Mark Twain's Letters, Volume 4: 1870–1871.* Hrsg. von Victor Fischer, Michael B. Frank und Lin Salamo. The Mark Twain Papers. Berkeley/Los Angeles: University of California Press. Online: *MTPO.*

L5. 1997. *Mark Twain's Letters, Volume 5: 1872–1873.* Hrsg. von Lin Salamo und Harriet Elinor Smith. The Mark Twain Papers. Berkeley/Los Angeles: University of California Press. Online: *MTPO.*

L6. 2002. *Mark Twain's Letters, Volume 6: 1874–1875.* Hrsg. von Michael B. Frank und Harriet Elinor Smith. The Mark Twain Papers. Berkeley/Los Angeles: University of California Press. Online: *MTPO.*

Letters 1876–1880. 2007. *Mark Twain's Letters, 1876–1880.* Hrsg. von Victor Fischer, Michael B. Frank und Harriet Elinor Smith mit Sharon K. Goetz, Benjamin Griffin und Leslie Myrick. *Mark Twain Project Online.* Berkeley/Los Angeles: University of California Press [Link auf http://www.marktwainproject.org].

Lampton, Lucius Marion. 1990. *The Genealogy of Mark Twain.* Jackson, Missouri: Diamond L. Publishing.

Lanier, Henry Wysham (Hrsg.). 1938. *The Players' Book: A Half-Century of Fact, Feeling, Fun and Folklore.* New York: The Players.

Lawson, Thomas W. 1905. *Frenzied Finance: The Crime of Amalgamated.* New York: Ridgway-Thayer Company.

Leary, Lewis (Hrsg.). 1961. *Mark Twain's Letters to Mary.* New York: Columbia University Press.

Lee, Judith Yaross. 1987. »Anatomy of a Fascinating Failure«. *Invention and Technology* 3 (Summer): 55–60.

Legros, Lucien Alphonse und John Cameron Grant. 1916. *Typographical Printing-Surfaces: The Technology and Mechanism of Their Production.* London: Longmans, Green & Co.

Lewis, Alfred Henry. 1901. *Richard Croker.* New York: Life Publishing Company.

Lewis, Oscar.

1947. *Silver Kings: The Lives and Times of Mackay, Fair, Flood, and O'Brien, Lords of the Nevada Comstock Lode.* Ashland, Oregon: Lewis Osborne.

1971. *The Life and Times of the Virginia City »Territorial Enterprise«: Being Reminiscences of Five Distinguished Comstock Journalists.* Ashland, Oregon: Lewis Osborne.

Library of Congress.

2008. »When Johnny comes marching home again«. http://lcweb2.loc.gov/diglib/ihas/loc.natlib.ihas.200000024/default.html. Stand: 8. April 2008.

2009. »The World of 1898: The Spanish-American War«. http://www.loc.gov/rr/hispanic/1898/intro.html. Stand: 29. April 2009.

Lincoln, Abraham. 1894. *Abraham Lincoln: Complete Works, Comprising His Speeches, Letters, State Papers, and Miscellaneous Writings.* Hrsg. von John G. Nicolay und John Hay. 2 Bde. New York: The Century Company.

LLMT. 1949. *The Love Letters of Mark Twain.* Hrsg. von Dixon Wecter. New York: Harper & Brothers.

Lloyd, B. E. 1876. *Lights and Shades in San Francisco.* San Francisco: A. L. Bancroft & Co.

Logan, Guy E. 2009. »Historical Sketch: Second Regiment Iowa Volunteer Infantry«. Volume 1 of *Roster and Record of Iowa Troops in the Rebellion.* 6 Bde. In »Iowa in the Civil War Project«. http://iagenweb.org/civilwar/books/logan/mie302.htm. Stand: 19. März 2009.

Logan, Olive. 1870. *Before the Footlights and Behind the Scenes.* Philadelphia: Parmelee & Co.

Longfellow Memorial Association. 1882. »Longfellow Memorial Association. [Circular.]«. *Literary World* 13 (20. Mai): 160.

Lorch, Fred W.

1940. »A Note on Tom Blankenship (Huckleberry Finn)«. *American Literature* 12 (November): 351–53.

1968. *The Trouble Begins at Eight: Mark Twain's Lecture Tours.* Ames: Iowa State University Press.

Lord, Eliot. 1883. *Comstock Mining and Miners.* Washington, D. C.: U. S. Government Printing Office. [Zitiert nach Nachdruck 1959, mit einer Einleitung von David F. Myrick, Berkeley: Howell-North.]

Love, Robertus. 1902. »Mark Twain Takes a Drive with His Schoolmate's Pretty Daughter«. *St. Louis Post-Dispatch*, 2. Juni, 5.

Lyceum.

1870. *The Lyceum: Containing a Complete List of Lecturers, Readers, and Musicians for the Season of 1870–71.* Boston: Redpath & Fall.

1871. *The Lyceum Magazine: Edited by the Boston Lyceum Bureau, and Containing Its Third Annual List. For the Season of 1871–1872.* Boston: Redpath & Fall.

1883. *The Redpath Lyceum Magazine. An Annual Publication Issued by the Redpath Lyceum Bureau, Sole Agents for the Principal Lecturers, Readers and Musical Celebrities of the Country. Season of 1883–84. Fifteenth Year.* Boston/Chicago: [Redpath's Lyceum Bureau].

Lynch, Denis Tilden. 1932. *Grover Cleveland: A Man Four-Square.* New York: Horace Liveright.

Lyon, Isabel V.

1903–06. 74-seitiges Notizbuch mit Einträgen zwischen dem 7. November 1903 und dem 14. Januar 1906, CU-MARK.

1905. Tagebuch: *The Standard Daily Reminder: 1905.* Ms., Notizbuch, 368 Seiten, CU-MARK.

1906. Tagebuch: *The Standard Daily Reminder: 1906.* Ms., Notizbuch, 368 Seiten, CU-MARK.

1907. Tagebuch: *Date Book for 1907.* Ms., Notizbuch, 368 Seiten, CU-MARK.

Lystra, Karen. 2004. *Dangerous Intimacy: The Untold Story of Mark Twain's Final Years.* Berkeley/Los Angeles: University of California Press.

Macpherson, John (Hrsg.). 1881. *The Westminster Confession of Faith.* Edinburgh: T. & T. Clark.

Manley, R. M.

1897. »The Criticism of Mr. Savage«. *New York Times*, 25. Dezember, 6.

1903. [alias Hilary Trent] *Mr. Claghorn's Daughter.* New York: J. S. Ogilvie Publishing Company.

Marchman, W. P. 1957. »David Ross Locke (›Petroleum V. Nasby‹)«. *Museum Echoes* 30 (Mai): 35–38.

Marion Census.

1850. *Population Schedules of the Seventh Census of the United States, 1850. Roll 406. Missouri: Marion, Mercer, Miller, and Mississippi Counties.* National Archives Microfilm Publications, Mikrokopie Nr. 432. Washington, D. C.: General Services Administration.

1860. *Population Schedules of the Eighth Census of the United States, 1860. Roll 632. Missouri: Maries and Marion Counties.* National Archives Microfilm Publications, Mikrokopie Nr. 653. Washington, D. C.: General Services Administration.

1870. *Population Schedules of the Ninth Census of the United States, 1870. Roll M593. Missouri: Marion County.* Fotokopie in CU-MARK.

Marion Veterans Census. 1890. »Special Schedule. Surviving Soldiers, Sailors, and Marines, and Widows, etc.«. *Special Schedules of the Eleventh Census Enumerating Union Veterans and Widows of Union Veterans of the Civil War. Roll 31. Missouri: Marion County.* Fotokopie in CU-MARK.

Marsh, Andrew J., Samuel L. Clemens und Amos Bowman. 1972. *Reports of the 1863 Constitutional Convention of the Territory of Nevada.* Hrsg. von William C. Miller, Eleanore Bushnell, Russell W. McDonald und Ann Rollins. Reno: Legislative Counsel Bureau, State of Nevada.

Massachusetts Historical Society. 2008. »Twentieth Century Association Records, 1894–1964«. http://www.masshist.org/findingaids/doc.cfm?fa=fa0022. Stand: 9. April 2008.

Mathews, Mitford M. (Hrsg.). 1951. *A Dictionary of Americanisms on Historical Principles.* 2 Bde. Chicago: University of Chicago Press.

Matthews, Brander.

1917. *These Many Years: Recollections of a New Yorker.* New York: Charles Scribner's Sons.

1922. »Memories of Mark Twain«. In *The Tocsin of Revolt and Other Essays*, 253–94. New York: Charles Scribner's Sons.

Maudslay, Alfred P. und Joseph T. Goodman. 1899–1902. *Archaeology.* 6 Bde. London: R.H. Porter & Dulau & Co.

MB. Boston Public Library and Eastern Massachusetts Regional Public Library System, Boston.

McClellan, George B. 1887. *McClellan's Own Story.* Hrsg. von William C. Prime. New York: Charles L. Webster & Co.

McFeely, William S. 1981. *Grant: A Biography.* New York: W. W. Norton & Co.

McLaren, Elizabeth T. 1889. *Dr. John Brown and His Sister Isabella: Outlines.* Edinburgh: David Douglas.

McNulty, John Bard. 1964. *Older than the Nation: The Story of the Hartford Courant.* Stonington, Connecticut: Pequot Press.

Meltzer, Milton. 1960. *Mark Twain Himself.* New York: Thomas Y. Crowell Company.

MFai. Millicent Library, Fairhaven, Massachusetts.

MH-H. Harvard University, Houghton Library, Cambridge, Massachusetts.

MHi. Massachusetts Historical Society, Boston.

Missouri Digital Heritage.

2009a. »Missouri Birth and Death Records Database, pre-1910« und »Missouri Death Certificates 1910–1958«. Missouri State Archives. http://www.sos.mo.gov/archives/resources/birthdeath. Stand: 4. März 2009.

2009b. »Soldiers' Records: War of 1812 – World War I«. Missouri State Archives. http://www.sos.mo.gov/archives/soldiers. Stand: 13. Februar 2009.

»Missouri Marriage Records, 1805–2002«. 2009. http://www.ancestry.com/search/locality/dbpage.aspx?tp=2&p=28. Stand: 5. März 2009.

Mitchell, Josiah A.

1866. »Diary of Capt. J.A. Mitchell of the Ship *Hornet* for the Year 1866«. Ms. in C. Veröffentlicht in Mitchell 1927 und Alexander Crosby Brown 1974.

1927. *The Diary of Captain Josiah A. Mitchell, 1866.* Hartford: Privatdruck durch Case, Lockwood & Brainard Company.

MiU-H. University of Michigan, Michigan Historical Collection, Ann Arbor.

MnHi. Minnesota Historical Society, St. Paul.

MoCoJ. Western Historical Manuscript Collection, Columbia, Missouri.

Moffett, Samuel E.

1899. »Mark Twain: A Biographical Sketch«. *McClure's Magazine* 13 (Oktober): 523–29. Durchgesehener Nachdruck in SLC 1900a, 314–33.

1907. *The Americanization of Canada.* Ph. D. diss., Columbia University. O. S.

MoHM. Mark Twain Museum, Hannibal, Missouri.

Monk, John. 2003. »Bitter S.C. Feud Led to 1903 ›Crime of the Century‹«. http://www.latinamericanstudies.org/gonzales/ng-murder.htm. Stand: 18. September 2008. Nachdruck der *Columbia* (South Carolina) *State*, 12. Januar 2003.

MoPeS. School of the Ozarks, Point Lookout, Missouri.

MoSW. Washington University, St. Louis, Missouri.

Mott, Frank Luther.

1938. *A History of American Magazines, 1850–1865.* Cambridge: Harvard University Press.

1957. *A History of American Magazines, 1865–1885.* 2. Aufl. [1938]. Cambridge: Belknap Press of Harvard University Press.

MSM. 1969. *Mark Twain's Mysterious Stranger Manuscripts.* Hrsg. von William M. Gibson. The Mark Twain Papers. Berkeley/Los Angeles: University of California Press.

MT (Mark Twain).

1954. Kapitän Stormfields Besuch im Himmel. Übers. von C. Palma und H. Peiser. Mit einem Nachwort von Max Schroeder und 34 Illustrationen von Elisabeth Shaw. Aufbau-Verlag, Berlin.

1960. Durch dick und dünn. Ausgewählte Werke in zwölf Bänden, Bd. 3. Hrsg. und mit einem Nachwort von Karl-Heinz Schönfelder. Übers. von Otto Wilck. Aufbau-Verlag, Berlin.

1961. Die Arglosen im Ausland. Ausgewählte Werke in zwölf Bänden, Bd. 2. Hrsg. und mit einem Nachwort von Karl-Heinz Schönfelder. Übers. von Ana Maria Brock. Aufbau-Verlag, Berlin.

1962/2010. Tom Sawyers Abenteuer. Ausgewählte Werke in zwölf Bänden, Bd. 4. Hrsg. und mit einem Nachwort von Karl-Heinz Schönfelder. Übers. von Lore Krüger. Aufbau-Verlag, Berlin.

1963a. Der Berühmte Springfrosch von Calaveras. Erzählungen. Ausgewählte Werke in zwölf Bänden, Bd. 1. Hrsg. und mit einem Nachwort von Karl-Heinz Schönfelder. Übers. von Günther Klotz. Aufbau-Verlag, Berlin.

1963b. Bummel durch Europa. Ausgewählte Werke in zwölf Bänden, Bd. 5. Hrsg. und mit einem Nachwort von Karl-Heinz Schönfelder. Übers. von Ana Maria Brock. Aufbau-Verlag, Berlin.

1963/2010. Huckleberry Finns Abenteuer. Ausgewählte Werke in zwölf Bänden, Bd. 8. Hrsg. und mit einem Nachwort von Karl-Heinz Schönfelder. Übers. von Lore Krüger. Aufbau-Verlag, Berlin.

1964. Reise um die Welt. Ausgewählte Werke in zwölf Bänden, Bd. 11. Hrsg. und mit einem Nachwort von Karl-Heinz Schönfelder. Übers. von Ana Maria Brock. Aufbau-Verlag, Berlin.

1965. Der Prinz und der Bettelknabe. Ausgewählte Werke in zwölf Bänden, Bd. 6. Hrsg. und mit einem Nachwort von Karl-Heinz Schönfelder. Übers. von Lore Krüger. Aufbau-Verlag, Berlin.

1965/2010. Ein Yankee an König Artus' Hof. Ausgewählte Werke in zwölf Bänden, Bd. 9. Hrsg. und mit einem Nachwort von Karl-Heinz Schönfelder. Übers. von Lore Krüger. Aufbau-Verlag, Berlin.

1966. Der geheimnisvolle Fremde. Erzählungen. Ausgewählte Werke in zwölf Bänden, Bd. 10. Hrsg. und mit einem Nachwort von Karl-Heinz Schönfelder. Übers. von Ana Maria Brock und Otto Wilcke. Aufbau-Verlag, Berlin.

1967. König Leopolds Selbstgespräch: Essays, Berichte, Skizzen. Ausgewählte Werke in zwölf Bänden, Bd. 12. Hrsg. und mit einem Nachwort von Karl-Heinz Schönfelder. Übers. von Ana Maria Brock. Aufbau-Verlag, Berlin.

1988/2011. Leben auf dem Mississippi. Ausgewählte Werke in zwölf Bänden, Bd. 7. Hrsg. und mit einem Nachwort von Karl-Heinz Schönfelder. Übers. von Lore Krüger. Aufbau-Verlag, Berlin.

MTA. 1924. *Mark Twain's Autobiography.* Hrsg. von Albert Bigelow Paine. 2 Bde. New York: Harper & Brothers.

MTB. 1912. *Mark Twain: A Biography.* Hrsg. von Albert Bigelow Paine. 3 Bde. New York: Harper & Brothers.

MTBus. 1946. *Mark Twain, Business Man.* Hrsg. von Samuel Charles Webster. Boston: Little, Brown & Co.

MTE. 1940. *Mark Twain in Eruption.* Hrsg. von Bernard DeVoto. New York: Harper & Brothers.

MTEnt. 1957. *Mark Twain of the »Enterprise«.* Hrsg. von Henry Nash Smith unter Mitarbeit von Frederick Anderson. Berkeley/Los Angeles: University of California Press.

MTH. 1947. *Mark Twain and Hawaii.* Von Walter Francis Frear. Chicago: Lakeside Press.

MTHL. 1960. *Mark Twain-Howells Letters.* Hrsg. von Henry Nash Smith und William M. Gibson unter Mitarbeit von Frederick Anderson. 2 Bde. Cambridge: Belknap Press of Harvard University Press.

MTL. 1917. *Mark Twain's Letters.* Hrsg. von Albert Bigelow Paine. 2 Bde. New York: Harper & Brothers.

MTLP. 1967. Mark Twain's Letters to His Publishers, 1867–1894. Hrsg. von Hamlin Hill. The Mark Twain Papers. Berkeley/Los Angeles: University of California Press.

MTMF. 1949. *Mark Twain to Mrs. Fairbanks.* Hrsg. von Dixon Wecter. San Marino, Kalifornien: Huntington Library.

MTN. 1935. *Mark Twain's Notebook.* Hrsg. von Albert Bigelow Paine. New York: Harper & Brothers.

MTPO. Mark Twain Project Online. Hrsg. von the Mark Twain Project. Berkeley/Los Angeles: University of California Press. http://www.marktwainproject.org [Start: 1. November 2007].

MTS 1910. 1910. *Mark Twain's Speeches.* Hrsg. von Albert Bigelow Paine. New York: Harper & Brothers.

MTS 1923. 1923. *Mark Twain's Speeches.* Hrsg. von Albert Bigelow Paine. New York: Harper & Brothers.

MTTB. 1940. *Mark Twain's Travels with Mr. Brown.* Hrsg. von Franklin Walker und G. Ezra Dane. New York: Alfred A. Knopf.

Murphy, Edgar Gardner. 1904. *Problems of the Present South.* New York: Macmillan.

Myers, Gustavus. 1901. *The History of Tammany Hall.* New York: The author. [2. Aufl. 1917 bei Boni & Liveright.]

N&J1. 1975. *Mark Twain's Notebooks & Journals, Volume 1 (1855–1873).* Hrsg. von Frederick Anderson, Michael B. Frank und Kenneth M. Sanderson. The Mark Twain Papers. Berkeley/Los Angeles: University of California Press.

N&J2. 1975. *Mark Twain's Notebooks & Journals, Volume 2 (1877–1883).* Hrsg. von Frederick Anderson, Lin Salamo und Bernard Stein. The Mark Twain Papers. Berkeley/Los Angeles: University of California Press.

N&J3. 1979. *Mark Twain's Notebooks & Journals, Volume 3 (1883–1891).* Hrsg. von Robert Pack Browning, Michael B. Frank und Lin Salamo. The Mark Twain Papers. Berkeley/Los Angeles: University of California Press.

NAR 1. 1906. »Chapters from My Autobiography. – I. By Mark Twain«. *North American Review* 183 (7. September): 321–30. Druckfahnen der »Einleitung« (NAR 1pf) in ViU.

NAR 2. 1906. »Chapters from My Autobiography. – II. By Mark Twain«. *North American Review* 183 (21. September): 449–60. Druckfahnen (NAR 2pf) in ViU.

NAR 3. 1906. »Chapters from My Autobiography. – III. By Mark Twain«. *North American Review* 183 (5. Oktober): 577–89. Druckfahnen (NAR 3pf) in ViU.

NAR 4. 1906. »Chapters from My Autobiography. – IV. By Mark Twain«. *North American Review* 183 (19. Oktober): 705–16. Druckfahnen (NAR 4pf) in ViU.

NAR 5. 1906. »Chapters from My Autobiography. – V. By Mark Twain«. *North American Review* 183 (2. November): 833–44. Druckfahnen (NAR 5pf) in ViU.

NAR 6. 1906. »Chapters from My Autobiography. – VI. By Mark Twain«. *North American Review* 183 (16. November): 961–70. Druckfahnen (NAR 6pf) in ViU.

NAR 7. 1906. »Chapters from My Autobiography. – VII. By Mark Twain«. *North American Review* 183 (7. Dezember): 1089–95. Druckfahnen (NAR 7pf) in ViU.

NAR 8. 1906. »Chapters from My Autobiography. – VIII. By Mark Twain«. *North American Review* 183 (21. Dezember): 1217–24. Druckfahnen (NAR 8pf) in ViU.

NAR 9. 1907. »Chapters from My Autobiography. – IX. By Mark Twain«. *North American Review* 184 (4. Januar): 1–14. Druckfahnen (NAR 9pf) in ViU.

NAR 10. 1907. »Chapters from My Autobiography. – X. By Mark Twain«. *North American Review* 184 (18. Januar): 113–19. Druckfahnen (NAR 10pf) in ViU.

NAR 11. 1907. »Chapters from My Autobiography. – XI. By Mark Twain«. *North American Review* 184 (1. Februar): 225–32. Druckfahnen (NAR 11pf) in ViU.

NAR 12. 1907. »Chapters from My Autobiography. – XII. By Mark Twain«. *North American Review* 184 (15. Februar): 337–46. Druckfahnen (NAR 12pf) in ViU.

NAR 13. 1907. »Chapters from My Autobiography. – XIII. By Mark Twain«. *North American Review* 184 (1. März): 449–63. Druckfahnen (NAR 13pf) in ViU.

NAR 14. 1907. »Chapters from My Autobiography. – XIV. By Mark Twain«. *North American Review* 184 (15. März): 561–71.

NAR 15. 1907. »Chapters from My Autobiography. – XV. By Mark Twain«. *North American Review* 184 (5. April): 673–82. Druckfahnen (NAR 15pf) in ViU.

NAR 16. 1907. »Chapters from My Autobiography. – XVI. By Mark *Twain«. North American Review* 184 (19. April): 785–93.

NAR 17. 1907. »Chapters from My Autobiography. – XVII. By Mark Twain«. *North American Review* 185 (3. Mai): 1.–12. Druckfahnen (NAR 17pf) in ViU.

NAR 18. 1907. »Chapters from My Autobiography. – XVIII. By Mark Twain«. *North American Review* 185 (17. Mai): 113–22.

NAR 19. 1907. »Chapters from My Autobiography. – XIX. By Mark Twain«. *North American Review* 185 (7. Juni): 241–51. Druckfahnen (NAR 19pf) in ViU.

NAR 20. 1907. »Chapters from My Autobiography. – XX. By Mark Twain«. *North American Review* 185 (5. Juli): 465–74.

NAR 21. 1907. »Chapters from My Autobiography – XXI. By Mark Twain«. *North American Review* 185 (2. August): 689–98. Druckfahnen (NAR 21pf) in ViU.

NAR 22. 1907. »Chapters from My Autobiography. – XXII. By Mark Twain«. *North American Review* 186 (September): 8–21.

NAR 23. 1907. »Chapters from My Autobiography. – XXIII. By Mark Twain«. *North American Review* 186 (Oktober): 161–73.

NAR 24. 1907. »Chapters from My Autobiography. – XXIV. By Mark Twain«. *North American Review* 186 (November): 327–36. Druckfahnen (NAR 24pf) in ViU.

NAR 25. 1907. »Chapters from My Autobiography. – XXV. By Mark Twain«. *North American Review* 186 (Dezember): 481–94. Druckfahnen (NAR 25pf) in ViU.

National Park Service. 2008. »Mammoth Cave National Park. Frequently Asked Questions«. U. S. Department of the Interior. http://www.nps.gov/maca/faqs.htm. Stand: 2. Juli 2008.

Newton, A. E. 1879. *The Modern Bethesda, or the Gift of Healing Restored. Being Some Account of the Life and Labors of Dr. J. R. Newton, Healer.* New York: Newton Publishing Company.

NIC. Cornell University, Ithaca, N. Y.

Nicolay, John G. und John Hay. 1890. *Abraham Lincoln: A History.* 10 Bde. New York: The Century Company.

NjWoE. Rutgers, The State University of New Jersey, Thomas A. Edison Papers Project.

NMh. Library of Poultney Bigelow, Bigelow Homestead, Malden-on-Hudson, N. Y.

NNAL. American Academy of Arts and Letters, New York, N. Y.

NN-BGC. New York Public Library, Albert A. and Henry W. Berg Collection, New York, N. Y.

NNC. Columbia University, New York, N. Y.

NNDB. 2009. »Benjamin Franklin Butler«. http://www.nndb.com/people/171/000102862. Stand: 2. April 2009.

NNPM. Pierpont Morgan Library, New York, N. Y.

NNWH. Walter Hampden Memorial Library, New York, N. Y.

»Nook Farm Genealogy«. 1974. TS, ohne weitere Angaben, CtHSD.

NPV. Vassar College, Poughkeepsie, N. Y.

NRivd2. Wave Hill House, Riverdale, Bronx, N. Y.

NYC10044. 2009. »Roosevelt Island: Timeline of Island History«. http://nyc10044.com/timeln/timeline.html. Stand: 13. Mai 2009.

Ober, K. Patrick. 2003. *Mark Twain and Medicine: »Any Mummery Will Cure«.* Columbia: University of Missouri Press.

ODaU. University of Dayton, Roesch Library, Dayton, Ohio.

Oettel, Walter. 1943. *Walter's Sketch Book of The Players.* [New York]: Privatdruck durch Gotham Press.

Ohio County Public Library. 2008. »The Wheeling Stogie«. http://wheeling.weirton.lib.wv.us/history/bus/stogie79.htm. Stand: 27. Juni 2008.

OKeU. Kent State University, Kent, Ohio.

OLC (Olivia [Livy] Langdon Clemens). 1877–1902. 25-seitiges Tagebuch, periodische Einträge 1877–1902, CU-MARK.

OSC (Olivia Susan [Susy] Clemens).

1885–86. Untitled biography of her father, 131-seitiges Ms., kommentiert von SLC, ViU. In OSC 1985, 83–225; Teile auch in *MTA*, vol. 2, passim; und in Salsbury 1965, passim.

1985. *Papa: An Intimate Biography of Mark Twain.* Hrsg. von Charles Neider. Garden City, N.Y.: Doubleday & Co.

Owsley, Harry Bryan. 1890. »Genealogical Facts of the Owsley Family in England and America from the Time of the ›Restoration‹ to the Present«. 105-seitiges Ms., DNDAR.

Panama Canal Authority. 2008. »Frequently Asked Questions: History«. http://www.pancanal.com/eng/general/canal-faqs/index.html. Stand: 28. Februar 2008.

P&P. 1979. *The Prince and the Pauper.* Hrsg. von Victor Fischer und Lin Salamo unter Mitarbeit von Mary Jane Jones. The Works of Mark Twain. Berkeley/Los Angeles: University of California Press.

Pasko, Wesley Washington. 1894. *American Dictionary of Printing and Bookmaking.* New York: Howard Lockwood & Co. [Zitiert nach Nachdruck 1967, Detroit: Gale Research Company.]

Peirce, Henry B. und D. Hamilton Hurd. 1879. *History of Tioga, Chemung, Tompkins and Schuyler Counties, New York.* Philadelphia: Everts & Ensign.

Pond, James B. 1900. *Eccentricities of Genius: Memories of Famous Men and Women of the Platform and Stage.* New York: G. W. Dillingham Company.

Portrait. 1895. *Portrait and Biographical Record of Marion, Ralls and Pike Counties, with a Few from Macon, Adair, and Lewis Counties, Missouri.* Chicago: C. O. Owen & Co. [Zitiert nach durchgesehenem Nachdruck 1982, hrsg. von Oliver Howard und Goldena Howard. New London, Missouri: Ralls County Book Company.]

Poulton, Helen J. 1966. *Index to History of Nevada.* Reno: University of Nevada Press.

Prime, William C. 1857. *Tent Life in the Holy Land.* New York: Harper & Brothers.

Quicherat, Jules. 1841–49. *Procès de la Condamnation et de Réhabilitation de Jeanne d'Arc, dite la Pucelle.* Paris: Société de l'Histoire de France.

Ralls Census. 1850. *Population Schedules of the Seventh Census of the United States, 1850. Roll 411. Missouri: District 73, Ralls County.* Fotokopie in CU-MARK.

Ramsay, Robert L. und Frances G. Emberson.1963. *A Mark Twain Lexicon.* New York: Russell & Russell.

Rasmussen, R. Kent. 2007. *Critical Companion to Mark Twain: A Literary Reference to His Life and Work.* 2 Bde. New York: Facts on File.

Raymond, R.W. 1881. *A Glossary of Mining and Metallurgical Terms.* Easton, Pennsylvania: American Institute of Mining Engineers.

»Rev. Dr. Buckley and Newton the Healer«. 1883. *The Medical Record* 24 (10. November): 519 bis 20.

RI 1993. 1993. *Roughing It.* Hrsg. von Harriet Elinor Smith, Edgar Marquess Branch, Lin Salamo und Robert Pack Browning. The Works of Mark Twain. Berkeley/Los Angeles: University of California Press.

RoBards, John L. 1909. »How a Boy of Eleven Years Crossed the Plains in Forty-Nine. Recollections of Col. John L. Robards of Hannibal, Missouri, Whose Trip to California Made Him the Wonder of Other Boys«. Zeitungsinterview, datiert vom 6. November 1909. In *Genealogy of the RoBards Family (1910).* Part 15, 70–77. http://dgmweb.net/genealogy/7/Robards/Genealogies/RoBardsFamily1910-Pt15-JohnLewisRobards.htm. Stand: 2. Februar 2009.

Robards Family Genealogy. 2009. *History and Genealogy of the RoBards Family (1910).* James Harvey Robards (Hrsg.). 18 Teile; http://dgmweb.net/genealogy/7/Robards/Genealogies/RoBardsFamily1910-Pt01-PrefaceEtc.htm. Stand: 2. Februar 2009.

Robarts, William Hugh. 1887. *Mexican War Veterans: A Complete Roster of the Regular and Volunteer Troops in the War between the United States and Mexico, from 1846 to 1848.* Washington, D. C.: Brentano's.

Robinson, Forrest G. 2007. *The Author-Cat: Clemens's Life in Fiction.* New York: Fordham University Press.

Robinson, William S. 1869. »Letter from ›Warrington‹«. Springfield (Massachusetts) *Republican,* 13. November, 2.

Roosevelt, Theodore. 1906. *A Square Deal.* Allendale, N. J.: Allendale Press.

Roosevelt Island Historical Society. 2009. »The Roosevelt Island Story«. http://www.correctionhistory.org/rooseveltisland. Stand: 13. Mai 2009.

Ross, Janet. 1912. *The Fourth Generation: Reminiscences by Janet Ross.* London: Constable & Co.

RPB-JH. Brown University, John Hay Library of Rare Books and Special Collections, Providence, R. I.

Salm. Collection of Peter A. Salm.

Salsbury, Edith Colgate (Hrsg.). 1965. *Susy and Mark Twain: Family Dialogues.* New York: Harper & Row.

S&B. 1967. *Mark Twain's Satires & Burlesques.* Hrsg. von Franklin R. Rogers. Berkeley/Los Angeles: University of California Press.

Satre, Lowell J. 1982. »After the Match Girls' Strike: Bryant and May in the 1890s«. *Victorian Studies* 26 (Autumn): 7–31.

Sayre, Paul L. 1932. Review of W. P. Barrett, *The Trial of Jeanne d'Arc. Harvard Law Review* 45 (Juni): 1449–51.

Scharnhorst, Gary.

2004. »Kate Field and the *New York Tribune*«. *American Periodicals: A Journal of History, Criticism, and Bibliography* 14 (2):159–78.

2006. *Mark Twain: The Complete Interviews.* Tuscaloosa: University of Alabama Press.

Schmidt, Barbara.

2008a. »Chronology of Known Mark Twain Speeches, Public Readings, and Lectures«. http://www.twainquotes.com/SpeechIndex.html. Stand: 24. Oktober 2008.

2008b. »The Lost Autobiography of Orion Clemens«. http://www.twainquotes.com/oc.html. Stand: 10. Juli 2008.

2009a. »Mark Twain's Angel-Fish Roster and Other Young Women of Interest«. http://www.twainquotes.com/angelfish/angelfish.html. Stand: 20. Mai 2009.

2009b. »Mark Twain's Illustrated Autobiography«. http://www.twainquotes.com/IllustratedAutobio.html. Stand: 21. September 2009.

2009c. »Mark Twain and Karl Gerhardt«. http://www.twainquotes.com/Gerhardt/gerhardt.html. Stand: 25. September 2009.

2009d. »Works of Karl Gerhardt«. http://www.twainquotes.com/Gerhardt/grantbustdetails.html. Stand: 27. September 2009.

Scientific American. 1901. »Mark Twain, James W. Paige and the Paige Typesetter«. *Scientific American* 84 (9. März): 150.

Scott, Arthur L. 1963. »*The Innocents Adrift.* Edited by Mark Twain's Official Biographer«. *PMLA* 78 (Juni): 230–37.

Selby, P.O. (Hrsg.). 1973. *Mark Twain's Kinfolks.* Kirksville, Missouri: Missouriana Library, Northeast Missouri State University.

Sellers, Ruth Aulbach. 1972. »Captain Tonk Was Clown Prince of Murray, Idaho«. Kellogg (Idaho) *Evening News*, 22. Dezember, o.S.

Shapiro, Fred R. (Hrsg.). 2006. *The Yale Book of Quotations.* New Haven, Connecticut: Yale University Press.

Shaw, Henry Wheeler [alias Josh Billings]. 1869. *Josh Billings' Farmer's Allminax for the Year of Our Lord 1870.* New York: G.W. Carleton.

Sheridan, Philip H. 1888. *Personal Memoirs of P.H. Sheridan, General, United States Army.* 2 Bde. New York: Charles L. Webster & Co.

Sherman, William T. 1875. *Memoirs of General William T. Sherman.* 2 Bde. New York: D. Appleton & Co.

Skandera-Trombley, Laura E. 1994. *Mark Twain in the Company of Women.* Philadelphia: University of Pennsylvania Press.

SLC (Samuel Langhorne Clemens).

1851. »A Gallant Fireman«. Hannibal *Western Union*, 16. Januar, 3. Nachdruck in *ET&S1*, 62.

1855–56. »›Jul'us Caesar‹«. 14-seitiges Ms. in vier Folios, NPV. Abgedruckt in *ET&S1*, 110 bis 17.

1864a. »Doings in Nevada«. Brief, datiert vom 4. Januar. New York *Sunday Mercury*, 7. Februar, 3. Nachdruck in *MTEnt*, 121–26.

1864b. »Those Blasted Children«. New York *Sunday Mercury*, 21. Februar, 3.

1865. »Jim Smiley and His Jumping Frog«. New York *Saturday Press* 4 (18. November): 248–49. Nachdruck in *ET&S2*, 282–88.

1866a. »Captain Montgomery«. San Francisco *Golden Era* 14 (28. Januar): 6.

1866b. »Scenes in Honolulu – No. 13«. Brief, datiert vom 22. Juni. Sacramento *Union*, 16. Juli, 3. Nachdruck in *MTH*, 328–34.

1866c. »Letter from Honolulu«. Brief, datiert vom 25. Juni. Sacramento *Union*, 19. Juli, 1. Nachdruck in *MTH*, 335–47.

1866d. »Forty-three Days in an Open Boat«. *Harper's New Monthly Magazine* 34 (Dezember): 104–13.

1867a. *The Celebrated Jumping Frog of Calaveras County, and Other Sketches.* Hrsg. von John Paul. New York: C.H. Webb.

1867b. »The Winner of the Medal«. New York *Sunday Mercury*, 3. März, 3.

1867c. »A Curtain Lecture Concerning Skating«. New York *Sunday Mercury*, 17. März, 3.

1867d. »Barbarous«. New York *Sunday Mercury*, 24. März, 3.

1867e. »From Mark Twain. Explanatory«. St. Louis *Missouri Republican*, 24. März, 1.

1867f. »Female Suffrage«. New York *Sunday Mercury*, 7. April, 3.

1867g. »Official Physic«. New York *Sunday Mercury*, 21. April, 3.

1867h. »Letter from ›Mark Twain‹. [No. 14]«. Brief, datiert vom 16. April. San Francisco *Alta California*, 26. Mai, 1. Nachdruck in *MTTB*, 141–48.

1867i. »Letter from ›Mark Twain‹. [No. 18]«. Brief, datiert vom 18. Mai. San Francisco *Alta California*, 23. Juni, 1. in Teilen Nachdruck in *MTTB*, 180–91.

1867j. »A Reminiscence of Artemus Ward«. New York *Sunday Mercury*, 7. Juli, 3.

1867k. »Jim Wolf and the Tom-Cats«. New York *Sunday Mercury*, 14. Juli, 3. Nachdruck in Budd 1992a, 235–37.

1867l. »The Mediterranean Excursion«. Brief, datiert vom 23. Juni. *New York Tribune*, 30. Juli, 2. Nachdruck in *TIA*, 10–18.

1867m. »The Mediterranean Excursion«. *New York Tribune*, 6. September, 2. Nachdruck in *TIA*, 72–74.

1867n. »Americans on a Visit to the Emperor of Russia«. Brief, datiert vom 26. August. *New York Tribune*, 19. September, 1. Nachdruck in *TIA*, 142–50.

1867o. »A Yankee in the Orient«. Brief, datiert vom 31. August. *New York Tribune*, 25. Oktober, 2. Nachdruck in *TIA*, 128–32.

1867p. »The American Colony in Palestine«. Brief, datiert vom 2. Oktober. *New York Tribune*, 2. November, 2. Nachdruck in *TIA*, 306–9.

1867q. »The Holy Land Excursion. Letter from ›Mark Twain‹. Number Twenty-one«. San Francisco *Alta California*, 3. November, 1. Nachdruck in *TIA*, 137–42.

1867r. »The Holy Land. First Day in Palestine«. *New York Tribune*, 9. November, 1. Nachdruck in *TIA*, 209–13.

1867s. »The Cruise of the Quaker City«. Undatierter Brief, vom 19. November. *New York Herald*, 20. November, 7. Nachdruck in *TIA*, 313–19.

1867t. »Interview with Gen. Grant«. 9-seitiges Ms., datiert: »Washington, 6. Dez.«, NPV.

1868a. »Mark Twain in Washington. Special Correspondence of the *Alta California*«. Brief, datiert vom 10. Dezember 1867. San Francisco *Alta California*, 15. Januar, 1.

1868b. »General Washington's Negro Body-Servant. A Biographical Sketch«. *Galaxy* 5 (Februar): 154–56.

1868c. »Mark Twain in Washington. Special Correspondent of the *Alta California*«. Brief, datiert vom 11. Januar. San Francisco *Alta California*, 5. Februar, 2.

1868d. »Letter from Mark Twain«. Brief, datiert vom 31. Januar. Chicago *Republican*, 8. Februar, 2.

1868e. »Boy's Manuscript«. 58-seitiges Ms., geschrieben Oktober/November, CU-MARK. Abgedruckt in *Inds*, 1–19.

1869a. *The Innocents Abroad; or, The New Pilgrims' Progress.* Hartford: American Publishing Company.

1869b. »Letter from Mark Twain«. Brief, datiert vom Juli. San Francisco *Alta California*, 25. Juli, 1.

1870a. »Anson Burlingame«. *Buffalo Express*, 25. Februar, 2. Nachdruck in SLC 1923,17–23.

1870b. »The Facts in the Case of the Great Beef Contract«. *Galaxy* 9 (Mai): 718–21. Nachdruck in Budd 1992a, 367–73.

1870c. »The Late Benjamin Franklin«. *Galaxy* 10 (Juli): 138–40.

1870d. »Fortifications of Paris«. *Buffalo Express*, 17. September, 2.

1870e. »Riley-Newspaper Correspondent«. *Galaxy* 10 (November): 726–27.

1871a. *Mark Twain's (Burlesque) Autobiography and First Romance.* New York: Sheldon & Co.

1871b. »The Facts in the Case of George Fisher, Deceased«. *Galaxy 11* (Januar): 152–55. Nachdruck in Budd 1992a, 500–506.

1871c. »An Autobiography«. *Aldine* 4 (April): 52.

1872. *Roughing It.* Hartford: American Publishing Company.

1873–74. *The Gilded Age: A Tale of To-day.* Charles Dudley Warner (Koautor). Hartford: American Publishing Company. [Frühe Ausgaben sind mit 1873, spätere mit 1874 angegeben.]

1874a. *Colonel Sellers. A Drama in Five Acts. By Samuel L. Clemens. Mark Twain. Elmira N. Y. Entered in the Office of the Librarian of Congress. July 1874.* A dramatization of *The Gilded Age.* 3 Ms. sind erhalten: 1 in DLC und 2 in CU-MARK.

1874b. »A True Story, Repeated Word for Word as I Heard It«. *Atlantic Monthly* 34 (November): 591–94. Nachdruck in Budd 1992a, 578–82.

1875a. »Old Times on the Mississippi«. *Atlantic Monthly* 35 (Januar–Juni): 69–73, 217–24, 283–89, 446–52, 567–74, 721–30; *Atlantic Monthly* 36 (August): 190–96.

1875b. »Encounter with an Interviewer«. In Brougham & Elderkin 1875, 25–32. Nachdruck in Budd 1992a, 583–87.

1875c. *Mark Twain's Sketches, New and Old.* Hartford: American Publishing Company.

1876. *The Adventures of Tom Sawyer.* Hartford: American Publishing Company.

1876–85. »A Record of the Small Foolishnesses of Susie & ›Bay‹ Clemens (Infants)«. 111-seitiges Ms., ViU.

1877a. *A True Story, and the Recent Carnival of Crime.* Boston: James R. Osgood & Co.

1877b. »Autobiography of a Damned Fool«. 115-seitiges Ms., geschrieben März–Mai, geringfügig überarbeitet 1880, CU-MARK. In *S&B*, 136–61.

1880a. *A Tramp Abroad.* Hartford: American Publishing Company.

1880b. »On the Decay of the Art of Lying«. Am 5. April dem Hartford Monday Evening Club präsentiert. In SLC 1882a, 217–25. Nachdruck in Budd 1992a, 824–29.

1880c. »The Shakspeare Mulberry«. 12-seitiges Ms., geschrieben am 23. November, CtHMTH.

1881. *The Prince and the Pauper: A Tale for Young People of All Ages.* Boston: James R. Osgood & Co.

1882a. *The Stolen White Elephant, Etc.* Boston: James R. Osgood & Co.

1882b. »The McWilliamses and the Burglar Alarm«. *Harper's Christmas: Pictures and Papers Done by the Tile Club and Its Literary Friends* (Dezember): 28–29. Nachdruck in Budd 1992a, 837–43.

1883. *Life on the Mississippi.* Boston: James R. Osgood & Co.

1884. »Huck Finn and Tom Sawyer among the Indians«. Ursprünglich 228-seitiges Ms., geschrieben ab Juli; große Teile davon in MiD (andere Teile in anderen Institutionen, einige Seiten werden vermisst, vgl. *Inds*, 372–73). In *HH&T*, 81–140, und *Inds*, 33–81.

1885a. *Adventures of Huckleberry Finn.* New York: Charles L. Webster & Co.

1885b. »The Private History of a Campaign That Failed«. *Century Magazine* 31 (Dezember): 193–204. Nachdruck in Budd 1992b, 863–82.

1887. »English as She Is Taught«. *Century Magazine* 33 (April): 932–36.

1889. *A Connecticut Yankee in King Arthur's Court.* New York: Charles L. Webster & Co.

1891a. »The Innocents Adrift«. 174-seitiges Ms., CU-MARK. In Teilen veröffentlicht als »Down the Rhone« in SLC 1923, 129–68.

1891b. »Mental Telegraphy«. *Harper's New Monthly Magazine* 84 (Dezember): 95–104.

1892. *The American Claimant.* New York: Charles L. Webster & Co.

1893. »The Back Number: A Monthly Magazine«. 5-seitiges Ms., NNPM.

1894a. *Tom Sawyer Abroad.* New York: Charles L. Webster & Co.

1894b. *The Tragedy of Pudd'nhead Wilson and the Comedy Those Extraordinary Twins.* Hartford: American Publishing Company.

1895. »Mental Telegraphy Again«. *Harper's New Monthly Magazine* 91 (September): 521–24.

1896a. *Personal Recollections of Joan of Arc.* New York: Harper & Brothers.

1896b. *Tom Sawyer Abroad, Tom Sawyer, Detective and Other Stories Etc., Etc.* New York: Harper & Brothers.

1896c. »Tom Sawyer, Detective«. *Harper's New Monthly Magazine* 93 (August/September): 344–61, 519–37.

1896–1906. »Memorial to Susy«. 104-seitiges Ms., Entwürfe und Bruchstücke, CU-MARK.

1897a. *Following the Equator: A Journey around the World.* Hartford: American Publishing Company.

1897b. *More Tramps Abroad.* London: Chatto & Windus.

1897c. 39-seitiges titelloses Ms. über Markgräfin Wilhelmine von Bayreuth, CU-MARK.

1897d. »England's Jubilee Pageant to Be the Greatest in History«. San Francisco *Examiner*, 20. Juni, 13. Nachdruck in SLC 1923, 193–206.

1897e. »His Jubilee Art«. San Francisco *Examiner*, 20. Juni, 13–14.

1897 f. »All Nations Pay Homage to Victoria«. San Francisco *Examiner*, 23. Juni, 1, 4. Nachdruck in SLC 1923, 206–10.

1897 g. »Villagers of 1840–3«. 43-seitiges Ms., geschrieben im Juli/August, CU-MARK. In *Inds*, 93–108.

1897–1902?. »Tom Sawyer's Conspiracy«. 241-seitiges Ms., CU-MARK. In *HH&T*, 152–242, und *Inds*, 134–213.

1898a. »Dueling«. 16-seitiges Ms., geschrieben am 8. März, CU-MARK.

1898b. »At the Appetite-Cure«. *Cosmopolitan* 25 (August): 425–33.

1898c. »Schoolhouse Hill«. 139-seitiges Ms., geschrieben im November/Dezember, CU-MARK. In *MSM*, 175–220, und *Inds*, 214–59.

1899a. »Samuel Langhorne Clemens«. 14-seitiges Ms., im März gemachte Notizen für Samuel E. Moffett und seine Vorbereitungen für einen biographischen Essay, NN-BGC.

1899b. »Concerning the Jews«. *Harper's New Monthly Magazine* 99 (September): 527–35. Nachdruck in SLC 1900a, 250–75.

1899c. »Christian Science and the Book of Mrs. Eddy«. *Cosmopolitan* 27 (Oktober): 585–94.

1899d. »My Début as a Literary Person«. *Century Magazine* 59 (November): 76–88.

1899e. »My First Lie and How I Got Out of It«. *New York World*, 10. Dezember, Beilage, 1–2. Nachdruck in Budd 1992b, 439–46.

1900a. *How to Tell a Story and Other Essays.* The Writings of Mark Twain. Édition de Luxe. Volume 22. Hartford: American Publishing Company.

1900b. *The Man That Corrupted Hadleyburg and Other Stories and Essays.* New York: Harper & Brothers.

1901. »Two Little Tales«. *Century Magazine* 63 (November): 24–32.

1902a. »Aguinaldo«. 62-seitiges Ms. und 21-seitiges TS, CU-MARK. Veröffentlicht als »Review of Edwin Wildman's Biography of Aguinaldo« in Zwick 1992, 86–108.

1902b. »Huck«. 1-seitiges Ms., wahrscheinlich 1902, CU-MARK.

1902c. »A Defence of General Funston«. *North American Review* 174 (Mai): 613–24. Nachdruck in Zwick 1992,119–32.

1902d. »Christian Science«. *North American Review* 175 (Dezember): 756–68.

1903a. *My Début as a Literary Person with Other Essays and Stories.* Hartford: American Publishing Company.

1903b. »Christian Science – II«. *North American Review* 176 (Januar): 1–9.

1903c. »Christian Science – III«. *North American Review* 176 (Februar): 173–84.

1903d. »Mrs. Eddy in Error«. *North American Review* 176 (April): 505–17.

1903e. »Major General Wood, M.D«. 10-seitiges Ms., geschrieben am 15. Dezember, und 5-seitiges Ts., getippt und durchgesehen vor dem 28. Dezember, CU-MARK. In Zwick 1992, 151–55.

1904a. »The Countess Massiglia«. 36-seitiges Ms., CU-MARK.

1904b. »Saint Joan of Arc«. *Harper's Monthly Magazine* 110 (Dezember): 3–12.

1905a. *King Leopold 's Soliloquy: A Defense of His Congo Rule.* Boston: P. R. Warren Company.

1905b. »Concerning Copyright: An Open Letter to the Register of Copyrights«. *North American Review* 180 (Januar): 1–8. Nachdruck in Budd 1992b, 627–34.

1905c. »From My Unpublished Autobiography. *Harper's Weekly* 49 (18. März): 391. Nachdruck als »Mark Twain Was Pioneer in Use of Typewriter«, *Atlanta Constitution*, 3. April, 6.

1905d. »›Russian Liberty Has Had Its Last Chance‹, Says Mark Twain«. Leserbrief, datiert vom 29. August. *Boston Globe*, 30. August, 4 (Morgenausgabe), 11 (Abendausgabe). Auch bekannt als »The Treaty of Portsmouth«.

1905e. »John Hay and the Ballads«. *Harper's Weekly* 49 (21. Oktober): 1530.

1905 f. »Mark Twain' Talks Peace«. *Chicago Tribune*, 5. November, 1. Text online: http://www.twainquotes.com/Peace.html.

1905 g. »Mark Twain's 70th Birthday: Souvenir of Its Celebration«. Beilage der *Harper's Weekly* 49 (23. Dezember): 1883–1914. Faksimile online: *MTPO.*

1906a. »A Family Sketch«. 65-seitiges Ms., CLjC.

1906b. *What Is Man?* New York: De Vinne Press.

1906c. »A Horse's Tale«. *Harper's Monthly Magazine* 113 (August/September): 327–42, 539 bis 49.

1906d. »Hunting the Deceitful Turkey«. *Harper's Monthly Magazine* 114 (Dezember): 57–58.

1909a. »To Rev. S.C. Thompson«. 17-seitiges Ms., geschrieben am 23. April, CU-MARK. In Teilen Nachdruck in *MTB*, 1:482–83.

1909b. »Ashcroft-Lyon Manuscript«. 464-seitiges Ms., geschrieben Mai–September, CU-MARK.

1909c. »H. H. Rogers«. 20-seitiges Ms. mit mehreren Paginierungssequenzen, geschrieben August–Dezember, CU-MARK. In *MTA*, 1:256–65.

1909d. »Marjorie Fleming, the Wonder Child«. *Harper's Bazar* 43 (Dezember): 1182–83, 1229.

1909e. »Closing Words of My Autobiography«. 44-seitiges Ms., geschrieben am 24., 25. und 26. Dezember, CU-MARK. Veröffentlicht als »The Death of Jean« in *Harper's Monthly Magazine* 122 (Januar 1911): 210–15.

1910. »The Turning Point of My Life«. *Harper's Bazar* 44 (Februar): 118–19. Nachdruck in Budd 1992b, 929–38, und *WIM*, 455–64.

1917. *What Is Man? And Other Essays.* New York: Harper & Brothers.

1922a. »Unpublished Chapters from the Autobiography of Mark Twain: Part I«. *Harper's Monthly Magazine* 144 (Februar): 273–80.

1922b. »Unpublished Chapters from the Autobiography of Mark Twain: Part II«. *Harper's Monthly Magazine* 144 (März): 455–60.

1922c. »Unpublished Chapters from the Autobiography of Mark Twain«. *Harper's Monthly Magazine* 145 (August): 310–15.

1923. *Europe and Elsewhere.* Mit einem Geleit von Brander Matthews und einer Einleitung von Albert Bigelow Paine. New York: Harper & Brothers.

1981. *Wapping Alice: Printed for the First Time, Together with Three Factual Letters to Olivia Clemens; Another Story, the McWilliamses and the Burglar Alarm; and Revelatory Portions of the Autobiographical Dictation of April 10, 1907 …* Berkeley: Friends of The Bancroft Library.

1982. *The Adventures of Tom Sawyer.* Mit einem Vorwort und Kommentar von John C. Gerber; Textbearbeitung von Paul Baender. The Mark Twain Library. Berkeley/Los Angeles: University of California Press.

1990. *Mark Twain's Own Autobiography: The Chapters from the* North American Review. Mit Einleitung und Kommentar von Michael J. Kiskis. Madison: University of Wisconsin Press.

1996. *Chapters from My Autobiography.* Mit einer Einleitung von Arthur Miller und einem Nachwort von Michael J. Kiskis. The Oxford Mark Twain, hrsg. von Shelley Fisher Fishkin. New York: Oxford University Press.

2004. *Mark Twain's Helpful Hints for Good Living: A Handbook for the Damned Human Race.* Hrsg. von Lin Salamo, Victor Fischer und Michael B. Frank. Berkeley/Los Angeles: University of California Press.

2009. *Who Is Mark Twain?* Hrsg. und mit einem Geleit von Robert H. Hirst. New York: HarperStudio.

Smith, Elizabeth H. 1965. »Reuel Colt Gridley«. *Tales of the Paradise Ridge* 6 (Juni): 11–18.

Smith, Henry Nash.

1955. »That Hideous Mistake of Poor Clemens's«. *Harvard Library Bulletin* 9 (Spring): 145–80.

1962. *Mark Twain: The Development of a Writer.* Cambridge: Belknap Press of Harvard University Press.

Smith, Jean Edward. 2001. *Grant.* New York: Simon & Schuster.

Smith, Stephanie. 2006. *Former Presidents: Federal Pension and Retirement Benefits.* CRS Report for Congress. http://www.senate.gov/reference/resources/pdf/98-249.pdf. Stand: 13. Juli 2006.

Sonoma Census. 1860. *Population Schedules of the Eighth Census of the United States, 1860. Roll M653. California: Sonoma, Sonoma County.* Fotokopie in CU-MARK.

Soria, Regina. 1964. »Mark Twain and Vedder's Medusa«. *American Quarterly* 16:602–6.

StEdNL. National Library of Scotland, Edinburgh [früher UkENL].

Stein, Bernard L. 2001. »Life on the Hudson: A Mark Twain Idyll«. *Riverdale Press* 52 (25. Oktober): A1, B1, B4.

Stewart, A. A. (Hrsg.). 1912. The *Printer's Dictionary of Technical Terms.* Boston: School of Printing, North End Union.

Stoddard, Charles Warren.

1867. *Poems.* San Francisco: A. Roman.

1873. *South-Sea Idyls.* Boston: James R. Osgood & Co.

1885. *A Troubled Heart and How It Was Comforted at Last.* Notre Dame, Indiana: Joseph A. Lyons.

1903. *Exits and Entrances: A Book of Essays and Sketches.* Boston: Lothrop Publishing Company.

Stoddard, Lothrop. 1931. *Master of Manhattan: The Life of Richard Croker.* New York: Longmans, Green & Co.

Stone, H. N., D. M. Davidson und W. R. McIntosh. 1885. *Stone, Davidson & Co.'s Hannibal City Directory.* Hannibal: Stone, Davidson & Co.

Streamer, Volney (Hrsg.).

1897. *Voices of Doubt and Trust.* New York: Brentano's.

1904. *In Friendship's Name.* 14. Aufl. New York: Brentano's.

Strong, Leah A. 1966. *Joseph Hopkins Twichell: Mark Twain's Friend and Pastor.* Athens: University of Georgia Press.

Sweets, Henry H., III.

1986a. »Cave's Fun Disguised Inherent Commercial Wealth«. *The Fence Painter* 6 (Summer): 3.

1986b. »Hannibal's Great Cave Is Steeped in History«. *The Fence Painter* 6 (Summer): 1–2.

Teller, Charlotte. 1925. *S. L. C. to C. T.* New York: Privatdruck.

Thayer, William Roscoe. 1915. *The Life and Letters of John Hay.* 2 Bde. Boston: Houghton Mifflin Company.

TIA. 1958. *Traveling with the Innocents Abroad: Mark Twain's Original Reports from Europe and the Holy Land.* Hrsg. von Daniel Morley McKeithan. Norman: University of Oklahoma Press.

Ticknor, Caroline. 1922. *Glimpses of Authors.* Boston: Houghton Mifflin Company.

Tinkham, George H. 1921. *History of Stanislaus County, California.* Los Angeles: Historic Record Company.

Tooke, Thomas. 1838–57. *A History of Prices, and of the State of the Circulation, from 1793 to 1837; Preceded by a Brief Sketch of the State of the Corn Trade in the Last Two Centuries.* 6 Bde. London: Longman, Orme, Brown, Green & Longmans.

Towner, Ausburn [alias Ishmael]. 1892. *Our County and Its People: A History of the Valley and County of Chemung from the Closing Years of the Eighteenth Century.* Syracuse, N.Y.: D. Mason & Co.

Tozzer, Alfred M. 1931. »Alfred Percival Maudslay«. *American Anthropologist*, 33 (Juli–September): 403–12.

Trumbull, James Hammond (Hrsg.). 1886. *The Memorial History of Hartford County, Connecticut, 1633–1884.* 2 Bde. Boston: Edward L. Osgood.

TS1. 1. Typoskript, in CU-MARK: 1906–1908 durch Josephine Hobby nach ihren stenographischen Notizen von Twains Diktaten angefertigt; umfasst AD 9. Jan. 1906 bis AD 14. Juli 1908; durchgesehen und korrigiert von Twain.

TS2. 2. Typoskript, in CU-MARK: 1906 durch Josephine Hobby angefertigt inkl. »Meine Autobiographie [Willkürliche Auszüge daraus]« und vier Florentiner Diktaten (»John Hay«, »Notizen zu *Die Arglosen im Ausland*‹« »Robert Louis Stevenson und Thomas Bailey Aldrich« und »Villa di Quarto«) sowie AD 9. Jan. 1906 bis AD 7. Aug. 1906, unter Berücksichtigung der Korrekturen Twains aus TS1.

TS3. 3. Typoskript, in CU-MARK: 1906/07 durch Josephine Hobby nach dem korrigierten TS1 oder TS2 angefertigt, und zwar als Druckvorlage für die Fortsetzungen, die als »Chapters from My Autobiography« in der *North American Review* erschienen; vier unabhängig voneinander paginierte Konvolute mit Texten von vor 1906 und den AD Januar bis AD Mai 1906; für die Veröffentlichung von Twain nochmals überarbeitet.

TS4. 4. Typoskript, in CU-MARK: 1906 von einer unbekannten Schreibkraft angefertigt; es enthält die gleichen Texte von vor 1906 wie TS2 plus die AD 9. Jan. 1906 bis AD 29. Aug. 1906; es berücksichtigt die Korrekturen, die in TS1 vorgenommen worden waren, enthält jedoch keine neuen.

Tugwell, Rexford G. 1968. *Grover Cleveland.* New York: Macmillan Company.

Twichell, Joseph Hopkins.

1874–1916. »Personal Journal«. MS, Joseph H. Twichell Collection, CtY-BR.

2006. *The Civil War Letters of Joseph Hopkins Twichell: A Chaplain's Story.* Hrsg. von Peter Messent und Steve Courtney. Athens: University of Georgia Press.

TxU. University of Texas, Austin.

TxU-Hu. Harry Ransom Humanities Research Center, University of Texas, Austin.

Urmy, Clarence. 1906. »A Song«. *Harper's Bazar* 40 (März): 124.

U. S. National Archives and Records Administration.

1907–09. *Fentress Land Co. et al. v. Bruno Gernt et al.* Civil Case Nr. 967, Circuit Court of the United States for the Southern Division of the Eastern District of Tennessee, Southeast Region Archives, Morrow, Georgia.

1950–54. »Massiglia, Frances Paxton«. Department of State General Records, Record Group 59, Central Decimal Files, 1950–54, 265.113, 4–1863, Box 1101, National Archives, Washington, D. C.

Varble, Rachel M. 1964. *Jane Clemens: The Story of Mark Twain's Mother.* Garden City, N. Y.: Doubleday & Co.

Vassar College.

2008a. »Lady Principals«. http://vcencyclopedia.vassar.edu/index.php/Lady_Principals. Stand: 29. August 2008.

2008b. »Samuel L. Caldwell«. http://vcencyclopedia.vassar.edu/index.php/Samuel_L._Caldwell. Stand: 28. August 2008.

Veteran's Museum and Memorial Center. 2009. »Spanish-American War, 1898«. http://veteran-museum.org/spanish-american.html. Stand: 29. April 2009.

Victoria. 1913. *The Empress Frederick: A Memoir.* London: James Nisbet & Co.

ViU. University of Virginia, Charlottesville.

Walker, Franklin.1969. *San Francisco's Literary Frontier.* Durchgesehene Aufl. Seattle: University of Washington Press.

Wave Hill. 2008. »A Brief History of Wave Hill: 1843–1903«. http://www.wavehill.org/about/history.html-print=true. Stand: 18. Juni 2008.

Weaver, H. Dwight. 2008. *Missouri Caves in History and Legend.* Columbia: University of Missouri Press.

Webster, Noah. 1828. *An American Dictionary of the English Language.* 2 Bde. New York: S. Converse.

Wecter, D. 1952. *Sam Clemens of Hannibal.* Boston: Houghton Mifflin Company, Riverside Press.

Wetzel, Betty. 1985. »Huckleberry Finn in Montana: One of Twain's Last Jokes?«. *Montana Magazine* (November–Dezember): 33–35.

White, Edgar. 1924. »The Old Home Town«. *The Mentor* 12 (Mai): 51–53.

White, Horatio S. 1925. *Willard Fiske, Life and Correspondence: A Biographical Study.* New York: Oxford University Press.

Whitney, William Dwight und Benjamin E. Smith (Hrsg.). 1889–91. *The Century Dictionary: An Encyclopedic Lexicon of the English Language.* 6 Bde. New York: The Century Company.

Wildman, Edwin. 1901. *Aguinaldo: A Narrative of Filipino Ambitions.* Boston: Lothrop Publishing Company.

Wilhelmine, Markgräfin. 1877. *Memoirs of Frederica Sophia Wilhelmina, Princess Royal of Prussia, Margravine of Baireuth, Sister of Frederick the Great.* Boston: James R. Osgood & Co. SLC Kopie in CU-MARK.

WIM. 1973. *What Is Man? And Other Philosophical Writings.* Hrsg. von Paul Baender. The Works of Mark Twain. Berkeley: University of California Press.

Winship, Michael. 1995. *Literary Publishing in the Mid Nineteenth Century: The Business of Ticknor and Fields.* Cambridge: Cambridge University Press.

Winter, William. 1893. *Life and Art of Edwin Booth.* New York: Macmillan & Co.

Wright, William [alias Dan De Quille]. 1893. »Reminiscences of the Comstock« in »The Passing of a Pioneer«. San Francisco *Examiner,* 22. Januar, 15. Nachdruck als »The Story of the Enterprise« in Lewis 1971, 5–10.

Young, John Russell. 1879. *Around the World with General Grant: A Narrative of the Visit of General U. S. Grant, Ex-President of the United States, to Various Countries in Europe, Asia, and Africa, in 1877, 1878, 1879.* New York: American News Company.

Youngquist, Sally. 2001. »Iowa Second Infantry, Lee County Iowa«. *Iowa in the Civil War Project.* http://iagenweb.org/lee/military/cw2ndinfantry.htm. Stand: 19. März 2009.

Yung, Wing. 1909. *My Life in China and America.* New York: Henry Holt & Co.

Zwick, Jim. 1992. *Mark Twain's Weapons of Satire: Anti-Imperialist Writings on the Philippine-American War.* Syracuse: Syracuse University Press.

Abkürzungsverzeichnis

Hier finden sich die wichtigsten in diesem Band verwendeten Abkürzungen; zu Kurztiteln vgl. die »Bibliographie«.

AD	Autobiographisches Diktat der New Yorker Diktate, beginnend mit dem 9. Januar 1906
CC	Clara Langdon Clemens (Gabrilowitsch Samossoud)
HC	Henry Clemens
JC	Jean Lampton Clemens
JLC	Jane Lampton Clemens
MEC	Mary E. (Mollie) Clemens
MS	Manuscript (engl. Ms.)
Ms.	Manuskript
MT	Mark Twain (Samuel Langhorne Clemens)
MTPO	Mark Twain Project Online (vgl. »Editorische Notiz«, Endnote 1)
OC	Orion Clemens
OLC	Olivia (Livy) Langdon Clemens
OLL	Olivia (Livy) Louise Langdon
OSC	Olivia Susan (Susy) Clemens
PAM	Pamela Ann Moffett
SLC	Samuel Langhorne Clemens (Mark Twain)
TS	Typoskript
TS1	Typoskript 1
TS2	Typoskript 2
TS3	Typoskript 3
TS4	Typoskript 4

Abbildungsverzeichnis

Dank

Die amerikanischen Herausgeber danken Robert H. Hirst, Gesamtherausgeber der Mark Twain Papers, sowie dem Beirat des Mark Twain Project: Jo Ann Boydston, Laura Cerruti, Don L. Cook, Frederick Crews, Charles B. Faulhaber, Peter E. Hanff, Thomas C. Leonard, Michael Millgate, George A. Starr, G. Thomas Tanselle und Lynne Withey.

Besonderer Dank für ihre tatkräftige Mithilfe gilt Natalia Cecire, Michelle Coleman, George Derk, Christine Hong, Rachel Perez und Leslie Walton.

Das Mark Twain Project ist ein Editions- und Veröffentlichungsprogramm der Bancroft Library, das sich seit 1967 eine kritische Gesamtausgabe sämtlicher Schriften Mark Twains zum Ziel gesetzt hat.